U0330979

贺拉斯《赞歌集》会笺义证

〔古罗马〕贺拉斯　原著

刘皓明　注疏、翻译

Liu Haomingii

in Q. Horatii Fl. Carmina interpretationes:

Libri I et II

华东师范大学出版社

上海

华东师范大学出版社六点分社　策划

凡萨大学（Vassar College）露易丝·勃埃德·代尔基金（Louise Boyd Dale Fund）在本书写作期间资助作者从事与研究相关的旅行，在此特致感谢。

題 辭

quid brevi fortes iaculamur aevo
multa ? quid terras alio calentis
sole mutamus ?

何以我們生年短促卻昂然
多所投擲?去易換他鄉之日
所炙之土?

*　　*　　*

我之懷矣,自詒伊慼。

目　錄

《讚歌集》卷一卷二

（拉丁语原文对照譯文）

自　序

夫自商暨周，《雅》、《頌》圓備，周、召風化，霑被王澤，然三百篇作者多佚其名，孔子述而不作，三百篇存，人云賴其採裁。厥後戰國荊榛，楚有騷人，軒轅殷周詩人之後，奮飛魏晉辭家之前，所作能斐然成章、累積成帙者，四五百年間，一人而已。

漢承秦燔之後，偏盛詞賦，雖號稱《雅》《頌》之亞，然“六義”唯申其一，罔顧他流，吟詠靡聞，詩人實喪。至於《十九首》、李、蘇諸篇，恐多係後人偽託，出處既晦，難鏡其源，然其爲佚名者所筆，非一二知名詩人文心獨運所作，固不容辯也。

風雅既殄，憲章遂淪沒於中華；徵諸絕域，則未可曰斯文道息。時當前漢元成二帝之間，泰西有羣才適屬休明於羅馬，乘其時運，競躍金鱗。其中賀拉斯所製《讚歌集》方軌希臘琴歌，兼該風雅頌而彌豐，垂範後世，至今不歇。

《讚》集源出希臘，博採衆長，體格既規模前哲，辭藻亦言必有自，賀氏自詡有學，信非虛言。然其詩博大精深，古今讀者欲識其妙，非從津梁不得至，矧如二千年後寥遠之中國讀者，蹄筌殊聲，典墳異統，其領受詩文，寄在翻譯乎！

余繼荷爾德林翻譯注釋發表之後，遂不揣孤陋，志欲造此津梁，故上溯二千年前，口吟心味，對翻詩文，披閱百家，鈎玄索引，解釋分析，掎摭利弊，於今倏忽已有十載。然教務冗繁，所成僅全書前二卷，今先行付梓，以饗讀者。其餘二卷，還俟來日。

　　昔余治荷集，尚不免寄託以婺緯之憂，縱難期偶中，言實有不得不發者；今研賀詩，屬意則全在斯文。然材駑質鈍，手不遂心，倘有疏遺，尚乞大方之家，不吝賜教。

劉皓明

丁酉仲冬望前一日於紐約

凡　例

　　文本卷爲拉丁文中文對照，拉丁原文依Friedrich Klingner斠勘本第三版(1959)，如與之相異輒於{斠勘記}暨{箋注}中說明。

　　拉丁文正字(orthographia)遵Klingner本及多數現代版古典拉丁文獻，小寫半元音作v，元音作u，大寫則一律作V。古字、異體字如maxumus等亦遵底本。

　　文本卷諸篇以數字序次，原文用羅馬數字，譯文用中文數字。卷中正文各篇此外無標題，然于目錄中酌加中文標題，以便記誦及查閱。

　　會箋義證卷每首參照中古手鈔卷本酌擬拉丁文暨中文標題，以便記誦。所擬拉丁文標題異於卷本者，如非僅關字詞詳略，則因古人誤解詩意以致所標詩題不當，茲據今解另擬所成。

　　會箋義證卷每首標題下或以詩詞或用散文概述詩文大意，注解則分爲{格律}、{繫年}、{斠勘記}、{箋注}、{評點}五部。

　　{格律}說明所屬格律名稱，每遇新格律輒略作闡述，以明原文格律節奏風格，讀者當與"緒論•格律概說"(§3)參讀，以知其詳。

　　{繫年}次各篇撰作時期，攷辨其所由之內外證據；如遇不可攷者，則曰失攷。

　　{斠勘記}以Klingner本斠記(apparatus criticus)爲底本，徵以O. Keller與A. Holder本，捨其中個別僅涉異體字者。除據Klingner等條舉異讀、訛錯等文本異常外，別增簡略說明，或訓異讀文字字義，或略論異讀文字優劣。如所涉異讀向爲學者公案，則移於{箋注}中詳論。異文出處或散見於H詩古鈔卷外古文法家及別家詩集古注引文，{斠勘記}亦予採錄。

　　{箋注}於詳訓詞義、說明典故、解釋修辭語式之外，多引詩人他作語句以相發明。詩人諸集之外，亦(一)旁徵古人詩文以明其承襲，(二)臚列時人文例以示風氣扇和及文友相援交流，(三)舉隅後人用法以證其影響。

於詩人之前及同代著作中引發章句、徵攷載籍，Porphyrio等古注以降洎十九世紀末二十世紀初西方先賢之述備矣。雖然，余亦偶有補逸，間下己案(荷馬、品達、柏拉圖、西塞羅、維吉爾等)，多以"按"或"今按"標誌。前人辨識出典多祇錄典故出處題目，未詳引出典原文，書中皆一一考覈，補錄引文，且爲之翻譯闡發，以明詩人徵用旨意。於後世西方詩文中揭舉傚倣文例，出於法意詩人者，多錄自前人，出自英德作者者，則多出自一隅之得，乃余積年來治西洋詩歌之心得筆記也。至於書中凡涉中文字詞典籍之處，無論古今則皆爲愚見。茲誌於此，以明既非敢掠前人之美，亦未隱晦文責也。

於前人之說，芟柞其中浮蔓不經處；如遇歧解，則比勘優劣以擇汰之。

{箋注}行碼依譯文而不盡依原文，以便不諳拉丁文之讀者稽查，譯文與原文字詞或有錯行，讀者依注中所附字詞原文可索諸拉丁詩文。

所注字詞乃至專有名詞附以原文，原文皆用詩中該字變格變位形態，不用其本字原形(lemma)，以便於不諳拉丁文之讀者比對詩文。

{評點}揔括全篇結構與風格，敘述比較其所規模希臘羅馬詩人原作，再往往拈出一篇之中多有爭議或關乎詩學之處掎摭辯證。於單篇詩解之外，更重闡發詩學原則。

{評點}後或有{傳承}、或有{比較}，或兼有，或並無，皆酌情而定。{傳承}敘西方法、意、英、德等語後世詩歌翻譯、蹈襲或捃撦該篇者，以示西洋文脈之貫通；{比較}敘中國古典中與詩意或詩中某處偶合或相異者，以利彼此借鑑。

書中引西文古今詩文皆兼有原文與漢譯，漢譯除偶用他人(周作人、郭沫若等)之作外，胥爲筆者所翻。用他人者皆標明譯者。

緒　論

一、賀拉斯生平

§ 1.1 賀拉斯全名崑圖·賀拉斯·弗拉古(Quintus Horatius Flaccus)[①]。

羅馬人名含三部分亦有不足三數者，例如哀歌詩人提布盧: Albius Tibullus，殆因其中一名失傳：名(praenomen)在前，姓(nomen gentile)居中，氏(cognomen)在後。其中名係出生後所命，然用爲人名之字常見者不過十八種，故重名者甚夥。姓標所屬部族。氏則原本箇人綽號，氏之古者似多肖人體貌特徵，其近者或以功高命氏。P. Cornelius Scipio以克漢尼拔得命爲Africanus, Nero Claudius Drusus克日耳曼人，後裔皆以Germanicus命氏，厥初得此綽號者後裔奕代沿襲，瓜瓞綿綿，遂成氏名，用以區別同族内不同支脈，爲姓下之氏。故賀拉斯全名區分爲姓賀拉斯，名崑圖，氏弗拉古；其中崑圖(Quintus)本義爲第五，氏弗拉古本義爲(耳)垂貌。詩人三名齊全，且皆可徵於其詩作，並無疑議：崑圖見於《雜》II 6, 37；賀拉斯見於《讚》IV 6, 44，又見於《書》I 14, 5；弗拉古見於《雜》II 1, 18並《對》15, 12。

中國上古時人名較羅馬人尤繁，然二者理頗相通。中國春秋時人名多含姓、氏、序、名、謚乃至官職等，姓常後置，其前置行序、氏乃至謚號。《左傳·隱公五

---

① Horatius讀若賀拉修，漢語通行譯名本英文轉寫Horace，讀爲賀拉斯，雖訛然已約定俗成，今暫從衆。

年》臧僖伯諫觀魚(楊伯峻編碼5.1, 後皆同此), 臧僖伯即同年《經》文所謂公子
彄。稱公子者, 爲其本魯孝公之子也。魯國姬姓, 按約對羅馬人之nomen gentile,
行文中從略; 字子臧, 按略如praenomen; 伯乃排行, 僖乃諡號, 其後昆用臧爲氏,
殆近cognomen。孔穎達《正義》曰: "僖伯名彄, 字子臧, 《世本》云孝公之子, 即
此冬書'公子彄卒'是也。諡法: 小心畏忌曰僖, 是僖爲諡也。諸侯之子稱公子,
公子之子稱公孫, 公孫之子不得祖諸侯, 乃以王父之字爲氏, 計僖伯之孫始得以
臧爲氏, 今於僖伯之上已加臧者, 蓋以僖伯是臧氏之祖, 傳家追言之也。"[①]又, 以
體貌乃至殘疾爲名, 上古時亦非無徵, 例如晉文公少子名公子黑臀, 即後晉成公,
《國語•周語下》第三曰: "且吾聞成公之生也, 其母夢神規其臀以墨曰'使有晉
國[……]', 故名之曰黑臀。"《左傳•襄公二十二年》(22.4)有鄭公孫黑肱, 亦屬
此類。僖公三十二年《傳》(32.3)記秦國有老者名蹇叔, 蓋以跛足名也。[②]雖非如羅
馬人Flaccus "垂耳"、Caecus "瞽"、Crassus "肥"、Agrippa "病足"(或訓爲"痛
生")等以之爲氏, 然以體貌命名, 其揆則一。氏族見《隱公八年•傳》(8.9): "無駭
卒, 羽父請諡與族。公問族於衆仲。仲對曰:'天子建德, 因生以賜姓, 胙之土而命
之氏。諸侯以字爲諡, 因以爲族。官有世功, 則有官族。邑亦如之。'"以所操之業
爲姓、以官爲氏見《昭公二十九年》(29.4): "[蔡墨]對曰:'昔有飂叔安, 有裔子
曰董父, 實甚好龍, 能求其耆欲以飲食之, 龍多歸之, 乃擾畜龍, 以服事帝舜, 帝
賜之姓曰董, 氏曰豢龍。"命名則見《桓公六年•傳》(6.6): "公問名於申繻。對曰:
'名有五, 有信, 有義, 有象, 有假, 有類。以名生爲信, 以德命爲義, 以類命爲象, 取
於物爲假, 取於父爲類。不以國, 不以官, 不以山川, 不以隱疾, 不以畜牲, 不以器
幣。'"漢王符《潛夫論•志氏姓》論上古姓氏由來頗詳。[③]

　　賀拉斯族(gens Horatia)本爲羅馬望族, 然詩人父既爲釋奴, 故
其人絕非賀拉斯古族嫡枝, 其姓及氏必非乃祖原有, 權輿所自, 蓋緣

---

① 參觀楊伯峻《春秋左傳注》, 隱公元年釋"共叔段"(1.4, 頁十), 頁四十一(隱公五年5.1), 頁
　六十(隱公八年8.9); 女子名見頁十釋"武姜"。
② 隱公元年《傳》(1.4)記鄭莊公"寤生, 驚姜氏, 故名曰寤生", 雖非以體貌得名, 然以綽號命
　名, 與羅馬人命氏之法相通。
③ 《潛夫論箋校正》, 頁四〇一–四六四。漢以後見鄭樵《通志》卷二十六–三十,《氏族》, 顧
　炎武《原姓》,《文集》卷一, 頁一一一–一一二。

其(或其祖？)爲奴時改隨主家姓氏所得。[①] 或以爲詩人家鄉維奴夏爲
羅馬以外鄉野之地，非世居羅馬之賀拉斯古族所居，殆爲某賀拉斯部
(Horatia tribus)所在，賀父出焉，爲其家奴。

　　§ 1.2 詩人生卒年歲確切可攷，其中生年詳至月份皆可徵於詩人自
敘，《書》I 20, 26–28曰：

> forte meum siquis te percontabitur aevum,
> me quater undenos sciat inplevisse Decembris,
> conlegam Lepidum quo duxit Lollius anno.

> 或許日後有人盤問你我的歲數，
> 他便知我第十月已足四度十一，
> 我與洛琉引入勒庇多那年同時。

　　已知西曆紀元前21年馬可・洛琉(Marcus Lollius)共崑圖・埃米
留・勒庇多(Quintus Aemilius Lepidus)同爲平章[②]，詩人當年四十四歲("四
度十一")，倒推則可知其生年當在前65年(漢宣帝元康元年歲在丙辰)。
此處詩人自道年壽如謎語，讀者須計算方得其數[③]，《對歌集》13, 6 則
逕云：

> tu vina Torquato move consule pressa meo.

> 你取來我生年陶夸多平章時所封葡萄酒。

　　史載盧・曼略・陶夸多(Lucius Manlius Torquatus)前65年爲平章，
與《書》I 20計算所得之數合。《讚歌集》III 21, 1爲音律所限用陶夸多

---

① 奴隨主姓，參觀I 12, 46注。
② 譯consul爲平章，詳見II 1, 13與I 1, 8注。
③ 詩人詩中自道年齒多用計算而非逕道其數，詳見《讚》II 4卒章及注。

姓曼略入詩，而不用其名氏，然所言生年非有異也：

o nata mecum consule Manlio,

哦與我同生於曼略平章年，

《書》I 20言詩人誕生在第拾月(Decembris)，即今曆十二月，然未確載何日。古希臘人不知記人生日，羅馬人始有紀念誕辰之俗。詩人誕辰未見徵于詩中，然據史家隋東尼(Gaius Suetonius Tranquillus，約69年–122年之後)《賀拉斯傳》知爲當年當月八日："生於盧‧哥達與盧‧陶夸多平章年第拾月望前六日"。[①]

西曆紀元前48年後羅馬人采用猶流曆法，洎前8年至尊改第陸月爲至尊月，羅馬曆書中一年十二月依拉丁文名稱定爲：閽奴月(mensis Ianuarius)，被除月(Februarius)，戰神月(Martius)，阿芙羅月(Aprilis，愛神月)，瑪婭月(Maius，瑪婭係交通神墨古利(Mercurius)之母，故實爲墨古利月)，猶諾月(Iunius，以天后猶諾Iuno命名)，猶流月(Iulius，以凱撒命名)，至尊月(Augustus，以屋大維命名)，第柒月(September)，第捌月(October)，第玖月(November)，第拾月(December)。本書中凡用羅馬曆法，月名均用此處依原文本義所譯各月名稱。

羅馬人記月中日期擇其中三日爲基數前推倒數計算，三日分別爲每月初一日，稱作Kalendae；每月約月中日則稱作Idus，一年中逢戰神月(三月)、瑪婭月(五月)、猶流月(七月)、第捌月(十月)Idus在十五日，其餘則在十三日；第三基數則以Idus向前倒數九日，稱爲Nonae，依Idus日期故一年中逢戰神月(三月)、瑪婭月(五月)、猶流月(七月)、第捌月(十月)在每月初七，其餘在每月初五。今參照中國陰曆以月初爲朔、月中爲望，分別對翻Kalendae與Idus，又以舊曆正月初五稱作牛日，對翻Nonae。初七則譯爲人日。故上述詩人生日在第拾月望前六日(計算時須加一再減所數日數)即今曆十二月十五日加一倒數六日，即十二月八日。

又據史家隋東尼，詩人卒於"蓋‧馬耳修‧肯索林與蓋‧阿辛紐‧

蓋洛平章年第拾月朔前五日，"[①] 依現代曆法即西曆紀元前8年十一月
二十七日。

§ 1.3 詩人出生地在南意大利小鎮維奴夏（Venusia，地名本愛神
維奴Venus）。詩人標榜鄉梓，頗不厭其煩，詩中或逕稱維奴夏鎮名，如
《雜》II 1, 34 f.：

> sequor hunc, Lucanus an Apulus anceps ;
> nam Venusinus arat finem sub utrumque colonus,

> 我追隨此人[案爲羅馬雜詩先驅Lucilius]，盧迦奴或阿普盧；
> 因爲維奴夏居民耕其地界兩邊。

維奴夏亦見《讚》I 28, 26；或泛稱維奴夏所在亞普留（Apulia）
地區，如《雜》I 5, 77（"incipit ex illo montis Appulia notos / ostentare
mihi," "亞普留自此始示/我以其名山"）；《讚》III 4, 9（"Volture in
Appulo," "在亞普留的鷲峯"）；或指流經水名奧斐多（Aufidus）以代
稱，如《讚》III 30, 10（"violens obstrepit Aufidus," "奧斐多河澎湃咆
哮"）；IV 9, 2（"longe sonantem ... ad Aufidum," "喧嘩遠達的奧斐多
河"）。集中他處雖所詠非關詩人身世，敘述譬喻亦往往取自鄉土景
物。

§ 1.4 其父身份爲釋奴，以拍賣爲業，稱爲掮客（coactor）[②]。釋奴雖
脫離奴役，已獲人身自由，然社會地位仍屬下流。所幸賀父家道小康，
且汲汲於望子成龍，欲其能學優而致顯貴，故求學不吝貲費。詩人《雜
詩集》卷一第六首自敘身世頗詳，釋奴身份、掮客職業、肄業羅馬皆
一一道及，因素善描繪，故所道情景讀來栩栩如生（70–92）：

---

① 詳見《傳》4* 1–5注。

② 或曰其本賴薄產爲生於維奴夏故里，攜子入京後始以拍賣爲業, Martin Schanz, *Geschichte
der römischen Litteratur bis zum Gesetzgebungswerk des Kaisers Justinian,* 2. T., *Die römi-
sche Litteratur in der Zeit der Monarchie bis auf Hadrian,* 1. Häfte: *die augustische Zeit.* 3.
Aufl. (München: Beck, 1911), p.133.

　　　　　　　si et vivo carus amicis,

causa fuit pater his ; qui macro pauper agello[①]

noluit in Flavi ludum me mittere, magni

quo pueri magnis e centurionibus orti

laevo suspensi loculos tabulamque lacerto

ibant octonos referentes idibus seris,

sed puerum est ausus Romam portare docendum

artis quas doceat quivis eques atque senator

semet prognatos. vestem servosque sequentis,

in magno ut populo, siqui vidisset, avita

ex re praeberi sumptus mihi crederet illos.

ipse mihi custos incorruptissimus omnis

circum doctores aderat. quid multa ? pudicum,

qui primus virtutis honos, servavit ab omni

non solum facto, verum opprobrio quoque turpi

nec timuit, sibi ne vitio quis verteret, olim

si praeco parvas aut, ut fuit ipse, coactor

mercedes sequerer ; neque ego essem questus. at hoc nunc

laus illi debetur et a me gratia maior.

nil me paeniteat sanum patris huius, eoque

non, ut magna dolo factum negat esse suo pars,

quod non ingenuos habeat clarosque parentes,

sic me defendam. longe mea discrepat istis

et vox et ratio. nam si natura iuberet

a certis annis aevum remeare peractum

atque alios legere, ad fastum quoscumque parentes

optaret sibi quisque, meis contentus honestos

fascibus et sellis nollem mihi sumere, …

---

① 學者推斷此句謂詩人之父尚在故鄉維奴夏時，見Schanz, 前揭，p.135。

若我在世爲朋友們所珍愛，
皆因我父，雖貧寒僅有薄田，
卻不願送我入弗拉沃鄉學，——
出身大百夫長的大學童於
其中左臂斜挎書包與書版，
每逢望日手攥十文錢招搖；——
而是膽敢攜子來羅馬學習
騎士和諸長老俾其子嗣所
受的學業。衣裳與隨從家奴
混跡大人物間，若爲人見，必
信我有此排場當來自祖產。
他本人是堅定不移的護衛，
伴我於學子間。何庸多言！是
羞恥心，品德之首善，保我不
僅免於惡行，也倖逃惡名，
他不怕會以此受人疵病，若
我成爲叫賣人或追隨他當
箇掮客，我不會抱怨。然而我
如今欠他更多讚美和感謝。
有父如是我實無遺憾。爲此
如大多數人否認是已過使
其無生而自由的顯赫父母，
我則拒納此說。我的聲音和
理性與之大不相合。若自然
可令已逝的年歲自某年倒轉，
且可令別選他樣，誰都可選
父母，唯我仍滿足我之所有，
……

當日詩人所肄課業亦可自其詩中得窺,《書》II 1, 69敘曰:

non equidem insector delendave carmina Livi
esse reor, memini quae palgosum mihi parvo
Orbilium dictare.

我並非貶斥或以爲李維的歌應
刪除,我猶憶幼時嘗從揮舞教鞭
的奧耳畢留習誦。

詩人蒙師名知於其詩者雖僅此一人,其所從業師則恐非止於此。
然無論此外尚師何人,詩人行止處世幾全賴乃父言傳身教則無疑,
《雜》I 4, 105曰:

insuevit pater optimus hoc me,
ut fugerem exemplis vitiorum quaeque notando.

我慈父養成我此習,
讓我因記人之惡事前例而得免禍。

稍後所言愈詳(115–131):

'sapiens, vitatu quidque petitu
sit melius, causas reddet tibi ; mi satis est, si
traditum ab antiquis morem servare tuamque,
dum custodis eges, vitam famamque tueri
incolumem possum ; simul ac duraverit aetas
membra animumque tuum, nabis sine cortice.' sic me

formabat puerum dictis et, sive iubebat

ut facerem quid, 'habes auctorem, quo facias hoc'

unum ex iudicibus selectis obiciebat,

sive vetabat, 'an hoc inhonestum et inutile factu

necne sit, addubites, flagret rumore malo cum

hic atque ille ?' avidos vicinum funus ut aegros

exanimat mortisque metu sibi parcere cogit,

sic teneros animos aliena opprobria saepe

absterrent vitiis. ex hoc ego sanus ab illis

perniciem quaecumque ferunt, mediocribus et quis

ignoscas vitiis teneor.

　　　　"哲人將論汝以何所當循何所當避
之因由；於我若吾可保古人所傳操行，
惟汝尚需監護，能保汝性命聲名安然
無虞即足矣；比及年齒已令汝體魄與
心智皆堅，汝將無須浮木泅水。"似這般
他以教誨埏埴我於幼沖之年；或命我
何所當爲曰："汝已有權行此事矣。"
或自傑出長官中擇一人爲先例，
或禁我曰："此事既不光彩又無利
可圖，汝豈有疑？豈不見此或彼人因
聲名狼藉而焦頭爛額？"鄰人舉喪能令
貪人喪氣病人喪膽，懼死使人自珍；
同理，見他人遭譴常可令幼小心智遠離
惡習。由此我能遠離招災惹禍之患，雖
不免你忽略不計之小眚。

§1.5 初中級學業既結，遂東渡希臘，負笈雅典。雅典爲當日西方世界斯文所在，求學問道之勝地捨此更無他所。[1]《書》II 2, 41–52自敘其遊學歲月曰：

Romae nutriri mihi contigit atque doceri
iratus Grais quantum nocuisset Achilles.
adiecere bonae paulo plus artis Athenae,
scilicet ut vellem curvo dinoscere rectum
atque inter silvas Academi quaerere verum.
dura sed emovere loco me tempora grato
civilisque rudem belli tulit aestus in arma
Caesaris Augusti non responsura lacertis.
unde simul primum me dimisere Philippi,
decisis humilem pinnis inopemque paterni
et laris et fundi paupertas inpulit audax
ut versus facerem.

我幸而受羅馬滋養，又被教知
忿怒的希臘人阿基琉爲害何巨。
既接觸更多一些好雅典的文藝，
遂令我能夠辨識正乃有別於邪，
並且於學苑的樹林中尋訪眞理。
然而時艱將我帶離那怡情之地，
內戰的狂熱驅使青澀的我操戈，
至尊凱撒的臂膀將不該應接它。
自那裏是腓力比方纔將我遣散，
翅膀遭剪，匍匐於地的我沒有了
父親的宅神與產業，放肆的貧困
驅我賦詩。

---

[1] 羅馬人以武力征服希臘，然服膺其文藝，欲以之教化羅馬，賀拉斯一語道破："Graecia capta ferum victorem cepit et artis / intulit agresti Latio." "希臘雖被征服卻捕獲了兇殘的得勝者，將文藝帶入樸野的拉丁國。"《書》II 1, 156 f.

　　詩人遊學雅典始於何年，於史無徵。然終止於凱撒遇刺後羅馬內
戰初起時則斷乎無疑。前44年戰神月之望（三月十五日，漢元帝永光元
年歲在丁丑）馬可・猶紐・布魯圖（M. Iunius Brutus, 前85–前42年）夥同
其黨人刺殺猶流・凱撒（Gaius Iulius Caesar, 前100年七月十三–前44年
三月十五）於長老院，羅馬羣情激憤，殆將生變，布魯圖及其黨人遂亡
命希臘，以伺時機。據普魯塔克《布魯圖傳》（24），布魯圖渡海甫抵雅
典，衆慕其壯舉，遂盛情迎接，且公決以旌表其事。布魯圖既至，頗光
顧雅典學苑，佯與逍遙派哲人每日鈎玄研幾，暗則秣馬厲兵以備決戰。
詩人結識布魯圖當在此時。當其時也，詩人年尚未及而立，少年意氣，
加以飽讀希臘抗暴弒君故事，於布魯圖之舉心有慼慼，頗合常情。翌
年，長老院推舉凱撒嗣子屋大維（Gaius Octavius, 前63年九月二十三–西
曆紀元14年八月十九）爲平章，屋大維於是除此前布魯圖黨人赦免令，
追敕其黨徒爲兇犯，爲國賊，矢志討伐，內戰遂起。時布魯圖麾下有軍
團十七，其授詩人參軍（tribunus militum）當在此時。《雜》I 6, 47 f. 所
謂："at olim, / quod mihi pareret legio Romana tribuno," "越在疇昔, /
嘗爲參軍有羅馬軍團受我統轄。"參軍雖名爲軍隊統帥，然未必握有實
權，故歷來授此職者多不諳戎事。

　　前42年十月三日，布魯圖與同黨卡修（Cassius）率共和軍與屋大維
暨馬可・安東尼（Marcus Antonius, 前83年一月十四–前30年八月初一）
所率羅馬官軍戰於馬其頓之腓力比（Philippi）。當日，屋大維受挫，安東
尼得勝。無何，兩軍再戰於十月二十三，布軍大敗，主帥布魯圖自殺，參
軍賀拉斯臨陣脫逃。詩人脫身詳情於史無攷，然《讚歌集》II 7嘗自供
當日窘境：

> tecum Philippos et celerem fugam
> sensi relicta non bene parmula,
> 　　cum fracta virtus et minaces
> 　　　　turpe solum tetigere mento.

同你一道，腓力比倉皇逃竄

嘗親歷，不光彩地棄盾拋甲，

　　賢德銷毀，猙獰的將士

　　　腮頰把汙穢的地面接觸；

　§ 1.6 詩人雖竟得全身而退，然父產被沒入公，失怙墜落爲貧兒。
繼而倖遇大赦，得返羅馬。據隋東尼《傳》，詩人"遇赦得任度支書
記"[1]，而其詩中自敘"放肆的貧困驅我賦詩"，當在此時。[2] 文章憎命
達，詩人素貧；然如獲貴人賞識，或可藉詩脫貧焉。賀拉斯處女作《雜
詩集》(*Saturae*，亦稱爲*Sermones*，匯話集)初卷刊佈於前35–34年，適
值詩人而立之年。然雜詩結集之前，單篇當已流傳於坊間，故而得蒙同
代詩人維吉爾(Publius Vergilius Maro, 前70–前19年)青睞。且職其及其
詩友瓦留(Lucius Varius Rufus, 約前74–前14年)舉薦，旋獲知於鉅富暨
權貴梅克納(C. Maecenas, 前70(或曰68)年四月十五日–前8年)。詩人自
敘其經過曰(《雜》I 6, 45–64):

> nunc ad me redeo libertino patre natum,
>
> quem rodunt omnes libertino patre natum,
>
> nunc, quia sim tibi, Maecenas, convictor, at olim,
>
> quod mihi pareret legio Romana tribuno.
>
> dissimile hoc illi est, quia non, ut forsit honorem
>
> iure mihi invideat quivis, ita te quoque amicum,
>
> praesertim cautum dignos adsumere, prava
>
> ambitione procul. felicem dicere non hoc
>
> me possim, casu quod te sortitus amicum ;
>
> nulla etenim mihi te fors obtulit : optimus olim
>
> Vergilius, post hunc Varius dixere, quid essem.

---

① 司府庫(aerarium)，兼理度支及典簿，其數三十人，Theodor Mommsen,《羅馬憲制》(*Römi-
sches Staatsrecht*)1., pp.346–55所敘甚詳。

② M. Schanz猜測此職係詩人以父產之餘資捐得，Schanz, 前揭, p.134。

ut veni coram, singultim pauca locutus —
infans namque pudor prohibebat plura profari —
non ego me claro natum patre, non ego circum
me Satureiano vectari rura caballo,
sed quod eram narro. responders, ut tuus est mos,
pauca ; abeo, et revocas nono post mense iubesque
esse in amicorum numero. magnum hoc ego duco,
quod placui tibi, qui turpi secernis honestum
non patre praeclaro, sed vita et pectore puro.

現在我迴到我，釋奴之父所生者，
所有人踐踏的釋奴之父所生者，
今因是你梅克納食客，可越在疇昔
嘗爲參軍有羅馬軍團受我統轄。
此非彼也，因若有人妒我得享榮耀
尚且在理，卻不得妒你友情，因你愼
擇配你青睞者，而遠奸佞的阿諛。
我不得自詡幸運，謂中彩而得爲
你友；因確實並非僥倖帶你給我。
那時是最好的維吉爾，繼而是瓦留，
薦我係何人。我遂來覿面，期期艾艾
我所言很少，因爲寡言的羞澀禁我多言。
我非出自顯赫之父，亦無駑馬
載我環繞撒圖雷安田野，
我祇敍述我的過往。你慣於
所答甚少。我遂去，九箇月後你招我迴來，
命列爲你的朋友。我之有所建樹
即係因得你歡心，你分別我於猥鄙者，
雖我無父顯赫，而全賴行止與胸中純淨。

　　詩人與梅克納相交始於何時，亦可自其詩中推斷。《雜》II 6屬於前31年深秋①，詩人迴顧與梅克納交情云(40–43)：

septimus octavo propior iam fugerit annus,

ex quo Maecenas me coepit habere suorum

in numero,

幾乎七八年過去了，

自從梅克納始納我於

其列。

　　以此倒推七年，則詩人爲梅克納接納當在前38/37年冬(漢元帝建昭元年至二年)；倒推八年，則當在38年春。

　　自此詩人受梅克納濟恤，恩渥優厚，終身不輟。詩人《讚歌集》等詩集皆題獻梅氏，梅克納則贈詩人以薩賓田莊(fundus Sabinus)②。其所在在Digentia河畔，今稱Licenza。薩賓山莊屢見於詩人筆下，徧檢其詩集，雖從未明言爲梅克納所贈，然二者每每並提，其中《讚》III 16暗示爲梅氏所贈甚明。詩中詩人申述安貧樂道之志，曰守此(薩賓)薄產而知足：

purae rivos aquae silvaque iugerum

paucorum et segetis certa fides meae

fulgentem imperio fertilis Africae

　　fallit sorte beatior.

---

① 行53："numquid de Dacis audisti？""你聞達基亞近況？"行55 f.："quid？militibus promissa Triquetra/praedita Caesar an est Itala tellure daturus？""怎麼？凱撒許下要給軍兵的是特里桂特拉還是義大利的土地？"二處皆爲阿克襄海戰大捷(前31年九月二日)後羅馬輿論，故可據以次之。

② 詩人獲此饋贈推算當在前33年前後，學者多推斷詩人提布耳別業亦係梅克納所贈。

quamquam nec Calabrae mella ferunt apes

nec Laestrygonia Bacchus in amphora

languescit mihi nec pinguia Gallicis

　　crescunt vellera pascuis,

inportuna tamen pauperies abest

... ...

流淌清水的溪流和幾畝林地、

再加對我的稼禾收成的確信，

爲那坐擁肥沃的阿非利加更

　　有福的顯貴所不知。①

雖然沒有卡拉布的蜜蜂釀蜜，

亦無巴刻庫在萊斯忒戈酒罈

變濃變醇，我也無肥美的羊毛

　　在高盧的牧場孳乳：

然而不消停的貧困卻不存在，

……

詩人他處(II 18, 14)亦云："satis beatus unicis Sabinis," "有唯一一處薩賓享福足矣"，雖其明知(III 16, 38)：

nec, si plura velim, tu dare deneges.

且我若要求更多，你不會拒與。

---

① 《讚歌集》II 16, 37："parva rura," "薄田"；II 18, 14："satis beatus unici Sabini," "有唯一一處薩賓得福足矣"；III 1, 47 f.："cur valle permutem Sabina divitias operosiores？" "我爲何要拿薩賓的谿谷交易勞累人的財富？"

由此可知薩賓田莊確係梅氏所贈。

薩賓山莊景物屢爲詩人遣諸筆端，其中《書》I 16敷布田莊景物尤詳(5–16)，從中可得一窺其地勢規模：

continui montes si dissocientur opaca

valle, sed ut veniens dextrum latus adspiciat sol,

laevum discedens curru fugiente vaporet,

temperiem laudes. quid si rubicunda benigni

corna vepres et pruna ferant, si quercus et ilex

multa fruge pecus, multa dominum iuvet umbra ?

dicas adductum propius frondere Tarentum.

fons etiam rivo dare nomen idoneus, ut nec

frigidior Thraecam nec purior ambiat Hebrus,

infirmo capiti fluit utilis, utilis alvo.

hae latebrae dulces et, iam si credis, amoenae

incolumem tibi me praestant septembribus horis.

若我言山巒連綿，爲多蔭谿谷分割，

故而令太陽初昇時可俯瞰其右坡，

隨其車乘飛逸運行則蒸騰其左阪，

汝將稱美其溫和。若言良荆木生紅

茱萸和莓果，言橡樹與冬青以多實

爲牧羣、以多蔭令其主人所喜如何？

你會說塔倫頓的綠葉被帶到近鄰。

還有泉，河水因之而名，赫布羅河

蜿蜒於忒拉基亦不及其凜冽純淨，

既有益於抱疴者之頭亦有益其脾胃。

此處幽居甜美，你若信我，亦多生趣，

於第七月之季① 保我健康免於災眚。②

又據《書》I 14, 2 f.："habitatum quinque focis et/quinque bonos solitum Variam dimittere patres," "爲五戶所居，/遣派五箇老練得用戶主到瓦里亞[薩賓附近小鎮]"，可知其田莊有佃戶五家；此外據《雜》II 7末句(117 f.)可推知，田莊有奴隸八口："ocius hinc te/ni rapis, accedes opera agro nona Sabino," "你若不快從這兒/滾開，就要變成薩賓田莊裏第九箇勞力。"

§ 1.7 梅克納與至尊屋大維自幼相契，凱撒遇刺後，屋大維興兵舉事，皆賴梅氏輔佐。今詩人既受知於梅克納，遂亦緣之而見知於至尊。隋東尼曰，詩人"先爲梅克納、旋爲至尊所納"。且摘引至尊書信，敘詩人相與至尊軼事，所敘所引此外於史無徵，故彌足珍貴。其中所載至尊欲授詩人秉筆祕書而遭拒事，尤可顯二人心志胸懷：

> 至尊嘗欲辟爲秉筆祕書，如其致梅克納書中所云："嚮者朋友間書札往來我皆躬親操觚，今我冗務纏身，又加體弱，故欲引你我之友賀拉斯自你處，如此其將自寄生於你之席移抵本王之席，助我作書草札。"雖爲所拒，卻毫無慍怒，亦未與絕情。

至尊能待詩人以寬，且"屢屢大方出手賙濟之"，皆因愛其才情。隋東尼《傳》又云：

> 其寫作至此皆受其褒讚，信將流傳百世，故而非特命其撰寫世紀賽會頌歌，復命詠嗣子提貝留暨得魯修文德里大捷，且爲此於三卷讚歌書成已久之後趣其再添第四卷。③

---

① 即今九月，詳見前文羅馬曆法解說。
② 山莊周邊景物此外可見《讚》I 17, 1 (mons Lucretilis)及11 (Ustica)；III 13與《書》I 16, 12寫泉。
③ 詳見《傳》2.20–25注。

　　《傳》中所言《讚歌集》前三卷問世於前23年。在此以前、前35年《雜詩集》卷一之後十餘年間詩人已有《雜詩集》第二卷(前30年)、豎琴詩《對歌集》(同在前30年)面世。《讚歌集》問世後二年,《書信集》卷一問世(前21年)。《傳》中所言詩人受至尊所命爲《讚歌集》所增第四卷完成於前11年,《世紀競技頌歌》則作於此前前17年。與《讚歌集》第四卷同時問世尚有《書信集》卷二。已知詩人最後作品爲論詩書簡題爲《詩藝》(*Ars poetica*)者,作於前10至8年。

　　賀拉斯交遊甚廣,布魯圖、維吉爾(《讚》I 3; 24)、法留、梅克納、至尊諸人外,見諸詩文者,文人尚有哀歌詩人提布盧(Tibullus,《讚》I 33)、史家、悲劇作家、政要波里歐(C. Asinius Pollio,《讚》II 1)、哀歌及史詩詩人法爾久(T. Valgius Rufus,《讚》II 9)、希臘修辭家兼教師Heliodorus(《雜》I 5, 2)、文藝批評家崑提留·法羅(Quintilius Varus,《讚》I 18; I 24, 6;《藝》438)等;政要有至尊裨將亞基帕(Agrippa,《讚》I 6)、平章塞蒂(Sestius,《讚》I 4)、平章陶夸圖(L. Manlius Torquatus,《讚》IV 7)等人。

　　詩人生平除其詩中自敘者外,尚有史家隋東尼作於詩人身後約百年小傳一篇。此傳本係其《英傑列傳》(*De viris illustribus*)中《詩人列傳》(*De poetis*)之一。《列傳》原書今殘缺不全,詩人《傳》則因其詩集古鈔本多載錄,故賴以得存。中譯列於詩文卷之後。圖拉眞(Traianus, 在位98–117年)朝,隋東尼掌祕府(a bybliothecis),兼領記室(a studiis),哈德良(P. Aelius Hadrianus Augustus, 在位117–138年)朝除祕書(ab epistulis),故能遊乎祕閣,得窺至尊、梅克納等人遺書,據此其所記能道詩人詩中所未道者,學者以此重之。詩人古注家Porphyrio亦撰有小傳一篇,本不著撰者姓名,中古卷本鈔錄於其注文之前,由文藝復興時學者Cruquius鈔出賴以得傳[①]。然所敘皆本詩人詩中所自道,故學者素輕之。

---

① Cruquius所錄Porphyrio《傳》及其據此所纂詩人傳詳考見Wilhehlm von Christ, *Horatiana*, pp.60 ff.

二、文本傳承

§2.1 中古手鈔卷本

　　传世賀拉斯詩集鈔本書於十四世紀前者無論完帙與否已知約有二百五十餘部①，其中最古者謄寫於九世紀，倖存至今者則大多書於十世紀或更晚。鈔本或錄詩人全集，或錄別集乃至僅存殘集。十九世紀中葉以前歷代學者雖亦斠勘詩人傳世文本，然經眼古鈔本遠未盡徧、斠勘尚未稱完備。洎Otto Keller與Alfred Holder陸續出版於1864–1899年之斠勘版詩人全集問世，學者始得見近乎完備之詩人斠勘本。

　　當日所能得見之所有含斠勘價值之古鈔本（"quicumque codices ad rem criticam momenti alicuius esse videbantur"②），Keller/Holder二人皆躬親一一勘斠，詳錄所見異文，其所刊版本攷覈存世鈔本之徧徹、所出斠記之詳盡，後世迄今尚無人過之。其據以歸納之古鈔本分類傳承說問世後百餘年來雖遭英國學者如E.C. Wickham、C.O. Brink等輩質疑③、德國後學F. Vollmer、Friedrich Klingner等人修訂，其主旨至今仍可謂詩人文本斠勘之根本依據，且批評者雖或不認可其古鈔本分類說，然

---

① Dominico Bo稱詩人詩集手鈔卷本實有四百餘種，其中善本二百五十餘種，M. Lenchan-
　　tin de Gubernatis recent., 2 ed. Bo, *Q.H.Fl. opera*, vol. I, "Praefatio," p.vii, 注1. 參觀C.O.
　　Brink, *Horace on Poetry* (Cambridge U.P., 1971), p.1。
② Keller et Holder edd. *opera*, vol. 1, p. v.
③ E. C. Wickham, *The Works of Horace,* 3rd ed. (Oxford: Clarendon, 1896), vol. 1, pp.3–10,
　　及其牛津版(BO)詩人全集拉丁文序，*QHFl opera*, p. ii. C.O. Brink氏批評則見，前揭，
　　pp.12–21. Klingner及其所本之Keller/Holder鈔本源流說亦曾遭英籍學者批評，最極端者爲
　　C.O. Brink辯稱存世鈔本並無如Keller、Vollmer、Klingner等人所主可劃爲三類或二類之根
　　由，從而全面否定十九世紀以還德國學者斠勘基礎。今按英倫學者往往長於疵病乃至譏誚
　　他人，然乏建樹之功力與耐心。雖Brink氏之說抽象言之不無可取之處，於過往迷信構建鈔
　　本傳承流說派假說之人不無儆醒之功，然以Wickham (1901)、A.Y. Campbell (1945)、D.R.
　　Shackleton Bailey (1985)二十世紀英語學界所纂三大版本覘之，其所編輯之諸本無論考
　　據抑或見解皆遠遜德國學者所爲，諸人皆未嘗親自梳理存世古本，於創立詩人文本編輯總
　　綱殆全無貢獻。故其疵議德國學者斠勘學成就若僅以能吹毛求疵期之，其所言或可偶中；
　　然若責以另起爐竈，重構詩人文本斠勘之總圖，於詳盡、細緻、嚴謹、全面各方面力壓德國
　　先賢所造，則實非其所能；且雖Brink氏亦不得不承認Keller/Holder斠勘之精，疵病Camp-
　　bell之混亂無章法。

無不歎服其斠記之精審詳徹①。後世學人雖有欲自立新說者，卻無人能躬親重覈二氏所斠之所有鈔本，無不以其版本所出斠記爲依據以樹己論，於是可見其所建樹霑丐後學之深遠。

　　Keller/Holder詳勘中古鈔本，以爲詩人各集今存鈔本雖爲數甚多，然比對其中異文乃至舛錯沿襲轉承，可判別其品質與源流爲三等（ordines tres），各等舛錯數量依次遞增。② 第一等以手卷鈔本標號D（＝Argentoratensis C VII 7，即斯特拉斯堡藏卷本，惜乎原件於1870年普法戰爭中燬於兵燹，其中所含《讚》有殘闕）者及γ、M、E（皆詳下表）等鈔本爲主，此外僞Acro氏古注（scholia）鈔本數種亦屬焉。第二等以手鈔卷本B, C, A（皆詳下表）爲主，然皆非如第一等之D可爲主導。第三等含手鈔卷本爲數最多，有φ、ψ、λ'、δ（詳下表）等等，蓋可分爲F λ'與δ π u二組。以上三等中第一等雖舛錯最少，然凡有誤讀殆全爲中世紀學者篡改所致，且全不見詩人時代慣用古字。第二等含異文甚夥，然似出自古代晚期學者之手，人多信其出自訂正詩人詩文之Flavius Vettius Basilius Mavortius（527年平章，詳後），此等鈔本中凡有異文皆爲其編輯詩集時篡改原文所致，而非詩人親筆修改己作而致前後不一。第三等鈔本舛錯雖最多，然多爲手民筆誤，易於辨識訂正。相比於前二等，反是此等存古最正。

　　上世紀初德國學者Friedrich Vollmer刪削Keller/Holder二氏傳承說之蕪漫，欲從中梳理存世鈔本自古代權威稿本淵源譜系。依據其斠記推料，後世諸本皆源自西曆紀元一世紀、即詩人身後百年內文法學家M. Valerius Probus所勘定本，後經Porphyrio（詳後）加注，復經由Mavortius斠訂落款（subscriptio），自此一分爲二轉鈔卷本（apographon），分別稱爲①、②，傳世鈔本皆可視爲傳鈔自此二轉鈔卷本，其中前者含A a D E B C諸本，後者含𝔅③ R Φ（有Porphyrio古注）諸

① "於斠勘之精良仔細，我懷疑無人可疵病Keller/Holder所成之功，" Brink前揭, p.2。
② O. Keller et A. Holder, *Q.H.Fl. Opera*, "Praefatio," vol. I, p.v ff. 別見*Epilegomena zu Horaz*. 1. Teil. Leipzig: Teubner, 1879。
③ Vollmer記號爲Bland。

本，而F δ λ l π復皆源自Φ。[1]

　　Vollmer自Keller/Holder所樹三類說辨析推演而成其鈔本源流說，然其於鈔本歸納分類異於Keller/Holder處不無牽強粗疏，其中R歸爲⑪尤乏實證，Φ R所含衆多舛訛π獨無，歸屬亦不合理，種種可商之處，不遑一一枚舉。[2] Vollmer之後上世紀前半葉德國以外復有法蘭西人Paul Lejay[3]、F. Villeneuve[4]、意大利人M Lenchantin[5]輩增刪Keller/Holder二氏之說以各樹新論。諸人之說辨存世鈔本源頭有二非一、辨梵蒂岡藏本R乃合和二類鈔本而成，所持之說未爲有誤，然攷據往往蕪雜，於所論卷本率多混亂，蓋因未能如Keller/Holder親自攷訂所有鈔本，故不能一一甄別彼此同異歸屬，其實於Keller/Holder說以外尠有發明。

　　逮世紀中葉，德國學者Friedrich Klingner(1939/1959)重新梳理二氏之說，且借鑑Vollmer之修訂，遂令Keller/Holder所捯詩人文本分類傳承說益精益明。Klinger之後雖有匈牙利學者István Borzsák(1984)與哈佛教授D.R. Shackleton Bailey(1985)各出新版，然或乏新意，或劣陋遭人詬病[6]。綜觀十九世紀以來諸本，論詳盡則無過於Keller/Holder版，論精審則無過於Klingner基於Keller/Holder所訂之本，故本書所錄原文及據以所成之譯文取Klingner本以爲底本，斠勘記亦多採焉。

　　Klingner本緒論(praefatio)辨諸鈔本皆可上溯至卡爾朝時代(西曆紀元800–888年)所存二主流及一支派已佚原本，其中主流分別標以大寫希臘字母*Ξ*與*Ψ*，*Ξ*即Keller/Holder所謂二等，*Ψ*即其三等(亦大致相

① F. Vollmer ed., *Q.H.Fl. Carmina.* BT: 1912, pp. 2–4; 亦見其別著 "Die Ueberlieferungsge-schichte des Horaz," *Philologus* Suppl. X (1907)：259–322, 尤見pp. 277 ff.

② F. Klingner, *Q.H.Fl. Opera*, "Praefatio," p. VI f.

③ Paul Lejay, *Œuvres d'Horace. Satires.* 序文, Paris: Hachette, 1911。

④ F. Villeneuve ed. *Horace.* Paris: 1927–1934。

⑤ M. Lenchantin, *Q.H.Fl. opera*, Athenaeum: 1937。

⑥ R.G.M. Nisbet, Borzsák 版本書評, *Gnomon* 58 (1986)：611–15；R.G.M. Nisbet, D.R. Shackleton Bailey版本書評, *CR* n.s. 36 (1986)：227–34。Bailey並未躬親考訂古鈔本，大致仍沿襲Keller/Holder、Vollmer、Klingner以降古鈔本分類說，尤全用Klingner氏*Ψ*分類，然往往隨意採讀異讀而無論證，且印本尤多粗疏之失誤，見R.G.M. Nisbet書評, *CR* n.s. 36 (1986)：227 ff. 英語學界此外尚有A.Y. Campbell版，然雖Brink氏亦曾痛貶其 "多狂亂而狂妄之臆造"，前揭, p.1。

當於Vollmer之⑪）；曰二者於Porphyrio生時（五世紀前）已經分流，而古注家Porphyrio所用本應最近Ψ類，[1] Ξ則多與僞Acro注(σχA)所用本相合。Ξ與Ψ於古代之後、九世紀之前嘗多次交匯，竟爲人合二爲一，Klingner以大寫拉丁字母Q代之，對應於Keller/Holder所定一等，爲上述二主流相交匯而生支派。Ξ與Ψ皆含彼此獨立然各有優點之異讀，唯Q或從前者或從後者，除個別無足輕重舛錯之外，絕無獨立之異讀。Q改古字古體爲今字今體，直至竄改詩文字句，然斠勘未精，反致淆亂古書。以存世鈔本覘之，Klingner非Vollmer認①（≈ Ξ）與⑪（≈ Ψ）同爲Mavortius古斠本之轉鈔本(apographa)之說，以爲未可證Ξ Ψ同出於古代末期某一原鈔本；然若謂二者于最古時皆本同一源頭，殆近其實。茲詳列組成此兩大主流Ξ與Ψ並一交匯支派Q已知各鈔本於下：

Ξ＝賀拉斯文本傳承主流之一，其源頭推定爲古代學者勘定本，今已散佚，以下今存中世紀鈔本信皆源出於此：

A＝巴黎(Parisinus, 國立(原王家)圖書館(Bibliothéque nationale (royale) de France))編號7900，羊皮紙卷，原Pierre與Jacques Depuy(分別歿於1651與1656年)藏品，闕《雜》、《書》卷二及《藝》。原卷本遭人割裂，裂幅藏於漢堡(Hamburgensis)市立圖書館，含《對》16, 27至17, 81，有Mavortius落款(詳後)，據玫至早書於九–十世紀；另含《書》I 6, 65至12, 29.然據玫別爲他人所筆，當歸入**Q**類

B＝伯爾尼(Bernensis, 在瑞士)編號363，九世紀末,羊皮紙，字用盎格魯–薩克森體(littera anglosaxonica)，間雜有愛爾蘭人詞詮(glossa hibernica)。含僞Acro詩人傳，《讚》與《對》非完帙，此外含《世》、《藝》1–440，《雜》I 1–3, 134.《讚》中或全篇皆闕，或重出、或闕單行或闕多行

C＝慕尼黑拉丁鈔本(Monacensis lat.)編號14685，原奧地利雷根

① F. Klingner, *Q.H.Fl. Opera*, "Praefatio," pp.VII ff.

斯堡聖埃默拉姆修道院(Ratisbonensis Emmeramensis, Kloster
Sankt Emmeram, Regensburg)藏，羊皮紙，十一世紀，暨與**A**
B同源部分。此本與E書於同一卷本，Keller/Holder區別爲二
本，原鈔者合併二者似爲補殘；**C**含《讚》III 27, 1–IV 7, 20、
《對》1, 24–17、81、《世》、《藝》1–440、《雜》I 4, 122–6, 40、
II 7, 118–8, 95、《書》二卷。《讚》IV 7, 20與《對》1, 24多闕文

K = 聖歐根卷本(codex S. Eugendi, 以Sanctus Eugendus名，法文
Saint Oyand, 孔代修道院(Monastère de Condat)院長，五世紀
中葉)，修道院今稱聖克勞德(Saint-Claude)，在法蘭西國汝拉
省(Jura)。卷本編號2，十一世紀

Ψ = 賀拉斯文本傳承之二，其源頭推定爲另一古代學者勘定本，今已
佚，以下今存中世紀鈔本信皆源出於此：

F = $\varphi\,\psi$

φ = 巴黎編號7974，羊皮紙，原藏法蘭西蘭斯(Reims)教堂，九世
紀末。依次含詩人傳(文近Porphyrio《傳》)、《讚》、《藝》、
《對》、《世》、《書》、《雜》、隋東尼《傳》；有格律音譜，與ψ
所含音譜同，且抄錄ψ所含字詮

ψ = 巴黎編號7971，羊皮紙，十世紀。含《讚》、《藝》、《對》、
《世》、《書》、《雜》，φ所見《傳》亦錄於此，然較簡，所錄隋
東尼《傳》則較φ更詳

λ' = $\lambda + 1$

λ = 巴黎編號7972，有Mavortius落款，對摺卷本，九世紀。含全
集，然《雜》II 1, 1起乃別手所書

l = 萊頓拉丁(Leidensis lat.在荷蘭)鈔本，編號28，有Mavortius
落款，對摺卷本，九世紀。含《讚》、《藝》、《對》、《世》、
《書》、《雜》

δ = 哈雷(Harleianus, 在大英博物館，原Robert Harley收藏)藏本
編號2725，羊皮紙。原爲荷蘭史家Jan Georg Graefe或Graevius

　　　　(1632–1703)所藏，死後為Harley所購；九世紀。含《傳》、
　　　　《讚》，其中II 13, 5–16, 19乃十三世紀時補鈔、《藝》、《對》、
　　　　《世》、《書》除I 8, 8–II 2, 19、《雜》至I 2, 113, 餘闕

d＝哈雷藏本編號2688，對摺卷本，九/十世紀。僅含《對》8,
　　　　12–17, 81、《世》、《書》I 1, 1–102; 18, 47–II 2, 216、《雜》I 1,
　　　　1–2, 65

z＝沃斯(Vossianus, 即Isaak Vossius, 1618–1689年, 荷蘭學者)藏
　　　　本編號21，十二世紀。含《讚》I 1, 1–III 29, 56; III 2, 54–15,
　　　　32、《藝》1–336、《對》、《世》、《書》、《雜》I 1, 1–II 3, 22; 6,
　　　　92–8, 95

　　　　d、z與δ同源親屬最近，δ逢闕輒以採補。

π＝巴黎編號19310，羊皮紙，九世紀。含《讚》、《藝》、《對》、
　　　　《世》、《書》、《雜》至I 2, 70、隋東尼《傳》縮寫本

R＝梵蒂岡瑞典女王藏品(Vaticanus Reginae，原女王Christina
　　　　(1626–1689年)收藏，後移藏於羅馬教廷)編號1703，原係阿爾
　　　　薩斯威森堡修道院(Wisenburgensis, Kloster Weißburg)藏，羊皮
　　　　紙，九世紀中

ℜ＝梵蒂岡諸藏(Vaticani)編號1703末部，九世紀中

此類另有下列諸本，然尠為學者採納：

Ott.＝梵蒂岡原Ottoboni家藏(Vaticanus Ottobonianus lat.)，拉丁卷
　　　　本編號1660，de Gubernatis以ρ標誌之，羊皮紙，《雜》II 5,
　　　　30–II 8, 95書於九世紀末，餘胥為十四世紀所書，含《讚》、
　　　　《對》、《世》、《藝》、《書》、《雜》

u＝　巴黎編號7973，對摺卷本，其中31–33單葉，九/十世紀

v＝　巴黎編號8213，對摺卷本，中有一葉空白，31–32單葉，十二世
　　　　紀末

Ott. u v混入屬Ξ類同源本字讀

Q＝混合Ξ與Ψ所成諸鈔本，書成於九世紀中期之前。此類中豎琴詩更

近*Ξ*類;《雜》《書》更近*Ψ*類。今存下列鈔本:

a ＝ 安布羅修(Ambrosianus, 米蘭圖書館)編號O 138, 羊皮紙, 九/
十世紀, 含《讚》全四卷、《藝》、《對》完帙、《世》、《書》全
二卷、《雜》I 1, 1–II 7, 27

γ ＝ 巴黎編號7975, 羊皮紙對摺卷本, 十一世紀

E ＝ 慕尼黑編號14685, 十一世紀, 詳緻見上C; 含《讚》I 1,1–III 26,
12、《藝》441–476、《雜》I 1, 1–II 8, 95, 中間闕II 5, 87–6, 33。
此外尚有細處混入異讀, 與a*γ*M同源

M ＝ 美爾克(Mellicensis, 今Melk, 在奧地利)編號177, 羊皮紙,
十一世紀, 含賀拉斯諸集依序爲《讚》、《對》、《世》、《藝》、
《書》、《雜》, 中闕《讚》I 30, 7–33, 15; II 4–6, 6; III 23, 51–IV
15, 32;《雜》II 5, 95–8, 95;《書》I 6, 57–16, 34

此類此外尚有以下諸本, 學者尠有徵用:

D ＝ 斯特拉斯堡(Argentoratensis)卷本編號C VII 7, 羊皮紙卷, 十
世紀, 此鈔本今已不存, 1870年燬於兵燹, Keller/Holder此前
所刊版本嘗列其異文

ζ ＝ 舍夫特拉恩修道院(Scheftlarnensia, 今Scheftlarn, 在慕尼黑)
殘篇, 十世紀

卷本遭竄入致尠爲學者徵用者尚有:

σ ＝ 聖高倫(Sangallensis, Fürstabtei St. Gallen, 在瑞士)卷本編號
312, 對摺卷本, 十世紀。卷本分爲二部, 一含《讚》、《對》I
1–16, 66;另一爲別手所書, 含《藝》、《雜》、《書》

x ＝ 牛津勃特萊(Oxoniensis Bodleianus, 原Sir Thomas Bodley收
藏)藏品, 拉丁手卷編號198, 羊皮紙, 十一世紀。含《讚》、
《對》、《世》、《藝》、《雜》、《書》, 有古注*σχΓ*

m ＝ 慕尼黑拉丁卷本編號375, 羊皮紙對摺卷本, 十一/十二世紀。
含《讚》、《藝》、《對》、《世》、《書》、《雜》, 有傳

g = 哥達公藏卷本(Gothanus ducalis)編號 B 61，紙本，有
　　　　Mavortius落款，十五世紀中期。《讚》、《雜》卷二、《書》手筆
　　　　異於他集。然二部分皆鈔自同一原本。有Mavortius落款。此
　　　　本與𝕭𝕴多有互通處

Oxon. = 牛津大學女王學院藏(Oxoniensis collegii Reginensis)，編
　　　　號P², de Gubernatis標爲o，十一世紀。含《讚》、《藝》、
　　　　《對》(末有Mavortius落款)、《世》、《雜》、《書》

σ x m g (*Oxon.*) 之用途在於其中保留Ξ類痕跡，g亦保留𝕭𝕴
　　　　痕跡

𝕭𝕴 = 布蘭丁山聖彼得修道院藏Iacobus Cruquius (Jacques de
　　　　Crucque)最古本(Blandinianus vetustissimus Cruquii)，今
　　　　已佚[①]，Keller/Holder(de Gubernatis從之)標爲V。Cruquius
　　　　(死於1584年)生前始於1565訖於1579年出版賀拉斯詩集
　　　　多部，稱其所用底本係四部古卷本，四部於1566年皆轉移
　　　　至根特(Ghent)附近布蘭丁山聖彼得修道院藏書樓，厥後
　　　　修道院爲新教暴徒所燬，藏書樓災，Cruquius於其《雜》I
　　　　1注書曰：“今，嗚呼，[布蘭丁山藏書樓]共杜訥藏書(Dunes，
　　　　在比利時)爲羣蠻撕扯焚燬，無論如何詛咒此毀壞偶像之
　　　　舉皆不足以抵其罪，所有學科無可比擬之文獻皆慘遭無可
　　　　補救之損壞。”四部手卷依Cruquius攷辨當出自九世紀，
　　　　其中之一爲“最古本”(vetustissimus)。倘其所言不虛，則
　　　　此四本皆早於今存諸本。今此四份手卷既皆失傳，學者欲
　　　　窺此“最古本”，所由遂唯有Cruquius自其中所摘錄字讀。

---

① Cruquius(死於1584年)所見布蘭丁山手卷因其重要性亦因其散佚而成賀拉斯詩集斠勘學
　　中最大疑案，此處綜合Bentley、Keller/Holder、Klingner等說。李永毅教授《賀拉斯詩選》
　　“引言”全錄依從Bentley之E.C. Wickham所著*The Works of Horace* (vol. I, Oxford: 1896,
　　尤見pp.3–10)英文導言之說，非敢苟同。Cruquius疑團詳述見Keller/Holder, *Q.H.Fl. opera*,
　　“Praefatio,” vol. I, p.xxxii–xxxviii, Josef Bick, *Horazkritik seit 1880*, 第二章，„Glaubwür-
　　digkeit des Cruquius," pp.35–48. Karl Zangemeister, „Ueber die älteste Horazausgabe des
　　Cruquius." in *Rheinisches Museum für Philologie* 19 (1864): 322–39; 同卷Otto Keller, „Zu
　　Horaz. „Ueber die Unzuverlässigkeit des Cruquius," pp.634–37.

然Cruquius所稱摘自此最古本之句讀是否忠實於原本，
是否係其修訂所成，甚至於其所稱已燬古本是否眞有，皆
成疑案。其所錄“最古本”句讀極爲Richard Bentley（詳
後）推重，然Keller與Holder以爲其中已竄入他本字句乃至
Cruquius臆讀，遭其塗乙，實乃合和若干卷本及Cruquius塗
乙而成，故甚輕之。Klingner孜訂脫胎於Keller/Holder，故
列入“卷本遭竄入致勘爲學者徵用者”類

ς　=　　近世不知名且不完全卷本

Pph.　　　　　= Porphyrio古注

σχA Γ V *v* c = Keller編纂僞Acro古注，其中：

σχA　　　　= 古注卷本A

σχΓ　　　　= 古注卷本γ及同源卷本；Keller編纂僞Acro古注，卷
　　　　　　　一, p. xɪ詳爲說明

σχV　　　　= 古注梵蒂岡拉丁文卷本編號3257

σχ*v*　　　　= 得韶(scholia codicis Dessauiensis, 今Dessau, 亦名紐
　　　　　　　倫堡)卷本

σχc　　　　= 沃爾夫必太爾(Wolfenbüttel)布倫施威格–呂納堡公
　　　　　　　(Herzog zu Braunschweig-Lüneburg)圖書館(Herzog
　　　　　　　August Bibliothek)藏拉丁文卷本(scholia codicis
　　　　　　　Guelferbytani lat.)，編號奧古斯特(August) 81.31；
　　　　　　　古注卷頁見Keller編纂Acro古注卷1–2

Comm. Cruq. = Cruquianus集注

ex. Vat.　　　= 數家集(exempla diversorum auctorum)，H. Keil編
　　　　　　　輯，哈雷, 1872

Micon　　　= 九世紀拉丁詩人米孔(Micon)集，L. Traube編輯

　　以上各卷本含《讚》者之間相互關係及其所推定之古本源流可詳
下圖(stemma codicum)：

讚歌集

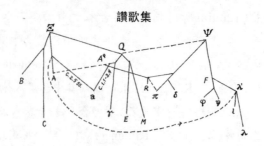

其中Q所載《讚》詩文殆全本Ξ而非Ψ（詩人他集Ψ與Q之間據推斷有傳承關係），故Ψ與Q之間爲虛線。a本《讚歌集》中II 5來自Ξ，其餘大部屬於Q。

含《對歌集》者源流圖則爲：

對歌集

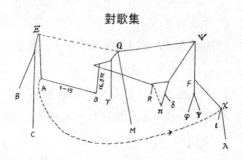

含《雜詩集》者源流爲：

雜詩集

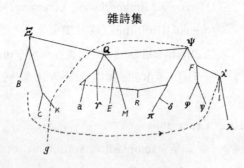

含《書信集》者爲：

書信集

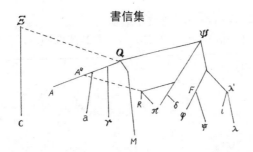

　　如上表所示，文本以外，賀拉斯詩集今存古注三種，分別標爲Helenius Acro、與Pomponius Porphyrio所作，第三種習稱Cruquius刊古注(Commentator Cruquianus)。Porphyrio名見於西曆400年前後文法學家Charisius筆下，故其人當早於400年。Otto Holder攷察Porphyrio注文，據其中稱安息(Parthia)不稱波斯(Persia)、言古羅馬祭祀如仍行於其時等内證，推斷其撰作時間當在西曆200至250年之間。Porphyrio注詩重文法修辭風格，而輕掌故史實。其注今存中古抄本爲完帙，最早者書於九/十世紀(梵蒂岡奧西尼藏品(Vaticanus Vrsinianus)編號3314與慕尼黑(Monacensis)編號181)[1]，其餘則晚至十五世紀。名爲Acro者人知爲更早學者，Porphyrio注嘗參稽焉。然攷覈其名下傳世注文，其中稱波斯不云安息，以古羅馬宗教爲異教(羅馬禁行異教在391年)，乃至語及羅馬爲北方蠻族所陷(西哥特人陷羅馬城在410年)等等，推知其成文遠較Porphyrio古注晚近，乃僞託Acro者，非先於Porphyrio之真Acro古注也，故稱爲僞Acro注(Pseudacro)。今存其中古鈔本最早書於十世紀，然僅含《對歌集》與《讚歌集》注。Otto Keller斠勘以Parisinus(巴黎)編號7900 *A*(即上表中σχA)爲底本，以梵蒂岡奧西尼藏品(Vat. Vrsinianus)編號3257爲副本，Keller名之曰*V*，即上表中σχV。其注雖最早見於十世紀手卷，然皆未署其名，Acro署名始見於十五世紀鈔本。[2]

　　Cruquius所刊古注非如上述二種爲自成一統者，實乃合和二古注，且雜以巴塞爾1555年版所含注疏、訂正而成。以注視之，殆無補益。其

① 據Schanz, 前揭, p.187；Ferdinand Hauthal編輯*Acronis et Porphyrionis commentarii in Q.H.Fl.*斠勘記總論傳世鈔本似未知有梵蒂岡手卷，見p.13。

② Otto Keller, *Pseudacronis scholia in Horatium vetustiora*, vol. I, pp. V-VI.

用途在於多處含已佚布蘭丁本所載注釋。

　　本書采納Keller/Holder暨Klingner詩集鈔本源流說，書中凡涉文本勘讀，所用中古鈔卷及其世系代號皆依前表。[①]

§2.2 近代版本[②]

本書所依據主要版本年份、書名、編著者用黑體標示

　　§ 2.2歐洲以活字版印刷書籍始於十五世紀中葉。賀拉斯作品印刷成書行世即始於此時。初版(editio princeps)今已未可確知，已知最早版本爲1470年翡冷翠/威尼斯出版，茲列歷代版本如下：

十五世紀

原書所題編輯術語分別翻譯如下：*annotatio*, 注解；*commentarius*, 評注或注；*curare*, 審斠；*edere*, 編；*emendare*, 修訂；*illustrare*, 解；*nota*, 注；*recensere*, 彙斠；*recognoscere*, 致訂

1470　　*H. Fl. opera.* 僅含《雜》二卷。無出版地。疑爲首版(editio princeps)。

1474前　*H. Odae et ars poetica cum commentariis Acronis et Porphyrionis* 《讚》與《藝》有古注。無出版地。或爲最早含二古注版本。

1474　　*H. opera omnia, cum commentariis Acronis et Porphyrionis* 《全集》含僞A及P二氏古注。2 voll. 米蘭：per Antonium Zarothum Parmensem. 最早確定有出版年份含古注版本。再版：1485.

---

① M. Lenchantin de Gubernatis所列卷本較Klingner多翡冷翠藏卷本Laurentianus 34, 羊皮紙卷本，十世紀末–十一世紀初, *Opera*, p.xi.

② 采Maximus Lenchantin de Gubernatis編輯*Q.H.Fl. opera*, vol. I, *Carminum libri IV epodon Liber Carmen Saeculare*, praefatio列表, pp.xlv–xlviii, 及*Bibliotheca Sunderlandiana, Sale Catalogue of the Truly Important and Very Extensive Library of Printed Books Known as the Sunderland or Blentheim Library* (London: 1881), 並摻以解釋。十五世紀版本Lenchantin列表幾全闕。

1476   *H. opera omnia.* hoc opus H. emendatissimum impressum est
        opera et impensis Philippi de Lavagnia civis Mediolanensis.
        《全集》。米蘭：Ph. de Lavagnia出資印刷。再版：1477.

1478   *H. opera omnia*《全集》。威尼斯：per Philippum Condam
        Petri.

1481   *H. opera omnia cum commentariis Acronis et Porphyrionis.*
        《全集含A與P古注》。無出版年及地點或商家，然首頁爲
        Raphael Regius致Aloisius Morocenus署Patavii（帕篤阿，
        Padua）1481.

1482   *H. Fl. opera cum commentariis*《全集評注》。翡冷翠：per
        Antonium Miscominum；威尼斯：per Ioannem de Forlivio et
        socios, 1483. Chr. Landinus（Cristoforo Landino）注釋版。 再
        版：1486; 1490; 1491; 1493; 1498.

1483   *H. C. Landini in Oratii Carmina interpretationes*《讚》Landino
        注。威尼斯：per Mag. Reynaldum de Novimagio. 與Iuvenalis
        Satyrae [sic]、Persius *Satirae*合集。

1486   *H. opera omnia cum commt. Acr. et Porph.*《全集》含古注。米
        蘭：Antonius Zarotus. Alexander Minutianus督印。

1492   *H. opera omnia cum quattuor commentariis Ant. Mancinelli,*
        Acr., Porph. et Christ. Landini.《全集四家注》。威尼斯：
        Philippus Pincius. 再版：1494; 1509.

1498   *H. opera cum quibusdam annotationibus imaginibusque*
        pulcherrima; aptisque ad Odarum conceptus et Sententias.
        《全集四家注》斯特拉斯堡（Argentoratum）：Jo. Reinhardus
        Gurninger. 最早德國版本。

十六世紀

版本漸多，不完全計有：

1501   *Q.H.Fl. poemata ... ex recognition Aldi*《詩集》。威尼斯：

apud Aldum et Andraeam Socerum. Aldus（Aldo Manuzio）攷訂版。再版：1509；1519；1520；1527.

1503　　*H. Opera*《全集》。翡冷翠：Bibliopola. Philippus Iunta（Filippo Giunta）出資版。再版：1514；1519.

　　　　Q.H.Fl. opera cum notis A. Mancinelli et familiari Iod. Badii ascensii explanatione《全集注釋》。巴黎：Gymnasium Iehan Petit. 有A. Mancinellus（Antonio Mancinelli）注，Iod. Badius（Josse Bade）简解。再版：1509；1511；1516；1519；1529；1543.

1520　　*H. opera omnia cum commett. Porph., Ant. Mancinelli, et Ascensii, Jo. Britannico Brixi*《全集》含四家注。威尼斯：per G. de Fontaneto.

1521　　*H. Poemata in quibus multa correcta sunt, et institiones suis locis posites commentariorum quodamodo vice funguntur.*《詩集》威尼斯：Alexander Paganinus.

1523　　*poemata omnia studio ac diligentia H. Glareani recognita eiusdem annotationibus illustrata*《詩全集》。弗萊堡：Brisgoia. Henricus Glareanus（Heinrich Loriti）攷訂注解版。

1527　　*opera cum commentariis Acronis*《全集附Acro評注》。巴塞爾：apud Valentinum Curionem.含偽Acro注。

1537　　*H. poemata omnia, doctissimis scholiis illustrata*《詩全集》。巴黎：Fr. Gryphius. 有集注。再版：1541, 與Iuvenalis、Persius *Satirae*合集。

1539　　*Q.H.Fl. opera*《全集》。巴黎：Robertus Stephanus（Robert Estienne）出版。再版：1544.

1539　　*H. opera cum annot.; Nic. Perotti libellus non infrugifer de metris Odarum H.*《全集》。巴黎：S. Colinoeus. 有注，Perottus所著《讚》音律解。再版：1543.

1544　　*H. poemata omnia*《詩全集》。威尼斯：per H. Scotum. 有偽Acr., Porph.古注。Janus Parhasius, Ant. Mancinellus, Jad. Badius Ascensius注。

H. poemata omnia《詩全集》。里昂(Lugdunum)：G. de Millis.
有評注。

同上版。安特衛普：Jo. Crinitus.

1551　*H.* 威尼斯：apud Aldum Iun.（小Aldo)版。含M. Antonius
Muretus(Marc Antoine Muret)注。再版：1552；1555；1557；
1559；1561；1564；1566。

1555　*Q.H.Fl. opera ... Helenii Acronis et Porphyrionis commentariis
illustrata admixtis interdum C. Aemilii, Iulii Modesti et Teren-
tii Scauri annotatiunculis edita auctius et emendatius ... per
Georgium Fabricium Chemnicensem*《全集》。巴塞爾：apud
Henrichum Petri. 二卷。Georg Fabricius(本姓Goldschmidt)
斠編修訂版，含偽Acro與Porphyrio注，其中混雜其他古文法
學家Iulius Modestus, Q. Terentius Scaurus等注。次卷收時人
Landinus等人評注。

1561　*Q.H.Fl. ex fide atque auctoritate decem librorum mss. opera
Dionysii Lambini ... emendatus*《全集自十一卷本修訂版》。里
昂：Ion. Tornaesius(Jean de Tournes)出版。Dionysius Lambi-
nus（Denis Lambin)自鈔本修訂。[①] 再版：1566；1567；1569；
1570；1575；1577。

1578　*H.Fl. poemata novis scholiis et argumentis ab Henrico Stepha-
no illustrata*《詩集及新注新論》。巴黎。Henricus Stephanus
(Henri Estienne)版，含注。再版：1588；1600。

**Q.H.Fl. ex antiquissimis undecim lib. m. s. ... emendatus ...
opera.** 安特衛普：Chr. Plantinus. Iacobus **Cruquius**（Jacques
de Crucque)修訂《全集》，聲稱底本爲最古十一卷鈔本。其中
《讚》IV(*Cruquius carminum librum quartum*)已於1565年出

---

① Wickham云荷蘭希臘語語文學家Willem Canter 1564年于巴塞爾出版H集，今查并無此版，
係誤記。

版於布魯日；《對》1576年於安特衛普：Chr. Platinus；《雜》
二卷(eclogarum (sive potius satirarum) libros II)1573於安特
衛普：Chr. Platinus. 1611年第九版增附Ianus Dousa(Jan van
der Does)注。

十七世紀

1604　Q.H.Fl. opera《全集》。巴黎：apud Barthol. Macaeum. 重刊
　　　Dionysius Lambinus(Denis Lambin)版，附Adrianus Turnebus
　　　(Adrien Turnèbe)注，書末有Theod. Marcilius勘讀。

1605　Q.H.Fl. opera cum commentariis Dan. Heinsii《全集附Hein-
　　　sius評注》。安特卫普：Plantiniana Fr. Raphelengius. Daniël
　　　Heinsius評注版。再版：1610；1612；1628；1629。

1608　Q.H.Fl. cum erudito Laevini Torrentii commentario《全集
　　　Torrentius詳注》。安特卫普：Plantiniana. Laevinus Torrentius
　　　(Lieven van der Beke)注釋版。

1613　Q.H.Fl. cum notis Iani Rutgersii Litetiae《全集附Rutgersius
　　　注》。巴黎：Robertus Stephanus(Robert Estienne)印刷。Ianus
　　　Rutgersius(Jan Rutgers)注。

1671　Q.H.Fl. opera《全集》。騷繆(Saumur, 法國)。Tanaquil Faber
　　　Salmurius攷訂版。

1699　Q.H.Fl. accedunt I. Rutgersii lectiones venusinae curante Pe-
　　　tro Burmanno. 烏德勒支(Utrecht, 荷蘭)。Petrus Burmannus
　　　(Pieter Burman)刊本，附Ianus Rutgersius(Jan Rutgers)注。

十八世紀

1701　Q.H.Fl. eclogae《選集》。倫敦：William Baxter文本重構。

1711　**Q.H.Fl. ex recensione et cum notis Rich. Bentleii**《全集並
　　　Bentley彙斠注釋》。劍橋。Richard **Bentley**彙斠注釋版。柏林

Weidmann 1869年重刊版附C. Zangemeister詳盡引得，最爲學
者所重。

1721　　*Q.H.Fl. poemata ... emendavit variasque scriptorum et impres-*
　　　　sorum lectiones adiecit Alex. Cuningamius《詩集》。海牙：
　　　　apud Th. Ionsonium；倫敦：apud Vaillant et Prevost. Alexander
　　　　Cunningham修訂書者與印者異文。倫敦版與Bentley相左處
　　　　增修訂及注。

1728　　*Les poesies d'Horace ... traduites en français avec des remar-*
　　　　ques critiques《詩集》。巴黎。N.E. Sanadon法文翻譯與斠
　　　　記。

1731　　*Q. Horatii carminum libri VI recensuit et ... emendavit Ge.*
　　　　Wade《讚》四卷。倫敦：Bowyer. George Wade彙斠修訂。

1778–1782　　*Q.H.Fl. opera*《全集》。萊比錫。Christian David Jani彙斠
　　　　異讀並詳注。

1788　　*Q.H.Fl. carmnia*《讚》。斯特拉斯堡。Jeremias Jacob Oberlin
　　　　審斠。

1794　　*Q.H.Fl. quae supersunt*《存世文集》。倫敦。Gilbert Wakefield
　　　　彙斠注釋版。

1799　　*Q.H.Fl. opera ad exemplar Bentleii recudenda curavit adiectis*
　　　　argumentis notis criticis et indicibus Fr. Wetzel《全集》。利哥
　　　　尼茨(Liegnitz，當時德屬，今在波蘭)。Johann Christian Frie-
　　　　drich Wetzel審斠重修Bentley版，增補注釋引得。

十九世紀

版本甚夥，擇其要者如下：

1800　　　　*H.Fl. opera*《全集》。萊比錫。Christoph Wilhelm Mit-
　　　　　　scherlich解。

1811　　　　*Q.H.Fl. opera*《全集》。羅馬。Carlo Fea自卷本修訂注
　　　　　　解。

1822　　　　*Q.H.Fl. eclogae*《選集》。萊比錫：第二版。含古注选，並附William Baxter, Johann Matthias Gesner與Johann Carl Zeune注。二版爲Friedrich Heinrich Bothe攷訂。

1829–1832　*Q.H.Fl.* 巴黎。N.E. Lemaire審斠修訂版。

1803–1839　*Q.H.Fl. opera*《全集》。萊比錫，Friedrich Wilhelm Doering彙斠注解版。新版審斠Gustav Regel。

1837/1852　*Q.H.Fl.* 蘇黎世，Johann Gaspar von Orelli彙斠注釋版。 1886–1892，柏林/萊比錫，新版。

1844　　　　波恩，Wilhelm Dillenburger斠訂注釋版，1875年第六版。

1849　　　　布朗施崴格（Braunschweig, 德國），Heinrich Düntzer版，含古注及Düntzer氏注。

1854　　　　*Q.H.Fl.* 柏林。August Meineke審斠，有序；1874年再版。

1856–1857　*H.Fl. opera*《全集》。萊比錫。Francis Ritter編定。

1862　　　　*carmina*《讚》。阿姆斯特丹增補版。Petrus Hofman Peerl-kamp彙斠。初版：Haarlem（低地國），1834。

1864–1879　*Q.H.Fl.* 萊比錫。Otto Keller與Alfred Holder彙斠。Keller 重斠版《讚》、《對》，萊比錫：1899；重斠《雜》、《書》，耶拿：1925。

1869　　　　*carmina*《讚》。萊比錫。Lucian Müller攷訂。再版：1875；1897.

倫敦。Monroe/King版。

1876　　　　*carmina*《讚》。比勒菲尔德（Bielefeld, 德国）。Friedrich August Eckstein編。

1886–1892　*Q.H.Fl.* 柏林/萊比錫。Johann Caspar Orelli審斠詮釋。第四版Wilhelm Hirschfeld與Wilhelm Mewes審斠Johann Georg Baiter擴增Orelli版。

1892　　　　*Q.H.Fl. carmina*《讚》。柏林。Martin Hertz斠勘選注版。

Q.H.Fl. opera. 摩的拿（Mutina/Modena, 意大利）。 Hector Stampini彙斠勘讀。

1893　　Q.H.Fl. 倫敦。James Gow攷訂，卷一。

1896　　倫敦，James Gow斠訂版。

二十世紀至今

擇要如下：

1901　　Q.H.Fl. opera《全集》。牛津。Edward C. Wickham攷訂。
　　　　再版：1912, H.W. Garrod審斠。BO.

1907　　*carmina*《讚》。萊比錫。Friedrich **Vollmer**編。**擴增修**
　　　　改版，1912. BT. 含《讚》全、《世》、《對》、《雜》卷二、
　　　　《書》卷二、《藝》。

1908　　Q.H.Fl. opera《全集》。萊比錫。Maurice Haupt攷訂。Jo-
　　　　hannes Vahlen審斠第五版。

1911–1924　*Œuvres d'Horace*《全集》。巴黎：Hachette. Frédéric
　　　　Edouard Plessis, Paul Lejay, Edouard Galletier編並撰斠勘
　　　　記。《讚》、《對》、《世》卷Plessis撰。

1927–1934　巴黎，François Villeneuve編。拉法雙語本。

1939/³**1959**　Q.H.Fl. opera《全集》。萊比錫，Friedrich **Klingner**編。第
　　　　三版。BT.

1945　　*Carmina cum epodis.* 倫敦。Archibald Y. Campbell修訂注
　　　　釋《對》、《讚》。

1948　　托里諾(Torino)。Augusto Rostagni斠訂版。

1959–1967　**Q.H.Fl. opera**　《全集》。三卷。都靈。Maximus **Lenchan-**
　　　　tin de Gubernatis彙斠，Domenico **Bo**審斠。《讚》、《對》、
　　　　《世》第二版：1940. 此前有二人拉/意雙語本，並有意語
　　　　注釋，雅典/米蘭，1937/1950。

1984　　Q.H.Fl. opera《全集》。萊比錫。István Borzsák編。BT.

1985　　Q.H.Fl. opera《全集》。施圖加特。D.R. Shackleton Bailey
　　　　編。BT.

古注近代軼勘版本

1858   *Quaestiones criticae de Acronis et Porphyrionis commentariis Horatianis.* Franciscus Pauly。布拉格.

1859   *Acronis et Porphyrionis commentarii in Q.H.Fl.* ed. Ferdinand Hauthal. 2 voll. 萊比錫。1864柏林重印.

1874   *Pomponii Porphyrionis commentarii in Q.H.Fl.* ed. Wilhelm Meyer. BT.

1894   *Scholia antiqua in Q.H.Fl.* edd. Alfred Holder et Otto Keller. vol. 1. ***Porphyrionis commentatum***. ed. A. Holder.

1902   *Pseudacronis scholia in Horatium vetustiora.* ed. Otto Keller. vol. 1. ***Schol. AV in Carmina et Epodos***. BT.

1904   *Pseudacronis scholia in Horatium vetustiora.* ed. Otto Keller. vol. 2. *Schol. in Sermones Epistulas Artemque poeticam.*

現代俗語[①] 注釋版

擇其要者計有：

1681   *Q.H.Fl.* 巴黎。含A. Dacier法文翻譯。

1854   *Des Q.H.Fl. sämtliche Werke.* 萊比錫。C.W. Nauck 注《對》與《讚》。後經P. Hoppe修訂多次再版，直至 1926年。

1868   *Des Q.H.Fl. Werke.* 帕得鮑恩(Paderborn)。Heinrich Duntzer德文注全集。

1874–1883   *Q.H.Fl.* 柏林。Hermann Schütz德文注全集。

1883–1910   *Horace's Odes.* 倫敦。T.E. Page英文注，僅《讚》。

1890–1898   ***Q.H.Fl.*** 柏林。Adolf **Kießling**德文注全集。

———————————

① 俗語指意、法、英、德等現代歐洲語言。

1891–1896	*The Works of Horace.* 牛津。E.C. Wickham英文注全集。
1895–1996	*Horace's Odes and Satires.* 剑桥。James Gow注《讚》與《雜》。
1900	*Q.H.Fl.* 圣彼得堡/萊比錫。Lucian Müller德文注《讚》、《對》。《雜》、《書》。布拉格/萊比錫: 1891–1893。
1910	*Q.H.Fl. odi ed epode con il comment.* 米蘭: 第二版。D. Petro Rasi意大利文注, 僅《對》與《讚》。1901初版。 *Odes and Epodes.* 芝加哥。Paul Shorey/Laing英文注。僅《對》與《讚》。1898初版。perseus網站錄此版。
1808–[10. Aufl.]1961	*Q.H.Fl.* 柏林。Richard **Heinze**修改Kießling德文注全集。1955, 第八版, 含Erich Burck撰後記與文獻目錄。
1922–1927	*Orazio odi ed Epodi commento e note di V. Ussani.* 都靈。V. Ussani意大利文注。卷一含《對》、《讚》卷一, 1952再版; 卷二含《讚》卷二–卷四、《世》, 1952再版。
1924	***Œuvres d'Horace.*** 巴黎。Frédéric Edouard Plessis法文注《對》、《讚》。
1925–1928	*Le odi, gli Epodi e il Carme secolare con commento.* 都靈。含《讚》、《對》、《世》。Vottorio D'Agostino意大利文注。卷一: 1925; 卷二: 1928。
1930	*Il libro degli epodi col commento.* 都靈。僅《對》。Cesare Giarratano意大利文注。
1935	*I carmi e gli epodi commentati.* 都靈。《讚》與《對》。有注。Onorato Tescari. 第三版: 1943.
1943	*Antologi orazioana a cura di Enrica Malcovati.* 翡冷翠。Enrica Malcovati意大利文注詩選。第二版, 1951.
1949	*Carmina selecta.* 巴塞羅那。V. Zuluala西班牙文注《讚》選。

1950　　　　　*Odi ed epodi.* 米蘭。《讚》與《對》。Dominicus Bo意
　　　　　　　大利文翻譯注釋M. Lenchantin de Gubernatis斠訂
　　　　　　　文本。

　　　　　　　Odi ed Epodi con introduzione e note. 米蘭。《讚》與
　　　　　　　《對》。Francesco Arnaldi序注。第四版1950.

1953　　　　　*Épodes.* 布魯塞爾。唯《對》。L. Herrmann法文譯。

1954　　　　　*Orazio le Odi scelte ed annotate.* 米蘭。I. Cazzaniga
　　　　　　　《讚》選注。

　　　　　　　Odes et Épodes. François Villeneuve法譯《讚》、
　　　　　　　《對》。

1955　　　　　*I carmi scelti e commentati.* 翡冷翠。V.E. Paoli《讚》
　　　　　　　選注。

1956　　　　　*Odi ed epodi con il commento.* 拿波里。Giacomo Giri
　　　　　　　注《讚》、《對》。

1970–2004　***A commentary on Horace Odes.*** 牛津。R.G.M. **Nis-
　　　　　　　bet**與M. **Hubbard**注《讚歌集》第一第二卷，1970與
　　　　　　　1978；與Niall Rudd注第三卷，2004。徒注，無詩文。

1971　　　　***Horace on Poetry: The Ars poetica.*** 劍橋。C.O. Brink
　　　　　　　著。

1980　　　　　*The odes.* 倫敦。Kenneth Quinn注《讚》。

1982　　　　　*Horace on Poetry: Epistles Book II: The Letters to
　　　　　　　Augustus and Florus.* 劍橋。C.O. Brink著。

1987　　　　Walther Killy und Ernst A. Schmidt, Einleitung und
　　　　　　　Kommentar. ***Horaz: Glanz der Bescheidenheit.*** *Oden
　　　　　　　und Epoden. Lateinisch und Deutsch.* Deutsche Über-
　　　　　　　setzung von Christian Friedrich Karl Herzlieb und Jo-
　　　　　　　hann Peter Uz. 2. Aufl. Düsserdorf und Zürich: Artemis
　　　　　　　& Winkler.

1997　　　　　*The complete odes and epodes.* 牛津。David West英
　　　　　　　譯並注釋。《讚》卷一*Carpe diem*, 1995, 卷二*Vatis*

amici, 1998分別出版。

^{3.Aufl.}**1997** ***Horaz. Lehrer-Kommentar zu den lyrischen Gedich-ten.*** 閔斯特。Karl **Numberger**注《對》、《讚》。徒注，無詩文。

2011 *Odes, Book IV and Carmen saeculare.* 劍橋。 Richard F. Thomas注《讚》IV與《世》。

2012 *Odes. Book I.* 劍橋。Roland Mayer注《讚》I。

2016 *Odes. Book II.* 劍橋。Stephen John Harrison注《讚》II。

中譯

1962 北京。楊周翰譯《藝》。

1985 北京。王煥生譯《讚》I 14, III 30.

1999 北京。劉皓明譯：《讚》I 4, 5, 11, 37.

2001 廣州。飛白譯，《古羅馬詩選》含H "長短句"（按指*Iambi*, 然如以音步言之，iambi當爲短長格，即∪－∪－；如以各行長短言之，並非奇數行皆長於偶數行，例如第十一與第十七首；故譯iambi作長短句實誤，李永毅譯本沿襲此誤，見下)7, 15, 16; 《歌集》（按即《讚》*Carmina*)I 4, 5, 9, 11, 13, 19, 22, 37, 38; II 3, 20; III 1, 6, 9, 21, 30; IV 1, 7; 《藝》節選，行1–41。

2009 上海。劉皓明譯，《讚》I 2.

2014 上海。劉皓明譯，有箋注，《讚》I 9, 14, 28.

2015 北京。李永毅譯《賀拉斯詩集》，有注釋；其中含《讚》I 1–9, 11, 14, 17, 20, 22, 23, 28, 34, 37; II 2, 20; III 4, 30; IV 5, 8, 12. 以及《世》。

2018 北京。李永毅譯《賀拉斯全集》。

　　章學誠《校讎通義》所論鮮及斠讎之細法。《校讐條理第七》曰："古者校讐書，終身守官，父子傳業，故能討論精詳，有功墳典。而其校讐之法，則心領神會，無可傳也。"（《校注》，頁九八四)可見其學傳承詭祕，外人不得窺測。章著縱偶有涉及，所言亦簡略粗糙，例如 "古人校讐，於書有訛誤，更定其文者，必注原文於其下；其兩說可通者，亦兩存其說；刪去篇次者，亦必存其闕目，所以備後人之采擇，而未敢自以謂必是也"(頁九八五)以與西洋斠讐學比較，恐尤顯其粗淺而乏系統。章氏之前宋人鄭樵《通志》卷七十一《校讎略》所論則愈疏。中國斠勘之學不若西方發達，胡適之早已辨之[1]，且陳其因有三，曰印刷術西方後起於中國數百年，曰西方古籍多現代語譯本，曰西方大學及藏書樓成規模。三者中後二胡氏所言或謬誤或含混，不足徵信，其首因，即印刷術流行年代差異，實關乎中西斠勘學之差異。至於胡適以爲斠勘學之根本在於得善本而互斠，視 "推理的斠勘學" 終非 "斠勘學的正軌"，恐亦嫌偏頗，似未知西方斠勘學重歸納鈔本源流，甚至不以臆讀改字(emendatio)爲非，尤致力於實證所不逮處推理揣測也。今以中國斠勘學對比於西方斠勘學，推理揣測若過自專自用固爲走險，然祇知平行枚舉異讀而不辨源流恐亦粗陋。今人論述中國古籍斠勘學最精最詳者蓋非倪其心《校勘學大綱》莫屬，然於西洋校勘學似仍有可借鑑之處。

三、格律概說

　　§ 3.1 賀拉斯《讚歌集》初編跋詩(III 30, 12 f.)自詡 "首箇將埃奧利的歌帶入義大利的音調" ("princeps Aeolium carmen ad Italos deduxisse modos")，僅就詩律而言，其所謂指首刱以**埃奧利詩律**(metrum Aeolicum)入拉丁文詩歌之例。[2] 埃奧利詩律本係上古希臘(Archaik)[3]埃奧利方言區暨琴詩人累士波島人薩福(Sappho, 約前630–570年)與阿爾凱(Alkaios, 約前620年–六世紀?)所用詩律。與希臘暨拉丁語常見他類詩律相比，埃奧利詩律特殊之處在於不以行句(periodus)內重複音步(metrum)爲節奏構成單元——例如史詩之指度六音步格(hexameter dactylus)或哀歌之六音步加五音步之偶行格(distichon)——，而係以一較簡單之節奏型爲基礎單元，由此依理或於外或於內

---

① 胡適序陳垣著《校勘學釋例》，頁六，頁八。

② 希臘暨琴詩乃至賀拉斯《對》所采阿耳基洛古格律之興起與意義，詳見Hugo Gleditsch, *Metrik der Griechen und Römer, Handbuch der klassischen Altertumswissenschaft.* Hrsg. von Iwan von Müller. 2. Bd., 3. Abteilung. 3. pp.107–109。

③ 俗稱作 "古風"，實爲誤稱，中文古風一詞指後世倣古，非實古者，而Archaik或archaic指希臘上古時代，而非後世倣古時代。

增減變換而成，且其各式音節數固定不變，非如六音步格等因每一音步內一長多可代以二短而可依理增減也。埃奧利詩律下含多樣型式，其中如薩福式(Sapphicum)移植於拉丁詩歌實非昉於賀拉斯，其前卡圖盧(Catullus)已爲其嚆矢①，然其所傚倣範本乃同代希臘化時代用此格律之亞歷山大城詩人，非上古時薩福等埃奧利詩人，且所傚皆短小未成規模，篇數亦稀。格律上軌阿爾凱等埃奧利詩人，整體移植於拉丁文詩歌，不限於借用其中一二格式以賦短章，賀拉斯洵爲羅馬詩歌中第一人也。②

　　古希臘羅馬詩律依元音長(–)短(∪)相間錯雜而定。埃奧利曁琴詩格律雖繁複多變，然歸根結蒂實源自一段四音節節奏型，– ∪ ∪ –，稱**爲團舞短長節(choriambus)**。由此節前後依理延伸，其前綴以二**兩可音節(anceps**，兩可者，即可長可短也)，標記爲x，此二兩可音節稱爲**埃奧利基音(basis Aeolica)**，以其易於識別且由此可推算餘音格律也；其後則續以∪ –，遂成埃奧利曁琴詩格律基本範型，古代文法學家以古希臘曁琴詩人古呂孔(Γλύκων, 生卒年月不詳)名之，稱爲**古呂孔節(Glyconeus)**③：

$$\text{x x} - ∪ ∪ - ∪ - \qquad\qquad 字符 gl$$

　　其中前二音(兩可音節，即埃奧利基音)之後凡遇二短音連續皆不得併爲一長，一長亦不得析爲二短。賀拉斯移植埃奧利格律自希臘文，凡用古呂孔節其埃奧利基音(頭二兩可音節)一律用二長音，所謂**盟約節(spondeus： – –)**是也。故賀氏所用古呂孔節實爲：

$$- - - ∪ ∪ - ∪ -$$

① 《歌集》11與51。

② 見Hugo Gleditsch, *Metrik der Griechen und Römer, Handbuch der klassischen Altertumswissenschaft,* II, 3, p.248。埃奧利詩律H非僅憑閱讀希臘原著而能精通，必嘗得益於Orbilius等語文業師，參觀R. Heinze, *Oden und Epoden*第四版(1901)前所附 „Die metrische Kunst des Horatius," pp.1ff。

③ 卡圖盧34與61二首用此律。

　　古呂孔節末減一音而成**減尾音古呂孔節**（**Glyconeus catalectus**，減尾音後末節由短變長，減音符：^），其節奏以雅典喜劇詩人腓勒克拉底（Φερεκράτης，前五世紀）名之，稱作**腓勒克拉底節**（**Pherecrateus**）：

　　　　　　x x－∪∪－－　　　　　　字符*ph*，實即*gl*˰

　　　　　　　　　　（H詩中xx皆爲－－，下同）

　　反之，古呂孔節末增一音則成**增尾音古呂孔節**（**Glyconeus hypercatalecticus**），學者以以弗所諷刺詩人希波納（Ἱππῶναξ，前六世紀）名之，稱作**希波納節**（**Hipponacteus**）：

　　　　　　x x－∪∪－∪－－　　　　字符 *hipp*

　　《讚歌集》中豎琴詩所用格律變化多樣，計凡十三種，然皆可自古呂孔（包含減音與增音變形）合和別樣節奏型生成。知曉此理，則賀拉斯豎琴詩格律靡不可通。

　　賀拉斯自稱師法希臘埃奧利豎琴詩人，其所指寔乃累士波島阿爾凱與薩福二人。《讚歌集》所用格律最多爲**阿爾凱式**（**Alcaium**）與**薩福式**（**Sapphicum**亦稱**小薩福式Sapphicum minor**），其中用阿爾凱式者計有三十七首（I: 9, 16, 17, 26, 27, 29, 31, 34, 35, 37; II: 1, 3, 5, 7, 9, 11, 13, 14, 15, 17, 19, 20; III: 1–6, 17, 21, 23, 26, 29; IV: 4, 9, 14, 15），佔全部四卷百又三首讚歌中三分之一強。**阿爾凱式**律譜如下：

　　　　　∪－∪－－‖－∪∪－∪∪　　　　*ia ˰gl //*
　　　　　∪－∪－－‖－∪∪－∪∪　　　　*ia ˰gl //*
　　　　　∪－∪－－∪－∪－∪̆　　　　　*ia penthem /*
　　　　　－∪∪－∪∪－∪－∪̆　　　　　*3 da˰˰ ba ///*

　　此阿爾凱式一章四行，（印刷格式慣例，各行如格律相同則左端行首取齊，遇格律不同者則行端向右後退數格；列格律譜時如下行與上行格律段落有所重複，則往往令重複音節段落對齊以便直觀），其中上二行格律相同，皆有十　音節，悉爲古呂孔節(glyconeus)前增三音節而成，所增三音節視爲**短長節**(iambus，短長格每四音節爲最小單位，字符*ia*)減一：x – ∪ – 減去末音節爲: ∪ – ∪。第三行可視爲短長節(x – ∪ –) + **五音半節**(penthemimeres: x – ∪ – –，字符*penthem*)。第四行則可視爲**半史詩行**(hemiepes: – ∪ ∪ – ∪ ∪ –，視同三度重複指度(dactylus，– ∪ ∪，字符*da*)而減其末尾∪∪而成) + **酒神節**(bacchiacum: ∪ – –，字符*ba*)。

阿爾凱式之後，當數**薩福式**，集中用此格律者有二十六首(I: 2, 10, 12, 20, 22, 25, 30, 32, 38; II: 2, 4, 6, 8, 10, 16; III: 8, 11, 14, 18, 20, 22, 27; IV: 2, 6, 11)，佔全集四分之一。此外《世》亦用薩福式。其律譜爲：

– ∪ – – – ‖ ∪ ∪ – ∪ – ∪̄	*cr ‚hipp //*
– ∪ – – – ‖ ∪ ∪ – ∪ – ∪̄	*cr ‚hipp //*
– ∪ – – – ‖ ∪ ∪ – ∪ – ∪̄	*cr ‚gl ‚ph ///*
– ∪ ∪ – ∪̄	

四行一章，上三行格律皆同，爲**革哩底節**(creticus，– ∪ –，字符*cr*) + **減首音希波納節**(acephalicus Hipponcteus: – – – ∪ ∪ – ∪ – –，字符*‚hipp*)。[①] 然格律學以第三、第四爲一行，並無間斷，如此，則薩福式可視爲二薩福詩行(*cr ‚hipp*)接以革哩底節(*cr*) + 減首音古呂孔節(∪ ∪ – ∪ –，案不計其埃奧利基音，字符*‚gl*) + 減首音腓勒克拉底節(– – ∪ ∪ – –，*‚ph*)詩行。然以集中用此律者第三行音頓(caesura)、音停(hiatus)覘之，賀拉斯殆視之爲二行，如此，末行則爲**阿東尼節**(Adoneus: – ∪ ∪ – ∪̄)，其實爲二度重複之指度節也。

薩福式以下最常用格律爲**阿斯克勒庇底式**(Asclepiadeum)，此式下分五種樣式，其中**阿斯克勒庇底式第一式**(Asclepiadeum primum)每

---

① 後二行詩律學視爲一行，爲革哩底節 + 去頭(即捨去該節中頭一個音)古呂孔節 + 去頭腓勒克拉底節。

行皆爲：

$$- - - \cup \cup - \| - \cup \cup - \cup \underline{\cup} \qquad\qquad gl^c \; /\!/$$

集中用此格式者凡三首: I 1; III 30; IV 8. 詩行係由古呂孔式内增而得, 即古呂孔式($- - - \cup \cup - \cup -$)内團舞短長節(choriambus, $- \cup \cup -$)重複一度, 音譜字符以上位字母^{c}標之。

集中用**阿斯克勒庇底式第二格式**(Asclepiadeum alterum)[1] 凡九首: I 6, 15, 24, 33; II 12; III 10, 16; IV 5, 12. 其律譜爲每章:

$$- - - \cup \overset{.}{\cup} - \| - \cup \cup - \cup \underline{\cup} \qquad\qquad gl^c \; /\!/$$
$$- - - \cup \cup - \| - \cup \cup - \cup \underline{\cup} \qquad\qquad gl^c \; /\!/$$
$$- - - \cup \cup - \| - \cup \cup - \cup \underline{\cup} \qquad\qquad gl^c \; /\!/$$
$$- - - \cup \cup - \cup \underline{\cup} \qquad\qquad gl \; /\!/\!/$$

其中上三行同阿斯克勒庇底式第一格式, 末行爲古呂孔節。

集中用**阿斯克勒庇底式第三格式**(Asclepiadeum tertium)[2] 凡七首: I 5, 14, 21, 23; III 7, 13; IV 13. 每章律譜爲:

$$- - - \cup \cup - \| - \cup \cup - \cup \underline{\cup} \qquad\qquad gl^c \; /\!/$$
$$- - - \cup \cup - \| - \cup \cup - \cup \underline{\cup} \qquad\qquad gl^c \; /\!/$$
$$- - - \cup \cup - - \qquad\qquad ph \; /\!/$$
$$- - - \cup \cup - \cup \underline{\cup} \qquad\qquad gl \; /\!/\!/$$

其中上二行皆同阿斯克勒庇底式第一格式, 第三行爲減尾音古呂孔節即腓勒克拉底節, 末行同阿斯克勒庇底式第二格式末行, 仍爲古呂

---

① 英語古典學界以此爲第三式。
② 英語古典學界以此爲第四式。

孔節。

　　集中用**阿斯克勒庇底式第四格式**(Asclepiadeum quartum)^① 凡十二
首: I 3, 13, 19, 36; III 9, 15, 19, 24, 25, 28; IV 1, 3. 律譜爲:

$$- - - \cup \cup - \cup \underline{\cup} \qquad\qquad gl \mathbin{/\!/}$$
$$- - - \cup \cup - \| - \cup \cup - \cup \underline{\cup} \qquad gl^{\,c} \mathbin{/\!/}$$
$$- - - \cup \cup - \cup \underline{\cup} \qquad\qquad gl \mathbin{/\!/}$$
$$- - - \cup \cup - \| - \cup \cup - \cup \underline{\cup} \qquad gl^{\,c} \mathbin{/\!/\!/}$$

　　其中首行與第三行皆爲古呂孔節，次行與第四行同阿斯克勒庇底
式第一格式。

　　集中用**阿斯克勒庇底式第五格式**(Asclepiadeum quintum)^② 凡三
首: I 11, 18; IV 10. 律譜爲每行皆作:

$$- - - \cup \cup - \| - \cup \cup - \| - \cup \cup - \cup \underline{\cup} \qquad gl^{\,2c} \mathbin{/\!/}$$

　　兩度重複古呂孔節內團舞短長節而成，亦稱**大阿斯克勒庇底式**
(Asclepiadeum maior)。

　　集中此外用**大薩福式(Sapphicum maius)**者有一首: I 8. 其律譜每
章爲:

$$- \cup \cup - \cup - - \qquad\qquad cho\ ba \mathbin{/}$$
$$- \cup - - - | \cup \cup - \| - \cup \cup - \cup - - \qquad cr \,_\backsim hipp^{c} \mathbin{/\!/}$$
$$- \cup \cup - \cup - \overline{\cup} \qquad\qquad cho\ ba \mathbin{/}$$
$$- \cup - - - | \cup \cup - \| - \cup \cup - \cup - \overline{\cup} \qquad cr \,_\backsim hipp^{c} \mathbin{/\!/\!/}$$

　　首行與第三行爲團舞短長節+酒神節($\cup - -$, *ba*)；第二與第四行爲

---

① 英語古典學界以此爲第二式。
② 卡圖盧30已首先用此律式。

革哩底節(– ∪ –, *cr*)＋ 減首音內增希波納節(acephalicus Hipponacteus auctus, ╻*hipp*ᶜ)，內增謂希波納節內部團舞短長節重複，減首音謂減第一次出現之團舞短長節首音(埃奧利基音不計)。

阿耳基洛古式(Archilochium)[1] 下含三種樣式，集中用**阿耳基洛古第一式**(Archilochium primum)者凡二首：I 7, 28；《對》12亦用此式。其律譜爲：

$$– ∪ ∪ – ∪ ∪ – ‖ ∪ ∪ – ∪ ∪ – ∪ ∪ – \underline{∪} \qquad 6\ da\ ^∧//$$
$$– ∪ ∪ – ∪ ∪ – ∪ ∪ – \underline{∪} \qquad 4\ da\ ^∧//$$
$$– ∪ ∪ – ∪ ∪ – ‖ ∪ ∪ – ∪ ∪ – ∪ ∪ – \underline{∪} \qquad 6\ da\ ^∧//$$
$$– ∪ ∪ – ∪ ∪ – ∪ ∪ – \underline{∪} \qquad 4\ da\ ^∧///$$

由指度(dactylus)六音步格行與減尾音指度四音步行交替組成。

集中用**阿耳基洛古第二式**(Archilochium alterum)者僅一首：IV 7. 其律譜爲：

$$– ∪ ∪ – ∪ ∪ – ‖ ∪ ∪ – ∪ ∪ – ∪ ∪ – \underline{∪} \qquad 6\ da\ ^∧//$$
$$– ∪ ∪ – ∪ ∪ \underline{∪} \qquad 3\ da\ ^{∧∧}//$$
$$– ∪ ∪ – ∪ ∪ – ‖ ∪ ∪ – ∪ ∪ – \underline{∪} \qquad 6\ da\ ^∧//$$
$$– ∪ ∪ – ∪ ∪ \underline{∪} \qquad 3\ da\ ^{∧∧}///$$

由首行指度六音步格與次行**半史詩節**(hemiepes，即減雙尾音指度三音步)組成，次行亦稱小阿耳基洛古行。

集中用**阿耳基洛古第三式**(Archilochium tertium)者僅一首：I 4.

$$– ⌣⌣ – ⌣⌣ – | ⌣⌣ – ∪∪ ‖ – ∪ – ∪ – – \qquad 4\ da\ ith$$
$$– – ∪ – ∪ ‖ – ∪ – ∪ – – \qquad 3\ ia\ ^∧//$$

---

[1] 英語古典學界多以阿爾克曼式(Alcmanium)稱之，爲其多見於希臘豎琴詩人阿爾克曼(Alkman, 前七世紀後葉)也。

$$–\breve\cup\breve\cup–\breve\cup\breve\cup–|\breve\cup\breve\cup–\cup\cup\|–\cup–\cup––\qquad 4\ da\ ith$$

$$––\cup–\cup\|–\cup–\cup––\qquad 3\ ia\ ^\wedge///$$

　　此格式屬未繫詩行(asynarteton)，即詩行由二彼此各異音律單位銜接而成，二者之間並無音頓。首行爲指度四音步+陽具格(ithyphallicus, $–\cup–\cup––$, 字符*ith*)銜接而成，亦稱大阿耳基洛古行；次行爲三音步減尾音短長格(iambus, *ia*, 埃奧利基音不計)。

　　餘下尚有兩種格律，集中各有一首用之。**希波納式(Hipponacteum)**：II 18. 其律譜爲：

$$–\cup–\cup–\cup\underline{\cup}\qquad 2\ tro\ ^\wedge//$$

$$\cup–\cup–\cup\|–\cup–\cup–\qquad 3\ ia\ ^\wedge//$$

$$–\cup–\cup–\cup\underline{\cup}\qquad 2\ tro\ ^\wedge//$$

$$\cup–\cup–\underline{\cup}\|–\cup–\cup–\underline{\cup}\qquad 3\ ia\ ^\wedge///$$

　　首行爲二音步減尾音長短格(trochaeus, $–\cup–\cup$, 字符*tro*)；次行爲三音步減尾音短長格。

　　最後爲**伊奧尼亞式(Ionicum)**，集中用此式者唯III 12一首。小伊奧尼亞節(Ionicum a minore)爲$\cup\cup––$，字符爲*io*^{mi}。III 12全詩有四章，每章有十例小伊奧尼亞節，連續不斷(synhaphia continua)，不分行：

$$\cup\cup––\cup\cup––\cup\cup––$$

$$\cup\cup––\cup\cup––\cup\cup––\cup\cup––$$

$$\cup\cup––\cup\cup––\qquad 10\ io^{mi}///$$

　　埃奧利格律中箇別音節雖可長可短，然除阿耳基洛古第二式所含六音步指式以外皆不可合併二短爲一長或解析一長爲二短，故各式所含音節有定數，非如指度六音步式因每步第二音節或爲一長或爲二短而全行音數可變也。

§ 3.2 十九世紀德國學者August Meinecke與Karl Lachmann[①] 分別闡發賀拉斯豎琴詩格律，辨阿爾凱、薩福格律外，等行(κατὰ στίχον)與偶行格(distich)亦每四行爲一章，全篇行數皆爲4 × x學界稱爲Meinecke定律(lex Meineckiana)。[②]《讚》集中唯律用伊奧尼亞式之III 12與用阿斯克勒庇底第一式之IV 8二首屬例外。前者因其格律不以行計算，故每章之內不分行。厥後或有學者駁詰其說[③]，辨I 1, I 18, III 30當每二行爲一節；I 11, IV 8, IV 10則當一貫到底，不分章節；其中I 1尤爲明顯，四行一章結構顯非詩人原意。其說爲是，已廣爲學者採納，本書亦從其說，以上所列例外詩篇書中皆不以Meinecke定律分章，胥爲一貫到底。

中譯文各篇依原詩所用格律而定各行及各章音節數，然原作格律所含短長音交錯格式則因拉丁語與漢語差異而不克傚法。

四、《讚歌集》概覽

§ 4.1《讚歌集》全書今有四卷共百又三首，卷一至卷四分別有三十八首，二十首，三十首，十五首。然詩集初刊時祇有前三卷共計八十八首。詩人初擬詩集全部止此三卷，問世後本亦無意續補。卷四乃詩人應至尊之請，讚其嗣子提貝留(Tiberius Claudius Nero，前42–西曆紀元37年，西曆紀元14年繼至尊踐帝位)等人武功而作，完成於初編三卷問世十年後約前13年，實爲詩集續編。

《讚歌集》初編問世日期史記闕載，然可於詩人此集及他集中探賾確知。作於《讚》初編之後、問世於前20年之《書》I 13係一短札，詩人以寄友人維紐(Vinnius)，囑其代呈"書卷"於至尊，全詩如下：

Ut proficiscentem docui te saepe diuque,
Augusto reddas signata volumina, Vinni,

---

① Lachmann, *Kleinere Schriften*, vol. II, „3. Horatiana," pp.84–96.

② Schanz, p.178 f. 別見James W. Halporn et al, *The Meters of Greek and Latin Poetry*, p.103 f.

③ S.S. Heynemann, *Analecta Horatiana*, pp.6–7.

si validus, si laetus erit, si denique poscet ;
ne studio nostri pecces odiumque libellis
sedulus inportes opera vehemente minister.
si te forte meae gravis uret sarcina chartae,
abicito potius, quam quo perferre iuberis
clitellas ferus inpingas Asinaeque paternum
cognomen vertas in risum et fabula fias.
viribus uteris per clivos flumina lamas.
victor propositi simul ac perveneris illuc,
sic positum servabis onus, ne forte sub ala
fasciculum portes librorum, ut rusticus agnum,
ut vinosa glomus furtivae Pirria lanae,
ut cum pilleolo soleas conviva tribulis.
ne volgo narres te sudavisse ferendo
carmina quae possint oculos aurisque morari
Caesaris. oratus multa prece nitere porro ;
vade, vale ; cave ne titubes mandataque frangas.

在你臨行之際，如我屢屢教導你者，
維紐，請將此緘封的書卷付與至尊，
趁其體健心暢之際，且當應其索求；
切勿熱心爲我而犯錯，急於求成因
過迫切而將此小書呈爲討嫌之物。
倘若此莎草紙卷過重而令你光火，
寧可棄之，也毋要狂暴欲甩掉馱囊般
卸給他，令你自父親繼承的綽號驢氏
成爲人們的笑話讓你招致流言蜚語。
用你的力氣跨越峻坡、河流和沼澤。
一旦你戰勝前面的路塗到達那裏，

你當這般送交此任：你莫要挾此書
包於臂下，彷彿鄉巴佬挾羊羔一般，
或如醺醉的碧里亞藏所竊毛線團，
或如抓着氈帽以就同鄉酒席那樣。
你也不要逢人便講你因爲身攜供
凱撒耳聽目賞的詩集而汗流浹背，
我吩咐這許多，但願你能勇往直前，
保重；保重；仔細別跌摔了我之所託。

　　以此書所作日期覘之，詩人所言"書卷"(volumina)當是《讚歌集》初編無疑。前22年末，至尊遄征西西里，尋復巡狩東疆。詩人書中所託友人維紐依理當於至尊啟程前完其囑託、面呈詩集爲宜：此可視爲詩集發佈日期之外證。以內證言之，《讚歌集》中所錄人事可確知日期者，皆不晚於23年底：一)I 12, 45語及至尊女婿馬耳策盧(Marcellus)，詳翫詩文可知撰此篇時詩人尚不知其於當年末夭折事，蓋詩集面世倘在其歿後，則不當似全然無視此大不幸，於斯新喪不聞不問也；故馬耳策盧夭亡可視爲詩集完成問世之下限(terminus post quem)。二)同此可視爲下限者爲集中涉及梅克納妻舅利金紐(L. Licinius Murena)二篇：II 10與III 19。利金紐於23年下半年因謀逆見殺，詩集苟面世於此後，則二篇言及此公之語氣不當彷彿全無此事，應或貶斥或逕刪其全篇方合情理。三)I 4或曰爲賀塞諦(L. Sestius Quirinus)出爲平章而賦或曰以舊作值其出任代賀，其人履職在前23年年中。綜上所述，學者胥推定詩集初編問世於23年後半年。

　　詩集初編各卷篇數，以卷二(二十首)、三(三十首)覘之，顯非無心，當爲有意取整數而然。卷一(三十八首)非同其後二卷(暨卷四)篇數不取整數五或十者，蓋爲詩人欲於首卷盡展集中體格，遂不暇以整數自限，唯格律題材風格之最大變數是遵，以此而盡其所當盡、止於不可不止，故有三十八首。卷一前數首尤可見詩人展列之意。十九世紀德國古典學者Wilhelm von Christ視前九首爲展列讚歌(Paradeoden)[1]，爲其所用格律殆囊括詩集初編除II 18、III 12外所用全部樣式也：阿斯克勒庇亞特第一型(I 1)，薩福體(I 2)，阿斯克勒庇亞特第四型(I 3)，阿耳基洛古第三型(I 4)，阿斯克勒庇亞特第三型(I 5)，阿斯克勒庇亞特第二型(I 6)，阿耳基洛古第一型(I 7)，大薩福體(I 8)，阿爾凱體(I 9)；而各首所贈之人或依其與詩人交情(I 1; 2; 3)而序，或遵其權勢地位(I 4; 6; 7)爲次，或爲平衡輕重(I 9)莊諧(I 5; 8)錯列，故先以梅克納詩酬報恩主兼弁全集之首，序詩之後則以呈至尊詩冠諸篇之前以尊其權高位重，且以答謝其寵幸之恩，至尊詩之後繼以送維吉爾詩以申惺惺相惜之至誠，再其後則綴以短章贈當年現任羅馬平章，以示尊尊，第五首係豔情詩，以舒緩前四篇之莊嚴沉鬱等等。或以爲前九首尚不足以盡詩人展列之意，Christ之後德國賀拉斯研究大家Adolf Kießling稱非緊前八爲然，前十二首皆爲展示之作也[2]，辯曰雖I 10格律同I 2，復用薩福體，然I 11係前十篇中所未見之阿斯克勒庇亞特第五型，緊隨其後I 12再用薩福體，以翼I 11之新體。更有學者以爲集中餘篇亦可倣此序列歸納爲九篇或三篇組型。今攷究諸說，但覺Christ之外餘說多嫌牽強，且於解詩無所裨益，第知集中前九爲展列詩已足矣。

　　集中餘篇格律與内容分佈雖難辨有整齊而連續類似前九首者，然安排亦非無所用心：以格律言之，卷二各篇依序逢單數殆皆用阿爾凱詩律，逢雙數則多用薩福式，顯非巧合；以内容言之，同卷首篇致波里歐，以所贈者地位身份及詩中所言覘之，可讀作卷二小序，故冠卷首；卷三前六首人稱羅馬讚歌，爲其連用阿爾凱詩律，所謳詠者皆爲羅馬風俗故也，蓋值内戰弭平，天步初夷，至尊首出庶物之際，詩人引古諭今，冀國民毋背祖德也；I 15、16、17三首先刺海倫，再告悔意，繼以暗扣海倫別稱之贈廷達里詩，皆以海倫貫穿，雖或顯或晦、或賦或比，然

---

[1] Wilhelm von Christ, „Ueber die Verskunst des Horaz im Lichte der alten Ueberlieferung," in *Sitzungsberichte der königlichen bayerischen Akademie der Wissenschaften zu München* 1 (1868), p.36 Anmerkung 12. Viktor Pöschl, *Horazische Lyrik. Interpretation*, p.35.

[2] A. Kießling, *Horatius*, in A. Kießling und U. von Wilamowitz-Moellendorff hrsg. *Philologische Untersuchungen* 2 (1881) *Zu Augusteischen Dichtern*: 63.

人仍得識詩人匠心；此外以I 34、35連頌機運女神，I 31樂神阿波羅頌續以其所擅之琴頌(I 32)，當皆係專意爲之；以格律兼内容攷之，詩集初編卒篇III 30重申詩人調寄埃奧利音律之志，與I 1獻詩末節遙相呼應，是全集之跋詩無疑，且序跋二篇詩律皆用阿斯克勒庇底式第一，頗可見詩人於全集編序經營之深密。

§ 4.2《讚歌集》初編序詩(I 1)以詩人言志結束全篇(29–37)：

me doctarum hederae praemia frontium
dis miscent superis, me gelidum nemus
Nympharumque leves cum Satyris chori
secernunt populo, si neque tibias
Euterpe cohibet nec Polyhymnia
Lesboum refugit tendere barbiton.
quodsi me lyricis vatibus inseres,
sublimi feriam sidera vertice.

我，有學的額上常青藤作獎賞
讓我混迹天神，我，清涼的聖林
和奼女與薩瑅的輕快團舞將
我分離於人衆，倘若優特佩勿
禁奏蘆笛、波利許美尼娅亦不
反對張緊累士波島的多絃琴。
汝若將我納入弄豎琴的巫史，
吾高揚的顱頂便能觸及繁星。

跋詩(III 30)則於詩集完成之後，預言其將爲後人涵詠紀念，且自惟其成就即在於移植埃奧利豎琴詩於羅馬(10–16)：

dicar, qua violens obstrepit Aufidus
et qua pauper aquae Daunus agrestium

regnavit populorum, ex humili potens,
princeps Λeolium carmen ad Italos
deduxisse modos. sume superbiam
quaesitam meritis et mihi Delphica
lauro cinge volens, Melpomene, comam.

我將被稱道，奧菲多激流澎湃
之處、乏水的道努統治鄉野之
民之處出生，起自低微卻強力，
首箇將埃奧利的歌引入義大利
的音律裏。就請顯示你憑功勞
所獲的高傲！惠請給我的頭髮
絜起，墨波密涅！得耳斐的桂枝。

　　初編問世十載之後，詩人於詩集後編仍以"埃奧利的歌"自況
（"Aeolio carmine nobilem," IV 3, 12）。其之所以有此稱者，雖已見前文
格律分析，然詩人既同時自詡"有學"，則其傳承源流實非止限於埃奧
利詩律也。《讚歌集》初編之後所作《書》I 19, 32云：

hunc [sc. Alcaeus] ego, non alio dictum prius ore, Latinus
volgavi fidicen. iuvat inmemorata ferentem
ingenuis oculisque legi manibusque teneri.

此人[即阿爾凱]是我，拉丁豎琴詩人，先於他人而
道之，遂令其知名。我樂於爲細嫩之手
所捧、爲良家之目閱讀，告之以前所未聞之事。

　　細翫詩文，詩人以移植阿爾凱入羅馬詩歌第一人自傲，其意非僅
謂其詩律，而亦在於能藉此"告以前所未聞之事"也，而所謂前所未聞
之事，必是用他類體裁所不能道者。

賀拉斯作詩初自羅馬體裁雜詩體(saturae)入手，倣傚羅馬古詩人盧基留(Gaius Lucilius，約前180–103/102年)，以詩記錄日常人事，無論所詠題材抑或所用格律指度六音步(hexameter dactylus)，皆近散文。繼而措手希臘詩人阿耳基洛古(Archilochos，約前680–約前645年)之短長律(iambus)而撰《對歌集》，其體裁後世多以屬豎琴詩類，然格律尚爲簡單。初試希臘詩律而臻嫻熟之後，方上軌希臘豎琴詩之泰斗阿爾凱與薩福，欲摘埃奧利豎琴詩於拉丁文，遂有《讚歌集》焉。逮賀氏之世，距阿爾凱、薩福已五百年，當日賀氏同代希臘詩歌皆受近代希臘化時尚趣味薰染，雖拉丁語詩歌亦同扇其風氣，賀氏欲爲"將埃奧利的歌引入義大利的音調"之第一人，其抱負之高遠，後人唯以設身處地方可畧約想見之；且拉丁希臘二語雖互爲親屬，然仍判然而爲二語種，二者所生文學之淵源、習俗、所載道理觀念皆頗異，詩人非熟諳兩大傳統之文字文章、且自信手搦夢傳彩筆、才情可逮不能爲也。

《讚歌集》不但格律體裁承襲埃奧利豎琴詩，章法詞句亦往往捃撦希臘前賢，其中不無活剝全篇者：倣阿爾凱有I 9, 10, 14, 18, 37; II 7; III 12; 倣薩福有I 13，此類篇什學者或逕以翻譯視之[①]。翻譯之說如或嫌過，《讚》中篇章多不以獨刱自標則學者胥無異議，以致時至今日論其詩者仍多陷於獨刱性與傳統之爭，良有以也。[②]

全篇襲用前人之外，捃撦詞句則非限於累士波島(Lesbos)詩人。僅以其中最常見最不可置疑者言之，阿爾凱、薩福之外，賀拉斯常用希臘豎琴詩人尚有阿納克里昂(Anakreon，約前582–約前485年；I 23; 25; 27)、品達(Pindaros，約前522–約前443年；I 12; 35)、巴刻居利得(Bakchylides，前五世紀；I 15; II 18)等輩，史詩詩人荷馬則隨處可見，古人之外，亦多捃撦近代或同代亞歷山大城詩人如迦利馬庫(Kallimachos，前310/305–240年；I 5; 8)。要之，賀拉斯能以其豎琴詩而成羅馬詩歌巨擘，不在於發源剏始，開闢蹊徑，而在於能集前輩之大成，更擅選詞煉句，經營別裁。近世德國批評家赫爾德(Johann

---

① "Si crede comunemente che Orazio nelle Odi abbia imitato e perfino tradotto i poeti lesbii e in ispecie Alceo." Giorgio Pasquali, *Orazio lirico*, p.1.

② Gordon Williams, *Tradition and Originality in Roman Poetry*, Oxford: U.P., 1968.

Gottfried Herder, 1744–1803年)嘗盛稱其能駕馭語言，謂其詩句句如
畫，字字成譬，一字一詞皆不容更易。[1] 尼采(Friedrich Nietzsche)謂其
詩宛如字詞鑲嵌畫，其中無字不響發而能與其前後相和，於其全體若
調鹽梅；選詞設位精準，與上下文彼此發明相得益彰，而文采行乎其
中；所陳情理彼此呼應，故能首尾圓合，條貫統序，能以最少文字，發揮
最大威能。[2] 與其所法希臘豎琴詩相比，賀拉斯詩往往非特章法愈整
飭、詞法愈精湛，且詩思設譬皆更巧妙攷究。故其豎琴詩雖非原剙而往
往勝於所軌原作。袁枚《續詩品三十二首‧著我》所謂"字字古有，言言
古無，吐故納新，其庶幾乎！"彷彿近之[3]。

　　§4.3 自古豎琴詩偏愛紅顏不喜蒼鬢，近世尤然。然賀拉斯始作埃
奧利歌曲時已韶華不再。《讚》集如上所述當始於前30年八月至尊克
埃及、克萊奧帕特拉(Cleopatra)前不久，其時詩人已年近不惑(三十九
歲)，比及詩集初編告竣，則已在中年，故其作不以激情熾烈見長遂不
足怪。例如詩人雖數稱其詩才"受制於稟賦，"禁其爲至尊及其部將
歌功頌德，而更宜歌詠宴飲(I 6,10 ff.)、豔情(I 32)，然方之於卡圖盧
(Catullus)、普羅佩耳修(Sextus Propertius)、提布盧(Tibullus)輩同代羅
馬情詩聖手(矧論奧維德(P. Ovidius Naso))，賀氏非特不以情詩動人見
長，反數譏諷情詩纏綿悱惻[4]。不瘳於感傷激情，固因年齒漸長，然亦是
天性使然。賀拉斯性本豁達，老於接人處世，文章以機鋒詼諧見長，既
不外拘於物，亦不內向濫情，故其詠歡愛情事，每先設一二戲劇場景，
以調侃反諷化解熱戀之纏綿急切或失戀之感傷忿怒，而絕不溺於濫

---

[1] „Horaz ist seiner Sprache ganz Meister. Sein Periode wird ein Gemälde, wo jedes Wort, je-
des triftige Beiwort, an denen er glücklich ist, eine Figur ausmachet: die Anordnung dieser
Figuren erhebet dabei das ganze Gemälde: man versuche es, Wörter aus ihrer Stelle, aus ihrer
Region zu rücken, und das Bild leidet allemal: dies ist ein Odendichter, der in jedes Wort Be-
deutung legt." Herder, *Über die neuere deutsche Literatur* I, in: J.G. Herder, *Werke* I, p.210.

[2] „Dies Mosaik von Worten, wo jedes Wort als Klang, als Ort, als Begriff, nach rechts und
links und über das Ganze hin seine Kraft ausströmt, dies Minimum in Umfang und Zahl der
Zeichen, dies damit erzielte Maximum in der Energie der Zeichen – das alles ist römisch und,
wenn man mir glauben will, *vornehm par excellence*." Friedrich Nietzsche, *Götzen-Dämme-
rung*, p.155.

[3]《小倉山房詩文集》，卷二十。

[4] I 33.

情。以此故而更擅長以詩應答交遊，所與者無論權高位重抑或身卑業賤，皆能進退有餘，且交情雖深淺親疏有差，或答問或絕請或弔喪或調笑，靡不得體周詳，然亦絕不流於油滑虛僞；對恩主不卑不亢，雖親昵而無不遜；待摯友情眞意切而無所欲求，不以物喜，不以己悲。文學史家論《讚歌集》，謂其題材豐富多樣，曰"人生境況靡不可得見焉：或涉友誼，或及愛情，或頌父國，或讚神明，或錄他人調侃勃谿，或寫秀美山水風光，或記一日之瑣事，或憶往昔之經歷，或幻想，或寫實。爲此詩人皆能配以相宜之音調，莊諧高低輕重緩急各就其位。"[①] 詩人不求於人生境遇作直接反應，故非若其所師之累士波島詩人阿爾凱薩福輩或以激情或以款曲見長，而專擅反思：或迴顧昔日所戀非淑，額慶今已脫其樊籠(I 5)；或嘆人生短促，細推物理唯當行樂(I 9)；或冷觀世事炎涼，詠人之窮通否泰皆由天定(I 35)；或喻以死生無常，斂財不如積德(II 2)。

§ 4.4 賀拉斯所著雜詩尚未結集時已流佈於坊間，詩人諸集中雜詩尤以適俗入世而爲時人傳誦，後進詩人波耳修(Aulus Persius Flaccus, 西曆紀元34–62年)、猶文納利(Decimus Iunius Iuvenalis, 西曆紀元一世紀後期至二世紀初期)輩引以爲模範，各著《雜詩集》行世。《讚歌集》問世後雖亦爲人傚倣，然知音甚稀。其時雖亦有人學之，詩人卻譏諷此輩唯知邯鄲學步，喬張做致，實未得其詩精髓(《書》I 19, 19 f.)：

> o imitatores, servom pecus, ut mihi saepe
>
> bilem, saepe iocum vestri movere tumultus !

> 模倣者，一羣奴才，你輩的胡鬧
> 一會兒惹我怒一會兒逗我樂。

然間亦有獲其褒獎者。讀《書信集》(I 3)可知有某提修(Titius)酷愛品達，賀拉斯嘗寄予厚望焉；又有友人弗洛羅(Iulius Florus)，似亦欲

---

① Schanz, p.149.

傚賀拉斯學作豎琴詩，詩人爲此頗不吝褒詞①。《讚歌集》深邃博大，凡
庸實難窺其堂奧，然時人亦非全無能解其妙者。奧維德(前43–西曆紀
元17/18年)《哀怨集》(*Tristia*) IV 10稱揚前輩羅馬詩人，賀拉斯亦名列
其中(49 f.)：

> et tenuit nostras numerosus Horatius aures,
>
> 　　dum ferit Ausonia carmina culta lyra.

> 律調多樣的賀拉斯俘獲我耳，
>
> 　　當其奧索尼[案：即意大利]豎琴奏彫琢之歌時。

且特推其豎琴詩，雖不過隻言片語，然曰"律調多樣"、曰"彫
琢"，可謂得其要領。

名滿天下，謗亦隨之，詩人固不乏詆諑者。此輩或因嫉才妬能而誹
訾，雖閉門祕賞，人前卻口不之許；或自矜高明，妄加掎摭，然實未能領
會其妙處，《書》I 19, 35–45云：

> scire velis, mea cur ingratus opuscula lector
>
> laudet ametque domi, premat extra limen iniquus :
>
> non ego ventosae plebis suffragia venor
>
> impensis cenarum et tritae munere vestis ;
>
> non ego nobilium scriptorum auditor et ultor
>
> grammaticas ambire tribus et pulpita dignor.
>
> hinc illae lacrimae. 'spissis indigna theatris
>
> scripta pudet recitare et nugis addere pondus'
>
> si dixi, 'rides' ait 'et Iovis auribus ista
>
> servas ; fidis enim manare poetica mella
>
> te solum, tibi pulcher.'

---

① 《書》I 3。

> 你欲明曉何以背恩讀者家中讚賞
>
> 喜愛我的小書，於檻外卻讎恨貶抑：
>
> 我非那類以請人吃喝和贈人舊衣
>
> 爲賄賂來漁獵跟風庶民選票之流；
>
> 我飽覽高尚作者，並且願爲之扞衛，
>
> 然不值得去拉攏學究與教授一族。
>
> 以此人們眼淚漣漣。我若說："我的書
>
> 不宜於擁擠的劇場朗誦，煞有介事
>
> 插科打諢令我羞恥，""你說笑話，"人說，
>
> "你專爲猶父之耳而作：你自信詩之
>
> 蜜爲你一人流淌，爲你專美。"

　　賀拉斯生前雖不屑於"拉攏學究與教授一族"以期得其美言，批評家於其身後卻終能持論公允。文論大家崑提良(Marcus Fabius Quintilianus，約西曆紀元35–約100年)論賀拉斯豎琴詩曰(X 1, 96)："lyricorum (sc. Romanorum poetarum) Horatius fere solus legi dignus. nam et insurgit aliquando et plenus est iucunditatis et gratiae et varius figuris et verbis felicissime audax.""[羅馬]豎琴詩人中唯賀拉斯值得一提。因其往往能高矯，且充滿歡樂與雅緻，其設譬多種多樣，用字膽大而豐富。"崑提良隨後論及其倣傚者，舉某Caesius Bassus，曰其步賀拉斯之後塵而作豎琴詩，然平庸不足稱。小普利尼(Gaius Plinius Caecilius Secundus，61–約113年)《書信集》(*Epistulae*) IX 22, 1問詢友人Passenus Paulus，謂其人作文憲法前人，先學普羅佩耳修，作哀歌幾能亂真，後轉攻豎琴詩，遂儼然另一賀拉斯矣；稱文章如可言血緣，則其人可謂賀拉斯之至親也："si elegos eius in manus sumpseris, leges opus tersum molle iucundum, et plane in Properti domo scriptum. nuper ad lyrica deflexit, in quibus ita Horatium ut in illis illum alterum effingit; putes si quid in studiis cognatio valet, et huius propinquum."此外隋東尼《文法師列傳・派勒蒙傳》(*De grammaticiis* 23)敘文法師派勒蒙(Q. Remmius Palaemon)賦詩"能用多樣且非慣常格律"(scripsit variis nec vulgaribus metris)，文學史家以爲所言指賀拉斯移植於拉丁文之埃奧利詩律。

　　賀拉斯嘗於《書信集》中貶低塾師曰(I 20 17 f.)："hoc quoque te manet, ut pueros elementa docentem occupet extremis in vicis balba senectus," "這亦或是你之將來：嘮叨的老年/控制了你，在僻遠的房中給學童開蒙。"然至晚至崑提良生時，其詩作已用於學堂爲範文。崑氏嘗言課徒選文，雖名家亦須剪裁，"蓋希臘詩人亦多放縱，雖賀拉斯作中亦有吾不欲講解者。"（"sit tamen in his non auctores modo sed etiam partes operis elegeris, nam et Graeci licenter multa et Horatium nolim in quibusdam interpretari."）[1] 可見其素爲生徒選讀詩人文章。與崑氏同時之詩人猶文納利《雜詩集》7, 225 ff. 憶幼在庠學，賀拉斯與維吉爾皆所素習：

dummodo non pereat totidem olfecisse lucernas
quot stabant pueri, cum totus decolor esset
Flaccus et haereret nigro fuligo Maroni.

毋因有刺鼻的油燈其數等同
站立的學童而身亡，那時整本
弗拉古[即賀拉斯]變色而馬羅[維吉爾]爲煤煙弄烏。

　　既用於學堂，文本斠勘與箋注必隨之而生。詩人斠勘本最早者問世於尼祿朝(西曆紀元一世紀)，係M. Valerius Probus所勘訂，近代學者悉推測此本即後世鈔本所自出，然此本是否有注抑僅爲點斠本則已不得而知[2]。賀拉斯詩集最早注釋家今知其名者有二人，曰Modestus，曰Claranus，又知哈德良朝Q. Terentius Scaurus著有詩集箋注。二或三世紀則有Helenius Acro箋注，然皆已散佚，前已述及。

_____

① I 8, 6.
② 學者爬梳存世文獻，信得其斠勘記中二則，分別爲《讚》III 27, 31–32；《藝》60–62，參見 Vollmer, *Ueberlieferungsgeschichte*, pp. 267 f.

今存中世紀鈔本或有含之前歷代斠勘者落款(subscriptio)者，其中八份[①]有最早落款爲Vettius Agorius Basilius Mavortius者，其人知爲527年平章，與某Felix合勘賀拉斯詩集，學者今多以爲所斠祇限於《讚》，Vollmer則主今傳鈔本皆本Mavortius斠勘本。[②]

§ 4.5 五世紀後半葉，西羅馬帝國顚殞，同時西漸之基督教寖假取代古代異教，羅馬文明暨文學淪胥以亡。雖然，古羅馬大詩人中維吉爾仍頗流行於中世紀，然以"彫琢之歌"(carmina culta)成爲羅馬詩傑之賀拉斯逮及六世紀已全爲陳跡，遭人遺忘。洎九世紀卡爾王朝始有復甦跡象。然亦僅限於其書信詩，蓋人可從中捃撦人生箴言法語也。其雜詩則因其中多含古羅馬當日風俗典故而難爲人曉，短長格詩亦尠爲人道，豎琴詩更全無解人。[③]十或十一世紀始可見有傚作其詩者，無名氏拉丁文百獸史詩《亡囚記》(*Ecbasis captivi*)第五部爲集句詩(cento)，係集賀拉斯詩句而成；十一世紀諷刺詩人Amarcius亦多捃撦賀拉斯詩句；十二世紀巴伐利亞僧人Metellus頌聖徒Quirinus詩學賀拉斯豎琴詩，既襲用其詩律，亦捃撦其詞語。十一世紀時羅馬天主教教宗敘爾維斯特二世(Sylvester II，約946–1003年；教宗任期999–1003年)敕令賀拉斯復用爲學堂課文以課生徒。以地域覘之，賀拉斯此時頗爲法蘭西德意志人所喜讀，而意大利西班牙殆全無知音[④]。故今存中古鈔本大多來自法蘭西，少數來自南德意志。

§ 4.6 文藝復興時期賀拉斯豎琴詩始重獲賞識，一時翻譯乃至模傚者甚夥[⑤]，其中彌足稱道者，首推意大利與西班牙詩人，法蘭西昴星派(La Pléiade)之大詩人龍薩耳(Pierre Ronsard，1524–1585年)與杜貝

---

① Parisius 7900, 7972, Leidensis 28, Gothanus B 61, Parisianus 8216, Reginensis (Oxon) P 2, Taurinensis I. VI. 2, Bruxellensis 9776–9778, 殆已佚Sangallensis oppidanus 312。

② 詳見O. Keller與A. Holder *Q.H.Fl. opera*, vol. I, p.xxv f.; F. Vollmer, *Ueberlieferungsgeschichte*, pp. 317 ff。

③ M. Manitius, *Analekten zur Geschichte des Horaz in Mittelalter bis 1300*, pp. 7 f. 參觀Ernst Robert Curtius, *Europäische Literatur und lateinisches Mittelalter*, Kap. 3, § 5 Die Schulautoren, p. 58 ff。

④ M. Manitius, 前揭, p. 6 ff。

⑤ 文藝復興時期各俗語翻譯，參觀Gilbert Highet, *The Classical Tradition*, p.124 f。

萊(Joachim du Bellay，約1522–1560年)緊隨其後。[①] 中世紀賀拉斯讀者
既多在法蘭西，厥後文藝復興時遂最流行焉。[②] 近代賀拉斯研究亦昉
於此時。其時印刷術初行於世，人文學者遂致力於斠勘傳世鈔本，以
刷印成帙。如前表所示，十六世紀賀拉斯詩集版本問世，其中多含拉
丁文箋注，或繁或簡不等；諸本中Iacobus Cruquius斠注本因聲稱依據
最古十一卷鈔本而爲後世學者推重。然Cruquius斠本問世之初本未爲
人所貴，率先學人能辨識其斠本不凡者，乃十八世紀英國學人Richard
Bentley（1662–1742年)也。Bentley後爲人尊爲近代賀拉斯學之開山
祖師，明辨Cruquius所見布蘭丁山卷本(codex Blandinius)爲傳世鈔本
中最優外，於釐定鈔本、訂正錯訛多有建樹。然其斠勘原則推崇情理
（"et sola ratio ac sententiarum lux necessitasque ipsa dominantur")[③]，以
爲傳世文本不必有明顯訛誤，例如格律失叶，語法舛誤，字詞荒謬等，
斠訂者衹須覺詩意於理於情有所未妥，即當塗乙文本以己意修訂原文
(emendatio)，故而其所修改詩文不限歷代手民孳生延傳之舛錯，亦未
止於前輩編纂者擅改原文所致謬誤，而是往往逕改詩人原文，代作者
筆削。Bentley版詩集問世後，頗有爭議[④]，然竟爲一代權威，學者至今徵
引焉。

　　Bentley之後百年，賀拉斯學復有一人，其敏銳博辨與廣招物議
皆名埒Bentley氏。法裔低地國學者Peter Hofman Peerlkamp《對》與
《讚》二集斠勘本問世於1834年。Peerlkamp乃一激進疑古派，稱自幼
涵泳研習賀拉斯，博覽諸本，覺其中多有不可理喻者，後得覽Bentley

---

① Highet, p.144 ff.

② Eduard Stemplinger, *Das Fortleben der Horazischen Lyrik seit der Renaissance*, p.2.

③ "plura igitur in Horatianis his curis ex coniectura exhibemus, quam ex Codicum subsidio ; et, nisi me omnia fallunt, plerumque certiora : nam in variis Lectionibus ipsa saepe auctoritas illudit, et pravae emendaturientium prurigini abblanditur ; in coniecturis vero contra omnium Librorum fidem proponendis et timor pudorque aurem vellunt, et sola ratio ac sententiarum lux necessitasque ipsa dominantur." "故而吾編輯賀拉斯，臆讀多於卷本所能支持者；且吾如不謬，大多亦較之更確定：蓋有文本異讀時權威多誤，其纂改之邪慾熾燃；所主之臆讀若違背所有書冊，懼與恥則耳提面命，唯情理、判斷力之光與必然性是從。"R. Bentley, *Q.H.Fl. ex recensione et cum notis atque emendationibus*, vol. I, p. XIV。

④ 參觀Sebastiano Timpanaro, *The Genesis of Lachmann's Method*, pp. 54–56。

本，受其啟發，辨詩人集中僞竄處約佔四分之一，始覺其文可通解。[①]
文學史家Martin Schanz謂其與Bentley同病，皆自樹一理想賀拉斯爲
圭臬，凡與之相扞格者皆判僞，且其較前者所懸標準愈嚴愈苛，強愎
愈甚，故其修訂之處學者信爲可成立者遠少於Bentley本。Bentley暨
Peerlkamp所力行之疑古臆改法頗不乏傚傚者，德意志學界雖一時亦
有人步其後塵，然未成規模，不入主流。洎入二十世紀仍奉行此激
進臆改法者，殆全爲英語界學者，其中R.G.M. Nisbet及其合作者所著
《讚歌集》箋注可視爲其代表著述，而已故哈佛教授、英籍學者D.R.
Shackleton Bailey所編詩人全集輕改詩文較Bentley愈甚，然其所訂
本因率由險嶅且極多誤植亦頗爲學界所斥。文本勘讀之外，十九世紀
以降歐洲各大俗語語種競出詩人詩集箋注，其中注豎琴詩集《讚》與
《對》者最多。詩注亦隨所指向讀者不同而有深淺詳略之分，例如英
語中Paul Shorey（1910）、Kenneth Quinn（^{2}1998）、Daniel H. Garrison
（1998）、Thomas等人劍橋注本（2011）適於初學者，德語之Numberger注
本適於中級以上讀者，Kießling/Heinze、NH則服務於更深入學者。獨
立於文本之外之單行H闡釋著作自亦蔚爲大觀，然近二十年來英語學
界專務以時下流行"話語"解釋經典之作，率多鼠壤，尠有的說，實不
足道也。

　　學風篤實，務爲其難、務求其是者，十九世紀以還德意志賀拉斯學
也。德國學者建樹其最突出者有三：一爲文本斠勘，如前所述（§ 2.1），
Bentley所見中古鈔本未爲完備，逮十九世紀後半葉，O. Keller與A.
Holder始彙聚所有傳世鈔本[②]，探發淵源，梳理流傳，其說奠定今日主
流版本Klingner文本斠勘基礎[③]，俾之能於Bentley之後、Peerlkamp之

---

① P. Hofman Peerlkamp recensuit, *Q.H.Fl. carmina*, p. III ff.

② 見Klingner, *Horatius opera*, "Praefatio,": "qui [Keller et Holder] primi vasta mole congesta effecerunt," p. V.

③ Klingner自謂其所爲不過於Keller/Holder氏（暨Vollmer）之後補苴罅漏: "mihi satis erit, si hominum [sc. Keller et Holder] in comparandis subsidiis diligentissimorum copia fretus, adsumptis praeter K, quem Vollmer adhibuit, tantummodo partibus Vaticani R adhuc neglectis et Ottoboniano, id aliqua ex parte explevisse videbor, quod illi inchoatum reliquerunt." *Q.H.Fl. opera*, p. V.

外，制定一詳實可信之全集文本；其二爲格律研究，前述十九世紀初期及中期August Meinecke與Karl Lachmann[1] 分別闡發賀拉斯曁琴詩格律，發現Meinecke律(lex Meineckiana, Meineckesche Gesetz)，[2] 其後Richard Heinze於H曁琴詩律學亦多所建樹[3]；其三，斠勘本外，十九世紀以降各國現代俗語箋注競出，德語尤衆，其中二十世紀前Adolf Kießling所撰者當數最佳，後經Richard Heinze增補，其於荷集儼然如《詩》之有鄭箋也。該箋通博而無蕪蔓之病，尤善於發明文心，本書箋注幾全加採錄，復爲之疏解補充。其後所出英國R.G.M. Nisbet等人所撰《讚》箋徵引冗複過之，然餖飣雖繁，解釋卻頻乖詩旨。此外二十世紀德、意、英、法國家賀拉斯研究各有千秋，廣爲本書採納，散見於箋注評點，其中尤多引Georgio Pasquali, Eduard Fraenkel, Hans Peter Syndikus, Karl Numberger諸家之說。

---

① Lachmann, *Kleinere Schriften*, vol. II, „3. Horatiana," pp. 84–96.

② Schanz, p.178 f. 別見James W. Halporn et al, *The Meters of Greek and Latin Poetry*, p.103 f。

③ *Die lyrischen Verse des Horaz*. Teubner: 1918.

卷　第　一

一

序篇呈梅克納
AD MAECENATEM

　　族貴爲國胄，宗悠比赫胥，謀猷殫智信，風雅見沖虛。驥尾得依附，鷦巢免寄居，就卑不棄我，忘賤甚榮予。

　　物性誠多變，人情信雜挐：追名乘駿馬，競技駕輏車，繞柱迴輪轂，揚塵取碧榈，齊神排灝氣，似電轢騫驢。執要謀推舉，參樞賴辟除；添倉惟待賈，理畝必躬鋤。慣於濤中走，難安陸上居，不哭遭險難，更痛失盈餘。把酒唯心適，眠花且體舒，林幽宜聽鳥，泉涌好觀魚。鼓角聲悲壯，旌旗曳款徐，寧餐風伴犬，甘宿雪畋豬。

　　利祿人皆騖，優遊我自疏，不期得豔羨，唯望載詩譽。汲汲無非妄，營營未免虛，何如遊祕府，哪賽上天墟。鬱鬱瓊枝冠，飄飄姹女裙，歌神親命奏，巫史但勤書。學殖淵思潛，藝精峻志攄，賢英如接納，永世列星虛。

（述賀氏獻詩意二十四韻）

{格律}：

　　阿斯克勒庇亞特第一型(Asclepiadeum primum)，此式每行音律皆同，屬等行詩(κατὰ στίχον)，不合Meinecke定律，每行音節數皆爲十二，節奏緩急適中。H所用阿斯克勒庇亞特第一型之頭二音節即埃奧利基音(basis Aeolica)爲盟約律(spondeus: – –)，合隨後團舞節中第一音節長音，共有三長音相連綿，遂令每行皆以凝重節奏起始，再續以長短相間之團舞節；團舞節本更活潑，又因內增一度，故足以緩和詩行起始之凝重，俾之免於單調。行內音頓(caesura)位在第六與第七音節之間。H之前殆唯有阿爾凱嘗用此律，今僅存殘篇。仝集初編(卷一至三)中用此律者唯首篇與末篇(III 30)，二詩實爲初編詩集序跋，故其格律彼此呼應；且因其意在啟合，護翼全集，故尤宜採用穩重和緩節奏，非如集中他作音律節奏大多繁複婉轉也。

{繫年}：

既係全集初編序詩，當爲其中最後屬就者(Fraenkel, p.230; Plessis詩序)，推斷作於前23年後半年詩集問世前夕。或以爲同時撰就者尚有跋詩III 30(Heinze)。

{斠勘記}：

7. mobilium *Ξ Ψ Pph.* σχA nobilium B *var.*（斜體小寫縮寫拉丁字義爲異文，後皆同此）π R *p. ras.*（斜體小寫縮寫字義爲刮劘後，後皆同此）u　案後字義爲著名，形容詞，前者鈔本權威、字義、詞性皆遠勝後者。

13. demoveas BR dimoveas *cett.*（斜體小寫縮寫拉丁字義爲餘本，後皆同此）ℬ *Donatus*（斜體拉丁字義乃人名，四世紀中期文法家，著《維吉爾傳》，凡文法學家、小學家人名，後皆倣此）　案後字義爲分裂，不通，當爲前字之訛。

25. detestata] detestanda ς σχ*Statius*　案詩人Statius古注(σχ+人名即某人詩集古注，後皆倣此)引文或有此讀，異讀爲狀語副動詞(gerundivum)，非如他本僅爲被動分詞，若此則有目的狀語或結果狀語行將義，義贅且不通。

35. inseres *Ξ*$^{(acc.\ R)}$；三大類後如有括號內有縮寫拉丁字$^{acc.}$+卷本代號意謂此類之外尚加(*accedit*)某卷本，後皆同此) inseris *Ψ*　案前者爲將來時，後者爲現在時，雖現在時亦可言將來，然此處突出將來意，故前者爲宜。

{箋注}:

1.【梅克納】*Maecenas*，此集中首篇第一字也，統攝全篇且點出詩集初編所獻恩主。該‧基爾鈕‧梅克納(C. Cilnius Maecenas, 前70年四月二十九日–前8年十月？日，死期見隋東尼(C. Suetonius Tranquillus, 約西曆69–122年後)H《傳》末及注)，羅馬鉅富，與屋大維友善。凱撒遇害，羅馬內戰初起，以家私貲屋大維舉事，甘願爲之奔走。據塔西佗(P. Cornelius Tacitus, 約西曆56年–約120年)《繫年》(*Annales*)VI 11，內戰期間屋大維出城征戰，梅克納輒留後殿守。馬可羅比(Macrobius Ambrosius Theodosius, 五世紀初葉)《撒屯節》(*Saturnalia*)II 4, 12引至尊致梅氏書稱其爲“家族之蜜、埃特魯斯坎牙彫、阿勒修青石、[……]提伯河珍珠、基爾鈕綠寶石”(mel gentium [...], ebur ex Etruria, lasar Arretinum, [...] Tibernum margaritum, Cilniorum smaragde, ..., 引文中地名詳下)云云，足見二人相契之深。比及至尊弭平內亂、一統寰宇，稍稍與之疏遠。梅氏尚風雅，贍濟羅馬詩人瓦留‧魯福(L. Varius Rufus, 約前74–14年)並其好友維吉爾。前39年，H蒙維吉爾舉薦於梅克納，遂得入梅氏幕下，旋又緣梅氏得寵於至尊屋大維(語在“緒論”§1.6，並參觀其中所引《雜》I 6, 45–64)。隋東尼詩人《傳》摘至尊致梅克納書中語謂“寄生於你之席”(ista parasitica mensa)，即指詩人爲梅氏食客(convictor)事也。當時先後受梅克納恩恤者尚有哀歌詩人普羅佩耳修(Sex. Aurelius Propertius, 前50–45年之間–前15年之後)並若干二流詩人。故受其獎掖顧恤者實悉數囊括至尊時代所有羅馬大詩人，梅克納之名爰是可代指一切獎掖扶持文藝之恩主。至尊朝後諷刺詩人馬耳提亞利(M. Valerius Martialis, 西曆38/41–102/104年)每引梅克納贍助H與維吉爾事以干祿，例如《箴銘體詩集》(*Epigrammata*)VIII 55 (56), 5 f.: “sint Maecenates, non derunt, Flacce, Marones / Vergiliumque tibi vel tua rura dabunt,”“會有梅克納們，不會缺，弗拉古，他們/將給你箇馬羅‧維吉爾或田莊”；同篇篇末(23–24)：“ergo ego Vergilius, si munera Maecenatis / des mihi？Vergilius non ero, Marsus ero.”“故而我就是維吉爾，若你給我梅克納的/獎掖？我將不是維吉爾，我將是馬耳索”；I 107, 3 f.: “otia da nobis, sed qualia fecerat olim / Maecenas Flacco

Vergilioque suo." "給我閒暇，一如疇昔/梅克納給他的弗拉古和維吉爾的那麼多。"今德文Mäzen(恩主)逕用梅克納名，專名用爲普通名詞矣。H此集中呈梅克納篇什此外有I 20; II 12, 17, 20; III 8, 16, 29; IV 11。他集有《對》1, 3, 9, 14；《雜》I 1, 3, 5, 6, 9, 10; II 3, 6, 7, 8；《書》I 1, 7, 19等篇。【世代爲王的祖考所出】*atavis edite regibus*，呼格同位語，語式凝練，其中被動分詞作【梅克納】呼格同位語*edite*（所出），其所領補語奪格*atavis*（祖考）與*regibus*（列王）復爲同位語。語謂"乃祖本爲王族，汝係其苗裔"。原文措詞語式皆甚古奧。據僞Acro注，梅克納祖籍據稱上溯可至世居亞平寧半島西海岸古阿勒修(Arretium)王族。其部世居此地，羅馬人後奄有意大利，始屬羅馬。其民爲拉丁國以北非印歐語居民埃特魯斯坎人(Etrusci, 詳見I 2, 14注)。梅克納母系則知確係名門，爲同屬埃特魯斯坎族之基爾鈕氏(Cilnium genus)。集中III 29, 1稱梅克納爲"提倫的列王的族裔"，"Tyrrhena regum progenies," 意同此處，古阿勒修國在提倫海濱，故云。此外參觀《雜》I 6, 1–4: "non quia, Maecenas, Lydorum quidquid Etruscos / incoluit finis, nemo generosior est te, / nec quod avus tibi maternus fuit atque paternus / olim qui magnis legionibus imperitarent," "不是因爲，梅克納，呂底亞人中有誰定居/埃特魯斯坎疆土的，無人比你更高貴，/也不是因爲你外祖父和祖父/曾統帥大軍"。普羅佩耳修《哀歌集》(*Carmina*, 亦作*Elegiae*) III 9, 1曰: "Maecenas, eques Etrusco de sanguine regum," "梅克納，有埃特魯斯坎列王血脈的騎士"。又見上引至尊致梅氏書。Heinze云共和末年羅馬人競相認祖歸宗於特羅亞貴族(參觀I 2, 18、33–34注)，以希臘姓氏爲榮，其實皆爲新貴暴富之輩杜撰身世以自高也，所謂"冒襲良家，即成冠族；妄修邊幅，便爲雅士"(梁武帝《立選簿表》，《梁書·武帝紀上》；嚴可均輯《全梁文》卷五，頁二九七六)。集中稍後III 17, 1–5暗諷冒稱羅馬古姓之妄曰: "Aeli, vetusto nobilis ab Lamo, / — quando et priores hinc Lamias ferunt / denominatos et nepotum / per memores genus omne fastus / auctore ab illo ducit originem, / … ." "埃琉，因肇自古老拉摩而貴，/(因爲據傳他之後的先人們/名爲拉緬，依據備忘的/譜牒其後裔的全族乃以/那位始祖爲其姓氏的源頭，……)"；曰"據

說”、曰“備忘的譜牒”，詩人目光睿明而口不失敦厚。梅克納無論父
系母系皆奕葉簪纓，非暴發户可比，然是否爲王族，未有定說，李維(T.
Livius Patavinus, 前59年–西曆17年)《建城以來史記》(*Ab urbe condita
libri*) X 3衹稱基爾鈕爲阿勒修豪族，富有貲財令人覷覬：“Cilnium
genus praepotens divitiarum invidia,” 然未言爲王族。H稱頌梅氏諛辭後
爲馬耳提亞利捃撦，《箴銘詩集》XII 3云：“quod Flacco Varioque fuit
summoque Maroni / Maecenas, atavis regibus ortus eques,” “梅克納，
生爲騎士、祖考曾爲列王、之於弗拉古[即賀拉斯]、法留[詳見I 6, 1注]
和馬羅[即維吉爾]”。向人發言，先稱其祖，乃西洋古代詩歌慣技，索
福克勒悲劇院本《俄狄浦王》(*Oidipous tyrannos*)首行俄狄浦王語其子
民曰：ὦ τέκνα, Κάδμου τοῦ πάλαι νέα τροφή, “哦，孩子們，老卡得
摩的新生子們”，引弎拜始王卡得摩。中國文學可類比于《離騷》開篇
自敘身世語：“帝高陽之苗裔兮，朕皇考曰伯庸”；《文選》卷十四班固
《幽通賦》：“系高頊之玄冑兮，氏中葉之炳靈”。唐王勃《倬彼我系》：
“倬彼我系，出自有周。分疆錫社，派別枝流”云云。然皆自敘身世以自
高。贈答詩稱頌所贈者身世，有杜甫《贈比部蕭郎中十兄》：“有美生
人傑，由來積德門。漢朝丞相系，梁日帝王孫。”追溯所贈蕭某遠祖至
漢相蕭何及梁帝蕭衍。唐以後譜牒槀頹湮滅，人或稱揚元祖，則恐難徵
信矣。

　　2. 【干城】*praesidium*由praeses字衍生，praeses訓作護祐者，監護
者，言神言人皆可；接以後綴一轉而有*praesidium*，義爲衛戍軍及其營
壘，轉義爲屏障扞護，義差如其本源詞praeses，然非詩歌用字，尟見於
H之前及同代詩人，卻數見於H詩中，僅集中此外尚可見I 15, 13, II 1,
13與III 29, 62，且皆用其轉義。漢譯取辭於《詩經·周南·兔罝》：“赳
赳武夫，公侯干城。”然止取其喻義如城寨“折衝禦難”（鄭玄《箋》
語），其餘語境及引申義則頗異。H稱梅克納爲干城者，如羅馬人附庸
(cliens)之於其主公也，cliens詳見II 18, 8與25注。【光彩】*decus*，既謂
詩人以能附顯貴梅克納驥尾爲榮，亦暗表詩人身世低微能以其才情得
權貴青睞可資驕傲。維吉爾《農》II 40稱梅克納亦同：“o decus o famae
merito pars maxima nostrae Maecenas,” “哦光彩，哦我們聲名中應有

的最大的那份兒，梅克納"。集中又見II 17, 3 f.："Maecenas, mearum / grande decus columenque rerum，"“梅克納，我的光彩和我/萬事的棟梁。"參觀普羅佩耳修II 1, 73："Maecenas, nostrae spes invidiosa iuventae, / et vitae et morti gloria iusta meae，"“梅克納，我們青年時熱切的希望，/於我生死皆公正的榮耀"。1—2行直呼梅氏，【所出】*edite*、【干城】、【光彩】與【梅克納】皆作呼格，彼此互爲同位語，中譯行2增【你】以明其語式。

3—28. 臚列人生種種理想，所舉凡有八類：一，熱衷賽會競技者(3—6)；二，熱衷干政求仕者(7—8)；三，大莊園主或糧商(9—10)；四，小農(11—14)；五，海客行商(15—18)；六，賦閒行樂者(19—22)；七，行伍(23—25)；八，溺於畋獵者(25—28)。此法詩學稱作**名籍**(**catalog**，詳見I 12, 32—46，並參觀II 4, 21—22注)，此處本品達，其殘篇221云：

<U –> ἀελλοπόδων μέν τιν’ εὐφραίνοισιν ἵππων
τιμαί καὶ στέφανοι,
τοὺς δ’ ἐν πολυχρύσοις θαλάμοις βιοτά·
τέρπεται δὲ καί τις ἐπ’ οἶδμ’ ἅλιον
ναΐ θοᾷ σῶς διαστείβων

    ……有的人以捷足的賽馬的/榮譽與桂冠爲樂；/有的人則以金屋中的生活爲樂；/而有人樂意以迅捷的舟船行於/洶涌的海上

3.【賽車】*curriculum*一字而兼賽馬、賽道、賽程、賽車乃至他類運行諸義，中文無可兼該者。其下既主言賽車，故作是譯，然實亦兼含賽道義。今存品達競技凱歌爲賽車得勝(ἅρματι νίκη)而賦者凡十三首，爲所詠諸類競技之最。H此詩既非專詠競技，故於諸賽事中拈出其最著者以泛指焉。【奧林波的塵埃】*pulverem Olympicum*指古希臘四大競技賽神會中最知名者，因其址埃利城(Elis)在奧林波山腳，故名；所賽之神即大神宙斯。其餘三大競技賽神會分別爲賽阿波羅之匹透(Pytho,

即得耳菲)賽會, 英雄赫耳古勒(Hercules)所立賽宙斯之涅墨亞(Nemea)賽會, 賽海神波塞冬之地峽(Isthmos, 即哥林多地峽)賽會, 集中IV 3, 3有: labor Isthmius, "地峽之功"語。洎H時代, 希臘諸賽會式微已久, H及其同代詩人維吉爾(《農》I 59: "Eliadum palmas ... equarum," "埃利牝馬的梭櫚葉"; III 49 f.: "seu quis Olympiacae miratus praemia palmae / pascit equos," "或有豔羨奧林匹亞賽的梭櫚獎賞而/養馬"; 180 f. : "aut Alphea rotis praelabi flumina Pisae / et Iovis in luco currus agitare volantis," "或在輪上在比薩的阿爾菲奧河滑過, /在猶父的聖林驅趕飛馳的車乘")、普羅佩耳修(III 9, 17 f.: "est quibus Eleae concurrit palma quadrigae, / est quibus in celeres gloria nata pedes," "有些人有埃利的馴馬所得的梭櫚葉, /有些人因捷足而生榮耀; ")輩言古希臘賽會, 皆非紀實, 唯蹈襲古人詩歌辭藻耳。此處以【塵埃】pulverem代指賽會競技, 以偏概全(pars pro toto), 修辭學稱**聯解格**(synecdoche)。

【揚起……塵埃】pulverem ... collegisse, 謂賽車時揚塵。參觀《雜》I 4, 31: "uti pulvis collectus turbine," "如旋風揚塵"。

5. 【場柱】meta, 錐形柱置於競賽場末端標誌轉彎, 御者轉彎時須盡力貼近又不致衝撞爲宜。荷馬《伊》XXIII 334–41:

τῷ σὺ μάλ᾽ ἐγχρίμψας ἐλάαν σχεδὸν ἅρμα καὶ ἵππους,
αὐτὸς δὲ κλινθῆναι ἐϋπλέκτῳ ἐνὶ δίφρῳ
ἧκ᾽ ἐπ᾽ ἀριστερὰ τοῖιν· ἀτὰρ τὸν δεξιὸν ἵππον
κένσαι ὁμοκλήσας, εἶξαί τέ οἱ ἡνία χερσίν.
ἐν νύσσῃ δέ τοι ἵππος ἀριστερὸς ἐγχριμφθήτω,
ὡς ἄν τοι πλήμνη γε δοάσσεται ἄκρον ἱκέσθαι
κύκλου ποιητοῖο· λίθου δ᾽ ἀλέασθαι ἐπαυρεῖν,
μή πως ἵππους τε τρώσῃς κατά θ᾽ ἅρματα ἄξῃς·

你很逼近它[以墓碑爲場柱]駕馭車馬, /自己在蓬蓋精美的馭手座上略微/向兩者中左側傾斜; 然而你叫人/刺激右驂, 把手上的韁繩給他。讓右驂逼近轉彎的場柱, /使精製的車轂尖彷佛/碰上；別刮蹭那石頭，/免得你車毀馬傷。

故此處云【滾燙的車輪所規避的場柱】*meta fervidis evita rotis*；
【滾燙】*fervidis*，因車輪速摩擦賽道所致。【梭櫚】*palma*，古希臘武
功體育賽會競技，得勝者得佩橄欖枝冠以爲彩標，以梭櫚枝爲得勝者
之彩本非希臘習俗，人或度其昉於近東，前四至前三世紀始傳入希臘，
後盛行於羅馬，據李維所記(X 47, 3)，其用於羅馬賽會(ludi Romani)始
於前293年："palmaeque tum primum translato e Graeco more victoribus
datae." 此彩非得勝者不可執，故云【榮耀】*nobilis*。【載】*evehit*字以
言賽車固爲直敘，以言載梭櫚則爲譬喻。【……衆神做萬邦的主宰】
*terrarum dominos ... deos*語有歧解，學者相爭如聚訟，此從Heinze、
Numberger等讀【萬邦的主宰】*terrarum dominos*與【衆神】*deos*爲同位
語，悉爲介詞*ad*【直達】所領。或(NH、Syndikus, p.29注30)讀*terrarum
dominos*與代詞【或】*quos*（原文行3）爲同位語，皆爲實格賓語，爲動
詞*evehit*所領。倘從後解，則全句謂車載【萬邦的主宰】——即各國君
主——上抵天神。NH曰古希臘競技賽會預者多爲王公貴族，故云。今按
*terrarum dominos*語如孤立視之NH之說似略勝，然與貫穿詩文之代詞多
格排比(polyptoton，詳見II 1, 29–36注，此處代詞人稱非一，較同一代詞
多格變換排比更複雜)語式——行4(*quos*)、7(*hunc*)、9(*illum*)、19(*qui*)
乃至29–30(*me ... me*)——相打格，且若言君王御駕，詩中全無呼應。又
按羅馬帝政時賽車競技復興，皇帝尼祿(Nero Claudius Caesar Augustus
Germanicus，西曆37–68年)嘗喬裝爲僕夫親御焉，見隋東尼《尼祿傳》
(*Nero*)22, 1。H爲共和末年帝政初年人，如辯其詩中摹寫羅馬王公親御，
恐乖史實。萬邦的主宰指衆神，另有奧維德旁證，《本都海書》(*Epistulae
ex Ponto*)I 9, 36："terrarum dominos quam colis ipse deos," "[無異]于
你自己拜萬邦的主宰衆神之禮"。賽會得獎集中別見IV 2, 17："sive quos
Elea domum reducit / palma caelestis," "他或吟詠爲埃利的梭櫚帶/回家
的天神"。彌爾頓(John Milton)《樂園之失》(*Paradise Lost,* II 530–33)
記羣魔議事既畢，各自分散，競相奔返如賽車，嘗捃摭H詩中意象詞
句："As at the Olympian games or Pythian fields; / Part curb their fiery

steeds, or shun the goal / With rapid wheels, …""如在奧林匹亞賽會或匹透的賽場；/另一部[魔鬼]駕馭他們暴烈的駿馬或滾動的/車輪規避其終點的大門。"

　　7.【居勒】人*Quiritium*，本字 Quirites，羅馬人別稱，其名一說本薩賓人(Sabini，上古時羅馬東北部族)所居之城居勒(Cures)，維吉爾《埃》VII羅舉意大利諸部名籍，居勒人與薩賓人並舉曰(710)："una ingens Amiterna cohors priscique Quirites，""一支亞米特耳納強軍及居勒古民"。然古人以爲其本義爲操戈者(見Th. Mommsen，《羅馬史》(*Römische Geschichte*)1. 5，注6，p.84)，後遂泛指羅馬人，羅馬法中尤專指依法爲良家者(Ius Quiritium，詳見Poste，《該氏民法綱要》*Gai Institutiones iuris civilis*, p.32)，故其名也莊重。【居勒善變的羣氓】*mobilium turba Quiritium*，皆爲貶詞，謂羣氓喜怒無常，易爲操控，易受煽動。H鄙視羣衆，諸集中數言之，《書》I 19, 37："ventosae plebis，""隨風轉向的庶民"，餘見II 2, 18及注。居勒人與羣氓並稱，意在諷刺。

　　8.【三通共生的尊榮】*tergeminis honoribus*，語有歧解，一云(古注僞Acro、今注Heinze等)指羅馬城內最高三職官：牙座胥師(curule aedile)、先導(praetor)、平章(consul)(官職除平章外僞Acro略異)。羅馬共和制職官以平章爲最高，每年長老院推舉二人出任。consul中文依日文譯法通作執政官，非特未合原文諮政於長老院之本義(consulere)，且以動詞(賓詞)+人或員字語式構詞，屬西化新漢語中全爲實用而不求雅馴者，同類新詞如檢票員、售貨員等等雖便于日用，然以譯古史，恐難免時代錯亂之感。用於古史於義於辭且不倫，則矧以入詩！今借用中國中古職官名稱譯作平章者，詳見II 1, 13注。先導職位僅次平章，上古時爲將軍，領兵，故後日有京都先導(praetor urbanus)之職，職司差近清季九門提督，警備戍衛羅馬城。中譯作先導者，爲其詞源爲prae-itor，先+行者也，參觀Th. Mommsen，《羅馬憲法》(*Römisches Staatsrecht*)2. 1, 74 f. 牙座胥師者，每年自庶族選舉二人出任，兼司土木、刑獄、貿市等事，中譯取《周禮‧地官司徒》："胥師各掌其次之政令而平其貨賄，憲刑禁焉，察其詐僞飾行儥慝者而誅罰之。"以其所司差近故也。

此三職官既爲羅馬城中之最，任職者遂各有儀仗各服徽章有差：平章服鑲絳邊裰袍(toga；絳色爲貴，參觀II 16, 36、18, 8注)，出則有十二執梃(lictor，詳見II 16, 10及注)蹕道；先導有執梃六人；胥師座椅鑲以象牙，故云牙座(curulis)。若從此讀，則宜譯作"三項共生的尊榮"。一云(Porphyrio古注、Syndikus、NH、Numberger)指羅馬人爲所擁戴官員權貴拊掌山呼三通以爲尊敬之習，參觀17, 25–26及注。中譯從後解。然二說皆泛指人追逐功名仕進，不必過泥。執梃翻譯參觀《國語·魯語下第五》："虢之會，楚公子圍二人執戈先焉。……鄭子皮曰：'有執戈之前，吾惑之。'蔡子家曰：'楚大國也。公子圍，其令尹也。有執戈之前，不亦可乎？'穆子曰：'不然。天子有虎賁，習武訓也；諸侯有旅賁，禦災害也；大夫有貳車，備承事也；士有陪乘，告奔走也。'"【尊榮】原文*honores*本義爲榮耀，依羅馬法，人受選出任官職稱作*honores*，此處兼該本義與律條專用語義。

9.【利比亞】*Libya*，古羅馬時泛指埃及以西之北非，帝政時代並撒丁島(Sardinia)爲羅馬粟倉，衣食京師人口，參觀III 16, 30–32："segetis certa fides meae / fulgentem imperio fertilis Africae / fallit sorte beatior,""託福運會瞞過憑統轄肥沃的/非洲而光燦卓著者"；《雜》II 3, 87："frumenti quantum metit Africa,""盡阿非利加所秉之糧有多少"。撒丁島見I 31, 3 f.："non opimae / Sardiniae segetes feraces,""不是豐饒的/撒丁島上那上好的良田"。然此處囤積麥粟於【屬己的廠倉】*proprium horreum*者並非農夫，下行【陶然於以銚鉏耕耘祖田之人】*gaudentem patrios findere sarculo agros*方爲田畯嗇夫。參觀III 16, 26，引文見下注。【彼人】*illum*或以爲指大地主，或以爲指糧商，參觀III 16, 26 f.，引文見下注。【場】*area*，中譯讀陽平，秋收後用以脫粒，古羅馬時夯地成圓形爲場，鋪陳麥穀於其上，令牛馬淩轢其上，再以鍬揚於空中，以令穀糠分離。

10.【廠倉】*horreum*，參觀III 16, 25–28："contemptae dominus splendidior rei, / quam si quidquid arat inpiger Apulus / occultare meis dicerer horreis, / magnas inter opes inops,""做遭鄙夷的產業之主更堂皇，/比起若我被人說在自己倉中/隱藏不怠慢的亞普利人耕耘/所獲，

守大財卻乏財。"譯文用字參觀《易林·井之乾》:"左輔右弼,金玉滿堂,常盈不亡,富如廄倉。"頁一七六五。

11.【祖田】*patrios agros*,指自耕農,其田地世代相傳,故云。自耕農爲小農,其田小,故多親耕。【以銚鉏耕耘】*findere sarculo, sarculum*譯作【銚鉏】者,取桑弘羊《鹽鐵論·非韓》:"御史曰:犀銚利鉏,五穀之利而間草之害也。"小畹薄田,自給自足,帝力於我何有哉,爲詩人理想,屢見諸集中,參觀II 18, 14:"satis beatus unicis Sabinis,""有惟一一處薩賓享福足矣";III 16, 28–32:"purae rivos aquae silvaque iugerum / paucorum et segetis certa fides meae / fulgentem imperio fertilis Africae / fallit sorte beatior,""流淌清水的溪流和幾畝林地、/還有對我的田莊的確定之信,/託福運會瞞過憑統轄肥沃的/非洲而光燦卓著者";II 15, 1 f.譏富豪兼併土地曰:"iam pauca aratro iugera regiae / moles relinquent,""很快王宮般的廣廈將衹留/小畹給鏵犁"。他集參觀《對》2, 1–4:"beatus ille qui procul negotiis,/ ut prisca gens mortalium,/ paterna rura bobus excercet suis/ solutus omni faenore …""有福的是那遠離俗務/如有死者的初民一樣/以自己的特牛耕耘父傳之田/豁免於所有債息"。

12.【亞他洛條款】*Attalicis condicionibus*,亞他洛Attalos,小亞細亞別加摩(Pergamon)先後有王數人皆名亞他洛,此謂亞他洛三世(Attalus III)。其人沉潛醫、植物、園藝諸學,惟疏於治國,且無男嗣。前133年,薨前遺囑(即此處所謂【條款】)贈其國並國庫所藏寶藏與羅馬共和國,亞他洛自此遂併爲羅馬亞細亞行省(Asia provincia),參觀II 18, 5 f. 及注。羅馬人視亞他洛之贈如飛來橫財。羅馬人夙尚簡樸,洎此始識東方之奢靡。此句意謂,自耕農躬耕祖田,雖勤苦而自得其樂,縱予重金不易祖業也。Heinze評曰,言財富詩人不用米達(Midas)或克律索(Kroisos,見希羅多德《史記》I 50 ff.)等熟典,而以時事入詩,意在刻畫生動。

13–14.【居比路的木舟】*trabe Cypria*,居比路島(Cyprus,中譯名從文理本聖經《徒》4: 36,不從俗譯據英文作塞浦路斯)古時盛產林木,故善于造舟。*trabs*本義爲木幹,轉指所造舟船,以木指舟,實爲**德指格**(**metonymia**)，然此轉義見諸詩歌，其所從來已久，拉丁詩歌鼻祖恩紐(Q. Ennius)史詩《紀年》(*Annales*)已有之(行616："trabes rostrata,""扁木舟")，參觀I 35, 7 f.及注。詩人雖分論人生理想，然絕不泛言，每舉其一必詳肖其情狀，尤多用地名，以落實其事，言倉廩則明其位處利比亞，寫舟船則詳其所用木材產自居比路，曰泛海則在墨耳托灣等等，參見III 29, 58–66："non est meum, si mugiat Africis / malus procellis, ad miseras preces / decurrere et votis pacisci, / ne Cypriae Tyriaeque merces / addant avaro divitias mari,""若船桅因非洲的風暴呻吟, /訴諸悲慘的祈禱和用許願/來交換，實非我的作爲, /以免居比路和推羅城的/貲財聚斂給貪婪的大海"。

14. 【割破】*secet*譬舟航於海，西洋古時海船尖艏，狀如刀鋒或犁頭，行於水面如以刃裂幅，其語祖荷馬，例如《奧》III 174 f.: καὶ ἠνώγει πέλαγος μέσον εἰς Εὔβοιαν τέμνειν, "他令[我們操舟]割破大海中間駛向歐博亞"。維吉爾《農》I 50敘先農初造鐵犁耕地，語頗類此："ac prius ignotum ferro quam scindimus aequor,""在我們以鐵劈開未知的地平面以先"，Richard F. Thomas注曰維吉爾語雙關耕田與航船，是也，aequor譯作地平面亦可指海平面，均謂其平也。按諸例皆暗示黃金時代既泯，舉凡人類農工商等所務於自然原生形態皆爲戕害。

【墨耳托灣】*Myrtoum mare*，在伯洛島(俗譯伯羅奔尼撒半島，詳見I 6, 8注)以東與十二羣島之間，以風高浪急著稱。地名源自希臘神話比薩(Pisa)王俄伊諾茅(Oinomaos)御夫名墨耳提洛(Myrtilos)者。Heinze: H寫海上風高浪急，從不泛言，必以專名稱某海浪洶風暴，例如I 11, 6之提倫海，I 14, 20之十二羣島間海浪，II 26, 2 f.之革哩底海，II 6, 3 f.之敘提海，II 9, 2 f.之喀士波海(俗譯裏海)，II 14, 14與III 9, 23之亞底亞海，III 29, 63之 "per Aegaeos tumultus,""經洶涌的愛琴海"等，又見上注。

15. 【伊卡羅波濤】*Icariis fluctibus*，指愛琴海中薩摩島(Samos)與米哥諾島(Mykonos)之間海域，皆以風高浪急知名，荷馬《伊》II 144 f.: κινήθη δ' ἀγορὴ φὴ κύματα μακρὰ θαλάσσης πόντου Ἰκαρίοιο, "議事會激動起來如同伊卡羅海中的巨浪"。名本希臘神話所傳能工巧匠

戴達洛(Daedalus)之子伊卡羅(Icarus)。戴達洛爲革哩底(Krete，從文
理本新約譯法(《徒》2: 11)，俗譯依英文作克里特)王米諾(Minos)營
造迷宮，工竣，因泄迷宮逃徑於王女忤王，偕子具爲所執。戴氏爰是
造飛翼二副以爲父子逃生之具，鎔蠟以接翼於身，囑其子升空後毋近
日飛行，以防蠟熔。伊卡羅既騰空，未遵父囑，致折翅墜海。戴達洛葬
之於海中小島，伊卡羅島(Icaria)遂以得名。神話詳見奧維德《變》VIII
183–235，原文過長，不具引。

16. 【阿非利風】*Africum*，西南風也，自阿非利加(Africa，即上行9
利比亞，古時以埃及屬亞細亞，不屬阿非利加)吹來，故名。西洋詩歌荷
馬以降八風皆以主司風神見稱，故此處言其與波濤【搏擊】*luctantem*，
非是擬人，乃神話之寫眞耳。諸風神名位詳見I 2, 3注。【稱讚】*laudat*，
人不安其分，自覺命不如人，羨他人營生勝己故而思遷，別見《雜》I 1,
1 ff.：“qui fit, Maecenas, ut nemo, quam sibi sortem / seu ratio dederit seu
fors obiecerit, illa / contentus vivat, laudet diversa sequentis ？” “何以，
梅克納，無人，無論其命運/是理性所致抑爲機運所投，活得/樂天知
命，而是稱讚從事他業的人們？” 其中“稱讚”(laudet)與此處*laudat*字
義皆同。【賦閒】*otium*之於古希臘羅馬哲學詩歌之關係，參觀拙著《小
批評集》，頁三–十一，《不光彩的賦閒》。集中II 16, 1 ff.所言otium與此
處略異，彼處謂水手求otium，如云祈禱風平浪静也。此處則類《對》2,
1所謂procul negotiis，“遠離庶務”。又參觀《雜》I 1, 29–31：“perfidus
hic caupo, miles nautaeque, per omne / audaces mare qui currunt, hac
mente laborem / sese ferre, senes ut in otia tuta recedant,” “背信的店
主、士兵和水手，勇敢地/奔波於四海之上，忍受辛勞/是因爲這樣的
想法，即年老時能隱退於安全的閒暇中”。NH引《希臘短詩英華》
(*AP*, 後簡稱《英華》)VII 586, 3 f. 載尤連(Iulianos)墓志銘詩曰：εἴη
μοι γαίης ὀλίγος βίος· ἐκ δὲ θαλάσσης/ ἄλλοισιν μελέτω κέρδος
ἀελλομάχον. “請準我一點地上的生活；海上的/則讓他人去跟風暴
搏鬭逐利吧”。詩意參觀歐里庇得殘篇791：μακάριος ὅστις εὐτυχὼν
οἴκοι μένει. ἐν γῇ δ᾽ ὁ φόρτος, καὶ πάλιν ναυτίλλεται. “在家而幸運
的人有福了。貨物在陸上，他又去泛海”。

17.【鎮】*oppidum*，農人所聚居者，故有田野*rura*，非都會也。

18.【損毀】*quassas*，因前述海難所致。【學不來忍受貧窮】*indo-cilis pauperiem pati*，【學不來】即不能也，此語英國詩人何里克(Robert Herrick, 1591–1674年)《夕域》組詩(*Hesperides*)第106首，《鄉居: 贈兄》(*A Country-Life: To His Brother, Mr. Tho. Herrick*)，嘗捃撦:

Th' industrious Merchant has; who for to find

   Gold, runneth to the Western Inde,

And back again, (tortur'd with fears) doth fly,

   Untaught, to suffer Poverty.

    勤勉的商賈，爲找/金子，跑到西印度[指中美洲]，/又因害怕回來，不慣/受窮，而飛奔。

【貧窮】*pauperies*非貧不聊生，指無橫財鉅富，參觀III 2, 1: "angustam amice pauperiem pati," "安然承受緊迫的貧困"。泛海冒險以逐利，參觀趙翼《甌北集》卷十七詠西洋商船詩《番船》: "逐末犯風濤，其氣頗飛颺。"

19.【馬西古陳釀】*veteris ... Massici* = Massicum vinum，葡萄酒，以坎帕尼亞(Campania)北部馬西古山(Mons Massicus)所產葡萄釀製，故名。酒名別見II 7, 21; III 21, 5 f.: "quocumque lectum nomine Massicum servas," "無論你用何樣名稱貯存佳釀馬西古"；《雜》II 4, 51: "Massica si caelo supposes vina sereno," "你若將馬西古酒置於晴空之下"。

20.【整日】*solido ... die*者，一日之中夙興夜寐之間爲整日，其間除餐飲等必需間斷外，羅馬人皆視爲工時，參觀II 7, 6 f.: "cum quo morantem saepe diem mero fregi," "同你我幾度以酒消磨永日"。【自整日中擷取片段】*partem solido demere de die*，如謂"偷得浮生半日閒"。晝飲，參觀《雜》II 8, 3: "de medio potare die," "於日中飲"。另見卡圖盧《歌集》47, 5 f.: "vos convivia lauta sumptuose / de die facitis？" "你

們白日裏置辦下豐盛的/華筵？"

21.【藤地莓】*arbutus*，灌木或矮喬木，樹皮呈紅鱗狀，莓菓可食，生於地中海周邊溫暖氣候帶。參觀普羅佩耳修 I 2, 11："surgat et in solis formosius arbutus antris," "讓曼妙的藤地莓崛起於孤獨的巖洞旁"。【綠】*viridi* 含常綠意。

22.【聖水】*aquae ... sacrae*，古希臘羅馬人視源泉爲神聖，Servius 注維吉爾《埃》VII 84 云："nullus enim fons non sacer," "靡泉不聖"。【舒展】*stratus*，慵懶賦閒貌。文藝學殖生於閒暇，故羅馬詩人自寫小像多作此態，H 詩中尤數見，《讚》此外別見 II 3, 6 ff., II 7, 18 ff., II 11, 13 ff.，並各處注；《對》2, 23–27（引文見 II 11, 13 注）；《書》I 14, 35："cena brevis iuvat et prope rivum somnus in herba," "他將享受簡餐和河畔草上的睡眠"。按行 19–22 描摹宜人景色，後世稱爲 locus amoenus，古代以後、中世紀直至文藝復興爲修辭學與詩學中一大託題 (topos)，寫理想化風景。中世紀流變與發展詳見庫耳修 (E.R. Curtius)，《歐洲文學與拉丁中世紀》(*Europäische Literatur und Lateinisches Mittelalter*), Kap. 10, § 6. Der Lustort（行樂地）, pp.200–205. 如此宜人景色必上有樹木遮蔭，側見溪流涌泉，下鋪綠草如茵，抑亦有禽鳥囀鳴微風拂煦。此託題昉於忒奧克利多 (Theokritos, 盛年約在前 270 年) 與維吉爾牧歌，此外盧克萊修《物性論》II 29–33 亦可參觀："cum tamen inter se prostrati in gramine molli / propter aquae rivum sub ramis arboris altae / non magnis opibus iucunde corpora curant, / praesertim cum tempestas adridet et anni / tempora conspergunt viridantis floribus herbas." "然而當在河水邊大樹/柯枝下伏于柔草之上，/免去很多伺候怡然養身，/尤當天氣微笑，而年中/季節點綴綠草以花卉時。" 希臘化時詩人（忒氏）、維吉爾暨盧克萊修皆 H 多所規模捃撦者，故宜人景色尋常可見于 H 詩中洵不足怪也。此外參觀 H《藝》16–18："cum lucus et ara Dianae / et properantis aquae per amoenos ambitus agros / aut flumen Rhenum aut pluvius describitur arcus," "當狄安娜的聖林/或環繞宜人的田野湍急流過的水/或萊茵河或雨虹被描繪時"。【四體】*membra*，中譯如四體不勤之四體。中國舊有枕石漱流之說，與 H 詩中賦閒意象

及所指差似。《世說新語·排調第二十五》(6則):"孫子荊年少時欲隱,語王武子'當枕石漱流',誤曰'漱石枕流'。王曰:'流可枕、石可漱乎?'孫曰:'所以枕流,欲洗其耳;所以漱石,欲礪其齒'"。故後世多作枕流。唐韓偓《余臥疾深村聞一二郎官今稱繼使閩越笑余迂古潛於異鄉聞之因成此篇》:"枕流方采北山薇",《全唐詩》卷六八一,頁七八〇七。《西崑酬唱集》《屬疾》崔遵度和詩曰:"廣內勞揮翰,通中羨枕流",皆謂隱逸。

23–4.【彎號】*lituo*,據僞Acro注,乃騎兵所攜,末端彎曲,其聲凌厲。恩紐《紀年》(*Annales*)530曰: "lituus sonitus effudit acutos," "彎號傾倒出凌厲的聲音"。【直號】*tuba*,步兵所佩,其聲沉悶。盧坎(M. Annaeus Lucanius,西曆39–65年)史詩《法薩洛戰記》(*Pharsalia*)I 237: "stridor lituum clangorque tubarum / non pia concinuit cum rauco classica cornu," "彎號的尖聲和直號的嗚咽/連同沙啞的號角合奏出警報聲。"據Heinze,此處及所引盧坎句外,彎號未聞用作軍樂軍警,僞Acro注未足徵信。參觀II 1, 17–18及注。

25.【老天爺下】*sub Iove*,直譯爲"猶父之下"。猶父或猶庇特爲羅馬神話中至高之神,常逕以指天,猶如中文口語"老天爺"。其有此用實本詞源。拉丁文Iove或Iuppiter及古字Diespiter(見I 34, 5)皆爲*Djeu pater,希: Ζευ=πάτερ,由deus(神,希: Ζεύς)字衍生而來,與吠陀梵文dyaúh pitā——義爲天空或太空、太清——同源。見Jacob Wackernagel,《句法讲義》(*Vorlesungen über Syntax*), 2. Bd., p.34 f.; M.L. West, 《印歐詩歌與神話》(*Indo-European Poetry and Myth*), chap. 4 "Sky and Earth: The Divine Sky"與"Father Sky," pp. 166–71; Walter Burkert, *Griechische Religion*(希臘宗教), p.44.【凛冽的】*frigido*, H言狩獵皆在冬季,集中另有I 37, 19; 他集見《對》2, 29 ff. :
    "at cum tonantis annus hibernus Iovis /imbris nivisque conparat, / aut trudit acris hinc et hinc multa cane / apros in obstantis plagas / aut amite levi rara tendit retia / turdis edacibus dolos / pavidumque leporem et advenam laqueo gruem / iucunda captat praemia." "可當轟雷的猶父的冬年/帶來雨雪,/他或是多帶獵犬這裏那裏趁/豽貒進入豎起的攔網,

/或用光溜的木叉張開疏孔的羅網——/欺騙貪婪的畫眉鳥——，/還用圈套捕捉膽怯的野兔與來自異域的/鸖鶴作他快活的回報"；《雜》I, 2, 105 f.: "leporem venator ut alta / in nive sectetur," "如獵人在深雪裏逐兔"；《雜》II 3, 234 f. "in nive Lucana dormis ocreatus, ut aprum/ cenem ego," "你宿于盧坎的雪裏，好讓/我能吃上彘豬"。他人可見李維V 6, 3: "venandi studium ac voluptas homines per nives as pruinas in montes silvasque rapit," "狩獵的熱情與樂趣趣人們在山中林裏經霜冒雪"。今按西塞羅《圖斯坎辯論集》(Tusculanae disputationes) II 40亦有 "consuetudinis magna vis est: pernoctant venatores in nive in montibus," "習慣之力巨大：獵人山中整夜臥雪" 語。軍旅之後舉狩獵，蓋爲羅馬軍兵常以狩獵爲戲也，參觀《雜》II 2, 10–14曰不習狩獵者可學希臘人蹴鞠或投標爲樂: "si Romana fatigat / militia adsuetum graecari — seu pila velox / molliter austerum studio fallente laborem, / seu te discus agit, pete cedentem aera disco," "若羅馬軍旅令慣於希臘生活的你疲倦，或是快球(精力投入可騙得辛勞柔和些)、或是套圈可驅你活動，就去找人以鐵圈衝破空氣吧"。

26.【伏守】*manet*，指整夜守候，故有不思嬌妻之說。羅馬人行獵爲樂，參觀《書》I 18, 45–52: "quotiensque educet in agros / Aetolis onerata plagis iumenta canesque, / surge et inhumanae senium depone Camenae, / cenes ut pariter pulmenta laboribus empta : / Romanis sollemne viris opus, utile famae / vitaeque et membris, praesertim cum valeas et / vel cursu superare canem vel viribus aprum / possis." "他每每郊遊，/牲口上馱着埃托洛攔網帶着狗，/起來擺脫詩神不人性的衰老，/去喫一樣的靠辛勞所獲的美味：/羅馬男人傳統的事業，有益於名望、/生活和身體，尤其你很健康，/有能跑過狗或壓倒彘豬的/蠻力。"

27–28. 參見III 12卒章: "catus idem per apertum fugientis agitato grege cervos iaculari et celer arto latitantem fruticeto excipere aprum," "他一樣嫻熟：在曠地投擲受驚的獸羣中奔逃的牡鹿和敏捷地在茂密的荊棘中驅趕出潛藏的豻豵。"

27.【犬崽】*catulus*，獵人所豢獵犬。

28.【冒西羱】*Marsus aper*，冒西人(Marsi)世居意大利中部，今Abruzzi地區，古時林木茂密，故多羱，其肉素以味美見稱，以此人多獵之，《對》5, 28 "Laurens aper," "勞倫羱"、《雜》II 8, 6 "Lucanus aper," "盧坎羱"等，名雖各異，所指則一。【攔網】*plagas*，獵人用以攔阻獵物。原文多作羅網解，Heinze舉羅馬文獻中與strophium乳托、zona腰帶等字連用爲例，以爲當解作攔索。今按《對》2, 29 ff.（引文見上行25注）分別plagas、網羅(retia)，曰plagas豎立(obstantis)以截奔羱，其爲攔索或攔網而非佈于陷阱之網羅甚明，然攔索更宜于絆鹿馬等身高腿長之獸，恐難以捕羱，故解爲攔網爲安。

29.【我】賓格代詞*me*置於行首，引領全篇末節，與下行居中之【我】呈排比(anaphora)，反對前四項愛好者，*quos*【或】、*hunc*【此人】、*illum*【彼人】、*qui*【有人】，以明盍各相異，突出其抱負超凡也。【有學】*doctarum*，諸解紛挐，Kießling以爲指沉潛希臘詩歌詩藝，不泛指博學；Heinze則謂所學可包括哲學乃至法學，然所引《雜》II 1, 78以爲詩人鑽研法學之證，恐嫌牽強。NH云，希臘人以詩人爲智者(σοφός)，然古今有別：品達以學爲才，皆因上古百業初創，鮮有前軌可循；希臘化時代暨古羅馬時古希臘詩人已成經典，後進詩人非飽讀無以厝筆，故尤以爲詩關學也。按Kießling、NH說爲是。H豎琴詩雖不無天分之功，然幾無處不傚法、規模、掜撦乃至迻譯希臘前賢，故詩人於此序詩中特標其爲有學之作，非此前《雜詩集》殆全襲羅馬傳統可比。詩人他處自標贍博，見《雜》I 9, 7: "docti sumus," "我飽學"。【常青藤】*hederae*或作*ederae*，爲酒神巴刻庫(Bacchus)聖枝，用於酒神儀杖(希thyrsos或拉ferula，詳見II 19, 8注)。常爲詩人所佩者，因酒神亦主詩歌(詳見II 19, 2注並該篇{評點})。又據維吉爾《牧》8, 12 Servius古注，詩人善飲，飲酒生熱，戴常青藤枝冠以降溫。老普利尼(Gaius Plinius Secundus，西曆紀元23-79年)《博物志》(*Naturalis historia*)XVI 147記常青藤云其色或爲青黑或爲褐黃，詩人用以爲冠："alicui et semen nigrum, alii crocatum, cuius coronis poetae utuntur." 常青藤以外亦用葡萄藤，參觀III 25, 19 f.: "sequi deum / cingentem viridi tempora pampino," "追隨額頭纏繞着/葡萄綠藤的神[即酒神]是甜蜜的冒險。"常青藤見於同代詩人者，有維吉爾《牧》7, 25: "pastores, hedera crescentem ornate poetam," "牧人們，以常青藤裝飾出名的詩人"；普羅佩耳修II 5, 25 f.: "rusticus haec aliquis tam turpia proelia quaerat, / cuius non hederae circumiere caput." "哪箇鄉裏人纔要這樣尋釁鬬毆，/他們的頭上沒有纏過常青藤。"按H此處常青藤尤當取意於維吉爾，自負詩才出類拔萃(crescens)也。詩人以外，常青藤亦爲競賽得勝者所佩，《書》I 3, 25有 "prima feres hederae victricis praemia," "你將佩戴得勝的常春藤頭獎"之說，以此則上應行3–6，遙與【梭櫚】呼應。全篇以不欲競技得勝所佩梭櫚枝爲榮啓端，以反欲詩人得佩之常青藤結束，結構整飾，詩思縝密。

　　30.【混跡】*miscent* = 希μείγνυμι，本義爲混合液體，轉義訓作 "躋身於"(*LSJ*詞條 B 1)乃至 "同寢"、"交歡"(B 4)，以此上探行5: *ad deos*【直達衆神】，於梭櫚對常青藤之外，再相呼應。參觀品達《地》 2, 27–29: τὰν δὴ καλέοισιν Ὀλυμπίου Διὸς ἄλσος· ἵν' ἀθανάτοις Αἰνησιδάμου παῖδες ἐν τιμαῖς ἔμιχθεν. "奧林波的宙斯的聖林所招；在那兒埃涅西達摩的兒子們與不死的榮耀混合[按即贏得榮耀]"。【清涼聖林】*gelidum nemus*，屬詩神摩薩(Μοῦσαι)。赫西俄德以降，詩人胥稱身處林泉方能得摩薩靈感，赫西俄德(Hesiodos，約前750–650年之間)《神宗》(*Theogonia*)2–4云: αἵθ' Ἑλικῶνος ἔχουσιν ὄρος μέγα τε ζάθεόν τε / καί τε περὶ κρήνην ἰοειδέα πόσσ' ἀπαλοῖσιν / ὀρχεῦνται …，"她們[摩薩]佔據赫利孔高大聖山，/並且在青色之泉柔軟的腳旁/舞蹈……"。又見上引品達詩。拉丁文獻參觀塔西佗(P. Cornelius Tacitus)《演說家談》(*Dialogus de oratoribus*)9, 6: "adice quod poetis, si modo dignum aliquid elaborare et efficere velint, relinquenda conversatio amicorum et iucunditas urbis, deserenda cetera officia utque ipsi dicunt, in nemora et lucos, id est in solitudinem secedendum est." "想一想，詩人若是要鑽研要成就有價值的東西，就得放棄同朋友交談、城居的快樂，就得捨棄其他的職責，以便如人們所說，進入聖林，即過離羣索居的生活。"崑提良則不以爲然，X 3, 22曰: "atque liberum arbitris locum et quam altissimum silentium scribentibus maxime convenire nemo dubitaverit. non tamen protinus audiendi, qui credunt aptissima in hoc nemora et silvasque, quod illa caeli libertas locorumque amoenitas sublimem animum et beatiorem spiritum parent," "說沒有旁觀者的地方和最深刻的安靜最適于寫作，應無人質疑。然而我卻不願聽人說他們認爲樹叢和森林最適宜，說因爲天空的自由與地點的宜人能產生崇高的思想能帶來更靈的靈感。"集中參觀 II 19首章；III 3, 1–4，引文見下行33注；IV 3, 10–12："sed quae Tibur aquae fertile praefluunt / et spissae nemorum comae / fingent Aeolio carmine nobilem." "而是流經利生的提貝河水/和樹叢茂密的卷髮/用埃奧利的歌將他塑造高貴。"此外亦見I 7, 12; 22, 9；《書》II 2, 77 f.："scriptorum chorus omnis amat nemus et fugit urbem, / rite cliens Bacchi somno gaudentis et umbra," "文人的舞隊全都愛林叢而逃避都市，/依禮做巴庫的附庸，享受睡眠與蔭翳。"

31. 【妩女與薩瑅】*Nympharum ... cum Satyris*，據希臘神話，妩女(Νύμφαι)爲精靈，出沒於林泉淵藪，形態爲少女。薩瑅或薩瑅羅(Σάτυροι)乃人身羊脛怪物，常結隊隨從酒神丟尼索、牧神潘、交通神希耳米等出行，H所謂"巴庫的附庸"(cliens Bacchi)，見前注引《書》II 2, 78。此處二者皆爲酒神隨從，浩浩蕩蕩，希臘人所謂θίασος / thiasos 者是也，參觀 II 19酒神頌首章；又見《書》I 19, 3 f.："ut male sanos / adscripsit Liber Satyris Faunisque poetas," "就如利倍爾[羅馬酒神名]征了/清醒的詩人們加入撒瑅們和沃奴們"。【輕快】*leves*謂舞步。【團舞】*chori*指酒神隨從thiasos成羣結隊醺醉中式歌且舞貌。

32. 【分離於人衆】*secernunt populo*，反對【混跡天神】*dis miscent superis*，詩人離羣索居，參觀上行30注。又參稽《藝》298 f.："bona pars non unguis ponere curat, / non barbam, secreta petit loca, balnea vitat," "許多[詩人]疏於修剪指甲，/也不薙鬚，尋求孤僻地方，避免沐浴。"H蔑視羣氓，已見上行7注；另見III 1, 1："odi profanum vulgus," "我憎惡外道俗衆"。

32–33. 【優特佩】*Euterpe*並【波利許美尼婭】*Polyhymnia*皆位列摩薩文藝九女神，前者義爲優娛，主音樂亦主豎琴詩；後者義爲多頌，司祭神頌歌。摩薩諸詩神職有分司，詳見I 24, 3注。詩人以其詩才詩作爲詩神所賜，又見IV 3, 21："totum muneris hoc tui [Pieri] est, / quod monstror digito praetereuntium / Romanae fidicen lyrae : / quod spiro et placeo, si placeo, tuum est."　"這全是你的饋贈：/我爲前人們的手指指爲羅馬/豎琴的絃師：我呼吸/且受喜愛——若受喜愛——皆爲汝功。"

33.【蘆笛】*tibias*，風笛類樂器，管狀，以葦爲嘴，體多孔，常二隻合並連奏。參觀III 4, 1–4："descende caelo et dic age tibia / regina longum Calliope melos, / seu voce nunc mavis acuta, / seu fidibus citharaque Phoebi."　"降自天空，來，卡里奧佩女王，/以你的蘆笛伴奏歌詠長調，/此刻或以尖利之音或/更願以腓伊玻的豎琴絃。"【禁奏】*cohibit*，糅合Bo（*Lexicon Horatianum*: coerceo）、Koch（*Wörterbuch zu Horatius*: halte zurück, versage）等說與Heinze解翻譯。*OLD* "cohibeō"條4. b解作制止(to check, stop)。Heinze析其義爲"奏"(stimmen)。

34.【累士波島的多絃琴】*Leboum barbiton*，累士波島(Lesbos)在愛琴海東北區域，古希臘豎琴詩人薩福(Sappho)、阿爾凱(Alcaeus)所居，別詳II 13, 24注。以拉丁文作希臘調豎琴詩成規模者，H爲第一人，集中跋詩III 30, 13 f. 詩人以princeps Aeolium carmen ad Italos deduxisse modos，"首箇將埃奧利的歌帶入/義大利的音調"自居。H飽讀希臘文章，《讚》所軌希臘諸範本尤以此累士波島二詩人爲最，其中阿爾凱更勝薩福，集中詩律用阿爾凱體者最多，凡三十七首，用薩福體者次之，凡二十五首，語在"緒論"§ 3.1。二人生平詳見II 13, 24與26注。*barbitos*或*barbiton*，豎琴之一種，其形狀品質今已失攷，僞Acro注云其體較大，又云或以爲其側身較寬。或曰(*OLD*詞條, *RE* 3. 1: 4–5)其音調較常見豎琴爲低。拉丁字形本希臘字βάρβιτος，貸詞也，然希臘文亦非本有，亦爲外國番邦語貸詞。漢譯爲多絃琴者，以其絃較七絃豎琴(lyra / cithara)爲多也，然其數今已不可確知。barbitos字較lyra或cithara二字生僻，詩人取此捨彼者，殆爲其具異域情調也。【蘆笛】與【多絃琴】兼言，乃複詞偏義，意在後者。【張緊】*tendere*，漢譯用字參照張籍《宮詞》："黃金桿撥絳檀槽，絃索新張調更高"；杜子美《洞房》："傛人張內樂"；李長吉《李憑箜篌引》："吳絲蜀桐張高秋"等。

35. 【汝】義含于動詞變位，指梅克納。【弄豎琴的】*lyricis*，豎琴(lyra / λύρα)古希臘時用以伴詩歌詠誦，古典時代常作七絃，也稱作cithara / κιθάρα，集中別見I 15, 15; 31, 20; II 10, 18; 12, 4; III 1, 20等處。豎琴詩人λυρικός一字始見於希臘化時代，以區別于悲劇詩人τραγικός。其時學者定古希臘經典豎琴詩人凡九人，號稱豎琴九詩人，計有阿爾克曼(Ἀλκμάν)、薩福、阿爾凱、安納克里昂(Ἀνακρέων)，斯忒色高羅(Στησίχορος)，伊必古("Ίβυκος)、西蒙尼德(Σιμωνίδης)、巴刻居利得(Βακχυλίδης)、品達。據Heinze攷證，此希臘名詞見於拉丁文獻始於西塞羅《演說家論》(*De oratore*)183："eorum poetarum, qui λυρικοί a Graecis nominantur,"　"這些詩人希臘人稱作豎琴詩人"。【巫史】*vates*，源自意大利古凱爾特語，本義爲祭司，與古哥特語wods，"神靈附體"、"狂亂"、今英語bard、德語Barde同源，按v-b音轉換合印歐語古音轉換律，即所謂格林定律也，Grimmsches Gesetz。西洋上古詩歌源於祭神，神靈讖語暨禱神祈語皆作詩體，故凡祭司必能詩，*vates*遂亦訓爲詩人。比及希臘字poeta西漸進入拉丁語，vates幾爲之取代，羅馬古字惟餘貶義，指巫覡；後幸賴H、維吉爾等至尊時代詩人而得復生。中國上古時巫史掌占卜，卜辭亦是初民詩歌，故以爲拉丁字之對譯，參觀韓高年，《禮俗儀式與先秦詩歌演變》，pp.31-35。詩中和合希臘字*lyricus*與拉丁字*vates*者，以明集中之作乃移植希臘豎琴詩而成，亦希臘亦羅馬也。【納入】*inseres*本義爲植入，此用作轉義，NH：同希臘字ἐγκρίνειν，即經攷覈定爲經典。參觀IV 3, 13-15："Romae, principis urbium, / dignatur suboles inter amabilis / vatum ponere me choros,"　"萬城之首善羅馬的/苗裔以爲我配置放於巫史們/可愛的舞隊當中"。普羅佩耳修II 34, 94："hos inter si me ponere Fama volet"，"若聲名願置我於他們中間"。【汝若……】*quodsi*，條件從句以示謙虛，可使隨後【吾便能】句所含自負不致令人反感。詩人趣梅克納準其位列希臘豎琴九詩人。Heinze: 詩人自負能合和希臘羅馬詩歌於一體，所謂世界文學也。

36. 希臘化時代大詩人迦利馬庫(Kallimachos，公元前310/305-240年)《神頌》(*Hymnoi*)第六首《得墨忒爾頌》行58嘗頌得墨忒爾之高大，上可摩天：ἵθματα μὲν χέρσω, κεφαλὰ δέ οἱ ἅψατ᾽Ολύμπω. "她足踏乾地，頭觸奧林波。"然言詩人可上摩繁星，殆爲H首剏，厥後奧維德數爲掯撘入詩，《變》VII 61："quo coniuge felix et dis cara ferar et vertice sidera tangam," "[美狄亞云]因得婿而幸福，於諸神爲親，我將受抬舉，以顱頂碰觸繁星"；又《海》II 5, 57 f.："huic tu cum placeas et vertice sidera tangas, / scripta tamen profugi vatis habenda putas," "你取悅於他顱頂碰觸繁星時，/卻仍以爲應收流放詩人之作"。詩人集中明志、自信必得成功，別見卷二末篇II 20，然尤應與詩集初編跋詩III 30比讀。

{評點}：

羅馬詩人以詩自序詩集，非H首剏。卡圖盧(C. Valerius Catullus)《歌集》(*Carmina*)首篇首行(1, 1)云："cui dono lepidum novum labellum …" "我要把這小書給誰……"，末行預言其詩將 "萬年留存不止一世" ("plus uno maneat perenne saeclo")，是爲序詩無疑。卡圖盧與H序詩同爲獻詩，冠之卷首，持贈友人，非如今日書序向陌生讀者而發者。然二詩相較，H序詩非惟其中自我期許頗過卡圖盧，且構思之縝密，章法之整飭、句法之考究，皆遠勝之。故以其爲詩人鴻篇鉅制之頭面，足堪其任。

全詩不從Meinecke律每四行爲一章，然依詩中內容可分三節，首節僅二行：1–2；次節最長，3–28；末節29–36。首節以敬恩主，一頌梅克納累世簪纓身家顯赫，二敘受其賙濟獎掖而感激榮耀。次節擷取希臘詩人與哲人論人盍各之說，能踵事增華，臚列世人汲汲以求之諸好凡八項：競技比賽(3–6)，求仕(7–8)，囤積居奇(9–10)，稼穡(11–14)，泛海逐利(15–18)，賦閒(19–22)，行伍(23–25)，畋獵(25–28)等。末節高調特申己志：世人皆以功名利祿優遊犬馬爲樂，獨我以詩爲高。末二行呼應首節，再向恩主直陳，云若汝不我遐棄，吾將上摩蒼穹，列身神明。全篇起結互承，始終相接。

首節之後，詩循德國學者所謂先行法(Priamel)。Priamel者，來自拉丁文praeambulum，義爲先行者，乃德國學者生造術語，初僅用于十五至十六世紀德語成語箴言詩(Spruch)，以名其中類似詩法，後乃逐用於古典詩歌，今已成詩學通用術語。近有學者引《梨俱吠陀》(ऋग्वेद, ṛgveda 或 *Rigveda*)VIII 3, 24、I 161, 9（M.L. West, *Indo-European Poetry and Myth*, p.116 f.）等，證其爲印歐語文特有之風格手法（又見C. Watkins, *How to Kill a Dragon: Aspects of Indo-European Poetics*, p.115），印歐諸語文詩歌均有常例，非希臘羅馬詩歌所獨有。依此詩法，須先行臚列人情物理之常者，末以反駁或立異作結。以《梨俱吠陀》VIII 3, 24《因陀羅頌》爲例：

ātmā pitus tanūr vāsa ojodā abhyañjanam
turīyam id rohitasya pākasthāmānaṃ bhojaṃ dātāram abravam

食爲命，衣是身，膏強力。
第四吾則稱贈人赤騮者好客巴迦濕怛門。

古希臘詩歌用先行法者頗夥，荷馬體《阿波羅頌》140–48，薩福殘篇16, 1–4，品達《奧》1, 1–7皆其佳例，其中薩福詩短小精悍，最宜示範，其首章曰：

o]ἰ μὲν ἰππήων στρότον, οἰ δὲ πέσδων
οἰ δὲ νάων φαῖσ᾽ επ[ι] γᾶν μέλαι[ν]αν
ἐ]μμεναι κάλλιστον, ἐγω δὲ κῆν᾽ ὄτ—
τω τις ἔραται·

或有人說馬隊或有人說步兵
或有人說艦隊是黑土地上
最美之物，我卻說人所
愛的那箇纔是；

二詩皆先列舉他人所愛，末後始宣己見，以示有別。

先行法之外, H此詩行3–28舉凡種種世俗所尚, 應祖巴刻居利得
(Bakchylides)。其人所作競技讚歌(*Epinikos*)10, 38 ff. 分別人之所好
凡有四事, 爲名(φιλότιμος)、爲知(φιλόσοφος)、爲色(φιλήδονος)、爲
財(φιλοχρήματος):

> μυρίαι δ᾽ ἀνδρῶν ἐπιστᾶμαι πέλονται·
> ἢ γὰρ σ[ο]φὸς ἢ Χαρίτων τιμὰν λελογχώς
> ἐλπίδι χρυσέαι τέθαλεν
> ἤ τινα φευπροπίαν
> 　εἰδώς· ἕτερος δ᾽ ἐπὶ παισί
> ποικίλον τόξον τιταίνει·
> οἱ δ᾽ ἐπ᾽ ἔργοισίν τε καὶ ἀμφὶ βοῶν ἀ[γ]έλαις
> θυμὸν αὔξουσιν·

> 　人所傾心的事各種各樣;
> 因爲或是智者爲苟獲愷麗女神們的榮耀者
> 又因黃金的希望而茁壯;
> 或是知曉
> 　讖語的人; 另有人張
> 多彩的弓對準孌童;
> 有些人爲稼穡和牛牧
> 而精神振奮;

柏拉圖《城邦》(*Politeia*)581c言人以所好區分, 可列三類, 好知者
(φιλόσοφος)好勝者(φιλόνικος = φιλότιμος), 好利者(φιλοκερδής =
φιλοχρήματος), 足見此說爲希臘人常談。

巴刻居利得詩言人之所喜分爲四類, 所論尚泛泛; H則叠牀架屋,
非特倍增其數, 變四爲八, 且每類必設一人物演繹其事, 具體而微, 生
動親切; 理賴事彰, 事備則情生, 故讀來令人唯覺情景交融, 不泛論理
而其理反能入人心脾。

{傳承}：

　　此詩後世倣作甚夥，兹舉法英德詩各一首，以示影響廣遠。法蘭西文藝復興時大家杜‧貝萊(Joachim du Bellay, 1522–1560年)讚歌第十八首《論詩人不朽》(*De l'immortalité des poetes*)7–24摹倣H此篇先引詩法詩意，直至捃撦其中詞句：

> Cetuy quiert par divers dangers
>
> L'honneur du fer victorieux :
>
> Cetuy la par flotz etrangers
>
> Le soing de l'or laborieux.
>
> L'un aux clameurs du Palaiz s'etudie,
>
> L'autre le vent de la faveur maudie :
>
> 　Mais moy, que les Graces cherissent,
>
> 　Ie hay' les biens que l'on adore,
>
> 　Ie hay' les honneurs qui perissent,
>
> 　Et le soing qui les cœurs devore :
>
> Rien ne me plaist, fors ce qui peut deplaire
>
> Au iugement du rude populaire.
>
> 　Les Lauriers, prix des frontz sçavans,
>
> 　M'ont ia fait compaignon des dieux :
>
> 　Les lascifz Satyres suyvans
>
> 　Les Nymphes des rustiques lieux,
>
> Me font aymer loing des congnuz Rivaiges,
>
> La sainte horreur de leurs Antres sauvaiges.

　　　這人不懼萬種危險/尋求勝利刀劍的榮譽：/那人漂浮於異域的波濤/為費力所得的黃金操忙。/一人汲汲於宮廷的喧譁，/另一人則孜孜於追求乞討來的恩惠過眼雲烟/而我，則有愷麗女神們寵愛，/我憎惡他人的所好，/我憎惡會消亡的榮耀/以及齧噬人心的操勞：/若粗俗的民眾來裁判，/除了能令人不快的，無事能令我喜愛。/月桂那有學的額頭的獎賞,/方令我與神爲伍:/相隨的淫蕩的撒琪/與野地的妖女/令我熱愛遠離熟知海岸的/蠻荒洞穴裏神聖的恐怖。

　　莎士比亞《商籟詩集》第九十一首亦襲用H此詩先行法,然有變通,較杜·貝萊生吞活剝殊顯其食古能化:

Some glory in their birth, some in their skill,
Some in their wealth, some in their bodies force,
Some in their garments though new-fangled ill:
Some in their Hawkes and Hounds, some in their Horse
And euery humor hath his adiunct pleasure,
Wherein it findes ioy aboue the rest,
But these particulars are not my measure,
All these I better in one general best.
Thy love is better than high birth to me.
Richer than wealth, prouder than garments' cost,
Of more delight than hawks or horses be;
And having thee, of all mens pride I boast:
……

有人以出身榮耀,有人以其技能,
有人以財富,而有的人以其體力,
有人以衣着,雖然新裁卻不合適:
有人以其鷹犬,有人則以其馬匹
每種脾性都有與之相宜的樂趣,
在其中找得到勝於其他的歡樂,
然而這些箇箇皆不合我的尺度,
所有這些裏我更於一總爲最擅。
你的愛於我比高貴的出身更善,

比財富更富有，比衣貲要更倨傲，

比鷹隼或駿馬更給人無窮樂趣；

有你，纔是我要誇的男人自豪；

……

巴洛克時代德意志詩人荷爾替（Ludwig Heinrich Christoph Hölty,
1748–1776年）讚歌《人類的種種忙碌》（*Die Beschäftigungen der
Menschen*）戲擬H先引詩法，雖立意雅正，然語含諧謔，詩或未許爲
佳，然用先行法卻頗見新意：

Jener liebet den Hof, liebet das Stadtgeräusch,

　Und französischen Modewitz,

Küßt den Damen die Hand, mischet den Potpourri,

Kocht den Pomaden und dreht Filet;

Zieht die Säle voll Tanz Wiesen des Frühlings vor,

　Den Kastraten der Nachtigall,

Lebt vom Lächeln des Herrn, dreht, wie ein Wetterhahn,

Nach dem Winde des Hofes sich.

Dieser liebet den Prunk gleitzender Wissenschaft,

　Thürmet Bücher auf Bücher auf,

Und begaffet den Band und den bemalten Schnitt,

　Und sein gläsernes Bücherschrank.

Jener beuget sein Knie vor dem Altar des Golds,

　Stopfet Beutel auf Beutel voll,

Schließt sein Kämmerlein zu, schüttelt die Beutel aus,

　Und beäugelt den Seelenschatz. —

Mich entzücket der Wald, mich der entblühte Baum,

　Mich der tanzende Wiesenquell,

Mich der Morgengesang, oder das Abendlied,

　Meiner Freundin, der Nachtigall.

…　…

　　那人愛宮廷，愛城市的喧囂，/和法國的時尚，/親吻婦人的手，/混合花葉香，/化髮臘、繞絲線；/　　寧要廳內跳舞不要春日草坪，/閹割了夜鶯，/以紳士們的微笑爲生，旋轉/有如風標，/隨宮廷風氣而轉。/　　這人愛炫目的科學的排場，/書籍堆積如山，/爲書卷和畫出的段落口不能閉，/還有他玻璃門的書櫥。/　　那人在金錢的祭壇前跪拜/裝滿一條又一條麻袋，/緊閉其倉室，傾倒麻袋，/眼睛緊盯着靈魂的寶藏。——/　　我則喜歡森林還有落花的樹，/我喜歡爲舞蹈的草地之泉，/我喜歡女友夜鶯的/晨曲或夜歌。

{比較}：

一、詩人自結詩集

清趙翼《陔餘叢考》卷二十二《詩文以集名》云古人詩文結集自梁阮孝緒《七錄》始，以爲古無詩人文士自結之集：

　　[《隋書》]《經籍志》序云，別集之名，漢東京之所創也。靈均以降，屬文之士多矣，後之君子，欲觀其體勢而見其心靈，故別聚焉，名之爲集，則集之名，又似起於東漢。然據此則古所謂集，乃後人聚前人所作而名之，非作者之自稱爲集也。

甌北所言詩文結集，雖非專指如H《讚歌集》之僅採同體同類詩篇成集者，然其論實已含之。傳世上古詩人詩集略似《讚》者，唯有屈原《九歌》、《九章》，然二者今存篇目次序是否爲詩人手定，集中並無序詩序文可資稽攷，王逸等古注亦未置一詞，其成書原委，恐難確知，甌北不以靈均爲文人詩歌結集之始，殆爲此耶。今覽《九歌》、《九章》，大抵爲詩人或編者因所輯之作題材、體裁以及用途相近而聚爲一集，非若H非但以格律揆一(屬埃奧利豎琴詩)而綴爲一帙，且攷量各篇體格、音律、短長，題目、所贈之人等諸項，或以近似而比列，或因相異而錯雜，或前後連綴，或首尾呼應，其用心之深遠、結構之整飭、安排之周密，非止楚辭羌非其匹，即洎唐末亦罕見有中國詩人自定詩集可相媲美者。

二、詩人自序詩集

李太白《古風五十九首》第一首未聞爲詩人手定詩集總序，然實可當序詩讀。以此與H集中序詩比讀，庶能有所發明：

大雅久不作，吾衰竟誰陳？	自從建安來，綺麗不足珍；
王風委蔓草，戰國多荆榛，	聖代復元古，垂衣貴清眞，
龍虎相啖食，兵戈逮狂秦，	羣才屬修明，乘運共耀鱗，
正聲何微茫，哀怨起騷人。	文質相炳煥，衆星羅秋旻。
揚馬激頹波，開流宕無垠，	我志在删述，垂輝映千春，
廢興雖萬變，憲章亦已淪；	希聖如有立，絕筆於獲麟。

詩中回顧三百篇後風雅瀿墜竟達千載，歷數戰國以下降及六朝之詩風流變，逐一批評，至"聖代復元古"，宣佈本朝一掃前代頹勢，復古歸眞。末四句以申己志作結，竟與先行詩法不謀而合。

三、先行詩法

先行法既證爲印歐語詩歌特有詩法，今以太白詩覘之，中國古詩或不無偶合者，然其例既少，詩人不聞專意規模，論者亦未嘗提挈，故未足稱爲法規。循太白詩而上，《詩》三百篇，惟《鄭風·出其東門》差合：

出其東門，有女如雲。	出其闉闍，有女如荼。
雖則如雲，匪我思存。	雖則如荼，匪我思且。
縞衣綦巾，聊樂我員。	縞衣茹藘，聊可與娛。

先行詩法術語定義既昉于德國學界，寖假而通行于英美，然所指略異。M.L. West《印歐詩歌與神話》(*Indo-European Poetry and Myth*)辟專題論述印歐詩歌之先行法式，以其爲"[詩中先言]一系列平行陳述，以爲其最末者張本"("whereby a series of parallel statements serves to throw the last into relief." p.116)，所舉梭倫殘篇9、荷馬《伊利昂記》XXII 262–65、《羅摩衍那》(*Ramayana*)II 34, 25、II 98, 6等文例均不合德人之說。引德人先行法說入英美學界，品達學者Elroy L. Bundy殆爲第一人，然其說已乖德人本意："The priamel is a focusing or selecting device in which one or more terms serve as foil for the point of particular interest"(*Studia Pindarica*, p.5)。德人所言先行法，先行諸例與末後所申主旨並非平行不悖("parallel statements")，而須相反相悖，非僅爲反襯(foil)也。

Priamel脱如Bundy、West輩所說僅爲"平行陳述，以爲最末者張本"，則其爲詩法斷非印歐語詩歌所獨有。West輩所言，適爲《毛詩》所論《詩》之六義之四"興"也。《關雎》小序論詩有六義，祇徵論"風雅頌"，未解釋"賦比興"。孔穎達《疏》引鄭司農(衆)語："興者託事於物，則興者，起也，取譬引類，起發己心，《詩》文諸舉草木鳥獸以見意者，皆興辭也。"方成的說。以此，則"興"既"託事於物"，藉譬類"起發己心"，則與Bundy、West等輩所謂Priamel殆無異矣。《詩》毛氏《傳》定諸篇啓端爲興者凡百又六首，《國風‧周南》有《關雎》、《葛覃》、《卷耳》、《樛木》、《桃夭》、《漢廣》、《麟之趾》；《召南》有《鵲巢》、《草蟲》、《行露》、《摽有梅》、《江有汜》、《何彼襛矣》；《邶風》有《柏舟》、《綠衣》、《終風》、《凱風》、《雄雉》、《匏有苦葉》、《谷風》、《旄丘》、《泉水》、《北門》、《北風》；《鄘風》有《柏舟》、《牆有茨》；《衛風》有《淇奧》、《竹竿》、《芄蘭》、《有狐》；《王風》有《揚之水》、《中谷有蓷》、《兔爰》、《葛藟》；《鄭風》有《山有扶蘇》、《蘀兮》、《風雨》、《野有蔓草》；《齊風》有《東方之日》、《南山》、《甫田》、《敝笱》；《魏風》有《園有桃》；《唐風》有《山有樞》、《揚之水》、《椒聊》、《綢繆》、《杕杜》、《鴇羽》、《有杕之杜》、《葛生》；《秦風》有《蒹葭》、《終南》、《黃鳥》、《晨風》、《無衣》；《陳風》有《東門之池》、《東門之楊》、《墓門》、《防有鵲巢》、《月出》、《澤陂》；《檜風》有《隰有萇楚》；《曹風》有《蜉蝣》、《鳲鳩》、《下泉》；《豳風》有《鴟鴞》、《九罭》、《狼跋》；《小雅·鹿鳴之什》有《鹿鳴》、《常棣》、《伐木》、《杕杜》、《南山有臺》、《蓼蕭》、《湛露》；《彤弓之什》有《菁菁者莪》、《采芑》、《鴻鴈》、《沔水》、《鶴鳴》；《祈父之什》有《黃鳥》、《斯干》、《節南山》；《小旻之什》有《小宛》、《小弁》、《巷伯》、《谷風》、《蓼莪》、《大東》；《北山之什》有《瞻彼洛矣》、《裳裳者華》；《桑扈之什》有《桑扈》、《鴛鴦》、《頍弁》、《車舝》、《青蠅》、《采菽》、《角弓》、《菀柳》；《都人士之什》有《采綠》、《黍苗》、《隰桑》、《白華》、《緜蠻》、《苕之華》；《大雅·文王之什》有《緜》、《棫樸》；《生民之什》有《卷阿》；《蕩之什》有《桑柔》；《頌》之《周頌臣工之什》則祇有《振鷺》。

王鳴盛《蛾術集》卷七十五謂“《傳》於賦比興雖間注之，卻不每章盡注。至朱子《集傳》，每章必注賦比興”。以上篇目中朱熹《詩集傳》不以爲興者爲《葛覃》、《卷耳》、《草蟲》、《行露》、《摽有梅》、《邶風·柏舟》、《綠衣》、《終風》、《邶風·凱風》、《匏有苦葉》、《谷風》、《北門》、《北風》、《竹竿》、《有狐》、《兔爰》、《風雨》、《野有蔓草》、《南山》、《甫田》、《敝笱》、《唐風·揚之水》(比也)、《鴇羽》(比也)、《有杕之杜》(比也)、《蒹葭》(賦也)、《無衣》(賦也)、《隰有萇楚》(賦也)、《蜉蝣》(比也)、《鴟鴞》(比也)；《小雅》《杕杜》(賦也)、《鶴鳴》(比也)、《黃鳥》(比也)、《斯干》(賦也)、《巷伯》(賦也)、《蓼莪》(比也)、《瞻彼洛矣》(賦也)、《車舝》(賦也)、《青蠅》(比也)、《菀柳》(比也)、《采綠》(賦也)、《白華》(比也)、《緜蠻》(比也)、《苕之華》(比也)；《大雅》《緜》(比也)、《卷阿》(賦也)、《桑柔》(比也)；《頌》之《振鷺》(賦也)；朱子視爲興而毛《傳》未列者有《兔罝》、《殷其靁》、《小星》、《野有死麇》、《燕燕》、《鶉之奔奔》、《相鼠》、《黍離》(賦而興)、《鄭風·揚之水》、《溱洧》(賦而興)、《汾沮洳》、《候人》；《小雅》《皇皇者華》、《采薇》、《魚麗》、《南有嘉魚》、《四月》、《無將大車》、《何草不黃》；《大雅》《旱麓》、《行葦》、《鳧鷖》、《泂酌》；《魯頌·有駜》。

　　其中詩題標爲黑體者所含興之語式尤合West輩所誤解之Priamel，毛《傳》未明爲興者亦頗有合此語式者，如此豈可曰其爲印歐語詩歌所獨有？

　　英美學者誤解德語文學概念，致其界說失于寬泛，遂使德英美學者所言先行法非一，自不足道。然Bundy等輩所闡語式詩法，自非虛有，惟應另立他名，不當與德國學者所論先行詩法混爲一談耳。而近代西方漢學者向苦於界說《詩》六義之"興"義，以爲於西方詩學中難尋可相匹埒者，或譯作affective image（Stephen Owen, *Readings in Chinese Literary Thought*, p.46），信爲中國詩歌詩學所獨有，而不知其亦爲古印歐語詩歌之常，則難免貽人忘祖之譏矣。

二

呈至尊屋大維
AD DIVVM AVGVSTVM

　　上帝板板，下民卒癉，旻天疾威，人命艱難，四國驚恐，洪水滔漫，提貝河溢，浩蕩漫汗，懷邑襄堂，海水倒瀾。

　　上天不弔，降此鞠訩，內戰肆虐，同室爭鋒，少年殤天，尟有孑遺。值此國難，靡神不舉。何人受召，社稷是維？何人膺命，化險爲夷？何人將興，以補世痍？

　　吾儕求告，先阿波羅、再及維奴；維奴不應，轉祈戰神。諸神齊喑，置若罔聞，唯墨古利，不我遐棄，泠然伊邇，肯來下凡，化身凱撒，以復父讎。今既蒞止，縱橫捭闔。維願其壽，遲返上天，內預國事，秉鈞調燮，外統萬軍，蕩平蠻醜。斯民之父，萬邦元首！

{格律}：

　　薩福體(Sapphicum)。H前希臘詩人用此律且倖存於世者殆僅有薩福、阿爾凱，拉丁詩歌首用此律者爲卡圖盧(11與51)。H所用薩福體各章十一音節詩行大多置行中音頓於第五音節之後。H所作薩福體讚歌多呈三章一段結構(Strophentriade)，各段內多用跨章連續句(enjambement)。

{繫年}：

　　詩以提貝河洪溢啓端，卒章用長老院所上尊號稱屋大維"父與元首"(princeps paterque)，詩中捃撦維吉爾《農事詩》第一首語句直至規

模其章法(詳見{評點}),均可用爲繫年內證。維吉爾詩已知作於前29
年,故H此詩必成於其後。提貝河洪溢於何時史籍失載(詳見行6注),然
屋大維上尊號在前27年元月至二月,卻於史有徵(詳見行50注)。Heinze
折衷內證外證,次此詩於29–28年冬,蓋此時屋大維阿克襄海戰(前31
年,詳下行32注)新勝未久、埃及甫定,然尚未鼎革共和舊政、締構帝制
(新政改憲始於前27年元月),故詩中回顧連年內戰,民不聊生,稱天怒
神怨,其非作於至尊首出庶物,萬國咸寧之帝制已立之後甚明也;然詩
中語氣又非全然絕望,卒章云國運全賴至尊一人,則非已知其弭平內
戰之功勳不能言此,故詩當作於內戰初息、舉國尚茫然不知所措之際,
其說可取。

{斠勘記}:

10. columbis Ξ Ψ *Victorinus*(*C. Marius Victorinus*,四世紀文法家,
此後簡稱其氏) palumbis πcorr.(斜體拉丁字縮寫義爲已訂正,後皆同
此)ς 案異讀義爲林鴿,詳下箋注。

11. superiecto Ξ $^{(acc.\ \lambda'\ R)}$ superiacto Ψ *Pph*: id est: super terras iacto.
案二讀字雖異而義近。

18. ultorem Ξ $^{(acc.\ R\ \pi2)}$ 卷本代號後有阿剌伯數字者,乃因原鈔本後
遭他人反覆塗乙,數字示其爲第某通修改文字,後皆同此 velorum Ψ
(*D n. l.* 斜體拉丁字縮寫義爲未名,後皆同此)案後讀爲複數屬格,義
爲帆,不通,當訛。

19. probante⫶Vxorius *codd.*(縮寫義爲各卷本,後皆同此)案詳下
箋注。

27. sacrae σχ*Statius IV 633* 案sanctae、sacrae義近。

31. candentis] candenti νς 案正文爲複數賓格,與其後umeros連
讀;異文爲單數奪格,與nube連讀

39. Marsi *Faber* mauri Ξ Ψ 詳見箋注。

{箋注}:

1. 【已然】*iam*,原文譯文皆居篇首,以亟言【夠了】*satis*意。二字

相連，Heinze：人已知雨雪冰雹爲神怒矣，毋庸更多。【天父】*pater*即猶庇特Iuppiter，其爲羅馬神話中至高神明，然本義指天，故作此譯，詳見I 1, 25注。

2.【雪與雹】*nivis ... grandinis*，羅馬雖地處南歐，霜雪冰雹卻非妖異，參觀I 9, 1注。然既言【恐怖】*dirae*，則妖（prodigium）也，非常也，詩人以爲神怒之徵。參觀維吉爾《農》I 487 f.："non alias caelo ceciderunt plura sereno / fulgura nec diri totiens arsere cometae." "他時從無降落過更多晴天/霹靂，也無如許多恐怖的彗星灼曜。"中國古時以霖雨雷電爲妖異，參觀《漢書・五行志》："隱公九年'三月癸酉，大雨，震電；庚辰，大雨雪。'大雨，雨水也；震，雷也。劉歆以爲三月癸酉，於曆數春分後一日，始震電之時也，當雨，而不當大雨。大雨，常雨之罰也。於始震電八日之間而大雨雪，常寒之罰也。劉向以爲周三月，今正月也，當雨水，雪雜雨，雷電未可以發也。既已發也，則雪不當復降。皆失節，故謂之異。"（卷二十七中，志第七，頁一三六三—一三六四）
【彤赤的右手】*rubente dextera*，霹靂爲宙斯/猶庇特利器，神因連發霹靂而致右手彤赤。Heinze：曰猶父發雷霆之怒，乃陳詞也，添此右手彤赤細節，遂化腐朽爲神奇，頓覺生動如畫矣。參觀品達《奧》9, 6: Δία τε φοινικοστερόπαν σεμνόν. "能投擲紅烈霹靂的可畏宙斯"；10, 79–83: κελαδησόμεθα βροντὰν / καὶ πυρπάλαμον βέλος / ὀρσικτύπου Διός, / ἐν ἅπαντι κράτει / αἴθωνα κεραυνὸν ἀραρότα. "我們將歡呼咆哮的/宙斯的雷霆和火中鍛就的箭矢，/噴火的霹靂配其全能之威。"然H此處無論語意皆非捃拾品達，而係搞掇維吉爾新作《農》中字句而成，其I 328 f.曰："ipse pater media nimborum in nocte corusca / fulmina molitur dextra," "父自在夜裏雲間以閃光的/右手發射霹靂"。近代詩人彌爾頓（John Milton）《樂园之失》（*Paradise Lost*）寫羣魔揣度耶和華將如何懲罰其類忤逆之罪曰："or from above / Should intermitted vengeance arm again / His red right hand to plague us?"（II 172–74）"或是自上面/中斷的復讎會再次武裝/他彤赤的右手迫害我們？" "右手"云云本此。中國舊時以雷霆爲天怒之兆，可見李義山《酬令狐郎中見寄》句："天怒識雷霆"。

3.【神聖的戍樓】*sacras ... arces*，羅馬社稷山(Mons Capitolinus)北巔有戍樓(Arx)，南巔有猶庇特神廟。戍樓者，如雅典戍樓(俗譯作衛城Acropolis)。原文爲複數(中譯【那些】)，故不當僅指戍樓，亦泛指社稷山上戍樓之外猶庇特、猶諾、密涅瓦神廟等巍峨樓廈。

4–5.【嚇壞】*terruit*，二行以爲**排比**(anaphora)，譯文倣之。

4.【此城】*urbem*，羅馬，對下行【萬國】，如謂羅馬與世界(Urbs et Orbis)，差似中國所謂華夷。羅馬與番邦並舉，如謂全人類。

5.【萬國】*gentis*，羅馬人以gens複數式指羅馬人以外一切異族，如羅馬法有ius gentium，即"理藩法"，爲日後所謂國際法原本，相對于居勒法(ius Quiritium，居勒參觀I 1, 7注)，後者施行於羅馬公民，即今民法。法權屬理藩法者其權利不若有居勒法權之羅馬公民也(Poste, *Gai Institutiones*, "Introd." § 7, p. xviii–xxi; annot. ad 1. §§ 1–7, pp. 3–4)。羅馬厥初興起於村落城邦，寖假奄有拉丁地區，擴張而遍及意大利全地，直至統轄環地中海亞非歐三大陸一切已知人居之地，實爲理藩法與民法之擴張史。民法權高于理藩法，外藩番民爲羅馬征服，寖久則欲其法權侔比羅馬公民。羅馬人非但不知外藩之民之於羅馬人有"治外法權"；反是羅馬人在外藩享有治外法權。以興起之地之統治種族(即羅馬人)對內所行法權爲公民法權之根本，後隨轄地擴張直至廣爲帝國，其間漸播民權於所轄番邦，然始終未許番邦之民與羅馬上國公民享有同等法權，——此乃西洋擴張及維持法統與帝國之法寶，後世大英帝國與美帝國無不同此。在古羅馬，法權普及演進順序署爲士族(patricii)→庶族(plebes)→意大利→諸行省；在英美則爲盎格魯撒克遜男丁→他地歐羅巴種人(先北後南、先西後東)→以上二類人之婦女→有色人種(黑人等等)。

5–6.【怕……】*ne ...*，領結果從句，言所懼者爲何。

5.【庇拉】*Pyrrhae*，世界上古諸文明皆有史前洪水傳說。據希臘神話，上古洪水，人皆澌溺，民無噍類，唯餘都卡良(Deucalion)、庇拉夫婦，後世人類，皆所從出。奧維德《變》I 253–415詳敘其事，過長不錄。品達阿波羅頌(*Paianes*)9殘篇19 f.云: ἢ γαῖαν κατακλύσαισα θήσεις / ἀνδρῶν νέον ἐξ ἀρχᾶς γένος; "你，洪水滔天的土地，將從頭立新起人類乎？”雖謂日食，然可與此相發明。【庇拉……世紀】*saeculum Pyrrhae*即指此史前洪水時代。據丟氏(L. Cassius Dio，約155–235年)《羅馬史》(*Historia Romana*)LIII 20, 1，前27年元月十六、十七日日間，屋大維鼎新革故，除羅馬共和憲法，受長老院上至尊徽號，當夜提貝河水溢：Αὔγουστος μὲν δὴ ὁ Καῖσαρ ... ἐπωνομάσθη, καὶ αὐτῷ σημεῖον οὐ σμικρὸν εὐθὺς τότε τῆς νυκτὸς ἐπεγένετο· ὁ γὰρ Τίβερις πελαγίσας πᾶσαν τὴν ἐν τοῖς πεδίοις Ῥώμην κατέλαβεν ὥστε πλεῖσθαι. “人曰此凱撒被稱作至尊，而此簡稱甫施於其身，提貝河水即變羅馬平原爲海，其上可航船”。然詩中所寫應爲此前內戰時天生異兆。同書XXXIX 61, 1記前55年前三霸(primus triumviratus)中龐培(Pompeius)、克拉蘇(Crassus)二人爭霸，提貝河水溢，淹羅馬，可參看：

κἀν τούτῳ ὁ Τίβειρις, εἴτ᾽ οὖν ὄμβρων ἄνω που ὑπὲρ τὴν πόλιν ἐξαισίων γενομένων, εἴτε καὶ σφοδροῦ πνεύματος ἐκ τῆς θαλάσσης τὴν ἐκροὴν αὐτοῦ ἀνακόψαντος, εἴτε καὶ μᾶλλον, ὡς ὑπωπτεύετο, ἐκ παρασκευῆς δαιμονίου τινός, τοσοῦτος ἐξαπιναίως ἐρρύη ὥστ᾽ ἐν πᾶσι μὲν τοῖς πεδίοις τοῖς ἐν τῷ ἄστει οὖσι πελαγίσαι, πολλὰ δὲ καὶ τῶν μετεωροτέρων καταλαβεῖν. αἵ τε οὖν οἰκίαι ἐκ πλίνθων γὰρ συνῳκοδομημέναι ἦσαν διάβροχοί τε ἐγένοντο καὶ κατερράγησαν, καὶ τὰ ὑποζύγια πάντα ὑποβρύχια ἐφθάρη.

或因上游某處暴雨或因海上大風致海水倒瀾，然據猜測或更可能爲神怒所致，提貝河水驟漲，羅馬城內低處皆淹，高處亦有多地被淹。磚瓦房因久浸坍塌，一切芻豢盡皆溺斃。

詩中所寫提貝河洪災應在何時，詳見後{評點}。Heinze：原文【世紀】用*saeculum*不用aetas者，爲前者暗含劫世輪迴(μετακόσμησις)義，故云時人懼其爲上古洪水之世重來也。按此拉丁字有百年爲一世紀之義，此處泛指時代，然暗含劫數輪迴義。輪迴說羅馬人得自非印歐語系之埃特魯斯坎人。又與當日天文說相關，參觀維吉爾《牧》4, 4–7：
"ultima Cumaei venit iam carminis aetas ; / magnus ab integro
saeclorum nascitur ordo. / iam redit et Virgo, redeunt Saturnia regna, / iam
nova progenies caelo demittitur alto." "現在最末的時代降臨古麥之歌；
世世代代的大序列正重新誕生。/現在室女回歸，回歸撒屯王國，/現在
有新的苗裔正自高天降下。"案羅馬人以爲世紀輪回因五大星相躔次
輪迴而定，而非僅以日月躔次爲度，西塞羅《國體論》(De respublica)
VI 24所言甚明："homines enim populariter annum tantum modo solis, id
est unius astri, reditu metiuntur ; cum autem ad idem, unde semel profecta
sunt, cuncta astra redierint eandemque totius caeli discriptionem longis
intervallis rettulerint, tum ille vere vertens annus appellari potest ; in quo
vix dicere audeo quam multa hominum saecula teneantur." "蓋人多僅以
日躔迴歸以度年，即僅以一星定之；然若以所有星宿迴歸其出發之處、
久隔之後重現同樣天象而定之，始可稱爲經躔之眞年；其長度吾弗敢
謂含人世幾何矣。"參觀拙著《小批評集》，頁十注二. 中土上古雖未聞
有如西塞羅所謂世紀紀年者，然古人初不以日躔紀年、而用歲星躔次，
則於古有徵，《春秋左傳·襄公九年》(9.7)："晉侯曰：'十二年矣，是謂
一終，一星終也。'"杜預《注》："歲星[木星]十二歲而一周天。"孔穎
達《正義》："直言一星終，知是歲星者，以古今曆書推步五星，金水日
行一度；土三百七十七日，行星十二度；火七百八十日，行星四百一十五
度。四者皆不得十二年而一終，唯木三百九十八日，行星三十三度，十二
年而彊一周，舉其大數，十二年而一終，故知是歲星。"孔穎達謂"十二
年而彊一周，舉其大數"者，爲上古人計算未精，木星經行一周，並非
整十二年，後世已有劉歆、祖沖之輩糾正之，詳見楊伯峻《春秋左傳
注》，頁九七〇。

　　6. 【異兆】*monstra*指行7–12【畜羣】*pecus*、【鱗族】*piscium
genus*、【麋鹿】*dammae*種種異常。又參觀上注引丟氏史記XXXIX
61, 1，中譯參觀上引《漢書·五行志》。又據普魯塔克(L. Mestrius
Plutarchus, 約46–120年)《凱撒傳》(*Caesar* 63, 1–2)，前44年三月猶
流·凱撒遇刺前，羅馬曾屢現徵兆。Porphyrio古注云凱撒遇害後時人

數見異兆，提貝河洪溢即其一；Heinze以爲此說係古注家據H詩附會。老普利尼《博物志》III 55云："nullique fluviorum minus licet inclusis utrimque lateribus ; nec tamen ipse pugnat, quamquam creber ac subitus incrementis et nusquam magis aquis quam in ipsa urbe stagnantibus. quin immo vates intellegitur potius ac monitor, auctu semper religiosus verius quam saevus." "提貝河雖有堤岸相加，然河水突漲仍易洪溢；受淹者羅馬城首當其衝。人視之爲巫覡所發警告，趣人多行祭祀而非眞欲肆虐也。" 維吉爾《農》I 481 f. 敘凱撒死後波河溢，未言提貝河。前44–42年提貝河溢此外未見史載。莎士比亞史劇《猶流・凱撒》(*Julius Caesar*)本普魯塔克本傳(I 3, 3)據以轉述凱撒遇刺前異兆：

Cicero

　Good euen, *Caska* : brought you *Cæsar* home?

　Why are you breathlesse, and why stare you so?

Caska

　Are not you mou'd, when all the sway of Earth

　Shakes, like a thing vnfirme? O *Cicero* ,

　I haue seene Tempests, when the scolding Winds

　Haue riu'd the knottie Oakes, and I haue seene

　Th'ambitious Ocean swell, and rage, and foame,

　To be exalted with the threatning Clouds:

　But neuer till to Night, neuer till now,

　Did I goe through a Tempest-dropping-fire.

　Eyther there is a Ciuill strife in Heauen,

　Or else the World, too sawcie with the Gods,

　Incenses them to send destruction.

Cic.

　Why, saw you any thing more wonderfull?

Cask.

　A common slaue, you know him well by sight,

Held vp his left Hand, which did flame and burne

Like twentie Torches ioyn'd; and yet his Hand,

Not sensible of fire, remain'd vnscorch'd.

Besides, I ha'not since put vp my Sword,

Against the Capitoll I met a Lyon,

Who glaz'd vpon me, and went surly by,

Without annoying me. And there were drawne

Vpon a heape, a hundred gastly Women,

Transformed with their feare, who swore, they saw

Men, all in fire, walke vp and downe the streetes.

And yesterday, the Bird of Night did sit,

Euen at Noone-day, vpon the Market place,

Howting, and shreeking. When these Prodigies

Doe so conioyntly meet, let not men say,

These are their Reasons, they are Naturall:

For I beleeue, they are portentous things

Vnto the Clymate, that they point vpon.

Cic.

Indeed, it is a strange disposed time:

But men may construe things after their fashion,

Cleane from the purpose of the things themselues.

Comes *Cæsar* to the Capitoll to morrow?

西塞羅:

　　晚安,卡士卡,把凱撒帶回家啦?

　　你爲何氣短,爲何這樣瞪大眼睛?

卡士卡:

　　難道你不爲所動?在地球運轉

　　都震動不定之際,哦,西塞羅,

　　我見過暴風雨,那時詬誶的風

拔起多結蟠曲的橡樹，我見過
掀騰着的大洋澎湃，暴怒，聚沫，
翻涌起兼連發出威脅的雲霾：
可是直到今夜、直到此刻之前，
我從未經歷過降火的暴風雨。
要么是上天裏起了一場内訌，
要么就是這箇世界對衆神太
簡慢，惹惱了他們降落下燬滅。

西：

是嗎，你見到什么更奇的事麼？

卡：

有箇雜役奴，你認得他的模樣兒，
舉起來左手，他的手冒火燃燒
就像二十隻連着的火把；可他
手卻感覺不到火，並未被灼傷。
還有，我一直沒收回佩劍，自從
我在去社稷的路上遇到獅子，
它大搖大擺經過我時盯着我，
卻沒有騷擾。而且還有一百箇
大驚失色的女人縮聚成一團兒，
因恐懼而走形，賭誓說她們看
見渾身是火的男子在街上走。
還有在昨天，黑夜之禽竟然在
正午時穩穩地落在市決場上，
枵鳴着尖叫着。當這些異兆
這樣相約會集，人們不要說
它們有這般因由、全然自然，
因爲我相信，這全都是兆物
出現在它們所指徵的地帶。

西：

　　這確是箇勢態奇怪的時代：

　　不過人們可能依己以設物，

　　並無關乎事物自身的目的。

　　凱撒明天會來社稷廟山嗎？

7.【普羅透】*Proteus*，據希臘神話爲海中老人，能預知未來。荷馬《奧》IV 384–570述其嘗爲墨涅勞(Menelaus)訪求，以尋返程吉凶。【畜羣】*pecus*，普羅透爲海神畜牧海豹海豚等海獸，非牛羊等陸生草食牲畜，故其所牧離水登山則爲妖異。荷馬《奧》IV 411–13：φώκας μέν τοι πρῶτον ἀριθμήσει καὶ ἔπεισιν· / αὐτὰρ ἐπὴν πάσας πεμπάσσεται ἠδὲ ἴδηται, / λέξεται ἐν μέσσῃσι νομεὺς ὥς πώεσι μήλων. “他先數[海灘上的]海豹，再走去；/可是他用五指數夠他們全部且全看到他們時，/他就躺在他們中間如羊倌在羊羣中。”後維吉爾《農》IV 386 ff. 嘗祖述，其中394 f. 云：“quippe ita Neptuno visum est, immania cuius / armenta et turpes pascit sub gurgite phocas.”“他就這樣爲涅普頓照料，爲他牧養他/龐大的牧羣和漩渦之下丑陋的海豹。”按文藝復興時期牧養海獸爲當時文人拉丁文牧歌常見主題，桑那扎羅(Jacopo Sannazaro, 1458–1530年)《漁牧歌集》(*Eclogae piscatoriae*, 1526)中屢見。

9.【附着】*haesit*, Heinze：樹葉茂密如漁網，故隨洪水游入之魚爲其捕獲。奧維德《變》I 285 ff寫洪水多方捃摭H此篇，其中有句曰(I 296)：“hic summa piscem deprendit in ulmo,”“這裏魚兒挂在榆樹之杪”。

7–12. 近時學者或欲施解構法於此篇，曰詩人描述異兆荒誕如是，乃刻意諧謔。按其說恐謬，H非奧維德可比，且此詩無論集中所處之地位抑或全篇情調，皆不容調侃。

10.【鵓鴣】*columbae*，原文本義爲鴿，而所指實同palumbes，鵓鴣，中古鈔本或(π corr. ς)有作此讀者，殆爲謄鈔者塗乙。鵓鴣又名斑鳩。西語混稱鴿鳩者，非拉丁文一門，英文鴿作dove，鳩作turtle dove.

11–12. 參觀《英華》V 19, 5 f. 魯芬(Rufinus / Rhouphinos)情詩末二句云: βοσκήσει δελφῖνας ὁ δενδροκόμης Ἐρύμανθος, καὶ πολιὸν πόντου κῦμα θοὰς ἐλάφους. "海豚將食厄律曼托之林, /而麋鹿在灰色的海濤中結隊而泅"。

13.【我們】原文第一人稱複數蘊含於動詞變位, 並無代詞, 然其意統指詩人同代人, 參觀後{評點}。【見到】*vidimus*, Heinze: 如哀歌詩人慣以vidi, "我親見"示其所言經歷爲真也。按普羅佩耳修IV 5, 61–67以vidi "我見"排比; 又見提布盧《哀歌集》(*Elegiae*) I 4, 33: "vidi iam iuvenem, premeret cum serior aetas, / maerentem stultos praeterisse dies." "我此時看見少年, 當更成熟之年壓迫時, /哀嘆愚蠢的日子流過。"【提貝河】*Tiber*流經羅馬, 乃意大利第三大河, 濫觴於亞平寧山脈, 羅馬城即建於其東岸。河水平日即因多泥沙而色【濁】*flavum*, 直譯爲黃色, 漲洪時愈甚。參觀I 8, 8; II 3, 18. 據丟氏(Dio)《羅馬史》(1.frag. 4.), 提貝河本名阿爾布拉(Albula), 後因羅馬始王提貝林(Tiberinus)溺斃其中, 遂名焉。

14.【埃特魯士坎堤岸】*litore Etrusco*,【埃特魯士坎】已見I 1, 1注。【堤岸】*litore*攸指, 學者所見不一, 或以爲指提貝河北岸, 羅馬以北本屬古埃特魯士坎部, 濱臨提倫海, 海濤沖擊海岸, 致海水逆提貝河流向倒灌, 溢洪于羅馬城中; 或以爲(Heinze)指提貝河右岸或西岸, 以其更近埃特魯士坎。Heinze云海水倒瀾說不實。按此處應同行20【左岸】*sinistra ... ripa*, 即提貝河西北岸。

15.【王政紀念堂】*monumenta regis*, 亦稱Regia, 據傳建於努瑪王(Numa Pompilius, 羅馬二世王, 在位前715–673年, 即中土周恆王五年–周惠王四年)朝, 本爲王宮, 故名; 位於羅馬市決場(Forum Romanum)東南, 後爲羅馬大教宗(Pontifex Maximus)官府, 猶流‧凱撒生前任大教宗。共和、帝政時屢次重修, 今其址尚存地基。羅馬市決場地勢卑下, 故提貝河泛濫時易受淹。

16.【維絲塔神廟】*templa Vestae*, 努瑪王始建, 毗鄰王政紀念堂, 供奉羅馬竈火家居神維絲塔(Vesta), 內供長明祭火, 有女祭司(Vestales)祀奉, 人視之爲羅馬國家安危所繫(salus publica或fatalia pignora imperii)，今存遺址。

　　17.【他】即提貝河伯，原文無第三人稱代詞，寓意于動詞變位。【自我澎漲】*se iactat*語義雙關，一實指河水漲洪，一喻其自大。中譯【澎漲】二字取水部，爲先明其本意，再兼顧其喻意。

　　18.【深怨的伊利婭】*Iliae ... querenti*，伊利婭Ilia亦名Rhea Silvia，據李維(Livius)I 3, 10 ff.，乃祖係傳說中羅馬人鼻祖、特羅亞公子埃涅阿(Aeneas)，乃父即埃涅阿之子阿斯坎(Ascanius，氏猶洛Iulus，詳見下33–34注)所立之國長白國(Alba Longa)王努米托(Numitor)。努米托薨，弟阿慕留(Amulius)弑其猶子篡位，並強使王女伊利婭發願守童貞爲女神維絲塔女祭司，以絕其孳乳，不欲其兄血胤日後得嗣王位也。戰神馬耳斯(Mars)與伊利婭交，生二子，伯曰羅慕洛，季曰勒慕(Romulus et Remus)。伊利婭失貞背誓，故受神懲溺斃於提貝河。羅慕洛兄弟二人受狼乳得存，及長，建羅馬城，爲羅馬建城始祖。Heinze以爲H所據傳說較李維所述更古，據此，伊利婭爲埃涅阿女，猶洛女弟。又據奧維德《情》III 6, 45 ff.，伊利婭後爲提洛島國(Delos)王安紐(Anius)妻。【深怨】*querens*者，明爲其溺斃故，暗則指因其後裔凱撒遇刺故，詳下注。

　　18–19.【溺於内愛的/河】*u-/xorius amnis*，謂提貝河伯寵任妻室。又據傳說，伊利婭溺斃於提貝河，死後爲河伯妻，此處言其寵妻懼内，甘願爲之奔走。【復讎】*se ... iactat ultorem*，直譯爲"自許爲復讎者"。云復讎，有古今二義：Porphyrio古注引羅馬古詩人恩紐(Ennius)云，伊利婭溺斃並非自沉，乃阿慕留所害，故其夫欲爲之復讎，此爲古事；猶洛、伊利婭係羅馬望族猶流氏(gens Iulia，見上18注及後33–34注)鼻祖，猶流・凱撒即其族人；今凱撒遇刺，提貝河伯既寵内，欲爲妻黨復讎，故而水淹羅馬，此爲時事。埃涅阿、猶洛、伊利婭傳說紛筝，諸說細節未詳詩人何所取捨，然皆不妨詩意明白。NH：原文19–20切分一字*uxorius*爲*u-/xorius*，分属上下二行，以象河水蔓延溢堤貌。

　　19.【猶父】*Iovis* = Iuppiter，猶庇特，Iuppiter詞源和合二義：Io-或Iu- < = *d(i)jeu- < = Ζεύς <=(梵)dyaúh爲天，參觀I 1, 25注；-ppiter或-vis = pater = πάτερ，爲父，故中譯用父字，又見下行29。云【不經猶父

準許】*Iove non probante*者，Porphyrio古注云：猶父命提貝河伯恐嚇羅馬人，非欲殄滅之也。

19-20.【沖/刷】*labitur*，原文有在河干内流淌與溢出河干二義，此謂後者。中譯倣*u-/ xorius*詞法，拆動詞“沖/刷”分置於上下二行，以象其溢出貌。

20.【左岸】*sinistra ... ripa*，東岸也，詳見上行15注。

21.【父輩的孽】*vitio parentum*指内戰。西曆前44年戰神月(Martius，今陽曆三月)之望(Idus，三月十五日)，布魯圖(Marcus Brutus)等夥同共和黨徒刺殺猶流・凱撒於長老院。前42年十月，凱撒嗣子屋大維共馬可・安東尼(Marcus Antonius)以戡亂平叛討兇爲號與布魯圖部軍戰於希臘，大敗之於腓力比(Philippi)。有頃，内戰再起，屋大維先滅龐培(Sextus Pompeius)、後剪安東尼，迄前30年内戰始息。H每言内戰，輒稱其爲孽(*vitium*，參觀II 1, 2)、爲罪過(culpa, IV 15, 11：“[Augustus] emovitque culpas,”“[至尊]移除了罪過”)、爲罪惡(scelus，詳見下行29注，參觀I 35, 33 f.：“cicatricum et sceleris pudet / fratrumque,”“弟兄之間罪惡的傷痕令人羞恥”)。【子遺】*rara*，因戰亂而致人口銳減。參觀盧坎(M. Annaeus Lucanus, 39–65年)《法撒利戰記》(*Pharsalia*)I 27：“rarus et antiquis habitator in urbibus errat,”“子遺的居民蹀躞于古城”；VII 398 f. ：“crimen civile videmus / tot vacuas urbes,”“我們看到國民之罪，/如許多城邑空無一人”。即所謂十室九空也，漢譯取《大雅・雲漢》：“周餘黎民，靡有子遺。”寫喪亂致災異，致民生凋弊，《雲漢》全篇均可比讀。此外參觀《大雅・蕩之什・桑柔》：“亂生不夷，靡國不泯；民靡有黎，具禍以燼。於乎有哀，國步斯頻。”鄭玄《箋》云：“黎，不齊也；具，猶俱也；災餘曰燼。言時民無有不齊被兵寇之害者。俱遇此禍。以爲燼者，言害所及廣。”

22.【國民】*civis*，俗譯或作“市民”或作“公民”。所謂*civis*者，原僅爲羅馬城邦(civitas)有自主身份之男丁，同等身份之婦人其法權少於男性國民，然亦非全然無權。奴隸(servi)、外邦人(peregrini)無論敵(hostes)與蠻夷(barbari)不得爲國民。羅馬共和早期國民分爲父老(patres)與庶族(plebs)兩類，父老法權高於庶族。其後羅馬奄有拉丁乃至意大利，拉丁及意大利之羅馬屬邦附庸之民所有法權低於羅馬國民。依羅馬法，國民所秉法權之特權(privilegium)，或稱"居勒人法權"(ius Quiritium，參觀I 1, 7注)者，其核心爲法人身份(含婚姻(connubium)與商物權(commercium——財產、契約、遺囑、繼承等權利)等)、參政權(選舉權(suffragium)與出任公職權(honores))。詳見T.C. Sanders, *The Institutes of Justinian*, pp. xxxvi–xliv。此處特言國民者，示其爲國民同室操戈之內戰也(civile bellum，參觀II 1, 1 "motum civicum," "民變"注)。

22–24. 【將聽到……將聽到】*audiet … audiet*，原文置於行首，爲二聯排比，見上行4–5注。以排比未來時動詞抒發內戰慘痛之情，NH以爲蹈襲維吉爾新作《農》I 493–97："scilicet et tempus veniet, cum finibus illis / agricola incurvo terram molitus aratro / exesa inveniet scabra robigine pila / aut gravibus rastris galeas pulsabit inanis / grandiaque effossis mirabitur ossa sepulchris." "那時代將到來，在其地界內/那時農夫費力以彎曲的犁頭耕地時，/他將發現爲斑斑鏽跡所蝕的矛槍，/或是其沉重的鋤頭擊在空洞的兜鍪上，/或驚異從墳墓裏發掘的巨大骷髏。"

22–23. 【砥礪……鐵兵器】*acuisse ferrum*，"鐵兵器"直譯爲鐵，參觀I 35, 38–40："o utinam nova / incude diffingas retusum in / Massagetas Arabasque ferrum！" "惟願你會/在新砧上重鍛馬薩革/和阿剌伯已被鑄鈍的鐵。"【波斯】*Persia*，H時波斯帝國早已爲馬其頓王亞歷山大所滅(前334–331年)，H所謂波斯實指帕提人(Parthi)之安息王朝(Ashkâniân)，詩人凡言波斯、安息(帕提)、瑪代(*Medi*，見後行51及注，此外參觀I 21, 15; III 5, 2–4："praesens divus habetitur / Augustus adiectis Britannis / imperio gravibusque Persis," "至尊隨着不列顛人和/勁敵波斯爲我皇權所降，將被視作蒞臨的神明"；IV 15, 23："non Seres infidique Persae," "絲國和無信的波斯人")所指皆同。稱古名波斯而不稱今名帕提或安息者，如唐人邊塞詩中稱樓蘭、匈奴也，借古指今，詩人以古稱意深辭美，更合風雅故也。初，亞歷山大滅波斯，遂留任其裨將塞琉古(Seleukus)鎮撫東方，史稱塞琉古帝國(Seleukeia)。

前三世紀中葉，塞琉古帝國式微，帕提人別建安息王朝(Ashkânrân)，蠶食其大部，竟奄有今伊朗、幼發拉底河服及小亞細亞東南。安息王朝延續數百年，迄西曆紀元226年(中土三國時魏黃初七年)方爲薩珊王朝(Sassanidenreich)取代。以年代論，帕提即《史記‧大宛列傳》、《漢書‧張騫傳》所言安息也，故集中舉凡言帕提國(Parthia)輒譯作安息，俾中國讀者明其於中國古史中之關聯也，言其民則仍譯爲帕提人，爲其乃其族屬也。H時代羅馬與帕提人屢戰屢敗，其中以前53年克拉蘇(M. Licinius Crassus, 115–52年)之敗最爲慘烈。克拉蘇鎮撫敘利亞時，覬覦安息財富，遂興師遠征，爲帕提人大敗於加赫(Carrhae)。羅馬人戰死者達二萬，克拉蘇之子亦死焉。克氏欲再戰，竟遭羅馬軍卒抗命，強趣其赴帕提人營中媾和。克拉蘇不獲已，遂往焉，既至則被執見害。史家或云帕提人以鎔金生灌其口，致其斃命，或曰先殺之，後灌，以爲貪婪者懲戒。克拉蘇喪師殞命，羅馬震動。凱撒生前曾欲討安息以報克拉蘇之讎。前41–39年，帕提人略有敘利亞與小亞細亞南基利家(Cilicia)。前36年，安東尼率羅馬軍團與帕提人戰於弗拉帕(Phraaspa)，不利。故羅馬人視帕提人爲勍敵，聞之色變。此行云羅馬人本應同讎敵愾、共禦外侮，今反彼此兵戎相見，以戮外敵之兵刃屠殺同宗。以帕提人爲羅馬勍敵，乃H詩中常談，參觀前引III 5, 2–4；亟論有此外敵未滅，羅馬人殊不應自相殘殺，參觀《對》7, 9–10："sed ut secundum vota Parthorum sua / urbs haec periret dextera？""而是京城要遂帕提人的祈願/而滅于自己手裏？"

25–30. *quem ..., (prece) qua ..., cui...* 三聯**變格排比**(polyptoton)，即同一字(名詞、代名詞或形容詞)以不同格形態相互排比，參觀II 1, 29–36注；其爲印歐語系諸語種詩歌通行修辭格式，見West, *Indo-European Poetry and Myth*, pp.111–16。排比句其數爲三者，係遵修辭術之三聯式(tricolon)。印歐語系諸語種詩歌言事常分三部，此處三聯排比即其例也。三聯式中三聯常依語句長短、語氣強弱等呈遞增之勢，詩學、語言學稱之爲"諸聯遞增律"(Gesetz der wachsenden Glieder)或"貝哈格爾定律"(Behaghelsche Gesetze)，參觀West前揭, pp.117–19. 本詩此處三聯各聯字數雖未依次遞增，然若以所言諸神之地位與詩人語氣覘之，似仍可視爲畧合遞增律。字數呈遞增之三聯式，集中見 I 9, 18–19; I 14, 4–8; I 17, 14–21; I 21, 2–4; II 3, 13 f.; II 14, 3–4; II 16, 17 ff.等例。此處中譯倣原文，置疑問形容詞（【哪位】，原文*quem*爲賓格）、疑問副詞（【用何等】，原文*qua*奪格）、疑問代詞（【誰】，原文*cui*與格）於各問句句首，以突顯此排比語式。

　　25.【哪位神】*quem ... divum*，直譯："衆神中哪位"，讀*divum*爲屬格複數。所指爲阿波羅，見下行32及注。

　　26.【傾覆的國是】*ruentis imperi rebus*並此句乃至以下二章詩意，參觀西塞羅《討卡提里納演說辭》(*Orationes in Catilinam*) III 8, 19："quo quidem tempore cum haruspices ex tota Etruria convenissent, caedis atque incendia et legum interitum et bellum civile ac domesticum et totius urbis atque imperii occasum adpropinquare dixerunt, nisi di immortales omni ratione placati suo numine prope fata ipsa flexissent."　"當是時也［羅慕洛Romulus時代］，埃特魯里亞所有巫覡皆匯聚於此，預言屠殺、兵燹、法典綱紀淪亡，全國暨家族內戰，許多城邑以及國家將被顛覆，除非不朽衆神在所有方面得到平息，用他們自己的神力扭轉這些命運。"

　　26–28.【聖童女們】*virgines sanctae*、【維絲塔神】*Vestam*上蒙行16，見該注。凱撒曾兼任大教宗，掌維絲塔神廟，故其遇害干維絲塔之怒。參觀奧維德《月令》(*Fasti*) III 697–700："praeteriturus eram gladios in principe fixos, / cum sic a castis Vesta locuta focis : / ne dubita meminisse: meus fuit ille sacerdos, / sacrilegae telis me petiere manus."　"我行將經過那位爲刀劍所刺的領袖時, /維絲塔自她貞潔的竈臺這樣說道: / '別猶豫紀念他，他是屬於我的祭司, /盜廟的手本是以箭簇對着我。'"

　　27.【叨擾】*fatigent*本義爲使疲倦，指祈求不休，而致所求者厭煩。【少聽】*minus audientem*，委婉語(euphemia)，實謂不聽或拒聽。維絲塔女神因凱撒遇害而生怨恨，任其女侍聖童女百般禱告，仍難息怒，拒不援手匡扶羅馬社稷。參觀西塞羅《封太俄庭辯詞》(*Pro M. Fonteio oratio*) 48："cavete ne periculosum superbumque sit eius vos obsecrationem repudiare cuius preces si di aspernarentur, haec salva esse non possent."　"仔細勿要貿然傲慢拒絕她[維絲塔童女祭司]之所求，若其祈禱被神漠視，這些[謂國事及私人生活等一切活動]皆不可能平安。"【頌讚】*carmina*，祭神頌神所詠歌詩。

29.【罪愆】*scelus*本義爲因玷汙祭祀而獲罪，故云【禳除】*expiandi*；此處尤指凱撒遇刺所引發之內戰，參見前21【父輩的孽】*vitio parentum*。維吉爾《牧》4, 13 f.："te duce, si qua manent sceleris vestigia nostril, / inrita perpetua solvent formidine terras."　"有你做統帥，縱然仍有我們的罪愆之跡存留，/它們已無效，將大地從永遠的恐怖中解脫。"禳除同室操戈之罪愆、消除內戰喋血之孽，須用外敵之血。

31. 荷馬《伊》V 185 f.敘埃涅阿受阿波羅護衛曰：ἀλλά τις ἄρχι / ἕστηκ' ἀθανάτων, νεφέλῃ εἰλυμένος ὤμους, "而是有箇不死者/站在他一旁，他的臂膀爲雲所籠罩"。H此處所繪阿波羅法相當祖此，又見《伊》XV 308程式化(Formel)重複：εἱμένος ὤμοιιν νεφέλην. 曰【在雲中】者，凡人莫之見也，暗對下行41【變化形貌】*mutata ... figura*.

32.【卜神阿波羅】*augur Apollo*，阿波羅司占卜預言，故有此稱。猶流氏族世奉Vediovis，據蓋留(Aulus Gellius, 西曆二世紀)《阿提卡夜譚》(*Noctes Atticae* V 12)實爲阿波羅。隋東尼(Suetonius)《至尊傳》(*Augustus* 94, 4)、丟氏《羅馬史》(Dio XLV 1, 2)皆記曰，時人以屋大維爲阿波羅之子。維吉爾則稱，阿克襄(Actium)海戰，屋大維殲安東尼與埃及女王克萊奧帕特拉(Cleopatra)水師，阿波羅嘗顯靈相助，《埃》VIII 704 f. ："Actius haec cernen arcum intendebat Apollo / desuper,"　"阿克襄的阿波羅一邊在上面明察此戰，一邊引其/弓弩"。普羅佩耳修IV 6亦敘其事，其中27–30曰："cum Phoebus linquens stantem se vindice Delon / … … / astitit Augusti puppim super, et nova flamma / luxit in obliquam ter sinuata facem."　"那時斐玻離開他所扞衛的提洛島，/……/來立於至尊的舟船之上，有奇異的火苗/彎曲爲傾斜的天火三度燃起。"可見此說當日必廣爲流傳。史載(隋東尼前揭29, 1，丟氏 LIII 1)，前28年，至尊營造阿波羅大廟(templum Apollinis in Palatio)於王宮山(Palatinus)。Heinze曰，向阿波羅祈求國民和解者，尤因阿波羅曾因殺戮而服役贖罪。按指阿波羅殺怪龍匹同(Python)，爲此爲阿德墨托(Admetos)牧牛八九年故事。

33.【你】*tu*，愛神維奴，詳下注。自此以下至詩末各句主語皆爲第二人稱單數，分別向各位神人直陳。

33–34.【愛笑的厄里女神】*Erycina ridens*，即愛神維奴(Venus，俗譯據英語作維納斯)。據傳說埃涅阿立愛神廟於西西里島之厄里山(Eryx)，故名。【爱笑】*ridens*，爲其常見**附稱(epitheton)**，荷馬《伊》III 424、荷馬體《愛神頌》(*Hymni Homerici* 5)49所謂φιλομμειδης。據維吉爾《埃》所敘傳說，希臘人陷特羅亞城，公子埃涅阿全身逃離，亡命海上，幾經輾轉，終抵意大利，建拉丁國，後人遂奉之爲羅馬人始祖。埃涅阿係安基塞(Anchises)與女神維奴所生，故羅馬人奉維奴爲女祖(Venus genetrix)。埃涅阿子以猶洛(Iulus)爲氏(cognomen)，《埃》I 267 f.："puer Ascanius, cui nunc cognomen Iulo additur,""阿斯坎，今起以猶洛爲氏"，凱撒所屬羅馬望族猶流氏(Iulia gens)世奉其爲本族始祖，奉維奴爲女祖。隋東尼《猶流傳》6, 1載凱撒自誇身世曰："amitae meae Iuliae maternum genus ab regibus ortum, paternum cum diis inmortalibus coniunctum est. nam ab Anco Marcio sunt Marcii Reges, quo nomine fuit mater; a Venere Iulii, cuius gentis familia est nostra.""吾姑母猶利亞，其母系出自王族，父系則與不死之神聯姻。因爲馬耳西列王肇自安古·馬耳西，其母因而得名；吾家猶流氏則肇自維奴。"按馬耳西(Marcius)名本戰神馬耳斯(Mars)，凱撒意謂本族始祖爲女神維奴之外，姑母娘家亦可追溯至戰神。

33.【謔浪】*Iocus*，擬人，凡普通名詞擬人，原文大寫，譯文用楷體，後皆同此。彌爾頓《喜樂人》(*L'Allegro*)祖此："Haste thee nymph, and bring with thee / Jest and youthful Jollity,""趕快妦女，趕快帶上/謔浪和青春的快樂"。並【丘比特】*Cupido*皆爲神明，維奴出行輒相隨。希臘神話諸神出行，多不單行，往往各率隨從，愛神隨從向爲丘比特；以謔浪爲隨從，其說似爲H所剏，參觀I 19, 3 "放佚"(Licentia)。隨從愷麗三神(Gratiae)者爲妦女(Nymphae)等，見I 4, 5 ff. 酒神巴刻庫隨從爲撒琨羅(Satyros)、妦女等，見I 4, 6及注。【丘比特】伴隨愛神維奴及其法相，詳見I 19, 1注。言其【飛】*volat*者，緣其法相爲生翅男童也，參觀卡圖盧68, 133："quam circumcursans hinc illinc saepe Cupido," "丘比特如何忽此忽彼總在環轉"；維吉爾《埃》I 663："ergo his aligerum dictis adfatur Amorem," "故此她[維奴]朝生翼的愛神這般說"。

35. 【始祖】*auctor*指戰神馬耳斯（Mars），埃涅阿之後伊利婭與戰神相交生羅慕洛、雷慕兄弟，已見上18注。

36. 【氏族和雲孫】*genus et nepotes*，**二代一分述修辭式（hendi-adyoin**，日語譯作"二詞一意"，參觀I 28, 14及注），即以連詞並置二詞以代偏正詞組，Lausberg未收，參觀H.W. Smyth, *Greek Grammar*, § 3025；意爲genus nepotum，雲孫之族。中譯【雲孫】如杜甫詩《喜聞盜賊蕃寇總退口號五首之五》："今年喜氣滿乾坤，南北東西拱至尊；大曆二年調玉燭，玄元皇帝聖雲孫。"仇兆鰲引《爾雅》："玄孫之子爲來孫，來孫之子爲晜孫，晜孫之子爲仍孫，仍孫之子爲雲孫。"《杜詩詳注》卷二十一，頁一八六〇。杜詩與本詩此處皆泛指後裔。

37. 【厭倦】*satiate*，戰神有"永不厭戰"，"Αρης ᾱτος πολέμοιο之稱，見《伊》V 388，詩人此處冀其能一反常態，終戰止戈。

38. 【博戲】*ludo*以言兵事戰爭，參觀II 1, 3。凡可取樂之事均可稱*ludum*，此處兼有競技比賽（參觀I 1, 3–6及注）、鬥獸、奴隸格鬥以供觀賞、賭博等諸義，暗示人間兵戎相見，於天神爲博戲耳。

39. 【冒西人步兵】*Marsi peditis*，Ξ Ψ類古鈔本及古注*Marsi*皆作*Mauri*（毛利人，俗譯據英文作摩爾人，北非土著），1671年巴黎Faber版辨爲Marsi之訛，Bentley已降現代學者（Kießling/Heinze, Klingner, Bailey, NH）多從之，中譯從衆。冒西人，已見I 1, 28，其地人民樸野，羅馬步軍所募多來自其地，另見II 20, 17及III 5, 9："sub rege Medo Marsus et Apulus," "在瑪代王統治下，冒西與阿普洛"。又冒西人之名疑本戰神馬耳斯（Mars），相關傳說今佚，如此則上蒙前文向戰神所發誓願也，故此特舉其名以代指羅馬步兵。毛利人善騎戰，未聞善步戰。主讀"毛利人"者（Ritter, Keller, Orelli, Wickham, Plessis等）曲爲解說，然恐皆牽強，不必條舉。【血汗】*cruentum*亦可解作"淌血"。以一二細節摹繪疆場生死之戰，參觀II 1, 16 ff.

41–42. 指諸神執訊兼商賈交通神墨古利(Mercurius)，墨以善於變化形貌著稱: *mutata figura*。【哺育的瑪婭】*almae ... Maiae*，墨古利之母爲亞特拉(Atlas)之女瑪婭(Maia)，拉丁文形容詞*alma*常與 "母" 字mater連用，今西文用以指母校: alma mater。【插翅】*ales*，墨古利法相爲頭戴陽帽(petasus/πέτασος)脛佩護踝(talaria)，帽與護踝皆有翅，以象其迅捷，餘情詳I 10墨古利頌及注。

42.【少年】*iuvenem*，指屋大維，謂墨古利下降人間化身爲屋大維。古時十七至四十五歲皆可稱*iuvenes*，H作此詩時(前28年)屋大維三十五歲。同時稍早維吉爾所作《農》I 498–501亦稱屋大維爲少年:
"di patrii, Indigetes, et Romule Vestaque mater, / quae Tuscum Tiberim et Romana Palatia servas, / hunc saltem everso iuvenem succurrere saeclo / ne prohibete." "父國的神明、英靈、羅慕洛和母維斯塔，/你們護祐圖斯坎提貝河和羅馬宮廷，/至少不要禁止這位少年來襄助這箇/顛覆的世代。" 屋大維生前人已視其爲天神下凡，H、維吉爾、普羅佩耳修、奥維德詩中皆嘗言及。屋大維受阿波羅護祐乃至爲其化身，當日廣爲人知，詳見上行32注；其爲墨古利化身，今祇見於攷古文物，NH舉古屋殘迹、古幣等，兹不畢述。今按古城龐培有銘文以 "瑪婭子墨古利之至尊僕從團" ministri Augusti Mercurii Maiae、"至尊僕從團" ministri Augusti取代常見之 "瑪婭子墨古利僕從團" ministri Mercurii Maiae者，見*CIL* 10, 888。蓋後世史籍皆侈言至尊爲阿波羅化身，墨古利化身說遂寢。

43.【任人】*patiens*，指墨古利本爲天神，降臨人間實爲屈尊紆貴，爲人錯認甚至莫辨，並不措意。凡人祇以其爲報復凱撒遇害之讎者，並不知其爲神明下凡或不知其爲墨古利化身也。

43–44.【報復凱撒血讎者】*Caesaris ultor*，前44年，凱撒爲布魯圖黨人所害，嗣子屋大維誓欲報殺父之讎，至尊自撰《神聖至尊功勳碑》(*Res Gestae Divi Augusti*)2云: "qui parentem meum trucidaverunt, eos in exilium expuli iudiciis legitimis ultus eorum facinus, et postea bellum inferentis rei publicae vici bis acie." "戕害吾父之輩，吾依合法判決流之，以報復其罪行，厥後此輩與國開戰，吾二戰而敗之。" 至尊

所言指前42年，屋大維暨安東尼率軍敗布魯圖所領共和軍於腓力比 (Philippi)，史稱腓力比之役。布魯圖兵敗自殺，屋大維命梟其首傳至羅馬拋於凱撒像之下，見隋東尼《至尊傳》13. 隋東尼曰(20, 1)至尊內戰時凡五戰，興師皆以復殺父之讎爲由，以爲率衆討伐，便宜莫過於此：

"omnium bellorum initium et causam hinc sumpsit : nihil convenientius ducens quam necem avunculi vindicare … " 其中討馬可・安東尼之兄路求(Lucius)叛亂時殲其餘部於佩魯西亞(Perusia)尤爲酷烈，既平之，據傳前40年戰神月望日至尊屠長老及騎士三百人用爲人牲獻於凱撒祭壇前(隋東尼《傳》15)。又據隋東尼(29, 1-2)，屋大維造復讎者戰神馬耳斯廟(aedes Martis Vltoris)於羅馬，紀念腓力比之役："aedem Martis bello Philippensi pro ultione paterna suscepto voverat." 此廟共阿波羅神廟等統稱至尊市決場(Forum Augusti)，今羅馬城內尚存其殘跡。參觀奧維德《月》(*Fasti*) III 707-10："testes estote Philippi, / et quorum sparsis ossibus albet humus, / hoc opus, haec pietas, haec prima elementa fuerunt / Caesaris, ulcisci iusta per arma patrem." "你將是腓力比的見證，/其地因散佈他們的骨骸而白，/這一役、這樣的孝、這是凱撒的/權輿，以正義的武力報復父讎。"

45. 【延遲】*serus*，意謂願至尊長壽。詩人既視至尊爲天神下凡，其離世則爲【返迴上天】*in caelum redeas*。參觀普羅佩耳修III 11, 50："et longum Augusto salva precare diem！""祝願至尊萬壽無疆！"奧維德《變》XV 868-70："tarda sit illa dies et nostro serior aevo, / qua caput Augustum, quem temperat, orbe relicto / accedat caelo faveatque precantibus absens！""願那一日遲來，遲於我們的年壽，/那時至尊之首遺棄他所轄的人世時，/將昇天，雖不在卻護祐祈求的人們！"據丟氏《羅馬史》LIII 1，前28年，至尊嘗一度病篤，故詩人祝其益壽延年。NH條舉至尊朝及其身後羅馬帝政時代文獻，云當時神化皇帝已成常例，詩文史籍稱至尊等皇帝之薨爲歸天成神已成習語，參觀一世紀拉丁詩人曼尼留(M. Manilius)史詩《星記》(*Astronomica*)I 799 f. 稱至尊下凡與歸天分別爲："descendit caelo caelumque replebit," H同代稍晚史家維萊(M. Velleius Paterculus，約前19-西曆紀元31年)《羅馬史提要》（*Historiarum libri*）稱至尊鼎湖歸天爲："animum caelestem caelo reddidit," "其自上天而來之靈魂今返上天。"

46. 【居林】*Quirinus*，字本Quiris，複數Quirites，居勒，詳見I 1, 7注，羅馬居林山上所祀神，其職司類似戰神馬耳斯，羅慕洛（Romulus，詳見上行17注）首建羅馬城，西塞羅以降人皆信其死後成神，即居林也，故【居林人民】*populo Quirini*即羅馬人。此處居林亦暗指至尊，以其爲今日之羅慕洛也。至尊弭平內戰，一匡天下，終結共和，締造帝制，故詩人視之不啻再造羅馬，功侔誅茅首建羅馬城之羅慕洛也，其言【居林人民】如言至尊子民。

47. 【罪孽】*vitiis*，見上行21及注。

48. 【清風】*aura*，暗用羅慕洛爲風飈卷挾而逝傳說，李維I 16, 1–2曰，羅慕洛方與人議事，突有電閃雷鳴，俄頃有烏雲蔽之，自此不復爲人所見："subito coorta tempestatas cum magno fragore tonitribusque tam denso regem operuit nimbo, ut conspectum eius contioni abstulerit ; nec deinde in terris Romulus fuit." 普魯塔克《羅慕洛傳》27, 6–7所記亦同。【過早】*ocior*對【延遲】*serus*，見該注。又《神聖至尊功勳碑》（*Res gestae Divi Augusti*）9："vota pro valetudine mea suscipi per consules et sacerdotes quinto quoque anno senatus decrevit," "長老院敕令平章與祭司每五年一次發願祝我健康。"

49–50. 【在此】*hic*排比，對前行45【天上】*caelum*。此處語倣維吉爾《農》503 f，引文見下{評點}。

49. 【舉起】*tollat*，即行45【返迴天上】*in caelum redeas.* 中譯如原字，又中國古時言人死後登仙，亦用舉字，庾信《傷王司徒襃》："昔聞王子晉，輕舉逐神僊；謂言君積善，還得似前賢。"【大凱旋式】*magnos ... triumphos*，前29年，至尊凡三次行大凱旋式於羅馬，以慶羅馬師克潘諾尼人（Pannoni，多瑙河西南地区稱Pannonia，後爲羅馬行省）、達馬台人（Dalmatae，羅馬人稱亞底亞海東岸地区爲Dalmatia）與埃及人之三捷。中國上古時行凱旋式見《周禮注疏》卷二十二《大司樂》："王師大獻則令奏凱樂。"鄭玄《注》曰："大獻，獻捷於祖；凱樂，獻功之樂。"《左傳·僖公二十八年》（28.6）敘晉文公既敗楚於城濮："秋七月丙申，振旅，愷以入于晉，獻俘，授馘，飲至、大賞，徵會、討貳。”杜預《注》：
“愷，樂也。”孔穎達《疏》：“《正義》曰：‘《[周禮]大司馬》云，‘若
師有功，則左執律、右秉鉞，以先愷樂獻於社’。[鄭玄]《注》云：‘律所
以聽軍聲，鉞所以爲將威。兵樂曰愷，《司馬〈法〉》曰：‘得意則愷樂
愷歌以示喜也。’’”

50. 【父和元首】*pater atque princeps*，前27年元月，長老院
上屋大維二徽號，曰“長老院之元首”（princeps senatus），曰“至
尊”（Augustus）。Augustus俗譯皆音譯，今依其字義及徽號用法意譯，
取詞於賈誼《過秦論》：“履至尊而制六合”，《文選》卷五一，謂始
皇也。趙翼《陔餘叢考》卷三六“至尊”條考索用法頗詳，頁七〇六–
七〇七。前2年二月初五，長老院復上徽號“父國之父”（Pater Patriae）。
《功勳碑》35敘其事曰：“tertium decimum consulatum cum gerebam,
senatus et equester ordo populusque Romanus universus appellavit me
patrem patriae, idque in vestibulo aedium mearum inscribendum et in
curia Iulia et in foro Aug. sub quadrigis quae mihi ex s.c. positae sunt
censuit.”“吾爲第十三任平章時，長老院、騎士團與羅馬人民一致稱我
爲父國之父、並勒之於吾廟之前廳、猶流議事堂與至尊市決場駟馬之
乘造像之下，此像係長老院表決爲我而置”。上父國之父徽號在此詩撰
成之後期年，衆無異議；上長老院之元首徽號在詩成之前抑之後，則衆
說紛挐。主之前說者，以之爲詩成於27年之證；不以爲然者則稱，此前
屋大維已慣爲人稱作pater或parens（“父”），又引共和晚期平章之有聲
望者常有principes civitatis（城邦元首）之稱先例，以爲詩人不必待長老
院上尊號後方稱至尊爲長老院之首、父國之父也。

51. 【瑪代人】*Medos*，古以蘭（今伊朗）民族，世居今伊朗西北，
前七世紀初亞述帝國滅，瑪代人立國（前612–549），都以革巴塔那
（Ekbatana），後爲波斯王古列（Cyrus）所滅。H時代，瑪代、波斯（見上行
23注）久已不復，詩人實藉此古名以稱安息。安息及帕提人已見上行23
注。帕提人擅騎射，故云【馳騁】*equitare*。

52. 【凱撒】*Caesar*，即屋大維。蓋・猶流・凱撒（Gaius Iulius
Caesar）遇害殞命，其氏（cognomen）“凱撒”後遂爲繼任者沿襲，竟成皇

帝徽號,屋大維及其後羅馬皇帝名號皆有此字,屋大維踐祚後全稱爲 Imperator Gaius Iulius Divi Filius Caesar Octavianus Augustus:至尊蓋猶猶流神子凱撒屋大維皇帝。現代北歐語言多用爲帝國元首之稱,中譯作皇帝,例如(德)Kaiser,(瑞典)kejsare、(丹麥)kejser、(俄)царь(沙皇)等,字義與源自拉丁字imperator之imperatore(意)、empereur(法)、emperador(西)、emperor(英)等南歐或源自南歐語用字同。Caesar本爲羅馬人氏族,其詞源與本義今已無攷。

{評點}:

　　前篇既是全集序詩,本篇方爲集中第一首。以集中首篇讚頌至尊元首屋大維,所頌者於公於私,皆受之無愧。《書》I 13記《讚》既問世,詩人嘗呈送屋大維寓目:"ne volgo narres te sudavisse ferendo / carmina quae possint oculos aurisque morari / Caesaris," "你也不要逢人便講你因爲身攜供/凱撒耳聽目賞的詩集而汗流浹背" (16–18;語在"緒論" § 4.1)。蓋其持贈恩主、詩集所獻者梅克納與呈送至尊當先後不久也。

　　H少年遊學雅典,嘗投謀殺凱撒元兇、至尊之敵布魯圖麾下;腓力比之役兵敗逃竄,遇赦得返羅馬,從此不預國事,退而潛心作詩。初露崢嶸,便蒙維吉爾等舉薦,得梅克納屋大維廕庇,其於至尊及其親信梅克納等非惟有知遇之私恩,於國事亦早已洗心革面,不復服膺共和派,特輸誠於至尊,以帝政爲大勢所趨、以至尊爲國運所繫矣,故詩中頌聖,斥其舊黨故主(43 f.),修辭皆出於誠,讀者未可以違心諛辭視之。

　　詩集前二首以前篇直呼恩主梅克納之名始,後篇呼籲羅馬帝國元首之名終,二篇首尾響應,殊顯詩人覃思縝密,佈局工巧。

　　以章法論,全詩可自行25分作上下二部:上部亟陳國事危急,天災人禍肆虐,氣氛恐怖語氣絕望;下部先轉求諸神,以期救難延釐,終得天神下凡,人間救主膺運而興,末以祝願作結,一祝人主長治未央,二願其率吾民外禦強敵,戰無不勝。

　　十九世紀以降，學者辨此篇章法措辭頗掮摭維吉爾新作《農事詩》第一首，其中篇末詩人向屋大維直陳，尤爲H此詩所本：

> di patrii Indigetes et Romule Vestaque mater,
>
> quae Tuscum Tiberim et Romana Palatia servas,
>
> hunc saltem everso iuvenem succurrere saeclo
>
> ne prohibete. satis iam pridem sanguine nostro
>
> Laomedonteae luimus periuria Troiae ;
>
> iam pridem nobis caeli te regia, Caesar,
>
> invidet atque hominum queritur curare triumphos,
>
> quippe ubi fas versum atque nefas: tot bella per orbem,
>
> tam multae scelerum facies ;
>
> (I 498–506)

> 父國的神明、英靈、羅慕洛和母維絲塔，
>
> 你們護祐圖斯坎提貝河和羅馬宮廷，
>
> 至少不要禁止這位少年來裏助這箇
>
> 顛覆的世代。已然我們早就用我們的
>
> 血贖夠勞墨東的特羅亞的背信之罪；
>
> 已然天庭早就不願把你，凱撒，留給
>
> 我們，並埋怨你操心人類的凱旋式；
>
> 因那裏顛倒了義與不義：全地皆戰，
>
> 罪孽的面目有如許之多；……

　　H詩開篇 *iam satis* ... "已然……降夠"全化自維吉爾詩中排比句式 satis iam ... iam pridem，"已然……早就……夠；已然……"；維吉爾詩中此前長篇鋪敘種種災異(471 ff)，H詩前五章亦踵之。以此，非特可知此詩淵源，亦可藉以次其撰作時間。蓋因《農事詩》第一首已知作于前29年，故以此可知H此篇必不早于此也。

　　豎琴詩中詩人或詩中發言者多爲一人，然本詩全以第一人稱複

數發語，行13, *vidimus* "我們見過"，30, *precamur* "我們祈求"，47, *nostris vitiis* "我們罪孽" 等等，此非是拉丁文慣見之以複數第一人稱代單數者(參觀I 6, 19–20)，而係詩人代羅馬人民發聲也。

詩人稱至尊爲墨古利下凡，頌聖彷彿頌神。如此寄託憂懼及希望于宗教語言，寔乃當日羅馬人前所未聞者。然如與維吉爾《牧歌》第四首並讀，則可知視至尊爲神明下凡，秉天神之姿，膺下武之運，實爲當日羅馬詩哲通識。詩人代民發言，蓋亦係當日羅馬人心聲也。

{傳承}：

H此詩後世倣作寥寥，佳作愈稀，唯萊辛(Gottfried Ephraim Lessing, 1729–1781年)少作《1753年蒞止》(*Eintritt des Jahres 1753*)讚頌普魯士弗里德里希大王(Friedrich der Grosse)規模此詩末二章尚資一讀，今錄其第五至第六章如下：

> Noch oft soll manches Jahr so traurig von uns fliegen,
> Noch oft, zu unserm Glück.
> Vom Himmel bist Du, Herr, zu uns herabgestiegen;
> Kehr spät! kehr spät zurück!

> Laß Dich noch lange, Herr, den Namen Vater reizen,
> Und den: *menschlicher Held* !
> Dort wird der Himmel zwar nach seiner Zierde geizen;
> Doch hier braucht Dich die Welt.

還將常有許多年歲這樣悲哀地自我們飛逝，/還將常有，是我們的幸運。/自天，你，吾主[指弗里德里希大王]，向我們而降；/請遲返！請遲返！/

讓你，吾主，長久擅名爲父，/擅名 "人中英雄"！/那裏上天確乎吝惜其瑰寶；/然而此世需要你在此。

{比較}：

皇帝上徽號

羅馬皇帝受長老院、騎士團等上徽號，昉於屋大維。其後羅馬皇帝名號均和合本名與屋大維所用至尊與凱撒二徽號，除前行52注所列至尊帝號外，又如猶流—革老底朝末帝尼祿名號全稱爲：Imperator Nero Cladius Divi Claudius filius Caesar Augustus Germanicus: 降日耳曼氏至尊凱撒神子皇帝革老底革拉底尼祿。羅馬皇帝上尊號與皇帝神化之制度同時興起，學者(參觀NH本詩行43注)以爲皆源自東方，蓋馬其頓大王亞歷山大與埃及托勒密王室尤爲羅馬人倣傚之楷模。

中國帝王生受臣子上徽號，除皇帝、太上皇帝等慣見稱號外，唐以前尟有別樣。《冊府元龜》卷十六《帝王部・尊號一》記漢哀帝、後周宣帝稱尊號往往與朝代革命相連，非常舉也。洎有唐一代，皇帝生受尊號始成慣例。《資治通鑑》卷一百九十三："[貞觀四年]三月，戊辰，……四夷君長詣闕請爲天可汗，上曰：'我爲大唐天子，又下行可汗事乎？' 羣臣及四夷皆稱萬歲。是後以璽書賜西北君長，皆稱天可汗。"(頁六〇七三)此實爲唐人爲帝王上尊號之始。天可汗尊號來自西北君長，應爲中亞部落習俗，而羅馬人上尊號等神化帝王之習亦來自其以東之民族，遂令人難免懸度羅馬與大唐雖時有先後，然其神化帝王、上尊號之俗許或皆源自歐亞大陸中部(中亞、西亞)民族。

唐時內用尊號，應起自武后，《舊唐書》卷六《則天皇后本紀》記曰："[垂拱]四年……夏四月，魏王武承嗣僞造瑞石，文云：'聖母臨人，永昌帝業。' 令雍州人唐同泰表稱獲之洛水。皇太后大悅，號其石爲'寶圖'，擢授同泰遊擊將軍。五月，皇太后加尊號曰'聖母神皇'"(頁一一八—一一九)洎玄宗朝，上尊號之習愈盛。《舊唐書》卷八《玄宗本紀上》："[先天二年]冬十一月，……戊子，上加尊號爲開元神武皇帝。"(頁一七一)卷九《玄宗下》："天寶元年……二月丁亥，上加尊號爲開元天寶聖文神武皇帝"等等，不遑盡舉。唐朝故事，餘詳《冊府元龜》卷十六、十七《尊號一、二》。

　　尊號雖爲生受，然用字似多循謚法，《逸周書・謚法解》曰：“謚者，行之跡也；號者，功之表也……是以大行受大名，細行受細名，行出於己，名生於人。民無能名曰神，稱善賦簡曰聖，德象天地曰帝，靜民則法曰皇，仁義所在曰王，賞慶刑威曰君，從之成羣曰君……”（第五十四，卷六，頁六一八），可參觀。

三

送維吉爾東渡之雅典
AD NAVEM QVA VIRGILIVS ATHENAS NAVIGAVIT

舟兮舟兮，載我莫逆之交以東渡，汝若應許保其安抵，吾當祈求維奴、雙子星、海上電火及風神，俾其命亞底亞海風平浪靜。

非攘硬木錯銅三層胸甲，誰敢爲天下先放浮槎于顛簸海面？誰敢正視海中怪獸、直面險灘巖礁？其能入海，則必不畏亞底亞海上風颮，必不畏死。

神分陸洋，令前者可居，後者成禁域。人若以舟犯禁，則違神明劃分陸洋初衷。然人竟無寅畏，不憚犯禁，而普羅墨修助紂爲虐，盜火與人，遂致人間疾疫肆虐，壽歲不永。代達洛自製翅膀鳶飛戾天，赫古勒強闖陰曹制服惡犬，於有死之人類羌無難事。然人類種種機智實爲愚蠢，終不免干神震怒，遭其誅殛。

{格律}：

阿斯克勒庇底第四式(Ascelepiadeum quartum)。由一古呂孔(Glyconeus)短行與阿斯克勒庇底式第一型(亦稱小阿斯克勒庇底式：Ascelepiadeum minor)長行組成。前者活潑，後者由第六音節後行中音頓(caesura)實一分爲二，彷彿二行。以此每偶行內多中斷，節奏斷斷續續。

{繫年}：

此詩各章結構呈2/4/4(NH；亦有析爲2/2/1/2/2/1者)，學者攷察集中結構類似者(II 17)皆作于前29至26年之間，故推斷當作于此時。以詩中本事徵之，據Donatus《維吉爾傳》(*Vita Vergilii* 35)，詩人東遊希臘非止一次，然其中可確知時期者唯在前19年，此行維吉爾途中染疾，旋病歿。H詩集發佈于23年前，故詩中所言維吉爾雅典之行應在前19年之行以前，然確切年月已不可攷矣。Heinze曰詩中語不涉維吉爾後期所撰史詩《埃涅阿記》，據以可推斷詩屬就較早。NH攷察詩風，所見與Heinze署同，云此篇未見詩人功力，未許爲佳什，當爲詩人初試埃奧利豎琴詩體格、詩藝未精時所賦。

{斠勘記}：

19. turbidum *Ξ*$^{(acc. λ' Rva.r)}$ **ℬ** turgidum *Ψ* σχΑΓ 案後讀義爲漲，前讀義在涌動，Klingner曰後讀於文意略遜，是。

20. acroceraunia *Ξ*$^{(acc. R2)}$ *Servius*（維吉爾古注）σχ*Statius*《忒拜記》(*Thebais*)古注 cerauniae *Pph. lemma*（斜體拉丁字標記字義爲注中本字，後皆同此） acrocerauniae *Ψ* 案後讀於語法有乖。

35. pinnis A^{1}R^1 *lemma* σχΑΓ pennis *cett.* 案二者異體字。

37. ardui] arduum E M R1 *lemma* σχΑΓ 案異讀遂爲形容詞，補nil（無）所指.

{箋注}：

1–8. 語句因過凝練而致句法歸屬不明，Kießling、Heinze、Numberger等以爲上二章爲一條件複句，詩人意謂：吾祈求你，舟，歸還吾友維吉爾安全無損，你若應許，吾即祈求神明止風静海。原文省條件句連詞si，遂以祈願式(optativus)引領以*sic*（詳下注）陳其所願，Kießling/Heinze條舉H他作及同代詩人相似語句甚詳，下注撮錄其中最近似者，以供參稽。Syndikus別出心裁，析1–4與5–8分別爲二句，二句句法彼此獨立，前者願止風静海，後者願維吉爾此行無虞。中譯及箋注雜糅二說，未嘗偏廢。

1–2. 【維……維……】*sic ... sic ...*，共和晚期拉丁文中常用以引領條件複句之主句，略約如謂"則"或"即"："如若(si)……，則/即(*sic*)……"。連用*sic...sic...*遂成祈辭套語，用以引領許諾之辭，謂若汝爲我如此，吾則投桃報李。至尊朝詩歌常有以命令式代其中條件子句者，如謂：
請爲此，則吾即相報。原文此處(7–8)動詞 *reddas*【退還】... *et serves*
【看管】即屬此例。參觀集中 I 28, 23–29。以命令式代條件子句，參觀
提布盧 II 6, 29 f.："parce, per immatura tuae precor ossa sororis : / sic
bene sub tenera parva quiescat humo,""請寬貰，我憑你妹子未成年的
骨骸祈求：/維願幼小的她在這柔軟的土丘下安息"；普羅佩耳修 III 6,
1："dic mihi de nostra, quae sentis, vera puella : / sic tibi sint dominae,
Lygdame, dempta iuga,""請給我講述你所知道的我們那姑娘的實情：
/唯願我那女主人的軛爲你，呂達摩，卸下"；奧維德《變》XIV 762–64：
"pone, precor, fastus et amanti iungere, nymphe : / sic tibi nec vernum
nascentia frigus adurat / poma nec excutiant rapidi florentia venti !""請
解除，我祈求，你的傲慢，妊女，與愛你的他相合：/維願春寒不要凍傷
初生的/果實，花卉也不會爲疾風搖落！"中譯"維……維……"而不用
"惟"者，略倣《周頌·清廟之什第四：我將》："我將我享，維羊維牛。
維天其右之，儀式行文王之典，日靖四方。"其中前句維字指所獻牛羊
以稱，後句維字冠于祈禱命令句首，前後呼應，合而言之，謂如遂此
願，右我文王，則有此爲谢。語意句法殊合 H 詩句，維字語法功用恰同
sic.

　　1.【居比路大能女神】*diva potens Cypri*，維奴，因誕生于居比路
島外海中，故名，參觀品達讚歌('Εκώμια)殘篇(fr. 122, 17)：ὦ Κύπρου
δέσποινα，"居比路女主"。居比路島供奉維奴香火極盛，腓尼基人以
爲能護航，古有 Ἀφροδίτη ποντία, εὔπλοια, πελαγία (海神、航行
之神、滄溟神)等稱號，別見 III 26, 5 f.："laevom marinae qui Veneris
latus / custodit,""他護衛着海中維奴的左翼"；IV 11, 15 f.："qui dies
mensem Veneris marinae / findit Aprilem,""那天中分屬海的維奴所主
/的阿芙羅月"。【居比路】*Cypria*，從文理本聖經譯法，俗譯據英文作
"塞浦路斯"，地中海東域大島，島上供奉愛神，詳見 I 30 維奴頌及注。

　　2.【海倫之弟兄】*fratres Helenae*，即卡斯托(Castor)與波呂
(Pollux)同產孿生兄弟，據神話母萊達(Leda)，弟兄二人前者生父乃
凡人廷達留(Tyndareus)，後者爲宙斯，希臘人合稱作 Διόσκουροι，宙

斯雙子，羅馬人稱作Gemini，孿生子。卡斯托既爲凡胎，後被殺身死；波呂爲神子，故能長生；然其兄見害，兄弟友于，波呂爰是請與兄生死與共，二人遂得雙雙升天化作星宿，即雙子星座，亦稱Λακεδαιμόνιοι ἀστέρες，拉基代蒙(即斯巴達)之星。古時海客信其能息風靜海，故舟子奉爲護祐神明。稱爲海倫弟兄者，因海倫(*Helena*，詳見I 15 2注)亦係宙斯與萊達所生。【燄亮的星火】*lucida sidera*，指聖厄爾摩之火(Fuoco di Sant'Elmo, St. Elmo's Fire)，舟中桅桿等高聳物體頂部偶或可見藍色或紫色燄光，因接地物體向大氣層釋放等離子所致。雷雨中海船上易見，古時南歐人多泛海，舟子信其爲雙子星下降顯靈，故云【燄亮的星火】。與【海倫之弟兄】同位，惟一謂在天星宿，一謂下降舟中顯現爲燄火。阿爾凱(Alcaeus)今存殘篇有卡斯托與波呂雙子頌，已語及聖厄爾摩之火(fr. 34, 7–12)：

ῥῆα δ' ἀνθρώποι[ς] θα[ν]άτω ῥύεσθε
ζακρυόεντος
εὐσδ[ύγ]ων θρώισκοντ[ες ἐπ'] ἄκρα νάων
π]ήλοθεν λάμπροι πρό[τον' ὸν] τρ[έχο]ντες,
ἀργαλέαι δ' ἐν νύκτι φ[άος φέ]ροντες
νᾶϊ μ[ε]λαίναι.

　　你們[雙子]輕易救人于冰冷的/死亡，/猛跳到/板材精良的船上的最高處，/自遠處有燄光沿前支索上竄，/帶給黑暗中/遇難的船。

　　【燄亮的星火】古代以後稱作聖厄爾摩之火，殆本早期基督教殉教者弗耳米人聖厄拉斯莫(Erasmo di Formia，約303年卒)名氏。英國爲近代航海強國，其詩歌亦多有述及聖厄爾摩之火者。莎士比亞《暴風驟雨》(*The Tempest*)中精靈埃里爾(Ariel)自述操縱聖厄爾摩之火于歷險舟中曰(I. ii. 96 ff)：

now on the Beake,
Now in the Waste, the Decke, in euery Cabyn,
I flam'd amazement: sometimes I'ld diuide
And burne in many places; on the Top-mast,
The Yards, and Bore-spritt, would I flame distinctly,
Then meete, and ioyne.

　　時而在船艄，/時而在船腰、甲板，在每个倉裏/我都放了驚異的焰火：我有時分開，/在多處燃燒；在中桅上，/桁桿和艄斜桅，我會分別放焰火，/然後匯合。

柯勒律治(S. T. Coleridge)《古舟子詠》(*The Rime of the Ancient Mariner*, 127–30)捃摭前人航海出行記中記載，描述聖厄爾摩之火曰：

About, about, in reel and rout
The death-fires danced at night;
The water, like a witch's oils,
Burnt green, and blue and white.

　　到處到處，呈卷圈成亂團，/死火在夜裏舞蹈；/水，像女巫的油，/泛綠、藍和白光燃燒。

J. L. Lowes氏名著《通往元大都之路》(*The Road to Xanadu*)，攷據頗詳，可以參觀，pp.79–87.

美國詩人克萊恩(Hart Crane)組詩《橋》(*The Bridge*)序篇《萬福馬利亞》(*Ave Maria*)篇寫哥倫布美洲之航云："O Thou … Who sendest greeting by the corposant," (66–69) "哦你……以聖體火發來慰問"，其中corposant = corpo santo，葡萄牙文，直譯"聖體"，即聖厄爾摩之火，語出與麥哲倫同作環球航行之Antonio Pigafetta所記《首度環球航行

誌》(*Relazione del primo viaggio intorno al mondo*)。

3.【風飇之父】*ventorum ... pater*，指風神埃俄洛(Aeolus)，掌諸
風。荷馬《奧》X敘奧德修滯留埃俄洛島，言島主埃俄洛受命宙斯執
掌諸風曰(21 f.)：κεῖνον γὰρ ταμίην ἀνέμων ποίησε Κρονίων, / ἠμὲν
παυέμεναι ἠδ᾽ ὀρνύμεν, ὅν κ᾽ ἐθέλῃσι. "因爲克羅諾之子任命他爲掌
風者，/讓他既能止風也能興風，一如其所願。"然荷馬史詩中未見風飇
之父說，僅稱其爲風飇總管ταμίην ἀνέμων。【風飇】原文*ventorum*，
複數，即希臘文之ἄνεμοι，拉丁文諸風本希臘文各有專名，或爲希臘
文轉寫，或對應拉丁名，其中H集中屢見者有Auster(拉)，亦名Notus，
希Νότος，南風，譯作凱風；Aquilo (拉)或Boreas，希Βορέας，北風，
譯作朔風；Eurus，希Εὖρος，東風，譯作滔風；Favonius(拉)，譯作濟
風，Zephyrus，希Ζέφυρος，譯作澤風，皆爲西風，曰濟曰澤者，乃因意
大利西風來自大西洋濕潤空氣，多含雨水，非如地處歐亞大陸東端
之中國西風爲寒冷乾燥之風也；Africus或作Afer，西南風，譯作阿非
利風，起于利比亞，名稱本當地部落名；雅比加風(Iapyx)，西北風，見
下注。希臘神話中諸風皆擬人爲神靈，故原文遇風名皆大寫，中譯下
加橫線，視同人名地名。中國古時八風亦各有專名，《呂氏春秋‧有始
覽》："何謂八風？東北曰炎風，東方曰滔風，東南曰熏風，南方曰凱
風，西南曰淒風，西方曰飂風，西北曰厲風，北風曰寒風"(《集釋》，
頁二八〇–二八一)。《淮南子‧墬形訓》所載略異："何謂八風？東北曰
炎風，東方曰條風，東南曰景風，南風曰愷風，西南曰涼風，西方曰飂
風，西北曰麗風，北方曰寒風。"(《集解》，頁一三二，以上二書南風
皆作"巨風"，據俞樾等攷據改做"愷風"或"凱風")八風此外尚有別
名，可參觀二書中注釋，兹從略。拉丁文各風名稱中譯參酌中國古稱。
【雙翅反剪/束縛】*obstrictis aliis*，意謂雅比加風(詳下注)之外他風皆
息，惟令西北風送維吉爾東渡雅典。此段詞意皆本荷馬《奧》X 20–26:
ἔνθα δε βυκτάων ἀνέμων κατέδησε κέλευθα· / ... /αὐταρ ἐμοὶ πνοιὴν
Ζεφύρου προέηκεν ἀῆναι, / ὄφρα φέροι νῆάς τε καὶ αὐτούς· "在其
中他捆綁起各路澎漲風的道路；/……/可爲我他派遣澤風之氣吹拂，/
以使之驅動舟與我們自己"。荷馬詩中埃俄洛捆綁各路風神，惟放澤風

（西風）吹拂，以令奧德修等乘風航行。《奥》V 383-85敘雅典娜止風静海，惟令朔風吹拂，以利奧德修之行，語意皆相似：ἦ τοι τῶν ἄλλων ἀνέμων κατέδησε κελεύθους；"她［雅典娜］捆綁起其他風的道路"。維吉爾《埃》I 52 ff規模荷馬，敘埃俄洛掌各路風神，原文過長不引。

4.【你】te原文爲首行第二字，指行5【舟】navis。因倒裝而居此顯位，旨在直指所語對象，中譯不克傚法。【雅比加風】Iapyga，西北風，諸風見上注。古希臘人稱意大利半島東南端爲雅比加（Iapygia），古時人自意大利半島東渡希臘多由此出發，西北風爲海船東渡所乘，故因此得名，稱作Iapyx /ˈΙάπυξ。

5-8.【舟，你……】navis, quae …上章向舟許願，此章索舟求報。送行詩不向遠航者發語，而語其所乘之舟，手法雖有所祖（詳見{評點}），然仍覺別緻。

5-6.【該……信託……退還】creditum … debes … reddas …（原文依次爲信託、該、還），詩人連用錢莊簿記術語，暗以金錢或珍寶喻維吉爾，既言其珍貴，恐亦語含戲謔。參觀I 24, 11。詩謂託付摯友于出生入死之海船，故曰【信託】creditum；信託常以言錢幣財寶，故以此暗喻友人爲財寶；信託友人于海船猶如信託錢幣財寶于銀號，則海船如銀號矣；財寶寄存于銀號，故曰銀號該欠主顧所寄財寶，詩人寄存友人于海船，故曰海船該欠debes詩人所託摯友；欠債到期須償，則海船到岸須【歸還】reddas所寄之人。

5.【阿提卡】Attica，希臘本土伸入愛琴海呈半島形狀地區，雅典城所在。【阿提卡境界】finibus Atticis，此語攸屬，學者莫衷一是，Porphyrio古注云或以爲語屬後半句，或以爲屬前半句。近世Plessis, Klingner, NH主屬後說，即謂："你退還他完好無損到阿提卡境界"；Kießling/Heinze、Numberger、Syndikus（p.60，注8）等主屬前說，中譯從後者。Wickham則以爲此語一僕二主，兼屬前後。

8.【靈魂的這另一半】animae dimidium meae，此意集中別見II 17, 5，詩人稱梅克納爲其 "meae pars animae，" "靈魂的一分"。或以爲暗隸柏拉圖《會飲》（Symposium）中喜劇家阿里斯托芬（Aristophanes）所敘故事（189 c-193 d）：厥初，神造人類狀若雞卵，後因懼其坐大，故中分之爲二，俾其彼此相求，無暇他顧也。送行詩云遠行者爲己靈魂之半，參觀《英華》XII 52載H同時稍早詩人墨萊戈羅（Meleagros，前一世紀）短詩：οὔριος ἐμπνεύσας ναύταις Νότος, ὦ δυσέρωτες, ἥμισύ μευ ψυχᾶς ἅρπασεν᾽ Ἀνδράγαθον. "凱風自南爲彼舟子而吹，哦害相思的人們，/帶走了安德拉加同，我靈魂的一半。" 以己之半譬人之莫逆至愛，後世遂習成修辭熟語，聖奧古斯丁《懺悔錄》（*Confessiones* IV 6, 11）引H此句云："bene quidam dixit de amico suo 'dimidium animae' suae. nam ego sensi animam meam et animam illius unam fuisse animam in duobus corporibus, et ideo mihi horrori erat vita, quia nolebam dimidius vivere," "人說的多好啊，他說他的朋友是他'靈魂的另一半'。我感到我們兩個靈魂過去是一箇，活在兩箇身體裏，生命于我可怖，因我不想祇活在半箇靈魂裏。" 彌爾頓《樂園之失》（*Paradise Lost*）IV 487："Part of my Soul I seek thee, and thee claim / My other half," "我靈魂的一部分尋你，你我/另一半认領。" 丁尼生（Alfred Lord Tennyson）《追思集》（*In Memoriam A. H. H.*）中名篇第八十四首63–64云："I, the divided half of such / A friendship," "我，這樣的友情之剖分的/一半"。利瑪竇（Matteo Ricci）以中文著《交友論》，其引言曰："友之於我，即我之半"，祖述H詩意，然詞句殆捃撦前引聖奧古斯丁語。其篇正文中進而闡發此意曰："[友]乃第二我也，故當視友如己"；又曰"友之與我，雖有二身，二身之內，其心一而已"，則非復H本意，乃轉述西塞羅《萊琉交友論》（*Laelius de amicitia*）中語矣（92）："nam cum amicitiae vis sit in eo ut unus quasi animus fiat ex pluribus, qui id fieri poterit, si ne in uno quidem quoque unus animus erit idemque semper, sed varius commutabilis multiplex？" "友誼之德既在於彷彿自多人中成就同一靈魂，若雖一人之中靈魂亦不能守一，而是多樣善變，則其如何可得而能？"。榮振華（Joseph Dehergne）嘗攷證瑪竇此論出處（« Les Sources du Kiao yeou luen ou *Traité de l'Amitié*, de Ricci », *Recherche de science religieuse* 72 (1984): 51–58），然未語及H此詩，恐尚有賸義而未之辨也。

　　9–10. 【硬木……護胸】robur ... circa pectus，【硬木】robur與

【銅】或鐵*aes*皆喻堅，兼含褒貶二意，語本荷馬，注家引《伊》XXIV
205敘赫克托既沒，特羅亞王后欲阻其夫赴敵營收屍云：σιδήρειόν νύ
τοι ἦτορ，"你心是鐵"；然H於此踵事增華，不曰心質爲鐵爲木，而曰
心有鐵木所製胸甲擐護。英國詩人何里克(Robert Herrick)組詩《夕域》
(*Hesperides*)中《鄉居: 贈兄》(*A Country-Life: To His Brother, Mr. Tho.*
Herrick)多處撏撦H詩，其中以鄉居之安逸對比泛海西印度羣島之冒
險曰：

And viewing them with a more safe survey
　Mak'st easy fear unto thee say, —
"A heart thrice wall'd with oak and brass that man
Had, first durst plough the ocean".

　　以更平安的觀察查看它們[指海], /不難讓恐懼令你道：
/"誰有橡木和銅三重護心, /方才最先敢耕墾汪洋。"

近世則可參觀詩人雪萊(P.B. Shelley)長詩《伊斯蘭的反叛》
(*The Revolt of Islam*)中句用以爲成語："... veiled / In virtue's,
adamantine eloquence, / 'Gainst scorn, and death and pain thus
trebly mailed,""罩以賢德的金剛雄辯, /以抵禦侮蔑、死亡和痛苦, 就
這樣著了三重鎧甲"。

10.【最先】意譯原文*primus*。據希臘神話，航舟泛海伊阿宋
(Iason)乃第一人，其所乘之舟號阿耳戈(Argo)，歐里庇得(Euripides,
約前480–406年)悲劇院本《美狄亞》(*Medea*)敘其事甚詳。希臘羅馬詩
歌中常見首創者(εύρετής)託題，詠人事中某項始創之人，或頌揄或詛
咒，航海即其中一項，常見于羅馬及希臘化時代希臘語詩人筆下，用以
頌古諷今，參觀普羅佩耳修I 17, 13："a pereat, quicumque ratis et vela
paravit / primus et invito gurgite fecit iter,""啊，誰最初置備了槎與帆, /
在拒通的深淵開出道路, 就讓他滅亡。"《英華》IX 29有拜占庭人安提
斐洛(Antiphilos Byzantios)詩云：

τόλμα, νεῶν ἀρχηγὲ σὺ γὰρ δρόμον ηὕραο πόντου,
　καὶ ψυχὰς ἀνδρῶν κέρδεσιν ἠρέθισας,
οἷον ἐτεκτήνω δόλιον ξύλον, οἷον ἐνῆκας
　ἀνθρώποις θανάτῳ κέρδος ἐλεγχόμενον;
ἦν ὄντως μερόπων χρύσεον γένος, εἰ γ' ἀπὸ χέρσου
　τηλόθεν, ὡς Ἀίδης, πόντος ἀπεβλέπετο.

冒險, 始創舟船者, 因爲你發現了海路,
　　你還激起了人們的求利之心,
何樣機巧的木材你構建起, 何樣的爲
　　死亡帶走的贏利你發送人類!
會說話的人類確曾如黃金, 倘若遠自
　　乾陸他們那時視滄海如冥府。

10-11.【易碎】*fragilem*【兇暴】*truci*二字原文比列, 然分言舟海, 安排字序以象一葉扁舟顛簸于海上。拉丁文爲屈折語, 故名詞(此處【浮槎】*ratem*與【大海】*pelago*)與其所屬形容詞可隔字分置, 不必緊隨, 修辭格所謂**跨步格**(**hyperbaton**, 參見Lausberg, §462. 3)是也。拉丁文既有此便利, H遣詞置字, 往往不僅求字義準確生動, 尤擅長字詞佈置, 以字詞位置象所寫情景, 故有尼采所謂鑲嵌畫之効, 此即其例也。

12.【朔風】*Aquilonibus* = Βορέας, 即北風, 已見上行3注。【相搏鬬】*decertantem*, 地中海冬季多勁風, 風向變換無常, 曰搏鬬者語祖荷馬《伊》XVI 765 f.: ὡς δ' Εὖρός τε Νότος τ' ἐριδαίνετον ἀλλήλοιιν / οὔρεος ἐν βήσσῃς βαθέην πελεμιζέμεν / ... "正如滔風與凱風彼此角力, /將山上密林深處之樹驚動/⋯⋯"。若不以神話視之, 則可曰南風、西南風、北風等飄忽轉換擬人爲風神角鬬。

13.【阿非利加風】*Africum*, 西南風, 其希臘名λίψ未見于H詩, 詳見上3注, 此外參觀I 1, 15及注。【強勁】*praecipitem*, 用以謂風力之烈, 參觀奧維德《變》XI 481: "et praeceps spirare valentius eurus," "而

強勁的滔風呼得更猛烈"。

14.【雨師】*Hyadas* /（Υάδες，天牛（Taurus）星座之第五星，希臘人以爲十一月此星晨降夕升爲雨徵，故其名希臘原文據信本雨字：ΰειν。蓋琉（Aulus Gellius，約西曆紀元125–180年）《阿提卡夜譚》（*Noctes Atticae*）XIII 9記西塞羅之奴提羅（Tiro）釋字曰："sed ab eo quod est ΰειν, appellantur; nam et cum oriuntur et cum occident, tempestates pluvias largosque imbres cient," "而是出自雨字，其有此稱，乃因其升降時引發雨季與暴雨。"此星在中國屬畢宿，《晉書‧天文志》："畢八星，主邊兵，主弋獵。其大星曰天高，一曰邊將，主四夷之尉也。……月入畢，多雨。"（卷十一，頁三〇二）按"月入畢，多雨"之說甚古。《周禮‧春官宗伯‧大宗伯》："大宗伯之職……以禋祀祀昊天上帝，以實柴祀日月星辰，以槱燎祀司中、司命、飌師、雨師。"鄭玄注曰："風師，箕也；雨師，畢也。"《周禮注疏》卷十八，《十三經》，頁一六三三。《詩‧小雅‧魚藻之什‧漸漸之石》："有豕白蹢，烝涉波矣；月離于畢，俾滂沱矣。" "離"訓"麗"（依附），毛《傳》以畢爲柳宿（"噣"），非。《毛詩正義》卷十五之三，頁一〇七五。畢爲西方七宿之第五，非如柳爲南方七宿之第三。《漢書‧天文志》引此詩："西方爲雨；雨，少陰之位也。月去中道，移而西入畢，則多雨，故《詩》云[從略]，言多雨也。"《天文志第六》，卷二十六，頁一二九五。餘詳陳奐《詩毛氏傳疏》卷二十二；胡承珙《毛詩後箋》卷二十二；又王先謙《詩三家義集疏》卷二十，頁八一八–八一九。十八世紀法國耶穌會士孙璋（Père Alexandre Lacharme）拉丁文《詩經》全譯本爲《詩經》西洋全譯本之祖，此行譯作："cum luna ad sidus Pi（Aldebaran）pervenit, tunc ingenti fragore praeceps cadit pluvis"（II 8. 8, p.139），以畢宿爲天牛座之Aldebaran，今稱畢座五者，稍嫌過狹；十九世紀末法國耶穌會士顧賽芬（Séraphin Couvreur, S.J.）《詩經》拉丁文法文合譯文則分別作："Luna（mox）erit in Hyadibus"；"La lune va entrer dans les Hyades"（*Cheu king*, p.316）。以"畢"爲 Hyades，甚是。苏格蘭人理雅各（James Legge）英譯本亦同："The moon also is in the Hyades"（*Chinese Classics*, 4, p.422）。故此處中譯先據希臘原文詞源，復取《周禮》之辭、合《詩經》之義，作【雨師】。【陰鬱】*tristis*指陰雨。【凱風】*Noti* / νότος，南風，已見上3注。
參觀III 3, 4–5：“Auster, / dux inquieti turbidus Hadriae,”“凱風，不寧
靜的亞底亞海的暴君”。譯名依風向取自《詩·邶風·凱風》：“凱風自
南，吹彼荆心。”然名稱之外，二者氣象性質不盡相同。

　　15–16.【亞底亞海】*Hadria*，從聖經文埋本譯名，俗譯亞德里亞
海。亞底亞海分隔意大利半島與希臘，爲東渡雅典自意大利必經之海。
【判官】*arbiter*，參觀II 17, 19 f.：“tyrannus Hesperiae … undae,”“主
宰夕域洪濤的僭主”。【亞底亞海判官】*arbiter Hadriae*指興風作浪于
亞底亞海之風飚，此子句云亞底亞海上暴君再無強暴猛烈過于凱風
者。自意大利東渡希臘，南風未爲順風。【卷舒】*tollere seu ponere*，
中文如原文，二字分訓，以言凱風威力可隨心所欲，語本荷馬《奧》
X 22言風神埃俄洛(Aeolus)：ἠμὲν ταυέμεναι ἠδ’ ὀρνύμεν, ὅν κ’
ἐθέκηκσι，“或平息或激動他欲實施之物”。參觀維吉爾《埃》I 65 f.：
“Aeole, namque tibi divum pater atque hominum rex / et mulcere dedit
fluctus et tollere vento,”“埃俄洛，因爲衆神之父和人類之王交與/你憑
風飚撫平和卷起浪濤”。

　　17.【死亡的脚步】*Mortis ... gradum*，參觀下行33，又見I 4, 13–
14; III 2, 14：“mors et fugacem persequitur virum,”“死亡追逐逃跑的
人”。謂【死亡】有【脚步】者，擬人也，後世遂成習語，莎士比亞《一報
還一報》(*Measure for Measure*), v. i：

Your Brothers death I know sits at your heart:

And you may maruaile, why I obscur’d my selfe,

Labouring to saue his life: and would not rather

Make rash remonstrance of my hidden powre,

Then let him so be lost: oh most kinde Maid,

It was the swift celeritle of his death,

Which I did thinke, with slower foot came on,

That brain’d my purpose:

我知道你兄弟的死壓在你心頭：
你也許疑惑，我爲何要隱姓埋名，
卻要努力去救他：而不寧要
急於展示我隱祕的威力，任他
這樣喪命：哦最善良的姑娘，
是他死亡的迅捷，我那時
以爲它走來的步伐要更慢些，
挫敗了我的盤算。

18.【乾眼】*siccis oculis*，即未因恐懼而哭泣，Kießling：非謂魯莽，而指沉着冷静，藝高膽大。【打量】*vidit*，原文本義爲視，此處含勇敢正視意，故略作意譯。【遊弋的怪獸】*monstra natantia*，參觀III 27，26–28："scatentem / beluis pontum ... / palluit，""她[歐羅巴]因怪獸踊躍的海……而失色"；維吉爾《埃》V 822有："immania cete，""龐大的海獸"之說。

19.【洶涌的海面】*mare turgidum*，參觀赫西俄德《神宗》131：ἡ δὲ καὶ ἀτρύγετον πέλαγος τέκεν, οἴδματι θῦον，"她[地母]還生下不育的海，洶涌澎湃"。

20.【那个惡名遠播的海岬】*infamis scopulos*後接同位語【霹靂高崖】*Acrocenraunia*，原字乃希臘文轉寫，其用爲拉丁字別見普利尼《博物志》III 145，指伊壁羅(Epirus)近海處山脊，在今阿爾巴尼亞南部。據丟氏(Dio)《羅馬史》XLI 44，此海岬τὰ ἄκρα τὰ Κεραύνια ὠνομασμένα，"稱作霹靂之峰"，謂多風暴霹靂也。故其名乃合併acra keraunia二字而生。稱爲【惡名遠播】*infamis*者，乃因其近處海面常有海難也。奧維德《藥》739將其與敘提(Syrtes，詳見I 22, 5注)、荷馬維吉爾史詩所敍險地喀里卜狄(Charybdis)並舉，以喻所歡女子居所。寫險灘礁石，中國詩歌參觀杜甫晚年所作《大曆三年春白帝城放船出瞿塘峽久居夔府將適江陵漂泊有詩凡四十韻》所言江航之險："鹿角真走險，狼頭如跋胡。惡灘寧變色，高臥負微軀。……生涯臨桌兀，死地脫斯須"，H之"霹靂高崖"，杜之"鹿角""狼頭"也。

21.【有預見的神】*deus ... prudens*，泛指神明，並非特指某神，別見III 29, 29：*"prudens ... deus."*

22.【離羣】*dissociabili*，原文語義兩歧，Porphyrio古注解爲陸別于海；斯塔修(P. Statius Papinius，約45–約96年)《林木集》(*Silvae*) III 2, 61–64捃撦H詩句曰："quis rude et abscissum miseris animantibus aequor / fecit iter solidaeque pios telluris alumnos / expulit in fluctus pelagoque immisit hianti / audax ingenii ?" "誰這樣天資聰穎大膽以棍棒/將與可悲衆生分離的洋面/開闢爲路，又將堅實土地的孝順養子驅入波濤送如/張口的滄海？" 則解作海洋分離于人羣或不利于人羣。Bentley大致因古注，中譯未采，而從Heinze等襲斯塔修說，解作與人素無交通，遠離人世。NH解作不相合、Numberger作 "毫無共同之處" 亦通。【分開】*abscidit*，指創世之初，由混沌生天地萬物，天、水、土等諸元素分離，參觀奧維德《變》I 22："nam caelo terras et terris abscidit undas," "因爲他[神]將地自天空分開，還將水自地分開"。【汪洋】*Oceanus*，專有名詞，即今所謂大西洋，古希臘人以爲人居之陸(ἡ οἰκουμένη)爲汪洋環繞，mare或pontus如地中海黑海等實爲内海。然此處泛指海洋。

24.【不可觸摸的】*non tangenda*，汪洋本爲天塹，非人可染指者，碰觸即爲玷汙。【逾越】*transiliunt*，赫西俄得《工與日》(*Opera et dies*, 236)云初民黃金時代土產富足，人不知航船。【浩海】*vada*，原文行11, 16, 19, 22, 24連用五字謂海洋，無一重復：*pelagus, freta, mare, oceanus, vada*，可見詩人考詞煉字之精，中譯亦步趨傚倣。

25–27. 以【狂妄】*audax*排比居二行之首。【忍受】*perpeti*，參觀III 24, 40–43："horrida callidi / vincunt aequora navitae, / magnum pauperies opprobrium iubet / quidvis et facere et pati," "大洋雖曰可怖，老練的/水手却仍把它征服, /貧窮這个大恥辱令人施行和/忍受任何事"。又見I 1, 17 f. 詩句暗諷人唯不能安貧，此外【一切都敢忍受】*omnia perpeti.*

26.【反天條】*nefas*爲fas否定詞形式，fas指依神律(譯爲【天條】)爲義或爲其許可者。羅馬法源起于神權宗教法，即fas，世俗法ius乃後起；fas與ius於羅馬法理學中始終判然有別，詳見Greenidge氏所撰《蓋尤法典》(*Gai Institutiones*)歷史背景導論，§4, pp. xiv–xv. *nefas*即爲天條所禁者，同行26【禁事】*vetitum*。

27. 【伊阿匹多之嗣】*Iapeti genus*，指普羅墨修(Prometheus)，父名伊阿匹多(Iapetos)，故名，以父稱子(patronymia)，參稽I 6, 6注；普羅墨修，別見II 18, 35。伊氏乃天神烏拉諾(Uranus)與地神該亞(Gaea)所生。普羅墨修盜火自天神以惠人類，遭神懲罰，赫西俄得(Hesiod)《工與日》(*Opera et dies*)50 ff. 敘曰：κρύψε δε πῦρ· τὸ μὲν αὖτις ἐὺς πάις 'Ιαπετοῖο ἔκλεψ' ἀνθρώποισι Διὸς πάρα μητιόεντος ἐν κοίλῳ νάρθηκι λαθὼν Δία τερπικέραυνον. "他[宙斯]將火藏起；可伊阿匹多的良子自宙斯的謀士處以大茴香桿偷回它來，喜發雷霆的宙斯未有察覺。"且稱普羅墨修此舉于己于人類適爲階禍也：κήδεα λυγρά (49), σοί τ' αὐτῷ μέγα πῆμα καὶ ἀνδράσιν ἐσσομένοισιν (56). 埃斯居洛(Aischylos, 約前525/524–約456/455年)悲劇《普羅墨修受縛》(*Prometheus Desmotes*)則讚其勇。H從赫西俄得說，稱普羅墨修盜火與人爲【不幸的詭計】*fraude mala*，于己于人皆爲開釁降殃，故曰不幸，參觀《雜》II 3, 43："mala stultitia, ""不幸的愚蠢"，6, 18："mala … ambitio, ""不幸的虛榮"。

29. 【太清的殿】*aetheria domo*，天堂，即天神居所，*aetheria*譯作【太清】，詳見I 28，4–5注。

30–32. 維吉爾《牧》6, 42 Servius古注云，普羅墨修盜天火與人，因而忤神，故神降熱症與死亡二惡事于人間："ob quem causam irati di duo mala inmiserunt terris, febres et morbos."【虛耗症】*Macies*指症候爲憔悴、虛勞、衰竭之疾，此字與下【疢疾】*Febrium*、【不可回避性】*Necessitas*從Kießling/Heinze等視爲擬人，原文大寫、譯文用楷體，凡遇抽象名詞擬人，後皆倣此。【師團】*cohors*羅馬軍(legio)下建制，一師團下轄百夫營(centuria)其數有六，此處譬其衆。【疢疾】*Febrium*，發熱類疾病，《說文》："疢，熱病也。亦作疹"。據赫西俄得(同上85 ff.)，普羅墨修既盜火與人觸神之怒，宙斯遂造女子潘多拉(Pandora)以贈厄庇墨修(Epimetheus)，令其携一鉢隨身。後潘氏啓鉢，致鉢中所藏疾病等惡事散播人間(100–104)：ἀλλα δε μυρία λυγρὰ κατ' ἀνθρώπους ἀλάληται· / πλείη μὲν γὰρ γαῖα κακῶν, πλείη δε θαλασσα· / νοῦσοι δ' ἀνθρώποσιν ἐφ' ἡμέρῃ, αἳ δ' ἐπὶ νυκτὶ / αὐτόματοι φοιτῶσι κακὰ θνητοῖσι φέρουσαι / σιγῆ, "然而無數痛楚之事遊盪于人間, /地上充斥惡事, 也充斥海中; /疾病自行日日夜夜來到人間, /悄沒聲將惡事帶給必死的/人們"。希臘文火字(πῦρ)有熱病義(*LSJ*, I. 7), 如中醫所謂炎火, 故云普羅墨修盜火爲熱病起于人間之因由。盧克萊修《物性論》V 1015 f.不從神話, 而以物理人情以說明其根由："ignis enim curavit, ut alsia corpora frigus / non ita iam possent caeli sub tegmine ferre," "即是說人用了火, 致使發冷的身體/在天穹之下不像此前能耐寒"。近代英國詩人雪萊重寫普羅墨修神話, 其詩劇《解放普羅墨修》(*Prometheus Unbound*)II 4, 49祖述此說："For on the race of man / First famine, and then toil, and then disease, / Strife, wounds, and ghastly death unseen before, / Fell," "因爲在人的種族/先後降落了饑饉, 再有辛勞, 爭鬪, /創傷, 和前所未見的吓人的/死亡。"

32–33.【曾遥遠的死亡】*semoti ... leti*, 原文形容詞與其所屬名詞遠隔, 屬跨步格(hyperbaton)。中外傳說皆謂上古初民皆高壽, 有老死無病死, 赫西俄得前揭90–92: πρὶν μὲν γὰρ ζώεσκον ἐπὶ χθονὶ φῦλ' ἀνθρώπων / νόσφιν ἄτερ τε κακῶν καὶ ἄτερ χαλεποῖο πόνοιο / νούσων τ' ἀργαλέων, "因爲原先在地上人類生活遠離/諸惡、遠離苦役和痛苦的疾病"。H此處*semoti*譯赫西俄德之νόσφιν。參觀舊約《創世記》5: 5："[亞當]享壽九百三十歲而終"; 9: 29："[挪亞]享壽九百五十歲而終"; 25: 7："亞伯拉罕享壽一百七十五歲, "等等。【不可回避性】*Necessitas*爲抽象名詞, 本不宜入詩, 係抽象形容詞(necesse, necessarius)所表之品質而成之抽象名詞。necesse係ne(不)加-cedo(退讓), 中譯兼顧本義與詞性。參觀荷馬《奧》II 99 f.: μιν / μοῖρ' ὀλοὴ καθέλῃσι τανηλεγέος θανάτοιο, "他/毀滅的命運若要以可悲的死亡擊中"。言其【加快脚步】*corripuit gradum*者, 如前謂疢疾多如師團, 皆擬人也。

33.【加快步伐】*corripuit gradum*, 見上行17及注, 此外參觀提

布盧I 10. 4："brevior dirae mortis aperta via est,""可怕的死亡之路今更短"。

34.【代達洛】*Daedalus*，已見I 1, 15注。參觀II 20, 13 ff.及IV 2, 1–4："Pindarum quisquis studet aemulari, / Iulle, ceratis ope Daedalea / nititur pinnis, vitreo daturus / nomina ponto.""有誰一意要跟品達相匹敵, /猶勒, 藉代達洛之力託身于/蠟做的翅翼上, 就將把名付/諸琉璃之海。"維吉爾《埃》VI 14–33敘此傳說, 其頭四行云：

Daedalus, ut fama est, fugiens Minoia regna

praepetibus pennis ausus se credere caelo

insuetum per iter gelidas enavit ad Arctos,

Chalcidicaque levis tandem super astitit arce.

　　代達洛, 如傳說所云, 逃離米諾王國/藉雙飛翼敢于將自己信託給天空, /沿未習的路航行到冰冷的北地, /並最終輕輕落在迦勒基望樓之上。

34.【未賜予人的飛翼】*pinnis non homini datis*，人非飛禽, 故天生無翅, 暗示今代達洛造羽翼以資人用, 實爲淆亂天常。

35.【空虛的空氣】*vacuum ... aera*，原文aera係陽性單數賓格, 遵希臘文法ἀήρ變格。希臘人以ἀήρ爲近地更稠密之空氣, 以對αἰθήρ, 太清, 後者爲高空, 空氣清澈稀薄。維吉爾《農》III 109同此："aera per vacuum ferri,""爲空虛的空氣托舉"。參觀品達《奧》1, 6: ἐρήμας δι' αἰθέρος, "橫貫落寞的太清"。維吉爾每寫翱翔于空中, 輒用空或空虛字, 《農》III 109之外, 又見《埃》V 515："iam vacuo laetam [columba] caelo speculatus,""此時只見喜樂的白鴿在空虛的天上"。

36.【赫古勒】*Herculeus*，據希臘神話, 英雄赫古勒受罰做十二苦工, 下降陰間捕惡犬刻耳卜羅(Cerberus, 詳見II 19及注)即其一也。【亞基隆河】*Acheronta*，據希臘神話爲陰間之水, 此處以偏帶全, 代指冥府, III 3, 16亦同："hac Quirinus Martis equis Acheronta fugit,""憑着它居勒乘馬耳斯的駿馬逃離亞基隆"。言【強渡】*perrupit*者，冥府本係陰魂所聚之所，生人禁入，今赫古勒生而闖入，屬違禁之舉，非強渡不得入也。

37. 句提綱挈領，揔括此前所列諸例。【難事】之難*arduum*本義爲陡峻，參觀II 19, 21 "per arduum," "沿陡壁"。

38–40.【而……霹靂】意爲人類因貪心不足，妄求神界。猶庇特本欲寬貰人類，釋霹靂而不用，然人偏不自制，終干其怒。莎士比亞院本《安東尼與克萊奧帕特拉》(*Antony and Cleopatra*)龐培部下Menecrates所白殆全爲H此卒章翻譯(II, i)："We, ignorant of ourselves, / Beg often our own harm, which the wise powers / Deny us for our good; so find we profit / By losing of our prayers." "吾類懵懂無知, /所求往往自害，而明智神明爲吾類之福/不允我們; 故而吾類因不得所祈/反而獲利。"厥後詩人布里奇斯(Robert Bridges, 1844–1930年)詩劇《與火者普羅墨修》(*Prometheus the Firegiver*)亦嘗捃撶，見行400–404："Oft our shortsighted prayers to heaven ascending / Ask there our ruin, and are then denied / In kindness above granting: were 't not so, / Scarce could we pray for fear to pluck our doom / Out of the merciful withholding hands." "常常吾輩近視的朝天禱告/祈求我們的毀滅，然後出自高於准允的慈善/被拒了: 倘非如此, /我們不可能祈求自慈悲的藏匿的手中/搶走我們自己災難的恐懼。"H詩此章德萊頓(John Dryden)譯文(全文見後{傳承})演繹原文語意甚當："We reach at Jove's Imperial Crown, / And pull the unwilling thunder down." "我們伸手夠猶父的皇冠, /而將其不情願的霹靂扯下。" "不情願"謂神本不欲懲罰人類，不獲己而爲此。

38.【我們……要求登天】*caelum ipsum petimus*，暗隸戈岡(Gigantes)之戰神話，神話詳見II 12, 6–7 注，集中III 4第十一章以降至第十六章嘗詳敘，其結語曰:

> vis consili expers mole ruit sua,
>
> vim temperatam di quoque provehunt

in maius, idem odere viris

omne nefas animo moventis.

不聽告誡的蠻力因自身的

龐大而亡，神亟助受掌控之

力，他們同樣憎惡心裏

　轉不該有的念頭的人們。

參觀品達《匹》10, 27: ὁ χάλχεος οὐρανὸς οὔ ποτ᾽ ἀμβατὸς αὐτῷ, "青銅的蒼天他永遠不能翻越"；索福克勒悲劇院本《埃亞》(Aias) 758–61: τὰ γὰρ περισσσὰ κἀνόνητα σώματα πίπτειν βαρείαις πρὸς θεῶν δυσπραξίαις ἔφασχ᾽ ὁ μάντις, ὅστις ἀνθρώπου φύσιν βλαστὼν ἔπειτα μὴ κατ᾽ ἄνθρωπον φρονῇ. "‘因爲無數徒然的血肉之軀仆于衆神[帶來的]沉重不幸前，’卜師稱，‘那種生爲人類者故而莫要反人類思量。"

40. 猶庇特以霹靂懲處悖逆，參觀I 12, 59.【忿怒的】iracunda本爲【猶父】Iovem附稱(epitheton)。怒爲七情之一，唯人或神等有情者方可言怒，物非有情者，本不當言怒，今言【霹靂】fulmina忿怒者，乃**異置修辭格(hypallage)**也，非霹靂可怒，乃發霹靂之神猶父怒也。異置格集中常見，別見I 18, 7; I 37, 7; III 11, 45: "saevis catenis," "以殘暴的鐵镣"; III 21, 19: "iratos apices," "忿怒的冠冕" 等等。品達亦有ἔγχεος ζάκοτοιο, "忿怒的矛槍"(《湼》VI 55)語。此外參觀普羅佩耳修II 16, 53: "nec sic de nihilo fulminis ira cadit," "霹靂的忿怒亦非無故降落"。【猶父】已見I 2, 19注。

{評點}:

集中若不計獻詩，則當以至尊頌爲第一首，繼以送維吉爾東渡詩，如此安排既明詩人感遇之情，亦殊見文人惺惺相惜，視此詩友非同等閒也。H初得梅克納、至尊垂青，本仰維吉爾引薦之力(語在"緒論" § 1.6)；且同爲詩人，二人神會心契自當有過于與梅克納、至尊交情處

（見行8 f.及注）。

約前38年，H隨梅克納南遊，約與維吉爾、法留(Varius)等人會於中塗，《雜》I 5, 39 ff. 記其事曰：

namque

Plotius et Varius Sinuessae Vergiliusque

occurrunt, animae, qualis neque candidiores

terra tulit neque quis me sit devinctior alter.

o qui conplexus et gaudia quanta fuerunt.

nil ego contulerim iucundo sanus amico.

因爲

在希奴埃，普洛修、法留和維吉爾

前來相會，這些都雅的人兒土地

前所未生，無人比我更傾慕他們。

哦那是何樣的擁抱何等的喜樂！

清醒的我無可倫比歡樂的朋友。

詩人珍視維吉爾，於此可見。

詩依古代體裁劃分屬送行詩(propempticon)類。送行詩昉於古希臘，豎琴詩人如薩福、哀歌詩人如西蒙尼德(Simonides)、牧歌詩人如忒奧克里多(Theokritos, 7, 52 ff. ἔσσεται Ἀγεάνκτι καλὸς πλόος ἐς Μιτυλήναν, κτλ. “願阿該那克托赴米都呂納之航順利，……”)等皆曾有作，希臘化時代此體尤盛。羅馬詩歌H之前及同代詩人亦屢見作者：蓋•埃爾維•契那(C. Helvius Cinna, 共和晚期)今存《波留送行詩》(Propempticon Pollionis)一首；普羅佩耳修I 8含送行語。然前人所作雖多，學者卻胥以爲此篇起首唯取自希臘化時代大詩人迦利馬庫(Callimachus)一人，而更無他者。迦氏詩今雖僅存二行(fr. 114)，然足以得窺H師承攸自：

ὁ ναῦς, ἅ τὸ μόνον φέγγος ἐμὶν τὸ γλυκὺ τᾶς ζοᾶς
ἄρταξας, ποτί τε Ζανὸς ἱκνεῦμαι λιμενοσκόπω...

舟兮，你偷走了我唯一的光，我生命的甜光，
我求你，宙斯，港的看護……

　　H詩摹倣迦利馬庫處，尤在于二人皆不逕向所送之人發言，反以遠渡友人囑付其所航之舟，祈求此行平安順利。惜乎迦利馬庫詩今無完璧，難以窺探兩篇更多相似之處。然以集中他處H摭拾希臘先賢詩句倣法覘之，啓端之後，餘篇恐與其範本並無密切關聯。

　　詩起首二章陳述送行之意，句法雖艱澀，然不妨主旨明白。洎三章則詩思突轉，自維吉爾之行思及首剙舟船冒險浮海者，由此暢想人類種種逆天之舉，特以普羅墨修盜火與人致瘟疫災難散佈人間爲例，辯人類貪欲逞強以求利用，然所獲遠不抵所致災殃。全詩終其篇末未回應開端送行主題，竟以哲理說教結束。

　　歷來學者解此詩多困于前後二部似不相粘連。Kießling、Heinze以爲，H之前，送行詩必作命運多艱、佇立以泣等哀怨語，H則一反常規，侈談宗教哲學，蓋因維吉爾沈潛玄學，故不無藉此與之切磋之意。近時Syndikus啓發新解，似最見心得（pp.61 ff），辨此詩應非臨別對友直陳者，而係友人啓航之後詩人獨自抒其情懷而作，故詩非臨舟陳詞，實爲詩人獨白。既爲獨白，"則詩人既感分離之痛，宜乎因憂愁而罪其致痛之由，遂致詛咒航海。"（p.62）詩人送友遠航，竟至討論人類不當發明舟船以泛海，"皆因所愛者冒險處危，心有不綏故也"（同上）。

　　詩前半既爲送行詩，取法乎迦利馬庫，後半討論人類發明奇技淫巧，既屬演說家與詩人之託題（topos），亦係廊柱派哲人之常談。所謂首剙者託題（εὑρετής，見上行10注），希臘詩歌中多有範本可尋，著稱者如希臘悲劇家索福克勒（Sophocles）悲劇院本《安提戈涅》（Antigone）中歌隊所詠第二首立唱歌（stasimon，譯文見拙著《荷爾德林後期詩歌》評注卷上册，頁四八一—四八四），感嘆人類聰明巧智，讚其勇敢無畏。方諸此希臘先例，可見H此篇乃反其道而行，以爲人類欲巧奪天

工，非能造福，適爲階禍。Syndikus攷察古希臘文學哲學史，辨索福克勒輩讚美人類發明，皆止于前五世紀；而後犬儒、廊柱及伊壁鳩魯諸派哲學蜂起，則力倡返璞歸眞，蓋因希臘化時代（前三世紀）城邑勃興，人多居于市廛之間而非鄉野，故人生懷土戀山之心，見諸詩歌則有忒奧克利多等輩農牧田園詩流行。

古人討譴奇技淫巧，尤以航海爲最，赫西俄德《工與時》236 f. 曰黃金時代樂土之民無須泛海，因土地所產即可豐衣足食：οὐδ' ἐπὶ νηῶν / νίσσονται, καρπὸν δὲ φέρει ζείδωρος ἄρουρα. 羅馬詩人盧克萊修《物性論》V 1004 f. 敘上古時人不知造舟，所語相近：“nec poterat quemquam placidi pellacia ponti / subdola pellicere in fraudem ridentibus undis,” “滄海詭詐誘惑無法/以嬉笑的波濤誘人作僞”；維吉爾《牧歌》4, 31 f.所言亦同：“pauca tamen suberunt priscae vestigia fraudis, / quae temptare Thetim ratibus, … iubeant,” “而將很少有古時僞詐留存, /它們曾令人以浮槎試驗忒提[海中女神代指海]”；普羅佩耳修III 7, 31 ff.: “terra parum fuerat, fatis adiecimus undas : / fortunae miseras auximus arte vias. ….” “陸地於宿命[按指死亡]過小, 吾輩益以波濤:/憑機巧我們增加機運的悲慘之塗”；提布盧I 3, 39 ff.亦曰：“nec vagus ignotis repetens conpendia terris / presserat externa navita merce ratem,” “尚未有人漂泊於未知之地以求利, /尚無水手以異域貲貨壓低浮槎。”等皆言航海乃因上古黃金時代不復、人有貪心不足而興。此篇外, H《對》16後半(57–60)暢想黃金時代已用此託題：

　　non huc Argoo contendit remige pinus
　　　neque inpudica Colchis intulit pedem,
　　non huc Sidonii torserunt cornua nautae,
　　laboriosa nec cohors Vlixei.

　　　彼處松樹不與阿耳戈搖槳人爭鬪,
　　　　也無無恥之婦涉足高加索,
　　　彼處沒有希東水手攪動帆桅,

亦無奧德修千辛萬苦的隊伍。

集中此外亦可參觀 I 1, 15 ff 詩句。

因所愛者遠航而詛咒始造舟船者，H同代詩人亦見普羅佩耳修 I 17, 13 ff.:

a pereat, quicumque ratis et vela paravit
　primus et invito gurgite fecit iter !

啊，讓他沉淪吧，無論誰首個預備了浮槎
　與風帆在不情願的漩渦中開辟了航路。

與H詩意尤近。

H之後塞内加(L. Annaeus Seneca，約西曆紀元前4年–西曆65年)悲劇院本《美狄亞》(*Medea*) V 301 ff.歌隊合唱嘆人初舠舟船以航行海洋，其歌之首節云：

audax nimium qui freta primus
rate tam fragili perfida rupit
terrasque suas posterga videns
animam levibus credidit auris,
dubioque secans aequora cursu
potuit tenui fidere ligno
inter vitae mortisque vices
nimium gracili limite ducto.

太過大膽的是首個以易碎
浮槎劈開無信大海之人，
背對他的土地將生命
信託給輕浮的風，

以搖擺的航程切開滄溟

能信任細小的木頭

在生與死的路中間

遵行狹窄的航道。

　　《讚》中涉維吉爾之名者凡三首，本詩外尚有I 24與IV 2，然IV 2中名維吉爾者係某同名商賈，未可與詩人混同。

{傳承}：

　　H之後羅馬詩人奧維德《情愛集》(*Amores*)II 11爲送行詩，爲詩人所歡高里娜(Corinna)遠航餞行，其起首云：

prima malas docuit mirantibus aequoris undis

　　Peliaco pinus vertice caesa vias,

quae concurrentis inter temeraria cautes

　　conspicuam fulvo vellere vexit ovem.

o utinam, nequis remo freta longa moveret,

　　Argo funestas pressa bibisset aquas !

佩里昂峰所伐松木最初教人在海中

　　驚人的浪濤間開辟不幸的航道，

魯莽的它在途中撞來的礁石間載着

　　因爲金色的毛而引人注目的羊。

哦惟願從沒有船槳攪動狹長的海峽，

　　願阿耳戈沉沒飽飲致命的海水！

　　斯塔修(Publius Papinius Statius，約西歷45年–96年)《林木集》(*Silvae*)III 2亦爲送行詩，題作《捷步梅修送行詩》(*Propempticon Metio Celeri*)，其開頭詩人祈求海神涅普頓息風靜海，以令其友出航順利無虞：

di, quibus audaces amor est servare carinas
saevaque ventosi mulcere pericula ponti,
sternite molle fretum placidumque advertite votis
concilium, et lenis non obstrepat unda precanti :
'grande tuo rarumque damus, Neptune, profundo
depositum ; iuvenis dubio committitur alto
Maecius atque animae partem super aequora nostrae
maiorem transferre parat.'

諸神，你等所愛是保存狂妄的船體，
緩解多風的海面上狂野的險境，
請擴展柔和平靜的水面，引導計謀
給祈願，毋讓輕浪湮沒禱告者：
"我交付你，湟普頓，深淵的信託物
貴且稀有，少年梅修被託付給
高危中，並準備携我心的一大半
穿越滄溟。"

詩中"信託物"、"我心的一大半"等詞語意象皆自H詩中化來。

文藝復興以降，H此詩倣作甚夥，捃拾其中送人遠航或詛咒發明浮槎泛海者篇什更難計數（參觀上行9–10注引赫里克詩）。德國十八世紀詩人克洛普施托克（Friedrich Gottlieb Klopstock, 1724–1803年）受丹麥王弗里德里希五世之邀遠赴哥本哈根，其友詩人格萊姆（Johann Wilhelm Ludwig Gleim, 1719–1803年）賦詩送行曰：

O Schiff, du führest einen Mann,
　Der einen Heiland singt und einen Gott der Götter;
Bei hellem Frühlingswetter
　Vollende deinen Lauf und glücklich komm' er an!

哦舟，你將載一箇人，/他吟詠救世主和衆神之神[**按**：指
克洛普施托克作史詩《彌賽亞》*Messias*]；/在明媚的春天裏/
完成你的航行讓他順利到達！

後世詩人倣作既多，譯作亦復不少。今祇錄英國詩人德萊頓(John
Dryden)英譯文于下。德萊頓博學洽聞，著譯等身，非惟所刓作詩歌蔚
然爲英國詩歌史中之大觀，于古典文學翻譯亦成就斐然，其譯作無論
散文(如普魯塔克)抑或詩歌，至今流佈坊間，其中傳世數篇H讚歌譯
文，譯筆洸洋紆折，典麗宏富，論H後世影響，不可不曉此譯：

So may th' auspicious Queen of Love,

And the Twin Stars, (the Seed of *Jove*,)

And he who rules the rageing wind,

To thee, O sacred Ship, be kind;

And gentle Breezes fill thy Sails,

Supplying soft *Etesian* Gales;

As thou, to whom the Muse commends

The best of Poets and of Friends,

Doth thy committed Pledge restore,

And land him safely on the shore;

And save the better part of me,

From perishing with him at Sea.

Sure he, who first the passage try'd,

In harden'd Oak his heart did hide,

And ribs of Iron arm'd his side;

Or his at least, in hollow wood

Who tempted first the briny Floud:

Nor fear'd the winds contending roar,

Nor billows beating on the Shoar;

Nor *Hyades* portending Rain;

Nor all the Tyrants of the Main.

What form of death cou'd him affright,

Who unconcern'd, with steadfast sight,

Cou'd veiw the Surges mounting steep,

And monsters rolling in the deep!

Cou'd thro' the ranks of ruin go,

With Storms above, and Rocks below!

In vain did Natures wise command

Divide the Waters from the Land,

If daring Ships, and Men prophane,

Invade th' inviolable Main;

Th' eternal Fences overleap,

And pass at will the boundless deep.

No toyl, no hardship can restrain

Ambitious Man, inur'd to pain;

The more confin'd, the more he tries,

And at forbidden quarry flies.

Thus bold *Prometheus* did aspire,

And stole from heav'n the seed of Fire:

A train of Ills, a ghastly crew,

The Robber's blazing track persue;

Fierce Famine, with her Meagre face,

And Feavours of the fiery Race,

In swarms th' offending Wretch surround

All brooding on the blasted ground:

And limping Death, lash'd on by Fate

Comes up to shorten half our date.

This made not *Dedalus* beware,

With borrow'd wings to sail in Air:

To Hell *Alcides* forc'd his way,

Plung'd thro' the Lake, and snatch'd the Prey.

Nay scarce the Gods, or heav'nly Climes,

Are safe from our audacious Crimes:

We reach at *Jove's* Imperial Crown,

And pull th' unwilling thunder down.

{比較}：

一、詩人之交

維吉爾、H之交，庶可比于李杜：H、子美皆少于所慕詩友，H少維吉爾五歲，杜子美少李太白十一歲；生前詩名皆不若前輩，亦皆嘗受前輩提攜（H蒙維吉爾知遇之恩遠過子美得自太白者）；二人皆嘗褒讚前輩品格乃至捃拾其詩句，H采用維吉爾詩句已見前注，杜則有"白也詩無敵，飄然思不羣。清新庾開府，俊逸鮑參軍"等句（《春日憶李白》）；二後進詩人於其前輩情誼皆拳拳剴切，相形之下前輩待後輩則皆頗疏曠：H詩中一再記誦維吉爾有恩于己，抒發仰慕思念之情，維吉爾詩中則無一字及H。李杜之交杜熱李冷，人所熟知，杜集中懷李諸篇殆全爲佳什，李集中涉杜者如《魯郡石門送杜》、《沙丘城下寄杜》（世傳李"顆飯山頭逢杜甫"應係僞託）皆庸作。其所以然者，蓋前輩路津早登，已名滿乾坤，能博後輩景仰爲其傚法自是常理；後輩雖已初露崢嶸，然來日方長，且未能在前輩風華初現時相伴相隨，故前輩待己之情未能稱己，亦是世情。

　　兩對詩人之間非特交遊之道有相似處，即詩作亦許有偶合者。H此篇送別詩脫如Syndikus所論爲詩人思念友人之獨白，則于體例乃至詞句頗有類于子美二首《夢李白》詩處：杜詩雖以夢爲題，然實可目爲別後獨處冥想之作，一如H詩爲送別後獨白也，唯所謂生別非如H送維吉爾爲新別耳："死別已吞聲，生別常惻惻"。子美所別之人亦聞近因流放夜郎常作舟行，江湖雖非海洋，然泛江亦恐有舟楫失墜之虞："水深波浪闊，無使蛟龍得"，"江湖多風波，舟楫恐失墜"。

二、送人舟行詩

送人渡海，願惟有順風可信，他風皆息，中國詩歌中雖未成規模，然亦非全闕。王維《送祕書晁監還日本國》序云："艫首乘雲，則八風却走"，其思頗近。送行詩爲中國詩歌人類，《文選》卷二十"祖餞"即送行詩類。其中雖亦有送人舟行者，然皆在江湖，不在海外。如謝靈運《鄰里相送方山詩一首》："解纜及流潮，懷舊不能發"；謝玄暉《新亭渚別范零陵詩一首》："停驂我悵惘，輟棹子夷猶"。賦類則可見卷十六江淹《別賦》："舟凝滯於水濱，車逶遲於山側，棹容與而未前，馬寒鳴而不息"。洎北宋柳永《雨霖鈴》："都門帳飲無緒，留戀處，蘭舟催發……念去去千里煙波，暮靄沈沈楚天闊，"詩人皆不言有舟楫失墜之憂，唯申別情而已。蓋航舟於江漢五湖，遠較揚帆海上爲安全也。中國古時送人渡海詩如鳳毛麟角，摩詰此篇當爲其中翹楚。至近代開口通商後稍多，黃遵憲集中多見渡海詩，如《由輪舟抵天津作》："大鵬擊水南風勁，忽地吹人落軟塵"（《人境廬詩草箋注》卷二，頁一二六），《由上海啟行至長崎》："浩浩天風快送迎，隨槎萬里賦東征"（卷三，頁一九九）等，雖非爲送行，且所乘之舟爲蒸汽輪船，不待乘風鼓帆而行，然仍可參讀。

　　三、雙星

　　宙斯雙子"海倫之弟兄"神話抑可反比於《左傳》中子產所敘參商傳說。《左傳・昭公元年》(1.12)：

　　　　晉侯有疾，鄭伯使公孫僑如晉聘且問疾。叔向問焉，曰："寡君之疾病卜人曰實沈臺駘爲祟，史莫之知。敢問此何神也？"子產曰："昔高辛氏有二子，伯曰閼伯，季曰實沈，居于曠林，不相能也。日尋干戈以相征討。后帝不臧，遷閼伯于商丘主辰，商人是因故辰爲商星；遷實沈于大夏，主參，唐人是因以服事夏商，其季世曰唐叔虞。當武王邑姜方震大叔，夢帝謂己余命而子曰虞，將與之唐屬諸參而蕃育其子孫。及生，有文在手曰虞，遂以命之。及成，王滅唐而封大叔焉，故參爲晉星。由是觀之，則實沈參神也。……"

　　卡斯托、波呂兄弟友于，閼伯、實沈兄弟不相能，然皆上主天星，唯前者同升同降，如影隨形，後者彼此暌隔，不肯同出耳。

四

春日贈塞諦
AD SESTIVM DE VERNO TEMPORE

　　春既蒞止，西風送暖；濕潤氣流，化寒融冰；機械弛索，釋舟於海；牛羊出圈，放牧至阿；農夫下田，草木泯霜；維奴現身，愷麗曼舞；火神揮汗，鍛造霹靂；猶父舉手，震電燁燁。

　　人祀牧神，獻羔獻羜。三三兩兩，踏青垌牧，髮膏以橄欖油，頭簪以桃金娘。奈何死神不去，逡巡左右。故而有福如你，亦須知人生短促，不容長圖。大限之夜、陰間冥王，人言實有，羌非虛構。生日苦短，聲色酒宴，一旦長逝，從此無與。

{格律}：

　　阿耳基洛古第三式(Archilochium tertium)。集中用此詩律者唯此一篇。阿耳基洛古第三式實爲偶行格式，各偶行組上行含指度阿爾克曼式(Alcmanicum，見"緒論"§3.1"阿爾基古洛式"條下)與長短陽具格(ithyphallicus，– ∪ – ∪ – –)，其中前者活潑，後者因盟約律尾節而能反增其前指度音節之強度；下行則爲減尾音短長格，其抑揚頓挫之感則因行尾盟約律而減弱。故而此詩律適於突出對比效果，於此篇中殊便於反比春之喜樂與死之陰鬱。

{繫年}：

　　古注次於23年，學者今多斥爲謬，而料爲詩集中最早屬就者，尚可見詩人自對歌體(epodon)轉向讚歌體痕跡。爲二月十三日社祭日而作說，見行11注。餘詳{評點}首段。

{斠勘記}：

8. visit *Ξ* $^{(acc. λ' R1)}$ *Sacerdos*（Marius Ploitus Sacerdos，三世紀後期文法家）*GL* urit *Ψ*(u r π)　案異讀義爲熾燃，義未通，參觀下注。officinas] officinam *Sacerdos* 案異讀爲單數賓格。

16. Manes] et manes a DMR[1] 案異文小寫義爲死，不作死神解。

19. Lycidan 及類似形態　a R D –am *cett.* 案-an爲希臘文陽性賓格單數變格，-am則已拉丁化。

{箋注}：

1. 【解釋】*solvitur*本義爲解索或解縛，置于篇首，以譬嚴冬堅冰遇春而解如脫縲絏然，且豫摄行2舟船解索意象。古時意大利冬季曳船于岸，春來放歸海中，拖出放入皆賴絞盤機，即【機械】*machina*，詳下注。中譯【解釋】者，爲其兼有解縛消融二義。《後漢書·郎顗傳》："又傾前數日，寒過其節，冰既解釋，還復凝和。"卷三十下，頁一〇五五。本義既通*solvo*，皆爲釋縛，引申又可以言春風融化萬物，又見李太白《清平調》之三："解釋春風無限恨，沉香亭北倚欄干"，言美人(楊貴妃)能解春風之愁，實自春風能解釋冰凍生發引申而來。拉丁文亦可言解心憂：animo soluto a cura，正同太白詩文。【煦風】*Favoni*，希臘人澤風(Ζέφυρος)之拉丁名稱，西風也，詳見I 3, 3注。譯作【煦風】者，以原文源自動詞foveo，燠暖也。意大利西風興于春季，和暖溫煦，故其和煦春風實爲西風，適與中國相反。據奧維德《月令》(*Fasti*)II 148，煦風始于祓除月(二月)牛日，Nonae Februariae: 'a Zephyris mollior aura venit,' 或曰初十，ante diem quintum，讀此句屬其後所言立春日："et primi tempora veris erunt."）。浪漫派詩人雪萊(Percy Bysshe Shelley)名篇《西風讚》(*Ode to the West Wind*)作于意大利，詩中以西風爲秋風，非特乖於實，亦疏於學也。

2. 【機械】*machinae*指絞盤類機械，如前注所示，用以拖曳舟船上岸或下水。冬季封海，故拖舟上岸，既可免致損壞，亦易于修茸。凱撒《內戰記》II 10記攻古馬賽城(Massilia)之戰，以船塢機械(machina navalis)曳攻城塔以貼近敵城。攻城塔與《詩·大雅·文王之什·皇矣》所言"以爾鉤援，與爾臨衝，以伐崇墉"之"臨"類似。毛《傳》云："鉤，梯也，所以鉤引上城者；臨，臨車也；衝，衝車也；墉，城也。"孔穎達《正義》疏毛《傳》曰："臨者，在上臨下之名；衝者，從旁衝突之稱。故知二車不同。兵書有作臨車衝車之法。《墨子》有《備衝》之篇。知臨衝俱是車也。"《十三經》，頁一一二三。按《墨子·備城門第五十二》："禽滑釐對曰：'今之世常所以攻者，臨、鉤、衝、梯、堙、水、穴、突、空洞、蟻傅、轒轀、軒車。"《校注》卷十四，頁七七六。Heinze以爲詩中機械應同船塢機械。舟離水，陳于陸上，故曰【乾燥】siccas。春至，輒以機械拖舟下水。初春時曳舟入海，參觀《英華》X 15 保羅·思埃夏留(Paulos Silentiarios)箴銘體詩1–4：

> Ἤδη μὲν ζεφύροισι μεμυκότα κόλπον ἀνοίγει
> εἴαρος εὐλείμων θελξινόοιο χάρις·
> ἄρτι δὲ δουρατέοισιν ἐπωλίσθησε κυλίνδροις
> ὁλκὰς ἀπ᾽ ἠιόνων ἐς βυθὸν ἑλκομένη.

> 已然向着澤風，緊閉的懷抱被
> 有賞心美麗草坪的春之麗色打開；
> 而同時在木滾軸上滾動着的
> 舟船自海岸上被拖曳到深水裏面。

【船龍骨】carinas，連解格(synecdoche)，以零代整，指局部而謂全體，即船也。冬盡春來之時修葺舟船，中國上古時亦有此制，參觀《禮記·月令》："是月也[即季春，農曆二月]，……命舟牧覆舟，五覆五反，乃告舟備具於天子焉。"鄭玄《注》曰："舟牧，主舟之官也；覆反舟者，備傾側也。"《禮記正義》卷十五，《十三經》，頁二九五一；朱彬《禮記訓纂》引高誘注《淮南子》云："天子將乘舟而漁，故反復而視之，恐有穿漏也。"卷六，頁二三四。

3. 原文呈**交軛格**(**zeugma**)，即於意爲二句，主語、賓語(奪格，ablativus)各異，然共用同一謂語動詞：*pecus / arator, stabulis / igni*共用*gaudet*。交軛格中文雖不無先例，如《左傳‧隱公元年》(1.4)："先王之制：大都不過叄國之一；中，五之一；小，九之一"；《隱公五年》(5.7)："公問羽數於衆仲，對曰：'天子用八，諸侯用六，大夫四，士二。'"然遠較西文罕見，現代漢語殆全無，故譯文分別爲兩句【戀圈】、【向火】。

5.【斜月之下】*inminente luna*，精靈慣于夜間出沒。後世彌爾頓《樂園之失》I 181–87藉以描寫羣魔亂舞於月下曰：

> … or Faerie Elves,
> Whose midnight Revels, by a Forrest side
> Or Fountain some belated Peasant sees,
> Or dreams he sees, while over-head the Moon
> Sits Arbitress, and neerer to the Earth
> Wheels her pale course, they on thir mirth and dance
> Intent, with jocond Music charm his ear;

> 或像精靈，/她們在子夜時狂歡，在林邊/或泉畔，爲某箇晚歸的農夫看到，/或他所見是夢，那時頭上月/爲女主端坐，朝地球/轉動她的行程，他們[即撒旦手下的羣魔]歡樂舞蹈，/意欲以快活的音樂愉悅他的耳朵。

【領舞】*choros ducit*，本荷馬《奧》XVIII 193 f.：εὐστέφανος Κυθέρεια / χρίεται, εὐτ᾽ ἂν ἴῃ Χαρίτων χορὸν ἱμερόεντα，"就是戴美冠的居色拉/用以輕點[的香膏]，當她走入可愛的愷麗舞列中時。"又見荷馬體《阿波羅頌》(*Hymni Homerici* 3)194–96: αὐτὰρ ἐϋπλόκαμοι Χάριτες καὶ εὔφρονες Ὧραι / Ἁρμονίη θ᾽ Ἥβη τε Διὸς θυγάτηρ τ᾽ Ἀφροδίτη / ὀρχεῦντ᾽ ἀλλήλων ἐπὶ καρπῷ χεῖρας ἔχουσαι· "可是美髮的愷麗女神與歡快的四季女神，/和諧女神、宙斯之女赫貝與

阿芙羅狄忒/彼此聯手相攜而舞”。集中參觀IV 7, 5 f.: "Gratia cum Nymphis geminisque sororibus audet ducere nuda choros." "裸身的愷麗夥同妭女們和她學生的姊妹敢領團舞。"盧克萊修《物性論》I 6詠維奴來格于春曰: "te, dea, te fugiunt venti, te nubila caeli / adventumque tuum, tibi suavis daedala tellus / summittit flores, ..." "你，女神，諸風逃避，你天上烏云逃避，/逃避你的到來，巧妙的土地爲你生出喜人的花朵"云云。【居色拉的維奴】*Cytherea Venus*，羅馬人稱愛神爲維奴，即希臘神話之阿芙羅狄忒(Ἀφροδίτη)。【居色拉】原文*Cytherea*本島名(Κύθηρα)，在愛琴海中，與伯洛島(俗譯伯羅奔尼撒半島)東南端隔海相對，有阿芙羅狄忒聖所，聞名古代，故以爲代稱，參觀I 3, 1注。Heinze辨神名如以地名轉代則多單行，合稱地名神名者甚尠，例如I 3, 1祇以居比路(Cypria)代指女神，III 12, 4: "Cythereae puer ales," "居色拉生翼的男孩兒"。單以居色拉代指女神亦數見于維吉爾。二名合稱者集中此外僅見III 4, 64: "Paratareus Apollo," "帕塔拉阿波羅"。春季起舞，中國上古習俗參觀《禮記·月令》: "[仲春]上丁，命樂正習舞，釋菜，天子乃帥三公九卿親往視之。"《禮記正義》卷十五，《十三經》，頁二九五〇。

6–7. 【妭女】*Nymphae*，已詳I 1, 31注，與愷麗三女神共舞之說未見于荷馬。【愷麗三神】*Gratiae*，羅馬人以之稱希臘神話所述Χάριτες諸女神，希臘文拉丁文皆作複數，因其數非一，爲數因各地祭祀不同而畧異，然通作三位。據赫西俄德《神宗》907 ff.，愷麗三女神爲宙斯與洋神(Oceanos)之女歐呂諾羋(Eurynomie)所生，各有名稱，分別爲阿格萊亞(Ἀγλαΐα)，歐弗羅緒娜(Εὐφροσύνη)，塔利亞(Θαλία)。詩中此處與盧克萊修(Lucretius)V 737–40信爲文藝復興時美術巨匠波提切利(Sandro Botticelli)名畫《春》(*Primavera*)藍本。波氏畫中維奴居中，頭頂之上有丘比特持弓翻飛，愷麗三女神居左，彼此聯手共舞；右側有妭女作逃逸狀，化作女神後拋撒玫瑰；妭女逃逸爲避澤風或煦風二風神追逐，風神色暗。畫面最左處爲墨古利。波提切利每畫古代神話輒求教人文學者、詩人波利裏(Politian)，故其作殊合古典神話，無所舛誤，參觀E.R. Curtius, Kap. 4 Rhetorik, § 10. Rhetorik, Malerei, Musik, p.85.

波氏所據盧克萊修段落云：

it ver et Venus et Veneris praenuntius ante
pennatus graditur, Zephyri vestigia propter
Flora quibus mater praespargens ante viai
cuncta coloribus egregiis et odoribus opplet.

春與維奴來格，前面還走來她
生翅的先導，緊隨澤風的足跡
在前面母親花神在路上拋撒，
用豔麗色彩和芬芳充滿一切。

7.【替步】*alterno ... pede*，指舞步。【跺地】*terram quatiunt*，摹
畫舞步激烈，非如波提切利所繪之輕柔曼妙。Heinze注辨古詩人恩紐
（Ennius）及維吉爾數以quatio字寫馬蹄踏地貌，集中別見IV 1, 28："in
morem Salium ter quatient humum,"「依照舞覡們的樣式三跺地面」；
III 18, 15 f.："gaudet invisam pepulisse fossor / ter pede terram,"「掘
渠伕在歡快中以足三踏/被怨恨的土地。"【符離坎】*Vulcanus*，羅馬
火神名，希臘人稱其爲赫淮斯托（"Ηφαιστος），愛神維奴之夫，主火
山（現代歐洲語言火山一詞均本此：意：il vulcano，法：le volcan，英：
volcano，德：der Vulkan），鍛鍊霹靂雷電以供猶庇特之用。春季多雷
電，故忙碌不休。盧克萊修《物》VI 357–422敘意大利春秋多雷電頗
詳，原文過長，茲從畧。中譯爲音譯，然選字取離取坎，皆《易》卦名，
《說卦》："離爲火"，"坎爲矯輮，爲弓輪"。孔穎達《正義》："激矢，
取如水激射也。"《周易正義》卷九，《十三經》，頁一九九。中國神話中
火神爲祝融。【灼熱】*ardens*，鍛鐵作坊之實況，火神亦受其燎灼。

8.【獨目漢】*Cyclopum*，原文複數，名本希臘文Κύκλωψ，義爲圓
目，指希臘神話中獨目巨人，赫西俄得《神宗》139 ff.稱其爲天地所生，
爲宙斯輸雷電；歐里庇得悲劇院本《阿爾凱斯提》（*Alkestis*）5 f.曰：οὖ
δὴ χολωθεὶς τέκτονας Δίου πυρὸς κτείνω Κύκλωπας·「爲此忿怒中

我殺了給宙斯鍛造閃電的鐵匠獨目漢"。謂其受符離坎使役，其說昉於
希臘化時代。詩句謂符離坎探視雷電作坊以督察獨目漢揮汗于鍛爐鐵
砧之前爲猶庇特冶煉霹靂。維吉爾《埃》VIII 416–24敘符離坎神話同H
此說：

> insula Sicanium iuxta latus Aeoliamque
>
> erigitur Liparen fumantibus ardua saxis,
>
> quam subter specus et Cyclopum exesa caminis
>
> antra Aetnaea tonant validique incudibus ictus
>
> auditi referunt gemitus striduntque cavernis
>
> stricturae Chalybum et fornacibus ignis anhelat,
>
> Volcani domus et Volcania nomine tellus.
>
> hoc tunc ignipotens caelo descendit ab alto.
>
> ferrum exercebant vasto Cyclopes in antro.

　　　　有一島近西西里尖嶼和埃奧利的利帕拉聳峙，生煙的巖石
　　灼熱，/其下的暗渠和爲獨目漢的鍛爐掏空的/埃特納火山般的
　　洞穴以及堅硬的鐵砧上可聽到/擊打聲迴盪，壓縮的鐵礦砂作
　　響，火自鍛爐噴出，/伏離坎之家，名喚伏離坎之地。此時自此
　　控火者自高天而降，/在廣大的洞裏獨目漢們在鍊鐵。

　　【探視】*visit*，古鈔本有異讀，Ξ讀visit，Ψ讀urit，灼燒。後讀義同
前字*ardens*【灼熱中】，同義重出，恐訛，故從多數現代版本采前讀。
【作坊】*officinas*，據維吉爾（見上引文），在利帕拉（Lipara）羣島之孌
拉島（Hiera）上，或曰在埃特納火山（Etna），或曰在萊姆島（Lemnos）。
【重】*gravis*，既謂作坊，亦謂所鍛之鐵。
　　9.【閃亮的】*nitidum*，因膏以橄欖油故，古希臘羅馬時人逢節日輒
以橄欖油膏髮，參觀II 7, 7。【桃金娘】*myrtus*，常綠灌木或喬木，南歐
常見，據神話乃維奴所喜，人逢節日輒佩諸額頭，*RE* "myrtos" 詞條援
H此句爲例（31: 1181）。【翠色】*viridis*，春季嫩柯新葉色淺貌，待枝葉

長成其色則暗矣，參觀I 25, 18。

10.【解放】*solutae*承上行1【解釋】*solvitur*，原文乃同字異形，一爲分詞，一爲限定動詞，譯文皆用解字以示二者關聯。

11.【樹叢】*lucus*，專指宗教祭祀所奉聖林，同*nemus*，殆皆非原生森林(*silva*)，而爲人工栽植者。【羞祭】*inmolare*，原文本義指祭神以先灑穀粒于犧牲，此處泛指祭以犧牲。漢譯爲"羞"者，用《禮記・月令》語："是月也[即仲夏]，天子乃以雛嘗黍，羞以含桃，先薦寢廟。"《禮記正義》卷十六，《十三經》，頁二九六六。【沃奴】*Faunus*，羅馬神名，司畜牧農耕，據傳說本爲拉丁國王，後受人奉爲鄉野田地之神，殆同希臘人之牧神潘(Πάν)，參觀I 17, 1–2。依羅馬月令，祓除月(Februarius, =今二月，語在"緒論"§ 1.2)之望(在此月爲十三日)爲社祭之日，此處曰【此時】*nunc*，學者或(Heinze小序，Numberger小序)據以推測詩爲此節日而賦。按沃奴或潘庶幾可對應于中國上古社神，《太平御覽》引《援神契》云："社者，五土之總神。"羅馬人畜牧冬季圈養(見上行3)，及春則放于坰牧。初春自圈中放出時，先以羔犢薦祭牧社神。中國上古類似習俗參觀《禮記・月令》："是月也[季春]，乃合累牛騰馬游牝于牧。犧牲駒犢，舉書其數。"《禮記正義》卷十五，《十三經》，頁二九五四。

12.【羔挑】*agna*，原文指牝綿羊羔，中文無同義字，譯文借用《鹽鐵論・第二十九：散不足》："鮮羔挑，幾胎肩，皮黃口。"王利器注云："羔挑，羊之小者也。"《鹽鐵論校注》卷六，頁三四九，三五九。【羝羍】*haedus*，指牡山羊羔，中文亦無同義字，譯文取《大雅・生民》、《小雅・伐木》中二字合訓以取近義：《生民》曰："取羝以軷，載燔載烈。"鄭玄《正義》曰："羝，牡羊也"，《毛詩正義》卷十七之一，《十三經》，頁一一四四；《伐木》云："既有肥羍，以速諸父。"鄭玄《正義》曰："羍，未成羊也"。孔穎達《疏》引郭璞云："今俗呼五月羔爲羍"。《毛詩正義》卷九之三，《十三經》，頁八七八。古希臘羅馬祭祀所用羔羊雌雄本不可混用，祭男神不得用*agna*；然此處泛指，未足細究。中國古時祭典用犧牲雌雄亦有分別，然其因不同，參觀《禮記・月令第六》："乃修祭典，名祀山林川澤，犧牲毋用牝。"鄭玄《正義》云："爲傷姙生之類"。《禮記正義》卷十四，《十三經》，頁二九三八。《禮記訓纂》

引《呂氏春秋》高誘注有別解："無用牝，尚蠲潔也。"如此，則殆同西
洋古制矣。

　　13.　【死】*Mors*，擬人。Heinze：希臘詩人多以死擬人，歐里庇得
悲劇院本《阿爾凱斯提》(*Alkestis*)開場死神優孟衣冠，親造阿得墨托
(Admetos)府上欲挈其妻赴冥府，適逢阿波羅棄阿得墨托家而走，阿
波羅旁白(24–26)云：ἤδη δε τόνδε Θάνατον εἰσορῶ πέλας, / ἱερέα
θανόντων, ὅς νιν εἰς Ἅιδου δόμους / μέλλει κατάξειν, "我已見死
亡伊邇, /死的祭司，他注定要攜她下降/到駿得的府上"。然羅馬詩
人除H外尟有爲此者。以死擬人集中別見III 2, 14："mors et fugacem
persequitur virum," "死亡追逐逃跑的人"；集外參觀《雜》II.1, 58：
"[me] seu mors atris circumvolat alis," "或者生黑翅的死亡繞我翻
飛"。【足力】*pede*，非同I 3, 33，彼處謂死亡腳步，此處當與【撞擊】
pulsat 合訓，意謂死神以腳踢門。原文*pulsat pede pauperum*三字爆破
音p疊聲，以象踢門聲。【貧兒】*pauperum*、【王公】*regum*，參觀II 3,
21 f.; 14, 11 f.; 18, 32–34; III 1, 14 f.："aequa lege Necessitas / sortitur
insignis et imos," "必然卻把等同的律法給高低貴賤隨意分配"。

　　14.　【塞諦】*Sesti*，盧・塞諦・居勒氏(Lucius Sestius Quirinus)，約
前73年–?，全名或許爲L. Sestius P. f. Alb.，盧・塞諦・普，阿爾比尼婭
之子，詳見*RE* 2. R., 2: 1885詞條 "Sestius," 3)；出身顯赫，父普・塞諦
(Publius Sestius)前57年爲參政(tribunus)，因忤政敵致訟，西塞羅代其
庭辯，辯辭(*Pro Sestio oratio*)後編入西塞羅文集，至今猶存。折獄時西
塞羅挈被告之子入堂，即盧・塞諦，以博判官憫恤。44年凱撒遇害內戰
初起，盧・塞諦奔赴馬其頓自意大利，投布魯圖轄下，爲其策士，授代
先導(propraestor)，甚得其寵信，直至42年布魯圖黨敗績。時H亦在布
魯圖麾下，任參軍(tribunus militum，語在 "緒論" §1.5)。腓力比兵敗，
與詩人俱遇屋大維赦免。然與H不同者，此人返羅馬後並未戢影政壇，
前23年蒙至尊拔擢繼之攝替補平章(consul suffectus)。所謂替補平章
者，即原舉平章因死因疾等不克終其任期，故於常規選舉外受命接替
原平章攝政以完其任期。凱撒以後爲增平章人數，替補平章所替，未必
皆因死亡疾病等突變遜位，據丟氏(LIII 32)，塞諦攝替補平章即屬此

例。其得此殊榮，實賴至尊強行安插親信故也。詩人與之本同爲布魯圖部曲，皆嘗効命屋大維之敵，然歸順後所受恩渥皆甚豐厚，可見至尊寬以容人之雅量及權謀之嫻熟。詩人稱塞諦爲【福人】*beate*，既因其所居爲【王公的樓廈】*regum ... turris*，而非【貧兒陋舍】*pauperum tabernas*，恐亦指其得至尊廕庇也。【王公的樓廈】Heinze云應謂富比王侯之商賈豪宅。

15. 【短和】*summa brevis*，【和】*summa*字乃算學或簿記術語，與【啓動】*inchoare*連言，暗以經商喻人生，謂人生苦短，所積不厚，不足以興業。以簿記術語和喻人生又見IV 7, 17 f.: "quis scit an adiciant hodiernae crastina summae / tempora di superi ?" "谁知道天神們是否把明日的時間/加進今天的總和？" 嘆生年短促，則參觀《雜》II 6, 96 f.:
"dum licet, in rebus iucundis vive beatus, / vive memor, quam sis aevi brevis," "尚可之時，請享受純嘏生活于快樂之中，/生活不忘你的年歲有多短促"；《書》II 1, 144: "et vino ... memorem brevis aevi," "而以醇酒記得生年的短促。" 歌德席勒皆嘗傚H以人生爲賬簿所錄之總和，歌德《威廉•麥斯特》(*Wilhelm Meisters Lehrjahre* 7. 6)云: "die Summe meines ganzen Daseins," "我全部存在之和"；席勒《瓦倫斯坦之死》(*Wallensteins Tod*, I 7): "Der Augenblick ist da, wo du die Summe der großen Lebensrechnung ziehen sollst." "那一時刻到來了，你那時要算你人生之帳的總和。"

16. 【冥靈】*Manes*本義爲死魂靈，後亦指幽靈之所在，即冥間。【壓迫】*premet*，參觀品達殘篇207: Ταρτάρου †πυθμένα πτίζεις ἀφανούς σφυρηλάτοις ἀνάγκαις. "韃靼魯淵底以無形的鐵錘般必然性播揚你。" 維吉爾《埃》VI 827: "concordes animae nunc et dum nocte premuntur," "你們幽靈如今爲黑夜壓迫，終于齊心和諧了"。【傳說】*fabulae*，暗示詩人或不信有冥界。H素奉伊壁鳩魯派說，伊氏不信有靈魂轉世，以爲人死魂滅，冥界止爲神話耳。迦利馬庫《箴言體詩集》(*Epigrammata*)15, 3-5: ὦ Χαρίδα, τί τὰ νέρθε; πολὺ σκότος. αἱ δ' ἄνοδοι τί; ψεῦδος. ὁ δὲ Πλούτων; μῦθος. ἀπωλόμεθα. / οὖτος ἐμὸς λόγος ὕμμιν ἀληθινός: "哦喀里達，下界是什么？多是黑暗。/上

升之路呢？/謊言。冥王普魯同呢？是傳說。我們完了。/我告訴你的是眞話。"H之 *fabula* ＝ 迦利馬庫之 μῦθος。波耳修(Persius)《雜詩集》5, 151 f.："nostrum est quod vivis, cinis et manes et fabula fies,""生爲吾有，你將成爲灰燼、冥靈和傳說。"語祖H此詩。

17.【冥王】*Pluto*，或音譯爲普魯同，希臘神話中冥王之一，參觀上注引迦利馬庫詩句。其希臘名 Πλούτων 與普通形容詞 πλοῦτος "富"信本同源。【荒殿】*domus exilis* 之【荒】*exilis* 有逼仄寒傖義，故與Pluto爲**利鈍格**(oxymoron)，並言富贍與貧寒。利鈍格者，"以雋語合和相反相悖之事，以凸顯所含矛盾之張力也"，Lausberg § 807. 西文出自希臘文，乃合 ὀξύς "利"與 μωρός "鈍"二字而成：ὀξύμωρον。中譯雖爲原字直譯，然利鈍之爲成語、用以論文，多見於南北朝人筆下，陸雲《與兄平原書》第五："思有利鈍"，嚴可均輯《全晉文》卷一〇二，頁二〇四一下；案或以此書爲第六枚，詳見劉運好《陸士龍文集校注》校勘記，一〇四二f.；《全晉文》卷一一七收葛洪《抱朴子》佚文(案此則嚴可均列入"篇名並闕"佚文，非如錢鍾書所引屬《外篇》者，恐誤，《管錐編》，頁一二一六)："朱淮南嘗言：'二陸……一手之中，不無利鈍，方之他人，若江漢之與潢汙'"，頁二一三二上；劉勰《文心雕龍·養氣》："且夫思有利鈍，時有通塞"；顏之推《顏氏家訓·文章》："學問有利鈍，文章有巧拙"《集解》，頁二五四；皆以利鈍二字本義引申爲聰慧愚笨義，單字本義喻意皆與希臘文同，中譯借以翻譯此西洋修辭學術語。【一旦前往】*simul mearis*，參觀忒奧格尼(Theognis，前六世纪)《哀歌與短長律集》(*Elegiae et iambi*)973–76：

οὐδεὶς ἀνθρώπων, ὅτε πρῶτ' ἐπὶ γαῖα καλύψη
　εἴς τ' Ἔρεβος καταβῆ δώματα Περσεφόντης,
τέρπεται οὔτε λύρης οὔτ' αὐλητῆρος ἀκούων,
　οὔτε Διωνύσου δῶρ' ἔτ' ἀειρόμενος.

人類任何一箇，一旦爲土地掩埋，
　　下降到厄勒伯中波塞豐湼之府，

就不再能欣賞豎琴和蘆笛之聲，

　　也不再能够舉起丟尼索的饋贈[按指葡萄酒]。

　　18.【酒令】*regna vini*，直譯"酒的王權"，即主行酒令之權或監酒，參觀II 7, 25 f.

　　19.【呂吉達】*Lycida*，男子名，虛構人物，首見于希臘牧歌詩人畢昂(Bion fr. 9. 10)，忒奧克里多(Theocritos)《牧歌集》第七首中牧倌亦同名，善吹笛；維吉爾《牧歌集》體裁規模忒奧克里多等希臘牧歌，其中第七首第九首皆有牧人同名，參觀I 6, 1注，後世寖假爲牧歌中亦牧亦歌者原型。彌爾頓名篇*Lycidas*以早夭詩友託名呂吉達，爲近世牧歌中極品。此處謂迨呂吉達年幼，青年男子尚可以變童蓄之，及其長大，則將受女子青睞也。古希臘盛行成年男子與青年男子之戀，柏拉圖《會飲》云唯男子間方可云愛(ἔρως)，忒奧戈尼(Theognis)哀歌詠此類同性戀篇什甚夥，參觀行1319 f.: ὦ παῖ … σόν δ᾽ εἶδος πᾶσι νέοισι μέλει，"男孩，青年都迷戀你的美貌"云云。羅馬人習俗雖不若希臘人，然亦非如後世基督教時代斷禁同性之戀。雖然，似仍未可據此推斷塞諦有斷袖之癖。

　　20.【升溫】*tepebunt*，Heinze: 指情欲之火初升，其力尚溫和，以對爲情灼熱(calere)乃至中燒(urere)之猛烈，參見I 13, 9。

{評點}：

　　塞諦昔嘗共詩人同効力於布魯圖帳下，腓力比之役(前42年)布黨大敗，二人先後歸順至尊。物轉星移，前23年後半年，塞諦受至尊擢拔攝替補平章，詩中"福人塞諦"語，Porphyrio古注以爲即指此，故次斯作當年。Heinze詩序辨其謬，以爲詩脫爲賀塞諦榮任平章而賦，殊不當以死爲儆戒，推料應屬集中最早寫就者之列；進而辯曰，《讚》發佈與塞諦擢拔替補平章在同年，集中次此篇于致至尊、維吉爾二詩之後，蓋爲應景，權以舊作代賀詞，非專爲此而作也。

　　Denys Page(*Sappho and Alcaeus*, p.289)據今存阿爾凱殘篇(Alcaeus, fr. 286)稱其或乃H斯作所本。

```
]. αναω[                          （春？）
πο]λυανθέμω[                      …多花的…
κρ]ύερος πάγος·                   嚴霜；
]. ὑπὰ Τάρταρον·                  下降韃靼魯；
ἐπ]ὶ νῶτ' ἔχει                    在其(海？)背上
ἐ]υσοίας τύχοις                   你或可有幸福
]....[                            ……
```

惜乎阿爾凱殘篇唯餘隻字片語，難窺其詳。《英華》X 1存塔倫頓
(Tarentum，在南意大利，詳見I 28, 29注)人梁尼達(Leonidas，前三世紀)
箋銘體詠春詩一首，從中可見希臘詠春詩傳統：

Ὁ πλόος ὡραῖος· καὶ γὰρ λαλαγεῦσα χελιδὼν
　　ἤδη μέμβλωκεν, χὼ χαρίεις Ζέφυρος·
λειμῶνες δ' ἀνθεῦσι, σεσίγηκεν δὲ θάλασσα
　　κύμασι καὶ τρηχεῖ πνεύματι βρασσομένη.
ἀγκύρας ἀνέλοιο, καὶ ἐκλύσαιο γύαια,
　　ναυτίλε, καὶ πλώοις πᾶσαν ἐφεὶς ὀθόνην.
ταῦ' ὁ Πρίηπος ἐγὼν ἐπιτέλλομαι ὁ λιμενίτας,
　　ὤνθρωφ', ὡς πλώοις πᾶσαν ἐπ' ἐμπορίην.

　　是航行的季節了。因爲囀鳴的玄鳥/已來，還有可愛的澤
風。/草坪開花，爲狂風/掀騰而洶涌的海安静了；/起錨了，鬆
船纜，/舟子，張全帆開航。/這，哦普里波，港口的神，我，哦人
啊，/命你載所有貲貨而航。

羅馬詩人所作詠春詩H之前有卡圖盧(Catullus, 46, 1 ff.)，其起首
三行曰：

iam ver egelidos refert tepores,

iam caeli furor aequinoctialis

iucundis Zephyri silescit auris

如今春日帶迴和煦的溫暖，

如今春分的天空的狂暴爲

令人歡愉的澤風所止息。

　　捃撦希臘前賢辭句直至祖構其體裁章法，乃《讚》所賴以成也(語在 “緒論” § 4.2)，然H總能翻古爲新，有所發明。詠春詩言死之無所不在雖似亦本阿爾凱，然無論所稱神名(沃奴)抑或所寫情景(貧兒陋舍與王公樓廈)，均有羅馬風味。NH引W. Barr說(*CR* N. s. 12. 1 (1962)：5–11；NH詩序)，謂羅馬清明節(Parentalia)緊隨牧神社祀之後，H構思於阿爾凱外或亦得其啓發。

　　Syndikus詳析詩中句法(77 f.)，曰從中可見詩中非特詩意前後對立，以死之陰鬱對春之明媚，即句法亦呈對比；行12劃分前後二部，前部詠春凡三章，多用排比句：*neque ... nec ...* 【不再……不再……】，*iam...iam ...* 【已】，*nunc ... nunc ...* 【此時……此時……】等，且多用長句、複句，故語氣舒緩；後部前二章言死亡則多用單句、短句，故語氣急促；卒章言死後多用否定(*nec, nec*)，言死後將了無生趣。

　　本篇與IV 7最近，然意象生動遠勝之。

{傳承}：

　　H此篇文藝復興以降常爲人模倣，然多庸作。近世多・史・艾略特(T. S. Eliot)名作《荒原》(*The Waste Land*)開篇寫春至，雖未公然捃撦H詩句，然神韵與H詠春名篇不無契合處：

April is the cruelest month, breeding

Lilacs out of the dead land, mixing

Memory and desire, stirring

Dull roots with spring rain.

Winter kept us warm, covering

Earth in forgetful snow, feeding

A little life with dried tubers.

　　季春是最殘忍的月份，自死土中

　孳生丁香，混合

　回憶與欲望，用春雨

　萌動麻痹的根。

　冬季給我們保暖，以健忘的

　雪覆蓋土地，用乾枯的

　块莖喂養一點點生命。

按：季春爲農曆三月，約爲猶流曆阿芙羅月，即今陽曆四月。

{比較}：

詩人傷春

　　四季之中冬以蕭殺最近死亡。陽春之來也，萬物復甦，故詠春本當以讚生機爲首務，今竟誡以死無可逭，行樂唯當趁其時，則是知此美景佳節不能永駐，樂極生悲也。類似情感中國古人亦不乏有，漢樂府《長歌行》：“陽春布德澤，萬物生光輝。常恐秋節至，焜黃華葉衰”，雖用以勉人惜陰進取，然覯春華而傷其易逝，其揆一也。杜甫《曲江二首》於遊春時覽“苑邊高冢”，而有“細推物理須行樂”之嘆，曰“人生七十古來稀，”則與H此篇愈相通矣。

五

絕情詩：贈妓畢拉
AD PYRRAM MERETRICEM

芬芳馥郁眠花蕊，誰與密約巖洞裏？娥眉淡掃髮無華，清素反覺人更美。

少年貪戲春情水，多少先其遭溺死；曾經滄海歷風波，幸我生還唯自喜。

（擬賀拉斯詩意調寄《木蘭花令》）

{格律}：

阿斯克勒庇阿第三式（Asclepiadium tertium）。此式合和古呂孔節（x x – ∪ ∪ – ∪ –）與腓勒克拉底節（x x – ∪ ∪ – –）而成，節奏活潑，尤宜調侃，其中每章第三、四行較前二更熱烈更宜戲謔。集中用此格律者凡七首，皆爲情詩。

{繫年}：

無攷。

{斠勘記}：

8. et mirabitur R *ras.*前？ *Donatus* 案emirabitur言極度驚異，字較mirabitur罕見。

11–13. Ψ（F δ π）分行錯亂。

13. *om.* λ'¹ u¹ 斜體縮寫 *om.* 義爲闕，後皆同此。

14. uvida] humida F 案二讀字雖異而義全同。

15.16. Ψ (F δ π) 分行錯亂。

16. deo] deae *Zielinski* 詳下箋注。

{箋注}：

1.【俊秀的】*gracilis*，言少年，非成年男子，尤指其身材細瘦柔嫩，曰男性俊秀，雖年少仍嫌過于陰柔，奧維德《情》(*Amores*) II 10, 23 自稱："graciles, non sunt sine viribus artus,""俊秀，然非無男子筋腱"。此處寫其青澀未諳情事，故有下文"不習慣"*insolens*、"(輕)信"*credulus*諸語。【玫瑰花】*rosa*，指以玫瑰花瓣鋪地以爲歡愛道場，非如普羅佩耳修 III 5, 21 f. 戴玫瑰花冠于顱頂者："me iuvat … / et caput in verna semper habere rosa,""讓我樂于……/頭上永戴春天的玫瑰。"與所歡幽會以玫瑰花鋪地常見于希臘豔情小說，阿普雷 (Apuleius) 拉丁文《金驢記》或題曰《變形記》(*Metamorphoses*) 之希臘原本、僞路謙 (Loukianos)《金驢記》(*Lucius sive Asinus*) 7 寫人與婢女幽會曰：τῶν δὲ στρωμάτων ῥόδα πολλὰ κατεπέπαστο, τὰ μὲν οὕτω γυμνὰ καθ' αὑτά, τὰ δὲ λελυμένα, τὰ δὲ στεφάνοις συμπεπλεγμένα. "徧灑玫瑰鋪牀，其中或僅是整玫瑰，或被拆散，還有些編成花環。"

2.【那……男孩兒】*gracilis … puer*，譯文拆分主語【男孩兒】*puer* 與形容詞【俊秀的】*gracilis* 爲同位語。【灑徧】*perfusus*，參觀《對》13, 8 f.："Achaemenio / perfundi nardo iuvat,""他喜歡徧灑亞述的香膏"。特言【灑徧】者，以刻畫少年初試雲雨之情，赴約前櫛掠盥洗，撲灑花露難免過量。【推壓】*urget*，委婉語，謂交歡，參觀普羅佩耳修 IV 3, 12："cum rudis urgenti bracchia victa dedi,""當怯生生的我將我被降服的四肢交給壓上來的你"。

3.【畢拉】*Pyrrha*，虛構希臘女子名，詞根義爲火 (πῦρ)，應指其髮色偏赤，然並非红髮，而係中文所謂金髮，詳下注。倡優用希臘名，詳見 I 8, 1 注。髮色參觀《漢書‧西域傳》六十六下顏師古注："今之胡人青眼、赤鬚，狀類獼猴者，本其種也。"(頁三九○一) 虛構人物。【洞

穴】*sub antro*，洞穴常見于希臘牧歌或豔情小說，爲幽歡之地，羅馬
公園或遊樂場其實罕見，此處因循希臘豔情小說慣例，未必實寫羅馬
人生活。以幽洞爲詩神光顧之地，又見II 1, 39. Heinze: *sub antro*，【于
洞穴】對成語*sub dio*，光天化日之下。按如此則似暗諷二人幽會實爲
野合。

4.【爲誰】*cui*，古羅馬詩人亦有女爲悅己者容之說，提布盧III 12, 3：
"tota tibi est hodie, tibi se laestissma compsit," "她今日全爲你，快樂無
比爲你櫛掠".【黃頭髮】*flavam ... comam*，希臘人所謂ξανθός，中文今
通稱金髮，實更近蜂蜜或亞麻色。古代中國以耄耋之髮爲黃髮，《詩·魯
頌·閟宮》："黃髮台背，壽胥與式。"同篇稍後："既多受祉，黃髮兒齒。"
《大雅·生民之什·行葦》："酌以大斗，以祈黃耇，黃耇台背，以引爲翼。"
陶潛《桃花源記》："黃髮垂髫，并怡然自樂。"皆辭同義異。詩人故里南
意大利人民髮多棕黑，然羅馬人亦難免"紳士更喜金髮女"(*Gentlemen
prefer blondes*，1953年夢露(Marilyn Monroe)主演電影標題，Howard
Hawks導演)之癖。又見II 4, 14與III 9, 19："flava ... Chloe," "黃髮革
洛氏"；IV 4, 4："in Ganymede flavo," "在黃髮的該尼墨得身上".【束
起】*religas*，女子束髮爲髻，狀若獵神狄安娜妝樣，殊顯干練簡素。集中
又見II 11, 23. 參觀奧維德《術》III 143："altera succinctae religetur more
Dianae," "另一女子依照簡約的狄安娜妝樣束髮".

5.【雅潔……樸素】*simplex munditiis*，如謂"若要俏，一身皂,"
適因着意簡素，反覺楚楚動人。描寫畢拉素顏抑爲至尊整飭世風寫照。
羅馬共和晚期世風淫靡，至尊立意挽救，據隋東尼《至尊傳》34, 1曾
頒佈禁通姦法、禁失貞法(leges de adulteriis et de pudicitia)、反奢糜法
(lex sumptuaria)等律條，然收効甚微。此句非有疑問，實乃責難也，覽
後文而愈明。【多經常】*quotiens*，畢拉不忠非祇一次。

6.【失信】原文*fidem*爲忠信，合動詞【怨】*flebit*謂怨其不忠，故
曧爲意譯，失信者指畢拉。【眾神多變】*mutatos deos*，依語法指眾神，
然應爲**共式修辭格**(ἀπὸ κοινοῦ, Lausberg, § 698)，兼指畢拉。【黑
風】*nigris ... ventis*，風暴時彤雲密佈，致海面昏暗，語本荷馬《伊》
XII 375：ἐρεμνῇ λαίλαπι，"黑飈"，XX 51亦同，然二處皆爲譬喻，非

寫實。《對》10, 5已見 "niger Eurus," "黑滔風"。quotiens中古鈔本皆無異讀，然Bentley以爲如此則兼該併列連詞et所領前後二句：前句動詞爲flebit【怨】，後句爲emirabitur【驚訝】及現代分詞insolens，【不習慣】；而 "多經常不習慣" 不通，故臆改原文et爲結果從句連詞ut，若是則quotiens祇屬前句。Bailey本採Bentley臆改，餘本均依古本。今按，曰quotiens遙領insolens甚謬，Bentley此舉大可不必。

7.【洶涌的水面】aspera ... aequora，以海上風暴喻男女之歡，乃希臘化詩人慣喻，參觀《英華》X 21腓洛德謨(Philodemos)詩(5–8)：

Κύπρι, τὸν ἡσύχιόν με, τὸν οὐδενὶ κοῦφα λαλεῦντα,
　　τὸν σέο πορφυρέῳ κλυζόμενον πελάγει,
Κύπρι φιλορμίστειρα, φιλόργιε, σῶζέ με, Κύπρι,
　　Ναϊακοὺς ἤδη, δεσπότι, πρὸς λιμένας.

　　救我，你的和平的僕人，居比路，我對人不絮叨浮言，/雖在你的海上顛簸浸濕，/愛泊船于港的居比路，愛激情儀式的你，救我，居比路，/進入奈婭的港灣。

又如《英華》XII 167載墨勒阿戈(Meleager)詩：

Χειμέριον μὲν πνεῦμα· φέρει δ᾽ ἐπὶ σοί με, Μυΐσκε,
　　ἁρπαστὸν κώμοις ὁ γλυκύδακρυς Ἔρως.
χειμαίνει δε βαρὺς πνεύσας Πόθος, ἀλλά μ᾽ ἐς ὅρμον
　　δέξαι, τὸν ναύτην Κύπριδος ἐν πελάγει.

　　冬天多風，它携我向你，穆伊斯卡，/那甜淚的愛神把我自作樂中帶走。/慾望的暴風吹打我，可是接納我/入港吧，這艘行在居比路海面的船。

恩紐《雜詩》、維吉爾《埃》IV 351皆以aspera謂海濤洶涌。

9.【黃金】*aurea*，既以言少年情人眼中所覩神采，亦喻其珍貴，又暗承上行4：【黃頭髮】*flavam ... comam*。普羅佩耳修IV 7, 85稱其所愛"aurea Cynthia,""黃金的鈞提婭"。

10.【空閒】*vacuam*，即未受他人之聘，別無他歡。

12.【嘗試你】*intemptata*，【你】人稱蘊含于分詞陰性詞尾，意指畢拉，然亦兼指【水面】*aspera aequora*，以身試儂無異于以身試海，而【你光彩奕奕】*nites*，恰如海面波光粼粼。以航海爲試探，謂其冒險，另見III 4, 30–31："Bosporum temptabo,""探索博斯普魯"。維吉爾《牧》4, 32："temptare Thetim ratibus,""以浮槎嘗試忒提[海中女神，代指海]"。

13.【可憐人】*miseri*，原文複數，指畢拉閱人之夥，爲之傷心者之衆。【我啊】賓格*me*原文居詩行正中，以求顯著。參觀I 1, 29 f.："me ... me."

14.【聖壁上的許願牌】*tabula sacer votiva*, Porphyrio古注曰，古羅馬時人遭海難倖存，登陸後輒釘紀念牌于廟中壁上，參觀《英華》VI 245丟多羅(Diodoros)所撰祭銘：

Καρπαθίην ὅτε νυκτὸς ἅλα στρέψαντος ἀήτου
　λαίλαπι Βορραίη κλασθὲν ἐσεῖδε κέρας,
εὔξατο κῆρα φυγών, Βοιώτιε, σοί με, Κάβειρε
　δέσποτα, χειμερίης ἄνθεμα ναυτιλίης,
ἀρτήσειν ἁγίοις τόδε λώπιον ἐν προπυλαίοις
　Διογένης ἀλέκοις δ᾽ ἀνέρι καὶ πενίην.

　　看到加耳帕提海[按今俗譯裏海]夜間/爲朔北颶風/翻卷，桁桿折斷，/丟根尼禱告說若逃過死神，就將我，挂在/波俄奧提亞的卡貝羅，你主神的廟的前殿，/作爲這次風暴中航行的祭品，/也請讓貧困遠離此人。

英國詩人斯賓塞(Edmund Spenser)《僊后》(*The Faerie Queene*, 3,

4, 10) 嘗祖述：

> Thou God of winds, that raignest in the seas,
>
> 　That raignest also in the Continent,
>
> At last blow vp some gentle gale of ease,
>
> 　The which may bring my ship, ere it be rent,
>
> Vnto the gladsome port of her intent:
>
> Then when I shall my selfe in safety see,
>
> 　A table for eternall moniment
>
> 　Of thy great grace, and my great ieopardee,
>
> Great Neptune, I avow to hallow unto thee.

　　　　統治四海的八風之神/也統治陸地，/最後颳起溫和的柔風，/它可把我的船在毀壞前，/吹進她想去的喜港：/到那時我要安全地親自操辦/一塊你的大恩的永恆/紀念牌，和我的大險，/大神涅普頓，我發誓分別爲聖獻給你。

15. 【大能的海神】*potenti … maris deo*，古鈔本及Porphyrio古注"神"(deo)字皆作陽性，或謂(Th. Zielinski, *Philologus* 60 (1901)，NH等)愛情非海神波塞冬所司，應爲改爲陰性deae，女神，指維奴；維奴誕生于海中，爲人奉爲航海護祐神明，參觀I 3, 1. 然Syndikus已斥其妄(p.84)，謂應指涅普頓，按所辦甚是。然中譯因未明言神之性別，故譯文無須二者擇一。《英華》V 11無名氏箴銘：εἰ τοὺς ἐν πελάγει σῴζεις, Κύπρι, κἀμὲ τὸν ἐν γᾷ / ναυαγόν, φιλίη, σῶσον ἀπολλύμενον. "倘若你，居比路女神，拯救人于海中，就請救救/死于陸地上船難的我。"

16. 【水淋淋的衣裳】*uvida … vestimenta*，水手倖免于海難得救後或獻遇難時所著衣裳于神廟。參觀維吉爾《埃》XII 768 f.: "servati ex undis ubi figere dona solebant/ Laurenti divo [sc. Fauno] et votas suspendere vestis," "水中得救者慣于將獻禮釘于此/並將許願的衣裳

挂與勞倫頓的神[即社牧神沃奴]。"

{評點}：

　　集中前四首分別贈詩人恩主與故舊，所贈四人或權高位重，或富比王侯，或才高八斗；四篇主題或自申抱負，曰欲高歌入雲、躋身天神；或悲天憫人，哀不弔昊天，亂靡有定，呼喚至尊，救民于倒懸；或嗟我懷人，祝其順航；或喻人生短促，嘆春日難再晨。反觀第五首，所贈者係藝伎，位卑身賤，且非實有其人，乃虛構人物，所詠爲豔情，與前四篇迥異，然此詩實啓豎琴詩一大類，即豔情詩類，爲集中豔情詩首篇，未可以其所贈者低微所詠者平易俚俗而輕之也。此篇之後贈亞基帕詩卒章詩人自道：以史詩頌至尊及其功臣、敘其豐功偉業以令永垂青史，實非其所長，宴飲豔情方爲所專擅。讀者苟信其所言由衷，則集中至此詩人始露其本色也。

　　希臘與希臘化時代詩人詠豔情多用豎琴或哀歌二體裁，其法式多爲失戀者自怨自艾或激憤不平直至詈罵。本詩因循希臘與希臘化時代豔情詩成規，用男子口吻寫舊歡，然能別出心裁，既不作熱戀之人綿綿情語或海誓山盟，亦不發失戀者怨毒詈辭(H此前所撰《對》第七首即屬此類詈詩)。詩中之"我"爲某男子，甫得脫困于某風情萬種之尤物，今覩復有少不更事之少年入其狐媚彀中，自覺曾經滄海而倖免于海難，竟能生還，故而告謝神明，示不欲再溺情海。

　　詩中人物及關目既皆爲虛構，故可視全篇爲戲劇中一場景，開幕後觀衆先覩畢拉與某少年洞中幽會，但見此女素雅清淡，靜如室女。至行12，詩中之"我"且行且語自觀衆席中步至前臺，說明此女係其舊愛，昔日二人相與時常如疾風暴雨，頗不寧靜。詩人以寥寥數語，畫龍點睛，其餘細節讀者馳騁想象可也。以此覘之，詩人自詡專擅情詩，信非虛言。

　　據Heinze攷證，以海喻女子，H或本希臘短長格詩人塞蒙尼德(Semonides ho Amorginos, 前七世紀)論女子詩。其詩今僅存殘篇(fr. 7, 32–41, *AlG* I, p.249)，塞氏于其中區別女子爲十類，其第五類曰：

τὴν δ᾽ ἐκ θαλάσσης, ἣ δύ᾽ ἐν φρεσὶν νοεῖ·

……

ὥσπερ θάλασσα πολλάκις μὲν ἀτρεμής
ἕστηκ' ἀπήμων χάρμα ναύτησιν μέγα,
θέρεος ἐν ὥρῃ, πολλάκις δὲ μαίνεται
βαρυκτύποισι κύμασιν φορευμένη.
ταύτῃ μάλιστ' ἔοικε τοιαύτη γυνή

　　還有一類來自海上，其心有兩面，/……/如同海面常平靜/
無害，令水手大喜，/在夏季卻也常常狂躁，/咆哮洶湧/這類女
子與此最像。

　　情人脫離愛海，泊舟于港，亦可參觀《英華》IX 49佚名所作墓志
銘詩：

Ἐλπὶς καὶ σύ, Τύχη, μέγα χαίρετε· τὸν λιμέν' εὗρον·
οὐδὲν ἐμοί χ' ὑμῖν· παίζετε τοὺς μετ' ἐμέ.

　　希望與你，機運，向你們行大禮了。我已找到港灣，/與你
们無關了。隨你们玩弄我以後的人吧。

　　此詩實止言倖免于海險，西蒙尼德詩一節僅以海水譬喻女子，本互
不相關，經H拈出二詩中妙譬，相互引申，竟搏鑄成器，遠較希臘詩人
原作蘊含豐富靈活生動。
　　以風格論，詩中句法辭法均頗見匠心。詩人遣詞煉句，于協調語
義音律外，着意字句對稱，結構彷彿宮殿廟宇。首章至二章首行全爲問
句，並列疑問代詞quis（1，【誰】）與cui（4，【爲誰】），修辭學所謂變格
排比（polyptoton，已詳I 2, 25–30注）；三章前二行並列關係代詞qui（譯
作人稱代詞【他】），行12–13並列關係代詞quibus（複數與格，中譯無對
應代詞）與賓格代詞me（我）等。詩中尤多用跨步格（hyperbaton），對稱
佈置形容詞與其所修飾名詞，首章首行multa（義爲多，中譯無對應詞）

與*rosa*【玫瑰】跨步分置，此跨步格內復含跨步格*gracilis*【俊秀的】
與*puer*【男孩兒】，呈雙層複式對稱，以翼中心賓格代詞*te*【你】；次行
跨步分置*liquidis*【水】與*odoribus*【香】，以翼動詞*urget*【推壓】于其
間；三行跨步分置*grato*【歡娛的】與*antro*【洞穴】，鑲嵌所贈女子名
字于正中；首章末行跨步分置*flavam*【黃】、*comam*【頭髮】，雙翼動詞
religas【束起】，令人嘆爲觀止。跨步格常見于屈折語詩歌，迻譯于非
屈折語，非止非印歐語之漢文無法復制，雖英文等現代印歐語言亦難
傚倣(參觀以下{傳承}所錄英譯)。

{傳承}:

　　本詩現代歐洲俗語翻譯知名無過彌爾頓(John Milton)英譯文：

What slender youth, bedewed with liquid odours,

Courts thee on roses in some pleasant cave,

　　Pyrrha? For whom bind'st thou

　　In wreaths thy golden hair,

Plain in thy neatness? Oh, how oft shall he

On faith and changed gods complain, and seas

　　Rough with black winds and storms

　　Unwonted shall admire,

Who now enjoys thee credulous, all gold;

Who always vacant, always amiable,

　　Hopes thee, of flattering gales

　　Unmindful! Hapless they

To whom thou untried seem'st fair ! Me, in my vowed

Picture, the sacred wall declares to have hung

　　My dank and dropping weeds

　　To the stern God of Sea.

　　彌爾頓譯文殆全爲直譯，忠實于原義卻並無生硬拗口處。若袛作

英文詩讀亦覺精幹而優美。方之以十八世紀英國詩人考利（Abraham Cowley, 1618–1667年），尤覺其難能可貴。考利譯文實爲意譯，行文祇傳原作大意，譯者隨意接續原文，雖似欲道原文未盡之意，然亦常祇爲叶英文音韻，故難免失之臃腫。如首節後三行（"Thy hidden … thy rich cabinet?" "顯露你隱藏的甜美，/展示巨大財富/和你豐富的篋中絢麗的收藏？"）爲原文所無，全係譯者別生枝葉，頗有巴洛克繁複冗贅之風。末行不云挂衣裳而謂懸舟（"My consecrated vessel hangs at last"），似謂從此不涉情海，非但乖離原意，亦有悖人情之常：

IN IMITATION OF HORACE'S ODE

To whom now, Pyhrra, art thou kind?
　To what heart-ravish'd lover
Dost thou thy golden locks unbind,
　Thy hidden sweets discover,
　And with large bounty open set
And the bright stores of thy rich cabinet ?

Ah, simple youth ! how oft will he
　Of thy chang'd faith complain !
And his own fortunes find to be
　So airy and so vain,
　Of so cameleon-like an hue,
That still their colour changes with it too !

How oft, alas ! will he admire
　The blackness of the skies !
Trembling to hear the wind sound higher,
　And see the billows rise !
　Poor unexperienc'd he,

Who ne'er, alas ! before had been at sea !

He' enjoys thy calmy sun-shine now,
　And no breath stirring hears;
In the clear heaven of thy brow
　No smallest cloud appears.
　He sees thee gentle, fair, and gay,
And trusts the faithless April of thy May.

Unhappy, thrice unhappy, he,
　T'whom thou untry'd dost shine !
But there's no danger now for me,
　Since o'er Loretto's shrine,
　In witness of the shipwreck past,
My consecrated vessel hangs at last.

六

婉謝詩：呈亞基帕
AD AGRIPPAM

　　亞基帕，汝居功至偉，將有詩人堪比荷馬者以史詩鉅製相讚，敍你驍勇善戰，統領萬軍，戰無不勝，兼鎮陸海，所向披靡。

　　歌功頌德非吾所長。余才弱音庸，清商短歌尚可援翰，宏偉如史詩則實非所能。有此自知之明，故暨琴詩詩神禁我不自量力，代大匠運斤，詠你與至尊所建勳業。若非才比荷馬，誰配寫荷馬英雄？故請恕我耽於吟詠醇酒春情。

{格律}：

　　阿斯克勒庇底第二式(Asclepiadeum alterum)。H前阿爾凱嘗用此詩律。此式所含詩行樣式同阿斯克勒庇底第三式，皆由阿斯克勒庇底第一式與古呂孔節組成，唯第二式有三通阿斯克勒庇底第一式，接以一通古呂孔節，而阿斯克勒庇底第三式含阿斯克勒庇底第一式與古呂孔節各兩通也。此外其各章音節組構頗近薩福式。此律式平和舒緩，宜乎用以婉謝他人之請或婉相勸誡。集中用此格律者凡九首，其中七首以致詩人相與之羅馬名流，其餘二首中I 15雖明向巴黎(Paris)而發，實以暗諷安東尼也。

{繫年}：

　　今存古羅馬演劇告示(*didascalia*)記法留悲劇《忒厄斯特》(詳下行8注)首演於前29年，詩中既涉其事，故可據以推斷屬於29年之後、27年歲末之前當最可能。或以詩章分組結構攷覈之，以爲詩呈3/2結構（亦有解作1/3/1者），然無論爲何，以詩人用此二種結構日期攷之，亦與此繫年推斷相合。

{斠勘記}：

3. quam *ΞΨ Pph.* σχΓν qua M *Muretus Bentley*　　案後讀一分子句不定代詞quam rem cumque爲二，副詞quā言方式，不定代詞rem cumque爲賓語，無論何事。

7. duplicis *Ψ*$^{(acc. D)}$ *Pph.* duplices *Ξ Priscianus*（*Priscianus Caesariensis*，六世紀文法家）σχcp *epo.*（《對》）16, 60 dupliceis *codd. Cruquii* 案一讀爲單數屬格，二讀爲複數主格或賓格，三讀字訛，二讀不通。

9. tenues] tenuis F π 案異讀爲單數。

{箋注}：

1. 【你】原文無第二人稱主格代詞，人稱蘊含於動詞*scriberis*變位，所詠者身份詳見行5注。【法留】*Vario*，即路求・法留・魯孚（L. Varius Rufus，約前74–14年），詩人，年稍長于H，撰史詩《死記》（*De morte*）、悲劇《忒厄斯特》（*Thyestes*）、至尊屋大維頌《教誨》（*Didascalica*）等，今皆不傳，惟有隻言片語散見於他人著述。早于H入梅克納幕下，與維吉爾友善。維吉爾《牧歌》第九首頗稱其詩才，詩中化身爲牧人呂基達（Lycidas，參見I 4, 19及注）。H蒙梅克納拔擢，賴之與維吉爾合薦焉。前19年維吉爾物故，受至尊託付纂輯其未竟史詩《埃涅阿記》，H未得預焉。【梅奧尼人】*Maeonii*，指荷馬，據古說荷馬係梅奧尼(Μαιονία)人，梅奧尼後名呂家(Λυδια / Lydia)，在小亞細亞。梅奧尼爲荷馬故鄉說，始見于前二世紀希臘，羅馬人自H始有此說，集中別見IV 9, 5："si priores Maeonius tenet / sedes Homerus," "若梅奧尼的荷馬佔了/首席"。【禽】*alite*，原字本指猛禽，此處或以爲指雕，雕爲宙斯神鳥兼信使（West, *Indo-European Poetry and Myth*, p.27）；或以爲謂鴻鵠，以鴻鵠喻詩人詳見II 20及注，故曰【歌禽】*carminis alite*。

H詩中他處用此字亦有謂雕或鷲等猛禽者，《對》5, 100："Esquilinae alites," "厄斯桂利山之雕"，17, 12："additum feris / alitibus ... Hectorem," "赫克托［屍體］任由野性的禿鷲……"，17, 67等皆其例也。Heinze, NH, Koch, Bo等皆辨此處應訓爲鴻鵠。按譯文从衆說，歌禽語義甚明，不當強生他解。以鴻鵠爲歌禽，別見IV 2, 25："multa Dircaeum levat aura cycnum," "積厚的風托舉狄耳刻鴻鵠"。【梅奧尼人的歌禽】*Maeonii carminis alite*非指荷馬本人，而指堪比荷馬之史詩巨擘。行1–2原文風格古樸莊嚴，倣史詩筆法。

2.【書】*scriberis*，原文居篇首，字同原文下行14 *scripserit*，譯作【描寫】，然義同原文下行5 *dicere*，"說"，譯文在行9，譯作【歌詠】。

3.【有你統帥】*te duce*，奪格句式參見I 2, 52。【艦上馬上】*navibus aut equis*，謂海戰與陸戰，Heinze: 先海後陸者，因亞基帕更善海戰故也。羅馬陸戰步兵見長，未聞善騎戰，亞基帕戰佩魯希亞（bellum Perusinum）、遠征高盧、達馬提亞（Dalmatia）等地皆恃步兵，此處曰馬殆僅爲與艦對文，餘詳見下行5注。

5–9.【我們……要致力歌詠】*nos ... conamur*爲一句，主（【我們】*nos*）、謂語（【要致力歌詠】*conamur*）一前一後雙翼實語於其中：【非……也非……或……或……家族】*neque ... nec ... nec ... domum*；【亞基帕】*Agrippa*爲呼格，即行1之【你】。行1祇含第二人稱語式，尚未直稱其名，讀者至此始知所言何人。

5.【我們】*nos* = 我，暗對上章【你】；第一人稱以複數謂單數，拉丁文中尋常可見，尤見于莊重體格，別見下行17。【亞基帕】*Agrippa*，即馬可·維參紐·亞基帕（M. Vipsanius Agrippa, 約前63–前12年），羅馬名將，海陸戰奇才。少屋大維僅數月，二人在幼沖同入庠學，遂成"總角"之交。前45年凱撒征討西班牙，或以爲嘗相從焉。戰訖，與屋大維同領命赴伊利里亞（Illyria）守阿波羅尼亞（Apollonia，今阿爾巴尼亞境內）。44年凱撒遇害，二人啓航自馬其頓奔赴南意大利，抵岸始知凱撒生前已立屋大維爲嗣。屋大維隨即馳赴羅馬，亞基帕共梅克納爲之秣馬厲兵備戰於南意大利。43年，任庶民參政（tribunus plebis），得入長老院。翌年，腓力比之役屋大維戡平布魯圖黨，史家多度其嘗與力焉。

同年，馬可・安東尼妻福爾維亞(Fulvia Antonia)共其兄流求(Lucius Antonius)畔，嘗與力剪滅。叛亂既弭，屋大維入高盧，亞基帕爲京城先導(praetor urbanus)，鎮守羅馬。時龐培(Sextus Pompeius)盤踞西西里據以進攻意大利，亞基帕拒退之。屋大維主將薩爾維典(Salvidienus)貳於安東尼，事發自裁，亞基帕遂繼爲屋大維麾下主將。39年領阿爾卑山外高盧(Gallia Transalpina)牧，在任時平高盧亞奎坦(Aquitani)種人亂，退日耳曼種人侵畧。37年，受屋大維之招返自高盧。依羅馬法，平章年齡不得低於四十三歲，亞基帕年雖未逮，破例與伽洛(L. Caninius Gallus)共辟平章。屋大維征討龐培，海戰於西西里近海，不利，亞基帕遂爲屋大維整飭水師，修繕軍港戰艦。前36年，海戰大敗龐培於米萊(Mylae)及瑙洛庫(Naulochus)。爲此得行凱旋式以慶其功，羅馬史上以海戰得此殊榮者惟此一人。34年秋返羅馬，專事營造，修茸公路公宇。33年出爲胥師(aedile)，營馬西渠(Aqua Marcia)。其修建羅馬之功不啻再造，據隋東尼《至尊傳》28, 3，屋大維自誇"余初來，羅馬皆爲磚砌，今將遺後人以漢白玉之城" ("urbem neque pro maiestate imperii ornatam et inundationibus incendiisque obnoxiam excoluit adeo, ut iure sit gloriatus marmoream se relinquere, quam latericiam accepisset."), 實賴其功。集中卷三"羅馬讚歌"組詩第四首述及羅馬此前之破敝，諷當以修茸爲急務，可以詩證史也。前31年阿克襄海戰，屋大維水師大敗安東尼與克萊奧帕特拉所率埃及水師，然方畧實出自亞基帕。前28年，與屋大維共任平章，至此亞基帕已三度辟平章矣。阿克襄海戰後，羅馬造萬神廟(Pantheon)，原廟已燬。今存羅馬萬神廟乃哈德良(Hadrianus)朝依亞基帕法式重建於西曆125年者，其中楣銘文全襲原樣，讀作：M.AGRIPPA L.F. COS. TERTVM FECIT (馬・亞基帕，路求之子，三度平章，所造)。與競技場(Coliseum)、聚議堂(Curia)等同爲今存古羅馬建築。今按維吉爾《埃》VIII敘維奴命其夫伏爾坎(Vulkan)爲其子埃涅阿所鍛造鎧甲，於其上鐫刻羅馬未來歷史，其中描繪阿克襄海戰亞基帕領海軍列陣成行曰(682–84)："parte alia ventis et dis Agrippa secundis / arduus agmen agens, cui, belli insigne superbum, / tempora navali fulgent rostrata corona." "另一處亞基帕爲風與衆神所助，/高大矗立，佈列陣行；他額上炫耀形如艦艇尖喙之冠，/此乃戰爭中至高長官之徽記。"

　　亞基帕凡三娶，38年前後娶西塞羅之友騎士龐蓬(Titus Pomponius Atticus)之女該西里婭(Caecilia Pomponia Attica)，爲頭婚，育一女(Vipsania Agrippina)，後嫁繼屋大維踐羅馬帝祚之提貝留(Tiberius)，爲其頭婚妻；亞基帕二婚抑因離婚抑因喪妻，於史無徵。續絃娶革老底婭・馬色拉(Claudia Marcella)，或云生一女；三婚娶至尊屋大維之女猶利婭，育有子女五人：伯男曰該猶・凱撒(Gaius Caesar)，女曰猶利亞(Iulia minor)，仲子曰路求・凱撒(Lucius Caesar)，女曰亞基庇娜(Agrippina maior)，嫁名將征日耳曼尼亞者(Germanicus)，生子該猶(Gaius)，後踐祚爲帝，以喀利古拉(Caligula，義爲戰靴)見稱於世，季子曰亞基帕(Agrippa Postumus)。亞基帕與猶流氏族通婚，後裔叠相紹襲羅馬帝祚，實爲猶流革老底王朝始祖之一。*RE*亞基帕傳長達五十頁，2. R. 17: 1225–75，茲撮其要者。譯名亞基帕從文理本聖經《徒》25: 13–26; 32，其中人物係同名，非同一人。【汝功】意譯*haec*，原文代詞指上章所言亞基帕之豐功偉績。

　　6. 【佩琉之子】*Pelidae*，即阿基琉(Achilles)，荷馬史詩《伊利昂記》主角，父佩琉(Πηλεύς)，故名。荷馬史詩稱呼人名往往不直稱其名，而以父(或母)稱子(patronymia)，殆同其別名，且構詞不必如漢語須補以"子"或"之子"等語，而祇須變化父名詞尾即可，以父稱子乃印歐語詩歌常法。【不知退讓】*cedere nescii*，阿基琉性格單純倔強，據《伊利昂記》，阿基琉與阿伽門農爭一女俘不得，怒而罷戰；希臘軍爰是屢受挫折，後因其密友代其出戰陣亡，爲復其讎始重返疆場。【脾氣】*stomachum*，本義爲食管或胃囊，羅馬人以爲厭煩憤怒等情感居焉。漢語自古以腸爲憂愁鬱結攸在，以胸肺或脾臟主忿怒，故有義憤填膺與脾氣等語。集中此外參見I 16, 16，集外別見《雜》II 7, 44: "manum stomachumque teneto," "收了你的手和脾氣"；同源動詞stomachor參觀《雜》I 4, 55 f.: "quem si dissolvas, quivis stomachetur eodem / quo personatus pacto pater," "它[詩文]你若拆開，演戲的父親會一模一樣發脾氣"；《書》I 1, 104 f.: "prave sectum stomacheris ob unguem / de te

pendentis, te respicientis amici,""你會爲修剪的指甲對依靠你仰仗你
的朋友們大發脾氣"等等。I 13, 4言iecur,"肝"主嫉妒之情,可一併爲
詩人所奉體質心理學下一注腳。拉丁原字非屬詩歌辭藻,Syndikus謂H
以此俚字(參觀Heinze:"Umgangsprache")入詩,欲自曝非史詩之才也
(Syndikus, p.93,注22)。中譯作【脾氣】者,以脾近胃之外,亦緣其俚
俗也。荷馬《伊》首句即點出一部史詩主題爲阿基琉之怒,置實格名詞
μῆνιν "忿怒"於句首: Μῆνιν ἄειδε, θεά, Πηληϊάδεω Ἀχιλῆος, "我
要,女神,歌詠佩琉之子阿基琉的忿怒"。

7.【奧德修】*Ulixes*,荷馬《奧德修記》主角ʼΟδυσεύς(奧德修),
拉丁文轉寫如此,中譯多依英文讀音譯作尤利西斯,此處音譯不依英
文亦不依拉丁文轉寫,而仍依希臘文,以免一名多譯。《奧》敍特羅亞
城既滅,希臘人分路返鄉,奧德修一行人浮海返鄉途中歷險事。奧德修
爲人足智多謀,詭譎善僞,故曰【兩面】*duplex*,義如中文俗語"兩面三
刀"、"兩面派"之"兩面"。史詩中奧德修有附稱曰πολύτροπος,多
轉,兼指其輾轉流浪與心思詭詐多變。以上並舉阿基琉與奧德賽,泛言
史詩。

8.【伯洛野蠻的家族】*saevam Pelopis domum*,伯洛(Πέλοψ /
Pelops)據希臘神話乃坦塔洛(Tantalos)子,俗譯所謂伯洛奔尼撒半島
因之得名: Πελοπόννησος,伯洛之島也。初,比薩(Pisa)王俄伊諾茅
(Oenomaus)有女希波達米婭(Hippodamia)年甫及笄,伯洛求之,王不
欲與,遂邀其御戰車與己一決高下,得勝始可娶。伯洛用計致王乘毀
人亡,竟得其女,且因而得承比薩王位,然因其使用詭道而受詛咒,故
其後裔皆不得善終。伯洛二子墨基涅(Mykene,俗譯據英文作邁錫尼)
王阿特柔(Atreus)與奧林匹亞王忒厄斯特(Thyestes)先因謀殺異母兄
遭父放逐,後因兄弟叔嫂通姦致相鬩于牆,阿特柔爲報復忒厄斯特
與妻通姦,殘殺忒氏數子,烹之以獻。忒氏後與其女亂,生子埃及斯
托(Aigisthos),比及埃氏長,殺其伯父阿特柔。阿特柔有子阿伽門農
(Agamemnon)與墨涅勞(Menelaos),其父既爲伯父所弒,遂流亡斯巴
達。後二人返還墨基涅,忒厄斯特遭驅逐。希臘人遠征特羅亞,阿伽
門農預焉,其妻克呂泰涅斯特拉(Klytaimnestra)留後,私通埃及斯托。

泊特羅亞戰訖，阿伽門農返鄉，遂爲妻夥同姦夫所害。比及阿伽門農子俄勒斯特(Orestes)長，爲復父讎弑母，一併殺戮埃及斯托。法留嘗撰悲劇院本《忒厄斯特》(*Thyestes*)，H此處暗指焉。按伯洛家族世代冤冤相報，讎殺不止，頗可與西周以降晉侯世家亂象相比，自穆侯生子名仇、名成師(前七世紀初)，昭侯封成師於曲沃(詳見《史記》三十九《晉世家》、《國語·晉語》、《左傳》隱公五年以降)，二百年兄弟父子嫡庶屠戮不絕，其慘烈有過於伯洛家者，唯晉世家事爲信史，伯洛家事爲傳說耳。

9.【細不干巨】*tenues grandia*，詩人自謙語，參觀III 3, 72："magna modis tenuare parvis," "把大事用小調弄柔婉"。Heinze辨H擅於齧合相反相背之事以成句，此處【細】對【巨】，此外別見II 4, 6："captivae dominum," "主"對"女俘"，II 18, 10："pauperemque dives," "貧"對"富"，III 10, 17："rigida mollior," "堅"對"柔"，乃至IV 8, 7："saxo liquidis," "石"對"流"，《藝》465："ardentem frigidus," "熱"對"冷"等等。【細】*tenues*或解爲詩人自謂才情纖弱，按集中他處詩人自許極高，參觀I 1, 30 ff.及注，以及III 30跋詩，此處若解爲自貶詩才，恐有未安。主自貶才情說者引下行9 *pudor*【廉恥】、行12 *culpa ingeni*【受制於稟賦】，辯其爲謙詞無疑，故視【細】字爲詩人自謙之託詞。然下行曰【豎琴大能的摩薩】*lyrae Musa potens*，詩人自詡豎琴詩才，並無自貶之意，與自貶才情說顯相扞格。或(NH)謂指詩人自貶身卑位輕，其說最謬，與詩義全無關涉。Heinze、Numberger更進一解，辨【細】非指詩人才情，而謂其所擅豎琴詩體纖柔，不若史詩之宏大*grandia*。按後說爲是，H之*tenues*即迦利馬庫之λεπταλέος也，詳後{評點}引文。【巨】*grandia*，謂亞基帕所期之作及舉凡神話英雄史詩題材之重大。中譯【干】讀平聲，訓"治"，讀如干謁、干政之干。原文動詞省文(zeugma)，句法以*tenues*【細】與*nos*【我們】同位，以*grandia*【巨】與*haec*【汝功】同位，交軛動詞*conamur*【要致力】。中文難造交軛句式，故譯文補以動詞【干】。【廉恥】*pudor*，《書》II 1致至尊書行258 ff.作婉謝辭，亦引廉恥爲由："nec meus audet / rem temptare pudor quam vires ferre recusent," "我的廉恥也不敢/嘗試我的能力拒絕從事之事"。故其義如謂有自知自明。Heinze讀爲擬人，身份類似詩神摩薩，可面命詩人何所爲何所不爲，一如I 24, 6, 似無必要。此處字義殆全同上引《書》II 1婉謝詞，Heinze既不以彼處pudor爲擬人，此處則不當旁生別解。

10.【不武豎琴】 *inbellis lyrae*，詠誦史詩，不宜以豎琴相伴。上古時希臘人詠誦史詩，伴奏用四絃琴φόρμιγξ（品達時已爲七絃），不用七絃龜甲琴身豎琴λύρα，詳見注I 10, 5–6、I 21, 12及注。

11–12.【禁止……頌揚】 *vetat laudes*，意謂欲爲亞基帕或凱撒作頌辭者須量力而行，力不逮荷馬而不自量力，欲代大匠斫，必欲傚法荷馬以史詩頌功德，非但不能光大其勛業，反將有損于其聲名。**【受制於稟賦】** *culpa ... ingeni*，插入狀語，分裂原句主謂語。**【卓犖】** *egregius*, NH: 原文稀見於詩歌，多徵於史書。譯文選字卓犖雖亦可入詩，然亦多見于史籍，《晉書·郗鑒傳》言其孫郗超云"少卓犖不羈"云云（卷六十七，頁一八〇二）。用於詩中則見左思《詠史八首》之一："弱冠弄柔翰，卓犖觀羣書"。《文選》卷二一"詠史"。參觀III 24, 4: "egregii Caesaris," "卓犖的凱撒"。

13–16. 此章係一反問句，Heinze: 所期回答乃是非否，意謂今有一人法留可當此任，否則恐有貶低法留之嫌。**【特羅亞】** *Troico*云云意謂苟非荷馬再生，否則詠讚猛將如君者，無人可勝此重任也。

13.【戰神】 *Martem*（主格Mars），代指戰爭，以神名指其所司，修辭格屬**德指格（metonymia）**，然形貌情景本荷馬《伊利昂記》卷五中丢墨得亮相（ἀριστεία）卻敗戰神情節（詳見下行15–16注）。**【身著剛甲】** *tunica ... adamantina*，戰神附稱（epitheton），《伊》V 859寫丢墨得以矛刺戰神亞瑞時有: χάλκεος Ἄρης, "青銅亞瑞"之說，《伊》中此外丢墨得慣見附稱爲χαλκοχίτων，身著青銅者。**【配】** *digne*，見上注。

14.【灰燼染黑】 *pulvere ... nigrum*，寫實，殆本詩人親歷所見，非本荷馬，荷馬史詩中凡寫戰場塵埃均爲戰士阵亡撲地或混戰中揚塵。參觀I 15, 20, II 1, 21.

15.【墨里奧】 *Merionen* / Μηριόνης，荷馬《伊利昂記》次要英雄中較出衆者，集中此外亦見I 15, 26.《伊》古注云墨里奧充丢墨得執訊。H不言荷馬史詩中與丟墨得齊名者而偏舉一次要角色意欲奚爲，學者衆說紛拏。或懸猜(NH)此人並同忒厄斯特，皆爲當日某人新撰院本標題或角色，或謂(Syndikus引West, Syndikus, p.93，注23)墨里奧爲丟墨得(見下注)裨將，以比擬亞基帕爲屋大維裨將。按前說純爲猜測，使苟如其說，則詩中舉此人物，實無關詩意，其說謬甚；後說可從。

15–16.【提丟之子】*Tydiden*，即丟墨得(Diomedes)，父名提丟(Tydeus)，以父名子(patronymia)，參觀前注，《伊利昂記》中希臘猛將，混戰中嘗【仰仗帕拉】*ope Palladis*，雅典娜之力刺傷愛神阿芙羅狄忒(《伊》V 355 ff.)甚至戰神亞瑞，《伊》V 827 f. 雅典娜親臨戰場語丟墨得曰: μήτε σύ γ᾽Ἀρηα τό γε δείδιθι μήτε τιν᾽ ἄλλον / ἀθανάτων, τοίη τοι ἐγὼν ἐπιτάρροθός εἰμι, "你莫怕亞瑞也莫怕其他/不死的神，有我作你的護衛"，故曰【仰仗帕拉】。傷戰神情節見《伊》V 855–57: δεύτερος αὖθ᾽ ὡρμᾶτο βοὴν ἀγαθὸς Διομήδης / ἔγχεϊ χαλκείῳ· ἐπέρεισε δὲ Παλλὰς Ἀθήνη / νείατον ἐς κενεῶνα ὅθι ζωννύσκετο μίτρῃ, "隨後善吼的丟墨得再以青銅/矛槍進攻[亞瑞]，帕拉雅典娜[將之] /扎入其他以腰帶圍起的下腹部"；故曰【與天神相侔】*superis parem*。

17.【我們】*nos*上對行5【我們】*nos*.【剪磨】*sectis*，向来注家持論兩歧，或解作謂磨平指甲，以免打鬪時傷人(Porphyrio古注, Orelli, Kießling, Heinze, Wickham, Plessis, Syndikus, p.93注24)；或解作削尖指甲，專以傷人(Ritter, NH)；中譯采前說。

18.【尖利】*acrium*，【剪磨】*sectis*如解作磨平，則尖利殆爲戲語；反之，爲寫實。【打鬪】*proelia*，指打情罵俏，對上文所言眞刀眞槍之戰爭。

19.【空閒】*vacui*，謂心無所繫，即單身，已見I 5, 10；【中燒】*urimur*則相反，【有所中燒】*quid urimur*即熱戀中，參見I 4, 20。

20.【不異常】*non praeter solitum*，謙言格(litotes)，即多以否定輕描淡寫言者之意，而非逕陳其意，參觀Lausberg §§ 586–88，此處如謂"一如往常"。

{評點}：

　　迦利馬庫(Kallimachos)所撰哀歌集《根底》(*Aetia*)序曲稱或有趣
其作史詩者，然詩人偏愛哀歌；哀歌等短章方之于史詩雖顯柔弱，然是
爲心之所好。迦利馬庫詩今已無完帙，然其中自辯撰作哀歌而非史詩
一節倖存至今(fr. 1, 19 ff.)：

> μηδ᾽ἀπ᾽ ἐμεῦ διφᾶτε μέγα ψοφέουσαν ἀοιδὴν
> 　　τίκτεσθαι· βρονταν οὐκ ἐμόν, ἀλλὰ Διός.
> καὶ γὰρ ὅτε πρώτιστον ἐμοῖς ἐπὶ δέλτον ἔθηκα
> 　　γούνασιν, Ἀπόλλων εἶπεν ὅ μοι Λύκιος·
> ... ἀοιδέ, τὸ μὲν θύος ὅττι πάχιστον
> 　　θρέψαι, τὴν Μοῦσαν δ᾽ὠγαθε λεπταλέην.

　　　莫要求我生出高調的長歌；不是我，而是宙斯有雷霆。/因爲
我初次將寫字版放/在膝上時，呂家的阿波羅便對我說：/……歌
師，獻上最肥美的/燔祭，但要奉承細嫩的摩薩。

　　"細嫩的摩薩"(τὴν Μοῦσαν᾽ ... λεπταλέην)對"高調的長
歌"(μέγα ψοφέουσαν ἀοιδήν)，即史詩，前者代指史詩之外哀歌、牧
歌、豎琴詩等諸餘詩類。

　　詩人謝絕他人趣其撰作史詩之請，自陳意有別屬，迦利馬庫之後
屢見于希臘羅馬詩歌。作者既多，竟自然凑泊爲一詩類，拉丁文稱之
爲recusatio，此云婉謝。或全詩旨歸專爲婉謝如H此篇者，或詩中僅有
數語言及。H以前羅馬詩人模倣迦利馬庫所作婉謝辭，知名當推維吉爾
《牧》第六及普羅佩耳修《哀》II 1(17 ff.)，維吉爾詩云：

> cum canerem reges et proelia, Cynthius aurem
> vellit et admonuit : 'pastorem, Tityre, pingues
> pascere oportet ovis, deductum dicere carmen.'

我欲歌詠王公與征戰時，均提[阿波羅]/曾耳提面命曰：
"牧人，提帖羅，當養肥/羊隻，吟詠偏狹的歌。"

維吉爾"王公與征戰"之歌(reges et proelia)對迦利馬庫之"長歌"；"偏狹的歌"(deductum … carmen)對"細嫩的摩薩"。維吉爾作《牧歌》時許尚未屬意于史詩，然厥後竟遂至尊等人之請，屬作史詩《埃涅阿記》，"歌詠王公與征戰"，且以此原非情願之史詩名垂青史，亦是文壇佳話。

哀歌詩人普羅佩耳修亦曾一並受請吟詠"王公與征戰"，亦嘗以歌謝之。其《哀歌集》卷二第一首援迦利馬庫以明不堪其任(17–26，39–45)曰：

quod mihi si tantum, Maecenas, fata dedissent,

  ut possem heroas ducere in arma manus,

non ego Titanas canerem, non Ossan Olympo

  impositam, ut caeli Pelion esset iter,

nec veteres Thebas, nec Pergama nomen Homeri,

  Xerxis et imperio bina coisse vada,

regnave prima Remi aut animos Carthaginis altae,

  Cimbrorumque minas et bene facta Mari :

bellaque resque tui memorarem Caesaris, et tu

  Caesare sub magno cura secunda fores.

… …

sed neque Phlegraeos Iovis Enceladique tumultus

  intonet angusto pectore Callimachus,

nec mea conveniunt duro praecordia versu

  Caesaris in Phrygios condere nomen avos.

navita de ventis, de tauris narrat arator,

  enumerat miles vulnera, pastor ovis ;

nos contra angusto versantes proelia lecto :

倘若命運曾賦予我，梅克納，/讓我能引英雄之手操戈從
戎，/那我就不歌詠衆提坦，不歌詠安置於奧林波山上的/奧撒
山，使佩里昂得以成通天之道，/也不歌詠忒拜古人，別加摩，
荷馬之名，/奉克薛耳克薛之命兩津通行，/勒慕最初的王國或高
聳的迦太基的精神，/秦布羅人的威脅和馬留的功業：/而是要
紀念你凱撒的戰爭和功勛，而你/將在大凱撒之下成爲我僅次的
主題。

……然而迦利馬庫狹窄的心胸/詠誦不了猶父與恩克拉都
在弗拉戈的紛爭，/我的心智也不宜於以不文的詩行/將凱撒的
名立於弗里家的列祖之中，/舟子言風，耕者語牛，/兵士數傷，
牧倌算羊；/我們則敧靠牀榻吟弄打鬪。

H既與維吉爾、普羅佩耳修等輩同見知于梅克納與至尊，故亦在
受邀賦史詩以歌功頌德之列。一如其同代詩人，H亦作詩謝之，唯此篇
所謝者非梅克納或至尊，而係朝中另一權貴亞基帕也。婉謝見于H諸集
中者非此一例，此前《雜》II 1, 12 ff. 已曾謝絕友人特勒巴修(Trebatius)
賦史詩之約：

'cupidum, pater optime, vires
deficiunt : neque enim quivis horrentia pilis
agmina, nec fracta pereuntis cuspide Gallos
aut labentis equo describit volnera Parthi.'

"我欲作，好父啊，可力量/不夠：因爲並非隨便誰都可/描
繪矛槍林立的/行伍，或刀鋒折斷垂死的高盧人，/或受傷的帕
提人自馬上跌下。"

《讚歌集》初編問世之後所綴《書》II 1, 250–60 則逕直婉謝至尊
請作史詩之邀：

　　　　… nec sermones ego mallem

　repentis per humum quam res conponere gestas

　terrarumque situs et flumina dicere et arces

　montibus inpositas et barbara regna tuisque

　auspiciis totum confecta duella per orbem

　claustraque custodem pacis cohibentia Ianum

　et formidatam Parthis te principe Romam,

　si quantum cuperem possem quoque ; sed neque parvom

　carmen maiestas recipit tua nec meus audet

　rem temptare pudor quam vires ferre recusent.

　　我並非更喜作/爬行於低處的雜言而不願詠武功/疆土地
理與河川, 建於/山上的戍樓, 蠻夷之邦, 和你/命全球息戰, /鑠
上閂奴的門閂, 太平的護衛, /你爲羅馬的元首, 安息爲之震懾,
/惟願我所欲者亦是我所能; 可是瑣細之/歌非你的威嚴所納,
我的羞恥心也/不敢嘗試我的能力所拒絕承受者。

　　既爲婉謝詩, 則其可攷究者殆有三: 其一, 何所囑託? 其二, 詩人
回絕, 所稱何故? 其三, 所稱爲實情抑爲託辭? 今以此一一按之, 其一
曰: 亞基帕之請, 於史無徵, 故欲知其何所囑託, 惟本詩是憑。亞氏所
請, 詩中所言甚明, 即欲H撰綴史詩, 記敘其輔佐至尊建功立業之勛。
H婉謝, 稱史詩非己所長, 言“細不干鉅”, “細”前注已明弗謂詩才貧
弱, 而指其所擅豎琴詩歌體裁柔弱, 難當史詩敘事之重。云“受制於稟
賦”也者, 言己所秉者豎琴詩才也, 非史詩之才也, 亞基帕託非其人。
揔覽《讚歌集》, 詩人並非一概排斥歌詠武功, 然詩人雖頻涉神話武功
等史詩題材, 卻始終顯示豎琴詩“我”之主觀, 非如史詩力求客觀無我
也。以此覘之, H回絕亞基帕意出由衷, 既非扭捏作態, 欲拒還迎, 亦
非世故圓滑, 避重就輕。本詩異乎婉謝詩常例者, 在於詩人敬謝不敏之
餘, 轉薦他人代庖。其所薦者法留以史詩聞於時, 維吉爾《牧歌》第六
首於法留詩才亦褒獎有加, 且亦暗示其更擅“王公與征戰”詩歌; 本詩

之外，H他處再三盛讚法留詩歌（《雜》I 10, 43 f.：“Pollio regum / facta
canit pede ter percusso,”“波留用三拍/歌詠王公們的功業”；致至尊
《書》II 1, 245–47：“at neque dedecorant tua de se iudicia atque / munera
quae multa dantis cum laude tulerunt / dilecti tibi Vergilius Variusque
poetae,”“爲你喜愛的詩人維吉爾與法留並未辱沒你的判斷以及他
們因大受褒讚而收到的奬賞”；《藝》53–55：“quid autem / Caecilio
Plautoque dabit Romanus ademptum / Vergilio Varioque？”“因爲難道羅
馬人不吝給予凱基留與普勞圖之物要拒與維吉爾和法留？”）；況且詩
人得梅克納賞識，法留有舉薦之恩，故詩中舉法留代己，語出於誠，非
爲推諉之詞也（參觀Syndikus, p.89）。

　　言豎琴不宜伴唱戰爭武功，集中又見II 12。然如Heinze所言（詩序），
II 12專言豎琴之不武，本詩則兼陳己無史詩才情。二詩題目相近，然所
言重點不同。詩人婉謝歌詠“王公與征戰”，後亦見IV 2與IV 15，二詩
分別婉謝賦詩歌頌至尊凱旋自高盧與戰爭史詩，由此可見當日至尊等
人趣詩人歌功頌德之請必甚迫切，H等詩人能一再婉謝權貴之邀而不
之忤，亦可見至尊亞基帕等人氣量非凡也。

七

贈普蘭古
AD MVNATIVM PLANCVM

東南形勝，希臘都會，歐亞自古繁華。神廟緝熙，衆口交讚，宜乎牧馬莊稼。然彼土雖云樂，竊以爲皆未若我義大利家鄉旖旎風光。

普蘭古，無論你人在軍營戍邊抑或居家賦閒，皆知人當以酒解憂。越在疇昔，希臘英雄埃亞之弟兄條克耳返鄉自特羅亞，甫抵撒拉米島即爲其父逐出家門。竟不獲已，被迫率部曲重返海上。條克耳一任命運擺佈，在得踐阿波羅所許新邦之前，微其無酒，亦嘗泛舟中流以之澆愁。

{格律}：

阿耳基洛古第一式(Archilochium primum)。此式合和六音步格與指度減尾音四音步格，其初靭者殆爲阿耳基洛古(frag. 105D)，然H範本蓋爲薩福洞房歌(frag. 115–131D)。詩行因多含指度節，故最近哀歌體所用偶行格。

{繫年}：

詩中(19)暗示H作此詩時普蘭古在軍營。普氏一生數次外戍邊陲番邦，蓋皆在前32年歸順至尊之前。自詩律覘之，此篇所用格律同《對》第十二，以母題繩之，與緊接該篇之作(13)同爲勸慰詩，格律題目皆近似《對》中篇什，故學者引爲内證，推斷其撰作日期較早，其中自對歌向讚歌轉換痕跡仍可見焉，然其確切年月恐難定說。

Pasquali(p.730)臆度在阿克襄海戰(前31年九月二日)前後；NH以爲應在30年之前(p.91)；Plessis(詩序)次於約前29年，阿克襄海戰前夕。要諸說除NH外大致不差，可遵Pasquali說定在阿克襄海戰前後。

{斠勘記}：

2. epheson F π^2 音律部ephesum *cett.* 案希臘拉丁變格之別，參見I 4, 19{斠勘記}，唯此處爲陽性耳。| ve] que σχ*Statius I 335* 案皆爲後綴連詞，前者或決(disiunctivum)，後者並列(copulativum)。

7. olivam $\varXi^{(acc.\,\lambda'\,R)}$ oleam $\varPsi$ (F δ π*corr.*) oletam λ*var.* 案一讀二讀字異義同，一讀字可謂無花果，亦可指無花果樹；二讀字祇謂果，無樹義；三讀訛。

9. dicet $\varPsi$ (φ λ' δ π R^2) D dicit $\varXi^{(acc.\,R1)}$ ψ *Servius codd. var.* 案前讀爲直陳式將來時；後讀爲現在時。

13. ac tiburni lucus et praeceps anio et uda $\varPsi$ (F δ π) 案異文詞序不同。

15. A $\varPsi$於此別闢一首；Q R^1 σχΑΓ連續不斷 *Pph.*斥另篇爲訛錯，曰其因緣於詩題誤置。

17. perpetuos $\varXi^{(acc.\,R1)}$ *Servius* perpetuo $\varPsi$ 詳下箋注。

27. Teucro duce] duce Teucro *Victorinus* | 行末Teucro $\varPsi^{(acc.\,D)}$ Teucri $\varXi^{(acc.\,R)}$ σχΑΓ *Victorinus* 案後者讀爲單數屬格，義爲Teucer之卜師，則於領袖Teucer外另有太卜以助其功，太卜本取其轉義，即首領，同前duce，無故增一太卜，於理欠通。

31. curas] curam E M R 異讀爲單數賓格，如此則愁當有特指，未妥，應爲泛指，故複數爲是。

{箋注}：

1.【羅得島】῾Ροδος / *Rhodos*，愛琴海東海域、十二羣島(Δωδεκάνησα / Dodecanese)中最大者，乃古代名勝，上有西洋古代七大奇觀之一日神(Helios)巨像。斯特拉波《方輿志》XIV 2, 5記曰：λιμέσι δὲ καὶ ὁδοῖς καὶ τείχεσι καὶ τῇ ἄλλῃ κατασκευῇ τοσοῦτον διαφέρει τῶν ἄλλων ὥστ' οὐκ ἔχομεν εἰπεῖν ἑτέραν ἀλλ' οὐδε πάρισον, μή τί γε κρείττω ταύτης τῆς πόλεως, "以港、道、城堞及他類工事論，[羅得島上城邑]皆逾他城，可謂別無他城可比，或少說亦別無強於此城者。"羅馬詩人讚羅得島聞名遐邇，卡圖盧已奪先聲，其歌集4, 8有語曰："Rhodumque nobilem,""著名的羅得島"。【昭明】*claram*，原文兼該著名與日曜二義，中譯因之。用以稱亞細亞都邑，卡圖盧已爲嚆矢，其46, 6云："ad claras Asiae volemus urbes,""讓我們飛往亞細亞昭明的都市。"【米提倫】Μυτιλήνη / *Mytilenae*，累斯波島(Lesbos，已見I 1, 34注)首府。西塞羅《農法論》(*De lege agraria*) II 40盛讚米提倫曰："urbs et natura ac situ et descriptione aedificiorum et pulchritudine in primis nobilis, agri iucundi et fertiles,""其城無論自然、方位、營造、抑或美麗，皆爲佼佼者中之上佳者，土地喜人亦且肥沃"。頌讚城邑乃古代修辭術託題(topos)，文法學家稱之爲ἐγκώμια πόλεων，城邑讚辭，小普利尼《書信集》III 21, 3："fuit moris antiqui eos, qui vel singulorum laudes vel urbium scripserant,""曾有人遵古法，作讚辭或頌個人或頌城邑"。羅得島與米提倫竝提，別見詩人《書》I 11, 17f.："incolumi Rhodos et Mytilene pulchra facit quod / paenula solstitio, campestre nivalibus auris, / per brumam Tiberis, Sextili mense caminus.""對於健全的人，羅得島與美麗的米提倫形同/夏至日的氈袍，暴風雪中的圍裙，/提貝河的冬日，六月的火爐。"

2.【以弗所】Ἔφεσος / *Ephesus*，小亞細亞濱海城邑，H時代小亞細亞已納入羅馬帝國輿圖式廓列爲行省，以弗所乃其首府，尤以"徧亞細亞及天下所奉"(新約《徒》19: 27)狄安娜(Diana / Artemis亞底米)巨像聞名遐邇，與羅得島阿波羅造像同數古代七大奇蹟之列。以上所舉三城爲一組，或在小亞細亞或在海島，以下三城另爲一組，皆位於希臘本土，原文以後置或決連詞-*ve*爲標記，區別前後二組，中文以【或】字標記之。Heinze云，前組寫今日亞細亞之昌明富庶，後組記其秉承古代榮光。【濱雙海的哥林多】*bimaris Corinthi*，哥林多城(Κόρινθος)位於伯洛島(俗譯伯羅奔尼撒半島)與阿提卡之間地狹(Isthmus)之最狹處，東西兩側各有海港，其東畔薩龍灣，通愛琴海，

稱肯克萊埃港(Kenchreai)，其西畔哥林多灣，通伊奧尼亞海，稱勒
凱昂港(Lechaion)，故云哥林多【濱雙海】*bimaris*。原字殆倣希臘文
διθάλαττος或ἀμφιθάλατος而造；今按多利亞方言作ἀμφιθάλασσος，
如品達《奧》7, 33: Λερναίας ἀπ᾽ ἀκτᾶς εὐθὺν ἐς ἀμφιθάλασσον
νομόν，"自勒耳奈海岬進入兩面[按實爲四面]濱海的國度"，謂羅得
島。拉丁字後屢見於奧維德。【城堞】*moenia*連解格(synecdoche)，以
零代整，指哥林多城邦。H時代哥林多式微已久，前146年路‧穆繆(L.
Mummnius)率羅馬軍征希臘亞該亞盟邦，陷哥林多，盡屠其男丁，炬
其城。前44年，猶流‧凱撒始重建哥林多城。近代荷爾德林小說《旭裴
里昂》(*Hyperion*)啓端曰："Ich bin jezt alle Morgen auf den Höhn des
Korinthischen Isthmus, und, wie die Biene unter Blumen, fliegt meine
Seele oft hin und her zwischen den Meeren, die zur Rechten und zur
Linken meinen glühenden Bergen die Füße kühlen." "現在一早上都站
在哥林多地峽的高處，我的靈魂好像花叢中的蜜蜂，常在左右兩海之
間飛來飛去，海水冷卻我光耀的山峰下面的山腳。"原文Meere "海"
爲複數，雖未如譯文明言爲雙，然實指東西二海灣也。

　　3-4.【因巴庫著稱的忒拜】*Baccho Thebas ... insignis*，忒拜城
(Θῆβαι / *Thebai*)，酒神巴庫(Bacchus)誕生地，其母塞墨勒(Semele)
乃忒拜始王卡德摩(Kadmos)女，歐里庇得悲劇院本《酒神女徒》所表
忒拜王彭修拒不奉酒神而遭懲處神話膾炙人口，餘情詳見II 19酒神
頌及箋注。【因阿波羅/的得耳斐】*Apolline Delphos*，得耳斐(Δελφοί /
Delphi)以阿波羅聖所知名於古希臘。此處原文用交軛格(zeugma)，以
形容詞【著稱】(*insignis*)兼謂【忒拜】*Thebas*、【得耳斐】*Delphos*及下
行【帖撒利的滕丕】*Thessala Tempe*。此處若依中文慣用語式翻作："因
巴刻庫著稱的忒拜和因阿波羅著稱的得耳斐和帖撒利的滕丕"，重複
"因……著稱"，則必拖沓冗繁，絕非詩語，故漢譯模擬原文修辭格，
以見原文精悍風格。

　　4.【帖撒利的滕丕】*Thessala Tempe*，滕丕(Τέμπη)山谷在帖撒利
(Θεσσαλία)北部，風景優美，有阿波羅神廟，後亦用爲普通名詞，泛指
景色秀麗之地，參觀I 21, 9. Heinze: 希臘神話典故與山川名勝，雖羅馬

人亦耳熟能詳，羅馬詩人如H與普羅佩耳修(III 22)等輩因此賦詩讚詠意大利風光以相頡頏。

5.【連綿的頌歌】 *carmen perpetuum*，指長達成百上千行長篇接續詩歌，如史詩等，而非哀歌、牧歌、豎琴詩等較短詩類。中譯參酌原文語意譯作 "頌歌"，詳下注。H不曾亦不願作史詩，已見前詩，參觀其{評點}。奧維德自稱其詩《變形記》孔碩曰(I 4)："carmen perpetuum," "連綿的長歌"。H及奧維德用語殆本迦利馬庫：οἶδ᾽ ὅτ]ι μοι Τελχῖνες ἐπιτρύζουσιν ἀοιδῇ, / νήιδες οἳ Μούσης οὐκ ἐγένοντο φίλοι, / εἵνεκεν οὐχ ἓν ἄεισμα διηνεκές ἢ βασιλ[η (*Aetia*, frag. 1, 1–3)，"吾知忒爾基涅人[案羅得島居民]埋怨我的詩歌, /此輩生而未習摩薩不與其相親, /因我未賦一首連綿不斷的歌, 詠王公……"。【連綿】 *perpetuum* 再現於下行17：*imbris perpetuo*，【連綿雨】。【有人】云云，希臘化時代詩人歐弗里昂(Euphorion)曾作雅典史詩，然並非其唯一詩作。未知詩人有無實指。

6.【未遭觸摩的帕拉】 *intactae Palladis*，即雅典娜，【未遭觸摩】 *intacta* 指其爲處女，譯文與帕拉連讀，不與【城】連讀。語本希臘文 ἄθικτος，基俄島人伊昂(Ion Chius，與三大悲劇家署約同時)殘篇(10)有 ἀθίκτους κόρας 語，意謂處女 παρθένους。羅馬詩人語例參觀維吉爾《埃》I 345："cui [sc. Sychaeus] pater intactam [sc. Dido] dederat," "其父將未遭觸摩的她[狄多]交給了他[其夫徐凱俄]"【城】 *urbem* 即雅典，雅典閨閣雅典娜神廟(Parthenon)爲名勝，至今猶存殘跡。雅典自古以其廟宇輝煌廣受讚譽，斯特拉波《方輿志》IX 1, 16嘗云：ἀλλὰ γὰρ εἰς πλῆθος ἐμπίπτων τῶν περὶ τῆς πόλεως ταύτης ὑμνουμένων τε καὶ διαβοωμένων ὀκνῶ πλεονάζειν，"然吾若深陷無數對此城之讚辭頌語中, 恐難止休"。【多讚】 *celebrare* 原文本義爲 "濟濟"、"充斥"、"屢訪"、"殷勤"，引申爲 "過節" 之 "過" 或 "節慶" 之 "慶"，殷勤貢奉神廟乃至以文讚神(後及人與物)。漢字 "多" 本有稱讚義，《漢書·灌夫傳》："[灌夫於]稠人廣衆, 薦寵下輩, 士亦以此多之"(卷五十二, 頁二三八三)。"多讚" 連稱, 且具以詩頌神義, 已見敦煌藏卷《金光明最勝王經》中《八大聖地製多贊》標題, 此讚

不見於唐釋義淨譯本，然其梵文標題Astamahāsthānacaitya-stotra，德
國學者參酌此經回鶻文、藏文譯文譯作：Preisgedicht der *Caityas*, die
sich an den 8 erhabenen Orten befinden, (D. Maue u. K. Röhrborn, „Ein
Caityastotra aus dem alttürkischen Goldglanz-*Sūtra*,“ *Zeitschrift der
Deutschen Morgenländischen Gesellschaft* 129 (1979): 291)。故 "多讚"
爲梵文stotra (讚，Preisgedicht，即Hymne) 之漢譯。此處還原名詞化動
詞爲動詞。顧炎武《日知錄》卷二十七 (頁一五五四——五五五) 釋陶
潛詩 "多謝綺與角，精爽今如何"，曰 "多" 寓 "殷勤" 義，可爲以多對
*celebrare*再添一注腳。

    7. 【四處】*undique*, Heinze: 語含譏諷。【橄欖枝】*olivam*，希臘古
俗以月桂枝編爲冠，競技得勝者，【戴在額頭】*fronti praeponere*，後亦
用常青藤、橄欖枝乃至梭櫚葉，參觀I 1, 5與I 1, 29及注。品達嘗數以枝
冠譬其慶勝競技凱歌，《奧》1, 100–103云：ἐμὲ δὲ στεφανῶσαι κεῖνον
ἱππίῳ νόμῳ / Αἰοληΐδι μολπᾷ / χρή，"我應給/其人用馬術曲/和埃奧
利歌舞/佩戴花冠"；6, 86 f.: ἀνδράσιν αἰχματαῖσι πλέκων / ποικίλον
ὕμνον，"同時爲持矛者編織/多彩的頌歌"。厥後希臘化及羅馬詩人
常言大詩人亦可頭戴常青藤枝冠，奧維德《月》III 269："frontem
redimita coronis," "以冠纏額"。馬耳提亞利 (Martialis)《箴銘詩集》
VIII 70, 5: "Pieriam tenui frontem redimire corona," "以細冠纏繞於
匹埃里[詩神]的額頭"。Heinze以爲此處糅合品達等人之說。【採擷】
decerptam，參觀盧克萊修I 928–30："iuvatque novos decerpere flores
/ insignemque meo capiti petere inde coronam / unde prius nulli velarint
tempora Musae," "我還樂于采擷新花並爲我的頭尋找出彩的花冠，/
在此前從無有摩薩纏其額頭之處。"【橄欖枝】*olivam*，枝冠所用植物
非止一種已見上文，然不同植物蓋代指不同詩類，奧維德《情》I 1, 29
以桃金娘 (myrtum) 爲愛神維奴所愛，代指豔情詩，普羅佩耳修 (III 1,
20) 云 "硬冠" (dura corona) 乃史詩詩人所佩，常青藤 (ederae) 代指豎琴
詩已見I 1, 29，此處用于雅典娜頌歌，故用橄欖。

    8. 【更多人】原文*plurimus*乃詩中難點，字本係形容詞，用作名詞
或代詞，古典拉丁文別無旁例，希臘文亦無類似用法。歷代學者衆說紛

挐，漢譯從衆，讀爲以單數代複數plurimi，意謂多有人或多有詩人，然所謂奚指，洵難確說。【猶諾的榮耀】Iunonis honorem，猶諾乃猶庇特之妻，對應希臘神話中宙斯之妻赫拉。

9.【阿耳高】῎Αργος / Argos，荷馬史詩英雄丟墨得（Diomede，已見I 6，16注）家鄉，有赫拉神廟，其地爲沖積平原，故宜牧馬。此處所舉希臘地名及所領形容詞，皆本荷馬史詩中附稱（epitheton）：【宜牧馬的阿耳高】aptum ... equis Argos = ῎Αργεος ἱπποβότοιο（《伊》II 287）。Kießling: H此處或當憶及品達《涅》10, 2: ῎Αργος ῞Ηρας δῶμα θεοπρεπὲς，"赫拉的阿耳高，宜於神居的家"。【富贍的墨基涅】ditis Mycenas = πολύχρυσος Μυκήνη，"多金的墨基涅"，《伊》VII 180等處。維吉爾《埃》VI 838亦並舉阿耳戈與墨基涅："eruet ille Argos Agamemnoniasque Mycenas ... ，""拔起阿耳戈和阿伽門農的墨基涅城者"。《英華》所輯與H署約同時米提倫人阿爾斐奧（Alpheius）箴銘詩（IX 104）曰: ῎Αργος, Ὁμηρικὲ μῦθε, καὶ Ἑλλάδος ἱερὸν οὖδας, / καὶ χρυσέη τὸ πάλαι Περσέος ἀκρόπολι，"阿耳戈，荷馬所敘，希臘的聖地，/從前波斯金戍樓"。【墨基涅】，俗譯據英文作邁錫尼，阿伽門農（Ἀγαμέμνον /Agamemnon）故鄉，因其地史前期青銅時代多黃金器皿，荷馬以来人恆目之爲贍富之典範，阿伽門農已見I 6，8注。

10. Heinze: 詩鋪采摘文，至此所舉各例已有三項，依文章常法此處當以概論作結，即下行12 ff.所云"希臘雖有勝境如許，然皆非我意大利山水可比"，卻不意詩人于此再補列兩例：斯巴達與拉利薩，之後始轉入主題。集中此法非此一例，此外別見I 9 11; I 20, 10; IV 8, 1–6.【刺基代蒙】Lacedaemon / Λακεδαίμων，即斯巴達。【隱忍】patiens指斯巴達人以律己守紀尚武勇毅著稱。Heinze: 此前所敘皆神話，此處則陳史實。今按詩中阿爾高、墨基涅並舉再續以斯巴達，應本荷馬《伊》IV 51 f.: ἤτοι ἐμοὶ τρεῖς μὲν πολὺ φίλταταί εἰσι πόληες / ῎Αργός τε Σπάρτη τε καὶ εὐρυαγυια Μυκήνη．"[赫拉說]有三座城市實在最爲我所鍾愛，/阿耳高，斯巴達和道路寬廣的墨基涅"。詩人既遵荷馬敘阿爾高與墨基涅爲猶諾所愛，自不當遺忘荷馬詩中與二者並列尚有斯巴達，然並未如荷馬逕以之與前二者儷陳並舉，而是另辟新句，別生枝節。以典故神話覘之，斯巴達仍當從屬前句，然以句法而言，則與拉利撒對偶：*nec ... nec ...*，中譯作【無論……或者……】。與古爲徒而能活用古典，頗可見H詩藝之精。

11.【肥沃的拉利撒平原】*Larisae campus opimae*，拉利撒城 (Λάρισα)，位於帖撒利(Thessalia)中心，佩涅河(Peneus)畔，係阿基琉 (Achilles)故鄉。Heinze: 拉利撒H負笈雅典及其後腓力比之役期間當嘗親至。按以此【肥沃】*opimae*反對【隱忍】*patiens*，皆屬史實而非神話矣。此句所言人卜居之處與幸福之關係，參觀《書》I 11, 25–27: "nam si ratio et prudentia curas, / non locus effusi late maris arbiter aufert, / caelum, non animum, mutant, qui trans mare currunt." "因爲若計劃與先見而非/能覽寬廣傾瀉之海的地點可驅除憂慮, /它們便能跨越天空而非心靈。"

12.【阿爾布内的室廬】*domus Albuneae*，指維吉爾《埃》VII 83 ff.所敘女巫所居洞穴: "adit lucosque sub alta / consulit Albunea, nemorum quae maxuma sacro / fonte sonat saevamque exhalat opaca mephitim." "他造訪高高的阿爾布内/山下的樹叢，樹林的聖泉水聲/喧譁，其陰翳吐出烈性瘴氣。"因洞穴空洞，故曰【有迴音的】*resonantis*，同維吉爾sonat, "喧譁"。集中II 6, 5詩人云欲終老于此地。

13.【亞尼奧】*Anius*河，水勢陡峻，流經提布耳城(Tibur)處多瀑布激流。據隋東尼《傳》，薩賓山莊外，H另置別業於此: "vixit plurimum in secessu ruris sui Sabini aut Tiburtini domusque ostenditur circa Tiburni luculum." "常退隱於其薩賓莊園或提布耳別業，人於提布耳樹林周邊指點可識。"【提布諾】或提布耳諾*Tiburnus*，提布耳城始建者有三人，此爲其一，其餘二人名Catillus與Coras，維吉爾《埃》 VII 671作Tiburtus。【聖林】*lucus*已見I 4, 11注，又見上注引維吉爾詩與前引隋東尼《傳》，此處指供奉提布諾聖所所在。參觀普羅佩耳修IV 7, 81–86: "ramosis Anio qua pomifer incubat arvis, / … / 'hic Tiburtina iacet aurea Cynthia terra : / accessit ripae laus, Aniene, tuae.' " "亞尼奧河多枝椏的土地盛產苹果臥於此, /……/ '此地金色的鈎提婭躺在提布耳的土地里: /亞尼奧，讚美將加於你的堤岸。'"

14.【激流的河】*mobilibus ... rivis*，言其水流湍急，尤指瀑布，見上注。

15.【如……這般】*ut ... sic ...*，乃譬喻(similitudo, simile，詳見I 9{評點})套語，以"如"或"就像"(ut)引入譬喻，往往長達十餘行，再以"這般"或"如是"(sic)引入喻旨(tenor)，尤爲史詩所專擅，荷馬作：ὤς ... καὶ ...，即拉丁語*ut ... sic ...*所本。詩人以酒譬凱風，爲其能驅愁散憂，如風掃陰霾也。詩至此由起興轉入勸慰。勸人解愁，H另有《書》I 11致布拉圖(Bullatus)，其稱希臘名勝不若鄉土可愛可親亦同本篇，所不同者彼處詩人喻人當以理智消愁而非醇酒："ratio et prudential curas ... aufert" (25 f.)。【凱風】*Notus*，譯名已見I 3, 14注。詩中【凱風】可稱爲【清亮】*albus*者，爲其能淨空驅霾。拉丁字*albus*應本希臘字凱風，Λευκόνοτοι，本義如*albus*皆爲白，然轉義指春季乾燥寒冷之南風。然Notus並非Λευκόνοτοι，前者指冬季陰濕多雨之南風，後者指春季乾燥之南風，H或失於審察或明知故用，爲修辭而不惜乖悖事實。

16.【持續不斷】*perpetuo*，古鈔本有異讀，Ξ作*perpetuos*，賓格複數形容詞，連綿(參觀上行5注)，與賓格名詞*imbris*連讀，解作連綿雨，現代版本Keller/Holder、Klingner采納；Ψ作*perpetuo*，副詞，持續。以古鈔本傳承優劣論，前者權威高於後者，然以此處詞義論，學者多取後讀(Bentley, Orelli, Heinze, NH)，以爲對前半句中副詞*saepe*【常常】，中譯從之。【造】原文*parturit*本義爲生產，產子，譯文斟酌漢語習語畧爲之圓通。Heinze：此處區別於II 9, 1，彼處詩人以雨非無休爲喻，勸人止悲；此處勸人傚法凱風，自行驅散愁雲。

17–18.【悲傷】*tristitiam*、【辛勞】*labores*所指不詳，學者解說見下{評點}，然受贈者普蘭古必明曉詩人所謂。【柔和的】原文*molli*或讀作動詞或作形容詞，作動詞解讀爲第二人稱單數命令式，與命令式*momento*"要記得"比列，即"請和緩辛勞"云云，作形容詞則與*mero*【醴釀】連讀，訓爲使人柔和。讀作動詞抑或形容詞雖於詩義殆無區別，然以修辭而言，作形容詞爲優，故譯文采形容詞說(NH, Numberger)。

19.【普蘭古】*Plance*，指路求‧慕納修‧普蘭古(Lucius Munatius

Plancus，約前87–15年)，*Plancus*爲其氏(cognomen)，本義爲平足，慕蘭修(Munatius)姓原屬庶族，共和後期寖成顯貴。據Porphyrio古注，本詩所贈者生於提布耳，故詩中引之以頡頏希臘名勝。普蘭古早年於史無徵，史載最早者爲前54年凱撒征戰高盧時受任爲經畧使(legatus)，洎內戰起時仍在任。凱撒遇害時任長毛高盧(Gallia Comata，指阿爾卑山外高盧)代平章(proconsul)。此人雖深受凱撒霑丐，然凱撒遇害後，普氏竟主與行刺者布魯圖黨徒和解，欲大赦兇手(普魯塔克《布魯圖傳》19)。普氏既阿附布魯圖等元老院黨人，然亦不拒與馬克・安東尼暗通款曲，今存與西塞羅書可得見焉(Cicero, *epist.* 1–24)。43年屋大維討伐刺殺凱撒元兇，普氏從亞希紐・波流(Asinius Pollio)之諫，棄布魯圖，發兵襄助安東尼參預討伐。42年閏奴月(一月)，與後三霸之一勒庇多(Marcus Aemilius Lepidus)同任平章，時人譏其以諂媚安東尼得官。屋大維與安東尼和解，普氏出鎮亞細亞。蓋39–35年與安東尼同戍東疆。35年爲安東尼撫敘利亞。或以爲其間龐培(Sextus Pompeius)被擒於米利都(Miletus)後遇害，實爲其謀使。克萊奧帕特拉(Cleopatra, 詳見I 37)携安東尼返埃及，普氏相隨，史記其嘗戲彩舞蹈於筵席間，以娛克－安夫婦。前32年戰神月(五月)，自安東尼處潛逃歸羅馬，向屋大維發安東尼祕立遺囑事及其珍寶藏處，遺囑中有贈領土與克萊奧帕特拉子女條款，長老院獲知後遂摒棄安東尼，屋大維爰是可依法興師剿滅之(普魯塔克《安東尼傳》58；丟氏《羅馬史》L 3)。27年，以資深平章名義表請屋大維上號"至尊"(Augustus, 隋東尼《至尊傳》7)。前22年，爲屋大維版爲督審(censor)。生平詳見*RE* 16. 1: 545–51.【旌旗】*signis*，漢譯參觀沈約《宋書》卷四十四《謝晦傳》："晦率衆二萬，發自江陵，舟艦列自江津至於破冢，旍旐相照，蔽奪日光。"(頁一三五三)【炫耀】*fulgentia*，描繪軍旗上銀飾輝耀於日光之下貌。普利尼《博物志》XXXIII 19, 58敍曰："qui [color] clarior in argento est magisque diei similis, ideo militaribus signis familiarior, quoniam longius fulget … ，""其[白銀之色]更亮更像日光，因此更適於軍中旌旗，因爲光耀所及更遠"。Heinze: 旌旗炫耀反襯上章林木及此處【密蔭】*densa ... umbra*幽窅。

　　19–21. 據此可知普拉古此時不在羅馬亦不在提布耳，必身在行伍。

21.【汝鄉】意譯*tui*，直譯爲“你的”，提布耳爲普蘭古故鄉，已見上注。【條克耳】*Teucer* / Τεῦκρος，荷馬史詩英雄，撒拉米王忒拉芒 (Τελαμών / Telamon) 子，埃亞 (Aias) 異母兄弟。【撒拉米】*Salamina* / Σαλαμίνα，撒龍灣中最大海島。初，希臘聯軍將遠征特羅亞，條克耳埃亞兄弟出師前，父忒拉芒囑二人戰後必相偕始可歸，如隻身則勿返。希臘人既克特羅亞，埃亞因爭阿基琉所遺鎧甲不得，失瘋自殺。條克耳遂不得歸國，故曰【逃離】*fugeret*撒拉米；又尊阿波羅神示，率【盟友們同伴們】*socii comitesque*別詣他鄉，聿來胥宇，乃造新邦。索福克勒悲劇《條克耳》(Τεῦκρος，已失傳) 敷衍此傳說，羅馬人共和時代悲劇詩人帕古弗 (M. Pacuvius，前220–130年) 有倣作，膾炙人口，惜今亦不傳，然西塞羅《圖斯坎辯論集》(*Tusculanae disputationes*)V 108引其文曰：“patria est ubicumque est bene,”“父國即人以爲佳之地”，學者以爲頗合H此處詩意。

23.【樺冠】*populea ... corona*，據維吉爾《埃》V 134, VIII 276 Servius古注，赫耳古勒入陰間時曾頭戴樺冠。Heinze以爲條克耳戴樺冠以祭祀赫耳古勒，求其指點迷津。色諾芬 (Xenophon，約前430–354年)《長征記》(*Anabasis*)IV 8, 25敍希臘僱傭軍祭祀宙斯與赫耳古勒以犧牲，以前者能救難後者能導路也：ἦλθον δ' αὐτοῖς ἱκανοὶ βόες ἀποθῦσαι τῷ Διὶ τῷ σωτῆρι καὶ τῷ Ἡρακλεῖ ἡγεμόσυνα. 書中稍後 (VI 2, 15) 稱赫耳古勒爲嚮導：θυομένῳ δε αὐτῷ τῷ ἡγεμόνι Ἡρακλεῖ καὶ κοινουμένῳ, πότερα λῷον καὶ ἄμεινον εἴη στρατεύεσθαι ἔχοντι τοὺς παραμείναντας τῶν στρατιωτῶν ἢ ἀπαλλάττεσθαι, ἐσήμηνεν ὁ θεὸς τοῖς ἱεροῖς συστρατεύεσθαι. “[色諾芬]嚮導赫耳古勒燔祭並且問卜焉，求指示是否應繼續同倅存軍兵行軍抑或應脫隊，神藉犧牲顯兆令其留下。”【呂埃歐】*Lyaeus*/Λυαῖος，葡萄酒神巴庫別稱，義爲解脫者，指酒能解憂。以神名指其所司，於修辭學爲德指格 (metonymia, Lausberg § 568 b)。

25. 以降：臨行前一日，衆人會飲，條耳克致辭以壯其行，其言格調宏麗典雅，多脫胎於維吉爾荷馬。維吉爾《埃》I 195 ff. 敍埃涅阿一行自特羅亞流亡至迦太基，遭遇海難幾不免；既登岸，埃涅阿分所獲酒

漿與同伴共飲，且發語以壯其志，情景頗與此相彷："vina ... / dividit,
et dictis maerentia pectora mulcet : / 'o socii, neque enim ignari sumus
ante malorum, / o passi graviora, dabit deus his quoque finem," "他分
了酒，/又以言語撫慰他們憂傷的心胸曰： / '哦盟友們，因爲我們此
前非不知災難，/哦，你們遭受過更大患難的，神也會讓這次的有箇盡
頭'"；205 f.："tendimus in Latium ; sedes ubi fata quietas / ostendunt ;
illic fas regna resurgere Troiae." "我們將抵拉丁國；那是命運顯示的/
我們的休憩地；在那兒特羅亞王國依天律當復興"。情境相似以外，其
中socii（盟友們），passi graviora（遭受過更大患難的）等用字多合H此詩，
以詩中他處覘之，應是H捃撦維吉爾句而非其反，見下注與行30注。然
而維吉爾亦轉益有師，上引詩句多已見荷馬《奧》卷十二奧德修漂泊
海上撫慰部曲語："o socii, neque enim ignari sumus ante malorum,"（哦
盟友們，因爲我們此前非不知災難）= XII 208: ὦ φίλοι, οὐ γάρ πώ τι
κακῶν ἀδαήμονές εἰμεν. 《埃》I 203："forsan et haec olim meminisse
iuvabit," "或許有朝一日這些將被懷念"= 《奧》XII 212: καὶ που
τῶνδε μνήσεσθαι ὀίω. Heinze: 此處條克耳語氣自信，頗類《奧》XII
211前後奧德修語其同伴語氣。

25. 【慈於父】*melior Fortuna parente*，父拒之於國外，因而被迫
漂泊，故曰父不若命運爲恩慈也。

26. 【盟友們同伴們】*socii comitesque*, Numberger曰：【盟友】謂
曩時於特羅亞爲同袍，【同伴】謂今後航行將相伴。參觀上注引荷馬：
ὦ φίλοι.

27. 【太卜】*auspex*，古希臘羅馬卜法有觀飛禽以占先兆吉凶者，
*auspex*即占禽卜師。古羅馬用兵決策前例卜吉凶，故占卜之職(auspicium)
常與軍民兩權連稱：ductu et auspiciis, "以統領與卜占之名[或之權
]"，指平章(consul)舉兵於行省之法權，參觀蒙森(Mommsen)《羅馬憲
法》(*Römisches Staatsrecht*)1. 76; 1. 91 ff. H此處戲擬此成語作*duce et
auspice*，譯作【爲帥又爲太卜】，指條克耳統帥權位。原文兩稱條耳克
(Teucro)，以翼*duce et auspice*【帥與太卜】於其中，呈近世修辭學中所謂
ㄚ杈格(**chiasmus**, Lausberg § 723 Anm. 1)，譯文未克倣法。

28.【準驗】*certus*，倣希臘文阿波羅附稱νημερτής，"不爽"，指其預言徵驗不爽。參觀歐里庇得悲劇院本《海倫》144–50條克耳與海倫對白: ὧν δ' οὕνεκ' ἦλθον τούσδε βασιλείους δόμους, / τὴν θεσπιῳδὸν Θεονόην χρῄζων ἰδεῖν, / σὺ προξένησον, ὡς τύχω μαντευμάτων / ὅπῃ νεὼς στείλαιμ' ἂν οὔριον πτερὸν / ἐς γῆν ἐναλίαν Κύπρον, οὗ μ' ἐθέσπισεν / οἰκεῖν Ἀπόλλων, ὄνομα νησιωτικὸν / Σαλαμῖνα θέμενον τῆς ἐκεῖ χάριν πάτρας. "我緣何要來此王宮/要見詠唱卜辭的先知忒俄諾，/你將成爲我的庇護，好讓我庶幾得預言，/我因之整舟，如有生翅的順風，/就駛入海中陸地居比路，那兒阿波羅預示說/我要居住，島的名字/是撒拉米，因父之故建立於彼。"Heinze以爲條克耳名所將抵達之【新地】*tellure nova*爲撒拉米，示其尚不知所之何處。按其說僅得其一。漂泊海外，聿來胥宇，爰立新邦，然命名仍襲故國，今猶若古，荷蘭人殖民北美洲建新城曰新阿姆斯特丹、英國改稱爲新約克(紐約)、稱北美東北部爲新英格蘭，皆此類也。

29.【未來另有箇……】*ambiguam … futuram*，占卜所得神讖語，故語焉不詳。【新地】*tellure nova*，指居比路，見上注。

30.【共度患難】*peiora passi*，脫胎於荷馬《奧》XX 18: καὶ κύντερον ἄλλο ποτ' ἔτλης，"你曾遭罹過更壞的"。

32. 語本荷馬《奧》XII 293: ἠῶθεν δ' ἀναβάντες ἐνήσομεν εὐρέι πόντῳ. "明晨我們將登舟奔赴寬闊的滄海。"【重蹈】原文*iterabimus*含耕義，以航海爲耕海，同希臘文ἀρόω，拉丁另作arare(與希臘字同源)或sulcare. 參觀I 1, 14注並I 3, 9 f.注引Herrick詩。

{評點}:

　　全篇以行15爲界，似可中分爲前後二部。前部曰世人雖皆讚希臘昌明阜盛，然於我皆不若故鄉風光旖旎；後部則全爲勸諭，非特語不承前半頌讚家鄉，反云"無論你身在軍營抑或人在家鄉，皆應以酒澆愁"，如謂人之喜憂休慼，皆無關居處! 故Porphyrio古注云，此詩古時或一分爲二，當作兩篇。近現代學者雖皆信前後二部同屬一篇，不可截斷，然如何連綴前半後半，說家仍莫衷一是。Heinze詩序轉述前人或云此

篇之前後"割裂"，實爲詩人力有不逮所致；NH所見畧同，謂"方之以
《對》第十三首，此篇實有闕憾"(p.94)。

　　本詩前半迄行9用先行法(Priamel, 已詳I 1{評點})，論者胥無異議
(Fraenkel, p. 231；NH詩序；Syndikus, p.101及同頁注12)。用先行法稱
讚鄉土，Fraenkel以爲H學薩福(詩文已見I 1{評點})。Syndikus等引維
吉爾《農事詩》II 114–59，以爲用先引法先數外國珍寶名勝，再以讚美
家鄉作結，遠學薩福，近應亦倣維吉爾。維吉爾詩此節先詳敘阿刺伯、
印度、埃塞俄比亞甚至中國物產名貴豐贍，然結論一以槩之曰皆非意
大利之匹(II 136–339)：

sed neque Medorum, silvae ditissima terra
nec pulcher Ganges atque auro turbidus Hermus
laudibus Italiae certent, non Bactra neque Indi
totaque turiferis Panchaia pinguis harenis.
... ...

　　　　然而無論瑪代人最富有森林的土地，/還是美麗的恆河，
　　或因含金而湍急的赫耳墨河，/都不能與對意大利的讚美相爭，
　　大夏或印度/以及有多產乳香的沃土的全部旁遮該亞島也不
　　行。……

　　前半既用先行法，後半亦中古代詩歌程式。Heinze(行15注)、NH等
辨後半屬勸喻詩(paraenesis)。古代詩歌中有詩人或詩中角色以事理喻人
者，輒稱勸諭詩。此前所作《對》第十三首已屬此列。勸人以通理而不必
涉及所贈者煩惱細節，故普蘭古"悲傷辛勞"奚指，詩中未道，史亦無徵。
詩中喻普蘭古驅愁當如風掃殘雲，雖所賴爲酒，非如厥後所作《書》I 11
(引文已見前注)中申以理智與審愼，然仍當屬勸諭詩類。

　　詩中所言悲傷辛勞應爲泛論、並無確指，蓋亦因普蘭古歸順屋大
維之前與H尟有交會，且其長H二旬，二人之交其實甚淺故也。Syndikus
云："H以爲*tristitia*(悲傷)與*vitae labores*(生之辛勞)固爲權要政客所不

免"(p.99，注7)，此語雖不中亦不遠矣。

至於詩中前後半之關聯，Syndikus(p.99 f.)以爲詩人所論非云人應居鄉戀土，而謂簡樸勝於奢華。故提布耳雖不及希臘諸城之顯赫雍容，然其樸野風光、清新物產足以宜人；此理反之亦然：人在逆境，如條耳克背井離鄉漂泊海上，仍克藉酒忘憂。蓋求樂於遙遠侈衒，不及因近就簡也。摠覽諸解，此說最有心得。

{傳承}：

荷爾德林少作(1794–1795年之际)《青春之神》(*Der Gott der Jugend*)第四章暗用H此篇第四章意：

> Wie unter Tiburs Bäumen,
> Wenn da der Dichter saß,
> Und unter Götterträumen
> Der Jahre Flucht vergaß,
> Wenn ihn die Ulme külte,
> Und wenn sie stolz und froh
> Um Silberblüthen spielte,
> Die Fluthe des Anio;
>
> 　　…… ……

> 　　如在提布耳樹下，/詩人在此落座，在夢神之中/遺忘年歲的飛逝，/當榆樹令其清凉，/當驕傲而歡喜地/繞銀白的花朵游戲/亞尼奧河的波浪；……

{比較}：

爲無良權要作詩

綜觀普蘭古從政生涯，史論其爲人投機諛世，非爲苛評。費萊歐(Velleius Paterculus，約前19年–西曆31年)《羅馬史易知錄》(*Historiarum libri duo* II 83)評論其畔安東尼投靠至尊曰："neque amore rei publicae aut Caesaris, quippe haec semper impugnabat, sed morbo proditor," "非因愛國，亦非緣愛凱撒，二者皆其敵也，乃因變節背叛是其痼疾。"

以詩文應酬、諛頌直至干謁無德迹劣政客，中外詩人皆不能免。H是作於普蘭古尚僅爲應酬，既非干謁，亦無諛辭，故普蘭古其人雖頗招物議，卻無關此詩優劣，因詩中並無一語招人反感也。反觀中國詩人，能如H之不卑不亢者尟矣。杜甫有《奉贈鮮于京兆二十韻》贈權貴鮮于仲通。史載天寶十二載正月，"京兆尹鮮于仲通諷選人請爲楊國忠刻頌，立於省門，制仲通撰其詞；上爲改定數字，仲通以金塡之。"《資治通鑒》卷二一六，"十二載"，頁六九一七。可見其諂諛取容，有過於普蘭古者；且天寶時討南詔之敗，全軍覆沒，主帥鮮于僅以身免，貪功冒進，庸謬無才畧，則又不及普蘭古；然子美詩中諛辭卻遠逾H此詩："王國稱多士，賢良復幾人？異才應間出，爽氣必殊倫。始見張京兆，宜居漢近臣，"云云，實是干謁，故不免違心吹噓。李商隱集中諛辭諂媚之作更劣，其中致杜悰《五言述德抒情詩一首四十韻獻上杜七兄僕射相公》(《集解》頁一一四一—一一五七)爲阿諛杜悰，竟至"醜詆名臣"(馮浩語)李德裕："惡草雖當路，寒松實挺生，"較杜詩愈下流矣。俞樾《九九消夏錄》"爲權要作詩文"(頁六八—六九)，臚列宋明文人林希逸劉克莊等輩應酬稱揚賈似道等權貴事，頗可印證羅馬與中國詩人爲無良權要作文態度之別。

八

贈呂底亞
AD LYDIAM MERETRICEM

呂底亞，汝施何法術於吾友敍巴黎令其自取滅亡？他昔曾不怕苦不嫌髒暴露於戰神操場操練，今卻如何中途而廢？他何以不再與同伴練習騎術？何以竟怕下河洑水、不願以橄欖油膏身，視之如毒藥？他胳臂昔曾擲得鐵餅標槍，今卻如何不再有爲操練器械磕碰的青紫？他豈如阿基琉男扮女妝在敍羅藏匿於少女中間一樣？怕著男裝被發往亞細亞的戰場？

{格律}：

大薩福式(Sapphicum maius)。此式實爲偶行格(distichon)，故不從Meineke律分四行爲一章。蓋爲阿耳基洛古首剏，然以薩福命名。偶行格上行亦稱阿里斯多芬式(Aristophaneus)，因以團舞短長格啓端而自帶活潑戲謔性格；次行爲四音步薩福式，行中音頓之前(音頓在第八音節後)幾全同小薩福律詩行，音頓之後則全同上行阿里斯多芬式。小薩福式本已輕鬆歡快，再續以阿里斯多芬式，更顯活躍。上下二行短長相間，尤宜於調笑嘲弄。

{繫年}：

無考。

{斠勘記}：

2. te deos oro F λ ‘π² hoc deos vere Ξ(^(acc. R)) σχΓ cp hoc deos oro δ π¹ R² *Vahlens Pasquali* 詳下箋注。| properes] properas π音律部分　案異讀爲直陳式現在時。| cur] quid *Diomedes*（四世紀後期文法家）　案異讀同義。

6. equitet] equitat δ π 案異讀爲直陳式現在時。

{箋注}：

1. 【呂底亞】*Lydia*，虛構人物，名字來自亞細亞，羅馬人以爲有東方異域情調。中譯從和合本聖經中同名人物譯名，文理本作呂氏亞，《徒》16: 14：“有婦人名呂氏亞，推雅推喇邑人，售紫布爲業，素拜上帝。”推雅推喇邑(Thyatira)在小亞細亞，可爲此名常見于亞細亞之旁證。Lydia亦是小亞細亞西部邑名，此處蓋藉以暗示此女攸出。卡托(Valerius Cato)有情詩題曰《呂底亞》，呂底亞之名因此膾炙羅馬人口；普羅佩爾修III 11, 17–20云呂底亞城有女沐浴湖中，英雄赫拉克勒(Hercules)見而愛之，竟甘願“以糙手紡績柔軟的羊毛”以近之：

“Omphale in tantum formae processit honorem, / Lydia Gygaeo tincta puella lacu, / ut, qui pacato statuisset in orbe columnas, / tam dura traheret mollia pensa manu.” “歐法勒，呂底亞少女，沐浴於居該俄湖，/以美麗得享如此殊榮，/以至於在所馴服的世界裏立柱的他/竟然以糙手去紡績柔軟的羊毛。” Heinze(詩序)以爲普氏此處應爲H所本。H集中豔情詩虛構男女多命以希臘名，呂底亞另見I 25; III 9; 倡優或情人有希臘名者此外尚有畢拉Pyrrha, I 5; 革來氏Chloe, I 23; III 7; III 9; III 26; 伏洛Pholoe, I 33; II 5; III 15墨吉拉Megylla, I 27; 戈呂基拉Glycera, I 30, I 33; 呂高麗Lycoris, I 33, 革來利Chloris, II 5; III 15; 呂德Lyde, II 11; III 11; III 28等，男子名詳下注。

2. 原文古鈔本有異文，唯F(=φχ) λ‘π²以及Porphyrio古注讀*te deos oro*，餘本(Ξ等)皆作*hoc deos vere*：“衆神，眞眞这个”。現代版本除Kießling/Heinze(Kießling直至第二版亦從F，後更改，然未出注陳其所據，洵可怪也)皆從前讀，Keller/Holder、Pasquali、NH等已爲之詳辨，

要之後世多數鈔本異讀原出自古語文學家巴蘇(Caesius Bassus)；巴氏引|te deos oro，稱其格律以盟約節(spondeum: − −)代短長節(iambus: ∪ −)，不合阿爾凱法式，應爲團舞短長節(− ∪ ∪ −)，遂篡改原文爲hoc dea vere Sybarin cur properes amamdo以合其說。然巴蘇語焉不詳，遂致後人多奉其塗乙爲正本，卻不知其實出自渠手，近代學者已辨其僞，故中譯采F讀。【何以】前十二行貫穿以四聯排比cur，雖設句爲疑問，然實爲責詰，略如"如何能"、"怎麼會"。【用愛……淪亡】amando perdere，即下文所述敘巴黎因深陷情網而舉止乖張，參觀《英華》XII 173輯腓洛底謨(Philodemos)豔情短詩自述糾結於二女之間云: Δημώ με κτείνει καὶ Θέρμιον· "狄摩與忒耳彌昂致我於死地"。

3.【敘巴黎】*Sybaris*，與呂底亞同爲虛構人物，其名亦同呂底亞，原爲地名，南意大利塔倫頓灣(Tarentum)畔有同名希臘人殖民城邑Sybaris，前六世紀以奢華聞于世，前510年因内訌向克羅托那(Krotona)宣戰，戰敗被夷平，爲得勝者決河淹沒。希臘化時代有同名豔情小說行世，*Συβαριτικά*，H當所熟知。此名既來自希臘文，同名城邑又素有奢佚之名，以之配希臘倡優名呂底亞，甚相宜也。集中以希臘名稱虛構男性情人此外計有: 提里弗(Telephus)I 13; IV 11; 古列(Cyrus)I 17; 吉戈(Gyges)II 5; III 7; 厄尼普(Enipeus)III 7; 卡萊(Calais)III 9; 赫布(Hebrus)III 12; 伊比古(Ibycus)與諾提(Nothus)III 15; 呂古(Lycus)III 19; 涅耳庫(Nearchus)III 20等。

4.【泥土】*pulveris atque solis*、【日照】*apricum*皆爲戶外健體習武所必有。【操場】*Campum*即Campus Martius，戰神操場，羅馬城中提貝河畔空場，至尊朝羅馬人操練習武之地，尤宜馬術。斯特拉波(Strabo)《方輿志》(*Geographia*)V 3, 8記El: τούτων δὲ τὰ πλεῖστα ὁ Μάρτιος ἔχει κάμπος πρὸς τῇ φύσει προσλαβὼν καὶ τὸν ἐκ τῆς προνοίας κόσμον. καὶ γὰρ τὸ μέγεθος τοῦ πεδίου θαυμαστὸν ἅμα καὶ τὰς ἁρματοδρομίας καὶ τὴν ἄλλην ἱππασίαν ἀκώλυτον παρέχον τῷ τοσούτῳ πλήθει τῶν σφαίρα καὶ κρίκῳ καὶ παλαίστρα γυμναζομένων· "戰神操場於自然之上又加以精心[人爲]裝飾。此塊平地之大令人稱奇，可同時容納賽車及其他馬術不受阻碍，可容

衆人做球類、投圈、相撲鍛練。"據《至尊傳》83，洎内戰平息，至
尊常騎馬或習劍于此；内戰後雖不復騎，然亦常至此游戲以爲消遣：
"exercitationes campestres equorum et armorum statim post civilia bella
omisit et ad pilam primo folliculumque transiit, mox nihil aliud quam
vectabatur et deambulabat, ita ut in extremis spatiis subsultim decurreret
sestertio vel lodicula involutus." 按人主以弓馬定天下，天下平定後遂不
復騎，可方以《三國志・先主傳》裴松之注引《九州春秋》："備曰：'吾
常身不離鞍，髀肉皆消。今不復騎，髀裹肉生。日月若馳，老將至矣，而
功業不建，是以悲耳。' "（卷三十二，頁八七六）。

6.【演習騎術】*equitat*，《雜》II 2, 9–10舉狩獵與馴馬爲羅馬人
平時修武所習："leporem sectatus equove / lassus ab indomito," "倦
於逐兔或/馴馬"。又據隋東尼《至尊傳》43, 2，至尊共立四項競技賽
會，其中特羅亞競賽(Troiae lusus)演習戰事，獵獸、駕馭戰車多用良家
子："nonnumquam ex nobilissima iuventute." NH則細分騎術爲列陣與
獨騎，參觀上注引斯特拉波。馬術集中別見III 7, 25 f.："quamvis non
alius flectere equum sciens / aeque conspicitur gramine Martio," "儘管捨
他無人這樣懂得調教/馬兒，在戰神的草坪惹人關注"；III 24, 52–56：
"et tenerae nimis / mentes asperioribus / formandae studiis. nescit equo
rudis / haerere ingenuus puer / venarique timet, ludere doctior." "並且過
于柔弱的心靈/要用粗礪的訓練來/塑造。生而自主的少年不懂得/如何
在生馬上騎穩，/還怕狩獵，卻於遊戲更有訓練。"此外參觀III 12, 8：
"eques ipso melior Bellerophonte," "馬兒比貝勒羅豐的更良，"按貝
勒羅豐爲希臘神話英雄，坐騎爲生翼駿驤珀加索(Pegasos)，見I 27, 23
及注。【狼牙銜鐵】*lupatis ... frenis*，銜鐵或馬嚼有鐵刺，狀如狼牙，
置於馬口中，用以控馬。參觀奧維德《情》I 2, 15："asper equus duris
contunditur ora lupatis," "烈馬磨礪口中的銜鐵"。

7.【高盧駿馬】*Gallica*，高盧人善騎，羅馬軍團中騎兵多爲高盧
人，參觀斯特拉波《方輿志》IV 4, 2: εἰσὶ μὲν οὖν μαχηταὶ πάντες τῇ
φύσει, κρείττους δ' ἱππόται ἢ πεζοί, καὶ ἔστι Ῥωμαίοις τῆς ἱππείας
ἀρίστη παρὰ τούτων. "高盧人乃天生戰士，且馬上勝于徒步，羅馬

人騎兵之最優者來自其類。"然斯特拉波但云高盧人善騎,未言高盧產馬。曰高盧產良馬,詩外于史無徵。此處原文爲高盧地名形容詞用作名詞,略其所附名詞,然依上下文當指馬,非謂騎兵甚明。Heinze曰詩人或意謂Gallorum manni,即高盧矮馬,然羅馬人以此馬供車駕,不爲戰鬪坐騎。

8. 【提貝河濁水】*flavum Tiberum*,直譯:黃提貝河,詳見I 2, 13注。泆水亦爲軍營習武應有之項,非指河灘戲水負暄,故曰雖河水渾濁亦不應畏葸。參觀III 7, 27 f.:"nec quisquam citus aeque / Tusco denatat alveo," "也無人這樣敏於/沿圖斯坎之流泆水"; III 12, 7:"simul unctos in Tiberinis umeros lavit in undis," "他一在提貝河的波浪中洗膏油的雙臂";《雜》II 1, 7 f.:"ter uncti / transnanto Tiberim," "讓膏油的/他們泆水三渡提貝河"。

9. 【橄欖油】*olivum*,古時相撲角抵時用以膏身,人所習知,然古人泆水亦用橄欖油敷體,即此處所謂,參觀上注引III 12, 7句。

10. 【血毒的蛇】*sanguine viperino*,古人以爲毒蛇之毒在其血液,《對》3, 6 f.:"num viperinus his cruor / incoctus herbis me fefellit?" "難道未用藥草炮製的/蛇血騙了我?"【磕青】*livida*,健身習武如擊劍時易受傷,NH云尤因所著皮革護身衣所致,恐謬。Heinze云【兵器】*armis*蓋指習劍所用木劍(rudis),而非實戰所用銅或鐵劍。故【磕青】乃是木劍等鈍器擊撞所致。按是也,rudis者,日本劍道之竹刀(しない)類是。

12. 【鐵餅】*disco*、【標槍】*iaculo*,皆古希臘人健身強體之器,其中標槍已見荷馬《奧》VIII 229: δουρὶ δ' ἀκοντίζω ὅσον οὐκ ἄλλος τις ὀϊστῷ. "標槍之桿我投擲,爲他人射箭皆所不如。"與鐵餅皆列於古代五項競技(πένταθλον):跳躍ἅλμα,賽跑ποδωκείην,鐵餅δίσκον,標槍ἄκοντα,角抵πάλην。標槍鐵餅二項運動至尊時代始傳入羅馬自希臘,然未能流行。鐵餅H詩作他處亦曾語及,《雜》II 2, 13:"seu te discus agit, pete cedentem aera disco," "抑或鐵餅打動你,那就用鐵餅劈開空氣吧";《藝》380:"indoctusque pilae discive trochive quiescit," "不習標槍、鐵餅或鐵圈就休歇。"古希臘有青銅造像《擲鐵餅者》(*Discobolus*)，今存羅馬人倣作。此句謂敘巴黎昔因善擲鐵餅標槍而出名。

13. 【爲何】*quid*，此前排比【何以】*cur*爲責問，繼以【爲何】詰問其意欲何爲，問者意謂阿基琉男扮女妝匿身于女子中間，然終爲徒勞。【人說】譯*dicunt*，言其爲傳說，參稽I 7, 23; 16, 13類似用語fertur,“據說”;《書》I 18, 43,“putatur,”“據信”;《讚》III 21, 11,“narratur,”“話說”。Heinze: 此類插語僅謂所敘非詩人杜撰，並非疑其非眞。

14. 【忒提之子】*filium ... Thetidis*，即荷馬史詩英雄阿基琉，其母爲【海居】*marinae*奼女忒提(Thetis)。以父或母名見稱(patronymia)，已見I 6, 6注。據荷馬史詩以外傳說，特羅亞戰爭初起，阿基琉尚在幼沖，其母爲免其戰死、應驗預言，俾其男扮女妝藏身于敘羅(Scyros)，期間嘗傾心國王呂哥美特(Lycomedes)女戴達米婭(Deidamia)。歐里庇得《敘羅人》(*Skyrioi*)殘篇、希臘化時代詩人庇昂(Bion)、羅馬詩人奧维德等《變》XIII 162、《哀》(*Tristia*)II 411等皆曾敷布此傳說。其中《變》XIII 162–64撮其要曰:“praescia venturi genetrix Nereia leti / dissimulat cultu natum, et deceperat omnes, / in quibus Aiacem, sumptae fallacia vestis.”“預知其未來之死的海中仙女母親/喬妝其子，用僞裝衣服的詭計/騙過所有人，其中便有埃亞。”故事集中別見II 5, 21 ff.

16. 【呂伽】*Lycias*，文理本同名譯作呂家，《徒》27: 5:“[保羅]既濟基利家、旁非利亞之海、至呂家之每拉。”今因家字易生誤解，故改譯以伽。呂伽在小亞細亞西南端，特羅亞以南，荷馬史詩中呂伽爲特羅亞盟邦。

{評點}:

此爲I 5之後集中又一豔情詩。全篇敷衍希臘、希臘化-羅馬文學中相關母題，所敘之事較前首情詩(I 5)更屬虛構，並無本事可資尋索。

言歡情不見容于習武強身，希臘新喜劇及希臘化時代小說詩歌中所慣見。羅馬喜劇家普勞圖喜劇院本《小鬼》(*Mostellaria*)倣法希臘前賢，劇中有賓白曰(149–53; I ii, 66–70):

cor dolet quom scio ut nunc sum atque ut fui,

quo neque industrior de iuventute erat

* * * * arte gymnastica :

disco, hastis, pila, cursu, armis, equo

victitabam volup,

　　我心疼，當我知道我現在怎樣和我過去曾怎樣，/比青年時我無人更[有名]在競技運動中：/鐵圈、標槍、球、賽跑、兵器、和馬術，/我活得快活。

　　普羅佩耳修亦嘗涵詠此題，《哀》II 16, 33 f.敘人因相思而他務皆廢曰：

tot iam abiere dies cum me nec cura theatri

　　nec tetigit Campi, nec mea mensa iuvat.

　　現已有這許多天過去，我卻既不爲戲院

　　　也不爲操場的關懷觸動，食也不覺甘味。

　　方之以I 5，H詩中發言之"我"與此女無染，應爲敘巴黎之伙伴好友。全篇雖全用問句，然非有疑求解，實爲詰責也：敘巴黎一反常態，荒廢武術，沉溺于兒女情長，其友信悉此風塵女子之過。全詩排比七重問句，讀來一氣呵成，令人彷彿亲臨現場耳聞目覩發言者面斥友人女友。七問句中又有錯落，前六皆用疑問詞*cur*【何以】引領，問其因；最後用*quid*【爲何】，問用意；前六僅涉實況，最末引涉傳說；前六關乎當下，最末指向未來。傳說中阿基琉從軍遠征前曾混跡于少女中間，甚至亦不免兒女情長，然終不失英雄本色。詩中以之與敘巴黎相比，暗含敘氏終將如阿基琉拋卻兒女情長、從軍立功之期許。此外，敘巴黎同名城市因驕奢淫逸自廢武功而亡，暗喻此少年若一味耽于溫柔鄉，則亦將難免淪喪也。

　　因荒嬉于歡情而廢武功，本爲希臘喜劇關目，移植于羅馬，若細
究，卻非相宜。蓋因希臘文學中所言之情，實爲男子同性之愛；希臘人
有裸練場（γυμνάσιον），爲健身習武之所，如柏拉圖《會飲》、《斐德
羅》等篇所明示，亦是男子同性戀人交往場所。故希臘人言人因情而廢
體育，乃指二男子雙雙荒廢武術，故其于情于理皆宜；反觀H所言羅馬
人之馬術場、田徑場，言其與異性戀不相能，恐略嫌勉強。練達洞察如
H，蹈襲希臘人俗套，自當知囫圇吞棗必有不適，故推陳出新，將呂底
亞刻畫爲一強悍專橫女，如此，則敘巴黎爲其掌控，匿跡戰神操場，輕
抛伙伴朋友，便不乖于理矣。

九

贈塔利亞孔論生趣
AD THALIARCHVM DE VOLVPTATIBVS

蘇拉德山上白雪皚皚，雪壓樹木搖搖欲傾，河爲冰封凍結不流。

爐中請續柴祛寒，塔利亞孔，爲祛寒亦要多釀葡萄酒自雙耳罈。飲酒務當盡興，餘事盡託神明：神明萬能，如其欲平息海上狂風，陸上便樹靜風止。莫問明日如何，機運許你一日，皆應視爲人生贏利。今你正值少年，趁白髮未生，莫要荒廢愛情錯過舞蹈作樂。與情人密約於廣場，四處尋她千百度卻不得，直到笑聲暴露其藏身之處。他強奪首飾自渠臂上指上以爲再會信物，而她則欲拒還迎。

{格律}：

阿爾凱式(Alcaium)，集中用此格律者第一篇也，位居卷一頭九首展列讚歌(Paradeoden)之末，亦是初編三卷各卷倒數第二篇所用格律：I 37, II 19, III 29，Pöschl力辯如此安排必有用心，p.34 f. 此律式阿爾凱今存約四十首殘篇用之，H殆全襲之而未加更改。阿爾凱式遵Meinecke定律每章四行，其中上三行皆以短長格啓端，語氣鏗鏘，頭二行行中音頓之後續以古呂孔節，故於詩行後半由莊重入活潑；三行後半則變爲長短格(trochaeus)，亦令詩行由重入輕，雖不若前二後半之活潑。末行呈指度格，風格亦顯清新上揚之態。故此式整體輕重均衡，每行前昇後緩，雖雅緻而不失莊重，雖豐富而不失統一，爲H豎琴詩所用諸種格律中最出彩者。

{繫年}：

詩中所言人事無以確定撰作日期。學者或據本詩2×3章結構推斷應爲集中三章一組(Strophentriade)結構最早者，故定爲前28年。Kießling云詩爲詩人習作，故當屬集中最早屬就者，推斷撰作日期不晚于前29年。

{斠勘記}：

1–24. B闕。

5. ligna] luna F π*var.* vina δ 案異讀一爲月，二爲酒，於義皆謬，訛也。

6. large reponens $\varXi^{(\text{acc. }\lambda\text{' R2 }\pi2)}$ σχΑΓ *Diomedes* repones φ*var.* R^1 largiri potis $\varPsi$ large reponit *Pompeius* (Sextus Pompeius Festus，文法家，*GL*)案異讀一爲副詞"多"+現代分詞"續、放置"；異讀二爲動詞直陳式主動態將來時單數第二人稱，義爲"續、置放"；異讀三爲異形動詞現在時不定式，義爲"給"+直陳式情態動詞第二人稱單數，義爲"能"；異讀四爲副詞"多"+直陳式主動態現在時第三人稱單數"續、置放"。

7. deprome $\varXi^{(\text{acc. }\lambda\text{ R})}$ σχΓv c p *Sacerdos* (Marius Plotius Sacerdos，三或四世紀文法家) depone $\varPsi$(F l δ π) 前者義爲舀；後者見上，上下文如此鄰近，若同一動詞兩現，恐訛。

21. intimo $\varPsi$ (F λ' π*corr.* R^1) intumo $\varPsi$ δ π R^2(?) *Servius* 異體字也，Klingner采焉，茲從之。

23. dereptum $\varXi$ F R direptum λ' δ π 案二字皆源於rapio，攫、掠，前者爲動詞deripio被動分詞，言攫之而去；後者係diripio被動分詞，謂撕碎。依詩意當爲前者。

{箋注}：

1–4. 首章Bentley讀作陳述句，且引集中III 28, 5 f.："inclinare meridiem / sentis，""你察覺到亭午傾斜"，並阿爾凱殘篇338(見後{評點})爲旁證，現代版本多從之，然NH以爲應作問句。按陳述句抑或問句，于義殆無差別，所異者各人揣摩詩人語氣有別耳。設若爲問句，亦非詩人實有疑焉，乃爲導引所語者目光轉向雪山也。J.V. Muir "Two Poems of of Horace," *Latomus* 40(1981): 322–31)云：此處語氣如人閒談時新啓一話題，所言甚是。

1. 【蘇拉德山】*Soracte*，在羅馬以北距城約五十公里處，高近七百米，今名Monte Soratte。以羅馬之維度、以此山之高度，雖在絕頂無論冬夏亦當罕有積雪。H薩賓山莊位于羅馬東北，因地形方位不得望見此山，然在羅馬城內如登高則可遠眺。英國詩人拜倫(George Gordon Byron)《恰爾德‧哈羅德朝聖記》(*Childe Harold's Pilgrimage* 4, 74–75)寫主人公遊歷意大利至此，覩此景而思H此句云："All, save the lone Soracte's height, display'd /Not *now* in snow, which asks the lyric Roman's aid /For our remembrance," "所有這些山[指詩中此前所言希臘諸山]，除蘇拉德孤峰，此時/未顯罩雪，這要請那位操豎琴的羅馬人幫/我們回憶"。

2–3. 【挺立】*stet*，原文如譯文，多謂柱，如集中I 36, 14之"stantem columnam," "屹立的石柱"，擬以言山，Heinze：蓋因蘇拉德山孤立高拔如柱然，故云。【掙扎的森林】*silvae laborantes*，厚雪積壓森林枝椏，爲【重荷】*onus*，樹木【掙扎】爲負荷所致。按詩人描繪自山峰始，再下降至森林，再降而至河流，山峰自薩賓山莊既不可眺望，故如Heinze所云，全爲詩人想象，非是詩人流睛轉目所實見也。今人讀來彷彿二十世紀中期電影慣用之長鏡頭，先聚焦高遠山峰等遠景，再徐徐推遠，令近景中低處樹木河流等物漸入視野。

3. 【川流】原文*flumina*複數，非謂或非僅謂提貝耳河，Heinze：蓋爲詩人環視王宮山下小溪而泛言河水冰封。自此行至二章末全爲阿爾凱詩翻譯，詳下{評點}。

4. 【刺骨的凜冽】*gelu ... acuto*，指河中堅冰。【斷流】*flumina constiterint*，參觀奧維德《哀》V 10, 1："ut sumus in Ponto, ter frigore constitit Hister," "自我在本都，伊斯特河已三度因天寒而斷流"。

5. 【化解】*dissolve*同I 4, 1 solvitur(解釋)同源，然含義不同，一曰因春暖而融化，一曰寒冬室內取暖以化寒。【化解】與【舀出】*deprome*

Heinze以爲皆非吩咐僕役，而係東道主讓客。參觀III 28, 2 f.："prome reconditum / Lyde strenua Caecubum，""輕巧地舀出來，/呂德，收藏的卡古酒"。【爐】*focus*，室内取暖炭火爐，人圍爐而坐，Heinze云原文殆非指壁爐(caminus)，由龐培城考古得知壁爐多用於浴室。【續】*reponens*，詞義參觀維吉爾《農》III 526 f.："atqui non Massica Bacchi / munera, non illis epulae nocuere repostae，""然而巴庫的馬西贈禮、/續上的佳餚不會傷害他們"。

7–8.【雙柄的薩賓罈】*Sabina diota*，薩賓指酒，非謂酒罈，屬性形容詞與物主名稱交叉互換修辭學稱之爲**互換格**(**enallage**, Lausberg § 685. 2)。*diota*，希臘字διωτος轉寫，係雙柄酒罈，細頸闊腔、兩側各有把手。【經四冬的醇釀】*quadrimum ... merum*，忒奧克利多7, 147：τετράενες δὲ πίθων ἀπελύετο κρατὸς ἄλειφαρ，"他打開酒罈口兒上封了四年的瀝青[按用以密封]"；14, 15：ἀνῷξα δε Βίβλινον αὐτοῖς εὐώδη, τετρόρων ἐτέων, σχεδὸν ὡς ἀπὸ λανῶ，"我給他們開了畢卜利諾甜酒，四年的，幾乎如同剛出酒榨一般"。詩人薩賓田莊所產葡萄酒雖非佳釀，然以土產薦于賓客當使人有賓至如歸之感，杜少陵"樽酒家貧祇舊醅"(《客至》)、陸放翁"莫道農家臘酒渾"(《遊山西村》)所言差似。

8.【塔利亞孔】*Thaliarchus*，虛構人名(Pöschl, p.34)，或曰爲H某希臘友人，然于史無徵，空言無憑，未可從。該名寔常見于傳世希臘銘文，故無論其所指史上有無其人，此名確非H杜撰則無疑。如讀作虛構人物，則詩人選名或不無用意，詩學所謂significant name，含義可于其名中覘之：*Thaliarchus*可拆作θαλίας ἄρχων二字，義爲筵會監酒。原文*diota*【雙柄酒罈】係希臘字貸詞，與此希臘人名並用，"旨在高其風格，超凡脫俗，俾其得入賽神節慶境界"(Pöschl 前揭)。斯作以外，H集中贈希臘男子者，唯有III 20。人名爲呼格，插入句中，其後【要更大度】*benignius*屬前句，全句(【從雙柄……更大度】)意謂醴酒從寬。

9.【餘事】*cetera*，飲酒之外他務。【把餘事都託付神明】*permitte divis cetera*，參觀《英華》XI, 62 帕拉達(Palladas, 西曆四世紀時亞歷山大城詩人)讌飲詩：τοῦτο σαφῶς, ἄνθρωπε, μαθὼν εὔφραινε

σεαυτόν, / λήθην τοῦ θανάτου τὸν Βρόμιον κατέχων. / τέρπεο
καὶ Παφίη, τὸν ἐφημέριον βίον ἕλκων· / τἄλλα δὲ πάντα Τύχῃ
πράγματα δός διέπειν. "記住這點，人啊，要自娛自樂，/緊持遺忘死
亡的旨酒。享受愛神，且過此生：/把一切交由機運掌管。"

10–11. 【爭鬭的風】*ventos ... deproeliantis*，寫風向轉換不定。
此句言神明法力恢弘，可隨意止風靜海，令樹杪不驚。參觀 I 12,
27–32. 諸風飄忽不定擬爲角鬭，參觀I 3, 12 f.："praecipitem Africum /
decertantem Aquilonibus,""與朔風相搏相鬭的強勁阿非利加風"。

11. 【舒展】*stravere*，即平息，參觀I 3, 16，彼處分言"卷"tollere、
"舒"ponere，此處單申舒意。風暴興風作浪於海上，另見《對》13,
1–3："horrida tempestas caelum contraxit et imbres / nivesque deducunt
Iovem ; nunc mare, nunc silvae / Threicio Aquilone sonant." "嚇人的風
暴擠壓天空，/帶來雨雪和雷電；時而海面時而森林/因忒拉基的朔風咆
哮。"集中別見I 11, 5.

11–12. 【垂絲柏】*cupressi*，來自東方，學名cupressus funebris，
"喪柏"，爲冥王普魯同(Pluto)與冥后普羅塞賓娜(Proserpina)聖樹，常
用于葬禮，故名。英文稱作Chinese weeping cypress，中華泣柏。其幹較
細，其枝葉下垂如垂柳，故雖輕風亦可驚動。【花楸】*orni*，中文學名
梣樹，亦稱白蠟，生奇數羽狀複葉，宜植于多風山坡。Heinze: 二者反比
反襯，垂絲柏柔弱，故隨風而舞，梣樹強大，故風卷其樹冠而咆哮。

13. 【忍住】云云，洎此以勸誡收束以上季候譬喻。以季候喻人
生，別見I 7, 15 ff., I 17, 17 ff.，以及《對》13全篇。【運命】*Fors*近代版
本(Heinze)或作小寫。大寫則爲擬人(Wickham、Vollmer, Klingner)，擬
抽象概念爲神明也。細翫原文，誠如Heinze所云，此處與上【把餘事都
託付神明】並行不悖，蓋集中I 34已並列猶庇特與機運女神(Fortuna)，
則Fors亦是【神明】*divi*也。【運命】*Fors*同機運(Fortuna，二字同源)，
皆對希臘人之Τύχη，詳見I 34全篇及注。

14. 【能給與哪天】*quem ... dierum cumque dabit*，參觀《書》
I 11, 22 f.："tu quamcumque deus tibi fortunaverit horam / grata sume
manu neu dulcia differ in annum," "無論神讓你哪一時辰走運，/都

以欣喜之手承之，切勿推延到明年"。【劃作贏利】原文*lucro adpone*本係簿計用語，西塞羅已用爲譬喻，《弗拉古庭辯辭》(*Pro L. Flacco oratio*)40："quiescant igitur et me hoc in lucro ponere atque aliud agere patiantur."　"故而讓他們緘口，讓他們坐視我把它劃爲贏利而另行他事"。然其意則上可徵於特倫修(P. Terentius Afer, 約前195/185–約前159?年)喜劇院本《弗耳米奧》(*Phormio*)II, 251："quidquid praeter spem eveniet, omne id deputatabo esse in lucro."　"無論意外而來者爲何，我將皆視爲贏利。"

16.【舞蹈】*choreas*，實爲希臘詩歌意象，指多人聯手合舞，非羅馬習俗。【不屑……舞蹈】*sperne ... choreas*非謂塔利亞孔旁觀而心生輕蔑之意，而謂勿不屑躬親與舞。

17–18.【趁……之際】*donec ...*，爲前句(15–16)時間從句，亦兼該後二句(18–24)。

17.【華年】原文*virens*本義爲青綠，漢語"華年"亦含草木崢嶸貌。

18.【操場】原文*campus*，NH以爲指戰神操場(Campus Martius, 已詳I 8, 4注)，故應大寫，然其說閃爍其詞，所引普羅佩耳修(II 23, 5 f.)等並非逕云戰神操場，未足佐其說；Ritter, Koch, Plessis, Bailey同此讀。僞Acro古注訓爲："planus ad ludum locus,"　"平坦游樂場"，則似非專指戰神操場。西塞羅《崑克修庭辯辭》(*Pro P. Quinctio oratio*)18, 59稱其事主曰："natura tristi ac recondita fuit; non ad solarium, non in campo, non in conviviis versatur est,"　"生性冷漠而内斂，並不熱衷光顧市決場、操場或宴飲"。其《運命論》(*De fato*)8論處地之區別云："quid enim loci natura adferre potest, ut in porticu Pompeii potius quam in campo ambulemus？"　"那麼爲何地點特性能令人寧願漫步於龐培廊柱而非操場呢？"Heinze據此注曰："據上下文非是騎馬場，應是羅馬人交往會面之處"。Pasquali亦據以稱詩文(p.83)非指戰神操場旁屋大維婭廊柱(porticus Octaviae)或龐培廊柱(porticus Pompeia)。Pöschl論文中所錄原文作小寫，然其德譯文逕作das Marsfeld(pp.30–31)。綜合諸說，蓋所言空場在戰神操場或其附近當無誤，然如Heinze、Pasquali

所云，少年在此既非習武而爲約會，應在其近旁爲宜。【廣場】*aerea*，指神廟等公所周邊廣場，即今意大利文所謂piazza。意大利人至今仍喜日夕聚集廣場等處街談巷議，庶可藉以上窺古時民俗。當日羅馬城中知名廣場有首神廟廣場(area Capitoli)、王宮山廣場(Palatina)、市決場(Forum)等。詩文以空場廣場爲少男少女約會之處甚明，然現代學人仍多獻疑者：Archibald Y. Campbell等以爲嚴冬時節情人相約于空場廣場調情，頗乖常理；Pöschl則以爲空場與廣場應合讀，然與其後【夜下……呢喃】則須分訓(其語法依據爲et et que可分組爲(et et)+que)，前者指少年于空場與廣場強身健體，故可不畏嚴寒，後者專指調情捉迷藏，不必在廣場空場："冬天亦可踢足球，且冬天亦可投身愛情，即便不在戰神操場或公共廣場"(p.43)，又云詩中未道情人捉迷藏所在何處。今按：Pöschl之說甚爲牽強，橫生強身健體場景，"足球"云云，足資軒渠。爲圓其說別斷句讀至多亦僅爲一家之言，未可遽以反駁多數學者讀法。Campbell以爲此處如詩啓端皆作冬季，則甚可商，詳見{評點}。

18–20.【此時……尋覓】，原文【操場】*campus*至【時辰】*hora*諸名詞交軛(zeugma)於同一謂語動詞【被尋覓】*repetantur*，然其中於意唯【時辰】*hora*與之最相得，其餘【操場】於意實爲狀語，【呢喃】*susurri*祇可曰聞而未可不聞而能尋也。蓋詩人於句中轉念，故於句末已偏離句首初衷也。類似句式參觀III 17, 13–15，其中動詞"撕碎"(divellet)共軛於"基邁拉的氣息"(Chimaerae spiritu)與"百手的居阿"(centimanus Gyas)二主語，然於意祇與後者相合。集中他處別見III 24, 45–50："vel nos in Capitolium ... vel nos in mare proximum ... mittamus,""要麼我們把它投畀……首神廟，要麼我們投畀最近的海裏"，動詞"投"(mittamus)所領二語本應祇謂"海中"；IV 4, 42–44："ut Italas / ceu flamma per taedas vel Eurus / per Siculas equitavit undas,""如火過松林或滔風經西西里波濤般馳騁義大利城邑"，動詞"馳騁"本祇可實寫擬人風神"滔風"，因風神可騎行，火則未可等齊而語也。【操場……時辰】*et campus et areae ... hora*呈遞增三聯修辭式(tricolon crescendo)。

20. 意近稼軒詞所謂“衆裏尋他千百度”。

21–22. 原文此二行安排詞序頗具匠心，即尼采所謂鑲嵌畫之美：

藏伏　暴露(者)　幽深
latentis proditor intimo

巧　姑娘　笑聲　　角落
gratus puellae risus ab angulo

其中【暴露】原文*proditor*爲名詞，與下一行【笑聲】*risus*爲同位語，遂令此對稱結構愈顯完美。

23. 【並不固執】譯*male pertinaci*，中文“固執”解如字，即緊握不放，以對原文*pertinaci*詞根tenere執義；【並不固執】則指半推半就、欲拒還迎。副詞*male*，本義“壞”、“錯”、“不當”，於此義同否定，用法近俚。

24. 【信物】*pignus*，Heinze：非指情人間以證海誓山盟之信物，而指男子扣留女子首飾以嬲其復來相會也。

{評點}：

啓端捃撱阿爾凱(Alcaeus)飲酒歌，阿詩今唯賸殘篇(fr. 338)：

ὕει μὲν ὁ Ζεῦς, ἐκ δ' ὀράνω μέγας
χείμων, πεπάγαισιν δ' ὑδάτων ῥόαι
[　　ἔνθεν　　　　]
[　　　　　　　　]
κάββαλλε τὸν χείμων', ἐπὶ μὲν τίθεις
πῦρ, ἐν δὲ κέρναις οἶνον ἀφειδέως
μέλιχρον, αὐτὰρ ἀμφὶ κόρσα
μόλθακον ἀμφὶ <βάλων> γνόφαλλον.

宙斯,下雨吧,從天降下大/暴雪,水流都凍結了,/……/抗擊
冬天,生起/火來,斟滿蜜甜的/葡萄酒,然後一頭/撲到軟枕上。

　　H斯作祖構阿爾凱飲酒詩籾意,捃摭其中意象詞句直至襲用其
格律,學者胥無異議。然詩是否僅係詩人敷布辭章、演繹希臘典範之
作,抑或亦有本事,各家則莫衷一是。Heinze云,行3–4對譯阿爾凱句
πεπάγαισιν δ’ ὑδάτων ῥόαι(水流都凍結了),"然詩人如未身臨其境,
僅賴阿詩,恐難爲此。" NH則稱,蘇拉德山自薩賓山莊既不可遠眺,
故開篇場景寔乃想象而非寫實(詩序)。按二說皆可取,然亦皆有所短:
蓋蘇拉德山爲雪覆蓋、其下河流冰封,應實有其事——余初草此箋于
2011–2012年冬,其時歐洲極寒,羅馬降大雪,結冰——,然詩中稱翹
首可遠眺此冰天雪地之景自詩人居處(應即爲薩賓山莊,行5云【薩賓
罈】可證),則係詩人糅合記憶與想象而成,非此時此地所見實況也。
　　開篇並非全篇最難解處。歷來評家掎摭此詩利弊,毀多譽寡,皆
因詩中意象多變,前後不一:上二章明言河流冰封、雪壓柯枝時主人
在家待客,圍爐向火,至三章儼然已和風綠樹,季節竟已非復嚴冬;
末三章引入幽會豔情場景,亦不應正當嚴冬時節,否則情侶相約于
廣場空地,頗悖常理。Wilamowitz及Fraenkel (176 f.)詆此詩甚厲,以
爲詩中意象若單列固非不美,合之則不成詩或好詩(„Hübsche Verse,
aber noch kein Gedicht." Wilamowitz, *Sappho und Simonides*, p.311)。
Pasquali則云,詩中季節轉換應視爲詩人心境之轉換,非或非僅謂自然
季節也("non soltanto avvenimenti naturali ma anche fatti interni, stati di
animo." pp.81–82),謂刻畫嚴冬之首章與第三章中春景係前後相繼之
自然實景;苟如其言,則是作仍不免前後轉變無依之病。厥後Pöschl力
排前人詆詞,辯H此篇非庸作,用力最深,茲撮其要如下。
　　據Pöschl考辨,以格律與集中所處序位言(見上{格律}),此篇理不
當爲弱構,必與前八首同爲精心佳作;上二章雪景飲酒爲寫實,三章引
入希臘詩人(歐里庇得《赫拉克勒子女》(*Herakleidai*)95–106,索福克
勒《埃亞》(*Aias*)674 f.,《特拉基婦女》(*Trakhiniai*)132 ff.等)與哲人(伊
壁克忒托(Epiktetos, *Diatribae*)I 12, 15等)常談,謂人生無常,榮辱窮達

如四季交替然，故所云和風綠樹皆非寫實："首章寫自然實景，三章則舉自然爲例"（p.38）。又詳述本詩結構之嚴密整飭，云全篇分三步，每步約合二章；各步言人生遭遇每下愈況：嚴冬、焦慮、老年，而詩人一一勸解；三步遞進由具體（冬日向火飲酒）至一般（人生無常），再返具體（青春之歡），自眼前實景至譬喻幻想；故此詩以會飲始，以人生智慧終。按Pöschl此論恐似是而非，此詩之失在於虛（春夏約會等）實（寒冬飲酒）二部合並既悖理，詩人何必非以此二組齟齬不合之事分屬虛實、令其相爲譬喻耶？

其後NH與Syndikus等亦爲此詩辯說：前者謂"藝術和諧不待時空統一而成"（詩序）；後者則進而細論H乃至羅馬人之詩觀非同西方後世，比喻、意象、詩思必求貫穿一致，若一篇之内多次轉換，古人不以爲非。今按：NH所言恐待商榷；Syndikus之說較詳，可備一說，然亦非定讞。

{傳承}：

H此詩雖或容人疵議，然不妨歷代詩人青睞有加，翻譯摹倣之作不一而足。以翻譯論，英國詩人德萊頓（John Dryden）與考珀（William Cowper, 1731–1800年）惺惺相惜，譯文最堪翫味，且一詳一簡，足見詩人本自詩心不同，風格相異，其會意古人亦各見心裁。H原文辭簡蘊厚，德萊頓以抑揚格四音步詩行譯之，爲文搖曳舒緩，增廣原文24行爲42行，自不免添枝加葉，略嫌蕪雜。考珀則反其道而行之，將全篇壓縮爲17行長短交錯詩行，原詩末二章竟略而未譯，蓋亦覺其後半與全篇不相連綴歟？二譯比讀，當以考珀爲勝。

德萊頓譯文：

I

Behold yon Mountains hoary height,

　Made higher with new Mounts of snow:

Again behold the Winters weight

　Oppress the lab'ring Woods below;

And Streams, with Icy fetters bound,

Benum'd and crampt to solid Ground.

II

With well-heap'd Logs dissolve the cold
　And feed the genial hearth with fires;
Produce the Wine, that makes us bold,
　And sprightly Wit and Love inspires:
For what hereafter shall betide,
God, if 'tis worth his care, provide.

III

Let him alone, with what he made,
　To toss and turn the World below;
At his command the storms invade,
　The winds by his Commission blow;
Till with a Nod he bids 'em cease,
And then the Calm returns, and all is peace.

IV

To morrow and her works defie,
　Lay hold upon the present hour,
And snatch the pleasures passing by,
　To put them out of Fortune's pow'r;
Nor love nor love's delights disdain;
Whate're thou get'st to day is gain.

V

Secure those golden early joyes
　That Youth unsowr'd with sorrow bears,
E're with'ring time the taste destroyes

With sickness and unwieldy years !

For active sports, for pleasing rest,

This is the time to be possest;

　The best is but in season best.

VI

The pointed hour of promis'd Bliss,

　The pleasing whisper in the dark,

The half unwilling willing kiss,

　The laugh that guides thee to the mark,

When the kind Nymph wou'd coyness feign,

And hides but to be found again;

　These, these are the joyes the Gods for Youth ordain.

考珀譯文：

See'st thou yon mountain laden with deep snow,

The groves beneath their fleecy burthen bow,

　The streams congeal'd forget to flow;

Come, thaw the cold, and lay a cheerful pile

　　Of fuel on the hearth;

Broach the best cask, and make old winter smile

　　With seasonable mirth.

This be our part — let heaven dispose the rest;

　If Jove command, the winds shall sleep,

　That now wage war upon the foamy deep,

And gentle gales spring from the balmy west.

　E'en let us shift to-morrow as we may,

　　When to-morrow's past away,

　　We at least shall have to say,

We have liv'd another day;

Your auburn locks will soon be silver'd o'er,

Old age is at our heels, and youth returns no more.

丁尼生倣作：

倣作者，十九世紀英國詩人丁尼生（Alfred Lord Tennyson, 1809–1892年）《追思集》（*In Memoriam A.H.H.*）第一〇七首意象情景全蹈襲阿爾凱及H飲酒詩。然古人名篇前半僅言冬季雪中向爐取暖飲酒，丁尼生則一轉而云冬日向爐而飲爲慶友人冥壽，藉以追思亡友。藉古人詩境意象以推陳出新，丁尼生此篇堪稱佳什：

It is the day when he was born,

   A bitter day that early sank

   Behind a purple-frosty bank

Of vapour, leaving night forlorn.

The time admits not flowers or leaves

   To deck the banquet. Fiercely flies

   The blast of North and East, and ice

Makes daggers at the sharpen'd eaves,

And bristles all the brakes and thorns

   To yon hard crescent, as she hangs

Above the wood which grides and clangs

Its leafless ribs and iron horns

Together, in the drifts that pass

   To darken on the rolling brine

That breaks the coast. But fetch the wine,

Arrange the board and brim the glass;

Bring in great logs and let them lie,

 To make a solid core of heat;

 Be cheerful-minded, talk and treat

Of all things ev'n as he were by;

We keep the day. With festal cheer,

 With books and music, surely we

 Will drink to him, whate'er he be,

And sing the songs he loved to hear.

他出生之日天寒地凍，白日早沒于陰霾後面，遺留黑夜蕭索。/其時不容花草妝點宴會。東北風凜冽，屋檐垂冰尖利如匕首，/荊棘叢立，直挑新月；新月罣于林上，爲光禿無葉的肋條鐵角般枝幹戳刺，/又有浮雲飄過，令衝擊海岸的海水陰暗。可是拿酒來，鋪陳上筵席，斟滿酒杯；/搬進屋來劈柴，擺放在上，生起炭火；讓心里快活，一如他在身旁；/我們記念此日。以節日之歡、書籍和音樂，向他致酒，無論他變化幾何，都唱給他他愛聽的歌曲。

{比較}：

神韻與事理

詩歌抒情可否罔顧事理，向來爭議不絕，非獨關乎H此作，亦非西洋古代詩歌批評所專有。中國清代詩歌主神韻說者如王漁洋輩持論頗與NH、Syndikus等說相似，以爲詩之佳否不待時空統一；然所見如Wilamowitz、Fraenkel等而秉異議者亦代不乏人。晚清學者俞樾《九九消夏錄》有"詩主神韻不切事理"一則，疵議詩不切事理，持論正與西方學者貶H此詩同：

王漁洋有《觀海詩》曰："春浪護魚龍，警濤與漢通。石華秋散雪，海扇夜承風。"或譏之曰："不知此遊爲春爲秋。"余謂詩之專主神韻者，往往不切事理。如太白"青山橫北郭"一首即云"白水繞東城"，客必舟行矣；又云"揮手自茲去，蕭蕭班馬鳴"，竟不知此客爲乘船爲乘馬也。又如"牛渚西江夜"一首，末聯云"明朝掛帆去，楓葉落紛紛"。夫策騎山行，則楓葉紛紛落於馬首，固其所也；若掛帆行大江之中，何楓葉之有？豈非專主神韻，不講事理之失乎？（頁八三）

漁洋非不自知其作或招非議，故曾再四自申，《池北偶談》卷十八談藝八"王右丞詩"（八三一條，頁四三六）云：

世謂王右丞畫雪中芭蕉，其詩亦然。如"九江楓樹幾回青，一片揚州五湖白"，下連用蘭陵鎮、富春郭、石頭城諸地名，皆寥遠不相屬。大抵古人詩畫，祇取興會神到，若刻舟緣木求之，失其指矣。

又云："古人詩祇取興會超妙，不似後人章句，但作記里鼓也。"《帶經堂詩話》卷三仁興類三，引《漁洋詩話》，上册，頁六八。

漁洋雖申辯在先，然未必服人，非惟經學家如曲園者不以詩爲求神韻罔顧事理爲然，漁洋之後清代詩人亦多非其說。沈德潛《說詩晬語》卷下第五十五條云："寫景寫情，不宜相礙，前說晴，後說雨，則相礙矣"（頁三七三），蓋暗譏漁洋之論也，其以詩中罔顧情理致前後相碍爲病，明矣。晚清民初詩人陳衍《石遺室詩話》駁漁洋更力：

杜牧之敘李長吉詩云："少加以理"，則可以"奴僕命《騷》。"言昌谷俶詭之詞，容有未足於理處也。理之不足，名大家常有之。……昌黎詩云："荆山已去華山來，日照潼關四扇開。"漁洋本之，以對"高秋華嶽三峯出，曉日潼關四扇開。"益都孫寶侗議之，曰："畢竟是兩扇。"或曰："此本昌黎，非杜撰。"孫憤然曰："昌黎便如何！"漁洋不服，謂孫持論好與之左。余謂"潼關"句於韓詩止易一字，而"函關月落聽難度，

華嶽雲開立馬看", 又高青邱之句。華嶽自是三峯, 虧漁洋苦湊
"高秋""出"三字, 無甚特妙, 亦何必哉! 且分明是"兩扇",
必說"四扇", 似不得藉口於古人。昌黎時關門不敢知其如何,
總以不說謊爲妥。又漁洋《雨後觀音門渡江》詩云:"飽挂輕
帆趁暮晴", 雨後作, 言"暮晴"是矣; 而第三句又云:"吳山帶
雨參差沒", 又說"雨", 何耶? 爲之解者曰:"初晴山尚帶雨
耳。"然非方落雨, 何以會"沒"?若因天暝而"沒",又何以知其
"帶雨"耶? 此雖小疵, 亦宜檢點, 非效紀文達之好批駁古人
詩也。(卷十七, 頁二六三——二六四)

按陳說雖是, 然辨理恐未密。詩者, 依柏拉圖所言, 謊也, 責其不屬
實, 正落漁洋輩"記里鼓"口實。詩固應繩于理, 然詩非史, 史之優劣首
以信實與否爲準, 詩則未必徵信于實, 故詩理不等于紀實。然詩雖虛構
亦必循理, 否則可爲囈語、爲癡人說夢, 非詩也。若循理, 則雖描摹神仙
鬼魅亦可嚴密信實; 若背理, 雖欲寫實仍不足徵信。故此理寔爲亞里士
多德所謂或然與必然(κατὰ τὸ εἰκὸς ἢ τὸ ἀναγκαῖον,《詩學》第九章,
1451b5), 詩緣循此或然與必然之理, 反較史記更爲哲學更爲嚴肅:

> διὸ καὶ φιλοσοφώτερον καὶ σπουδαιότερον ποίησις
> ἱστορίας ἐστίν· ἡ μὲν γὰρ ποίησις μᾶλλον τὰ καθόλου, ἡ δ'
> ἱστορία τὰ καθ' ἕκαστον λέγει. ἔστιν δὲ καθόλου μέν, τῷ
> ποίῳ τὰ ποῖα ἄττα συμβαίνει λέγειν ἢ πράττειν κατὰ τὸ
> εἰκὸς ἢ τὸ ἀναγκαῖον, οὗ στοχάζεται ἡ ποίησις ὀνόματα
> ἐπιτιθεμένη·

詩因而更哲學更嚴肅詳盡: 因爲詩更願講述普遍的, 而史
則更多講述單箇的。所謂普遍即是某類人做某樣事說某樣話是
依照或然或必然律的, 適緣于此詩纔選定其所使用的各箇人
的名字。

此或然與必然不等于逼眞, S.H. Butcher闡說甚明:

　　亞氏所倡之或然性並非法國舊時很多批評家所理解的狹
義的逼眞(vraisemblance), 因爲那樣就會把詩人關在想象力的
更高領域之外, 而把他局囿于直接的現實的瑣屑圈子之內。配
享悲劇之名的每齣戲裏的故事如果以其日常發生的可能性繩
之, 則是不大可能有的, ——這種不大可能有正如有能力行偉
大的事、有偉大的激情的人物是罕見的一樣。"或然"律連同
"必然"律均指一首詩的内部結構; 是這種内在的律法保證了
各部分的連接一氣。(pp.165–66)

　　亞氏所論雖就悲劇而發, 然正如Manfred Fuhrmann所言(*Die
Dichtungstheorie der Antike*, p.31), 非止適用于悲劇, 實可推廣于詩之
一般。而豎琴詩雖主旨不在敘事, 然亦當合此或然必然之律。
　　故曲園、石遺疵議漁洋詩非因其摹寫不實, 而因其所造之境爲不
可能。Fraenkel等貶H此詩亦由于此。

十

墨古利頌

HYMNVS MERCVRIO

墨古利者，亞特拉外孫，能言善道，剏立語言；發明角抵，制度先民；爲衆神奔走，充其執訊。

首造豎琴，悅耳娛心；滑稽善謔，古怪精靈；凡所觸手，無不攘牽；阿波羅神牛，汝敢盜竊，干彼震怒，命汝歸還；然其色雖厲，難掩軒渠；汝不之懼，復攘其箭，遂令其莞，竟遭洗劫。

普里阿摩，特羅亞王，長子被戮，屍遭敵辱，爲收其屍，潛入敵營，賴汝引導，無人覺察。人死魂逸，奔赴幽冥，入地無門，汝充嚮導。衆神有別，各居其位，高低幽顯，各司其職，唯汝所之，靡不喜歡。

{格律}：

薩福體(Sapphicum)，一如其所法阿爾凱所作希耳米頌詩，詳後{評點}。

{繫年}：

文中本無可據以斷代者，學者或據其各章可分爲2/2/1結構而推斷當作于前26–23年。

{斠勘記}：

14. *om.* B

17. laetis animas $\varXi\,{}^{(acc.1\,R\,\pi2)}$ animas laetis $\varPsi$ (F λ δ π^1)

18–20. Sedibus ... .. coerces aurea turbam ⫶ Superis deorum gratus et imis F δ, *om.* aur. t. 案異讀分行有誤。

{箋注}:

1.【墨古利】*Mercurius*，原文呼格，所用句法詳見{評點}，本爲羅馬本土神，後等同于希臘神希耳米('Ερμῆs / Hermes，譯名從文理本，俗譯赫爾墨斯)，參見I 2, 41–42注。【亞特拉】*Atlas*，墨古利母瑪婭(Maia)乃亞特拉女，故云墨古利爲亞特拉【外孫】*nepos*。參觀歐里庇得《伊昂》(*Iōn*)1–4: "Ατλαs, ὁ χαλκέοισι νώτοιs οὑρανὸν / θεῶν παλαιὸν οἶκον ἐκτρίβων, θεῶν / μιᾶs ἔφυσε Μαῖαν, ἢ 'μ' ἐγείνατο / Ἑρμῆν μεγίστῳ Ζηνί, δαιμόνων λάτριν. "亞特拉，青銅的脊背上摩/蒼天，諸神之鄉，與諸神中/一位女神生了瑪婭，她又生了我，/希耳米，與大神宙斯，我成了衆神明的僕役。"原文首行有異讀，"Ατλαs或置於行尾。【巧言】*facunde*，應係λόγιοs之譯，希臘文章中希耳米慣用附稱，豫摄此下所敘靭立語言之德。此行【墨古利】、【外孫】爲同位語，句法詳見{評點}。

2.【語音】*voce*上承【巧言】，依埃及暨希臘古說，埃及之多特(Θώθ / Thoth)/希臘之希耳米靭立語言文字，西西里人丟多羅(Diodorus Siculus, 前一世紀)《史籍》(*Bibliotheca historica*)I 16, 1述曰: πρῶτον μὲν τήν τε κοινὴν διάλεκτον διαρηρωθῆναι ... τήν τε εὕρεσιν τῶν γραμμάτων γενέσθαι, "他首先辨析通用言談，……再生造文字"。此說H祖述，然其所謂【語音】尤指詩歌與演說。【角抵場】*palaestra*/παλαίστρα，角抵爲古希臘競技主項，古希臘有希耳米主競賽說，故競技場、角抵場旁多立其彫像。參觀品達《奧》6, 79: Ἑρμᾶν ... ὃs ἀγῶναs ἔχει μοῖράν τ' ἀέθλων, "希耳米，掌管競賽會和比賽運道"。西西里人丟多羅又云(出處同上): καὶ παλαίστραs εὑρετὴν ὑπάρξαι, "是角抵的靭始者"。Porphyrio古注云H即指此; 僞Acro古注云非實指，以爲借喻演說比賽。按以此字謂修辭訓練，古有成例，*OLD* 1. b引西塞羅《布魯圖》(*Brutus* 37)等例，可參看。詳翫原文，二說可並行不悖，因希耳米既始作語言，亦首靭角抵。始作語言見上; 首靭角抵之說，除上引出處外，尚有存世拉丁銘文佐證，*CLE* 1528 A：“Lucri repertor atque sermonis dator /
infa<n>s palaestram protulit Cyllenius.” “贏利發明者暨賜予話語者，/居
勒涅嬰兒做出角抵場”。1528 B：“Interpres diuum, caeli terraeq. meator, /
sermonem docui mortales atq. palaestram. / Caelorum incola toti]
usque terrae, / sermonis dator atq. somniorum, / Iovis nuntius et precum
minister.” “諸神舌人，天地行者，/教授凡人以言語暨角抵。/既是天上亦
是地上居者，/賜予言語暨夢境，/猶父執訊暨祈禱之差役。”中譯【角抵】
取古辭，詳後{比較}二。【俊美】*decorae*，【角抵場】實爲德指格，【俊
美】謂角抵士，非指其場地。維吉爾《埃》IV 559：“[Mercurio] et crinis
flavos et membra decora iuventa,” “[墨古利]有金髮和年輕的俊美肢
體”。維吉爾古注Servius云：“因他是角抵之神。”

3. 【點獪】*catus*，墨古利性點慧，見下行6–8，其中尤與【狡點】
*callidus*呼應。原文與第二人稱主語所領定語從句關係代詞*qui*同位，置
於從句中間，位於第三行當中，中譯【點獪的你】位置對應原文。

3–4. 【初民野蠻的習俗】*feros cultus hominum recentum*，H以野蠻
人爲“mutum et turpe pecus,” “喑啞骯髒的牲口”，《雜》I 3, 100，非如
近世盧梭(Jean-Jacques Rousseau)以未開化之民爲貴: bon sauvage。

5. 【你】*te*，二、三章同格(賓格)排比，與卒章*tu*(主格【你】)呈變格排
比(polyptoton)。卒章譯文置【你】於行中第二字，非如原文居於行首。神
頌排比單數第二人稱，又見I 35機運女神頌，其中二、三、五、六章首位排
比賓格“你”(te)；II 19酒神頌行17以降排比主格與賓格“你”(“tu ... tu ...
tu ... te ...”)，戲擬酒罈頌III 21行13以降排比主格及賓格“你”(“tu ... tu ...
tu ... te ... te ...”)。盧克萊修《物性論》I 4 ff. 頌愛神維奴體例亦同：“per
te ..., te dea, te fugiunt venti, te nubia caeli / adventumque tuum, tibi suavis
daedala tellus / summittit flores, tibi rident aequora ponti ...” “自你……, /
你，女神，自你風雲逃逸，/你的到來，爲你戴達洛的土地生出/甜美的花卉，
爲你海面嬉笑……”。餘詳後{評點}。

5–6. 【大猶父……之父】*magni Iovis ... parentem*，頌神以同位語
明其宗譜，阿爾凱阿波羅頌唯餘首行(fr. 307注；D. Page, *Sappho and
Alcaeus*, p.245)：ὦναξ Ἄπολλον, παῖ μεγάλω Διος, “哦阿波羅王，

大宙斯之子", 【父】*parentem*與賓格【你】*te*同位。【執訊】*nuntium*, 墨古利爲諸神執訊, 故執訊既是其職司、亦係其附稱: διάκτοροs, 因【巧言】而充【執訊】, 上承前章。【執訊】中譯取辭於《左傳‧文公十七年》(17.4): "鄭子家使執訊而與之書, 以告趙宣子。"杜預注曰: "'執訊', 通訊問之官。"希耳米爲諸神執訊說本荷馬《奧》V 29: Ἑρμεία, σὺ γάρ αὖ τε τά τ᾽ ἄλλα περ ἄγγελόs ἐσσι, [宙斯云] "希耳米, 你自己在他時皆是執訊"。【拱形琴】*curvae lyrae*, 即豎琴, 【拱形】謂其音箱形狀, 據荷馬體《希耳米頌》(*hymni Homerici* 4, 21–59, Εἶs Ἑρμῆν), 希耳米誕生當天即以山龜甲爲琴身(故爲【拱形】*curvae*)、以所盜阿波羅牛(見下行9–12及注)革覆之、以牛角爲柱、羊腸爲絃, 始作豎琴。參觀I 21, 12及注。稱始作者爲【父】*parens*, 往古如今, 柏拉圖《蒂邁歐》(*Timaeus*)41敘翔作諸神及萬有之"神中之神"自稱"巨匠與諸工之父": θεοὶ θεῶν, ὧν ἐγὼ δημιουργὸs πατήρ τε ἔργων. 其書西塞羅拉丁譯文(*Timaeus* 40)此處作: "haec vos, qui deorum satu orti estis, attendite: quorum operum ego parens effectorque sum";《善惡界限論》(*De finibus bonorum et malorum*)II 1曰"蘇格拉底可稱爲玄學之父": "Socrates, qui parens philosophiae iure dici potest."

7. 【詼諧的賊盜】*iocoso ... furto*, 荷馬體《希耳米頌》13–14稱其: πολύτροπον, αἱμυλομήτην, ληϊστήρα, "機靈、詭詐, 慣偷"。然《希耳米頌》64敘其盜牛因貪肉, 故施巧詐: κρειῶν ἐρατίζων, 不云僅爲戲謔。H身後有傳說云其盜牛實爲惡謔, 腓洛斯特拉多(Philostratos, 約165/170–244至249年之間)《圖畫記》(*Eikones*)1, 25記述希耳米誕生圖云: φασὶ γὰρ τὸν Ἑρμῆν, ὅτε τῇ Μαίᾳ ἐγένετο, ἐρᾶν τοῦ κλέπτειν καὶ εἰδέναι τοῦτο οὔτι που ταῦτα πενίᾳ δρῶν ὁ θεόs, ἀλλ᾽ εὐφροσύνῃ διδοὺs καὶ παίζων. "因爲據說瑪婭所生之希耳米喜愛且熟諳盜竊, 然我以爲神爲此非因貧, 而爲其能令其快活, 乃其遊戲"。H曰【詼諧】*iocoso*同此說, Heinze以爲皆本阿爾凱。

9–12. 此章句法複雜, 原文前置賓語*te*(譯作【朝你】), 以*nisi*【除非】領條件從句, 主句主語*Apollo*【阿波羅】置後, 且以連詞*dum*——中譯爲【邊……邊……】——聯合二項謂詞*terret*【恐嚇】、*risit*【笑】。中譯語序幾全依原文。

9. 【詭計】*dolum*，希耳米盜牛自阿波羅處，倒驅之以迷惑阿波羅，俾其不易追尋。荷馬體頌(75 ff.)與阿爾凱希耳米頌(詳後{評點})皆詳敘此事。

10. 【偷牽】*amotas*與【賊盜】*furtum*皆可稽於羅馬刑律，該猶(Gaius)《律條綱要》(*Institionum libri quattuor*) III 195："furtum autem fit non solum eum quis intercipiendi causa rem alienam amouet,""賊盜成立不僅在有人爲截獲之而偷牽他人之物"。長孫無忌《唐律疏議》卷十七至二十論"賊盜"(《箋解》，頁一二三三及後)，其中論"竊盜"在卷十九(頁一三八二及後)，中譯裁酌以取辭。盜牛故典阿爾凱所作希耳米頌嘗隸焉，今阿爾凱詩雖不存，然其情可徵於保桑尼亞(Pausanias)《希臘志》(*Graeciae descriptio*)VII 20, 4(參觀D. Page, pp.252–58)：βουσὶ γὰρ χαίρειν μάλιστα Ἀπόλλωνα Ἀλκαῖός τε ἐδήλωσεν ἐν ὕμνῳ τῷ ἐς Ἑρμῆν, γράψας ὡς ὁ Ἑρμῆς βοῦς ὑφέλοιτο τοῦ Ἀπόλλωνος. "阿波羅愛牛可見阿爾凱希耳米頌，他寫希耳米如何盜竊阿波羅之牛。"

11. 【嬰兒】*puerum*，見上行6注。

9–12. 據荷馬《伊》XV 256古注，阿波羅因牛被盜而怒斥希耳米，故此處云【以威脅聲恐嚇】*minaci voce ... terret*，然希耳米非特不悛，反又竊其箭于箭筒，令其一籌莫展。【威脅聲】參觀腓洛斯特拉多同篇稍後敘阿波羅牛既被盜，遂來瑪婭處問罪，以死相逼曰：ἀπολεῖται δὴ καὶ ἐμβεβλήσεται κατωτέρω πρὸ τῶν βοῶν. "他要死，要被拋入比[他埋的]牛還深的地下。"盜箭參觀同篇稍後：καὶ κούφως ἐπιπηδήσας τοῖς μεταφρένοις ἀψοφητὶ λύει τὰ τόξα καὶ συλῶν μὲν διέλαθεν. "敏捷地跳到他後腰，悄沒聲地解下弓，沒讓他發覺已被繳械"。【笑】*risit*，腓洛斯特拉多同章稍後：διαχεῖ γὰρ τὸν Ἀπόλλω καὶ ποιεῖ χαίροντα, "因爲阿波羅化怒火爲歡樂"。詩中此章爲一完整複句，句法繁複，有倒裝、句中插入等式，中譯傚之。

13–16. 荷馬《伊》XXIV 333–467敘述特羅亞主將赫克托(Hector)戰死，其父【普里阿摩】*Priamus*欲赴希臘人營寨返其屍骸，得希耳米之助，遁形潛至阿基琉行營，面求準允。【財主】*dives*，西方自古視東方富有財貨，君王宮殿奢華多珍寶。荷馬《伊》XVIII 288–89：πρὶν μὲν γὰρ Πριάμοιο πόλιν μέροτες ἄνθρωποι πάντες μυθέσκοντο πολύχρυσον πολύχαλκον：“因爲古來有死的人就全都敍說普里阿摩的城多金多銅”。此處特稱其富贍，尤因普里阿摩爲返子屍身攜厚賂也。荷馬《伊》XXIV 685：καὶ νῦν μὲν φίλον υἱὸν ἐλύσαο, πολλὰ δ’ ἔδωκας·“如今你要贖你的愛子，你多有貢獻”。

14.【伊利昂】*Ilio*，即【特羅亞】*Troia*。【阿特柔氏】*Atridas*，以祖稱後裔，詞法如以父稱子(patronymia)，謂阿伽門農(Agamemnon)與墨涅勞(Menealaos)等，此二人皆係阿特柔之後，阿特柔已詳I 6, 8注。希臘人遠討特羅亞，二人皆爲希臘聯軍主帥。H用字殆本上注引荷馬《伊》一節，其中稍後有 Ἀγαμέμνων γνώῃ σ’ Ἀτρείδης，“阿伽門農，阿特柔氏會認出你”語。

15.【帖撒利人營火】*Thessalos ignis*，阿基琉與其所帥部曲屬慕米東(Myrmidones)部落，來自帖撒利地菲提亞(Phthia)，參觀II 4, 10。此處暗示普里阿摩造詣阿基琉行營，帖撒利已詳I 7, 1注。【營火】*ignis*，荷馬原文本爲“哨兵”(φυλακτῆρες，《伊》XXIV, 444, 566)。Heinze：H易以營火，刻畫情景如在眼前。按阿基琉軍營篝火通明，普里阿摩竟能隻身潛入，此處暗頌希耳米能隱遁普里阿摩形狀之神力。

17–18.導引亡靈往冥界亦爲希耳米職司之一，故有ψυχοπομπός，“送魂者”附稱。按其埃及前身神多特(Thoth)亦掌冥府幽魂，參見P. Boylan, *Thoth*, p. x. 荷馬《奧》XXIV 9–14述奧德修再入陰曹，有希耳米導夫先路：

> ἄρχε δ’ἄρα σφιν
> Ἑρμείας ἀκάκητα κατ’ εὐρώεντα κέλευθα.
> πάρ δ’ἴσαν Ὠκεανοῦ τε ῥοὰς καὶ Λευκάδα πέτρην,
> ἠδὲ παρ’Ηελίοιο πύλας καὶ δῆμον ὀνείρων
> ἤισαν· αἶψα δ’ἵκοντο κατ’ἀσφοδελὸν λειμῶνα,
> ἔνθα τε ναίουσι ψυχαί, εἴδωλα καμόντων.

　　無邪的希耳米先于他們沿潮濕之路而下，/傍奧克安諾河
和琉喀巖，/經太陽之門和夢之國；/快速來到水仙坪，/那裏居
住着靈魂和已做完工者的幻影。

　　傳世《奧》文本末卷於卷十一奧德修幽冥之旅之後再敘冥界幽
魂，現代學者皆以爲非荷馬史詩原貌，乃後人所增，參觀Lesky, *Gesch.
der griech. Lit.*, p.71。洎阿爾凱生時(前七世紀)恐尚未有此情節。然H
所見荷馬詩文當已有之。【虔敬】*pias*，素爲羅馬人所重，其含義彷彿中
國所謂忠孝，參見劉皓明《命運與敬虔》，《小批評集》，頁十二–十八。
此處【虔敬的靈魂】*pias ... animas*謂賢良者陰魂，據維吉爾(見下注)
等，冥間有其專屬區域，使其不與芸芸【羣氓】*turbam*之魂爲伍。故此
章分言賢者與【羣氓】二類陰魂，墨古利皆爲充嚮導焉。

　　17.【樂所】*laetis ... sedibus*，維吉爾《埃》VI, 638 f.敘埃涅阿下陰
曹地府，其中有福人甸安置賢者陰魂："devenere locos laetos et amoena
virecta / fortunatorum nemorum sedesque beatas." "他們來到樂土，
福人甸宜人的葱蘢與蒙福的居所"。參觀存世古希臘神道碑文(*Epigr.
Gr.* 411): τόν, ὦ Μαιας κλυτὲ κοῦρε, Ἑρμείη, πέμποις χῶρον ἐπ'
εὐσεβέων. "哦瑪婭之子，希耳米，聽眞，請送之入敬虔者之地。"414
條: μακάρων ἠλύσιον πεδίον, ἔνθα ... μ' ἀγαγὼν Κυλλήνιος Ἑρμῆς
ἵδρυσε. "蒙福的伊利翁之原，居萊尼的希耳米領我安居於彼處。"

　　18.【金杖】*virga ... aurea*，信使希耳米所執之杖，其狀爲8字形，
向上敞口，希臘人稱爲κηρύκειον，拉丁文作caduceus。又另有魔杖，
或以爲同cadeuceus，或以爲不同，希臘人稱作ῥάβδος，對此處*virga*。
荷馬《伊》XXIV 343，《奧》XXIV 2、荷馬體《希耳米頌》529皆作後
者，爲導引之杖，非如H詩此處形同牧人杖，用以驅衆。維吉爾《埃》
IV 242: "tum virgam capit ; hac animas ille evocat Orco / pallentis,
alias sub Tartara tristia mittit, / dat somnos adimitque et lumina morte
resignat." "于是他抓起魔杖；把灰白的靈魂從奧耳古/喚出，其餘的被
他發遣到悲哀的韃靼魯，/派送或剝奪夢，還給死重啓光明。"集中寫墨
古利以杖驅魂如畜牧然，此外別見I 24, 16.

18.【輕盈】*levem*, 靈魂無重, 飄忽如影翳。

19–20.【至高的】*superis*與【最底下的】*imis*分指上天與冥界神明。

{評點}：

此集中神頌第一篇也。頌神(ἔπαινος θεῶν)乃讚歌詩人本分, 亦是修辭術慣用託題(topos)。神話因頌神詩得以膾炙人口, 尤因詩人敷衍古說能爲之踵事增華, 鍾嶸《詩品序》所謂"靈祇待之以致響, 幽微藉之以昭告"也。

Porphyrio古注曰, H此篇祖構阿爾凱《希耳米頌》("hymnus est in Mercurium ab Alcaeo lyrico poeta."), 且云行7–12所敘神話全本阿爾凱("fabula haec autem ab Alcaeo ficta.")。阿爾凱《希耳米頌》據載(*scholia ad Hephaestion*)編入失傳善本亞歷山大城阿爾凱集, 位居首卷第二。惜今僅存首章殘篇(fr. 308), 其辭云：

χαῖρε, Κυλλάνας ὁ μέδεις, σὲ γάρ μοι
θῦμος ὕμνην, τὸν κορύφαισιν †αὐγαῖς†
Μαῖα γέννατο Κρονίδᾳ μίγεισα
παμβασίληϊ.

受我一拜, 君臨居萊尼的, 你我的/靈魂要歌頌, †曦光†之首/瑪婭與克羅諾之子相交生下/全能的君主。

H詩格律亦倣阿爾凱頌, 用薩福體。阿爾凱原詩完璧既不存, H此詩剽襲阿爾凱神頌幾何, 遂成公案。Wickham云(詩序)本詩爲詩人修辭煉句之習作耳, 雖未可遽稱爲翻譯, 然確係倣作; Kießling/Heinze亦謂詩爲翻譯("freie Übersetzung"), 然信詩人實有所用心, 非袛爲習作也; NH所見略同; Fraenkel(p.161 f.)曰H專擅捃撦希臘範本, 而有所發明, 本詩當視爲此類典範; Syndikus論證本詩謀篇獨立于阿爾凱詩(125), 博採衆說之外, 所論愈細愈詳。綜觀諸家之說, 云本詩雖爲倣作然頗見詩人心裁，當爲的論。

集中安排首篇神頌爲墨古利頌，頗見詩人深意所在。H集中屢申其視墨古利爲其人身護祐神明，II 7, 13（"me per hostis Mercurius ... sustulit,"　"墨古利將我……挾持穿過萬軍"）敍於腓力比之役得保全首領于萬軍之中全賴此神, II 17, 29更逕自標榜爲墨古利之人（"vir Mercurialis"）；《讚歌集》撰作之前，《雜》II 6, 4 ff.已稱其爲護祐神明："bene est. nil amplius oro, / Maia nate, nisi ut propria haec mihi munera faxis."　"這都好[指神賜其田莊產業]。我不多求, /瑪婭之子, 倘若你令我的這些恩賜久長。"Heinze等學者爰是以爲，詩人集中首篇神頌爲墨古利頌，此必爲其所因也。Fraenkel似惑於當日流行之新批評派，力主應孤立文本，以爲不當于詩外別求他證。NH駁Fraenkel甚力，云其所言只涉本詩正文，不足以排除詩之撰作動機與契機可別求旁證（詩序），所言甚是。

本詩既爲神頌，則須式遵神頌法度。Eduard Norden名著《未識之神》（*Agnostos Theos*）精研西洋古時禱祝辭範式，其第二部第一章專論H集中數首神頌之風格與句法形式（詳見III 21注及評點）。據Norden，希臘文頌神辭先後有三名：εὐλογία美辭，品達等上古詩人所用；ἀρεταλογία或頌德辭，其後古代詩人習用；δοξολογία或頌榮耀辭，基督教文獻所用（p.149 f.）。羅馬人采納希臘祝禱辭格式甚早，其章法可概括爲：1)臚列神明名稱，常用呼格直呼+ "或……或"（sive ... sive, seu ... seu等）語式（pp.143–48)，用以枚舉神祇之正稱與別名（ἐπικλήσεις），其中尤須詳敍神譜身世；2)排比 "你"，常與定語從句並用（pp.149–63)；3)，以第三人稱語式、以謂詞、分詞謂詞或定語從句謂詞多方描狀刻畫所頌神祇（pp.163–76)。反觀本頌，詩中名稱臚列從簡，僅有呼格直呼神名（*Mercuri*)加譜系（*nepos Atlantis*)，之後排比（行5, 9, 13)第二人稱，其中 *te canam*尤中規中矩。神頌常以告語結束全篇，以道詩人於神攸求或發願供奉，H此篇則全然畧之，論家或稱此類無禱詞之神頌爲 "客觀神頌"（objektive Hymni)，*RE*, Hymnos詞條，17: 142。M.L. West等輩進而闡發此等頌神程式非衹見於希臘羅馬詩歌，亦是古印歐諸語種詩歌一貫格式，所著《印歐詩歌與神話》（*Indo-European Poetry and Myth*)

第八章細分神頌爲"喚神"、"讚頌神性與神德"、"敘述神話"、"乞神聆聽"、"降神"、"神之隨從"、"定神之方位所在"、"祈禱"等項, (chap. 8, "Hymns and Spells," pp. 304–25)則愈爲詳盡矣。

　　本詩頌揄墨古利諸職能德行, 大致循其生平: 兒時(盜牛, 發明豎琴等)至成年(領普里阿摩入敵營), 最後以其所司引導亡靈結束全篇, 情調由諧謔轉凝重。首章所云其言語職能與角抵相撲制度, 實爲希臘羅馬教育制度中一文一武: 言語是演說修辭術(ῥητορεία, eloquentia), 角抵相撲是體育(γυμνασίδια, exercitatio)。此二項能導人類脫蠻入化, 實是西方自主之人技藝教育(liberal arts education)之根本。

　　詩中雖以羅馬名稱墨古利呼希耳米, 然隻字未提其至要至顯之羅馬職能: 商貿, *CLEp* 1528 A所謂: "lucri repertor, "發明贏利"。現代歐洲諸語言中商貿一字均來自墨古利之羅馬名: comMERCE(英法), ComMERZ(德), comMERCIO(意)等等。於此, 墨古利非特爲H個人護祐神明, 亦當數今日最爲人稱道之古代神明也。

{傳承}:

　　法蘭西文藝復興時期大詩人龍沙耳憲章H範文, 曾賦《墨古利頌》(*A Mercure*), 全篇拑搰H詩而成, 然亦能踵事增華, 改變神頌主旨爲乞神賜己以高明詩藝, 雖爲倣作, 卻不妨自成佳構, 茲錄其全篇於下:

> Facond neveu d'Atlas, Mercure,
> Qui le soin as pris et la cure
> Des bons esprits sur tous les Dieux ;
> Accorde les nerfs de ma lyre,
> Et fay qu'un chant j'y puisse dire
> Qui ne te soit point odieux.
>
> Honore mon nom par tes odes ;
> L'art qu'on leur doit, leurs douces modes
> A ton disciple ramentoy ;
> Comme à celuy que Thebes vante

Monstre moy, afin que je chante
Un vers qui soit digne de toy,
  Je garniray tes talons d'ailes,
Ta capeline de deux belles,
Ton baston je n'oubliray pas,
Dont tu nous endors et resveilles,
Et fais des œuvres nompareilles,
Au ciel, en la terre, et là-bas.

  Je feray que ta main deçoive,
Sans que nul bouvier l'apperçoive,
Phebus, qui suit les pastoureaux,
Lui desrobant et arc et trousse,
Lors que plus fort il se courrousse
D'avoir perdu ses beaux toreaux.

  Je diray que ta langue sage
Apporte par l'air le message
Des Dieux aux peuples et aux Rois,
Lors que les peuples se mutinent,
Ou lors que les Rois qui dominent
Violentent les saintes Lois ;

  Comme il me plaist de te voir ores
Aller parmy la nuict encores
Avec Priam au camp des Grecs
Racheter par dons et par larmes
La fleur des magnanimes armes,
Hector, qui causa ses regrets.

  C'est toy qui guides et accordes
L'ignorant pouce sus mes cordes :
Sans toy sourdes elles sont, Dieu
Sans toy ma guiterre ne sonne ;

Par toy elle chante et fredonne,

Si elle chante en quelque lieu.

　Fay que toute France me louë,

M'estime, me prise, m'avouë

Entre ses Poëtes parfaites ;

Je ne sens point ma voix si basse,

Qu'un jour le Ciel elle ne passe

Chantant de mon Prince les faits.

　　亞特拉巧言的外孫墨古利，/于所有衆神中最明達，/關懷留意/調準我豎琴的琴絃，/奏出一曲，能讓我說/絕不會令你厭惡。　/用你的讚歌榮耀我的名；/人們所該欠它們的藝術，所該欠它們的甜美曲調/都讓人想起你的弟子；/忒拜如何因之而自負，/就給我看吧，以最終讓我能唱/配得上你的詩。/　　我將生有你的翅膀，/你那帶雙耳的帽盔，/你的杖我也不會忘，/你用它讓我們睡去或醒來，/成就無與倫比的作品，/在上天、地上和地下。/　　願我能騙過你的手，/而無牧人能察覺，/追小羊倌們的斐玻，/他們偷了他的弓與箭筒，/就在他因丟失了好牛/而大怒的時候。　　我要說你智慧的舌/能空中傳信，自神至人民，至君王，/當人們反叛的時候，/或當統治的君王/違背聖法的時候。/　　可我多喜歡看你/在夜裏同普里阿摩/來到希臘人營中，/用禮物與眼淚來贖/高貴之師的英華、/令他們難過的赫克托。/　　是你引導和協調/在我的絃上那無知的拇指：/沒有你它們就是啞的，神吶，/沒有你我的六絃琴不能發聲；/它因你而歌唱而吟詠，/如果它歌唱于甚麼地方的話。/　　讓全法蘭西都稱讚我、喜愛我、頌揚我、認我/于她至美的詩人之列；/我將不覺得我的聲音太低，/以至于上天不會一日不讓它/唱吾王的功勛。

{比較}：

一、上古漢語神頌

漢語神頌爲數遠不及西洋，難以從中鉤沉其程式、探求其章法。漢語非如古印歐語，無呼格定語從句等，故Norden所闡發之西洋禱祝辭句式章法全不見於中土上古禱辭神頌。漢語古頌神詩以第二人稱直呼所頌神明者雖未全然闕如，然未成定式，詩中敘說式採第二人稱語式，則愈尠矣。《詩‧大雅》頌神率用第三人稱，例如《皇矣》："皇皇上帝，臨下有赫，監觀四方，求民之莫"，《板》："上帝板板，下民卒癉……天之方難，無然憲憲。天之方蹶，無然泄泄。……天之方虐，無然謔謔……"云云，《蕩》："蕩蕩上帝，下民之辟。疾威上帝，其命多辟"。《楚辭‧九歌》則有用第二人稱稱神者，如《湘君》："君不行兮夷猶"；《大司命》："君迴翔兮以下，踰空桑兮從女"；《河伯》："與女遊兮九河，衝風起兮橫波，"等等。至於列舉神祇正稱別名，或如Norden所論，稱神爲未知名者(agnostos)，則未之見也。

二、角抵

《漢書‧武帝紀第六》云："[元封]三年春，作角抵戲。"（頁一九四）今俗謂摔跤。譯詩不取俗稱者，爲兼顧上述修辭與體育競技之雙關。又按儒生不曉競技遊戲非特利於身心，且爲習武所必需，故《漢書‧刑法志第三》貶角抵曰："春秋之後，滅弱吞小，並爲戰國，稍增講武之禮，以爲戲樂，用相夸視。而秦更名角抵，先王之禮沒於淫樂中矣。"（頁一〇八五）而角抵武帝之後罷於儒生蕭望之成爲股肱之臣之元帝朝（《漢書‧元帝紀第九》，頁二八五；又見《刑法志》："至元帝時，以[經生]貢禹議，始罷角抵。"頁一〇九〇），又何足怪哉。班氏一家雖可謂允文允武，孟堅評判漢武功業亦多算公允，自非後世文人可比，然仍不免囿於儒家陋見，未能如西人知貴體育競技也。

十一

贈留戈諾厄喻勿佞星命學
AD LEVCONOEN

你我相交, 可有盡頭? 你無需占卜星象, 神意幽眇, 探求無益。倒不如塞通逆順皆受之。死生有命, 孰能先知? 有酒堪飲直須飲, 莫以有涯求無涯。逝者如斯夫, 唯當及時行樂耳。

{格律}：

阿斯庇阿德第五式(Asclepiadeum quintum)。屬單行詩(κατὰ στίχον), 各行等長, 每行含二音頓, 分別位於行中團舞節前後, 即第六第七音節之間與第十第十一音節之間, 故每行實分爲三段, 節奏均匀, 其効或以舞步或波浪譬之。阿爾凱以之賦祝酒歌。引入拉丁詩歌卡圖盧已爲嚆矢。集中用此律者凡有三首。

{繫年}：

無考。

{斠勘記}：

5. quae *Ξ Ψ Pph*. qui *δ πvar*. ℬ︎ 案前者爲單數陰性主格關係代詞, 指最後一冬(ultimam), 後者爲複數陽性單數或複數關係代詞, 以句中上下文戡之, 祗能爲單數, 指猶庇特。曰猶庇特親力親爲滾動提倫海浪, 突兀且荒誕。

{箋注}：

1.【你】*tu*，拉丁文爲屈折語，動詞已明主語人稱，故主語若非名詞常不用主格人稱代詞，第二人稱命令式尤不必明言代詞主語；今以主格第二人稱代詞引導命令式，語氣俚昵。【这不合知道】*scire nefas*，插入語，現代版本或以括號標志以明語式。【不合】*nefas*，原文同I 3, 25，詳該注。Heinze云此處意謂不許，同I 24, 20，可參觀。

2.【留戈諾厄】*Leuconoe*，希臘女子名，應爲虛構，集中倡優多用希臘人名，已見I 8, 1注。又，雅典城邦有一區(demos)同名，屋大維時希金所著(C. Iulius Hyginus)《集異錄》(*Fabulae*)中亦有一女子同名，然似皆與本詩無關。H之後奧維德《變》IV 168 ff.有一女子同名，敘愛神維奴神話。此名含義古來多有猜臆，或以爲其前半leuko-當本希臘字λευκός，義爲白，亦有清澈、單純義；後半-noe似本"智"νοῦς或"知"νοεῖν字；合之則意謂心地單純乃至頭腦簡單，故易惑于數術也。飲酒詩中少見向女子直陳者。

3.【巴比倫的術數】*Babylonios ... numeros*，指占星術或星命學，因須計算星躔宿位，故云【數】*numeros*。西曆紀元一世紀時稱占星術爲μαθηματική，數學，見*LSJ* μάθη條, II 2.古鈔本Ξ類本有副題爲suadens omittendam mathematicen(即上用中文詩題義)，其中mathematicen即此謂也。【巴比倫】，希臘化時代希臘文稱迦勒底(Χαλδαία)，占星術或星命學起源于此，故云。希臘文Χαλδαῖος，"迦勒底人"，即有占星術士義。占星術約前二世紀傳入羅馬。【無論……任之】*quidquid ... pati* 是否爲一完整句抑或應與後二行連讀，直至行5 *debilitat*【消磨】，學者所見不一。Kießling、Heinze、NH、Syndikus (132 f.)皆讀作完整句，以爲全詩文風簡潔直快，故句宜短不宜長，中譯從之。

4.【更多】*pluris*，意謂較其人已有壽數更多也，【更多幾冬】如謂"來日"。【冬】*hiemes*，連指格(synecdoche)以偏代全，以一季代一歲，以冬代年尤因後文暗寫冬季提倫海風浪。【猶父】原文*Iuppiter*，中譯爲叶格律而改譯。

5.【它】*quae*指【末季】*ultimam*，即前【冬】*hiemes*字。冬季提倫海風大浪急，故云。【對峙】*oppositis*，相對海水而言。【多孔礁】*pumicibus*，意大利西海岸多火山巖，其形態多空洞，呈蜂窩狀，地質學中文術語稱作"浮石"者是也。【提倫海】*mare Tyrrhenum*，意大利半島以西海面，在意大利半島與撒丁島之間。盧克萊修《物性論》I 326 f.: "nec, mare quae impendent, vesco sale saxa peresa / quid quoque amittant in tempore cernere possis." "海以苛性鹽水侵蝕懸崖, /你也無法一時察覺所失去的。"

　　6.【醨酒】原文*liques*指葡萄酒上席前先以篩（金屬製colum或布巾製saccus）濾之，以除渣滓。現代酒坊所產瓶裝酒灌瓶前已經過濾，故飲者無需親醨。按中國古時米酒等亦非蒸餾酒，故飲時亦需過濾，《周禮・酒正》鄭玄《注》曰: "醴猶體也，成而汁滓相將，如今恬酒矣。"《十三經》，頁一四三九。然不以金屬器或布爲之，而用竹器。《詩經・小雅・鹿鳴之什・伐木》: "伐木許許，醨酒有藇……伐木于阪，醨酒有衍……有酒湑我，無酒酤我"。毛《傳》: "以筐曰醨，以藪曰湑。"孔穎達《正義》: "筐，竹器也；藪，草也。漉酒者或用筐或用草，於今猶然。"陳奐《詩毛氏傳疏》辨藪爲籔之誤: "籔者，浚淅之器，較麤。今人謂之浚箕，皆可以漉酒。'籔'誤作'藪'，《正義》云:'草'，甚謬，未聞草可名藪，草可漉酒也。"然《左傳・僖公四年》(4.1): "爾貢包茅不入，王祭不共，無以縮酒"，孔穎達《正義》錄鄭玄謂縮酒或作茜酒，"束茅立之祭前，沃酒其上，酒滲下去，若神飲之。"又曰"以茅縮，去滓也。"茅亦草，則草可漉酒也。雖用爲祼奠，然其工序同醨酒。胡承珙《〈毛詩〉後箋》卷十六箋"湑"字曰: "謂久釀之酒，已經涑茜，則清湑而美"。後世《太平廣記》卷一百九十二《驍勇二・墨君和》: "趙王感燕王之德，椎牛醨酒，大犒於藁城"，《水滸傳》中所謂篩酒亦同，第二十二回《橫海郡柴進留賓，景陽岡武松打虎》: "只見店主人把三隻碗、一雙箸、一碟熟菜放在武松面前，滿滿篩了一碗酒來。"Heinze:以此可知詩人在留戈諾厄處作客。【間隙】讀*spatium*，Porphyrio古注謂指人生短促（"spatio brevi vitae"），然Kießling以爲亦承句中栽種葡萄樹暗喻，謂株距也。

　　7.【剪掉】*reseces*，動詞本謂修剪葡萄樹，乃由葡萄酒思及葡萄藤，故以爲暗喻。【我們講話時】*dum loquimur*云云，H之後遂爲詩人習語，奧維德《情》I 11, 15有句云: "dum loquor, hora fugit," "我說話時，時光就在飛逝"；波耳修(Persius)《雜詩集》(*Saturae*)5, 153:

"vive memor leti, fugit hora, hoc quod loquor inde est." "生應當念死, 時光在飛逝, 我說話時已往矣。" 近代文藝復興時意大利詩人彼得拉克 (Francesco Petrarca)《商籟詩與詠章集》(*Sonetti e canzoni*)第五十六首 捃撦此句云："Se co 'I cieco desir che 'l cor distrugge / Contando l'ore no m' inganno io stesso, / Ora, mentre ch' io parlo, il tempo fugge / ..." "倘 若盲目的欲望摧毀我心, /我不會自欺計算時日, /時日在我講話時, 時光 就在飛逝……"。【敵對的】*invida*, 謂光陰不與人友善, 惟人生之享樂 是敵。

8.【採盡天光】*carpe diem*, 上承葡萄樹暗喻, 既言稼穡當不失時 節, 又暗示植株惟盡得日光方可繁茂, 以喻人生當及時行樂, 以此即俗 語所謂"抓緊時間"也。H前拉丁文本無此說, 係本希臘文說法得來, 品達《匹透競技讚歌》6, 47–49: νόῳ δὲ πλοῦτον ἄγει, / ἄδικον οὔθ' ὑπέροπλον ἥβαν δρέπων, / σοφίαν δ' ἐν μυχοῖσι Πιερίδων· "他以心 智理財, /不是盡采不義又倨傲的青春, /而是匹埃里最幽深處的智慧 [按謂詩歌]。" H之後 *carpe diem* 遂成習語, 歐洲現代諸語言亦逕用拉 丁原文。【少去】*quam minimum* 原文二字皆爲程度副詞, 用法常見于散 文, 詩歌罕用, H與維吉爾詩中僅各有一例。

{評點}：

詩全爲詩人喻某女子勿佞占星術語。女子迷信占星術, 求卜得 "籤"以諭"我", "我"遂誡告之, 囑其得過且過, 勿慮不虞。女子所 卜者蓋爲其所歡或歡情之壽限, 故有【界限】語(行1–2)。詩中"我" 既云：【給你給我……】, 故女子求卜己亦爲"我", 爰是可知二人頗 相狎暱(NH詩序), 蓋"我"即女子所歡也。學者(Numberger, p.147)或 據詩中語涉提倫海, 推斷詩中場景應在西意大利提倫海岸。如以詩中 "我"即H本人, 則詩人薩賓山莊在羅馬以東, 不臨海, 則此處或當爲 女子居處。

詩中場景爲宴飲,《I 9同。H宴飲詩所贈者鮮爲女子, 故本詩頗非同 尋常。詩既爲告誡, 則詩人喻旨有二：一爲莫佞占星術, 二爲當珍惜眼前, 及時行樂。H素奉伊壁鳩魯派哲學, 參稽以集中II 17, 應不以占星等迷信 爲意。據今存文獻, 伊壁鳩魯明言不信占卜(fr. 395. 16 ff., 參觀NH詩序),

可以旁證詩人之不信星命學。詩中造語彷彿伊壁鳩魯派格言：【無論來甚麼都任之】，【採盡天光】云云。言人生無常、應及時行樂，爲H詩中老生常談，如I 9, 9："把餘事都交付神明"，I 9, 13–14："忍住別問明天會怎樣；機運/能給與哪天，都要劃作贏利"等等，皆此類也。雖然，Syndikus辨詩人發語有別於哲人(p.134)：蓋哲人主以静待動，笑對生死；H則以爲惟其人生苦短，故尤須分秒必爭，及時行樂也。

原文篇中多短句短語，副以對偶對稱，如【給你給我】，【短狹的間隙】對【長遠的期望】等(Syndikus, p.131)，令全詩結構緊湊，讀來一氣呵成，無怪乎集中膾炙人口之什尠有過之者。

{傳承}：

本詩後世衍生男誘女行樂類詩歌，尤多以男子喻所求歡女子從己成歡或及早成婚。何里克(Robert Herrick)動輒捃撠H詩句創意，其名篇《贈處女們，莫負光陰》(*To the Virgins, To Make Much of Time*)發揮本詩生命短促當及時行樂之旨，其中末節 but use your time 即爲*carpe diem*之意譯：

1. Gather ye Rose-buds while ye may,
   Old Time is still a flying:
   And this same flower that smiles to day,
   To morrow will be dying.

2. The glorious Lamp of Heaven, the Sun,
   The higher he's a getting;
   The sooner will his Race be run,
   And neerer he's to Setting.

3. The Age is best, which is the first,
   When Youth and Blood are warmer;
   But being spent, the worse, and worst
   Times, still succeed the former.

4. Then be no coy, but use your time;
   And while ye may, goe marry:
   For having lost but once your prime,
   You may for ever tarry.

　　趁你尚可，就要採摘玫瑰，/時光飛逝，/此花今尚向你微笑，/明日即消褪。/天上榮耀之燈太陽，/所昇愈高，/其環行愈早完結，/愈近垂落。/年歲愈初則愈好，/青春時血更熱；/一旦過去了，則每下愈況。/故而別害羞，別辜負你的時光；/趁早結婚，因爲你一旦失去華年，/則將永遠蹀躞不前。

　　何里克之後英語詩歌敷衍及時行樂題目名篇當數馬維爾（Andrew Marvell）《贈害羞女子》（*To His Coy Mistress*），原文較長，且極易得，茲止錄其題目，讀者宜參讀焉。其後十八世紀詩人多瑪生（James Thompson）組詩《四季》（*The Seasons*）之《夏》（*Summer*）於鋪敘夏日種種景色之中嵌入牧人達蒙（Damon）熱戀少女繆斯多拉（Musidora）一節，曰（1277–81）："She felt his flame; but deep within her breast, / In bashful coyness or in maiden pride, / The soft return concealed; save when it stole / In side-long glances from her downcast eye, / Or from her swelling soul in stifled sighs." "她感到他的情焰；然而在她胸中深處，/出於尷尬的羞澀或處女的驕傲，/將柔頓的回報掩藏；祇是自低垂的眼裏/她偷眼的瞥視，或自她/洶涌的靈魂中被泄露出來。"達蒙本係古羅馬牧歌中牧人名，見於維吉爾《牧》第三首（或以爲係忒奧克利多《牧歌》第五首牧人Lakon名字之訛）。馬維爾有田園組詩用爲主角刈工名，此處又祖述其勸羞澀少女勿辜負青春以遂己歡詩，多瑪生實將馬氏兩處詩作合二爲一，多重捃撦並演繹其田園詩與及時行樂託題，於此亦可見本自H詩之及時行樂詩題於後世英國詩歌中如何得以流變增華也。

十二

呈至尊論頌讚神人英雄
DE LAVDIBVS DEORVM ATQUE HOMINVM

七絃絙豎琴，秉命何所詠？凡夫英雄歟，抑或頌神聖？歌聲達遠響，令名賴寄託，奧耳甫音美，雲停河流卻，樹木相景從，搖曳舞隨樂。

首頌大猶父，一統包森羅，兼及雅典娜、利倍耳、斐玻。

再讚赫古勒，以及雙子星，駿馬嫻駕馭，搏擊爲專精，當其升空耀，靜海風波寧。

第三頌人傑，羅馬肇國祚，由來積德門，奕葉盤根錯，猶流當其列，熒熒光曜吐。

大神猶庇特，凱撒爲秉鈞，其將降遐邇，一戰靜妖氛！

《擬賀拉斯詩意》

{格律}：

薩福體(Sapphicum)。

{繫年}：

前23年九月以前。

{斠勘記}：

2. sumis $\varXi^{(acc.\,R)}$ π σχΓ ν sumes F λ' δ 𝕭𝟏¹ 前者爲現在時，後者爲將來時。| clio $\varXi^{(acc.\,1\,R\,(corr.?))}$ c(a)elo Ψ 案前者爲詩神名，後者義爲天，

訛也。

3. recinet $\varXi^{(acc.\,\lambda\,R2)}$ 𝔅𝕀 σχΓ v retinet Q l π^1 recinit A*var.* F δ π^2 異讀二義爲持、存，言迴聲存其名，於義未安；異讀三與異讀一同爲動詞迴響，然一爲將來時，三爲現在時。

11. blandum $\varXi$ $\varPsi$ *Pph.* σχA Γ doctum *Servius* 案後者字義爲飽學，H雖自稱詩才有學（I 1, 29），然以言奧耳甫樂能感動生靈乃因有學則謬。

13. parentis $\varXi^{(acc.\,\lambda\,Q\,(^a\,E\,R1))}$ 𝔅𝕀 *Pph. Statius* parentum $\varPsi^{(acc.\,Q\,(DM))}$ 案前者單數屬格，後者複數屬格，言父猶庇特一人，不當用複數。

15. ac terras $\varXi^{(acc.\,\lambda')}$ et terras Q$^{(acc.\,R)}$ terras B aut terram F δ π qui terras *Oxon.* 案若分言陸海，陸本多用terra單數，故前四讀於義無不可。如從異讀第五例，則排比關係代詞qui矣，若以之分割成語mare ac terras，恐覺語氣曷過。

19. occupavit] occupabit *R. Stephanus* 案異讀見於版本，爲將來時，未知奚據。

29. defluit] defuit A B D*var.* 案異文義爲闕，蓋脫字母l致訛也。

31. quod D^{1}R^1(?) qui. B quia *cett.* 𝔅𝕀 *Pph.* ut *Vollmer* quom *Helm* 案quod、quia義皆爲因爲，爲原因子句連詞，可互通，見R. Kühner / C. Stegmann, *Ausführl. Gramm. d. Lat. Sprache* II 2, p. 383. Vollmer臆改義爲"一如"；Helm爲時間連詞"當"。餘詳下箋注。

36. letum $\varXi^{(acc.\,\lambda'\,R2)}$ litum R^1 lectum $\varPsi$ 案異讀二義爲爭鬪，三爲牀榻，既謂nobile昭著，以用於牀榻似嫌輕浮，言爭鬪則當特指某次辯論，然其人雖好鬪善辯，並無某次爲最昭著者，故祇可指其暴亡。

41. incomptis $\varXi\varPsi$ *Servius Charisius*（*F. Sosipater Charisius*，四世紀文法家）intonsis *Quintilianus* 案前者指未梳理，後者言未薙髮，後者恐爲崑提良誤記，詳下{箋注}。

43. apto] arto *ed. Mediolanensis 1477* 案異文無解，此米蘭版異文當訛。

46. Marcelli $\varXi$ $\varPsi$ σχA Γ *Pph.* Marcellis *Peerlkamp* 詳下箋注。

51. fatis *om.* F δ π

57. latum *Ψ* laetum *Ξ* σχΓ ν　詳下箋注。| reget *Ξ* (acc. λ' R2) regit *Ψ*
案前者將來時，後者現在時，前者是。

60. lucis] tectis *Maas* 案 Maas 臆改爲居所。

{箋注}：

1-3.【何人抑何英雄……何位神明】 *Quem virum aut heroa ...*
quem deum，全襲品達《奧》2, 2-5,品達全篇見後{傳承}（一）：

> Ἀναξιφόρμιγγες ὕμνοι,
> τίνα θεόν, τίν᾽ ἥρωα, τίνα δ᾽ ἄνδρα κελαδήσομεν·
> ἤτοι Πίσα μὲν Διός· Ὀλυμπιάδα
> 　δ᾽ ἔστασεν Ἡρακλέης
> ἀκρόθινα πολέμου·
> Θήρωνα δὲ τετραορίας ἕνεκα νικαφόρου
> γεγωνητέον ...

> 　　主豎琴的頌歌! /何位神明、何位英雄、何人我們要詠誦?
> /一定是宙斯的比薩：赫拉克勒立奧林匹亞節，競賽的最高獎
> 賞：/忒隆因其得勝的駟乘/必得稱頌。

H捃撦品達並非全無改動，句中神、英雄、人三者次序不同於品
達：品達詩自神下降而及於人，次序由高至低；H反之，先人後神。次
序顛倒非因格律所限，蓋 *virum* 與 *deum* 音節音值等同，互易可也；而因
所攝後文分別敷布各項，其輕重次序異于品達詩也。以人爲首者，爲
全篇旨在頌至尊也，洎帝政之初羅馬人民已目至尊爲天神下凡，集中此
外可徵於 I 2, 29 ff., 參觀其注。襲用品達句式、祇緣音律而顛倒三字
次序者，美國詩人龐德(Ezra Pound)名篇《休‧塞爾文‧毛伯利》(*Hugh
Selwyn Mauberley: E.P. Ode pour l'election de son sepulchre*)第三章
是也：

O bright Apollo,

τίν' ἄνδρα, τίν' ἥρωα, τινα θεόν,

What god, man, or hero

Shall I place a tin wreath upon!

哦光耀的阿波羅, /(希臘文：甚麼人, 甚麼英雄甚麼神明)/
甚麼神、人或英雄/之上我要放置一箇馬口鐵的花環!

1–2.【擅】譯*sumis*, 以言詩人屬文, 參觀《書》I 3, 7："quis sibi res
gestas Augusti scribere sumit？" "誰擅寫至尊的功勛？" 又見《藝》38
f.名句："sumite materiam vestris, qui scribitis, aequam / viribus," "採取
你所要寫的素材要與你的能力相侔", "採取"原文即sumere。【豎琴】
lyra【蘆笛】*tibia*皆爲伴歌樂器, 前者即上引品達詩中φόρμιγγες, 伴
豎琴歌; 後者即希臘之αὐλός, 伴牧歌。Kießling/Heinze引品達《地》5,
26–29：

καὶ γὰρ ἡρώων ἀγαθοὶ πολεμισταί

λόγον ἐκέρδαναν· κλέονται δ' ἔν τε φορμίγ—

　γεσσιν ἐν αὐλῶν τε παμφώνοις ὁμοκλαῖς

μυρίον χρόνον· μελέταν δὲ σοφισταῖς

Διὸς ἕκατι πρόσβαλον σεβιζόμενοι·

　　因爲英雄中優秀的武士們/贏得讚譽, 他們爲[詩人]和着
豎琴和全調的/笛的屬聲多讚/至無數次; 憑着宙斯敬虔的他們/
拋給大匠[指詩人]這一素材。

　　NH謂品達絕不邀詩神自選樂器, 緣其所賦凱歌舞樂歌三者兼備,
樂有定式, 則樂器不容自選;《世紀競賽頌》除外, H讚歌非如品達凱
歌多爲舞樂而作, 而是僅供籀讀, 故可奢談諸般樂器任爾揀選云云。按
觀品達此詩幷言豎琴與笛, 疑其說恐非。Shorey (Garrison附之)謂豎琴

屬希臘，蘆笛屬羅馬，其說亦無憑據。

2.【尖銳】acri指笛音，參觀上引《地》5, 28 όμοκλή，希臘字本義爲威逼詈誶，以喻笛聲，應係H acer所本，acer有此義，以H爲第一人。修辭學家崑提良（M. Fabius Quintilianus）嘗盛讚此語（Institutio oratoria VIII 2, 9），以爲同維吉爾《牧》6, 5之"deductum carmen"（"偏狹的歌"，原文及中譯見I 6 {評點}），皆爲蘊意至足者（"quo nihil inveniri posit significantius"）。

【多讚】celebrare，即品達之κλέω（變位格式κλέονται，見上注引《地》5, 27），拉丁字原義與中譯取辭詳見I 7, 6注。**【克利歐】**Clio，摩薩九女神之一，司詩中詠誦英雄榮耀者，此詩神H筆下僅此一見。白銀時代詩人奉其職司爲史著，當非H此處用意。其名本希臘文Κλειώ，源自動詞κλείειν = celebrare（義解見上條），應係H引其名稱用意所在。詩句既已陳多讚意，又重以此神名，一顯一隱，雙管齊下，崑提良所謂"蘊意至豐"者尤當指此。

3.【何位神明】quem deum，中譯循原文詞序，置該問句之第三項疑問代詞于問句主句及其所籲詩神名稱既已道出之後，Kießling/Heinze謂"彷彿其至高目的作者發語時初未慮及，問語既發，始補言之。"**【戲謔】**iocosa，指**【迴音】**imago跌宕如戲謔。西塞羅《圖斯坎論辯集》（Tusculanae disputationes）III 3："ea est consentiens laus bonorum, incorrupta vox bene iudicantium de excellenti virtute, ea virtuti resonat tamquam imago，""對優異之人的褒讚是對傑出品德所發的正確裁判之聲，彷彿是因品德所激發的迴聲"。Kießling/Heinze謂此處雖無關乎奧維德《變》所敍妊女（Nymphus）與"迴音"（Imago）神話，然既言其**【戲謔】**，仍是擬人，按其說爲是，集中別見I 20, 8.

5.【赫利孔】Helicon Έλικών，山也，在波俄提亞（Boeotia），高達1,749米，臨哥林多灣。據赫西俄得等爲詩神摩薩聖山。**【品都山】**Pindus / Πίνδος位于北希臘及今南阿爾巴尼亞，依古地名則居於帖撒利與以比羅（Epirus）之間；**【海芒】**Haemus / Αἶμος，山脈，今稱巴爾干山脈，在希臘以北，古時地屬忒拉基（Thrakia，俗譯據英文作色雷斯），言**【冰凍的】**gelido係因其高，參觀I 1, 30。兩山本與詩神無涉，然詩人或據忒奧克里多(Theokritos 1, 66 f.: πᾷ ποκ' ἄρ' ἦσθ', ὅκα Δάφνις ἐτάκετο, πᾷ ποκα Νύμφαι; / ἢ κατὰ Πηνειῶ καλὰ τέμπεα, ἢ κατὰ Πίνδω; "那麼你們究竟在哪兒, 妊女們, 達芙妮在哪兒憔悴?/是在匹涅歐美麗的谿谷還是在品都?")與維吉爾(《牧》10, 11: "nam neque Parnasi vobis iuga, nam neque Pindi / ulla moram fecere," "因爲帕耳納索或品都的山陂都沒耽擱你。"), 二人皆云品都山嘗爲詩神或妊女光顧; 海茫則據稱爲奧耳甫(詳下注)故鄉。集中他處描寫詩神流連之處, 參觀III 4, 6 f.: "audire et videor pios / errare per lucos, amoenae / quos et aquae subeunt et aurae." "我彷彿聽到敬虔/的人們徜徉於林叢, 而/宜人的水風在其間穿流"。

7-12. 【奧耳甫】Orpheus / Ὀρφεύς, 古希臘神話所傳爲詩人兼樂師, 然未見于荷馬、赫西俄得, 今存最早可徵文獻爲前六世紀豎琴詩人伊璧古(Ibycos)片語, 見於中世紀初期拉丁文法家Priscian(全名Priscianus Caesariensis, 盛年約西曆500年前後)所著《文法教義》(*Institiones grammaticae*)中引文(VI 92; *GL* 2, 276)。其傳說起源于忒拉基(Thrakia), 品達亦數言之, 《匹》4, 176-77云: ἐξ Ἀπόλλωνος δὲ φορμιγκτὰς ἀοιδᾶν πατὴρ / ἔμολεν, εὐαίνητος, Ὀρφεύς. "自彈豎琴的阿波羅來了備受讚譽的豎琴歌之父奧耳甫"。據神話希耳米首剙豎琴, 已詳I 10次章及注, 厥後奧耳甫繕之。古人傳云奧耳甫父乃忒拉基王俄埃克羅(Oeagros), 奧維德《變》II 219寫阿波羅車乘巡天, 自空中俯瞰希臘, 覽忒拉基山巒, 稱海茫曰"尚未是俄埃克羅的海茫", "nondum Oeagrius Haemus," 即藉父名暗指奧耳甫。其母乃摩薩九女神之一卡利歐佩(Calliope), 故云【憑藉母傳的技藝】*arte materna*。卡利歐佩名本希臘文Καλλιόπη, 義爲美聲, 故此處稱奧耳甫爲*vocalem*【美聲的】, 拆繹其名也。又據稱其歌聲可令百獸率舞、林木景從, 故詩中云: 【樹林狂熱地追隨】*temere insecutae ... silvae*、【引誘生耳的橡樹】*auritas ... ducere quercus*)。【狂熱】*temere*, 參觀II 11, 14。H之前此說見於詩歌者, 羅得島人阿波羅紐(Apollonius Rhodius, 前三世紀)《阿耳戈航行記》(*Argonautica*)I 28-31也: φηγοὶ δ' ἀγριάδες, κείνης ἔτι σήματα μολπῆς, / ἀκτῆς Θρηικίης Ζώνης ἔπι τηλεθόωσαι /

ἐξείης στιχόωσιν ἐπήτριμοι, ἅς ὅγ᾽ ἐπιπρὸ / θελγομένας φόρμιγγι κατήγαγε Πιερίηθεν. "狂野的橡樹林，正是款款起舞的信號，/忒拉基人的腰環之尖上的葱翠/密密麻麻排列有序地行進，它們受匹埃里多的豎琴誘惑，結隊下來。"奧耳甫音樂又可遏阻川流，鎮静風氣，故云：【延緩/急落的湍流】*rapidos morantem fluminum lapsus*）、【延緩……迅疾的風飈】*morantem ... celeris ventos*，集中别見III 11, 13 f.："tu potes tigris comitesque silvas / ducere et rivos celeres morari,""你能領導虎和森林爲伴侣，/還能延緩湍急的河流"。然與彼處不同者，本篇竟未言及百獸聞其音樂而率舞，則頗可引人矚目，蓋此處着意全在【美聲】與林木所發【迴音】也。Kießling/Heinze謂【追隨】*insecutae*與【引誘】*ducere*、【美聲】*vocalem*與【絲絃】*fidibus*乃至【生耳】*auritas*互文；行7–8與11–12所言一也，然視角有别：前者描繪全景而及林木，後者敘奧耳甫事而涉【橡樹】。【橡樹】*quercus*厚重道勁，不易爲風所動，特地拈出言其爲音樂所動，可見音樂之威力。【生耳】，參觀曼尼留(Marcus Manilius,西曆紀元一世紀)《星曆記》(*Astronomica*)V 326 f.："qua quondam somnumque fretis Oeagrius Orpheus / et sensus scopulis et silvis addidit aures ...""憑着它[按樂音之美]俄埃克羅的奧耳甫加諸野獸以睡眠/加諸巖礁與森林以耳"。譯文【絲絃】係漢語成詞，希臘羅馬人琴絃並非絲製，而爲羊腸線也，參觀II 10, 5–6注。德萊頓(John Dryden)名篇《歌爲聖凱基里婭節而作》(*A Song for St. Cecilia's Day*)言及奧耳甫句應本此："Orpheus cou'd lead the savage race, / And Trees unrooted left their Place, / Sequacious of the Lyre;""奧耳甫能引領蠻族，/令連根拔起的樹追隨他的豎琴。"

12.【生耳的橡樹】*auritas ... quercus*，橡樹枝葉隨奧耳甫樂聲而動，譬作樹之耳隨樂而舞，詩人摹寫生動。彌爾頓《樂園之失》VII 33–36祖此："the Race / Of that wilde Rout that tore the Thracian Bard / In Rhodope, where Woods and Rocks had Eares / To rapture ...""那狂野的/混亂奔跑撕碎羅得佩的/忒拉基歌手，那裏樹木巖石有耳/狂喜，……"古代詩歌常以人首喻樹木，荷馬(《伊》XII 132)有δρύες ὑψικάρηνοι "樹冠"之說，以樹林枝葉爲其髮，參觀I 21, 4.

13–14.【父】*parentis*, 猶庇特, 曰"父"者, 尤下探次章【出自他】*unde*, 即其子嗣, 而爲訓。又見下行49, 詩人讚頌以大神始, 復歸諸焉, 此神釋名已見I 2, 2。【慣常的父之頌】*solitis parentis laudibus*, 頌歌依例以讚頌宙斯開篇, 故云, 品達《涅》2, 1–3云: ὅθεν περ καὶ ʽΟμηρίδαι / ραπτῶν ἐπέων τὰ πόλλ' ἀοιδοὶ/ ἄρχονται, Διὸς ἐκ προοιμίον ... "荷馬派詩人、成章的/頌歌歌手們多以/宙斯在序曲裏/開始。" 阿爾克曼(Alkman)殘篇29: ἐγὼν δ' ἀείσομαι ἐκ Διὸς ἀρχομένα, "我將歌詠自宙斯所開始的"。忒奧克利多XVII 1 f.: Ἐκ Διὸς ἀρχώμεσθα καὶ ἐς Δία λήγετε Μοῖσαι, / ἀθανάτων τὸν ἄριστον, ἐπὴν αὐδῶμεν ἀοιδαῖς· / ἀνδρῶν δ' αὖ Πτολεμαῖος ἐνὶ πρώτοισι λεγέσθω / καὶ πύματος καὶ μέσσος· ὁ γὰρ προφερέστατος ἄλλων. "就讓我自宙斯開始, 摩薩, 也請停歇於宙斯, /在我們在歌裏詠唱了不死者中這至善的以後; /人類中則要最先歌詠托勒密, /也是最後的和中間的: 因爲他超越所有人。" 據亞拉多(Aratos, 約前315/310年–240年)教誨長詩《天象論》(*Phainomena*)14, 古人禱告亦依此序: τῷ μιν ἀεὶ πρῶτόν τε καὶ ὕστατον ἱλάσκονται. "故而人總是最先和最後求其釋解"。Heinze: 所謂【慣常】*solitis*殆非指讚語辭義, 而指頌讚法式。行13起至32詩人頌神, 循慣例自宙斯(猶庇特)始, 其後依次爲雅典娜、酒神丢尼索(利倍耳)、亞底米(狄安娜)、阿波羅。Heinze: 詩人所頌諸神既非因其最著名(未含宙斯妻赫拉/猶諾), 亦非爲其最關乎羅馬(例如愛神維奴戰神馬耳斯), 而爲其嘗襄助猶庇特打敵靖國也。英國詩人阿諾德詩劇《恩培多克勒在埃特納山上》(*Empedocles on Etna*)末尾曰: "First hymn they the Father / Of all things; and then, / The rest of immortals, / The action of men." "他們先頌萬物/之父; 再及其餘不死天神, /與人類所爲。"

14–16. Heinze: 非爲讚大神猶庇特之威力, 而係讚其智慧, 能【節度】*temperat*也。【節度】原文*temperare*謂調節以秉均衡。宇宙均衡說本廊柱派哲人。視至高之神統治宇宙爲【節度】, 此外參觀《書》I 12, 16: "quae mare conpescant causae, quid temperet annum", "何因限控海洋、甚麼節度年紀"。普羅佩耳修III 5, 26: "quis deus hanc mundi temperet arte domum", "哪位神以技藝節度這世界的穹廬"。詩人讚頌猶庇特統治全球,集中另見III 4, 45–48.: "qui terram inertem, qui mare temperat / ventosum, et urbis regnaque tristia, / divosque mortalisque turmas / imperio regit unus aequo." "掌控不移的陸地和多風之/海的是一位以同等的霸權/統治城邑和悲慘國度、/眾神以及有死之羣眾者。"特言陸海者,希臘人常以陸海概括世界也,羅馬詩人本之。

14.【人間事和神間事】res hominum ac deorum,神人並舉爲古代詩歌套語,荷馬《伊》II 669: ὅς τε θεοῖσι καὶ ἀνθρώποισιν ἀνάσσει, "君臨眾神和人";維吉爾《埃》I 229 f. "o qui res hominumque deumque / aeternis regis imperiis et fulmine terres," "哦人和眾神之王/你以永恆的權威君臨,以霹靂震懾,"皆同。【人間事和神間事】即宇宙間萬事萬物,拆析一事以其中二事或數事分舉,修辭學稱爲**拆分法**(**Merismus**),常見於古印歐語言詩歌。

16.【各時節】variis ... horis,指四季,hora本義爲時辰,單字用以指季節,Heinze以爲本希臘字ὥραι字義及用法,對翻爲拉丁文H乃第一人,然其筆下他處字用此義時皆與他語連用,例如III 13, 9: "atrox hora Caniculae", "犬星的暴烈時辰";《藝》302: "sub verni temporis horam," "春季的時辰"。宇宙變幻無常,以四季爲其中恆定不變者,參觀西塞羅《眾神本性論》(De natura deorum)II 97: "cum autem impetum caeli cum admirabili celeritate moveri vertique videamus constantissme conficientem vicissitudines anniversarias cum summa salute et conservatione rerum omnium," "當我們目覩天上的力量反覆無常,其速令人驚異,卻平穩完成年復一年的轉換,給萬物以最高的健康和保全。"

18.【僅次者】secundum,意謂法力畧遜者,區別於下行【最近的】proximos。詩人云猶庇特爲眾神之最,其法力遠高於他神,雖依次位列其次者如【帕拉】Pallas,仍遠不及之,故無威力【僅次者】可與相埒乃至相近。西塞羅《布魯圖》173區別"僅次"與"最近"二字語義可引爲此注: "duobus igitur summis Crasso et Antonio L. Philippus proxumus accedebat, sed longo intervallo tamen proxumus. itaque eum, etsi nemo intercedebat qui se illi anteferret, neque secundum tamen neque tertium dixerim. neque enim in quadrigis eum secundum numeraverim aut tertium qui vix e carceribus exierit, cum palmam iam primus acceperit, ... "

"路·腓力普趨近克拉蘇與安東尼二頂極爲最近者[按謂辯才]，然而乃是相隔極長間歇之最近者。如此，即便[與彼二人]居間無人跑在他之前，吾亦不願稱之爲僅次者或第三名。因爲我將作爲僅次者或第三名的他與第四名算在一起，他們還未從出發處的欄裏出來，第一名就已然被授予了梭櫚。"【帕拉】*Pallas*等輩依次爲猶庇特以下法力最大者，故可謂【離他最近】*proximos*，然其與猶庇特之間差異遠大於【帕拉】、【利倍耳】等其餘諸神彼此之間差異也。不逕云帕拉等離他最近(*proximus*)而曰【離他最近的榮耀】*proximos ... honores*者，亦爲欲明此意。曰帕拉僅次於宙斯，可徵於品達殘篇146: κεραυνοῦ ἄγχιστα δεξιὰν κατὰ χεῖρα πατρός, "雷霆之父右手下最近者"。彌爾頓《樂園之失》VIII 405-07捃撦H此處曰: "who am alone / From all Eternitie, for none I know / Second to me or like, equal much less." "[神曰]祇有我擁有[幸福]/自亙古以來，因爲我知道無人/僅次于我或相類，更遑論相等。"

20.【勇于戰的】*proeliis audax*，原文形容詞 + 限定奪格(abl. limitationis)，位居*Pallas honores* "帕拉榮耀"之後，或有學者據此以爲此形容詞組應與下行【利倍耳】合讀。按苟如此讀於義雖通——酒神亦能戰——，然連詞*neque*若置于其後則甚乖拉丁詞法，今從Kießling/Heinze, NH等，視其爲帕拉附稱(epitheton)，無關利倍耳。*proeliis audax*本雅典娜希臘附稱πολεμαδόκος或πρόμαχος，力戰或陷陣者，亦稱νικηφόρος得勝者。據古希臘神話，戈岡之戰時雅典娜嘗與宙斯並肩作戰，參觀歐里庇得悲劇院本《伊昂》(*Ion*)206-19: σκέψαι κλόνον ἐν τείχεσσι λαΐνοισι Γιγάντων. ... λεύσσω Παλλάδ', ἐμὰν θεόν. τί γάρ; κεραυνὸν ἀμφίπυρον ὄβριμον ἐν Διὸς ἐκηβόλοισι χερσίν; ... καὶ Βρόμιος ἄλλον ἀπολέμοισι κισσίνοισι βάκτροις ἐναίρει Γᾶς τέκνων ὁ Βακχεύς. "看那石山上衆戈岡的混戰。……我看到帕拉我的神。/如何？強大的兩端噴火的霹靂筒在宙斯遠擲的手中？……還有布羅

密歐[酒神別稱]，用不宜於戰鬥的杖殺死土地的又一兒子。"戈岡之戰詳見II 12, 6–7注。

21.【帕拉】*Pallas* /Παλλάς，希臘人以爲雅典娜’Αθηνᾶ附稱(epitheton)，義爲少女，雅典娜羅馬人對以米涅瓦(Minerva)。羅馬首神廟既供奉猶庇特亦供奉猶諾與密涅瓦。【于你……緘口】*te silebo*，古代頌辭套語，其意已見荷馬體《阿波羅頌》(*hymni Homerici*) 3, 1：μνήσομαι οὐδὲ λάθωμαι ’Απόλλωνος ἑκάτοιο，"我會記得、不會忘記射得遠的阿波羅"。此外參觀維吉爾《埃》X 793："non equidem nec te, iuvenis memorande, silebo," "實實在在我不會于你緘口，值得記念的少年"。【據有】*occupavit*原文如譯文，有搶佔義，暗示帕拉好勇鬥狠，參觀I 14, 2 f.: "occupa portum," 譯作 "搶佔港口吧"。

22.【利倍耳】*Liber*，羅馬人葡萄酒神，羅馬人視之等同於希臘葡萄酒神巴刻庫，詳見II 19箋注。利倍耳與其下狄安娜、阿波羅連屬，不與其上帕拉並列。

22–23.【與獸和怪爲敵的處女】*saevis inimica virgo*，獵神狄安娜(Diana)，希臘人稱作亞底米(’Αρτεμις/ Artemis)。【怪】*beluis*，原文指巨獸。據希臘神話，亞底米盡除地上猛獸害蟲，故云【與獸和怪爲敵】。迦利馬庫《亞底米頌》153敘赫拉克勒趣之：βάλλε κακοὺς ἐπὶ θῆρας, ἵνα θνητοί σε βοηθὸν ὡς ἐμὲ κικλήσκωσιν，"射擊那些惡獸，以令有死的凡人呼喚你一如喚我爲襄助"。

24.【斐玻】*Phoebe*，阿波羅。阿波羅善射，箭無虛發，嘗射殺巨蟒Python，故云【準】*certa*。至尊尊阿波羅爲其護祐神明，阿克襄海戰時據傳阿波羅嘗顯聖相助，詳緻已見I 2, 32注。此外普羅佩耳修亦詠其事，IV 6, 28 ff.曰："cum Phoebus linquens stantem se vindice Delon / …… /astitit Augusti puppim super, et nova flamma / luxit in obliquam ter sinuata facem. / …… /aut qualis flexos soluit Pythona per orbis / serpentem," "那時護祐他的斐玻離開屹立的得洛島/……/站在至尊艦艉之上，有打三個彎的/新火照明傾斜的火炬。/……/他[阿波羅]這般清除了盤結的地上爬行的/蟒蛇"。

25. 以下二章詠英雄，上蒙行1反問句中【英雄】*heroa*而生。【阿勒凱之孫】*Alciden*，即赫拉克勒Herakles / Ἡρακλῆς，亦屬以父或以祖稱子之例(patronymia)，其名羅馬人作Hercules，希臘神話中英雄，以完成十二苦役著稱。

25-32.【萊達的雙子】*pueros Ledae*，即卡斯托(Kastor)與波呂丟克(Poludeukes)，羅馬人分別稱作卡斯托(Castor)與波呂(Pollux)，希臘神話中英雄，萊達與其夫斯巴達王廷達流(Tyndareus)生卡斯托，與宙斯生波呂丟克，然希臘人並稱二人爲宙斯雙子Dioscuri，羅馬人稱作孿生子Gemini，參觀I 3, 2注。弟兄二人前者以騎術見長，後者善格鬬，荷馬《伊》III 237 =《奧》XI 300分別以附稱稱呼二人爲：Κάστορά θ' ἱππόδαμον καὶ πύξ ἀγαθὸν Πολυδεύκεα，"馴馬人卡斯托和精于拳擊的波呂丟刻"；H詩別見《雜》II 1, 26："Castor gaudet equis, ovo prognatus eodem / pugnis,""卡斯托愛馬，同卵所生的那箇愛格鬬"。普羅佩耳修III 14, 18云："hic victor pugnis, ille futurus equis,""此人[按波呂]是格鬬的得勝者，彼人[卡斯托]將以馬取勝"。後人以二人命名雙子星座，即行27【白亮星】*alba stella* = I 3, 2："lucida sidera,""熒亮的星火"，古代水手視爲護祐神明，【白亮星】應指聖厄爾摩之火，【白亮星一照耀，……浪濤……就消歇】*simul alba ... stella refulsit, ... unda recumbit*，雙子星與航海，皆已詳I 3, 2注。

26.【童子】*pueros*，= 兒子，以puer謂兒、puella謂女，集中別見I 19, 2："Thebanaeque ... Semelae puer,""忒拜的女人塞墨勒的小子"；III 12, 2："Cythereae puer ales,""居色拉生翼的男孩"；IV 6, 37："Latonae puerum,""拉多之子"；8, 23："Mavortisque puer,""戰神的男孩"，及集外《藝》83："puerosque deorum,""衆神之子們"。

29-32. Heinze以爲此段詩人多揣擬忒奧克利多《牧歌》中宙斯雙子頌22, 17-20：ἀλλ' ἔμπης ὑμεῖς γε καὶ ἐκ βυθοῦ ἕλκετε νῆας / αὐτοῖσιν ναύτῃσιν ὀιομένοις θανέεσθαι· / αἶψα δ' ἀπολήγοντ' ἄνεμοι, λιπαρὴ δὲ γαλάνη / ἂμ πέλαγος· νεφέλαι δὲ διέδραμον ἄλλυδις ἄλλαι· "然而你們[按即宙斯雙子星]全都自深處拖船, /連同預感將要死的水手們自己; /忽然風暴停止, 寧靜持續於/海上, 騰雲飛度他處"。【危聳的浪濤】*minax ... unda*，詩意本忒奧克利多同篇行10-12：

οἱ [ἀῆται] δέ σφεων κατὰ πρύμναν ἀείραντες μέγα κῦμα / ἠὲ καὶ ἐκ
πρῴρηθεν ἢ ὅππῃ θυμὸς ἑκάστου / εἰς κοίλην ἔρριψαν, "它們在船體
之下掀起巨浪, /或從舟艏或從兩舷, /將其拋入船艙"。【因爲⋯⋯這樣】
quod sic voluere, 插入語,【他們】原文蘊含於動詞變位, 指雙子(星), 此
語意謂神力靡暨, 可隨心所欲, 此乃古代詩人常談。【因爲】*quod*原文古
鈔本古注多作quia, 然字不叶音律, 應係傳鈔塗乙致訛。學者皆訂正爲
quod。*quod*本可作原因連詞, 其義後爲quia取代, 白銀時代乃至其後手民
不解古義遂擅改致訛也。近代版本或(Bentley, Orelli, Ritter, Klingner)逕
改爲*quod*, 或(Wickham, Bailey)正文仍印quia, 出斠記以明其訛。

　　32. 以下贊人, 上承行1【何人】*quem virum*.【羅慕洛】*Romulus*,
據傳說與其孿生兄弟勒慕(Remus)始建羅馬城, 羅馬(Roma)因而得
名。其母伊利婭係維斯塔祭祀團處女, 與戰神相交有娠, 生二子, 已見I
2, 18注; 詳緻可稽*RE*, 2. R. 1. 1: 1074–1106; 羅慕洛普魯塔克有傳。羅
慕洛及長爲羅馬始王, 後不知所終, ; 已見I 2, 47及注。傳說人物羅慕洛
應屬前二章所詠英雄抑屬此後所列羅馬史中偉人, 學者莫衷一是。按
以詩中分章覘之, 希臘羅馬故事分章別列, 並無混淆。羅慕洛雖據傳說
爲神人相交所生, 然詩人待之一如普魯塔克, 視其爲羅馬史中實有其人
而非神話英雄。

　　33.【龐皮略】*Pompili*, 謂Numa Pompilius, 羅馬始王羅慕洛不知
所終, 長老院遂推舉努瑪·龐皮略繼位爲二世王(西曆紀元前717年,
周恆王三年/魯隱公六年歲在甲子)。初, 龐氏尚羅馬鄰邦薩賓王女, 隱
居居勒(Cures)。今受命爲王, 即位時年約四旬。既踐王位, 立大教宗
(Pontifex Maximus), 司神法, 主神法頒佈及解釋, 兼轄祭祀儀禮; 又
設維斯塔聖火並護火處女團, 造維斯塔神廟以處之。在位第八載, 羅
馬大疫, 爰是創立舞覡團(Salii), 爲數十二, 以祭祀戰神馬耳斯; 曰舞
覡者, 因其以舞蹈爲祭儀也。後營王政宮(Regia)于維斯塔神廟畔。頒
佈新曆。初, 羅馬曆法以戰神月(Martialis)爲正月, 閽奴月(Ianuarius,
即門神Ianus之月)爲十一月; 龐皮略改易以爲正月, 以原第十二月祓禊
月(Februarius, 即祓禊(februa)之月)爲二月。在位期間內外咸寧, 故曰
【清政】*quietum ... regnum*。前673年薨, 普魯塔克有傳。

34–35.【塔耳崑】*Tarquini*，謂Lucius Tarquinius Superbus，路求•塔耳崑，以"傲慢"爲氏，羅馬七世王，在位於白535至509年（周景王十年/魯襄公七年至周敬王十一年/魯定公元年），爲末代王。父路求•塔耳崑，以"故人"爲氏（Lucius Tarquinius Priscus），爲五世王。傲慢塔耳崑弒六世王塞耳烏•圖留（Servius Tullius）以自立，復辟塔耳崑王室。既踐祚，處決長老院領袖數人，且令長老院遇闕不得增補，欲廢焉；罷決獄咨議制，政令一由己出。在位時擴張羅馬勢力于拉丁地區，建羅馬殖民地于毗鄰二城邑。克睢撒•蓬墨提亞城（Suessa Pometia），掠其貲財以營至高大神猶庇特廟（Aedes Iovis Optimi Maximi Capitolini）于羅馬首神廟山。後征魯圖洛人（Rutuli），率師圍其都邑亞狄亞（Ardea）。其間子塞克都（Sextus Tarqinius）奉差抵鄰邑高拉夏（Collatia）自軍營。守高拉夏者係塞氏從父孫高拉夏人塔耳崑（Lucius Tarquinius Collatinus）。其時高氏効命於羅馬王塔耳崑轄下，預亞狄亞城之圍，其妻盧克萊夏（Lucretia）受夫囑託代爲款待塞氏；塞氏夜入其室強姦之。翌日，盧克夏返羅馬父宅自高拉夏，召集干證控訴塞氏強姦，言訖以匕首自盡。其夫遂與友人布魯圖（Lucius Iunius Brutus）謀，矢志復讎。旋革命，驅逐塔耳崑，廢王政，建共和。羅馬自此一變而爲共和之邦。共和制羅馬最高職官號爲平章（consul），其數爲二，高拉夏人塔耳崑與布魯圖出爲羅馬首任平章。【權杖】*fasces*，白樺樹細枝一束，縛以紅革帶，置銅斧一或二柄於其中，斧刃外向。本爲王權象徵，共和後沿襲，以象平章權力，平章出行時由執梃官（lictor）手執，行于平章前。二十世紀民社黨運動所謂法西斯者（fascismo），名義皆源自於此。謂【權杖】【傲慢】*superbos*者，移諡號塔爾崑於其所執權杖也。維吉爾《埃》卷六敘埃湼阿遊歷冥府得覘羅馬列祖幽魂，覩塔爾崑幽靈而曰（817–20）："vis et Tarquinios reges, animamque superbam / ultoris Bruti, fascisque videre receptos？/ consulis imperium hic primus saevasque securis / accipiet, ... ，""你看到塔爾崑諸王，還有復讎者布魯圖/高傲的神氣，看到他們奪回權杖？/這位是首位接受平章之權並殘忍的/斧鉞的，……"

35.【我猶疑】*dubito*，詩人列舉父國先賢，不知孰先孰後，蓋諸人名節品性或不無汙點，或功勳不侔，非如前列神明威名法力彊弱大小，可次序不爭也：羅慕洛兄弟相殘，塔爾崑傲慢專斷，龐皮略則嫌沖淡平和，卡圖恐過執拗剛愎。Heinze：詩人云【記】*memorem*而不逕云讚dicere，可見詩人雖歷數羅馬史上諸雄，終未覺其中有可讚頌之人也。詩人嘗以爲羅馬人運蹇命苦，其根由實在羅慕洛與勒慕兄弟相殘，以致後世內戰不斷，《對》7, 17–20所謂："acerba fata Romanos agunt / scelusque fraternae necis, / ut inmerentis fluxit in terram Remi / sacer nepotibus cruor," 故使勒慕之後裔血流成河。【卡圖】*Cato*即Marcus Porcius Cato Uticensis（前95–46年），烏提卡卡圖，俗稱小卡圖（Cato Minor），老卡圖（Marcus Porcius Cato, Cato Maior）重孫。以性直愎稱于世，奉廊柱派哲學。少值奴隸斯巴達古（Spartacus）之亂，投軍自効。年二十八即授參軍（tribunus militum），將駐馬其頓軍團。後累任度支（quaestor）、庶民參政（tribunus plebis）等職；升爲長老院長老，屬良士黨（optimates），推重士族，貶抑庶民權力，力主復辟羅馬士族共和舊制。西塞羅訊究窮治卡提里納（Lucius Sergius Catilina）謀反獄，卡圖與力甚篤。凱撒、龐培、克拉蘇鼎立爲三霸，遭卡圖力抵。前59年，凱撒出爲平章，卡圖力阻凱撒以公田安置龐培解甲兵丁等法案於長老院，辯說時遭凱撒命執梃強拖出公堂。此後凱撒權勢日熾，洎前52年，滅高盧諸部落，領高盧等地代平章（proconsul），權傾天下。前49年，卡圖攜手龐培，建議長老院釋凱撒代平章之權，敕其"白衣"返羅馬，獲准。凱撒初欲妥協，願歸代平章及兵權大部於國，僅自留一省一軍，然卡圖拒不讓步，必欲其完全服從長老院釋其兵權而後已。凱撒退無可退，遂率高盧軍團渡魯比貢河（Rubico）於49年閏奴月（一月）十日(?)，自高盧入意大利，徇師羅馬，內戰遂起。凱撒高盧勁旅久經沙場，非羅馬可敵。大軍壓城，龐培率長老院出奔希臘。前48年，凱撒大敗龐培于法薩洛（Pharsalus）。卡圖同希庇歐（Metellus Scipio）率殘部退至北非，至烏提卡城（Utica，在今突尼斯）。凱撒乘勝逐北，軍北非，先立埃及女王克萊奧帕特拉（Cleopatra VII，詳見I 37全篇及箋注），再于前48年二月大克希庇歐于塔卜索（Thapsus），拒受降軍，盡屠其卒。卡圖其時未在軍中，故得免，然聞希庇歐敗耗，即以匕首剖腹自裁。因其斃于烏提卡城，故有烏提卡卡圖（Cato Uticensis）稱號。卡圖剖腹未克即死，普魯塔克《傳》

記其剖腹後爲僕從所救，俾醫者縫合創口，卡圖甦醒後以手自抉之，臟腑皆出，死狀慘烈，故云【暴亡】*letum*。*letum*非如mors泛指死亡，而猶指暴卒。集中卡圖別見II 1, 24.

要之，塔爾崑奔，羅馬王政終，共和興；卡圖死，羅馬共和終，帝制興。卡圖畧早於H，然仍可謂同代人。學者或質疑詩人何以以之與古人羅慕洛、努瑪・龐皮略、塔耳崑并列於一章，且下章所列諸人亦較卡圖爲古；二章中人物此外均由古及今爲序，唯卡圖躋身先人中間，頗覺突兀；更短論內戰時卡圖屬敵營，於至尊讚中稱揚其父宿敵，殊覺未安。今按此章以卡圖作結者，欲概括羅馬王政興亡直至共和終結之歷史也。褒揚政敵卡圖者，卡圖甫殞，羅馬人即樹之以爲楷模，內戰後布魯圖、卡圖等輩已儼然名列羅馬先賢，無論至尊本人抑或當時讀者皆不以爲忤。維吉爾《埃》VIII 670以卡圖爲冥界福地厄呂西翁(Elysium)中判官，可爲旁證。

37. 前章所舉諸雄人性或不無瑕疵，此章則專讚羅馬先人中以果毅賢能(virtus)著稱者。其中前三人事蹟皆關乎羅馬戰爭失利，或不屈於敵而就義或恪守節操而不汙。【雷古洛】*Regulum*，指Marcus Atilius Regulus，前307前-約前250年，兩度平章。第一次布匿(=迦太基)戰爭時率羅馬水師大敗迦太基人于厄考諾摩角(Ecnomus)，繼而登陸迦太基。然戰局尋遭逆轉，前255年敗北于突尼斯之戰，爲敵所執。據傳說，前250年羅馬再戰迦太基時，爲迦太基人假釋遣返羅馬媾和求歸戰俘。雷古洛既抵羅馬，非特不申迦太基之命，反誡羅馬人勿與迦太基媾和、勿返戰俘；然爲示信于迦太基人，未即留羅馬不返，竟還迦太基以完其假釋，終陷大辟。集中別有他詩摹畫雷古洛假釋迴羅馬爲信使情景，III 5, 13 ff.曰: "hoc caverat mens provida Reguli / dissentientis condicionibus / foedis et exemplo trahenti / perniciem veniens in aevum, / ..." "這等事有遠見的雷古洛曾/制止，對那些齷齪的條件他/不曾答應，且把這禍殃/引申爲未來時代的樣板, /⋯⋯"。【斯考羅】*Scauros*，謂Marcus Aemilius Scaurus，約前163-89年，前115年平章。雖出身士族，然家境貧寒，歷任西班牙行省參軍、里保胥師(curule aedile)、督審(censor)、先導(praetor)、長老院院長(princeps senatus)等職，猶古塔(Iugurtha)戰

爭期間嘗拒努米底亞王猶古塔重金賄賂。其子從軍伐金卜人(Cimbri)
敗北幾不免，歸來，斯考羅深以爲恥，拒與相見，子遂含羞自殺，事
見弗隆提諾(Sextus Iulius Frontinus，約西曆40–103年)《伐謀編》
(*Strategemata*)IV 1, 13："M. Scaurus filium, quod in saltu Tridentino
loco hostibus cesserat, in conspectum suum venire vetuit. adulescens
verecundia ignominiae pressus mortem sibi conscivit."【布匿人】*Poeno*，
即迦太基人。

　　38.【保祿】*Paulum*，指Lucius Aemilius Paulus，前219和216年凡兩
度平章。第二次伊利里亞戰爭時大敗法魯(在今克羅地亞)攝政得墨忒
(Demetrios ek Pharou)，得行凱旋式。第二次布匿戰爭，共瓦羅(Gaius
Terentius Varro)領羅馬軍隊伐迦太基，於卡耐(Cannae)兵敗身殞，故曰
【不吝捐其浩氣】，謂捐命也，*animae magnae prodigum* 直譯：揮霍其
浩氣。

　　39.【法布里修】*Fabricium*，即Gaius Fabricius Luscinus，有獨目法
布里修之稱(Monocularis)，前282和278年兩度平章。與以庇羅(Epirus)
王匹羅(Pyrrhos)媾和，拒受賄，得歸匹羅所俘羅馬軍士。前275年，略
希臘人殖民地城邦塔倫頓(Tarentum)於南意大利。

　　39–40.【詩歌】*camena*，原字本指羅馬女神，其初或以爲司水，後
則以爲對希臘詩神摩薩(Musa)，參觀II 16, 38。此處以其名稱指其所
司，爲神話德指格("mythologische Metonymie," Lausberg, § 568. b)，一
如Musa小寫謂詩歌也，故Klingner、Heinze等本作小寫，茲從之。【揚
名】*insigni*，詩人自詡，語倣品達《涅》6, 29–30：εὔθυν᾽ ἐπὶ τοῦτον,
ἄγε, Μοῖσα, οὖρον επέων εὐκλέα. "來，摩薩，將詩歌美名之風帶給此
人。"譯作揚名署轉其原義，原文本義爲出名，Heinze: 詩可使人聞名，
本義並非指以詩文聞名，然古人以爲某物既可生此效果，其自身必備所
生之事性質也。下行42 f.【嚴酷的貧困】*saeva paupertas*可歸於一揆。
他篇可見I 1, 5："palma nobilis," "榮耀的梭櫚枝"；I 4, 13："pallida
Mors," "失色的死"；I 5, 7："nigris ventis," "黑風"；I 7, 15："albus
Notus," "清亮的凱風"；I 7, 19："molli mero," "柔和的醴釀"；I
10, 3 f.："decorae palaestrae," "俊美的角抵場"；II 9, 3："inaequales

procellae,"　"不寧的颶風"；II 10, 15："informis hiemes,"　"失形的冬天"；II 11, 6 f.："arida canitie,"　"乾枯的蒼老"等。

41–42. 前章讚勇毅之德，此章稱簡樸之操。【他】*hunc*，　指前章法布里修，法氏雖名列前章，然其事蹟實屬此章，與庫列、卡彌洛皆爲簡樸有撙節之人。西塞羅《圖斯坎辯論集》III 56："cum enim paupertatis una eademque sit vis, quidnam dici potest, quam ob rem C. Fabricio tolerabilis ea fuerit, alii negent se ferre posse ?"　"貧窮其爲虐一也，緣何法布里修可忍而他人不能忍？"【不理髮的庫列】 *incomptis Curium capillis*，意謂Manius Curius Dentatus，其人與法布里修同時，塔倫頓之役亦嘗預焉，與法布里修同以樸質見稱于世。法勒留·馬西謨(Valerius Maximus，西曆一世紀前半葉)《言行記》(*Facta et dicta memorabilia*)IV 3, 5曰："autem Curius, exactissima norma Romanae frugalitatis idemque fortitudinis perfectissimum specimen, Samnitium legatis agresti se in scamno adsidentem foco eque ligneo catillo cenantem,"　"庫列則爲羅馬節儉之最嚴苛典範，亦是勇毅之最完美之明證，他曾在爐邊坐在村樸板凳上用木碗進餐時接見撒姆尼使節"。【理髮】指薙鬚髮，希臘人羅馬人本不知修理鬚髮。據法羅(Varro)《農事論》(*De re rustica*)II 11，前300年起羅馬始有理髮之習，此前人皆蓄鬚留髮("omnino tonsores in Italiam primum venisse ex Sicilia dicuntur p. R. c. a. CCCCLIII, ... olim tonsores non fuisse adsignificant antiquorum statuae, quod pleraeque habent capillum et barbam magnam.")。此處寫其古樸簡素。Heinze云，所言雖僅爲男子，然其時女子亦不理髮則自明。參觀II 15, 11："intonsi Catonis / auspiciis veterumque norma."　"不薙髮卡圖/與古人的規矩卻非如是。"提布盧II 1, 34："et magna intonsis gloria victor avis,"　"得勝者將大光榮歸於不薙髮的祖先"。馬耳提亞爾I 24, 1–3："aspicis incomptis illum, Deciane, capillis, / cuius et ipse times triste supercilium, / qui loquitur Curios adsertoresque Camillos ?"　"看那不薙髮的人，德基安，/他和他哀愁的眉你害怕，/誰在說庫列和扞衛者卡彌洛？"崑提良IX 3, 18掎摭文章利弊，嘗引此句，然其中*incomptis*，"不理髮"，作intonsis，"不薙鬚"，傳

世鈔本皆無旁證，且如曰"不剃鬚之髮"(capillis)而不曰"鬚"(barbis)於義亦乖，當爲崑氏誤記。【得用于戰鬪】*utilem bello*，猶言善戰，NH：褒詞簡畧，頗有行伍口令習語簡捷之風。

42.【卡彌洛】*Camillum*，即Marcus Furius Camillus（約前446–365年），羅馬名將，四度行凱旋式。歷任督軍、督察，嘗五度爲長老院授命獨裁(dictator)於戰時。前396年，羅馬攻其北方埃特魯里亞人菲城(Veii)，十年不克，卡彌洛再任獨裁，終以計下之。城陷，盡屠其男丁，收其妻孥爲奴。前386年，高盧人盡略埃特魯里亞，已而敗羅馬援軍，直驅羅馬，羅馬隨即陷沒。此前，卡彌洛失寵于民，遭流放亞狄亞；爰是糾集游勇，乘高盧人破城後大肆劫掠疏於防備之機，夜襲敵營，大破之。旋整葺羅馬敗兵，逼退高盧人自羅馬。高盧人佔據羅馬凡七月始退。羅馬既光復，卡彌洛力排遷都之議，故有再造羅馬之稱；普魯塔克有傳。維吉爾《埃》VI敘埃涅阿遊歷幽冥，曾覩卡彌洛幽魂焉(825)："aspice … referentem signa Camillum,""看哪，……卡彌洛帶迴旌旗。"指其光復羅馬。西塞羅《凱留辯護詞》(*Pro Caelio oratio*)39："ex hoc genere [i.e. viri robore animi atque indole virttuis ac continentiae] illos fuisse arbitror Camillos, Fabricios, Curios, omnisque eos qui haec ex minimis tanta fecerunt.""屬於這一類[指精神強健、生性自節自制者]的人我以爲有卡彌洛、法布里修、庫列，以及所有以最少而能成就如許之多的人們。""以最少而能成就如許之多"正合詩人此處用意。頌羅馬先人，以羅慕洛始，以卡彌洛終。

43–44.【貧困】*paupertas*爲陰性名詞，故視爲母；【祖業】*avitus … fundus*，*fundus* "業"爲陽性名詞，故爲父，由是而有【鞠育】*tulit* (= protulit，本義爲出產)之說。【宅神】*lar*，指Lar familiaris，家舍神，Lares係羅馬人所謂genii loci，本地精靈，各主其所據之地方，爲數不定，單稱則爲*lar*。genius loci如《西遊記》中孫悟空每抵一生地所喚當方土地神。然Lar familaris專司鎮宅衛舍之職，有別於Penates，後者位同該戶之列祖列宗，詳見II 4, 16注。宅神畧約爲中國之門神與竈神合體，羅馬人供宅神像於餐桌。貧困可勵志，集中又見III 2, 1–3.："angustam amice pauperiem pati / robustus acri militia puer /

condiscat,""安然承受緊迫的貧困,讓彊壯可服兵役之童學會"。此處詩意全合該篇首章。【相宜】*apto*,意謂祖業狹小,故宅神亦簡樸無華。Heinze引卡圖《爲農論》(*De agricultura*)3, 1:"ita aedifices, ne villa fundum quaerat neve fundus villam,"以爲指房舍與農莊大小相匹。

45.【隱蔽的年華】*occulto ... aevo*,意謂時光流逝于無形之中,參觀II 2, 5:"vivet extento Proculeius aevo,""普羅庫留之命會延年益歲"。【增長如樹】*crescit ... velut arbor*,意本品達《涅》8, 40–42:αὔξεται δ'ἀρετά, χλωραῖς ἑέρσαις ὡς ὅτε δένδρεον ᾄσσει, / ἐν σοφοῖς ἀνδρῶν ἀερθεῖσ' ἐν δικαίοις τε πρὸς ὑγρὸν / αἰθέρα. "賢德增長,在足智公正的人中如樹/受白露竄入濕潤的/太清。"【增長】*crescit* 暗承【鞠育】*tulit*。

46.【馬耳策盧】*Marcellus*,薩賓望族革老丢姓(gens Claudia, Claudius;"革老丢"譯名從文理本《徒》11: 28等處)之一支。隋東尼《提貝留傳》1云:"patricia gens Claudia — fuit enim et alia plebeia, nec potentia minor nec dignitate — orta est ex Regillis oppido Sabinorum." "革老丢士族——還另有一庶族,其權勢與尊貴不遜之——源自薩賓人之邑勒吉洛。"維吉爾《埃》VII 706–09. "ecce Sabinorum prisco de sanguine magnum / agmen agens Clausus magnique ipse agminis instar, / Claudia nunc a quo diffunditur et tribus et gens / per Latium, postquam in partem data Roma Sabinis." "看哪,有古老血脈的薩賓人大/軍由革老蘇引領,他自己就與大軍相似,/生於他的革老丢部落和氏族如今散漫/於全拉丁,自薩賓人與羅馬分有其份之後。"革老丢姓有數支脈,以氏(cognomen)相區別,馬耳策盧即其一也。馬耳策盧據普魯塔克《馬耳策盧傳》(*Marcellus* 1, 1)本義爲武,<= Mars,本戰神名馬耳斯,然*RE*詞條(6: 2732. 13–15)已辨其謬,云其與Marcus(馬可)相關,故以下簡稱"馬支"。革老丢姓之馬支本爲庶族,或曰與士族革老丢姓聯姻(西塞羅,《演說家論》*De oratore* 1, 176),故爲其一支,或臆度其舊爲革姓附庸(cliens,詳見II 18, 8注),遂隨其姓而論爲別支。革老丢姓馬氏人物輩出,其中馬可・革老丢・馬耳策盧(Marcus Claudius Marcellus)前331年擢爲平章,爲其族人居顯位者之首。雖然,其聲名仍

不及其重名重孫(生卒約前268–208,普魯塔克有傳,別詳*RE* 6: 2738–
55, "Claudius" Nr. 220),凡五度出爲平章: 前222、215、214、210、208
年。第一次布匿戰爭時以年少勇敢授勳,後累辟太卜(augur)、里保胥師
(curule aedile)、先導(praetor)等職,洎前222年初授平章。第二次布匿
戰爭時嘗統軍,禦漢尼拔於意大利,繼而麾師西西里島,克敘拉古城。
前一世紀馬支先後出平章三人(前51–49年),其中前50年平章該猶•革
老丢•馬耳策盧(Gaius Claudius Marcellus, *RE* 6: 2734–36, "Claudius"
Nr. 216),內戰時依附龐培黨,與同黨西塞羅交密。然則約前54年婺異
黨屋大維妹少屋大維婭(Octavia Minor),生子馬可(Marcus Claudius
Marcellus, 前42–23年, *RE* 6: 2764–70, "Claudius," Nr. 230)。該猶後
遂棄龐培,轉附屋大維。子馬可甚受其舅至尊寵愛,阿克襄海戰大捷,
行凱旋式於羅馬,遊行時至尊騎居中,馬可左驂,提庇留(Tiberius, 後
繼至尊爲羅馬皇帝二世)右驂,一時人皆目爲屋大維承嗣。至尊遠征坎
塔伯雷(Cantabria, 在伊比利亞半島),馬可相從。戰未訖,先于至尊返
京,尚至尊長女猶利亞(Iulia, 屋大維與頭婚妻Scribonia所生)。前25
年,與尤利亞完婚時年方十七,猶利亞年十四。婚禮時至尊滯留西班
牙,未克親蒞,諸事一由亞基帕(已見I 6, 5及注)操持。馬可惜乎不壽,
於前23年九月殀亡,日後提庇留竟得踐帝位。詩中【馬耳策盧】及【名
聲】【隨隱蔽的年華增長如樹】攸指,學者所見不一。Porphyrio古注以
爲當指至尊女婿;Peerlkamp臆改原文*Marcelli*爲複數Marcellis,馬耳
策盧諸人,以涵括該族歷代名人;Heinze、N-H等主五度平章(222年及
其後)。Heinze云詩成時少馬可年幼,尚無【聲名】可言,必指其祖先中
聲名最著者;雖然,詩人預言馬氏聲名將與日俱增,其屬意當在少馬可
也,蓋於其能光宗耀祖寄託厚望焉,其名雖用單數然意謂其氏族,而單
數正因其所指兩可反較複數爲妙。因暗射少馬可,故亦可知此篇撰于其
殀亡之前,詩人未料其不久於人世也。馬克殀亡,維吉爾、普羅佩耳修
(III 18)皆賦詩紀念。《埃涅阿記》卷六敘埃涅阿遊歷冥府,亡父安基
塞(Anchises)爲嚮導,示以羅馬未來。埃氏于羅馬未來人物之幻影中得
見少馬克幽靈(VI 860–86),安基塞告之曰其壽不永,情景語言皆甚悲
愴,則其作必在少馬可死後。據維吉爾古傳(Donatus, *Vita Verg.* 13),維

吉爾爲至尊與屋大維婭誦《埃涅阿記》詩稿至此，少馬可母屋大維婭
一時暈厥。【猶流】*Iulium*指猶流族(gens Iulia)，古羅馬又一鉅族，自稱
肇始于猶洛(Iulus)，據傳說爲埃涅阿子，而埃涅阿乃女神維奴與特羅亞
親王安基塞(Anchises)所生，故猶流族自稱降自維奴，參觀I 2, 18注。然
特羅亞起源說實係共和後期凱撒–屋大維時代僞構。所謂"冒襲良家，即
成冠族；妄修邊幅，便爲雅士"也(《梁武帝《立選簿表》語，《全梁文》
卷五》)。據史傳，猶流氏來自阿爾巴(Alba)。前五世紀初至前四世紀初、
前三世紀末稍稍知名，然此後泊共和晚期，并無可旌表者。共和後期庶
族亦常有名列猶流氏族者，蓋因凱撒時擴增民權，且多釋放家奴，猶流
姓氏遂濫焉。按奴從主姓，非特西洋古代如此，中國亦然，《漢書‧張騫
傳》敘："騫以郎應募，使月氏，與堂邑氏奴甘父俱出隴西。……騫與胡妻
及堂邑父俱亡歸漢。"卷六十一：頁二六七六，二六八九)，則堂邑氏奴甘
父後以主氏爲姓，迻稱堂邑父矣。故後世稱猶流者人數雖夥，然未必皆
爲猶流始祖血脈。共和晚期，猶流一族最顯赫者莫過獨裁者該猶‧猶
流‧凱撒(Gaius Iulius Caesar)。然此處【猶流之星】*Iulium sidus*應指屋
大維，雖亦可兼喻凱撒。前44年春凱撒見害，其夏，天現大彗星，後世
稱作凱撒彗星(Komet Caesar)。普魯塔克《凱撒傳》69, 3：ὅ τε μέγας
κομήτης ἐφάνη γὰρ ἐπὶ νύκτας ἑπτὰ μετὰ τὴν Καίσαρος σφαγὴν
διαπρεπής, εἶτα ἠφανίσθη καὶ τὸ περὶ τὸν ἥλιον ἀμαύρωμα τῆς
αὐγῆς. "偉人凱撒遇刺後有大彗星現七夜，已而不見，日亦無光。"當
其時，在華夏爲漢元帝黃龍五年，據《漢書‧元帝傳》："夏四月，有星
孛于參；"(卷九，頁二八五)《漢書‧天文志》卷二十六所記更詳："五
年四月，彗星出西北，赤黃色，長八尺所，後數日長丈餘，東北指，在參
分。"(頁一三〇九)一時羅馬人多信以爲此即凱撒升天成神之徵，故
稱之爲猶流之星。屋大維此時已上名號"該猶‧猶流‧凱撒"，人以爲
其欲親膺此異兆也。參觀維吉爾《牧》9, 47："ecce Dionaei processit
Caesaris astrum，""看哪丟涅的凱撒之星前來了"。【星】雖或有
確指，然以星喻人，已見於希臘人。歐里庇得悲劇院本《希波呂托》
(*Hippolytos*)行1121 f.歌隊詠唱曰：ἐπεὶ τὸν Ἑλλανίας φανερώτατον
ἀστέρ' Ἀθήνας εἴδομεν, "我們既已看見希臘雅典最璀璨的星"，星喻

希波呂托。屋大維本爲猶流・凱撒嗣子, 其可屬猶流氏, 依據有二: 一
爲其父系本出身庶族, 然其父二婚娶巴爾布(M. Atius Balbus)與凱撒
妹尤利婭生女亞提婭(Atia), 生一女一男, 女爲屋大維婭(Octavia, 因有
同名異母姊, 故稱少(Minor)屋大維婭以區別), 男即屋大維, 屋大維遂
爲凱撒甥孫, 故可名籍猶流氏, 此其一; 凱撒後過繼屋大維爲嗣子, 立
遺囑以爲承嗣, 故依法更名爲該猶・猶流・凱撒之子凱撒(Gaius Iulius
C. f. Caesar), 此其二。革老丟氏與猶流氏兩鉅族聯姻, 遂爲帝政時代
統治氏族。羅馬帝國前五帝皆出自此二族: 至尊、提庇留(Tiberius Iulius
Caesar Augustus, 前42–西曆37, 譯名從文理本《路》3: 1, 尚至尊之女
尤利婭), 喀里古拉(Gaius Iulius Caesar Augustus Germanicus, 12–41
年, 至尊同產姊少屋大維婭(Octavia Minor)重孫, 父征日耳曼尼猶流
(Germanicus Iulius Caesar, 前15–紀元19年)爲提庇留嗣子), 革老丟
(Tiberius Claudius Caesar Augustus Germanicus, 10–54年, 至尊同產姊
少屋大維婭外孫), 尼祿(Nero Claudius Caesar Augustus Germanicus,
37–68年, 母少亞基庇娜(Agrippina Minor)係喀里古拉之姊)。羅馬帝國
自至尊起前五朝凡近百年史稱猶流-革老丟朝。馬耳策盧生前至尊是否
有意傳位焉, 未有確說。據丟氏《羅馬史》LIII 25, 27–28, 30, 前23年
至尊曾染重病, 自分將不豫, 遂囑託後事。人皆以爲將立馬耳策盧, 然
竟將軍務度支冊籍連同御佩戒指一應託付亞基帕。故馬耳策盧雖受恩
寵, 仍未冊立爲皇儲, Kießling以爲詩人於此慎於遣詞, 並未直指其爲
至尊承嗣。

　　32–46. 以上人物臚列屬西洋詩法成規, 昉於荷馬《伊》II 494 ff.羅
列希臘戰艦, 詩學後稱其爲**Catalog**, 譯作**名籍**, 以羅列名物或人物, 爲
史詩中所必不可少。彌爾頓《樂園復得》(*Paradise Regained*)祖構H詩
中羅馬人名籍(II 435–48)曰:

> Witness those antient Empires of the Earth,
>
> In highth of all thir flowing wealth dissolv':
>
> But men endu'd with these have oft attain'd
>
> In lowest poverty to highest deeds;

......

Among the Heathen, ...

...... canst thou not remember

Quintius, Fabricius, Curius, Regulus?

For I esteem those names of men so poor,

Who could do mighty things.

　　見證地上那些古代帝國,/在其華年財富消融:/可忍耐這些
的人們/常在貧困中成就最高的作爲;/......在外邦中間,/......你
如何不記得/崑修、法布里修、庫列、雷古洛?/因爲我仰慕那些如
此貧困/却能做大事者的名字。

　　臚列賢哲,旨在供人傚法其德行。彌爾頓之後多瑪生(James
Thompson)組詩《四季》(*The Seasons*)多用焉,其中《夏》(*Summer*)行
1479以降列舉英倫英傑,《冬》(*Winter*)行439以降稱揚希臘羅馬先賢。
前組所列非止英倫史上名將,尤不厭其煩累舉科學文藝名家如培根
(Bacon)、牛頓(Newton)、喬叟(Chaucer)、斯賓塞、莎士比亞、彌爾頓
等,洵足玩味。名籍於修辭術又稱爲**舉例法**(exempla),參觀Lausberg
§ 19 ff: „Die *virtutes* learnt man in der *imitatio* durch *exempla*."
　　47–48.【人間】意譯,原文無人字,唯曰*inter omnis*,"一切之中",
然論者以爲於意當補viros,人字。【月躋身於更小的繁星中間】*inter
ignis luna minores*,即漢語所謂"衆星捧月"。用以喻人,其意象常見於
西洋古典詩歌,薩福殘篇34云:

ἄστερες μὲν ἀμφὶ κάλον σελάναν

ἂψ ἀπυκρύπτοισι φάεννον εἶδος

ὄπποτα πλήθοισα μάλιστα λάμπῃ

γᾶν

ἀργυρία

繁星簇于明月旁

藏起它們的身形，

她在盈滿時以

銀光

洗地。

品達言金星璀璨光掩衆星亦相彷，《地》4, 23：λάμπει /＇Αοσφόρος
θαητὸς ὡς ἄστροις ἐν ἄλλοις："光耀/如晨星璀璨于衆星中間"。巴刻
居利得《讚歌集》9, 27–29.：πενταέθλοισιν γὰρ ἐνέπρεπεν ὡς ἄστρων
διακρίνει φάη / νυκτὸς διχομηνίδος εὐφεγγὴς σελάνα· "因爲五項競
技的賽手們優勝如同/衆星的焭光有別於/夜裏月的明光。"《對》15, 1–2：
"nox erat et caelo fulgebat luna sereno / inter minora sidera,""入夜了，
寧靜的天宇有月閃耀於/更小的羣星中間"。

49. 自此以下迄篇末爲詩人祈禱辭，此前所頌神明歸猶庇特，所讚
英雄與人物皆鍾於凱撒一人。【人類之父和看護者】*gentis humanae
pater atque custos*，指猶庇特，語承上行14 f. 迦利馬庫《宙斯頌》謂人
間器物皆可由較宙斯低下諸神司掌，唯國王邦主係宙斯選定，72–74：
ἀλλὰ τὰ μὲν μακάρεσσιν ὀλίζοσιν αὖθι παρῆκας / ἄλλα μέλειν
ἑτέροισι, σὺ δ' ἐξέλεο πτολιάρχους / αὐτους, "然而他務你逕交由
更小的蒙福者們，/他務歸他者操持，你則揀選城邦之主/自己"。【薩
屯】*Saturnus*，原爲拉丁本土農事稼穡神，人後方之於希臘神話元始
天尊克羅諾(Cronus)，宙斯(猶庇特，主天)、波塞冬(涅普頓，主海)並
普魯同(主陰間)之父，故【薩屯所生】*orte Saturno*即猶庇特，此亦以
父稱子(patronymia)之例也。此語與前語同位，皆爲向神直籲。參觀維
吉爾《牧》4, 4–6："ultima Cumaei venit iam carminis aetas; / magnus
ab integro saeclorum nascitur ordo: / iam redit et Virgo, redeunt Saturnia
regna; /iam nova progenies caelo demittitur alto." "現在最末的時代降
臨古麥之歌；/世世代代的大序列正重新誕生。/現在室女迴歸，迴歸撒
屯的王國，/現在有新苗裔正自高天降下。"

50. 【命運】*fatis*，依希臘羅馬神話，宙斯雖權傾衆神，然弗能左右

命運。此處意謂至尊膺命承運，其主宰全地之勢不可阻擋，然其人身安危以及宏圖之施展，命運則將其委託宙斯。

52.【輔次】原文*secundus*同行18【僅次者】*secundum*，然語義有別：彼處意謂無人或無神可稱爲畧遜於猶庇特者，此處則云凱撒（即至尊屋大維）爲猶庇特【輔次】，猶庇特主神間事，凱撒主人間事，代其行事也。漢譯"輔""次"當解爲次官之次、輔弼之輔，即代猶庇特攝理人間者。君權神授論起源於希臘化時代，前引迦利馬庫詩足以佐證，廊柱派與新畢達哥拉派哲人尤申其說，帝國時代羅馬人多奉之。集中神化至尊此外已見I 2, 41 ff.，又見III 5, 2 ff.："praesens divus habebitur / Augustus adiectis Britannis / imperio gravibusque Persis.""至尊隨着不列顚人和/勍敵波斯爲我皇權所/降，將被視作菭臨的神明。"H同時詩人奧維德《變》篇末爲頌聖詩（XV 745 ff.），其中858–60云："Iuppiter arces / temperat aetherias et mundi regna triformis, / terra sub Augusto est; pater est et rector uterque.""猶庇特節度/太清的高樓與三形世界的統治，/地上受制於至尊，他既是父也是導師。"

53.【正義的凱旋】*iusto ... triumpho*，羅馬人視帕提人猶如希臘人視波斯人，皆以之爲勍敵，威脅侵犯其邦土，故戰之則爲義戰（bellum iustum），勝之則爲義勝（victoria iusta）。或云降伏安息，于理于法皆應得行凱旋式，故曰正當。二說相權，前說爲是。【凱旋】或凱旋式參觀I 37, 31.【驅】*egerit*，羅馬人大勝外邦夷狄，如蒙長老院敕准，將帥可行凱旋式於羅馬。行凱旋式時，將帥依例盛裝乘戎車驅所俘酋首于前、率士卒攜擄獲于後，自城門經市決場（Forum）等逵衢遊行，抵首神廟獻祭。中國上古得勝振旅奏愷，已見I 2, 49注。中古時參觀《資治通鑒》記唐高宗平高麗百濟後獻俘告廟："李勣將至，上命先以高藏等獻于昭陵，具軍容，奏凱歌，入京師，獻于太廟。十二月，丁巳，上受俘于含元殿。"（卷二百一，唐紀十七，高宗總章元年10，頁六三五六）

53–55.【或……或……】*seu ... sive ...*，詩人期望至尊非僅匡扶羅馬，亦且征服世界。所欲征服諸國雖地跨泰西遠東，然首當其衝者必是安息，安息在羅馬東疆，羅馬如欲遠征遠東諸國，非先服安息不得近絲國與身毒也。【帕提人】*Parthos*，帕提即中國古史所載安息國，已見I 2, 23及注。以帕提人爲羅馬勁敵，爲H詩中常談。前53年帕提人全殲克拉蘇所率羅馬軍團，羅馬舉國震悚。然帕提人雖能力克羅馬入侵之師，甚至亦能反侵羅馬行省敍利亞，卻無意無力【威脅拉丁國】*Latio imminentis*。H危言聳聽，此前所作《對》16甚至想象帕提人鐵蹄踐踏羅馬，羅馬先人遭其挫骨揚灰："barbarus heu cineres insistet victor et urbem / eques sonante verberabit ungula ; / quaeque carent ventis et solibus ossa Quirini, / — nefas videre — dissipabit insolens."

55–56.【旭日之邊】*orientis orae*，古代天文學以蒼穹之極東接地之泰東，爲旭日攸昇處；原文指天穹之東方，非東方之地，故云華夏、印度皆在其【下面】*subiectos*。曼尼琉《星曆記》I 43有 "oriente sub ipso" "旭日之下" 語，所據方輿原理正同於此。NH以爲是語逕指地，非指天，*subiectos*義當解爲毗鄰，然未能自圓其說，實難相從。【絲國人】*Seras*，古羅馬人稱中華人爲 "絲人" 或 "絲國人"（Seres），以其所產名其人其地也；近世西洋多以 "秦"（China）稱瓷器，則以其國名稱其所產也。H此處並III 29, 27（"et urbi sollicitus times, / quid Seres et regnata Cyro / Bactra parent Tanaisque discors." "你還爲我們城憂懼/絲國和古列統治下的/大夏與曇河之亂的圖謀"）及其同代詩人篇句（普羅佩耳修IV 3, 8："munito Sericus hostis equo," "有甲馬的絲國之軍"；盧坎（Lucanus）史詩《法薩洛戰記》（*Pharsalia*）I 19："sub iuga iam Seres, iam barbarus isset Araxes," "願絲國人、願蠻邦的亞剌西河受制於軛下"；斯琉（Silius Italicus，約28–103年）史詩《布匿記》*Punica*）XV 79 f.："quid, cui, post Seras et Indos / captivo Liber cum signa referret ab Euro, / Caucaseae currum duxere per oppida tigres ?" "爲何、爲誰，經過絲國和身毒人/利倍爾自所俘虜的東方帶迴旌旗, /高加索的羣虎馭車經過城鎮? "）爲羅馬詩歌中最早語及華夏者，且悉無例外，皆以爲敵，日後可遠征而服也。H等羅馬詩人所據輿地權威爲古希臘方輿家厄拉多忒涅（Eratosthenes）所繪之方輿全圖。或謂羅馬人所謂絲國恐非華夏中土，寔乃漢之西域，按畧約是。【身毒人】*Indos*，【身毒】今作印度，譯文從與H大約同時之漢代文獻舊譯名：《史記·大宛列傳》："[張]騫曰：'臣在大夏時，見邛竹杖、蜀布。問曰："安得此？" 大夏國人曰："吾賈人往市之身毒。身毒在大夏東南可數千里。其俗土著，大與大夏同，而卑濕暑熱云。其人民乘象以戰。其國臨大水焉。"'"(卷一百二十三，頁三一六六)以上所引語及華夏諸例往往與印度並提，然羅馬人知印度遠較知華爲多。至尊自撰《神聖至尊功勳碑》(*Res gestae Divi Augusti*)稱印度諸王嘗遣使節來朝，且曰此舉前所未有("ad me ex India regum legationes saepe missae sunt, non visae ante id tem[pus] apud qu[em]q[uam] R[omanorum du]cem," *res gest.* 31, 1)。H《世紀競賽頌》亦語及。

57.【次于你，他】*te minor*，此處奪格【你】*te*及下二行主格【你】*tu*仍爲行49–51【人類之父……薩屯所生】，即宙斯(猶庇特)。【他】*ille* =【凱撒】，即至尊屋大維。【次】*minor* =行52【輔次】*secundo*，即代猶庇特統治全地，參觀III 6, 6："dis te minorem quod geris, imperas," "你因向衆神示小，故而將領"，次於即小於也。【均秉】譯 *reget aequus*，其中*regere*，梵rjyati，希όρέγω，古高地德recchen，本義爲劃直線(streckt sich)，後引申爲指導、治理(richtet zu, ordnet an, lenkt)。集中參觀III 4, 45–48："qui terram inertem, qui mare temperat / ventosum, et urbis regnaque tristia, / divosque mortalisque turmas / imperio regit unus aequo." "董理不移的陸地和多風之/海的是一位以均等的霸權/統治城邑和悲慘國度、/衆神及注定有死之衆者"。漢譯捃撦《小雅·節南山之什·節南山》："尹氏大師，維周之氏；秉國之均，四方是維，天子是毗，俾民不迷"，毛《傳》訓"均"爲平。【秉】譯 *regnere*，【均】譯*aequus*，謂其公正。《節南山》中"均"字或作"鈞"，且訓爲陶輪，蓋爲平義所本。後世二字連稱作"秉鈞"，杜甫《奉贈鮮于京兆二十韵》："破膽遭前政，陰謀獨秉鈞。微生霑忌刻，萬事益酸辛。"然無論《詩》中出處抑或子美所言，皆以"秉國之均"或"秉鈞"指宰輔，《詩》言尹氏大師，杜詩指前丞相李林甫，二人均位處一人之下、萬人之上，畧約與本詩中所言凱撒爲猶庇特人間宰輔之說相當。

【式廓】原文*latum*，《讚》古鈔本中Ψ類作此讀，Ξ類並若干古注(如僞Acro)讀laetum，"喜樂"。*latum*直譯爲廣袤，作廣袤讀顯然意謂至尊所統轄之羅馬帝國肇域式廓廣袤；作喜樂讀意謂其所轄之地皆樂爲其所御。近現代版本僅Ritter, Wickham, Bailey, NH從後讀，餘皆從前讀，中譯從衆。中譯取《詩·大雅·皇矣》："上帝耆之,憎其式廓。"毛《傳》：

"廓,大也。"此語今人高亨雖別有所訓,"式,讀爲慝,姦也;廓,讀爲

虢,虐也,"(《今注》,頁三九〇)然不害其爲成語也。句義參觀《英華》

XVI 120詠亞歷山大銅像箴銘體詩摹擬亞歷山大語曰: γᾶν ὑπ' ἐμοὶ

τίθεμαι· Ζεῦ, σὺ δ' Ὄλυμπον ἔχε. "我置全地於足下; 宙斯, 而你有奧

林波山。"

58.【輅車】*gravi curru*, 猶庇特車聲隆隆, 即雷震也。按參觀品

達《奧》I 1 f.: ἐλατὴρ ὑπέρτατε βροντᾶς ἀκαμαντόποδος Ζεῦ, "至

高的御夫駕馭足力不倦雷霆的宙斯!" 以雷霆喻戰乘隆隆, 參觀《詩·

小雅·南有嘉魚之什·采芑》："戎車嘽嘽, 嘽嘽焞焞, 如霆如雷。" 毛

《傳》："嘽嘽, 衆也; 焞焞, 盛也。" 餘詳後{比較}。

59.【不夠潔淨的聖林】*parum castis ... lucis*, 【聖林】*lucus*爲祭

神之所, 故須潔淨。今云【不夠潔淨】, 謂其受玷汙。玷汙尤指内戰中

之屠戮。參觀I 2, 23【因父輩的孽】和29–30【誰猶庇特將給予褉除罪

愆的大任?】

60.【霹靂】*fulmina*, 爲猶庇特所操兵器, 參觀I 2, 1 ff.及注。

{評點}：

　　此篇祖構品達第二首《奧林匹亞競技讚歌》, 已成學者共識(見上行

1–3注, 品達詩全文見下{傳承}(一))。然祖構非同剽襲, 其與品達範本何

所同何所異, 方爲解詩之肯綮, 且唯由兩相比較, 始可見H匠心攸寄。

　　二詩異同, 非如前注所示僅限于上三行。二作皆以詩人自問啓

端, 問於衆神、英雄、人傑中應選何位做一篇讚頌主題, 此是兩詩相

同處;相異處則非僅在于問句中顛倒神、英雄、人次序, 更在于之後如

何呼應發端自問。品達自問句中由高及低臚列神、英雄、人三項, 繼而

依次敷布: 先頌神宙斯, 再舉英雄赫拉克勒, 最後稱敘拉古僭主忒隆

(Theron)。H詩啓端自問句顛倒品達三項次序, 一變而爲人傑、英雄、

神明, 繼而於敷布諸項時反逆此問句順序, 遂致其開篇問句次序雖逆

品達而行, 比及詩中餘篇詳言諸項, 其次序竟與品達無異: 先神明, 再

英雄, 末及人傑。換言之, 品達開篇發問與其後所詠次序相同, H則相

反。Syndikus辨曰H次序安排屬丫叉格(Chiasmus，p.137)，即呈人傑、英雄、神明⇔神明、英雄、人傑之對稱，故此令行文跌宕有緻，可謂出于藍而勝于藍矣。

品達詩中拈出所頌神、英雄、人，其數也寡、其言也略；點名衹在行3–5，厥後雖亦言及阿波羅等宙斯以外諸神，然已錯亂初始發問時修辭結構，不復呼應起始問句次序。H詩於開篇後，依次將神明、英雄、人傑分作三組，每組復含名目若干，雖多少不一，然其數皆遠過於品達，且變化引領諸組之表吟詠讚敘之動詞，其中前二組皆以【吟詠】(*dicam*, 14, 25，譯文一作【吟詠】、一作【詠】)醒目標出，第三組變化爲【記】、爲【猶疑】、爲【詠敘】(*memorem ... dubito*, 33, 35; *referam*, 39)等，故而於內容之外，復以動詞標誌所論三項之分別，用心洵爲縝密。

品達競技讚歌曲式爲希臘歌舞隊歌，呈三章一組格式(trias)，每組含正轉(strophē)、反轉(antistrophē)、尾歌(epōdos)三章，分別指歌舞隊式歌式舞之步式與歌式，全曲常含五組共十五章。H推崇品達，人所熟知(見IV 2品達頌)，《讚》中品達遺響往往可得而聞。本詩共六十行，依Meinecke定律亦析爲十五章，然其可否如品達競技凱歌格式亦可均分爲3 x 5五組，則大可商榷。

品達希臘歌舞隊歌三章組結構之成立乃因格律使然：其中正轉、反轉二章格律對應(responsion)，然尾章格律單列，不與前二章同，故格律每三章爲一輪迴，自然構成一組。H此篇用薩福律，每章格律皆同，並無每三章格律爲一輪迴之格式。故以詩律而言，無可據以分爲三章一組之因由。

以內容言之，H詩上十二行凡三章與末十二行(49–60)凡三章分別爲全詩引章(exordium)與終章，應不容質疑，故此前後六章可分別劃爲二組。行13–24凡三章專詠諸神，上承啓端問句【何位神明】，故亦可視爲一組。然詩中餘部則未顯如此整齊：如依品達格式以章數分組，三、四組應分別沿行25–36與行37–48而定，即七至九章一組(三組)，十至十二章一組(四組)；然以內容覘之，三組本應上承啓端問句【何位英雄】而專頌英雄，然其中第九章(33–36)所詠是否同於前二章(25–32)爲英雄，則大可詰疑。前箋已明羅慕洛當視爲人傑而非英雄，今即姑且視其爲英雄，努瑪、塔耳崑、卡圖等人絕非英雄則確乎無疑，應歸入此後三章(37–48)，即下一組。於是三章一組結構遂不能成立矣。如僅依內容，詩之各部可析分如下：首部：上三章，是爲全詩引章；次部：其後三章，頌神；三部：其後二章，頌英雄；四部：其後四章，專頌羅馬史上人傑；末部：最末三章，祈禱辭，告於猶庇特願其保祐至尊一統天下。由此可見，H是詩雖貌似品達讚歌，以五部結構，然並不墨守品達三章一組成規，各部分配有所變通。既如此，則本詩是否乃至於何等程度可視作品達式讚歌，學者難免見仁見智。Fraenkel稱本詩爲"半似品達"，Syndikus則依據上述詩中始發問句與其後分別詠誦各主題之精密應承關係不同於品達，逐謂此歌爲非品達式(p.137)，Kießling/Heinze所見畧同，稱詩雖拊撨品達，然"仍爲羅馬詩人情感之最純粹表達"(詩序)，NH亦視此詩與品達異大于同(詩序)。

　　H之所以於形式不恪守品達詩法者，寔因H詩乃文人所筆，僅供閱讀或至多爲人吟誦，非如品達實爲歌舞樂隊表演而作者。且非獨H爲然，西洋後世詩人舉凡欲倣法品達者，龍薩(Pierre de Ronsard)、便·約生(Ben Jonson)以降迄至席勒、荷爾德林，無不緣此不得學其眞髓。

　　雖然，H是篇風格仍頗得益于品達。語言奔涌流暢，前三部(1–32)各部内皆呈酒神頌跳躍(saltus dithyrambus)句式，長句跨章越節，加以所賦題材隆重莊嚴，令全篇氣勢渾厚磅礴。

　　詩之結構既明，尚餘疑難則爲詩人遴選所詠神明英雄人傑有無深意。蓋無論神明抑或英雄、更遑論史上俊傑，計其數則多不勝數、論其德則各懷孔昭，然詩人于衆神獨拈出宙斯、雅典娜、亞底米、巴刻庫而頌，于衆英雄唯稱道赫拉克勒與宙斯雙子，于羅馬史中特標舉羅慕洛、努瑪、塔耳崑、卡圖等人，則其宅心焉在？細味詩文，可知詩人所爲當非隨意，然神明、英雄、人傑三組亦未可一概而論，須分別考覈，蓋各組之中詩人各有衷曲各有側重。以諸神組而論，猶庇特以外，雅典娜、阿波羅、亞底米、丟尼索似皆有力于興文明、促教化，以其皆與力於"降制、澄明精神力"也(Syndikus p.141)；以英雄一組論，所詠者似皆以馴服蠻力著稱：赫拉克勒十二般苦役、宙斯雙子息風靜海莫不爲此。前二組所詠者爲數既少，法力事蹟亦較簡單易辨，未可謂難解。其後言羅馬史上人傑，其數目則遠超前二組之和，各人事蹟關聯亦遠更複雜，則非可蓬然而棄論。第九章(33–36)尤係歷代學者爭議所集，爲其所涉疑議有三：一爲羅慕洛應屬英雄抑爲古史人傑；二爲塔耳崑是否指倨傲者塔耳崑，苟如所指，則此人素有暴君惡諡，後爲羅馬人所逐，不得善終，恐難躋身於英豪俊傑之列，未可與卡圖、雷古洛等等量齊觀；三爲H同代人卡圖何以竄入古人中間，淆亂時代順序？此三難{箋注}已詳辨，茲不復述。此處尚需益言者，原文第九章實格人名【羅慕洛】*Romulum*之後言及諸位，皆不同於【羅慕洛】爲賓格，而係賓格普通名詞之屬格人名，故詩人不言努瑪，而言【龐皮略的】*Pompili*【清政】*quietum ... regnum*，不言塔耳崑，而言【塔爾崑的】*Tarquini*【權杖】*fasces*，不言卡圖，而言【卡圖的】*Catonis*【暴亡】*letum*。細翫詩文，詩人於此蓋並非詠贊此三人，而實欲藉其名以揔括羅馬由王政一變而爲共和再變而建帝制之憲政史。第九章作此解方爲達詁，Fraenkel以爲此章無解，固陋矣，而Syndikus雖辨識人物堪稱精細，然亦未識詩人之主旨爲羅馬憲政之更迭嬗變而非個別豪傑也。

　　十、十一章用舉例法(exempla，見上行32–46注)，然所舉諸賢秉德不同，故據各人所彰德行可分作二類：雷古洛、保祿慷慨爲國捐軀，其餘則多爲簡樸奉公或自律克己者。十二章言馬耳策盧，則應另當別論，蓋其氏族瓜瓞綿綿，先祖既昭顯，本枝百世，後裔亦克紹箕裘，至少馬可身爲至尊女婿，時人以至尊承嗣視之，故舉此一族能跨越過去現在未來，爲詩末引出祈禱未來之津梁。

　　詩末三章盡顯詩人詩藝精湛構思高遠。詩之主旨既在于稱頌至尊，此即開篇發問【何人】意謂攸在，亦即發問句中置人于英雄、神明前之深遠用意。然詩文迂迴婉轉，先頌神明再讚英雄，續以羅馬史上俊彥豪傑，末尾以祈禱猶庇特庇護至尊率羅馬一統天下點出所頌主題，收束全篇。設使庸手爲此，則祇知自神明英雄一頌到底，結束於至尊而後已；然H則於詠贊羅馬古今人物後，一改頌讚語式爲祈禱式，直籲猶庇特，爲凱撒祈求護祐，文風變化多姿，爲頌至尊而再稱猶庇特，以其萬鈞之力鎮壓此莊嚴頌歌以作結，最是相宜。

{傳承}:

一、品達

品達《奧林匹亞競技讚歌》第二首乃H此篇所本,然其詩尚無中譯,讀者難以稽查,茲錄全詩並譯爲中文以饗讀者:

品達奧林匹亞競技讚歌第二首

《慶阿克拉迦人忒隆賽車》

ΘΗΡΩΝΙ ΑΚΡΑΓΑΝΤΙΝΩΙ ΑΡΜΑΤΙ

Ἀναξιφόρμιγγες ὕμνοι,
τίνα θεόν, τίν' ἥρωα, τίνα δ' ἄνδρα κελαδήσομεν;
ἤτοι Πίσα μὲν Διός· Ὀλυμπιάδα
    δ' ἔστασεν Ἡρακλέης
ἀκρόθινα πολέμου·
Θήρωνα δὲ τετραορίας ἕνεκα νικαφόρου   5
γεγωνητέον, ὄπι δίκαιον ξένων,
    ἔρεισμ' Ἀκράγαντος,
εὐωνύμων τε πατέρων ἄωτον ὀρθόπολιν ·
καμόντες οἳ πολλὰ θυμῷ
ἱερὸν ἔσχον οἴκημα ποταμοῦ, Σικελίας τ' ἔσαν
ὀφθαλμός, αἰὼν δ' ἔφεπε μόρσιμος,   10
    πλοῦτόν τε καὶ χάριν ἄγων
γνησίαις ἐπ' ἀρεταῖς.
ἀλλ' ὦ Κρόνιε παῖ Ῥέας, ἕδος Ὀλύμπου νέμων
ἀέθλων τε κορυφὰν πόρον τ' Ἀλφεοῦ,
    ἰανθεὶς ἀοιδαῖς
εὔφρων ἄρουραν ἔτι πατρίαν σφίσιν κόμισον
λοιπῷ γένει. τῶν δὲ πεπραγμένων   15
ἐν δίκᾳ τε καὶ παρὰ δίκαν ἀποίητον οὐδ' ἂν

Χρόνος ὁ πάντων πατὴρ
  δύναιτο θέμεν ἔργων τέλος·
λάθα δὲ πότμῳ σὺν εὐδαίμονι γένοιτ' ἄν.
ἐσλῶν γὰρ ὑπὸ χαρμάτων πῆμα θνᾴσκει
παλίγκοτον δαμασθέν, 20

ὅταν θεοῦ Μοῖρα πέμπῃ
ἀνεκὰς ὄλβον ὑψηλόν. ἔπεται δὲ λόγος εὐθρόνοις
Κάδμοιο κούραις, ἔπαθον αἳ μεγάλα·
  πένθος δὲ πίτνει βαρύ
κρεσσόνων πρὸς ἀγαθῶν.
ζώει μὲν ἐν Ὀλυμπίοις ἀποθανοῖσα βρόμῳ 25
κεραυνοῦ τανυέθειρα Σεμέλα, φιλεῖ
  δέ νιν Παλλὰς αἰεί
{φιλέοντι δὲ Μοῖσαι}
καὶ Ζεὺς πατήρ, μάλα φιλεῖ δὲ παῖς ὁ κισσοφόρος·
λέγοντι δ' ἐν καὶ θαλάσσᾳ
μετὰ κόραισι Νηρῆος ἁλίαις βίοτον ἄφθιτον
Ἰνοῖ τετάχθαι τὸν ὅλον ἀμφὶ χρόνον. 30
  ἤτοι βροτῶν γε κέκριται
πεῖρας οὔ τι θανάτου,
οὐδ' ἡσύχιμον ἁμέραν ὁπότε παῖδ' ἀελίου
ἀτειρεῖ σὺν ἀγαθῷ τελευτάσομεν·
  ῥοαὶ δ' ἄλλοτ' ἄλλαι
εὐθυμιᾶν τε μέτα καὶ πόνων ἐς ἄνδρας ἔβαν.
οὕτω δὲ Μοῖρ', ἅ τε πατρώιον 35
τῶνδ' ἔχει τὸν εὔφρονα πότμον, θεόρτῳ σὺν ὄλβῳ
ἐπί τι καὶ πῆμ' ἄγει,
  παλιντράπελον ἄλλῳ χρόνῳ·
ἐξ οὗπερ ἔκτεινε Λᾷον μόριμος υἱός

συναντόμενος, ἐν δὲ Πυθῶνι χρησθὲν
παλαίφατον τέλεσσεν.　　　　　　　　　　　　　　　40

ἰδοῖσα δ' ὀξεῖ ᾿Ερινὺς
ἔπεφνέ οἱ σὺν ἀλλαλοφονίᾳ γένος ἀρήιον·
λείφθη δὲ Θέρσανδρος ἐριπέντι Πολυ-
　　νείκει, νέοις ἐν ἀέθλοις
ἐν μάχαις τε πολέμου
τιμώμενος, ᾿Αδραστιδᾶν θάλος ἀρωγὸν δόμοις·　　45
ὅθεν σπέρματος ἔχοντα ῥίζαν πρέπει
　　τὸν Αἰνησιδάμου
ἐγκωμίων τε μελέων λυρᾶν τε τυγχανέμεν.
᾿Ολυμπίᾳ μὲν γὰρ αὐτός
γέρας ἔδεκτο, Πυθῶνι δ' ὁμόκλαρον ἐς ἀδελφεόν
᾿Ισθμοῖ τε κοιναὶ Χάριτες ἄνθεα τε-
　　θρίππων δυωδεκαδρόμων　　　　　　　　　　50
ἄγαγον· τὸ δὲ τυχεῖν
πειρώμενον ἀγωνίας δυσφρονᾶν παραλύει.
ὁ μὰν πλοῦτος ἀρεταῖς δεδαιδαλμένος
　　φέρει τῶν τε καὶ τῶν
καιρὸν βαθεῖαν ὑπέχων μέριμναν ἀγροτέραν,
ἀστὴρ ἀρίζηλος, ἐτυμώτατον　　　　　　　　　55
ἀνδρὶ φέγγος· εἰ δέ νιν ἔχων τις οἶδεν τὸ μέλλον,
ὅτι θανόντων μὲν ἐν-
　　θάδ' αὐτίκ' ἀπάλαμνοι φρένες
ποινὰς ἔτεισαν – τὰ δ' ἐν τᾷδε Διὸς ἀρχᾷ
ἀλιτρὰ κατὰ γᾶς δικάζει τις ἐχθρᾷ
λόγον φράσαις ἀνάγκᾳ·　　　　　　　　　　　60

ἴσαις δὲ νύκτεσσιν αἰεί,

ἴσαις δ᾽ ἀμέραις ἅλιον ἔχοντες, ἀπονέστερον
ἐσλοὶ δέκονται βίοτον, οὐ χθόνα τα-
ράσσοντες ἐν χερὸς ἀκμᾷ
οὐδὲ πόντιον ὕδωρ
κεινὰν παρὰ δίαιταν, ἀλλὰ παρὰ μὲν τιμίοις   65
θεῶν οἵτινες ἔχαιρον εὐορκίαις
    ἄδακρυν νέμονται
αἰῶνα, τοὶ δ᾽ ἀπροσόρατον ὀκχέοντι πόνον.
ὅσοι δ᾽ ἐτόλμασαν ἐστρὶς
ἑκατέρωθι μείναντες ἀπὸ πάμπαν ἀδίκων ἔχειν
ψυχάν, ἔτειλαν Διὸς ὁδὸν παρὰ Κρό-
νου τύρσιν· ἔνθα μακάρων   70
νᾶσον ὠκεανίδες
αὖραι περιπνέοισιν· ἄνθεμα δὲ χρυσοῦ φλέγει,
τὰ μὲν χερσόθεν ἀπ᾽ ἀγλαῶν δενδρέων,
    ὕδωρ δ᾽ ἄλλα φέρβει,
ὅρμοισι τῶν χέρας ἀναπλέκοντι καὶ στεφάνους
βουλαῖς ἐν ὀρθαῖσι Ῥαδαμάνθυος,   75
ὃν πατὴρ ἔχει μέγας ἑτοῖμον αὐτῷ πάρεδρον,
πόσις ὁ πάντων Ῥέας
    ὑπέρτατον ἐχοίσας θρόνον.
Πηλεύς τε καὶ Κάδμος ἐν τοῖσιν ἀλέγονται·
Ἀχιλλέα τ᾽ ἔνεικ᾽, ἐπεὶ Ζηνὸς ἦτορ
λιταῖς ἔτεισε, μάτηρ·   80

ὃς Ἕκτορα σφᾶλε, Τροίας
ἄμαχον ἀστραβῆ κίονα, Κύκνον τε θανάῳ πόρεν,
Ἀοῦς τε παῖδ᾽ Αἰθίοπα. πολλά μοι ὑπ᾽
    ἀγκῶνος ὠκέα βέλη
ἔνδον ἐντὶ φαρέτρας

φωνάεντα συνετοῖσιν, ἐς δὲ τὸ πᾶν ἑρμανέων　　　85
χατίζει. σοφὸς ὁ πολλὰ εἰδὼς φυᾷ·
　　μαθόντες δὲ λάβροι
παγγλωσσίᾳ κόρακες ὣς ἄκραντα γαρυέτων
Διὸς πρὸς ὄρνιχα θεῖον·
ἔπεχε νῦν σκοπῷ τόξον, ἄγε θυμέ· τίνα βάλλομεν
ἐκ μαλθακᾶς αὖτε φρενὸς εὐκλέας ὀ-
　ιστροὺς ἱέντες; ἐπί τοι　　　90
Ἀκράγαντι τανύσαις
αὐδάσομαι ἐνόρκιον λόγον ἀλαθεῖ νόῳ,
τεκεῖν μή τιν᾽ ἑκατόν γε ἐτέων πόλιν
　　φίλοις ἄνδρα μᾶλλον
εὐεργέταν πραπίσιν ἀφθονέστερόν τε χέρα
Θήρωνος. ἀλλ᾽ αἶνον ἐπέβα κόρος　　　95
οὐ δίκᾳ συναντόμενος, ἀλλὰ μάργων ὑπ᾽ ἀνδρῶν,
τὸ λαλαγῆσαι θέλον
　　κρυφὸν τιθέμεν ἐσλῶν καλοῖς
ἔργοις· ἐπεὶ ψάμμος ἀριθμὸν περιπέφευγεν,
καὶ κεῖνος ὅσα χάρματ᾽ ἄλλοις ἔθηκεν,
τίς ἂν φράσαι δύναιτο;　　　100

主豎琴的頌歌！ ①
哪位神明、哪位英雄、哪箇人我們將要歌頌？
定是宙斯的比薩②；作爲戰爭的
　　　最佳繳獲赫拉克勒立下的
奧林匹亞競技賽會；
忒隆因得勝的馴馬之乘　　　5

---

① 品達慣於合併二字爲新詞，此處 “主” 係名詞，意謂歌爲主聲，琴爲伴奏。
② 奧林波山有泉名是。

而必得稱頌，因尊客而稱義，

　　　　是阿克拉迦的干城，

聲名顯赫的諸父中拱衞城邦的菁英；

他們那些人內心飽受憂患，

佔據了濱河的神聖家園，是西西里之

睛，壽歲應運而來，

　　　　帶來了與生俱來的賢能上的   10

財富與榮光。

可是哦萊亞所生克羅諾之子啊！你看守着奧林波的棲處、

競賽之冠、阿爾菲奧的渡頭，

　　　　因暖心的歌

而快樂的你，請將祖地

留給他們未來的族裔。所做的事中   15

守正義和違正義的，就連

時間這萬物之父

　　　　都不能變已成爲未就；

而是會有帶來幸運的遺忘。

因爲在幸福的欣悅威力下，惡意的

傷害被馴服帖而死滅，   20

每當神的命運朝上派發

崇高的福禧之時。這話適用於卡德摩

寶座上的閨女們①，她們遭了大難；

　　　　沉重的悲慟突降

於更彊大的善前邊。

爲霹靂的巨響擊斃，長髮飄飄的塞墨拉活在   25

奧林波山上的衆神中間，帕拉

　　　　永遠愛着她，

---

① 勃俄提亞人、忒拜始王卡德摩生有四女，本詩言其三：塞墨勒、伊諾。

{摩薩也愛她}
父宙斯和戴常青藤的少年都愛她；
傳說中海里
在涅律的海中女兒們中間，
伊諾被賜予了永久時間裏不會消逝的生命。
　　　　固然，給有死的凡人們　　　　　　　　　　30
的確沒有定下死限，
也沒有定我們何時在某箇平靜的白天，那太陽之子，
帶着未受戕害的善終結；他時
另有歡快之川流連同苦役流向人們。
命運便是這樣，她擁有　　　　　　　　　　　　　35
他們家祖傳的好命，因有神明的祝福
在日後遭逢
　　　　厄難時能時來運轉；
自那時起，應運而生的兒子在遭遇鬬毆中
弒了勞俄，應驗了
匹透昔日發佈的讖語。　　　　　　　　　　　　40

而眼尖的厄耳女看着，
用相互殺戮滅了這好鬬的氏族；
瑟耳桑多則遭遺棄給已隕歿的
　　　　波呂涅克，在少年的競賽中，
在戰場上，
得到尊敬，這位後嗣扶助了亞得拉斯托家族；　　45
由之而有了根苗，
　　　　埃涅斯達摩之子，宜乎
得享歡慶的歌曲和琴聲。
因爲在奧林匹亞賽會他親
獲獎賞，在匹透賽會上兄弟共享，
在地峽賽會上則有共同的愷麗女神

　　　　帶給駟馬之乘競奔十二賽程的　　　　　　　50
花環。努力競賽
獲得成功可紓解心憂。
財富點綴以賢能確可
　　　　給予這樣那樣的
時機，壓抑狂烈的深憂，
這是熒亮的星，於此人是　　　　　　　　　　55
最真的光；倘若擁有它的人知曉將來之事，
知道有死者中
　　　　無法無天的靈魂逕在此世
繳納懲罰，──在宙斯的國度裏，
在地下有一位迫於可憎的必然性
口發讖語判罰作惡之人；　　　　　　　　　60

在夜裏，
在等同的白日，永遠有陽光，高尚之人
贏得了無憂愁的生活，不以手臂之力
　　　　攪擾土地，
也不攪擾海水，
以謀無謂的生計，而是爲諸神們　　　　　　65
所尊崇，他們以守誓爲樂，
　　　　過着沒有眼淚的
日子；那些忍受着慘不忍睹苦役的，
這類人在兩界
捱過了三遭，有勇氣的讓靈魂全然遠離
不義之事，走完了通往克羅諾塔
　　　　樓的大道；那裏有福人　　　　　　70
島爲汪洋上的風
四周吹拂；黃金之花炫耀，
其餘那些在陸地上蓊郁的

　　　樹木間的，則受水滋養，
他們雙手以花環和花冠纏繞，
遵從拉達曼敘的良策，　　　　　　　　　　　75
大力的父把他留在自己身邊應手可用，
這位擁有至高寶座的
　　　萊婭之夫。
佩琉和卡德摩列數於他們中間；
它接納了阿基琉，既然宙斯的心
爲其母以祈請說服；　　　　　　　　　　　80

他殺了赫克托，特羅亞的
戰無不勝的挺拔支柱，還把居科諾交付給死亡，
焦顏國的晨曦女神之子。在我臂下
　　　多有飛矢
在箭箙裏，
對善解之人說話，總之需要　　　　　　　85
象胥。智者是天生能多知的人；
　　　急躁的人學知而
靠誇誇其談，就像烏鴉，唧歪無聊之事
於宙斯的神禽面前；
現在把弓對準鵠的，來吧我的心！而我們
自柔軟的心裏射出誇讚人的
　　　箭矢時會擊中甚麼？　　　　　　　90
對準了阿克拉迦城
我們將從眞實無偽的心中發出誓言，
這百年之城不會生出
　　　對於朋友
比忒隆更樂施大度的人和更不吝嗇的
手。然而背離了讚頌的　　　　　　　　　95
是未與正義結合的過朧，

它喋喋不休, 要給高尚之士的

　　壯舉籠罩上

烏雲; 既然沙不可數,

而此人爲別人帶來了這麼多快樂,

誰又能敍說?　　　　　　　　　　　　　　　　　100

二、便·約生

英國詩人便·約生(Ben Jonson)詩集《森林》(*The Forest*)第十首,
《序曲》(*Praeludium*)似學品達-賀拉斯, 然一變而爲獻詩, 古代英雄神
明反一帶而過, 人傑則全然略去, 雖規模遠不若H, 然仍可見其淵源有
自。該詩開篇自問應以何爲題, 署似品達、H, 然僅籠統言之, 並不分舉
神人英雄三項:

And must I sing? what subject shall I choose?

Or whose great name in poet's heaven use,

For the more countenance to my active muse?

　　我一定要歌詠麼? 我應選何題? /或使用詩人的天堂中誰
的名字, /作爲我活躍的詩神的臉面?

開篇之後繼以臚列神明英雄, 赫古力(Hercules)、阿波羅、巴刻
庫、雅典娜、戰神、愛神、丘比特、希耳米等, 然糅以先行法(Priamel,
詳見I 1{評點}), 稱皆非己所欲詠:

Hercules? Alas his bones are yet sore,

With his earthly labors: t'exact more,

Of his dull godhead, were sin. I'll implore

Phoebus. No, tend thy cart still …

… …

Nor will beg of thee, Lord of the vine,

… …

Pallas, nor thee I call on, mankind maid,

… …

Go, cramp dull Mars, light Venus,

… …

Let the old boy, your son, ply his old task,

Turn the stale prologue to some painted mask;

His absence in my verse, is all I ask.

Hermes, the cheater, shall not mix with us,

… …

Nor all the ladies of the Thespian lake

… … … …　　　　　　　could make

A beauty of that merit, that should take.

　　赫古勒麼？他筋骨還因苦役/而酸痛；再勞煩他/這沉悶的
神位未免罪過。我請求/斐玻，不，還是趕你的車吧……/……/
也不會乞求你葡萄之主，/……/帕拉我也不召喚，你這人類的
室女，/走開，繃緊的沉悶的戰神，輕佻的維奴，/……/讓那老頑
童，你兒子，操他的舊業，/把乏味的引子變作描畫的臉譜；/我
衹要他離開我的詩。/希耳米那騙子，也不要躋身於我們中間，
/……/忒斯波湖的所有淑女們[按指九位女詩神]也/……無法
製造有那佳處的美人。

卒章言詩人之才情唯其恩主可用，其靈感則專抒己衷：

My muse up by commission; no, I bring
My own true fire : now my thought takes wing,
And now an EPODE to deep ears I sing.

　　我的詩供僱傭；不，我／自帶真火：此時我的思緒生翅，／此
時一首對歌我要唱給深耳來聽。

三、奧耳甫

H詩中語涉奧耳甫神話，亦垂範後世，莎士比亞歷史劇《亨利八
世》(*Henry VIII*, III.)中有歌詠奧耳甫，應即蹈襲H是詩上二章：

Orpheus with his Lute made Trees,
And the Mountaine tops that freeze,
Bow themselues when he did sing.
To his Musicke, Plants and Flowers
Euer sprung; as Sunne and Showers,
There had made a lasting Spring.

Euery thing that heard him play,
Euen the Billowes of the Sea,
Hung their heads, & then lay by.
In sweet Musicke is such Art,
Killing care, & griefe of heart,
Fall asleepe, or hearing, dye.

　　奧耳甫歌唱時，／用豎琴让樹木和冰凍的／山巔峰頂鞠躬。／
隨着他的音樂，／花花草草／都躍動；就好像日和雨／造就了一箇
長久的春天。／

聽到他奏弄的萬物，/就連大海的驚濤，/都垂首，并蟄伏。
/甜美的樂音中有這等藝術，/殺死煩憂和心中苦痛，/沉入睡
眠，或者聽着死去。

此歌現代學者多以爲本係詩人弗萊徹(John Fletcher, 1579–1625年)
原粉，莎士比亞採用。

西洋既目奧耳甫爲詩人鼻祖，故其故事爲古今詩人反復吟詠。里
爾克(R.M. Rilke)晚期所屬《呈奧耳甫的商籟詩集》(*Die Sonette an
Orpheus*)首篇(I 1)寫奧耳甫樂聲感動百獸，祖述古事，頗見新意：

Da stieg ein Baum. O reine Übersteigung!
O Orpheus singt ! O hoher Baum im Ohr!
Und alles schwieg. Doch selbst in der Verschweigung
ging neuer Anfang, Wink und Wandlung vor.

Tiere aus Stille drangen aus dem klaren
gelösten Wald von Lager und Genist;
und da ergab sich, daß sie nicht aus List
und nicht aus Angst in sich so leise waren,

sondern aus Hören. Brüllen, Schrei, Geröhr
schien klein in ihren Herzen. Und wo eben
kaum eine Hütte war, dies zu empfangen,

ein Unterschlupf aus dunkelstem Verlangen
mit einem Zugang, dessen Pfosten beben, -
da schufst du ihnen Tempel im Gehör.

這兒升起一株樹，哦純粹的升高！
哦，奧耳甫歌唱！哦耳中的高樹！

萬物都沉默。然而就在沉默中
進行着新的開頭、指示和變調。

百獸自靜寂中走出自清亮的、
鬆弛的、他們當成巢穴的森林；
于是隨後，它們并非出于狡黠、
或出于懼怕才這樣躡手躡脚，

而是由于在聆聽。哞鳴嘶叫吼
在它們心裏顯得渺小。而哪裏
祇不過才有箇茅舍來接待它，

一箇出自最黑暗的需求、帶有
入口、有立柱震顫的棲處，那裏
你就給它們造座聆聽的廟宇。

　　除H詩中所敘諸事外，奧耳甫入陰間救妻(Eurydike)事歷代詩人
亦祖述不倦，古時名作有H《讚歌集》問世之前維吉爾《農事詩》IV
454–527段落；近世里爾克《新詩集》(*Neue Gedichte*)《奧耳甫，歐利狄
刻，希耳米》(*Orpheus, Eurydike, Hermes, SW 1, 542–45*)一首亦嘗敷布
此傳說。

{比較}：

以雷響象車音

　　以雷聲象猶庇特車乘經過，前注引《詩·小雅·采芑》，以其所詠爲
戎車，畧近H詩意也。《國語·晉語第十》司空季子胥臣爲公子重耳釋
卦亦云：“《震》，雷也，車也。《坎》，勞也，水也，衆也。主雷與車，而
尚水與衆。車有震，武也；衆而順，文也。”以雷象戎車，故曰“武也”。
然厥後漢代人言車聲如雷，則不盡取戎車義。仍用戎車威震義者，楊雄
《河東賦》也：“奮電鞭，駿雷輜”(《漢書》卷八十七上《楊雄傳上》

(頁三五三五－三五四〇)採錄,顏師古注引《淮南子》云:"電以爲鞭
策,雷以爲車輪";頁三五三六;《全漢文》卷五十一),以壯帝王乃至軍
旅車行之威。然司馬相如《長門賦》則另擬新意:"雷殷殷而響起兮,
聲象君之車音"(《文選》卷十六;《全漢文》卷二十二),寫愛弛寵衰之
怨婦企望君王或所歡迴轉臨幸。後人用法同楊雄者如班孟堅《封燕然
山銘序》傳世文本:"雷輜蔽路,萬有三千餘乘",寫竇憲北伐朔方軍
容之盛(《後漢書》卷二十三《竇融列傳》採錄,頁八一五;《文選》卷
五六;《全後漢文》卷二十六;諸書皆作雷輜,新近發現於蒙古境內摩
崖銘文作雲輜,班固原文自當以銘文爲準,然後世皆從《後漢書》、《文
選》讀,以效果文學史而言,雷輜仍不可廢也);謝靈運《撰征賦》:"靈檣
千艘,雷輜萬乘"(《宋書》卷六十七《謝靈運傳》採錄,頁一七四四),寫
劉宋高祖伐長安水陸並進,皆寫邊塞征伐之事。用司馬相如意者如傅玄
《雜言詩》殘篇:"雷殷殷,感妾心;傾耳聽,非車音"(逯欽立《全晉
詩》卷一,頁五七五)、《西崑酬唱集》楊憶《宣曲》詩:"雷響金車度,
梅殘玉管清,"遂湊泊而爲宮闈幽怨一類矣。

十三

贈呂底亞
AD LYDIAM MERETRICEM

你誇新歡這兒好那兒好，令我妒火中燒，變顏變色，在無人處灑淚。見你白臂有傷，係你魯莽情夫所毆瘢痕，見你脣有齧印，乃你魯莽情夫情切所留，皆使我妒嫉。可你若聽我一言，情人暴烈如此，必不能天長地久；愛神本應滋潤治愈，非爲戕害。爲情索所繫且牢不可破者，福莫大焉。

{格律}：

阿斯克勒庇亞德第四式(Asclepiadum quartum)；其中首章詩句多以鈍音u、au等啓端：cum, tu, laudas, meum，結束於尖銳音i: Telephi, difficili, bile，讀之彷彿可親聆情人詈罵之聲。

{繫年}：

無考。

{斠勘記}：

2. cerea *ΞΨ σχΑΓ Servius* lactea *Caper* 詳下箋注。

5. tum *Ψ*$^{(\text{acc.D})}$ tunc *Ξ*$^{(\text{acc.R})}$ 案二字義近，前者本專指過去某時，與今時相對，至尊朝後寖假爲tunc取代。

6. manet B u manent *cett.* 前者爲動詞單數形態。或決(disiunctio)詞如爲主語且每項皆爲單數且所分言二或更多主詞共領同一動詞，動詞變位亦可用單數，然此文法詩歌散文有別，詳下箋注。

19. divolsus（divulsus）] divolsos　*Muretus* 案異讀爲複數賓格，如此則非謂amor矣，欠通。| divolsus querimoniis] divolsusque prementibus δ π¹ R²*var.* 案異讀以壓迫取代勃谿，所指含混。

{箋注}：

1.【你】*tu*，拉丁文主語人稱代詞用法，已見I 11, 1。【呂底亞】*Lydia*已見I 8, 1及注。【提里弗】*Telephus*，虛構人物，別見於III 19, 26，IV 11, 21，各處皆爲情人。《英華》XII 88, 3–4亦用爲情郎名：ἦ δε πάλιν μοι / ὀφθαλμὸς νεύει Τηλέφου ὀξύτερος. "提里弗更銳利的眼睛回轉向我"。以希臘人名稱豔情詩中虛構男女人物，已詳I 8, 2注。

2.【玫瑰色的頸】*cervicem roseam*，維吉爾寫愛神化身爲人亦有此細節，《埃》I 402："dixit, et avertens rosea cervice refulsit," "她說着轉了身，玫瑰色的脖頸光耀"。學者或以爲以此言女子甚宜，以言男子則未妥。近代丁尼生(Tennyson)長篇敘事詩《公主》(*The Princess: A Medley*)暗用古典："She turn'd; the very nape of her white neck / Was rosed with indignation." (2783–84) "她轉過身；白皙的脖頸/因忿怒而染成玫瑰色。"亦言女子。

1–2.【提里弗……提里弗】*Telephi ... Telephi*，重言風格俚俗，如以口語意譯應爲：你說提里弗這兒好、提里弗那兒好。語式雖俚然實有所本，阿納克里昂殘篇359：Κλεοβούλου μὲν ἔγωγ' ἐρέω, / Κλεοβούλῳ δ' ἐπιμαίνομαι, / Κλεόβουλον δε διασκέω. "克萊奧布洛我愛，/克萊奧布洛我爲之瘋狂，/克萊奧布洛我盯着看"。奧維德《變》VII 707 f.倣此："Procrin amabam: / pectore Procris erat, Procris mihi semper in ore," "我愛着普羅克麗：/普羅克麗在我心裏，普羅克麗總在我口頭。"

2–3.【蠟色的臂】*cerea ... bracchia*，喻膚白光滑。拉丁文同中文，慣以蠟色("蠟黄")爲病容。今以蠟色爲美，雖有旁例，終不及百合、雪、醍醐等妥帖，故二世紀拉丁語文學家Flavius Caper逕改*cerea*爲lactea("乳色")，見氏《正字通》(*De orthographia, GL* 7, 98, 1，今學者皆斷其僞。古本古注皆作*cerea*, 不当塗乙原文, 擅自篡改。

3.【呀】*vae*, 感歎詞, 常見于口語, 語合全篇俚俗風格。【肝】*iecur*, 西方古代至晚自埃斯庫洛始, 以【肝汁】*bile*(舊譯常誤作膽汁)主悲、怒、忿、慾等暴烈情緒, 荷馬《伊》IX 646: ἀλλά μοι οἰδάνεται κραδίη χόλῳ, "可我的心因肝汁腫脹"。以肝爲激情所宅, 又見《雜》I 9, 66: "meum iecur urere bilis." "肝汁灼燒我的肝臟"。集中參觀 I 6, 6 "stomachum", "膺"。詩人《雜》II 3, 213仍從荷馬言心不言肝: "vitio ... tumidum est cor." "心因罪孽而澎漲"。

4.【難以抑制】意譯*difficili*, 解從Heinze等。

5-6. 古羅馬人以爲人狂亂激動時心輒離其本位。西塞羅《廊柱派哲人悖論》(*Paradoxa stoicorum*) 1, 15 "voluptas ... mentem e sua sede et statu demovet." "情慾將心自其原有座位與立場移開。"【顏色】*color*, 中譯取其本義, 即顏面之色, 言【顏色不安於穩定的處所】*nec color certa sede manent*, 謂激情使人顏色忽白忽赤等, 急邊轉換。參觀卡圖盧65, 4言其因感傷兄弟物故而不能賦詩: "mens ... tantis fluctuat ipsa malis," "心本身因此痛瘝而飄搖不定。"變顏變色參觀塞内加 (L. Annaeus Seneca, 約前4-西曆紀元65年)《致盧基留論道德書信集》 (*Ad Lucilium epistularum moralium*) 22, 16: "cum periculum accesit, non animus nobis, non color constat," "危險來臨時我們心神顏色皆不恆常不變"。【安於】原文*manet*古本除B u外殆皆作複數manent, 作複數者, 以主語中連詞*nec*相連之*mens*與*color*合爲複數也, 然此文法於古典拉丁詩歌羌無旁證, 散文偶或有之, 古典拉丁文法視此類以否定連詞所連綴之二詞爲單數, 即動詞依最近主語而定, 詳見R. Kühner/C. Stegmann, *Ausführliche Grammatik der Lateinischen Sprache*, II § 13 B. Kongruenz des Prädikates bei mehreren Subjekten, p.44 ff. 以詩律言之, 字中末音節讀長音: manēt, 乃特例也, 集中III 16, 26格律同此, 皆爲阿斯克勒庇亞底詩行, 彼處此音亦爲特例, 作長音: "quam si quidquid arāt inpiger Apulus," 由此可知H於此詩律偶一爲此, 讀爲單數未乖音律也。因而本書所錄原文從Heinze、Klinger、NH等作單數, 然單數複數於中譯並無區別。

6–7.【淚液】意譯*umor*，原文本爲義液體，特指淚水，Kießling
引柏拉圖《蒂邁歐》68a：ὕδωρ ὃ δάκρυον καλοῦμεν，"我們稱那水爲
淚"。集中參觀IV 1, 33 ff.："sed cur heu, Ligurine, cur / manat rara meas
lacrima per genas？/ cur facunda parum decoro / inter verba cadit lingua
silentio？""可爲何，噫嘻，利古林，/爲何漣漣淚水淌下我的雙頰？/爲
何伶俐的舌用不/雅觀的沉默在言辭中間沉下？"【偷偷】*furtim*，因羞
恥，故不欲人知也。

8.【文火】*lentis ... ignibus*，喻妒火，集中參觀III 19, 28："me
lentus Glycerae torret amor meae，""我，有對戈呂克拉的慢愛熬煎"，
"文"與"慢"皆lentus之譯。別見奧維德《術》(*Ars armotoria*)III 573
言成年男子弗若少年激情猛烈，其愛如濕柴，所燃爲文火："ignibus
heu！lentis uretur, ut umida faena."【浸染】乃原文*macero*本義，引
申爲使羸弱、受精神折磨等。爲【文火】所【浸染】，語呈利鈍格
(oxymoron)。【深刻】*penitus*，當日人以爲愛能侵骨入髓。【多深刻】
quam ... penitus，參觀卡圖盧66, 23："quam penitus maestas exedit cura
medullas！""憂愁侵蝕陰鬱的骨髓有多深刻！"

9.【中燒】*uror*，集中曰情焰熾燃，已成慣喻，前見I 6, 19，後
見I 19, 6。然此處所燃者恐係妒火而非慾火，謂其煎熬也。以之言怒
火，別見《書》I 2, 13語阿基琉因女俘被奪愛："hunc amor, ira quidem
communiter urit utrumque，""他爲愛也爲怒一般中燒"。

10.【白臂毀形】*candidos turparunt umeros*，謂呂底亞膚本白晳，
今因鬥毆而青紫累累。古羅馬豔情詩慣寫情人之間勃谿乃至打鬪，集
中別見I 17, 25 ff. 參觀提布盧I 10, 53 f.："sed veneris tunc bella calent,
scissosque capillos / femina perfractas conqueriturque fores.""可是愛
之戰升溫，女子哀嘆撕扯的/頭髮和破壞的門扉。"奧維德《情》I 7全以
施暴男子口吻發言，其開端曰："adde manus in vincla meas — mervere
catenas — / dum furor omnis abit, siquis amicus ades！""請執我雙手於
梏——它們該被銬——/因爲狂怒已退，若有人在！"普羅佩耳修III 8,
19 f.："non est certa fides, quam non in iurgia vertas：/ hostibus eveniat
lenta puella meis，""並無你不能變作勃谿的忠誠：/願我的讎敵碰到我

慢性的姑娘。"謂其情人性雖溫柔，若被激怒則勢不可擋也。同篇其下又曰："in te pax mihi nulla placet," "在那之中無和平令我喜悅。"

11–12. 情人齧痕爲拉丁豔情詩俗套，或以爲此處化自盧克萊修IV 1079–83：

quod petiere premunt arte faciuntque dolorem

corporis et dentis inlidunt saepe labellis

osculaque adfligunt, quia non est pura voluptas

et stimuli subsunt qui instigant laedere id ipsum

quodcumque est, rabies unde illaec germina surgunt.

他們所尋求的、以巧計壓迫的，使她身體/疼痛，往往用齒磕碰她們的唇並送上/熱吻，因爲此類快感並不單純，/在其下是誘其傷害他的瘋狂/所自來所生發的東西，無論其爲何。

13. 【你若……】*si me satis audias*，摹擬直向女子發言，語調俚俗。

14. 【弄傷……唇吻】*laedentem oscula*，見上注引盧克萊修。

15–16. 【長久】*perpetuum*, Heinze: 本應謂情之長，轉以言情人，下探卒章而完足其意。【五分之一度……仙漿】，【仙漿】*nectar*，古希臘神話中神所飲者也，據豎琴詩人伊比古(Ibycus, fr. 325)，蜂蜜甜度爲其九分之一：τὸ μέλι λέγων ἔνατον εἶναι μέρος τῆς ἀμβροσίας，品達《匹》9, 16古注亦有此說，曰十分之一(τὸ μέλι τῆς ἀθανασίας δέκατον μέρος εἶναι)，故兌以五倍水仍遠甘於蜂蜜。維奴稀釋仙漿者，爲不傷人也。情人爲激情所驅嚙傷唇吻，稀釋仙漿以敷之。維奴仙漿顯然亦指愛之滋潤，以愛醫愛之創傷，意較僅以之爲愛之滋潤爲勝。普勞圖喜劇院本《特魯古埃圖》(*Truculentus*)以蜂蜜喻妓女擁抱曰(II, iv, 371)："heia ! hoc est melle dulci dulcius"; "這比甘甜的蜂蜜更甜"。

17. 【蒙三重和更多福】*felices ter et amplius*，荷馬以來已成詩人套語，參觀《奧》 V 306：τρισμάκαρες Δαναοὶ καὶ τετράκις, οἳ τότ' ὄλοντο / Τροίη … "在特羅亞陣亡者爲三度、四度蒙福了"；維吉爾《埃》I 94："o terque quaterque beati," "哦三重和四重蒙福的人啊"。

18. 【未斷的索鏈】*irrupta … copula*，前字Heinze以爲係荷馬（《奧》X 4等處）ἄρρηκτος字對翻；NH則謂意象化自荷馬《奧》VIII 274 f.所敘愛神阿芙羅狄忒之夫赫淮斯托捉姦，以鐵索擒拿其妻與姦夫戰神亞瑞神話。然H詩此處應無意調侃，NH捨近求遠，引證不倫。Heinze曰羅馬豔情詩中情人以鏈(copula)相繫意象來自希臘化詩歌，甚是。此外參觀僞託提布盧IV 5, 15："sed potius valida teneamur uterque catena, / nulla queat posthac nos soluisse dies," "我們爲強勁的鎖鏈更有力地拿住, /未來無一日能解開我們。"倘此僞託之作晚於H，或爲捃撦其語而成亦未可知。普羅佩耳修II 15, 25："atque utinam haerentis sic nos vincire catena / velles, ut numquam solveret ulla dies !" "你願意以枷鎖束縛固執的/我們, 沒有能解放的日子。"

20. 【末日】*suprema … die*，指死期，參觀I 37, 13；情人誓言又見前引普羅佩耳修詩中[n]ulla … dies，"無一日"。

{評點}：

此篇上二章化自薩福名篇(fr. 31, 9–16)，學者胥無異議：

ἀλλ' ἄκαμ μὲν γλῶσσα ἔαγε, λέπτον

δ' αὔτικα χρῷ πῦρ ὑπαδεδρόμηκεν,

ὀππάτεσσι δ' οὐδ' ἒν ὄρημμ', ἐπιρρόμ-

βεισι δ' ἄκουαι,

ἐκαδε μ' ἴδρως ψῦχρος κακχέεται, τρόμος δὲ

παῖσαν ἄγρει, χλωροτέρα δὲ ποίας

ἔμμι, τεθνάκην δ' ὀλίγω 'πιδεύης

φαίνομ' ἔμ' αὔται·

　　然而我舌完全破碎, 突然/有細火在我身體裏奔竄, /雙眼甚麼都看不見了, 雙耳耳鳴, /汗滴淌下, 恐懼/完全把我攫住,我如草一般/變黃變綠，幾乎像死了一樣。

薩福名篇(雖僅賸殘篇)言詩人因所愛少女與某男子喁喁情話而生妒，艷情詩中臚列情人因妒而生種種身體狀況之名籍(catalog)，即昉於此，後泛濫於希臘化時代豔情詩。H之前卡圖盧(Catullus, *Carmina* 51, 9–12)捃撦薩福詩句，爲羅馬情詩用此名籍之嚆矢：

lingua sed torpet, tenuis sub artus

flamma demanat, sonitu suopte

tintinant aures, gemina teguntur

  lumina nocte.

可舌頭僵硬，四肢下有細/火流下，雙耳/自鳴，雙目/覆以黑夜。

卡圖盧詩實乃薩福詩句對翻，相形之下，H詩則顯其食古能化，可謂後來居上。雖然，Syndikus以爲薩福原詩所列名籍來自親身感受，H詩中名籍實則僅泛述妒情之常態，似非薩福詩天眞自然之可比，所言甚是。按薩福之天眞自然對比於H之彫琢人爲，非衹是二人個人風格差異，實爲希臘詩歌與羅馬詩歌間普遍差異也。文學史家恆言荷馬自然(natura)，維吉爾人爲(ars)，實可亦以言H。然以本詩而論，讀者未可遽以揚薩福而貶H，以爲薩福天然率眞，H不過踵武其後，邯鄲學步，反失自然態度：蓋H是詩或不及薩福之作親切眞摯，出自切身體驗，然其詩思覃密轉折，又出薩福其右。薩福原作通篇抒發詩人因愛生妒、因妒氣結之狀，詩思始終如一，並無變化；H詩內詩人情緒則有所轉變，以激動始，以平和沉思終。Syndikus已明辨：上三章中"我"妒火中燒，幾不能自持，然"我"同時亦將情敵之粗魯蠻野呈現畢致；故而後二章"我"之妒情稍稍平息，比及告誡呂底亞其所歡不可長久時，"我"已儼然居高臨下矣，一反此前失戀嫉妒情人之心理劣勢。卒章之超脫口吻似示"我"今已置此水性楊花之尤物于腦後，失戀之痛已愈。詩人心態彷彿集中I 5，"向着大能的海神我已挂起水淋淋的衣裳"，由爲人奪愛之痛一變而能與時更始，不再爲此女患得患失、作無病呻吟。

{傳承}：

　　萊辛(Lessing)詩《致賀拉斯》(*An den Horaz*)次章捃撦或對翻H詩
第四章云：

> Dann fühl ich sie, die süßen Küsse,
>
> Die ein barbarscher Biß verletzt,
>
> Sie, welche Venus, nebst dem Bisse,
>
> Mit ihres Nektars Fünfteil netzt.

　　　　那時我就感覺到它，那甘甜的吻，/爲一次野蠻的嚙咬所
傷，/它爲維奴在其咬傷處，/以五分之一的她的俍漿潤濕。

十四

喻國之舟
AD REM PVBLICAM

瞻彼危舟，隨浪飄忽，風如再暴，恐將覆沒，唯應入港，庶得休歇。

瞻彼危舟，飽受顛簸，排槳盡失，桅桁損破，崩壞殆盡，縛舟之索，帆布敗敝，神像失落。

瞻彼危舟，隨風漂泊，柏木爲材，舳畫丹艫，雖則舳畫，難救汨沒。

瞻彼柏舟，風雨飄搖，覘此情景，憂心如焦；維其厥後，貞慎終朝，夕惕若厲，遠避險礁。

《擬賀拉斯寓言詩意》

{格律}：

阿斯克萊庇亞德律第三式（Asklepiadum tertium）。政論詩用此律者唯此一首，集中同律他作皆爲情詩。此篇所做阿爾凱原作係用阿爾凱格律，而集中用阿爾凱格律者殆皆爲政論詩。故學者或推斷H屬此篇時尚未曾措手阿爾凱格律，洎詩人學用阿爾凱詩律爲政論詩，詠政事遂棄用此律式而轉用阿爾凱矣。阿斯克萊庇亞德律第三式節奏本適宜言情，學者或據此揣測詩人暗以所歡譬舟，篇中多詰問命令語亦可佐證此說，詳見下行17–18注。

{繫年}：

前35–33年，詳後{評點}。

{斠勘記}：

2. occupa $\varXi\varPsi$ *Quintiliani cod.* A² P V　accipe *Quintiliani cod.* A¹ G M V*var.* 案異文義爲受、收，受而有之，出自文法家崑提良引文，字義未若詩人諸卷本字義直截且更合情理。

5. saucius $\varXi$ (ᵃᶜᶜ· ˡ’ (ʔ) ᴿ) actus $\varPsi$ (ᵃᶜᶜ· ᴿ²ᵛᵃʳ·) 後者義爲所曳，如此則不必爲危舟矣，未若前者爲妥。

8. possint］possunt E *Servius* 異讀爲直陳式，possint爲虛擬式，差別甚微。

8.9. ... imp. aequor ⫶ Non tibi .. $\varPsi$(F δ π) 案異文分行誤。

20. cycladas $\varXi$ (ᵃᶜᶜ· ᴿ π) cyclades F λ’ δ 案-as乃希臘文複數賓格變位，-es爲主格，誤。

{箋注}：

1.　Bentley解作舟已在港，Heinze辨其謬曰：詩文曰【搶佔】*occupa*，可知舟原在海上甚明，參觀《書》I 6, 32：“cave ne portus occupet alter,” “看好莫讓他人佔了港”。【新濤】*novi fluctus*，意謂此前舟已經風暴，桅損身壞，今風暴將復起，已受損之舟又將再爲驚濤駭浪沖返海上，遭罹危阨。稱將來之狂飆巨浪爲【新濤】者，以別于前度風暴所興之舊浪也。

2.【奚爲】*quid*，明爲疑問，實爲斥責，氣急語促。【搶佔】*occupa* 謂其急迫，須急切入港以避風暴。

3–6. Heinze辨【呻吟】子句(*gemant*)與之前【裸露】語(*nudum*)同爲主句【看不到】(*nonne vides*)所領，爲其賓語從句；以【看不到】領【裸露】，合乎事理，以其同關係視覺也；以之領【呻吟】，則爲感覺轉換，由視轉聽也。類似感覺轉換語句，集中不乏同例，I 9, 1–4, II 13, 22–28, III 10, 5–8：“audis, quo strepitu ianua, quo nemus / inter pulchra satum tecta remugiat / ventis, et positas ut glaciet nives / puro numine Iuppiter ？” “你將聽到門扇以何樣的震響、/漂亮薈檐間栽植的樹木如何/對風咆哮，猶庇特如何用純淨/神力冰凍皚皚白雪。”(此爲由聽覺入視覺之例)等。另見《雜》I 8, 23–25：“vidi egomet nigra succinctam vadere palla / Canidiam, pedibus nudis passoque capillo, / cum Sagana maiore ululantem,"“我看見身著白袍的巫婆迦尼底亞/赤脚散髮蹣跚，/與長者薩迦納一同叫喊”；II 8, 77 f.：“tum in lecto quoque videres / stridere secreta divisos aure susurros,"“榻上你亦可見/附耳的呢喃爲尖叫打斷”；II 2, 114–15：“videas metato in agello / cum pecore et gnatis fortem mercede colonum,... 'narrantem...'"“你會看見在丈量過的田地裏/强壯的農夫同他的牧羣和子女爲酬而勞，……述說……"云云。H之前可見盧克萊修I 255 f.：“hinc laetas urbis pueris florere videmus / frondiferasque novis avibus canere undique silvas,"“那裏我們看到歡樂的城邑綻放着兒童，/枝葉茂盛的樹林四處有鳥兒囀鳴。”城邑多兒童，目可得見，禽鳥囀鳴則宜曰聞而非見也。

4.【排槳】_remigio_，西洋古時大海船——戰艦尤然——兩舷各有排槳，初各列爲三排，搖槳者每三人一排，烝徒楫之，拉丁文triremis本希臘文τριήρης義爲三排槳船。稍晚亦有四排或五排槳大船。

5.【阿非利風】_Africus_，已見I 1, 16注。八風擬人爲風神，爲古代詩歌常法，然此處原文擬人意甚弱，以風神專名指其所司，爲德指格之一式(metonymia, Lausberg § 568, 1), b))，其實僅爲詩用辭藻，不必坐實風神原義，故原文此處奪格解作工具義(Heinze)，工具(instrumentalis)奪格抑或施爲者(auctor)奪格，惜乎漢譯殆無差別，二奪格用法詳見Kühner/Stegmann, _Grammatik_ II 1, 377f. 集中旁例參觀II 9, 7.

6.【桁】_antenae_，桅桿上方與之呈十字交叉之橫桿，用以張帆。【呻吟】_gemant_，舟罹風暴而呻吟，爲詩家慣語，維吉爾《埃》I 87：“insequitur clamorque virum stridorque rudentum,"“隨之有人的喊聲和纜索的叽叽之聲。”其後奧維德《哀》(_Tristia_)I 4, 9 f.："pinea texta sonant pulsu, stridore rudentes, / ingemit [或作adgemit] et nostris ipsa carina malis,"“松木船體吱吱作聲，纜索嗯哨着繃緊，/龍骨因船帆而呻吟。”【纏索】_funibus_，古希臘羅馬人以索綁束船身，以堅固之，非同上引維吉爾奧維德詩中固帆等所用纜索(rudens)也。羅得島人阿波羅(Apollonius Rhodius)史詩《阿耳戈之航》(_Argonautica_)I 367–70：

νῆα δ’ ἐπικρατέως Ἄργου ὑποθημοσύνῃσιν / ἔζωσαν πάμπρωτον
εὐστρεφεῖ ἔνδοθεν ὅπλῳ / τεινάμενοι ἑκάτερθεν, ἵν’ εὖ ἀραροίατο
γόμφοις / δούρατα καὶ ῥοθίοιο βίην ἔχοι ἀντιόωσαν. “首先，受阿耳
戈命令，他們強勁地用由裏/擰成的繩索捆綁起船身，/從兩頭拉緊，好
讓榫卯嚴密合縫，/讓船板能經受衝擊之力”。新約《徒》27: 17所敘亦
可爲旁證(案所據串珠文理本脫索縛等語，今據同治五年本補)：“既曳
之[舟]上，乃多方護舟，以索縛其底，且恐擱於賽耳底灘，乃下帆，任其
飄盪。”1998–1999年自蘇門答臘勿里洞島海域撈起唐代阿剌伯沉船全
體木板皆以椰梭繩索縫接，而未用榫卯或鐵釘，詳見Michael Flecker,
“A Ninth-Century Arab Shipwreck in Indonesia: the First Archaeological
Evidence of Direct Trade with China,” Regina Krahl, John Guy, Julian
Raby, J. Keith Wilson eds., *Shipwrecked: Tang Treasures and Monsoon
Winds*, Washington D.C.: Smithsonian Institution P., 2001. p.101. 其營造
法式殆近二千年前地中海海船結構。

　　7.【船身】*carina*，尤指木製(古時多爲柏木，見下行11)船龍骨。參
觀卡圖盧64, 10：“pinea coniugens inflexae texta carinae,” “令拼接的柏
木與船龍骨結合”。

　　9.【你呀……神呀】原文呈否定詞*non*排比，分別否定【你】(*tibi*，
爲歸屬關係與格)與【(諸)神】(*di*，主格)。【神】指小神尊造像(tutela)，
古時置于船艉甲板之上，爲舟中最安妥處，以求護航避險，參觀下行15
注引塞內加書。今此舟遭罹風暴，神像失落，可見處境危急。羅馬詩歌
他處言及舟中神像者，有奧維德《哀》I 10 1 f.：“est mihi sitque, precor,
flavae tutela Minervae, / navis et a picta casside nomen habet,” “我祈
求給我以金髮密涅瓦神像，/我舟由她頭盔而得圖繪的名字”；佩耳修
(Persius)6, 29寫海難時神像爲海水沖至海岸，暗諷其無益於事：“iacet
ipse [sc. naufragus] in litore et una / ingentes de puppe dei,” “遭海難者
被沖到岸邊，還有船艉的巨大神像”。希臘則見歐里庇得《伊腓格涅於
奧利》(*Iphigenia in Aulis*)231–41歌隊合唱：

ναῶν δ’ εἰς ἀριθμὸν ἤλυθον

καὶ θέαν ἀθέσφατον,

τὰν γυναικεῖον ὄψιν ὀμμάτων

ὡς πλήσαιμι, μέλινον ἁδονάν.

καὶ κέρας μὲν ἦν

δεξιὸν πλάτας ἔχων

Φθιώτας ὁ Μυρμιδὼν Ἄρης

πεντήκοντα ναυσὶ θουρίαις.

χρυσέαις δ’ εἰκόσιν κατ’ ἄκρα Νη—

ρῇδες ἔστασαν θεαί,

πρύμναις σῆμ’ Ἀχιλλείου στρατοῦ.

　　我來看這無數的船隻，/誰也說不清的一個偉觀，/讓我們
女孩兒的眼界/能夠滿足，眞是蜜也似的快樂。/從佛提亞來的
密耳彌冬勇士/在那裏，他們的舟師作爲右翼，/有五十隻快船，/
之後艄頂上站着海的/神女的金像，/乃是阿基琉部隊的記號。

（周作人譯文，譯文原未分行，引者據原文補）

　　11.【本都】*Ponticum*，南黑海古稱，譯名從文理本。【香柏】
pinus，古時黑海南岸柏木林頗受贊譽，尤以西諾培(Sinope)所產爲佳，
方輿學家斯特拉波(Strabo)曾道及(《方輿志》XII 546)。羅馬詩歌參
觀卡圖盧4, 9–11："trucemve Ponticum sinum, / ubi iste post phaselus
antea fuit / comata silva," "本都海獷野的水灣，/這艘日後的輕艇曾是
此處/披枝戴葉的森林"。其集中厥後64, 1f.又云："Peliaco quondam
prognatae vertice pinus / dicuntur liquidas Neptuni nasse per undas," "昔
時生於佩利昂巔峯的香柏/傳說泆於涅普頓晶瑩的浪濤之上"。H詩中
香柏之義則應下探下章爲訓。集中此外參觀I 3, 20.

　　12–13.【女……種和姓】*filia ... genus et nomen*，以樹擬人，言其
種姓，風格莊嚴。【華貴】*nobilis*【種姓】原義均指人血胤高貴，於此藉
以喻柏樹品種之良。

14. 【畫艉】*pictis ... puppibus*，船艉有彩繪，然此舟今既無排桨桅桁，船艉又無置于其上之神像，唯餘圖飾，尤襯托其華而不實、炫鬻卻不中用。參觀塞内加《盧基留書》76, 13："navis bona dicitur non quae pretiosis coloribus picta est nec cui argenteum aut aureum rostrum est nec cuius tutela ebore caelata est nec quae fiscis atque opibus regiis pressa est, sed stabilis et firma et iuncturis aquam excludentibus spissa, ad ferendum incursum maris solida, gubernaculo parens, velox et non sentiens ventum."“良舟據云不以彩繪爲貴，亦非以船艏包以金銀爲貴，亦非以有牙彫神像爲貴，亦非以載以王公珍寶財富爲貴，而以堅固接縫緊密不透水爲貴，雖遭海水衝擊而猶完整，隨舵操控，迅疾而不受風。”

15. 【除非你】*tu nisi*，所言情境其實不可能，一如III 27, 63 f. "nisi erile mavis / carpere pensum,"“除非你願意梳櫳/主人的羊毛”。

16. 【風暴的玩物】*ludibrium*，集中參觀I 1, 15 f. 後世遂爲詩中慣語，彌爾頓《樂園之失》II 178–83:

while we perhaps
Designing or exhorting glorious war,
Caught in a fierie Tempest shall be hurl'd
Each on his rock transfixt, the sport and prey
Of racking whirlwinds, or for ever sunk
Under yon boyling Ocean, wrapt in Chains,
… …

我們或許在謀劃或鼓動光榮之戰時，/趕上一場狂烈的風暴，(成爲)撕扯的旋風的/玩物和獵物，或永遠沉沒/于洶涌的大洋下面，身縛鐵鏈，……

17–18. 【近來】*nuper*、【如今】*nunc*詳見{評點}。【她】*quae*，西洋素以舟船爲女性。上承【玩物】*ludibrium*，下啓【煩勞】*taedium*、【渴

望】*desiderium*、【憂慮】*cura*。後三字豔情詩皆可以言人所歡，詩人藉情話喻舟/國事，稱舟/國家如稱其所歡女子，丁統貫全詩之以舟喻國寓言之外，別添旁枝。

19. 羣島可謂【光耀】*nitentis*者，緣島岸巖礁爲大理石，日光照下光耀異常，然此意象應爲詩人想當然耳，實景未必如此。別見III 28, 14："fugentisque … Cycladas,""耀眼的環狀羣島"。

20.【環狀羣島】*Cycladas*，希臘本土東南方愛琴海中羣島，因環得洛島(Delos)而佈，故有此稱。其附近海域古時以風高浪急著稱。

{評點}：

Porphyrio古注(ad 1)稱此詩爲寓言(allegoria)："per allegoriam ode ista bellum significat civile, in qua quidam volunt quod moneat rem publicam." 其說當本崑提良(Quintilianus)，後者論寓言條舉文例，引此詩以爲寓言之首例(VIII 6, 44)，謂其中 "以 '新' 譬國是，以 '濤' 與 '風暴' 譬內戰，以 '港' 譬太平同心" ("totusque ille Horati locus quo navem pro re publica, fluctus et tempestates pro bellis civilibus, portum pro pace atque concordia dicit." 按 "同心" 係古羅馬時政專用語，意謂各黨各派和平相處，不致引發內戰)。解此詩爲寓言，以舟譬國，崑氏以降二千年論家胥無異議。然以舟喻國，並非H首創。阿爾凱有詩藉舟罹風暴以譬國政，論家率以爲乃H所祖，惜乎原詩今僅膡開篇(fr. 326)，難窺全豹：

ἀσυννέτημμι τῶν ἀνέμων στάσιν·
τὸ μὲν γὰρ ἔνθεν κῦμα κυλίνδεται,
τὸ δ' ἔνθεν, ἄμμες δ' ὂν τὸ μέσσον
ναῒ φορήμμεθα σὺν μελαίνᾳ
χείμωνι μόχθεντες μεγάλῳ μάλα·
πὲρ μὲν γὰρ ἄντλος ἰστοπέδαν ἔχει,
λαῖφος δὲ πὰν ζάδηλον ἤδη,
καὶ λάκιδες μέγαλαι κὰτ αὖτο·

χόλαισι δ' ἄγκοννα, ...

　　我不解風暴之爭,/巨浪從這兒從那兒/滾來,吾輩在當中/連同烏船被掀騰。/大風暴令我們極度疲勞/桅孔全是水、/帆已全扯碎,/斷裂的大錨/狂暴⋯⋯

　　此外尚存阿爾凱另一殘篇(73),摹寫海舟爲風暴所困,論者稱亦係H詩中意象所本:

πὰν φόρτι[ον] δ..[
δ' ὄττι μάλιστα σάλ[
καὶ κύματι πλάγεισ[α
ὄμβρῳ μάχεσθαι..[
φαῖσ' οὐδὲν ἰμέρρη[ν, ἀσάμῳ
δ' ἔρματι τυπτομ[ένα
κήμα μὲν ἐν τούτ[
τούτων λελάθων ὤ.[
σύν τ' ὔμμι τέρπ[εσθ]α[ι συν]άβαις
καὶ πεδὰ Βύκχιδος αὖ..[
τὼ δ' ἄμμες ἐς τὰν ἄψερον ἀ[
αἰ καί τισαφ[...]..αντ..[
δείχνυντε[

　　爲讓船倖免于難,載的貨已投入水中,可她仍顚簸,爲霹靂巨浪擊中,令勇敢者都恐懼。她不願再與風暴搏鬭,寧願觸暗礁沉沒,山一般高的浪洶涌。同伴,我寧願忘記這一切,同你們相伴消愁。祇想愛與友誼,飲酒作樂。

　　阿爾凱二詩古時皆解作寓言,有古注尚存爲證(參觀NH, p.180)。今方諸殘篇326,H斯作與其相同者在于二篇中詩人皆身處險厄,與水手等人同舟共濟，非爲詩人于岸上遠眺海中危舟而發者；與後一殘篇相比，則顯兩篇所訴對象不同，阿爾凱詩向同伴水手直陳，H則將舟擬人，向其發言，非語其中舟子也。以風格覘之，誠如Syndikus所云(p.161)，阿爾凱詩筆法寫實，雖爲寓言而寫海難如曾親歷；H之作則爲博涉飽讀文人規模前人而成，其旨不在描繪海難，而全在寓言。

按H祖構希臘詩人典範，常失其天然生動，非獨此篇爲然，他例如集中I 13之于其所倣薩福原作，其情亦同(參觀NH詩序末节)。然方諸希臘範本，H詩雖爲倣作，卻不無別裁獨創。希臘詩人固多天然質樸之趣，若論章法佈局之嚴密、鍊字琢句之考究，H倣作則往往勝出。其雖爲倣作卻能垂範後昆、霑丐深遠，乃至後來居上，良有以也。

讀此詩爲寓言，其寓意前引崑提良已語其大略。然細翫詩文，或尚有可細究處。其一，所詠之舟現泊何處？行1似謂其已艤舟于岸，以行2言之則絕非如此。Bentley主舟已入港說，Kießling/Heinze已駁之，稱詩云【搶佔港口】occupa，顯非已在港內，甚是。倘如Bentley所解，則意謂內戰已息，如此則與全篇相牴牾，蓋詩中多方描狀危急險況，其非爲詩人劫後餘生回首海難語(可與I 5比較而愈明)，當無疑議。

詩既自動亂危難之中而發，則其撰于何時，可據以推斷。前31年屋大維力克安東尼、克萊奧帕特拉所統埃及水師于阿克襄海戰，其後安、克氏退守埃及，雖尚未遭清剿，然大勢已去，H斷不致于此時仍懷詩中所表之深刻憂懼也。稽之於更早歷史，可知前36年屋大維裨將亞基帕(Agrippa)殲滅龐培水師，翌年，龐培被執，尋就戮。龐培既平，屋大維安東尼之盟隨即破裂，內戰烽煙再起。據此推斷，詩中言國之舟新罹風暴，僅得倖免，當指滅龐培之戰甫定；而今國家尚苟延殘喘之際，風暴行將再起，當指清剿安東尼之戰將臨。故本詩撰作日期可次於前35–33年之間。

以章法言，Numberger辨析頗詳，謂全詩可析爲三部，1–3呼籲危舟，令其入港避險；3–16向舟發語，描摹前次罹難之後，其身搖搖欲墜，凋敝不堪之狀；17–20抒寫己憂。三部中中部最長，且復可分作三段：4–8說排浆、桅與桁，縛龍骨繩索，9–13說神像與造船之材，14–16言水手信心並向舟警告。

以鍊句言，詩中頗有可圈點處。4–8皆爲行3中問句【你難道看不到】*nonne vides*之賓語，一分爲三子句，先後排列，逐一增長，呈修辭學中之遞增三聯式(tricolon crescens)。此外詩中亦多用排比(anaphora)對列式(antithesis)，如9–19,12–13皆然。

{傳承}：

一、治國如操舟

此詩既以舟國寓言著名，今略考索其源流影響如下。

如前所示，以舟譬國，首作于阿爾凱，其後悲劇家埃斯庫洛《七雄攻忒拜》(*Hepta epi Thebas*) 1–3: Κάδμου πολῖται, χρὴ λέγειν τὰ καίρια / ὅστις φυλάσσει πρᾶγος ἐν πρύμνῃ πόλεως / οἴακα νωμῶν, βλέφαρα μὴ κοιμῶν ὕπνῳ. “卡得摩的邦民，在邦之艉斥候國是/操舵之人、不讓眼瞼困睡之人，/言必及物”、索福克勒悲劇《安提戈涅》(*Antigone*)162–63: ἄνδρες, τὰ μὲν δὴ πόλεος ἀσφαλῶς θεοὶ / πολλῷ σάλῳ σείσαντες ὤρθωσαν πάλιν. “諸君，用這許多浪濤顛簸吾邦後，/諸神重又令之安穩不驚”先後用此譬喻；柏拉圖《城邦》(*Respublica* VI 488a–e)、《治國之士》(*Politikos* 302a ff.)始用“掌舵”一詞(κυβέρνησις)喻治國、以善掌舵者(κυβερνητικός)喻諳于治術之治國者，以舟喻國(Staatschiff/ship of state)之譬自此始成常語。κυβερνάω等字後爲羅馬人迻用，故有拉丁文中之希臘貸詞(Lehnwort)：gubernare, gubernator等，其義兼該使舵治國二義。自拉丁文再傳入西歐現代語言，其原義竟淪喪殆盡，唯寓意存焉，如法：gouvernail, gouverner, gouvernement, gouverneur；英：govern, government, governor, gubernatorial、意governare, governo, governatoriale等等。李約瑟(Joseph Needham)等學者辨古羅馬人所謂舵實爲船側導槳，非如中國古代船艉獨舵，*Science and Civilisation in China*, 8. 3, p.649 f.，可參看。

西洋後世詩歌中以舟喻國之譬綿延不絕，美國詩人惠特曼(Walt Whitman)林肯悼詩(*Memories of President Lincoln*)之《哦船長！我的船長》(*O Captain! My Captain!*)舟與操舟者之譬貫穿始終，然與H此詩不同者，惠特曼詩中詩人身不在舟中，僅于岸上遠眺海船歸港：

> O Captain! My Captain! our fearful trip is done,
> The ship has weather'd every rack, the prize we sought is won,
> The port is near, the bells I hear, the people all exulting,
> While follow eyes the steady keel, the vessel grim and daring:
> …

> 　　哦船長！我的船長！我們可怕的航行完了，/船挺過了每一
> 次顛簸，我們尋的獎到手了，/港已近，鐘聲我已聽到，人人都激
> 動，/眼睛跟隨平穩的船身，船猙獰而大膽。

美國詩人朗費羅(Henry Wadsworth Longfellow)亦有詩題曰《哦國之舟》(*O Ship of State*，本爲長詩《造舟》(*The Building of the Ship*)末部，然論者常單論之。全詩敷布以舟喻國譬喻，以北美洲聯邦爲舟，謂其負載人類恐懼與希望：

> Thou, too, sail on, O Ship of State!
> Sail on, O Union, strong and great!
> Humanity with all its fears,
> With all the hopes of future years,
> Is hanging breathless on thy fate!
> … …

> 　　你，航行吧，國之舟！/航行，哦合衆國，強壯而偉大！/人類
> 連同其所有恐懼、/連同對未來年月的希望，/都懸于你的運道，
> 令人屏息！……

二、寓言爲詩

自崑提良《演說術原理》(*Institutio oratoria*)辟專章申析寓言(allegoria)以還，西洋古今文學理論無不以之爲詩學及修辭學核心概念之一，然其涵義確指兩千年來難歸一揆，茲略加釐正，以裨詩解。

　　Allegoria爲拉丁文之希臘貸詞(ἀλληγορία)，然希臘字未徵於古典，當係希臘化時代語文學者所造(見*LSJ*詞條)。崑提良釋義曰(VIII 6, 44)："allegoria, quam inversionem interpretantur, aut aliud verbis aliud sensu ostendit aut etiam interim contrarium." "allegoria可解作反言，或欲呈某意而言他，或亦間用其反意"。其中aliud verbis aliud sensu ("呈某意而言他"，尤爲後世奉爲的解。中譯作寓言者，爲其有別于譬喻(metaphora)與類比(similitudo)也。"類比"，西洋後世稱作simile, Gleichnis等，常用于史詩，往往以自然情形譬人之行爲，例如以獅入羊羣喻猛將戮敵，率以"猶如"(ὡς ὅτε)引類比，其所敘也詳，譬喻之後必接以"這般"(ὡς ὅτε)以領所譬之情態行動，荷馬史詩中類比動輒綿延數行乃至數十行，即此類也。"譬喻"(metaphora)雖亦將某事類他事，然規模甚小，不事鋪張，例如僅云"繁花似錦"，未用敷布。寓言(allegoria)則較類比益繁複冗長，崑提良謂常由若干譬喻連綴而成(continuatis translationibus)，如本詩中含舟、海上風暴、船舷、桅桁、帆、龍骨、水手等等譬喻，彼此銜接，自成一統，實爲一自足自立之敘述，非如譬喻以隻言祇表一面或如類比僅截片段以狀動態也。譬喻情景與意象既爲獨立自足、前後呼應之完整描摹記述，與所寓意義並行對應，却不相混淆。中文詩學舊詞並無完全對應說法，姑以寓言對翻allegoria，取其言自成故事、其旨則別有寓託故也。

　　allegoria後世多與擬人(Personifikation)混同，Karl Reinhardt („Personifikation und Allegorie," pp.7–40)嘗辨析二者異同及歷史，要曰擬人乃取神明某一職司、再裝以人面而成，因戴人面而擬爲人，作法頗近修辭學之prosopoeia，即發言者易以他人面具而發語；擬人較原初宗教所信諸神爲後起，本源既已杳邈難追，季世之人欲令自然重顯神力靈性(die Redämonisierung der Olympier)而爲此也；故而擬人盛行始於古代晚期，基督教之前智術之師Prodikos、柏拉圖等偶一爲之，基督教既興，遂成寓言之矩矱。

{比較}:

驳中國古時文章無寓言說

西洋古代之後中世紀以還，基督教暨世俗寓言文學泛濫，然率用擬人，其傑出者數吉約姆・德・洛里(Guillaume de Loris，約1200-約1240年)等著《玫瑰傳奇》(*Roman de la rose*)、班揚(John Bunyan, 1628–1688年)《天路歷程》(*Prilgrim's Progress*)、斯賓塞《僊后》(*Faerie Queene*)等作。昔時治中國詩學者多不知西洋寓言有古典中世紀暨有無擬人之分，以爲寓言即等同於基督教擬人寓言文學，遂謬稱西洋寓言乃中土所無。余寶琳(Pauline Yu)以《離騷》之香草美人爲例，稱"西方文學善寓言緣其有世俗神聖、此岸超驗之殊境，中土文學僅言此世，故無寓言文學"(Yu, *The Reading of Imagery in the Chinese Poetic Tradition*, Princeton U.P., 1987, p.93)錢鍾書《談藝錄》論中西文學中寓言之多寡優劣之分，所言略同："[中國傳統詩學之比興與西方之'寓托'，allegory錢氏譯法]所異者：吾國以物喻事，以男女喻君臣之誼，喻實而所喻亦實；[西洋如]但丁以事喻道，以男女喻天人之際，喻實而所喻則虛。一詩而史，一詩而玄"(頁二三一)。蒲安迪(Andrew Plaks)論《紅樓夢》亦稱其中彼岸寓意非可與西洋中世紀學者所謂寓言等量齊觀(*Archetype and Allegory in the Dream of the Red Chamber*, Princeton U.P., 1976, p.84)，可見此說由來已久，夙爲治中國詩學學者"通識"。然謂西方寓言(錢氏："寓托")"喻實而所喻則虛，……詩而玄"者，緣祇知基督教文學之擬人寓言而不知西方寓言之古代淵源也。殊不知以此世"實"事喻彼岸"虛"事、以自然現象喻超驗情景，興起于教父解經，其施諸異教經典，如以基督教曲解維吉爾，以合基督教教旨，昉於中世紀，詳見Curtius, Kap. 11, § 1. "Homer und die Allegorie," pp.208–11。故寓言之分實虛史玄，誠西方寓言文學中世紀之流變，非崑提良所言之寓言本原。西洋古典文學中寓言如H此詩，並無世俗寓言與超驗寓意之別，適爲"詩而史"，絕非"詩而玄"，蓋舟罹風暴之寓言與國是危急之寓意皆屬此世，無關乎超驗世界。余氏、蒲氏之說于情于理皆不足深究，近時已有蘇源熙(Haun Saussy)論述甚詳(氏*The Problem of a Chinese Aesthetic*, Stanford U.P., 1993, 第一章, "The Question of

Chinese Allegory," pp.13–46)。Saussy駁論自虛實遠近之對立爲相對而非絕對入手，辨理精辟入微，其中言及H乃至維吉爾處，尤中肯綮：

> H氏以國喻舟之詩──崑提良以之爲詮釋寓言之首例──並不排斥以詩爲史。維吉爾第一首牧歌中逃難牧人同其所喻之地主豈有玄學層次之差異？H氏詩句自有寓言一詞以來恆引以爲例，殆同其定義；論寓言而無視此等古例，吾實不知其何謂也。
>
> （p.27）

蘇氏舉H等古羅馬詩人固足以證余氏論斷之非是，然惜乎其所知中國古代詩歌不廣，否則駁論可非止於辨理，且可徵於史與文矣。稱中國詩無寓言者，既不知古人早已視《詩》中六義之興爲寓託，鄭司農釋《毛詩序》曰（見孔穎達《正義》引文，《十三經‧毛詩正義》，頁五六五）："興者，託事於物則興者起也，取譬引類，起發己心，詩文諸舉草木鳥獸以見意者，皆興辭也"；如此，則興亦可涵括寓言矣（興之與英語古典學界所謂先行法暗合之處，已見I 1箋後所附{比較}）；亦不知《詩‧小雅‧鴻鴈之什‧鶴鳴》前人已辨其實爲寓言，唯未有其名也。毛《序》曰："《鶴鳴》誨宣王也"，然全篇唯詠鶴鳴、魚潛、園樹、山石，而絕不明言所誨何事。朱熹《詩集傳》解此詩實以寓言視之："此詩之作，不知其所由然，必陳善納誨之詞也。蓋鶴鳴於九皋而聲聞於野，言誠之不可揜也。魚潛在淵而或在於渚，言理之無定在也。園有樹檀而其下維蘀，言愛當知其惡也。他山之石可以爲錯，言憎當之其善也。由是四者引而伸之，觸類而長之，天下之理其庶幾乎！"其解《鶴鳴》實近崑提良之解H危舟詩也。元劉瑾《詩傳通釋》卷十曰："《鶴鳴》做得巧、含蓄，意思全不發露。李迂仲曰：'二章殊無一句露己意，其詩最爲難曉。"清沈德潛《說詩晬語》二十八曰："《鶴鳴》本以誨宣王，而拉雜詠物，意義若各不相綴。難於顯陳，故以隱語爲開導也。"用所謂"隱語"而不"顯陳"，實即崑提良所謂aliud verbis aliud sensu ostendit（"欲呈某意而言他"）也，鄭玄《箋》解"鶴鳴于九皋，聲聞于野"曰："喻賢者雖隱居，人咸知之。"餘篇解釋皆類此。鶴鳴、魚潛云云雖貌似"各不相綴"，然視爲詩人馳目遐週所見可也，故亦非如沈德潛所言全然"拉雜"。毛《傳》謂"鶴鳴"句"興也",其實全篇言魚、言樹、言石皆興也,非唯鶴鳴句也。故於此又可知,興或可爲寓言矣。劉勰《文心雕龍》卷三十六闡發毛《詩序》曰:"比顯而興隱……故比者,附也,興者,起也。"以《鶴鳴》覘之,其實興亦可爲附,其別於比者,因其爲隱附而非顯附也。《鶴鳴》之爲寓言雖非"史而玄",然其與H以舟遭海難喻國事維艱並無不同。今人高亨解《大雅·蕩之什·桑柔》句"誰能執熱,逝不以濯? 其何能淑,載胥及溺"爲譬國如操舟,不善舵者爲之則沉溺矣。訓熱爲艔、艘,恐嫌險仄,見其《今注》,頁四四二–四四三。然如其說可從,則《詩》中亦有以舟譬國者也。

　　稱中國詩無寓言者復不知唐人寒山詩《如許多寶貝》即以壞舸漂泊于海中遭罹風暴爲寓言,意象取譬既與H此篇多有巧合,所寓之意又爲玄虛而非史實,論中西詩歌寓言之同異者更應舉證:

> 如許多寶貝,海中乘壞舸。
> 前頭失却桅,後頭又無柁。
> 宛轉任風吹,高低隨浪簸。
> 如何得到岸,努力莫端坐。

　　寒山斯作本北涼曇無讖譯《大般涅槃經》卷二十九、三十一等處所載故事,其卷二十九引喻云:"如人乘船在大海中,其船卒壞無所依倚,因倚死屍得到彼岸。到彼岸已應大歡喜,讚歡是屍我賴相遇而得安穩。"其卷三十一引喻云:"善男子,我念往昔與提婆達多俱爲商主,各各自有五百商人,爲利益故,至大海中採取珍寶。惡業緣故,路遇暴風,吹破船舫,伴黨死盡。爾時我與提婆達多,不殺果報長壽緣故,爲風所吹俱至陸地。"

　　唐人用釋教原典作慈航寓言詩乃至曹雪芹敷布太虛幻境,固本印歐語言文學(梵語等)及宗教,然中土原生詩歌亦非如余寶琳輩所稱,全無以經驗事物擬神界之擬人寓言。今若以上述Reinhardt氏所論擬人源於取神明某一職司而化爲人格,則《離騷》與《九歌》中所謂美人(《少司命》)乃至走獸(《山鬼》),其之於楚人薩滿教所奉諸神明,豈非亦屬變神明職司爲人爲獸之類乎? 朱熹《楚辭辯證》上曰:

　　此篇所言陳詞於舜及上欵帝閽，歷訪神妃，及使鸞鳳飛騰，
鳩鴆爲媒等語，其大意所比，固皆有謂。至於經涉山川，驅役百
神，下至飄風雲霓之屬，則亦汎爲寓言，而未必有所擬倫矣。

　　《離騷》中若必有可以史證實所言之主旨者（"固有所謂"），朱子
所謂 "汎爲寓言" 之處，其爲數既多，且並無史事指謂，適可從中得見
荆楚薩滿教之萬物有靈觀也。故余氏之中國無allegoria說，非特如蘇源
熙所示於理不倫，且亦乖中西文學史乃至宗教史也。

十五

巴黎誘拐海倫適爲階禍
SVB PERSONA PARIDIS EXPONIT IMMINENTIA ILIO

智哉涅律老，多謀能眞言，巴黎遠爲客，盜婦背主恩，既覰攜婦返，飛舟逐浪奔，知禍自茲啓，家國將不存：

"希臘赫斯怒，興兵發戰船，軍臨特城下，誓討海倫旋。巴黎耽內寵，閨閫惟迴遭，爲博美人笑，棄戈操絲絃。

希臘貔虎將，攻城未嘗閒，十載苦鏖戰，一朝破扃關；巴黎無所遁，喪膽心虛屛，維奴不可恃，身死敗紅顏。"

《擬賀拉斯敍事詩意》

{格律}：

阿斯克萊庇亞第二式(Asclepiadum secundum)

{繫年}：

詩諷安東尼與克萊奧帕特拉事(詳後{評點})，據此次爲30/31年冬。詩中各章組合亦合此說：前八行爲一組，之後直至詩末爲一組。學者視此篇爲由不分組向分組結構過渡之作。

{斠勘記}：

2. Helenen]helenam 𝕭 R²(?) u R¹未明　案字應從希臘文陰性賓格變位，異讀非。

5. Nereus Ξ Ψ *Priscianus Victorinus* proteus *Pph.* σχ*Statius* 異讀爲

荷馬《奧》所敘海中老者，善變身形，爲奧德修所執，不獲己而預告其
將來。詩中謂其吟詠(caneret)，未聞Proteus能歌。

9. heuheu *Ξ* $^{(\text{acc. R})}$ heheu π eheu F λ' δ

17. cnosii R¹ gnosii *cett.*

20–32. *om.* B

20. crines *Ξ* $^{(\text{acc.λ' R2})}$ **BI** cultus *Ψ*　案後者義爲髮或衣之美。然維
吉爾《埃》XII 99有句曰：et foedare in pulvere crines 塵埃汙穢其髮。
集中見後IV 9, 12–15: non sola comptos arsit adulteri / crinis et aurum
vestibus inlitum / mirata regalisque cultus, 非唯一驚異於/姦夫精心梳理
的頭髮，衣上的/綴金和王家的排場。

22. genti *Ψ* (F δ u R¹)　gentis *Ξ* $^{(\text{acc. λ' R2 π})}$ 不含a　案前者與格，後者
屬格，與tuae皆符。

24. te *Ξ Ψ* et D E δ　異讀爲連詞，如採後讀，則失te排比，詩人激
切語氣爲之頓減。

{箋注}：

1. 【牧倌】*pastor*指荷馬史詩中特羅亞王子巴黎(Paris / Πάρις)，
又名亞歷山大(Alexandros / 'Αλέξανδρος)，嘗止於斯巴達王墨涅勞
家，迨主人外出引誘王后海倫與其私奔，特羅亞戰爭因此起焉。初，
巴黎牧于伊達山，神后赫拉(猶諾)、帕拉(雅典娜/密涅瓦)、阿芙羅狄
忒(維奴)來格，俾其判斷三女神孰爲最美，故有【牧倌】之稱。牧倌身
份微賤，以此稱之語含奚落。參觀歐里庇得《赫古巴》*Hekuba* 644–46:
ἐκρίθη δ' ἔρις, ἅν ἐν Ἴδᾳ κρίνει τρισσὰς μακάρων παῖδας ἀνηρ
βούτας, "爭執得裁定，在伊達牧倌兒裁判蒙福衆神的三女"。畢昂
(Bion)《阿基琉與狄達美婭結婚洞房歌》(*Epithalamios Akhilleos kai
Deidameias*)10: ἅρπασε τὰν Ελέναν πόθ' ὁ βουκόλος, "那牧倌兒曾劫
走海倫"。維吉爾《埃》VII 363亦稱其爲"達耳但人牧倌兒"：Dardanus
pastor. 巴黎竟斷愛神最美，遂干天后赫拉之怒。荷馬《伊》XXIV 29 f.:
ὅς νείκεσσε θεας ὅτε οἱ μέσσαυλον ἵκοντο, / τὴν δ' ἥνησ' ἥ οἱ πόρε
μαχλοσύνην ἀλεγεινήν. "他觸犯了[兩位]女神，當她們走進他家的時

候，/他稱讚了那個幫襯他禍患麾暨的淫慾的那一位。"巴黎誘拐海倫後，希臘人舉兵討伐特羅亞人，特羅亞城終遭破滅，天后爲洩憤使然也。原文主格【背信】*perfidus*（指巴黎）同賓格【東道女主】*hospitam*（指海倫）併置，尤彰顯巴黎之不義，中文非屈折語，惜不克傚傲。古希臘時，主惠待來賓、賓敬主以禮，人視爲神律，巴黎造詣斯巴達，受主人以賓客相待之款誠，反誘拐主婦私奔，故曰【背信】。

2.【伊達】*Ida*，山名，位于小亞細亞，近特羅亞城，故以代指巴黎家鄉。【伊達艇】*navibus Idaeis*，指以伊達山所產香柏所造舟艦，巴黎偕所拐海倫自斯巴達返特羅亞所乘也。參觀荷馬《伊》III 442–44：

οὐ γαρ πώ ποτέ μ' ὧδέ γ' ἔρως φρένας ἀμφεκάλυψεν, / οὐδ' ὅτε σε πρῶτον Λακεδαίμονος ἐξ ἐρατεινῆς / ἔπλεον ἁρπάξας ἐν ποντοπόροισι νέεσσι. "因爲愛慾從沒有這般包裹我的心，/就是在我當初把你從可愛的拉基代蒙/劫走在航海的艇上航行的時候也沒有"。歐里庇得《赫古巴》631–37：

'Ιδαίαν ὅτε πρῶτον ὕλαν
'Αλέξανδρος εἰλατίναν
  ἐτάμεθ', ἅλιον ἐπ' οἶδμα ναυστολήσων
'Ελένας ἐπὶ λέκτρα, τὰν
  καλλίσταν ὁ χρυσοφαὴς
"Αλιος αὐγάξει.

那時亞歷山大
最先伐下伊達的
杉木，將在洶涌的海濤上
載迴榻上的海倫，她
　　在金光閃耀的日神亮照下
最美。

【拖】*traheret*，非謂巴黎逆海倫之志強掠。依古時律條，妻孥及家奴等家人皆爲父權（羅馬法所謂paterfamilias）之私產，故巴黎偕海倫潛亡，依律既坐盜竊，亦坐強姦。《唐律疏議》亦有"和娶人妻"條："諸和娶人妻及嫁之者，各徒二年，"《箋解》卷第十四《戶婚》，頁一○五二。

2–3.【不領情】ingrato，謂【疾風】celeris ... ventos，非特疾風不欲【消停】otio，雖舟子亦不欲風平浪靜也。涅律雖消停疾風，然疾風依本性必欲興風作浪，故不領情；疾風消停，舟子本應不遑多謝，然巴黎此航於義有虧，所載非福（5–8），故舟子亦不願此航順利、安抵特羅亞也，今涅律令風平浪靜、航行順利，雖舟子亦不願領情。Heinze曰，詩人寫巴黎攜海倫自斯巴達返國，所據應非荷馬，希羅多德《史記》II 117記居比路詩人亦嘗記敍巴黎此航，且與荷馬所記不同：ἐν μὲν γὰρ τοῖσι Κυπρίοισι εἴρηται ὡς τριταῖος ἐκ Σπάρτης Ἀλέξανδρος ἀπίκετο ἐς τὸ Ἴλιον ἄγων Ἑλένην, εὐαέι τε πνεύματι χρησάμενος καὶ θαλάσση λείη· ἐν δὲ Ἰλιάδι λέγει ὡς ἐπλάζετο ἄγων αὐτήν. "因居比路詩篇稱亞歷山大掠海倫自斯巴達抵伊利昂僅用三天，因得風靜海平；而《伊利昂記》敍其其攜海倫漂泊。"荷馬《伊》記敍此事見VI 290。

3.【涅律】Nereus / Νηρεύς,希臘神話中海中老人，能預言。學者多以《伊》I 358, 538, 556等多處所言之"海中老人"（ἅλιος γέρων）即謂涅律，亦素視之同于海中神明普羅透（Proteus），後者據荷馬《奧》IV 366 ff.爲"海中無錯老人"，γέρων ἅλιος νημερτὴς, 384），維吉爾《農》IV祖述其事。此類海中神明皆能隨意變換形狀，可鎮壓風暴。赫西俄德《神宗》233 f.所敍涅律身世異能頗詳：Νηρέα δ' ἀψευδέα καὶ ἀληθέα γείνατο Πόντος, πρεσβύτατον παίδω· αὐτὰρ καλέουσι γέροντα, "海生涅律，他眞言無諓，/係長子，人卻稱之爲老人"。Porphyrio古注逕混稱涅律與普羅透。

5.【運道】fata, 拉丁文fata（單數fatum）與希臘文中命運諸詞有別，希臘文命運諸詞本義或爲"份"（μοῖρα），或爲"必然"（ἀνάγκη）或爲"先定"（πέπρωμαι）；拉丁文fata源自動詞fari，言。故中譯作【運道】，然拉丁文fata多偏指厄運乃至毀滅，頗類英語doom、德語

Verhängnis等, 非如漢語泛指人命運遭際。【禽兆】*avi*, 古希臘羅馬人占卜, 多以觀禽鳥飛行卜兆, 猶如中國上古時卜筮以龜甲。拉丁文*avis*爲禽, 占卜時言之指禽兆, 彷彿中文"兆"字原爲占卜時龜甲受火後所呈裂紋之象形。【引入家裏】*ducis ... domum*, 原文文詞莊重, 然意在反諷: 如此迎入之女並非佳婦, 爲其違背神示也。Heinze以爲可反對卡圖盧婚慶詩, 61, 19 f.: "bona cum bona / nubet alite virgo," "佳婦將於/吉兆中出嫁"。

　　6.【追迴】原文*repetere*乃訟師術語, 羅馬法指自盜賊處【追迴】被盜財物。【婦人】原文僅爲陰性關係代詞*quam*, 謂海倫。

　　7.【她】希臘, 非謂海倫, 原文無 (關係) 代詞, 以過去分詞*coniurata*表性、數、格。【歃盟】*coniurata*, 海倫未嫁時, 因求者甚夥, 其父遂令衆求婚男子誓盟, 曰此女一旦適人, 日後如爲他人所掠, 衆人皆須助其夫君討伐誘拐者, 其說見歐里庇得《伊腓格涅在奧利》57–65:

> καί νιν εἰσῆλθεν τάδε·
> ὅρκους συνάψαι δεξιάς τε συμβαλεῖν
> μνηστῆρας ἀλλήλοισι καὶ δι' ἐμπύρων
> σπονδὰς καθεῖναι κἀπαράσασθαι τάδε·
> ὅτου γυνὴ γένοιτο Τυνδαρὶς κόρη,
> τούτῳ ξυναμυνεῖν, εἴ τις ἐκ δόμων λαβὼν
> οἴχοιτο τόν τ' ἔχοντ' ἀπωθοίη λέχους,
> κἀπιστρατεύσειν καὶ κατασκάψειν πόλιν
> Ἕλλην' ὁμοίως βάρβαρόν θ' ὅπλων μέτα.

　　他[海倫父親廷達里]想出這麼個主意,
　叫求婚人互相盟約,
　右手相握, 裸剅於燔祭, 發咒曰:
　廷達里所生閨女無論爲誰之婦,
　衆人將助之, 若有人自其家劫她

而走，驅迫娶了她的人於婚牀下，

他們將持兵奔赴並夷平其城，

無論其人爲希臘人抑或外夷。

　　然學者多以爲H意指特羅亞戰前，希臘諸邦聚兵於奧利(Aulis)港，欲自此啓航渡海討伐特羅亞事。女神亞底米因阿伽門農殺戮其聖林中所豢之鹿而怒，遂止風靜海，令希臘人艦隊不得成行，阿伽門農不獲己，遂殺其長女以祭，希臘聯軍始得離港。殆因羅馬人有戰前矢志之儀也。參觀維吉爾《埃》IV 425 f.狄多所指："non ego cum Danais Troianam exscindere gentem / Aulide iuravi, classemve ad Pergama misi，""我未在奧利與達奈人盟誓要滅絕/特羅亞之族，或派遣艦隊討別加摩"。

　　8.【普里阿摩】*Priamus*，特羅亞六世王，赫克托、巴黎皆其子也。【老】*vetus*，互換格(enallage)，實謂特羅亞，埃斯庫洛《阿伽門農》(*Agamemnon* 710): Πριάμου πόλις γεραιά，"普里阿摩的老城"；維吉爾《埃》II 363："urbs antiqua ruit multos dominata per annos，""古城燬滅，曾統御多年"。

　　9–10.【汗水】*sudor*，本荷馬《伊》II 388 ff.: ἱδρώσει μέν τευ τελαμών ... ἱδρωσει δέ τευ ἵππος，"汗水濕透其[甲胄之]韅靷……，汗水濕其馬"。荷馬以動詞"流汗"(ἱδρώσει)排比，H以【如許】*quantus*排比對之。

　　10.【達耳但人】*Dardanae*，即特羅亞人，達耳但(Dardanus)始建特羅亞，係始王，普里阿摩之祖，故以其名稱特羅亞人。

　　11.【帕拉】*Pallas*，女神雅典娜，已見I 12, 12及注。【備好】*parat*，爲自用，非爲他人武備也。雅典娜備矛盾車乘事參觀荷馬《伊》V 719–47詳敘雅典娜與赫拉輔戎車戴胄擐甲段落，原文過長，不具引，其中個別詞句詳下注。

　　12.【胸甲】*aegida* / αἰγίδα，參觀上注荷馬段落738 f.: ἀμφὶ δ' ἄρ' ὤμοισιν βάλετ' αἰγίδα θυσσανόεσσαν / δεινήν，"她上身披掛編織恐怖垂邊的/胸甲"。雅典娜造像法式皆作戴介胄(即此處*galea*)擐胸

甲式樣，胸甲飾以怪獸戈耳貢(Gorgon)之首浮彫，上引荷馬句稱其“恐怖”，可參考。然H似誤以*aegida*爲盾，不爲胸甲；盾說雖誤，然後世以訛傳訛，流佈極廣。【戎車】*currus*，據希臘神話，帕拉首靭戎車。【瘋狂】*rabiem*，亦當視作雅典娜武器，類似抽象名詞與矛盾兵器等並稱，已見荷馬《伊》IV 447: σύν ῥ' ἔβαλον ῥινούς, σὺν δ' ἔγχεα καὶ μένε' ἀνδρῶν καλκεοθωρήκων· “然後他們披上甲胄，操起戈矛與有青銅護胸的/男子們的武力”，武力與甲胄戈矛並稱。維吉爾《埃》XII 107 f.: “nec minus interea maternis saevus in armis / Aeneas acuit Martem et se suscitat ira,” “當其時埃湼阿因其母傳兵器勇猛/亦不弱，磨礪其兵，爲狂怒鼓動。”

　　13. 維奴偏愛巴黎，見上行1注。特羅亞戰爭中交手，巴黎數爲海倫本夫墨湼勞所獲，皆賴愛神襄助得免，故曰後者爲其【干城】*praesidio*，字義已見I 1, 2及注。荷馬《伊》III 371 ff.言墨湼勞手攔巴黎兜鍪，曳之以返希臘人陣行: καί νύ κεν εἴρυσσέν τε καὶ ἄσπετον ἤρατο κῦδος, εἰ μὴ ἄρ' ὀξὺ νόησε Διὸς θυγάτηρ Ἀφροδίτη. “此時他[墨湼勞]本就要擒獲[他，巴黎]以取得不可言說的榮耀，/若非宙斯女兒阿芙羅狄忒眼疾手快，”紓其困厄。巴黎賴蒙愛神眷顧而有恃無恐，出戰歸來向海倫誇耀，事詳荷馬同卷437 ff.，爲此處【高揚】*ferox*所本，*ferox*字作此解，採NH說。 然愛神素有“孱弱之神”(ἄναλκις θεός, 《伊》V 331)之稱，在雅典娜面前不堪一擊(《伊》XXI 423 ff.)，今巴黎乃至特羅亞人唯愛神是依，以爲“干城”，實含諷刺。

　　13–15. 語本《伊》III 54–55所敘赫克托告誡巴黎語: οὐκ ἄν τοι χραίσμη κίθαρις τά τε δῶρ' Ἀφροδίτης / ἥ τε κόμη τό τε εἶδος ὅτ'ἐν κονίῃσι μιγείης. “你的豎琴幫不上你，阿芙羅狄忒的饋贈也不行，/即你的卷髮和美貌，當其混于塵埃時”。

　　14. 搔首弄姿、取悅婦道(*feminis*原文複數，故非專指海倫一人)，勾畫巴黎佻達不雄之相。其兄赫克托深疾其輕浮，忿而言曰(III 56): ἀλλὰ μάλα Τρῶες δειδήμονες: “特羅亞人皆甚葸懦”。

　　15. 【不武的頌琴】*inbelli cithara*，已見I 6, 10, 頌琴原文用希臘貸字κιθάρα，本上引荷馬用字(III 54)。kithara近豎琴，集中與lyra(譯作豎琴，I 6, 10; 10, 6等處)、barbiton(譯作多絃琴，I 1, 34; III 26, 4等處)混用，似未有區別。中譯用字本《左傳》，見I 32 "琴頌" 箋注後所附{比較}。巴黎以頌琴【取悅婦人們】grata feminis，不以歌詠武功，故曰【不武】inbellis。【切分】divides，意謂以琴伴唱應無疑議，然原文何以謂此，蓋應係倣希臘字μελίζω而生，既訓作切分物體，見LSJ，詞條(A)，亦訓作調律，即奏樂，LSJ，詞條(B)。Heinze解作分發，似嫌牽強。

16. 上引荷馬《伊》卷敘巴黎與墨涅勞對陣幾爲其擒獲，阿芙羅狄忒施救始得免，旋退返城內，歸來即逕入臥室，與海倫繾綣於榻上。【枉然】nequiquam與上行13呈排比。

17. 【沉重的標槍】gravis hastas，荷馬史詩中標槍爲ἔγχος，槍桿爲白蠟木製。謂其沉重，見《伊》XVI 801 f.: ἔγχος βριθύ.【革諾的蘆桿箭】calami ... Cnosii，革諾(Gnosos)係革喱底島首府，藉指革喱底，荷馬史詩稱革喱底人以箭術知名(《伊》X 260, XXIII 850 ff.等)，故轉云箭桿爲革喱底製。又據《伊》，革喱底人墨里奧(Meriones，詳I 6, 15注)與條耳克同爲神射手，Heinze以爲H殆暗指焉。集中後見IV 9, 17 f.: "primusve Teucer tela Cydonio / direxit arcu"，"或條耳克首次以希東尼的/張弓發箭"。希東尼在革喱底，故語同 "革諾箭"。羅馬詩人祖述此外參觀維吉爾《埃》V 306 f.: "Cnosia bina dabo levato lucida ferro / spicula"，"我將給[你們]一雙革諾標槍鑲以磨光的鐵。"蘆桿calamus，拉丁原文本義爲蘆，指箭桿乃蘆桿製成。

18. 【喧囂】strepitum，指戰場人吼馬嘶兵器鏗鏘等聲，對上行15【頌琴……歌詩】cithara carmina。

19. 【阿亞斯】Aix，應謂洛克里(Lokris)王奧伊琉(Oileus)同名子，見荷馬《伊》XIII 701, XIV 521等，非指同名希臘名將。其中《伊》XIV 520 ff.: Αἴας ...᾽Οϊλῆος ταχὺς υἱός· οὐ γάρ οἵ τις ὁμοῖος ἐπισπέσθαι ποσὶν ἦεν ἀνδρῶν τρεσάντων, ὅτε τε Ζεὺς ἐν φόβον ὄρσῃ. "阿亞斯，奧伊琉迅捷之子，因爲無人徒步追逐亡衆如他，當宙斯激起他們恐慌之時。"H之【迅捷】celer本ταχύς。然Kießling難之曰，荷馬《伊利昂記》未敘阿亞斯與巴黎交戰，H此處所用何典？其解釋頗爲迂迴，然除此恐無的解：希臘英雄腓洛克忒忒(Philoktetes)

善射，所操弓箭傳自赫拉克勒。腓氏本從希臘聯軍遠征特羅亞，然途中爲蛇所傷，被棄勒姆諾島。據傳說（見維吉爾《埃》II 13古注）巴黎即爲其弓箭所殺，腓本人既絕不能親臨特羅亞射殺之，當有人曾赴其所在以致其弓箭，此人必爲捷足之阿亞斯也。【然而】*tamen*於意實同上行13ff.【枉然】*nequiquam*.【嗚呼何遲】*heu, serus*，湼律嘆巴黎之果報何其遲也。【姦夫，你頭髮……】*adulteros crinis ...* ，參觀IV 9, 13："non sola comptos arsit adulteri / crinis ... mirata ... Helene Lacaena," "拉坎的海倫非唯一驚異於/姦夫精梳的秀髮……而爲之慾火中燒的"。

20. 參觀上行13–15注引荷馬《伊》III 54 f.

21.【萊厄提之子】*Laertiaden*，以父稱子（patronymia），謂奧德修，羅馬人稱爲烏里修（Ulixes），餘見I 6, 7。【滅族之禍】*exitium tuae genti*，與奧德修名爲同位語，特羅亞淪陷，有賴奧氏所盜特羅亞城靈物雅典娜木偶（Palladium）與所設木馬計，故云，參觀荷馬《奧》VIII 494 f.: ὅν ποτ᾽ ἐς ἀκρόπολιν δόλον ἤγαγε δῖος Ὀδυσσεὺς / ἀνδρῶν ἐμπλήσας οἵ Ἴλιον ἐξαλάπαξαν. "就是那個[木馬]神一般的奧德修憑詭計拖進戍樓，/裏面藏滿了人，將搗毀伊利昂城"。羅馬古詩人恩紐（Ennius）悲劇院本《亞歷山大》（*Alexander*）殘篇行47稱巴黎："eum esse exitium Troiae, pestem Pergamo," "他乃特羅亞滅族之禍，禍害別加摩的瘟疫"。

22.【庇洛的聶斯托】*Pylium Nestora*，庇洛（Pylos）老王聶斯托率部屬預希臘聯軍征討特羅亞，其時聶斯托年高，不以武功勇猛聞名，而以睿智著稱。此處詩意應本荷馬《奧》XXIV 50 f., 敘阿基琉陣亡後，καί νύ κ᾽ ἀναΐξαντες ἔβαν κοίλας ἐπὶ νῆας, εἰ μὴ ἀνὴρ κατέρυκε παλαιά τε πολλά τε εἰδώς, Νέστωρ, οὗ καὶ πρόσθεν ἀρίστη φαίνετο βουλή· "他們[希臘人]一躍而起走向空殼的舟船，/若不是那老者喝住了他們，那位多知的/聶斯托，其謀略此前已顯示爲最高妙"。故希臘人能克服挫折，終拔敵城，聶斯托與有力焉。【迴顧】*respicis*，特羅亞人敗北，巴黎爲希臘人追殺，【迴顧】寫巴黎爲敵兵所追時姿態。下行【緊逼】*urguent*則謂希臘追兵，二詞互文。Heinze以爲謂其恐懼也。該撒《內戰記》I 5, 2並言反顧與恐懼："respicere ac timere".
Kießling云*respicis*非謂迴顧，而僅爲視，其說用於該撒字義尚可，然H
此處言且奔且顧，則指迴顧追敵無疑。

24.【條克耳】*Teucer*，已見I 7, 21注。

25.【斯色内洛】*Sthenelus* / Σθένελος，據《伊》II 546等處，七將
攻忒拜，其中一人爲卡帕涅(Kapaneus)之子，係名將丢墨得(Diomedes)
僕夫，故云【御馬也是他的長項】*opus est imperitare equis*。【通曉戰
事】*sciens pugnae*，語出荷馬《伊》V 11: Φηγεὺς Ἰδαῖός τε, μάχης εὖ
εἰδότε πάσης, "腓古與伊代，通曉一切戰事"。

26.【不賴】*non piger*，謙言格(litotes)，已見I 6, 20及注，【斯色内
洛】同位語。【墨里奥】*Merionen*見上行17注。

27–28.【見識】*nosces*，言簡意深，意謂其爲勁敵也，如漢語俗語
云"見識他的厲害"，語倣《伊》XVIII 269 f. 特羅亞人警告其同胞曰
阿基琉明日將復出作戰語: εὖ νύ τις αὐτὸν γνώσεται, "今人將見識
此人"。【提丢之子】*Tydides*，以父稱子，即丢墨得(Diomedes)，已見I
5, 15注。【勝過其父】*melior patre*，語本《伊》IV 405丢墨得回阿伽門
農語，後者斥前者不及其父提丢(Tydeus)能戰，丢墨得遂答云: ἡμεῖς
τοι πατέρων μέγ' ἀμείνονες εὐχόμεθ' εἶναι, "我們自詡遠勝父輩"。
Heinze: H此處及他處皆不直呼墨涅勞，緣荷馬之後古希臘詩歌頗貶
之。H此二行全句化自《伊》III 449 f.: Ἀτρεΐδης δ' ἀν' ὅμιλον ἐφοίτα
θηρὶ ἐοικώς, / εἴ που ἐσαθρήσειεν Ἀλέξανδρον θεοειδέα; "阿特柔之
子[墨涅勞]在人堆裏野獸般來回走, /看能否哪裏看到神樣的亞歷山大
[即巴黎]。" 而此時巴黎已自戰場脫身，返迴城内入臥房與海倫繾綣。
赫克托忿而斥責巴黎曰: ἀλλ' οὐκ ἔστι βίη φρεσὶν οὐδέ τις ἀλκή. (III
45) "心中無氣也無力"。【牡鹿】*cervus*蓋本III 23–28.以猛獅耽視牡鹿
(ἔλαφος)擬墨涅勞逼視巴黎:

ὥς τε λέων ἐχάρη μεγάλῳ ἐπὶ σώματι κύρσας,
εὑρὼν ἢ ἔλαφον κεραὸν ἢ ἄγριον αἶγα
πεινάων· μάλα γάρ τε κατεσθίει, εἴ περ ἂν αὐτὸν

σεύωνται ταχέες τε κύνες θαλεροί τ᾽ αἰζηοί·
ὣς ἐχάρη Μενέλαος Ἀλέξανδρον θεοειδέα
ὀφθαλμοῖσιν ἰδών·

猶如獅因飢餓時發現/生角的牡鹿或野羊便撲剪上去/而歡
喜，因爲太餓了：他要整個吞食它，即便有捷足的強勁羣犬撲上
他身；/就這般墨淖勞眼睛看見神一般的亞歷山大時也歡喜。

此處並其下數行殆糅合荷馬《伊》III卷首數譬喻而成。
29–31此景本荷馬《伊》III 30–37，原文直接上注引III 23–28段落：

τὸν δ᾽ ὡς οὖν ἐνόησεν Ἀλέξανδρος θεοειδὴς
ἐν προμάχοισι φανέντα, κατεπλήγη φίλον ἦτορ,
ἂψ δ᾽ ἑτάρων εἰς ἔθνος ἐχάζετο κῆρ᾽ ἀλεείνων.
ὡς δ᾽ ὅτε τίς τε δράκοντα ἰδὼν παλίνορσος ἀπέστη
οὔρεος ἐν βήσσῃς, ὑπό τε τρόμος ἔλλαβε γυῖα,
ἂψ δ᾽ ἀνεχώρησεν, ὦχρός τέ μιν εἷλε παρειάς,
ὣς αὖτις καθ᾽ ὅμιλον ἔδυ Τρώων ἀγερώχων
δείσας Ἀτρέος υἱὸν Ἀλέξανδρος θεοειδής.

可神樣的亞歷山大確知他[墨淖勞]現于[敵人]前鋒時，其
心爲之粉碎，/于是退入伙伴之衆中，以避免厄運。/就像人在山
林中看到蛇便/退卻，戰栗攫住其四肢，/他再退，蒼白上了他臉
頰，/同樣神樣的亞歷山大懼怕阿特柔之子，/縮身于高貴的特羅
亞人羣中。

【柔弱】*mollis*，暗諷巴黎戰場奔逃畏葸不雄。【他處】*altera ...
parte*，遠處。29–31原文多呈跨步格(hyperbaton，已見I 3, 10–11注)，飾
詞與所飾分置，且彼此鑲連鉤綴：*altera ... parte, visum ... lupum* 【所
覘之狼】，*sublimi ... anhelitu*【氣喘咻咻】等。*sublimi ... anhelitu* 直譯

當作深喘息。

32. 【你】*tu* ＝巴黎，【你的她】*tuae* ＝海倫，爾汝之語多見於豔情哀歌。巴黎本性畏葸避戰，貪圖逸樂，又喜浮誇自矜，必非曩昔海倫初受其誘惑時所能辨識。《伊》III 430 ff.敘其對陣墨涅勞逃脫返还內室，雖海倫亦不免以其夙昔所發豪言壯語讓之：ἦ μὲν δὴ πρίν γ᾽ εὔχε᾽ ἀρηιφίλου Μενελάου / σῇ τε βίῃ καὶ χερσὶ καὶ ἔγχεϊ φέρτερος εἶναι· / ἀλλ᾽ ἴθι νῦν προκάλεσσαι ἀρηίφιλον Μενέλαον / ἐξαῦτις μαχέσασθαι ἐναντίον. "實在是你眞眞切切此前曾誇口，你比戰神所親的墨涅勞/無論膂力还是手力都更英武：/可是現在去向戰神所親的墨涅勞叫陣吧，/再次同他對陣而戰"。

33–34. 荷馬《伊里昂記》敘希臘主將阿基琉因與希臘聯軍統帥阿伽門農爭女俘不遂，怒而罷戰。希臘人失阿基琉則無人可敵特羅亞主將赫克托，故阿基琉之怒致使特羅亞之戰曠日持久，希臘人攻城膠著不下，【延遲】*proferet*，希臘人獲勝、特羅亞遭滅頂之災之期。不云"忿怒的阿基琉"，而云其【忿怒之師】*iracunda ... classis Achillei*者，語用異置格(hypallage)，【師】意譯*classis*，直譯爲隊。詩人轉言阿基琉所領部伍之怒而不逕言阿基琉之怒，參觀III 21, 19："iratos regum aspices," "君王的忿怒弁冕"。【伊利昂】*Ilium*，特羅亞別稱。【弗呂家】*Phrygum*, Φρυγία本爲西亞細亞中西部王國，羅馬詩人率以藉指特羅亞，參觀II 12, 22。此處專云婦人者，蓋特羅亞一旦淪陷，男子皆將不免，必嬰鋒鏑，妻孥必遭姦淫擄掠，倖存者皆沒爲奴也。

34. 【延遲】*proferet*，參觀荷馬《伊》II 379 f.阿伽門農曰阿基琉與之一旦修好：ἔπειτα Τρωσὶν ἀνάβλησις κακοῦ ἔσσεται οὐδ᾽ ἠβαιόν, "那時特羅亞之厄將不再有瞬間耽擱"。【那一日】*diem proferet Ilio*云云，化自荷馬《伊》VI 448赫克托語：ἔσσεται ἦμαρ ὅτ᾽ ἄν ποτ᾽ ὀλώλῃ Ἴλιος ἱρή, "神聖伊利昂夷滅之日將到來"。

35. 【亞該亞】*Achaïcus*, Achaia係希臘古稱，荷馬史詩中常用，此爲主動形容詞，即亞該亞爲縱火者，非被火者也。【如數】*certas*，意謂特羅亞人命運已先定，特羅亞在劫難逃。【冬天】*hiemes*，以偏代全(pars pro toto)，指年annos，蓋以冬爲一年之終結也。特羅亞淪陷據考證在春末六月初九，參觀普羅佩耳修III 9, 40："et Danaum decimo vere redisse ratis," "達奈人艦船在第十春返還"。末章二句句法屬並列句式 (parataxis)，以模倣卜師預言口吻。

{評點}:

　　以豎琴詩祖述史詩故事，此乃集中獨一無二之作，然若考稽西洋古代文學史，此舉既非絕無僅有，亦非H首刱：H前豎琴詩人已有阿爾凱祖述荷馬史詩中巴黎故事。雖然，H詩並非規模阿爾凱詩，據Porphyrio古注（"hac ode Bacchyliden imitator, nam ut ille Cassandram facit vaticinari futura belli Troiani, ita hic Proteum"），詩人所倣乃巴刻居利得(Bakchylides)舞蹈歌體酒神頌(dithyrambos)詠卡桑德拉(Kassandra)篇也：巴氏詩中卡桑德拉預言特羅亞戰爭；H詩則易以湦律，且所預言者非如巴氏原作爲特羅亞之戰，而止爲巴黎一人之始終。

　　巴刻居利得詩今已佚，然近世學者多信古注所言不妄，尤因有十九世紀末發見之巴氏莎草紙殘篇爲旁證。古注如可倚據，則可知以預言敘古非H首刱，H是作無論刓意、取材、謀篇，乃至人物遴選，皆有所法矣。雖然，此篇仍足具詩人獨有之風格特徵：H詩由巴黎劫持海倫浮海返鄉途中入手，以湦律預言代己發聲，藉其口揭櫫尚未成眞之事，庶可謂敘事善擇"蘊含之刹那"(„der prägnanteste Augenblick," 萊辛(Gotthold Ephraim Lessing)語, *Laokoon* XVI)者也，蓋詩人以此可承前啓後，拨冗見要，手法殆類似其豔情詩多截取關鍵時刻以成戲劇場景之慣技。

　　H之後，羅馬詩人以預言敘史者不一而足，其中應首推維吉爾《埃》卷六敘埃涅阿入冥府藉陰魂之口預言後日羅馬史迹人物。

　　集中II 12詩人明言，以豎琴詠史詩題材爲不智，人或難之曰，此篇無乃以豎琴詩詠敘史詩題材之作乎？詩人以預言敘述荷馬史詩故事，用意何在？今揔括歷代學者所論，粗可分爲二說：其一（始于1482年Landinus翡冷翠/威尼斯版；Heinze附其說）以爲H借古諷今，以巴黎海倫故事影射當日安東尼與克萊奧帕特拉(Antonius et Cleopatra)事；一說則不以爲然，謂此篇僅爲詩人方軌前修、習筆之作耳(NH詩序)，又據

Syndikus（p.173），屋大維雖欲殲安東尼，卻不明言以安氏爲敵，興兵祇以剿滅克氏爲名，以避內戰之嫌，他例如集中I 37可爲旁證，故H不當於此公然聲討安東尼也。

今按Syndikus說似是而非，以巴黎海倫故事比附安東尼與克氏，彷彿唐人以西王母比附楊貴妃，爲時人通見。普魯塔克《德墨特里與安東尼之比較》(*Comparatio Demetrii et Antonii*, 3, 4)云：

> τέλος δέ, ὡς ὁ Πάρις, ἐκ τῆς μάχης ἀποδρὰς εἰς τοὺς
> ἐκείνης κατεδύετο κόλπους· μᾶλλον δὲ ὁ μὲν Πάρις ἡττηθεὶς
> ἔφυγεν εἰς τὸν θάλαμον,᾽Αντώνιος δὲ Κλεοπάτραν διώκων
> ἔφυγε καὶ προήκατο τὴν νίκην.

> 最後，跟巴黎一樣，他[安東尼]從戰場[指阿克襄海戰]上逃走，投靠到她[克萊奧帕特拉]懷裏；雖然，更確切地說，巴黎逃跑到海倫的閨房裏是在他打了敗仗之後，而安東尼跑掉則是因爲他要追趕克萊奧帕特拉，因而把勝利拱手讓人。

可見比附說非特不爲不經，當日史家文人乃至普通讀者必無人不以爲然。稱詩人詠巴黎海倫古事而竟不知其與當日萬衆側目之安、克活報劇神肖，或稱當時讀者閱此詩而不聯想時事、不因心領神會詩人諷喻之旨而莞爾一笑，實乖常理。而詩中既未明言安東尼，以今附古唯賴讀者意會，并非詩人言傳，與I 37直敘克氏行狀全然有別，並不違背屋大維不欲公然聲討安東尼之用心，故Syndikus所論未足爲訓。然若因此而於詩中處處求證於時事，則又難免穿鑿附會，亦不足爲訓。

諷喻說以外，近時又有一說，以爲H是作多說教(若與荷馬相較尤其明顯)，據此或可推斷作于至尊整飭奢靡世風立法期間，詩人應元首之意而賦。此說全爲臆測之詞，聊備一說可也，然恐未足奉爲的解。

若借古諷今說不謬，則詩應次前31/30年冬、阿克襄海戰(當年九月二日)安東尼大敗逃往埃及之後、最終覆滅之前。

{傳承}：

英國詩人斯賓塞《僊后》(*Fairie Queene* IV 11, 19)中有段落捃摭此詩頭二章：

Thereto he was expert in prophecies,
And could that ledden of the Gods unfold;
Through which, when Paris brought his famous prize,
The fair Tindarid lass, he him foretold
That her all Greece with many a champion bold
Should fetch again, and finally destroy
Proud Priam's town: so wise is Nereus old.

他專擅預言，/會解釋衆神的讖語；/以此當巴黎帶來他盡人皆知的獎品，/那個廷達里的女子時，他預告他：/她全希臘連同衆多勇猛的戰士/將會抓回，並最終燬滅/驕傲的普里阿摩的城：老涅律是如此智慧。

涅律警誡巴黎故事，歌德于《浮士德》(*Faust*, 8110–17)中亦曾祖述：

Wie hab' ich Paris väterlich gewarnt
Eh sein Gelüst ein fremdes Weib umgarnt.
Am griechischen Ufer stand er kühnlich da,
Ihm kündet' ich, was ich im Geiste sah:
Die Lüfte qualmend, überströmend Roth,
Gebälke glühend, unten Mord und Tod:
Troja's Gerichtstag, rhythmisch fest gebannt,
Jahrtausenden so schrecklich als gekannt.

我對巴黎斯是怎樣父親般地忠告，

當那異邦女子的情絲未把他纏繞。

他大膽地立在那兒希臘的海岸，

我向他指點，我心眼中之所看見；

空中有烟霧彌漫，紅光氾濫，

棟焚樑燬，在其下斫殺糾纏：

這就是特洛耶的審判的一天，

見諸吟詠，千年後都还那麼凄慘。

（郭沫若譯文）

{比較}：

　　詠史詩

　　中國上古文學無可與荷馬媲美之長篇敘事史詩。然詠史敘古之詩，中古以還蔚爲大觀，昭明《文選》有詠史一目，其所詠史事古實多本《戰國策》、馬班等輩史著，略約可比于荷馬。然中國詠史詩有平敘者、有感懷者，有翻案者，而未見有預言者。平敘如傅玄《惟漢行》（《樂府詩集》二十七），詠鴻門宴，雖詩末亦不免抒發感嘆，非全爲敘事，然全篇以敘述一連貫故事爲主，繪聲繪色，詠史詩中其數也稀。感懷者爲詠史詩之主類，其旨不在敘事，常連稱數人數事於一篇之中，藉以抒發感嘆。至於翻案者如“玉璽不緣歸日角，錦帆應是到天涯”，“東風不與周郎便，銅雀深閨鎖二喬”之類是也。

　　附錄：

《惟漢行》
（《先秦漢魏晉南北朝詩》晉詩一，頁五五四）
傅玄

危哉鴻門會，沛公幾不還。

輕裝入人軍，投身湯火間。

兩雄不俱立，亞父見此權。

項莊奮劍起，白刃何翩翩。

伯身雖爲蔽，事促不及旋。

張良愬坐側，高祖變龍顏。

賴得樊將軍，虎叱項王前。

瞋目駭三軍，磨牙咀豚肩。

空厄讓霸王，臨急吐奇言。

威凌萬乘主，指顧回泰山。

神龍困鼎鑊，非噲豈得全。

狗屠登上將，功業信不原。

健兒實可慕，腐儒安足嘆。

十六

反悔歌
PALINODIA

　　汝之美豔，更勝令堂，吾昔竟曾作詩相謗！今特向汝輸誠，所寄與汝之舊作，任汝處置，付之一炬可也，投畀滄海亦可。

　　忿怒可怖，雖祭神巫師心爲神亂亦不及忿怒之激烈，人一旦發怒，刀槍不怕、海險無懼、宙斯霹靂亦難震懾。人之有忿怒據傳緣于普羅墨修造人時嘗以獅膽補人材之不足。徵諸古事，可知怒可招災引禍。

　　吾昔日少年氣盛，曾因情生恨，故而作詩謗汝以泄私憤。今吾願悔過自新，以甜言蜜語易舊日詈詞，但汝當先許我以和顏悅色、回我以愛情。

{格律}：

　　阿爾凱(Alcaium)。

{繫年}：

　　若前篇屬於前30/31年冬，則此篇與後篇當撰於其後，且相距不應甚久，參觀下{評點}。然或據詩中分章呈3/4爲組以爲當次於29–27年之間。

{斠勘记}：

　　3. pones *Ξ* $^{(\text{acc.}\lambda' R2)}$ *Diomedes Victorinus* ponis *Ψ* 案前者乃將來時，後者爲現在時。| flamma] flammam F *λ'* 異讀爲實格，語法欠通，當訛。

　　8. sic *Ξ Ψ σχ*ΑΓ *I 34, 15* si *π* Bentley 案前者義爲副詞這般，後者

爲條件子句連詞若。

15–23. B

{箋注}:

1. 首行語風類似箴言，Ritter明其化自斯忒色庫羅(Stesichoros，約前640–555年)，詳{評點}。NH：此語可施諸海倫，爲其母麗達(Leda)以貌美著稱，而其本人更美故也。

3.【短長格】*iambis*，指詩人此前所撰雜詩(saturae)，調用短長格律(iambum)，雜詩風格犀利辛辣，以情愛爲題者尤甚，故曰【誹謗】*criminosis*，後世遂以satura專謂諷刺。今按亞里士多德《詩學》1448b曰：διὸ καὶ ἰαμβεῖον καλεῖται νῦν, ὅτι ἐν τῷ μέτρῳ τούτῳ ἰάμβιζον ἀλλήλους. "由此如今稱作短長格，人用這格律彼此蜇短流長"。參觀提布盧《哀歌集》I 9, 48–60.: "me nunc nostri Pieridumque pudet. / illa velim rapida Volcanus carmina flamma / torreat et liquida deleat amnis aqua.""如今我爲我的詩神臉紅。/我寧願火山的火焰焦灼這些疾速的/歌，願河的流水湮沒它們。"其所言詩歌即羅馬艷情詩中常見之謗詩，詳見I 25{評點}。

4.【亞底亞海】*mari ... Hadriano*，方輿已詳I 3, 15注；以海爲棄擲之處，別見集中稍後I 26, 1 ff.: "tristitiam et metus / tradam protervis in mare Creticum / portare ventis," "就讓我交出/悲哀和恐懼，任暴烈的風颴/入革哩底海"。　自悔少作輕浮，以爲羞恥，欲付之一炬或投畀流水，參觀上注引提布盧詩。Syndikus云集中言亞底亞海輒言其風急浪高(I 3, 15 f.; I 33, 15 f.; III 9, 22 f.: "inprobo / iracundior Hadria," "比不寧的亞底亞海更狂躁")，此處所言爲瑣事，詩人卻如此隆重道來，舉輕若重，特爲張致耳。【投畀】用《詩·小雅·節南山之什·巷伯》辭，兼顧其詩意。

5–9.【非……忿怒】*non ... non ... non ..., ut irae*，以【非】*non*字排比，做一氣讀，意謂居倍勒、阿波羅、利倍耳及諸神之巫師所奏銅鐃聲，其震怖人心之驚悚強烈，皆不若忿怒之激劇也。類似句式參觀《雜》I 1, 38言人求利心勝: "cum te neque fervidus aestus / demoveat lucro neque hiems, ignis mare ferrum, / nil obstet tibi, dum ne sit te ditior alter.”“你，無炙熱的酷暑/無嚴冬、火、海、刀劍能自贏利移開，/無一能阻擋你，直到沒有他人比你更富有。”以忿怒方於巫師祝神時情態，暗指希臘人以卜師發佈神讖時心智爲神所據之瘋癲(θεία μανία)狀態。

5.【丁狄蒙神女】*Dindymene*，指居貝勒(Cybele)，小亞細亞弗呂家之丁狄蒙山(Dindymus)爲其主祭所，故以名之。居貝勒本係弗呂家本地所拜神母，希臘人以地母(Gaia)視之，故通常視同利亞(Rhea)或穀神狄墨忒耳(Demeter)。【匹透……居民】*incola Pythius*，謂阿波羅，因其主祭所在得爾斐(Delphi)，匹透(Pytho)本指其地所生巨蟒，後竟成得耳斐別稱。【禁地】*adytis*者，聖所也，本希臘文ἄδυτον，因其地于神爲聖潔，禁人踐踏玷汙，故云。

6.【利倍耳】*Liber*，已見I 12, 21注。祭祀時酒神與祭者皆神智失常，情緒迷亂亢奮。

6-7.【高律拔巫師】*corybantes*，希臘文Κορύβα貸詞，本指居貝勒祭司，後亦稱酒神等神巫覡，司祭時令與祭者瘋癲，殆同祭祀酒神之徒衆所謂μαινάδες，參觀II 19, 6與9注。據歐里庇得悲劇院本《希波呂特》(*Hippolytos*)141–44，高律拔殆係精靈，可附少女之身，而非自身別有他神可附體者：σύ γὰρ ἔνθεος, ὦ κούρα, / εἴτ' ἐκ Πανὸς εἴθ' Ἑκάτας / ἢ σεμνῶν Κορυβάντων / φοιτᾷς ἢ ματρὸς ὀρείας; “因爲你，哦少女，或是爲潘/或是爲赫卡忒附身，/或是因神聖高律拔們/或因山之母[按指居貝勒]而瘋癲？”【銅鑔】*aera*，祭儀時擊打做聲，混合癲狂與祭者之呼喊，以令人心智迷亂。參觀《英華》VI 51佚名箴銘體詩敘丁狄蒙神女祭儀所用樂器曰：Δίνδυμον ἧς μύσταις οὐκ ἀπάτητον ὄρος, ... χαλκοτύπου παυσάμενος μανίης, κύμβαλά τ' ὀξύφθογγα, βαρυφθόγγων τ' ἀλαλητὸν αὐλῶν .... “於其入會者在爲人踐踏的丁狄蒙山，……停歇了青銅的瘋癲，尖聲的鑔，深音的蘆笛的響聲”云云。盧克萊修II 618–20：“tympana tenta [Galli] tonant palmis et cymbala circum / concava, raucisonoque minantur cornua cantu,”“他們[居貝勒巫師]以掌擊打繃緊的鼓和空心的/銅鑔，號角則以雜音發出威脅，"亦寫居貝勒祭司奏樂；卡圖盧64, 261–62寫酒神祭儀用詞相彷：
"planebant aliae proceris tympana palmis / aut tereti tenuis tinnitus aere
ciebant,""或高揚手掌以擊鼓，或有光滑薄銅鐃發出金聲"。【合擊】
geminant專謂將鐃之二瓣合擊以發聲，用語生動。

9.【忿怒】irae，原文屬語法陰性，故中譯下行以【她們】quas代
指，暗含擬人意。拉丁文ira尤指一時激怒之情，參觀《書》I 2, 62："ira
furor brevis est,""忿怒乃短暫激憤"，故此處言其激烈，然如行4注
所云，詩人喬張作勢，讀者未可信以爲全眞。【諾利科劍】Noricus ...
ensis，諾利科Noricum，古凱爾特人地區，在今奧地利、斯洛伐克，富産
鐵礦，古時以冶鐵著稱。已見《對》17, 71："modo ense pectus Norico
recludere,""唯裸胸膛於諾利科劍"。

10.【沉舟楫的海】mare naufragum，謂海難多發海域。

11–12.【猶庇特……驟降】Iuppiter ... tumultu，指霹靂雷霆，以神
話言，霹靂雷霆係猶庇特所操武器。【驟降】ruens，意大利、希臘等地
中海地區常有風雷突降。【瘁】譯tremendo。詩中由劍數至猶庇特，集中
此外參觀III 3, 4–8："neque Auster, / dux inquieti turbidus Hadriae, / nec
fulminantis magna manus Iovis : / si fractus inlabatur orbis, inpavidum
ferient ruinae.""哪怕是/凱風，不寧靜的亞底亞狂暴/之主，哪怕光耀猶
父的大手,/倘若蒼穹都傾圮破碎,/瓦礫就將摧毁這無畏者。"

13.【普羅墨修】Prometheus，已見I 3注。初民神話敍神造人類
多謂太初時神搏泥爲偶，再噓以生氣，乃生人類，例如舊約《創》2: 7：
"耶和華上帝搏土爲人，噓氣入鼻，而成血氣之人。"中國傳說見《太
平御覽》七十八引《風俗通》："俗說天地開闢，未有人民，女媧搏黃土
作人，劇務，力不暇供，乃引繩於絙泥中，舉以爲人。"册一，頁三六五。
H此處所言似與一伊索寓言相關(383 Προμηθεὺς καὶ Ἄνθρωποι)，其
文謂普羅墨修初造獸類，爲數過多，比及造人時所餘之材已無多，乃
變數個已造之獸爲人，遂致人或有其形爲人、其心爲獸者：τοῦ δὲ τὸ
προσταχθὲν ποιήσαντος, συνέβη τοὺς ἐκ τούτων πλασθέντας τὴν
μὲν μορφὴν ἀνθρώπων ἔχειν, τὰς δὲ ψυχὰς θηριώδεις. 柏拉圖《普
羅泰戈拉》(Protagoras 320d–322a)亦敍普羅墨修搏土造人神話。然因

與其共事之厄庇墨修(Epimetheos)不善計劃，致使造百獸時用材過濫，比及造人時所餘之材已無多，遂盜竊神火等屬神之物以補其不足，故曰【被迫】*coactus*。

14. 【原初的泥團】*principi limo*，世界之初，泥爲生人之材，赫西俄得《工與時》60–62云："Ἥφαιστον δ' ἐκέλευσε περικλυτὸν ὅττι τάχιστα / γαῖαν ὕδει φύρειν, ἐν δ' ἀνθρώπου θέμεν αὐδὴν / καὶ σθένος；"[宙斯]趣著名的赫淮斯托趕緊/用水和泥，置之以人聲/與力量。"又參觀普羅佩耳修III 5, 7："o prima infelix fingenti terra Prometheo！""哦原始的土啊，對搏塑它的普羅墨修何其不幸！"奧維德《變》I 78–83："natus homo est, sive hunc divino semine fecit / ille opifex rerum, mundi melioris origo, / sive recens tellus seductaque nuper ab alto / aethere cognati retinebat semina caeli ; / quam satus Iapeto mixtam pluvialibus undis / finxit in effigiem moderantum cuncta deorum." "人誕生了，要麼是由神種所生，/萬物的工匠(更好的世界的本源)所造，/要麼是新近自高高的太清/分出的土地(它尚保留了親近的上天的種)所生，/在這土地中亞庇多[=普羅墨修]混合了雨水種下，/按照節度萬物的衆神的樣子創造出來。"

15–16. 【狂獅的兇暴】*insani leonis vim*，參觀盧克萊修III 741 ff.："denique cur acris violentia triste leonum / seminium sequitur … ? /… / si non, certa suo quia semine seminioque / vis animi pariter crescit cum corpore quoque ? " "最後爲何獅子陰沉的初生沿襲/激烈的兇殘……？/……/莫非是因爲來自其本身的種和出生的/心之力也同身體一樣生長？"【胸臆】原文*stomachum*同I 6, 6，彼處譯作"膺"，見彼注。

17. 【忒厄斯特】*Thyesten*，其家族因復讎之怒相殺戮，直至饗子而食，已詳I 6, 8注。【忿怒】*irae*，上承行9，此處尤指因忿而生復讎之欲，西塞羅《圖斯坎辯論集》III 11所謂："sic enim definitur iracundia, ulciscendi libido," "可如此定義：激怒者，復讎之欲也"。

18. 參觀IV 15, 19 f.："non ira, quae procudit ensis / et miseras inimicat urbis." "不會有鑄劍和讓悲慘/的城邦彼此爲敵的忿恨。"【城闕】*urbibus*，尤指特羅亞。荷馬《伊》开篇即云所詠爲阿基琉之怒，阿

基琉之怒已見I 15注。【定爲】意譯*stetere*，字義本爲立，引申爲確定爲，以言狀況事務等，*OLD*詞條列爲詞義第19.

19–21.【因由】*causae*，語若II 1, 2，宛然如史家言邦國政權之興亡成敗。【因由】之前半句祇言相關者，即【高聳城闕】，後半句始明【因由】何謂，且後半句語呈遞進：【高聳城闕】先式微，後終堙滅。【終極】*ultimae*，於因果鍊爲初因（prima causa），Heinze引卡圖盧4, 15："ultima ex origine"，"自終極本源"爲旁證。

20–21. 城邑淪喪，後竟爲田疇，昔羅馬克迦太基，遂夷其城爲田。參觀普羅佩耳修III 9, 41："moenia cum Graio Neptunia pressit aratro / victor Palladiae ligneus artis equus." "那時帕拉的技巧所造得勝的木馬/以希臘的犁鏵推平涅普頓的城垣。" 又據卡圖（Cato）《起源記》（*Testimonia de originibus*）I 18，古意大利築城以先依禮當以犁耕築城址，遇當立城門之處則高擡其犁鏵過而不耕："qui urbem ... novam condet, tauro et vacca aret, ubi araverit, murum faciat, ubi portam vult esse, aratrum sustollat et portet et portam vocet." 此外參觀希伯來人舊約《耶》26: 18："萬有之主耶和華曰：人將耕郇邑［案和合本譯作錫安］之地，有若田疇；耶路撒冷將變爲瓦礫；斯殿之山將變爲林藪。" 中國上古詩歌所言類似者可見《史記·宋微子世家第八》："其後箕子朝周，過故殷虛，感宮室毀壞，生禾黍，箕子傷之，欲哭則不可，欲泣爲其近婦人，乃作《麥秀之詩》以歌詠之。其詩曰：'麥秀漸漸兮，禾黍油油。彼狡童兮，不與我好兮！'所謂狡童者，紂也。殷民聞之，皆爲流涕。"（頁一六二〇—一六二一）殷商宮室宗廟毀于武王伐紂，箕子乃紂親戚，商亡後箕子爲周武王封於朝鮮。故過殷墟而感傷。比及西周滅亡，則有《詩·王風·黍離》之詠："彼黍離離，彼稷之苗；行邁靡靡，中心搖搖，" 云云，毛《傳》《王城譜》曰："《黍離》，閔宗周也。周大夫行役，至于宗周，過故宗廟宮室，盡爲黍禾。閔周室之顚覆，彷徨不忍去而作是詩也。"《黍離》不同於《麥秀之詩》以及羅馬詩章處，在於未明故宗廟宮室盡爲黍禾乃滅亡周室者如犬戎等蓄意報復所爲與否。後世西洋詩歌中英國詩人揚（Edward Young）有名句即化古而成："and final Ruin fiercely drives / Her ploughshare o'er Creation!"《夜思》卷九《慰藉》(*Night Thoughts*, "The Consolation," IX, 167) "最後的燼滅把她的犁鏵/拖過受造之物。"【倨傲】*insolens*，言得勝者，參觀《對》16, 13 f.: "solibus ossa Quirini, / — inefas videre — dissipabit insolens [sc. barbarus victor]," "居勒人的骨殖——罪過啊——/爲倨傲者[按入侵攻陷羅馬城之蠻族]拋擲"; 17, 74 f.: "vectabor umeris tunc ego inimicis eques / meaque terra cedet insolentiae," "我將爲敵人手臂所挾載以經過，我的/土地將讓給倨傲的馬匹。"【團練】*excercitus*，拉丁原義爲受操練(之部)，即軍隊，中譯兼顧其原義與古時聚民爲兵之兵制。

22.【控制心緒】*compesce mentem*，即制怒。《書》I 2, 62 f.: "animum rege ; qui nisi paret, / imperat ; hunc frenis, hunc tu compesce catena." "制御你的内心，它非聽命/即施命; 它你要用轡輊、它你要用鎖鏈控制。"荷馬《伊》IX 496有: δάμασον θυμὸν μέγαν· "馴服雄心"之說，或爲H所本。Heinze: 制怒本應爲詩人自勉，今用以誡其所歡，勸其捐棄前嫌，毋唯報復是求，頗出人意料。詳見下{評點}。

【少年】*iuventa*，亞里士多德謂年輕氣盛，見《修辭學》1389a9 (II 12, 3): οἱ μὲν οὖν νέοι τὰ ἤθη εἰσὶν ἐπιθυμητικοί, καὶ οἷοι ποιεῖν ὧν ἂν ἐπιθυμήσωσι. καὶ τῶν περὶ τὸ σῶμα ἐπιθυμιῶν μάλιστα ἀκολουθητικοί εἰσι τῇ περὶ τὰ ἀφροδίσια καὶ ἀκρατεῖς ταύτης, "年輕人性格是想要甚麼，就要做他們想要的。在關乎身體方面的，他們大多服從情慾而無法自控"。

24.【侵】*temptavit*，暗喻【狂熱】*fervor*爲疾病，參觀《雜》I 1, 80: "at si condoluit temptatum frigore corpus," "可是如果身體受寒症所侵而疼痛"。II 3, 163: "quod latus aut renes morbo temptentur acuto," "因其肺或腎爲劇疢所侵"。

25.【疾促】*celeres*，【短長格】*iambos*語勢急促，故尤宜嬉笑怒罵: 【誹謗的短長格】(2–3)。《藝》251: "syllaba longa brevi subiecta vocatur iambus, / pes citus," "長音置於短音之後稱作短長格, /乃疾步也"。

26.【嚴詞】原文*tristia*名詞，與上行9: *tristes ... irae*，譯作【陰沉的忿怒】之形容詞陰沉同源。詩人許諾將【收回】【嚴詞】，另作【柔語】*mitibus*，倘若此女回心轉意。

27.【收回】原文*recanto*係H倣希臘文παλινῳδεῖν造字（詳見{評點}），英文等遂有recant, recantation等字，義皆爲鄭重收回從前所發之（謬）論，直至引申指洗心革面。詩人以之表露自悔其攻訐此女之少作。

28.【返還……心】*animum reddas*，語有二解，一謂求此女投桃報李，今吾不復與汝爲敵，汝亦當善待我；或解爲退還給我[你自我奪去的我的]心。Heinze以爲後解未安，曰苟從此解，則與全篇所表激情相扞格；詩人求其昔日所歡回心轉意，回心即還心也：二人一度交惡，則此女心不在焉，今如能重修舊好，則爲還詩人昔日嘗交與其保存之心也。Numberger則謂二義可並存不悖。

{評點}：

Porphyrio古注云此詩倣傚西西里詩人斯忒色古羅（Stesichoros）反悔詩，其作今僅賸殘篇（fr. 192）：

οὐκ ἔστ' ἔτυμος λόγος οὗτος,

οὐδ' ἔβας ἐν νηυσὶν ἐυσσέλμοις

οὐδ' ἵκεο πέργαμα Τροίας.

此言非眞；/你未乘良材所造甲板的船，/未來特羅亞城。

據柏拉圖《斐得羅》（*Phaidros*）243 A，斯氏嘗賦詩斥海倫爲蕩婦，繼而失明，遂另屬新篇，自檢前詩失敬褻瀆，反稱海倫之德，雙目因得復明。《斐得羅》中蘇格拉底引此爲例，另作一篇愛論，以補救此前所賦貶斥愛情論之失。可見其事當日廣爲流傳。H詩中涉此典故者非止一處。《對》第十七首已語及（42–44）：

infamis Helenae Castor offensus vice

fraterque magni Castoris, victi prece,

adempta vati reddidere lumina.

卡斯托及其偉大兄弟因聲名狼藉的海倫/所受之辱而惱，

爲祈禱所動，/復原巫史以所失的光明。

　　論家多從古注以爲此詩確係傚法斯氏反悔詩而作，然以爲其于斯氏原作，首行之外，恐未必密切規隨：以今易古，其所取自斯氏者，不過以新詩道自悔舊作之意耳。NH別生他解，讀行22【控制心緒吧】*compesce mentem*同Heinze爲告誡女子語，非爲詩人自悔自誡，故而推斷全詩實爲泛論制怒，非詩人自悔少作之反悔詩。今按若謂詩含制怒託題，其說非謬（詳下）；然若據此稱詩之主旨非爲反悔，則恐不當，緣詩中制怒託題納于反悔之主線內。NH之說偏執一詞而拗解全篇，其實不足徵信。

　　Porphyrio古注又云，是作所奉之女同下篇（I 17）所贈之廷達里（Tyndaris），二詩格律亦同，可爲旁證。Heinze附此說，曰本詩首行語既可謂海倫（參觀該行注），而海倫若以父稱則爲Tyndaris：廷達羅之女，則詩人集中置本詩于前篇諷海倫詩之後、次篇贈廷達里詩之前，可見詩人以之承前啓後之匠心；蓋詩人先有諷刺海倫之作，一如西西里詩人斯忒色古羅嘗賦詩刺之；繼而賦反悔詩，亦如斯氏，唯其反悔詩非明言爲海倫，然亦不具所贈之女姓名，集中情詩不具所致女子名者極爲罕見；下篇明言爲廷達里而作，暗指海倫，且云與之修好；故廷達里必爲詩人某所歡化名，取名廷達里者，蓋既喻其豔比海倫，亦彰其輕佻相若也。

　　Syndikus（p.177）拒採此說，且斥古今注家馳騁幻想，杜撰詩人本事，迹近小說稗史；力主體裁決定說，即謂是作剿襲斯忒色古羅以降反悔詩體裁規範，其所賦未必實有其人、未必確有其事。H之前卡圖魯（Catullus）已有反悔詩（36），可相參佐。今按若以反悔體詩視之，則本詩結構頗中規矩。Heinze已明（詩序）其恪循雄辯術中制怒託題（locus communis contra iram）之式：首章直籲昔日所歡，次章循以小比大之例（comparatio a minori ad maius），繼之以神話典故。章法之內，詩中多用修辭式：5–9以【非】*non*排比，11–12【連……也】*nec ... nec*皆爲激昂語式；且堆砌莊重辭藻神話典故，如亞底亞海、諸神及普羅墨修造人神話、特羅亞夷滅等等。然以之言兒女之情，不啻以牛刀屠雞，舉輕若重，誇張而滑稽，反襯發怒使氣之可笑可哂矣。H豎琴詩往往不獨以言辭之義表意達情，其能營造戲劇場景，令詩中之人（含詩人）皆爲劇中人物，其所言與其作爲態度，無不關乎詩作旨意，祇知讀其字面詞義而不知觀其戲劇情景者不可稱爲解人。

綜觀諸說，Syndikus解詩固較前賢爲深密，然亦不無瑕疵。廷達里誠未必實有其人，以詩中所言爲據穿鑿詩人生平本事，亦實不足爲訓，然無論所言詩人情事爲虛構與否，此詩與其前後二首緊密連屬爲一體則難以否認：詩人暗以斯忒色古羅詩連接I 15所詠海倫故事與情詩I 16與I 17，用意深密，構思巧妙，佈局嚴謹，三篇前後相次、彼此發明，信非古人妄言。

{傳承}：

H此篇乃至反悔詩體裁近代倣作規模者甚夥，其中龍沙耳（Pierre Ronsard）《讚歌集》卷二第二十二首題爲《反悔詩致德尼斯》（*Palinodie à Denyse*）者幾爲全譯，茲錄其前五章，以其最近H原作：

Maintenant une fin, Denyse,

A mon vers scandaleux soit mise

　Qui ton cœur a despité,

Ou soit que rompu tu le noyes,

Que tu l'effaces, ou l'envoyes

　Au feu qu'il a merité.

La mere Cybele insensée

N'esbranle pas tant la pensée

　De son ministre chastré,

Non Bacchus, non Phoebus ensemble,

Le sein de son Prestre qui tremble

　Dedans sa poitrine entré,

Comme l'ire quand elle enflame

De sa rage le fond de l'ame,

　Qui ne s'espouvante pas

Non d'un couteau, non d'un naufrage,

Non d'un tyran, non d'un orage,

　Que le ciel darde çà-bas.

De chaque beste Promethée

A quelque partie adjoustée

　En l'homme, et d'art curieux

D'un doux aigneau fist son visage,

Trempant son cœur dedans la rage

　De quelque lion furieux.

Tousjours l'ire cause la guerre,

La seule ire a rué par terre

　Le mur Amphionien :

Voire et fist qu'apres dix ans Troye,

Hector ja tué, fut la proye

　Du grand Roy Mycenien.

　　今我誹謗之詩終於終止，其曾令汝心生怒，如可或以水淹之，或塗乙之，或付之於其應得之一炬。瘋狂居貝勒母之思未曾爲其閹人巫覡如此震動，酒神或阿波羅之徒，其祭司胸懷內亦未曾進入如此之忿怒，它令心底怒燃，以至於其不懼刀劍海難暴君風暴。普羅墨修置一物於人體內，令其面如羔羊，心如猛獅。怒能致戰，唯怒能毀滅安斐昂之城堞，特羅亞十年之後，赫克托被戮，稱爲阿伽門農王之繳獲。

*

德國詩人荷爾德林遺稿有題爲《反悔詩》(Palinodie)未完成讚歌詩稿一首，緊隨其讚歌名篇《我的產業》(*Mein Eigentum*，過長不錄)之後，二篇當併讀，乃詩人藉古人體裁表達其心情起伏思維辯證之作也。《我的產業》中詩人以所沐浴之金風爲喜樂(„und wehst Auch du mir wieder, Lüftchen, als seegnetest Du eine Freude mir, wie einst, und Irrst, wie um Glükliche, mir am Busen ?" "而你，風，也再次吹拂我，彷彿先前你賜我一個喜樂，還走到我胸前如我是幸運兒？")，《反悔詩》中則反責怪其自睡中喚醒詩人，語多怨尤，全詩較前篇相對積極甜美之情調爲陰鬱悲觀。荷爾德林反悔詩無關海倫，衹爲與前篇呈反對，以示正題、反題之辯證演進也：

Was dämmert um mich, Erde! dein freundlich Grün?

Was wehst du wieder, Lüftchen, wie einst, mich an?

In allen Wipfeln rauschts,

Was wekt ihr mir die Seele? was regt ihr mir

Vergangnes auf, ihr Guten ! o schonet mein

Und laßt sie ruhn, die Asche meiner

Freuden, ihr spottetet nur ! o wandelt,

Ihr schiksaallosen Götter, vorbei und blüht

In eurer Jugend über den Alternden

Und wollt ihr zu den Sterblichen euch

Gerne gesellen, so blühn der Jungfraun

Euch viel, der jungen Helden, und schöner spielt

Der Morgen um die Wange der Glüklichen

Denn um ein trübes Aug' und lieblich

Tönen die Sänge der Mühelosen.

Ach ! vormals rauschte leicht des Gesanges Quell

　Auch mir vom Busen, da noch die Freude mir

　　Die himmlische vom Auge glänzte

Versöhnung o Versöhnung, ihr gütigen

　Ihr immergleichen Götter und haltet ein

　　Weil ihr die reinen Quellen liebt

何物籠罩我, 土地? 你友好的葱綠?

　何以你再次吹拂我, 風, 一如往昔,

　　衆杪之中喧譟着,

何以你們叫醒我的靈魂? 何以要

　驚擾我的過去, 善者們! 哦寬貰我,

　　就讓它安息, 我喜樂的

　　　灰燼, 你們祇會譏誚! 哦遠行,

你們無運的諸神, 經過, 你們在

　少年時代綻放于衰老者之上

　　而且你們願與必死者

　　　相伴, 就這樣許多處女爲

你们綻放, 還有少年英雄, 晨光

　把幸運兒的臉頰輝映得更美,

　　勝過晦暗的眼睛, 毫不

　　　費力者的歌聲悠揚響起。

啊！往昔詠歌之泉輕柔地潺潺
　　于我這樣人的胸中，那時喜樂那
　　天上的尚在我眼前閃爍

和好，哦和好，你們這些仁慈的
　　你們恆久不變的神明停留一會兒
　　你們這些喜愛清泉的

十七

暑中邀廷達里
AD TYNDARIDA

　　亭午重陰，羣羊伏寢，牧神疾步來格；遮風屏雨，出沒在山坡。

　　幾處笛聲龠管，盪颻在，谿谷巖阿；虺蛇匿，野狼跟蹌，婉轉樂

生波。

　　神明將福祚，予求任取，未厭其多；慶豐瞻，充盈角斗嘉禾。

　　若許前來避暑，圓蔭下，把盞笙歌，當無慮，酣淫打鬭，裙髮遭

揉搓。

（擬賀拉斯詩意調寄《滿庭芳》）

{格律}：

　　與前詩非特調用一律，同用阿爾凱詩律，且等長，皆爲二十八行，

分作七章。集中兩篇同律且等長前後相次者唯此二首。

{繫年}：

　　此篇所贈與前詩所贈應爲同一女子，皆暗以海倫代指。復因二詩

格律相同(見上)，故應並讀，雖有先後(前首在前，斯篇在後)，相隔仍

應不遠，皆應在31年末至27年之間。

{斠勘記}：

　　14. hic D π　蘇黎世卷本(*Turicensis*)　hinc *cett. Pph.* σχA Γ　前者

爲代詞此，後者爲副詞自此地。

19. dices *Ξ Ψ* σχΑ Γ　disces B　後者義爲學、知，當爲形近致訛。

25. ne] nec B D *ras. δ ras. π ras.*

{箋注}:

1.【疾步】*velox*，NH曰暗況羝羊，其說謬。沃奴（詳下）本爲母狼節（Lupercalia）所祝神明，應暗指母狼爲是。【宜人】原文*amoenum*常以言自然風物，成語locus amoenum（宜人之地）指遠離俗務凡塵、賞心悅目之田園或園林勝境，爲西洋文學中常見託題，R. E. Curtius已詳辨之，見所著《歐羅巴文學與拉丁中世紀》（*Europäische Literatur und lateinisches Mittelalter*），第十章 "理想境界"（Die Ideallandschaft），§ 6 "宜人之地"（Der Lustort），pp.202–206。【沃奴】*Fauni*本爲複數，拉丁人總稱草木精靈。H作單數，指希臘人之牧神潘（Pan），與古意大利精靈無關（Syndikus, p.187），潘已見I 4, 11及注。希臘人言潘有 "翻山越嶺" ὀρειβάτης之稱，H之*velox*略如之，厥後奧維德《月》II 285 f.所言愈詳："[Faunus] velox discurrere gaudet in altis montibus"，"疾步的沃奴喜穿山越嶺"。故於狼於神*velox*皆應解作疾步，沃奴所對應希臘神明之爲狼精，見下。近代英國詩人何里克（Robert Herrick）《詠鄉居贈兄》（*A Country life: To his Brother, M. Tho.: Herrick*）中句祖H此詩首章曰："While *Faunus* in the Vision comes to keep, / From rav'ning wolves, the fleecie sheep."　"那時沃奴在夢境中前來保護/多毛的羊不受饞狼侵害。"【呂皋】*Lycaeo*，希臘阿耳卡迪西南部山名，希臘文Λύκαιον，義爲 "狼（λύκος）山"，據說爲牧神潘誕生地，亦代指希臘人心目中世外田園阿耳卡迪亞（Arkadia）。

2.【盧魁提勒】山，*Lucretilis mons*，據推斷在詩人薩賓田莊以西，應即今之日那羅山（Monte Genaro），此名八世紀執事保羅（Paulus Diaconus）所纂古人塞·龐培·費斯都（Sextus Pompeius Festus）原著《字詮》（*De verborum significatu*）簡編有詞條，解云 "山名，在薩賓"，此外不見於古代文獻。上二行詩人意謂牧神常離其希臘本土蒞臨我薩賓山莊。

3. 此句參觀維吉爾《牧》7, 47："solstitium pecori defendite,"　"爲牧羣遮擋夏至之日"。

5.【遠害】*inpune*，指遠離猛獸等害蟲，中譯取詞於杜甫詩句"遠害朝看麋鹿遊"，杜詩所謂害指人禍，非虎狼也；此處意同稍後【安全】*tutum*，言因賴牧神護祐故（見下行10【每當……】*utcumque*），參觀 III 18, 13："inter audacis lupus errat agnos,""有狼竄入大膽的羔羊中間"；又見《對》16, 51："nec vespertinus circumgemit ursus ovile, / nec intumescit alta viperis humus,""夕時熊羆不環繞羊圈咆哮，/深壤也不因蝮蛇而隆起"。黄金時代猛獸不食牛羊麋鹿爲古代牧歌常談，牧歌祖師忒奧克里多(Theokritos)24, 86 f. 已云：ἔσται δὴ τοῦτ' ἆμαρ, ὁπηνίκα νεβρὸν ἐν εὐνᾷ / καρχαρόδων σίνεσθαι ἰδὼν λύκος οὐκ ἐθελήσει, "終有一日，屆時休憩的鹿，/利齒的狼雖見到卻無意傷害。" 維吉爾《牧》4, 22踵之云："nec magnos metuent armenta leones,""牧羣也不畏懼巨獅"；又同篇稍後："occidet et serpens, et fallax herba veneni / occidet,""蛇虺消亡，還有騙人的毒草也絕迹"。參觀舊約《賽》11: 6："狼與綿羔羊同居，豹與山羊同臥；稚獅與牛犢肥畜共處；幼童牽之。"見於後世詩人者，英國詩人多瑪生(James Thompson, 1700–1748年)組詩《四季》(*The Seasons*)憲法維吉爾《農事詩》，其中第一首《春》(*Spring*)262–66曰："as o'er the swelling mead / The herds and flocks commixing played secure. / This when, emergent from the gloomy wood, / The glaring lion saw, his horrid heart / Was meekend, and he joined his sullen joy.""[朝陽]照耀於日豐的草坪上，/有牛羣羊羣混雜一起安全地嬉戲。/自昏幽的林中出來的獅子/此時雙目閃爍看到牠們，他駭人的心/柔化了，於是加入了他沉悶的歡樂。"

5–6.【腥臊夫君】*olentis ... mariti*，戲稱羝羊，稱羝爲牝羊之夫，已見忒奧克里多8, 49：ὦ τράγε, τᾶν λευκᾶν αἰγῶν ἄνερ, "哦羝羊，白牝羊羣的夫君"。《英華》IX 99載梁尼達(Leonidas)詩亦同：ἴξαλος εὐπώγων αἰγὸς πόσις, "牝羊跳躍多鬚的夫君"。維吉爾沿襲其說，《牧》7, 7有："vir gregis ipse caper,""牧羣的丈夫羝羊自己"語；《農》III 125言馬則有："quem legere ducem et pecori dixere maritum,""他们挑選他爲領導并稱之爲馬羣的夫君"。故其【衆妻妾】*uxores*指牝羊。哥倫美拉(Lucius Iunius Moderatus Columella, 西元

4-約70年)《爲農論》(*Res rustica*) VII 6, 4稱牝羊爲mariti gregum，"羊羣之夫君"，Heinze以此推斷其殆爲農夫用語，非袛是詩歌辭藻。【腥臊】*olentis*，《書》I 5, 29以牝羊喻不自潔身有體臭之人曰："sed nimis arta premunt olidae convivia caprae,""可是騷臭的牂羊擠壓過於擁擠的宴會"。

7.【藤地莓】*arbutos*，已見I 1, 21，據哥倫美拉《爲農論》VII 6, 1："arbusculis frutectisque maxime gaudet. ea sunt arbutus …""[牝羊]最喜低樹及灌木叢，包括藤地莓……"等等。記牝羊喜食其葉；維吉爾《農》III 300云："post hinc digressus iubeo frondentia capris / arbuta sufficere,""然後從那裏經過，我命生葉的藤地莓爲牝羊存儲"；又見《牧》3, 82："dulce satis umor, depulsis arbutus haedis,""莊稼以露水爲甜，散放的羔羊則以藤地莓爲甜"。【香草】*thyma*，希臘人專指可從中提煉香油之Coridothymus capitatus，中文學名爲錐果頭香草，源于是字之現代語(英法意德)thyme / thymus / timo / Thymian)則指百里香(common thyme)，爲西方庖廚必備調料。曰牝羊喜食香草，實所未聞。

8.【淡綠色】*viridis*，西洋古代言蛇用爲描狀詞，例如品達《奧》8, 37；γλαυκοὶ δε δράκοντες,然率謂其目色，非指其皮色如I 23, 6言蜥蜴者。後世詩人祖述，詳見{傳承}。

9.【屬于戰神的狼】*Martialis lupos*，狼爲戰神馬耳斯(Mars)神獸。維吉爾《埃》IX 566亦有此說："Martius lupus"。羅馬建城者羅慕洛、勒穆(Romulus et Remus)兄弟孩提時爲母狼所哺，故羅馬人尊戰神暨狼爲祖，參觀李維《建城以來史記》X 27, 9："hinc victor Martius lupus … gentis nos Martiae et conditoris nostri admonuit.""自此得勝的馬耳斯狼……就讓我們紀念戰神的氏族和我們的建國者。"集中參觀I 2注。沃奴扞護羊羣不受狼侵襲，參觀III 18沃奴頌中句(13)："inter audacis lupus errat agnos,""有狼竄入膽大的羔羜中間。"

10.【每當】*utcumque*，條件從句後置。Heinze：龠管樂音以宣牧神攸在。潘善吹龠管，已見荷馬體《潘頌》(*Hymnus ad Pan*) 14–15：τότε δ' ἕσπερος ἔκλαγεν οἷον / ἄγρης ἐξανιών, δουνάκων ὕπο μοῦσαν ἀθύρων / νήδυμον· "僅在黃昏時他才完全停止/外出打獵，以龠管奏

弄甜美的/音樂"。盧克萊修《物性論》IV 586–89亦嘗祖述："et genus agricolum late sentiscere, cum Pan / pinea semiferi capitis velamina quassans / unco saepe labro calamos percurrit hiantis, / fistula silvestrem ne cesset fundere musam."　"農夫一族遐邇得聞，當潘/搖着半獸的頭上香柏的衣裳，/常撅着嘴唇來回擦過開孔的葦管，/免得龠管停止傾瀉鄉野的音樂。"【烏提卡坡坂】*Usticae cubantis*，同盧魁提勒，據Porphyrio古注亦是詩人別業周邊山丘。【坡坂】轉譯*cubans*，原義（現代分詞）"傾斜的"，謂緩坡。

11.【廷達里】*Tyndaris*，呼格，父稱，義爲廷達羅（Tyndareos）之女，廷乃海倫父名，故暗指海倫；詳見前篇{評點}。

12.【龠管】*fistula*，本希臘文φιστυλᾶσῦριγξ，原始樂器，或爲單管或爲編管，吹奏成音。

13. 詩人數自詡得神明護祐，參觀II 7, 13 f.; II 13全篇; II 17, 27 ff., III 4, 17 ff.："ut tuto ab atris corpore viperis / dormirem et ursis, ut premerer sacra / lauroque conlataque myrto, / non sine dis animosus infans."　"如何我能安眠，身體不爲黑/毒蛇與熊羆傷害，如何月桂/和桃金娘所繫的聖物/緊裹神保祐的勇敢男孩"，等處。

14–21.【在這兒】*hic... hic ... hic*，三聯排比（tricolon）。

14.【爲你】*tibi*，廷達里，見上行11，同下行17, 21, 26。

15 ff. 行15乃詩中中點，以此爲界，詩可分爲前後二部，且二部彼此對稱，行9有【屬於戰神的狼】*Martialis lupos*，行23則有【馬耳斯】*Marte*；行8【懼怕】*metuunt*對25【害怕】*metues*；行4【暑熱】*igneam ... aestatem*對17【狼星的酷暑】*caniculae ... aestus*；行10【龠管】*fistula*對18【絃】*fide*.

15.【富贍的角】*benigno ... cornu*，西洋古有豐饒之角（cornucopia）神話，其說有二：一曰宙斯幼時爲羊阿瑪忒亞（Amalthea）哺育，偶斷其一角，斷角遂具法力，可常供肴饌不絕；其二爲奧維德《變》IX 82–88所敍，云赫拉克勒與河伯阿基盧（Achelous）格鬭，斷其一角，遂化作豐饒之角："Naides hoc, pomis et odoro flore repletum / sacrarunt, divesque meo Bona Copia cornu est."　"水仙子將它[斷角]分別爲聖，它

充滿果子和芬芳的/花卉，豐饒令我的角富裕。"【富贍】*benignus*者，
既謂神之饋贈爲恩賜，亦言自其中可取之不盡，即【豐饒】*copia*義，
用法參觀《雜》II 3, 3："vini somnique benignus"，"富有酒與睡眠"。
言豐饒之角取用不盡，參見普勞圖喜劇《喬妝》(*Pseudolus*)671 (II,
ii)："nam haec allata cornu copiaest, ubi inest quidquid volo,""因爲
這就是取自角中的豐饒，其中我要甚麼就有甚麼"。《書》I 12, 28 f.:
"aurea fruges / Italiae pleno defudit Copia cornu,""金果/爲義大利的
豐饒自充滿的角中傾瀉"；《世》59 f.: "adparetque beata pleno / Copia
cornu,""得賜豐腴之/豐饒攜充滿的角出現。"

16.【鄉野榮華】*ruris honorum*，謂土產。參觀《雜》II 5, 13:
"quoscumque feret cultus tibi fundus honores,""你的莊園所產無論何
樣榮華"。【榮華】譯*honorum*，兼取漢字本義與引申義：開花、榮華、
繁榮以及榮耀。【豐饒】*opulenta copia*之*copia*既爲普通名詞亦係擬人
(Copia)，如上引奧維德《變》文及H《世》語。【直到滿】直譯拉丁成語
ad plenum，謂彷彿自角中傾倒一空，然豐饒之角實不可窮盡，非謂灌
充之直至滿溢。

17.【谿谷的幽陬】*reducta valle*，從Heinze說不作"偏僻的谿
谷"解，而訓爲【谿谷的幽陬】。《對》2, 11: "aut in reducta valle
mugientium / prospectat errantis greges,""或在谿谷的幽陬他/閱其
漫走的哞哞畜羣"。維吉爾《埃》亦數見此語，VI 703 f.: "interea
videt Aeneas in valle reducta / seclusum nemus et virgulta sonantia
silvae,""與此同時埃涅阿在谿谷的幽陬/看見封閉的樹林和森林中窸
窣作響的灌木叢"；別見同書VIII 609。

17-18.【狼星】*Canicula*，直譯犬星，中文古稱狼星，《開元占經》
卷六十八《石氏中官三・狼星占二十七》："石氏曰：狼一星在參東南入井
十三度，去極百六度太，在黃道外四十二度少也。"今稱天狼星，犬狼同
科，故轉譯以就中文舊名及今通行術語。西洋學名今作Sirius/σείριος，
義爲焦灼，西洋自古以其與日同昇之日爲入伏(【酷暑】*aestus*)，故名。今
法文伏天、暑熱仍作la canicule。稱作"犬星"者(英: the Dog-star)，因
古人以其爲獵戶(Orion)所牽之犬也，參觀荷馬《伊》XXII 29-31: ὅν τε

κύν᾽ Ὠρίωνος ἐπίκλησιν καλέουσι. / λαμπρότατος μὲν ὅ γ᾽ ἐστί,
κακὸν δέ τε σῆμα τέτυκται, / καί τε φέρει πολλὸν πυρετὸν δειλοῖσι
βροτοῖσιν· "人們以綽號稱它作獵戶的犬。它雖最炯明,然而卻是個惡
兆,帶給悲慘的有死者們許多炎熱"。

18.【忒俄】*Teia*, Teos島乃古希臘豎琴詩人安納克勒昂(Anakreon)
家鄉,在小亞細亞之伊奧尼亞海外,安氏擅情詩,革利蒂阿(Kritias)六
音步論安氏詩殘篇曰:

> τὸν δὲ γυναικείων μελέων πλέξαντά ποτ᾽ ᾠδας
> ἡδὺν Ἀνακρείοντα Τέως εἰς Ἑλλάδ᾽ ἀνῆγεν,
> συμποσίων ἐρέθισμα, γυναικῶν ἠπερόπευμα,
> αὐλῶν ἀντίπαλον, φιλοβάρβιτον, ἡδύν, ἄλυπον.

　　其人嘗編女子歌曲之詩, /甜美的忒俄人安納克里昂給帶
到希臘, /酒宴上逗趣者,玩弄女人的老手, /蘆笛之敵,多絃琴
之友,甜美而無憂。

《蘇格拉底以前殘篇彙編》
(*Die Fragmente der Vorsokratiker*) II, p.313.

　　安氏詩文參觀I 27{評點}所引宴飲詩殘篇356。【絃】*fide*指豎琴
(lyra)。

19.【佩涅洛佩】*Penelope*,荷馬《奧》主角英雄奧德修之妻,以堅
貞聞於世。奧德修出征特羅亞廿載始還,佩涅洛佩不爲求婚者所動,
潔身自持以待夫歸。

19–20.【基耳克】Κίρκη,《奧》卷十敘奧德修返航自特羅亞,
于埃厄亞(Aeaea)島遭遇妖女基耳克。奧德修所率水手遭渠施魔法
變形爲豕,奧德修遵神使希耳米(Hermes)密囑破其魔法,與相繾綣,
留滯該島長達一載。【琉璃樣】*vitream*,古今注家皆以爲費解。據攷
(NH),H時尚無無色玻璃,亦無吹之成型工藝,所謂玻璃皆呈彩色,
多爲飾品,故應更近琉璃。然何以稱基耳克【琉璃樣】,諸說略可分爲

二派：一曰(Heinze等)琉璃其質光滑閃爍，以喻基耳克多詐善變，即荷馬《奧》X 339所謂δολοφρονέουσα，"心懷欺詐"，且脆弱易碎，故以反襯佩涅洛佩之堅貞如一；一曰琉璃喻海，基耳克長居海島，母爲大洋仙女(Perse)。按應以前說爲是。古人或喻機運女神爲琉璃，Fortuna vitrea，皆取其光澤閃爍不定之相以爲譬也。斯塔修(Statius)《林木集》(*Silvae*)I 3, 85用H詩意，造語曰："vitreae iuga perfida Circes"，"琉璃樣基爾克的背信之軛"。Heinze: 佩涅洛佩之堅貞與基爾克之多變暗喻廷達里二情人。【事】原文*laborare*本謂電勉劬勞，後常以言愛情。【同一位夫君】意譯原文*uno*，直譯僅作"一位男子"，中文補【夫君】以明其義，指奧德修。基耳克雖非奧德賽髮妻，然文中既用*laborare*(【事】)字，故中譯統稱夫君應未爲不妥。

21–22.【累士波】*Lesbii*已見I 1, 34注。【無害】*innocentis*，該地所產葡萄酒據稱"不上頭"，飲者不會醉酒滋事，故云。【引】原文*duces*指從容慢酌。

22.【塞墨勒、提昂之子】*Semeleius ... Thyoneus*，複詞單指，皆爲藉母稱子詞法，指酒神巴刻庫，其母本名塞墨勒(Semele)，一說其死後名提昂(Thyone)，後爲巴刻庫自冥間救回；一說提昂乃酒神乳母。然無論生母乳母，其名字源本義θύω"激動人心、奔赴"，據Heinze並非H此處用意所在。此處與下文戰神【馬耳斯】*Marte*皆爲以名代事(metonymia)，酒神指酒，戰神指鬥毆，然詩文並非謂酒神與戰神鬥毆，而指酒席上飲者縱酒使氣，酗酒鬥毆。

25.【古列】*Cyrum*，虛構人名，常見于希臘化時代及羅馬豔情哀歌，泛稱情人中粗魯任性、不知憐香惜玉者，故曰【褊急】*protervum*，以其名爲波斯名故。羅馬哀歌寫情人魯莽之行參觀普羅佩耳修II 5, 21–24："nec tibi periuro scindam de copore vestis, / nec mea praeclusas fregerit ira fores, / nec tibi conexos iratus carpere crinis." "我不會從你背信的身上扯下衣裳，/不會讓我的狂怒砸爛緊閉的門戶，/也不不會抓你編起的頭髮。"提布盧(Tibullus)I 1, 73 f.："nunc levis est tractanda Venus, dum frangere postes / non pudet et rixas inservisse iuvat." "如今維奴容易拖曳，因爲人不以/擊碎門柱爲恥，樂於躋身于鬥毆。"同集中

I 10, 53–66摹寫益詳。古列動武緣起於【猜疑】*suspecta*，情人間生猜疑，參觀II 4, 22.

28. 【蒙冤】*immeritam*，戲指衣裳無辜，然人酗酒打鬪時遭撕扯，殃及無辜，故云。

{評點}：

牧歌或田園詩爲古希臘羅馬一大文類，希臘人忒奧克里多(Theokritos)、庇昂(Bion)羅馬人維吉爾皆爲其中鉅擘。希臘人及維吉爾牧歌調用指度六音步格，篇中設牧人等虛構人物若干，或對談或獨白，所敘雖或涉時事，然場景情節皆爲虛構，詩人并不親自出場，從中鮮可窺測詩人個人際遇本事。

田園牧歌體裁H未嘗操觚，然集中以豎琴詩體賦田園情趣者非獨此一篇。方之以忒奧克里多、維吉爾等人牧歌，H豎琴詩賦田園者場景多非虛構，而係詩人薩賓別業，詩中盧魁提勒、烏提卡坡坂即薩賓山莊實景，且寫景不以鋪敘手法，而能領讀者身臨其境(Büchner: „nicht so sehr geschildert als vielmehr vergegenwärtigt," p.128)，所贈之人如本篇中者雖或爲杜撰，然其招邀設飲等情節則爲詩人別業平居之寫照。故學者如Syndikus輩雖以爲H此類篇什仍屬風格化之提煉升華(„Stilisierung und Sublimierung," p.185)，然較古典田園牧歌，仍更近詩人生活實況，爲此亦與中國所謂田園詩歌更多相通也。

詩分二部，前部(1–14)寫牧神來格薩賓山莊並及其地風物，風格近似牧歌；後部招飲兼涉豔情，屬豎琴詩本分。古典田園牧歌雖亦多敘男歡女愛，然其男女人物皆爲虛構，身份無非牧倌村娃之類，質樸天眞，非爲寫實，實欲逼近理想；H是篇中男子顯非牧倌農夫，無庸曝露風雨躬親耕牧；其所歡女子亦非質樸村姑如忒奧克里多之加拉忒婭(Galatea)輩，末二章明其爲倡優，實迥異乎牧歌。宴飲倡優皆爲希臘化時代哀歌與豎琴詩中習見，故本詩實糅合田園牧歌、哀歌(豔情)、豎琴(招飲)于一篇，能令其渾然成爲一體，各部過渡平滑無痕。加之詩中意象優美，所詠風物喜人，所表情感怡然可親，語言流暢，亦不乏詼諧，無怪乎人皆目之爲集中上品。

能享薩賓田莊寧靜祥和之福，詩人歸因於神明護祐，而之所以能
蒙神明護祐，則得益於己之虔敬(*pietas mea*)；以此語置於全篇中段(行
13–14)，詩人視之爲一篇主旨所在用意甚明，以此則此篇與集中稍後I
22篇互通，二作主題題材風格一致，交相媲美。

{傳承}:

一、席勒: 羅馬詩歌爲感傷詩歌

詩人兼文論家席勒(Friedrich Schiller, 1759–1805年)《論天眞的詩
與感傷的詩》(*Über naive und sentimentalische Dichtung*, 1795)曾以H等
羅馬詩人對比于荷馬等希臘詩人，以爲後者爲天眞詩歌之典範，前者其
生活已漸脫離自然，故有懷戀自然之感傷，爲文學史中感傷詩歌:

> Horaz, der Dichter eines kultivierten und verdorbenen
> Weltalters, preist die ruhige Glückseligkeit in seinem Tibur, und
> ihn könnte man als den wahren Stifter dieser sentimentalischen
> Dichtungsart nennen, so wie er auch in derselben ein noch nicht
> übertroffenes Muster ist. Auch im Properz, Virgil u. a. findet
> man Spuren dieser Empfindungsweise, weniger beim Ovid,
> dem es dazu an Fülle des Herzens fehlte und der in seinem Exil
> zu Tomi die Glückseligkeit schmerzlich vermißt, die Horaz in
> seinem Tibur so gern enbehrte.

賀拉斯屬文明化墮落時代，故盛稱提布耳別業幽趣，人可
目其爲此類感傷詩歌體裁之始創者，於此迄今尚未爲人超越。
普羅佩耳修、維吉爾等輩詩中亦可尋見此種感受之痕跡；奧
維德則不然，緣其心缺乏豐滿，流放托密時嘗痛感錯失昔日樂
趣，而此類樂趣賀拉斯於提布耳則棄之如遺。

二、多瑪生: 綠蝰蛇

謂蛇色爲綠，近代詩歌見多瑪生《四季》(*The Seasons*)之《夏》

(*Summer*) 898–907:

> Lo! the green serpent, from his dark abode,
> Which even imagination fears to tread,
> At noon forth-issuing, gathers up his train
> In orbs immense, then, darting out anew,
> Seeks the refreshing fount, by which diffused
> He throws his folds; and while, with threatening tongue
> And deathful jaws erect, the monster curls
> His flaming crest, all other thirst appalled
> Or shivering flies, or checked at distance stands,
> Nor dares approach.

> 看哪! 綠色的蛇, 自他黑暗的居處,
> ——那裏就連想象力都害怕涉足, ——
> 午時出來, 將他的長身收攏成
> 龐然的球形, 然後再重新彈射出,
> 去尋求沁入心脾的泉水, 在其旁
> 他鬆開肢節展開身體; 於此同時
> 他嚇人的舌頭和致命的頷直豎,
> 這大蟲翻上去噴火的冠頭, 所有
> 別的口渴全都被他嚇倒了, 或是
> 戰抖着逃跑或是止步站在遠處,
> 不敢靠近。

十八

贈法羅箴酒德
AD VARVM QUINTILIVM

　　植樹先植葡萄樹，飲酒當坐葡萄筵；一士常醉消百憂，一夫獨醒萬事艱。酣中誰訴戍邊苦？但喜喋喋亂語顚。酒有美德唯在度，縱飲必爲悔吝先，醉而不出將伐德，言不當言成過愆。

《擬賀拉斯詩意》

{格律}：

　　阿斯克萊庇阿第五型。詩屬單行類(κατὰ στίχον)，不合Meinecke定律，故不予分章。

{繫年}：

　　或以爲詩爲諷安東尼而作，緣其貪杯無度也，如此則當次於前31年阿克襄海戰之前，30年則最合理。諷刺說遠非學者通識，然此外無以定其撰作之時。

{斠勘記}：

　　5. militiam] militiem R¹ mollitiem *codd. Nonii*(Nonius Marcellus，四或五世紀文法家) 後二皆訛。| crepat Ξ ⁽ᵃᶜᶜ· ᵃʹ ᴿ²⁾ 𝔅| σχΑ Γ *Nonius Servius* (*Serv.* crepet) increpat E F δ π *ras*. 案後者多前綴in-，雖二字同源，然有此前綴詞義變爲責斥，頗謬，訛也。

　　15. tollens Ξ ⁽ᵃᶜᶜ· ᵃʹ ᴿ⁾ 𝔅| *Pompeius* (S. Pompeius Festus，文法家)

attollens π¹ *Servius* extollens F λ'² δ　　案三字義近, 皆舉也。

{箋注}:

1.【栽】*severis*, Heinze以爲原文和合所含二詞根義sa- "種" 與ses- "成排", 意謂栽種成行。【神聖】*sacra*, 葡萄樹乃酒神巴刻庫聖樹。【法羅】*Vare*(呼格), 據古鈔本Ξ類爲昆提留・法羅(Quintilius Varus)。集中I 24爲悼法羅而作, 提布耳(Tibur)乃其所居(詳見I 7, 13注)。Kießling/Heinze, Syndikus, Numberger等皆以Ξ所題爲然, 唯NH疑其當爲阿爾芬・法羅(P. Alfenus Varus), 此人爲訟師, 健於律條, 前39年攝替補平章(consul suffectus), 亦嘗置業提布耳, 以贍濟文人著稱, 曾爲維吉爾稱揄於《牧》6, 6–12; 9, 26–29, 卡圖盧亦嘗爲其賦詩(30)。Fraenkel云, H詩中人名如無確指, 古注家慣以同名中之最著名者附會(p.89f.), NH立論貌似標新立異, 然恐傚Fraenkel所譏古注家之故技耳。

2.【柔和】*mitis*, Heinze: 本專謂酒神及其所賜, 今轉謂栽種葡萄藤之土壤。【提布耳】*Tibur*已見I 7, 13注。【卡提洛城】*moenia Catili*, 即提布耳城, 據傳說爲卡提洛(Catilus或Catillus)所建, 一說爲其三子所建, 其城西北有山, 至今仍因其名: Monte di Catillo。卡提洛出自希臘阿耳戈, 故II 6, 5曰: "Tibur Argeo positum colono," "阿耳戈殖民者所置的/提布耳"。

3.【乾燥者】*siccis*, 指不飮酒者, 參觀IV 5, 38f. "dicimus integro / sicci mane die, dicimus uvidi," "我們乾燥時說, 在濕時也說"。今英語仍有此說: a dry campus或a dry town, 即依法不許飮酒售酒之學園或城鎭。【神】*deus*或以爲專指巴刻庫(Kießling), 或以爲不必特云酒神(Heinze, NH)。按當泛指神明, 一如III 29, 29 f.: "prudens futuri temporis exitum / caliginosa nocte premit deus," "先知先覺的神用多霧的黑/夜來壓迫未來時間的終結"。

3–4.【齧齕人心】*mordaces*, 謂憂可蝕心也, 原文爲形容詞, 中譯改作動詞者, 參觀維吉爾《埃》I 261以同源動詞敷衍此意: "haec te cura remordet," "此憂慮齧齕你的心"。言憂能蝕心、酒可驅愁, 集中參觀II 11, 17 f.: "dissipat Euhius / curas edacis," "讓歐奧驅散/饕餮的憂慮。"維吉爾詩中remordeo近代歐洲語言多沿用：（法）remords，（英）remorse，（意）rimorso，（西）remordimiento等等，義爲悔恨，仍暗含其詞根蝕骨刻心本義；*mordax*則有（意）mordace、（法英）mordant等。

4.【此外】*aliter*，謂除酒以外。品達殘篇124寫色拉敍布洛（Thrasyboulos）競技得勝慶祝會飲曰：ἁνίκ' ἀνθρώπων καματώδεες οἴχονται μέριμναι στηθέων ἔξω，"那時人們沉重的憂愁都自胸中消散"。

5.【酒後】*post vina*，參觀III 21, 18 f.酒罈頌："et addis cornua pauperi post te,""你過後還把角戴在貧兒頭上"，謂酒入愁腸之後雖貧兒亦忘憂也。【喋喋絮叨】*crepat*，屢見於詩人集中，《雜》II 3, 33："siquid Stertinius veri crepat,""倘若斯特耳提紐喋喋不休的有何爲眞"；《書》I 7, 84："sulcos et vineta crepat mera,""他絮叨溝渠和葡萄酒園"；《藝》247："aut inmunda crepent ignominiosaque dicta,""或是他們會滿口髒話柴胡"。Heinze臆推其爲當日俗語。【貧困】*pauperiem*，泛論，非謂法羅，此句意謂人酒後忘憂，不復訴苦。酒後忘貧廼酒德箴言慣語，古今中外皆同。此猶劉伶《酒德頌》所謂："無憂無慮，其樂陶陶……不覺寒暑之切肌，利欲之感情"，《全晉文》卷六十六。

6.【巴庫】*Bacche*，即葡萄酒神丟尼索（Dionysos），詳見II 19酒神頌及注，原文Bacchus／Βάκχος爲雙音節，中譯因音律酌情或譯作雙音節巴庫或作三音節巴刻庫。下行【利貝耳】*Liberi*爲羅馬人葡萄酒神，對希臘之巴庫。稱爲【父】*pater*者，尊神也，維吉爾《農》II 4 Servius古注曰："pater licet generale sit omnium deorum, tamen proprie Libero semper cohaeret: nam Liber pater vocatur.""諸神皆可曰父，然常爲酒神附稱，因利倍耳被稱爲父也。"H詩集中他例尚有III 3, 13："Bacche pater""父啊巴庫"、《書》II 1, 5："Liber pater""父利倍耳"稱酒神亦同。參觀I 2, 50. 然此行所言酒神愛神皆以神名代其所司之事，全句意謂人酒後更喜談酒色之事。

7.【逾越】*transliat*，字義參觀I 3, 24。【有節】*modici*，有節制，不濫飲，I 27, 3所謂verecundum Bacchum，"審愼的巴庫，"皆言酒神適量有節，過之（【逾越】）則非其所命矣。【利貝耳的恩賜】*munera Liberi*，以葡萄酒爲酒神之恩賜，後世參觀荷爾德林《餅與葡萄酒》(*Brod und Wein*)言酒神之恩賜(Gaabe)：

Ließ zum Zeichen, daß einst er da gewesen und wieder
　Käme, der himmlische Chor einige Gaaben zurük,
Derer menschlich, wie sonst, wir uns zu freuen vermöchten.

作爲兆頭，說他一度曾在並且將會再
　來，上天的歌隊留下來一些恩賜，
于此，一如既往，我們能合人性地喜享。

　　“合人性”(menschlich)亦暗含有節意。注家或(NH)以【逾越……恩賜】爲不通，主解*munera*爲“祭儀”，且引Lucian Müller (1900)臆改munia (“職”)。今按其說淺陋，殆不憶修辭學有enallage互換格乎？原文*modici transiliat munera Liberi*中形容詞*modici*與名詞modum(“界”)同源，故*modici*可作“有界”解，全句所云實爲transiliat modum munerum Liberi，“逾越利貝耳恩賜的界限”，以互換格(enallage)修辭式交換形容詞與所表之名詞。

　　8.【肯陶】*Centaurea* / Κένταυρες，希臘神話中怪物，上身爲人形，其下皆爲馬形。【拉庇提人】*Lapithes*，據希臘神話世居帖撒利(Thessalia)之種落，特羅亞戰爭嘗與焉。拉庇提人王庇里透(Pirithous)婚禮，嘗邀衆肯陶。諸怪此前未嘗知酒，與婚宴，始得嚐，飲後野性復萌，其中有名歐律提昂(Eurytion)者欲强姦新婦希波達米(Hippodamia, 其名義爲“馴馬女”)，遂致主客羣毆。或云諸肯陶竟爲東道主所驅，或云皆被戮。故云【鬪毆到底】*debellata*。肯陶因酒致禍爲希臘詩人所慣道，荷馬《奧》XXI 293 ff.:

οἶνός σε τρώει μελιηδής, ὅς τε καὶ ἄλλους
βλάπτει, ὃς ἄν μιν χανδὸν ἕλῃ μηδ᾿ αἴσιμα πίνῃ.
οἶνος καὶ Κένταυρον, ἀγακλυτὸν Εὐρυτίωνα,

ἄασ᾽ ἐνὶ μεγάρῳ μεγαθύμου Περιθόοιο,
ἐς Λαπίθας ἐλθόνθ᾽· κτλ.

酒能傷你，正如它妨害/他人，若人大口豪飲不遵神的定
量。/酒害了肯陶，著名的歐律提昂，/在胸襟博大的庇里透的大
堂，/當他來到拉庇提，云云

(荷馬隨後詳敘此神話，過長不錄)。

羅馬詩人奧維德《變》XII 210ff.亦嘗祖述。另見維吉爾《農》II
455 f.：“Bacchus ... furentis / Centauros leto domuit,” “巴庫/以死亡馴
服狂暴的肯陶”。【酒席上】*super mero*，直譯應爲“酒上”，謂席上陳
列杯盞等，諸怪鬥毆於其上。【酒】*merum*指醇酒，酒之未糅水者，古人
飲酒自罈中所取者爲醇酒，飲時兌水。參觀I 9, 8; III 29, 2：“non ante
verso lene merum cado,” “此前未曾傾倒的罈中醇酒”；I 19, 15; III 13,
2：“dulci digne mero,” “配享甘美醇酒”；IV 5, 33 f.：“te multa prece,
te prosequitur mero / defuso pateris,” “你我們用許多祈禱、用碗裏倒/出
的酒相隨”。酗酒參觀I 13, 10; 36, 13; II 12, 5等處。【鬥毆到底】*rixa ..
debellata*，尤指肯陶等因鬧事被殺。

9. 【不輕浮】*non levis*，謙言格(litotes)，NH引徵忒奧克里多(3,
15)等希臘詩人言神威沉重：βαρὺς θεός；言酒神法力威重，實謂酒力
之威烈也。【歐奧】*Euhius* / ῞Ευιος，酒神別稱，本自祭祀時祭神者之
呼號。【斯東尼人】*Sithonii* / Σίθωνες，忒拉基亞(Thrakia，俗譯 “色雷
斯”)一部落，世居帕利尼半島(Pallene)，以之泛指忒拉基亞人。此處
所隸何典不確，似云斯東尼人因酒亂性，致亂倫或曰食人，然攷覈前後
文，應爲前者，故言其【貪于情慾】*libidinum ... avidi*。忒拉基亞人善
飲，參觀I 27, 2; 36, 14等處。

10. 【貪享情慾】連讀*libidinum ... avidi*，或分讀*avidii*爲“貪婪者”，
作主語，而以*libidinum*（“情慾” 屬格)屬*fine*(【界限】)。按後讀失詩人
之旨，詩人意謂有人性貪享情慾之歡，此尚屬人之常情，飲酒則令其智淪
性亂，致其陷於亂倫等大惡，不復知其情慾是否違背天道矣(*fas atque*

nefas)。中譯從前讀。Kießling主後讀，後爲Heinze修訂爲前讀，且注曰以本義爲情慾之libido用作情慾之歡，H時代罕見，H後百年普利尼《博物志》XXII 86始有 "mulieres libidinis avidissimas," "貪圖情慾之歡的女人" 之說。【細微】*exiguo*，猶言無，即不知合天條與不合天條二者間界限，倚仗情慾以區分事體得當與否本不啻問道于盲，今有酒亂性，則鮮有不失道者矣。參觀西塞羅《國事論》(*De re publica*)IV 4："Lacedaemonii ipsi, cum omnia concedunt in amore iuvenum praeter stuprum, tenui sane muro dissaepiunt id, quod excipiunt," "斯巴達人自己，情愛一任所願，唯少年之淫亂爲禁，其與所許特例者僅隔薄壁耳。"

11.【合乎天條與否】*fas atque nefas*，含義已見I 3, 26。【巴薩羅】*Bassareus*，酒神丟尼索又一別號，或謂源自Βασσαρίς，狐皮，或謂本Βασσάραι，長衣，皆爲酒神女徒瘋女(Mänade)所著，此稱昉於希臘化時代。【白皙】*candidus*，謂其風姿甚都（"爲人潔白皙"），奧維德《月》III 772亦同此："candide Bacche," 爲其 "ipse puer semper iuvenisque videris," "本人是童子，且永遠看去年輕"。酒神風姿，古代以後文藝復興巨匠米開朗基羅(Michaelangelo)所造《巴庫》彫像最爲傳神。

12.【搖晃】*quatiam*，慶酒神者依例執大茴香稈纏以常青藤葉、葡萄藤葉、松塔等所製酒神聖物，希臘文所謂θύρσος / thyrsos者；故【搖晃】義本希臘文θυρσάζω，應是刻畫酒神信徒狂歡(θίασος或ὄργια)之態，見歐里庇得《酒神女徒》80–82：ἀνὰ θύρσον τε τινάσσων, / κισσῷ τε στεφανωθεὶς / Διόνυσον θεραπεύει. "上下搖動大茴香稈，/以常青藤纏繞，/他侍奉丟尼索"。然此處不言搖晃大茴香稈，而曰搖晃巴氏，頗費解索。僞Acro古注云詩謂 "吾過當不飲"（"id est non plus bibam quam oportet"）；Numberger箋曰(p.204)：你若不喜，我不會晃動thyrsos慶祝你，搖晃慶祝即謂飲酒。按Numberger說爲長，其要義在於【不會違你意願】*non ... invitum*，即不強行勸酒，總以不過量爲宜。

13.【雜枝繁葉保藏的聖物】*variis obsita frondibus*，指慶祝酒神時所奉聖器櫃(κίστη)，以常青藤、葡萄藤、杉樹等枝葉覆蓋，參觀卡圖盧64, 259："pars obscura cavis celebrabant orgia cistis." "有些人以中空的櫃慶祝隱祕的狂歡祭儀"。【包藏】*obsita*尤指其祭儀隱祕。【不會

在天光下】*nec ... sub divum*，指酒神狂歡在賁夜，共【包藏】皆表其祕
不示俗人，法不傳六耳。【搶奪】*rapiam*，謂搶奪thyrsos上枝葉。參觀
卡圖盧64, 254 ff.：“quae tum alacres passim lymphata mente furebant /
euhoe bacchantes, euhoe capita inflectentes. / harum pars tecta quatiebant
cuspide thyrsos. / pars e divulso iactabant membra iuvenco.”“她們心
智失常到處狂竄，/呼號着歐奧，頭隨歐奧而轉。/她們一些人搖晃包
裹在尖物上的神杖，/一些人撕下拋擲牛犢的肢體”。全句意謂：我不
會曝露賁夜舉行之酒神祭祀祕儀於天光之下，洩露酒神祕儀於外道俗
人。Heinze：酒神致人瘋癲，於希臘人爲不信酒神祭儀者受懲而喪心
病狂；羅馬人秉性持重，故詩人以爲濫用酒神饋贈者受懲瘋癲。【貝
勒鈞】人*Berecyntes*，弗里家(Phrygia)部落，此處泛指弗里家。弗里加
因居貝勒(Cybele, 已見I 16, 5注)祭儀著名，此處因其祭儀隱祕狂野等
類酒神祭儀而藉指酒神祭。【貝勒鈞角】*Berecyntio hornu*乃慶酒神(居
貝勒)時所吹樂器，其實爲排龠(tibiae)，豎吹如單簧管黑管等，以葦作
簧，其聲深沉；稱之爲【角】，因其遠端上卷如角也，參觀III 19, 18 f.：
“cur Berecyntiae / cessant flamina tibiae ?”“貝勒鈞的/龠管爲何停止
吹奏？”

14.【鼓聲】*tympana*，慶祝酒神之祕儀時亦擊鼓，李維敍酒神祭
儀西漸於羅馬在前186年，曰祭祀之處(《建城以來史記》XXXIX 10,
7)：“qui circumsonet ululatibus cantuque symphoniae et cymbalorum et
tympanorum pulsu,”“響徹叫喊聲、歌唱聲、鼓與鑔的合鳴”。【隨從】
subsequitur，酒神祭時與祭者隨從聖物遊行。

14–16. 李維又稱(前揭)慶祝酒神狂歡多致淫亂不法。H所言慶酒
神狂歡游行者爲擬人抽象名詞：自戀*amor sui*、虛榮*tollens vacuum ...
gloria verticem*、失言背信*arcani fides prodiga*。Amor愛, gloria榮, fides
信本爲美德，今酒令智昏，過度與濫施則爲惡矣。

15.【自戀】*amor sui*，非亞里士多德所論之自愛(《尼古馬古所傳倫理
學》IX 8, 1169a 12：ὥστε τὸν μὲν ἀγαθὸν δεῖ φίλαυτον εἶναι, “故云好
人應是自愛之人”)，而指羅馬作者所謂致人無視道德之自戀，故曰【盲目】
caecus，因其拒知眞情。塞內加《致路基留書信集》(*Ad Lucilium epistulae*

morales 109, 16)亦云：“quos amor sui excaecat,”“自戀致其目盲”，可參證。近世作家如盧梭等區別自愛(amour propre，天然自發)與自戀(amour de soi，依賴社會)，與古說不無關聯。高揚【顧頂】*tollens ... verticem*指驕傲，參觀I 1, 36; III 16, 18 f.：“iure perhorrui / late conspicuum tollere verticem,”“我理當縠觫中昂起頭顱，開闊廣袤的視野”。

　　16. 【揮霍隱私】*arcani ... prodiga*，指酒後失言，吐露自己及他人祕辛，故曰此人不可信任。【隱私】*arcani*參觀III 21, 14–16.：“tu sapientium / curas et arcanum iocoso / consilium retegis Lyaeo,”“你用快活的解憂者[酒神別稱，代指酒]/揭開智者的擔憂/和他們內心隱祕的思慮”；《對》11, 13 f.：“simul calentis inverecundus deus / fervidore mero arcana promorat loco,”“立刻無恥的神用更烈的酒/在發熱的人那裏引誘出他的祕密。”【玻璃】*vitro*或琉璃，參觀前詩行20，又見III 13, 1：“o fons Bandusiae splendidior vitro,”“哦耀眼賽過琉璃的班都夏泉”。

{評點}：

　　斯篇脫胎於阿爾凱調用同律詩，其詩今僅存首行，覽之可知H詩首行遂爲其直譯也(fr. 342)：μηδ’ ἐν ἄλλο φυτεύσῃς πρότερον δένδριον ἀμπέλω,“莫先于葡萄樹栽種別的樹”。然H慣於活用希臘古典，總能推陳出新。以集中同類他作覘之，首行之後，H詩與阿爾凱範本應鮮有類似：詩中言提布耳等意大利景物，以酒神徒衆酗酒癲狂爲病，皆明其出自羅馬人情懷，與希臘人視人以理智拒斥酒神徒衆瘋癲之舉應遭神譴，迥然有別。

　　雖然，NH評曰此篇鮮能感動今日讀者(詩序)，所言殆不謬：其一，詩雖以法羅起興，然既不言及其與詩人之交，居處之外，亦全不涉其生平行狀，故上二行之後，餘詩與之了無干係，不若I 1、I 2、I 3、I 6等贈詩，詩人與所贈者或流露眞情或呈現複雜社會關係，既可引發讀者共鳴，亦可視作當日社會歷史之證詞，可與“正史”互參；其二，詩勸人節制中庸，毋濫飮過量，亦是老生常談，無以警世醒人，振發人心。然詩能糅合神話、說理、典故、應酬、異域與本土等諸事爲一體，選義按部，攷辭就班，宅情位言，琢字鍛句，若單以形式論，仍不失爲佳構。

Syndikus闡發本詩結構章法頗詳(195 f.)，茲撮其要：全篇分作三組，各組略約等長：1–6, 7–11(至【與否】，原文*avidi*)，其餘爲第三組。其一言葡萄酒之德，其二言過量之害，其三向酒神直籲。第一組之內3–6含二組對仗(konzinne)句(3, 4對仗；5, 6對仗)，其句法之工整與其所言酒德相輔相成；第二組中句皆不止步於行末，兼有跨行(Enjambement)，與行中結句，以暗示酗酒後舉止失位。

Syndikus所未道、然與其所辨句法變化相符應者爲酒神名稱。詩中稱酒神前後凡以四名：巴刻庫、利貝耳、歐奧、巴薩羅，其中前二雖分屬希臘羅馬，然皆爲其本稱；後二則係祭祀時呼號所稱。由本名變呼號，暗合詩中自清醒至醒醉迷亂之過渡，與詩中句法變化同顯詩人匠心細致深刻。

{傳承}：

古今中外詠酒詩不勝計數，自不待言，後世仿作多襲H常談，以爲酒令智昏，唯歌德《西東方詩卷》(*West-östlicher Divan*)《酒肆卷》(*Das Schenkenbuch*)一反H詩中說教，言人唯酒後始能行事正直，且所飲愈豪，爲道愈速：

So lang' man nüchtern ist	祇要人尚清醒
Gefällt das Schlechte,	壞事便可令人喜，
Wie man getrunken hat	若他幾杯下肚，
Weiß man das Rechte,	他就會知曉正理，
Nur ist das Uebermaaß	唯其痛飲過量
Auch gleich zu handen;	便即刻就能出現；
(HA 2, 90)	

{比較}：

中國會飲詩

《詩·小雅·甫田之什·賓之初筵》毛《傳》以還皆以爲衛武公刺時之作，方之以西洋古代詩歌，則當屬會飲詩類。其中三章至卒章寫宴飲賓客醉酒癲狂及所發箴酒德語，頗可與H集中此篇以及I 27參讀：

> 賓之初筵，溫溫其恭；
> 其未醉止，威儀反反；
> 曰既醉止，威儀幡幡，
> 舍其坐遷，屢舞僛僛。

> 其未醉止，威儀抑抑；
> 曰既醉止，威儀怭怭。
> 是曰既醉，不知其秩。

> 賓既醉止，載號載呶，
> 亂我籩豆，屢舞僛僛；
> 是曰既醉，不知其郵，
> 側弁之俄，屢舞傞傞。
> 既醉而出，並受其福；
> 醉而不出，是謂伐德。
> 飲酒孔嘉，維其令儀。

> 凡此飲酒，或醉或否。
> 既立之監，或佐之史，
> 彼醉不臧，不醉反恥。
> 式勿從謂，無俾大怠。
> 匪言勿言，匪由勿語。
> 由醉之言，俾出童羖，
> 三爵不識，矧敢多又！

酒本無罪，“飲酒維嘉，維其令儀”，鄭玄所謂：“飲酒而誠得嘉賓，則於禮有善威儀”；酒亦可以“安體”（毛《傳》），可以“洽百禮”，故《大雅‧生民之什‧既醉》曰“既醉以酒，既飽以德。”鄭玄《箋》曰：

“成王祭宗廟，旅醻下徧羣臣，至于無筭爵，故云醉焉。乃見十倫之義，志意充滿，是謂之飽德。”

《賓之初筵》孔穎達《疏》闡發毛《傳》鄭《箋》曰：“〔二人〕俱以上二章陳古以駮今，次二章刺當時之荒廢，卒章言天下化之。”今以此詩與H斯作以及I 27比讀，其次二章與卒章描摹醉酒失儀伐德，且箴人飲酒有度，與H詩頗有相合之處，唯H筆下醉酒者鬬毆喧囂，較既醉而“載號載呶”、“屢舞傞傞”更甚；及至二者皆誡人酒後失言，其用心則相通焉。後《晏子春秋·內篇·雜上》、劉向《說苑·反質》以晏子飲齊景公酒故事述此詩意，然皆未引誡人酒後語失語。《說苑·敬愼》述管仲於齊桓公酒筵中棄酒，反見醉酒失言之箴：

> 齊桓公爲大臣具酒，期以日中。管仲後至，桓公舉觴以飲之，管仲半棄酒。桓公曰：“期而後至，飲而棄酒，於禮可乎？”
> 管仲對曰：“臣聞‘酒入舌出，’舌出言失，言失身棄。臣計棄身不如棄酒。”
> 桓公笑曰：“仲父起就坐。”

“酒入舌出，舌出言失，”其雋永精賅或淩轢“匪言勿言，匪由勿語。由醉之言，俾出童羖”矣。

十九

命僕役祭愛神祈求倡女戈呂基拉回心轉意
AD PVERVM SVVM DE GLYCERAE AMORE

愛、酒、色齊命我死火重溫、舊約重省,前歡復萌。戈呂基拉美貌動人,風情萬種。令我爲愛所襲如猛禽撲食。愛神捨其祭所,來格敝處,讓我非愛不得言他。來,擺上搭祭臺的土壤、覆蓋祭臺的芳茅、香和祭祀用的犧牲,好讓愛神來時動靜輕柔些則箇。

{格律};

阿斯克利庇阿德第四式(Asclepiadum quartum)。

{繫年}:

應與 I 30、III 19約同時屬就,或次於29–27年之間,見Numberger,p.212。

{斠勘記}:

2. iubet] iubent B λ' 案異讀爲複數,誤。

11–13. *om.* B

11. et versis D *Ψ lemma* σχΑΓ行10 versis EM aversis Aa *lemma* σχV σχΑΓ 行11注條目,然σχΑΓ似爲注文,非引文aut versis *L. Müller* 案verto義爲迴轉,averto轉身而去,前者爲切。

11. 12. ... part(h)um ﹕Dicere F δ 案異文分行誤。

12. attinent *ΞΨ Pph.* attinet F R[1] 案前者係成語quae attinent nihil,

見 *OLD* "attineō" 7 a; 後者動詞成單數變格, 乃以nihil爲主語也, 訛。

15. *om.* B

{箋注}：

1.【丘比特】*Cupido*係愛神維奴隨從之拉丁名, 其角色源自希臘詩歌與美術, 尤常見於希臘化時代亞歷山大朝文藝; 其身份爲擬人化之愛情(eros), 化身爲任性男童; 其法相作持弓在手態。《英華》X 21 載腓洛德謨詩(Philodemos)：Κύπρι γαληναίη, φιλονύμφιε, Κύπρι δικαίων σύμμαχε, Κύπρι Πόθων μῆτερ ἀελλοπόδων, "風平浪静的居比路女神, 寵愛新郎的, 同讎敵愾的正義的/居比路女神, 捷足的愛慾的母親,"【殘暴】*saeva*謂其不徇情。IV 1, 5同此行："mater saeva Cupidinum," "丘比特殘暴的母親"。

2. 指葡萄酒神巴刻庫(丢尼索), 其母塞墨勒爲忒拜公主, 詳見 II 19, 22注。文藝中酒神常與愛神並舉, 以酒色常相伴隨故也, 集中後有III 21, 21："te Liber et si laeta aderit Venus," "你, 利倍耳——若喜人的維奴也在"。阿納克利昂殘篇357酒神頌啓端曰：ὦναξ, ᾧ δαμάλης Ἔρως / καὶ Νύμφαι κυανώπιδες / πορφυρή τ᾽ Ἀφροδίτη / συμπαίζουσιν, "王, 與你馴服者愛與鴉黑的妷女們還有紫紅面皮的阿芙羅狄忒一起嬉戲"。奧維德《術》(*Ars amatoria*)I 244亦云, 愛加以酒如火上添火："et Venus in vinis ignis in igne fuit."

3.【放佚】*Licentia*, 抽象品質擬人, 譯文用楷體標示之。人被酒輒放縱, 塞內加《對話集·論忿怒》(*Dialogi, de ira*)V 37, 1："solutior est post vinum licentia," "酒後則放佚愈縱"。

4. 猶謂：讓我爲昔日相好之女子再墜網, 參觀I 16, 28。【終結的愛】*finitis ... amoribus*, 言其曾與此女相好, 舊情已了, 今欲重省。NH云詩人暗示己馬齒已長, 本已不宜談情說愛, 其說恐穿鑿。Heinze謂暗指詩人本已決意不復吟詠艷情, 以"歌詠至尊該撒新近的繳獲"("nova cantemus Augusti trophaea", II 9, 18f.), 今故技復癢, 意欲重操, 以第三章言及塞種人帕提人覘之, 其說當是。

5.【戈呂基拉】*Glycera*, 虛構倡優名, 集中別見I 30; I 33; III 19,

訓詁詳見I 33, 2注。集中虛構倡優乃至男性情人名皆用希臘字，參觀I 8, 1注。

　　6.【中燒】*urit*已見I 13, 9及注。【光耀】*nitor*、【神彩熠熠】*splendentis*，寫女子容光神采，尤因膚白而出彩，故以漢白玉方之，參觀II 5, 18 f.【巴羅】島(*Paros*)，居愛琴海中央，所產漢白玉以精細著稱。參觀品達《涅》4, 81: στάλαν θέμεν Παρίου λίθου λευκοτέραν· "就讓我們立一塊比巴羅的石頭更潔白的石碑"。忒奧克利多6, 37 f. 寫迦拉忒婭皓齒曰: τῶν δέ τ' ὀδόντων λευκοτέραν αὐγὰν Παρίας ὑπέφαινε λίθοιο. "其齒比日光所照巴羅之石更亮。" Heinze: 以漢白玉方膚白，H之後遂成習語，《英華》V 13腓洛底謨詩曰: τὰ λύγδινα κώνια μαστῶν, "她漢白玉般的乳錐"。

　　8.【迎合】*protervitas*及後【臉】*vultus*皆謂戈呂基拉。【覷來光滑】原文*lubricus adspici*，形容詞+動詞不定式，爲希臘詞法。類似語式參觀IV 2, 59: "niveus videri," "覷來雪白"。【光滑】*lubricus*承上【漢白玉】*marmore*。參觀莎士比亞《溫莎風流婦》(*Merry Wives of Windsor*)II ii: "She is too bright to be looked against."

　　9. Heinze以爲【全身】*tota*謂愛神專橫嫉妒，詩人非全心全意事之不可，故不容其此外詠誦至尊戰功等【無關的事】*quae nihil attinent*。【俯衝】*ruens*各家或無注或語焉不詳，唯Syndikus(p.206)與Numberger云暗含鷹隼全力俯衝捕獵意象，甚是，譯文從之。《雜》II 7, 88寫機運女神來格用字亦同: "in quem manca ruit semper fortuna", "機運女神俯衝向他常常自己致殘"。維奴與機運女神皆"喜歡殘暴營生"("saevo laeta negotio," III 29, 49)嘗爲法國古典派劇作家拉辛(Jean-Baptiste Racine)捃撦於名劇《斐德拉》(*Phèdre*) I iii, 154: "Ce n'est plus une ardeur en mes veines cachée, / C'est Vénus tout entière à sa proie attachée," "這已不再是我隱匿的血脈裏的狂熱, /而是維奴致全力衝擊其獵物," 可見詩心畢竟相通，拉辛與H雖蕭條異代，卻不妨心心相印也。

　　10.【離卻】*deseruit*，希臘以還，頌神詩人例請所頌神明捨其所居來格，所謂ὕμνοι κλητικοί "招邀頌"是也，參觀Syndikus, p.206及

注7。Heinze標明此舉蹈襲阿爾曼(Alkman)殘篇55：Κύπρον ἱμερτὰν λιποῖσα καὶ Πάφον περιρρύταν. "請離開美麗的居比路和海所環繞的帕弗。"別見I 30, 2及注。忒奧格尼(Theognis)《哀歌與短長格集》(*Elegi et iambi*)1275–78亦可用以明示希臘人所信神明捨家就人之行：

ὡραῖος καὶ "Ερως ἐπιτέλλεται, ἡνίκα περ γῆ
　ἄνθεσιν εἰαρινοῖς θάλλει ἀεξομένη·
τῆμος "Ερως προλιπὼν Κύπρον, περικαλλέα νῆσον,
εἶσιν ἐπ' ἀνθρώπους χάρμα φέρων κατὰ γῆν.

　　應季的愛命令，那時滋養的/土地生出春華：/於是愛離了居比路，美麗的島，/帶着歡樂來到地上的人間。

　　【居比路】*Cyprum*，已見I 3, 1及注。【說】、【講】*dicere*，H詩中例皆意謂歌詠，別見I 7, 9; 12, 25; 21, 1等處，中譯酌情譯爲吟、頌、說等。【塞種人】*Scythas*，起源于今南俄羅斯、曾居今伊朗北部及中亞西至黑海東遠至伊犁河之廣袤地域諸部落之泛稱，希臘人稱之爲Σκύθαι，希羅多德《史記》卷四嘗詳敍。H時代塞種人其東爲西漢人所知，《漢書·西域傳》稱作"塞種人"，中譯因之："昔匈奴破大月氏，大月氏西君大夏，而塞王南君罽賓，塞種分散，往往爲數國。自疏勒以西北，休循、捐毒之屬，皆故塞種也"(卷九十六上，頁三八八四)。"塞"與Σκύθαι音近。然H所言塞種人並非確指，殆與其下帕提人(安息)混同，皆以爲羅馬東疆之勁敵也。詩人意謂此前愛既已終結(上行4)，遂不復涵詠情詩，今愛神重返，故命其中止所吟邊塞詩，專意吟詠愛情。

　　11.　【帕提人】*Parthum*已見I 2, 22–23注。【迴馬計】*versis … equis*，帕提人作戰慣技，其軍與敵戰，交戰有頃即佯敗，待敵兵追近，輒反身發箭挫敵，往往能趁勢反攻迴轉戰局。帕提人大敗克拉蘇于卡萊之役，迴馬計即爲其制勝之一術也，普魯塔克《克拉蘇傳》24稱之爲ὑπέφευγον γὰρ ἅμα βάλλοντες οἱ Πάρθοι，故此爲至尊朝詩人所常道，集中別見II 13, 16 ff.，集外參觀維吉爾《農》III 30–31："addam urbes Asiae domitas pulsumque Niphaten / fidentemque fuga Parthum versisque sagittis,""我要加上亞細亞所克諸城和所驅的尼法特人/以及敗北時信賴迴馬箭的帕提人"。莎士比亞《安東尼與克萊奧帕特拉》院本安東尼麾下戰將Ventidius稱帕提人"投標的安息[帕提亞]"("Now, darting Parthia, art thou struck," III 1, 1)即指此。詩中言塞種、言帕提人,暗以對愛神衝擊,謂其"殘暴"如勍敵入侵也。【無關的事】nihil attinent,參觀西塞羅《致賀倫紐論修辭術》(De rhetorica ad Herennium) I 1:"illi [Graeci scriptores] … ea conquisierunt, quae nihil attinebant, ut ars difficilior cognitu putaretur,""他們[希臘作者]……追求於此無關之理,以令藝術在人看來更難於理解"。

13.【鮮壤】vivum ... caespitem,古時羅馬人祭祀輒集地表連根帶草土壤爲祭臺,故譯爲鮮壤,奧維德《哀》(Tristia)V 5, 9可參證:"araque gramineo viridis de caespite fiat,""以帶綠草的土壤爲祭臺"。集中另見III 8, 3f.:"positusque carbo in / caespite vivo,""還有被置於/鮮壤的炭火"。Heinze:詩人命取鮮壤,則其家中不常祭祀愛神,今特意爲此,須專門搭建祭臺,不似宅神竈神家中日常供奉也。

14.【芳柯】verbenas,香木柯枝,採自灌木或喬木,用以裝飾祭臺,維吉爾《牧》8, 64–65:"effer aquam et molli cinge haec altaria vitta / verbenasque adole pinguis et mascula tura,""上水,用柔軟的縧圍起祭臺,/再燒肥美的芳柯和雄乳香"。集中另見IV 11, 6f.:"ara castis / vincta verbenis,""祭臺縶着潔淨的芳柯"。古羅馬人於家中祭神常即竈爨行祭,今爲祈愛神特築祭壇。中國上古祀事用芳茅裸奠,未聞用芳柯,見《左傳·僖公四年》,引文已見I 11, 6注。【小子们】pueri,詩人家奴。

15.【隔年醇釀】bimi ... meri,謂裸奠須用經二歲、未羼水之醇酒。然未詳何以必奠以二歲之釀。Numberger取E.A. Schmidt說,謂暗指詩人與其昔日所歡已暌隔二載。

16.【犧牲】原文mactata hostia直譯爲尸祝之牲,指血祭之犧牲。詩人所行爲私祭,故必從儉,Killy云此犧牲蓋爲羜或鴿,鴿乃維奴神雀。【她】云云謂祭祀後維奴來格。【輕柔】lenior,神力威重,非凡人所能承受,降神時祈神來格時毋過強大激烈,以免傷人。歐里庇得《希波呂特》(*Hippolytos*) 443 f.: Κύπρις γὰρ οὐ φορητὸν ἦν πολλὴ ῥυῆ, ἡ τὸν μὲν εἴκονθ᾽ ἡσυχῆ μετέρχεται, “因爲倘若居比路全力衝來則非所能承受，/而避讓她的她則來得柔和”。Heinze云其轉義爲祈求與戈呂基拉之情勿過熱烈，甚是。

{評點}：

　　豎琴詩詠舊情復燃，屢見於存世希臘豎琴篇章，如阿爾克曼殘篇59a: Ἔρως με δηὖτε Κύπριδος ἕκατι γλυκὺς κατείβων καρδίαν ἰαίνει. “再一次愛神因居比路女神之請/甜美地衝下來令我心得痊愈”。薩福殘篇130: Ἔρος δηὖτέ μ᾽ ὁ λυσιμέλης δόνει, / γλυκύπικρον ἀμάχανον ὄρπετον. “愛神那讓人四肢放鬆的，再次激動起來，/那隻甘苦雜陳讓人無可奈何的野獸”。H是篇敷衍此題，稱維奴、酒神與酒後之放佚欲令其“心靈重返終結的愛”。然詩並非單純言情，三章明其主題實爲詩人賦詩將選何事爲題，非或非僅關乎男女私情也。

　　首章點出神名，且其數有三；二章寫舊歡女子美妙動人；三章寫維奴欲詩人全心全意、心無旁騖；卒章以囑奴語，摹畫私祭愛神場景。

　　艷情爲羅馬哀歌詩人所專擅，寫歡愛失戀哀怨嫉恨皆無所不用其極，H此篇暨集中他篇情詩則反之，皆申詩人能持之以機智對之能冷靜。此篇中部詩人雖云維奴直欲“全身俯衝我”，篇末卻求其“來的輕柔些”，詩人狡黠可愛(NH, p.238)之態躍然紙上。

　　集中I 30維奴頌亦以所歡倡女戈呂基拉爲話題，當與本篇並讀。

{傳承}：

　　十八世紀英國詩人楊(Edward Young, 1683–1765年)嘗撰《原朔寫作芻議》(*Conjectures on Original Composition*)，標榜獨創性，推才情(genius)而貶炫學(learning)，力排師古倣古，然其詩作偶亦見用典。所撰名作《夜思》(*Night Thoughts: The Complaint*)第二篇《詠時間死亡與友誼》(II: On Time, Death, and Friendship)以帕提騎兵喻時光飛逝，謂其能於退卻時傷人，活用古典而特見巧思：“Nor, like the Parthian, wound him as they fly; / That common, but opprobrious lot! past hours, /

If not by guilt, yet wound us by their flight," "亦非如帕提人,它們逃逸時傷之; /那箇庸常卻侮蔑的運道! 過去的時光, /若不以罪過,則以其逃逸傷害我們"。

{比較}:

舊情重溫

寫情人欲重溫舊情,柳永有《大石調‧傾杯》一首,且其中用晉沙門惠修及江淹《休上人》典,暗示與所思神人殊途,與H此篇立意不無偶合處,然情調全反,H詩明快詼諧,柳詞感傷纏綿,實更近羅馬哀歌詩人:

金風淡蕩,漸秋光老、清宵永。
小院新晴天氣,輕煙乍斂,皓月當軒練淨。
對千里寒光,念幽期阻、當殘景。
早是多愁多病。
那堪細把、舊約前歡重省。

最苦碧雲信斷,仙鄉路杳,歸雁難倩。
每高歌,強遣離懷,奈慘咽、翻成心耿耿。
漏殘露冷。
空贏得、悄悄無言,愁緒終難整。
又是立盡,梧桐碎影。

二十

梅克納將至告之當奉以薩賓薄酒
AD MAECENATEM PROMITTENS EI VINVM SABINVM

　　得延嘉賓到山莊，親爲將出舊封藏，但祈痼疾終脫體，再現勾欄若返場。提伯彼岸先王系，凱撒前驅老臣綱，肯與居人相對飲，且許輕薄代醇良。

《七律擬賀拉斯詩意》

{格律}：

　　薩福體(Sapphicum)。

{繫年}：

　　詩中言及梅克納重病在前27年四月，病愈現身龐培劇院；詩中云爲此詩人貯存土產葡萄酒以待其康復，羅馬人貯新酒往往逾四載始啟封供飲，以此推斷詩或當屬於前23年春詩集完成前不久。

{斠勘記}：

　　3. levi *Ξ* σχΓ *Pph.* elevi *Ψ* relevi *λcorr. πcorr.* 自*Pph.*或σχA自*Terentius*移至此處　　案levi爲linō之完成時變位形態，Heinze注曰義同oblino，皆指以瀝青封酒鐔也；relevi義爲啓封，謬，字訛無疑。

　　5. clare *ς Bentley* care *ΞΨ* 詳下箋注

　　10. tu *Ξ Ψ Servius* tum *Pph.*或*II 2, 48 (？)* 案前者第二人稱單數主格代詞，後者爲副詞義爲其時。

{箋注}:

1.【薩賓酒】*Sabinum*，梅克納贈H之薩賓山莊所釀，然釀酒所用葡萄恐非土產，H《書》I 14, 22–23云，薩賓莊園胡椒乳香較葡萄生長更速（"et quod / angulus iste feret piper et tus ocius uva"），可爲佐證。薩賓酒據稱體輕質庸，諷刺詩人馬耳提亞勒(Martialis)甚薄之，稱其味如鉛（"plumbea," X 49, 3–5）。云酒【薄賤】*vile*、酒器【簡陋】*modicis*是自謙，亦是實情；以此謙辭招邀恩主飲於其所贈之別業，特顯詩人人情練達。

2.【樽】*cantharus*，雙耳酒器，陶製或金屬製，原產希臘，H時已爲羅馬人日用所不可或缺，《書》I 5, 23亦語及。【痛飲】*potabis*，或直譯作"灌下"，指豪飲，語含諧謔。【封】*conditum*，古羅馬時葡萄酒釀於缸(dolium)中，釀成後轉移至酒罈或罐(即下所謂【缶】*testa*)中貯藏，以柏油製瀝青(pix)封口，參觀III 8, 10 f.: "corticem adstrictum pice dimovebit amphorae," "開啟柏油密封的雙耳酒罈的水松木塞"。

3.【希臘缶】*Graeca ... testa*，H特標貯酒土陶爲希臘(造？式?)，Heinze以爲謂昔曾以盛希臘佳釀，今用以盛薩賓土產，而非自希臘舶來之盛酒器；Porphyrio古注云，可藉此令薩賓酒更醇厚。據哥倫美拉(Columella)《爲農論》，劣酒摻以佳釀或酵母，可提升其品味，XII 28: "aut si vasa recentia ex quibus vinum exemptum sit habebis in ea confundito." 缶中所貯之酒是否詩人薩賓山莊自產，Heinze以爲當非，而係詩人因價廉或便宜而貰自當地酒坊。

3–4.【那時……響起】*datus ... cum ... plaurus*，梅克納曾染重症，據推斷在前27年四月(Numberger)。病瘳現身於龐培劇院(詳後)，其時全場起立拊掌(【掌聲】*plaurus*)。羅馬人行此禮素僅限於領袖，梅克納以白身得此殊榮，頗爲罕見。梅克納之外，維吉爾以白身亦嘗享此殊榮，塔西佗《演說家談》(*Dialogus de oratoribus*)13, 1–2稱："in quo tamen neque apud divum Augustum gratia caruit neque apud populum Romanum notitia, testes Augusti epistulae, testis ipse populus, qui auditis in theatro Virgilii versibus surrexit universus et forte praesentem spectantemque Virgilium veneratus est sic quasi Augustum." "他既不缺

神聖至尊之關愛亦不乏在羅馬人們之間的知名度，有至尊書信爲證，也有人們自己爲證，當後者在劇場聆聽了維吉爾詩後全體起立，向在場看戲的維吉爾致敬，幾乎如待至尊一樣。"參觀II 17, 25 f.【劇院】*theatro*，指龐培劇院(Theatrum Pompeium)，龐培二度擢爲平章時出資營造於戰神操場旁，始建於前55年，歷七年始竣，可容萬人。初，羅馬劇院爲木構，至此始有石構劇院，西曆66年後皇帝尼祿嘗修葺，立柱造像皆鍍金，極盡奢華。古代以後中世紀時稍稍凋敝毀壞，今尚存殘跡，其址在今聖安德肋聖殿(Basilica di Sant'Andrea della Valle)。

5. 呼格直對梅克納道來。【顯赫】原文*clare*乃係Bentley修訂，後世學者皆附之，譯文亦從焉，古鈔本ΞΨ系皆作*care*，親愛，唯Q系下無名鈔本ç讀clare。以H與梅氏之交情而言，"親愛"似並無不妥。然以言【騎士】*eques*，則頗覺齟齬。梅克納爲屋大維密交近臣，且出身高貴，普羅佩耳修III 9, 1稱之爲："eques Etrusco de sanguine regum," "有埃特魯斯坎列王血脈的騎士"；雖身爲十四最高騎士之一，然若僅以騎士視之，則明尊實貶。洎西塞羅時代，羅馬人慣以【顯赫】*clarus*或其最高級*clarissimus*置長老院長老等國中要人頭銜之前，例如西塞羅《腓力演說辭》(*Philippicae*)IX 4用以稱屋大維："Cn. Octavi, clari viri et magni"；以之稱"騎士"梅克納，或以顯其較他騎士爲特殊也，參觀III 16, 20："Maecenas, equitum decus," "梅克納，騎士的光彩"。【騎士】*eques*，起源於羅馬古時騎兵(equites)。因羅馬人後世鮮用本邦騎兵，騎兵遂不復爲羅馬主力軍，騎兵之稱漸成軍銜乃至爵位。因其位本高於步卒，故爲軍團(legiones)將校所自出。前二世紀該猶·格拉古(Gaius Gracchus)立騎士爲爵位(ordo)以抗衡長老。羅馬六世王塞耳維·圖留(Servius Tullius)時法定騎士總數爲千八百人，組爲十八百人團(centuria)。至尊時其數更夥，皇帝有權授騎士爵位。獲此爵位者須爲自由人、品端行正、貲財逾四十萬塞斯特(sestertii)，前騎士及長老之子未得長老席位時常列身焉。騎士所着袢袍有窄邊鑲金環以示區別。

6.【祖業之川】*paterni fluminis*, Porphyrio古注：指提貝河，提貝河位於圖斯坎，濫觴於阿萊修(Arretium)；梅克納祖籍埃特魯(Etrus)，故鄉即在阿萊修，故云。【兩岸】*ripae*，參觀莎士比亞《猶流·該撒》

(*Julius Caesar*) I i, 44–48:

> And when you saw his chariot but appear,
>
> Have you not made an universal shout,
>
> That Tiber trembled underneath her banks,
>
> To hear the replication of your sounds
>
> Made in her concave shores?

> 你們一看見他的馬車出現，
>
> 難道沒有異口同聲地高喊，
>
> 令提貝河在其兩岸下顫抖，
>
> 因聽到你們的喊聲在它那
>
> 凹陷的岸里被複製？

　　【梵蒂岡】(*Vaticanus mons*)與龐培劇院隔提貝河相望，古時言梵蒂岡山丘皆作複數(montes Vaticani)，此處爲單數應指其中亞奴山(Ianiculum)，較今日梵蒂岡城偏南，其所在河岸曾爲埃特魯人故地。

　　7.【戲謔的迴音】*iocosa ... imago*，參觀 I 12, 3 f. 提貝河在劇院背面(西面)，劇院朝東，故提貝河恐難生迴聲，當係詩人誇張之辭。NH云屬格"山的"(*montis*)迴聲不合格物之理，"然出自詩人之口爲合法"。山能爲歡呼而生迴聲，參觀埃斯庫洛《波斯人》(*Persai*) 390 f.: ἀντηλάλαξε νησιώτιδος πέτρας ἠχώ，"島的巖礁的迴聲迴應他們的歡呼"。

　　9.【凱古釀】*Caecubum*與下行11弗彌亞所產俱爲南意大利拉丁地區葡萄酒；【卡里酒】*Caleno*，集中屢見：I 31, 9; IV 12, 14: "pressum Calibus," "卡里酒榨"等，與法崚酒皆爲北坎帕尼亞(Campania)所產，要皆遠勝薩賓酒。詩中此處以丫杈詞式(chiasmus)臚列此四種酒名：凱古(ager Caecubus，位於拉丁，臨提倫海(mare Tyrrhenum))，卡里(Cales，位於坎帕尼亞)，法崚(坎帕尼亞)，弗彌亞(拉丁)，且辭無重出：釀、酒醡、葡萄樹、坡，殊顯詩人文字彫琢功夫。然以品質論，此四種相較孰優孰遜，注家衆說紛拏，其實無關宏旨，要皆遠勝薩賓酒則明矣。【卡里酒醡馴化】*praelo domitam Caleno*，互換格(enallage)，即酒醡所釃(【馴化】)卡里葡萄(prelo domitam Calenam uvam)。【馴化】*domitam*喻醡果成汁乃至釀汁爲酒。

10.【將盡飲】譯原文動詞*bibes*將來時，此章意謂汝盡可啜飲名酒於家，在薩賓山莊你我且飲我所貯存之劣質本地酒。

11.【法崚】*Falernus mons*，山名，位於坎帕尼亞與拉丁交界處，古羅馬時爲名酒產地。【弗彌亞】*Formiae*，拉丁區地名，位於羅馬以南，臨提倫海，弗彌亞酒又見III 16, 34："Laestrygonia … amphora，" "萊斯忒戈酒罈"，萊斯忒戈指弗彌亞。餘見上注。詩人不泛言他地所產旨酒，必條舉名列各處佳釀，乃其詩法慣技。

12.【屬和】*temperant*，古羅馬人飲葡萄酒必混屬之，此處如謂注滿。參觀III 19, 11 f. "tribus aut novem / miscentur cyathis pocula commodis，" "這些酒碗都/要攙和足足三合或者九合酒。"

{評點}：

招飲詩爲希臘化時代箴銘體詩歌(epigram)一大子類。H稍前之希臘詩人腓洛德謨(Philodemos)有招飲詩传世(《英華》XI 44)：

Αὔριον εἰς λιτήν σε καλιάδα, φίλτατε Πείσων,
　ἐξ ἐνάτης ἕλκει μουσοφιλὴς ἕταρος,
εἰκάδα δειπνίζων ἐνιαύσιον· εἰ δ᾽ ἀπολείψεις
　οὔθατα καὶ Βρομίου χιογενῆ πρόποσιν,
ἀλλ᾽ ἑτάρους ὄψει παναληθέας, ἀλλ᾽ ἐπακούσῃ
　Φαιήκων γαίης πουλὺ μελιχρότερα·
ἢν δέ ποτε στρέψῃς καὶ ἐς ἡμέας ὄμματα, Πείσων,
　ἄξομεν ἐκ λιτῆς εἰκάδα πιοτέρην.

　明日摩薩所親的伙伴/邀你九時來其簡陋之巢，親愛的佩索，/茲臨慶祝[伊壁鳩魯]廿歲誕辰的歡筵。若你錯過/乳品與

基俄所生的酒神慶祝，/你將可看到最眞誠的伙伴，聽到/遠比
菲奧孔土地更甜美的事。/若你那時轉身看到我們，哦佩索，/我
們會非簡陋而是更肥美地享用廿歲之筵。

H詩作中《書》I 5即是招飲詩，兹錄其开篇(1–5)：

si potes Archiacis conviva recumbere lectis
nec modica cenare times holus omne patella,
supremo te sole domi, Torquate, manebo.
vina bibes iterum Tauro diffusa palustris
inter Minturnas Sinuessanumque Petrinum.

　　你能如阿耳基亞臥於筵會之榻，/也無懼自質樸的盤中食
果蔬，/我將在日落時在家候你。/你飲陶羅二度平章時所灌注
於/閔圖納沼澤和斯奴桑的彼得林之間的酒。

　　然此篇爲招飲詩與否，論家有歧見。Heinze以爲非是(詩序)，稱細
翫詩文，梅克納訪詩人薩賓山莊爲既成之舉，非待詩人以詩相邀也；故
詩中所語爲詩人向梅氏面陳，非以詩代書、致意延請；讀者或可想象詩
所未敘之背景爲梅克納不宣而至薩賓山莊，詩人不克預先備辦，唯望
貴客因陋就簡，不嫌樽簡酒劣也。Syndikus仍以本詩爲招邀(p.209)，然
其駁論未足徵信（“詩若爲既定訪約之辯解，則其内涵似嫌貧乏”），且
未慮及面陳說。綜覽各家之說，Heinze評語仍未可廢。
　　招邀與否，讀者總當留意詩人如何待其恩主。H有薩賓山莊本仰梅
克納所贈，詩人感戴，自不待言。然詩若一味言謝，直至卑躬阿諛，則必
爲惡趣，且亦失梅氏以其饋贈寄託於詩人之望。以此覘之，H是作用心
甚見細微，人情特顯高妙，情趣十分不俗：詩人稱梅克納出身高貴，卻
幾不落言筌(行6暗指埃特魯)；言土產薩賓酒薄賤，卻謂係梅氏病愈時
所釀，貯藏至今，以爲慶賀；貴友光臨詩人寒舍，主人傾其所有，獻芹薦
藻，固爲希臘化以還招飲詩之託題，然此處既顯貴人之平易大度，亦示

主客交情深密, 言簡意豐, 洵足翫味。

{比較}:

詩人招邀權貴共飲

杜甫在成都時與西川節度使嚴武交密。代宗廣德二年(西曆764年)嚴武拜劍南節度使再尹成都, 加封鄭國公。子美自閬州返成都, 途中先期相約嚴鄭公飲於草堂, 作《將赴成都草堂途中有作先寄嚴鄭公五首》, 亦係貧素詩人相約顯貴恩主, 頗可與H是作比列而讀, 兹錄其中相關者凡四首, 略作評點:

其一

得歸茅屋赴成都, 眞爲文翁藉指鎮蜀之嚴武再剖符。但使閭閻還揖讓, 敢論松竹指草堂久荒蕪。魚知丙穴由來美, 酒憶郫筒不用酤此聯言土產之美, 然與H詩不同, 非詩人所獻, 趙次公云: "言酒不須沽而從嚴公飲耳", 得之。雖然, 其仍與希臘化招飲詩常規(如上引菲洛德謨詩)有相合處, 即亟稱美食高致, 西洋招飲詩以之引誘所邀之客, 子美於此或爲美東道主也。五馬舊曾諳小徑示詩人與嚴武過從之密交情之厚, 幾回書札待潛夫仇兆鰲: 翫末句, 知嚴入蜀時便有書見招矣。

其二

處處清江帶白蘋, 故園猶得見殘春。雪山斥候無兵馬美嚴武, 錦里逢迎有主人謂己。休怪兒童延俗客, 不教鵝鴨惱比鄰此聯近似H自言薩賓山莊樸素之自謙語, 趙次公評曰: "公於嚴公有故舊之好, 而能如此, 則公之厚德與夫慎重可見矣", 可參看。習池未覺風流盡, 況復荆州賞更新末三字如俗謂"蓬蓽生輝", 雖爲諛辭, 然合度得體。

其三

竹寒沙碧浣花溪, 橘刺藤梢咫尺迷。過客徑須愁出入, 居人不自解東西。書籤藥裹封蛛網, 野店山橋送馬蹄三聯皆爲誘客, 然純以天然野趣動客之心, 不以奢華富麗。草堂荒蕪至此固緣主人避亂出走, 不及修葺, 然仍可謂其招飲策略頗近H詩中手段, 蓋以賤邀貴, 非此莫當。肯藉荒庭春草色, 先判一飲醉如泥句式與所表心意俱合招飲詩之正規，且"醉如泥"語氣放誕，與H詩中potabis（"痛飲"甚至"灌"）可謂異曲同工。王嗣奭云："非至相知，不敢作此語"，此語寔可轉謂H與梅克納也。

其四

常恐沙崩毀藥欄，也從江檻落風湍。新松恨不高千尺，惡竹應須斬萬竿。生理祇憑黃閣老詩人向嚴武坦言此後將賴其豢養，與H詩比讀則嫌眤褻直露，晚期杜詩常過放縱自恣，是其疵病也衰顏欲付紫金丹。三年奔走空皮骨，信有人間行路難。

二十一

薦狄安娜阿波羅示童男童女歌隊
HYMNOS AD CHORVM IN DIANAM ET APOLLINEM

諸童男諸童女，來頌狄安娜、阿波羅並及其母。女聲且來頌狄安娜！女神性喜河川，在希臘羅馬各地森林中皆有聖所。男聲且來頌阿波羅，其肩挎箭菔與豎琴。現齊禱共祝此二神，俾戎疾不殄、烈假不瑕，反而遠入波斯與不列顛，以弊羅馬之敵。

{格律}：

阿斯克勒庇亞第三(Asclepiadum tertium)。

{繫年}：

推斷爲前27/26年，詳見行17注。

{斠勘記}：

5. coma A D *ras.* M λ’δ π R　comam B a E F 𝕭𝕴 σχΓ V 案前者爲單數奪格，受laetam所領，與fluviis同位；後者爲實格，如此則與首字以降Dianam及其同位語並列，然此前實語皆爲Diana，今忽變爲其髮，頗嫌前後失據。

8. Cragi] Cragi *edd.*（斜體縮寫義爲諸版本，後皆同此）

13. hic bellum Ξ (hinc B) Ψ σχΓ haec b. *Duhamel* 案B異文義爲自此，今人臆改變爲複數。⫶ miseram] miserabilem A R 案二者義近。

14. *om.* Q A R1 | ... caesare ⫶ In Ψ 案分行有誤。

{箋注}:

1.【狄安娜】*Dianam*與下行【鈞突神】*Cynthium*皆爲【請詠誦】*dicite*賓詞，原文*Dianam*與*Cynthium*分別位於上二行首末位，翼主語與謂語動詞於其間，中譯法之。狄安娜，希臘人稱亞底米（Artemis / Ἄρτεμις），童貞女神，主畋獵，與阿波羅爲宙斯與萊多同產兄妹，次章承此身世生文。【童女們】*virgines*與下行【童男們】*pueri*皆爲祭儀所設歌隊歌童，與I 19祭祀時供驅使之僕役不同。

2.【鈞突神】*Cynthius* / Κύνθιος，即阿波羅。鈞突本係提洛島（Delos，見下行10）上山名，據神話狄安娜與阿波羅均在此誕生，其上有二神聖所，單指阿波羅者，原文爲陽性賓格，與上行狄安娜並稱，故僅指阿波羅。三章承此而敷衍成文。【散髮】*intonsum*，荷馬（Φοῖβος ἀκερσεκόμης，《伊》XX 39)以還爲阿波羅附稱(epitheton)之一，散髮爲童子髮式，阿波羅青春永駐，故有此法相。

4.【拉多】*Latonam*，本多利亞(Doria)方言Λατώ = Λητώ，萊多，與宙斯生孿生兄妹阿波羅與亞底米。拉多非宙斯衆多露水夫妻可比，蓋母以子貴，赫西俄得謂其曾于赫拉之前爲宙斯衆妻之一，故曰其爲宙斯【所深深寵愛】*dilectam penitus*。拉多母子三位同祭，已見荷馬體《阿波羅頌》*Hymnus ad Apollinem* 158f.: αἵ [i.e. κοῦραι Δηλιάδες] τ' ἐπεὶ ἄρ πρῶτον μὲν Ἀπόλλων' ὑμνήσωσιν, / αὖτις δ' αὖ Λητώ τε καὶ Ἄρτεμιν ἰοχέαιραν. "她們[提洛少女]先詠頌阿波羅，/然後再及拉多和佩弓箭的亞底米"。爲羅馬人同祀據李維《建城以來史記》V 13, 6始於羅馬建城399年(耶教曆紀元前354年)陳榻列神節(Lectisternium)，其時羅馬人陳列拉多母子三位同赫古勒、墨古利、涅普頓神像於榻上以娛神："duumviri sacris faciundis lectisternio tunc primum in urbe Romana facto per dies octo Apollinem Latonamque, Herculem et Dianam, Mercurium atque Neptunum tribus, quam amplissume tum apparari poterant, stratis lectis placavere." 詩人頌此三神，稱呼其名循印歐語慣見之三聯遞增結構(tricolon crescendo)：【狄安娜】*Dianam*，祇逕道其名；【散髮的鈞突神】*intonsum Cynthium*，名前有單字形容詞狀其貌；【猶父所……寵愛的拉多】*Latonam ...*

dilectam ... Iovi，有多字複合詞組敘其事跡。同類遞增三元結構集中屢見，他處例如I 2, 1–3; 2, 38; 3, 30–33; 4, 16; 9, 18–19; II 5, 17–24; III 4, 53–54："Typhoeus et validus Mimas ... minaci Porphyrion statu,""提弗埃和強壯的米瑪或是身量嚇人的波耳非昂"; 25, 10–12："Hebrum ... et nive candidam Thracen ac pede barbaro lustratam Rhodopen,""希布羅河和白雪皚皚的忒拉基與蠻足所踏的羅多匹"，等等。

5–8. 原文第二與第三章（【汝等……汝等……】*vos ... vos*）爲跨章渾圓句（periodos），二章分言狄安娜與阿波羅二神，語式爲交軛（zeugma），爲同一謂語動詞*tollte*（【揄揚】，命令式）兼該，凡控三組賓詞。原文中此動詞僅一現於行9，中文難用交軛式，故譯文不克傚法原文語式，令動詞分別于二章之中兩見。

5. 此章頌狄安娜，即行6的【她】，原文自詞尾變位中得見其所指。【汝等】*vos*，即上章之童男童女。【喜河川】*laetam fluviis*，狄安娜祭所多在水邊，往往與河伯共享祭祀，品達《匹》2, 7有ποταμίας ἕδος Ἀρτέμιδος，"河川亞底米的處所"之說。卡圖盧34, 9–12嘗稱之爲："domina ... amnium sonantum,""喧囂河流的女主"。【林木之髮】*nemorum coma*，指林木柯葉。亞底米/狄安娜聖所常設於林中，荷馬體《阿芙羅狄忒頌》*Hymnus ad Venerem* 18–20: [Ἄρτεμις] τῇ ἅδε ... ἄλσεά τε σκιόεντα，"她[亞底米]歡喜蔭蔽的樹林"，此處ἅδε同H詩中*laetam*。以林葉爲髮，後世詩人參觀荷爾德林草稿片段〈你們安穩築造的阿爾卑山〉<*Ihr sichergebaueten Alpen...*>(StA 2. 1: 231; 中譯《後期詩歌》文本卷，頁四七七)："Und Wohlgerüche die Loke / Der Tannen herabgießt,""還有冷杉的髮卷/泱下香味兒"。

6. 【它們】*quae*(*cumque*)指【樹木之髮】。【垂掩】*prominet*，暗以髮垂遮臉爲譬，參觀奧維德《變》XIII 844 f.: "coma plurima torvos / prominet in vultus,""茂密長髮垂下遮住/兇面"。

7. 【阿基多】*Algido*，阿基多山Algidus mons，在羅馬西南二十公里處，爲白山(Albanus mons)或阿爾巴山邊緣獨立之山。原文*algidus*義爲冷，故云*gelidus*【冰凍的】。按：以形容詞解析地名爲西洋古代詩人慣技，參觀I 17, 1 Lycaeo字及注。其於狄安娜對希臘厄里曼忒之於亞底米(詳下)。參觀《世》69："quaeque [sc. Diana] Aventinum tenet Algidumque,""她[狄安娜]據有阿文提諾與阿基多"。集中又見III 23, 9："nivali … Algido,""積雪的阿基多山"；IV 4, 57 f.："duris ut ilex tonsa bipennibus / nigrae feraci frondis in Algido,""如多產黝黑樹葉的阿基多/的橡樹爲尖利雙刃斧砍削。"【厄里曼忒】*Erymanthi*，厄里曼忒山Ἐρύμανθος / Erymanthus mons位于希臘亞該亞，阿耳卡迪亞(Arcadia)西北，神話記載亞底米常出沒其間，荷馬《奧》VI, 102 f.: οἵη δ' Ἄρτεμις εἶσι κατ' οὔρεα ἰοχέαιρα, / ἢ κατὰ Τηΰγετον περιμήκετον ἢ Ἐρύμανθον. "就是亞底米那佩弓箭的女神也徜徉於/塔宇格托山或厄里曼忒山間"。

8.【黑林】*nigris … silvis*，冷杉樹林，長青喬木冷杉其針葉色呈墨綠，遠眺色暗黪黑，集中參觀IV 12, 11 f.："cui [sc. Pan] pecus et nigri / colles Arcadiae placent.""他[牧神潘]性喜牧羣和/阿耳卡狄的黑山。"山爲冷杉樹林覆蓋，故云，參觀前注引IV 12, 12。【革拉契】*Cragi*，革拉契山區(Cragus或Gragus / Κράγος)位于小亞細亞呂基亞(Λυκία)，言亞底米光顧此處，今存文獻無徵，然古時傳說或稱其地爲亞底米兄弟阿波羅誕生地，亦係其主廟之一所在，參觀III 4, 62 ff.："qui Lyciae tenet / dumeta natalemque silvam, / Delius et Patareus Apollo.""得洛和帕塔拉/的阿波羅佔據呂家的/荆棘和他誕生地的樹林。"【葱綠的】*viridis*，指落葉喬木林，其葉色也淺。此處詩人混稱希臘羅馬地名，乃詩人慣技。

9. 此章頌阿波羅。【滕丕】*Tempe*，已見I 7, 4注，據神話，阿波羅殺蟒蛇後，嘗在此行祓除。

10. 【男聲部】*mares*，呼格，即上行2【童男們】*pueri*。詩人爲祭儀之司祭，向與祭之男童女童發號施令。參觀後{評點}引索福克勒行207之ἄρσενες, "男聲部"。提洛之爲神話中阿波羅誕生地之一，已見上行2注，又見前注引III 4, 62 ff.

11-12.【兄弟的琴】*fraterna … lyra*，兄弟指交通神希耳米(Hermes，羅馬人稱墨古利Mercurius，詳見I 10, 1注)，與阿波羅爲同父(宙斯)異母(一爲拉多，一爲玛娅Maia)兄弟，其發明豎琴與盜竊阿波羅所佩【箭箙】*pharetra*，已詳I 10, 5–6與9–12注。阿波羅法相爲箭箙挎右肩罥於背上，左肩垂挎豎琴。弓箭與豎琴恰爲一武一文，豫攝卒章禱辭所含太平與征服。參觀《世》33 f.: "condito mitis placidusque telo / supplices audi pueros, Apollo," "投槍既鍛，溫和而沖靜的/阿波羅，請聽祈禱的男童"。頌阿波羅時合稱弓箭與豎琴，希臘化時代參觀迦利馬庫《阿波羅頌》18f.: εὐφημεῖ καὶ πόντος, ὅτε κλείουσιν ἀοιδοί / ἢ κίθαριν ἢ τόξα, Λυκωρέος ἔντεα Φοίβου. "連海都安靜，當頌歌讚頌/豎琴或弓箭，呂皋略的阿波羅的裝備時"。【標緻】譯*insignis*，原文既有因點綴裝飾而雅緻義，亦有醒目易於辨認義，意謂阿波羅佩弓箭與豎琴，既俊逸瀟灑，亦易爲人辨認，中譯【標緻】二字分訓合義皆與拉丁原文契合。

13. 【其將……其將】倣原文排比代詞*hic ... hic*，統指阿波羅與狄安娜不加區別。禱辭用排比句式，參觀I 3, 1及注。此處雖非逕作祈禱，而祇是預告將作禱辭，然行文殆如實在祈禱。NH此行注：阿波羅與狄安娜皆爲辟邪祛惡之神，dei averrunci。【催淚的戰爭】*bellum lacrimosum*，語襲荷馬《伊》V 737 πόλεμον δακρυόεντα。Heinze:【催淚】當是詩人思及戰爭之慘痛，以羅馬內戰爲烈，遂呪羅馬之敵將遭罹此痛也，參觀I 2, 37。維吉爾《埃》VII 604亦用此語："Getis inferre manu lacrimabile bellum," "親手向戈泰人[日耳曼人部落]發動催淚的戰爭"。然維吉爾所謂催淚，催日耳曼人戰敗所灑之淚也。

14. 【職……】爲獨立奪格，中譯爲插入狀語。【汝】*vestra*，見上行5【汝等】注。【瘟疫】*pestem*，阿波羅頌(παιάν)素有祛除瘟疫之用。

15. 【凱撒】*Caesare*，指至尊，時人信至尊受阿波羅庇護甚至爲其子，詳見I 2, 32注。其徽號【元首】*principe*，見I 2, 50注。

16. 直譯"驅入波斯人與不列顛人中"。祝阿波羅驅瘟疫於敵人中間，參觀馬可羅庇(Macrobius Ambrosius Theodosius，公元五世紀)《撒屯節》(*Saturnalia*) I 17, 24所記："nam cum Libyes invasuri Siciliam classem adpulissent ad id promuntorium, Apollo, qui ibi colitur, invocatus ab incolis inmissa hostibus peste et paene cunctis subita morte interceptis

Libystinus cognominatus est." "因爲利比亞人將襲西西里驅其艦隊至此礁之時，此地所祭之阿波羅受居民所請將瘟疫驅入敵人中間，其全軍幾皆暴斃，故此有利比亞之阿波羅之稱。"【波斯[人]】*Persas*已詳 I 2, 22–23注。【不列顛[人]】*Britanni*，名稱Πρεττανοί最早見于希臘文獻斯特拉波《方輿志》IV 198–99。猶流•凱撒轉戰高盧，嘗兩征不列顛於前55、56年；前55年夏初征未克，翌年復攻，立親羅馬土著番王曼都布拉(Mandubracius)，俾居住今屬英格蘭地區諸部落交質，且許諾將貢于羅馬。屋大維承凱撒之餘烈，嘗于前34、27、25年三度欲征不列顛，然皆不果行。時論則皆以爲其遠征帕提人("波斯人")與不列顛人如箭在弦、勢在必行，故數見諸當日詩人筆端，H此篇外，前29年維吉爾《農》I 30："tibi serviat ultima Thule，" "地極的圖勒島將向你臣服"；III 25："utque purpurea intexti tollant aulaea Britanni，" "不列顛人紡績，升起紫色的簾幕"，已略約言及。至尊自撰《功德碑》(32)稱有不列顛二番王曾乞求庇護。然不列顛爲羅馬人降服實在至尊死後。前25年至尊遠征西班牙坎塔布得勝還都，遂關閉閆奴神廟以示天下太平，於此終戰，故Heinze謂以不列顛爲敵，祇應在25年以前，約27/26年之際，其時詩人以爲至尊不日即將遠征不列顛。期待遠征不列顛，集中此外參觀III 4, 29–33："utcumque mecum vos eristis, … visam Britannos hospitibus feros，" "祇有當你與我同在，……方能訪待客兇殘的不列顛"；III 5, 3(引文見下)與IV 14, 47："te beluosus qui remotis / obstrepit Oceanus Britannis, ... audit，" "你，衝擊遼遠不列顛的喧譟的擠滿怪獸的汪洋，……聽從"略約同時。《讚》之前，《對》7, 7云"完整的不列顛人"(intactus Britannus)，與集中以爲至尊之師征不列顛已整裝待發有別。又，合稱波斯人與不列顛人，又見III 5, 2–4："praesens divus habebitur / Augustus adiectis Britannis / imperio gravibusque Persis，" "至尊隨着不列顛人和/勁敵波斯爲我皇權所/降，將被視作蒞臨的神明"。

{評點}：

古希臘人以頌歌專薦阿波羅或狄安娜者爲παιάν / paean。二神

paean可單頌亦可合頌，乃至兼及其母。合頌二神兼及其母拉多者，有荷馬體《阿波羅頌》(158，引文見上行4注)。索福克勒《忒拉基婦人》(*Trakhiniai*)合唱(205-24)亦頌二神，然合唱中歌者吩咐祭神歌部，非逕爲其所詠頌歌本篇，其創意構思與H此詩相似：

ἀνολολυξάτω δόμος
ἐφεστίοις ἀλαλαγαῖς
ὁ μελλόνυμφος· ἐν δὲ κοινὸς ἀρσένων
ἴτω κλαγγὰ τὸν εὐφαρέτραν
Ἀπόλλω προστάταν,
ὁμοῦ δὲ παιᾶνα παι-
ᾶν' ἀνάγετ', ὦ παρθένοι,
βοᾶτε τὰν ὁμόστορον
Ἄρτεμιν Ὀρτυγίαν, ἐλαφαβόλον ἀμφίπυρον,
γείτονάς τε Νύμφας.

　　將做新婦者在竈火旁爲家室/用叫聲呼喊，來，與/男聲一起的/尖叫爲攜漂亮箭箭的在前的阿波羅而起；同時/再唱頌神歌，哦童女們，/高呼他孿生的/鵪鶉島誕生的亞底米，/雙手分持火炬的獵鹿女神，/和她的芳鄰姹女們。

　　學者如W. Christ以索福克勒合唱當屬paean (參觀Jebb注)，無論其說然否，要二首皆爲歌隊領隊(coryphaeus)或掌祭者囑咐歌隊之言，命歌隊中男聲女聲二部分別頌神，非逕爲歌隊所唱之禱祝辭甚明。故學者或以爲H詩並非神頌，實爲頌神之預備，按其說較視之爲paean者更密，可從。然惟其自設爲領隊之辭，方成其爲詩哲精彫細琢之篇章，非是祭神法事多用套語之唱詞也。

　　H之前羅馬詩人卡圖盧(Catullus)嘗作狄安娜頌(34)，且亦法傚索福克勒作囑咐童男童女聲部語，學者皆以爲係H此詩所宗，茲錄其全篇以供參較：

Dianae sumus in fide
puellae et pueri integri ;
Dianam pueri integri
　puellaeque canamus.

tu Lucina dolentibus
Iuno dicta puerperis,
tu potens Trivia et notho's
　dicta lumine Luna.

o Latonia, maximi
magna progenies Iovis,
quam mater prope Deliam
　deposcivit olivam,

tu cursu, dea, menstruo
metiens iter annum
rustica agricolae bonis
　tecta frugibus exples.

montium domina ut fores
silvarumque virentium
saltuumque reconditorum
　amniumque sonantum.

sis quocumque tibi placet
sancta nomine, Romulique,
antique ut solita's, bona
　sospites ope gentem.

　　　我們受狄安娜信賴，/健全的童女童男們；/狄安娜由我們健全的童男/童女們歌唱。/　　哦拉多之女，大猶父/的偉大血脈，/你母親在提洛/橄欖樹旁生下你，/　　好讓你成爲山丘、/葱蘢的森林、/隱蔽的草場/和潺潺的溪流的女主。/　　你被分娩中陣痛者們/稱作見光女神猶諾，/你大能的路歧女神，因借來的/光而被稱作月亮女神。/　　你，女神，月月奔行/以度量年年的路途，/以豐收塡滿/農夫鄉野的廬舍。/　　用你喜歡的隨便什麼名字/來把你分別爲聖，羅慕洛的/民族，一如疇昔你一貫所爲，用/美惠來保祐。

　　《讚歌集》之後，頌歌男女童聲分部再現於詩人應至尊之請所賦《世紀競技賽會頌》。

　　至於詩篇章法結構，此前 I 10墨古利頌{評點}引E. Norden云，頌歌例以連綴三要素而成：呼神、頌德、祈願。然 I 10僅含前二項，缺祈願；此篇雖場景佈局與頌歌略異，Norden所論三項卻足具完備：

首章籲狄安娜阿波羅二神，兼及其母，二三章述其功德，卒章發願。Syndikus (p.217 f.)比較是作于希臘化時代同類頌神詩章，以爲希臘化時代詩人好奇騖遠；H是作則返璞歸眞，敘神話不以軼聞僻典自炫，而唯古典詩人是從；然無論繪神寫景，皆刻畫生動，讀來清新可喜。所論極是。

　　詩雖爲短章，然詩人修辭煉句殊顯用心。上二行以所頌二神之名號相始終（*Dianam ... Cynthium*，參觀上行1注）；二三章以*vos*排比開頭，連綴爲一渾圓句，令詩中頌德部分渾然一體，讀來一氣呵成，與詩之首末二部自然分別；卒章復用排比式（*hic...hic*），然二字相距甚近，既合禱祝規範，亦上承二三章所敘二神。如此，全詩以稱三神始，以詳敘其中二主神之德爲繼，以凱撒終，由三項遞減至一項，由神過渡至人，結構整飭。

　　內戰後至尊曾營造戰神、阿波羅、猶庇特三大神廟，序以先後，王宮山之阿波羅神廟爲其二（隋东尼《至尊傳》29）。該廟供奉阿波羅共狄安娜與其母拉多彫像與浮彫。H是篇或爲此廟考室而作，亦未可知。

{傳承}：

　　H此篇文藝復興直至巴洛克時代倣作甚夥，今唯摘錄杜・貝萊（Joachim du Bellay, 1522–1560年）《贈狄安娜・的・布瓦捷夫人》（*A Madame Diane de Poictiers*）續篇（*A Elle Encores*）數章於下。詩人因所贈者名狄安娜而思及H此詩：

Là des beaux vers d'Horace	那裏有賀拉斯的
Imitant les doulx sons,	美詩的甜音摹倣，
Pour donner plus de grace	以賦予我低微的
A mes humbles chansons,	歌以更多的優雅，
I'empliray l'vniuers	我將以這些詩行
Du doulx bruit de ces vers.	的甜聲充滿宇宙。

　　其下三章幾全爲H此篇上三章翻譯，茲從略，全篇倣H詩以驅邪禱告

結束，唯以法蘭西、弗萊芒與德意志代替H詩中羅馬、波斯與不列顛耳：

Luy à vostre priere	他職汝禱告之功
La peste chassera,	將會把瘟疫驅逐
Et sa fureur guerriere	亦將會將其戰火
Sur Charles poussera,	推壓至查理皇帝，
Il enuoyra la faim	他將發送饑饉給
Au Flamant & Germain.	弗萊芒與日耳曼人。

　　查理皇帝即查理五世(Charles Quint, 1500–1558年)，神聖羅馬帝國皇帝，統治西班牙、弗萊芒等領土。

二十二

贈伏蘇
AD M. ARISTIVM FVSCVM

清眞常葆免慼過，行道何須弓矢荷，北走冰原思搏虎，南遊磧漠任牽駝，郊坰羝牧惟吹管，麓藪狼奔豈用戈，我有嬌娃情爛漫，何妨但詠小蠻歌。

《七律擬賀拉斯詩意》

{格律}：

薩福(Sapphicum)。

{繫年}：

Kießling推斷作於前25年。

{斠勘記}：

2. Mauris Ξ Ψ ℬℐ σχΓ *Lactantius*（L. Caecilius Firmianus *Lactantius*，約250–約325年，文法學家）mauri π *ras*. l *ras*. 案異讀爲奪格，如此則領arcu，毛里人以標槍聞，不以弩箭，且如此句法亦不通。

7. fabulosus Ξ Ψ *Pph*. σχΑ Γ fabulosa *Lactantius* 案多傳說當指Hydaspes爲其爲亞歷山大東征所達之地。

11. expeditis Ξ Ψ ℬℐ *Pph*. expeditus π^2 ϕ^2 u 案後者讀爲動詞被動分詞主格，如此則與前curis不成獨立奪格語式矣。

14. Daunias] Daunia λ π^1 R^2 案以古王Daunus代指Apulia，稱

Daunias，雖字形爲複數然動詞變位(alit)及麗附形容詞(militaris)皆以單數視之。

15. Iubae] iuba F λ' π¹ R¹ (?) 異文主格，如此則與tellus同位，未若爲屬格言其國之土。| leonum] leonem D R¹ 案異讀作賓格，義乖句謬，訛也。

18. recreatur aura Ξ Ψ Pph. σχΑ recreetur umbra *Victorinus* 異讀動詞爲虛擬語氣，雖亦可通，然所接名詞置於句中則義乖，木得浴夏風，可以葱蘢，然未可曰木受己蔭而得茂盛也。

{箋注}：

1. 【全眞于生活】*integer vitae*，NH謂*vitae*（【生活】）屬格稍嫌造作，不若作奪格vitā。按謂屬格造作，倘於散文言之，其說殆不謬，然詩歌辭語固異于常語，全篇多以華麗莊嚴詞句言瑣細輕佻之事，故此語風格與全篇一致，未足爲疵病。NH動輒塗乙原文，恐過自專。中譯因原文風格古奧故措辭亦略拗。【全眞】譯*interger*，原文本義爲未被觸摸、未經使用者(*OLD* 1a)，故指保持本眞、健全未受損傷(同條7, 9, 10, 11)，直至童貞(同條8)，以喻人品性，指純貞未受玷染(同條 13)，辭典引本處以爲例。詩人以純潔無辜自詡，參觀《雜》I 6, 65ff. 詩人自道生平：

> atqui si vitiis mediocribus ac mea paucis
>
> mendosa est natura, alioqui recta, velut si
>
> egregio inspersos reprehendas corpore naevos,
>
> si neque avaritiam neque sordes nec mala lustra
>
> obiciet vere quisquam mihi, purus et insons,
>
> ut me collaudem, si et vivo carus amicis,
>
> causa fuit pater his ; …… …
>
> …… …
>
> …　　　 …　　　　　 …　　 DR¹ 　pudicum,
>
> qui primus virtutis honos, servavit ab omni
>
> non solum facto, verum opprobrio quoque turpi ;

然而若說我本性僅因數小惡/而有缺，此外皆正直，猶如/俊美身體上你找到幾顆痣散佈，/若說無人可坐實指控我貪婪、齷齪或/下流淫亂，純潔而無辜，/我若可自誇，若說我受朋友親愛；/則皆要歸因於我父；⋯⋯

以全眞爲品質，乃羅馬品藻人倫常語，西塞羅庭辯屢讚其所託爲人全眞，參觀《普蘭邱庭辯辭》(*Pro Cn. Plancio Oratio*) 1, 3 "nisi eius integerrimam vitam ... ostendero,"〝若非我能證其爲人全眞⋯⋯"。Heinze以爲義近H《雜》I 4, 119之incolumis: "vitam famamque tueri incolumem possum,"〝我可守你生命與聲名無虞"。漢譯暗用《莊子·田子方》中語: "子方曰: '其爲人也眞，人貌而天，虛緣而葆眞，清而容物。'"後世唐李頎《漁父歌》有: "所欲全吾眞，而笑獨醒者"語，《全唐詩》卷一百三十二，頁一三三八。另見《西崑酬唱集》《寄靈仙觀舒職方學士》劉筠和詩: "揚子不甘嘲尚白，漆園終許自全眞"，指莊子。

2.【毛利】*Mauris*，俗譯據英文轉寫Moors作摩爾人，在今北非摩洛哥，非指新西蘭土著Maoris; 古時以善使投槍著稱，斯特拉波XVII 3, 7嘗敘及: μάχονται δ' ἱππόται τὸ πλέον ἀπὸ ἄκοντος. "他們大多騎戰，用標槍"。然H云: 詩此處言【標槍】(*iaculum*)言【弓】(*arcus*)【箭】(*sagittis*)者，依下文覘之，非謂對敵作戰，而謂狩獵。按今所謂毛利坦尼亞國(Mauritania)即毛利人之國。純貞可自衛，無須兵器，荷爾德林讚歌《詩人的職任》(*Dichterberuf*)卒章語化用此意: "Furchtlos bleibt aber, so er es muß, der Mann / Einsam vor Gott, es schüzet die Einfalt ihn, / Und keiner Waffen brauchts und keiner / Listen, so lange, bis Gottes Fehl hilft." "可他無所畏懼，他當如此，獨自在神面前，他的單純保祐着他，/既無須兵器也無須用詭計，/直到神的缺失扶助了他。"荷詩全篇譯文見II 19{傳承}。

3.【浸毒】*venenatis*，以箭浸毒，期在一擊斃命。古時傳北非努米底亞(Numidia)人慣用毒箭，此處轉謂毛利人，不知奚據，蓋皆以非洲蕃種蠻邦視之矣。參觀維吉爾《埃》IX 771 f.: "inde ferarum / vastatorem Amycum, quo non felicior alter / ungere tela manu ferrumque armare veneno,"　"其次[殺]了滅絕野獸的阿米古, 他唯喜/荷親手塗毒的箭簇與鐵器"。

4.【伏蘇】_Fusce_, 呼格, Porphyrio古注辨爲Aristius Fuscus, 係H好友, 以教授語文爲業(grammaticus), 名著一時。Porphyrio《雜》I 9, 60注稱之爲"praestantismus grammaticus illo tempore,"　"語文業師當日最傑出者"; 嘗作喜劇, 今不傳; H《雜》I 9, 61稱其爲"珍愛于我的"(mihi carus),《書》I 10, 3稱之爲"猶孿生兄弟"(paene gemelli), 云其性喜都市(urbis amator), 不愛山林, 嘗勸H棄薩賓山居定居京城。餘詳見{評點}。

5.【敘提】_Syrtis_指magna Syrtis, 其名本指大敘提海灣, 今稱作Sirte, 即今北非利比亞朝地中海之灣。此處泛指毗鄰該海灣之陸地。Heinze: 所語武器於海上無用武之地, 故當指海岸沙磧灘涂。希羅多德《史記》II 32, 2記云利比亞人世居其東。後數見稱於羅馬典籍。維吉爾《埃》V 51埃涅阿云: "hunc [diem] ego Gaetulis agerem si Syrtibus exsul,"　"我雖放逐於蓋圖的敘提, 也要紀念此忌日"。普利尼《博物志》V 4(26)記大小敘提海灣方位甚詳, 且謂有陸路相通, 然所經沙磧蛇虺孳乳: "ad eam [sc. Syrtim minorem] per deserta harenis perque serpentes iter est." 盧坎(M. Annaeus Lucanus, 公元39–65年)《法薩洛戰記》(_Pharsalia_) IX 608 ff. 描畫此地, 亦云多毒蛇: "sed quem [sc. fons] serpentum turba tenebat / vix capiente loco,"　"其潭爲蛇窩所據, / 幾非其所能容納"。

6.【沒有客舍】_inhospitalem_, 亦可譯作"不好客", 黑海希臘人(斯特拉波《方輿志》VII 3, 6)稱之爲ἄξενον "不好客"之海, 悲劇家歐里庇得《伊菲格涅在陶羅人處》(_Iphigeneia en Aulidi_) 94曰: ἄγνωστον ἐς γῆν, ἄξενον, "那未知之地, 沒有客舍", 指今克里米亞; 或如忒奧克利多《牧歌》13, 75: πεζᾷ δ' ἐς Κόλχους τε καὶ ἄξενον ἵκετο Φᾶσιν. "他涉法西河足踐沒有客舍的高勒古", 指高加索。其之所以有此稱, 見下注。

7.【高加索】_Caucasum_山脈古時以多猛獸著稱。【呋陁河】_Hydaspes_, 拉丁原文本希臘文Ὕδασπες, 梵文作वितस्ता/Vitastā或Vetastā, 印度河支流, 流經今巴基斯坦及印度旁遮普,《梨俱呋陀》(*Rigveda* 5, 19)列作可使人超生之大川之一，此外不見梵漢釋典。前326年亞歷山大在此克印度諸王，遂城焉，以其騎布基法拉(Bukephalas)名之。【多傳說】*fabulosus*，西洋古時盛行印度風物人情傳說，尤言其地多奇獸，例如普利尼《博物志》VIII 31等處曰其地有獨角獸(unicornes)等，並非專指吠陁河多傳說也。

9.【薩賓的森林】*silva ... Sabina*，應指詩人田莊周邊樹林，而非位於其產業地界之內，III 16, 29 f.已明其產業不廣："purae rivos aquae silvaque iugerum / paucorum et segetis certa fides meae,""流淌清水的溪流和幾畝林地、/還有對我的莊田的確定信賴"。Heinze謂否則狼不敢白日現身。

10.【拉拉格】*Lalage*，虛構女子名。此名罕見於史籍，應來自希臘文λαλεῖν，義爲絮叨，乃至鳥雀聒噪，故末行有此語。此外亦見羅佩耳修IV 7, 45："Lalage tortis suspensa capillis,""拉拉格以卷繞的髮掛起"，亦爲詩人所歡女子名。

11.【狼】*lupus*，古時意大利常見，今久已絕跡。參觀I 33, 7 f.："sed prius Apulis / iungentur capreae lupis,""可是麀麈寧肯與/阿普洛的狼配合。"【界碑】*terminum*，古羅馬宗教與法律皆有條例禁人侵移田產莊園之界，參觀II 18, 22–28及注。

13.【奇物】*portentum*，指狼。【道努國】*Daunia* / Δαυνία，希臘人(波呂比奧Polybios《史記》(*Historiae*)V 108，斯特拉波VI 3, 2; VI 3, 9等)以之稱H故鄉阿普洛(Apulia)北部，參觀III 30, 10 ff.："qua violens obstrepit Aufidus / et qua pauper aquae Daunus agrestium / regnavit populorum,""奧菲多激流澎湃/之處，缺水的道努統治鄉野之/民之處"；IV 14, 25 f.："sic tauriformis volvitur Aufidus, / qui regna Dauni praefluit Apuli,""如同奧菲多河牡牛般漩洄，/流經阿普洛的道努的王國"。當地古部落稱作道努人(Daunii / Δαύνιοι)，據傳說名本其古王道努(Daunus)。據維吉爾《埃》X 615 f.，埃涅阿之敵圖耳努(Turnus)即其子："quin et pugnae subducere Turnum / et Dauno possem incolumem servare parenti.""何不讓我將圖耳努離開/戰鬥，保全他無損給他父親道努。"又據同書(VIII 9)，荷馬史詩中英雄丟墨得(Diomedes)特羅

亞戰後領其部曲定居於此，婆道努女(普利尼《博物志》III 103："hinc Apulia Dauniorum cognomine a duce Diomedis socero")，圖耳努欲驅逐埃涅阿，嘗遣使請求援軍，竟爲所拒。謂其【尚武】*militaris*者，III 5, 9 f.："Marsu et Apulus, / anciliorum et nominis et togae / oblitus,"　"馬耳索和阿普洛[即道努人]，忘了天盾、族姓、祥袍" 亦暗言其尚武慕義。此外《雜》II 1, 38 f.亦嘗言及："sive quod Apula gens seu quod Lucania bellum / incuteret violenta,"　"不管阿普洛民族或是暴烈的盧坎/欲發動戰爭。"其地雖狼亦較他地爲兇猛，參觀上行11引文。

14.【猶巴】*Iuba*，指猶巴二世(前50/52–23年)，北非努米底亞(Numidia)王。努米底亞在迦太基以西、今阿爾及利亞境內。內戰時父猶巴一世與龐培締盟，前46年猶流·凱撒克良士黨(Optimates)人梅特魯·希庇歐(Metellus Scipio)于北非塔普蘇(Thapsus)，猶巴一世自殺，國除，改建羅馬行省。凱撒羈其獨子載與歸羅馬行凱旋式，其子既而定居羅馬，授羅馬民籍。後隨屋大維征戰，阿克襄之役嘗立功，遂蒙至尊敕命復辟爲猶巴二世王，婆埃及女主克萊奧帕特拉與安東尼之女克萊奧帕特拉·塞勒涅二世(Cleopatra Selene II)。後更立爲毛利國(Mauretania)王，王蓋圖里亞(Gaetulia)與毛利坦尼亞二地，二地今在西阿爾及利亞與摩洛哥。蓋圖里亞產獅，集中後I 23, 10, III 20, 1–2("quanto moveas periclo … Gaetulae catulos leaenae ?"　"驚擾蓋圖里母獅的幼崽會有何等危險？")亦言及。猶巴二世好學，喜著書，普魯塔克稱其人爲"君王中最通于史者"(*Sertorius* 9, 5: τοῦ πάντων ἱστορικωτάτον βασιλέων)。所著《利比卡》(Λιβυκά)敘阿非利加地理風土，多言及獅子，應爲H所曉。NH謂猶巴二世昔在羅馬時，或曾與H覿面，雖全爲猜測之詞，亦可備一說。

15.【獅子……乳母】*leonum arida nutrix*，與【猶巴的土地】*Iubae tellus*同位。謂以乳哺子之乳母【乾燥】*arida*，爲利鈍格(oxymoron)，言其地處北非，氣候乾燥。

17.【置我于】*pone me*，與下章首詞排比，皆爲以命令式爲條件從句，如謂：若你置我于……；主句在行22–24：【我也仍將……】… *amabo* = si pones, tamen amabo. 前一條件命令式謂極北之荒原，上承行7【高加索】，其後從句謂熱帶荒漠，上承行5【敘提】。Heinze猜測此類信誓之辭殆出自希臘化時代豔情詩，爲示所歡其情不移，詩人必條舉種種考驗(labores，直譯爲努力)，曰雖有千難萬險，此情不渝。參觀維吉爾《牧》10, 64–69名句，引文並譯文見後{評點}。

19.【脅】*latus*，軀幹之脅爲其本義，轉喻物體地理等邊緣，構詞與詞義皆如今日地理術語"熱帶"之"帶"，以zona腰帶本義轉喻。言極北地爲天邊壓抑者，蓋因詩人以天爲穹廬，故近地極，與天際相接故也。野曠天低，地近北極尤然。參觀III 24, 37 f.："pars inclusa caloribus / mundi nec Boreae finitimum latus / durataeque solo nives / mercatorem abigunt," "火烈暑熱的地帶或/地接朔方的脅側與永久積雪/都驅趕不動商賈返鄉"。因終年寒冷，故其地草木不生，【沉惰】*pigris*謂此。【多雲】*nebulae*者，北極日光衰弱，難能穿雲破霧。參觀奧維德《哀》III 12, 16："nam procul a Geticis finibus arbor abest," "因爲戈泰人地界之遠端沒有樹木。"

20.【猶庇特】*Iuppiter*，印歐民族以至高神爲天，已見I 2, 2注。

21.【太陽之乘】*curru ... solis*，依印歐原型神話中日神法相，日神日日馭車環天而行，《梨俱吠陀》(X 89, 2)曰因陀羅(Indra)驅日神修闍(Sūryā)如乘之輪環宇而行，可參證。【太近】*propingui*，西洋古人以爲北非炎熱乾燥爲距日過近所致。亞里士多德《氣象學》(*Meteorologika*) II 363a 14曰利比亞以南：διὰ τὴν τοῦ ἡλίου γειτνίασιν οὐκ ἔχει ἥδατα, "因與日相鄰而無水"。

22.【禁建房舍】*domibus negata*，義同上行6【沒有客舍】*inhospitalem*，皆指不宜人居之地理氣候極劣地區，行6因寒冷、此處因炎熱乾燥而不宜於人居。

23.【甜美微笑】*dulce ridentem*，卡圖盧51, 3–5："qui sedens adversus identidem te / spectat et audit / dulce ridentem," "他與你相對而坐，一次次/盯着你聽着你/甜美地笑"。卡圖盧詩句蹈襲薩福，其殘篇31, 2–4曰：ὅττις ἐνάντιός τοι / ἰσδάνει καὶ πλάσιον ἆδυ φωνείσας ὑπακούει / καὶ γελαίσας ἰμέροεν. "那人坐你對面，傾聽你甜美的聲音和你可愛的笑"。末二行皆以*dulce*【甜美】引領，語呈排比。Heinze辨

曰，H此處以排比分言微笑與聒噪，語式更近薩福而非卡圖盧。

25.【聒噪】*loquentem*，見上行10注。

{評點}：

　　詩雖爲友人伏蘇而賦，然其生平事迹，詩中殆無一字道及。所幸扶蘇現身H詩歌非此一處，《讚歌集》之前已有《雜詩集》I 9, 60—74敍詩人街頭爲人糾纏，亟欲擺脫而不得，忽望見好友伏蘇，遂欲藉其脫身，伏蘇卻佯裝當赴急務，竟不援手相救。場景諧謔，描寫生動；《雜》I 10, 83與梅克納、至尊、維吉爾等並舉，同爲詩人文友；後復有《書》I 10專爲之而屬，敍伏蘇喜居都市(1: urbis amator)，且嘗以城居勝鄉居諷己。攷察諸篇，以《書》I 10與本詩關聯最密，爲二首皆詠鄉居之樂也。如此，以《書》I 10中所言推斷，此篇既逕言不懼猛獸，則誠如Heinze所言(詩序)，當爲報其友人諷其鄉居而作：伏蘇必曾語H鄉居山野或遭不虞，故而詩人以"專務內修，則百害不侵"對之也。

　　詩中二章爲一段，均分爲三段，各段分別臚列不宜于人居之地理氣候環境——首段舉敍提、高加索與南亞；次段言及狼與北非之獅；末段稱極北之地與撒哈拉沙漠，謀篇甚爲整飭(Syndikus, p.219)。詩以箴言開篇，云人內修可禦外侵，最爲膾炙人口。然此名句昔時竟致人誤解全詩，錯以爲詩旨在於勸人進德，德國舊時遂有人爲之度曲，用爲殯歌，歌於喪禮！(Fraenkel, p.184 f.與注3)斷章取義之謬，恐莫此爲甚。

　　今攷纍篇首箴言，若以其所言外侵爲習俗社會，則無非廊柱派哲人老生常談，本無足矚目者；然必誇言之不惜乖悖常情，云人內修可闢猛獸，復以非洲番邦風物點綴其間，則甚覺奇譎。次段原文以*namque*(中譯【有次】)引入，承上啓下。拉丁文*namque*常用于泛論之後引入例證，猶謂"例如"，故次段所敍即爲"內修可禦外"之實例：詩人爲其所歡吟詠情詩時遭遇孤狼，狼非但不加害，反望之落荒而走。故細玩詩文，可知所謂內修者，愛情也、吟詠也，與俗情所謂進德修身無與也。詩人似云，猛獸避之如不及，實因其爲戀愛中人，且吟詠所愛不絕，暗喻其有愛神詩神雙重護祐。詩解至此，反觀首段，則知其與廊柱派教誨誠貌合神離，蓋詩人所謂內修，非廊柱派之克制自律也。末段上承荒服與愛情之對立，然不復言詩人歷險，而謂從今以後蒙愛情所祐，雖置諸朔北炎方之荒服亦一無所懼。

稱戀愛者有神明護祐，乃羅馬艷情詩人所慣道，普羅佩耳修III 16，11–18云：

> nec tamen est quisquam, sacros qui laedat amantis :
> 　Scironis media sic licet ire via.
> quisquis amator erit, Scythicis licet ambulet oris,
> 　nemo adeo ut noceat barbarus esse volet.
> luna ministrat iter, demonstrant astra salebras,
> 　ipse Amor accensas percutit ante faces,
> saeva canum rabies morsus avertit hiantis :
> 　huic generi quovis tempore tuta via est.

　　無人可傷害神聖的戀人：/且令他行走於斯基隆路上。/但凡是戀人，隨他漫步塞族人之濱，/也無人願如此野蠻去擊打他。/月引領其行，星示其險地；/愛親自走在前搖晃火炬。/犬的野蠻狂暴也調轉其大張的口；/於此類人無論何時此路都安全。

　　H此篇稱愛能免害，立意略同。此外詩中大段寫置身於炎方朔北，亦有所本。忒奧克利多《牧歌》7敘詩人代友人阿拉托(Aratos)祈求牧神潘令其所歡能回報其用情，如其不然，

> … …
> εἴης δ᾽ Ἠδωνῶν μὲν ἐν ὥρεσι χείματι μέσσῳ
> Ἕβρον πὰρ ποταμὸν τετραμμένος ἐγγύθεν Ἄρκτω,
> ἐν δε θέρει πυμάτοισι παρ᾽ Αἰθιόπεσσι νομεύοις
> πέτρᾳ ὕπο Βλεμύων, ὅθεν οὐκέτι Νεῖλος ὁρατός.

(111–14)

　　你暴風雪時將入忒拉基內地，/沿赫布倫河畔朝大熊星座上行，/在炎夏你則將要放牧於極遠的埃塞俄比亞，/在勃萊姆巖下，在那裏尼羅河都不可得見。

　　維吉爾《牧歌》10詠加洛(Gallus)爲療情傷，勞心勞力以期能移情他事，蹈襲忒奧克利多詩句(64 ff.)曰：

non illum nostri possunt mutare labores,
nec si frigoribus mediis Hebrumque bibamus,
Sithoniasque nives hiemis subeamus aquosae,
nec si, cum moriens alta liber aret in ulmo,
Aethiopum versemus ovis sub sidere Cancri.
omnia vincit Amor : et nos cedamus Amori.

　　我的種種辛勞無法轉移此情，/即便在冰天雪地飲赫布倫河水，/在潮濕的冬天投身於西東尼亞的雪中，/即便高聳的榆樹樹皮被熾灼欲死，/在巨蟹星座之下驅趕埃塞俄比亞的羊羣。/愛神征服一切，我們向愛神服輸。

　　與忒奧克利多、維吉爾相比，H此詩如其一慣風格，語氣戲謔風趣，所敘之事足發軒渠，然語言莊重辭藻典麗。筆下馳騁天南海北爲虛構，薩賓山莊之田園樂趣爲寫實，情事由隱漸顯，終結全篇，句法貫穿、語調洪亮，古今讀者不論誤讀與否，無不心愛之，誠有以也。

{傳承}：

　　此詩既爲傳世典範，後世詩人或規模全篇或捃摭個中詞句，例不可勝數，今於意、英、德詩歌各擇數例，以示其影響深遠。

　　彼特拉克(Petrarca)《商籟詩與歌集》(*Sonetti e canzoni*)第一百四十五首全篇全用H此詩末二章排比句法與詩意，以抒思念勞拉(Laura)之情愫：

Pommi, ove 'l sol occide i fiori e l' erba ;

   O dove vince lui il ghiaccio e la neve ;

   Pommi, ov' è 'l carro suo temprato e leve

   Et ov' è chi ce 'l rende o chi ce 'l serba :

Pommi in umil fortuna, od in superba,

   Al dolce aere sereno, al fosco e greve ;

   Pommi a la notte, al dí lungo ed al breve,

   A la matura etate od a l' acerba :

Pommi in cielo od in terra od in abisso,

   In alto poggio in valle ima e palustre,

   Libero spirto od a' suoi membri affisso :

Pommi con fama oscura o con illustre :

   Sarò qual fui, vivrò com' io son visso,

   Continuando il mio sospir trilustre.

置我於太陽烤乾花草之處,

   或冰雪降服它之處:

   置我於其車乘減輕和升起之處

   並及其返回或收起之處:

置我於運道低下或高揚之處;

   於柔和的空氣,於沉鬱陰暗之中;

   置我於夜裏,於永晝或短日;

   於熟稔或青澀之年:

置我於天空或地上或深淵;

   於高山,深谷於沼澤;

自由的精靈或羈縛的肢體中：

置我於默默無聞或聲名顯赫中：
　我將一如既往；我將一如既往生活，
　繼續我三度被除的歎息。

　　H此詩英國詩人倣作亦甚夥，然皆爲二三流詩人平庸之作，未足具引，見於大詩人者皆爲捃撈詞句或語涉言及，未有全篇規模者，例如斯賓塞(Edmund Spenser)《僊后》(*The Faerie Queene*)1, 6, 35：“As he had traueiled many a sommers day, / Through boyling sands of Arabie and Ynde,”“他夏天行路多日，/穿越阿剌伯和印度的熾熱流沙”，捃撈H詩行5敘提意象。莎士比亞院本處女作《提圖‧安德羅尼古》(*Titus Andronicus*)取材帝政晚期羅馬故事，其中第四幕第二場哥特番王之子德墨修(Demetrius)接一手卷誦之曰：*integer vitae scelerique purus, non egit maury iaculis nec arcus*(文從莎士比亞劇本)，其兄弟喀隆(Chiron)應聲云：“O ’tis a verse in Horace, I know it well. / I read it in the Grammer long agoe.”“哦，這是賀拉斯一句詩，我所熟知。/很久以前我在學堂念過。”則逕以爲劇情點綴。彌爾頓(John Milton)《樂園之失》(*Paradise Lost*)IX 293藉亞當之口贊夏娃天眞無辜，化用H詩首行：“For such thou art, from sin and blame entire,”“因爲你就是這樣，全無罪孽過愆”。則爲飽學詩人信手拈來，不必深究與H詩意有何更深關聯。

　　H名篇德語詩人亦樂蹈襲、捃撈、化用、發揚乃至戲擬無數，十八世紀諸詩人均特(Johann Christian Günther, 1695–1723年)之《菲利》(*Phyllis*)、愛瓦爾德‧封‧克萊斯特(Ewald Christian von Kleist, 1715–1759年)之《致達芙妮》(*An Daphnen*)、席勒(Friedrich Schiller)之《強盜》(*Die Räuber* IV, 4)皆可得見其影響，且皆喜用情人寧至朔北炎方誓語。荷爾德林亦愛此詩，運用不限於捃撈愛情警句。除上注2引其讚歌《詩人的職分》(*Dichterberuf*, 全詩翻譯見I 19{傳承})外，同時稍後屬就讚歌《詩人的勇氣》(*Dichtermuth*)第一藁首章亦化用H詩開頭名句，且全篇以此線貫穿始終，詩末云“更有防備地行走”(und gerüsteter gehet)，與篇首化用H之 "不設防禦" (wehrlos)成反諷，言詩人生活於季世，不復如H所言內心純潔可禦外侮，須當緘口噤聲，全身披掛後始可全身前行也。茲錄荷詩全篇於下：

DICHTERMUTH

Erste Fassung

Sind denn dir nicht verwandt alle Lebendigen ?
  Nährt zum Dienste denn nicht selber die Parze dich ?
    Drum ! so wandle nur wehrlos
    Fort durch's Leben und sorge nicht !

Was geschiehet, es sei alles geseegnet dir,
  Sei zur Freude gewandt ! oder was könnte denn
    Dich belaidigen, Herz ! was
    Da begegnen, wohin du sollst ?

Denn, wie still am Gestad, oder in silberner
  Fernhintönender Fluth, oder auf schweigenden
    Wassertiefen der leichte
    Schwimmer wandelt, so sind auch wir,

Wir, die Dichter des Volks, gerne, wo Lebendes
  Um uns athmet und wallt, freudig, und jedem hold,
    Jedem trauend ; wie sängen
    Sonst wir jedem den eignen Gott ?

Wenn die Wooge denn auch einen der Muthigen,
  Wo er treulich getraut, schmeichlend hinunterzieht,

Und die Stimme des Sängers

　　Nun in blauender Halle schweigt ;

Freudig starb er und noch klagen die Einsamen,

　　Seine Haine, den Fall ihres Geliebtesten ;

　　　　Öfters tönet der Jungfrau

　　　　　　Vom Gezweige sein freundlich Lied.

Wenn des Abends vorbei Einer der Unsern kömmt,

　　Wo der Bruder ihm sank, denket er manches wohl

　　　　An der warnenden Stelle,

　　　　　　Schweigt und gehet gerüsteter.

　　　　詩人的勇氣

　　第一稾

豈非所有的生者都與你相親?

帕耳卡不是親自培養你承命?

　　那麼! 就不設防禦漫步

　　　　前行經歷生活無須憂懼!

所發生的一切就都爲你所屬,

轉憂爲喜吧! 或是還有什麼能

　　屈辱你, 心! 什麼將要

　　　　遭遇你, 無論你要去哪裏?

因爲, 猶如在海岸或在銀白的

濤聲遠達的河裏, 或在寂靜的

　　深水處輕盈的泳者

　　　靜靜地逍遙，我們也這般，

我們，民族的詩人，在生者環繞
我們呼吸起伏之地，喜樂，善待
　　人人、信任人人；如此
　　　　我們歌詠分別各自的神？

當波浪就連勇敢者中的一位
在他信由信賴時哄騙着沖去，
　　而歌者的聲音如今
　　　　也在的蔚藍的廳堂沉寂；

喜樂中他死去，孤獨者们還在
哀歎他的林，他們最愛者的死；
　　偶爾朝那童女響起
　　　　他關於樹枝的友好之歌。

夜晚過去我們中的一位來時，
那時他兄弟已沉淪，他應多想
　　着那個警告的發示之處，
　　　　沉默並更有防備地行走。

二十三

致革來氏
AD CHLOEN

　　汝膽怯警覺如麀鹿，風吹草動輒必就母求救，汝望我而走，然我非猛獅，非欲裂汝身食汝肉者。汝年已及笄，無須密隨母後亦步亦趨。

{格律}：

亞斯克萊匹亞第三(Asclepiadeum tertium)。

{繫年}：

或以爲作於前26–23年之間。

{斠勘記}：

　　1. vitas u¹n s v ρ²*var.* γ卷本所載詩律解　*comment. Cruq.* vitat 餘卷及詩律解　詳下箋注。

　　5. veris *Ξ Ψ 𝕭Ι Pph.* vepris *Gogavius*（1567）*Gogavius*改春字爲荆榛，詳下箋注與評點。

　　6. adventus *Ξ Ψ 𝕭Ι Pph.* ad ventum *Muretus*　詳下評點。

{箋注}：

　　1. 原文首字*vitas*（單數第二人稱）古鈔本多作*vitat*，第三人稱單數，唯若干善本之外古鈔本巴黎本u(Parisinus 7973，九/十世紀)、巴黎本v(Parisinus 8213，十二世紀)等本或其中所載異讀作第二人稱。現代

版本自Keller/Holder以降皆據以修訂爲第二人稱，中譯從之。【麀鹿】
inuleo，幼鹿也，喻出阿納克里昂，詳見後{評點}。*inuleo*（Porphyrio
古注，Keller/Holder, Klingner, Kießling-Heinze, Bailey等）或作
hinnuleo（Bentley, Orelli, Shorey），*inuleus*爲hinnulus異體字，二字同義，
參觀舊約《箴》5: 18–19：“壯而有室，好合無間，永期懽樂，如水溶
溶。其視妻子也，如麀鹿濯濯之可愛，則享閨房之福矣。”通俗本拉丁
譯文作：“cerva carissima et gratissimus hinnulus.”【革來氏】*Chloë*，虛
構希臘女子名，本希臘字χλóη，嫩枝或嫩葉。中譯從文理本《林前》1:
11。集中此名數現，此外另見III 7, 10; III 9, 6; III 26, 12。

2.【無路徑】*aviis*, Heinze: 以人情移諸獸類，於麋鹿本無所謂有
無路徑。【膽怯的】*pavidam*，鹿類生性警覺，風吹草動，稍驚即奔，此
處尤因母鹿有幼崽看護而格外儆醒，類似譬喻參觀《對》1, 19 f.：“ut
adsidens inplumibus pullis avis / serpentium adlapsus timet,”“猶如守護
無羽毛雛兒的鳥/懼怕蛇的偷襲”。謂鹿膽怯集中又見I 2, 11 f.

3.【不無】*non sine*，謙語格（litotes）。Heinze：H從不逕言
cum, “有”，必變換詞語，屢用*non sine*，或成轉折，或作對比，或爲補
充。以示確然無疑者，參觀III 4, 20：“non sine dis animosus infans,”“不
無神祐的勇敢嬰孩”；7, 7 f.：“non sine multis / insomnis lacrimis
agit,”“沒少灑/落無眠的漣漣淚水。”欲以突出所言者，參觀I 25, 16, III
29, 38：“non sine montium / clamore vicinaeque silvae,”“非無山和毗鄰
的森林的呼號”；IV 13, 27：“non sine risu”，“並非沒有哂笑”。用作對
比者，參觀《藝》281：“non sine multa laude,”“非無厚讚”。用以補足語
義者，參觀IV 1, 24：“non sine fistula,”“此外還不無排籥”。

4.【虛有】*vano*，祇因風吹草動，並無危險，實爲虛驚，故云。

5–6. Porphyrio古注云: 飾詞異置格（ύπαλλαγή），如謂：春天之
來臨令新生樹葉顫動（veris adventus folia enata inhorrerunt）。此句造
語以表具體行動之謂語動詞言抽象之主語，學者或以爲未安（詳見後
{評點}），Heinze謂其大膽，不以爲不通，且舉拉丁文學中旁例以爲佐
證，彼得隆紐（Petronius）《撒堤記》（*Satyricon*）123：“velut ex alto cum
magnus inhorruit auster et pulsas evertit aquas,”“如同高處颮起大凱風

之顫動, 掀動激流的水"; 維吉爾《農》III 198-99: "tum segetes altae campique natantes / lenibus horrescunt flabris, " "那時聳立的麥子和波動的田野/因清風而顫抖"。謂寫風之顫動固爲常語, 唯H此處略轉其意, 不逕謂春風顫動, 而以春之來臨暗指春風起來, 故曰顫動。然英國學者自Bentley以還多以爲此句不通, 涂乙文本競出己見, 恐緣學者過泥, 不通詩理, 未可遽從。【春的到來】veris ... adventus, 語式參觀III 30, 5: "fuga temporum, " "時間的飛逝"。麋鹿春天生產, 見後{評點}引安納克里昂殘篇。

7. 維吉爾《牧》2, 9亦言及蜥蜴: "nunc viridis etiam occultant spineta lacertos, " "如今也隱藏綠蜥蜴"。

8. 【其】謂麋鹿。

9-10. 【蓋圖里亞兇猛的獅子】Gaetulus leo, 詳見I 22, 14注, 集中III 20, 1 f.: "non vides, quanto moveas periclo, ... Gaetulae catulos leaenae ?" "你豈不見……驚擾蓋圖里母獅的幼崽會有何等危險? " 【撕裂嚼碎】frangere, 荷馬《伊》XI 113-16: ὡς δὲ λέων ἐλάφοιο ταχείης νήπια τέκνα / ῥηϊδίως συνέαξε λαβὼν κρατεροῖσιν ὀδοῦσιν, / ἐλθὼν εἰς εὐνήν, ἁπαλόν τέ σφ' ἦτορ ἀπηύρα· "猶如獅子將敏捷的鹿的兒女/輕易地用強力的牙咬住撕裂/來到它們的穴, 奪走它們柔嫩的心"。忒奥克里多《牧歌》11, 24: φεύγεις δ'ὥσπερ ὄις πολιὸν λύκον ἀθρήσασα; "你逃跑猶如母羊見到灰毛狼? "

12. 【已迨其时】tempestiva, 指年已"及笄", 故可離母他適。維吉爾《埃》VII 53敘拉丁王女拉維尼婭: "iam matura viro, iam plenis nubilis annis, " "今已長成可夫, 今已年可婚配"。中譯和合《詩·召南·摽有梅》"求我庶士, 迨其吉兮"与《野有死麕》"有女懷春, 吉士誘之"辭意, 譯tempestiva viro語意。

{評點}:

詩人向年甫及笄、然尚青澀羞怯之女子求歡。以麋鹿喻少女, 本安納克里昂(Anacreon, fr. 408):

ἀγανῶς οἷά τε νεβρὸν νεοθηλέα
γαλαθηνὸν ὅς τ᾽ ἐν ὕλῃ κεροέσσης
ἀπολειφθεὶς ἀπὸ μητρὸς ἐπτοήθη.

柔嫩如初生的麀鹿/尚在哺乳, 受驚嚇後離开/它生角的母
親到林間。

寫所歡爲青澀少女, 集中此外尚有Ⅱ 5之拉拉格(Lalage)、Ⅲ 11之
呂德(Lyde)。

H是作取譬捃撦安納克里昂詩, 然如Fraenkel所云(p.183), 其風格
矯飾遠過希臘原作。雖然, H詩首尾貫穿一氣, 意象鮮明生動, 自有其
喜人處。詩雖語含挑逗, 然措辭含蓄, 不傷風雅, NH評語 "discretely
sensuous," 可谓公允。

此詩曉暢明白, 本無需繁注, 然二章措辭乖拗, 遂致歷代學者眾
說紛挐。行5–6【春天的到來在易驚的樹葉中顫動】, 古注(Porphyrio)
以爲屬飾詞異置格, 然近代學者或病之, 以爲于義不通:【到來】
*adventus*如何能【顫動】*inhorruit*? 遂疑現存文本舛訛。早期版本
Muretus等輩修訂原文爲vitis inhorruit ad ventum ("隨風顫動葡萄樹",
厥後Bentley則以vepris(荊棘叢)代vitis(葡萄樹), 近世Keller則主以
ventos(風之複數)代ventum(單數), 諸說競逞, 未能一揆。不主篡改文
本者, Heinze以爲詩人造語大膽險峻; Fraenkel(pp.183–84)則主詩藝未
精而有所疏忽說。

今按主文本舛訛者輕議塗乙文本, 皆爲學者猜料之詞, 諸家雖皆
一時碩儒, 然傳世文本並非漫漶不文, 擅改恐證據理由皆不足, 此處不
如仍循 "以不校校之" 之遺訓, 存其原貌。如此, 無論從Heinze說視之
爲大膽, 抑或從Fraenkel说以爲詩有瑕疵, 皆勝於削足適履、雌黄文本
以合一己之見。唯比較Heinze與Fraenkel二說, Heinze說似更優。

{傳承}:

龍沙耳(Pierre Ronsard)《讚歌集》中有《贈卡桑德拉》(*A Cassandre*

fuiarde, Les Quatre Premiers Livres des Odes, Ode VII) 一首, 全做H詩:

Tu me fuis de plus viste course

Qu'un fan la dent fiere d'une ourse,

Fan qui va les tetins chercher

De sa mere pour se cacher,

Allongeant sa jambe fugace

Si un rameau le vient toucher ;

Car pour le moindre bruit que fasse

D'un serpent la glissante trace,

Et de genous et de cœur tremble ;

Las ! toy belle qui m'es ensemble

Ma douce vie et mon trepas,

Atten moy : je ne te cours pas

Comme un loup pour te faire outrage.

Mets donc, ma mignonne, un peu bas

La cruauté de ton courage ;

Arrete, fuiarde, tes pas,

Et toi, jà d'âge pour m'attendre,

Laisse ta mere, et vien aprendre

Combien l'amour donne d'esbas.

　　你疾速逃離我,/比逃離母熊兇殘牙齒的麂鹿更快,/她
去尋求母親的乳頭,/好把自己隱藏,/伸開她逃竄的腿,/若是
有一條細枝觸了它;/因爲由於一條蛇光輝的行跡/所發出的一
點兒響動,/膝頭和心就都顫抖;/啊! 你的寶貝對於我就是/我
甜蜜的生與死,/等等我: 我不會追捕你/就像狼那樣爲了傷害
你。/那, 我親愛的, 就放下一些/你冷心腸的烈度;/逃跑的女
子, 請駐足,/你已到了期待我的年齡,/離開母親, 來領會/愛會
給予多少遊戲。

斯宾塞《僊后》(*The Faerie Queene*) 3, 7, 1敘淑女Florimell逃離巫師之子追逐，以麀鹿爲譬，全用H詩中意象：

Like as an Hynd forth singled from the heard,

That hath escaped from a rauenous beast,

Yet flyes away of her owne feet affeard;

And euery leafe, that shaketh with the least

Murmure of winde, her terror hath encreast.

猶如一隻麀鹿脫離鹿羣落單，/剛逃脫了貪婪的猛獸，/可仍爲自己的足音所驚；/風所生的一點聲響/搖動的樹葉，都增加了她的恐懼。

二十四

崑提留歿世贈維吉爾勸節哀
AD VERGILIVM

祕傳歌音被絲絃，矜哀詩朋下黃泉，體爲埋葬眠將永，魂巳飄遊變特玄，幾處再尋眞信義，靡人更慰妙詩賢，琴音未還嬌顏色，隱忍方能減熬煎。

《七律擬賀拉斯詩意》

{格律}：

阿斯克萊庇阿德第二式（Asclepiadeum secundum）。

{繫年}：

依法羅死期次於前24或23年。詳下行5注。

{斠勘記}：

13. quid si] quodsi ς　案於義都無差別。

19. levius] melius *Aelius Donatus* 案異讀義爲更好或更，恐係*Donatus*誤記。

{箋注}：

1. 【羞慚】*pudor*，廊柱派哲人尚滅情（ἀπάθεια），恥濫情，H自制許非嚴苛如廊柱派，然于哀悼之際仍不忘克制。參觀下行6注。

2. 【厥首】*capitis*，以首（κάρα, caput）代人，見*OLD*詞條7，希臘文

亦然。索福克勒悲劇院本《安提戈涅》首行安提戈涅諭其妹伊斯墨涅，即指其首以代其人：ὦ κοινὸν αὐτάδελφον Ἰσμήνης κάρα，中文可直譯作："啊同[產]的親妹伊斯墨涅的頭"，羅念生意譯爲："啊，伊斯墨涅，我的親妹妹"，似從R.C. Jebb英文意譯："Ismene, my sister, mine own dear sister"(p.9)；张竹明作"啊，親愛的伊斯墨涅，我同根生的親妹妹"，似從舊版Loeb之Storr英譯："Ismene, sister of my blood and heart,"諸本皆失原文意象、修辭及所表促迫語氣。近現代語文譯本，荷爾德林首用直譯法，逕作"Gemeinsamschwesterliches! o Ismenes Haupt!" H前羅馬詩歌中以首代人，可參觀卡圖盧68A. 119 f.："nam nec tam carum confecto aetate parenti / una caput seri nata nepotis alit." "因爲對高壽的父親沒有這麼珍貴的是/那他獨女所養的晚生的孫兒之首"。席勒名篇《大鐘之歌》(Das Lied von der Glocke)224 ff.捃撦H詩意意象："Ein süßer Trost ist ihm geblieben, / Er zählt die Häupter seiner Lieben / Und sieh ! ihm felht kein theures Haupt." "尚有個甜蜜的慰藉留給他，/他計數所愛者的頭顱，/看哪! 他親愛的頭顱一個都沒缺少。"【教】praecipe，實義動詞，即教授之教，求詩神賚賜泣喪歌，參觀歐里庇得《特羅亞婦人》(Troiades)歌隊所詠(511–13)：ἀμφί μοι Ἴλιον, ὦ / Μοῦσα, καινῶν ὕμνων / ἆισον σὺν δακρύοις ᾠδὰν ἐπικήδειον· "就伊利昂，哦摩薩，/給我在新的頌歌中/唱一曲和淚的泣喪歌。"詩人開篇祈神賜其將賦之篇，集中此外參觀I 12與III 4啓端，其中後者作："descende caelo et dic age tibia / regina longum Calliope melos," "降自天空，來吧，卡里奧佩女王，伴以你的龠管歌詠長調"。Heinze: 詩中祈詩神教授之泣喪歌，即此詩自指，非另有他篇或言維吉爾當賦詩哀悼也。

　　3.【墨波密涅】Melpomene，摩薩九詩神之一。九神分司專職說始于古代晚期H之後，據此說墨波密涅主悲劇，故H單稱摩薩九詩神時應係泛指詩歌或詩神，並無職分特指，集中墨波密涅此外別見III 30, 16與IV 3, 1，亦可佐證此說。Fraenkel嘗力駁以後世摩薩九詩神分司專職說解H詩中單稱詩神之謬(p.306注2並參觀p.281注1)。摩薩爲宙斯與姆涅摩緒涅(Mnemosyne)之女，故其【父】pater即宙斯/猶庇特。Heinze: 弔喪歌啓端呼籲詩神，以示莊重，且明痛失所愛者宜當哀慟也，參觀斯塔修(P. Papinius Statius, 約公元45–約96年)《林木集》(*Silvae*) II 1, 14：
"nemo vetat: satiare malis aegrumque dolorem / libertate doma," "無人
禁你饜足於痛苦, 任情馴服/難忍的哀慟。"

4. 【清澈】*liquidam*, 拉丁文本希臘文λιγυρός或λιγύς, 皆同漢語
以水之清轉譬人聲, 據Heinze拉丁詩歌中以此爲譬盧克萊修實爲第一
人,《物性論》IV 981："citharae liquidum carmen chordasque loquentis
auribus accipere," "耳收豎琴的清澈歌聲和絮叨的絃音"。【因爲……
嗓音】*cui ... dedit*, 祈神時依例應頌神之所能, 以明其以何能何力可成
就人所祈求也, 中譯酌情補【因爲】, 蓋其語氣一如《對》17, 45也："et
tu — potes nam — solve me dementia," "而能———因爲你能——救我
於瘋癲"; 參觀《雜》II 3, 282–84："unum […] unum me surpite morti !
dis etenim facile est," "我一人[……], 請救我一人免於死! 於神明一件
易事。"

5. 【崑提留】*Quintilium*, 古注(Porphyrio本集注, Servius 維吉爾
《牧》5, 20注等)及古史(Hieronymus)皆云此人即革萊摩納(Cremona)
人崑·法羅(Quintilius Varus Cremonensis, 約生于前70年)。如I 18所贈
者法羅果爲同一人, 則集中此前已見, 參觀I 18, 1注。崑提留, 羅馬騎
士, 與H、維吉爾友善, 幼沖時在革萊摩納與維吉爾同窗, 故情誼尤
篤。本詩之外, H《藝》(438 ff.)亦言及法羅, 謂其與詩人切磋詩歌,
能爬羅剔抉, 刮垢磨光, 所言慤實有理。僞Acro古注或爰此稱法羅
爲詩人, 其說則謬。卒年或推定爲前24或23年, 故亦應據此推斷本詩
屬作之年。【長眠】*perpetuus sopor*, 委婉語, 謂死, 多見於墓碑, 集
中別見III 11, 38："longus ... somnus," "長眠"。此乃西洋詩歌慣用
語, 盧克萊修III 921作 "aeternum ... soporem," 義同荷馬《伊》XI 241
χάλκεον ὕπνον "青銅一般的睡眠"、維吉爾《埃》X 745 f.: "ferreus
... somnus," "鐵一般的睡眠", 義皆同。

6. 【羞慚】*Pudor*與後【公義】*Iustitia*、【信實】*Fides*、【眞理】
*Veritas*皆擬人, 原文大寫、中譯楷體以示之。以品性擬人, 非H首剙,
多見於希臘化時代即事詩(epideiktische Poesie), 古例可見赫西俄得
《工》200: Αἰδώς, "羞慚"; 品達《奧》10, 3: ὦ Μοῖσ', ἀλλὰ σὺ καὶ

θυγάτηρ Ἀλάθεια Διός，"哦摩薩，可你和宙斯/之女眞理"等。羅馬
人較希臘人尤喜此類擬人，多見於錢幣銘文等；所用擬人用以頌讚死
者，弔唁詩弔喪必同時頌讚。擬人之爲寓言(allegoria)之下屬形式詳見
I 14{評點}。【信實】(Fides)爲神明所從来已久；以眞理擬人或見于詩
人與哲人，然謂【眞理】Veritas【赤裸】nuda，H之前殆所未聞，稍晚于
H之奧維德詩中則屢見，後世遂成習語。NH云，《藝》敍法羅評點詩
歌，輒讜言不留情面，【眞理】或即此之謂也。【羞慚】謂知哀慟當有
所止，此義參觀普羅佩耳修II 12, 18哀求愛神："si pudor est, alio traice
tela tua！""若知羞恥，便將你的標槍投向他人"；維吉爾《牧》7, 44牧
人命其牲畜回圈云："ite domum pasti, si quis pudor, ite iuvenci,""已經
吃飽，回家吧，若有羞恥，回家吧牛犢。"馬耳提亞爾(Martialis)VIII 3,
3則並稱羞恥與界限曰："sit pudor et finis,"以自嘲作詩不知休止。【公
義的姊妹】Iustitiae soror，以公義與信實爲姊妹。西洋古代詩歌乃至神
話多以宗譜解說抽象品質，荷馬《伊》XIII 298 f. 稱恐慌(Φόβος)爲戰
神阿瑞("Αρης)之子；品達《奧》13, 6 f.頌哥林多城蹈襲赫西俄得(《神
宗》901)云：ἐν τᾷ γὰρ Εὐνομία ναίει κασιγνήτα τε, βάθρον πολίων
ἀσφαλές, / Δίκα καὶ ὁμότροφος Εἰρήνα，"其中居住着秩序與其雙姊
妹、不傾之城的基石：/正義和與其一同養育的和平"。餘者如詩神摩
薩爲記憶(Mnemosyne姆涅摩緒涅)之女，今漢語來自西語之"失敗乃
成功之母"云云，皆其類也。H以品質擬人非僅此一例，《雜》I 3, 98：
"Utilitas, iusti prope mater et aequi,""實用爲正直公平之母"語式亦
同。擬人品質以形容詞修飾，【信實】Fides稱作【不敗壞】incorrupta，
【眞理】Veritas爲【赤裸】nuda，尤可令抽象品質之擬人栩栩如生，集
中參觀I 19, 3 "lasciva Licentia,""淫蕩的放佚"。以宗族及其他屬人
關係(如伴侶、朋友等)喻抽象品質或品物，E.R. Curtius總稱之爲"人
喻"(Personalmetaphern, p.139)，嘗詳論其在西洋中世紀文學中之泛
濫。今案：原文以三品質(羞慚，信實，眞理)並舉，然間以親屬關係說，
復以同位語點明所道，遂使行文搖曳多姿，不致呆板。

　　6–8.【羞慚……匹儔】此句意謂：【羞慚】等品質皆崑提留所秉，
今其人已萎，難得再見如他一般知廉恥、持公義、守信用、戀誠坦率之

人矣。

9. 直譯: 他殞沒得可哭可泣。然文非謂其就死慘烈可悲,乃惜其不壽、壯年夭折也(享年約四十六歲)。故Numberger云*occidit*當譯作名詞 sein Tod,"其歿"。此句與前章呈因果關聯,然省略連詞,爲修辭學之**無連詞連接(asyndeton)**。【吉士】譯*bonis*,拉丁原文以形容詞作名詞,尤指德行高尚之士,故中譯取《尚書》"吉士",見《尚書·立政》:"其勿以憸人,其惟吉士,用勱相我國家,"吉士即賢士也。然拉丁文尤以指人果毅勇敢,*OLD*詞條(2. c.)引本句爲例。

10–11. 原文*Vergili*【維吉爾】嵌于*tibi*【比你】、*tu*【你】中間,惜乎譯文不克傚法。然此三詞置于全詩正中,頗顯詩人匠心,乃尼采所謂鑲嵌畫之又一例也。"無人"句與前句呈轉折關係,亦爲無連詞之連接(asyndeton)。【虔悌】譯*pius*,羅馬人pietas,通譯作敬虔,含孝悌義,此處單指兄弟友于之情,故作此譯。參觀《書》I 14, 6:"Lamiae pietas ... fratrem maerentis," "拉彌埃哀悼其兄弟的虔悌之情"。Porphyrio古注曰【枉】*frustra*謂【求】*poscis*,不謂【虔悌】,Kießling/Heinze附之,云苟謂【虔悌】,則於神爲不敬,且於維吉爾爲殘忍,中譯因其說。然H他處數言敬虔(pietas)無力延緩衰老死亡,II 14, 2–4:"nec pietas moram / rugis et instanti senectae / adferet indomitaeque morti," "敬虔並不會延緩/皺紋、臨近的耄耋之年/和不可馴服的死亡到來";IV 7, 23 f.: "non, Torquate, genus, non te facundia, non te restituet pietas." "族望,陶夸圖啊,雄辯和敬虔通通都無法讓你得復活。"故H雖以敬虔爲美,然並未矯情悖理,誇大其効力可起死回生。直言敬神守貞無益於起死回生,僞託奧維德《慰利維婭喪子詩》(*Consolatio ad Liviam*)頗反H其道爲之:"quid tibi nunc mores prosunt actumque pudice / omne aevum et tanto tam placuisse viro?" "如今你的舉止與貞潔的一生何用? 如此取悅於一人?" 其後131 f.詩意亦同:"nam quid ego admisi? quae non ego numina cultu, / quos ego non potui demeruisse deos?" "因爲我有何失? 哪項祭祀我嘗缺? 哪些神明我未取悅?"

12. 【託管】*creditum*,參觀I 3, 5 ff. 及注,彼處譯作"信託"。【這般託管】*ita creditum*, Porphyrio古注解爲"希冀其爲你所收",即信託

崑提留於汝之人未曾欲汝留之而不還，而託管崑提留者即維吉爾也，Heinze從此說。或以爲託付崑提留者乃衆神也。Kießling辯折此說云，物主託付其財產於人，今索(poscis)之，此固常理也。注家或據I 3, 5 ff.推斷崑提留之死爲溺斃，恐失穿鑿。

13.【何益? 從然……】*quid ? si ...* 死者不爲親友哀慟而復生，荷馬以還，爲詩人常談，《伊》XXIV 550 f.普里阿摩抵希臘軍營收其子赫克托遺骸，阿基琉語之曰: οὐ γάρ τι πρήξεις ἀκαχήμενος υἷος ἑῆος, / οὐδέ μιν ἀνστήσεις, "你爲你英勇的兒子哀慟無益于事,/不能使他復起"。Heinze: 詩人此前已許哀未爲非當，故此處並非禁哀，而勸不當逆命運而爲，向神追索崑提留。【何益】*quid*當以情急語促所發反問語視之，於意引領其後長問句，而不應視作疑問句中疑問詞如III 9, 17者: "quid si prisca redit Venus," "前愛若返會當如何"。【林木聆聽過的絃】*auditam ... arboribus fidem*，暗射維吉爾，其《農事詩》新近屬就(前29年)，其中卷四敘奧耳甫入陰間救妻事。Heinze: 據維吉爾所敘奧耳甫神話，奧耳甫終未能攜亡妻還陽，非因其樂聲不能感動冥王，而因其情深意切，不遵冥王囑咐而然也，H似有所失察。按恐非詩人失察，而是有意曲解神話以就己說也。神話詳情見下注。

14.【奧耳甫】*Orpheo*，已見I 12, 7–12注。維吉爾《農》IV 467–84敘奧耳甫妻歐瑞狄刻(Eurydice)爲蛇傷致死，奧耳甫哀痛欲絕，旋受妊女指點，深入陰間，動冥王以音樂，得准攜妻還陽。冥王囑曰，返陽途中，歐氏須跟隨其夫身後，奧耳甫其間不可回顧。二人果行，然途中奧耳甫思妻心切，竟忘情反顧其妻，遂遽失其所在。覷H詩此處，似暗射維吉爾所敘奧耳甫故事而樹以異議，云樂聲雖美，仍無力感動引領亡魂之神墨古利令崑提留起死回生也。

15.【虛像】*vanae ... imagini*，荷馬以降，西洋詩歌皆謂魂魄爲虛影，可見而無實體。荷馬《奧》幽冥之旅卷(卷十一)稱陰魂爲"已畢役之有死者们的影像"(βροτῶν εἴδωλα καμότων, XI 476)，奧德修覷其母陰魂於冥府，遂欲探撫之，然攬臂竟一無所觸。維吉爾《埃》幽冥之旅卷(卷六)摹繪冥府幽魂全祖述荷馬，亦謂人魂魄虛無縹緲。參觀拙文《幽冥之旅》，《小批评集》頁八六–一〇六。【血色能迴歸】

redeat sanguis，荷馬卷云陰魂需先飲暗血始可發言（XI 152 ff.），維吉爾
《埃》卷云陰魂慘淡無血色（VI 401："exsanguis...umbras"），皆言陰
魂失血，徒有虛形。【一旦】*semel*，言人大限之期，集中另有IV 7, 21：
"cum semel occideris et de te splendida Minos fecerit arbitria,"　"有朝
一日你隕越，而且由米諾給你做出輝煌的裁判"；參觀I 4, 17之simul：
"et domus exilis Plutonia ; quo simul mearis,"　"和冥王荒殿，那兒你
一旦前往"。此處simul略同semel。普羅佩耳修IV 11, 2–3所言亦同：
"panditur ad nullas ianua nigra preces ; / cum semel infernas intrarunt
funera leges,"　"沒有黑暗的大門爲祈禱打開；/一旦死喪者進入了冥間
的轄區"。集中用semel句式相似者，別見III 5, 29："vera virtus, cum
semel excidit,"　"眞正的賢德一旦淪亡"；29, 48："quod fugiens semel
hora vexit,"　"時日曾經一度帶走的。"

　　16.【他】譯文增補，即行18【墨古利】*Mercurius*。【節杖】*virga*已
見I 10, 18及注；然此處措辭較彼處慘淡，彼處唯稱冥間安排蒙福者亡
魂之樂所（laetae sedes），即所謂福人林：維吉爾《埃》VI 638 ff. "locos
laetos et amoena virecta / fortunatorum nemorum sedesque beatas,"　"樂
土與芳甸，/福人林和蒙福之所"；此處意在渲染陰間之恐怖：【可怖
的】*horrida*，形容詞係使然義，別見I 34, 10："horrida ... sedes,"　"可
怖之地"。

　　17.【不易……命運的】*non lenis ... fata recludere*，作一氣讀，皆
爲主詞【墨古利】之定語。【開啓命運】*fata recludere*意謂開啓陰間之
門放幽魂還陽，此處【命運】*fata* = 冥府（Orcus），Heinze："非謂減人
壽數之力，實指死人麇集之處"。此行原文形容詞+動詞不定時爲希臘
句法，語意須貫穿讀始得正解，意謂人向墨古利祈禱，求其開啓地獄之
門放歸死者還陽，墨古利不易順從。類似句式別見《雜》I 4, 8："durus
conponere versus,"　"尖刻爲詩"。Heinze曰詩人用此形容詞+動詞分
詞語式而不用常見之副詞+動詞語式者乃欲以此形容詞言其人秉性之
常，而非僅言此舉之行爲方式也。

　　18.【黑色的畜羣】*nigro ... gregi*，陰魂聚衆成羣，比較I 10, 18 f.：
"levem ... turbam,"　"輕盈的羣氓"。【黑色】緣陰間無光、皆爲黑夜

故，參觀IV 2, 23 f.: "nigro … Orco," "黑冥府"; IV 12, 26: "nigrorum … ignium," "黝黑的火苗"，指冥間之火。中國舊詩所謂"玄夜"，差近，沈佺期《傷王學士》："痛哉玄夜重，何邊青春姿"。【它】原文爲行16關係代詞quam，代其上行末字：【虛像】imago =(崑提留)幽靈。【驅】compulerit，原文如中譯用字，本皆以言驅趕畜羣，參觀維吉爾《牧》2, 30："haedorumque gregem viridi compellere hibisco !" "驅趕羔羊之羣就葱綠的蜀葵！"

19–20. 文體爲箴言(γνώμη)，意謂上天不容人更改之事，如生死，若以隱忍之心受之，可覺不致過于沉痛。意近阿耳基洛古(Archilochos)詩殘篇7, 5 ff. (*AIG* p.214): ἀλλὰ θεοὶ γὰρ ἀνηκέστοισι κακοῖσιν, / ὦ φίλ᾽, ἐπὶ κρατερὴν τλημοσύνην ἔθεσαν / φάρμακον. "可是衆神給不可治愈的厄難，/哦朋友，設了解藥以緩其/劇痛"。按以藥化悲，祖荷馬，見《奧》IV 220 f.: αὐτίκ᾽ ἄρ᾽ ἐς οἶνον βάλε φάρμακον, ἔνθεν ἔπινον, / νηπενθές τ᾽ ἄχολόν τε, κακῶν ἐπίληθον ἁπάντων. "她[海倫]逕直把一種藥劑投入他們喝的酒裏，/以平息痛苦和爭鬪，遺忘一切壞的"。

19. 【艱辛】durum，謂上述人之必死無可挽回之宿命。【天條】所禁，nefas，已見I 3, 26及注。多納圖(Donatus)《維吉爾傳》十五世紀鈔本有句云，"無品德較隱忍爲重、憑審慎隱忍勇者無艱不克，"且稱其爲維吉爾至愛，學者皆以爲係後人附會。

{點评}：

此篇以豎琴詩爲弔喪歌(ἐπικήδειον)，和合弔喪與勸慰(consolatio)：前二章弔喪，後三勸慰；弔喪嘆息死者，勸慰向同爲死者密友之維吉爾而發；弔喪抒己哀慟，其語雖促切(四(或三)反問句+一祈使句)，其辭卻莊重考究：【厥首】、【睡眠鎭壓】、抽象品質擬人等均可證此；Heinze曰，起首反問句一是點出一篇主題，二是表明不欲作悲聲，以免觸維吉爾之痛。三章由弔喪轉爲慰安，言崑提留之死，傷心無過維吉爾。後者新作《農事詩》卷四敍奧耳甫冥府救妻神話。四章調絃云云反詰此神話，謂恃樂藝卓絕以期起死回生爲妄想，語雖設詰問，意則在勸慰，勸維吉爾勿哀傷過度。末二行勸隱忍克制，係勸慰詩之常談。全詩謀篇整飭、措辭修煉、情眞意切，自爲應景詩中佳構。然置于集中此處，前後各以艷情詩翼之，則頗顯突兀：前後二篇乃至數篇皆以艷情爲題，風格輕鬆佻達，I 25甚至於粗俗露骨，以之翼附此悲悼陰沉之章，初讀之下未免責怪詩人安排失當，然細思方可揣度詩人用意：以死之悲慘節度生之歡娛喜怒，許爲詩人深意所寄哉。

{傳承}：

法蘭西十六世紀詩人馬勒爾布(François de Malherbe, 1555–1628年)《慰問貝里埃先生喪女詩》(*Consolation à M. du Périer sur la morte de sa fille*)第八章言死神不爲死者親人百般祈求所動，語意本H等弔喪詩：

> La Morte a des rigueurs à nulle autre pareilles ;
> On a beau la prier.
> La cruelle qu'elle est se bouche les oreilles,
> Et nous laisse crier.

> 死神的嚴苛無有其匹；
> 祈求全是徒勞。
> 其殘忍會自塞其雙耳，
> 任憑我們喊叫。

克洛普施托克(Friedrich Gottlieb Klopstock, 1724–1803年)賀拉斯體讚歌《文高爾夫》(*Wingolf*)悼念亡友，其中第五首第八章云：

> Uns werth, wie Flakkus war sein Quintilius,
> Der verhüllten Wahrheit Vertraulichster,
> Ach kehre, Gärtner, deinen Freunden
> Ewig zurück! Doch du fliehest fern weg!

於我們，一如崑提留之於弗拉古，/那箇遮蔽的眞理最親
近，/啊園丁，將你的朋友/永遠送回! 而你卻遠去!

奧耳甫深入陰間救妻神話，歷代詩人吟詠不輟。里爾克(Rainer
Maria Rilke)《新詩集》(*Neue Gedichte*)中《奧耳甫。歐律狄刻。希耳
米》(*Orpheus. Eurydike. Hermes*)敘奧耳甫入冥間救妻歐律狄刻，雖其
範本乃古墓彫刻，卻在維吉爾以及奧維德之後能踵事增華，體會奧耳
甫眼見其妻因己之過失還陽中途爲冥靈嚮導希耳米(墨古利)原路帶
回，陰陽永隔而無能爲力之慘景，殊見詩心細膩，體察入微：

Fern aber, dunkel vor dem klaren Ausgang,
stand irgend jemand, dessen Angesicht
nicht zu erkennen war. Er stand und sah,
wie auf dem Streifen eines Wiesenpfades
mit trauervollem Blick der Gott der Botschaft
sich schweigend wandte, der Gestalt zu folgen,
die schon zurückging dieses selben Weges,
den Schritt beschränkt von langen Leichenbändern,
unsicher, sanft und ohne Ungeduld.

可远處，在敞亮的出口前，
站着甚麽人，他的臉
辨認不出。他站着瞧，
如何在一條草地中的甬道上
帶着悲哀的眼神，信使之神
默默地轉身，跟隨那箇已
原路返回的身影，
她的腳步被屍體的長隊阻擋，
踟躕、輕柔、不帶煩躁。

二十五

數呂底亞齒長色衰
AD LYDIAM

　　汝今門前冷落，無復有少年擲石子擊窗扇以求密約，終可得長夜安眠矣；汝今門雖設而常關，無復曩昔門軸不停轉時盛況；汝今窗下無人爲你歌夜曲以求歡。齒長色衰，身價不復，今汝已爲老嫗，於月黑之夜，佇立空巷，向寒風而泣以待孤老。汝雖淫慾高漲如母馬，却難得滿足，因少年更喜嫩枝而非衰葉，枯柯敗葉唯有朔風臨幸。

{格律}：

薩福體(Sapphicum)。

{繫年}：

或以爲當作於33–30年之間。

{斠勘記}：

　　5. facilis $\varXi$ $^{(\text{acc.}\lambda'\text{R})}$ **ℬʃ** (?) σχ Γ faciles $\varPsi$ 前者爲單數主格，定語子句中狀關係代詞quae；後者讀爲實格複數，屬其實語cardines.

　　11. magis $\varXi$ $\varPsi$ σχ Γ vagans *H. Usener* 後者乃十九世紀德國古典學者所塗乙，義爲閒逛，現在分詞主格單數，謂句中主語anus.

　　13. libido] cupido 字上書libido B cupido u 案異讀義爲愛情，及與amor並言，如爲cupido則嫌重複。

　　17. virenti $\varXi$ $^{(\text{acc.}\lambda'\text{R})}$ virente F δ π 二者皆爲virens奪格形態，於義都

無差別。

20. Euro *Aldus 1501* Hebro 卷本皆然*Pph.* σχΓ　詳下箋註。

{箋注}：

1.【投擲】*iactibus*，少年以石子投女子居室窗牖以引其矚目，爲古羅馬風俗常態。低微平民如詩中倡優呂底亞者往往賃頂樓屋(cenacula)而居，人自巷中無以逕叩之，故以石子投窗以代叩門。Heinze云，據現代攷古此類居室皆單立門戶直通樓梯。甚便於幽會而不爲人知，宜其爲倡優所喜居也。【頻繁】*crebris*，謂求歡者衆，非僅一人反復投擲也。

2.【閉合的窗牖】*iunctas ... fenestras*，古羅馬人屋牖以二木扇爲之，晝啓夜合，合則以橫木爲楯扃之，木扇或有葉片可開啓，狀如百葉窗。奧維德《海》III 3, 5："nox erat et bifores intrabat luna fenestras,""入夜了，月光探入雙扇的窗牖"；《情》I 5, 3："pars adaperta est, pars altera clausa fenestrae,""窗牖一半開着，另一半關着"。猶文納利(Iuvenalis)《雜詩集》9, 104 f. 謂流言無處不在，故勸人："claude fenestras, ... iunge ostia,""閉戶，……關門"。中譯【窗牖】複詞偏義，指牖，即朝衢巷而開者。

3.【剝奪你的夢】*tibi somnos adimunt*，因求歡少年頻繁以石子擊中窗牖而擾其睡眠。普羅佩耳修II 19, 5 f. "nulla neque ante tuas orietur rixa fenestras / nec tibi clamatae somnus amarus erit,""你的窗牖前將無吵鬧，/你的睡眠亦不會因被人呼喊而辛苦"；III 10, 25 f.："dulciaque ingratos adimant convivia somnos,""甜美的饗宴會剝奪不令人喜的睡眠"。

3–4. 門扉句意謂【門扉】*ianua*常閉，故恆與【門限】*limen*相親相偎，喻門庭冷落。掩門、門扉、爲古羅馬豔情戲謔文學所常道，普勞圖喜劇《古爾古略》(*Curculio*)147 f. (I ii, 55 f.)："pessuli, heus pessuli, vos saluto lubens, / vos amo, vos volo, vos peto atque opsecro"；"門閂，唉門閂，我向你們殷勤問安，/你們我所愛，你們我所欲，你們我所干求乞請"；提布盧I 2, 5 ff.："nam posita est nostrae custodia saeva puellae, / clauditur et dura ianua firma sera. / ianua difficilis domini, te verberet imber, / te Iovis imperio fulmina missa petant. / ianua, iam pateas uni mihi, victa querelis, / neu furtim verso cardine aperta sones." "因爲給我的姑娘放置了暴烈的護衛,/門閉以堅扃。/門,屬難纏的主人,願雨擊打你,/願遵猶父之命發射的霹靂造訪你。/門啊,願你現在向我打開,爲我的哀怨所征服,/偷偷轉動門軸,無聲打開你。"卡圖盧67全篇爲情人向門告白,可參看。按H此處言門與檻相親暱,語雖香豔然所言實適相反,門與檻相親愛,而門內居人齒長色衰,獨處無郎,門雖設而常關。全句義理雖通,然語嫌造作。

6–8. 女子夜拒男子於戶外,男子遂歌詠喧譟於女子牖下,以求接納,爲西洋古時風俗,見諸詩歌,有專稱曰泣門歌(παρακλαυσίθυρον),爲失意情人受拒門外所發哀怨,7–8即男子所詠泣門歌。泣門歌集中又見III 10,其中1–6:"extremum Tanain si biberes, Lyce, / saevo nupta viro, me tamen asperas / porrectum ante foris obicere incolis / plorares Aquilonibus / audis, quo strepitu ianua, quo numus / inter pulchra satum tecta remugiat ventis ... " "你若飲地極的泰納河水,呂契,/嫁給了野蠻男人,卻哭着把我/拋棄在粗獷的門前讓我橫陳/於當地的朔風之中,/你將聽到門扉以何樣的震響、/漂亮薲橝間培植的樹木如何向/風咆哮……"。此等歌詠近世以意大利名稱於世,即所謂serenata(西班牙語同;法:sérénade;英、德:serenade等),中譯俗作夜曲或小夜曲。

7.【屬你的我】原文*me tuo* "我" "你" 二字奪格併置爲同位語,男子所詠泣門歌含多重對比:你對我,消沉對酣睡。

8.【呂底亞】*Lydia*,呼格插入語,此希臘女子名集中數見,用爲倡優名已詳I 8, 1注。

9 ff. Heinze:實寫齒長色衰妓女慘景令人恐懼。昔爲萬人迷,故亦嘗拿姿作態;今無人問津,門前冷落,雖老朽嫖客亦可侮慢之。【輕賤】*levis*,言其已無身價。

10.【倨傲】*arrogantis*,參觀III 26, 11 f.:"sublimi flagello / tange Chloen semel arrogantem," "就請揚鞭笞打/曾經頤指氣使[原文同倨傲]的革洛氏。"【巷】*angiportu*,以言老妓當街攬客,卡圖盧58發詈詞詛咒其所歡萊斯波亞(Lesbia)曰(4–5):"nunc in quadriviis et angiportis /

glubit magnanimi Remi nepotes,"　"她如今在街口閭巷/爲雄心勃勃的雷穆後裔擼皮。"

11.　【朔夜】*interlunia*指晦往朔初時之夜，Porphyrio古注曰此時風暴肆橫，故有風聲喧鬧如酒神節慶句。按中文譯作朔見《說文》："朔，月一日始蘇也"。段玉裁注曰："晦者，月盡也，盡而蘇矣"。朔亦謂北方，朔風爲北風，則與西洋古說差合。【醉酒般喧鬧】意譯*bacchante*，原文爲動詞分詞，本指人慶祝酒神節放縱狀。餘詳下注。

12.　【忒萊基風】*Thracio ... vento*，忒萊基位于希臘本土北方，故指北風或朔風（Boreas）。忒萊基以酒神祭祀著稱，故此處以狂野縱情之酒神祭喻北風。參觀《對》13, 2–3："nunc silvae / Threicio Aquilone sonant,"　"今森林/爲忒萊基北風呼嘯。"其說本荷馬《伊》IX 4–6: ὡς δ' ἄνεμοι δύο πόντον ὀρίνετον ἰχθυόεντα, / Βορέης καὶ Ζέφυρος, τώ τε Θρήκηθεν ἄητον / ἐλθόντ' ἐξαπίνης· "猶如兩股風，朔風與澤風[按指西北風]/自忒萊基颳來，突然到來/驚起魚腥味的大海"。

14.　【馬羣之母】*matres ... equorum*，即母馬，迂言之者，爲希臘化時代詩歌辭藻慣技，NH引《英華》V 292: ὄρνιθες δροσερῶν μητέρες ὀρταλίχων, "禽鳥，柔嫩雛兒之母"，可參看。以人倫擬畜類，已見I 17, 6 f.: "deviae olentis uxores mariti,"　"腥臊夫君散漫的妻妾"。維吉爾《農》III 266: "scilicet ante omnis furor est insignis equarum,"　"確乎最最昭著者是母馬的瘋狂"。此行原文爲定語從句，中譯轉譯作插入語。

15.　【肝臟】*iecur*已見I 13, 4及注。依西洋古醫說，因愛生妬生忿，皆爲肝汁使然。Heinze云，詩中作【潰瘍】*ulcerosum*者，指臟腑爲愛神箭簇所傷。*ulcerosus*本希臘字ἑλκώδης，傷口般。忒奧克里多11, 15: ἔχθιστον ἔχων ὑποκάρδιον ἕλκος, / Κύπριδος ἐκ μεγάλας, τό οἱ ἥπατι πᾶξε βέλεμνον. "[波呂斐謨Polyphemos]心上有居比路大神[愛神]所投擲的梭鏢所致的傷口"。H《書》I 18, 72: "non ancilla tuum iecur ulceret ulla puerve,"　"毋讓女僕或男童使你的肝臟潰瘍[或可譯作：傷你的肝]"。

18–19.　【常青藤】*hedera*或作*edera*葉【嫩翠】*virenti*應尤指春季返青新芽之色，故較同爲長青灌木、葉色【黝暗】*pulla*之【桃金娘】

myrtum — I 4, 9稱爲翠色： viridi … myrto — 爲淡。【黝黯】*pulla*,
《對》16, 46用以言無花果熟稔後顏色："numquam … suamque pulla
ficus ornat arborem,""永無黝暗的無花果妝點其樹"。【歡喜】*gaudeat*
謂喜採擷以編織爲冠。NH謂後者尤應指仲夏時葉色。【而非】原文
magis atque，Porphyrio以降舊注家頗覺乖謬費解，謂比較級應爲
magis quam（更+比），*atque*本義爲"及"、"與"，故皆不讀此句爲二項
相較，而解作二者平級併列，*magis*（更）則以程度副詞視之。現代學者
Heinze、NH等舉H詩中旁例以證*magis atque*實爲比較，駁Porphyrio等
舊說之非，前者辨曰苟爲magis quam且作比較解，則magis爲駢拇枝指
矣，其語義實同非但……而且……；中譯從Heinze等今人說。依希臘習
俗，節慶時（【喜慶】*laeta*）戴常青藤或桃金娘枝葉所編冠飾多爲青年。
云人以葉色深淺偏愛常青藤、捨桃金娘，于古無徵。

　　20.【朝風】*Euro*，古鈔本皆作*Hebro*，1501年威尼斯版Aldo Manu-
zio塗乙爲*Euro*，後人多從之，Bentley詳辨其爲魯魚亥豕之訛：希臘文呼
氣字符非如拉丁文專有字母H，故EBRO同HEBRO，皆可爲῎Εβρου之轉
寫，且B爲V之誤，亦屬常見。Hebrus，水名，在忒萊基，今名Maritza。颭
自忒萊基之風在意大利爲冬季寒風，已見上行11–12及注。細玩詩文，若
讀Hebro，其非謂來自忒萊基之水或風令草木凋零，而謂凋零之草木自薦
于（零落于？）此朔方之水；然詩中實景斷無自羅馬突轉移至忒萊基之理。
且希臘文獻中雖有言Hebrus寒凍者，呼之爲冬之侶則殊乖義理。故訂正
爲*Euro*，即言樹枝因寒風而凋萎，方于情理兼合。所謂【朝風】*Euros*即
東風，詞源或與εὕω"炮烙（獸）毛"相關，後多與"晨""朝"並言，中譯
因焉。羅馬臨意大利西海岸，瀕提倫海，冬季寒風來自東方或東北方。集
中以東風（朝風）爲寒風，又見III 17, 9–12："cras foliis nemus / multis et
alga litus inutili / demissa tempestas ab Euro / sternet,""明日朝風將/降
下暴風雨，把落葉撒滿在/林地、把無用的海藻撒/滿岸上"。同代詩人參
觀維吉爾《農》II 339："hibernis parcebant flatibus Euri,""朝風忍住嚴
冬的呼嘯"。曰朝風爲【伴侶】*sodali*者，意謂朝風與冬季相始終也，非
如IV 12, 1："veris comites,""春天的伴侶"、I 28, 21 "rapidus comes
Orionis,""獵戶座的狂烈儔侶"僅謂春季初臨或獵戶座之沉降也。此處

非如下篇起首願憂愁隨風飄逝爲顯而易見，羅馬少年何以欲將其所不喜之枯枝敗葉付諸寒風？其詩意當上承三章 "忒萊基風" 而起。Syndikus曰詩末超乎個人刻畫之上，以枯葉譬喻爲泛論，遂令詩中中段之殘忍略爲減輕。

{評點}：

男子求歡不遂、忿而詆譭所慕者，希臘化時代詩歌中蔚然自成一類，德国學者稱其爲謗詩（Spott- und Hohngedicht，參觀Syndikus, p.239; Pasquali則曰: scorno di donne），尤多見于哀歌箴銘二體裁。Syndikus稱阿耳基庫洛（fr. 188）爲謗詩鼻祖。阿氏詩殘篇賴莎草紙殘片得存，然篇中字讀學者所見不一（參觀S.R. Slings, "Archilochus, Fr. 188, 1–2," *Zeitschrift für Papyrologie und Epigraphik* 106 (1995): 1–2），不便具引，其詩旨在呪某倡女年老色衰，顏皺如溝壑，則當無疑，後世謗詩莫不之從。阿耳基庫洛詩既不得窺全豹，幸後有《英華》V 298所收猶利安（Iulianus）箴言詩，屬就雖略晚于H是作，然從中更可見當日謗詩風貌：

ἱμερτὴ Μαρίη μεγαλίζεται· ἀλλὰ μετέλθοις
　κείνης, πότνα Δίκη, κόμπον ἀγηνορίης·
μὴ θανάτῳ, βασίλεια· τὸ δ᾽ ἔμπαλιν, ἐς τρίχας ἥξοι
　γήραος, ἐς ῥυτίδας σκληρὸν ἵκοιτο ῥέθος
τίσειαν πολιαὶ τάδε δάκρυα· κάλλος ὑπόσχοι
　ψυχῆς ἀμπλακίην, αἴτιον ἀμπλακίης.

　　可人的瑪利亞甚是倨傲；可正義女神/懲罰其剛愎自用/莫以死亡，女王！而是反令其達耄耋/之年，令其顏生皺，/令其蒼鬢償還[求歡不遂者所淌]眼淚，令其美麗/代其心靈受過，其過之因。

H之前拉丁謗詩有普羅佩耳修III 25, 11（Pasquali, p.441）：

at te celatis aetas gravis urgeat annis,

　et veniat formae ruga sinistra tuae !

vellere tum cupias albos a stirpe capillos,

　a ! speculo rugas increpitante tibi,

exclusa inque vicem fastus patiare superbos,

　et quae fecisti facta queraris anus !

　　可壓抑人的年壽將用藏匿的年歲逼迫你, /你容顏將生不祥的褶皺！/到那時你會想連根扯掉白髮, /啊！用不奉承的鏡子除去你的皺紋, /輪着你被拒門外, 忍受倨傲的蔑視, /一名老嫗, 怨尤自己曾經的所作所爲!

　　稍早卡圖盧第八(14–18)亦可稱作謗詩, 詩人失戀後詛其所歡累斯比婭餘生失戀寡歡, 然未含預言其衰老醜陋等惡語:

at tu dolebis, cum rogaberis nulla.

scelesta, vae te.　quae tibi manet vita ?

quis nunc te adibit ? cui videberis bella ?

quem nunc amabis ? cuius esse diceris ?

quem basiabis ? cui labella mordebis ?

　　可你會受罪的, 當你無人問津, /惡女, 你倒霉吧! 你有何樣餘生? /誰還會來找你? 誰會以你爲美? /你會愛上誰? 別人以爲你會屬誰? /你會親誰? 你會咬誰的脣吻?

　　H集中謗詩非此一篇, 集中此外復有III 15, 4 ff. "maturo propior desine funeri / inter ludere virgins / et stellis nebulam spargere candidis," "更近於熟歲壽終喪葬的你就/停止在閨女中遊戲、在晳晳羣星之間散佈烏雲吧"; IV 13, 10 f. "et refugit te, quia luridi / dentes, te quia rugae / turpant et capitis nives," "他因汙黃的牙齒逃避你, /逃避你

因爲皺紋和你/頭上的白雪使你變醜陋”二首;《讚》之前專擅辛辣諷刺之短長格(《對》)更不乏此類謗詩(第八與第十二首)。由此可見當日艷情詩中,謗詩立意雖較求歡或失戀等常見情詩爲狎邪,然自成一體,能寫人性之常態、見浮世之盛衰,後世覘之或嫌“雖眞不雅”(袁枚《續詩品三十二首・安雅》語),野哉其罵,卻未可遽斥以爲不足觀也。

詩中上二章與希臘以還豎琴詩中泣門歌(見上6–8注)關聯甚密。Heinze曰,泣門歌或祖安納克勒昂,今僅存殘篇(fr. 431):

κοὐ μοκλὸν ἐν θύρῃσι διξῇσιν βαλὼν
ἥσυχος καθεύδει.

他安然入眠,雖未/上門閂。

今按與安氏殘篇等泣門詩比並而讀,可見H此詩實爲反泣門歌,二章末二行述呂底亞門前昔曾不乏有人歌泣門詩,且截取泣門歌片段以爲轉述,手法反諷,反襯所詈之女今門可羅雀,晚景淒涼。

三、四章白描老妓受情慾煎熬雖立於街衢卻無人問津之窘境,用語直白殘忍,頗見貫穿羅馬文學之粗鄙寫實文風,奧爾巴赫(Erich Auerbach)所謂das Kreatürliche者。卒章雖貫徹全詩意旨,然以常青藤桃金娘等譬喻道出,回歸詩歌辭藻,不至全篇全爲以惡語狠話白描市井肆廛也。

H此作與普羅佩耳修等前輩謗詩有所不同:他人謗詩皆出自詩人風流私情,H詩則顯非自供行狀,全篇藉“少年們”言事,謂其昔曾麇集於呂底亞門前,今則不屑一顧,故Syndikus以爲應非有本事可稽,純是借題發揮,寫人情浮世之常態,故較前人謗詩反更震動人心。

{比較}:

老妓

謗詩中國古代詩歌所無,詩詞詠老妓,則偶或有之。白樂天《琵琶行》云潯陽江頭邂逅教坊故伎,雖敍其人齒長色衰,“門前冷落鞍馬稀"，然詩人立意感懷與謗詩絕無相似，實藉以發與此倡女同病相憐之嘆，非謗之也。名家篇章與H此詩乃至希臘羅馬謗詩情感略可相通者，恐唯有柳三變《傳花枝》。柳詞所言雖非爲妓女，然其如柳永本人一生流連於花柳叢中以此爲生，其所感固近乎H詩中所寫老妓也。柳詞中之人自白壽限不可抗拒，雖絕非如謗詩全爲詈罵以解心頭之恨，然並無自傷自悼俗套，詞末"膡活取百十年"云云，謂雖老死將至而一無所懼，"只恁廝好"，頗近H集中數申之伊壁鳩魯派達觀生死之說：

平生自負，風流才調。口兒裡、道知張陳趙。
唱新詞，改難令，總知顛倒。
解刷扮，能唹嗽，表裏都峭。
每遇着，飲席歌筵，人人盡道：可惜許老了。

閻羅大伯曾教來，道人生，但不須煩惱。
遇良辰，當美景，追歡買笑。
膡活取百十年，衹恁廝好。
若限滿，鬼使來追，待倩箇，淹通著到。

二十六

爲拉米亞告於詩神
AD MVSAS DE C. AELIO LAMIA

我既得詩神寵愛，便將憂懼付諸風水，哪怕帕提人威脅犯邊。匹卜雷詩神摩薩，請爲吾友拉米亞編束花環枝冠。微汝，吾讚之則爲徒勞矣。

{格律}：

阿爾凱(Alcaium)。

{繫年}：

約前29–25年間，詳見{評點}。

{斠勘記}：

5. 或 *om.* B

9. Piplei *Pph.* Piplea Ξ Ψ σχΑ Γ 案前者用希臘文形容詞陰性(陽性亦同)單數呼格形態，見Smyth § 292 εὐελπι，指詩神之一，意謂來自匹卜雷之摩薩；後者亦爲陰性單數呼格，然其形態已拉丁化，此形態徵於古籍則專指匹卜雷之泉(fons)。二者何從，歷代學者諸說頗相扞格，Bentley、Heinze、Klingner皆從前者，NH從後者。餘詳箋注。

10. prosunt Ξ Ψ possunt *lemma* σχΑ ς 後者義爲能，因字形近似致訛。

{箋注}:

1.【**爲衆摩薩親善**】*Musis amicus*，非謂詩人愛好詩神(φιλόμουσος)，而謂受寵于詩神(μουσοφιλής)，Heinze、NH辨之甚詳。按於賓主關係適爲《詩‧生民之什‧假樂》"百辟卿士，媚於天子"之反，鄭玄《箋》曰："媚，愛也。成王以恩意及羣臣，羣臣故皆愛之"。Heinze云語義詞法(與格＋形容詞(＋名詞))倣忒奧克里多1, 141：τòν Μοίσαις φίλον ἄνδρα，τòν οὐ Νύμφαισιν ἀπεχῆ. "爲衆摩薩親善、不惹衆妃女厭惡之人"。NH唯引11, 6：καὶ ταῖς ἐννέα δὴ πεφιλημένον ἔξοχα Μοίσαις，"還受摩薩九女神特別親愛"，恐嫌捨近求遠。依原文語法此語爲主詞【我】(原文蘊含于動詞變格式中，無主格代詞)之定語，中譯讀若(原因)狀語。詩人受詩神寵愛，其說祖荷馬，《奧》VIII 62–64云詩人專擅歌詠，爲詩神所愛；然其得自詩神者，善惡兼有，福禍相抵：其擅歌固爲神明之佳賜，然歌者必眇雙目，則是其惡賜也：κῆρυξ δ᾽ ἐγγύθεν ἦλθεν ἄγων ἐρίηρον ἀοιδόν, / τòν πέρι Μοῦσ᾽ ἐφίλησε, δίδου δ᾽ ἀγαθόν τε κακόν τε· / ὀφθαλμῶν μὲν ἄμερσε, δίδου δ᾽ ἡδεῖαν ἀοιδήν, "信使自近處來，領着忠誠的歌手，/他爲摩薩所親愛勝過他人，給了他好事也有壞事：/剝奪了他雙目，卻給了他美妙的歌聲。"詩人瞽目，參觀拙文《瞽者的内明》(《小批評集》，頁四五–五三)。羅馬詩人中維吉爾《埃》IX 774造語亦與H此語相彷："amicum Crethea Musis, / Crethea Musarum comitem," "與摩薩友善的克勒透，/克勒透，衆摩薩的伴侶"。敘圖耳努(Turnus)率拉丁人挫敗埃涅阿所領特羅亞人，後者軍中擅謳者克勒透(Cretheus)爲拉丁人所戮。H集中此外III 4, 25："vestris amicum fontibus et choris," "與屬於你的泉和團舞友善"句式亦同。《雜》II 3, 123："dis inimice senex" "神所不喜的老年"，所言適反。

2.【**任暴烈的風**】*protervis ... ventis*，遣厄病自人體内，託諸風颮，令載以投畀滄海，殆源自西洋古時驅魔祛邪法術，希臘人謂之ἀποπομπή. 後日《馬可福音》(5: 1–20)載耶穌祛魔術，言耶穌道逢人汙鬼纏身，遂驅鬼入羣豕，豕皆赴海溺斃，可參看。驅逐憂愁于風于水，後世詩人多祖H此說，龍薩耳(Ronsard)讚歌《致友人》(*A un sien ami*)："Il vaut mieux que tu jettes / Les soigneuses sagettes /Qui ton cœur vont grevant, /Aux Scythes et aux Gétes, / A l'abandon du vent." "你最好投射/令你心傷悲的/憂愁之箭/於塞種人與戈泰人中間；任憑風氣。"彌爾頓《樂園之失》IX 989造語亦相彷："And fear of death deliver to the winds," "把死之恐懼交付八風"。中國詩歌亦有云遣病鬼者，韓昌黎有詩《遣瘧鬼》，其末行云："贈汝以好辭，咄汝去莫違。"瘧鬼似不賴風水等相載攜，可自行離去，亦未言遣疾病脫離人體投諸畜道。明代高青丘詩《驅瘧》(《高青丘集》卷五)曰："里閭習巫風，拍鼠勸禳驅。韓子蓋有託，誰能辨其詩？"則非唯步趨昌黎，且記土風燒地拍鼠以禳瘧鬼之俗，所爲實近《馬可福音》所言驅鬼入豕之事矣。

3.【載】*portare*，暗以海難載重之舟沉沒爲譬，用字俚俗，集中此外僅見III 6, 41："severae matris ad arbitrium recisos portare fustis," "搬運砍伐的柴火給他的嚴母來裁判，" *portare*譯作搬運。原文*tradam*【交出】之後接此動詞不定式，係希臘詞法，語近忒奧克利多29, 35: αἱ δε ταῦτα φέμην ἀνέμοισιν ἐπιτρέπῃς, "這些話你若轉而載之於風"，其中動詞不定式φέμην對H之*portare*。Heinze: H此處糅合二習見譬語爲一，其一曰人不堪重負，惟願其沉沒入海，其二曰人以所違諸言或未遂誓言爲隨風而逝，一如忒奧克利多22, 167: τὰ δ' εἰς ὑγρὸν ᾤχετο κῦμα πνοιῇ ἔχουσ' ἀνέμοιο, χάρις δ' οὐχ ἕσπετο μύθοις· "它爲颮的風載走進潮濕的海濤，惠不隨言"。【革喱底】*Creticum*，俗譯據英語作克里特，此從文理本譯法。【革喱底海】*mare Creticum*即I 1, 14之"Myrtoum … mare," "墨耳托灣"，革哩底海多風暴，詳該注；以專名泛指，二處修辭語式亦同。【大熊座】*Arcto*，北半球目力所及，莫此爲炯明，拉丁文*Arctos*係希臘文"Αρκτος轉寫，義爲熊，希臘人以該星座狀如熊然，故名；西文今多以其拉丁名Ursa Maior見稱。【大熊座下】*sub Arcto*謂極北之地，故曰【寒帶】*gelidae … orae*。大熊星座諸星中國古時無合稱，其中最燊亮之七星稱爲北斗，餘者或入紫微垣(大熊座δ)。

4.【哪位】原文*quis*以代詞爲主格疑問形容詞，Bentley讀作與格複數，Heinze駁之甚力："苟從其讀，則【王】*rex*字所指當爲人熟知"，又條舉詩人他處用法以佐證其說，曰以爲與格複數，H集中除《對》11, 9一處外，祇見於《雜》，《讚》、《書》皆避之，中譯從其說。NH箋注讀*quis*

如quid（中性單數賓格代詞賓語），甚謬，或爲學者百密一疏。【哪位王】
*quis ... rex*當指塞種人(Scythes)酋長，塞種人已見I 19, 10注。Heinze: 或
可指朔北塞種人之同種，III 29, 28所謂Tanais discors, "曇河之亂"，或以
爲可指達基亞(Dacia)或以爲指本都海與希臘城邑相鄰之蕃種。

5. 【梯里達底】*Tiridates*，前32年，阿克襄海戰之際，安息帝國生
變，帕提人梯里達底二世(Tiridates II)反，逐弗老底四世(Phraates IV)。
後者借師塞種人復辟，梯里達底蒙至尊屋大維默許，奔敘利亞。戈泰人
(Getae)興起於多瑙河，亦在羅馬人內戰無暇他顧時坐大，其時與帕提
人並爲羅馬人視同在背鋒芒。

6. 【不在乎】原文*securus*似爲H所鍾愛，此外又見《雜》II 4, 50
"quali perfundat piscis securus olivo," "他不在乎哪樣的橄欖油淋在魚
上"與《書》II 1, 176: "securus, cadat an recto stet fabula talo," "他不
在乎其傳奇跌倒還是直立。"

7. 【你】意譯*quae*，豫攝後呼格語【匹卜雷居民】*Piplei*，即詩神。
詩神本係林泉�女。

7–8. 意象辭句皆本盧克萊修I 927–30：

> iuvat integros accedere fontis
> atque haurire, iuvatque novos decerpere flores
> insignemque meo capiti petere inde coronam
> unde prius nulli velarint tempora Musae ;

> 宜乎就純淨的泉/而飲，宜乎采擷新綻的花朵/從而爲我的頭
> 顱獲得顯耀的花環，/此前摩薩從未纏在任何人的額上的那種。

盧詩言摩薩以花冠佩詩人，H則以所編束之【花朵】*flores*、【花
環】*coronam*佩拉米亞。Heinze: 盧詩意象鮮明，H詩以此意貫穿全篇，
勝在前後一致而熱情洋溢；盧所謂"新綻"謂題材新穎，H詩中花朵花
環謂移植希臘埃奧利豎琴詩於羅馬，即下行10–11【新絃】*fidibus novi*、
【累士波琴撥】*Lesbio plectro*之所謂也。【暄耀】*apricos*寫花卉于日光

中燦爛貌。

8.【拉米亞】*Lamiae*，詳後{評點}。

9.【匹卜雷】*Piplei*，希臘文Πίμπλεια或Πίμπλα，讀如平卜雷亞或平卜拉，地名，在馬其頓庇埃里亞(Pieria)鄉野，或以稱其地，或以稱其地之山，希臘化時代訛爲泉水名，羅馬詩人如斯塔修《林木集》I 4, 26："licet enthea vatis excludat Pimplea sitim,""讓於巫史神聖之平卜雷泉止渴。"II 2, 37："superet Pimplea sitim,""平卜雷克口渴"從此，其名本義一說即多泉之地(πίμπλημι)，故然。摩薩喜居平卜雷說至早已見于赫西俄得，《工與日》1云：μοῦσαι Πιερίηθεν ἀοιδῆσιν κλείουσαι，"來自庇埃里亞的詩神以歌讚頌"；《神宗》53 ff.云詩神摩薩其母在庇埃里亞與宙斯相交，生九女，即九摩薩女神。據迦利馬庫(Kallimachos)《提洛島頌》(Εἰς Δῆλον，《頌歌集》第四首, 7 f.)：ὡς Μοῦσαι τὸν ἀοιδὸν ὅ μὴ Πίμπλειαν ἀείσῃ ἔχθουσιν，"摩薩不喜拒不歌詠平卜雷的歌手"，故云平卜雷之於詩神"猶如得洛島之於阿波羅"(Heinze)。《英華》V 206載梁尼達豔情箋銘體詩亦有平卜雷之摩薩之說：Μούσαις Πιμπληΐσι。

原文古鈔本Ψ Ξ二系皆作Piplea，然Porphyrio古注作*Piplei*，後世學者多從古注：Hensius、Bentley, Kießling, Heinze, Klingner, Numberger等；唯Orelli、NH仍從Ψ Ξ讀Piplea。Heinze曰：字中去m，不從迦利馬庫等希臘化作家寫法，乃拉丁作家通例，然詞尾讀-a恐未足徵信，當從古注及後世多數學者，所說爲是。中譯作【匹卜雷居民】者，據上述出典釋繹*Piplei*所指，NH依其字讀則解作"匹卜雷之女"，可參觀。原文此語爲呼格，承前感歎詞【哦】*o*；故詩人向其發言用第二人稱單數命令式，疊用【編束】*necte*。

10.【誇讚】*honores*，指誇讚拉米亞之辭。

10–11.【他……他】*hunc ... hunc*，指拉米亞。Heinze：與盧詩有別者，詩人不自加桂冠，而加諸其友拉米亞頭上。拉米亞是否曾賦詩，詳下{評點}。維吉爾《牧》8讚詩友波利歐(Pollio)，頗可與H此篇並讀(11 ff.)："accipe iussis / carmina coepta tuis, atque hanc sine tempora circum / inter victricis hederam tibi serpere lauros." "請受此因你而賦的歌詩，並

允許你的頭上在得勝者的月桂之外另纏此常青藤。"

　　11.【新絃】fidibus novi，于拉丁詩歌中詠調埃奧利詩律，H寔係第一人，語在"緒論"§3.1、§4.2，又見上行3及注。**【累士波】**Lesbio，已見I 1, 34注。

　　12. H不分別摩薩諸女神職任，已見I 24, 3注。

{評點}：

　　詩爲某拉米亞而賦。拉米亞屬埃略·拉米亞氏族(Aelii Lamiae)，論家胥無異議。然此拉米亞爲族中何人，詩中未詳，唯可參以史記推斷。拉米亞氏原爲毗鄰拉丁國之佛米埃(Formiae)華族。III 17, 5–7曰："auctore ab illo ducit originem, / qui Formiarum moenia dicitur / princeps, ""那位始祖爲其氏族的原本，/他據說首個佔據了佛米埃/的城堞"。授爵騎士，聞達於羅馬史寔自盧·埃略·拉米亞(L. Aelius Lamia)始：西塞羅流希臘，盧嘗爲其請命於京；前45年辟胥師(aedile)，42年遷先導(praetor)，H時代，其族寔以此人爲尊長。前24年，其同名子加內西班牙(Hispania Citerior)經略使(legatus)，在任期間曾伐亞士提耳(Astures)及康塔布洛(Cantabri)種人，有戰功。經略使盧某有子復貴，顯赫不遜乃祖乃父：西曆紀元3年辟平章，後于15–16年領阿非利加省代平章(proconsul)。

　　H諸詩集中言及拉米亞氏凡四處，本詩之外集內尚有I 36與III 17，集外則有《書》I 14。III 17與本詩所贈者論家多信爲一人，辨其爲內西班牙經略使拉米亞(Heinze, NH, Syndikus, Numberger等)，I 36、《書》I 14所言拉米亞年頗少，恐較經略使同名子更幼。

　　詩中言及安息帝國內亂(詳見上行5注)，梯里達底二世(Tiridates II)奔敘利亞據推斷當在前30年晚秋，學者據此次本詩於其後，前29年以還下至26或25年梯里達底赴羅馬時。

　　上世紀學者或議H是作祖阿爾凱歌(fr. 48)，然其篇殘缺，NH以爲不足爲證(詩序)，Syndikus所見亦同(p.248注9)，按二者所言爲是。然無論H此詩是否祖構希臘先哲，其主旨爲詩人自道詩藝紹繼希臘豎琴詩歌正統，自詡爲拉丁詩歌中移植希臘豎琴樂律第一人則無疑。

全篇結構謹嚴，讀來渾然一氣，絕無贅語虛字。造句多用排比重言格(anaphora)，分別爲3–4：*quis...quid*【哪位】、【甚麼】；7–8：重複命令句*necte*【編束】；行10–11：重複賓格代詞*hunc*【他】等；(Syndikus, p.246)。重言格情近排偶，若非巧手爲之，格局易顯呆板。H此詩糅之以跨行渾圓長句(3–6渾圓句結束于行中而非行末；6–9呼格主詞後置于定語從句)，寓整飭於參差錯落之中，如英式花園中藏法式花園，且二者糅合天然無痕。詩以稱摩薩始，竟以之結束全篇，首尾呼應，密不透風。故足當短小精悍之稱，歷來評家均目爲佳構。

雖然，詩中卻不無難點。綜觀諸箋，再反檢詩文，要其有二：一，詩人勸友人託諸風水之【悲哀與恐懼】有無確指？如有，所指爲何？二，H賦此篇是否有事而發，應否以本事詩視之。Heinze以爲末章云【用新絃】，非僅謂H，應亦指拉米亞，苟如此，則云拉米亞嘗操觚賦詩："拉米亞必嘗吟詠，且H以爲其作不俗，佩戴桂冠，或爲H以此賀拉米亞處女作亦未可知"。然稱拉米亞爲詩人，于史無徵，《藝》行288有僞Acro古注稱拉米亞嘗撰悲劇，然似臆詞附會，恐難徵信。

此詩有無本事，史既失載，未宜臆說；然詩人自詡受詩神寵愛(行1)，且曰因侍寵而一無所懼(至行6)，集中則又見I 22(詳見該詩{評點})；詩人以移植希臘豎琴詩於羅馬詩歌第一人自居，亦數見於集中。故以此覘之，一如I 22雖爲贈友人伏蘇而賦，然主旨全在詩人自道詩藝志向，此詩亦全在自申詩人抱負，所贈拉米亞有無本事，寔無足輕重。至於NH所言以詩言詩，終屬詩歌支流(見其詩序)，或可爲中外同類詩作(中國例如杜甫《戲爲六絕句》、元好問《論詩絕句》等)下一注腳。

{傳承}：

本詩首章直至第二章前半，最爲後世詩人喜愛，屢被傲傲。託憂愁於八風之說，龍沙耳、彌爾頓捃撦以入己作，例句已見上行2注。至於H詩中曰番邦遠服無論生何變故，羅馬人皆漠不關心，龍沙耳亦有詩句規模(《讚歌集》卷五XVII)：

Celuy n'a soucy quel Roy

Tyrannise sous la loy

Ou la Perse, ou la Syrie,

Ou l'Inde, ou la Tartarie ;

Car celuy vit sans esmoy.

　　他不關心哪個王/以其法律統治/波斯還是敍利亞,/還是印度還是韃靼:/因爲他活得無憂無慮。

二十七

致酒宴同席
AD SODALES SVOS

述義見後{評點}

{格律}:

阿爾凱式(Alcaium)。

{繫年}:

詩中所言既爲虛構,故無以確定撰作年月。或據詩中分章推測在
29–27年之間,然Numberger以爲本詩同I 10,各章並無分組。確定日期
恐難考證。

{斠勘記}:

1. usum $\varXi$ $\varPsi$ σχ *Statius*詩律解　usus *Servius*　案in usum爲成語,
usus爲單數賓格,後者讀複數賓格,訛。

5. acinaces $\varPsi$ (δ π R^1) acinacis $\varXi$ $^{(acc. λ' R2(?))}$ *lemma* σχΓ σχΑ Γ　案
前者乃希臘文ἀκινάκης轉寫,後者訛。

6. discrepat] discrepet B　案異讀爲虛擬式。

11. megyllae A B R γ λ' megillae F π a u σχΑ Γ megille δ

13. voluntas $\varXi$ $^{(acc. R1)}$ σχΑ Γ voluptas B $\varPsi$ *Pph.* 案後者義爲享樂,
謬,訛也,見下箋注。

14. te *om.* $\varPsi$(F l δ π)

16. ingenuoque Ξ ^(acc. λ R) ingenioque B δ π genioque F genuoque l 案ingenio爲名詞，義爲人之素秉，genio義爲護祐神靈，皆乖於義。

19. laborabas Ξ Ψ 𝔅 laboras E δ *Pph.*諸卷本 laboras in ς *Aldus*版本 laboras ab *Oudendorp*編輯隋東尼　案一爲未完成時，餘皆爲現在時，三、四爲塗乙加入介詞。

{箋注}：

1. 【罍】*scyphus*雙柄盛酒器，容量大，故宜於豪飲，字本希臘文σκύφος，義爲盃。古希臘羅馬酒器形狀與中國上古飲具頗殊，中譯藉作罍者，以其有雙柄，且體大。《詩·小雅·谷風之什第十八·蓼莪》："缾之罄矣，維罍之恥"；《傳》曰："缾小而罍大"，可參觀。原文該字H詩中另見《對》9, 33："capaciores adfer huc, puer, scyphos，""拿來更敞容的罍，小子"。老普利尼《博物志》XIV 38, 147載西塞羅政敵帖吉拉(Tergilla)以其子酗酒爲由相攻訐，"Tergilla Ciceronem M. f. binos congios simul haurire solitum ipsi obicit, Marcoque Agrippae a temulento scyphum inpactum，""帖吉拉控西塞羅之子慣於一氣豪飲二斗，嘗酒醺，以一罍擲亞基帕"。

2. 【忒萊基】*Thracum*，地名已見I 25, 12注，其民素以酗酒聞，尤嗜醇酒，I 36, 14云："Threicia … amystide，""以忒萊基式的乾杯"，實謂此也。柏拉圖《法律》(*Nomoi*)I 637e以此與塞種人並稱：Σκύθαι δὲ καὶ Θρᾷκες ἀκράτῳ παντάπασι χρώμενοι, γυναῖκες τε καὶ αὐτοί, καὶ κατὰ τῶν ἱματίων καταχεόμενοι, καλὸν καὶ εὔδαιμον ἐπιτήδευμα ἐπιτηδεύειν νενομίκασι. "而塞種人與忒拉基人，不分男女皆飲不羼水之醇酒，且任其順衣裾流淌，稱此舉爲美而享醇嘏之俗"。寒地居民多嗜烈酒，往古猶今，古之忒萊基，今之俄羅斯也。H勸人飲酒有節，已見I 18, 7 ff. 該篇所言，皆可與本篇對勘。忒拉基較希臘他地偏居北方，俗諺多稱北地民風粗獷彪悍，故曰忒萊基人酒後鬭毆爲【蠻風】*barbarum morem*。

3. 【巴庫】*Bacchum*酒神，詳見II 19, 1注。【審慎的巴庫】*verecundum Bacchum*，以象飲酒有節。I 18, 7詩人謂酒神"有節"(modici …

Liberi)，此處謂之審慎，其誡人勿酗酒滋事——【血淋淋的紛 　 ﾉ】
sanguineis ... rixis ——，一也，參觀1 18, 8："rixa ... debellata,"　　ㄢ
到底"。

5.【瑪代】*Medus*，藉指古波斯已見注I 2, 51及注。【短匕首】原 ﾒ
*acinaces*係希臘貸詞άκινάκης，至早已見希羅多德《史記》VII 54, 2。
羅馬人宴飲身攜瑪代匕首，如今中國人蒐集西域英吉沙短刃，多由好居
奇貨，未必有實用。Heinze謂其時多自安息流入羅馬，或懸之壁上以爲
飾物，引提布盧I 1, 53–54："te bellare decet terra, Messalla, marique, /
ut domus hostiles praeferat exuvias," "你，梅薩拉，宜乎戰于海陸，/爲
在家裏展出擄自敵人的行頭"；普羅佩耳修III 9, 25–26："[liceat] vel
tibi Medorum pugnaces ire per hastas, / atque onerare tuam fixa per arma
domum," "或者你會得以穿行於瑪代人的戰戟之中，/並把你家用懸掛的
兵器裝飾"爲佐證。然二處皆未明指*acinaces*，祇泛言兵器、甲胄。詳味原
文，瑪代匕首應非壁挂而係赴宴者所佩甚明，故Heinze引證雖可示當日相
關風俗，以解此句恐未的。NH則云H特言蠻族瑪代人匕首爲承上文【忒
拉基】【蠻風】，非有實指。按：NH所言若謂詩歌不必全然寫實，所言或
不謬；然若以詩人描摹之圖畫而言，云席中人物身佩匕首，必詳其所產與
樣式，非但可呼應上文兼及世事時局，亦更能爲所繪敷色增華。【油燈】
lucerna，古羅馬人夜宴，不聞秉燭達旦，取亮多以油燈。

6.【何其不諧】其中副詞【何其】對繙*inmane quantum*，本爲史
家習語，撒盧斯特(Sallust)《史記》(*Historiae*)II 殘篇44有 "immane
quantum animi exarsere" 語："心皆何其熾燃"；塔西佗(Tacitus)《史
記》(*Historiae*)III 62："Flavianus exercitus immane quantum aucto
animo exitium Valentis ut finem belli accepit," "弗拉沃軍見瓦倫覆滅何
其欣喜，以此爲終戰也"。集中IV 34 "immane quantum suis pavoris et
hostibus alacritatis indidit," "於其軍中及其敵人引發何其巨大之惶恐與
士氣" 亦同。【不諧】*discrepat*與與格連用，原文亦非常語。要此句措
辭H時代已覺古奧，Heinze謂之有節慶般莊重，NH稱其爲 "戲謔誇張
語"，蓋詩人以此擬被酒之人口吻也，中譯略倣學童或醉酒者吹噓語以
當之。【不虔敬的叫喊聲】*inpium ... clamorem*中有賭咒發誓語，故云。

7.【伙伴】*sodales*，此處如I 38, 2尤指會飲者，中文"伙伴"本指(行伍中)共食者，故藉以繙譯。此處尤指聚飲之友。

8.【支在受枕壓的肘上】*cubito remanete presso*，古希臘羅馬宴會時與者既非如中國上古時席地箕踞或長跽，亦非如後世據椅而坐，而係以左肘支上身側臥於席榻(pulvinar，參觀I 37, 3及注)之上，亦可以左手支頤，以便右手進酒食。柏拉圖《會飲》175 a云亞里士多德謨(Aristodemos)做不速之客赴酒宴，主人阿伽同(Agathon)命其與受邀先達之客共臥於一榻，可參看：παρ' Ἐρυξίμαχον κατακλίνον. H《雜》II 4, 38–39亦語及臥榻就食："quibus assis / languidus in cubitum iam se conviva reponet,""燒烤的[魚]令慵懶的食客此刻也以肘支上起身[即重新就食]"。

9.【乾澀】*severi*，葡萄酒以脫糖者爲乾，是爲其顯義；然此處實指酒烈，H于《雜》II 4, 24稱法崚酒fortis, "烈"："Aufidius forti miscebat mella Falerno,""奧斐丢嘗以法崚烈酒調蜂蜜"，可互勘。【你們】*voltis*...云云，詩人以酒監(magister convivii)自居，以問句反襯酒宴時對話，讀者由此可推知他人所語所求，詩中單錄一方所發問句以反襯對談者所語，別見下首I 28, 30 "neglegis,""你不在意"云云。羅馬會飲時行酒令語，集中又見III 19, 9–12："da lunae propere novae, / da noctis mediae, da puer, auguris / Murenae : tribus aut novem / miscentur cyathis pocula commodis,""上酒，快，祝新月之初，/上酒，祝子夜，上酒，小子，祝巫師/穆勒拿；這些酒碗都/要屢滿足足三合或者九合酒。"

10.【法崚酒】*Falerni*，已見I 20, 11及注。【歐波】*Opus*，希臘洛克里(Locris)一鎮名，此倡女既有希臘名，當來自希臘，詳下注。【讓……說】*dicat*，詩人既爲酒監，故可發號施令，然依古希臘酒宴習俗，酒監必向侍酒僮僕(puer)語此，命其勸所名賓客飲酒若干，見上注引III 19中語。

11.【墨吉拉】*Megylla*，應爲倡優，Heinze、Syndikus皆云其應亦在場侑酒。名本希臘文Μέγιλλα或Μέγυλλα，劣本(僞Acro古注等)或作Megilla，Klingner校記失載，見Keller/Holder校記。詩中倡優用希臘名，已見I 8, 1注。【兄弟】拉丁原文*frater*如歐洲其他古今語不分別長幼，本可兄可弟。然細翫詩文，墨吉拉恐入風塵已久，非青澀少女，反觀其*frater*腼腆寡言，則其年齒閱歷皆應遜之，其二人應爲姊弟而非兄妹甚明。中譯【兄弟】，取義口語方言以兄弟二字偏義謂弟之義。又按：因其姊以色事人，得與富貴良家子交，與《紅樓夢》秦可卿之弟秦鍾不無相似之處。

11–12. 原文亦係排比格（anaphora）：*quo ... qua*。【因傷得福】*beatus volnere*爲利鈍格（oxymoron）。以排比分言謂詞——此處*beatus*【得福】，*pereat*【消沉】乃詩人慣技，下行21亦同，集中別見I 22, 5; II 12, 13; III 4, 26 ff.：“non me Philippis versa acies retro, / devota non extinxit arbor /nec Sicula Palinurus unda，”“腓力比逆轉的前鋒沒把我、/遭咒的樹和帕利奴以/西西里之濤也沒能斃我”；IV 4, 25 ff.：“quid mens rite, quid indoles / nutrita faustis sub penetralibus / posset, quid Augusti paternus / in pueros animus Nerones，”“心智爲禮法、天生的/教養在神祐的深宮能成就/甚麼，至尊爲人父的心/能對尼祿之子成就甚麼。”維吉爾《牧》亦慣用此句法，例如1, 23 f.：“sic canibus catulos similis, sic matribus haedos / noram, sic parvis componere magna solebam，”“這般我得知崽子如狗，這般而知羔羊像母，這般我常以大比小”。【箭】*sagitta*，愛神丘比特所發。

13. 【無意爲此？】 *cessat voluntas*？其中*voluntas*【意】從Ξ, B Ψ及Porphyrio古注本作voluptas，歡或樂。後者學者以爲無解，Heinze：此處非言其人不欲爲歡也。中譯從Ξ讀，意譯爲此；若直譯當爲：意願消歇否？以單方問句反襯對談，已見上行9注。謂墨吉拉兄弟可願將其情事公之於衆。措辭風格莊嚴，然置于此語境殊顯矯揉造作，NH：“此等言辭非爲真實會飲中人所能道”，是。

14. 【哪個維奴】*quae ... cumque ... Venus*，神名用爲德指格（metonymia），通常代指情事，轉謂所歡之人，參觀I 33, 13：“ipsum me, melior cum petered Venus，”“我自己，雖爲更好的維奴所求”；III 9, 17：“quid si prisca redit Venus，”“前愛[原文爲愛神維奴]若返當如何”；此處指墨吉拉之兄弟所歡女子。以所描繪場景言之，詩人及旁人尚不知其詳情，故以此虛稱代其名氏身份。Heinze區別H與維吉爾詩中維奴之名用法，言後者《牧》3, 68中（"parta meae Veneri sunt munera,"　"我的愛神贈禮已得"）維奴代指人品美好，H則指情事或情人。【降伏】*domat*，參觀普羅佩耳修I 9, 6："quos iuvenes quaeque puella domet,"　"哪位少女要降伏衆後生。"【哪個】*quae*，不指神明，而僅謂其所司，故各人每次所歷之愛各自不同。

16.　【良家體面的】意譯*ingenuus*，原文本義爲知有其父者或其父知名者，即自由人之子，非是奴隸子嗣，如云"良家子"。"知有其父的爱情"即與良家女相戀。墨吉拉既爲倡優，其兄弟得交良家女，或因此而諱莫如深，不願人知。參觀《書》I 19, 34："iuvat immemorata ferentem / ingenuis occulisque legi manibusque teneri,"　"記載不爲人所記者深愜我意，/爲良家之目所閱其手所捧。"

17.　【犯錯】*peccare*，愛情往往有悖於理智，故云。【任……】*quidquid ... age*，卡圖盧6, 15–16有句相彷："quare quicquid habes boni malique / dic nobis,"　"不管你有好事壞事，/都跟我們說"。

18.　【存入……耳朵】*depone ... auribus*，對比《雜》II 6, 46："et quae rimosa bene deponuntur in aure,"　"將這話存入漏耳。"【小氣鬼】*miser*，墨吉拉守口如守財，故云，語氣調侃。

19.　【卡瑞卜狄】*Charybdis* / Χάρυβδις，始見於荷馬《奧》XII 104；據柏拉圖《法律附篇》（*Epinomis*）古注，字乃和合χάος（混沌）與ῥοιβδεῖν（伴以嗖哨移動）二字而成。荷馬《奧》中化身爲怪物，然實指與巨礁斯居拉（Skylla）隔海峽相對之礁下暗流，每日盤渦激盪噴涌凡三次，爲航海者所深懼。後爲維吉爾《埃》III 420 ff., 554 ff., 7. 802 f.等詩人祖述，奧維德《變》VIII 730 f., 14. 75復爲增華。後日神話演繹其爲海神波塞冬與地母之女，係貪婪饕餮之怪，其狀頗類鱝科（myliobatis aquila）海中巨魚。以此妖怪稱少年所歡女子，喻其貪婪無厭；以之言倡優，則喻其如海中涡流可將人吞噬。古希臘羅馬喜劇皆有以此怪喻倡優之例，其中後者見普勞圖《巴刻基姐妹》（*Bacchides*）470 f.(III, iii)，雖未點出卡瑞卜狄之名，然觀衆讀者皆曉其取譬所自："meretricem indigne deperit ... atque acerrume aestuosam : apsorbet ubi quemque attigit,"　"他可恥地沉迷于一個婊子……爲了一個火爆的女人弄得最劇烈：她摸到誰就把誰吸進去"。【辛勞】*laborabas*，因愛遭罪，故云。羅馬詩人慣將愛(amor)與勞(labor)並稱對舉，緣二字既叶韻，詞義亦呈對立交融之辯證關係。維吉爾《農》以之貫穿全篇。英語love與labor雖非如拉丁文兩相叶韻，然語呈雙聲，故原此古典之莎士比亞名劇*Love's Labor Lost*(三字叶頭韻，中譯《愛的徒勞》)標題音義皆可媲美古人。

20.【少年】原文*puer*前後加逗號，係從Numberger，讀爲呼格(同前*o miser*【啊，小氣鬼】)，【配享更好的火苗】原文*digne meliore flamma*爲呼格*puer*同位語，中譯改爲陳述句。【火苗】*flamma*喻男子情事乃至所鍾情之女子，亦見普羅佩耳修II 34, 86："Varro Leucadiae maxima flamma suae，""法羅因他的琉卡狄婭所燃最烈的火苗[而作]"。*Flamma*英語襲用(flame)，且兼有原文本喻二義，例如喬叟《牧師的故事》(*Parson's Tale*)279："Thanne feeleth he anon a flambé of delit，"[若放縱肉慾]隨即他便很快感到歡娛之火苗"。今日英語俚語仍言"舊情兒"爲"old flame"。

21.【巫婆】*saga*【術士】*magus*，失戀情人求助於巫蠱術數爲希臘羅馬牧歌一關目，忒奧克里多《牧歌》第二首題作Φαρμακεύτριαι，《女巫蠱術士》，全篇爲棄婦司麥撒(Σιμαίθα)自敘乞月神施魔法令其所愛回心轉意事；維吉爾《牧》第八祖此，敘牧人Alphesiboeus爲其失戀夥伴Damon施法術(尤見64 ff.)。此外《埃》IV敘狄多失戀亦曾訴諸魔法，以期所歡迴心轉意。【帖撒利】*Thessalis*，其地據說產毒草，即此處【毒蟲】*venenis*，其地女子古來以善巫蛊術見稱。帖撒利毒藥說已見亞里士多芬喜劇院本《雲》749 ff.: γυναῖκα φαρμακίδ' εἰ πριάμενος Θετταλὴν / καθέλοιμι νύκτωρ τὴν σελήνην, εἶτα δὴ / αὐτὴν καθείρξαιμ' ἐς λοφεῖον στρογγύλον, / ὥσπερ κάτοπτρον, κᾆτα τηροίην ἔχων, "若我購得帖撒利女巫，/得黃夜摘月，再將其/扃閉於寶盒之中，/如同鏡鑒祕藏之"。普羅佩耳修I 5, 6亦云："properas… et bibere e tota toxica Thessalia，""你趕着……滿飲帖撒利的毒藥"。提布盧II 4, 56："qudquid et herbarum Thessala terra gerit，""任帖撒利之土所產何樣藥草"。此說其後於奧維德等屢見不鮮，奧《藥》(*Remedia amoris*)249稱之爲"Haemonia … mala pabula terrae，""海茫[帖撒利地名]之地惡食"。普利尼《博物志》XXX 2述巫蠱術盼於波斯，波及亞述、巴比倫、瑪代，然不知何時傳於帖撒利婦女，"quarum cognomen diu optinuit in nostro orbe，" "其人於我國久享此名"，且記曰喜劇家米南德(Menander)嘗撰院本題曰《帖撒利婦人》，其中女主角能以巫術降月自天。墨吉拉兄弟所愛必與其平素爲人迥異，故而詩人有其必遭巫蠱之說，如今日俗語之被下降頭。

23–24.【基邁拉】*Chimaera*，希臘神話中怪物，其頭頸似獅、身軀似羯、尾似蛇，故曰【三形的】*triformis*。口能吐火，蛇尾以纏裹獵物，故曰【纏住】*inligatum*。荷馬《伊》VI 180–83: ἡ δ' ἄρ' ἔην θεῖον γένος οὐδ' ἀνθρώπων, / πρόσθε λέων, ὄπιθεν δὲ δράκων, μέσση δὲ χίμαιρα, / δεινὸν ἀποπνείουσα πυρὸς μένος αἰθομένοιο. / καὶ τὴν μὲν κατέπεφνε θεῶν τεράεσσι πιθήσας· "她是神類而非人類，/前頭是獅，後頭是蛇，中間是牂羊(chimaira)，/能噴出可怕的明火的可怕威力，/[貝勒羅豐]依賴神的異能殺了她"。赫西俄德《神宗》319–25: ἡ δὲ Χίμαιραν ἔτικτε πνέουσαν ἀναιμάκετον πῦρ, / δεινήν τε μεγάλην τε ποδώκεά τε κρατερήν τε· / τῆς δ' ἦν τρεῖς κεφαλαί· μία μὲν χαροποῖο λέοντος, / ἡ δε χιμαίρης, ἡ δ' ὄφιος, κρατεροῖο δράκοντος, / πρόσθε λέων, ὄπιθεν δὲ δράκων, μέσση δὲ χίμαιρα, / δεινὸν ἀποπνείουσα πυρὸς μένος αἰθομένοιο. / τὴν μὲν Πήγασος εἷλε καὶ ἐσθλὸς Βελλεροφόντης. "她[Callirrhoe]生了口吐不可抵禦之火的基邁拉，/她可怕、龐大、腳步敏捷，又孔武有力；/前面是獅子，後面是蛇，中間是牂羊，/噴着燃燒之火的可怕力量。/她爲珀加索和勇敢的貝勒羅豐所擒"。此外參觀品達《奧》13, 90: καὶ Χίμαιραν πῦρ πνέοισαν, "吹火的基邁拉"；羅馬詩人見維吉爾《埃》VII 785 f.: "cui triplici crinita iuba galea alta Chimaeram / sustinet，" "他高聳的頭盔上有三縷毛，上戴基邁拉[頭像]"。英雄貝勒羅豐(Bellerophon)仰生翅駿馬【珀加索】*Pegasus*之助終得戮此妖怪。以之喻倡女，喜劇家阿納希拉(Anaxilas)殘篇22, 9(*PCG* II, 290)嘗以基邁拉喻某倡女普蘭迦(Planga): ἥτις ὥσπερ ἡ Χίμαιρα πυρπολεῖ τοὺς βαρβάρους. "她一若火燒蠻夷的基邁拉。"H此處藉神話誇張其詞，云饒你有珀加索之

助, 恐亦難救你擺脫此女糾纏。

{評點}：

　　此爲宴飲詩, Porphyrio古注云本阿納克勒昂詩集卷三某篇（"cuius sensus sumptus est ab Anacreonte ex libro tertio"）, 所謂即今存殘篇 356a & b：

ἄγε δή, φέρ' ἡμίν ὦ παῖ
κελέβην, ὅκως ἄμυστιν
προτίω, τὰ μὲν δέκ' ἐγχέας
ὕδατος, τὰ πέντε δ' οἴνου
κυάθους ὡς ἂν ὑβρίστως
ἀνὰ δηῦτε βασσαρήσω.

ἄγε δηῦτε μηκέτ' οὕτω
πατάγω τε κἀλαλητῷ
Σκυθικὴν πόσιν παρ' οἴνῳ
μελετῶμεν, ἀλλὰ καλοῖς
ὑποπίνοντες ἐν ὕμνοις.

　　　來, 拿給我, 哦小子, /酒盃, 以便我大口/飲酒, 你斟十舀/
水, 五舀葡萄酒, /過來。
　　　來, 不要再學/塞種人飲酒時/那樣大吵大鬧, /而伴着美妙
的/詠歌輕酌。(按：此二殘篇應同屬一篇, Fraenkel辨之甚詳,
p. 179, n. 2)

　　以阿氏殘篇今存文字覘之, H倣阿氏最著痕跡處應爲：一）箴人守
酒德、禁號呶語；二）阿氏以塞種人酗酒滋事之惡習爲戒, 儆告同席
切勿傚法, 唯塞種人H則代以忒拉基人。此外阿氏別有一殘篇提及ἀ
κινάκης（"短匕首", 見上行5注）, H是篇亦語及瑪代匕首（acinaces）, 皆

可得窺安詩痕跡。然H詩祖阿氏僅止於上二章，全爲勸阻禁止語，是爲全篇之前部。宴飲同席者作催促戲謔語，並非H首剏，之前已屢見於喜劇、希臘化時代及羅馬箴銘體與哀歌體等詩歌，迦利馬庫（見其《箴銘集》43）、卡圖盧6等集中均有之。三章以降至行18中爲促謔一寡言少年坦白其情事之調侃辭，是爲全篇中部。餘爲後部，係詩人得知少年所戀之人名氏後所作驚歎語。（NH分全篇爲二部，合中後二部爲一，p.311；此從Syndikus分爲三部，p.254）

學者皆讚此詩前部與餘篇銜接緊密自然；且全篇僅爲詩人獨白，與飲者如何回應，讀者則祇可推測想象其彷彿，NH謂讀者如在旁聽人電話相談，雖祇聞一端所言，然可據以知所談詳情，可謂不著一字，盡得風流。H嫻于以豎琴詩之精悍簡練摹寫多人在場之戲劇情境，是作構思之巧，尤見於其以詩人爲"劇"中人物，于此會飲宴集之時身負監酒之任，非有意刻畫而情景畢現，故可冠同類情景詩之首。

H是詩語言風格與其所本之阿氏原作迥異：阿氏詩風格俚俗，忠實于所摹繪之現實；H之作文風高雅，無論句法抑或措辭皆極複雜考究。其中首、次二章句法意象措辭皆循對應原則，語有格言箴銘之體；其後各章語氣活潑，多用乞使命令及疑問感歎短句，句式長短相錯、句讀跨行跳躍（Syndikus, p.252 f.）。

評論家Fraenkel（pp.180–81）、Wheeler等皆曾以小說家筆法還原本詩中場景，茲承其劕意，如法炮製，略屬以《紅樓夢》第二十八回等賈寶玉、薛蟠、馮子英輩攜妓宴飲筆法，演繹其情節人物如下：

　　　　話說弗拉古在外面早早就聽到屋裏震耳欲聾的叫喊喧鬧聲。进門的時候，祇見眼前飛過一道白光，原來有人擲來一隻銀杯，哐當砸在門框上，濺得到處是酒。再看屋裏有幾人乾脆从榻上站起來，順手抓起身邊的物件亂扔，還有誰把腰上的胡刀也解下來，在空中一味亂劈亂砍。弗拉古急忙高聲喝道："都住手！酒杯可是拿來打架的！大家喝酒是來找痛快的，快別找不痛快！胡兒纔一沾酒就胡鬧呢，快都給我歇歇！別弄得血腥呼啦的玷汙了酒神！你，舞弄匕首的那個，就是你！那傢伙是你該帶到酒席上來的嗎？都別叫了別罵了，給我乖乖回到臥榻上支着胳膊肘兒好好喝酒聊天！誰也不许再鬧啦！"

衆人被他喝住，都停下手，七嘴八舌地辯解說不是自己先動手的，但也着實不再打鬧了，嘟嘟囔囔各回自己原來的榻位躺下。剛纔因騷亂撲閃明滅的油燈火苗此時也漸平穩下來。这時有人喊道："弗拉古，你也乾一杯啊！"此語一出，立時就有好幾個聲音亂哄哄地附和道："是啊，你也乾一杯！"有人于是吩咐奴僕給弗拉古斟了一大杯酒，妓女墨吉拉接過來，搖搖曳曳走到弗拉古跟前遞到他手上，遞的時候還摩挲了一下他的臂膀。

弗拉古端着酒杯，四處打量了一下，目光在他左前方一張稚氣未脫的年輕男子的臉上停下來，意味深長地看了一眼。那人的目光立即顯出害羞的樣子，垂下眼瞼，右手略顯慌亂，擺弄起面前的酒杯來，彷彿是在遮掩心中的慌張。弗拉古于是轉開臉，朝喊叫得最歡的幾個人說道："要我乾这杯酒可以，可有一樣兒你们得先依我。"

"甚麼事，你說，你說，"好幾個聲音叫道。

弗拉古又瞭一眼左前方那人，才緩緩道："那就讓墨吉拉的兄弟說實話，他今兒沒精打采的，可是害了相思病？他这是跟誰害相思呀？他說我就乾了这杯酒！"

剛纔安靜下來的衆人一下子又嚷嚷起來，吆喝聲起哄聲響成一片，都朝向被弗拉古調侃的那個少年。

少年滿臉通紅，嘴唇在動，似乎在嘟囔甚麼，可衆人的喧鬧聲太大，根本聽不見。祇見他低着頭，死活不肯起來說話。

"你不想說？"弗拉古仍舉着酒杯道，"你要是不應我，我是斷斷不喝这杯酒的。"

衆人一直在起哄，催墨吉拉的兄弟快說。可他祇是愈發把頭低下，低得幾乎貼了席面，但就是不肯吱聲兒。

"这有甚麼好害羞的，"弗拉古道，"快說，你那情兒不寒碜，說說無妨，你小子找相好的，沒有不是良家女子的。"

衆人都笑起來，也有人嚷嚷着起哄。

　　“儘管說，”弗拉古不依不饒，“別怕，我再不會外傳的。
——還是不說？小氣鬼！莫非是你那相好的不讓說？”

　　衆人又是一陣揶揄之聲。

　　“她這麼管着你可就過分了，”弗拉古繼續調侃道，“那
你還是去找個更配得上你的吧，你別是著了這個婦人的魔道
了，迷了心竅，叫她管的這麼俯首帖耳。我看你該去請個巫婆
跳跳神，把她魘一魘，把你從這個蜘蛛精的羅網裏面解放出
來。”

　　衆人一陣哄笑過後，纔放過墨吉拉的兄弟，七嘴八舌說起
前些天勾欄裏新演的一齣戲。

二十八

枯骨乞瘞
NON OBRVTVS OB NAVFRAGIVM SVBMERSVS
ALLOQVITVR ARCHYTAM VIATOREMQVE

亞居達, 汝致思於歷算玄學, 昔曾度量海陸, 今則爲黃沙所掩, 安息於瑪丁諾海濱。汝生前曾神遊天極探索宇宙多有建樹, 如今皆於你何用? 雖躋身神間之坦塔洛、提同、米諾亦不免沉淪冥間; 再如汝祖師畢達哥拉, 雖聲稱前身爲特羅亞英雄、係其靈魂轉世, 仍空擔精通物理之名, 終亦難逃一死。死無可逭, 復儺女神俾人或死於戰爭, 或死於海難。年無少長, 皆可爲冥王之妻攜去陰曹地府。吾亦不免, 溺斃於亞底亞海冬季風暴。

海客, 莫吝嗇拒以流沙掩埋吾骨骸免其曝露; 如此吾則祝你無論遭遇何險, 均安然無恙, 祝大能之神宙斯與波塞冬保祐你財源滾滾。否則災禍近及己身、遠及兒女, 吾之所言必不落空。

{格律}:

　　阿耳基洛庫第一式(Archilochium primum)。此格律與述說詩體(Sprechverse)之哀歌偶行格(distichon)近似, 與集中常見之阿爾凱薩福等最顯豎琴詩特色之格律差別較大, 集中此外唯I 7調用此律。論者或因此推測詩人用短長格所作《對歌集》甫畢, 初試豎琴詩格律, 遂因近似己向所熟操之體入手, 一俟可嫻練於新詩體, 遂棄此體而不復用也。

{繫年}：

以格律推斷，當爲集中所撰最早者，故推斷爲前41/40，又見下
{評點}。

{斠勘記}：

3. litus *Ψ* (acc. R2) latum *Ξ* (acc. R1)　latus E M　後二者皆爲邊、脅，
義遜於litus.

15. nox *Ξ* (B Q(γ E)) *Ψ* mors Q (a A(?) D E*var*. M R)　案後者
殆爲注文混入正文所致，參觀I 19, 11{斠勘記}。

19. *om*. A1 ┃ 19於18前 a A² R ┃ac *Ξ*(acc.λ'R) et *Ψ*　案二者同義。

21. rapidus] rabidus ς　案二者義近，餘詳箋注。

24. inhumato] intumulato *Peerlkamp*　huic inhumato *Sudhaus*　案
intumulato義爲以墳瘞之，*Sudhaus*增副詞：於此處。

31. fors et Q(γ D E M R²; forsit a R¹) *Ψ* 𝕭𝕴　forsan A² B γ*var*. π
var. A¹墨褪色　案fors爲fors sit之省文，義同forsan，皆爲或然副詞，以
語感論，forsit或forsan皆不若fors et.

{箋注}：

1–2.【你】*te*即行2【阿居達】*Archytas* / Ἀρχύτας（前428–347
年），前四世紀前期畢達哥拉派哲人，數學家，政治家，將軍，塔倫頓
人（在今意大利南方，詳下行29注），累任將軍凡七年（城邦之主，依例
每年選舉），有塔倫頓無冕哲人王之稱。柏拉圖遊意大利，與之相交
友善，後者傳世書札第七枚（尤詳338 c以降）所敍與敍拉古丟尼肖二
世（Dionysius II）之間糾葛，阿居達曾參預其間；又，傳世柏拉圖書札
第十二枚即爲寄阿居達而書者。據普魯塔克《筵上疑難》*Quaestiones
convivales* 8, 2, 阿居達曾解數學中倍立方難題。又造機械飛鳶，故
爲數理機械學奉爲祖師。西文幾何學（拉：geometria，英：geometry，
法：géométrie）胥爲希臘字γεωμετρία（直譯"地量(學)"轉寫，德文
Geometrie之外亦有希臘詞之德語直譯詞Erdmessung），故【陸地的
度量者】（*terrae mensor*）如謂幾何學家（γεωμέτρης）。【乏數可數】

numero carentis，誇張沙粒數目之巨，雖數學家亦乏數可數。沙不可數爲古代詩人慣語，參觀品達《奧》2, 98：ἐπεὶ ψάμμος ἀριθμὸν περιπέφευγεν，"既然沙不可數"。然詩人習語未必合乎格物，古遠如希臘時即有阿基米德（'Αρχιμήδης，約前287–212年）撰《計沙者》（Ψαμμίτης），殫竭智慮計數宇宙可含沙數。希羅多德《史記》I 47記呂底亞人問卜於得爾菲阿波羅神廟，得神讖，其始曰：οἶδα δ' ἐγὼ ψάμμου τ' ἀριθμὸν καὶ μέτρα θαλάσσης，"吾知曉沙之數、海之量"。新柏拉圖學者希耳米亞（Hermias, 西曆紀元五世紀人）嘲畢達哥拉曰：

τὸν μὲν δὴ κόσμον ὁ Πυθαγόρας μετρεῖ ... εἰς δὲ τὸν αἰθέρα αὐτὸν αὐτὸς ἀνέρχομαι καὶ τὸν πῆχυν παρὰ Πυθαγόρου λαβὼν μετρεῖν ἄρχομαι τὸ πῦρ ... ἐπὶ τὸ ὕδωρ στέλλομαι καὶ ... μετρῶ τὴν ὑγρὰν οὐσίαν ... τὴν δὲ γῆν ἅπασαν ἡμέρᾳ μιᾷ περιέρχομαι συλλέγων αὐτῆς τὸν ἀριθμόν. "畢達哥拉測量宇宙，[⋯⋯]躬親上行直至太清，以其臂肘爲尺，吾先量火，[⋯⋯]，至於水上[⋯⋯]我量濕物[⋯⋯]再於一日之內繞行地球一週以集其數。" 載於《嘲異教哲人集》（*Hermiae philosophi irrisio gentilium philosophorum*，第十七章，收於H. Diels，《希臘思想記事》*Doxographi Graeci*，p.566）。按舊約《耶利米書》33: 22亦有"天象不可測，海沙不可度"語，可參閱。英國詩人阿諾德（Matthew Arnold）詩劇《恩培多克勒於埃特納火山之上》（*Empedocles on Etna*）有句云（Act I）："We map the starry sky, / We mine this earthen ball, / We measure the sea-tides, we number the sea-sands;" "吾輩測繪星空，/吾輩挖掘此地球，/吾輩測量海濤，吾輩計數海沙"。又按西洋古詩人言沙不可數、西洋古哲人曰沙可數，疑與釋典習語"恆河沙"（gaṅgā-madī-vāluka）相通，例如鳩摩羅什譯《摩訶般若波羅蜜經·序品第一》："遍照東方如恆河沙等諸佛國土"，《大正藏》八冊，頁二二三.1；曹魏康僧鎧譯《佛說無量壽經》卷一有頌云："無量大聖，數如恆沙⋯⋯譬如恆沙，諸佛世界，復不可計"《大正藏》十二冊，頁三六〇.1。中國詩人言河沙可數，殆皆脫胎於釋典。韓愈《叉魚招張功曹》："深窺沙可數，靜搒水無搖"，不用河沙寓意，祇寫河水清澈水底細砂清晰可見歷歷可數之實景，取義立言皆反佛經習語，亦成別趣。

哲人身居塵世卻魂遊宇宙，柏拉圖《泰阿泰德》(*Theaetetus*) 173 e曰：ἡ δὲ διάνοια, ταῦτα πάντα ἡγησαμένη σμικρὰ καὶ οὐδέν, ἀτιμάσασα πανταχῇ πέτεται κατὰ Πίνδαρον 'τᾶς τε γᾶς ὑπένερθε' καὶ τὰ ἐπίπεδα γεωμετροῦσα, 'οὐρανοῦ θ' ὕπερ' ἀστρονομοῦσα. "其心智視此[即身體及所居城邦之事]爲瑣細無足輕重而蔑視焉，四處飛翔，一如品達所云：'既於地下'，又步行量地，'於天上' 研究星宿。"

2.【拘囿】*cohibere*，古希臘人墓志銘爲名人大家撰作者，慣以其生前聲名成就之顯赫對比其死後所瘞埃土，西米亞(Simmias)爲索福克勒所作墓志銘詩(《英華》VII 21)云：

τόν σε χοροῖς μέλψαντα Σοφοκλέα, παῖδα Σοφίλλου,
　τὸν τραγικῆς Μούσης ἀστέρα Κεκρόπιον,
πολλάκις ὃν θυμέλῃσι καὶ ἐν σκηνῇσι τεθηλὼς
　βλαισὸς Ἀχαρνίτης κισσὸς ἔρεψε κόμην,
τύμβος ἔχει καὶ γῆς ὀλίγον μέρος· ἀλλ' ὁ περισσὸς
　αἰὼν ἀθανάτοις δέρκεται ἐν σελίσιν.

　　你這爲歌隊所讚頌的，索福克勒，索非洛之子，/悲劇摩薩的刻科羅[按：據神話爲雅典始王，代指雅典，詳見II 1, 11–12及注]之星，/屢屢綻放於酒神祭臺和舞臺，/如今摧折了：亞耳該納的常青藤覆蓋你的頭髮，/今爲墳莖和一小片土所有：然而無數的/世代將在不死的紙草卷中看你。

　　亦是本詩風格類似墓志銘之一例也。其後VII 136句ἥρωος Πριάμου βαιὸς τάφος略似："埋葬普里阿摩的英雄的小墳"。

3.【瑪丁諾】*Matinmum*，Porphyrio與偽Acro古注曰或當爲亞普里亞(Apulia，詳下行29注)山或礁、或曰指Calabria平原。因古注語焉多歧，故現代箋注亦致紛挐。阿居達陰宅所處何地今已不詳，阿氏係塔倫頓人，行29謂其幽靈護衛塔倫頓，故其墓依理最應在地近塔倫頓之Calabria海岸，集中IV 2, 27言及瑪丁諾所產蜂蜜(引文見下)，當同II 6,

15所言塔倫頓所產蜂蜜；然行22曰溺斃於伊利亞海濤，則其墓當在意大利東海岸矣，而塔倫頓海灣與之爲條形亞普里亞半島相隔，不當有此稱，且亞普里亞不屬塔倫頓，故實難確說。【瑪丁諾】至【祭奠】爲上行【沙粒】之同位語。集中參觀IV 2, 27 ff.；"ego apis Matinae / more modoque, / grata carpentis thyma per laborem / plurimum, circa nemus uvidique / Tiburis ripas operosa parvos / carmina fingo." "我卻依瑪丁山/蜜蜂的習慣/以采喜人的麝香草之法，憑/辛勤繞樹林和濕潤提伯河/之岸，渺予小子，撰著精工/細作的詠歌。"《對》16, 68嘗言及Matina cacumina，"瑪丁之峯"。【纖土】*pulveris exigui*，拉丁墓誌銘尟言土。

4.【祭奠】原文*munera*本義爲禮貢，非特指奠於死人者，參觀II 1, 11–12注。然此處同卡圖盧101, 3（"ut te postremo donarem munere mortis," "爲給你奉上最後的死之奠禮"）、維吉爾《埃》IV 623 f.（"cinerique haec mittite nostro / munera," "給我的骨灰送上這/奠禮。"）等用法，專謂祭奠死人之禮。此處實指墳丘。

4–5.【虛空中的穹廬】*aerias ... domos*，指天庭，參觀I 3, 29："aetheria domo," "太清的殿"。【穹廬】與"殿"原文同爲*domos*，中譯參酌上下文有所變通，一詞多譯。原文【虛空】*aerias*或主依I 3, 29塗乙爲"太清"aetherias（Meineke），——依古說，太清較虛空離地更遠——然臆說無憑，不從，且古人亦有混稱虛空太清者，迦利馬庫《提洛島頌》176，τείρεσιν, ἡνίκα πλεῖστα κατ' ἠέρα βουκολέονται, "牧放於佈滿虛空之星宿中間"即其例也。【探測】*temptasse*，天空謂亞居達沉潛天文學，與【神遊】*animo ... percurrisse*互文。Heinze：於畢達哥拉派學人而言，探測神遊皆爲遵星躔而行也。參觀《英華》IX 577托勒密之革老丢（Claudius Ptolemaeus）詩：

οἶδ' ὅτι θνατὸς ἐγὼ καὶ ἐφάμερος· ἀλλ' ὅταν ἄστρων
  μαστεύω πυκινὰς ἀμφιδρόμους ἕλικας,
οὐκέτ' ἐπιψαύω γαίης ποσίν, ἀλλὰ παρ' αὐτῷ
  Ζανὶ θεοτρεφέος πίμπλαμαι ἀμβροσίης.

　　自知朝夕可死；然每當探究/星宿不移的雙曲軌時，/便不
復沾染地上之飲，而傍/宙斯飽飲供神的瓊漿。

　　H此篇對比神遊天極與【必有一死】*morituro*，詩思正同此希臘
小詩。

　　【圓轉的天極】*rotundum ... polum*，畢達哥拉派天文學多似渾天
說，以天地爲球形，日月星辰離地遠近有差，然皆繞地圓轉。

　　6.【皆於你……無用】*nec quicquam tibi prodest*，弔唁辭託題
(Topik)，集中參觀II 14, 2 ff.與IV 7, 21ff.：“cum semel occideris et de te
splendida Minos fecerit arbitria, / non, Torquate, genus, non te facundia,
non te restituet pietas,”“有朝一日你殞歿，並且由米諾給你做出輝煌
的裁判，/族望，陶夸圖啊，雄辯和敬虔通通都無法讓你得復活”。　又
見普羅佩耳修III 18, 11：“quid genus aut virtus aut optima profuit illi /
mater, et amplexum Caesaris esse focos？”“無論族望還是英武還是高
貴的母親於他/何用，就算他曾抱過凱撒家的寵奼？”IV 11, 11：“quid
mihi coniugium Paulli, quid currus avorum / profuit aut famae pignora
tanta meae？”“與保祿的聯姻、祖輩凱旋式時所乘之車/或者我自己聲
名的這類標志於我何用？”奧維德《情》(*Amores*)III 9, 21：“quid pater
Ismario, quid mater profuit Orpheo？”“伊斯馬流之父於他何益？奧耳弗
之母又於他何益？”後世哀歌挽歌例皆發此感嘆，參觀英國詩人彌爾頓
《呂基達》(*Lycidas*) 64：“Alas what boots it …”“嗚呼，……何用？”
格雷(Thomas Gray)名作《鄉村墓園哀歌》(*Elegy Written in a Country
Churchyard*, 33–36)：“The boast of heradry, the pomp of power, / And
all that beauty, all that wealth e'er gave, / Awaits alike the inevitable
hour.”“家世的吹噓、權利的排場，/以及所有美、所有財富所能給予
者，/全都等着那不可回避的時刻”。【必有一死的】原文*morituro*(分
詞未來時)諸家皆讀作與格，與行4 *tibi*（與格單數第二人稱，與主句動
詞*prodest*相諧）連讀，Numberger以其與所偕人稱代詞相隔甚遠，明其
爲跨步格(hyperbaton)，是。唯NH以爲應讀作奪格，領*animo*（“神”或
“精魄”，表方式之奪格名詞，於意屬不定式過去時*percurrisse*)。按：

如依NH所言解作"以必死的精神遊歷"，則語涉畢達哥拉派靈魂不死
祕說，且爲其說之駁論，語調尖利諷刺，故Killy云：若從此讀，其語則
甚爲簡慢張揚（"krasser"）。詩人倘非有意詰難亞居達及其學派，其語
必顯突兀。詳翫詩文，詩人於亞居達所抱之情近似"昔爲人所羨，今爲
人所憐"（庾子山），無一語有莊子詰骷髏之淡漠（《莊子·至樂》詳見下
{評點}），縱使譏諷，恐未必造意發語如此尖刻。NH之說恐難相從。

　　7.【連……】*occidit et ...* 云云爲弔喪歌（ἐπικήδειον）所必不可
少，他例如普羅佩耳修III 18, 27云："Nirea non facies, non vis exemit
Achillem, / Croesum aut, Pactoli quas parit umor opes,"　"美顏未救尼留
[按荷馬史詩中希臘陣亡英雄，以美貌著稱]，膂力未救阿基琉，/帕克
托勒河水所生財富未救得克羅索。"【伯洛之父】*Pelopis genitor*，即坦
塔洛（Tantalus），據希臘神話爲宙斯之子，諸神於奧林波山宴飲，嘗得預
焉，諸神所食可長生不死之玉食（ambrosia）遂得分胙，故云【曾與諸神
會飲】*conviva deorum*。然爲取悅諸神曾烝其子伯洛以獻。諸神初不知
所食爲人，故狄墨忒耳（Demeter）因無知而食其一肩。後諸神得其情，
且怒其泄露神間祕辛，遂謫之於陰曹韃靼魯，置於果樹下水畔，令其
眼前無時不見水與果，然凡伸手取之二者即退，終不得啗飲，英文字
tantalise即原其名其事，謂示而不與以挑之之意，至尊釋奴許金奴（C.
I. Hyginus）所撰《集異錄》（*Fabulae*）82敘其事；H集中別見II 13, 37。
按：坦塔洛烝子以獻頗合易牙烝子以獻齊桓公故事，管子由此諫桓公
遠易牙，亦近宙斯由此罰坦塔洛之意，見《管子·小稱》。坦塔洛陰間
受罰，未明言其死，且其曾食玉饌，應得不死，詩云其【殂】*occidit*，下
行提同亦得神賜不死（詳下注），以之證凡人必有一死，學者或以爲可
怪（NH）。然Heinze云，坦塔洛及其後諸例皆爲豫攝行15箴言【一切都
不免一箇長夜】*omnis una manet nox*。按Heinze氏所言爲是，然未詳論
何以坦塔洛等可證人必有一死之說。今按：長夜固爲死之慣喻，然既
有此喻，自當使其前後貫穿，故死不可等同於今日死亡觀，而應循古
時人死魂魄散入無光之陰曹撲朔如影翳之說。據此，則凡其生不如死
或雖生猶死者，如受罰之坦塔洛與無盡衰老之提同等輩，其命如影翳
（Heinze, Numberger："Schattendasein"），皆可以死人視之。

8.【提同】*Tithonus*，特羅亞王勞墨東(Laomedon)之子，爲晨曦女神厄奧(Eos，拉丁名：Aurora)所歡。荷馬體之《阿芙羅狄忒頌》敘女神求宙斯賜提同不死，然忘同時代求青春永駐。故提同雖得不死，然後寢假老邁而日衰，竟至四肢不能舉，終日僵卧。稍晚或云其變化爲蟬。Heinze謂其狀如影翳，其存在如植物或蟬，與死無異。【雲】原文*auras*與晨曦女神之羅馬名Aurora近似，語殆雙關，明言升天，暗扣爲晨曦女神所豢意。aura與aurora相連，古有先例，參看古文法學家Priscianus, *Institutiones grammaticae*（《文法原理》）　III 509, 27 f.【撤退】*remotus*原文有攜之退走義，其中"退"(*re-*)義據NH或因晨曦女神居於東方，近地極，其處汪洋中之氣環古希臘神話中英雄等死後所居之福人島而噓。按：NH所解尚有賸義：晨曦生於一日之始，自一日之内他時至晨曦所棲處皆爲逆天而倒行，故可曰退。歐里庇得《特羅亞婦人》(*Troiades*)855 f.敘晨曦女神自人間掠其夫入上天神境云：ὃν ἀστέρων τέθριππος ἔλαβε χρύσεος ὄχος ἀναρπάσας，"駟馬金乘劫之載至星際。"

9.【米諾】*Minos*，革喱底島王，據荷馬《奧》XIX 172 ff.奧德修喬裝會妻，自稱爲革喱底人、米諾之孫，稱米諾於克諾索城(Knosos)九歲爲王，曾"與宙斯友善"(ἔνθα τε Μίνως / ἐννέωρος βασίλευε Διὸς μεγάλου ὀαριστής)，故曰【猶父的奧祕所曾接納】。米諾後爲亞格里根頓(Agrigentum)王高卡洛(Cokale)之女以沸湯殺死，死後爲陰曹之主，猶如釋教之有閻摩王(Yama-rāja)。柏拉圖同名之《米諾篇》(*Minos*)319 c解上引荷馬詩句稱米諾得宙斯眞傳曰：λέγει γὰρ τὸν Μίνων συγγίγνεσθαι ἐνάτῳ ἔτει τῷ Διὶ ἐν λόγοις καὶ φοιτᾶν παιδευθησόμενον ὡς ὑπὸ σοφιστοῦ ὄντος τοῦ Διός. "因爲他[荷馬]說米諾九歲時嘗與宙斯相談，赴其處受教，彷彿宙斯是個智者。"故可曰曾爲宙斯接納得窺其奧祕。以上三者運昌時皆曾躋身於諸神之間，然終不免沒落死亡。

10.【韃靼魯】*Tartara*，即冥間。【擁有】*habent*，謂人死爲陰間所擁有常見於古墓志銘，亦爲詩人慣用措辭，維吉爾《埃》V 733 f.："non me impia namque / Tartara habent，" "邪惡的韃靼魯未擁有我"。上應行2【拘囿】*cohibent*.

11. 【潘陀伊之子】*Panthoiden*，名歐弗耳波(Euphorbus)，荷馬《伊利昂記》XVII 1-60敘特羅亞人歐弗耳波與墨湼勞交戰，爲其所戮。稱其爲潘陀伊之子，本XVII 81：Πανθοΐδην Εὔφορβον。以父名稱子，爲史詩所常用之隆重修辭語式(patronymia)，印歐語系諸語古詩歌中常見，印歐語言學所謂轉稱(kenning)之一例也，參觀M.L. West, *Indo-European Poetry and Myth*, pp.404-405, pp.81-83。《伊》XVII 28古注，畢達哥拉爲證靈魂不滅論，嘗如阿耳戈之赫拉神廟，辨認其中壁上所懸之盾原屬歐弗耳波，遂取而視之，視其背果有銘文證其確爲歐氏圓盾，由此得證其前身即歐氏也。【摘下圓盾】*clipeo ... refixo*，古注曰"反轉"其盾：στρέψαντας。因靈魂輪迴，故曰【再次沉淪奧耳古】*iterum Orco demissum*，奧耳古(Orcus)即陰間。又因其靈魂轉世再生爲畢達哥拉，故曰【筋皮以外無一度與黑色的死亡】，人死遺骸，靈魂出竅。然如Heinze所言，詩人此處意在畢達哥拉雖爲歐氏轉世，然仍不免再死。

13. 【你】*te*，亞居達，於語法爲獨立奪格，於修辭同首行之te爲**轉向發語式(apostrophe)**。【依你……是……權威】，原文主格*auctor*(【權威】)爲其上*concesserat*(【度與】)之後置主格主語，中譯增【是】，實析其爲二句，原文修飾主格之主格分詞*testatur*(【證】)亦析爲讓步從句，以求明順。

14. 【物性】原文*natura*一詞多義，通義爲自然，然此處爲哲學術語，同希臘術語phusike，如亞里士多德《物性論》(Φυσικὴ ἀκρόασις)。Heinze辨H詩中以此字作哲學術語，僅此一例。"物性與眞理的權威"，二代一分述格(hendiadyoin)格，即"關於物性之眞理的權威"。【不劣】*non sordidus*，謂強，謙言格(litotes)也。

15. 【然而】*sed*，轉折連詞引入詩中箴言句。【同一黑夜】*una nox*，主意在同一而非長夜，即人無高低貴賤賢愚不肖終皆不免於死也。

16. 【滅亡之路】*via leti*，即死路，參觀維吉爾《農》III 482："nec via mortis erat simplex，""死之路亦不平易"。提布盧I 10, 4："tum brevior dirae mortis aperta via est，""彼時可怕之死路敞開"。奧維德《變》XI 792："letique viam sine fine retemptat，""反復試此滅亡之路無有停歇"。此處暗啓詩中死者死因。

17. 【復讎女】*Furiae*，此處擬人，以人形代喻驅動人類復讎直至爭鬪之力，此處意謂後者，謂其可使人喪心病狂，暴躁鬪狠。其古希臘原型'Ερινύες本爲女神，數不定，維吉爾或依希臘化時代新說，謂其有三：Alecto, Megaera, Tisiphone。希臘人亦稱其爲陰間女神，索福克勒悲劇《俄狄浦在克洛諾》(Οιδίπους ἐπὶ Κολωνῷ)歌隊合唱(1568 ff.)稱：χθόνιαι θεαί，"黃壤諸女神"，古注以爲指復讎女神(參觀Jebb注)。【有人】*alios*，集合分論，拉丁文慣言alii ... alii ...（或類似不定複數代詞multi, quidam等），義爲"或有人……或有人……"，例如I 7, 5; 然此處句法壓縮，後一alii逕作名詞*nautae*（【海客】），參觀下行23注。

18. 【戲觀】*spectacula*，尤指羅馬人所嗜之人獸格鬪，羅馬有專供此用之鬪獸場，西曆一世紀所營Colosseum屹立至今，場面血腥殘忍，參觀I 2, 37.

19–20. 【普羅塞賓娜】*Proserpina*，地母狄墨忒耳(Demeter)之女，後爲冥王普魯同(Pluto)之妻。古希臘後期多見於詩歌，以替代陰間之斯蒂克斯(Styx)或奧耳古(Orcus)。集中別見II 13, 21，亦見《對》17, 2："supplex et oro regna per Proserpinae，""我跪求且憑普羅塞賓娜之國發言"。據云人在易簀之際，必待冥后即之，剪其一絡髮後方得死，故曰【無一頭顱】*nullum ... caput*倖免，維吉爾《埃》IV 698："nondum illi flavum Proserpina vertice crinem / abstulerat，""普羅塞賓娜尚未自其頭顱剪去黃髮"。Heinze則以爲H此處並未暗指此俗，可備一說。荷爾德林《姆涅摩绪涅》(第二稿，*Mnemosyne*)64–65："das abendliche nachher löste / Die Loken，""那箇夕時的後來連她的髮卷也/摘下"。【老與少】*senum ac iuvenum*，語式參觀I 12, 14. 【逃脫】*fugit*，死之來也，無人可逃，對比塞內加悲劇院本《特羅亞婦人》(*Troades*)1173赫古巴語："mors ... me solam times / vitasque，""死……你唯懼怕我/逃避我"。

21–22. 【還有我】*me quoque*，發此言者歷數終不免一死之人後，以己之溺斃爲例收束，云"吾亦不免……"。【獵戶座】*Orion*，原文爲希臘文 'Ωρίωνος轉寫，即希臘神話所云巨人獵手，俄里昂爲其名，此循慣例意譯之。獵戶座爲天赤道星宿最耀眼者，於北半球十一月洎翌年二月夜間可見，十一月間黎明時沉降。【闌干】譯*devexi*，即傾斜下沉貌，中國古代多以言北斗，如曹植《善哉行》："月沒參橫，北斗闌干"，中譯借用。古時如普利尼《博物志》XVIII 313以十一月獵戶闌干與亞底亞海多風暴相連，此即是詩中用意，集中III 27, 18："sed vides, quanto trepidet tumultu / pronus Orion？""但你可見闌干的獵戶宿因/何樣騷亂而激動！"乃至《對》10, 10："qua tristis Orion cadit,""獵戶闌干多麼悲哀"所言亦同。又：獵戶座即中國古代十二星宿之參宿，以其中最炯明之三星(Alnitak)得名。【狂烈】原文*rapidus*，古鈔本ç作rabidus，瘋癲，爲多數斠者不取，今唯Bailey、NH主此讀，今按：Bailey視學界主流文本如在野反對黨之於執政黨，必欲事事對立方成己說，本已不足怪；NH雖不似Bailey極端，然其《讚歌集》卷一箋注於文本斠訂亦每每標新立異，傚法Bentley，動輒以理(其理可否成立姑且不論)爲證、以理易證，據以擅改傳世文本，恐難免輕率。謂風rapidus，拉丁文獻其實尟見，多以言河流。【凱風】*Notus*，南風，已見I 3, 14及注。冬季亞底亞海上風暴由南風引發，而南風起時適值獵戶座闌干，故稱其爲【儔侶】*comes*。言其危險，別見III 3, 5："dux inquieti turbidus Hadriae,""不寧靜的亞底亞狂暴之主"；27, 19："quid albus / peccet Iapyx,""雅比加清風造何孽"。維吉爾《埃》I 535："cum subito adsurgens fluctu nimbosus Orion / in vada caeca tulit,""當帶來疾風暴雨的獵戶突然讓洶涌的浪/將我們衝入看不見的淺灘"。忒奧克利多《牧》7, 53：χὤταν ἐφ' ἑσπερίοις Ἐρίφοις νότος ὑγρὰ διώκη / κύματα, χώρίων ὅτ' ἐπ' ὠκεανῷ πόδας ἴσχη，"每當雙犢星西斜之際凱風掀動潮濕的/浪濤，獵戶宿主汪洋上住了腳步"。【溺斃】*obruit*，維吉爾《埃》VI 336："obruit Auster, aqua involvens navemque virosque,""卷動的南風將舟與[其上]諸男子溺斃於水中"，Heinze以爲二例屬巧合，非爲詩人相互捃撦。

22.【伊利里亞】*Illyria*，在今巴爾干半島西側，亞底亞海冬季南風勁烈，波濤洶涌，已見I 3, 15–16及注。

23.【海客】*nauta*，Heinze：此時海客發見海水沖至岸灘之屍首。NH謂*nauta*非指操舟行船之水手，實指僱傭舟子舩人之商賈，上行18應亦同，故中譯不采慣譯"水手"，而用李太白"海客談瀛洲"之"海客"。

【莫】*ne*兼該【慳吝】*malignus*與【拒】*parce*。全句爲祈求掩瘞骨殖。參觀《書》II 1, 209："laudare maligne,"　"吝嗇於讚美"。

24.【唯】*sic*，發願語辭，已見I 3, 1及注。24–29爲發願祝福語，前提爲"你須掩瘞我骨骸"。

25.【夕域】*Hesperiis*，希臘人專指意大利，爲後者位於前者以西也，維吉爾《埃》中埃涅阿等亦以稱意大利。【維奴夏】*Venusia*，H家鄉，語在"緒論"§ 1.3。【東風】*Eurus*摧殘陸地而不及海上，故你可【安然無虞】*te sospite*。

27.【所能者】*unde potest*，即稍後猶父、涅普頓，原文爲從句，然義如分詞形容詞"大能的"(potens)。【豐厚的傭金】*multa merces*，Heinze: 以言商賈尤爲相宜。

29.【猶父】云云，稱其既納貢亦饋贈，參觀《書》I 18, 111："sed satis est orare Iovem quae ponit et aufert,"　"可是求猶父已足矣，他既置亦收"。

29.【塔倫頓】*Tarentum*，位於南意大利亞普里亞(Apuleia)、意大利之靴高跟內側最高處，臨同名海灣。原爲希臘多里亞人殖民地，建於前706年，原名Τάρας，或曰係海神波塞冬之子名，或曰係英雄名，曾於鄰近海面遇海難，爲海神波塞冬遣海豚所救，遂誅茅城焉。故世奉海神。塔倫頓今稱Taranto，爲意大利亞普里亞區域最大城市。亞普里亞含意大利之靴之後跟及以上部分，東瀕亞底亞海、東南臨伊奧尼亞海，西攬塔倫頓灣。H故鄉維奴夏即位於毗鄰亞普里亞之盧坎尼亞(Lucania)邊緣。

30. 以降至詩末爲威脅語，子若不肯，禍將隨焉，首及汝身，再殃及子孫。【不在意】*neglegis*，以反襯暗示海客此時欲棄遺骸而不顧。

31.【禍殃】*fraudem*，詳見後{評點}。並言你本人己身與子女後嗣，參觀忒奧格尼(Theognis)《短長格詩集》205：ἀλλ' ὁ μὲν αὐτὸς ἔτεισε κακὸν χρέος, οὐδὲ φίλοισιν / ἄτην ἐξοπίσω παισὶν ἐπεκρέμασεν·"可是他本人還了這惡債，而非倒懸/惶恐於其親人子女頭上"。【許是】*fors et*，義同etiam，普羅佩耳修II 9, 1："iste quod est, ego saepe fui : sed fors et in hora / hoc ipso eiecto carior alter erit."　"那

人便是我過去常是樣子: 可許有一日另有一人比所棄者更爲你珍視。"

32.【公義】*iura*, 拉丁文*ius*之複數形式, 如後世西語所襲或對應諸字Justiz, Recht等, 兼該抽象之法律與法律所申之正義二義, 本義爲敕令, 有法典、法之頒佈乃至不成文法諸義; 後衍生公義、公平、法權諸義。古時以掩瘞死者爲神敕天律, 索福克勒悲劇《安提戈涅》主角即因固執此神立天律以抗禁埋叛逆者之世俗法律而殞身。此處發言者申宣此神立法權: 若不掩瘞死者, 於死者而言即爲該欠法權, 爲其應得之法權而未得也; 於行經野曝骸骨而不肯掬一抔黄土者言之, 則其無視律法, 可謂不行義甚至行不義也, 其懲罰或不現報, 故曰有欠公義, 俟來日報應也。原文以一詞兼該法權與公義(報應)二義, 中文律法法權諸詞不若西語兼該正義公正義, 故譯文不克複製原文雙關語, 今姑取其一, 以此處公義義重於律法義也。【倨傲】*superbae*, 原文係形容詞, 故字面義當指【報應】*vices*倨傲, 詩人意謂汝若拒不掩埋骸骨, 則殊爲倨傲簡慢, 輕蔑神律, 汝必將遭遇倨傲如爾者, 即報應, 當其來也, 此報應倨傲強橫, 不可抗拒。

33.【你本人】*te*, 相對於上行31【子女】*natis*而言。按上古羅馬法中父債子償條律(Nexum)因伯特留法(Lex Poetelia Papiria)廢除於前326年, H似暗示此債(obligatio)衹及汝身, 見*Gai Institutiones*, pp.321–22。參觀普羅佩耳修III 7, 7–12寫人爲求利泛海經商遭遇海難, 屍骨不得安葬, 亦可參觀:

> nam dum te sequitur, primo miser excidit aevo
> 　et nova longinquis piscibus esca natat ;
> et mater non iusta piae dare debita terrae
> 　nec pote cognatos inter humare rogos,
> sed tua nunc volucres astant super ossa marinae,
> 　nunc tibi pro tumulo Carpathium omne mare est.

　　可憐人追逐你[謂金錢]時, 盛年而歿/成爲遠方的魚兒新穎的食物; /其母無力償還子女的土債, /也不能葬之於族人的

墳丘；/而今海鳥立於你的白骨之上，/而今全部卡耳帕提海就
是你的墳塋。

33–34.【我……果報】*precibus … inultis*，原文極爲凝練以致晦
澀，解釋全句其關鍵有二：一爲*precibus inultis*（中譯作【詛呪不得果
報】）語法屬性爲何，一爲*linquar*語意如何補足。前者Heinze視爲與格
（複數名詞＋形容詞），如此則全句當直譯作"我不會被拋棄給不得果
報的誓願"，於意補te＝a te，即爲你所棄；NH斥其非拉丁慣用語，釋此
句爲：你若棄我不顧，吾詛呪定不落空。如此似讀爲獨立奪格表相伴狀
態。Numberger所見略同，且詳言*precibus inultis*爲無連詞（asyndeton）
解說語。*linquar*語法屬性明確，義爲（如若）【被棄】，歧議生於如何理
解爲誰所棄。如上所述，NH以爲謂爲經過海客所棄，意即骸骨若爲其
棄而不掩；Numberger則以爲此語上承行28猶父涅普頓，意爲若爲神所
棄，指其所發詛呪能否應驗。詳翫原文，後解爲是。中譯增連詞【致】
以求接通全句主附二部語意，並令"爲神所棄"義較明了。

34.【無禳儀】*piacula nulla*，涉及虔敬神明之罪過不可禳解，參觀
西塞羅《論法律》II 22："sacrum commissum, quod neque expiari poterit,
impie commissum, esto," "神明之事不可禳解，請虔敬於其事"。

35.【趕路……長久】*quamquam … longa*，墓志銘體套語，《英
華》XIII 23, 3：ἰὼ παρέρπων, μικρόν, εἴ τι κἀγκονεῖς, ἄκουσον, "哦
過往行人，你若趕路，就請傾聽片刻"。【耽擱】*mora*尤常見於拉丁墓
誌銘，例如《拉丁碑銘詩集》(*CLE*)1142："accipiat paucis, ne sit mora
longior aequo, / si tumulus teneat quem vocat ipsa via." "請傾聽這幾句，
耐煩耽擱不會更長，/若此墳中有此路所召喚者。"

35.【三次】*ter*，葬儀重在盡禮，未必實須置遺骸於窀穸也，故三
捪黃土足矣。索福克勒《安提戈涅》429–31：καὶ χερσὶν εὐθὺς διψίαν
φέρει κόνιν, / ἔκ τ' εὐκροτήτου χαλκέας ἄρδην πρόχου / χοαῖσι
τρισπόνδοισι τὸν νέκυν στέφει. "她雙手逕直抓起乾渴的埃土，/從精
緻的銅瓶中自高處/她朝那屍體三灑"。

36.【疾馳】原文*curras*係以陸行喻海航，於古代不無先例，

詩人他處亦多有旁證，《雜》I 1, 30："per omne audaces mare qui currunt，""疾馳於一切海上者爲勇"；《書》I 1, 45："inpiger extremos curris mercator ad Indos，""不知倦的商人你馳騁至極遠的印度"；11, 27："qui trans mare currunt，""他們越海馳騁"等，譯文循之。中文舟車皆可言駕，略約近之，參觀錢鍾書《管錐編》《毛詩正義》筆記第十九則《泉水》，頁八五。

{評點}：

荷馬《奧德修記》XI 51 ff.敘奧德修遊歷冥界以訪幽魂(nekyia)，遇其舊日隨從厄爾佩諾耳(Elpenor)之靈於地下，始知其睡中自屋頂墜斃後曝屍於野。厄爾佩諾耳囑奧德修還陽後瘞其屍骸，且加恐嚇曰，倘其不從，必遭神譴(71–78)：

> ἔνθα σ' ἔπειτα, ἄναξ, κέλομαι μνήσασθαι ἐμεῖο—
> μή μ' ἄκλαυτον ἄθαπτον ἰὼν ὄπιθεν καταλείπειν
> νοσφισθείς, μή τοί τι θεῶν μήνιμα γένωναι,
> ἀλλά με κακκῆαι σὺν τεύχεσιν, ἄσσα μοι ἐστιν,
> σῆμά τέ μοι χεῦαι πολιῆς ἐπὶ θινὶ θαλάσσης,
> ἀνδρὸς δυστήνοιο, καὶ ἐσσομένοισι πυθέσθαι·
> ταῦτά τέ μοι τελέσαι πῆξαί τ' ἐπὶ τύμβῳ ἐρετμόν,
> τῷ καὶ ζωὸς ἔρεσσον ἐών μετ' ἐμοῖς ἑτάροισιν.

故此，首領，我求你記念我，/你走時勿棄我於後，不受哀悼不得掩埋/便轉身而去，免得我成爲神怒之由，/就請將我連同我的鎧甲一同焚燒，/爲我在灰海之畔撒土爲丘以爲標記，/俾將來者知道這箇不幸的人。爲我完成此願，把我生時/與伙伴一同劃的槳立於我墳上。

人死遺骸、入土爲安，古希臘人奉爲天律，文藝中多可得見。《奧德修記》之後，索福克勒《安提戈涅》全劇劇情即爲掩瘞女主人公之兄遺骸而起爭執，最爲著名，其中行255古注云：οἱ νεκρὸν δρῶντες ἄταφον καὶ μὴ ἐπαμησάμενοι κόνιν ἐναγεῖς εἶναι ἐδόκουν … λόγος δὲ ὅτι Βουζύγης Ἀθήνησι κατηράσατο τοῖς παρορῶσιν ἄταφον σῶμα. "於未葬之屍行法事而不以土瘞之者，人視爲遭詛呪，……其理由爲雅典牛倌求詛呪降於視未葬之屍如不見之人"。西塞羅《論占卜》(De divinatione) I 56記西蒙尼德(Simonides)路見死屍收而焚之：

"unum de Simonide : qui cum ignotum quendam proiectum mortuum vidisset eumque humavisset haberetque in animo navem conscendere."

方之以希臘經典，H是作獨刱之處在於以豎琴詩體裁行敘述之事，且構思取角色詩法(Rollengedicht，詳後)，別出心裁。Syndikus已明其手法近《對歌集》中數篇(尤肖第二首)，然置於本集中殊顯另類(p.257)。以角色詩論，是作謀篇迂複曲折。全詩係獨白(或有學者讀爲路過海客與亞居達之魂對談，NH等已證其非(見詩序)，要因行2 "沙粒拘囿"已明言亞居達死後得葬，不當又乞路人葬之也)，然行文謂之一波三折不足以盡括其奇譎傲詭。讀者初讀之不知詩中發言者竟非詩人，而係一死鬼，洎行21自道溺斃於伊利亞海中始知發語者身份，知其已斃。豎琴詩中延遲揭示發言者身份，《讚歌集》之前已見《對》2與16。論者據其與《對歌集》多有相似，故推斷撰作日期屬集中較早者，以爲詩人《對歌集》甫就，雖以異調新體開辟新篇，然舊曲餘響仍得而聞也。

發言者身份之揭露既曲折費解，發言者所語對象亦非單一：行1–22向同爲死人之哲學家、數學家亞居達而發，行23以降爲致某過往海客之語。前者栩栩如與人面談；其所言爲生死之嘆，感懷人生殊塗同歸，任其生前榮耀多福或智慧聰明，雖心窈巧妙曾論證靈魂不死，終不免大限同歸。爲證其說，發語者引神話人物爲例，如修辭術之舉例法(exemplum)然，所引例證其數有四，其中第四例直指亞居達之祖師畢達哥拉，爲其曾自稱爲特羅亞英雄靈魂轉世化身也。神話歷史人物諸例以箴言(15–16)收束，可視爲詩前半部之頂峰。其後發言者自揭其已罹海難溺斃，上承凡人皆有一死之說，下啟後半乞人掩埋語。至此讀者始知發言者竟非人類，實爲鬼魂。行23引入死人轉向致語(apostrophe)

之第二人，亦係詩中唯一生人：過往海客。詩自此體格全倣墓志銘，其發語如墓志銘啟篇套語：siste viator，"駐足，行人！"措辭刓意則上規前引荷馬段落及希臘化時代箴銘體詩句（見上行34注引《英華》XIII 23, 1），死人向過往行人發言尤多見於《英華》VII 264–92，例如其中267：

> ναυτίλοι, ἐγγὺς ἁλὸς τί θάπτετε; πολλὸν ἄνευθε
>   χῶσαι ναυηγοῦ τλήμονα τύμβον ἔδει.
> φρίσσω κύματος ἦχον, ἐμὸν μόρον, ἀλλὰ καὶ οὕτως
>   χαίρετε, Νικήτην οἵτινες οἰκτίρετε.

> 海客，爲何葬我在海邊？應在遠處
>   多撒土給遭海難的成悲慘的墳丘。
> 我聞濤聲，我的大限，而鷇餗，可雖然，
>   我仍這般揖拜，無論你給尼基忒多少憐憫。

　　H詩中發言之鬼調侃畢達哥拉及其靈魂不死轉世說，然設若發言者爲鬼，鬼可互語語人，豈非適爲靈魂不死之佐證耶？此詩無乃自相矛盾乎？Syndikus斥此類質疑爲學究語，云不可以論理之哲學苛求虛構之文藝；謂死人祇可以其狀默求，唯詩人資之以詞語，故得發聲（pp.259–60）。

　　今按，Syndikus所解未爲通徹，恐猶有賸義。向來說此詩者，似拘於理性主義，於詩中死人發言之情景，未克深究。詩中既云"未瘞的骨與頭顱"（23 f.），則此遭海難而死者今已唯餘白骨矣。然枯骨竟何以向過往生人乞瘞，學者向所未言。詳翫此篇，始悟詩中雖未明示，然其所語之行商必非白日見鬼，更非如奧德修遊歷冥府時親會幽魂；依中外文藝常例推之，應以託夢爲最合情理。如此，則全詩全爲夢中言；言夢中受鬼囑託，掩瘞其骨殖，則於情於理皆不相違，日思夜夢，未必即可證靈魂不死也。荷馬史詩以降，西洋古典史詩中暴斃者託夢於史詩英雄求葬事屢見不尠，H此作則示託夢求葬事非唯見詠於史詩，雖豎琴詩亦

可詠歌也。

{比較}：

掩骼埋胔

路見殣者，覆掩爲葬，可見《詩》之《小雅・節南山之什・小弁》：
"相彼投兔，尚或先之；行有死人，尚或墐之。"毛《傳》曰："墐，路冢
也。"鄭《箋》云："相，視；投，掩行道也。視彼人將掩兔，尚有先驅走
之者；道中有死人，尚有覆掩之成其墐者。言此所不知，其心不忍。"唐
姚思廉《梁書・本紀第二》（頁五三；《全梁文》卷三《收斂道死詔》）卷
二載梁武帝天監十二年(513)二月丙寅下詔掩埋骼胔曰：

> 掩骼埋胔，義重周經，槥櫝有加，事美漢策。朕向隅載懷，
> 每勤造次，收藏之命，亟下哀矜；而寓縣遐深，尊奉未洽，髐
> 然路隅，往往而有，言愍沉枯，彌勞傷惻。可明下遠近，各巡境
> 界，若委骸不葬，或蕣衣莫改，即就收斂，量給棺具。庶夜哭之
> 魂斯慰，霑露之骨有歸。

鬼囑人葬己亦可徵於中土古籍。敘枯骨與人語，《莊子・至樂》
爲首創，《列子・天瑞篇》、張衡《髑髏賦》（《全後漢文》卷五十四，又
《張衡詩文集校注》頁二四七—二五三）、曹植《髑髏說》（同上，《全三
國文》卷十八，又《曹植集校注》，頁五二四——五二八）、李康《髑髏
賦》（原文散佚，今僅存一句，同上，《全三國文》卷四十三）、呂安《髑
髏賦》（同上，《全三國文》卷五十三）等踵之，然皆與求葬無涉。以摹寫
生人與髑髏關係言之，以《莊子》構思最爲可信合理，莊子路見髑髏，先
"撽以馬捶，因而問之，"再"於是語卒，援髑髏，枕而臥。夜半，髑髏
見而夢之……"遂有問答。《列子》則全爲列子向髑髏獨語，髑髏始終
不言。張衡以降曹植之流皆令髑髏聚精會神，行者或袛聞其聲不見其
形，或恍惚飄然，若隱若現，虛紗之中與行者對語。至於葬儀，《莊子》
中莊子與髑髏問答之後未言隨即瘞之，《列子》亦不言葬。張衡以降，
始明言行人與髑髏語後皆葬之："於是言卒響絕，神光除滅。顧盼發

軫, 乃命僕夫, 假之以縞巾, 衾之以玄塵, 爲之傷涕, 酬於路濱"云云。

《莊子》等文中人與髑髏所語既無關乎埋葬, 與H此篇旨趣可謂徑庭, 與莎士比亞《哈姆萊特》哈姆萊特於墓地手持髑髏獨白則更近。然中國古代文藝並非全無枯骨求葬情節, 唯僅見於志怪小說, 未見於詩歌耳。《太平廣記》卷二七十六《商仲堪》、卷三一十七《文穎》, 皆敍鬼因原葬處遭水淹, 求人爲其改葬他處; 卷三二十七《史萬歲》敍漢名將樊噲因冥居近廁, 乞人遷葬; 卷三百四十七《趙合》敍某女遭党羌虜殺, 暴屍於野, 爲路人掩埋, 後有進士趙某行經其處, 遂請歸骨於鄉事。此三則胥爲鬼求人改葬。《太平廣記》另有人見發露枯骨, 不俟受請逕爲之掩埋而得鬼感謝事: 卷二三十《河湄人》記人見河岸有枯骨, 遂奠之, 其鬼致謝; 卷三三十七《牟穎》記人於郊外見發露骸骨, 遂掩埋之, 其鬼來謝; 卷三五十二《王鮪》記人於果園見二枯首爲汙穢所沒, 爲之改葬淨地, 鬼來道謝, 亦可參看。卷二七十六《周氏婢》記髑髏入人夢中乞除貫生眼窍中雜草, 情節亦近。然此類故事言人掩瘞屍骸, 多出悲憫, 未聞有天律懲罰之說, 且所掩之骨無一死於海難者, 又與地中海半島之國意大利異。然海難與否, 惜乎莊子嘆髑髏、枯骨囑人改葬二事均不見有中國古代詩人吟詠。梅堯臣《水次髑髏》: "不知誰氏子, 枯首在沙洲, 肉化鳥鳶腹, 肢殘波浪頭。曾聞南面樂, 寧有九原愁, 厚葬不爲貴, 漢官其[發]丘。"觸景既近莊列, 然所言終不及鬼域, 未可與H此篇媲美。李長吉雖號稱鬼才, 集中亦未有如H是篇枯骨發語之角色詩, 未若不以鬼才知名之羅馬豎琴詩人能鬼話連篇斐然成章也。

雖然, 中國古時亦並非全無鬼詩, 《全唐詩》卷五六十二載李玖《噴玉泉冥會詩八首》(出自《纂異記》), 又《太平廣記》卷三四七《曾季衡》中女鬼、三四八《唐燕士》中鬼吳某、卷三四九《韋鮑生妓》謝莊、江淹之鬼等, 皆有詩作。然其詩作實爲傳奇小說中故事角色之情節, 須賴所敍事情而存, 非如H此詩自生情景, 可單行獨立也。

近世王守仁《王文成公全書》卷二十五有《瘞旅文》一篇, 作者先望見主僕三人, 後聞其皆仆於途, 遂命己僕瘞之, 其文以歌作結, 卒句祝死者"無爲厲於茲墟兮, "亦可觀。

H斯作爲集中二首角色詩之一。角色豎琴詩(Rollengedicht或

Rollenlyrik) 據《Metzler文學詞典》定義，係"豎琴詩中之我爲詩人虛構人物，以其身份心理語氣抒發情感，表達思想，記敘遭際或記錄反思，此虛構人物常爲詩人時代人所熟知之類型人物，如戀人、牧倌、流浪者等，詩所言爲此人物之獨白"。西洋古代希臘化時代墓志銘詩興盛一時，其中不乏死者發言如此詩中者(《英華》VII 264-92，羅馬詩歌可參觀普羅佩耳修I 21，古代角色詩此外著稱者有西蒙尼德(Simonides)殘篇543《達奈(Danae)向佩耳修(Perseus)悲嘆》、忒奥克利多《阿瑪呂利》(*Amaryllis*)、提布盧《苏爾庇基婭致克林多》(*Sulpicia an Cerinthus*)等。後世角色詩蔚然成爲西洋詩歌之一類，德國中世紀情歌(Minnesänge)中多不乏見，近代歌德《藝術家的晨歌》(*Künstlers Morgenlied*)、莫里克(Eduard Mörike)《棄女》(*Das verlassene Mägdlein*)、里爾克《薩福致阿爾凱》(*Sappho an Alkaios*)爲此類詩歌之著名者。

二十九

調伊丘投筆從戎
AD ICCIVM

伊丘，汝今竟亦覬覦阿剌伯財貨珍寶乎？投筆從戎，將隨埃留遠征瑪代示巴乎？豈因欲其得姬妾孌童歟？河能倒流，人或易志，然棄學從軍，所得可償所失乎？

{格律}：

阿爾凱式(Alcaium)。

{繫年}：

據羅馬人遠征阿剌伯兵敗事次本詩於前25年，詳見下行1注。然亦有以爲詩撰於遠征之前者，約在29–27年之間，參觀Numberger, p.264，其說未見信於多數學者。

{斠勘記}：

2–31. D闕15

7–16. *om.* B

13. nobilis Ξ nobiles Ψ 前者爲陽性單數屬格形容詞，謂Panaetius；後者爲陽性複數賓格，指libros，若爲後者，則libros前有coemtos與nobiles二詞說明其狀，語風笨拙，應以之爲單數屬格爲是，參觀Heinze、NH、Numberger注。

{箋注}:

1.【伊丘】*Iccius*, H相識, 全名不詳。本詩屬後數年, 即前20年, H
復作《書》I 12以寄。據該札, 伊丘年少於H, 其時爲亞基帕(Agrippa, 已
詳I 6注)經營西西里島莊園; 庶務之餘沉潛哲學。H勸其進學, 然語含
調侃(12–15):

miramur, si Democriti pecus edit agellos

cultaque, dum peregre est animus sine corpore velox,

cum tu inter scabiem tantam et contagia lucri

nil parvum sapias et adhuc sublimia cures :

... ...

我们納罕, 是否德謨克利特的牧羣食草

與莊稼時, 他的心靈脫離身體疾速遨游;

你身處於這般利欲熏染的氛圍中間所

欲品賞的無一瑣屑, 所關懷的盡皆崇高:

......

伊丘既素以清高嫉俗見稱, 故此處云【你今亦覬覦】*nunc ...
invides*, 其中*nunc*【今】含"至此終於"意, 故作此譯。【阿剌伯
的蒙福祕藏】*Arabum ... gazis*: 古希臘時稱阿剌伯半島南部爲ἡ
εὐδαίμων Ἀραβία, 拉丁文作Arabia Felix, 福地阿剌伯, 以區別於北
部沙磧荒漠。普利尼《博物志》XII 30 (51)記香料產地時言及阿剌伯,
稱 "Arabiae divitias ... quae cognomen illi felicis ac beatae dedere," "阿
剌伯財富給予其福地與蒙福之稱"。希臘文現存文獻中此語最早見於歐
里庇得悲劇《酒神女徒》(出處段落譯文見拙著《荷爾德林後期詩歌》
評注卷上册, 頁二七一–二七二)。【祕藏】原文*gaza*爲波斯貸詞, 義同
III 24, 1之"thesaurus," "寶藏", 引文見下行3注。西塞羅誇敍利亞財富
曾用,《塞蒂庭辯辭》93: "alterum haurire cotidie ex pacatissimis atque
opulentissimis Syriae gazis innumerabile pondus auri," "一人日日自最

服順最富庶之敘利亞祕藏掠取不可計量之黃金"。盧克萊修(II 37) "nil nostro in corpore gazae proficiunt, " "祕藏財貨無一能利吾身"、卡圖盧 64, 46: "tota domus gaudet regali spendida gaza, " "全宅中洋溢着君王 般輝煌的財富"筆下則逕爲奢華之別稱, 集中II 16, 9用法同此。古時西方 盛稱福地阿刺伯酋長富有沉香、沒藥、乳香、寶石等奇貨, 斯特拉波《方 興志》XVI 4, 22記之甚詳。羅馬人言阿刺伯必稱其財富, 集中別見II 12, 24: "plenas ... Arabum domos, " "阿刺伯充溢的宮室"; 他集見《書》I 6, 6: "quid [censes munera] maris extremos Arabas ditantis Indos, " "令 地極的阿刺伯人身毒人富裕的海的[饋贈你估價如何]"; 7, 36: "otia divitiis Arabum liberrima muto, " "最自在的賦閒給我阿刺伯財富我亦不 換"。前25–24年(NH作26–25年, 未知何據), 埃留•伽洛(Aelius Gallus, 騎士, 前27–24年知埃及(praefectus Aegypti), RE 1: 493, "Aelius" 59有 傳)領兵遠征福地阿刺伯, 欲控其東方商路, 亦爲劫其財貨。埃留與斯特 拉波友善(《方興志》II 5, 12), 故後者書中(XVI 4, 22)敘此遠征輒爲之 曲辭迴護, 言其初衷爲至尊 "冀以此交結闊綽阿刺伯人爲友或以此勢壓 此闊綽之敵" (ἢ γὰρ φίλοις ἤλπιζε πλουσίοις χρήσεσθαι ἢ ἐχθρῶν κρατήσειν πλουσίων)。至尊自撰《功勛碑》(Res gestae Divi Augusti, 26, 5)稱遠征軍最遠至馬里卜("in Arabiam usque in fines Sabaeorum processit exercitus ad oppidum Mariba," 在今払門: Mariba = 今Ma'rib, 當時爲士巴國都。據丟氏《羅馬史》(Dio LIII 29, 4), 遠征軍先勝後挫, 幾全軍覆沒。又據普利尼, 勞師遠征, 所獲僅蛇毒解藥耳。按普氏語如唐 代騷人所發 "空見葡萄入漢家"之嘆, 以諷漢唐經略西域之勞民無益。此 類感慨乃文人情懷, 其實鄙陋, 彫蟲儒生不諳世道所發迂腐之辭耳。以 所致者名置於全篇之首, 集中屢見, 然用意各異: 神頌幾悉置所讚神名於 篇首: I 10; 30; III 11; 13; 18; IV 6並及《世》; 置所致之人姓名於篇首則 或以示鄭重如I 1, 或爲調侃如III 7, 或以申情誼之厚如I 33與II 6, 或爲 情急逕呼其名如I 8, 此處則以表驚訝。

3.【從前未曾征服】 *non ante devictis*, 參觀III 24, 1: "intactis opulentior / thesauris Arabum, " "比未觸探的阿刺伯/寶藏……更輝煌"。 阿刺伯半島亞歷山大未嘗征服, 亦從未屬羅馬帝國爲行省。吉本《羅馬帝國衰亡史》曰："色索士特里(Sesostris，按：古埃及王，曾遠征歐羅巴)、古列(Cyrus)、龐培、圖拉眞(Trajan)等輩始終未能以武力降伏阿剌伯；今日突厥人之治許或能施諸虛影法權，然其驕橫則須自貶，不獲已降尊以儕友待之，蓋挑之易成釁、擊之則勞而無功也。"(chap. 50)

4.【士巴】*Saba / Sheba*，譯名從文理本(《創》10: 7；《賽》60: 6等)。據斯特拉波(XVI 4, 21)，爲福地阿剌伯土著之一：πρῶτοι δ' ὑπὲρ τῆς Συρίας Ναβαταῖοι καὶ Σαβαῖοι τὴν εὐδαίμονα 'Αραβίαν νέμονται. "納巴泰人與示巴人在敘利亞以上，乃定居蒙福阿剌伯之最早者"。其確切居地說法不一，然今多以爲在現代也門，都城名馬里卜。其地並非一統王國，而由諸部族分治，故曰【諸王】*regibus*.【瑪代】*Medo*，帕提人也，已見I 2, 51注。時人以爲羅馬人遠征阿剌伯，意在取瑪代。士巴乃至福地阿剌伯盛產香料，後世詩人亦樂道不倦，彌爾頓《樂園之失》IV 162–63："Sabaean odours from the spicy shore / Of Araby the Blest, ""福地阿剌伯多香料的岸邊飄来士巴的香味"。

5.【投畀鎖鏈】*nectis catenas*，即征服後將俘囚鎖以鐐銬。

5–6. 意謂敵國男子皆爲羅馬軍人殲滅，其閨中待嫁之未婚妻今皆爲得勝者所擄，任人揀選以爲奴婢。荷馬《伊》II 688–94記阿基琉所愛之女奴布里塞(Briseis)本係其所克呂耳湼索(Lyrnessos)城邦公主，淪沒爲奴之前已婚。集中III 2, 6–11寫番邦妻女於城上觀戰情景於此近似："illum ex moenibus hosticis / matrona bellantis tyranni / prospiciens et adulta virgo / suspiret." "朝着他，讓酣戰的僭主/之妻和他長成的閨女/自敵人的城堞那裏長吁/一聲。"

7–8. 同理，被擄男童則淪爲變童侑酒，Killy云此處暗用爲諸神侑酒之美童加尼墨得(Ganymed)典故。此童出身本貴，行9–10言之甚明，王宮選良家子侍應王室以充宮掖，古今中外皆然。【酒酌】*cyathum*，用以自鬴酒海碗中舀酒以滿飲酒杯。羅馬帝制時侑酒侍童稱作酒酌侍應：a cyatho，參觀《拉丁碑銘總彙》(*CIL*)VI 88, 15–17.

10.【絲國】*Sericas*，中國，已見I 12, 55及注。此處用以渲染東方異域風情，兼暗含其地扼東西方商路要道意，士巴人用華夏所產箭簇，當由絲路販至，故控其地則可掌控絲路商貿也。【張……矢】*sagittas* *tendere*，直譯原文，漢語習謂張弓，不言張矢，拉丁原文以弓爲奪格，意謂矢藉弓力。

10–12. 列舉種種不可能之事，乃希臘詩歌一成法，希臘語法學家有專稱：σχῆμα ἐκ τοῦ ἀδυνάτου，"聚不可能事之範式"。H詩用此法者此外又見《對》16, 27–34：

> quando
>
> Padus Matina laverit cacumina,
>
> in mare seu celsus procurrerit Appenninus
>
> novaque monstra iunxerit libidine
>
> mirus amor, iuvet ut tigris subsidere cervis,
>
> adulteretur et columba miluo,
>
> credula nec ravos timeant armenta leones
>
> ametque salsa levis hircus aequora.

那時帕篤河將沖刷馬丁山巔，/高聳的亞平寧山脈將奔入大海，/而奇異的愛情憑情慾將配合/新穎的怪物，令虎與鹿交，/鴿與隼亂，/牛羣不再懼怕棕獅，/蹦跳的山羊將愛上多變的滄海。

古代詩歌別見歐里庇得《美狄亞》410：ἄνω ποταμῶν ἱερῶν χωροῦσι παγαί，"神聖川流之水道行逆上"；維吉爾《埃》XI 405："amnis et Hadriacas retro fugit Aufidus undas，""奧菲多河逆向逃離亞底亞的洪濤"。此法亦常見於後世西洋詩人，蘇格蘭詩人司各特（Sir Walter Scott，1771–1832年）《最後的行吟詩人歌謠》(*Lay of Last Ministrel*) 1, 18："Your mountain shall bend and your streams ascend / Ere Margaret be our foeman's bride，""你們的山要彎折河要上流，/那時馬格萊特才能做我們頭人的新娘"。今按：聚不可能事之範式中國古代詩歌亦不乏見，漢樂府《上邪》："山無陵，江水爲竭，冬雷震震，夏雨雪，天地合，乃敢與君絕"，差似。錢鍾書《管錐編》《毛詩正義》筆記第一一則《行露》論及此法，稱之爲"修辭之反詞質詰"，所引例證皆自中國故典，似未知西方修辭學早有特稱定義論說，且其共通特徵在於集不可能之事以爲辭，意在謂某事之不可思議，絕無可能，非在於反詰也。【到峻嶺上】原文*arduis montibus*諸家解讀不一，或以爲奪格（NH），或以爲與格，或以爲處格（locativus, Heinze），其中NH、Heinze雖所予語法定義不一，然释義並無不同，皆以爲指河水倒流在高山上。【傾瀉的】*pronos*謂倒流之前諸水傾瀉入海。Heinze謂詞法同II 7, 11："minaces,""猙獰"，謂將士敗績之前面目猙獰。

13.【四處購得】*coemptos undique*，當日羅馬販書業尚多闕空，玄學書籍恐尤難致也。

14.【潘內修】*Panaetius*，約前185年生於羅得島，約前144年抵羅馬，自129年爲廊柱派領袖，著《論所應盡義務》(περὶ τοῦ καθήκοντος)，爲西塞羅《論職責》(*De officiis*)所據。潘氏著作今惟餘殘篇，P.M. van Straaten鉤沉蒐集於 *Panaetii Rhodii Fragmenta*, 3rd. ed. 1962. 潘氏與羅馬名將征奴米比人者斯基庇歐（P. Cornelius Scipio Aemilianus Numantinus, 185–129年）、羅馬史家波呂庇歐(Polybios)等友善

15.【家法】原文*domum*本義爲家室，指其學派。西塞羅所謂familia也，見其《論卜神》(*De Divinatione*, II 3)："familia tota Peripateticorum,""全部逍遙派"。如中文謂人學有傳承則曰登堂入室、曰守家法，故以家法譯之。蘇格拉底學派尤指色諾芬(Xenophon)、埃斯基涅(Aeschines)、柏拉圖等輩。【伊貝利亞】*Hiberia*或*Iberia*，伊貝利亞半島，即今日西班牙。西班牙自古以產銅著稱，參觀I 16, 9及注。此處指其地之銅所製鎧甲。

{評點}：

H是篇當撰於埃留遠征福地阿拉伯前夕(前25年)。全詩可作三段讀：首段(行1–5)言伊丘投筆從戎之決心與動機；中段(5–10)幻想其遠征成功後盡獲擄掠，所得財寶奴隸恣由享用役使，生活奢糜如東方王公；末段(10–16)返回當下，點出伊丘決意從軍，實悖其素奉之道，以財富易哲學，得耶失耶？讀者閱至詩末方徹曉首行【今亦】(*nunc*)語含諷刺："君終不能免俗乎！"故學者皆視此短章爲調侃諷勸詩(Syndikus, p.264：“Neckgedicht”）。

　　H雖素奉伊壁鳩魯派哲學，然屢申以己役物、毋爲物所役之意（《書》I 1, 19：“et mihi res, non me rebus, subiungere conor”），與伊丘一度沉潛之廊柱派哲學不無相通之處。故而詩人諷伊丘捨其素好而汲汲於外物，非止爲詩人應景語，恐亦係心聲也。全篇幾全爲問句，尤示其態度全爲質疑，不以伊丘棄學求財之舉爲明智。然詩人未之首肯卻並非緣於反對至尊所敕之阿剌伯遠征（Syndikus, p.268，注20; NH亦有此暗示，p.338）。縱觀詩人全集，絕無質疑至尊方略政策者，此篇亦非例外。

　　同代羅馬詩歌與H是作所詠相近者可參看卡圖盧10與普羅佩耳修II 10，前者敘詩人給一倡優，自稱因從軍遠征比提尼亞（Bithynia，在小亞細亞）而暴富；後者則純爲讚頌羅馬東征（含阿拉伯）之作。相比之下，H詩既不似卡圖盧之輕佻，亦非如普羅佩耳修之乏味。雖所言之事背景涉及軍國要務，然僅道其中關乎私交者，調侃之中透露眞意，戲語背後藏伏哲理。且其於集中編次亦顯匠心，以一輕鬆調侃短章沖淡前首之陰鬱。故無論獨覽抑或依序與前後章並讀，皆屬集中佳作。

三十

愛神頌
AD VENEREM

維奴，尼都、帕弗二城之女王，請捨汝生地居比路島靈位來格戈呂基拉家，請攜丘比特、愷麗三女神、眾妃女同來。微斯神，青春抑或墨古利皆難喜人。

{格律}：

薩福(Sapphicum)。

{繫年}：

或以爲作於26–23年之間，或以爲撰作時期近I 19，在29–27年之間。

{斠勘記}：

7–33, M闕15。

{箋注}：

1.【尼都】*Cnidus* / Κνίδος，小亞細亞西南之卡利亞(Καρία / Caria)地區城邑，卡利亞位于伊奧尼亞東南、呂家(Lydia)以南。尼都城有愛神阿芙羅狄忒廟，供奉名匠普拉克西忒勒(Praxiteles)所造愛神裸身彫像，原作今不存，然梵蒂岡藏羅馬倣作，最爲著稱。【帕弗】*Paphos* / Πάφος，居比路島上城，在島上西南處，據神話愛神自近居比路島海中誕生，繼而在此登陸，其地供奉愛神所從來久矣。【女王】regina，古希臘詩人慣稱愛神爲女王，品達殘篇122, 17《哥林多人色諾芬讚》(Xenophonti Korinthioi)：ὦ Κύπρου δέσποινα，"哦居比路女主"。斯特拉波《方輿志》VIII 3, 8引詩人阿爾克曼(Alkman)詩句(引文見下注)及埃斯庫洛句：Κύπρου Πάφου τ' ἔχουσα πάντα κλῆρον，"擁有居比路和帕弗全部。"神頌起始籲神句法已見I 10, 1墨古利頌及注。

2.【離棄】原文sperne本義分離，引申爲輕蔑、鄙視，例見III 2, 24："spernit humum,""蔑視……"。此處應偏本義，謂離开，略似I 19, 10："deseruit"("離棄")，同下引阿爾克曼殘篇之λιποῖσα，而不應有蔑視義；Heinze此外引忒奧克利多VII 115句以明其義：ὕμμες δ' Ὑετίδος καὶ Βυβλίδος ἁδὺ λιπόντες / νᾶμα καὶ Οἰκοῦντα, ξανθᾶς ἕδος αἰπὺ Διώνας / ὦ μάλοισιν Ἔρωτες ἐρευθομένοισιν ὁμοῖοι, / βάλλετέ μοι τόξοισι τὸν ἱμερόεντα Φιλῖνον, / βάλλετ', ἐπεὶ τὸν ξεῖνον ὁ δύσμορος οὐκ ἐλεεῖ μευ. "你們，離了玉提和布卜利多的/甘泉和俄伊居山，金髮丟涅高處的居所，/哦，你們愛神們就像變紅的蘋果，/爲我射中用來勾人慾望的腓利諾，/射中，因为我這箇背運的不憐憫我的朋友。"sperne對transfer【遷】，謂非暫離，而謂棄此地而遷居他處也，與後{評點}引波塞狄浦之ἔλθοις("請來")不同。【居比路】Cypron已見I 3, 1及注。居比路與帕弗並稱，言愛神起身離其聖所，見阿爾克曼(Alkman)殘篇55：Κύπρον ἱμερτὰν λιποῖσα καὶ Πάφον περιρρύταν，"[愛神]離開美妙居比路與環水的帕弗"。又見薩福殘篇35：ἤ σε Κύπρος καὶ Πάφος ἢ Πάνορμος，"你爲居比路和帕弗或良港"。

3.【戈呂基拉】Glycerae，虛構希臘倡優名，已見I 19, 5及注。

4.【俏堂】decoram ... aedem，其中【俏】譯decoram，字本有雅緻、精緻、精飾義，進而有美麗、光彩動人義，以言愛神，殊覺恰當。詩人言此女居處儼然如愛神神龕聖所，常在其中供奉女神。

5—6. 古希臘降神，率不單至，愛神、愷麗女神等攜妓女同行，已見I 4, 6及注。【少年】puer指希臘神話之厄羅(Eros)，羅馬神話之丘比特(Cupido)，以其致人情慾高漲，故稱之爲【熱切】fervidus。【解帶】solutis ... zonis，古代愷麗三女神法相或裸身或披纖紗，寬大而不繫帶，塞內加(Seneca)《論恩惠》(*De beneficiis*) I 3, 5曰："in quibus nihil
esse adligati decet nec adstricti : solutis itaque tunicis utuntur ; perlucidis
autem, quia beneficia conspici volunt."　"她們適宜無所羈束；故而著解
帶袗袍；然而其袍透明，蓋爲願與人觀賞之便也。"參觀I 4, 6注引波
提切利畫像。近代俗語用zona袍帶義，見布里奇斯(Robert Bridges)詩
劇《與火者普羅墨修》(*Prometheus the Firegiver*)317 f.："And 'neath
the tree, with hair and zone unbound, / The fair Hesperides aye danced
around,"　"樹下，頭髮衣帶解散，/美麗的夕域女圓環起舞"。

7.【關了你】*sine te*，神頌慣用格式，參觀I 26, 9，彼處 "sine te"
譯作 "沒有你"。【猶文塔】*Iuventa*，羅馬神祇，青年守護神，首神
廟有神龕供奉。後爲至尊所重，定十月十八、少年成人著袗袍(toga
virilis)之日爲慶神節日。神名原拉丁字iuvencus，"青年"，對希臘神
話之赫貝(Ἥβη)。【墨古利】*Mercurius*，身份乃至與H關係詳見I 10
箋注。愛神出行常引說服神(Peitho)相從，墨古利主言說(參觀I 10, 1：
"facundus," "巧言")，故H必視Peitho即墨古利也。普魯塔克《習俗
志》(*Moralia*)《新人訓》(γαμικὰ παράγγελματα)序言曰：καὶ γὰρ
οἱ παλαιοὶ τῇ Ἀφροδίτῃ τὸν Ἑρμῆν συγκαθίδρυσαν, ὡς τῆς περὶ
τὸν γάμον ἡδονῆς μάλιστα λογου δεομένης, τήν τε Πειθὼ καὶ
τὰς Χάριτας, ἵνα πείθοντες διαπράττωνται παρ' ἀλλήλων ἃ
βούλονται, μὴ μαχόμενοι μηδὲ φιλονεικοῦντες. "因爲古人置希耳米
於阿芙羅狄忒之側，乃因燕爾新婚之時最關理智，說服與愷麗諸神亦
在焉，爲的是彼此說服對方以行欲行之事，以免好勝鬭狠。"H《書》
I 6, 38戲稱愛神爲 Suadela Venus，"說服女神維奴"，其用意相同。
參觀阿普琉(Apuleius)《變形記》(*Metamorphoses*)VI 7："scis nempe
sororem tuam Venerem sine Mercuri praesentia nil umquam fecisse,"　"你
當然知道你姊維奴無墨古利相伴絕不現身。"

{評點}：

　　此頌屬招神頌類(κλητικός ὕμνος)，即詩人以其頌歌喚神捨其居
所，來格己處。詩憲法希臘人愛神頌歌，學者胥無異議，惟其原型究竟

何屬，依現存文獻，似難確說。阿爾克曼(Alkman，前7-6世纪，fr. 55，見上行2注引文)、薩福(fr. 2)、阿那克里昂(fr. 12)，並《英華》(XII 131)所收波塞狄浦(Poseidippus)一短章人皆目爲H所法範本(參觀Syndikus，pp.271-72及注2-9)。其中以阿爾克曼殘篇16、薩福、波希狄浦與本詩相關最密。前者僅賸一行: Κύπρον ἱμερτὰν λιποῦσα καὶ Πάφον περιρρύταν, "離開所欲的居比路和環水的帕弗，" 呼籲愛神離居比路及帕弗城; 薩福殘篇略長，其首章爲:

δεῦρμ μ' ἐκ Κρήτας ἐπ[ὶ τόνδ]ε ναῦον
ἄγνον, ὄππ[αι τοι] χάριεν μὲν ἄλσος
μαλί[αν], βῶμοι δὲ τεθυμιάμε-
νοι [λι]βανώτῳ,

　　來，自革哩底，到這貞潔的/廟裏，這裏有靜雅的蘋果/樹林，祭臺散發乳香的/芬芳;

波塞狄浦箴銘詩距H時代最近，且爲全帙，學者如Pasquali(p.147)、NH(詩序)多以爲係H所本:

ἃ Κύπρον, ἅ τε Κύθηρα, καὶ ἃ Μίλητον ἐποιχνεῖς,
　καὶ καλὸν Συρίης ἱπποκρότου δάπεδον,
ἔλθοις ἵλαος Καλλιστίῳ ἣ τὸν ἐραστὴν
　οὐδέ ποτ' οἰκείων ὦσεν ἀπὸ προθύρων.

　　來造訪居比路、居忒拉和米利都，/還有有馬籠彎聲的敘利亞的土地，/優雅的你來美人兒家，她不把所愛者推出門外。

　　曰H詩最近波塞狄浦詩者，緣二者皆爲詩人爲所歡倡優祈請愛神，非如薩福等作衹是招神來格詩人近處神廟聖所也。

　　然Syndikus以爲(p.271)波希狄浦詩與H此篇貌合神離，蓋前者僅爲戲擬，以古希臘此類延請愛神詩爲模範，遊戲筆墨，譏諷倡優來者不拒，而非實須速神延釐；後者則爲誠心邀神之作，于戈呂基拉並無譏諷意。H詩出誠心論，Syndikus解讀近Fraenkel，然NH以爲未可從，稱古箋曰詩中言及墨古利殆因兼指其主錢財，詩人以之暗諷此倡女愛鈔（Shorey亦主此說）。Numberger則與I 10墨古利比讀，辨前者爲所謂客觀頌詩，即詩末無禱詞（詳見該詩{評點}），而本詩則諸項齊全，實爲招神延釐之篇。按NH說爲是，否則詩以墨古利結束則無解。末二行意謂，少年多激情，故往往擲金如土，以求狎女，然若無愛情雅趣，徒有青春激情與金錢交易，久必令人生厭矣。

　　H篇中所稱戈呂基亞當與I 19並讀。Heinze云（詩序）I 19中詩人爲熱戀戈呂基拉而祈求愛神，本篇則似謂所籲神明已顯靈驗，二人今已相處矣。Syndikus謂前詩中愛神來勢猛烈，以象激情之烈；此詩則平和歡娛，乃因激情已褪，今非昔比（p.272）。今按，二篇分別摹寫與同一女子相愛相處之狀態：前詩中詩人求愛神輕來，應值愛情降臨之初；本篇則寫二人激情趨緩，似有惟賴肉慾（"猶文塔"）金錢（"墨古利"）維持之勢，若愛情不能更始，久必成雞肋矣。

三十一

阿波羅頌
AD APOLLINEM

　　詩人身兼祭司，其祈禱裸莫阿波羅何所祈求？所求既非撒丁島肥沃田莊，亦非卡布里亞牧羣，更非身毒黃金象牙，縱有利耳河畔別業亦非所求。機運女神所青睞者，或如莊主，可坐擁酒莊，或如富賈，可爲旨酒一擲千金，一年之中往返海西亞特拉洋面販貨三四回而能安然無恙。我則甘於粗糲野蔬，拉多之子阿波羅，維保我享我所有，而非汲汲他求；維保我我心智健全，遠離疾病衰老，永與詩歌相伴。

{格律}：

　　阿爾凱第五。

{繫年}：

　　Heinze等據阿波羅廟落成日期次於前28年，見下行2注；然Numberger稱此爲其戲劇化撰作時間而非其實行寫作時期，曰詩實作於神廟建成之後數年，約26–23年之間。

{斠勘記}：

　　2. novum] noum a¹ A¹ R¹ 案異讀字訛。

　　9. Calenam *lemma Pph.* Calena 各卷本　詳下箋注。

　　10. ut $\varXi$ (B) $\varPsi$ $^{(acc.\,\pi\,var.)}$ et Q R² A π σχ Γ　案如爲前者則premant … mercator exsiccet … 二句略分主次，前句爲主，後句爲次，即目的從句。

作et則二句並行不分主次。Heinze、NH皆採et. 詳下箋注。

18. et *Lambinus* at Ξ Ψ σχ Γ ac ς 案at爲轉折連詞，頗乖詩義，ac此時拉丁文用以並言單字，此處連接二句，故當爲et. 餘詳下箋注。

{箋注}:

1.【巫史】*vates*，已見I 1, 35注，集外參觀《書》II 1, 119 f.: "vatis avarus / non temere est animus : versus amat, hoc studet unum," " "巫史之心並非隨便都貪，它愛詩，此乃其唯一所鍾"。*vates*語格莊嚴，詩人頌阿波羅神非如前篇愛神頌全然爲己爲私，而係身擔司祭之任，代國行祀也。【受祭的阿波羅】*dedicatum ... Apollinem*，前36年，至尊既克塞克都•龐培(Sextus Pompeius)於西西里海上，遂欲營阿波羅神廟於羅馬王宮山(Mons Palatinus)以謝庇護之恩。然繼而國無寧日，迄至前31年阿克襄海戰後內亂弭平，始得興建神廟。廟成，前28年十月九日行考室之禮。至尊視阿波羅爲護祐神明已見I 2, 32注。慶阿波羅廟考室之禮，當時除H此篇外尚有普羅佩耳修IV 6獻詩與II 31新廟寫照篇。隋東尼《至尊傳》29, 3記營造阿波羅神廟事曰: "templum Apollinis in ea parte Palatinae domus excitavit, quam fulmine ictam desiderari a deo haruspices pronuntiarant ; addidit porticus cum bibliotheca Latina Graecaque, quo loco iam senior saepe etiam senatum habuit decuriasque iudicum recognovit." "[至尊]營造阿波羅廟於其王宮山宅旁，卜祝稱霹靂所擊處爲神所願; 至尊復增廊柱，拉丁希臘藏書閣在焉; 今長老會亦在此聚議，判官團在此斷案"。此廟係羅馬營造史上傑作，惜今已不存，1960年代發掘其原址，見有基石尚存。此處原文以被動分詞爲形容詞，言簡意賅，既陳述祭祀之因由，亦點出祭祀之時期。【何所】*quid*，原文置於一篇之首，與次句【何所】(譯文在行3)呈排比，譯文未克傚法。Heinze: 二問句非實有疑問，而爲以詩人之口道出周圍情景。

2.【乞求】*poscit*謂人既供神以血食，故求其迴報。集中I 32, 1用法同此，集外《書》II 1, 134: "poscit opem chorus et praesentia numina sentit," "歌隊乞求神助，便感知神靈蒞臨。"亦同。維吉爾《埃》I 666: "supplex tua numina posco," "我跪求你的靈。"【海碗】*patera*，專以

裸奠。行1–2爲問句，Heinze: 發問句非因有所猶疑或不知，乃欲周圍與祭者得而聞之。【新鬯】*novum ... liquorem*，中文【鬯】本指黑黍等穀糧所釀酒，調以鬱金香，專供祭祀。《詩·大雅·蕩之什·江漢》："釐爾圭瓚，秬鬯一卣，告于文人。"《國語·周語第一》虢文公諫周宣王曰，春耕前五日，"瞽告有協風至，王即齋宮，百官御事各即其齋三日，王乃淳濯饗醴；鬱人薦鬯，犧人薦醴，王裸鬯，饗醴乃行。"古羅馬時祭祀用葡萄酒，原文*liquorem*雖未明言，然實謂葡萄酒。中國漢孝武帝開闢西域以前無葡萄酒。《史記》卷一百二十三《大宛列傳第六十三》記葡萄入中國曰："[大宛]有蒲陶酒……安息之大月氏西可數千里。其俗土著，耕田，田稻麥，蒲陶酒。……宛左右以蒲陶爲酒，富人藏酒至萬餘石，久者數十歲不敗。俗嗜酒，馬嗜苜蓿。漢使取其實來，於是天子始種苜蓿、蒲陶肥饒地。及天馬多，外國使來眾，則離宮別觀旁盡種蒲萄、苜蓿極望。"頁三一六〇–三一六二，三一七三–三一七四。《漢書》卷六十六上《西域傳》祖述之："宛王蟬封與漢約，歲獻天馬二匹。漢使采蒲陶、目宿種歸。"繼而複述《史紀》所記武帝廣植葡萄苜蓿事，頁三八九五。嚴可均《全三國文》卷六輯魏文帝《詔羣臣》殘篇(出自《藝文類聚》八十七、《太平御覽》九百七十二)有云："中國珍果甚多，且復爲蒲萄說。當其朱夏涉秋，尚有餘暑，醉酒宿醒，掩露而食。甘而不䏑饜，脆而不酢，冷而不寒。味長汁多，除煩解渴。又釀以爲酒，甘於鞠櫱，善醉而易醒。道之固已流涎咽唾，況親食之邪？他方之果，寧有匹之者！"中國中古食用葡萄及飲用葡萄酒史，詳見《太平御覽》卷九百七十二《果部九》。故中譯藉用中文舊詞鬯，祇取其祭祀用酒義，捨其黑黍酒("秬鬯")義。言【新鬯】者，學者皆以爲暗指此考室之禮後二日(十月十一日)酒療節(Meditrinalia)，酒療節爲慶葡萄榨汁(vinum mustum)初成之節，其時當年新收葡萄榨汁既畢酒榨封閉，人以新釀換舊酒。節日時，例先啜舊酒，再分嚐新汁，據法羅(Varro)《農事三書》(*Rerum rusticarum libri tres*) VI 21，啜時須口誦咒語："vetus novum vinum bibo, veteri novo morbo medeor," "我雖舊人，而飲新酒，新酒療我舊疾。"故而得名，詳見*RE* 29. 1：106 f. 阿波羅亦主醫藥，有Apollo medicus，醫神之稱，Heinze以爲詩人當從新葡萄汁可療疾聯想此阿波

羅素有療疾醫病法力，暗攝下行17話題。【酹】*fundens*，專指祭祀時以
酒裸祭臺，聖經文理本翻譯所謂灌(=裸)奠是也，NH引維吉爾《埃》
VI 244古注爲參證：“fundere謂手掌朝上取酒以裸(libare)上天神明；
vergere謂覆手自海碗左向澆酒以裸地下鬼神。”

4.【撒丁島】*Sardinia*，土地肥沃、物產富饒，弗洛羅(L. Annaeus
Florus)《羅馬史綱要》(*Epitome Rerum Romanorum*)II 13, 22曰：
“Siciliam et Sardiniam, annonae pignera,”“西西里與薩丁皆物產富
饒”。瓦勒留‧馬克辛(Valerius Maximus，西曆紀元14–37年)《羅馬言行
錄》(*Facta et dicta memorabilia*)VII 6, 1稱撒丁島與西西里島並爲“我
國城市最恩慈的乳母”(Siciliamque et Sardiniam, benignissimas urbis
nostrae nutrices)。撒丁島據希臘神話爲牧神阿里士泰(’Αρισταῖος /
Aristaeus)所居，古時以產麥著稱，其先爲迦太基齎糧，羅馬征服後轉
爲羅馬輸軍餉。詩人甘貧，不願顛簸海外以逐利，集中屢屢自道，III 1,
25–30曰：“desiderantem quod satis est neque tumultuosum sollicitat mare
/ nec saevus Arcturi cadentis / impetus aut orientis Haedi, / non verberatae
grandine vineae fundusque mendax …”“騷動的海洋不會感動誰去/索
求已足夠的，無論上升的/大角或是下降的羖星/其野蠻的衝擊，還是被
冰/雹抽打的葡萄園或撒謊的/產業都不會……”。29, 57–66：“non est
meum, si mugiat Africis / malus procellis, ad miseras preces / decurrere
et votis pacisci / ne Cypriae Tyriaeque merces / addant avaro divitias
mari,”“若船桅因非洲的風暴呻吟，/訴諸悲慘的祈禱和用許願/來交
換，實非我之所爲，/以免居比路和推羅城的/賞貨聚財富給貪婪的大
海”。詩人此前《對歌集》卷首贈恩主梅克納詩已明言(25–29)：“non
ut iuvencis inligata pluribus / aratra nitantur meis / pecusve Calabris ante
sidus fervidum / Lucana mutet pascuis, / neque ut superni villa candens
Tusculi / Circaea tangat moenia. / satis superque me benignitas tua /
ditavit,”“不爲我有更多/牛犢來牽犁/或炎熱的犬星升起前/將牧放於
卡拉布的畜羣/轉至盧坎，/亦非爲我有耀眼的別業/可觸及高聳的圖斯
坎區基爾克之子所築高牆:/你的恩賜已令我/足夠奢華”。

5–6.【卡拉布亞】*Calabria*，H時指靴狀意大利半島之跟

部（今則指其趾），氣候炎熱乾燥。斯特拉波《方輿志》VI 3，5記曰：ἐπιπολῆς γὰρ φαινομένη τραχεῖα εὑρίσκεται βαθύγειος σχιζομένη, ἀνυδροτέρα δ' οὖσα εὔβοτος οὐδὲν ἧττον καὶ εὔδενδρος ὁρᾶται. "其地地表雖顯乾硬，翻起卻見其土壤深厚，雖缺水，卻看去不缺牧場不乏嘉樹"。H詩參觀《對》1, 27 f.，引文見上注；《書》II 2，177："quidve Calabris / saltibus adiecti Lucani, si metit Orcus / grandia cum parvis, non exorabilis auro？" "或是延伸直至卡拉布亞的盧坎何益，若奧耳古一等衡量/大與小，不爲黃金所動？" 謂其地【炎熱】卻宜於畜牧，字面義含反悖，然以爲寫實。【牧羣】armenta，中文不辨牧羣爲牛爲羊尚矣，羣屬羊部，本祇謂羊羣，原文armenta則本指牛羣，偶或指牧馬，非如塔倫頓以牧羊著稱者，見II 6, 10。瓦勒留·弗拉古(C. Valerius Flaccus)史詩《阿耳戈航行記》(Argonautica) III 582 f.曰："volucri ceu pectora tactus asilo / emicuit Calabris taurus per confraga saeptis," "其胸或爲飛鳥或爲虻蟲所蜇，牛自卡拉布亞草叢中跳起"。Heinze：氣候乾燥炎熱本不宜農牧，今卡布拉亞竟饒於物產，【喜人】grata實表驚喜之意。或以爲古本grata舛訛，臆改作lata，"蔓延"，參觀Syndikus，p.275注5.

　　6. 言黃金象牙爲印度所產，西洋古時已是成語。索福克勒《安提戈涅》1038：τὸν Ἰνδικὸν χρυσόν, "印度黃金"；普羅佩耳修III 13, 5："Inda cavis aurum mittit formica metallis," "印度螞蟻自掏空的礦坑中送出黃金。"（王煥生譯文"螞蟻"作"蜘蛛"，未知奚據）。"印度象牙"參觀II 18, 1；卡圖盧64, 48："Indo...dente politum [pulvinar]," "印度象牙磨光的[神榻]"；維吉爾《農》I 56–57："nonne vides .... India mittit ebur ... ?" "君不見……印度貢獻牙彫？" 黃金象牙皆用於房屋裝潢，非以爲首飾。

　　7. 【利耳河】Liris，源於亞平寧山脈，向南流經馬耳西人居處(Marsi)與拉丁區(Latium)，在閩圖耳奈(Minturnae)入提倫海。其上流今仍沿用古名作Liri，下流今名爲加里涅亞諾(Garigliano)。集中III 17, 8："qui ... dicitur ... innatem Maricae / litoribus tenuisse Lirim," "他據說……佔據了……馬里卡岸邊那條洪水氾濫的利耳河"。

8.【切割】*mordet*本義齧齨，指河川裂地如齒齧齨然。荷爾德林《伊斯特河》(*Der Ister*)言伊斯特河割裂土地曰："Es brauchet aber Stiche der Fels / Und Fruchen die Erd'," "可這須要嚴石刺勒/土地溝壑"，意象可相對照。【緘口的河】*taciturnus amnis*，於【利耳河】*Liris*爲同位語。【緘口】*taciturnus*承【止水】*quieta ... aqua*之【止】*quieta*，修辭暗作擬人，然實指水流平川貌。集中IV 9, 2詩人稱故鄉奧菲河則曰："longe sonantem ... Aufidum," "喧嘩遠達的奧菲河"，可相對比。【田園】*rura*，《書》I 5, 4稱利耳河下服產葡萄："vina bibes iterum Tauro diffusa palustris / inter Minturnas Sinuessanumque Petrinum." "葡萄酒將飲陶羅二度[平章時]所灌於閔圖耳奈沼澤與西奴桑、彼特林之間者。"詩人暗與薩賓薄田對比，且以此下啓葡萄酒話題。

9.【機運】*Fortuna*擬人，羅馬遠古時以爲稼穡之神，緣年成仰仗不可預知之天氣。【鉗剪】*falce*，指農夫園丁用以修剪树枝之大剪刀。

10.【推理】原文*premant*本義爲壓迫，藉以謂剪枝時以剪緊貼枝葉修剪貌，中譯取譬剪髮曰推曰理，庶幾近乎原詩意象。【卡勒】已見I 20, 9及注，所產葡萄酒最優，別見IV 12, 14。卡勒在坎帕尼亞(Campania)，毗鄰利耳河下服，詩人由上章利耳河聯想與其相鄰之地所產葡萄名酒。原文*Calenam*賓格，從古注Porphyrio讀，Klingner, Heinze, Numberger皆采之。NH以爲應遵古本讀Calenā，奪格，與*falce*【鉗剪】連讀；不以卡勒指其特產葡萄而謂指修鉗，頗乖常理，Heinze以爲如此則爲"文字遊戲，甚無謂也"，且全句句法爲之鬆散，未可從。原文並列連詞*et*古本Ξ Ψ等作目的連詞*ut*, Klingner從之；Heinze辨之曰：如讀ut，語氣偏義爲"不當令東方富賈貿易卡勒葡萄酒"，詩人故僅謂不願坐擁良田，讀爲目的從句似偏詩人主旨，其說甚是，今從之讀*et*。中譯遵漢語語法略並列句連詞。

11.【樽】*culillus*(或作*culullus*)酒器，爲生僻字，詩人詩集此外僅於《藝》434一見。Porphyrio古注曰本係陶器，教宗及維斯塔室女祭祀所用祭器("proprie autem culillae calices sunt quidem fictiles, quibus pontifices virginesque Vestales in sacris utuntur.")，其說未有旁證，姑且存疑。中譯【樽】字爲酒器，本字爲罇，缶部，陶器也，後通樽。云【金

樽】*aureis ... culillis*者，如中文曰"莫使金樽空對月"（李白）也。

11–12.【敍利亞貨貨】*Syra ... merce*，指敍利亞諸港（著名者如推羅(Tyrus)）舶來東方貨貨，如前所言印度黃金象牙，乃至香料紫貝寶石絲綢等。葡萄酒須以舶來寶物貨得，謂酒之名貴。

14.【亞特拉的洋面】*aequor Atlanticum*，指今直布羅陀海峽及更西之大洋。亞特拉山(Atlas或Atlans)位於西北非，扼此海峽，其附近海洋因之得名。今漢語所謂大西洋者，西文(the Atlantic / der Atlantik / l'Atlantique等)皆本Atlas名。希臘神話以之爲提坦(Titan)之一，敍其以頭支天，與中國古代神話之不周山相彷。古人航海視直布羅陀海峽及以外之大西洋爲極地爲畏途，故一年之中能多次航行至此而得全，人以爲必有神助。今西班牙大西洋一側古時即有名港(Gades，今作Cadiz)，爲腓尼基人所建。此處言商人航海販貨於直布羅陀海峽以及大西洋，應指此港。《雜》I 4, 29 f.："hic mutat merces surgente a sole ad eum, quo / vespertina tepet regio,""這人販貨自日出之處至/西洋溫暖之地"。

13.【爲衆神所寵愛】*dis carus ipsis*，Heinze：其能求利致富，故云，然非詩人所羨。

15.《雜》II 2, 45 f.亦言以橄欖爲糧："nam vilibus ovis / nigrisque est oleis hodie locus.""因爲廉價雞蛋和黑/橄欖今仍有其地位"。《雜》I 6, 114 f.言詩人日常便餐曰："inde domum me / ad porri et ciceris refero laganique catinum,""自那裏我/回家就餐一鍋燴大葱、鷹嘴豆，外加麵餅"；II 6, 64 f.云："o quando faba Pythagorae cognata simulque / uncta satis pingui ponentur holuscula lardo？""哦何時陳設畢達哥拉的親眷蠶豆和浸了豬油的白菜？"此外《書》I 5, 2："nec modica cenare times holus omne patella,""也不怕喫一小盤粗賤的蔬菜"；《對》2, 54："non attagen Ionicus / iucundior quam lecta de pinguissimis / oliva ramis arborum,""伊奧尼亞的雉雞不會/比摘自林中最肥美樹枝/的橄欖更令我歡喜"，皆稱讚素食。詩人不逕謂自甘貧素，而必以疏食水飲曲言其志。

16.【菊苣】*cichorea*，本希臘文κίχορα或κιχόριον，多年生草本植物，葉呈鋸齒狀，根葉皆可食，西方至今仍與萵苣等以爲生蔬常用菜。西方集市常見之chicory / Chicoree者，雖近菊苣，然非一物，此外常見青菜endive / Endivie（苦苣）亦近似。【錦葵】*malvae*，草本植物，生長或種植於地中海地區，葉可食。今或爲園圃觀賞植物，或入藥，中醫冬寒菜即其亞種也，以爲蔬菜今則尠矣，然古時中西先民皆用爲常餐。《詩・豳風・七月》：“七月亨葵及菽。”陳奐《詩毛氏傳疏》引《齊民要術》轉引崔寔《四民月令》云：“六月六日可種葵；中伏後可種冬葵；九月可作葵菹。”（後句不見今本，見《校注》頁五一）按葵指冬葵或錦葵，見《左傳・成公十七年》（17.6）焦循《補疏》。《傳》文曰：“仲尼曰：‘鮑莊子之知不如葵，葵猶能衛其足。’”杜預《注》：“葵傾葉向日以蔽其根。”焦循《春秋左傳補疏》辨其非，以爲當是《本草》所謂冬葵，亦即《爾雅》所謂菺戎葵，“花有五色，午日取花，小者名錦葵……秋葵堪食……古時以此爲蔬”。故顧賽芬（Séraphin Couvreur）《豳風》拉丁文翻譯此處作malva，同H所言之疏：“septimo mense coquuntur malva et pisum.”更早A. de Lacharme/I. Mohl拉丁譯文亦同：“septima lunatione malvis et leguminibus decoctis vescimur.”H詩言飽食錦葵，猶如人以馬莧菜爲主食，謂生活貧寒。參觀《對》2, 58：“gravi / malvae salubres corpori,”“能有益於/肥胖身體的錦葵”。西塞羅《致密友書信集》（*Epistulae ad familiares*）VII 26嘗怨其因食錦葵甜菜等菜蔬而腹瀉：“a beta et a malva deceptus sum. posthac igitur erimus cautiores.”

17. 【就讓……】*frui* ... 云云，此乃此行祈神所設先決條件：我將如此這般，故請護祐我無恙。

18. 【拉多子】*Latoe*，以母稱子，阿波羅之母名萊多（Leto，多里亞方言Lato），詳見I 21, 4注。

18–20. 【我……老年】*et, ... degere*，諸本有異讀，諸家句讀有差。*et*古本作*at*，轉折連詞，Lambinus之後學者今多改爲*et*，並列連詞，at與上行et合則不通，修訂後合爲成語*et ... et*，中譯爲【還】，以表二事皆詩人向神祈求者。*integra cum mente*譯作【有健全的心智】，Bentley以爲應與其後*nec turpem senectam degere*連讀，意謂“別讓我心智健全過醜陋的老年”，恐謬。Heinze云，詩人所言如後人所謂體健神全（mens sana in corpore sano），祈求醫神阿波羅賜己身心康健。塞內加《致盧基留書信集》（*Epistulae morales ad Lucilium*）10, 4：“roga bonam

mentem, bonam valitudinem animi, deinde tunc corporis," "求[神給你]
好心靈, 好的精神健康, 然後再是身體的[健康]"。猶文納利(Iuvenalis)
《雜詩集》(*Saturae*)10, 356: "orandum est ut sit mens sana in corpore
sano," "要祈求健全身體裏有健全的心智。" 所言與H此處相近。

　　10–20.【別……也別……】*nec ... nec*, 所言二項應並讀, 未可分主
次。Heinze: 凡人惟求不老且不衰弱, 詩人則云, 老年如無詩相伴, 則不
值得過。

{評點}:

　　詩以二問句起始, "吾何所告於阿波羅?" 隨即自答。二問句原文以
二疑問代詞*quid*排比帶入, 凸顯所問何事, 語氣迫切, 現代漢語中疑問代
詞難以前置, 故譯文不克傚做原文句法。詩人自答亦呈排比, 四度連言否
定詞*non* (不是), 用並列句式列舉時人四項所求: 良田(不動產)、牧場(不
動產與動產)、異域舶來浮財(動產)、賦閒田園。其中末項所言景物地近
詩人故鄉, 與前二項田莊牧場不同, 所言之重不在產業而在氛圍。詩用先
行法(已詳I 1{評點}), 言富貴非吾願, 所願惟有詩有果蔬, 詩思語式皆應
傚法品達《涅》8, 37:

　　　　　　　χρυσὸν εὔχον—
　　　ται, πεδίον δ' ἕτεροι
　　ἀπέραντον, ἐγὼ δ' ἀστοῖς ἁδὼν καὶ χθονὶ γυῖα
καλύψαι,
　　αἰνέων αἰνητά, μομθὰν δ' ἐπισπείρων ἀλιτροῖς.

　　或祈求黃金, 或求無疆之原: /吾則求見寵於同胞直到土埋
肢體, /詠所應詠, 栽種譴責於罪人中間。

　　奢華財富非詩人所願, 爲集中常談(II 16, 37 ff.; 18, 1 ff.; III 1, 45
ff.; 15, 22 ff.), 他集中亦屢見不尠(《對》1, 25 ff., 引文見上行5–6注; 2,
49 ff., 見上行15注)。行9–14自名酒言及東方富豪貲之不惜一擲千金,

言商賈越海販貨不憚遠至當時航海極限之大洋，寥寥數語道出羅馬商貿路線圖，氣象自已不凡。行15以下返歸詩人生活，謂粗糲野蔬可以飽腹，我祇求身康體健、神清氣爽，遠離衰老，不可一時無詩。篇尾告辭囬答篇首提問，首尾呼應。詩以公祭始，以私願終；初爲阿波羅廟考室之禮而起，實合兩日後酒療節之事；開頭爲公祭，故修辭冠冕堂皇，結尾爲私願，故覺平易可親。

　　詩之主旨合其素所奉行之人生哲學，即糅合伊壁鳩魯與廊柱派學說，雖所言大抵爲安貧樂道，然不趨極端，務求身心交泰，既不羨富，亦不以貧困自傲，惟求適中而已。

{傳承}：

　　言粗糲野蔬勝於華筵，言不欲田產惟求心安體健，龍沙耳《讚歌集》卷三第二十四（*A Gaspar D'Auvergne*）末三章捫搚Ｈ此篇：

　　　L'artichot, et la salade,

　　　L'asperge, et la pastenade,

　　　Et les peppons Tourangeaux

　　　Me sont herbes plus friandes

　　　Que les royales viandes

　　　Qui se servent à monceaux,

　　　　Puis qu'il faut si tost mourir,

　　　Que me vaudroit d'acquerir

　　　Un bien qui ne dure guiere,

　　　Qu'un heritier qui viendroit

　　　Apres mon trepas, vendroit

　　　Et en feroit bonne chere ?

　　　　Tant seulement je desire

　　　Une santé qui n'empire :

　　　Je desire un beau sejour,

　　　Une raison saine et bonne,

Et une lyre qui sonne

Tousjours le Vin et l'Amour.

　　薊菜、生菜、/蘆筍、芹菜蘿蔔，/還有都蘭瓜/於我是比/羅
列鋪陳的/君王華筵/更美味的菜蔬。/　要是蚤死，得到/一份
不長久的產業/又有何值，/讓我死後來的/某人繼承，/坐享這
佳餚？/　我祇欲/不壞的健康：/我求美棲處，/好而健康的時
光，/和一把豎琴總能/奏酒與愛情。

　　此詩尤爲十八世紀德國詩人喜愛，今存多人譯文，其中以哈格道恩
(Friedrich von Hagedorn，1708–1754年)與克洛普施托克(Klopstock)譯
文最佳，茲錄二人譯文，以資比較。先看哈氏譯文：

Was mag der Wunsch des Dichters seyn,

Der den geweihten Phöbus bittet?

Und was ruft er ihn an, da er den neuen Wein

Aus seiner Opferschale schüttet?

Er wird den Reichthum voller Aehren

Nicht aus der feisten Flur Sardiniens begehren,

Auch nicht um den Besitz der schönen Heerden flehn,

Die in Calabriens erhitzten Triften gehn.

Kein indisch Elfenbein noch Gold

Sind das, warum er Bitten waget,

Auch Felder nicht, um die der stumme Liris rollt,

Der sie mit stillem Wasser naget.

Der, dem ein günstig Glück bey Cales Wein gegeben,

Beschneid' und keltre sich die ihm gegönnten Reben !

Die güldnen Kelche leer' ein reicher Handelsmann

Von Weinen, die sein Tausch in Syrien gewann !

Der Götter Liebling sey nur Er!

Daß drey- ja viermal alle Jahre

Er strafffrey und verschont des Atlas breites Meer

Mit sichern Frachten überfahre!

Mir sind Cichorien, mir sind des Oelbaums Früchte

Und leichte Malven stets vergnügende Gerichte.

Gib mir, Latonens Sohn, bis zu des Lebens Schluß,

Zum Gegenwärtigen Gesundheit und Genuß.

Nur etwas wünsch' ich mir dabey,

Verweil' ich länger auf der Erde:

Daß auch mein Alter noch ein Stand der Ehre sey

Und mir zu keinem Vorwurf werde.

Alsdann vermindre mir kein Kummer, kein Geschäfte,

Und keiner Krankheit Gift die innern [oder: mindern] Seelenkräfte,

Und, wie der Dichter Kunst mir immer wohlgefiel;

So sey der Saiten Scherz auch meines Alters Spiel.

再看克氏譯文：

Was wünscht der Dichter von dem geweiheten

Apoll ? der Schal' entströmend den neuen Wein,

　Was fleht er ? Nicht gesenkte, volle

　　Aehren Sardinia's ...

Nicht schöne Heerden, wie in Galabrien

Gedeihn der Sonne ; Gold nicht, noch Elfenbein ;

　Nicht Fluren, die mit stiller Welle

　　Lockert die leisere Liris ...

Calenersicheln führe, wem gab das Glück

Die Traube. Goldnen Kelchen entschlürfe der

  Lastreiche Segler Wein, die er

    Tauschte für Syria's Wohlgerüche,

Lieb selbst den Göttern ; denn auch das vierte Mal

Im Jahr durchschifft er sicher des Atlas Meer.

  Endivien, die leichte Malve

    Labe mich, mich die Olive ...

Gib mir, Latous, daß dem Gefunden sey

Genuß sein Tibur, gib auch dem Geiste Kraft,

  Daß nicht vom Gram' entstellt mein Alter

    Sey, noch der Zither entbehre.

二者相比，克氏譯原作亦步亦趨，幾全爲直譯，尤足矚目者，在於德文譯文全襲拉丁原文格律，然讀來甚乏氣韻文采，蓋爲移植拉丁讚歌格律於德文之實驗，行文不得自恣也；哈氏之篇與其稱爲翻譯，不若視爲倣作，行文深合十八世紀文風，較原文頗增華彩。二篇若以順暢論，高下似判然可辨，然置諸文學史中，則克氏實驗出自覃思熟慮，日後有荷爾德林等輩發揚光大，爲德語詩歌移植古典格律之嚆矢，有開闢之功，影響深遠，遠非哈氏所能及。反觀哈氏之作，無非爲當日尋章摘句之文人筆墨遊戲耳。

三十二

琴頌
AD LYRAM

吾告汝，詩琴，可令我於樹蔭之下彈奏拉丁歌詩流芳百世。累士波島詩人阿爾凱曾弄汝爲歌。渠身爲戰士好勇鬬狠，卻於干戈間歇，艤舟於岸，歌詠醇酒愛情，詠其所歡孌童。曁琴，汝乃阿波羅之榮寵，龜甲所製，於上天伺候猶父於筵席之上；汝乃靈丹妙藥，能療人辛勞，請受我一拜！

{格律}：

薩福體。

{繫年}：

學者或據詩各章可組爲3/1結構推斷當屬於前26–23年之間，或以爲各章呈1/3/1結構，故而推斷爲29/27年；Heinze據詩中所言干戈間歇艤舟於岸，推斷爲阿克襄海戰期間(前31年，見下行7注)。

{斠勘記}：

1. poscimus *Ξ* ^(acc. 11 R2) *δ*^superscr. (斜體羅馬字母縮寫義爲書於行上，後皆同此)*Diom. Serv.* 4, 469 (按指《埃》), *l* poscimur *Ψ* ^(acc. R1) *Pph.* σχΑΓ *Servius* (《牧歌》1, 10) γ音律解　餘詳下箋注。

15. mihi cumque *Ξ Ψ Pph.* σχΑΓ medicumque *Lachmann* 他人別有塗乙爲　mihi rite或cumque *lemma Pph.*者　詳下箋注。

{箋注}:

1. 【請求】讀*poscimus*, 直陳式現在時主動態第一人稱複數, 從古鈔本Ξ系, 今本Bentley, Klingner等, 不採異讀被動態*poscimur*(古鈔本Ψ系、Porphyrio古注, 近本Holder/Keller等)。如讀被動, 則意謂詩人詠琴爲受迫而爲, 有悖於詩人集中乃至此篇中所申抱負。拉丁文係屈折語, 本不必繫動詞於首位, 今置於句首, 且在全篇之首, 顯祈禱之鄭重, 學者或舉品達《奧》12, 1 ff. 以爲旁例: λίσσομαι, παῖ Ζηνὸς Ἐλευθερίου, / Ἱμέραν εὐρυσθενέ ἀμφιπόλει, σώτειρα Τύχα. "我們祈禱, 解放者宙斯之子, /請守護希墨拉令她強大, 拯難的機運之神"。品達全篇及譯文見後I 35{傳承}。【我們】原文蘊含於動詞變位, 複數單指, 即"我", 參觀I 6, 5注。請求句實爲禱辭, 視琴如神, 向其禱告, 觀卒章尤可明此, 參閱前篇首行及注。【若】*si*, 祈禱辭中慣見語式, 《世》35–37有祈禱句曰: "audi /Luna, puellas. / Roma si vestrum est opus," "傾聽少女們, 若羅馬係汝之工", 祈禱者意謂既有此, 則理應許我云云; 故【若】字*si*如"既"*si quid*, 或連寫作*siquid*。希臘拉丁頌歌, 祈神時例當有條件從句, 所言爲神明應其所求之慣有條件, 祈禱者云, 我若爲此, 汝當應我所求。今味此處條件從句所言, 頌神者似覺神明彷彿已許其所願。參觀荷馬《伊》I 39–41:

Σμινθεῦ εἴ ποτέ τοι χαρίεντ' ἐπὶ νηὸν ἔρεψα,
ἢ εἰ δή ποτέ τοι κατὰ πίονα μηρί' ἔκηα
ταύρων ἠδ' αἰγῶν, τόδέ μοι κρήηνον ἐέλδωρ·

斯閔多神啊, 既然我曾給你的大殿上過漂亮的屋頂, /既然我曾給你燔炙過肥美的牛羊的肥肉, 那就完了/我的這箇願望吧。

其中條件句連詞+副詞εἴ ποτέ(譯作"既然……曾")=此處之si quod。又有薩福殘篇1, 5–7可參證: ἀλλὰ τυίδ᾽ ἔλθ᾽, αἴ ποτα κἀτέρωτα τὰς ἔμας αὔδας ἀίοισα πήλοι ἔκλυες, "可你就來吧, 若你曾在他處遠遠聽到過我的歌聲"。【蔭下空間】*vacui umbra*, 原文顚倒

形容詞與名詞，直譯當爲"空閒之蔭裏"，異置格(hypallage)也。*vacui*
譯作【空閒】謂自勞作歇息，*a laboribus*，參觀下行6: *inter arma*，【干
戈間歇】。詩人賦閒吟詠於樹蔭下，係古代詩歌常見意象，尤多見於牧
歌田園詩，拉丁文有蔭下人生umbratica vita或umbratilis vita之說，指
詩歌修辭等學殖。H他作中言【空閒】有遠離羅馬喧囂意(a negotiis)，
參觀《書》II 2, 76 f.: "i nunc et versus tecum meditare canoros. /
scriptorum chorus omnis amat nemus et fugit urbem," "來，現在就伴你
演習合律的詩，/寫家的歌隊全都愛樹林、逃離都城"。不忙皆可曰空
閒，如集中I 6, 19空閒指非陷身於愛情。此處亦可讀作"在空蕩的樹蔭
下"，即"空蕩樹林的林蔭下"，sub umbra vacui nemoris，如作此讀，參
觀III 25, 13："vacuum nemus，" "空蕩的樹林"。Heinze曰亦可指詩人
避人於幽林，非待功成不欲人知其所爲也。

2.【奏弄】*ludere*，本義爲戲、劇、弄，暗示所吟詩歌非史詩悲
劇等崇高詩歌，而爲情詩宴飲等題材輕鬆風格活潑者，IV 9, 9以阿
納克里昂與荷馬、品達相對，亦用此動詞自狀其詩歌："siquid olim
lusit Anacreon，" "阿納克勒昂曾奏弄甚麼"。《書》I 1, 10詩人自稱此
前所賦雜詩(satirae)爲戲作(ludicra)："nunc itaque et versus et cetera
ludicra pono，" "如今我放開這類詩與戲作"。參觀拙著《不光彩的賦
閒》，《小批評集》，頁三一十一。此處則非言戲作，而爲譜寫傳世之作。
【你】*te-*，詩琴，見下行3及注。

2–3.【奏弄……百年的】原文*quod ... vivat*爲定語從句，學者或
以爲謂上行*si quid*，或以爲當指下行*Latinum carmen*【拉丁的歌】。
Bentley主前者，其實不通；Fraenkel駁之甚詳(pp.171 ff.)。

2.【傳徧今年】*hunc in annum vivat*，【傳】意譯*vivat*，活，即不死；
【今年】原文以介詞*in*領之，中譯以【徧】字達其義，謂自始至終。拉
丁文用法參觀李維XXI 62, 10: "si in decem annos res publica eodem
stetisset statu，" "以當下之形態國家如能存立十載。"

3.【百年】*pluris* [annibus] 直譯：多年。詩人祈神令其詩歌可流
芳百世。迦利馬庫今存殘篇有祈神令其哀歌流傳百世句(fr. 7, 14)：
ἵνα μοι πουλὺ μενοῦσιν ἔτος, "惟其爲吾留存多年"。H集中參觀初

編跋詩III 30, 1–5："exegi monumentum aere perennius / regalique situ pyramidum altius, / quod non imber edax, non aquilo impotens / possit diruere aut innumberabilis/ annorum series et fuga temporum." "我成就了這紀念碑，萬年永在/勝過青銅，高於金字塔的王陵；/侵蝕的雨水、失控的朔風皆不/能摧毀，或是無以計數的年輪/以及時間的飛逝也都不能夠。"【多絃琴】barbite，累士波島詩人忒耳龐得(Terpander)首剏，見品達殘篇125：τόν ῥα Τέρπανδρός ποθ' ὁ Λέσβιος εὗρεν / πρῶτος, ἐν δείπνοισι Λυδῶν / ψαλμὸν ἀντίφθογγον ὑψηλᾶς ἀκούων πακτίδος, "其爲累士波島人忒耳龐得古時首剏，/在聽到呂底亞筵上/高亢絲絃伴奏的撥絃後"。據神話則爲阿波羅所剏，詳見I 1, 34及注；集中此外又見III 26, 3 f.："nunc arma defunctumque ... / barbiton hic paries habebit," "如今兵器和退了役的/多絃琴將在這墻上懸掛"。lyra、cithara、barbitos中譯分別，見I 1, 34–35注，及15, 15注。

4.【拉丁的歌】Latinum ... carmen，拉丁對【累士波】Lesbio，見下注。H爲移植希臘豎琴詩於拉丁詩歌之第一人，以此而自豪，屢見諸詩篇：《書》I 19, 32："hunc [i.e. Alcaeus] ego, non alio dictum prius ore, Latinus volgavi fidicen," "他[即阿爾凱]是我，而非他口所道的，是我傳佈的"；《讚》IV 3, 22–23："quod monstror digito praetereuntium / Romanae fidicen lyrae," "我爲前人的手指指爲羅馬/豎琴的絃師"。詳情語在"緒論" §4.2。首章意謂：如因嘗伴我隨意奏弄而不我遐棄，願在此爲汝認眞譜一曲可傳世不朽之歌。

5.【累士波島民】Lesbio ... civi，累士波島詩人薩福與阿爾凱皆善弄多絃琴，希臘豎琴詩歌，二人爲其始祖，然此處專指阿爾凱，參見I 1, 34注。【民】civis，單數，謂民主政體之邦民，非僅言其籍貫。阿爾凱(Alcaeus，約前630–約580年)，累士波島上米提勒涅城(Mytilene)甲族，參豫倒僭主墨蘭科羅(Melanchros)與密耳西洛(Myrsilos)暴動，其詩亦屢道之，H稱其爲邦民，蓋暗射其事。集中II 13, 30–32想象冥間陰魂喜聞阿爾凱軍政詩："sed magis / pugnas et exactos tyrannos / densum umeris bibit aure volgus," "可摩肩/相擠的影羣耳朵更願/啜飲戰伐和僭主遭驅逐"；IV 9, 7 f.與希臘豎琴詩中他人並舉亦專言此類詩歌："Alcaei minaces … camenae," "阿爾凱猙獰的詩歌"。參觀《英華》IX 184. 7 f.: καὶ ξίφος Ἀλκαίοιο, τὸ πολλάκις αἷμα τυράννων / ἔσπεισεν, πάτρης θέσμια ῥυόμενον, "還有阿爾凱的劍, 多次令僭主/灑血, 捍衛父國的律法"。

6. 【他】譯關係代詞*qui*, 反指上行*Lesbio civi*【累士波島民】, 不可混同詩人直陳之"你" (多絃琴)。【兇猛於戰】*ferox bello*, 雅典奈 (Athenaeus Naucratita, 西曆二世紀語法學家)《席上智師》(*Deipnosophistae*) 627 a) 云: εἴ τις καὶ ἄλλος μουσικώτατος γενόμενος, πρότερα τῶν κατὰ ποιητικὴν τὰ κατὰ τὴν ἀνδρείαν τίθεται, μᾶλλον τοῦ δέοντος πολεμικὸς γενόμενος. "若有他人天生更諳音律, 論獨㓮與勇敢則他要名列前茅, 天生善戰異於常人"。西塞羅《圖斯坎論辯集》(*Tusculanae disputationes* IV 71) 稱其勇: "fortis vir in sua re publica cognitus quae de iuvenum amore scribit Alcaeus," "阿爾凱於國事中人皆稱其勇敢, 吟詠少男之愛"。

7. 【或】*sive*, 連接【干戈間隙】*inter arma*與【繫……艦艇於……岸】*religarat … litore navim*。【干戈】*arma*指米提倫内亂, 見上行5注。【艦艇】*navim*, NH以爲暗指阿爾凱詠舟詩, 詳見I 14{評點}阿爾凱殘篇326引文。集中II 13, 26 ff.再隸阿爾凱詠舟事。H藉阿爾凱言繫舟操琴、橫槊賦詩, Heinze以爲暗射本詩撰作日期當爲阿克襄海戰期間 (前31年), 引古喻今, 以況二詩人處境。

8. 【霑濕】*udo*, NH云: 地中海無潮汐, 海岸沙濕必爲風暴所致。Numberger: 暗示阿爾凱甫離舟登岸。按後說爲是。

9. 【利倍耳】*Liberum*, 酒神, 已見I 12, 21注。阿爾凱現存殘篇中有吟會飲者 (fr. 346. 3 f.): οἶνον γὰρ Σεμέλας καὶ Δίος υἱὸς λαθικάδεον / ἀνθρώποισιν ἔδωκ'. "他教人塞墨拉和宙斯之子令人忘憂的葡萄酒"。【維奴】*Venerum*, 阿爾凱據傳與薩福相好, 或曾爲其詠情詩, 然此處言所歡實爲變童, 上行6注引西塞羅文言及其詩詠希臘人好男風事。古希臘頌神詩中神之來格率不單行, 往往攜隨從。此三神相伴現身, 參觀《英華》VII 27安蒂帕特 (Antipater) 詠豎琴詩人阿納克里昂之箴銘體短詩, 言後者將一生傾注於摩薩、丟尼索及愛神

(9–10): τρισσοῖς γὰρ, Μούσαισι, Διωνύσῳ καὶ Ἔρωτι, / πρέσβυ, κατεσπείσθη πᾶς ὁ τεὸς βίοτος. “因爲你，老者，畢生酹酒供奉/摩薩、丟尼索和愛神。” H詩中神亦相伴而出，此前已見I 4, 5 ff. 愛神出行，奼女與愷麗三神相隨。

10. 【男童】*puerum*，丘比特，詳見I 19, 1注。Cupidinem不叶律，故紆言之。Heinze：H從未以擬人之愛Amor稱愛神。【依附】*haerentem*，義如追隨，參觀維吉爾《埃》X 779：“Herculis Antoren comitem, qui missus ab Argis / haeserat Evandro,” “赫古力之伴安多，來自阿耳戈/依附於厄萬得羅”。

12. 【呂古】*Lycus*，當係阿爾凱所嬖孌童，今存阿爾凱詩殘篇368言其令某名美儂(Menon)之男子侑酒：κέλομαί τινα τὸν χαρίεντα Μένωνα κάλεσσαι, / αἰ χρῆ συμποσίας ἐπόνασιν ἔμοιγε γένεσθαι, “我命那標緻人兒人稱美儂的/來爲我臨此宴飲。” 其人則已不可攷。西塞羅《論神本性》(*De natura deorum*)I 79曾言及阿爾凱有孌男童之好：“naevos in articulo pueri delectat Alcaeum,” “阿爾凱所喜男童肢上有痣”。

13. 【斐玻】*Phoebi*，阿波羅，其【光彩】*decus*指豎琴，見下注。阿波羅操豎琴，參觀品達《匹》1, 1 f.: χρυσέα φόρμιγξ, Ἀπόλλωνος καὶ ἰοπλοκάμων σύνδικον Μοισᾶν κτέανον· “金詩琴，阿波羅與生烏髮的摩薩所共享之財”。【筵上】*dapibus*，參觀III 11, 5–6向龜甲曰：“nec loquax olim neque grata, nunc et / divitum mensis et amica templis,” “從前不善言也不娛人，如今/則爲富兒餐桌和神龕之友”。

14. 【龜甲】*testudo*，豎琴音箱，以龜甲爲材，此處代指豎琴。希耳米(Hermes)首以龜甲製造豎琴，見荷馬體《希耳米頌》(*hymnus in Mercurium* 25)：Ἑρμῆς τοι πρώτιστα χέλυν τεκτήνατ’ ἀοιδόν，詳見I 10, 5–6注。

15. 【丹】譯*lenimen*，字H之前未見，蓋詩人生造，字原動詞lenire，義爲緩解。綴以-men造爲名詞，讀來彷彿術語學名。中譯作【丹】者，暗喻其有神效也。*lenimen*字後古本及Porphyrio古注皆作*mihi cumque*，與其後*salve*合讀爲“永爲我所禮敬”。十九世紀學者Karl

Lachmann以爲古鈔本訛傳，遂臆改爲medicumque，與前lenimen相連，讀作“丹與藥”。Heinze、NH皆從之。Heinze辨曰cumque義作“永”，例皆出自H之後；又因此處詩人所禱，僅爲行4【拉丁的歌】一首，非泛言詩人全部詩作；言藥可解憂，爲古希臘以來慣語，故文意通順。NH條舉主古本字讀者之論，一一駁詰，所據希臘拉丁文獻旁例及其勘讀，餖飣瑣碎，不足盡道，唯其駁Fraenkel之論可成一說。Fraenkel以爲*mihi salve*活剝希臘祝神禱辭乃至人際敬詞χαῖρέ μοι（p.169，注4）；雖未合拉丁文常法，然自有所本（p.170）；cumque於H時代拉丁語中之非常，亦應以其爲倣希臘禱辭視之，如E. Norden所論之ὅστις δήποτε χαίρεις ὀνομαζόμενος。NH駁之曰拉丁文mihi salve固可本χαῖρέ μοι，然此處mihi置於長呼格詞組之後，讀如着重代詞ἐμοί，而非與動詞χαῖρέ連讀之與格代詞。按NH以語感爲據，似過臆斷。拉丁文語感二人恐遠遜乃師Fraenkel。mihi salve本希臘習語說，於理於情皆通，Lachmann之medicum、之lenimen，皆爲臆構，傳世古本並無亥豕魯魚之舛訛，未可篡改。今依Klingner本、從Syndikus之說仍因古本原貌譯出，讀者由此得曉其中爭議便可。mihi salve既原χαῖρέ μοι，然此祈禱致敬語式並無對應漢語成語。思量再四，姑糅合舊語“道安”“請安”“萬福”等致敬語譯之。【萬安】*salve*，神頌末尾常式，荷馬體《阿斯克呂庇歐頌》(*Hymnoi XVI, Hymnos eis Asklepion*)末句：καὶ σὺ μὲν οὕτω χαῖρε ἄναξ· λίπομαι δέ σ' ἀοιδῇ，“以此向你道萬安，君王：我以此歌向你祈禱”。維吉爾《埃》VIII 301阿耳卡狄亞人詠赫拉克勒頌亦以萬安結束：“salve, vera Iovis proles, decus addite divis,”“萬安猶父的眞兒，給諸神增光添彩者”。

　　16. 末行【呼喚者】*vocanti*爲上行【我】*mihi*之同位語，皆爲與格，【道萬安】*salve*與與格祝神者連用，乃詩人活剝希臘詞法。【依禮】*rite*謂遵循祭神儀禮格式。

{評點}：

　　詩爲禮拜曁琴歌，詩人拜琴如拜神，樣式章法一如神頌：開篇向所祝者呼籲陳述，用命令式*age, dic*，綴以條件從句 *si quid*（詳見上行1–2

注), 繼而道所頌者身世(次章), 敘其相關神話(三章與四章大部), 詩末以希臘頌神詩篇末慣語χαῖρέ μοι收束(詳見上行15)。

　　詩人讚頌豎琴, 荷馬《希耳米頌》以降代有迭出, 薩福(fr. 118)、品達(《匹》1, 1–14;《涅》4, 44)、巴刻居利得(fr. 20 B. 1 ff.)皆嘗吟詠。其鼻祖荷馬體《希耳米頌》敘希耳米見龜行草中, 遂語之曰(30–31):

σύμβολον ἤδη μοι μέγ' ὀνήσιμον οὐκ ὀνοταζω.
χαῖρε φυὴν ἐρόεσσα, χοριτύπε, δαιτός ἑταίρη.

　　喜得此於我有用之徵兆, 我不嫌棄。/道福! 你這可愛的形
狀, 爲合舞打拍子, 筵會的伴侶!

　　荷馬體頌及品達豎琴頌《匹》1, 1(見上行13注引文)皆含道福(χαῖρε)語, 尤可證其爲H是篇所軌。

　　詩所頌讚之多絃琴barbiton係希臘累士波島詩人忒耳龐得所剏、阿爾凱所擅者, H禮拜此琴, 爲求弄之以賦拉丁詩歌; 移植希臘琴歌於羅馬, 詩人自許大任降於斯人。

　　學者或曲解首章詩人自我寫照, 以爲詩人用ludere("奏弄")字爲立志, 誓棄向所擅長之宴飲艷情, 自此專詠可流芳百世之宏篇。Syndikus駁此說曰無論攷以詩人生平抑或詳玩詩文, 此論皆不可持。其論點有四(pp.284–85), 一曰H凡言蔭下賦閒吟詠, 皆不含自貶義; 二、ludere(奏弄)非特指卡圖盧序詩自況之輕浮之作("nugae"), 詩歌就其本質而言皆爲遊戲, 非惟宴飲艷情詩爲然; 三、H以爲艷情詩等輕浮之作亦可成爲不朽之作流傳百世; 四、詩人所謂拉丁詩歌, 乃相對希臘累士波豎琴詩而言, 非有豔情宴飲與歌功頌德之別也。

{傳承}:

　　龍沙耳嘗賦《琴頌》(A son lut), 於H此篇多有捃撮。H法希臘累士波島詩人而欲移植於羅馬, 龍沙耳則憲法拉丁詩人而欲移植於法蘭西, 皆欲與古爲徒, 推陳出新。全詩頗長, 今祇錄其首尾二章, 以其最近H

原詩：

Si autre-fois sous l'ombre de Gastine

Avons joué quelque chanson Latine

　　De Cassandre en-amouré,

　　Sus ! maintenant, Lut doré,

Sus ! l'honneur mien, dont la vois delectable

Sçait resjouïr les Prince à la table,

　　Change de forme, et me sois

　　Maintenant un Lut François.

… … …

O de Phebus la gloire et le trophée,

De qui jadis le Thracien Orphée

　　Faisoit arrester les vens,

　　Et courir les bois suyvans,

Je te saluë, ô Lut harmonieux,

Raclant de moy tout le soin ennuieux,

　　Et de mes amours tranchantes

　　Les peines, lors que tu chantes.

　　若嘗在加斯蒂納蔭下/奏弄拉丁歌曲, /唱熱戀中的卡桑德拉, /快！如今, 鍍金的詩琴, /快！我的榮耀, 你的甜美樂音/席上娛樂君王於席上, /變形吧, 此刻/爲我變作法蘭西詩琴。

　　……

　　哦斐玻的光榮與繳獲, /忒拉基人奧耳甫嘗/止風, /令林木景從, /我向你道安, 哦和聲的詩琴, /爲我解憂消悶, /療我情傷

/療我痛，衹要你歌唱。

H詩中言酒神、愛神、詩神結伴而降，席勒《酒神頌》(Dithyrambe)
法古例，其篇首章言神明菈止，必無獨有偶。

DITHYRAMBE 酒神頌

Friedrich Schiller 席勒

Nimmer, das glaubt mir,
Erscheinen die Götter,
Nimmer allein.
Kaum daß ich Bacchus den lustigen habe,
Kommt auch schon Amor, der lächelnde Knabe,
Phöbus der herrliche findet sich ein.
　Sie nahen, sie kommen,
　Die Himmlischen alle,
　Mit Göttern erfüllt sich
　Die irdische Halle.

我相信，
諸神從不出現、
從不單獨出現。
我一見巴刻庫那歡快之神，
就立即來了愛神那微笑的男童，
斐玻那偉岸的也在其中。
　他們趨近，他們到來，
　他們所有天神，
　諸神濟濟於
　地上的廳堂。

{比較}:

頌琴

《左傳・襄公二年》(2.3)：“夏，齊姜薨。初，穆姜使擇美檟，以自爲櫬與頌琴，季文子取以葬。”杜預《注》曰：“頌琴，琴名，猶言雅琴。”孔穎達《疏》曰：“頌琴者，《詩》爲樂章，琴瑟必以歌《詩》，《詩》有雅頌，故以頌爲琴名，猶如言雅琴也。”楊伯峻注引宋聶崇義《三禮圖》曰：“頌琴長七尺二寸，廣八寸，二十五絃。”又曰：“《文獻通考・俗樂部》有頌琴，沈欽韓《補注》謂非古之頌琴，是也。”(p.720)上世紀末湖北郭店戰國墓出土有琴一臺，七絃，饒宗頤(《中國學術》2000年第一期：1–11)逕稱其爲雅琴，未陳其何所依據。此前楚地亦曾出土十絃琴(曾侯乙墓)、九絃琴(長沙五里牌戰國墓)。以《左傳》所記與攷古實物覘之，可知其與希臘人之豎琴迥異，雅琴琴身爲木製而非龜甲所製，其音色無乃不若希臘豎琴響亮也。然集中翻譯詩琴諸名，以頌琴對翻cithara，則祇用其爲琴名，不泥其細節。

三十三

贈提布盧慰失戀
AD ALBIVM TIBVLLVM

　　愛移恩絕莫愴然，哀吟難圖再團圓；更能何事銷憂鬱，總見愚夫配媚妍。造化弄人多促狹，鴻濛合物豈皆全？君不見余癡情極，悍妬仍將鎖鏈牽。

《七律擬賀拉斯詩意》

{格律}:

　　阿斯克勒波第二式。

{繫年}:

　　前29–27年。

{斠勘記}:

　　6. torret $\varXi$ $^{(\mathrm{acc.}\,\lambda'\,\mathrm{R}\,\pi2)}$ te torret $\varPsi$ (F δ π^{1})　案後者動詞前多賓格單數第二人稱。

　　14. detinuit〕continuit　*Placidus 1498*萊比錫版*Status*　案異文義爲包圍。

{箋注}:

　　1. 【阿爾比】*Albius*，即哀歌詩人提布盧(Tibullus，約前55–前19年)。古羅馬四大哀歌詩人，依生辰分別爲卡圖盧(Catullus)、提布盧、普羅佩耳修、奧維德，其中阿爾比崑提良(Quintilianus)推爲四人之最。阿爾比係其姓(nomen gentile)，提布盧乃其氏(cognomen)，其名(praenomen)已佚，羅馬人有姓有氏有名，語在"緒論"§1.1。H此外另有《書》I 4贈阿爾比，論家多目爲一人。

1–3. 首章【切莫……別……】*ne ... neu ...* 句式Kießling以爲非是禁語，而係目的從句，謂今爲令你毋過悲，茲(二章以降)舉例以喻理。Heinze及其後Numberger讀作獨立虛擬禁令式。按原文二章既無連詞以明其爲首章ne ... neu ... 所從之主句，中譯亦不便增設言筌以成明確目的關係，當從Heinze、Numberger譯作禁令句。如此，語氣反更生動親密，目的從句禁語參觀II 4, 1 ff.及IV 9, 1："ne forte credas interitura quae / longe sonantem natus ad Aufidum / non ante volgatas per artis / verba loquor socianda chordis," "爲不教你或信以爲出生在/喧譁遠達的奧菲河畔的我/以前所未聞的詩藝伴/絲絃所吟的詞句會滅亡"。此處與其解爲H戒提布盧過度悲傷，不如解爲不欲其【來迴吟唱悽慘哀歌】。

2. 【戈呂基拉】*Glycerae*，已見I 19, 5及注。名當本希臘文γλυκερά = γλυκύς，義爲甘美。稱其【生澀】*inmitis*者，NH以爲係自希臘字γλυκύπικρος "甘澀"生發，然實爲利鈍格(oxymoron)，謂其貌雖美妙，然性格悍烈忤人。觀下文可知，【生澀】*inmitis*不指此女羞澀清純，而謂其任性自恣。今存提布盧哀歌中並無此人。或以爲指其哀歌中化名爲得利婭或涅墨西者(見下注)，或以爲提氏有關此女之作已佚或已爲詩人自毀。【來迴】譯動詞前綴*re-*，暗示令人生厭，H不喜此類哀歌甚明。

3. 【哀歌】*elegos*，古時所謂哀歌指偶行格律(distichon)，多爲艷情詩，羅馬哀歌尤多作失戀哀怨之聲，古代哀歌史詳見《荷爾德林後期詩歌》(評註卷)，頁一七七–一八二。【爲何】*cur*，艷情詩中責問情人，參觀I 8, 2，彼處譯作"何以"。【忠信受創】*laesa fide*，提布盧詩屢因忠於所歡卻遭背叛而發怨艾，其集中I 5、I 6二篇怨所歡得利婭(Delia)、II 6怨涅墨西(Nemesis)不忠。【少】*iunior*，讀去聲。言提布盧所歡年少，未見諸其詩，當係H添枝加葉。言風塵女子厭老喜少乃古羅馬喜劇及情詩俗套，參觀III 6, 25 f.："mox iuniores quaerit adulteros / inter mariti vina,""不久她就在夫君的酒宴中/尋覓更年少的姦夫"。【他】指阿爾比情敵,原文無代詞,蘊含於動詞變位。

4.【更光鮮過人】*praeniteat*,提布盧詩中云其情敵更富有(I 5, 47):"quod adest nunc dives amator,""今有一財主情郎來了"。

5.【窄額】*tenui fronte*,Porphyrio注云古時女人以窄額(髮際線低至眉)爲美,裴特羅紐(Petronius)《撒提記》(*Satyricon*)126, 15敘一女子之美曰:"frons minima et quae radices capillorum retro flexerat,""其額窄,髮根倒挽"。今存希臘化與羅馬時代彫刻可爲旁證。【呂高麗】*Lycorida*,女子名,學者或云H殆自豔情哀歌詩人高耳内留·伽盧(Cornelius Gallus)捃撦而來,後者詩中用以爲其所愛女伶Cytheris化名。

5-9. 詩思當本希臘田園詩人茅士古(Moschos / Μόσχος)殘篇 II(Stobaeus IV 20, 29),引文詳後{評點}。

6.【古魯】*Cyri*,已見I 17, 25及注。古魯爲波斯人名,Heinze云詩人以蠻夷名暗喻此男粗野齷齪。【焦灼】*torret*,如I 7, 19等處所謂"中燒"(urgere),皆以譬情慾之火。薩福殘篇38:ὄπταις ἄμμε,"我們爲你們烤焦",以譬熱戀。忒奧克里多7, 55-56:αἴ κα τὸν Λυκίδαν ὀπτεύμενον ἐξ Ἀφροδίτας / ῥύσηται· θερμὸς γὰρ ἔρως αὐτῶ με καταίθει."一旦爲阿芙羅狄忒燒烤的呂基達/逃奔,因爲愛的炙熱能把你我燒成灰"。羅馬詩人見普羅佩耳修III 6, 39:"me quoque consimili impositum torquerier igni,""我也被置放于同樣的火上轉動,"指炙肉時轉動所燔於火上。

7.【福洛】*Pholoen*,當係虛構人名,集中再現于II 5, 17。本詩所贈提布盧集中I 8, 67嘗用此名,謂其不爲追求者眼淚所動:"non frangitur illa"(67),性格倨傲(superba, 77)Heinze以爲係H所本,所言爲是。羅馬詩歌外未見於其他羅馬文獻。提布盧等人詩皆云此女子不遂求歡者所欲,故有【生硬】*asperam*之稱。NH舉希臘埃利(Elis)、阿耳卡迪亞之交有山名Pholoe,以巖石犖确著稱;援引盧坎(Lucanus)《法撒洛戰記》(*Pharsalia*)VI 388句:"aspera te Pholoes frangentem, Monyche, saxa,""福洛山的犖确巖石爲你,蒙涅庫,所劈";其中aspera字(此處義爲犖确)與本詩同(譯作【生硬】),謂詩人或藉以譬喻女子性情。

7–8.【麛麀】*capreae*暗喻福洛以及呂高麗淑雅之態，對【阿普里亞的狼】*Apulis ... lupis*，其地有狼已見I 22, 14注，此處以喻野蠻粗魯之古魯甚明。此句修辭屬I 29, 10–12注所云之σχῆμα ἐκ τοῦ ἀδυνάτου，聚不可能事範式，或adynaton，參觀該注所引《對》16詩句。以異種相配喻所戀女子別許他人，參觀維吉爾《牧》8, 26 f.："Mopso Nysa datur : quid non speremus amantes ? / iungentur iam grypes equis,""尼撒許身摩卜索：人若戀愛何所不准，/獅鷲都要配馬"。

10.【維奴……這般】*sic visum Veneri*，原文叶頭韻v。

10–11.【殘酷的促狹】*saevo ... ioco*，亦屬利鈍格(oxymoron)，參觀III 29, 49："Fortuna, saevo laeta negotio,""命運女神喜歡殘酷營生"。言人爲情煎熬，于愛神阿芙羅狄忒則祇是把戲耳，此說希臘羅馬詩歌中實不乏見，索福克勒《安提戈涅》合唱歌(799 f.)云：ἄμαχος γὰρ ἐμπαίζει θεὸς ᾿Αφροδίτα. "阿芙羅狄忒這不可抗拒之神戲弄"。稍早于H之希臘牧歌詩人茅士古(Moschos)詠愛神厄羅(Eros)詩《逃跑的愛神》(*Eros drapeta*)稱愛神爲(10 f.)：ἀνάμερος, ἠπεροπευτάς, / οὐδὲν ἀλαθεύων, δόλιον βρέφος, ἄγρια παίδων. "桀鷔不馴、騙子、/無一句眞話、詭計多端的崽子，戲弄起來很殘暴。"

11.【不匹配】*inparis*，Heinze云古魯鍾情，然粗野齷齪，呂高麗美而有情，福洛貌美卻冷若冰霜，皆屬外形與内心不相匹配。按【不匹配】既云同一人之外形與内心，亦謂不同之人之外形、不同人之内心以及不同之人之外形與内心之不相稱。參觀《書》I 5, 25："ut coeat par / iungaturque pari,""以令同儕共行，/與同儕相與。"

11–12. 以駑駿共軛爲譬，【不匹配】*inparis*與【軛】*iuga*均化自忒奧克里多《牧歌》12, 15中諺語：ἀλλήλους δ᾽ ἐφίλησαν ἴσῳ ζυγῷ，"他們彼此相愛於同一軛下"。其爲希臘諺語(τὸ λεγόμενον)，後日羅馬皇帝猶連(F. Claudius Iulianus Augustus, 331/332–363年)悼詩人薩盧士修(Sallustius)語可證(*Oratio VIII: ad Sallustium profiscentem consolatio*, 244 c)：ὁ Σκητίων ἐκεῖνος, ὁ τὸν Λαίλιον ἀγαπήσας καὶ φιληθεὶς τὸ λεγόμενον ἴσῳ ζυγῷ παρ᾽ ἐκείνου πάλιν，"那塞種人禮待親愛這位萊里昂如諺語所謂共一軛下……"。參觀I 35, 28與II 5, 1–3。普羅佩

耳修III 25, 8亦可比讀："tu bene conveniens non sinis ire iugum." "你不讓[我]身上的軛輕易些。"【青銅】aenea喻牢不可破，譬也，非羅馬習俗寫眞，羅馬時軛皆爲木製，集中III 9, 18再引此譬："diductosque iugo cogit aeneo," "以銅軛強合分離的二人"。按青銅本係鐵器發明之前所用金屬，荷馬《伊》中敘事凡及兵器等皆言青銅(χάλκεος)，維吉爾皆以鐵ferreus代之，惟H仍從古希臘人故事，集中多用銅字。

13. 【更好的】melior，與提布盧苦戀相比而言，參觀I 27, 20。【維奴】Venus，神祇名之德指用法，即以神名指其所司，即情事或情人。愛神以弄人爲樂，參觀III 27, 66 ff.："aderat qurenti / perfidum ridens Venus et remisso / filius arcu. / mox, ubi lusit satis, 'abstineto' / dixit, ..." "朝哀號的她維奴/唰笑着背信之行現身，另有/馳弓的兒子。/俄而她戲弄夠了：'請你剋制，'/她便說……"。希臘化時代牧歌詩人茅斯古(Moschon)前引詩中(I 11)謂愛神ἄγρια παίσδων "惡作劇如頑童"。

14–15. 意譯，原文grata detinuit compede Myrtale libertina若直譯當爲"解放的女奴墨塔勒以喜人的脚鐐拘束(我)"。詩人意謂己已墜此女情網，爲其奴役，一如其此前在籍爲他人奴婢受羈不得自由也。以情愛爲鎖鏈，言【樂】爲此鎖鏈拘束或曰鎖鏈"喜人"grata，於修辭爲利鈍格，參觀IV 11, 23 f.："lasciva tenet grata compede vinctum," "這妖姬用喜人的縲絏拿下/被捆綁的他。"【墨塔勒】Myrtale，非如此前諸倡優女子名多爲虛構，此名乃實有，多爲釋奴名。【解放的女奴】libertina，墨塔勒人身原在籍爲奴，現已出籍釋放，爲自由人或良民。參觀《對》14, 15 f.："me libertina, nec uno / contenta Phryne macerat," "我啊爲那不滿足於一男的/解放的女奴弗呂涅折磨。"

15. 【亞底亞海】Hadriae及其波濤洶涌，已見I 3, 15–16及注。以之喻人脾性暴躁，參觀III 9, 22："iracundior Hadria," "比亞底亞海更狂躁"。

16. 【卡拉布灣】Calabros sinus，爲【亞底亞海】Hadriae同位語，已見I 31, 5 "卡拉布亞"(Calabria)注，亞底亞海在其西，即提倫海(Tyrrhenum，已見I 11, 5注)。【彎曲】curvantis謂其岸。曰海灣之岸多曲，係拉丁詩歌乃至散文慣語，參觀盧坎《法薩洛戰記》IX 799："nec tantos carbasa Coro / curvavere sinus,"　"亦不曾有西北風鼓動麻布帆曲繞如許海灣。"塞內加《盧基留書信集》89, 21："ubicumque in aliquem sinum litus curvabitur,"　"無論岸於何處彎曲入海灣"。

{評點}：

　　詩雖即事而作，爲撫慰提布盧失戀，然篇章立意循希臘化時代常見之愛不對等主題。忒奧克里多《牧歌》6, 17有牧人波利菲摩(Polyphemos)詠其所愛伽拉忒婭(Galateia)曰：καὶ φεύγει φιλέοντα καὶ οὐ φιλέοντα διώκει，"她逃避愛她的，而不愛她的她却追求"，尚祇言愛不交生；茅士古(Moschos)有殘篇(*Apospasmata* II)則進而發揮爲數人疊相生愛，然所投皆不獲報，竟輾轉相繼呈一循環：

> Ἤρατο Πὰν Ἀχῶς τᾶς γείτονος, ἤρατο δ' Ἀχώ
> σκιρτατᾶ Σατύρω, Σάτυρος δ' ἐπεμήνατο Λύδᾳ.
> ὡς Ἀχὼ τὸν Πᾶνα, τόσον Σάτυρος φλέγεν Ἀχώ
> καὶ Λύδα Σατυρίσκον· Ἔρως δ' ἐσμύχετ' ἀμοιβᾷ.
> ὅσσον γὰρ τήνων τις ἐμίσεε τὸν φιλέοντα,
> τόσσον ὁμῶς φιλέων ἠχθαίρετο, πάσχε δ' ἃ ποίει.
> ταῦτα λέγω πᾶσιν τὰ διδάγματα τοῖς ἀνεράστοις·
> στέργετε τὼς φιλέοντας, ἵν' ἢν φιλέητε φιλῆσθε.

> 　　潘[牧神]愛其芳鄰厄考[山林仙女，自憐其聲]，厄考愛/蹦蹦跳跳的薩堤耳[半人半羊怪物]，薩堤耳痴迷于呂達。/正如厄考之于潘，薩堤耳同樣爲厄考的慾火所向，/呂達則爲薩堤耳的。這便是厄羅[愛神]的迴報。/因爲他們中有人恨那愛他的人多少，/則就有戀愛的人討厭之，忍受他的所作所爲。/這一切我要说给不愛的人爲誡：/愛那些愛你的人，在你被愛處愛人。

　　H詩是否逕直掜搽茅士古此作而連綴成篇，學者雖所見不一，然其於希臘化時代詩歌必有所本則人無異詞。

詩開篇諷哀歌詩人提布盧哀怨過度。中二章舉例以喻理：謂愛情多不獲對等迴報；謂愛神實爲促狹鬼，專以捉弄戀愛之人爲樂，故戀人間内外表裏尠有相匹配者。卒章詩人自引爲例以勸之：詩人自道所歡出身卑微，脾性彪悍，兇暴過于亞底亞海浪濤，然不害其甘願受其使役。卒章頭二字"我自己"(ipsum me)對首章啟端呼格"阿爾比"(Albi)，先慰友人，再反言及身。

學者如Syndikus謂卒章實爲全篇之重，所言極是。蓋詩人自曝其戀情，如其所言意爲反比阿爾比之失戀，自炫己之得人甚淑，以己之幸，顯友人之不幸，則爲陋矣；如其所言在於示友人以男女相與之楷模，勸其不以物喜不以己悲，則爲說教，爲可厭可鄙矣；如其所言爲於友人之不幸心有感感，同病相憐，則是庸手所爲。詩人自敘所歡女子彪悍狂躁，其旨在於曉諭友人男女情事之非理性：友人因失戀而無病呻吟，己則爲情甘願爲所歡呵斥役使，其爲不智，一也。然詩人自曝其短，所言之事足資軒渠，適爲友人療傷之良劑，勝於說教遠矣。此亦反襯詩人性情之醇厚：即不憚自損以勸慰友人，顯其爲人重友情，性詼諧，能自嘲，故此篇雖短，所言雖輕，卻不妨其可愛可喜。

{傳承}：

H詩中發揮希臘化詩歌託題，言愛不得迴報，循環相繼，後世用此關節最妙莫過莎士比亞《仲夏夜之夢》。劇中Demetrius與Hermia相愛然不見容於女子之父；Demetrius復爲Helena所愛然心實厭之；Helena則爲Lysander所求，四人後皆爲仙靈所惑；仙靈中Bottom被Puck易以驢首，然因歌聲婉轉竟獲仙后Titania芳心等等。非特愛情循環錯綜，且神光離合，乍虛乍實，觀者爲之恍惚迷離。

更近有十九世紀德語猶太詩人海涅(Heirich Heine)短章，收入其詩集《抒情間曲集》(*Lyrisches Intermezzo*)，作曲家舒曼(Robert Schumann)擇其中十六首爲之度曲，作歌集《詩人之戀》(*Dichterliebe*, op. 48)，其中第十一首(Nr. 11)詞曰：

Ein jüngling liebt ein Mädchen,

Die hat einen Andern erwählt;

Der Andre liebt eine Andre,

Und hat sich mit dieser vermählt.

Das Mädchen heiratet aus Ärger

Den ersten besten Mann,

Der ihr in den Weg gelaufen;

Der Jüngling ist übel dran.

Es ist eine alte Geschichte,

Doch bleibt sie immer neu;

Und wem sie just passieret,

Dem bricht das Herz entzwei.

　　一少年愛一少女，/她卻另選他人；/那人卻已別有所愛，/
竟將她迎娶。　/少女遂憤然/嫁給碰到的/第一個路人男子；/
少年很難過。　/這是個老故事，/卻日久彌新；/誰遇到這事，/
心都會撕裂成兩瓣兒。

三十四

書懷兼詠機運神
AD FORTVNAM ET SE IPSVM

吾嘗慳於奉神, 不常禮拜。我舊曾熟諳伊壁鳩魯派哲學, 故而輕狂自負, 一度迷失, 今不得已原路退迴, 重登虔誠敬神之路。吾之爲此乃因親歷晴天霹靂, 始知神震動陸川冥府直至地極, 無所不能。神有威力揚卑抑顯。機運女神如猛禽撲食, 攫王冠於此人頭上轉置於彼人之頂, 一如兒戲。

{格律}:

阿爾凱(Alcaium)。

{繫年}:

學者或以爲行16【弁冕】*apex*暗射帕提人梯里達底二世(Tiridates II)篡位、逐弗老底四世(Phraates IV)然竟遭後者復辟事, 事在前33年(詳見I 26, 5注), 故據以次本詩於其不久之後。(Numberger, p.284)。

{斠勘記}:

5. relictos *Ξ Ψ Eutyches*(文法家, 約378–454年後) relectos *Heinsius Bentley* 詳下箋注。

13. insignem] insigne *Bentley* 臆改陽性(或陰性)實格爲中性實格。

{箋注}:

1. 【小氣】*parcus*，指不肯爲禮神破費；【不經常】*infrequens*，謂進廟燒香祇偶一爲之。H所奉伊壁鳩魯派哲學並非無神論，然以爲神明不豫人事，求神無益，故尠造廟宇拜享神明。

2. 【喪心病狂知識】*insanientis ... sapientiae*，伊壁鳩魯派哲學以爲知令人智，今謂人有知識而喪心病狂，於修辭學屬利鈍格(oxymoron)。【知識】*sapientia*指伊壁鳩魯唯物學說，其說純以格致解說自然現象，以爲雷電既爲風雨際會所致，則晴天霹靂絕無可能，詩人今以主理性之伊壁鳩魯派哲學爲【喪心病狂】，謂己昔嘗奉其說實爲偏執也。盧克萊修亦奉伊壁鳩魯學說，所撰《物性論》(*De rerum natura* VI 400–401)嘗反詰曰："denique cur numquam caelo iacit undique puro Iuppiter in terras fulmen sonitusque profudit？" "爲何猶庇特從不自淨空向地上拋擲霹靂傾瀉雷聲？" 【業師】譯*consultus*，*sapientiae consultus*【知識的業師】套用習語 iuris consultus，律法的業師，即訟師，謂學有專長且可以之謀生利人者。H未曾執教授業，故此處偏義專指其嘗沉潛伊壁鳩魯派學說。Heinze曰：身爲【業師】而竟【迷失】，*consultus erro*，亦屬利鈍格。

4. 【已廢棄】依古本讀*relictos*。Heinsius改爲relectos，"重走的"，英國學者多好標新立異，Bentley、NH等皆從此讀。Bentley條舉拉丁文獻所見relegere viam，"重走道路"等語爲旁證，NH則欲演繹語義以證其說曰：若讀relictos，語意與iterare（"重蹈"）不合，謂重蹈爲從頭重新開始，而*relictos*祇謂向時所棄之路。Heinze以爲若讀relectos，則此處一句中有三字皆含"重返"義：retrorsum（"返"），iterare，及relectos，贅沓不文，於新行程則不置一言；Porphyrio古注云此處"非謂倒迴起點重新出發，而謂原路反轉"(non instaurare, sed ad eosdem redire)。故Heinze釋詩人語意云：詩人嘗誤入歧塗，今恍然大悟，故亟返航，至其昔日誤入歧路之路歧，轉向正塗。今考量諸說，Bentley所列旁證不必能證此處*relictos*爲誤，NH辯詞詭誕，難以服人，中譯依Heinze、Numberger等人所從之古本古注。【張帆】*vela dare*，參觀IV 15, 3 f.："ne parva Tyrrhenum per aequor / vela darem，" "免得我張小帆濟提倫/海面。"

5.【丟庇特】*Diespiter* = Iuppiter猶庇特，本義爲天，已詳I 1, 25注，此乃古主格形態，風格莊嚴，多用於祭祀禱辭等莊重場合。猶庇特有霹靂猶庇特之稱：Iuppiter Tonans.

7–8. 此句謂晴天霹靂。【飛馳】*volumcrem*本義如此，*OLD* volucer字下 1 a引此詩。後引申義常含插翅或生翅飛翔義(*OLD* 字下2)NH以爲當逕解作插翅而飛義，引歐里庇得fr. 779, 6: πτεροφόρων ὀχημάτων，"插翅之乘"、柏拉圖《斐德羅篇》(*Phaedros* 246 e)：Ζεὺς, ἐλαύνων πτηνὸν ἅρμα, "宙斯駕生翅之車乘"；乃至奧維德《哀》(*Tristia* III 8, 15 f.："ille tibi pennasque potest currusque volucres / tradere," "他能交與你雙翅和volucres之車"，以證古有神馭插翅車乘之說。按NH引古例與Heinze所引略同，然所見適反。其所引希臘文例雖明言生翅，然H詩未逕言生翅，故以解詩意可也，以爲字訓則未可。所引奧維德例適爲詩人分言翅(pennas)與飛(volucres)之證，一爲體，一爲用，未可混爲一談。維吉爾《埃》VI 590 f.寫薩爾蒙涅(Salmoneus)僭乘宙斯法駕曰："demens, qui nimbos et non imitabile fulmen / aere et cornipedum pulsu simularet equorum," "喪心病狂，他假裝爲以角爲蹄的駿驪所駕翶翔於空中雲與不可模倣的霹靂中間。"亦未言駿馬生翅。故中譯從*OLD*與Heinze.【車乘】*currum*，希臘古時以爲雷聲係宙斯之乘行于奧林波山上時之震響，已見I 12, 58注。此外參觀品達《奧》4, 1: ἐλατὴρ ὑπέρτατε βροντᾶς ἀκαμαντόποδος Ζεῦ. "駕馭蹄走不倦的雷霆至高無上的御夫宙斯！"【淨空】*purum*晴空，無雲曰淨。

9–12. NH以爲此章撮赫西俄得《神宗》839 ff.數行而成：

σκληρὸν δ' ἐβρόντησε καὶ ὄβριμον, ἀμφὶ δε γαῖα
σμερδαλέον κονάβησε καὶ οὐρανὸς εὐρὺς ὕπερθε
πόντος τ' Ὠκεανοῦ τε ῥοαὶ καὶ Τάρταρα γαίης. κτλ.

他發雷霆強烈而重大，環地/震響恐怖的雷聲，而且震響廣袤的上天、/海與大洋、河流以及韃靼魯地下。

9.【沉陸】*bruta tellus*指陸地沉重不移，對【遊走的河流】*vaga flumina*。古時以爲地穩居不動，故陸之沉不惟以其沉重，亦因其固定不移也。沉陸非同陸沉，中譯讀者當辨之。執事保羅(Paulus Diaconus)纂塞·龐培·斐斯都(Sextus Pompeius Festus)原著《字詮》(*De verborum significatu*)brutum詞條釋云：antiqui gravem dicebant, "古人以曰重也。"參觀盧克萊修VI 105："nam cadere aut bruto deberent pondere pressae," "爲其沉甸甸的重量所壓它們[雲]將降落"。古希臘人慣於並稱陸海河，忒奧克利多17, 91: θάλασσα δὲ πᾶσα καὶ αἶα καὶ ποταμοὶ κελάδοντες ἀνάσσονται Πτολεμαίῳ, "海與全地/與喧譟的河川全都認托勒密爲王"。羅馬人多因之，盧克萊修IV 458有："caelum mare flumina montis," "天、海、河、山"之說。彌爾頓(Milton)戲弄院本《考莫》(*Comus*)797撏H詩中字："And the brute Earth would lend her nerves, and shake," "沉重的土地交出筋腱，抖動着"。

10.【斯提川】*Styx*，雖以神話中冥間河知名，然原本阿耳卡迪亞東北流瀑。荷馬以降希臘詩歌率指爲冥間河，赫西俄得《神宗》776 f.曰係汪洋神奧克昂諾(Okeanos)長女：δεινὴ Στύξ, θυγάτηρ ἀψορρόου ᾿Ωκεανοῖο / πρεσβυτάτη.【泰納羅】*Taenarus* / Ταίναρος，位于拉孔尼亞(Laconia)南端，其地有穴，古人以爲可通冥間，故稱爲【恐怖之地】*horrida ... sedes*，稱爲【可憎】*invisi*者，係祖荷馬《伊》VIII 368稱冥間駭得爲可憎：στυγερὸς ῞Αιδης，集中參觀II 14, 23："invisas cupressos," "可憎的柏樹"。【泰納羅】應祖品達《匹》4, 43–44云：εἰ γὰρ οἴκοι νιν βάλε πὰρ χθόνιον ῎Αιδα στόμα, Ταίναρον εἰς ἱερὰν Εὔφαμος ἔλθών, "因爲假若他把它[種子]撒在駭得[冥府]之口旁的家裏，歐法謨來到神聖的泰納隆時[……]"。意大利對應之地爲亞維諾湖(Avernus)近旁地穴，維吉爾《埃》(VII 91以降)敘埃涅阿入冥間遊歷幽冥即由此入，另見其《農》IV 493："stagna Averna," "亞維諾澤"。

11.【恐怖之處】*horrida ... sedes*之【處】其意謂地也，既非虛言如"方面"，也非指死魂靈受分派所棲之固定處所，後者用法見II 13, 23："sedes ... piorum," "敬虔者席位"，並注。

11–12.【亞特拉地極】*Atlanteus finis*指亞特拉石柱，在今北非臨大西洋地區，即今摩洛哥，古時以爲地極，詳見 I 31, 14注。Heinze以爲此處應實指神話所言石柱並附近洋面，參觀歐里庇得《希波呂特》(Hippolytos)3 f.: ὅσοι Πόντου τερμόνων τ' Ἀτλαντικῶν ναίουσιν εἴσω, "凡居住在黑海與亞特拉極地中間者"。

12–14. 言神可隨意左右乃至變換人類命運，向爲西洋古代詩歌常談，赫西俄得《工與時》5–7云：

ῥέα μὲν γὰρ βριάει, ῥέα δὲ βριάοντα χαλέπτει,
ῥεῖα δ' ἀρίζηλον μινύθει καὶ ἄδηλον ἀέξει,
ῥεῖα δέ τ' ἰθύνει σκολιὸν καὶ ἀγήνορα κάρφει.

　　因爲輕而易舉他使人強大輕而易舉他把強者壓倒；/輕而易舉他貶低顯赫光大隱晦，/輕而易舉他令彎者得直、令偉岸者枯乾。

品達《匹》2, 50–52曰：

θεός, ὃ καὶ πτερόεντ' αἰετὸν κίχε, καὶ θαλασσαῖον παραμείβεται
δελφῖνα, καὶ ὑψιφρόνων τιν' ἔκαμψε βροτῶν,
ἑτέροισι δὲ κῦδος ἀγήραον παρέδωκ'·

　　諸神能趕上生翅的雕，快過海中/海豚，扳倒高傲的有死者，/另一些人他們則賜給不老的光耀。

希伯來人《詩篇》147: 6所言亦相彷："耶和華兮，貧乏者扶祐之，作惡者傾覆之"；《母》上2: 3–8："蓋耶和華，睿智之上帝，人有所行，無不裁度。英武者折其弓，荏弱者賦以力；昔果腹者，今傭以得食；饑饉者反無饑；昔不妊者，今產七子；育衆子者，反絕其孕。可使喪命，可使得生，可使歸墓，可使復生，俱耶和華所爲也。使人窮乏，使人富裕，使人卑微，使人高顯，此非耶和華所主乎？舉貧賤者於塵埃，升匱乏者於糞壤，使坐於民牧間，致得榮位。”

13.　【神】*deus* 奚指，學者所見不一。Heinze以爲指擬人【機運】。NH謂字在【丢庇特】(5 ff.)與【機運】(15)之間，示二者等同。宙斯與命運，古希臘人常並舉等觀，荷馬《伊》XIX 87：Ζεὺς καὶ Μοῖρα καὶ ἠεροφοῖτις Ἐρινύς，“宙斯與命運還有行于暗處的厄里復讎女”；又云宙斯等神無力變更命運，亦有稱機運爲宙斯之女者，品達《奧》12, 1–2：λίσσομαι, παῖ Ζηνὸς Ἐλευθερίου / Ἱμέραν εὐρυσθενε᾿ ἀμφιπόλει, σώτειρα Τύχα. “我祈求，宙斯解放者之女, /請看顧希墨拉令其強大，救難的機運！”。品達詩全篇譯文錄於下篇後{傳承}。學者(Pasquali, p.600 f., NH, Syndikus, p.297)辨析詩人所本，云以神字泛指丢庇特與機運女神，本廊柱派說。言涉機運神集中此外參觀III 29, 49–52："Fortuna, saevo laeta negotio et / ludum insolentem ludere pertinax / transmutat incertos honores, / nunc mihi, nunc alii benigna," “機運女神喜歡瘋狂營生，還/固執地翫着不平常的遊戲, /變換不固定的榮耀, 時/而給我時而給他人恩惠”。此篇Heinze對比於下篇，以爲詩人有意落實機運之神明特徵以迎合俗見(尤見末行)，而下篇則殆全爲抽象概念矣。

13–14.　【最低爲至高】*ima summis*，塔西佗《史記》IV 47, 3："magna documenta instabilis fortunae summaque et ima miscentis," “[這是]變動不居的機運混合至高與最低者的教訓”。【貶抑……幽隱】*insignem ... promens*，殆係H掮搉赫西俄得句對翻爲拉丁文而成，赫詩見上行12–14注引文。Ernst Diehl纂《希臘豎琴詩擷英》中(*AlG* 卷二, p.314)機運神頌曰：τὰ μὲν ὑψιφαῆ καὶ σεμνὰ ... ὑπήρικας κατὰ γᾶν ... τὰ δὲ φαῦλα καὶ ταπεινὰ πολλάκις πτεροῖσι εἰς ὕψος ἐξάειρας, “光耀於上的尊貴者……你令之傾圮於地下……低微者你往往以翅翼令之高升。”

15–16.　詩中【機運】*Fortuna*女神形象似取希臘羅馬神話所敘鷟鳥(Ἅρπυιαι / Harpyia)，維吉爾《埃》III 212 ff.祖述之，其中狀其形貌曰："virginei volucrum vultus, foedissima ventris / proluvies uncaeque manus et pallida semper ora fame." “顏如處子，腹鼓/醜惡，以爪爲手，口因恆飢而慘白。”機運作鷟鳥狀，集中又見III 29, 53："si celeris quatit / pinnas, resigno quae dedit … ,"　"倘若她[機運]振動/迅疾雙翼，我會放棄她所給予的。" 傳世希臘機運神頌常言其有金翅: περὶ σὰν πτέρυγα χρυσέαν, *AIG* 卷二, p.159. 【尖叫】*stridore acuto*，學者(Heinze等)或解爲振翅之聲，且引集中稍後III 29, 58 f.: "si [Fortuna] celeres quatit pennas,"　"倘若她[機運女神]鼓動迅疾之翼" 以爲佐證; 或(Porphyrio, NH)解作禽鳴或禽發人聲。按NH以爲acutus（尖、尖利）未可言振翅之聲，其說爲是。III 29文例用celeres（迅疾）以狀禽翼，未言其聲，引爲振翅說佐證，恐引譬失據。stridor謂禽鳴，參觀塞內加《對談集》(*Dialogi*)6, 7, 2: "aves cum stridore magno inanes nidos circumfremuerunt,"　"此禽激動繞空巢而大聲鳴叫。" 【弁冕】*apex*，字本指羅馬祭司所戴之冠，亦指王冠，Heinze謂尤指波斯等東方王冠（διάδημα）樣式，參觀II 2, 21 "diadema"，"冕" 及注。弁冕爲鷙鳥所攫，NH以爲詩人暗射羅馬五世王老塔耳昆(Tarquinius Priscus)，據李維《建城以來史記》，塔耳昆踐祚前，嘗攜妻共乘之羅馬，鷙鳥掠其帽於塗(I 34, 8)，人皆以爲吉兆。李維原文帽(pilleum)字既非王冠(diadema或corona)，亦非弁冕(apex)。後西塞羅嘗敘此故事，已改帽爲弁冕，《法律》(*De legibus*)1, 4: "ab aquila Tarquinio apicem impositum." 按塔耳崑本事中卜師鮮鷙鳥爲神遣，曰神易其帽以示欲成其事，塔耳昆入羅馬城，終得立爲王，事雖與此處詩意未相牴牾，然似嫌穿鑿。集中III 21, 20又有apices字，言人酒後 "neque iratos trementi / regum apices neque militum arma,"　"不懼君王的/忿怒冠冕和軍卒的刀兵"，"君王" 與 "軍卒" 皆指羅馬勁敵帕提人，*apex*既如Heinze所言本指波斯王冠，此處詩人當念及帕提人爲是。安息王位更迭頻繁，詩人殆暗射焉。機運女神抑強揚弱，可見其秉義行正，非如III 29, 49曰其促狹弄人也: "Fortuna saevo laeta negotio,"　"機運女神喜歡瘋狂營生"。

{評點}:

　　詩屬反悔詩類(Palinode，已詳I 16{評點})。詩人自悔年少輕狂，嘗佞伊壁鳩魯派謬說，以爲神明不豫人事，禱神無益，故一向疏于禮神; 近因親覯晴天霹靂，得識神力廣大，無所不能，遂貶斥向所奉信之說爲

"喪心病狂"，自誓重返虔敬正道，贊頌神明法力無邊也。

全篇用字典雅奧古(如稱Diespiter，不稱Iuppiter，見上行5注)，句式豐滿，風格莊嚴(Fraenkel, p.254)。雖首章有字(relictos，詳見上行4注)學者有歧解，然不害全篇曉暢明白。唯于詩中夫子自道可否䚒爲詩人修辭立誠，覺悟今是昨非，最有爭議。一派學者信詩人誠心懺悔少不更事之謬，摒棄伊壁鳩魯派學說，Porphyrio古注("hac ode significat se poenitentiam agere quod epicuream sectam secutus inreligiosus extiterit")、Heinze皆秉此論(然措辭較婉轉，見其該詩序)。Fraenkel引詩人此後所撰《書》卷一數處(I 1, 13–15、I 18, 96–103、111–12)，辨此詩所言未必由衷、詩人並未自此摒棄伊壁鳩魯派學說：

> ac ne forte roges, quo me duce, quo lare tuter :
> nullius addictus iurare in verba magistri,
> quo me cumque rapit tempestas, deferor hospes.
>
> (I 1, 13–15)

> 爲防你或疑問，我爲何位君主何位宅神所保護：/無人令我學主人的言辭起誓，/不管風暴把我帶到哪兒，我都到那裏做客。

詩人自道萬事隨遇而安，無可無不可，故如推及神明之事，亦當如是。卷中第十八首詩人坦白其處世哲學，所言全合伊壁鳩魯派之說：

> inter cuncta leges et percontabere doctos,
> qua ratione queas traducere leniter aevum,
> num te semper inops agitet vexetque cupido,
> num pavor et rerum mediocriter utilium spes,
> virtutem doctrina paret naturane donet,
> quid minuat curas, quid te tibi reddat amicum,
> quid pure tranquillet, honos an dulce lucellum

an secretum iter et fallentis semita vitae.

(I 18, 96 103)

　　在所有這些律法與博學之士中你將嚴訊，/你能以何等方式安度此生？/永遠貧困的貪慾豈不刺激你煩惱你，/還有憂懼和對用處不大事物的期望？/是知識生武德還是自然的饋贈？/何物可解憂，何物可令你與你自己友善？/何物可令人安詳不受玷染，是榮譽還是甜美的微利、/是隱蔽的塗徑還是隱居生活的窄道？

詩結尾尤與本詩關聯密切：

sed satis est orare Iovem qui ponit et aufert :

det vitam, det opes ; aequum mi animum ipse parabo.

　　可是祈求猶父夠了，他或放下或拿走：/求他給我生命給我財富；我自己要給自己平和的心境。

　　Fraenkel（pp.255–56）附議此前B.L. Ullman氏之說（*Class. J.* XXXI (1936): 411 f.），以爲詩人雖素奉伊壁鳩魯派學說，然與盧克萊修不同，着意非在格致，故晴天霹靂雖可以駁難此派所推重之格致說，然不害詩人仍奉其說中關乎道德倫理者。詩末言人之寵辱貴賤實由神定，等觀猶庇特與機運女神，稽諸詩人他作，可見此論貫穿始終，非僅見於此或此後之作也。H豎琴詩慣以尋常事由爲端緒，以發論抒情，晴天霹靂適爲此類語端言緒耳，其事實有與否，不必過泥。NH所言亦差似。

　　綜觀諸家之論，唯Syndikus能發明新意，茲撮其要。

　　Syndikus亦目本詩非詩人眞實自悔昨非之告白，然駁論較Fraenkel等輩更力。其要點有三：一曰伊壁鳩魯派主凡事皆當自自然物理推其原因，詩人既素奉其說，若果遇晴天霹靂，亦應先求諸物理，格物致知，而非如詩中所云，如當頭棒喝，立地皈依；其二則頗近Fraenkel說，云詩中所尊神明實爲機運女神，綜觀詩人全集，詩人於此前後一貫，待神明非有前倨后恭之轉變；其三曰非止神明觀爲然，詳考詩人著作，未見其所奉哲學前後有異。

NH、Syndikus皆謂詩人自敘遭晴天霹靂而敬虔向神，裝模作態，迹近滑稽，欲解詩人之旨未可祇取其所言而捨其如何言。然詩人何以如此誇大其詞，Syndikus以爲原因當求諸詩體。逮希臘化時代，詩人已不復虔信古代神話爲眞，然賦詩不可不遵體例，頌神爲豎琴詩本分，故H詩仍須規隨古希臘詩人，頌讚神明。"[文藝]所摹畫之神與神話於羅馬人已非現實，然則時人可藉希臘文藝自我提升，因詩之精神而得以升華，以此魔幻世界對立於日常世界之粗鄙"（p.303）。況且詩人稱萬事皆爲機運女神主宰，雖頌神力全能卻不迷信，於伊壁鳩魯派亦未嘗不合。

今按詩人爲規隨詩歌體裁而作違心應景語，後世詩人亦未能免。彌爾頓篤信基督教，基督教視西洋古代神話爲異教迷信，然其《樂園之失》仍不免規隨荷馬等古代詩人乞靈感於古希臘詩神摩薩之舉，故有：

Say, Muse, thir Names then known, who first, who last,
Rous'd from the slumber, on that fiery Couch ...

(I 376 f.)

I sung of Chaos and Eternal Night,
Taught by the heav'nly Muse to venture down
The dark descent, and up to reascend.

(III 18–20)

　　道吧，摩薩，汝輩之名那時爲人所知，是誰第一箇誰最後一箇，/自昏睡中從那殘酷的榻上起身……

　　我歌詠了混沌和永恆之夜，/天上的摩薩教我冒險下降到黑暗的下界，然後再升起。

{傳承}:

荷爾德林讚歌《盲歌手》(*Der blinde Sänger*)化用H詩中寫晴天霹靂段落，詠歌手(詩人)思念神明，彷彿聞有救主來格(21–28)：

Aus Lieb und Laid der helleren Tage schafft
Zur eignen Freude nun mein Gedanke sich,
　　Und ferne lausch' ich hin, ob nicht ein
　　　Freundlicher Retter vieleicht mir komme.

Dann hör ich oft die Stimme des Donnerers
Am Mittag, wenn der eherne nahe kommt,
　　Wenn ihm das Haus bebt und der Boden
　　　Unter ihm dröhnt und der Berg es nachhallt.

　　自晴天中的愛與哀痛此刻/我的思緒爲自娛而起，/而遠處我要聽，是否沒有個/友好的救主可能來我這裏。

　　那時我常常在亭午時聽見/震雷者的聲音，在那銅鑄的來近時，/那時房子震動，下面的/地怒吼，山作迴聲。

機運女神頌
AD FORTVNAM

　　機運女神, 宅於安道, 舉貧賤者自糞壤, 投富貴者入溝壑, 靡所不能; 貧兒告汝求富貴, 農夫祝汝乞豐年, 舟子莫汝望平安; 化內化外之民無不寅畏, 畿內荒服之君靡不懼憚。汝前有必然開道, 銅手執鐵釘夾鋏熔鉛; 後有希望與信義相隨, 身纏締素披服單衣。凡人運消, 汝即捨棄; 昔日酒友, 悉數獸散。

　　維祐我該撒用戒戎作, 用遏蠻方! 降服不列顛, 震懾東夷以及紅海阿剌伯番邦。

　　嗚呼! 內戰肆虐, 弟兄相殘。世道澆漓, 無惡不作。維願轉以內戰刀劍外討蠻醜!

{格律}:

　　阿爾凱(Alcaium)。

{繫年}:

　　學者(Fraenkel, p.253, Syndikus, p.316, Numberger, pp.287, 298等)據詩中語涉前27–26年至尊備戰欲遠征不列顛(竟未成行, 見行29–30及注)與埃留·伽洛(Aelius Gallus)行將遠征福地阿剌伯(前26–25年, 見行40及注)多次本詩於前26年。

{斠勘記}：

17. saeva Ψ serva $\varXi^{\text{(acc.R)}}$ ʂ $Pph.$ σχΑΓ 後者義爲婢女。

26. diffugiunt $\varXi^{\text{(acc. }\lambda\text{' R)}}$ fugiunt Ψ 案二者義皆爲遄、奔，前者含四散義。

33. heu heu B π heheu λ' ψ aheu D δ φ heu Q (a A γ E M R) ʂ

36. liquimus] linquimus B a E R² 案前者爲完成時，後者爲現在時，前者是。

39. diffingas A Q φ δ R de (f) fingas B M ψ λ' diffindas π 案第二義爲堙埴，無第一再造義，此處着意在於熔內戰之兵再鍛新劍以御外敵，故一是。異讀三義爲裂，訛。

{箋注}：

1. 【女神】*diva*，即前篇所詠機運女神(Fortuna)，然格式一如I 3, 1 "diva potens Cyri,""居比路大能神"，不直呼其名，指其聖所而稱之。此格式本希臘人，參觀I 30, 1注引品達殘篇122。Löfstedt以爲 (*Syntactica* I, pp.94 ff.)稱女神常不必指名，稱男神則必道其名，可備一說。【君臨】*praesens*，古希臘羅馬神祇須親格(ἐπιφανής)方可施法力，然神明來格既可此錫嘏亦可降凶，故領【或是……或是……】*vel ... vel ...* 二動詞不定式，分言吉凶。神明現身參觀《雜》II 2, 40 f.："at vos / praesentes, Austri, coquite horum obsonia.""然而爾等/凱風君臨，燔炙其餚饌"；3, 68："quam praesens Mercurius fert,""蒞臨的墨古利所與"；《書》II 1, 134："poscit opem chorus et praesentia numina sentit,""歌隊求助，來格的神明感之"。集中則見III 5, 2："praesens divus habebitur,""將被視爲蒞臨的神靈"。神明——尤其機運女神——可錫嘏亦可降凶，參觀前篇12–16及注。【喜人】*gratum*，既指其地爲衆人所愛，亦謂爲神所喜，參觀I 30, 2愛神頌："dilectam Cypron,""可愛的居比路"。

2. 【安遒】*Antium*，今名Anzio，羅馬以南濱海小鎮，古羅馬時顯貴多在此置別業，機運女神廟(Fortunae Antiates)在焉，以占卜著稱。【最低層】*imo ... de gradu*及其下二行，參觀前詩13–14及注。

3. 【有死的軀體】*mortale corpus*, Heinze: 不曰人而特標其軀體者，爲顯神力靡曁、人類虛弱也。

3-4. 轉變凱旋式爲出殯，凱旋式爲羅馬獨有，可見H雖軌法希臘傳統（見前篇行13引希臘機運女神頌）而能有所變通。Kießling/Heinze、NH、Numberger等以爲暗射降馬其頓埃米琉・保祿（Aemilius Paullus Macedonicus，約前229–160年）事，前168年長老院辟平章，當年六月大敗馬其頓，生俘其王波修（Persius）於薩摩特拉基島（Samothrace）。埃米琉班師奏凱，行凱旋式。李維（XLV 40, 6–7）論曰："然則非止那幾日披枷帶鎖爲得勝者驅趕於其車乘前遊街之波修可謂落魄者前車之鑑，得勝者保祿雖金光紫耀，亦足爲教訓，乃因[……]其幼子凱旋式前五日、長子其後三日，雙雙物故"。按此即所謂"何倚伏之難量，亦慶弔之相及"也（昭明太子《陶淵明集序》）。別見《戰國策・楚四》："禍與福相貫，生與亡爲鄰"。

5-8. 此章（及下章）諸【你】*te*字及其同位語【滄海與田畯的女主】*ruris ... dominam aequoris*皆爲【遊說】*ambit*賓語；主語爲【貧兒】*pauper*、【佃農】*colonus*及【有……之人】*quicumque*，（直譯：無論誰……）即汎海之人。中文斟用共軛格語式，爲求明瞭譯文行4開頭重複賓語代詞【你】與謂語動詞【說求】，以倒裝句複述前句所謂。三、五章置賓語代詞【你】於章首句式亦做此。

6. 【說求】原文*ambit*常以謂羅馬人爲求公職遊說競選，此處義如謂祈求。【田畯】原文*ruris*爲*rus*屬格，在*colonus*字【佃農】之前，或以爲（Fraenkel, p.298 注3）二字當合讀爲"田畯佃農"；NH、Numberger等皆以爲若從此讀，*ruris*則成贅字，主與其後*dominam*（【主】）合讀，中譯從之。【滄海與田畯的女主】*ruris ... dominam aequoris*，稱作滄海之主，因其法力兼攝陸海故也。品達《奧》12頌機運女神曰(3–4)：τὶν γὰρ ἐν πόντῳ κυβερνῶνται θοαὶ νᾶες, "爲有你在海上迅捷舟艦得以導航"。全詩見後{傳承}。稱爲田畯之主，機運女神本係稼穡之神。機運女神法相常爲一手執舵，一手持豐饒角，後者參觀保桑尼亞（Pausanias）《希臘志》IV 30, 6記曰：Βούπαλος δέ, ναούς τε οἰκοδομήσασθαι καὶ ζῷα ἀνὴρ ἀγαθὸς πλάσαι, Σμυρναίοις ἄγαλμα ἐργαζόμενος Τύχης πρῶτος ἐποίησεν ὧν ἴσμεν πόλον τε ἔχουσαν ἐπὶ τῇ κεφαλῇ καὶ τῇ ἑτέρᾳ χειρὶ τὸ καλούμενον Ἀμαλθείας κέρας ὑπὸ Ἑλλήνων. "布帕洛,營廟造像之良工,爲士每拿人增光,造機運女神像,據我所知係首個置天樞於其顱頂、置希臘人所謂阿瑪爾忒亞之角於其手中者"。

7-8.【比提尼】*Bithynia*,本爲王國,後爲羅馬行省之一,位於小亞細亞西北本都海(黑海)之濱,扼博斯普魯海峽。其地盛產林木,以造船聞名。【艦】*carina*,連指格(synecdoche),以偏概全,指舟。合之意謂本都柏木(Pontica pinus)所製之艦,參觀I 14, 11及注。【招惹】*lacessit*,汎海行舟之爲悖逆天道,已見I 3, 23–24及注。參觀盧坎《法撒洛戰記》III 193:"inde lacessitum primo mare," "自此首次被招惹的大海"云云。【加帕提亞海】*Carpathium pelagus*,羅得島與革喱底島之間海域,以多險難聞名,I 1, 13 f.:"trabe Cypria Myrtoum … secet mare," "乘居比路的木舟割破墨耳托灣的滄海",爲異名同指,詳見其注。

9.【達古人】*Dacus*,印歐語系民族,世居加耳帕提亞山脈(Carpates)直至黑海,在今羅馬尼亞、烏克蘭、北保加利亞等地,亦以其希臘名格泰人(Getae)見於古希臘羅馬文獻。其種諸部落合而成立王國,前一世紀布勒比斯塔(Burebista)爲王時(前82–44年)最強,羅馬人目爲心腹之患。該撒嘗欲征此勍敵,竟未行,參觀III 6, 13 f.:"paene occupatam / seditionibus / delevit urbem Dacus," "達古人藉內鬩幾乎夷滅被佔領的我城"。【粗莽】*asper*,原文本義指粗糲粗糙,尤因鬃毛剛硬雜亂,轉義指粗魯不文(*OLD* 1 a及d)。Heinze以爲此處指其戰鬥勇猛兇暴,非指其舉止粗野,Numberger則以爲指其習俗粗野。按句中既與塞種人之遊牧、拉丁國之無所畏懼並舉,當兼有二氏之說,既指其種粗蠻不文,亦謂其好勇鬥狠。【塞種人】*Scythae*,已見I 19, 10注;參觀III 8, 23:"iam Scythae laxo meditantur arcu / cedere campis," "塞種人鬆弛了弓弩,正考慮撤離其營盤"。【流竄】*profugi*,Heinze、Syndikus、Numberger皆謂指其逐水草遷徙,無城郭常居耕田之業,其說爲是,參觀III 24, 9–11:"campestres melius Scythae, / quorum plaustra vagas rite trahunt domos, / vivunt," "草原的塞種人更好,/依俗他們輻車牽輓流動的家";又見IV 14, 42 f.:"te profugus Scythes miratur," "你,流竄的塞種人驚異"。NH

附和Porphyrio古注("quod scilicet etiam fugiendo proeliarentur")，謂
*profugi*指塞種人騎戰佯敗戰術，然又曰此字難作此解，自相矛盾。Heinze
謂此字是時尚無此義。撒盧士特《卡提里納謀逆記》(*De coniuratione*
Catilinae)6, 1："Troiani qui … profugi sedibus incertis vagabantur,""流
竄之特羅亞人居无定所，四處飄盪"可爲旁證。

　　10.【城邦】*urbes*，代指其居民，【種人】*gentes*，指生番土著，下行
【王國】*regum*指君主政體之下臣民，合三者則涵蓋古希臘羅馬時人類
生存諸態。希臘人有習語πόλεις τε καὶ ἔθνη，"城邦與蕃種"，謂本邦
與異邦、化内與化外之民，H語*urbesque gentesque*本之。【兇暴的拉丁
國】*Latium ferox*，參觀III 3, 43 f.："triumpatisque possit / Roma ferox
dare iura Medis.""兇暴的羅馬/給所征服的瑪代人立法。"

　　12.【衣紫】*purpurei*，西洋古時以紫爲貴，參觀II 16, 36、II 18, 8
及注。然羅馬人所謂紫色，實則近絳近緋，與中國古時所言紫色頗異。
如不論所言紫色有無差別，中國古時亦以紫爲貴，可以參考，《史記》
卷七十九《蔡澤傳》(頁二四一八)："吾持梁刺齒肥，躍馬疾驅，懷黃
金之印，結紫綬於要者四十三歲。"《唐會要》卷三十一《輿服上》(頁
五六九)曰："貞觀四年八月十四日詔曰：'……三品以上服紫'"。

　　13.【脚】*pede*，以足蹋也，參觀I 4, 13。

　　14.【屹立的石柱】*stantem columnam*，喻國之根本。Heinze以爲H
捃撦羅馬史上首位詩人恩紐(Ennius)長詩《紀年》(*Annales* 348)："regni
versatum summam venere columnam,"然其中venere字疑有舛誤，故致
詩句義不可解，然其以柱喻政權當不誤。NH此外引品達《奧》2, 81-82:；
ὃς Ἕκτορα σφᾶλε, Τροίας / ἄμαχον ἀστραβῆ κιονα，"他[阿基琉]放
倒了赫克托，特羅亞的/不可戰勝的、矗立不弯的立柱"等以示以柱喻國
運所倚者爲習語。按如中文習語國之棟梁，詳見II 17, 3-4注，又有職官勛
階名上柱國，義皆同此；此處與下行16【政權】*imperium*互文，皆謂身死
國滅，政權隕越。【麇集的民衆】*populus frequens*，乃羅馬暴民鼓譟謹
變寫照，西塞羅《反腓力比演說錄》(*Philippicae*)XIV 5："a quo populus
Romanus frequens ita salutem D. Bruti una voce depoposcit,""羅馬民衆
麇集，異口同聲向其要求布魯圖人身安全"。

15–16.【"拿起武器"】*ad arma*，行中重複以摹寫人羣騷動呼叫貌，繪色兼形聲，爲使人覺如身臨其境，故當以直接引語視之："拿起武器! 拿起武器! "中譯加引號以求文意明了。西洋近世語多同此：意大利：a l'arma ! 英：to arms! 參觀該撒《內戰記》I 69："conclamatur ad arma,""他們被喚拿起武器"。李維《史記》VI 28, 3："ingens in urbe trepidatio fuit. conclamatum ad arma concursumque in muros atque portas est,""城中大亂。人們受號召拿起武器登上城堞城門"。疊言則參觀奧維德《變形記》XII 240 f.："ardescunt germani caede bimembres / certatimque omnes uno ore 'arma, arma' loquuntur.""雙形的孿生兄弟爲其死而激憤，/異口同聲競相叫喊'武器，武器'。"同書XI 377 f.："dum superest aliquid, cuncti coeamus et arma, / arma capessamus coniunctaque tela feramus.""趁尚有存者，吾輩皆應拿起武器、武器，共荷相連的標槍。"維吉爾《埃》VII 460："arma amens fremit, arma toro tectisque requirit,""他[圖耳努]癲狂中咆哮'武器! '，搜尋牀前屋內的武器。"

17.【必然】*Necessitas*擬人，此處義同希臘文'Ανάγκη，泛指不可抗拒之力。集中他處用法彷彿希臘文Μοῖραι，大限，即死。例如III 24, 6："dira Necessitas,""兇險的必然"；III 1, 14 f.："aequa lege Necessitas / sortitur insignis et imos,""必然卻把等同的律法給高低貴賤隨意分配"；I 3, 32 f.亦同，中譯作"不可迴避性"："semotique prius tarda Necessitas / leti … gradum,""曾遙遠的死亡其遲緩的不可迴避性"。稱【必然】【蠻橫】*saeva*者，其說祖荷馬《奧》X 273: κρατερὴ … ἀνάγκη. *saeva*字有異文，古鈔本Ψ系作此讀，Ξ、Porphyrio古注等則作serva，"爲奴的"，然語意甚牽強，鮮爲學者採納。今詩人以【必然】擬人，充機運女神使役，西洋古代神話信神現身必不單行，已見I 4, 5與I 32, 9注。【先行】*anteit*者，H蓋想象必然爲機運女神蹕道一如執梃(lictor)爲平章蹕道於羅馬逵衢也(Fraenkel, p.252，注1; NH)，執梃參觀I 1, 8注及II 16, 10詩文及注。

18.【釘】*clavos*，參觀III 24, 5–8："si figit adamantinos / summis verticibus dira Necessitas / clavos,""如果兇險的必然性/把金剛砂做

的螺釘楔入穹頂"；另見品達《匹》4, 71: τίς δὲ κίνδυνος κρατεροῖς ἀδάμαντος δῆσεν ἅλοις；"何樣危險用金剛的堅釘[把它]楔死？"以喻伊阿宋航程不可更改。楔釘喻事成或志決之堅定，古羅馬時似已成諺語，西塞羅《訴費勒文》(Actio in C. Verrem)5, 53："ut hoc beneficium, quemadmodum dicitur, trabali clavo figeret," "以將此惠——彷彿說——用楔梁柱的釘子固定"。英國文藝復興時代詩人韋伯斯特(John Webster)院本《白魔》(White Divel)I i, 153和合品達與H二句，喻既定之事如爲金剛釘固定，不可更易："tis fixt with nayles of dyamonds to inevitable necessitie," "這事用金剛釘固定爲不可更易的必然了"。古羅馬鐵釘可長達近半米，故可以楔【梁柱】trabalis。

19–20. 古羅馬營造法，數塊石料相拼，以【鉗鋏】uncus鉗制，再以【鍥鎽】cuneos相鉚，鋏鎽皆爲生鐵鍛製，鉚後灌以鎔鉛。維特魯維·波里歐(Vitruvius Pollio，約前80–70至前15年)《營造法式》(De architectura)X 7, 2有 "per fibulam cum catino cuneo traiecto," "以鍥鎽橫釘其上" 之說。埃斯庫洛悲劇院本《普羅墨修》(Prometheus Desmotes)64有ἀδαμαντίνος ... σφηνός, "金剛鍥釘" 語，西塞羅《圖斯坎論辯集》II 23以cuneos對翻。

21. 【希望】Spes同【信義】Fides皆擬人。Heinze: 希望('Ελπίς)同機運(Τύχη)或其親屬報應(Νέμεσις)常同現於古代詩歌與繪畫。與信義並提則罕見(僅見於拉丁碑銘)。金口丟氏(Dio Chrysostom，西曆紀元約40–115年)《演說集》(Orationes)64, 8曰: ὠνόμασται δὲ ἡ τύχη καὶ πολλοῖς τισιν ἐν ἀνθρώποις ὀνόμασι, τὸ μὲν ἴσον αὐτῆς νέμεσις, τὸ δὲ ἄδηλον ἐλπίς, τὸ δὲ ἀναγκαῖον μοῖρα, τὸ δὲ δίκαιον θέμις. "機運知名於人間信有多名，謂其平等則名曰報應，謂其不顯則曰希望，謂其必然則曰命運，謂其正義則曰律法。"普魯塔克《風俗志》(Moralia)IV《羅馬答問》(Quaestiones Romanae)74記羅馬先王塞耳維·圖留(Servius Tullius)嘗爲機運女神造廟，稱之爲好望: εὔελπις。

【縞素】albo ... panno，李維I 21, 4："ad id sacrarium flamines bigis curru arcuato vehi iussit, manuque ad digitos usque involuta rem divinam facere, significantes fidem tutandam sedemque eius etiam in dexteris sacratam esse." "渠[羅馬王努瑪Numa Pompilius]專爲信義(Fides)立法事。渠令共軛輜軒乘載火苗至其神龕，纏指(manusque ad digitos usque involuta)以祭，意謂信義將受保護，而其神位亦將以右手被分別爲聖。"祭司祭"信義"時以白布纏手，又參觀維吉爾《埃》I 292 Servius古注："albo panno involuta manu sacrificatur," "信義受祭祀時要以絺素纏手"。【罕見】*rara*取寓言義，謂信義之爲美德世所罕見。

22. 【不拒絕作伴】*nec comitem abnegat*，意謂有人家門失勢，爲機運女神所棄，其隨從希望與信義亦相伴而去。原文用詞頗異常規，如對字直譯則爲：不拒絕伴侶，然當以反身動詞(se abnegat)視之補足文意，即謂不自絕爲伴。奧維德《術》(*Ars amatoria*) I 127造語頗似："siqua repugnarat nimium comitemque negabat," "若其過於抗拒不願爲其伴侶"。原文動詞*colit*【事奉】、*abnegat*【拒絕】皆爲單數形態，然所謂主詞有二，曰*Spes*【希望】、曰*Fides*【信義】。中譯據語意增【她們】。

23–24. 【更換罩衣】*mutata ... veste*，成語，意謂服喪，更換常服爲喪服也，見*OLD* "mūtō" 詞條4, a。詩句和合機運女神多重形象，以致自相牴牾。詩中此前機運女神主生殺予奪，既能以福祿惠人而揚舉之，亦能致之禍殃而貶損之，予奪之權在我，故Heinze稱之爲handelnde(揚懲之女神)。言機運女神【不親善】*inimica*者，則專指其能降禍也；曰其服喪者，則意謂此女神必專主好運，人將罹災厄，則先棄之而去，雖不得留守助其逼退臨頭之厄難，然仍恤其陵夷，服喪以示哀憫，故Heinze又稱其爲leidende(遭罹之女神)。一造作，一生受，此二用截然相反，本不應集於一身。再者，言【不親善】之機運女神值人背運之時棄人而去，苟依常理，此時不離不棄方顯信義，然云信義共希望隨機運同棄運消之第，則信義安在哉？詩人豈爲譏信義不可倚仗乎？下章以轉折連詞*at*【可是】始，摹繪浮世趨炎附勢俗態。然前章既已概論信義不可恃，此章實爲舉證，以翼其說，前後二章語意貫穿承接，非有轉變對立，故【然而】*at*字實無着落。綜觀各家解說，或避而不論或無達解(NH)，唯覺Syndikus之說最通達(p.313 f.)，茲撮其要：*colit*【侍奉】與*abnegat*【拒絕】二字當分讀，【信義】*Fides*既纏以絺素，故不義之事必不能爲，值其友落難，必不至棄而不顧，讀*nec comitem abnegat*【不拒絕作伴】爲不拒陪伴落難之友，非謂陪伴機運女神也。至於機運女神由造作之神轉爲生受之神，Syndikus以爲【更換罩衣】*mutata veste*既以喪服換常服，其身份亦隨之變換，此解雖略嫌牽強，仍較他說爲佳。Syndikus此外又云(p.313注56)，詩中之【信義】僅涉私德，無關羅馬國祭之Fides populi Romani(羅馬人民之信)，其說爲是。參觀《書》II 1, 191："mox trahitur manibus regum fortuna retortis，""諸王的機運隨即反剪雙手被牽曳而過"，其中"被牽曳而過"之"諸王的機運"實爲諸王也。

25. 【羣氓】*volgus*，H一貫蔑視俗衆，參觀III 1, 1："odi profanum volgus et arceo，""我憎惡外道俗衆故而閉關"。

26. 【迴避】*cedit*與下【四散】*diffugiunt*皆摹寫酒肉之交之毫無信義，權貴一旦頹敗，食客瞬間作鳥獸散，無人願援手相濟。品達《地》2, 11："χρήματα χρήματ' ἀνήρ' ὅς φᾶ κτεάνων ἅμα λειφθεὶς καὶ φίλων. "'錢財、錢財即人'，他說，他沒了錢財同時就沒了朋友"。彌爾頓敷衍此意，《力士參孫》(*Samson Agonistes*)191–93："In prosperous days / They swarm, but in adverse withdraw their head, / Not to be found, though sought. ""發達的日子裏/他們麇集，可是逆境中他們便縮頭，/找也找不到。"梁劉孝標《廣絕交論》(《全梁文》卷五十七，《文選》卷五十五)嘆任昉生時"冠蓋輻湊，衣裳雲合，輜軿擊轊，坐客恆滿。""及瞑目東粤，歸骸洛浦，繐帳猶懸，門罕漬酒之彥；墳未宿草，野絕動輪之賓。"

27. 【連同酒糟】*cum faece*，比滴酒不賸更甚，若言滴酒不賸則意謂唯餘酒糟，例如III 15, 16："poti vetulam faece tenus cadi，""飲到罈底的酒糟"；此處云雖酒糟亦不賸，寫專事湊趣幫襯之酒肉之交貪婪無厭貌。

28. 【分擔轅軛】*ferre iugum pariter*，二馬共軛，喻共當時艱。譬本式奧克里托12, 15，引文并譬喻情愛，見I 33, 11–12注。古希臘人譬必然性或命運('Ανάγκη)爲轅軛乃習語，約翰·斯多拜(Ioannes Stobaios)纂《希臘文章擷英》(*Anthologium*)I 4, 1錄悲劇詩人墨斯基昂(Moschion)

詩句曰: πάντολμ' Ἀνάγκη, στυγνὸν ἦ κατ' αὐχένων ἡμῶν ἐρείδεις τῆσδε λατρείας ζυγόν. "無所顧忌的必然性，則我們所憎惡的頸上/你套上奴役的轅軛。" I 4, 6引歐里庇得佚劇《利古姆尼奧》(*Likymnios*)中句: τὸ τῆς ἀνάγκης οὐ λέγειν ὅσον ζυγόν, "勿言必然性之共同轅軛"。【奸猾之徒】*dolosi*爲背信(Fides)或無信者。

29.【保全】*serves*，機運女神之爲救護保祐神，已見品達《奧》12. 篇首: λίσσομαι, παῖ Ζηνὸς Ἐλευθερίου / Ἱμέραν εὐρυσθενέ' ἀμφιπόλει, σώτειρα Τύχα. "我祈求，宙斯解放者之女，/請看顧希墨拉令其強大，救難的機運！"參觀前詩行13注。【保全】*serves*含令人能自險境安全歸還意。前19年至尊歸來自敘利亞，元老院立祭壇供奉機運女神，稱作Fortuna redux(致返機運女神，見今存安卡拉碑銘文(Monumentum Ancyranum))，Fortuna redux即爲品達等希臘人所謂Τύχη σωτήριος之拉丁文翻譯。今存爲此事專鑄錢幣，所彫機運女神像即屬安道(Antium)神龕所供神像。【不列顛】*Britanno*s，已見I 21, 17注，至尊嘗於前34、27、26年凡三度策劃遠征不列顛，故詩曰【將遠征】*iturum*，原文爲未來時分詞，然终至尊之朝此願竟未遂。【地極】*ultimos orbis*，不列顛島爲西洋古代世界之西極，盧坎《法撒洛戰記》(*Pharsalia*)VII 541有地極之說: "extremique orbis Iberi," 謂西班牙。維吉爾《埃》VIII 727稱今比利時蠻族爲"地極之民"，"extremique hominum Morini." 參觀IV 14, 47–48: "te beluosus qui remotis / obstrepit Oceanus Britannis," "你，衝擊遼遠不列顛的/喧譟的擠滿怪獸的汪洋"；又卡圖盧11, 9–12: "sive trans altas gradietur Alpes, / Caesaris visens monimenta magni, / Gallicum Rhenum, horribiles aequor, ulti- / mosque Britannos," "或是他跨越阿爾卑高山，/凝視大該撒的紀念碑，/高盧的萊茵河，悚人的大海，和/極遠的不列顛"；維吉爾《牧》1, 64–66: "at nos hinc alii sitientis ibimus Afros, / pars Scythiam et rapidum cretae veniemus Oaxen / et penitus toto divisos orbe Britannos." "但是我們中有一些要去乾渴的阿非利人處，/有些來塞種人國，以及革喱底的湍流歐阿森河，/或去從全地全然分離的不列顛。"

30.【該撒】*Caesarem*，指屋大維，參觀I 2, 52及注。【新生】

recens，H綴屬此詩時，曾經內戰之軍卒已解甲，如遠征不列顛，服役者當皆爲新征之卒。【羣夥】*examen*，原文本以言蜂羣(*OLD* "exāmen" 1)，法羅(Varro)《農事三書》(*De re rustica*) III 16, 29："cum examen exiturum est …"云云；以蜂羣喻軍丁，據Heinze推斷，當自H始，然此前類似譬喻已可見於其《對》2, 65："positosque vernas, ditis examen domus," "侍應家奴，富家的羣夥"。維吉爾《農》IV 21反用之，以軍丁喻蜂羣："cum prima novi ducent examina reges / vere suo ludetque favis emissa iuventus," "當新蜂王領出初生的蜂羣夥，/自蜂窩中涌出那少年在他自己的春天裏嬉戲"。

31. 【日域】原文*Eois*爲希臘文ʽΕῷος轉寫，本爲形容詞指與旦晨相關者，以爲名詞謂東方，以爲專有名詞則專指羅馬帝國東方諸行省，此處當指安息(Parthia)，詩人意謂羅馬不久將遠征安息。

32. 【殷紅色的大洋】*Oceano...rubro*，泛指紅海、波斯灣並及阿剌伯海。西洋古時以爲地居世界中間，周圍有大洋(Oceanus)環繞，故地之西極爲大洋，稱亞特拉之洋(aequor Atlanticum)，即今漢語所謂大西洋(詳見I 31, 14注)，紅海、阿剌伯海、波斯灣爲地之南極之洋，其色殷紅。前25–24年，埃及知事(praefectus Aegypti)埃留·伽洛(Aeliu Gallus)遠征福地阿剌伯，參觀I 29, 1注，詩或指此。

33–34. 【兄弟……傷痕】*cicatricum ... fratrumque*，兄弟相殘，喻內戰。H每語涉內戰必發悲嘆，引以爲恥*pudet*，稱之爲【罪孽】*scelus*，參觀I 2, 21及48及箋注。另見《對》7. 17–20："sic est : acerba fata Romanos agunt / scelusque fraternae necis, / ut immerentis fluxit in terram Remi / sacer nepotibus cruor." "這般：殘暴的命運驅動羅馬人/犯下兄弟相殘的罪孽，/無辜的雷穆的鮮血，/殃及其後人，流入地裏。"以【兄弟】、【罪孽】、【傷痕】三字言內戰一事，類似此法參觀I 15, 11 f.分言介胄、胸甲、戎車、瘋狂以指戰爭；III 5, 10以"天盾"anciliorum、"族姓"nominis、"袢袍"togae分拆以指羅馬制度風俗。

33. 【於乎悠哉！】原文疊言感嘆詞*heu*以表感痛之切，中譯取《詩·周頌·閔予小子之什·訪落》："於乎悠哉，朕未有艾"。

35. 【何所避諱】*quid ... refugiumus*，意謂種種逆天悖理之事，寅

畏神明者所不敢爲，吾輩所生之季世皆不憚爲。【禁事】*nefasti*，拉丁語之fas／nefas詞義已見I 3, 26注，此處意譯。拉丁文nefas本無變格，由之生成中性名詞*nefastum*（以綴附中性疑問代詞*quid*，爲單數屬格，非複數主格），殆H首刱。所言與II 13, 9："quidquid usquam concipitur nefas,""能想得出的犯禁之物的人"差似。

36.【不曾染指】*intactum ... liquimus*，參觀波利庇歐（Polybios）《史記》VII 13：ἤρξατο Φίλιππος ἅπτεσθαι τῶν μεγίστων ἀσεβημάτων. "腓力普首次觸及最大褻瀆之事。"【少年】*iuventus*，單數複指，謂向時內戰中士卒也，與上行30所言其後【新生少年們】*iuvenum recens*分屬兩代人。

37–38.【神壇得以倖免】*pepercit aris*，Heinze謂指內戰時多有神廟燬於兵燹劫掠；NH以爲指古時神廟多聚珍寶財富，故屢被征調以資軍需。今按Heinze說爲是，NH說恐過穿鑿。羅馬內戰期間燬城頗爲慘烈，前40年，屋大維攻三霸之一安東尼弟路求（Lucius Antonius）與其妻福爾維亞（Fulvia）所據俾路希亞城（Perusia），二人舉城而降，屋大維雖宥此二人，然盡屠其城，參觀I 2, 43–44注。前36年屋大維克龐培於南意大利美撒拿（Messana），亦遂即屠滅其城。謀殺猶流·該撒元兇之一卡修（Cassius）後逃往希臘，率軍陷羅得島，炬其神廟。

39.【新砧】*nova incude*，Heinze:【新】謂不欲舊日內戰痕跡遺存。【重鍛】*diffingas*，NH謂非祇厲兵即可，如古注所云，須再造也。以戰前砧上鍛劍爲備戰，參觀維吉爾《埃》VII 636："recoquunt patrios fornacibus ensis,""他們在砧上重淬父輩的刀劍"；盧坎（M. Annaeus Lucanus）《法撒洛戰記》（*Pharsalia*）VII 146："Martius incaluit Siculis incudibus ensis,""戰神之劍熾熱於西西里砧上"。【馬薩革】*Massagetas*，塞種人部落，據希羅多德（I 204），世居裏海東，或以爲即《史記》、《漢書》所記之大月氏，然H時代與羅馬並無過往。詩人此處極盡誇張之能事，藉以指帕提（安息）人。阿克襄海戰之際，安息帝國生變，已見I 26, 5注，此處詩人殆因此而語涉羅馬帝國東疆不寧。於詩中則承上行9–10及31。

40.【阿剌伯】*Arabas*，前26/25年，羅馬人遠征福地阿剌伯，不利，已詳I 29, 1注。詩人殆因此而特舉其地。於詩中則承上行32。【銹鈍】retusum，暗指刀兵因內戰中久爲使用而鈍。【鐵】ferrum代指兵器。詩人以爲內戰所致血汙非外戰不得禳除，已見I 2, 29及注。

【評點】：

　　Ruldolf Pfeiffer嘗辨曰，詠人無力對抗神明命運，無奈聽任其擺佈，所謂ἀμηχανίη者，係古時豎琴詩慣見主題("Gottheit und Individuum in der frühgriechischen Lyrik," *Ausgewählte Schriften*. München 1960, p.42. 參觀Lesky, *Geschichte*, p.113)。羅馬人之機運女神Fortuna對希臘人之Tyche，然意大利之Fortuna原主僥倖得利，"其任性自恣與女性法相"，一如本詩所描狀者，"則起於希臘化時代"(*RE* VII. 2 (14)：1647)。詩中所詠希臘化時代機運女神手握生殺予奪之權(行4)，然率性任爲，賜人福禍榮辱一如兒戲，不可理喻，守德者未必獲福，肆虐者未必遭禍。

　　人之壽夭禍福既全爲機運女神恣意妄爲，人爲求福避禍祝神必勞而無功。據Syndikus(p.307)，詩人明知此理，然詠機運女神一如尋常神頌者，非眞信有求必應，亦非衹爲摛藻逞才，而爲在國難(內戰)方紓之際，瞻前顧後，以攄憂懼企盼之情也。詩人一懼內戰烽煙再起，二望羅馬外克勁敵，一統寰宇。故本詩雖依理不當爲祈神頌歌，然章法仍一遵神頌格式(神頌格式詳見I 10{評點})。

　　起首(1–2)道名(ἐπίκλησις)，直呼所頌之神，且名神所所在，然未遵神頌慣例敘其誕生地及父母出身；其後依神頌常規本應以分詞式及數從句頌唱神明諸般法力(ἀρεταί)，然詩中略作變通，分詞+動詞不定式後(2–4)，繼以共軛長句(二章中以動詞*ambit*【求說】爲軛，三章則爲*metuunt*【懼怕】)分言三類人：1)貧兒、佃農、海客；2)蠻邦與拉丁本邦人民；3)列王與僭主，再以置於句首之排比實語*te*【你】，揔述神道法力廣大。五章起頌神並及其隨從必然及其伴侶希望、信義。末三章爲禱辭，近告至尊遠征不列顚無往而不勝，遠望羅馬人東征南戰馬到成功。全詩章法勻稱整飭，歷來論者無不稱道(Heinze詩序, Syndikus, p.309)，其中二、三、五、六凡四章皆以實格*te*起始，尤引人矚目。

{傳承}：

一、品達

H之前頌機運女神名篇無過品達《奧林匹亞競技讚歌第十二首》，其作爲慶厄耳戈忒勒(Ergoteles)賽跑贏得冠軍於第七十七屆奧林匹亞賽會而賦。詩中以歌頌機運女神起興，先詠凡人榮辱苦樂之變幻莫測爲常理，再以厄耳戈忒勒身世與榮耀爲例以相佐證。H詩雖未規模品達，然希臘詩哲此作既爲古代詠機運女神名篇，玆錄全文於下，以示此類詩歌之本源流變：

ΕΡΓΟΤΕΛΕΙ ΙΜΠΕΡΑΙΩ ΔΟΛΙΧΟΔΡΟΜΩ

λίσσομαι, παῖ Ζηνὸς Ἐλευθερίου
Ἱμέραν εὐρυσθενέ᾽ ἀμφιπόλει, σώτειρα Τύχα.
τὶν γὰρ ἐν πόντῳ κυβερνῶνται θοαί
νᾶες, ἐν χέρσῳ τε λαιψησοὶ πόλεμοι
κἀγοραὶ βουλαφόροι. αἵ γε μὲν ἀνδρῶν   5
πόλλ᾽ ἄνω, τὰ δ᾽ αὖ κάτω
ψεύδη μεταμώνια τάμνοισαι κυλίνδοντ᾽ ἐλπίδες·
σύμβολον δ᾽ οὔ πώ τις ἐπιχθονίων
πιστὸν ἀμφὶ πράξιος ἐσσομένας εὗρεν θεόθεν,
τῶν δὲ μελλόντων τετύφλωνται φραδαί·
πολλὰ δ᾽ ἀνθρώποις παρὰ γνώμαν ἔπεσεν,   10
ἔμπαλιν μὲν τέρψιος, οἱ δ᾽ ἀνιαραῖς
ἀντικύρσαντες ζάλαις
ἐσλὸν βαθὺ πήματος ἐν μικρῷ πεδάμειψαν χρόνῳ.
υἱὲ Φιλάνορος, ἤτοι καὶ τεά κεν,
ἐνδομάχας ἅτ᾽ ἀλέκτωρ, συγγόνῳ παρ᾽ ἑστίᾳ
ἀκλεὴς τιμὰ κατεφυλλορόησεν ποδῶν,   15
εἰ μὴ στάσις ἀντιάνειρα Κνωσίας σ᾽ ἄμερσε πάτρας.
νῦν δ᾽ Ὀλυμπίᾳ στεφανωσάμενος

καὶ δὶς ἐκ Πυθῶνος Ἰσθμοῖ τ’, Ἐργότελες,

θερμὰ Νυμφᾶν λουτρὰ βαστάζεις, ὁμιλέων παρ’ οἰκείαις ἀρούραις.

　　我祈求，宙斯解放者之女，請/看顧希墨拉令其強大，救難的機運！/仰仗你故而快舟航行於海上，以及乾地上疾速的戰鬥/與參謀獻歆的集會。人們的期望/常升起又落下，一路犁割隨風的僞言；/可信的符契迄今地上沒有誰/自神明那裏找到過，能預知將發生的事：/對命定之事的知識是盲目的。/很多事發生在人身上出乎意料，/與快樂相悖；而遭遇惱人的暴雨的人/瞬間易深福爲災難。/腓蘭諾之子，實實在在地說，/正如在主場鬬的公雞，在你土生的竈旁/連你快步的名聲也會不光彩地隕落，/假若內訌相鬬不曾剥奪你革諾的父國！/可如今你在奧林匹亞佩戴葉冠，/還兩次在匹透和地峽賽會上得勝，厄耳戈忒勒！/你爲妊女們的溫湯浴池揚了名，在你家的土地旁與之相伴。

二、擬人

　　H斯作多以抽象品質擬人，擬人之爲寓言(allegoria)另類形式，已見I 14{評點}。I 14雖全篇爲寓言，然尚未涉抽象品質擬人，更未將所擬性格系統化。此篇則非特所詠機運女神本爲抽象名詞，且其復有部屬僕從，亦皆由抽象名詞優孟衣冠妝扮而成：必然、希望、信義；且諸位擬人形象描摹入微，或手爲銅製，或纏以絺素，或執剛釘，或握鍥鋒。

　　擬人化寓言昉於古代晚期、盛行於中世紀暨文藝復興(但丁，喬叟，尤以斯賓塞Edmund Spenser爲集大成者)，餘響波及十七、十八世紀，且非止見寵於詩人，亦泛濫於美術，逮浪漫派時代始遭摒棄。華茲華斯(William Wordsworth, 1770–1850年)1800年《豎琴歌謠集序》(Preface to *Lyrical Ballads*)貶斥詩用抽象觀念之擬人法有違人言之常，所論最力：

　　　讀者將極少在此詩集中發現抽象觀念之擬人(personifica-
　　　tion of abstract ideas)；我全然不以之爲提高風格、置諸散文

之上之通常手法。吾意在盡量模倣並採納人語之言，而此類擬
人絕非此種語言中自然常有之態。其實爲激情發動偶爾所爲之
語格，吾偶一爲之亦正以其爲此也；然而以之爲風格之機械手
段，或者以其爲韻文作者天然所屬之語言，則吾所務去。

　　然華茲華斯中後期詩歌頗鬆弛其向時所立法度，倣古雷《厄運
頌》(見下)作《義務頌》(*Ode to Duty*)，用抽象觀念擬人法一遵H以降
詩人程式。然擬人法十九世紀以還終不免式微，其頹勢又非華氏中後
期回心轉念不復力排之所能挽回也。

　　華茲華斯之前，德國作家萊辛(Lessing)亦嘗論及詩用擬人寓言，
雖未如華茲華斯拒之於詩歌之外，然考察詩畫分別用擬人寓言之差
別，頗掎摭H此篇第五章瑕疵，曰以必然擬人，堆砌釘鑷等物以表其
品格特徵(Attributen)，甚 "冰冷無生氣" ("die Stelle ist eine von den
frostigsten des Horaz")(《拉奧孔》(*Laokoon*)第十章脚注)。萊辛以爲
美術中用擬人寓言形象非輔以行頭道具則觀者難識其身份，例如正義
女神必手執天平，詩神必操樂器，戰神必執兵刃；詩歌用擬人寓言形象
既以抽象概念作名，則無需贅述其行頭器具。詩人堆砌此類意象不惜
疊牀架屋者，其過失在於混淆視聽二官能也。

　　H此作後世雖遭萊辛等輩疵議，卻不妨其他詩人規模倣做。英國
十八世紀詩人古雷(Thomas Gray, 1716–1771年)名篇《厄運頌》糅合品
達與H頌機運女神二首，於後世倣作中最爲人稱道。茲錄全文如下(原
作篇首引埃斯庫洛《阿伽門農》題辭從略)：

HYMN TO ADVERSITY

(標題與詩文依Poole編斠牛津版；"hymn" 他本或作 "ode")

Daughter of Jove, relentless power,

Thou tamer of the human breast,

Whose iron scourge and torturing hour,

The bad affright, afflict the best!

Bound in thy adamantine chain   5

The proud are taught to taste of pain,

And purple tyrants vainly groan

With pangs unfelt before, unpitied and alone.

When first thy Sire to send on earth

Virtue, his darling child, designed,   10

To thee he gave the heavenly birth,

And bade to form her infant mind.

Stern rugged nurse! thy rigid lore

With patience many a year she bore:

What sorrow was, thou bad'st her know,   15

And from her own she learned to melt at others' woe.

Scared at thy frown terrific, fly

Self-pleasing Folly's idle brood,

Wild Laughter, Noise, and thoughtless Joy,

And leave us leisure to be good.   20

Light they disperse, and with them go

The summer friend, the flattering foe;

By vain Prosperity received,

To her they vow their truth and are again believed.

Wisdom in sable garb arrayed,   25

Immersed in rapturous thought profound,

And Melancholy, silent maid

With leaden eye that loves the ground,

Still on thy solemn steps attend:

Warm Charity, the general friend,   30

With Justice to herself severe,

And Pity, dropping soft the sadly-pleasing tear.

Oh, gently on thy suppliant's head,

Dread goddess, lay thy chastening hand!

Not in thy Gorgon terrors clad, 35

Nor circled with the vengeful band

(As by the impious thou art seen)

With thundering voice and threatening mien,

With screaming Horror's funeral cry,

Despair and fell Disease and ghastly Poverty. 40

Thy form benign, oh Goddess, wear,

Thy milder influence impart,

Thy philosophic train be there

To soften, not to wound my heart.

The generous spark extinct revive, 45

Teach me to love and to forgive,

Exact my own defects to scan,

What others are to feel, and know myself a man.

厄運頌

猶父之女，無情的權能，/你這人之心胸的馴服者，/你的鐵鞭和刑訊/令壞人驚悚，令好人受難！/爲你的金剛鎖鏈捆綁，[5]/驕傲者接受教訓品嘗痛苦，/衣紫的僭主徒然因此前/從未感受的劇痛而呻吟，不爲人憐，獨自一人。　/當初你父意圖遣來地上/武德，他的愛子，時，[10]/他給了你上天的出身，/並請嚴苛粗暴的乳母/塑造她嬰兒的心靈！你嚴格的教誨/她耐心忍受多年：/你令她知道何爲憂愁，[15]/據她自身經歷她學會對別人難處同情。　　　　/因被你可怕的皺眉嚇倒，自我陶醉的/愚蠢的癡呆雛兒飛走，/以及狂笑，喧鬧，和沒心沒肺的歡快，/給我們留下變好的空暇。[20]/他們四散，同他們一起/跑了夏日的朋友，那善諂媚的敵人；/爲虛榮的發達所接納，/他們向她起誓說實話，於是又得到信任。　　　/智慧穿上喪服，[25]/浸淫於深刻的迷醉的思緒，/而憂鬱，那緘口的女僕，/長着一對灌鉛的眼睛，喜盯着地面，/靜靜地在你莊嚴的臺階上伺候：/熱情的慈愛，那大方的朋友，[30]/以理自我嚴屬約束，/還有憐憫，垂着柔軟的以悲取悅於人的眼淚。　　　/哦，在你祈求者的頭上輕輕地，/可怕的女神，放你懲罰的手！/沒有穿戴着你戈耳貢的恐怖，[35]/沒有纏着復讎的髮箍/(就像不虔敬之徒所見過的你的樣子)/以雷霆的聲音和威脅的表情，/以嘶叫的恐怖的葬儀的哭叫，/絕望和殘酷的疾病與掙獰的貧困。

[40]　　　/戴上，哦女神，你和藹的外表，/揮發你溫和的影響，/你的哲學隨從在那裏/去柔化，而非創傷，我的心。/讓慷慨的火星緩活過來，[45]/教我去愛去原諒，/苛查我自己的缺點，以去考察/他人所感，並知道我自己是個人類。

詩中套用品達及H諸篇詞句如下：

1. Daughter of Jove，品達《奧》12, 1：παῖ Ζηνὸς.

5. adamantine chain，《匹》4, 71：τίς δὲ κίνδυνος κρατεροῖς ἀδάμαντος δῆσεν ἅλοις. 見H詩行18注。

7. purple tyrants，H本詩行12：purpurei tyranni.

21–22. H本詩行25 f.：volgus infidum … diffugiunt.

25. sable garb，H本詩行23–24：mutate … veste.

約翰生博士(Dr. Samuel Johnson, 1709–1784年)以爲古雷詩較其所祖H機運女神頌爲佳：“《厄運讚》(約翰生原文作Ode to Adversity)起初得 ‘O Diva, gratum quae regis Antium’ (‘哦女神，君臨你治下喜人的安道’)啟發；然古雷以其情感之多樣及其道德運用超越於原作之上。”《詩人列傳·古雷傳》(The Lives of the Poets), The Yale Edition of the

Works of S. Johnson, vol. XXIII, p. 1465.

今按約翰生評語恐囿於新古典派時代偏見，未許爲公允。H原作雖祖承希臘詩人頌機運女神傳統，卻仍顯匠心独運，詩中雖多用寓言擬人，然頗關當日時事，且意象場景皆取自現實，雖爲神頌，兩千年之下讀來仍栩栩如飽含生氣；相形之下，古雷之作恐嫌泛泛，意象取譬皆襲古人古書，難免陳濫，以爲飽學之士摛藻遊戲可矣，然未見詩人眞情實感，亦無關乎時代生活，如以舊絹製偶人，雖工藝精緻卻無血色生氣，且用材皆取陳物，未足媲美H原作。

上云華茲華斯1800年《豎琴歌謠集序》摒棄擬人寓言，數年之後詩風大變，1805年所賦《義務頌》規模古雷H機運女神頌倣作，一反少壯時所發浪漫派詩論，重起擬人寓言，非惟詩中所表願受義務羈役、反悔向時自專爲誤入歧途，即以詩藝論，其厭新返舊，足證其觀念信仰之轉變也：

ODE TO DUTY

Stern Daughter of the Voice of God!
O Duty! if that name thou love
Who art a light to guide, a rod
To check the erring, and reprove;
Thou who art victory and law　　　　　　　　　5
When empty terrors overawe;
From vain temptations dost set free,
And calm'st the weary strife of frail humanity!

There are who ask not if thine eye
Be on them; who, in love and truth　　　　　　10
Where no misgiving is, rely
Upon the genial sense of youth:
Glad hearts! without reproach or blot,

Who do thy work, and know it not:

Oh! if through confidence misplaced   15

They fail, thy saving arms, dread Power! around them cast.

Serene will be our days and bright

And happy will our nature be

When love is an unerring light,

And joy its own security.   20

And they a blissful course may hold

Ev'n now, who, not unwisely bold,

Live in the spirit of this creed;

Yet seek thy firm support, according to their need.

I, loving freedom, and untried,   25

No sport of every random gust,

Yet being to myself a guide,

Too blindly have reposed my trust:

And oft, when in my heart was heard

Thy timely mandate, I deferr'd   30

The task, in smoother walks to stray;

But thee I now would serve more strictly, if I may.

Through no disturbance of my soul

Or strong compunction in me wrought,

I supplicate for thy controul,   35

But in the quietness of thought:

Me this uncharter'd freedom tires;

I feel the weight of chance-desires:

My hopes no more must change their name;

I long for a repose that ever is the same.   40

Stern lawgiver! yet thou dost wear

The Godhead's most benignant grace;

Nor know we anything so fair

As is the smile upon thy face:

Flowers laugh before thee on their beds,   45

And fragrance in thy footing treads;

Thou dost preserve the Stars from wrong;

And the most ancient Heavens, through Thee, are fresh and strong.

To humble functions, awful Power!

I call thee: I myself commend   50

Unto thy guidance from this hour;

Oh let my weakness have an end!

Give unto me, made lowly wise,

The spirit of self-sacrifice;

The confidence of reason give;   55

And in the light of truth thy Bondman let me live.

義務頌

　　神音所生嚴厲女兒! /哦義務! 若你更喜此名, /你是導航之光, 驅趕/誤入歧途者之杖, 你斥責; /你是勝利是律法, /每當空虛的恐懼震懾人之時; /你脫人於虛妄的誘惑, /安撫脆弱人性之累人爭鬭。

　　有人無須你以目注視/他們; 他們有愛與眞, /而無舛錯, 衹靠/青春與生俱來的感覺: /喜樂之心! 無過亦無玷, /成你之工而不自知覺: /哦! 他們倘因過於自信/而失誤, 你拯救的臂膀, 可怖的力! 便將他們擁抱。

　　吾儕之日將寧靜, 吾儕/之性將明快幸福, /若有愛爲其不移之光, /有歡樂爲其擔保。/他們可踐蒙福之路, /如若非因無知而無畏, /奉此條爲法寶; /又各按所需, 求你堅定支持。

　　吾愛自由, 雖未受考驗, /卻非風氣之翫物, /然而自爲嚮導, /卻濫於信任過於盲目; /而我心中常聽到/你及時之命令, 我推遲/你所命之務, 貪便宜道偏離正途; /但如今我要更嚴格奉你所命, 若我你仍不退棄。

　　非因靈魂受困擾/或心有愧报, /我求你掌控我, /乃出於思想的平靜: 此無徑之自由令我疲倦; /我深感偶生之欲沉重難荷: 吾之希冀無須再隱姓更名; /我渴望永存不變的休息。

　　嚴厲的立法者! 你卻身披此神/最仁慈的光輝; /吾輩所知無一/比你的微笑更美: 花朵在你之前笑於花圃, /芬芳隨你踵後; /你使星宿不犯錯; /令最古老的旻空因你而常新常健。

　　可怖的力量! 我招你/事庶務: 自此刻起我/一任你指引; /哦, 令我的軟弱終止! /給低級聰明的我/自我犧牲的精神, /給我理性所能給予的自信; /讓我在真理之光中做你的奴隸。

{比較}:

一、交情與運命

　　中土宗教與文學無機運女神自不待言, 然文士寫人世否泰禍福之變化莫測, 往往而有。劉孝標《廣絕交論》陳叔世民俗澆薄, 人之相交以利, 其術有五, 分別爲勢交、賄交、談交、窮交、量交。五交既辨, 遂揍其所以然曰: "夫寒暑遞進, 盛衰相襲, 或前榮而後悴, 或始富而終貧, 或初存而末亡, 或古約而今泰, 循環飜覆, 迅若波瀾。此則殉利之情未嘗異, 變化之道不得一。"所著《辯命論》(《全梁文》卷五十七, 《文選》卷五十四, "辯"作"辨")辨人之否泰相傾, 盈縮遞運, 發語樹論殆全同此節, 特引證愈詳耳, 其中要語曰: "然命體周流, 變化非一: 或先號後笑, 或始吉終凶, 或不召自來, 或因人以濟; 交錯糾紛, 迴還倚伏, 非可以一理徵, 非可以一途驗。而其道密微, 寂寥忽慌, 無形可以見, 無聲可以聞, 必御物以效靈, 亦憑人而成象。"二文所論頗有與H此篇相通者。

二、造化小兒

中古以降始有造化小兒之說，差與機運女神職司以及性情相當。《新唐書》卷二百一、列傳第一百二十六《文藝上•杜審言》："初，審言病甚，宋之問、武平一等省候如何，答曰：'甚爲造化小兒相苦，尚何言？'"固爲戲言。後世寖假湊泊而爲一擬人神明。明張鳳翼《紅拂記》(毛晉編《六十種曲》)第一齣《傳奇大意》曰："造化小兒無定據，翻來覆去，倒橫直豎，眼見都如許。"已頗具人物細節。《後西遊記》第二十九回、第三十回寫孫小行者與沙彌遭遇造化山，其中第二十九回《顚倒陰陽，深窮造化》云據造化山有神靈，據說並非妖精，

> 他這人，說起來自有天地他就出世了，也不知有多少年紀，外貌看來卻像個十三、四歲的孩子……說起來，他的本事甚大，直與玉皇大帝一般哩！他比玉皇大帝性子更愓懶，又專會弄人……他從不與人廝殺，並不用甚器械……他祇有無數圈兒，隨身丟擲一個來將人圈住，任你有潑天本事，卻也跳他不出；除非信心求他，方能得脫。

第三十回《造化弄人，平心脫套》寫造化小兒向孫小行者誇耀其所佩之圈兒曰："我的圈兒雖祇一個，分開了也有名色，叫做名圈，利圈，富圈、貴圈、貪圈、嗔圈兒、癡圈兒、愛圈兒、酒圈兒、色圈兒、財圈兒、氣圈兒，還有妄想圈兒、驕傲圈兒、好勝圈兒、昧心圈兒、種種圈兒一時也說不了"，宛然一神明也。造化小兒雖較機運女神後出千載，然以黃口擬機運，固勝於以裙釵比無常也。

三十六

奴米達存問自西班牙
DE EVCHARISTICO NVMIDAE AB HISPANIA

庇護奴米達之神明，可以香火、音樂、犧牲取悅。因渠從軍遠征西班牙，今竟自彼天涯海角發送親吻於其留後夥伴以敦鄉誼。夥伴中得其親吻者無人過於拉米亞，因其二人曩昔齠齔之歲相識，拉米亞其時已爲其尊崇，後同著祥袍，共慶成人。如此吉日良辰毋忘以白堊標記，切毋停杯，酒席之上舞者亦毋停止婆娑，毋令侑酒妓女達瑪利喝倒巴蘇，毋缺玫瑰花瓣香芹百合裝飾酒筵。酒過數巡，人人醉眼矇矓，皆流連於達瑪利；伊之新情兒人不粗魯，任伊糾纏緊賽藤蔓。

{格律}：

阿斯克勒庇阿第四種(Asclepiadeum quartum)。

{繫年}：

至尊征西班牙在前27–25年，詩中既暗示奴米達畢其役返還，故可推斷當次於25年爲宜。

{斠勘記}：

1.2. ... placare ⋮ Et vituli Q (a A D E R)　案分行有誤。

3. puertiae *Ξ Ψ Pph. Charisius* pueritiae E 𝕭｜　案二者爲異體字。

11. neu *Ξ* ⁽ᵃᶜᶜ·λ'⁾ nec *Ψ*　案二字皆爲否定副詞。

12. neu B λ' Q　nec *Ψ* nec A

13. neu A *corr.* B λ' Q $^{(acc. R)}$ nec A *Ψ*

15. neu *Ξ Ψ* nec R nec A

17. Damalin *Ψ* –im *Ξ* $^{(acc. λ')}$ –i R *ras.*

18. nec *Ξ Ψ Pph.* neu *lemma Pph.*

{箋注}：

1. 【琴絃】*fidibus*，古希臘人祝神法事用豎琴，參觀I 12, 1–2注。據西塞羅，羅馬人公祭用樂本爲龠管，然亦有稱用絃樂者，《圖斯坎辯論集》IV 3–4："gravissumus auctor in *Originibus* dixit Cato morem apud maiores hunc epularum fuisse, ut deinceps, qui accubarent, canerent ad tibiam clarorum virorum laudes atque virtutes ; … nec vero illud non eruditorum temporum argumentum est, quod et deorum pulvinaribus et epulis magistratuum fides praecinunt, …""權威作者卡圖所著《起源》云吾國先人有俗，宴飲時，預者人人就龠管歌詠以稱人之美；……有學之士所論亦非有異，蓋絃樂奏弄於敬神之榻與長官之筵上"。Heinze 云羅馬人私祭多用絃樂，蓋據普勞圖《厄庇狄古》(*Epidicus*) 500 (III iv) 而言也："conducta veni ut fidibus cantarem seni, / dum rem divinam faceret.""我受僱而來，爲給這老人彈琴而歌，/在他祭神的時候"。

2. 【所許】*debito* 直譯爲"所該欠"，指向神發願 (ex voto) 時所應許，故完祭之前可謂該欠神明所許之物，參觀II 7, 17。【犢血】*vituli sanguine*，祭祀用牲以血食神明，參觀IV 2, 53 f.："te decem tauri todidemque vaccae, / me tener solvet vitulus,""把你[至尊]用十特和等數的牝牛、\把我用嫩犢解脫"；《書》I 3, 36："pascitur in vestrum reditum votiva iuvenca,""爲願你[Iulius Florus, 詩人文友，時從提貝留東征]返迴所許母犢現在牧養。"此外參觀猶文納利 (D. Iunus Iuvenalis) 《雜詠詩集》(*Saturae*) 12, 1–2："natali, Corvine, die mihi dulcior haec lux, / qua festus promissa deis animalia caespes / expectat,""生日時，高耳文，天光於我更甜美，/節日的茅草期待許給神明的/牲畜"。友人歷險倖存或遠行歸來，親友爲之享神謝恩，依例當開筵，稱爲行成筵 (cena viatica) 參觀普勞圖《厄庇狄古》7 (I i)："*Epidicus* venire saluom gaudeo.

Thesprio quid ceterum？ *Ep.* quod eo adsolet：cena tibi dabitur."“厄庀狄古　你能安全迴來，我很高興。忒斯普里奧　還有呢？厄　依照習慣，要給你置辦筵席。"《巴庫絲姊妹》(*Bacchides*)94(I i)："ego sorori meae cenam hodie dare volo viaticam,"“今日我要替我妹子辦行成筵。"【取悅】*placare*，息神怒也，曰祈神爲取悅於神，參觀猶文納爾12, 89："hic nostrum placabo Iovem Laribusque paternis tura dabo,"“在此我將取悅於猶父，且進香給父輩的宅神"。【奴米達】*Numida*，於史無考。僞Acro與Porphyrio古注皆云，其人名Pomponius Numida，據前者其人時在西班牙從軍，後者則稱在毛利坦尼亞。另有古本稱其人名作Numinda Plotius，未知諸說孰是。

　　3.【令人欣喜】*iuvat*，原文+不定式主語義或爲有裨益(*OLD* 3 c："to profit")或爲令人愉悅(*OLD* 5)，Heinze曰非僅爲祈神也，以表期待友人之欣喜。參觀III 19, 18："insanire iuvat,"“喪心病狂令人喜，"寫宴飲時詩酒之樂。別見《對》9, 37 f.："curam metumque Caesaris rerum iuvat / dulci Lyaeo solvere,"“宜乎以甜美的呂奧[指酒]消解凱撒國事之憂懼"；13, 9："nunc et Achaemenio / perfundi nardo iuvat,"“而今宜乎灑以阿契美尼亞[亞述]的甘松。"皆以言宴飲之樂。

　　4.【地極】*ultima*，參觀前篇行29注。

　　5.【夕域】*Hesperia*指西班牙，自意大利而言也，西班牙在意大利以西，故云；I 28, 26處所言則以指意大利，發語者在希臘故也。【親吻】*oscula*，卡圖盧第九首係爲友人將還意大利而賦，云親吻歸來好友亦同(6–9)："visam te incolumem audiamque Hiberum / narrantem loca, facta, nationes, / ut mos est tuus, applicansque collum / iucundum os oculosque saviabor."“我將看到你安然無損，將聽你講述/伊貝利亞的風土、行爲和土著，/并依你的習慣，壓着你的脖子/親吻你的笑口和眼睛。"

　　6.【伙伴】*sodalibus*，參觀後篇行4。

　　7.【拉米亞】*Lamia*，埃留·拉米亞(Aelius Lamia)，據下行，幼沖時即與努米達相識，當係二人同庠受業一如屋大維與亞基帕，參觀I 6, 5注。集中III 17敘其身世甚詳，餘詳I 26{評點}。

　　8.【除他……稱王】*non alio rege*，【他】古今注家多以爲指拉米亞，《書》I 1, 59敍兒童遊戲曰："at pueri ludentes 'rex eris' aiunt,""兒童遊戲時語之曰：'你將爲王'"。然NH以爲此處當指努米達幼時以拉米亞爲英雄，非謂向時兒戲。Kießling以爲當如塔西佗所敍(《繫年》XIII 2)塞內加等爲幼年尼祿太傅事，Heinze修訂Kießling後棄其說。今按兒戲爲王與遇事有決斷爲同伴服膺可並行不悖，拉米亞自幼爲同伴中首領，奴米達一貫唯其命是從也。

9.【袢袍】*togae*，已見I 30, 7注，語(屬格)接【記得】*memor*，同上屬格【童年】*pueritae*。羅馬少男年約十五歲始著袢袍。

10.【白堊標記】*Cressa nota*，直譯爲革喱底標記，古代末葉伊希多羅(Isidorus Hispalensis，約560–636年)《事本字源》(*Origines*) XVI 1, 6據古文法學家說稱白堊以革喱底島所產爲優。Porphyrio古注未得正解，誤施普利尼(VII 131)所記忒拉基人(Thrakia)以白石子投甕中記吉日、以黑石子記凶日事於革喱底人。以白標誌吉日風俗，羅馬詩歌已見卡圖盧68 b, 147–48："quare illud satis est, si nobis is datur unis, / quem lapide illa diem candidiore notat,""因而這就夠了，假若那箇用更白的石子標記的日子祇給了我們"；又107, 6："o lucem candidiore nota！""哦，用更白的顏色標記的那一日啊！"H此外《雜》II 3, 246曰："sani ut creta, an carbone notati？""他們神智健全嗎？是用革喱底白堊還是用黑炭標記？"可互參。今法文德文白堊字craie、Kreide皆本此。

11. 此行直譯可作：令遞上的雙柄觴無窮盡，飲酒達旦，參觀III 21卒章："te Liber et si laeta aderit Venus / segnesque nodum solvere Gratiae / vivaeque producent lucernae, / dum rediens fugat astra Phoebus.""你，利倍耳——若喜人的維奴也/在——，連同緩解連環的三雅麗/和活跳的燈火將延續，/直至斐玻迴返、星宿逃逸。"【雙柄觴】*amphorae*，字本希臘文ἀμφορεύς，陶器，上闊下狹，盛酒或蜂蜜(《對》2, 15："aut pressa puris mella condit amphoris,""抑或以潔淨雙柄觴盛精濾蜂蜜")等漿液。

12.【舞覡】*Salium*，詳見後篇行2及注。【踢踏步】意譯原文*pedum*，足步(複數)，指舞步，中譯增【踢踏】字，爲擬音雙聲詞故，以象舞態。【跳巫樣式】*morem in Salium*，參觀IV 1, 27 f.："pede candido/ in morem Salium ter quatient humum,"　"白皙之足/依照舞覡們的樣式三蹋地面"。

13.【達瑪利】*Damalis*，女子名，本希臘文δαμάλις，義爲牝牛犢，用爲倡優名，數見于銘文。此女非止彈琴唱曲在場侑酒，亦當如《紅樓夢》錦香院妓女雲兒等輩與飲也，類似風塵女集中參觀I 13, 9之呂底亞，I 17, 22之廷達里；III 15之革羅利(Chloris)、IV 13之呂克(Lyce)則因年長而不勝酒力或不宜侑酒。

14.【忒拉基式乾盃】*Threicia amystide*，希臘北方居民忒拉基人生性嗜酒已見I 27, 2注。*amystide*本希臘文ἄμυστις，源自ἀμυστί，"不閉口"，轉義指一口乾，即杯中酒一飲而盡，間不歇息，IV 1, 31及《書》I 19, 11所謂"certare mero,"　"鬭酒"。阿納克里昂殘篇(fr. 356a)嘗見此字：ἄγε δή φέρ' ἡμίν ὦ παῖ / κελέβην, ὅκως ἄμυστιν / προτίω, ..., "來，拿給我，哦小子，酒杯，以令我大口飲酒"(全文並譯文已見I 27{評點}引文)。迦利馬庫殘篇178, 11 f.)：καὶ γὰρ ὁ Θρηϊκίην μὲν ἀπέστυγε χανδὸν ἄμυστιν / οἰνοποτεῖν, ὀλίγῳ δ' ἥδετο κισσυβίῳ. "他也痛恨忒萊基的大口的一口乾飲酒習俗，喜愛小箇兒的質樸酒杯。"【巴蘇】*Bassus*，普羅佩耳修哀歌I 4所贈同名短長格體詩人蓋爲同一人，後與奧維德友善，奧《哀》(*Tristia*)IV 10, 47："Ponticus heroo, Bassus quoque clarus iambis / dulcia convictus membra fuere mei,"　"龐提古擅英雄詩，巴蘇因擅短長格而聞名，/皆爲與我休戚與共之手足"。H集中他處(I 18, 11，并見該注)有名Bassareus (譯作巴薩羅)者，詩人馬耳提亞利(Martialis)亦嘗言及一善飲者名Bassa (6, 69 f.)，故NH遂以爲詩中人名爲虛構人物，泛指豪飲者，不必指同名詩人。按詩中所言他男子如拉米亞等既皆爲實有，此人亦不當爲虛構。

15.【玫瑰】*rosae*，用以佈撒于宴飲會場，參觀III 19, 22："sparge rosas,"　"抛灑玫瑰吧"；III 29, 3："cum flore, Maecenas, rosarum et / pressa tuis balanus capillis / iamdudum apud me est,"　"連同，梅克納，玫瑰花和/給你秀髮壓榨的油橄果/我久已備好"。他集又見《書》I 5, 14："potare et spargere flores / incipiam,"　"就讓我開始飲酒幷抛撒花朵"。他人可見普羅佩耳修IV 8, 40："haec facilis spargi munda sine arte rosa,"　"這漂亮的玫瑰容易胡亂佈撒"。(按: 王煥生譯文誤)。

16.【香芹】*apium*, 希臘文作σέλινον, 法英德文皆本之: céleri/celery/Sellerie。古人宴飲以香芹爲花環, 阿納克里昂(Anakreon)殘篇410: ἐπὶ δ' ὀφρύσιν σελινων στεφανίσκους, "置香芹的編冕於我額上"; 維吉爾《牧》6, 68: "floribus atque apio crinis ornatus amaro," "頭髮飾以花卉和苦澀的香芹" 皆可參證。【活】*vivax*言【香芹】不易枯萎, 對後【短命的百合】*breve lilium*, 以其易謝也; 集中另見II 3, 13 f. H後法勒留・弗拉古(Valerius Flaccus, 西曆紀元一世紀)《阿耳戈航行記》(*Argonautica*)VI 492 f.: "lilia per vernos lucent velut alba colores / praecipue, quis vita brevis totusque parumper / floret honor," "正如白百合絢麗於春華/而特艷, 其生也短促, 其全部榮華/倏爾而過"。

17.【慵懶】*putris*, Porphyrio古注云因酒力發作("putres vino intellege"), 卡圖盧45, 11有"醉眼"之説: "ebrios ocellos," 非言因酒而醉, 而謂因春情而迷離。故Heinze、NH等以爲此處言衆人目光因色慾而迷離也。詩人波耳修(Persius)5, 58: "in venerem putris," "爲愛而慵懶", 可參照。按慵爲春情態度, 懶爲含情脈脈, 中國詩歌參觀梁簡文帝《變童》詩: "嬾眼時含笑, 玉手乍攀花"(嬾字或作媚, 然不若嬾字妙, 恐爲後人塗乙篡改所致), 言變童目光迷人, 雖非全如H詩中言男子爲女色所迷, 其爲色慾一也。

19.【狎客】*adultero*, 蓋謂奴米達也。風塵女所與恩客脾性或暴烈, 然努米達不屬此。原文*adulter*或據文意譯作姦夫, 參觀I 33, 9。蠻漢施暴於情人, 見I 17, 25—28.

20.【糾纏】*lascivus*與希λιλαίομαι、梵lasati同源, 本義皆爲亟欲或慾, 拉丁字多言人畜, 以言女子尤指蕩佚無度, 後世意法英諸文lascivo / lascif / lascivious皆作此義。詩文此處雖以言花草, 實旨在喻人, 曰藤蘿糾纏於所依附之木, 其狀貪婪, 以摹畫此女與狎客嬉戲貌, 故Heinze云詩人殆以常青藤擬人。彼得隆紐(C. Petronius)《撒堤記》(*Satyricon*)132: "iam alligata mutuo ambitu corpora animarum quoque mixturam fecerant", "我們身體相擁糾纏在一起直至心靈也交融一體"。【常青藤】*hederis*或作*ederis*。歐里庇得《赫古巴》(*Hecuba*)女主語奧德修曰願與其女相抱而死，以常青藤方其相擁之緊密(398)：
κισσὸς δρυὸς ὅπως τῆσδ' ἕξομαι, "常青藤怎樣纏樹，我就怎樣抱
着她"。《英華》V 255, 13–16以葡萄藤相纏喻情人擁抱，雖以葡萄藤
爲譬，實更近本詩所喻：ῥεῖά τις ἡμερίδος στελέχη δύο σύμπλοκα
λύσει, / στρεπτά, πολυχρονίῳ πλέγματι συμφυέα, / ἢ κείνους
φιλέοντας, ὑπ' ἀντιπόρισί τ' ἀγοστοῖς / ὑγρὰ περιπλέγδην ἅψεα
δησαμένους. "人分開兩株經年累月長在一起/糾纏爲一團的葡萄藤根
要易于/分開這兩箇爲關節潮濕的手臂/摟抱連在一起的戀人。"羅馬詩
人則見卡圖盧61, 32–34："mentem amore revinciens, / ut tenax hedera
huc et huc / arborem implicat errans." "心爲愛纏繞，/如緊附的常春藤這
裏那裏/到處遊走擁抱大樹。"H詩他集見《對》15, 5–6："artius atque
hedera procera adstringitur ilex / lentis adhaerens bracchiis," "如常青藤
貼緊高聳的橡樹般，其緊抱的雙臂更緊地依附着"。Heinze: 曰常青藤
"糾纏"，造語殆近擬人。NH引莎士比亞《仲夏夜之夢》(*Midsummer
Night's Dream*) IV i 44："The female ivy so / Enrings the barky fingers of
the elm," "女性常春藤這般/套在榆樹長着樹皮的指頭上"。可作後世
詩人襲用此古譬之例。今按：以蔓生植物糾纏喻人相倚相親，亦爲中國
古詩中常語，唯不若拉丁字lascivus等語含貶義耳。《詩·小雅·頍弁》
以蔦蘿附松柏喻弟兄，後世詩人以爲典故："豈伊異人？兄弟匪他；蔦與
女蘿，施于松柏。……豈伊異人？兄弟俱來；蔦與女蘿，施于松上。"然
尚未以況男女之情。《古詩十九首》第八喻新婚夫婦情篤曰："冉冉孤
生竹，結根泰山阿。與君爲新婚，兔絲附女蘿。兔絲生有時，夫婦會有
宜"，則近羅馬詩人所語矣，然以女子爲兔絲蔦蘿，非唯無H詩中放佚
無度義，且因詩中有草本兔絲枯榮有時語，并喻其相處有節相會有時
也。稍晚梁簡文帝《艷歌篇十八韻》："女蘿托松際，甘瓜蔓井東，拳拳
恃君愛，歲暮望無窮。"則以言冶葉倡條，喻旨雖仍有別於H詩，然其施
於狎遊，與H詩並無差別矣。

{評點}：

　　學者多以此詩與卡圖盧第9並讀，緣二詩皆爲迎迓友人遠戍西班

牙畢役歸來而作。然題目以外二篇手法迥異。卡圖盧詩全爲喜悅之詞，祝願友人安全返還，設想重逢敍闊之樂。H詩則全不事抒情，但敍其與拉米亞之舊，洗塵筵上縱酒作樂，侍筵妓女風情無限等等，古鈔本多題此篇作Ad Numidam，贈努米達，然詳翫詩文，恐未必然。詩中非特無向努米達直陳語，且發語似有意不言其與己有深交，詩人此篇或爲拉米亞而賦勝過爲努米達也。

　　Syndikus辨古時豎琴詩不必直抒詩人情懷，摹景敍事亦不妨入詩，然其仍有別於敍事擬曲(Mimus)者，全在章法筆致也。原詩以*et*排比(譯文作"既……又……和")始，後半則連用六*neu*(譯文四"莫"字+一"不"字)，語氣急促迫切，節奏寔屬豎琴詩，不合擬曲等敍事詩體。H慣於詩末舒緩詩中疾促節奏與激昂情緒，然此篇一反常例，嘈嘈切切急語，大珠小珠連落，竟其篇未嘗減弱，蓋欲特顯其音非豎琴詩莫屬也歟。

　　後世詩人尟有倣作者。

三十七

祝酒歌聞官軍克亞歷山大城
AD SODALES

　　碧海傳捷報，戡夷建大功，元戎自神武，校尉亦英雄。縱飲當時節，謳歌徹淨空，巫師享盛宴，祭酒舞迴風。

　　比日妖氛熾，疊時穢氣蒙，刑餘汙衆畜，閹豎玷諸公，連醉荒無度，宣淫褻禁宮，宗祊謀陷覆，社稷亟衝攻。

　　勇氣師揚檝，神姿帥啟戎；風驚波浪白，火烈舳艫紅。猛鷙擊凡鳥，神獒獵白貚；厄羈縲紲密，禍鎖檻籠中。

　　避辱應輕死，成仁詎懼終，鞠躬迎餓彪，攬臂就毒蟲；莊嚴伴烈女，決絕傲豪雄；宗祧雖驟墜，不負位階崇。

　　　　　　　　　　　　（擬賀拉斯祝酒歌十六韻）

{格律}：

　　阿爾凱(Alcaium)。

{繫年}：

　　屋大維陷亞歷山大城于前30年八月初一日，安東尼自殺，未幾，克萊奧帕特拉亦自盡，然究竟何日史籍失載。二人死耗不日即傳抵羅馬當無可質疑。詩人聞訊而賦，當爲集中最先屬就者之一。

{斠勘記}：

　　5. antehac $\varXi$ ^(acc. R) antehanc $\varPsi$ 後者訛。

23. ensem] enses *Priscianus*　案異讀爲複數，刃指自殺之刃，單數爲是。

24. reparavit *Ξ Ψ Pph.* σχA Γ　properavit *Guaccius*　penetravit *Bentley*　後二者皆爲臆改，*Guaccius*改爲疾奔，*Bentley*改爲進入；前者非特不必，且與詩人所寫形象相齟齬，後者恐過泥。

{箋注}：

1–2. 【今日】譯*nunc*，三重排比領首章三句。【須縱酒】*est bibendum*、【須蹈地】*pulsanda tellus* [est] 語式相近，皆爲繫動詞 + 動名詞(gerundivum)，中譯【須縱酒】取自"白日放歌須縱酒"句，以二者皆言聞官軍克内戰勍敵欣忭若狂也。【解放】*libero*，NH以爲兼該舞步靈活貌與羅馬脫克萊奧帕特拉羈絆意。按中文舊謂"解放腳"者，指女子不再裹足，此處借用轉譬詩文語意。Numberger: 互換格(enallage)，意謂羅馬土地(*tellus*)得解放而自由。Heinze: 詩句語意爲所言之事當行而尚未行，然亦未爲過遲也。

2. 【舞覡的】*Saliaris*爲自Salii(舞覡)衍生之形容詞，舞蹈巫覡係戰神馬耳斯(Mars)司祭，據哈利加耳納索人丟尼修(Dionysios Halikarnasseus，約前60–前7年)《羅馬古事記》(*Antiquitates Romanae*) II 70，羅馬古王努瑪(Numa)選十二俊男於士族，立舞覡祭司團。II 70, 2: οὗτοι πάντες οἱ σάλιοι χορευταί τινές εἰσι καὶ ὑμνηταὶ τῶν ἐνόπλων θεῶν. "舞覡皆爲且舞且詠武神者也。"70, 4: ὑπὸ δε Ῥωμαίων ἐπὶ τῆς συντόνου κινήσεως. τὸ γὰρ ἐξάλλεσθαί τε καὶ πηδᾶν σαλίρε ὑπ' αὐτῶν λέγεται. "於羅馬人則因其劇烈運動[而得名]。因其稱跳躍爲 salire." 李維《建城以來史記》I 20, 4亦載其事："Salios item duodecim Marti Gradivo legit." Salii本動詞sălĭo，跳躍，故名。

3–4. 【饗宴】*dapibus*，舞覡祭祀戰神饗宴以豐盛著稱於羅馬，古人引以爲成語，文法學家龐培·斐士都(Sextus Pompeius Festus，西曆紀元二世紀後半葉)《字詮》(*De verborum significatu*)舞覡條："Salios, quibus per omnis dies ubicumque manent, quia amplae ponuntur cenae, si quae aliae magnae sunt Saliares appellantur." "舞覡無論何時何日所

在，其所設筵席皆豐盛，他處筵席類此皆可稱舞覡筵。”西塞羅《阿提古書信集》(*Epistulae ad Atticum*)V 9, 1：“Actium venimus a. d. xvii Kal. Quintilis, cum quidem et Corcyrae et Sybotis muneribus tuis quae et Araus et meus amicus Eutychides opipare et φιλοπροσηνέστατα nobis congesserant, epulati essemus Salirarem in modum.”“吾抵阿克襄於第五月[按今七月]朔日[按今十五日]，既已於高耳居拉及敘波提島飽食仰仗汝所贈貲財、阿拉烏與吾友歐提基德極盡奢華殷勤所置辦舞覡筵一般盛筵。”【配置】譯*ornare*，原字多義，此處不解作裝飾乃至尊崇，參觀*OLD*詞條 “orno” 2. a.【席褥】*pulvinar*，羅馬人享神酒筵，拉丁文稱作lectisternium，人置所享神像雙雙於席褥上，眾人設宴於前。西塞羅《圖斯坎辯論集》IV 4：“quod et deorum pulvinaribus et epulis magistratuum fides praecinunt,”“因爲他們先奏絲絃於神像席褥與長官筵席之前”。此處謂謝神饗宴。安東尼克萊奧帕特拉死訊傳抵羅馬，羅馬公慶累日，丟氏羅馬史LI 19, 5記曰：καὶ προσεψηφίσαντο τῷ Καίσαρι καὶ στεφάνους καὶ ἱερομηνίας πολλάς, [安東尼死時，西塞羅之子爲平章]“他們決議授凱撒[按即屋大維]枝冠，又準聖月節多日”。按古時節日於各月中擇日有常，故云。【適當其時兮】原文*tempus erat*＋動詞不定式略同於前*est*＋動名詞(gerundivum)，累言聞此捷報，當如何如何。Heinze、NH皆云：既云應如此，則知長老院與民衆尚未行謝神慶祝之禮也，顯詩人心情之迫切，然並無責難意。語式參觀奧維德《情》(*Amores*)III 1, 23：“tempus erat, thyrso pulsum graviore moveri ; / cessatum satis est : incipe maius opus !”“已是其時兮，爲酒神茴香杖所驅而激動；/徜徉已然太久：起始大作吧！”【伙伴們】*sodales*，字本專指宴飲時同席者，見I 27, 7。Heinze：此處詩人如命讀者同慶。H讚歌必有所致者，或爲神明，或爲故舊，或爲今日或昔日所歡等等，此處同席伙伴即歌之聽衆也。

　　5.【窖】*cella*指酒釀成後所貯之處，亦謂家中儲酒之暗室，然未必有漢字窖所含堀室義。【祖窖】*cellis avitis*參觀奧維德《術》(*Ars amatoria* II 695：“mihi fundat avitum / consulibus priscis condita testa merum !”“讓先平章所貯瓦缶爲我淌出祖先的酒！”【卡古酒】

Caecubum，已詳I 20, 9注。《對》9亦云阿克襄海戰大捷後飲卡古酒1 ff.：“quando repostum Caecubum ad festas dapes / victore laetus Caesare / tecum sub alta — sic Iovi gratum — domo, / beate Maecenas, bibam,”“何時把所藏的卡古酒爲慶賀/凱撒大捷在節慶筵會上/我與你在高堂之中(此爲猶父所喜)/蒙福的梅克納，一同暢飲”。III 28, 2 f.：“reconditum … Caecubum”，“收藏的卡古酒”。

6. 【犯天條】*nefas*，已見I 3, 25注。【女王】*regina*，即孝嚴克萊奧帕特拉八世(Cleopatra VII Philopator / Κλεοπάτρα Φιλοπάτωρ，前69–前12年八月三十日)，埃及女王。亞歷山大死後(前323年)，其將托勒密稱王於埃及，尋依埃及古例上法老稱號，又號“救難”(Ptolemaios I Soter / Πτολεμαῖος Σωτήρ)，傳至克萊奧帕特拉之父爲十二世。托勒密十二世晚年，克萊奧帕特拉已預政。父薨(前51年)，傳位於其弟托勒密十三世，仍與之共主朝政。依埃及古俗，克氏與弟婚，然生性好強不輸男子(莎士比亞《安東尼與克萊奧帕特拉》(*Antony and Cleopatra*)I iv 5–6藉屋大維之口曰：“nor the queen of Ptolemy / More womanly than he,”“托勒密女王並不比他[安東尼]更婦道。”)，不願國政共主，而欲權柄獨攬，遂爲擁戴托勒密十三世之臣僚所逐。前48年，龐培内戰不利，率其部曲抵亞歷山大城，爲其畔卒協法老臣僚所害。未幾，猶流·凱撒追剿龐培殘部至埃及，法老獻龐培首級並其印綬。其時凱撒因勢欲掌控埃及，克氏遂藏身氍毹使獻，蓋欲與其祕會以全其國也。凱撒發而見之，與私。克氏後誕一子，對外稱係凱撒血胤。克氏造詣羅馬，即家于凱撒別業。前44年凱撒遇害，始返還埃及。前41年，安東尼遠征安息，欲引埃及爲援，會克氏，二人遂相歡愛。明年，克氏產二子。安東尼雖已婚(前40年屋大維以其姊屋大維婭(Octavia)嫁安東尼，爲其四婚妻)，仍依埃及習俗另與克氏成婚。前33年，屋大維與安東尼反目，内戰烽煙再起。前31年九月，屋大維同裨將亞基帕(Agrippa,已詳I 6, 5注)率羅馬海軍與安東尼、克氏所率埃及海軍戰于阿克襄海域，埃及海軍敗績。據普魯塔克(《安東尼傳》66, 3 ff.)，戰猶酣時，克氏無故自潰，安東尼亦隨之奔竄，終致全軍敗北。二人退守亞歷山大城。翌年，屋大維麾師埃及，安東尼部降。又據普魯塔克(76, 2 ff.)，安東尼衆畔親離，克氏懼其歸罪於己，遂遣使謊報其凶訊。安東尼聞之不欲獨存，於是剖腹自殺。克氏收其屍，舁之與同入向時所繕塋墓。屋大維破城後知其所藏身焉，遂佈兵把守，并令人戒之以防其自殺。然克氏已祕囑奴僕致埃及蝰蛇，潛携入其所居墓室，令蛇齧己手臂，中毒而亡，享壽三十九歲。【喪亂】原文*funus*本義喪葬，引申爲滅亡、傾覆，譯作【喪亂】爲兼該二義。

7. 【首神廟】*Capitolio*，立於羅馬城中首神廟山(Mons Capitolinus)南峰，爲猶庇特主廟，參觀I 2, 3注。此處以偏概全(synecdoche)指羅馬國家【政權】*imperio*。集中III 30, 8 f.："dum Capitolium / scandet cum tacita virgine pontifex,""祇要教宗/同緘口的處女仍登陟首神廟"。當日羅馬人信以爲安東尼欲建都亞歷山大城、毀羅馬城。

6-8. 亟言克氏爲羅馬心腹大患，不惜誇大直至乖情，謂其矢志且有勢力殄滅羅馬。詩人所語頗合當日朝野通識，丟氏《羅馬史》L 5, 4稱克萊奧帕特拉欲藉掌控安東尼統治羅馬：ὥστ' αὐτὴν καὶ τῶν Ῥωμαίων ἄρξειν ἐλπίσαι. 哈德良(Hadrian)朝史家弗洛魯(Lucius Annaeus Florus)《羅馬史舉要》(*Epitome rerum Romanorum*)II 21, 2云："mulier Aegyptia ab ebrio imperatore pretium libidinum Romanum imperium petit ;""此埃及婦人鬻淫樂于酗酒武將以謀求羅馬政權"。H外詩人如普羅佩耳修III 11, 31 f.亦云："coniugii obsceni pretium Romana poposcit / moenia et addictos in sua regna Patres.""她以其淫邪的苟合作價要求羅馬的/城堞，并要將受供奉的祖先移入她的王國。"

8. 【喪心病狂】*dementis*, Heinze云，詩中貶克氏所爲爲【無度】*inpotens*、爲【醒醉】*ebria*、爲【瘋狂】*furorem*、爲【癲迷】*mentem lymphatam*，多方摹繪其【喪心病狂】之狀，彷彿希臘人悲劇院本中之μαινάς(酒神女徒等類女瘋子)。NH謂*dementis*爲爲政者貶損敵人之詈詞。按中譯【喪心病狂】亦多作此用。

9. 【疾】原文*morbus*既可言軀體有疾，亦可謂心病，尤指非常態之淫慾；卡圖盧57訕謗猶流·凱撒好男風，嘗用以相指："morbosi pariter, gemelli utrique, / uno in lecticulo erudituli ambo,""二者爲孿生，同溺痼疾，/兩人一張臥榻上頗相切磋"。《陽物歌集》(*Priapeia*，學者多以爲成書於古典時期)46, 1 f.: "o non candidior puella Mauro, / sed morbosior omnibus cinaedis," "哦膚無毛利人白,/可蕩勝所有淫棍"。【男子們】 *virorum*,雖稱閹人爲男子,然與【疾】*morbo*、【腌臢】*turpium*、【玷汙】 *contaminato*、【畜羣】*grege*並爲詈詞,語氣全爲鄙夷。

10.【畜羣】*grege*,非直譯不足以傳神,詩人以表其極度厭惡埃及宮闈中盛行之同性戀與閹寺等習俗。塔西佗《編年史》(*Annales* XV 37)敘尼祿皇帝多畜男寵(exoleti),亦以畜羣稱之: "nisi paucos post dies uni ex illo contaminatorum grege (nomen Pythagorae fuit) in modum sollemnium coniugiorum denupsisset." "直至幾日後他以婚姻的成禮程式下嫁給他那玷汙淫亂者的畜羣中的一箇"。【玷汙】 *contaminato*,亦見塔西佗引文,又參觀H《對》9, 11: "Romanus eheu — posteri negabitis — / emancipatus feminae / fert vallum et arma miles et spadonibus / servire rugosis potest ...," "那羅馬人,嗚呼,——你們後世人們將否認——/被交付給那婦人,/作爲戰士負甲胄輜重却能/聽命于那些皺巴巴的閹人"。按羅馬帝國此後受東方習俗熏染,皇室乃至長老家寢假亦有畜閹寺之俗,洎康斯坦修(Constantius,在位293–306年)朝政竟爲閹黨把持。參觀吉本(Edward Gibbon)《羅馬帝國衰亡史》 (*The Decline and Fall of the Roman Empire*)第十九章(I, p.598 f.)。

11.【無度】*inpotens*,本義謂無力、無能,引申爲無自控力,*OLD* "impotens" 3. a 引此句。後世英國詩人頗有用字取此古義者,斯賓塞《僊后》5, 12, 1: "o sacred hunger of ambitious mindes, / And impotent desire of men to raine," "哦野心之神聖飢渴,/男子們無能爲力的統治欲," 言統治欲不能自已;彌爾頓《樂園之失》II 155 f.: "Will He, so wise, let loose at once his ire, / Belike through impotence or unaware," "其智慧若此,將一旦發其怒火,/彷彿不能自控或自知,"謂不能制怒。

12.【機運】*fortuna*,此處雖爲普通名詞,然應參看I 34與35箋注所論羅馬人機運觀。【醒醉】*ebria*,雙關本喻二義,既喻其希圖僥倖,盲目自信受機運惠顧,自我陶醉,以爲機運【甘美】*dulci*如醇釀;又暗射其酗酒事。用爲譬喻參觀盧克萊修《物性論》(*De rerum natura*)III 1051 f.: "ebrius urgeris multis miser undique curis / atque animi incerto fluitans errore vagaris,"" 你這可憐蟲沉溺百憂如癡如醉, /心神不定漂泊於歧路"。影射義參觀塞内加(Seneca)《致路基留書札集》(*Ad Lucilium epistulae morales*) LXXXIII 25論酗酒時引安東尼以爲戒, 云酗酒與惑於克氏同爲其覆滅之由："M. Antonium, magnum virum et ingenii nobilis, quae alia res perdidit et in externos mores ac vitia non Romana traiecit quam ebrietas nec minor vino Cleopatrae amor ?"" 安東尼偉人也, 天賦不凡, 然其隕越墮落於異域習俗乃及非羅馬惡習者, 其非醺醉與不弱於此之克萊奧帕特拉之愛而何哉? " 普利尼《博物志》(*Naturalis historia* XIV 148)記曰: "exiguo tempore ante proelium Actiacum id volumen [de sua ebrietate] evomuit," " 阿克襄之戰前不久嘗嘔此卷[《酗酒自辯書》]"。又據普魯塔克《安東尼傳》(29, 1), 安東尼博戲酗酒, 克萊奧帕特拉常相陪: καὶ γὰρ συνεκύβευε καὶ συνέπινε. 又見下行14。【瘋狂】*furorem*承上【喪心病狂】乃至【疾】, 啟下【癲迷的心智】。

13. 以一語概括阿克襄海戰。此戰史家所敘甚詳, 參觀丢氏《羅馬史》L 32–34, 普魯塔克《安東尼傳》61, 1–68, 3。史籍所載最關乎此句者: 兩軍塵戰於阿克襄海域, 久而未分勝負, 不意克萊奧帕特拉無故轉舵逃竄, 致安東尼軍自潰, 然其餘部仍頗頑強, 羅馬海軍未得全殲。詩人云【幾乎無一倖免】*vix una sospes*實爲誇大其辭。千軍萬馬, 舳艫千里, 存亡所係, 乾坤扭轉, 良史不惜累牘, 史詩亦連詠終篇(維吉爾《埃》VIII 675 ff.), H則擅長以一語盡括之, 類此者集中又見I 15, 33 f., II 4, 10 ff. 【火】*ignibus*, 據丢氏《羅馬史》L 34, 海戰之初, 屋大維欲掠敵艦所載財貨, 故不用火攻。後見戰事膠著不定, 遂命兵卒發火箭, 引燃敵人木艇。

14. 【馬里亞酒】*Mareotico*, 方輿學家斯特拉波(XVII 1, 14)記近亞歷山大城有馬里亞澤(λίμνη Μάρεια), 所產葡萄酒質優。又據雅典奈(Athenaeus)所撰《席上智師》(*Deipnosophistae*)33 d, 其地所產埃及葡萄酒Μαρεώτης οἶνος爲時人所貴, 稱其λευκός τε γὰρ καὶ ἡδύς, εὔπνους, εὐανάδοτος, "清澈甜美, 芬芳宜口"。亦見稱於維吉爾《農》II 91: "sunt et Mareotides albae," " 还有馬里亞的白[葡萄]"。

莎士比亞《安東尼與克萊奧帕特拉》v. ii. 280-81所謂埃及葡萄當指此："now no more / The juice of Egypt's grape shall moist this lip," "如今再無/埃及葡萄的漿汁潤濕這片唇"。【癲迷】*lymphatam*，本希臘文νυμφόληπτος，因爲精靈所攫獲而狂亂。卡圖盧64, 254："alacres passim lymphata mente furebant euhoe bacchantes," "抖擻的酒神狂徒失心癲迷亂吼歐奧"。

15. 【實有的恐懼】*veros timores*，滅頂之災之恐懼爲實有，反襯上文【爲甘美的機運醒醉】*fortuna dulci ebria*所懷希望之虛妄。

16–17. 上文所寫克氏之囂張暴虐窮奢極慾至此爲之一轉，筆法彷彿《長恨歌》先極盡鋪張明皇貴妃奢靡之能事，再突入"漁陽鼙鼓動地來，驚破《霓裳羽衣曲》"，以一語收束，收束語非止以言詞敘述形勢疾變，且其簡捷亦象此時局之突兀轉折也。【凱撒】*Caesar*，指屋大維。

17. 【飛來】*volantem*，爲其後鷹隼長譬嚆矢也，故學荷馬用飛φοβεῖται字。然其後又譬以獵人逐兔，則不當言飛矣。拉丁文言舟檝疾航用飛字固不尠見，H《對》16, 40："Etrusca praeter et volate litora," "飛行於埃特魯斯坎之岸外，"可參觀。【如……】*velut*，長譬常見於史詩，以鷹隼撲鴿譬猛將追亡逐北祖荷馬《伊》XXII 139-147譬喻阿基琉追敵健步如飛: ἠΰτε κίρκος ὄρεσφιν, ἐλαφρότατος πετεηνῶν, / ῥηϊδίως οἴμησε μετὰ τρήρωνα πέλειαν, / ἡ δέ θ' ὕπαιθα φοβεῖται, ὁ δ' ἐγγύθεν ὀξὺ λεληκὼς / ταρφέ' ἐπαΐσσει, ἐλέειν τέ ἑ θυμὸς ἀνώγει· "就像飛禽中最身輕的鷹隼輕易地/翻越山峰，追逐膽怯的白鴿，/她在其下飛逃，他則逼近邊鳴叫/邊俯衝緊追，他的心命他捕抓。" H詩【柔順的】*mollis*對荷馬τρήρωνα，"膽怯的"，【追亡逐北】略轉譯*adurget*，原文對荷馬之ἐπαΐσσει，"俯衝"。又參觀維吉爾《埃》XI 721-22："quam facile accipiter saxo sacer ales ab alto / consequitur pennis sublimem in nube columbam ..." "同樣輕易地是示兆的展翅鷹隼自高崖/振羽追趕雲中高飛的鴿子……"

18. 【疾速的】*citus*，詩人之辭耳。阿克襄之役大捷在前31年九月二日，比及屋大維麾師埃及全殲殘敵、克萊奧帕特拉安東尼雙雙自裁（前30年八月十二日），相間長達十一月之久，未可謂速也。

19.【海芒】*Haemoniae*，即campus Haemoniae，海芒之野，在希臘北國帖撒利，以冬季有雪常見稱於古詩人。

20.【趁野兔】*leporem* [*adurgens*]，NH: 古時狩獵多徒步，獵人隨獵犬逐野物而奔，荷馬寫戰場追敵長譬多用獵鹿或野羝羊，例如《伊》XV 271f.: ὥς τ᾽ ἢ ἔλαφον κεραὸν ἢ ἄγριον αἶγα ἐσσεύαντο κύνες τε καὶ ἀνέρες ἀγροιῶται· "猶如犬與鄉野之民追逐生角的鹿或野羝羊"，H此處長譬之後半亦應本荷馬。【異物】*monstrum*，字本指乖悖自然常理之物，後世如英文之monster，所謂怪物、妖魔，即其一義也(*OLD* 4)；此處指克萊奧帕特拉。【災厄】*fatale*，原文本fata字，命運，尤指致人毀滅之厄運，以之言克氏，頗類後世法文所謂femme fatale，致人厄運之女也。維吉爾《埃》II 237以之稱特羅亞木馬，曰fatalis machina，"招災的機械"。集中別見III 3, 19謂巴黎裁判三女神，後引發特羅亞戰爭而致滅頂之災曰："fatalis incestusque iudex," "那招災而不倫的裁決"。

21.【鎖鏈】*catenis*，古羅馬人行凱旋式以鎖鏈牽引所擄酋首遊行於逵衢，詳見末行。遊行之後，酋首多遭處決。詩云克萊奧帕特拉不願受凱旋式遊行之辱，故而自裁，暗含其不欲受辱被戮而自裁意。丟氏《羅馬史》LI 13, 2敘屋大維既生俘克萊奧帕特拉，遂好言慰之，心欲將其解往羅馬，以遊行于凱旋式。然克氏"已度其必有此意，以爲其痛甚於死千百度矣，遂決意一死"(τοῦτό τε οὖν ὑποτοπήσασα, καὶ μυρίων θανάτων χαλεπώτερον αὐτὸ νομίσασα εἶναι, ὄντως τε ἀποθανεῖν ἐπεθύμησε)。李維《建城以來史記》XXVI 13, 14嘗藉漢尼拔之口言凱旋式時俘囚遊行後受戮之狀曰："neque vinctus per urbem Romanam triumphi spectaculum trahar, ut deinde in carcere expirem aut ad palum deligatus lacerato virgis tergo cervicem securi Romanae subiciam," "我若戰敗不要被拖着在凱旋式上穿過羅馬城供人觀看，再從那裏到牢裏了斷，或是綁在木椿上後背讓荊條荼毒，引頸就羅馬人的鈇鉞。"【更高貴】*generosius*，意謂勝過爲人羈以縲紲遊街。普魯塔克《安東尼傳》85, 4記克氏二侍女身殉主難，其中一人名凱耳緬(Charmion)，臨終之際贊先殞女主曰: ʼκάλλιστα μὲν οὖν, ʼ ἔφη, ʼ καὶ

πρέπουτα τῆ τοσούτων ἀπογόνῳ βασιλέων.' "此[指克氏自盡]
洵爲至美', 她說, '未枉爲如許列王之血胤.' "此語在莎士比亞筆下
則爲(325–26)：(Charmian:) "It is well done, and fitting for a princess /
Descended of so many royal kings."

22.【刃】*ensem*, Heinze：指克氏決戰屋大維所率軍兵於埃及時不畏
懼, 非指阿克襄之戰, 亦非謂海戰敗績潰返埃及, 甚是。NH所見略同。

24.【藏身】*latentis*, 據普魯塔克《安東尼傳》69, 2–3, 安東尼既
敗北於阿克襄海戰, 遂退守埃及, 聞部將率陸軍畔己降屋大維, 嘗
欲自盡, 未遂, 旋返迴亞歷山大城, εὗρε Κλεοπάτραν ἐπιτολμῶσαν
ἔργῳ παραβόλῳ καὶ μεγάλῳ, "見克萊奧帕特拉方策劃大事", 欲率
所賸艦隊由陸路越蘇伊士地峽(古時尚未有蘇伊士運河), 竄至紅海
藏身：ἐνεχείρησεν ἄρασα τὸν στόλον ὑπερνεωλκῆσαι, καὶ καθεῖσα
τὰς ναῦς εἰς τὸν Ἀραβικὸν κόλπον μετὰ χρημάτων πολλῶν καὶ
δυνάμεως ἔξω κατοικεῖν, ἀποφυγοῦσα δουλείαν καὶ πόλεμον. "吊
起軍械以從陸路逾越, 投其艦船於阿刺伯灣, 並多攜金錢人力, 落戶
於[埃及]外, 以避奴役與戰亂。"安東尼抵亞歷山大城, 以爲形勢尚
非無望, 此計遂寢。詩云克氏不欲逃竄異域, 蓋H所聞與史記有異或
不信此傳言也。【易換】*reparavit*, 參觀I 31, 12："vina Syra reparata
merce," "敘利亞貲貨所易換的葡萄美酒"。

25.【匍匐的王宮】*iacentem ... regiam*, 亞歷山大城陷於羅馬軍,
故云, 彷彿伏地請降也, 然屋大維未曾夷之爲平地。丟氏《羅馬史》LI
11敘克氏被俘後嘗爲屋大維命屬下帶回王宮, 以不令其絕望。然其意已
定, οὕτω που καὶ τότε ἐν τηλικαύτῃ συμφορᾷ οὖσα τῆς δυναστείας
ἐμέμνητο, καὶ μᾶλλόν γε ἔν τε τῷ ὀνόματι καὶ ἐν τῷ σχήματι αὐτῆς
ἀποθανεῖν ἢ ἰδιωτεύσασα ζῆν ᾑρεῖτο. "這樣雖那時身陷如此不幸
之中, 卻不忘身爲人主, 自決寧以其名義依其身份而死而不欲作庶民
苟生。"

26.【面無動容】*voltu sereno*, 克氏既爲屋大維所俘, 遂囚禁
于王宮。屋大維心欲解之返羅馬, 故佯言好語相安撫, 以防其自殺。
克氏將計就計, 頗與之周旋, 佯作婦人虛榮瑣屑之態, 遂使屋大

維: παντάπασιν αὐτὴν φιλοψυχεῖν οἰόμενος. ... ᾤχετο ἀπιών, ἐξηπατηκέναι μὲν οἰόμενος, ἐξηπατημένος δε μᾶλλον. "全然斷定她欲求生……遂離去, 自以爲哄騙了她, 然而却是受了她的哄騙"(普魯塔克《安東尼傳》83, 5)。其時克氏死意已決。

27. 【虺蛇】*serpentes*, 據普魯塔克《安東尼傳》86, 1 ff., 克氏在囚中, 囑其侍女致毒蛇。一說鄉人以籃進之, 覆無花果樹葉於果實之上, 藏蛇於籃底, 詒守卒曰爲克氏致無花果, 守卒撥葉但見無花果, 遂準入(莎士比亞採此說)。普魯塔克稱蛇爲ἀσπίς, 此云角蝮或眼鏡蛇; 克氏裸其手臂就之以受嚙。一說(86, 2)人以水罈潛進之, 克氏以金杖激罈中水, 罈中蛇驚蜇其手臂。普魯塔克又云(86, 3), 克氏既中毒而歿, 仵作驗其屍, 惟見手臂有二細孔。普魯塔克與丢氏《羅馬史》(LI 14, 1)所載皆云祇有一蛇, H詩中【虺蛇】*serpentes*爲複數, 與史有異。又據普魯塔克(前揭), 屋大維日後行凱旋式於羅馬, 令异克氏偶像從行, 上有蛇纏繞, 原文蛇字亦爲單數(ἀσπίδος)。NH據普羅佩耳修III 11, 53: "bracchia spectavi sacris admorsa colubris," "你查看她雙臂爲神聖的蝰蛇齧傷", 維吉爾《埃》VIII 697: "necdum etiam geminos a tergo respicit anguis," "你也不會看到背上的雙蛇," 遂推斷凱旋式所載克氏偶像必有二蛇。按以詩人之詞駁史家記載, 似嫌武斷, 然可證其時盛行二蛇之說, 此說或皆本當日凱旋式所宣官家說辭, 亦未可知。莎士比亞院本採二蛇說, 然云克氏先以乳、再以臂就蛇受嚙: v, ii, 302與303間科介云: "To an asp, which she applies to her breast," "她置蝰蛇于乳", 既而白其侍女云: "Peace, peace! / Dost thou not see my baby at my breast, / That sucks the nurse asleep?" (v, ii, 307–309) "安靜, 安靜! /你不見嬰孩在我乳上, /吮吸得乳母欲睡嗎? " 稍後311與312間科介又云: "Applying another asp to her arm," "置另一蝰蛇于臂上"。按今日學者多以爲克氏以毒簪刺臂自殺, 非以蛇。【嶙峋】*asperas*, 蛇爲鱗蟲, 指其鱗介, 然*asperas*亦有兇殘義。斯賓塞(Edmund Spenser)《僊后》(*Faerie Queene*) 1, 5, 50敍兩詐女(Duessa)遊歷幽冥, 遭逢克萊奧帕克拉幽靈: "High minded Cleopatra, that with stroke / Of Aspes sting her selfe did stoutly kill," "心氣高的克萊奧帕特拉, 用蝰蛇的嚙咬/之攻擊果毅地自殺"。

27.【身體】*corpore*，據史載蛇咬處爲手臂，詳見上注。

28.【盡飲】*conbiberet*，謂蛇毒汁液注入體內。Heinze：其恐怖倍勝於曰bibere venenum，"飲毒汁"也。【烏黑】*atrum*, NH：既實寫毒汁之色，亦喻其致命。今按毒蛇毒液多爲淡色甚至無色，NH說恐乖博物學。黑應衹喻其能致命也。

29.【精心決斷的死】*deliberata morte*，詳見上行27注。【更兇】*ferocior*，褒詞也，言其視死如歸之剛毅氣概。Heinze：爲其不令敵人得逞受押解遊行於屋大維凱旋式也。NH：曰【更】者，非較阿克襄海戰時而言，而謂其遭艱危氣概益增也。Fraenkel稱此語爲 "a monumental attribute," "讚詞如勒石銘金"（p.160）。今按，與上行21【更高貴】*generorius*互文，皆謂其逢難愈勇也。歌德自傳《詩與眞》（*Dichtung und Wahrheit*）第十三卷由其小說主人公維特自殺爲題泛論自殺，嘗言及克氏之死曰："用蝰蛇以致最精緻、最快、最無痛的死不辱沒一位在光彩快樂中度過一生的女王。"（IX, p.584）

30.【不卑微】*non humilis*，謙言格（litotes），見上行21【更高貴】*generosius*注引普魯塔克《傳》85, 4語。又，該傳篇末所綴《比較德謨特利與安東尼》（*Comparatio Demetrii et Antonii*）1, 3贊克氏曰γυναικὸς ὑπερβαλομένης δυνάμει καὶ λαμπρότητι πάντας πλὴν Ἀρσάκου τοὺς καθ' αὑτὴν βασιλεῖς, "此婦人在能力與出色上超出除阿耳薩古[按指安息開國之主]外所有君王。"

31.【被褫】*privata*，指褫奪王權。詩人意謂克氏如被解至羅馬行凱旋式，王位則將遭褫奪。參觀上行25注引丟氏《羅馬史》LI 11, 2。"私人"拉丁文作privata。據普魯塔克（《傳》85, 3），克氏自盡前遣使寄遺書於屋大維，屋大維發書即遣人疾奔克氏囚處；使至，逕排闥而入，εὖρον αὐτὴν τεθνηκυῖαν ἐν χρυσῇ κατακειμένην κλίνῃ, κεκοσμημένην βασιλικῶς. "見克氏已歿，屍陳於金榻上，身著王者盛妝"。【利伯艇】*Liburnis*，快艇，體輕，亞底亞海北岸土著利伯種人（Liburni）首剙，故名。據普魯塔克（《傳》67, 2），阿克襄海戰，屋大維以利伯艇追逐安東尼座艦。普羅佩耳修III 11, 44："baridos et contis rostra Liburna sequi,"

"利伯艇的艦艏追隨小舟與船篙"。H《對》1, 1–2: "ibis Liburnis inter alta navium, / amice, propugnacula," "你將登上利伯艇來在, /朋友[即梅克納], 軍艦的高聳的望樓中間"。

32. 【凱旋式】*triumpho*, 原文以之結束全篇, 乃詩人有意爲之, 以預言屋大維自埃及班師回京後, 將行凱旋式, 譯文倣之。

{評點}:

前30年八月初一日屋大維、亞基帕率羅馬軍陷亞歷山大城, 安東尼自裁。未幾, 克萊奧帕特拉亦自戕。捷報傳抵羅馬, 長老院敕舉國同慶, 是篇即屬于此時。屋大維克安東尼, 平埃及, 終結羅馬內戰, 詩人聞之歡忭欲狂, 全篇凡八章三十二行竟以一渾圓句貫穿到底, 直爲一氣呵成也。

前年, 阿克襄海戰大捷, H嘗賦《對歌》9(見下附錄)。然彼時屋大維、亞基帕所將羅馬水師雖大勝安東尼、克萊奧帕特拉所率埃及水師, 卻尚未全殲逆黨, 故詩人喜悅之餘, 仍有殷憂: hostiliumque navium portu latent / puppes sinistrorsum citae, "敵艦藏於港內, 船艉疾速左航。" 比及羅馬官軍掃蕩殘敵, 陷亞歷山大城, 二渠首雙雙自盡, 詩人始覺百慮全消, 於是縱飲舞蹈, 盡抒喜悅之情。

詩雖爲即興而賦, 卻並非率性而爲。阿爾凱殘篇332爲慶米提倫(Mytilene)僭主彌耳斯洛(Myrsilos)之死而詠, 爲H是篇起首所憲章焉:

νῦν χρῆ μεθύσθην καί τινα πὲρ βίαν
πώνην, ἐπει δὴ κάτθανε Μύρσιλος, ...

今日應喝醉并應強飲, /既然彌耳斯洛已死。

阿爾凱詩雖唯存此二行, 開篇之外, 二詩當尠有類似(Fraenkel, p.159)。Syndikus云(pp.323–24)阿爾凱詩賀僭主之死, 蓋全爲復讎解恨; H詩則非止於稱慶, 末三章讚敵人絕命之慷慨, 雖其顛仆爲義不容逭, 然其赴死卻英烈可敬, 不辱其顯赫身世也。詩人慶賀官軍克敵之時，仍能稱讚所殲讎敵勇毅過人，頗顯其格調之高、心胸之廣，故而博得學者如Fraenkel激賞(pp.160–61)：

　　贊揚戰敗女王所顯之大度不應視作孤立現象。其源于希臘人理想(雖然并非總能實施)，即深敬人性之尊嚴。羅馬人學而化之，其民天性堅刻直至枯燥，然反成希臘倫理園中沃土，最宜嬌美花草生長。其雖統治全球，卻深知不當羞辱敗敵，羞辱敗敵即爲自辱也。

　　舊約《約書亞書》10: 24有語曰："約書亞招以色列衆，語軍長曰：'爾前，置足於王頸。'遂前，如言而行"；《詩篇》110: 1亦云："耶和華謂我主云：坐我右，我將以爾敵置爾足下兮。"此類言語暨埃及列王頌詩等等，乃至古代東方(埃及暨西亞)裝飾藝術品中圖像所示——敵人匍匐于勝者脚下或馬蹄下——，其揆一也。此乃古希臘羅馬藝術中所無(惟其遵循其傳統而不背離)者，更殘忍類型爲罕例，首現于公元後二世紀，皆來自東方。H讚揚克萊奧帕特拉則示至尊治下羅馬仍與波希戰爭時雅典共有道德理想，雖二者生活觀已迥異。……埃斯庫洛或H同胞……所宣皆爲最優秀者心聲，……人類後世歷史中，能如此詩一般既慶勝利亦顯人道之作洵爲罕見。

Fraenkel爲猶太學者，移居英倫自德國，其能斥舊約乃至西亞傳統所含睚眥必報、直至食肉寢皮之殘忍狹隘尤爲難能可貴。然其弟子Nisbet與Hubbard卻不以其師所論爲然(NH, pp.410–11)，於H此詩以及克氏均頗有微詞：

　　詩如有何大度可言，則在其後半，克氏自殺僅爲欺騙其劊子手也……詩歪曲史實。莎士比亞依據普魯塔克所勾畫之克氏乃一有謀算、沉溺肉慾、不值得信賴之人。H詩乃演說家之說辭：其効力非凡，而於理解史實則無補。克氏卒年三十九歲，其人醜陋，其性睚眦必報，今有錢幣圖像爲證。

今按克萊奧帕特拉爲人詭詐善變是實，屋大維攻亞歷山大城之初，安東尼先勝後敗，乃至誤以爲克氏已死，隨即自殺，恐皆爲克氏操縱所致，其意在于送舊迎新，欲結歡於屋大維也。後終覺色誘屋大維無望，難免羞辱，遂決意一死。NH痛貶克氏爲人，雖難免種族成見，尚未可全曰荒謬，然遽據以斥H此篇"於理解史實無補"，則恐未安。

詩非史，豎琴詩尤在於抒發詩人胸臆，雖即當日軍國大事而發者，仍未可苛求所賦皆爲信史。亞里士多德以詩含玄理勝過實錄者，非緣其所言較史爲詳，而因其所詠能超脫一時一地一人之偶然、直指更高、更普遍之理也。H詩寫克氏之死，固非欲以詳盡勝。然其聲既殆同羅馬國家之喉舌，其人爲元首之良友，當此之際，其謳歌讚歎靡不應以詩人爲國家元首代言視之，以此H詩能超脫恩讎、贊已殲之敵人格品質不辱身份，豈非適可得證羅馬境界胸懷，示其能克敵制勝非祇關武運、亦賴道德勝於彼乎(Lord Macaulay所謂："the moral superiority of the victors," I 22)？於此，H詩於後人思古知往乃至發明眞理何嘗未有所增益也？至於莎士比亞能踵事增華，既明察人性，又悲憫爲懷，何讓氣量狹隘見識淺陋之學究哉？盎格魯薩克森之冷酷功利之於近代帝國之建立固然有效有利，然若盡賴此而未得理想之光輝耀，恐尚輸古羅馬帝國一籌也。

屋大維討逆諱言爲內戰，爲此而加克萊奧帕特拉以子虛烏有之顛覆羅馬罪，以此戰爲禦外敵、以安東尼爲附敵，非首惡(丟氏《羅馬史》L 6, 1)。屋大維所用討伐口實，H詩中處處謹從，無一語明言安東尼，始終祇言討伐克萊奧帕特拉，與《對》第九迥然有別。

詩既以一渾圓句貫穿全篇，其風格屬雄辯術中高尚風格(上引NH評語稱H爲演說家)，必藉此長短相錯、疾徐相繼之累士波豎琴詩律(阿爾凱式)不得極盡其恣肆跌宕之辯才。詩以一長句貫穿全篇，分解爲若干子句，以成其婉轉起伏之勢，Syndikus辨此詩法憲法品達(p.325 ff.)。品達頌歌詩思恣肆洋溢，"故劬有平行對偶等整飾句法，常以分詞形容詞連接子句等成分，于一句似將結束之時，忽生新枝，開拓新界，出人逆料"；詩句多不結束于章末，喜以酒神頌式跳躍（saltus dithyrambicus）延伸至下章。H師法品達，亦非全然因襲，仍處處可見其獨有風格，于奔放流暢之餘可見結構安排之整飭：全詩八章可析爲四組：一組僅含首章，其後二章爲二組，四、第五章爲三組，末三章爲四組。一組以三度複言之"今日" *nunc* 排比句始，呈三聯遞增（tricolon crescendo，即三子句每下愈長）之式；其後每組均含二元平行或交錯結構（行6–8："Capitolio ... ruinas, funus et imperio parabat," 行16–19："accipiter velut mollis columbas aut leporem citus venator," "nec ... nec ...," "ausa et ... visere ... fortis et ... tractare," 等等），且亦呈遞增之勢。

　　以集中編次覘之，此詩爲第一卷倒數第二首，與同卷正數第二首遙相呼應，I 2呈屋大維詩攄詩人憂懼，其時內戰暫歇，天步未夷，王途尚阻，國運且懸而未決，元元翹首企盼天降神子扶危拯溺；比及I 37則向者所懼今已殄滅，曩時所期今皆應驗。以此前後二首啟合，對稱排佈，以翼首卷，詩人經營之匠心，洵爲縝密。

　　屋大維殲滅埃及女王並安東尼事，見諸當日羅馬詩歌者，本詩之外，尚有維吉爾《埃》VIII 675 ff.、普羅佩耳修III 11、IV 6諸篇章詠敘，其中普氏IV 6寫克氏著墨頗多，可與H詩並讀。此外維吉爾《埃涅阿記》中狄多故事亦影射克氏（參觀拙著《命運與敬虔》，《小批評集》，頁十二–十八）。

附錄：
賀拉斯《對歌集》中第九首爲阿克襄海戰大捷而賦，可爲本篇參照：

Quando repostum Caecubum ad festas dapes
　victore laetus Caesare
tecum sub alta – sic Iovi gratum – domo,
　beate Maecenas, bibam
sonante mixtum tibiis carmen lyra,
　hac Dorium, illis barbarum？

ut nuper, actus cum freto Neptunius

　　dux fugit ustis navibus

minatus urbi vincla, quae detraxerat

　　servis amicus perfidis.

Romanus eheu – posteri negabitis –

　　emancipatus feminae

fert vallum et arma miles et spadonibus

　　servire rugosis potest

interque signa turpe militaria

　　sol adspicit conopium.

at huc frementis verterunt bis mille equos

　　Galli canentes Caesarem

hostiliumque navium portu latent

　　puppes sinistrorsum citae.

io Triumphe, tu moraris aureos

　　currus et intactas boves ?

io Triumphe, nec Iugurthino parem

　　bello reportasti ducem.

neque Africanum, cui super Carthaginem

　　virtus sepulcrum condidit.

terra marique victus hostis punico

　　lugubre mutavit sagum,

aut ille centum nobilem Cretam urbibus

　　ventis iturus non suis,

exercitatas aut petit Syrtis Noto

　　aut fertur incerto mari.

capaciores adfer huc, puer, scyphos

　　et Chia vina aut Lesbia,

vel quod fluentem nauseam coerceat

metire nobis Caecubum.

curam metumque Caesaris rerum iuvat

dulci Lyaeo solvere.

何時所藏的卡古酒,/因凱撒的大捷而喜樂,/我要與你在慶祝筵會上在高堂裏(這爲猶夫所喜),/蒙福的梅克納,一同暢飲,/有豎琴伴奏混合龠管的詠歌,/或爲多里亞或爲番邦[即弗呂伽]之調?/如新近時,湟普頓之元首,在海上被打敗逃竄,艦船付之一炬,以枷鎖威脅吾城者與背信的奴隸友善。那羅馬人──你們後人將否認──鬻身於那婦人,披甲操兵爲士卒,竟侍奉多皺褶的太監,在旌旗林中日頭見證了那乘輦。兩千高盧人朝它掉轉嘶鳴的戰馬,山呼凱撒。敵艦藏於港內,船艎疾速左航。嗚呼,凱旋式,你豈耽攔金乘和稚嫩的特牛?嗚呼,凱旋式,自尤古特之戰你未能帶迴相匹的領袖,其賢德建立於迦太基之上的平阿非利加的斯基庇歐(Scipio)也不如。陸上海上戰敗之敵以喪袍易換絳衣,他或是朝有百城堂皇的革哩底島乘不屬自己的風而行,或是造詣凱風激盪的敘耳提,或是載去未知的大海。上更敞闊的樽來,小子,盛着基阿酒或累士波酒,或是盛上能治反胃的卡古酒。當以甘美的呂奧[以酒神代指酒]消解對凱撒的事務的憂懼。

{傳承}:

法蘭西十八–十九世紀詩人勒布侖(Ponce Denis Ecouchard Lebrun, 1729–1807年)集中讚歌第四首(Ode IV)慶1783年不列顛承認北美各邦獨立,首章頗捃撦H詩啟端:

Chers amis, armons-nous d'un Verre !

Célébrons la Paix et Bacchus.

D'un pied libre frappons la Terre ;

Albion ! tes Fils sont vaincus !

親愛的朋友們，上琉璃酒杯！/慶祝太平和酒神。/以解放的
腳讓我們蹈地；/阿爾比昂[按代指不列顛]！你的子弟被擊敗！

後世詩人賦克萊奧帕特拉故事，知名莫過莎士比亞院本《安東
尼與克萊奧帕特拉》。莎士比亞所據係普魯塔克《安東尼傳》（用Sir
Thomas North轉譯自法文本），非H此詩。然除箋注已徵引者外，戲中尚
有數處可資比較。茲取戲中克氏自道其不欲遂屋大維所願押解至羅馬
語于下：

Cleo.　　　　　　I dare not, dear,
　Dear my lord, pardon: I dare not,
　Lest I be taken: not th' imperious show
　Of the full-fortun'd Caesar ever shall
　Be brooch'd with me, if knife, drugs, serpents, have
　Edge, sting or operation.

(IV, xv, 21–26)

克氏：　　　　　我不敢，親愛的，
　親愛的夫君，原諒我：我不敢，
　怕被拿去：運道盈溢的凱撒
　倨傲的展覽永不會有我做
　點綴，若是尖刀、藥和毒蛇有
　鋒刃、蜇螫或效果的话。

克氏繼而語屋大維信使Procleius又曰：

Know, sir, that I
Will not wait pinion'd at your master's court,
Nor once be chastis'd with the sober eye
Of dull Octavia. Shall they hoist me up,

And show me to the shouting varletry

Of censuring Rome? Rather a ditch in Egypt

Be gentle grave unto me, rather on Nilus' mud

Lay me stark-nak'd, and let the water-flies

Blow me into abhorring; rather make

My country's high pyramides my gibbet,

And hang me up in chains.

(v, ii, 52–62)

知否，先生，我可不要

折翅坐待於你主子的官裏，

也毋受乏趣的屋大維婭的

冷眼。他們要把我吊起，展示

給臧否我的羅馬城中歡呼

的僕役麼？埃及的溝壑于我

纔是更溫和的墳墓，我寧願

裸身臥於尼羅河的淤泥上，

任身生水蠅腫脹令人作嘔；

讓我國的金字高塔做我的

絞刑架，吊我以鐵索。

再後：

Cleo.　　Now, Iras, what think'st thou?

Thou, an Egyptian puppet shall be shown

In Rome as well as I: mechanic slaves

With greasy aprons, rules, and hammers shall

Uplift us to the view. In their thick breaths

Rank of gross diet, shall we be enclosed,

And forc'd to drink their vapour.

Iras. The gods forbid!

Cleo. Nay, 'tis most certain, Iras: saucy lictors

  Will catch at us like strumpets, and scald rhymers

  Ballad us out o' tune. The quick comedians

  Extemporally will stage us, and present

  Our Alexandrian revels: Antony

  Shall be brought drunken forth, and I shall see

  Some squeaking Cleopatra boy my greatness

  I' the posture of a whore.

Iras. I'll never see't! for I am sure my nails

  Are stronger than mine eyes.

Cleo.   Why, that's the way

  To fool their preparation, and to conquer

  Their most absurd intents.

$$(v, ii, 206–25)$$

克萊: 現在,伊拉,你覺得怎樣?
    你個埃及傀儡,要跟我一樣
    在羅馬供人展覽:供人使喚
    的奴才圍着油膩的圍裙,手
    拿規矩鐵錘,將把我們吊起
    讓人觀賞。我們將被他們有
    糠菜味兒的粗息包圍,被迫飲
    他們的熱氣。

伊拉: 眾神啊千萬別!

克萊:一定會的,伊拉:神氣活現的
    執梃們會像拿私窠那樣拿
    我們,癲痫頭的唱曲兒的要
    把我們編排出格兒:有急智的
    笑星要演我們,將活現我們

亞歷山大城鬧劇；安東尼作

醉鬼出場，我會看到唧嗻的

克萊奧帕特拉男旦婊子腔兒

扮我的高大。

伊拉：　　　　　哦天地神明啊！

克萊：一準兒會的。

伊拉：我一定不要看到，我的指甲

比我眼睛厲害得多。

克萊：　　　　　　　　啊，這樣

纔能騙過他們的籌備，戰勝

他們最荒唐的心願。

三十八

示隸僮
AD PVERVM MINISTRVM

　　筵席飾以日域奢物皆非吾所喜見：無論椴樹膜所縈花冠、抑或反季玫瑰，吾皆不欲。第用桃金娘即可。置辦如此樸素無華之物，汝莫以爲恥，小子，如其宜乎我淺斟慢飲納涼於葡萄架下者何！

{格律}：

　　薩福(Sapphicum)。

{繫年}：

　　詩中無可據以編次撰作日期者，然此篇既爲首卷末篇，又與I 20相關聯，故學者多推斷其屬就較晚，約前26–23年之間，Numberger, p.314.

{斠勘記}：

　　Q. Horati Flacci carminum liber primus explicit. incipit liber secundus Q carminum etc. Ξ Ψ 案此篇後皆有卷一終，卷二始等字。

{箋注}：

　　1. 【飾物】*adparatus*，尤指裝點筵席之奢華飾物，特標其爲【波斯】*Persicos*者，西洋古時言奢華輒稱波斯等東方之地，參觀尼波(Cornelius Nepos, 約前100–24年)《名將列傳・保桑尼亞傳》(*Excellentium* *imperatorum vitae: Pausanias* 3, 2)：“epulabatur more Persarum luxuriosius quam qui aderant perpeti possent,”“遵波斯人習俗設宴，其奢華非所豫者能堪”。此處並非特指III 1 44 “Achaemenium costum,”“亞述的香料”。【憎惡】*odi*，爲placet，“喜”之反義詞，參觀《書》II 1, 101：“quid placet aut odio est,”“所喜或所憎”。近代西洋語言通譯作haïr / hate / hassen等(唯意大利語同拉丁語：odiare，Canali譯本)。現代諸語義含爲讎與不喜二義，原文謂後者。杜少陵詩“生憎柳絮白於綿”之“憎”庶幾近之；參觀I 3, 1。【小子】*puer*，僮僕，參觀I 19, 14及注。

2. 【椵】*philyra*，指椵樹外皮之下軟皮，古時常用以結束或編織，此處用以結束花環。椵皮天然易得，然以結束玫瑰花環，詩人仍以爲奢。普利尼《博物志》XVI 65：“e quibus vincula tiliae vocantur tenuissimumque eorum philyrae, coronarum lemniscis celebres antiquorum honore.”“以之[即椵樹下皮]所製者稱作椵樹索，椵樹內皮至薄者又稱椵帶，古時因作以爲榮耀之冠帶而知名。”蓋H以爲椵皮結束之玫瑰花冠，較古人以椵皮結繩爲冠者爲奢華也。

3–4. 【遲綻的玫瑰】*rosa … sera*，古時意大利玫瑰爲春花，羅馬帝國時代立玫瑰節(Rosalia)於五月，意大利夏日酷暑乾燥故而不華。【遲綻的玫瑰】與次章【葡萄繁枝】*arta vite*互參，當指榮華於盛夏無疑，故行7曰【葡萄繁枝下】*sub arte vite*。古博物學家忒奧弗拉士多(Theophrastos，約371–約287年)《植物志》(*Historia plantarum*) VI 8, 2曰：τὸ δὲ ῥόδον … τελευταῖον μὲν φαίνεται πρῶτον δ’ ἀπολείπει τῶν ἐαρινῶν· “末季玫瑰綻開之時，春季初開者[花]已謝”。維吉爾《農》IV 119嘗言及有玫瑰種名Paestum者，可於春秋二季花開二度：“biferique Rosaria Paesti,”於此處所言無關。【追索】*sectari*言四處尋訪以致之。逞園藝之奇技，俾花卉反時綻放，道德家斥爲放佚人慾悖逆天性，塞內加《致盧基留書》CXXII 8曰：“non vivunt contra naturam qui hieme concupiscunt rosam fomentoque aquarum calentium et calorum apta mutatione bruma lilium, florem vernum, exprimunt ?”“冬日欲致玫瑰、冬至時以溫水保暖變溫以催生百合等春花之人豈非逆天違性？”以玫瑰點綴筵席，集中另見III 29, 1–5：“tibi / non ante verso lene merum cado / cum flore … rosarum et / pressa tuis balanus capillis / iamdudum apud me est,"“爲你此前未曾傾倒的罈中醇酒連同……玫瑰花和給你秀髮壓榨的油楸菓我久已備好"。後世詩人亦嘗同發此問，莎士比亞《愛的徒劳》(Loues labour's lost) I i, 104–107："Why should I ioy in any abortiue birth? / At Christmas I no more desire a Rose / Than wish a Snow in Mayes new fangled shows; / But like of each thing that in season growes."“我爲何要在流產中得到樂趣？/聖誕節我不會要枝玫瑰/就如同在五月新鼓捣的戲里求一片雪；/而只喜歡按季生長的東西。"【追索】sectari，本義爲追獵，例如《雜》II 2, 9："leporem sectatus,"“追獵野兔"。合【滯留】moretur而有二義：他處有玫瑰延遲綻放；因搜尋玫瑰而滯留他處。

　　5.【桃金娘】myrto，常見於南歐地中海沿岸，古時以爲其葉可去酒氣，用以侍酒宴參觀II 7, 25，言其爲愛神所喜，見I 4, 9及注。然此處未明言情意，或暗指焉。

　　5–6.【何所……不在意】nihil … curo，意同禁令，如謂置辦桃金娘外，勿操他務。以nihil爲賓語從句關係代詞，別見《世》11："possis nihil urbe Roma visere maius,"“羅馬城以外你不可能得見更偉大者。"

　　7.【葡萄繁枝下】sub arta vite，意谓葡萄藤遮蔭之涼亭，南歐地中海濱人民喜于涼棚下納涼消暑，有如中國舊時之豆棚，“栽得豆苗堪作蔭，勝於亭榭反生香"(清聖水艾衲居士《豆棚閒話·弁言》)。

{評點}：

　　H是篇有所規模，題材章法皆祖前代希臘、希臘化詩人尋常託題。稱不羨東方富庶，寧因易就簡，但求簪花沐浴之清新自然，H前已見《英華》XI 3无名氏所賦箴銘體詩：

ἤθελον ἂν πλουτεῖν, ὡς πλούσιος ἦν ποτε Κροῖοσος,

　κὰι βασιλεὺς εἶναι τῆς μεγάλης'Ασίης·

ἀλλ' …

… …

τὴν Ἀσίην πωλῶ πρὸς μύρα καὶ στεφάνους.

　　我欲富有，有朝一日如富有的[呂底亞王]革羅伊索，/做大
亞細亞的王：/然而……我寧願鬻亞細亞以市香水與花冠。

　　宴飲不求侈靡，惟以清新樸實爲樂，則見《英華》XI 34腓洛德謨
(Philodemos)箴銘詩：

Λευκοΐνους πάλι δὴ καὶ ψάλματα, καὶ πάλι Χίους
　　οἴνους, καὶ πάλι δή σμύρναν ἔχειν Συρίην,
καὶ πάλι κωμάζειν, καὶ ἔχειν πάλι διψάδα πόρνην
　　οὐκ ἐθέλω· μισῶ ταῦτα τὰ πρὸς μανίην.
ἀλλά με ναρκίσσοις ἀναδήσατε, καὶ πλαγιαύλων
　　γεύσατε, καὶ κροκίνοις χρίσατε γυῖα μύροις,
καὶ Μυτιληναίῳ τὸν πνεύμονα τέγξατε Βάκχῳ,
　　καὶ συζεύξατέ μοι φωλάδα παρθενικήν.

　　白紫羅蘭和絃樂、還有基阿的/葡萄酒、敍利亞的沒藥，我
不要，/我不要作樂爲歡，不要帶來/讓人口渴的倡女：這些我都
憎惡，因爲瘋癲。/但是你給我結束起水仙，讓我/嚶嚶橫笛，輕
觸絲緞般膏油的肢體，/給我以米提倫的葡萄酒潤肺，/讓我與
害羞的閨女同結連理。

詩人命僕侍飲，更係希臘會飲詩中常語，阿納克里昂殘篇356曰：

ἄγε δὴ φέρ' ἡμίν, ὦ παῖ
κελέβην, ...

來，小子，給我拿上/酒杯……

又如殘篇396：

φέρ' ὕδωρ φέρ' οἶνον ὦ παῖ φέρε δ' ἀνθεμόεντας ἡμὶν
στεφάνους ἔνεικον, ...

拿水來，拿酒來，哦小子，拿花編的/拿花冠來，……

　　H是作雖通篇撫拾前哲朔意及意象，然仍不失爲佳構者，爲其謀篇極爲整飭，雖短小，實精悍故也。Syndikus析其章法甚詳(p.333)，兹撮其要：詩前後二章調呈和聲對位，上章貶奢華，下章讚樸素，每章各含三分句(Kola)，其中上章前二與下章末二分句皆短，均爲詩人自述，以翼篇中内核；又原文此上下四分句各含十一音節！(中譯上章前二分句亦克步武原文，然下章後二分句惜未克傚法)；餘下二分句(上章3–4行，下章5–6中迄“在意”)皆爲詩人囑奴語，而此二分句中動詞佈置復呈對稱：前一分句動詞mitte居句首，後一分句動詞curo居句末，各自統馭所括之二分屬子句。

　　今按：Syndikus未明言而實可爲其說更增旁證者，原文此居中二長分句均又各下轄從句：前者含狀語從句quo ... moretur，後者則有定語從句nihil allabores，亦呈對稱。

　　Syndikus又云(pp.333–34)：二章語義相反相對，各章啓端尤爲明顯：Persicos“波斯”(原文如譯文均居篇首)對simplici“樸素”，adparatus“飾物”(原文居首行末)對adlabores“操忙”(原文如譯文均居下章第一行末)等。

　　詩雖短小，又多對稱，詩思卻跌宕有致，故不至呆板：詩以斥奢始，然並未作成一篇廊柱派清心寡欲說教，而以寥寥數語，點出天然簡樸之樂，讀來清新娛人。

　　長詩I 37風格莊嚴、題材重大，詩人續此短章於其後，以收束詩集首卷，頗顯用心。蓋詩人不欲讀者首卷讀罷，心情凝重；且又如Heinze所云，詩人自寫小像，描畫葡萄架下引盃賦閒之狀，又爲與嵌入卷首序詩之行樂圖(I 1, 19–22)遙相呼應也。

{傳承}：

H此詩有英國皈依天主教、入耶穌會詩人霍普金斯(Gerard Manley Hopkins, 1844–1889年)英譯：

Ah child, no Persian — perfect art!
Crowns composite and braided bast
They tease me. Never know the part
　　Where roses linger last.

Bring natural myrtle, and have done:
Myrtle will suit your place and mine:
And set the glasses from the sun
　　Beneath the tackled vine.

{比較}：

反時爲妖

《左傳·宣公十五年》伯宗諫晉景公曰(15.3)："天反時爲災，地反物爲妖"。杜預注後句曰："羣物失性"。《漢書》卷二十七中之上《五行志第七中之上》論羣物失性由微及著循序漸進，分別顯現於草木、蟲豸、六畜直至人類，其中"凡草物之類謂之妖，妖猶夭胎，言尚微"（頁一三五三）。後世草物之妖見於文人筆端者尤以花開不以時爲最。北宋人高承《事物紀原》卷十《牡丹》條記傳說云："一說武后冬月遊後苑，花俱開，而牡丹獨遲，遂貶於洛陽，故今言牡丹者，以西洛爲冠首。"（頁五五一）武后臨幸，衆花爲其反季綻放，以言武后爲妖異也。唐以後醜詆武后之野史雜稗甚蕪雜，此說尚屬其中較蘊藉者。後世小說家頗采焉，且往往添枝加葉。馮夢龍《醒世恆言》卷四《灌園叟晚逢仙女》述及此事，全襲原說中刺武后之旨，情節雖略事敷衍，然尚未稱詳細。清人李汝珍《鏡花緣》第四回《吟雪詩暖閣賭酒，揮醉筆上苑催花》及其後數回，演繹此事不惜連篇累牘，時而天上，時而地上，洞天花仙與帝家宮娥交相輝映，絢爛奪目，儼然做就一篇大文章，以爲全書楔子，最爲可觀。古人舊說本以反季開花爲妖，以襯女主武后之邪異，北平子竟能翻案，幻想一女子世界，其思想之超前、想象之奇詭，有不讓《西遊記》者矣。

卷　第　二

一

呈波里歐
AD ASINIVM POLLIONEM

　　汝作春秋，勾勒內戰史，以內亂實昉於墨忒洛平章年，探賾索隱，揭櫫時變原委經過，條分縷析其背後機變如何深不可測、諸霸如何連橫合縱。千頭萬緒紛紜如此，汝一以括之，著作之險難不啻以足履炭也。今高古悲劇已不合時宜，然汝作史之餘，卻另著悲劇以媲美希臘經典。筆耕之外，汝本是出名訟師、國之棟樑。戰安息鎮東疆，汝得行凱旋式於羅馬，贏得不朽榮耀。聽汝凱旋式時所陳戰事，令人彷彿身臨其境；汝述及凱撒、龐培等霸主雖降伏全世界，惟不能摧折卡圖倔強之心。越在疇昔，羅馬人滅勁敵迦太基於非洲，而今內戰之中羅馬後裔自相殘殺於迦太基遺址，遂令迦太基人深讎得報。內戰之血肥沃意大利原野，遍地墳塋，何川不紅、何海不殷？東疆安息遂趁機蠶食羅馬領地疆土。

　　然而書此痛史之時，切莫丟棄清商艷曲，莫從西蒙尼德學寫殯歌；請共我於詩神之洞內彈奏輕歌曼曲。

{格律}：

　　阿爾凱式(Alcaium)。

{繫年}：

　　舊時多次於約前30–31年，屋大維克安東尼之後；NH(詩序)以爲脫如此，詩人不合與波里歐闊論內戰，因後者內戰時中立於屋、安之間不欲偏倚一方；更宜次於阿克襄海戰之前，前34年前後。按NH之說恐未足據，詩中既無偏向波里歐之語，亦無不利於至尊之詞，此詩既與前三卷一併發佈於前23年內戰既定多年之後，曩昔內戰之中詩人於諸勢力無論親疏向背，皆不妨其於至尊"定鼎"、天步既夷之後，特書內戰之慘烈也。苟依NH繫年，波里歐史著其時似應尚未臻備，與詩中所言相扞格；且詩中引涉維吉爾前29年問世之《農事詩》，定於34年亦恐嫌過早。或有學者據此詩各章分組爲2／2／2／3／1樣式而推斷作於前26–23年間。要蓋內證外證皆不足，除NH所主34年以外，其餘二說以26–23年似更合情理。詩中內證或呈多歧者，豈因詩人初草此篇後，既以其爲第二卷序詩，故於全集發佈之前嘗反復增刪修改乎？

{斠勘記}：

　　16. Delmatico *Ξ*（加R）　Dalmatico *Ψ*D *Servius*　案二者異體字。

{箋注}：

　　1.【墨忒洛】*Metello*, Porphyrio古注云謂崑·墨忒洛，氏迅捷者(Q. Metellus Celer)，前60年平章，妻革洛狄亞(Clodia)爲羅馬名媛，放佚佻達，聲名狼藉，屢遭西塞羅攻訐，參觀《凱里歐申辯辭》(*Oratio pro Caelio*)。其辟平章之年，龐培、凱撒結盟，龐培舉薦凱撒於翌年繼墨忒洛爲平章。其時，龐培、克拉蘇反目，凱撒居間調停，遂有翌年(前59年)三霸分權之盟(triumviratus)，史稱前三霸共治(primus triumviratus)。繼而，三霸之盟瓦解，內戰釁起，共和亡，凱撒遇害；旋又有後三霸之盟(alter triumviratus)，後三霸同盟復破裂，內戰再起，直至至尊弭平內亂，帝國一統：種種時變，皆起於前三霸結盟共治，故曰【肇於】*ex*。墨忒洛所撰史記應自其任平章時起，以龐培、凱撒結盟爲內戰釁首，後遂爲史家公論。【民變】*motum ... civicum*，內戰婉稱，爲當時時語，【民】*civicum*指國民，國民互攻，是爲內戰，拉丁語與現代歐洲語言(la guerre civile, civil war, der bürgerliche Krieg等)皆同。參觀至尊《功勳碑》10, 2："eo mortuo qui civilis motus occasione occupaverat," "在此民變起時居此職者死後"。原文單以【變】(*motum*)字居行首，豫攝全篇，中譯不克傚傲。按西洋古代高古詩歌如荷馬史詩以及步其後塵之維吉爾史詩皆以全詩首字豫攝全篇宗旨，H以豎琴詩行此史詩詩法，風格莊嚴，足見其欲鄭重其事，又因其爲二卷序詩首字，頗見詩人匠心安排。

2.【由】_causas_，墨戎洛所撰史記據載憲法希臘良史修昔底德（Thoukudides），其所著《匹洛之島戰史》深究雅典斯巴達戰爭釁起緣由，墨氏內戰史踵之，敘事不始於內戰起時，而回溯至凱撒、龐培結盟之日。波呂比奧(Polybios)《史記》III 32, 6云：ἀκμὴν γάρ φαμεν ἀναγκαιότατα μέρη τῆς ἱστρίας εἶναι τά τ' ἐπιγινόμενα τοῖς ἔργοις καὶ τὰ παρεπόμενα καὶ μάλιστα τὰ περὶ τὰς αἰτίας. "蓋因吾輩曰史著之至高要務乃事變發生之後及相伴隨之事，然其最緊要者乃關乎其因由也。"**【委曲】**譯_modos_，指內戰興起及其進程。

3.【機運】_Fortuna_，見I 34, 23注。**【機運的博弈】**_ludum Fortunae_，與下行6**【危機】**與**【擲骰】**_periculosae aleae_互文，機運喜博戲，參觀III 29, 49 f.："Fortuna saevo laeta negotio / et ludum insolentem ludere pertinax," "機運女神喜歡瘋狂營生，還/固執於玩耍不尋常的遊戲"。詳下該行注。言機運尤當意謂三霸命運各異：克拉蘇後東征安息兵敗被執遇害，凱撒雖終得獨霸羅馬，然竟死於非命，皆可謂機運弄人也。參觀《英華》X 80帕拉達(Palladas)箴銘詩：παίγνιόν ἐστι Τύχης μερόπων βίος, "人生即機運之博具也"。**【元首們】**_principum_，謂三霸，凱撒、大龐培、克拉蘇等。

4.【沉重的友誼】_gravis ... amicitias_，**【友誼】**_amicitas_謂凱撒與龐培合盟之約，非謂其私交。普魯塔克《凱撒傳》13, 2敘凱撒競選平章遭長老院卡圖抵制，遂返羅馬自高盧，ἦν δὲ τοῦτο διαλλαγὴ Πομπηΐου καὶ Κράσσου τῶν μέγιστον ἐν τῇ πόλει δυναμένων οὓς συναγαγὼν ὁ Καῖσαρ εἰς φιλίαν ἐκ διαφορᾶς, καὶ τὴν ἀπ' ἀμφοῖν συνενεγκάμενος ἰσχὺν εἰς ἑαυτόν. "其計策爲與京城中最強者龐培、克拉蘇二人調停交好，變不睦爲友誼，集其強勢於己身。"謂**【友誼】**_amicitias_**【沉重】**_gravis_, 利鈍格(oxymoron)也。**【沉重】**固謂二人聯盟於國運爲舉足輕重，然恐尤指其後果如內戰等之嚴重也，見下行29。

4–5. 指內戰致國民蹀血。H屢稱內戰爲**【罪孽】**_vitia_(行2)，故內

戰中兵器可曰爲國民之血所汙,須禳解方可消除癘殃,《說文》禳字
詁云:"磔禳祀,除癘殃也"。以內戰中同胞之血所汙刀兵殺戮外敵
(如安息等)始可消罪免殃,如I 35, 38–40所言。羅馬人以爲外敵之血可
禳解內訌中所遭之釁,參觀塔西佗《繫年史》I 49:"truces etiam tum
animos cupido involat eundi in hostem, piaculum furoris ; nec aliter posse
placari commilitonum manis quam si pectoribus impiis honesta vulnera
accepissent.""此時他們狂躁之心皆充滿向敵進軍之慾望,以爲其騷
亂之禳祭;他們以爲除了讓他們不虔的胸膛爲遭罹這樣榮譽的創傷外
別無可令其戰友之幽靈安息者。"【汙衊】uncta, 中譯【衊】字本義爲
汙血,作動詞義爲以衊(汙血)涂抹,爲俗語"汙蔑"本字本義。【凝血】
cruoribus, Heinze猜測字本悲劇院本,一如維吉爾《埃》IV 687:"atque
atros siccabat veste cruores.""拭乾其衣上黑色衊血。"

6. 全爲同位語,概括全句(行1–7中),中譯以括弧標示。【骰】aleae,
骰子,博具也,俗稱色子,中譯【擲骰】,取辭白樂天《就花枝》:"醉翻
衫袖抛小令,笑擲骰盤呼大采。"上行3云【機運的博弈】,羅馬人目機運
如擲骰,恰合中文"投機",投機者,骰機也。以骰子喻羅馬內戰,暗射凱
撒麾師橫渡魯比貢河、啟內戰之釁時名言:"骰子已擲。"普魯塔克《凱
撒傳》32, 6與《龐培傳》60, 2記作:ἀνερρίφθω κύβος, 隋東尼《凱撒
傳》32記其拉丁原文作:"iacta alea est." 戰場瞬息萬變,視戰事爲擲骰
子,西洋詩歌洵非尠見,古有埃斯庫洛悲劇院本《七雄攻忒拜》(Hepta
epi Thebas)414:ἔργον δ' ἐν κύβοις Ἄρης κρινεῖ, "戰事亞瑞以骰子決
此役";近有斯賓塞《仙后》1, 2, 36:"So both to battell fierce arraunged
arre, / In which his harder fortune was to fall / Vnder my speare: such is
the dye of warre.""於是二人都兇猛對陣, /他倒霉的機運將在其中/隕
落:這就是戰事的骰子。"以上行1–7,原文以連詞et羅列諸名詞,於修辭
法稱**多項連接法**(**polysyndeton**)。解作機運變幻無常,Heinze以爲於詩
意重複行3,不若解作謂史家著書,謂其危機四伏,失足則爲灼傷(行8)
也。撰寫當代史不易成功,參觀小普利尼(C. Plinius Caecilius Secundus,
61–約113年)《書信集》V 8, 12:"tu tamen iam nunc cogita quae
potissimum tempora aggrediar. vetera et scripta aliis ? parata inquisitio,

sed onerosa collatio. intacta et nova？ graves offensae levis gratia."“汝
以爲我應主孳何代？古代已爲人所書者乎？研究已然現成，然成篇則費功
夫。抑或現代、人所未觸者乎？易於取難，難於取悅也。”

7.【編摩】tractas，拉丁原文本義爲以手摩挲，引申爲研討著述，
乃tractatus“論文”一字本義。漢譯取中世紀以後所生詞語編摩，明
高啓《奉天殿進〈元史〉》(《高青丘集》卷十四)以謂著史，尤合H此
詩："詔預編摩辱主知，……書成一代存殷鑑，列朝千官備漢儀。"
西洋古人於史家剪裁記敘之法多有論述，波里庇歐XXIX 12, 2曰：
ὅταν γὰρ ἁπλᾶς καὶ μονοειδεῖς λαβόντες ὑποθέσεις βούλωνται
μὴ τοῖς πράγμασιν, ἀλλὰ τῷ πλήθει τῶν βύβλων ἱστοριογράφοι
νομίζεσθαι καὶ τὴν τοιαύτην ἐφέλκεσθαι φαντασίαν, ἀναγκαῖόν
ἐστι τὰ μὲν μικρὰ μεγάλα ποιεῖν. "因每當此輩孳討一二事時，輒不
欲以其問題而欲以其書籍之多爲人許爲良史，樹此形象，必要將小做
大方休。"塔西佗《史記》I 2云："opus adgredior opimum casibus, atrox
proeliis, discors seditionibus, ipsa etiam pace saevum." "吾將探討多災
多難、狂野於戰爭、動盪不休、雖太平時亦瘋狂之史。" NH猜測tractas
字H或逕取自波里歐所撰史記弁言。按以塔西佗引文覘之，其說不中亦
不遠，而該字本義轉義兼用於句中，轉義研討著述謂其史著，本義以手
摩挲領上行【刀兵】arma。

7–8.【如同】意譯et，並且，原文言譬喻如直陳事實，中文意譯，以
明其爲譬喻。希臘羅馬詩文中多以餘燼之下有餘火譬喻舊情，意謂可
死灰復燃(英文俗語所謂"an old flame")，例如迦利馬庫箴銘體詩集
45, 2(《英華》XII 139)有：πῦρ ὑπὸ τῇ σποδιῇ· "灰燼下之火"之說；普
羅佩耳修I 5, 5云："ignotos vestigia ferre per ignis," "足底踏過低俗之
火"。然詩人轉變成語原義以喻身歷險境。譬喻所言之火，應指火災後
灰燼，非如英國史家麥考萊(Macaulay, *History of England*, ch. 6)解作
火山餘燼也："When the historian of this troubled reign turns to Ireland
his task becomes peculiarly difficult and delicate. His steps — to borrow
the fine image used on a similar occasion by a Roman poet — are on the
thin crust of ashes beneath which the lava is still glowing." "記載這一

多難朝政的史家轉向愛爾蘭時，其仔肩尤爲艱難令其提心吊膽。其步驟(藉用某位羅馬詩人在類似場合所用精準意象來說)如足履一層薄灰，而其下的火山巖漿尚在發光發熱。"履炭之險，參觀舊約《箴言》6: 27–28："豈有抱火而衣不焚？豈有履炭而足不熱？"曰灰燼【騙人】*doloso*，因其似死實猶未滅，可死灰復燃故也。

9. 行首於意應補ergo，"故而"(Heinze)。【悲劇】*tragoediae*，波里歐所撰悲劇院本，今不傳，然嘗得H與維吉爾褒贊：H《雜》I 10, 42："Pollio regum / facta canit pede ter percusso，""波里歐以三蹋腳/伴奏歌詠列王的功業，"言其所作悲劇格律爲三步短長格(iambicus trimeter)；維吉爾作於前39年《牧》8, 10曰："sola Sophocleo tua carmina digna coturno，""惟你的歌配得上索福克勒的革靴"(*coturno*詳下注)。【莊嚴】*severae*，Heinze: 非泛言悲劇(今按：希臘人所謂σεμνότης)，而專謂波里歐所規模之希臘經典悲劇風格，以區別於今人一味誇張悲情之悲劇。H不喜悲劇煽情催淚，參觀《書》I 1, 67："ut propius spectes lacrumosa poemata Pupi，""爲了更近觀看普庇的催淚小詩"；3, 14："an tragica desaevit et ampullatur in arte ？""抑或他依悲劇做派一味狂野咆哮？"云云。此行讓步子句意謂：嚴肅高古的悲劇今雖罕見。彌爾頓名篇《沉鬱者》(*Il Penseroso*, 97–100)以gorgeous迻譯*severa*："Som time let Gorgeous Tragedy / In Scepter'd Pall com sweeping by, / Presenting *Thebs*, or *Pelops* line, / Or the tale of *Troy* divine.""有時讓鮮絢的悲劇/身著配權杖的袞袍橫掃而至, /上演忒拜或伯洛的血脈, /或神樣的特羅亞的故事。"【詩詠】原文*musa*，該字通常大寫作詩神解，然此處特指歌詠(carmen, cantus)，非指司歌詠之神，見Bo, Musa條3. Kießling, Heinze, Vollmer, Klingner, Numberger等皆作此讀，中譯從之；英國諸本自Bentley以降(Wickham, Bailey, NH)以及德國舊本如Keller/Holder, Ritter, Orelli等作大寫，不從。

10. 【劇場】*theatris*，作者公誦己作(recitatio，老塞內加《爭論集》(*Controversiae*)4. pr. 2："primus [Pollio Asinius] enim omnium Romanorum advocatis hominibus scripta sua recitavit."）於廳堂之風據稱權輿興於波里歐，此類悲劇院本亦多祇供朗誦，不供演劇，此處所言【劇

場】學者多以爲弗謂伶人粉墨登場之勾欄，而謂朗誦廳(Numberger)。波里歐悲劇院本過於莊重，難以取悅時人，然H以爲適爲其佳處，無論如何，此處劇場非指其悲劇甚明。參稽II 17, 26;《書》I 19, 41 f.: "spissis indigna theatris / scripta pudet recitare et nugis addere pondus," "我的書不宜於擁擠的劇場朗誦、煞有介事插科打諢令我含羞"。

10–11.【編列國事】*publicas res ordinaris*，非指從政，而指其撰寫史記。【編列】原文*ordinare*本義爲序列編次，屢以謂史家撰史，涅波(Cornelius Nepos)《名將傳・阿提古傳》(*Attacus*)18, 1: "moris etiam maiorum summus imitator fuit antiquitatisque amator, quam adeo diligenter habuit cogitatam, ut eam totam in eo volumine exposuerit, quo magistratus ordinavit." "他傚倣古人風俗既已臻極致，亦好舊慕古，汲汲於致知，且陳其所知於一部書中，該作編列歷代職官。"按所謂編列者，實合和司馬遷"考其行事，綜其始終"(《報任少卿書》)與陸機"選義按部，考辭就班"(《文賦》)也。劉知幾《史通》第十三章曰《編次》，其篇首曰: "昔《尚書》記言，《春秋》記事，以日月爲遠近，年世爲前後，用使閱之者雁行魚貫，皎然可尋。至馬遷始錯綜成篇，區分類聚。班固踵武，仍加祖述。"

11–12.【刻科羅的革靴】*Cecropio coturno*，【刻科羅】(Cecrops)＝阿提卡(Attico)或雅典，刻氏始建雅典城，故以其名稱其城，詩中若逕稱Atheniensi則不合格律。不直稱其名，而以刱始者稱之，一如史詩以父稱子之語式，皆爲風格古樸高尚之詩歌辭藻，參觀I 28, 1注所引《英華》VII 21西米亞(Simmias)索福克勒墓志銘。【革靴】*cothurno*係希臘字κόθορνος，厚底，上以革緱纏於足踝上至胫腓，中國古時所謂靴韡(《急就篇》卷二)差近，顏師古注曰: "胡履之缺前壅者也"; 希臘悲劇中英雄角色所著，如京劇生角著朝靴然。此處以德指格(metonymia)指悲劇詩歌，亦暗射上行9注引維吉爾《牧》8, 10。西洋後世詩歌以革靴代指悲劇爲習語，前引彌爾頓詩其後(101 f.)云: "Or what (though rare) of later age, / Ennobled hath the Buskind stage." "或其後的時代(雖罕見)，/使著革靴的舞臺高尚。"【宏偉的使役】*grande munus*，指悲劇詩歌使人高尚，故潛心撰作悲劇可謂高尚之工(使役)。*munus*字義豐富，有仔肩、職貢、祭奠、演劇、饋贈、恩惠等義，此處諸家訓義皆近仔肩，而不訓爲演劇，Bo: officium, partes; Koch及Numberger: ernste Aufgabe; NH: your sublime role; 指詩人撰作悲劇院本自任仔肩之壯，《藝》306："munus et officium, nil scribens ipse, docebo," "自己不寫，我將要教授[詩歌的]仔肩與職分"。荷爾德林名篇題爲*Dichterberuf*，譯作《詩人的職分》(全文並中譯見II 19{傳承})，"職分"(Beruf)之說，應取義於此。

13. 【哀慟苦主】*maestis ... reis*，羅馬風俗，人陷官司，對簿公堂時訟師唆掇被告親屬扶老攜幼當庭嚎啕，誇張至於身披凶服，極盡哀慟之能事，以博同情，信可增訴訟勝算。按西塞羅《凱里歐申辯辭》(*Pro M. Caelio oratio* 2, 4)言事主凱留受審，父母蒞庭，摹寫極爲生動："nam quod de pietate dixistis, est ista quidem nostra existimatio sed iudicium certe parentis. quid nos opinemur audietis ex iuratis ; quid parentes sentiant lacrimae matris incredibilisque maeror, squalor patris et haec praesens maestitia quam cernitis luctusque declarat." "至於你們所說他的孝，那衹是我們的看法，而判詞肯定是要父母下的。我們有何看法，你們將從起誓的干證那裏聽到；而其父母的感覺如何，已由他母親的眼淚、她令人難以置信的哀嚎、父親所着的凶服、你們能察覺到的他的陰鬱和悲哀所宣示了。"崑提良IV 1, 30 ff. 嘗詳論此庭辯演說苦肉計。今存波里歐演說辭九篇之中八篇爲庭辯辭。【聚議堂】*curia*，本爲羅馬諸城邦民選舉之代議會，譯作聚議會，其中羅馬城內聚議會所名作霍斯提留聚議堂(Curia Hostilia)，後復有猶流聚議堂(Curia Iulia)，羅馬長老院即聚會於此，故此處藉指長老院。【平章國是】原文*consulenti*爲名詞consul(譯作平章)之動詞形態，通常爲及物動詞，此處語義絕對，無須賓語，義爲諮政。原文於意應補te，"你"。《尚書‧堯典》："九族既睦，平章百姓；百姓昭明，協和萬邦。"《千字文》："吊民伐罪，周發殷湯；坐朝問道，垂拱平章；愛育黎首，臣伏戎羌；遐邇一體，率賓歸王。"後世以爲職官名，瞿蛻園《歷代職官簡釋》云："平章是商量處理的意思。"(黃本驥《歷代職官表》附篇，頁五二)行平章之職者依理應咨詢長老院以平章政事，H此處反謂波里歐受長老院諮政，欲彰顯其一言九鼎之權重也。史稱波里歐權傾長老院至耄耋之年。

14.【干城】*praesidium*，已見I 1, 2注。【干城】兼領【苦主】與【聚議堂】。據崑提良《雄辯術原理》X 1, 113、塔西佗《演說家談》(*Dialogus de oratoribus*)25, 3，羅馬演說家中，波里歐僅遜於西塞羅，今存其辯辭九篇，八篇爲庭辯。【波里歐】*Pollio*，即C. Asinius Pollio，生於前76年，卒於西元5年，*RE* 2. 2有傳："Asinius" 25, pp.1589–1602。一生爲政、將兵之餘，兼擅風雅，少時嘗與卡圖盧(Catullus)、基納(Cinna)、加洛(Gallus)等詩人遊。又如詩中所云，著有悲劇院本行世。其祖爲古意大利部落馬魯奇諾人(Marrucini，世居半島中部，臨亞底亞海，古稱Teate地區，今名基厄蒂Chieti)，父爲羅馬騎士; 年二十二即因訟蓋由・卡圖(Gaius Cato)揚名。內戰起，波里歐依附凱撒。凱撒自高盧迴師渡魯比貢河攻略意大利，波里歐相隨焉，後轉戰埃及。或曰前47年嘗領庶民參政。凱撒征埃及與西班牙，嘗効命麾下。前45年受凱撒舉薦辟爲當年十四先導(praetor)之一。既而再受命於外，將兵西班牙以抗龐培。凱撒既遇害，職勒庇多(Lepidus)調停，往說龐培棄西班牙，自領三軍團代其駐紮焉。凱撒甫歿，羅馬政局混亂，波氏稍稍親近安東尼。後三霸分政期間遂受命於安東尼，摠領七軍團於跨波河高盧(Gallia Transpadana，即阿爾卑山以內高盧，Cisalpina Gallia，在意大利北部)。在任時免維吉爾產業於征調。前41年，屋大維圍殲馬可・安東尼胞弟路求(Lucius)於俾魯希亞(Perusia，今Perugia，在意大利半島中部)。波里歐雖與安東尼結盟，卻未傾力相救。有傾，三霸主和解，前40年同卡爾維奴(Cn. Domitius Calvinus)共任平章。其間維吉爾以《牧歌》第四首獻之。翌年，戍東疆，與帕提人戰於達爾馬提亞(Dalmatia，或Delmatia，今巴爾干地區，詳見下行15注)，同年十月二十五日以得勝行凱旋式。厥後退隱，不復仕焉，轉而沉潛文藝粗耘學殖，以高壽終。所著《內戰記》起於前60年，迄腓力比之役(前42年)，全書今不傳，惟遺隻言片語。本篇以外，H《雜》I 10末列數詩人所許精於鑒賞詩歌之方家達人，波里歐名次其中。

15.【月桂】*laurus*，凱旋式中，勝將頭戴月桂枝冠，右手執月桂枝。【達爾馬】*Delmatico*，即Δαλματία，在亞底亞海東岸，今克羅地亞。前39或38年十月二十五日波里歐克帕提人於伊利里古(Illyricum)，伊利里古在達爾馬以北，H用以泛指，未可過泥。長老院爲旌表此役授波里歐行凱旋式於羅馬。H時代羅馬行凱旋式，依法須爲義戰(iustum bellum)，戮敵不少於五千，經長老院敕準，稱義勝(victoria iusta)，始可舉行，勝將稱統帥(imperator)。至尊朝以後， imperator爲皇帝專稱，他人不得僭用，行凱旋式遂成皇帝特權。維吉爾《牧》8, 6–7逕稱波里歐得勝之地爲伊利里古："tu mihi, seu magni superas iam saxa Timavi / sive oram Illyrici legis aequoris，""你或是正在翻越大提馬的山巖/或是徜徉於伊利里古的海岸，"殆未詳其實情歟。

16.【彩飾】*honores*，拉丁字本義爲榮譽榮耀，引申爲由此而得佩戴之彩飾，尤指花環葉冠，II 19, 14 "honorem"同此，參觀該注。

17–18.【號角】*cornuum*屬步兵，其聲也鈍；【彎號】*litui*屬騎兵，其聲也凌厲，參觀I 1, 23–24及注。

17.【就在此時】*iam nunc*，Heinze：波里歐一身而兼將軍、演說家、詩人、政客皆見於此。此章筆法用希臘修辭家所謂鮮活筆法ἐνάργεια，哈利卡耳納索人丢尼索(Dionysos Halikarnasensis, 約前60–約前7年以後)《呂希阿論》(*De Lysia*)7云：αὕτη [sc. ἐνάργεια] δ' ἐστὶ δύναμίς τις ὑπὸ τὰς αἰσθήσεις ἄγουσα τὰ λεγόμενα，"[鮮活筆法]指能令其所言直接感官之能力。"尤宜於描寫戰爭，令聽衆彷彿身臨其境，如聞其聲、如見其人。崑提良VI 2, 32："insequitur ἐνάργεια, quae a Cicerone illustratio et evidentia nominatur, quae non tam dicere videtur quam ostendere ; et adfectus non aliter quam si rebus ipsis intersimus sequentur.""其次爲鮮活筆法，西塞羅稱之爲'明示與顯明法'，其法非在於言語而在於展示；隨之而來之情感不啻令人身臨其境。"參觀Lausberg § 810。

19–20.古時兩軍對壘軍容可震懾敵軍。【甲冑的輝煌】*fulgor armorum*：荷馬《伊》XI 82 f.：καὶ νῆας Ἀχαιῶν / χαλκοῦ τε στεροπήν, ὀλλύντάς τ' ὀλλυμένους τε. "[他眺望]亞該人的艦船，/青銅的閃光，殺人者和被殺者"。普羅佩耳修IV 6, 25 f.："tandem aciem geminos Nereus lunarat in arcus, / armorum et radiis picta tremebat

aqua,""涅律彎曲戰陣爲雙弓形如曉月, /水映刀兵的寒光而顫動"。
崑提良X 1, 30："neque ergo arma squalere situ ac rubigine velim, sed
fulgorem inesse qui terreat, qualis est ferri, quo men simul visusque
praestringitur,""因而我不會讓兵器爲霉瘢或鏽跡汙染, 而是要令其鋼
鐵樣輝煌閃耀, 以使[敵人]內心與目視皆爲其震撼"。此節描繪激戰場
景學者多以爲以前48年凱撒大敗龐培於法撒洛(Pharsalus, 在希臘帖
撒利)之戰爲藍本, 法撒洛之役, 波里歐嘗預焉。據普魯塔克《凱撒傳》
45, 2、《龐培傳》71, 5等, 凱撒命其兵卒擲梭鏢專擊敵人之面, 以爲敵
人年少貌俊, 不堪毀容, 一旦面夷, 則罔顧其他, 必致自亂陣腳:

  οὐδὲ μηροὺς παίοντες ἐκ χειρὸς ἢ κνήμας τῶν
πολεμίων, ἀλλὰ τῶν ὄψεων ἐφιέμενοι καὶ τὰ πρόσωπα
συντιτρώσκοντες, ὑπὸ Καίσαρος δεδιδαγμένοι τοῦτο
ποιεῖν, ἐλπίζοντος ἄνδρας οὐ πολλὰ πολέμοις οὐδὲ
τραύμασιν ὡμιληκότας, νέους δὲ καὶ κομῶντας ἐπὶ κάλλει
καὶ ὥρα, μάλιστα τὰς τοιαύτας πληγὰς ὑπόψεσθαι καὶ
μὴ μενεῖν, τὸν ἐν τῷ παρόντι κίνδυνον ἅμα καὶ τὴν αὖθις
αἰσχύνην δεδοικότας.

  [凱撒軍人]不刺敵股或脛, 而專投擲其面以夷其顏, 凱撒
教其爲此也, 料敵人不習戰事與傷亡, 卻年少髮長, 自惜美貌
青春, 最懼此類打擊, 從而不能堅守, 不但怕當下之危險, 同時
亦怕日後之羞恥。

  ——應即【辟易】*fugacis*所本。H特言【容顏】*voltus*, 即指此。交
戰是否不懼面夷, 可以判勇怯, 詳見後{比較}一。
  21.【聽見】古鈔本及古注皆作*audire*。舊時Beroaldus與Bentley、
近時Bailey與NH皆以爲動賓不協(聽⇔首領等), 遂改爲videre, "看",
以遷就賓語。Porphyrio古注解作詩人想象親聆將軍鼓動士兵於疆場,
Kießling / Heinze從此讀; Fraenkel (p.236)以爲【聽】上承行17–18

號角云云，謂詩人想象（並轉述）波里歐演說，稱己聆聽其繪聲繪色講述當日鏖戰場景。Syndikus（p.340）、Numberger皆從Fraenkel。今按：Fraenkel、Syndikus說是，NH、Bailey等似未識詩人所用鮮活筆法（ἐνάργεια），非是解人，以一己之蔽塗乙原文，不可從。

21–22.【並非不光彩之土】*non indecoro pulvere*，謙言格（litotes），因爲國而戰而蒙塵，故云。戰塵或征塵參觀I 6, 14.【大首領們】*magnos ... duces*，以複數單指龐培，尤緣龐培號稱大龐培（Pompeius Magnus）故。

23.【征服的全地】*cunta terrarum subacta*，據丟氏《羅馬史》（XLIII 14, 6），塔卜索之戰後（詳下注），凱撒號稱已征服所有人居之地，故長老院表決立凱撒之乘銅像於首神廟，置諸羅馬全境景盤之上（ἐπὶ εἰκόνα αὐτὸν τῆς οἰκουμένης），與猶庇特像對峙。

24.【卡圖】*Cato*，力反三霸合盟，殊死以抵凱撒，性褊燥，奉行廊柱派哲學，其人生平已見I 12, 35及注。Heinze以爲上文所言【聽見】者，當含如聞卡圖退至烏提卡（Utica）後，窮途末路，與同伴探討廊柱派哲學時所發宏論。據普魯塔克《卡圖傳》67, 2, σφοδρὸς ἐμπεσὼν ὁ Κάτων καὶ τόνον προσθεὶς καὶ τραχύτητα φωνῆς ἀπέτεινε πορρωτάτω τὸν λόγον, ἀγῶνι θαυμαστῷ χρησάμενος, ὥστε μηδένα λαθεῖν ὅτι τῷ βίῳ πέρας ἔγνωκεν ἐπιθεὶς ἀπαλλάττεσθαι τῶν παρόντων, "卡圖亟辯其非[此前他人所論]，情緒激烈，聲音高亢，語調強烈，且面向與會者長篇大論，衆人爲之震驚，於是無不覺其已自知大限將至、唯求解脫自目前狀況也。"希臘化暨羅馬時代史家多喜描寫英傑臨死英勇之狀，普魯塔克《希臘羅馬人物比傳》中此類描寫屢見不鮮，《卡圖傳》外，《凱撒傳》、《安東尼傳》等皆然。

25–28. 指前46年猶流•凱撒敗墨忒洛•希庇歐（Metellus Scipio）所率龐培餘部並努米底亞（Numidia）王猶巴（Iuba, 已見I 22, 14注）土兵於迦太基之塔卜索（Thapsos, 參觀I 12, 35注），希庇歐兵敗請降，凱撒不許，盡屠龐培黨人五萬於此地。此章意謂古時雖有猶諾偏袒迦太基，然未能保其布匿戰爭後免遭羅馬人夷滅；今羅馬人於迦太基舊址自相殘殺，不啻爲以昔日戰勝迦太基士兵子孫之性命爲人牲祭祀其祖所屠滅之迦太基人也，必令親者痛讎者快。

25.【猶諾】*Iuno*，以羅馬神名指迦太基護祐女神塔尼(Tanit)，基督教入北非前以天上女神(Dea Caelestis)之名受人民供奉。羅馬神話傳說中猶諾親迦太基之說由來已久，維吉爾《埃》I 15："quam [sc. Karthago] Iuno fertur terris magis omnibus unam posthabita coluisse Samo,""據說猶諾唯寵之[迦太基]，勝過所有地方，/薩摩亦弗及"。古代晚期有羅馬人施召喚(evacatio)之術自迦太基迎猶諾來羅馬之說，見Servius維吉爾《埃》古注(ad XII 841)，Fraenkel敘之甚詳，pp.237–39。此處【阿非利】*Afri*，直譯阿非利人或非洲人，即指迦太基人。參觀IV 4, 42–44敘漢尼拔橫掃意大利："dirus per urbis Afer ut Italas / ceu flamma per taedas vel Eurus / per Siculas equitavit undas.""當那可怖的非洲人如火過/松林或滔風經西西里/波濤般馳騁義大利城邦。"【更親】*amicior*，較於羅馬人而言。

26.【撤出】*cesserat*，古人以爲，城池將陷，其神明輒先棄城而去。維吉爾《埃》II 351埃涅阿自敘特羅亞城陷時，語其麾下將士曰："excessere omnes, adytis arisque relictis / di quibus imperium hoc steterat,""全都撤離了，衆神離棄了廟宇和祭壇，他們這些國度賴以屹立的。"近世彌爾頓《圣誕讚歌》(*Nativity Ode*)祖此古說："Peor and Baalim / Forsake their temples dim,""毗珥和巴力/棄了他們昏暗的廟"(按二名皆舊約《民數記》與《申命記》所載與耶和華爲敵之神)。詩人、古典語文學學者、H學者豪斯曼(A.E. Housman)，《晚期詩集》(*Last Poems* 37, 7)，有《僱傭軍墓志銘》("Epitaph on an Army of Mercenaries")云："What God abandoned, these defended, / And saved the sum of things for pay.""神所遐棄者，爲之堅守，/還省下一筆當報酬。"

27.【得勝者】*victorum*，指羅馬人，猶古塔之役(見下注)得勝，故云，尤指與力甚深之將崑・該希留・墨忒洛(Q. Caecilius Metellus Numidicus)，以降努米底亞者命氏，前109年出爲平章。【得勝者的子孫】*victorum nepotes*，特指其過繼孫孝子崑・墨忒洛・希庇歐(Q. Metellus Pius Scipio，見上25–28注)，前52年平章，龐培黨人，亦是龐培岳丈，前46年塔卜索之戰統帥龐培部軍，兵敗自殺。希庇歐之死適逢迦太基亡國百年，故盧坎(Lucanius)史詩《法撒洛戰記》VI 310 f. 云：

"Poenorumque umbras placasset sanguine fuso / Scipio," "希庇歐灑血亦未能取悅於布匿的/幽魂"。

28.【猶古塔】*Iugurtha*，約前160–104年爲努米底亞(Numidia)王。前118年，其養父、努米底亞王米奇卜撒(Micipsa)薨，猶古塔與其二嫡子憲卜撒(Hiempsal)、阿達巴(Adherbal)爭王位。猶先害憲卜撒，繼而與阿達巴開戰。阿達巴戰敗，奔羅馬欲假師爲助，羅馬人爲之出面調停，使猶、阿東西分治。前112年，猶古塔再攻阿達巴，屠其都城契塔(Cirta)，爰是與羅馬交惡。時平章卡爾普恩・貝斯提亞(Lucius Calpurnius Bestia)出兵遠剿，史稱猶古塔之役。羅馬之師先獲小勝，然未能克。戰事曠日不決，其間羅馬人統帥被彈收受猶古塔賄賂。時羅馬庶民參政(tribunus plebis)孟謬(G. Memmius)遂邀猶古塔赴羅馬出庭爲干證，且保其人身在羅馬安全。猶古塔於是來赴，然在羅馬時使人暗害其政敵，事發，羅馬人怒，致戰事重啓。平章崑・該希留・墨忒洛(見上注)率七部羅馬軍團親剿努米底亞，然亦未能克敵制勝。翌年，該希留副將、繼任平章該・馬留(Gaius Marius)繼主戰事，遣先導(praetor)蘇拉(L. Cornelius Sulla)斷猶古塔援軍毛利坦尼亞人，一舉生擒猶古塔，猶古塔戰爭終以羅馬人全勝完畢。猶古塔解往羅馬，馬留行凱旋式，引之遊行以爲獻酋。104年，瘐斃於圖良(Tullianum)獄中。H詩中行26–27【未復讎的土地】*inulta ... tellere*，即謂猶古塔兵敗受擒、後瘐斃逮及塔卜索之役始得報復，此前【未復讎】也。塔卜索之役該希留・墨忒洛之孫墨忒洛・希庇歐兵敗自殺、兵卒盡爲凱撒所屠。羅馬人自相殘殺，可謂猶古塔之讎藉猶流・凱撒之手得施報復，彷彿凱撒以墨忒洛・希庇歐爲人牲祭於猶古塔之靈前也。詩人痛惜羅馬人自相戕害，爲反語諷之，非懷猶古塔也。撒盧士修(G. Sallustius Crispus，前86–35年，史家，所著《卡提里納謀逆記》(*De coniuratione Catilinae*)《猶古塔戰記》今傳，參觀下篇2–3注)撰《猶古塔戰記》(*De bello Iugurthino*)，應爲本詩語涉猶古塔戰事段落所本。【人殉】*inferias*，指人祭，古人用戰俘釁鼓，見荷馬《伊》XXI 27 f.： ζωοὺς ἐκ ποταμοῖο δυώδεκα λέξατο κούρους, ποινὴν Πατρόκλοιο Μενοιτιάδαο θανόντος. "[阿基琉]從河中[被困的特羅亞人之中]選了十二箇青年男子/作爲墨諾提奧之子帕特羅克洛的血債抵償"。柏拉圖

《米諾篇》(*Minos*)315b云: Καρχηδόνιοι δε θύουσιν ὡς ὅσιον ὂν καὶ νόμιμον αὐτοῖς, "迦太基人以人牲爲既神聖又合法"。中國上古時亦殺俘虜用爲祭獻,見後{比較}二。

29–36.【哪箇】*quis*、【哪道】*qui*、【哪條】*quae*、【哪片】*quod*、【哪處】*quae*,變格排比(polyptoton,參觀Lausberg § 642),即以同一名詞代詞等之不同變格形態排比使用,中譯藉疑問詞中所含量詞變異對應原文變格。Heinze: 令讀者情感激動,生憐憫與憤怒之情,亦是史家本分。

29.【所沃】原文本爲比較級形容詞*pinguior*,"更肥沃",意謂土地因浸以人血而肥沃。維吉爾《農》I 491 f.: "nec fuit indignum superis, bis sanguine nostro / Emathiam et latos Haemi pinguescere campos." "上天也不覺不值,以我們的鮮血兩度/肥沃厄馬忒亞和海芒的闊野。"普魯塔克《馬留傳》(*Marius* 21, 3)記載阿耳基洛有詩云: 血沃農田:

> Μασσαλιήτας μέντοι λέγουσι τοῖς ὀστέοις περιθριγκῶσαι τοὺς ἀμπελῶνας, τὴν δὲ γῆν, τῶν νεκρῶν καταναλωθέντων ἐν αὐτῇ καὶ διὰ χειμῶνος ὄμβρων ἐπιπεσόντων, οὕτως ἐκλιπανθῆναι καὶ γενέσθαι διὰ βάθους περίπλεω τῆς σηπεδόνος ἐνδύσης ὥστε καρτῶν ὑπερβάλλον εἰς ὥρας πλῆθος ἐξενεγκεῖν καὶ μαρτυρῆσαι τῷ Ἀρχιλόχῳ λέγοντι πιαίνεσθαι πρὸς τοῦ ποιούτου τὰς ἀρούρας.

　　不過據說馬撒里人以人骨爲葡萄園植援,土地在屍首腐爛於其中又經冬雨澆注其上之後,而更肥沃,充滿了腐殖質直至深處,以至於來年出產大豐收,阿耳基洛有言爲證: 土地因此而肥沃。

古羅馬農夫以糞沃田,一如中國,哥倫梅拉(Lucius Iunius Moderatus Columella)《稼穡論》(*Res rustica*) II 5, 2: "disiectum deinde protinus fimum inarari et obrui convenit, ne solis halitu vires amittat et ut permixta humus praedicto alimento pinguescat." "應向前犁入日覆蓋施撒之糞肥，以免日之氣揮發其肥力，以使上述混合肥料之土壤變肥沃。" 舊約《以賽亞書》34: 7："於是血流膏潰，徧潤其地，土壤因以膏腴"。莎士比亞《理查二世》(*Richard II*) IV, i, 137："The blood of English shall manure the ground," "英國人的血將爲土地施肥"，亦云內戰。魯迅《無題》詩句"血沃中原肥勁草，寒凝大地發春華"，言內戰亦同。

29–36. Heinze: 堆積【血】、【墳塋】*sepulcris*，【戰鬪】、【戰爭】、【釁血】，等字以狀戰場之殘酷，於修辭學爲彫琢法(expolitio)，西塞羅《致賀倫紐論修辭》(*Ad C. Herennium libri IV de ratione dicendi*) XLII 54載曰："expolitio est cum in eodem loco manemus et aliud atque aliud dicere videmur." "彫琢法即留駐於一處然所言似各異"。Lausberg §§ 832–38, 區分"所言各異"爲三，分別爲堆積語句，堆積子句或其他句中成份，堆積辭藻，按此處當屬第三種。【非虔】*inpia*，敬虔(pietas)之爲羅馬人最高政治與箇人品質之一，已見I 10, 17–18注，參觀拙著《命運與敬虔》，《小批評集》頁十二–十八。內戰爲大惡、爲國家災難，故稱非虔。

31. 【瑪代人】*Medis*即帕提人，羅馬東疆勍敵，腓力比之戰時，迫羅馬無暇他顧，遂略叙利亞及小亞細亞南部。H言羅馬外敵每舉帕提人爲首，以警策國人捐棄嫌隙，共禦外侮，《對》7, 9 f.："sed ut secundum vota Parthorum sua / urbs haec periret dextera," "但是在帕提人所願的襄助下，/這城[即羅馬]爲自己親手滅亡"；16, 11 f.："barbarus heu cineres insistet victor et urbem / eques sonante verberabit ungula," "噫吁得勝的蠻夷立於骨灰之上，馬蹄/得得踐踏我城"。莎士比亞《安東尼與克萊奧帕特拉》(*Anthony and Cleopatra*) 中安東尼棄東疆，與克萊奧帕特拉縱情聲色於埃及亞歷山大城，有信使來報曰(I, ii)："Labienus (this is stiff-newes) / Hath with his Parthian Force / Extended Asia: from Euphrates his conquering / Banner shooke, from Syria to Lydia, / And to Ionia." "拉比恩(這可是刺耳的消息)/率其安息之師伸展至全亞細亞：自幼發拉底他所嚮披靡的/旌旗翻搖，自敘利亞

到呂底亞，/值到伊奧尼亞。"此外參觀 I 2, 51注。

32.【夕域】*Hesperiae*指意大利乃至全羅馬世界，自安息等東方地域視羅馬爲西域日落之地。漢譯爲【夕域】者，詳見拙著《荷爾德林後期詩歌》評注卷《餅與葡萄酒》行150注，評注卷，頁二九一。

33.【深淵】*gurges*、【河流】*flumina*、【不識】*ignara*與【海】*mare*、【變色】*decoloravere*、【海岸】*ora*、【霑巇血】*cruore*互文，差近中文成語"血流成河"、"流血漂杵"，於修辭法亦屬前述彫琢法（expolitio或希ἐξεργασία）。【海】、【深淵】應指前36年西西里島外米萊海戰，詳見 II 12, 3注。原文【深淵】、【河流】、【海】合而爲全地，參觀 I 34, 9注。

34.【喪慟】*lugubris*，或以爲此希臘字（λυγρός）祖荷馬《伊》XXIII 86: ἀνδροκτασίης ... λυγρῆς，"喪慟的屠戮"。【道諾】*Daunia*，在南意大利阿普里亞（Apulia）境內，此處以連解格（synecdoche）指意大利。NH：【道諾】本爲希臘字（斯特拉波《方輿志》VI 3, 1），不用意大利之Apulia，語格莊嚴。

35–36. 原文叶頭韻c且疊用元音o.

37.【可是】*sed*，詩卒章收束此前冗長"閒篇"，重歸本題，爲品達常用詩法，然H此篇卒章實未返歸初衷，而代以話題轉換，終止沉痛抑鬱，結束於輕鬆柔美。【詼諧】*iocis*，參觀 III 3, 69: "iocosae ... lyrae," "詼諧的豎琴"，皆指豔情會飲類詩。【任性的摩薩】*Musa procax*，對上行9【莊嚴的悲劇】。【任性】指不願受約束而爲所不當爲，《雜》II 6, 66以稱侍筵女奴：vernas procacis. 此處不當爲者即【殯歌之奠】*munera neniae*.

38.【基俄】*Ceae*，基俄島Κέως / Ceos詩人西蒙尼德（Σιμωνίδης ὁ Κεῖος/ Simonides）以哀慟殯歌著稱，卡圖盧38, 7–8: "paulum quid lubet allocutionis, / maestius lacrimis Simonideis." "一點撫慰的話就能令我高興，/[哪怕]比淚淬淬的西蒙尼德還哀慟。"崑提良 X 1, 64: "praecipua tamen eius in commovenda miseratione virtus, ut quidam in hac eum parte omnibus eius operis auctoribus praeferant." "然其[西蒙尼德]特長在於激發悲憫，以至於人或舉其此類之作高於所有此類

作品作者之上。"【殯歌】*nenia* = θρῆνος，如中國古代挽歌瀣露等曲類，臨葬禮而詠者，《左傳・哀公十一年》(11.3)："將戰，公孫夏命其徒歌《虞殯》"。楊伯峻撮李貽德《輯述》、何焯《義門讀書記》諸說出注曰："《虞殯》即送葬之挽歌，……挽歌之起，譙周《法訓》謂起於漢初田橫之徒者，見《文選》'挽歌'《注》引，其實不然。《晉書・禮志中》摯虞引《詩・小雅・四月》'君子作歌，維以告哀'，爲不廢葬歌之證，實則《虞殯》之從者。"(頁一六六二)該字亦可稱主號喪之女神，然非詩人此處用意。【奠】原文*munera*爲上行12【使役】*munus*複數形態，於義兩處則相對，一指寫作，一指所作用爲奠禮，反對【任性的摩薩】之於【莊嚴的悲劇】。參觀維吉爾《埃》VI 885埃涅阿亡父陰魂敘馬耳策盧早夭(詳見注)曰："fungar inani munere," "我將操辦虛無的奠品。" IV 623 f. 狄多臨死時咒曰："cinerique haec mittite nostro munera," "獻給我骨灰以祭奠。"卡圖盧101, 3祭奠亡兄云："multas per gentes et multa per aequora vectus / advenio has miseras, frater, ad inferias, / ut te postremo donarem munere mortis," "吾經過萬國漂浮滄海，/來行你的葬禮，兄弟，/好獻給你最後的死之奠禮。"

39.【丢湼】*Dione* / Διώνη，據荷馬爲愛神阿芙羅狄忒之母，維吉爾《牧》9, 47即取此義："ecce Dionaei processit Caesaris astrum," "看丢湼之後凱撒的星前來"；然希臘化時代及羅馬詩人逕用爲愛神別名，參觀卡圖盧56, 6："si placet Dionae," "若丢湼喜歡"。奧維德《月令》(*Fasti*)V 309："velles coluisse Dionen," "你就侍奉丢湼吧"。H取此古奧之名而捨習見形容詞Venerius者，乃爲聲律所限故也。【洞】*antrum*，洞穴非唯爲幽會佳所(參觀I 5, 3及注)，亦是詩神摩薩及詩歌尋常光顧之地，品達《匹》6, 49：σοφίαν δ' ἐν μυχοῖσι Πιερίδων· "在匹埃里[指詩神摩薩]深杳處的智慧"。普羅佩耳修III 1, 5 f.："dicite, quo pariter carmen tenuastis in antro ? / quove pede ingressi ?" "說吧，在哪箇洞穴裏你們既敷奏小曲/或以何等舞步前趨？"參觀III 4, 39–40："finire quaerentem labores / Pierio recreatis antro," "讓追尋勞役的他圈在/匹埃里的洞穴裏修養恢復"。III 25, 3–6："quibus / antris egregii Caesaris audiar / aeternum meditans decus / stellis inserere et consilio Iovis ?" "哪

些/洞穴將聽到我精心將卓犖的/凱撒永恆的光彩列/入繁星、列入猶父的策士中間？"Numberger: H詩末言愛神維奴，非止以情愛對戰爭，亦因猶流氏族世奉愛神爲始祖也；屋大維爲凱撒過繼嗣子，身列猶流一族，其弭平内戰，致天下太平，H詠其始祖，形同讚頌至尊也。

40.【輕柔些的琴撥】*leviore plectro*喻詩格調輕鬆；對IV 2, 33："concines maiore poeta plectro Caesarem，""詩人你有更大的琴撥將詠凱撒"。參觀奧維德《變》X 150–54："cecini plectro graviore Gigantas … : nunc opus est leviore lyra, puerosque canamus dilectos superis, inconcessisque puellas ignibus attonitas meruisse libidine poenam."　"我已用更沉重的琴撥歌詠了戈岡……: 如今的事是要以更輕的豎琴歌詠爲天神所愛的男童和爲受禁止的火所煎熬犯下情慾之孽的少女們。"

【尋覓】*quaere*寫詩爲尋覓發見，盧克萊修I 142 ff.描摹詩人夜不能寐尋章摘句情景如画："inducit noctes vigilare serenas / quaerentem dictis quibus et quo carmine demum / clara tuae possim praepandere lumina menti，""致使安静的夜晚不眠，/尋覓我能以何言辭以何歌詩/最终伸展明光進入汝心。"卡圖盧116, 1暗喻構思謀篇如獵人追蹤："saepe tibi studioso animo venante requirens / carmina，""常常我專心追索向你尋討/詩歌"。李賀《南園十三首》之六："尋章摘句"雖爲自嘲，言詩人索句則同。

{評點}：

是篇冠第二卷之首，以題材及所贈之人覘之，爲二卷序詩無疑，與弁全集之首之梅克納獻詩(I 1)頗相類似。

二詩所贈者，波里歐與梅克納，可稱頡頏，皆爲當日顯要。波里歐與至尊情誼雖不及梅氏，然權重位高，嘗爲平章，權傾長老院積年，雖梅克納非其匹也；且其崇文尊學，賜還維吉爾被調庸田產、達爾馬得勝後以所掠賞財做亞歷山大城托勒密所造摩薩藏書樓營藏書樓於王宫山，所爲不輸梅氏收贍詩人扶助風雅之舉；且其人著作等身，所作兼有詩、史、院本等，則又非梅克納可望其項背也。

本篇風格莊嚴，第二卷中除19外絕無僅有。開篇排列賓語，揔括波里歐所撰史記題材，至行7始現謂語動詞（其主語人稱原文蘊含於動詞變位），至行14始直呼所贈之人。讀者初讀時心懷懸念，不解詩人所謂，讀至近半疑惑始得冰釋。Syndikus評曰(p.337 f.)，波里歐著述頗豐，題材多樣，然詩人唯亟稱其未竟之史著(*Historiae*，惜今不傳)，言他(悲劇)則語焉不詳，史著之中又祇論內戰，既表詩人期待波里歐大作之殷勤，更因詩人於私於詩皆關情內戰，正可藉題發揮也。

Syndikus又云(p.339)，詩中第三章言及波里歐撰作悲劇院本，既爲諷勸其專心史著，亦暗指詩中所言羅馬內戰爲悲劇。今按H筆致委婉，囑其專心著史，寔藉以諭其才情在史不在詩也。

Syndikus謂(p.340)詩至行17似已窮盡諛讚之辭，難以爲繼，然H詩思深厚、筆力遒勁，後半篇反愈高昂，摹寫戰場栩栩如身臨其境，意境雄渾，措辭精湛，結構整飭。今按其中第七章尤馳騁想象，以塔卜索之屠爲猶古塔之冥報，甚爲詭譎，洵非庸手可及。

八、九章以變格排比反問句貫穿，全詩激憤壯烈之情至此爲最。之後卒章做品達詩法話題邊轉，自莊入諧，止悲慟，勸行樂，自道將以輕柔琴撥撫弄清商短曲，豫攝本卷宗旨格調。以第二卷中篇什覘之、以H所擅之場域而言，此篇序詩結語可謂恰如其分矣。

全篇結構以章計呈2/2/2/3/1格式。

{傳承}：

法蘭西文藝復興時詩人杜・貝萊(Joachim du Bellay)讚歌集第十二首《贈卡爾》(*A Carles*, 45–61)捃撦H此篇中數章於己詩，唯以英法戰爭易H之羅馬內戰耳：

> I'oy la buccine à ceste fois,
> Avec l'epouventable voix
> Du canon qui l'oreille etonne,
> Et le hault phyfre qui resonne.
> Ia le harnoys resplendissant
> Fait peur au cheval hanissant,

Et aux yeux du souldard timide,

　Qui fait de sang la terre humide.

Ie voy les vainqueurs chevaliers

　Ardents au milieu des miliers,

　Souillez des piedz iusqu'à la teste

　D'une pouldre non deshonneste.

Quel champ par la main des Valoys

　N'est engressé de sang Anglois ?

　Qui n'oit le bruit que fait la terre

　Soubs la ruine d'Angleterre ?

　　我這時聽到號角吹響，/伴隨火砲的恐怖/之響震耳欲聾，/還有高調的笛音回盪。/ 已然輝煌的鎧甲/令嘶叫的馬懼怕，/令兵士目光怯懦，/他們以血濡濕土地。/ 我看到騎兵征服者/在千軍萬馬中奮戰，/從頭到腳爲並非/不榮譽的塵埃玷汙。/ 哪箇沙場未因瓦洛人的手/被英吉利人的血所沃？/谁聽不到土地在英吉利國/傾圮時發出的轟響？

{比較}：

一、面夷

兩軍交戰，將士畏面傷，乃懦夫之行，中外皆無異也。《春秋左氏傳・哀公二年》(2.3)敘趙簡子討范氏、中行氏於鐵。"將戰，郵無恤御簡子，衛大子爲右。登鐵上，望見鄭師衆，大子懼，自投于車下。"繼而爲簡子御夫所趣，復登戎車，雖然，禱于車上曰："曾孫蒯聵敢昭告皇祖文王、列祖康叔、文祖襄公：鄭勝亂從，晉午在難，不能治亂，使蒯討之。蒯聵不敢自佚，備持矛焉。敢告無絕筋，無折骨，無面傷，以集大事，無作三祖羞。大命不敢請，佩玉不敢愛。"衛大子初雖因懼戰而墜車，終能以勇自雪其恥，然仍懼面傷者，可見其惜面甚於惜身也。《國語・晉語九》亦載衛大子禱詞略同。

又《國語・晉語三》敘晉惠公與秦戰於韓，"晉師潰，戎馬濘而止。

公號慶鄭曰：'載我！'"慶鄭拒載。惠公卒爲秦所獲。繼而秦歸惠公於國。既歸，令司馬說刑慶鄭。"司馬說進三軍之士而數慶鄭曰：'夫韓之誓曰；"失次犯令，死；將止而不面夷，死；僞言誤衆，死。"今鄭失次犯令，而罪一也；鄭擅進退，而罪二也；女誤梁由靡，使失秦公，而罪三也；君親止，女不面夷，而罪四也。鄭也就刑！'慶鄭曰：'說！三軍之士皆在，有人坐待刑，而不能面夷，趣行事乎！'丁丑，斬慶鄭。"慶鄭於惠公有深怨，故疆場之上拒援手相救，非怯戰也；其雖知惠公歸國自秦己必不免而仍坐以待斃者，或如其所辯本不懼死，或因心懷僥倖亦未可知，然無論如何，軍法以不能面夷責之，可知人以此判別臨陣勇敢與否則無誤也。而《國語•楚語上第十七》敘晉大敗楚師於鄢，"王親面傷"，韋昭《解》曰："王，楚恭王也；面傷，謂呂錡射其目。"則可見戰時懼面傷，恐非僅因其能毀容，尤以其較肢殘體傷愈酷烈也。如此則與凱撒所記布魯圖將校特懼面夷毀容又有不同。

二、釁鼓與獻俘

《左傳•僖公三十三年》(33.3)記秦晉殽之戰，晉敗秦師，獲百里孟明視等三帥。晉襄公聽其母秦女文嬴之命，釋孟明視等三帥。晉師統帥先軫聞之大怒，斥曰："武夫力而拘諸原，婦人暫而免諸國，墮軍實而長寇讎，亡無日矣！"。於是襄公使人追之："及諸河，則在舟中矣。釋左驂，以公命贈孟明。孟明稽首曰：'君之惠，不以纍臣釁鼓，使歸就戮於秦，寡君之以爲戮，死且不朽。若從君惠而免之，三年將拜君賜。'"孟明等竟得脫。其後昭公五年《傳》(5.8)復有欲以俘囚釁鼓而竟不殺事："吳子使其弟蹶由犒師，楚人執之，將以釁鼓。"蹶由說楚王曰："今君奮焉震電馮怒，虐執使臣，將以釁鼓，則吳知所備矣。"楚王爲其說所服，"乃弗殺。"然上古時殺俘囚以祭祀仍以爲常，非特商周古墓攷古中常見，《左傳》亦數載其事，唯作者皆非之以爲謬且不義也。昭公十年《傳》(10.3)曰："[魯國]平子伐莒，取郠。獻俘，始用人於亳社。臧仲武在齊，聞之，曰：'周公其不饗魯祭乎！周公饗義，《詩》曰："德音孔昭，視民不恌。"恌之謂甚矣，而壹用之，將誰福哉？'"僖公十九年《傳》(19.3)斥宋襄公邾人亦同："夏，宋公使邾文公用鄫子于次睢之社，欲以屬東夷。司馬子魚曰：'古者六畜不相爲用，小事不用大牲，而

況敢用人乎？祭祀以爲人也。民，神之主也。用人，其誰饗之？’”此外昭
公十一年《傳》(11.8)所言亦同：“楚子滅蔡，用隱太子于岡山。申無宇曰：
‘不祥。五牲不相爲用，況用諸侯乎！’”西周春秋人祭之爲殷商遺風，參
觀吳其昌《殷代人祭考》，《清華週刊》第三十七卷第九、十期文史專號：
1016–24.

二

贈撒盧士修戒貪
AD SALLVSTIVM CRISPVM

　　白鏐埋於地下則失色澤，不貪財者撒盧士修，苟非用之以節，白銀豈能光燦？普羅庫留友于兄弟，必得長壽，名必長存。能鎮服貪婪之心方能駕馭廣大產業，縱令其產業廣大甚於兼併利比亞與南西班牙之加迪。貪婪如水腫，因自我放縱而增生，愈飲愈渴愈渴愈飲，苟非根除於動脈，否則無以治癒。

　　安息帝國弗老底遭遇反叛，幾爲所逐，終得復辟王位，其人賢德不合俗衆，故而遭剔除於蒙福者之列，然賢德將改變愚眠俗見，唯賢德能致人王國、鞏固王位、得佩桂冠，唯其能不爲財貨所動。

{格律}：

　　薩福(Sapphicum)。

{繫年}：

　　學者多次於前25年，詳下行17注。惟Syndikus(p.350)推斷屬於弗老底首次遭梯里達底驅逐時，即約前30年。按其說似優於舊說。

{斠勘記}：

　　5. vivet] vivit φ¹ l *ras.* π vivat A² ς σχ *Iuvenalis*　案vivit爲直陳式現在時，未安；vivat爲虛擬式現在時，皆不若將來時vivet。

　　7. aget Ξ ⁽ᵃᶜᶜ·ᴿ⁾ σχA Γ agit Ψ *Pph.?*　案後者爲現在時，仍不若前者

將來時，且其時態語氣應與前記所言動詞同。

17. prahaten B a D E M F l δ π prahatem λ phrahaten γ 𝔅𝔩 phraaten A R² phraatem *Priscianus*？ 按皆爲賓格，或從希臘文變格，或從拉丁文變格。

18. plebi Ξ Ψ *Pph.* σχA Γ *Priscianus* plebis Q (除γ¹) π σχΓ 案異讀爲屬格，如此則爲plebis virtus，然庶民未可言德，詩意適爲其反，曰賢德分別之自庶民，蓋以之爲希臘式分離屬格用法也，用法詳見Kühner/ Stegmann, 2, 1, § 87, 2, pp. 474 f.

{箋注}：

1.【藏匿】*abdito*，可參觀《雜》I 8, 42 f.以證其義爲埋藏於地下："utque lupi barbam variae cum dente colubrae / abdiderint furtim terris,"　"她們偷偷將狼鬚連同蛇牙埋藏於地中"。故NH解【貪婪】 *avaris*字爲銀藏於礦（詳下注），"曰土地慳吝者，謂其弗願獻其所藏也，"乃謬。學者如Heinze、Numberger等皆以爲指慳吝人掘地藏銀。 Heinze云，下行【箔條】lamnae已明【銀】*argento*爲已經冶煉鍛造之銀條，非地下礦床中天然礦砂；集中III 3, 49 f.: "aurum inrepertum … cum terra celat,"　"未發現之金……在藏於地時"方謂未采之礦，所言極是。按貴金屬鑄爲箔條易於儲藏轉輸，亦爲財富象徵，藏銀箔如同藏金條，皆爲聚斂也。【貪婪】所指實非藏銀之地，而謂聚寶之人。不曰人貪而曰地貪者，以人之性情品質轉附諸物也，此可目爲羅斯金(John Ruskin)所謂感受錯置(the pathetic fallacy)之佳例，係詩人慣技，不知此無以談詩。III 29, 60 f.: "ne Cypriae Tyriaeque merces / addant avaro divitias mari,"　"以免居比路和推羅城的/貨貨斂財富給貪婪的大海，"其感受錯置一也，然散財沉沙乃因海難，非是船主以海爲聚斂之同謀也。而人因貪婪掘地埋銀，故地爲其同謀，同荷貪婪惡名。西洋古時言人慳吝，必稱其背人掘地埋銀，參觀阿里斯多芬院本《財神》(*Ploutos*) 237–41財神獨白: ἢν μὲν γὰρ ὡς φειδωλὸν εἰσελθὼν τύχω, / εὐθὺς κατώρυξέν με κατὰ τῆς γῆς κάτω· κἄν τις προσέλθῃ χρηστὸς ἄνθρωπος φίλος / αἰτῶν λαβεῖν τι σμικρὸν ἀργυρίδιον, / ἔξαρνός ἐστι μηδ' ἰδεῖν με πώποτε. "假如我碰巧進了吝嗇人家裏，/他立刻就把我埋在地下；/假如有甚麼好人他的朋友走來，/請求借一點兒銀子，/他抵賴說向來沒有看見過我。"（周作人譯文）H詩中另見《雜》I 1, 41 f.: "quid iuvat inmensum te argenti pondus et auri / furtim defossa timidum deponere terra ?" "何以你樂於偷偷存放鉅量/眞金白銀於發掘的地裏？" 此外參稽巴刻居利得3, 10–14: ἆ τρισευδαίμων ἀνήρ, / ὃ παρὰ Ζηνὸς λαχὼν πλείσταρχον Ἑλλάνων γέρας / οἶδε πύργωθέντα πλοῦτον μὴ μελαμφαρέϊ κρύπτειν σκότῳ. "啊，三重蒙福的人/是自宙斯分得希臘人中轄制最廣的禮物者，/他懂得莫把囤積的財寶藏於黝黑的黄泉。"

2. 【無色】*nullus ... color*, 白鑞何以曰無色，諸說紛挐。Porphyrio釋曰："銀藏於寶室，且有諺曰：財富脫非用之以誠信理智，否則無光。" Bentley、Heinze咸從此說。Heinze引斯塔修（P. Papinius Statius）《林木集》（*Silvae*）II 3, 70 f.: "idem auri facilis contemptor et optimus idem / comere divitias opibusque immittere lucem," "蔑視黄金者亦是最善於/以財富裝潢富貴以使其發光者"。按言銀藏於地而無色差若中國諺語衣錦夜行，錦衣非不光燦也，然不以炫耀於人前則與暗淡無光無異；金銀莫非財富也，然埋於地下則何異於無？或（Housman, NH）以爲指銀藏於礦，故無色澤，其說爲謬，已見上注。【箔條】*lamnae*爲商賈乃至工匠用語，非詩用辭藻，參觀下行23 *acervus*【堆】及注。

2–3. 【卷髮撒盧士修】*Crispe Sallusti*, 即C. Sallustius Crispus。依例，羅馬人氏置於姓後（已詳"緒論"§ 1.1），而此處前置者，共和時代拉丁文中雖有成例可循，然亦欲顯其氏*Crispus*本義，讀如形容詞crispus，故中文譯義而不作人名譯音。撒某其人，塔西佗《繫年》（*Annales*）III 30值其物故，爲敘生平曰：

> Crispum equestri ortum loco C. Sallustius, rerum Romanarum florentissimus auctor, sororis nepotem in nomen adscivit. atque ille, quamquam prompto ad capessendos honores aditu, Maecenatem aemulatus sine dignitate senatoria

multos triumphalium consulariumque potentia antiit, diversus a
veterum instituto per cultum et munditias copiaque et affluentia
luxu proprior. suberat tamen vigor animi ingentibus negotiis
par, eo acrior quo somnum et inertiam magis ostentabat, igitur
incolumi Maecenate proximus, mox praecipuus, cui secreta
imperatorum inniterentur, et interficiendi Postumi Agrippae
conscius, aetate provecta speciem magis in amicitia principis
quam vim tenuit. idque et Maecenati acciderat, fato potentiae
raro sempiternae, an satias capit aut illos cum omnia tribuerunt
aut hos cum iam nihil reliquum est quod cupiant.

　　克里士普[按即其號 "卷髮" 音譯]出身騎士苗裔, 該・撒盧
士修, 羅馬良史[按即《卡提里納謀逆記》、《猶古塔戰記》作
者, 參觀II 1, 28注]之甥孫(sororis nepos), 過繼爲其嗣子, 且
一併受其姓名。其致顯赫雖迅捷輕便, 卻傚倣梅克納, 雖無長
老之尊, 實權則欲傾嘗行凱旋式官拜平章者; 其教養與雅緻有
別於古人舊俗, 其瞻富與優裕則近乎奢華。然此種種之下則有
心智活躍, 勝任大事, 貌似昏聵懶惰, 內則銳利。故而當梅克納
在世時位僅遜之, 之後則爲首寵, 帝國隱祕賴其參預, 波圖默・
亞基帕被刺渠全知情。年邁仍倖得元首眷顧, 然實已失之, 以
此亦同梅克納。人命中久享權勢世所罕有, 或因傾其所有以賜
之者心生厭倦, 或因受其所賜者已別無可求。

　　古羅馬名勝撒盧士修花園(Horti Sallustiani)係其私產, 承其史
家養父所遺。今將H詩句與塔西佗比較, 後者稱撒盧士修 "近乎奢
華" (luxu proprior), H則謂其用(*usu*)財知節(*temperato*), 且能散財敦
倫弟兄, 周濟友朋, 蓋撒氏生時應因奢華爲人詬病, 詩人爲之辯誣也。
Heinze測料H或亦嘗受其瞻助, 此篇即爲答謝之作。按詩人許因受其恩
惠故爲恩主辯白亦未可知。

5.【普羅庫留】*Proculeius*, Porphyrio古注: "羅馬騎士, 與至尊

友善，善待其弟兄斯庇歐(Scipio)與穆勒納(L. Licinius Murena，集中稍後II 10即爲贈此人而賦，詳見該篇行1注)，友于之情(pietas)世所罕見(rarissima或作carissima)，二人產業内戰時遭征調，迺分己產與其同黨。"塔西佗《繫年》IV 40記羅馬二世皇帝提貝留嘗言及普羅庫留，稱 "C. Proculeium et quosdam in sermonibus habuit insigni tranquillitate vitae, nullis rei publicae negotiis permixtos," "渠[凱撒]嘗語及普羅庫留及二三子，曰其以淡泊著稱，不預政事。"普氏係梅克納内弟，梅氏妻泰倫夏(Terentia)係其異母女弟。據丟氏《羅馬史》LIV 3, 5，普羅庫留蒙至尊寵信，後者征埃及擒克萊奧帕特拉，普氏嘗與力焉，參觀丟氏LI 11, 4，普魯塔克《安東尼傳》78–79。馬耳策盧(Marcellus, 詳見I 12, 46注)早夭，屋大維嘗有意以女猶利亞(Iulia)喪夫後再嫁普氏。後莎士比亞《安東尼與克萊奧帕特拉》據普魯塔克傳以之爲劇中人(v, ii)，爲屋大維充執訊傳旨埃及女王。普氏亦以崇文好施見稱於世，諷刺詩人猶文納利(Iuvenalis)7, 94 f. 云: "quis tibi Maecenas, quis nunc erit aut Proculeius / aut Fabius ?" "誰是你的梅克納，如今誰將是普羅庫留/或法彪?"據老普利尼《博物志》(*Historia naturalis*) XXXVI 183，普氏後因腹疾不堪其苦飲白堊自盡("in stomachi dolore gypso poto conscivisse sibi mortem")。

6.【知曉……】原文*notus paterni animi*: 分詞 + 屬格賓語, 語風凝練莊嚴。【待弟如父】*in fratres ... paterni*, Heinze: 利鈍格, 語風如格言。按雖父兄本自不同，然並非相異如水火，中國素有長兄若父之說，然原文無"若"字，故造語較中譯乃至中文成語更顯詞義彼此相齟齬也。

7–8. 聲名遠播, 曰【聲名】*Fama*生【翅】*pinna*, 擬爲飛禽也。品達《匹》1, 92–94: μὴ δολωθῆς, ὦ φίλε, κέρδεσιν ἐντραπέλοις· ὀπιθόμβροτον αὔχημα δόξας / οἷον ἀποιχομένων ἀνδρῶν δίαιταν μανύει / καὶ λογίοις καὶ ἀοιδοῖς. "莫爲詭詐多變的贏利所騙，哦朋友: 有死者身後聲譽的吹噓/既爲史家也爲詩人展露/逝去者的生平。"品達詩與H此處尤以聲名爲身後之名，故曰【長存】*superstes*。參觀III 2, 21–24: "virtus, recludens inmeritis mori / caelum, negata temptat iter via/ coetusque volgaris et udam / spernit humum figiente penna." "豪雄

賢德爲不應死的人們/開啟了天空，它探索於禁途，/憑依着翱翔的羽
翼它/蔑視羣氓的集會和低洼。"彼處"豪雄賢德"virtus振翅升空，一
如此處人之美名插翅播揚。又參觀II 20詩人變化爲鴻鵠。聲名既可振
翅載荷，故學者(Vollmer, Klingner, Numberger)或讀作擬人，*Fama*，中
譯從之，文中作楷體。【怕垂落】*metuente solvi*，即不致垂落、不垂落
(indissolubili)，語式= III 11, 10："metuit tangi，""怕被碰觸"，即未被
碰觸、素質未遭玷染。IV 5, 20："culpari metuit Fides，""忠信害怕遭
受責難"。Heinze：造語大膽，其因有二，一爲用此動詞+被動不定式語
式，一爲以之言翅(雖意指【聲名】)。參觀維吉爾《農》I 246："Arctos
Oceani metuentis aequore tingi.""大熊座害怕浸入汪洋的水面。"

　　9.【馴服】*domando*，暗以馴獸爲譬，喻貪婪爲野獸也。西塞羅
《國家論》(*De republica*) II 67："at vero ea [sc. belua], quae latet in
animis hominum quaeque pars animi mens vocatur, non unam aut facilem
ad subigendum frenat et domat … namque et illa tenenda est ferox … ,"
"然而一樣[之野獸]亦藏於人心，爲心之一部分，人稱之曰心智，其
所當羈絆馴服之獸並非一頭，或易於馴服……因爲猛獸亦當受控
制……。"《論職任》(*De officis*)，I 102："efficiendum autem est, ut
adpetitus rationi oboediant，""由此而言，慾望則須服從於理智"。【氣】
spiritum，本指人之噓息，引申爲人之氣質臆氣、爲情爲慾。【主宰】
*regnes*注家(Heinze, NH等)均謂語含廊柱派悖論：自制愈強、内戒愈
嚴，方爲哲人王。Heinze詮解云：妄心(此處爲貪慾)如猛獸，建德者須
制之而後可。今按，此句字面略約如謂内聖外王，用意彷彿王維化曇無
讖譯《大般涅槃經》卷二十九佛語"但我住處有一毒龍，其性暴急，恐
相危害"語而成詩句："安禪制毒龍"，趙殿成注曰："毒龍宜作妄心譬
喻"。H多處闡述此理，參觀《雜》I 3, 124–26："si dives, qui sapiens est,
/ et sutor bonus et solus formosus et est rex, / cur optas quod habes？""若
智者有財，/既是好鞋匠又惟他貌美還是王，/你何必企望你所有的？"
《書》I 1, 106："sapiens uno minor est Iove, dives, / liber, honoratus,
pulcher, rex denique regum，""智者惟次於猶父，富有，/自由，有令譽，
美好，是王中王。"H此處語亦暗指羅馬帝國肇域之廣。動詞*regnes*雖

爲第二人稱單數, 然實爲泛言, 非專謂撒盧士修一人貪婪無厭也。德國
詩人弗勒明(Paul Fleming, 1609–1640年)《商籟體詩集》(*Sonnette*)第
三卷《自勉》(*An sich*)末二句云: "Wer sein selbst Meister ist und sich
beherschen kan, / dem ist die weite Welt und Alles untertan." "誰能是自
己之主能自治, /誰面前就匍匐着廣大世界和一切。"

　　10–12. 【若你……】*si … iungas*, 蓋爲當日暴發戶常用自誇之詞,
彼得羅紐(Petronius)《撒琨記》(*Satyricon*)48新富釋奴特里馬爾基奧
(Trimalchio)嘗誇口曰: "nunc coniungere agellis Siciliam volo, ut cum
Africam libuerit ire, per meos fines navigem." "我這會兒就想把西西里
加到我的產業裏, 好在我高興去非洲時, 就在自家的莊子裏行船。"

　　10. 【利比亞】*Libya*已見I 1, 9及注; 言利比亞, 爲其田莊富饒, 共
下行【加迪】*Gades*胥承上【貪婪】*avidum*。

　　11. 【加迪】*Gades*城, 在南西班牙, 瀕地中海, 腓尼基人(= 布匿
人, Poeni)所建, 今名Cadiz, 爲港市。據斯特拉波《方輿志》III 2, 13,
腓尼基人古時嘗深入伊比利亞半島, 且定居焉: οὗτοι γὰρ Φοίνιξιν
οὕτως ἐγένοντο σφόδρα ὑποχείριοι ὥστε τὰς πλείους τῶν ἐν τῇ
Τουρδητανίᾳ πόλεων καὶ τῶν πλησίον τόπων ὑπ' ἐκείνων νῦν
οἰκεῖσθαι. "這些[原住民]如此這般受制於腓尼基人, 其程度之深, 竟
至於圖耳底坦尼亞大多城市及近旁地方皆爲其所居。"加迪及所處圖
耳底坦尼(Τουρδητανία)地區農田富庶物產豐饒, 且多礦藏。【並駕】
*iungas*上承【主宰】, 馭馬譬喻貫穿全句。【兩布匿】*uterque Poenus*即
利比亞與加迪, 皆爲迦太基人(布匿人)居地, 故云。

　　12. 【一人】*uni*反指上【你】(原文蘊含於動詞變位)。此章謂: 惟其
不貪, 反將富通四海, 勝過坐擁北非與伊比利亞半島富饒田莊礦業。

　　13–16. 以水腫之疾爲喻, 以譬貪得無厭。Heinze: 詩讀至此,
人以爲詩人當以一格言收束話題, 不意有此譬喻。H如奧維德, 皆不
憚以病態醜惡入詩, 後者《月》I 211–16: "creverunt et opes et opum
furiosa cupido, / et, cum possideant plurima, plura petunt, / quaerere, ut
absumant, absumpta requirere certant, / atque ipsae vitiis sunt alimenta
vices. / sic quibus intumuit suffusa venter ab unda, / quo plus sunt potae,

plus sitiuntur aquae.”“財富增益，貪財之慾暴增，/擁有越多，索求越多，/他們競相花費，競相得到所花銷者，/故而其孽往復相互滋養。/就如腹部因積水脹起，/水飲得越多，則口渴得越甚”。詳見後{評點}及{比較}二。

13.【水腫】hydrops，古人以爲水腫症由人縱慾（暴食等）無節（【寬縱】indulgens）而生。以水腫喻貪，最早或見於犬儒派哲人墨加拉人忒勒(Teles)《論貧富》(Περὶ πενίας καὶ πλούτου)所引畢昂(Βίων)語，喻人貪得無厭，愈斂愈貪，如以水止渴，愈飲愈渴(O. Hense ed., *Teletis reliquiae*, p. 39.): καὶ εἴ τις βούλεται ἢ αὐτὸς ἐνδείας καὶ σπάνεως ἀπολυθῆναι ἢ ἄλλον ἀπολῦσαι, μὴ χρήματα αὐτῷ ζητείω. ὅμοιον γάρ, φησιν ὁ Βίων, ὡς εἴ τις τὸν ὑδρωπικὸν βουλόμενος παῦσαι τοῦ δίψους, τὸν μὲν ὕδρωπα μὴ θεραπεύοι, κρήνας δὲ καὶ ποταμοὺς αὐτῷ παρασκευάζοι. “若有人欲紓解其人或他人闕失，則不宜求金。如庇昂所言，如欲紓解患水腫症者之渴以水也，衹供其水而不治其症，其人殆將漲裂而仍未止渴也。”普魯塔克《風俗志·論貪財》(*De cupiditate divitiarum*) 524 b–c: καίτοι τῶν διψώντων τὸν μὲν οὐ πεπωκότα προσδοκήσειεν ἄν τις ἀπαλλαγήσεσθαι πιόντα τοῦ διψῆν, τὸν δὲ πίνοντα συνεχῶς καὶ μὴ παυόμενον οὐ πληρώσεως ἀλλὰ καθάρσεως οἰόμεθα δεῖσθαι· ... τὸν δὲ πλείω τῶν ἱκανῶν ἔχοντα καὶ πλειόνων ὀρεγόμενον οὐ χρυσίον ἐστιν οὐδ’ ἀργύριον τὸ θεραπεῦον οὐδ’ ἵπποι καὶ πρόβατα καὶ βόες, ἀλλ’ ἐκβολῆς δεῖται καὶ καθαρμοῦ. “因未飲而口渴者人皆以爲得飲而後渴解，連飲不止者，吾則斷其所缺非應補而當泄也。……富有而欲更多者非金銀馬牛之羣所能消解也，而當排泄之。”波里庇歐《史記》XIII 2, 1–2: οὐκ εἰδὼς ὅτι, καθάπερ ἐπὶ τῶν ὑδρωπικῶν οὐδέποτε ποιεῖ παῦλαν, οὐδὲ κόρον τῆς ἐπιθυμίας ἡ τῶν ἔξωθεν ὑγρῶν παράθεσις, ἐὰν μὴ τὴν ἐν αὐτῷ τῷ σώματι διάθεσιν ὑγιάσῃ τις, τὸν αὐτὸν τρόπον οὐδὲ τὴν πρὸς τὸ πλεῖον ἐπιθυμίαν οἷόν τε κορέσαι μὴ οὐ τὴν ἐν τῇ ψυχῇ κακίαν λόγῳ τινὶ διορθωσάμενον. “渠不知，猶如水腫症患者從不止渴，自體外供之水則全無饜足，直至有人醫之使其身體得調理；

人之求多之慾乃心疾也，不以理智無以正之。"詩人復用此譬於《書》II
2, 146–48："si tibi nulla sitim finiret copia lymphae, / narrares medicis :
quod, quanto plura parasti, / tanto plura cupis, nulline faterier audes ?" "若
多足量的液體都止不了你的渴, /就跟大夫講: 你越得到, /就越想要,
你不敢告人怎麼辦? "

　　14.【止渴】遵古抄本讀*pellit*。NH以爲止渴謂水腫病人，不可言
水腫之疾，故從Peerlkamp塗乙爲虛擬式單數第二人稱pellas，Bailey、
Syndikus附之。今按: 水腫症令患者嗜水，轉而言其疾嗜水，詩人轉譬
將事擬人(Numberger)，未見其不通，故古本不必改易也。【渴】*sitim*,
以口渴喻貪欲。

　　15.【血脈】*venis*羅馬人信爲病竈所在，參觀西塞羅《訟卡提里
納詞》(*Oratio in Catilinam*) I 13, 31："periculum autem residebit et erit
inclusum penitus in venis atque in visceribus rei publicae." "而危險將伏
於、將被深閉於國之血脈和臟腑之中"。

　　16.【慘白】*albo*, 病症, 然當本水腫症之希臘名, λευκοφλεγματία,
此云白液，據克爾蘇(Aulus Cornelius Celsus, 西曆一世紀)《醫療論》
(*De medicina*)III 21希臘人以之稱水腫症之第二類。又據該書VII 15,
古時醫此症之方爲切病人下腹以放水("per hanc effundendus umor
est.")，以此可視爲上行【積水的虛弱】*aquosus ... languor*旁解。

　　17. 此行爲前置賓語，中譯下行增【將他】以求明了。【古列】
(*Cyrus*)大帝, 前六世紀建立波斯阿契美尼王朝(Achaemenid)，在位
705–675年。【弗老底】*Phrahaten*, 安息帝國廢王，已見I 16, 5注，安
息朝宣稱紹繼阿喀墨尼朝暨古列大帝宗緒，故其王位可謂【古列御
座】*Cyri solio*。又上承行9【主宰】*regnes*。古時以前者爲有道明君典
範，後者因其德(見下注)不服衆而遭黜。弗老底在位時梯里達底二世
(Tiridates II)嘗兩度叛亂，其中初次適值阿克襄海戰之際(前32年，參
觀I 16, 5注)，二次則在前26/25年，學者多信此處即指此，惟Syndikus
獨樹異議(見上{繫年})。弗老底仰塞種人之助，得復辟王位。梯里達底
第二次叛亂或爲至尊暗中策動，以削弱羅馬東疆勁敵。

　　18.【庶民】*plebi*泛指羣氓，非特指羅馬分別士族庶族之庶族。H

清高自傲，從不諱言蔑視俗衆，參觀《書》I 1, 70–76：

> quodsi me populus Romanus forte roget, cur
> non ut porticibus sic iudiciis fruar isdem
> nec sequar aut fugiam quae diligit ipse vel odit :
> olim quod volpes aegroto cauta leoni
> respondit, referam: 'quia me vestigia terrent,
> omnia te adversum spectantia, nulla retrorsum.'
> belua multorum es capitum. nam quid sequar aut quem ?

　　或若有羅馬人問我，何以/我不樂於比如在廊柱下、公堂上與民同樂，/也不趨避人所好惡者：就如多疑的狐曾對獅所白，/我將答曰："因爲你們的蹤跡就嚇着我，/看到的全迎上去，沒有後退的。"/你們是多頭的巨獸。我要追隨哪箇或者誰？

　　【賢德】*Virtus*，擬人，與羣氓不相容，故曰與之【相左】*dissidens*。詞義參觀II 7, 11注。與【蒙福】（見下注）並論，參觀西塞羅《善惡界限論》（*De finibus bonorum et malorum*）："cum [Regulus] vigiliis et fame cruciaretur, clamat virtus beatiorem fuisse quam potantem in rosa Thorium." "雷古洛[詳見I 12, 37注]受刑不得睡眠飲食時，賢德宣佈他比飲多留的玫瑰的人蒙更大的福。"

　　19.【蒙福者之數】*numero beatorum*，【數】*numero*如謂列，古語例如曇無讖譯《大般涅槃經》卷二："譬如幼年初得出家，雖未受具即墮僧數，我亦如是。……得在如是大菩薩數。"【蒙福者】*beatorum*，此處詩人有意語義兩歧：世俗以挾權擁財爲有福，廊柱派哲人則以有德爲福，參觀柏拉圖《高耳吉亞》（*Gorgias*）470 e：

> **Πῶλος** δῆλον δή, ὦ Σώκρατες, ὅτι οὐδὲ τὸν μέγαν βασιλέα γιγνώσκειν φήσεις εὐδαίμονα ὄντα.
> **Σώκρατης** καὶ ἀληθῆ γε ἐρῶ· οὐ γὰρ οἶδα παιδείας

ὅπως ἔχει καὶ δικαιοσύνης.

　　ΠΩΛ.　τί δέ; ἐν τούτῳ ἡ πᾶσα εὐδαιμονία ἐστίν;

　　ΣΩ.　ὥς γε ἐγὼ λέγω, ὦ Πῶλε· τὸν μὲν γὰρ καλὸν
καὶ ἀγαθὸν ἄνδρα καὶ γυναῖκα εὐδαίμονα εἶναί φημι, τὸν
δε ἄδικον καὶ πονηρὸν ἄθλιον.

　　波洛:肯定的,蘇格拉底,你不覺得偉大的王也是幸福的麼?

　　蘇格拉底:我要說眞話:因爲我不知道他是否具備教養與
公正。

　　波:啊,怎麼,幸福就在於此嗎?

　　蘇:如我所言,波洛,我說的是既美且善的男人和女人纔
是幸福的,不公而卑劣的纔是悲慘的。

　　所謂【與庶民相左的賢德】*dissidens plebi … Virtus*即如蘇格拉底
所謂教養、公正、既善且美。惟其惟此賢德是從,故屢遭變故,命途多
舛,以俗見視之,不可謂有福,故遭其除名。然哲人以爲幸福之眞諦適
在阿堵。【除名】*eximit*,參觀彌爾頓商籟體詩第十三首《致勞斯論其
歌曲》(*To Mr. H. Lawes on His Airs*)5 f.: "Thy worth and skill exempts
thee from the throng, / With praise enough for Envy to look wan;" "你的
價值與技巧免除你於羣氓, /贊賞夠多,致使妬忌看去蒼白。"彌爾頓之
exempt應本H *eximit*。【它】同下行21原文僅爲動詞變位所暗含,並無
相應代詞,指賢德。

　　21.　【僞言】*falsis … vocibus*如謂"俗見",羣氓以挾勢擁財爲幸
福,哲人以建德爲福,羣氓之見於哲人爲僞言。惟德是從者可爲世人
表率,教化世人,令其【棄用】*dedocet uti*俗見,知有德爲福。【王國】
*regnum*上承行9【主宰】*regnes*以及行17【古列御座】*Cyri solio*。【冕】
diadema,王冠式樣,以金等金屬爲圈狀,置於顱頂,古時東方君王所
佩。此處指古列等波斯賢王所佩者。亞歷山大大帝東征後此王冕式樣
西漸傳入希臘羅馬,遂爲後世西方王冠正統樣式,至今不列顚王所佩
者猶然。中國古時皇冠無此樣式,以冕字譯之,不取該字本義。又參觀I

34, 15–16注。言王冕【安穩】*tutum*, 則又反弗老底例而言, 後者王位屢經動搖, 王冠幾爲不免。

22.【月桂】*laurum*, 依希臘羅馬制度, 桂冠本爲體育競技得勝者所佩, 羅馬時征外敵有戰功者爲長老院授凱旋式時亦得佩之。羅馬人視得行凱旋式爲人生至高無上之大幸, 參觀I 35, 3–4及注。【長久的】意譯*propriam*, 注家皆引《雜》II 6, 5互證: "propria haec mihi munera faxis," "你給我這永久的餽贈", G.T.A. Krüger注*propria*: = perpetua, firma。【奉送】*deferens*王冠, 桂冠不可自加於顱, I 34, 14–16云爲機運所與奪, 此處云惟内聖始可外佩王冠。【一人】*uni*此爲泛指, 爲下行【他】*quisquis*(泛指代詞, 見下注)所承, 非同於上行12。然特曰一人、不用複數者, 爲内聖外王者惟一無二也。此處所云萬人之上之一人爲因有德而江山穩固者, 反對此前僅因廣有產業而隨時可失之者。

23.【祇要他】原文*quisquis*爲不定代詞, = 任何人, 合上一子句意謂人不爲財所動, 始可得授王冕桂冠。【珍寶堆】原文*acervos*直譯爲"堆", 指所斂財寶堆積如山, 亦非詩歌辭藻。以堆指錢財爲H慣語, 然此外僅見於非豎琴詩, 例如《雜》I 1, 44: "quid habet pulcri constructus acervus？" "堆積的財寶有何美？"《書》I 6, 35: "et quae pars quadret acervum," "四分其堆所得之份"。中譯若直譯作"堆", 於義不明, 故补以"珍寶"以求明了。

24.【目不斜眄】*inretorto oculo*, 其中被動分詞*inretorto*係H所造, Heinze云倣希臘文ἀμεταστρεπτί, *LSJ*: "without turning around," "未轉的", 參觀埃斯庫洛悲劇院本《祭奠者》(*Choephoroi*) 99: ἀστρόφοισιν ὄμμασιν, "雙目斜視"。此處詞義如中文所謂目不斜視, 即雖有金山在側仍目不斜視, 如謂"芥千金而不眄"(孔稚珪《北山移文》)也, 然原文並未明言目不斜眄謂人注視金山目不轉睛抑或其視力餘光見其側有金山, 然不爲財寶所眩、未轉目而凝視之。NH曰, 此處暗射希羅多德《史記》I 30, 1–3; I 86, 5所記梭倫訪撒狄王科羅索(Croesus)事, 梭倫謁王, 王示其寶藏。西西里人丢多羅(Diodorus Siculus)《史籍》(*Bibliotheca historica*) IX 27, 2述其事曰:

ὁ δὲ βασιλεύς, οὐδὲ πλουσιώτατον ἄρα με κρίνεις; ἔφη.
καὶ ὁ Σόλων τὴν αὐτὴν ἀπόκρισιν ποιησάμενος ἐδίδασκεν
ὡς οὐ τοὺς πλεῖστα κεκτημένους, ἀλλὰ τοὺς πλείστου
ἀξίαν τὴν φρόνησιν ἡγουμένους νομιστέον πλουσιωτάτους·
ἡ δὲ φρόνησις οὐδενὶ τῶν ἄλλων ἀντίρροπος οὖσα μόνους
ποιεῖ τοὺς αὐτὴν περὶ πολλοῦ ποιουμένους μέγιστον καὶ
βεβαιότατον ἔχειν πλοῦτον.

　　王曰:"君不以我爲首富?"梭倫答語與前同,云聚斂最多
者並非富有,貴智慧過於一切方可稱富;無與倫比的智慧賜予
最珍貴它的人,此等財富方爲最牢固者。

　　塞内加《講談集·論蒙福人生》(De vita beata)8, 3: "incorruptus
vir sit externis et insuperabilis miratorque tantum sui, fidens animo atque
in utrumque paratus, artifex vitae." "人不受外物所侵,不爲之所服,唯
慕其自身,信賴其心而寵辱皆有備,自爲生命之主。"

{評點}:
　　詩稱譽撒盧士修不貴財而貴德。詩人誇耀恩主富有,古有品達
賀敘拉古僭主希厄隆前470年賽車得勝所賦《匹透競技讚歌》,其中
1, 90云: εἴπερ τι φιλεῖς ἀκοὰν ἁδεῖαν αἰεὶ κλύειν, μὴ κάμνε λίαν
δαπάναις· "你眞總想聽到美辭,就別倦於鉅貲的花費。"意謂欲享詩
歌之妙,切毋吝惜貲費,須厚賞詩人。此意又見忒奧克里多《牧歌》16,
22-24:

Δαιμόνιοι, τί δὲ κέρδος ὁ μυρίος ἔνδοθι χρυσός
κείμενος; οὐχ ἅδε πλούτου φρονέουσιν ὄνασις,
ἀλλὰ τὸ μὲν ψυχᾷ, τὸ δὲ πού τινι δοῦναι ἀοιδῶν·

　　天賜的人們,斂藏無量黃金於内

何用? 智者不以爲這是財富的利益,
而是在於心, 將它賜予某箇歌手。

忒氏《牧歌》17, 112 ff.略同, 原文較長, 不具引。《英華》XVI 40載希臘化時代革里那戈拉(Krinagoras)箴銘體詩, 詩中所贊恩主與本詩所贈者卷髮撒盧士修爲同一人:

Γείτονες οὐ τρισσαὶ μοῦνον Τύχαι ἔπρετον εἶναι,
　Κρίσπε, βαθυπλούτου σῆς ἕνεκεν κραδίης,
ἀλλὰ καὶ αἱ πάντων πᾶσαι· τί γὰρ ἀνδρὶ τοσῷδε
　ἀρκέσει εἰς ἑτάρων μυρίον εὐφροσύνην;
νῦν δέ σε καὶ τούτων κρέσσων ἐπὶ μείσον' ἀέξοι
　Καῖσαρ. τίς κείνου χωρὶς ἄρηρε τύχη;

　　　　非止機運三神適宜與你爲鄰, /克里士普, 憑你心的富有, /連所有的運氣你都有。因爲甚麼可足稱/這箇人對伴侶們的無數恩惠? /現就讓凱撒光大你於更強更大者/之上吧。離了他, 哪箇機運能令人歡喜?

H詩有別於希臘人者, 在於希臘詩人皆於詩中邀賞(革里那戈詩中行3–4問句即爲乞賞語), H則但抒人生哲理情懷, 不作干謁求賜語。其所申哲理和合廊柱派說(惟賢德能致人福祉, 末二章)與伊壁鳩魯派格言(節慾方能致富, 首章與第三章), 頗顯詩人哲學觀念之折中而無所偏執。

NH與Syndikus皆辨本篇形式整飭凝練, 前四章每章自成一體, 末二章跨章跳躍(saltus dithyrambicus), 連綴爲一。學者有異議處在於如何看待詩人遣詞構意有失風雅, 非但疊用 "箇條"、"堆" 等俗字, 四章以水腫症狀喻貪婪, 意象醜陋、用詞不文, 尤乖溫柔蘊藉。NH以爲詩人意在倣傚希臘人消遣詩(diatribae)文風; Syndikus所見略同, 曰詩人以雜事詩筆法入豎琴詩, 係有意爲之; 然其與雜事詩畢竟有別: 雜事詩語多諷刺, 文風如與人娓娓而談, 語調高低錯落; 而本詩則堆砌格言箴銘，固爲希臘以還豎琴詩哀歌之常態(p.349)。

{傳承}：

　　此詩後世尠有傲作，今錄十八世纪英國詩人考頓(Nathaniel Cotton, 1705–1788年)意譯一首，收入約翰生博士(Dr. Johnson)所輯二十一卷《英國詩人選集：自喬叟訖於考珀》(*The Works of the English Poets, From Chaucer to Cowper*)第十八卷，約翰生稱其爲"最受贊許之翻譯"：

> Dear youth, to hoarded wealth a foe,
> Riches with faded lustre glow;
> Yes, dim the treasures of the mine,
> Unless with temperate use they shine.
> This stamps a value on the gold,
> So Procleius thought of old.
>
> Soon as this generous Roman saw
> His father's sons proscib'd by law,
> The knight discharg'd a parent's part,
> They shar'd his fortune and his heart.
> Hence stands consign'd a brother's name
> To immortality and fame.
>
> Wou'd you true empire ascertain?
> Curb all immoderate lust of gain.
> This is the best ambition known,
> A greater conquest than a throne.
> For know, should avarice control,
> Farewell the triumphs of the soul.

This is a dropsy of the mind,

Resembling the corporeal kind;

For who with this disease are curst,

The more they drink, the more they thirst.

Indulgence feeds their bloated veins,

And pale-ey'd, signing languor reigns.

Virtue, who differs from the crowd,

Rejects the covetous and proud;

Disdains the wild ambitious breast,

And scorns to call a monarch blest;

Labours to rescue truth and sense

From specious sounds, and vain pretence.

Virtue to that distinguish'd few

Gives royalty, and conquest too;

That wise minority, who own,

And pay their tribute to her throne;

Who view with undesiring eyes,

And spurn that wealth which misers prize.

　　親愛的少年與聚斂爲敵，財富則褪色；礦藏黯淡，若非用之
以節，則不會燦爛。古人普羅庫留以爲唯此可標金以值。　這大
度的羅馬人眼見其父諸子資產充公，該騎士遂代行父職，分其財
並其心與之共享。緣此其爲兄之名託付於不朽的聲譽。　你欲
保有帝國，則要節慾戒貪。野心以此爲最，降之勝過王位。祇因
一旦爲貪慾所制，靈魂便不能得勝。　那即是心之水腫症，一如
身罹此疾；因爲生此疾病則萬劫不復，愈飮愈渴，縱慾令脈管浮
腫，其人則目光蒼白身體虛弱。　與衆相左之德拒貪棄傲，輕蔑
不羈的野心，不以至尊之君爲尊；致力於保有眞理，遠離似是而

非、虛妄的說辭。　　如此傑出之士德卻給予其以王位與勝利；智者人數雖少，卻坐擁並貢獻於其御座；他們目無貪色，蔑視守財奴所貴之財富。

考頓譯文，凡原文爲箴言道理，譯文輒踵事增華，一詠三嘆；逢原文隸事用典，輒刪削改竄。原文上二章八行，譯文增爲十二行，反復申說原詩主旨。原詩第三章用典頗密，考頓遂另起爐竈，逕寫己意，詞句與原文已了無相類，第不離原詩賤財貴德之宗旨而已。

{比較}：

一、以不貪爲寶

《左傳·襄公十五年》(15.8)："宋人或得玉，獻諸子罕，子罕弗受。獻玉者曰：'以示玉人，玉人以爲寶也，故敢獻之。'子罕曰：'我以不貪爲寶，爾以玉爲寶。若以與我，皆喪寶也，不若人有其寶。"

二、以疾病褻事入詩

以病症或身體生理功能等意象入詩，多見於道德宗教勸誡詩，用詞設象專取粗糲醜陋，以期醒世，未可遽爲詬病。中國古時尤多見於釋氏詩歌。佛經稱人肉身爲雜食身，可壞不可常住，狀寫其醜惡朽敗無所不用其極，曇無讖譯《大般涅槃經》卷一："自觀己身如四毒蛇，是身常爲無量諸蟲之所唼食；是身臭穢貪欲獄縛；是身可惡猶如死狗；是身不淨九孔常流；是身如城血肉筋骨皮裹其上"云云，雖殆爲南亞之浮世繪，然其旨意亦在勸世也。唐王梵志存詩有多篇演變此意，如《身如破皮袋》(〇六一)《身是五陰城》(二五一)、《不淨膿血袋》(二五四)、《五體一身內》(二九二)等等，其中《身是五陰城》曰：

> 身是五陰城，周迴無里數，
> 上下九穴門，膿流皆虺瘥。
> 湛然膿血間，安置八萬戶。
> 餘有四千家，出沒同居住。
> 壞壞相噉食，貼貼無言語。

惣在糞尿中，不解相蛆妬。

身行城即移，身臥城穩住。

身死城破壞，百姓無安處。

詩人意在以言語爲棒喝，振聾發瞶，直指人心，雖羅列意象駭人聽聞，通篇覘之，仍不失爲佛教詩中上品。西方基督教詩歌以身體立譬亦是慣技，但丁《神曲》中地獄結構一如人體，然已較古羅馬人爲蘊藉，不過分鋪張身體功能細節。H是篇雖非宗教詩，然旨在規勸，故其鋪張水腫病狀，手法用意與後世中外宗教詩相通，未可以此病之。宗教詩以外，以褻事病態(奧爾巴赫(Erich Auerbach)所謂das Kreatürliche)入詩，旨含諷喻與否，終須慎而又慎。

釋教之外，中國詩人以褻事病徵入詩者，皆可析爲二類，一爲隸事，一爲紀實。以故典類物隸事而不避褻疾，應昉於晚唐，李義山《自桂林奉使江陵途中感懷寄獻尚書》有"尚憐秦痔苦，不遣楚醪沉"句，未知所呈尚書鄭亞是否患此暗疾，如全爲用典(劉學鍇/余恕誠似作此讀)，則紀昀"佻達"、"輕薄"之譏，不爲苛評，見《集解》，頁六八七。其後陸龜蒙《奉酬襲美苦雨見寄》(《全唐詩》卷六百三十)有"唾壺虎子盡能執，舐痔折枝無所辭"語，則全爲用典無疑。宋初《西崑酬唱集》宗法義山，秦痔竟成其中習語常典。首篇楊憶《受詔修書述懷感事三十韻》便有"秦痔疎杯酒，顏瓢賴斗儲"句。其和錢惟演《燈夕寄內翰虢略公》詩曰："秦痔未痊齋閣掩，夢迴宮樹已啼鴉"，可知痔爲實指，非衹是用典。集中稍後劉筠和楊憶《屬疾》詩曰："暫困秦王痔，無疑廣客蛇"，王仲犖注曰："憶有痔疾。"可見楊氏與同僚唱和，曾不諱言隱疾。《西崑》體格，人稱"詞取妍華"(《四庫總目提要》評語)，然作者楊憶等輩卻渾然不覺其中連篇言痔之褻穢不文，豈爲晚唐以降叔世趣味寖鄙寖儉之徵乎！

全爲白描寫實而涉褻事及病徵，雖多爲詩人境況寫照，然亦易成惡趣。北宋梅堯臣喜以褻事入詩，錢鍾書《宋詩選注·序》已病之。集中《四月二十八日日記與王正仲及舍弟飲》記飲後發霍亂，敘述致病因由。宛陵頗嗜水產，集中屢言食魚蝦螃蟹車螯蛤蜊等，舟中飲食致疾，當因誤食此等所致。詩條舉種種病態，全爲寫實，並無教諭，雖或以存眞而有裨於研史，然無以自薦可稱作好詩。

　　孟夏景苦長，與子舟中飲。
　　酒行三四巡，病嘔聊就寢。
　　仲氏又發霍，洞下忽焉甚。
　　湯劑不能勝，悶絕口已噤。
　　我嘔雖未平，驚走豈遑枕。
　　叫號使呼醫，子怪亦莫諗。
　　遽白何至斯，葛巾推小品。
　　且尤食物間，膻腥失調餁。
　　所餉惟豬雞，況此乏菌蕈。
　　以子獨無恙，未必因滑瀋。
　　稍覺陽脈回，栗膚猶瘮瘮。
　　儻其遂不起，孰肯謂素稟。
　　吾鄉千里遙，幸免成貝錦。

《八月九日晨興如廁有鴉啄蛆》雖藉詠鴉以寄諷喻，終以其因詩人褻事起興，頗顯其人其世生存處境之齷蹉，不免墮傖陋醜惡道矣：

　　飛鳥先日出，誰知彼雌雄；
　　豈無腐鼠食，來啄穢廁蟲。
　　飽腹上高樹，跋胔噪西風，
　　吉凶非予聞，惡臭在爾躬。
　　物靈必自絜，可以推始終。

宋詩每乏得體雅趣(decorum)，揆其因，釋教浸染之外，其端倪實已先見於魏晉，後徵於杜詩。阮籍《大人先生傳》：“且汝獨不見乎蝨之處乎褌中，逃乎深縫、匿夫敗絮”云云，《全晉文》卷四十六，取譬合乎時人任誕語慢之風。宋人推崇少陵《北征》，然其中詩句如“垢膩腳不

襪”，“嘔泄臥數日”，可謂宋詩以穢事入詩之嚆矢矣。宋以後以病入詩
全爲紀實者，頻繁不辨安雅恐非袁子才莫屬，集中非特可見齒疾臂痛
等不甚傷雅之事，如《齒疾半年偶覽唐人小說有作》、《左臂痛》（皆在
《小倉山房詩集》卷二十二）、《病足》（卷二十五），亦有不諱言惡疾褻
症者如《癬》詩（卷二十五）、《病痢劇甚張止原老友餽以所製大黃聞者
驚怖搖手余毅然服之三劑而愈賦詩致謝》（卷三十七）等。

三

贈得流喻及時行樂
AD DELIVM

切記否泰當皆持平和之心，人皆有死，或悲感度日，或飲酒行樂。似這般良辰美景，松楊之下、映帶以溪流，豈不邀人消受其間？快上葡萄美酒、香膏鮮花，行樂須及時，莫待命運女神剪斷你我生命之線。饒你廣有產業，也終將離世，向日汝之產業則難免旁落他人。縱你身世高貴、富有四海，抑或貧賤無立錐之地，人無賢愚不肖，皆將爲犧牲獻與冥王。將其來也，吾等將悉爲驅趕至彼處，聽候命運隨機發落，將置於筏上渡過陰陽界河，駛向冥間。

{格律}：

阿爾凱體(Alcaium)。

{繫年}：

迄無定論。蓋當屬於得流前30年自埃及返意大利輸誠屋大維之後。

{斠勘記}：

6. te *om. GL V 572, 23*

11. quid Ξ Ψ 𝔅 有塗乙痕跡　quo l Q [quod D]^(acc. R2)　案二者皆爲疑問副詞。D讀訛。

18. lavit Q Ψ *Eutyches* lavat A B a　案異文爲虛擬式。

23. divo⌊ dio A B λ' a σχA　案sub divo係成語, 然dius乃divus異

體字。

28. exilium _Ξ_ (acc. R)　exitium _Ψ_　案exitium義爲滅或亡，如此則失 exilium以死爲流放之譬。cumbae _Ξ_ a _Ψ_ cymbae λ' Q (Cimbae D) (acc. R) 案希臘字κύμβη之拉丁轉寫。

{箋注}：

1-2. 否泰皆當以平常心處之，爲西洋古訓，Heinze引伊壁鳩 魯殘篇488 (Usener, _Epicurea_, p.306)：ἡ ταπεινὴ ψυχὴ τοῖς μὲν εὐημερήμασιν ἐχαυνώθη, ταῖς δὲ συμφοραῖς καθῃρέθη, "謙卑之 心在成功時放鬆在災難中沉潛。"西塞羅《論職責》I 90："nam ut adversas res, sic secundas inmoderate ferre levitatis est, praeclaraque est aequabilitas in omni vita et idem semper vultus eademque frons, ut de Socrate itemque de C. Laelio accepimus." "因爲處逆境無節制與處順 境無節制一樣，均爲輕浮，在生活的全部之中秉平和之心、面不改色、 額不變容方爲傑出，據我們所知蘇格拉底和該·萊留即如此。"【平 和之心】_aequam mentem_係伊壁鳩魯派哲人所謂εὔθυμος，西塞羅之 aequabilitas。

2. _non secus in bonis_，譯作【在順境裏也……】，Bentley竄改古本 爲non secus at bonis，_in_（"於"）塗乙爲at（連詞"則"），稱如此讀方不致 令人以爲詩人欲禁一切人生享樂。英國學者步其後塵，恣逞雌黃。NH 從Bentley，Housman主改_in_作ut（連詞"如"），Bailey從之。中譯仍從傳 世古本。

4. 【得流】_Delli_即Q. Dellius，至尊朝政客，以慣於見風使舵數易 其主見譏於世。據老塞內加（M. Annaeus Seneca，前54–約39年）《決 疑錄》（_Suasoriae_）1, 7，初事西塞羅女婿多拉貝拉（Dolabella），旋轉 依布魯圖黨人卡修（Cassius），且竟欲加害其舊主以自贖："salutem sibi pactus est si Dolabellam occidisset"。布魯圖黨人既兵敗腓力比，遂投 誠於安東尼。安東尼戍東疆時投其幕下自劾，據其見聞嘗著安東尼擊 帕提人戰記行世，今不傳。安東尼爲人奢靡放佚，得流嘗爲其淫謀， 或曰其本人即爲安東尼男嬖。阿克襄海戰在即，佯請爲克萊奧帕特拉子女乞生路於屋大維，遂假機棄安奔屋。故時人譏之爲“内戰中馬戲騎手”（“quem Messala Coruinus desultorem bellorum civilium vocat,” 老塞内加前揭），喻其屢易其主，如馬戲騎手自一騎躍至別騎之嫻練也。【必有一死的】*moriture*，爲全篇詩眼，豫攝全篇，爲詩人勸誡（paraeneses）主旨所在。面陳人必有一死，古羅馬人不以爲忤，參觀I 28, 5–6: morituro, “你這必有一死的”。

5–8. 如俗語所謂“高興是一日，不高興也是一日”；6–8摹繪得流賦閒行樂於其別業貌。Heinze: 詩人非以懶惰對憂愁，而謂達人知應以逸養勞、以逸節勞。【退隱的】*remoto*，謂遠離塵囂，參觀I 17, 17詩人薩賓山莊 “in reducta valle, ” “谿谷的幽陬”；又見《雜》II 6, 16 f.: “ergo ubi me in montes et in arcem ex urbe removi, / quid prius inlustrem saturis musaque pedestri ?” “故而我自城市退隱於那裏的山中那裏的山居, /何物比雜詩與步行的詩神更能讓我顯赫？” II 1, 71: “ubi se a volgo et scaena in secreta remorant,” “遠離俗衆徜徉於隱處”。集中參觀稍後II 19, 1。英吉利詩人丁尼生(Alfred Tennyson)長詩《盧克萊修》(*Lucretius*)213–18勾畫行樂圖，擷取此章字句，稱以此爲人生樂土屬伊壁鳩魯哲學:

> No larger feast than under plane or pine
> With neighbours laid along the grass, to take
> Only such cups as left us friendly-warm,
> Affirming each his own philosophy —
> Nothing to mar the sober majesties
> Of settled, sweet, Epicurean life.

　　沒有比懸鈴木或松樹下更大的宴席/共坊鄰臥於草上，祇接/唯令我們友愛溫暖的酒杯, /每人堅定其所奉的哲學——/靡可玷染安定、甜美的伊壁鳩魯人生/清醒的尊嚴。

6. 【每逢節日】*per dies festos*, 介詞per詞組此處屬語法學所謂個體式(Distributiv)，本用於地點，轉義用於時間，別見II 14, 15："per autumnos，"譯作"年年秋天"，III 22, 6："per exactos ... annos，""歲歲圓滿"。

8.【法峻的旨酒】*Falerni*已見I 20, 11與I 27, 10及注。【標誌】*nota*謂酒罈外標記所盛之酒年份品種。【幽室】*interiori*指堀室(apotheca)或酒窖，窖中酒所藏愈深，品質愈佳。參觀III 28, 2 f.："prome reconditum / Lyde, strenua Caecubum，""輕巧地汲引吧，/呂德，貯藏的卡古酒"；《對》9, 1 ff.："quando repostum Caecubum ad festas dapes / ... bibam... ?""何時在節日之筵上儲藏的卡古酒/……我將飲……? "

9–12. 描寫宜人景緻(locus amoenus)，參觀I 1, 21–23; II 11, 13–17; 又見《對》2, 23："libet iacere modo sub antiqua ilice, / modo in tenaci gramine : / labuntur altis interim ripis aquae, / queruntur in silvis aves / fontesque lymphis obstrepunt manantibus, / somnos quod invitet levis." "就臥於那棵古橡樹下，/就在成縷的草中：/同時水流下高岸，/鳥兒在林中悲啼/泉水汩汩流動潺潺可聞，/邀人輕眠。"盧克萊修《物性論》II 29–33論事以先嵌以行樂小照："cum tamen inter se prostrati in gramine molli / propter aquae rivum sub ramis arboris altae / non magnis opibus iucunde corpora curant, / praesertim cum tempestas arridet et anni / tempora conspergunt viridantis floribus herbas." "那時匍匐於柔草上/河水旁高樹枝椏下面/並無陳設即可修身療體，/尤當時日笑睨而年/季遍灑鮮花於綠草上的時候。"Heinze：他篇寫美景爲寫實，此處則全爲想象，言青松白楊祇爲色彩鮮明如畫。

9.【鉅松】*pinus ingens*，NH：應指意大利海岸常見石松(pinus pinea / stone pine / parasol pine)。此樹種成株高達二十五米。

10.【連理】*consociare*，本義爲共享，此句實爲枝椏相連以共成陰翳之意。參觀盧克萊修II 111："consociare etiam motus potuere，""可以合成運動"。與【喜】*amant*字合用，參觀III 9, 24："tecum vivere amem, tecum obeam libens，""喜愛與汝同生，願與汝偕亡"。【好客的陰翳】*umbram hospitalem*，柏拉圖《斐得羅》(*Phaideros*)230 b敘蘇格拉底與斐得羅步出雅典城外，尋樹蔭於溪畔，相與討論修辭術云：

νὴ τὴν Ἥραν, καλή γε ἡ καταγωνή. ἥ τε γὰρ
πλάτανος αὕτη μάλ' ἀμφιλαφής τε καὶ ὑψηλή, τοῦ τε
ἄγνου τὸ ὕψος καὶ τὸ σύσκιον πάγκαλον, καὶ ὡς ἀκμὴν
ἔχει τῆς ἄνθης, ὡς ἂν εὐωδέστατον παρέχοι τὸν τόπν·
ἥ τε αὖ πηγὴ χαριεστάτη ὑπὸ τῆς πλατάνου ῥεῖ μάλα
ψυχροῦ ὕδατος, ὥστε γε τῷ ποδὶ τεκμήρασθαι.

憑赫拉起誓，那箇憩處挺美的。那棵梧桐樹伸展既廣生長
也高，那棵又高又多蔭的牡荆也美得很，而且枝頭都是花，讓
那地方芬芳馥郁；梧桐樹下流過的小溪也很賞心悅目，用我的
腳測試，溪水很涼冽。

然柏拉圖所敘樹蔭爲懸鈴木(πλάτανος)與牡荆(πάγκαλον)，
非松柏或楊樹。彌爾頓《樂園復得》(*Paradise Regain'd*)II 260曰："It
was the hour of night, when thus the Son / Commun'd in silent walk,
then laid him down / Under the hospitable covert nigh / Of Trees thick
interwoven," "正是夜時，人子這般/在寂靜的步中行，然後躺下/在好
客的遮蓋下，近/密集相織的樹林"。

11–12. 河道彎曲，水流不暢，故云【辛勤】*laborat*，水大流急，河
道多曲，故河水【激盪】*trepidare*。另見《書》I 10, 21："quae [aqua]
per pronum trepidat cum murmure rivum," "[水]以河流的奔騰之聲激
盪而下"。【敧斜】*obliquo*, Heinze：謂河道天然多曲，非人工所致，奧
維德《變》I 39："fluminaque obliquis cinxit declivia ripis," "他以敧斜
的河岸籬起陡立的川流"；IX 17："regem me cernis aquarum / cursibus
obliquis inter tua regna fluentem," "你目覩我這衆水之王/沿曲道蜿蜒
流經你的國度"。寫河水因湍急流曲而激盪，譯文用杜甫《大曆三年
春白帝城放船出瞿塘峽久居夔府將適江陵漂泊有詩凡四十韻》中語：
"擺闔盤渦沸，敧斜激浪輸"。

13. 酒、鮮花、香膏等古羅馬筵席必備，參觀集中I 4, 9 f.; I 36, 15
f.; II 7, 6 ff.; 20 ff.; II 11, 14 ff.; III 14, 17 f.: "i pete unguentum, puer,

et coronas / et cadum Marsi memorem duelli," "去羅致香膏，童子，及葉冠/和紀念戰神之戰的酒罈來"；III 29, 1–5："tibi / non ante verso lene merum cado / cum flore, Maecenas, rosarum et / pressa tuis balanus capillis / iamdudum apud me est : eripe te morae," "爲你/此前未曾傾倒的罈中醇酒/連同，梅克納，玫瑰花和/給你秀髮壓榨的油橄欖/我久已備好：休得拖延"等處。葡萄酒、膏油、花朵三項並列，原文詞法爲遞增三聯式(tricolon crescendo)：【酒】vina 二音節，【膏油】unguenta 三音節，【花朵】flores 雖僅有雙音節，卻因綴以副詞+形容詞語【太短促】nimium breves、形容詞 + 名詞詳釋屬格(epexegetical genitive)【可人玫瑰】amoenae rosae 等語竟成最長末項，下行15–16【物華】res、【年華】aetas、【三姊妹鳥線】sororum fila trium atra 修辭式亦同，中譯顛倒【膏油】(雙音節)與【葡萄酒】(三音節)之序以比擬此修辭格。【膏油】unguenta，指橄欖油等，用以膏身或美髮。【快令人】iube，宴飲命僕語，參觀II 11, 18與III 14 17(見上引文)，又見I 19, 13 ff.命助祭僕隸語。

14.　【太短促】nimium breves，古時玫瑰花期甚短，朝榮夕謝，洎十八世紀始有玫瑰品種花期更長，參觀I 36, 16："breve lilium," "短命百合"。

15.　【物華】譯 res，原文本義爲物(Vermögen)與務(Lage)，可專指某物亦可泛指萬物，又可開物成務，由物事而及人事；此處與 aetas 並舉，aetas 應指人壽，然尤指人生之盛年(Numberger: Jugend; Shorey 亦同)故譯作【年華】，別見I 9, 17。中譯參酌少陵"自知白髮非春事，且盡芳樽戀物華"(《曲江陪鄭八丈南史飲》)詩意字詞譯作物華，非盡同於杜詩所指，僅以其指人事以外之有始終者。Shorey 以 res 指人所擁產業貲財，稍嫌過狹。參觀特倫修(P. Terentius Afer)喜劇院本《弟兄》(Adelphi)856(v iv)："quin res, aetas, usus semper aliquid adportet novi," "豈非事物(res)、年齡和經驗總能帶來新東西"。

16.　【三姊妹】sororum ... trium，羅馬神話命運三女神帕耳卡(Parcae)，希臘人稱作Μοῖραι者，分別爲諾娜(Nona = (希)克婁多，Κλωθώ / Clotho)，得基瑪(Decima = (希)拉喀希，Λάχεσις / Lachesis)，莫耳他(Morta = (希)阿特羅波，Ἄτροπος / Atropos)，其法相爲三者

紡績，所紡線——【烏線】*fila atra*——爲人壽，線之長短爲人壽之長短，線斷則人死，此說詳見奧維德《變形記》II 654等處。謂命運三姊妹所紡線爲【烏線】*fila ... atra*，【烏】*atra*喻死亡也。古希臘羅馬命運女神紡績與截斷人生命線神話，爲後世詩歌熟典，斯賓塞《僊后》IV 2, 47–48祖述曰：

Therefore desirous th'end of all their dayes
  To know, and them t'enlarge with long extent,
  By wondrous skill, and many hidden wayes,
  To the three fatall sisters house she [a Fay] went.
  …

There she them found, all sitting round about
  The direful distaffe standing in the mid,
  And with vnwearied fingers drawing out
  The lines of life, from liuing knowledge hid.
  Sad *Clotho* held the rocke, the whiles the thrid
  By griesly *Lachesis* was spun with paine,
  That cruell *Atropos* eftsoones vndid,
  With cursed knife cutting the twist in twaine:
Most wretched men whose dayes depend on thrids so vaine.

因爲想知道他們[其子]壽命之限，/並想藉奇術和許多隱祕之道/延年，/她[僊女]來到那命運三姊妹的住宅。[……]在那兒她找到她們，全都圍繞/立於中間的紡錘而坐，/手指不倦地拉出/生命線，爲活人所不知。/悲哀的克妻多舉着紡軸，而線則由/蒼蒼的拉喀希用力紡績，/再由殘忍的阿特羅波破壞，/用被詛咒的刀將線團一割兩斷：/最悲慘的人其壽數有賴於如此空虛的線。

又參觀彌爾頓牧歌名篇《呂西達》(*Lycidas*)："comes the blind Fury with the abhorred shears / And slits the thin-spun life," "盲目的復讎女神拿着駭人的剪刀來了，/割斷了細紡的生命"；法國詩人布瓦洛(Nicholas Boileau-Despréaux, 1636–1711年)《書劄》(*Epître* VI)："mon esprit tranquille / Met à profit les jours que La Parque me file," "我平靜的心/令帕耳卡給我紡績的日子能獲利"。歌德《浮士德》第二部第一幕(5305–44)有帕耳卡之歌，其中阿特羅波(Atropos)歌云："Mich, die Älteste, zum Spinnen / Hat man diesmal eingeladen, ..." "我年事最長，我會紡絲/這一次我被人家邀請"；克婁多(Klotho)歌云："Wißt, in diesen letzten Tagen / Ward die Schere mir vertraut," "請注意，在這最近几天，/剪子落在了我的手裏"；拉喀西(Lachesis)歌曰："Fäden kommen, Fäden weifen, / Jeden lenk' ich seine Bahn, / Keinen lass' ich überschweifen, / Füg' er sich im Kreis heran." "我把線兒牽來，線兒牽往，/一條條都使它理路清爽，/我是絕不會把一條紡錯，/循序漸進地在輪迴路上。"(郭沫若譯文)

17.【退離】*cedes*, NH: 訟詞。按因該債等事以資抵債，產業沒入，原業主被迫遷出，律條用此語；以此下启【承嗣】*heres* (19)。【室廬】*domo*爲城居，townhouse或Stadthaus，參觀II 14, 21，對下行【別業】*villa*，中譯取詞《易林·井之比》："馬駕車破，王墜深津，身死魂去，離其室廬"(頁一七六九)。參觀II 14, 21 f.："linquenda tellus et domus et placens / uxor," "將拋棄土地、室廬和喜人的/妻子"。【田莊】*saltibus*指所辟山陂林地或牧場，因往往地廣相連綴、唯豪富能兼併有之，故幾爲大田莊(latifundium)別稱，《書》II 2, 177–79："quid vici prosunt aut horrea ? quidve Calabris / saltibus adiecti Lucani, si metit Orcus / grandia cum parvis, non exorabilis auro ?" "里居房或穀倉何用? 或是臨盧坎的卡拉布亞的/田莊何益，若無論大小/不爲禱告所動的奧耳古都等量齊觀? "提貝河畔田莊富庶，參觀西塞羅《阿墨里亞人塞·羅斯修訟辭》(*Pro Sex. Roscio Amerino Oratio*)20："bonitas praediorum — nam fundos decem et tris reliquit qui Tiberim fere omnes tangunt," "他田莊的富庶——因爲他留下了十三處產業，全都瀕臨提貝河"。

18.【別業】*villa*，鄉居，帝政初年提貝河右岸豪強別業花園已鱗次櫛比。後H約百年，老普利尼《博物志》(III 54) 稱："pluribus prope solus [sc. Tiber] quam ceteri in omnibus terris amnes accolitur adspiciturque villis." "[提貝河] 大約比在全世界任何其他河流兩岸所建和可觀景色的別業都多"。小普利尼《書劄》V 6, 12："medios ille agros secat navium patiens omnesque fruges devehit in urbem," "它[提貝河] 切割於農田中間，可航船，能讓所有菓蔬運往城裏"。

19.【承嗣】*heres*，依至尊時羅馬民法，承嗣他人遺產其情有二，曰有資格者 (necessarius heres，兒孫等男性直系後裔或近親，前169年所立沃孔律條lex Vocania禁大地主遺其產業於女子)；曰遺囑指定之非親屬 (extraneus heres)，詳見《猶士丁法典》tit. xix。前40年所立法爾基丟律條 (lex Falcidia) 規定指定承嗣所得不少於全部遺產之四分之一。漢語古無同義近義律學術語概念。中譯作【承嗣】者，參觀孔穎達《春秋左傳正義卷二・隱二年・秋七月》傳 (1.5) "天子"至"外姻至"句《正義》云："五月而葬，國家安靜，世適承嗣"(《十三經》，頁三七二七)。然其概念外延依羅馬法，與中國古制以爲長子者 (嫡嗣) 異。承嗣貪婪不肖、人聚斂一生死後悉數旁落他人，爲H詩中常談，參觀II 14, 25與III 24, 61f.："indignoque pecuniam / heredi properet," "再讓銀錢由不肖的/承嗣迅速揮霍"；IV 7, 19 f.："cuncta manus avidas fugient heredis, amico / quae dederis animo," "你要給與你親命的全部，都將逃脫/承嗣的貪婪之手"；《雜》II 3, 122 f.："filius aut etiam haec libertus ut ebibat heres, / dis inimice senex, custodis？" "兒子或者甚至釋奴，作爲承嗣會喝光[守財奴所藏美酒]，/與神爲敵的老頭兒，你還要看守麼？"《書》II 2, 175 f.："sic quia perpetuus nulli datur usus et heres / heredem alterius velut unda supervenit undam," "因爲無人得永遠擁有，承嗣接以/下一承嗣，如後浪拍前浪"；同篇稍後190–92："quantum res poscet, acervo / tollam nec metuam, quid de me iudicet heres, / quod non plura datis invenerit," "任所需有多少就用多少，/我將不懼怕承嗣如何評判我，/因爲他將得到的不比我得到的更多。"

20.【如山】意譯增補，原文*in altum*逕言高。增字參酌魯褒《錢神論》(嚴可均輯《全晉文》卷一百一三):"錢之爲體,有乾有坤,內則其方,外則其圓;其積如山,其流如川。"集中參觀前詩23:"ingentis ... acervos,""龐然的珍寶堆"及該行注所引H他作,又參觀前篇行1注引巴刻居利得3, 10–14,其中πυργωθέντα πλοῦτον,"囤積的財寶"。

21.【印那古】*Inachus*,阿耳戈(Argos)始王,傳說其子爲人類始祖,此處如謂貴族血統之最古者。參觀III 19, 1 f.:"quantum distet ab Inacho / Codrus pro patria non timidus mori,""爲父國不憚一死的/考特魯距印那古究竟多遠"。

22.【富人】*dives*原文與*natus ab Inacho*同位,後者譯文轉譯爲定語詞組,意謂貴且富。與【貧兒】*pauper*並舉,參觀I 4, 13 f.:"pallida Mors aequo pulsat pede pauperum tabernas / regumque turris,""失色的死以一般腳步震動貧兒陋舍/和王公的樓廈";II 14, 11 f.:"sive reges / sive inopes erimus coloni,""無論我們會/是王公還是乏產的農夫。"【貧兒】曰【最低種姓】*infima de gente*者,則謂貧且賤也。

23.【天下】*sub divo*非如中文普天之下之天下,此處其特指有二:一指人間,天爲神界,天之下者爲人世,地之下則爲黃泉,即下行24之【奧耳古】*Orcus*;其二暗示貧兒無家可歸露宿於野。荷馬《伊》IV 44 f.分別言之甚明:αἳ γὰρ ὑπ' ἠελίῳ τε καὶ οὐρανῷ ἀστερόεντι ναιετάουσι πόλιηες ἐπιχθονίων ἀνθρώπων,"因爲那些在太陽和羅星的蒼穹之下/居住的許多地上的人們"。此語專謂露宿者,參觀III 2, 5:"vitamque sub divo et trepidis agat in rebus,""讓他露天之下度過侘傺的一生"。【勾留】譯*moreris*,同字II 20, 4則酌情譯作"淹留"。言人生爲勾留或淹留者,以死爲生之攸歸,在世之日,如羈留在塗,或短或長,然終不免殊塗同歸也。中國古詩言人生如寄,其意相近。《古詩十九首》之四云:"人生寄一世,奄忽若飆塵";之十三復云:"人生忽如寄,壽無金石固。"李善注其三《青青陵上柏》:"人生天地間,忽如遠行客"句引《尸子》曰:"人生於天地之間,寄也;寄者固歸。"後世遂成詩人習語。

24.【奧耳古】*Orci*,參觀上行17引《書》II 2, 177 ff. 此處以冥府之名擬人,Numberger云已見赫西俄德。【無慈悲】*nil miserantis*,冥王

不爲人祈求禱告所動，參觀I 14, 17; II 14, 6.【犧牲】*victima*, 選字以明冥王之無情，中譯取本義，集中參觀III 23, 9–12："nam quae nivali pascitur Algido / devota quercus inter et ilices / aut crescit Albanis in herbis / victima," "請獻上積雪的阿爾吉度山上、橡林和冬青檞叢間牧放、或阿爾巴尼亞的草間、養肥的犧牲"。英國詩人古雷(Thomas Gray)少作《伊頓學苑遠眺讚》(*Ode on a Distant Prospect of Eton College*, 51 f.)稱少年學子爲犧牲，其說祖此："Alas, regardless of their doom, / The little victims play!" "嗚呼，不知他們的大限，/小犧牲們在嬉戲！"

25.【驅】*cogimur*如驅牲畜，參觀I 24, 16; 18; II 14, 9, II 18, 38.【同一地】*eodem*, 即奧耳古或陰間。

26.【甕中搖】*versatur urna*, 死期大限攸決，如甕中搖骰子，自其中搖出者死。荷馬《伊》III 325: Πάριος δὲ θοῶς ἐκ κλῆρος ὄρουσεν, "巴黎的骰子疾疾地[自代甕以盛骰子之之頭盔中]跳出"；《伊》III 316, VII 182, XXIII 352 f., XXIII 861及《奧》X 206亦同。搖骰子於罐或瓶以決事爲古羅馬人習俗，參觀盧坎《法薩洛戰記》V 392–94："fingit solemnis Campus, / et non admissae dirimit suffragia plebis, / decantatque tribus et vana versat in urna," "莊嚴的操場開始儀式，/並劃分未邀的庶民的投票權，/還有向部落唱票，並在空甕中搖。"英國十八世紀詩人楊(Edward Young)名作《夜思》(*Night Thoughts*)第五篇寫機運取意設句全化自此："all dies of fortune, and all dates of age, / Together shook in his impartial urn, / Come forth at random;" "機運的所有骰子，年壽的所有日期，/全都在他公平無私的甕中搖，/隨機出來"。集中另見III 1, 16："omne capax movet urna nomen," "闊膛的甕搖着所有人名。"【或遲或早】*serius ocius*, 參觀普羅佩耳修II 28, 58："longius aut propius mors sua quemque manet," "遲早她的死將羈留它[指所歡女子之貌]"；奧維德《變》X 32 f.："omnia debemus vobis paulumque morati / serius aut citius sedem properamus ad unam." "我們欠你的，雖耽擱一點，/遲早要去那一處。"

27.【出來】原文*exitura*(主動態未來分詞)兼該出走、退出、終止乃至去世多義，此處明指骰子——即*sors*實指——自甕中搖出。Heinze

舉例辨此爲拉丁語言搖瓶出骰子之慣用語, 西塞羅《致阿提古書信集》
(*Epistuae ad Atticum*) I, 19, 3: "quod cum de consularibus mea prima
sors exisset," "那時平章選舉搖骰子我的運道第一個出來"; 西塞羅
《占卜論》(*De divniatione*) II 86嘗敘羅馬上古有以骰子占卜傳統。骰子
自甕中搖出, 喻人之死。原文上行首詞爲動詞【搖】*versatur*, 其主語
【運道】*sors*及其將來時分詞形容詞【出來】*exitura*後置至此行, 以詞
序象先搖骰子、旋有骰子跳出狀。H老於以詞序象形會意, 集中已見他
例如I 1, 19 f.: "labitur ripa Iove non probante ux- / orius amnis," 以象河
水溢出, 參觀該行注。

　　28.【筏】*cumbae*, 據希臘神話, 陰間司渡喀戎(Charon)以筏渡死
人濟陰陽界河入冥府。【流放】*exilium*上承17與19之【退離】*cedes*。
普羅佩耳修III 18, 22–24: "est mala, sed cuntis ista terenda via est. /
exoranda canis tria sunt latrantia colla, / scandenda est torvi publica
cymba senis," "有一條惡、可是所有人都要走的路。/有一條有三箇咆
哮脖頸的犬要哄, /有箇殘暴的老年的公用之筏要登。"《英華》X 65錄
帕拉達(Palladas)箴銘詩末二行云: οἱ μὲν ἐπ' εὐπλοΐην, οἱ δ' ἔμπαλιν·
ἀλλ' ἅμα πάντες / εἰς ἕνα τὸν κατὰ γῆς ὅρμον ἀπερχόμεθα. "有些
人航程順利, 有些人則相反; 然而我們所有人/全都駛入地下的津渡。"
死爲流放, 後世詩人祖此說, 但丁《地獄篇》23, 117: "disteso in croce /
tanto vilmente nel eterno esilio," "如此可怕地在十字架上/展開四肢於
永恆的流放中"。

{評點}:

　　詩爲崑‧得流而賦, 然詩中所言是否於其生平有所指涉, 今已無
攷, 說詩者多以爲否, 稱詩人藉題發揮, 糅廊柱派說教於伊壁鳩魯
哲學, 勸人及時行樂, 未可據詩句推斷得流時運迍邅、有待詩人以辭
賦爲其攄憂解悶也。既如此, 則詩中多箴言警句則不足爲怪矣, 蓋此
篇實爲說教詩, 依例本應如此。開篇 "你要記得" *momento*語式肇啟
後世警世箴言 "你要記得人必有一死" (momento mori) 語式。以此語

之後効，反觀其本源(伽達默爾(H-G. Gadamer)所謂効果歷史原則：Wirkungsgeschichte)，尤顯是篇風格殆全爲人生規諫，勸人寵辱不驚。

　　然此詩說教主旨，並非H所刱，此前已見於阿爾凱詠冬殘篇(fr. 335)：

οὐ χρῆ κάκοισι θῦμον ἐπιτρέπην,
προκόψομεν γὰρ οὐδὲν ἀσάμενοι,
ὦ Βύκχι, φάρμακον δ᾽ ἄριστον
οἶνον ἐνεικαμένοις μεθύσθην

　　　　不應讓心順從於逆境；/因爲我們若自暴自棄則一無所獲，/哦巴刻庫，讓拿最好的藥/葡萄酒的人們酩醉

　　以此覘之，是作詩律用阿爾凱，應非偶然。然H此篇旨歸較阿爾凱詩更廣，言人不僅處逆境應心平氣和，遇喜事亦不宜喜樂逾度。或有學者質疑詩人既勸人行樂，何以復誡人喜樂過度。Syndikus (p.352)引詩人《雜事詩》I 1, 106–07以證詩人素秉中庸之道，視大喜大悲皆乖正道：

est modus in rebus, sunt certi denique fines,
quos ultra citraque nequit consistere rectum.

萬事皆有限度，最終皆有定界，/過猶不及，皆不能守正。

　　NH辨本詩與本卷稍後第14首相似，以二作皆爲勸世篇，令人不忘人生如白駒過隙，富貴貧賤皆終不免一死，本篇 "退離……退離" (cedes... cedes)之排比，對彼之 "徒然……徒然" (frustra ... frustra)，本篇所言法崚酒對彼之卡古酒，等等；然本詩由歡快入陰鬱，II 14則全篇沉鬱。按二詩主旨雖相近，然於人生各有體味也。

{傳承}：

　　H此篇頗受後世詩人青睞。其中第二、三、四章勸人行樂語句詩意尤多倣傚者。龍沙耳讚歌《小詩示僕，我心生厭》(*II. Livre des Odes, XVIII*)捃摭H詩第二至第四章詞句，茲錄其詩前半：

> I'ay l'esprit tout ennuyé
>
> 　D'avoir trop estudié
>
> 　Les Phenomenes d'Arate :
>
> 　Il est temps que ie m'esbate
>
> 　Et que i'aille aux champs ioüer.
>
> 　Bons Dieux ! qui voudroit louer
>
> 　Ceux qui collez sus un livre
>
> 　N'ont iamais soucy de vivre ?
>
> Que nous sert l'estudier,
>
> 　Sinon de nous ennuyer ?
>
> 　Et soin dessus soin accroistre
>
> 　A nous, qui serons peut estre
>
> 　Ou ce matin, ou ce soir
>
> 　Victime de l'Orque noir ?
>
> 　De l'Orque qui ne pardonne,
>
> 　Tant il est fier, à personne.
>
> Corydon, marche davant,
>
> 　Sçache où le bon vin se vend :
>
> 　Fay refraischir la bouteille,
>
> 　Cerche une ombrageuse treille
>
> 　Pour souz elle me coucher :
>
> 　Ne m'achete point de chair,
>
> 　Car tant soit elle friande,
>
> 　L'Esté ie hay la viande.
>
> Achete des abricôs,

Des pompons, des artichôs,

Des fraises, & de la crême,

C'est en Esté ce que i'aime,

Quand sur le bord d'un ruisseau

Ie la mange au bruit de l'eau,

Estendu sus le rivage,

Ou dans un antre sauvage.

……

　　我心生厭，/因爲讀了太多/亞拉托的《天象論》。/是我遊戲的時候了/我該去鄉野玩耍。/老天！誰願意稱贊/那些粘在書上的人，/從不在乎生活？/　讀書於我們何用，/除了令我們生厭？/焦慮相積累滋長，/於我們這些或許/今早或今晚/就變爲奧耳古黑夜的犧牲的人們？/那箇奧耳古不宥免/任何人，如此殘暴！/　苟里東，上前來，/打聽哪裏賣好酒：/洗洗酒瓶，/找箇葡萄酒藤架/和花園我好躺下。/別買葷食，/因爲那雖好喫，/可夏天我討厭喫肉。/　去買杏，/買瓜，買百合，/買草莓奶油，/這些我夏天愛喫，/在小溪邊，/我伴着水聲喫，/臥於岸邊/或是在一箇蠻荒的山洞裏面。……

四

調洗蒂亞戀女奴
AD XANTHIAM

不恥下愛，自古有之：阿基琉嘗衝髮一怒爲女奴；埃亞亦曾爲美貌女囚所動；赫克托戰死，特羅亞終爲希臘人所陷，阿伽門農班師返希臘途中竟爲女俘卡桑德拉情火中燒。

以此類推，汝所愛女奴腓利無乃亦出身貴胄豪門後不幸淪落風塵乎？汝之岳丈非特未辱沒於你，反可爲汝增光添彩。

故而勿以所愛者出身低微爲懷，伊人既忠誠性又疏財，其母必非不良之輩。

吾讚其美貌而心不自亂：汝無須猜忌，因我已年逾不惑。

{格律}：

薩福體（Sapphicum）。

{繫年}：

前24年，詳下行24注。

{斠勘記}：

3. briseis $\varXi$ $^{(\mathrm{acc.}\,\lambda'\,\mathrm{R})}$ bresceis $\varPsi$

6. tecmessae $\varXi$ $^{(\mathrm{R}\pi)}$ tegmessae $\varPsi$

18. dilectam $\varXi$ $\varPsi$ 𝔅 delectam Q $^{(\mathrm{acc.}\,\mathrm{R1})}$ 案前者源自diligo，貴之也；後者deligo，揀也。細翫詩意，係寫Xanthia癡情，非其挑三揀四方

選定此女也。

{箋注}：

　　1. 注家多讀作前置結果從句(*ne...*)，其義如謂：爲不教汝以愛女奴爲恥，吾今爲爾條舉荷馬史詩中英雄愛女奴先例。其主句省略，應略如"容我條舉"，類似句法集中另見IV 9, 1："Ne forte credas … ，""爲不教你或信以爲……"；《藝》407："ne forte pudori / sit tibi Musa lyrae sollers et cantor Apollo，""爲教你不以豎琴的摩薩與歌者阿波羅爲羞恥。"中國舊詩常以"不教"冠否定結果句，李義山詩善用複句，集中以"不教"句結束凡三見焉，《失猿》："莫遣碧江通箭道，不教腸斷憶同羣"；《贈勾芒神》："願得勾芒索青女，不教容易損年華"；《寄遠》："何日桑田俱變了，不教伊水向東流"，可參稽。惟Syndikus(p.358注8)主讀作口語禁令祈使句。按苟依Syndikus，起句意嫌直白、語嫌強硬。以全詩爲勸解友人語覘之，讀作結果從句於句法更渾圓，於語氣更相宜。【恥】*pudori*，因所愛者爲【婢女】*ancillae*也，原文引申義爲顏色因羞轉赤，以此暗對下行3【雪樣的顏色】*niveo colore*。因情事遭同伴揶揄致面紅耳赤，集中已見I 27, 15 f.："non erubescendis adurit / ignibus，""中燒的火皆不令人/赬顏"。羅馬詩歌此外參觀卡圖盧6, 5："hoc pudet fateri，""言之令人害羞赬顏"。普勞圖喜劇《厄庇底古》(*Epidicus*)107 f.(I, ii)關目並對白皆與此詩多相近似："idne pudet te, quia captivam genere prognatam bono / in praeda es mercatus ? quis erit, vitio qui id vortat tibi ?""這不令你臉紅麼，因爲你從劫掠品中買了/這出身良家的女俘？有誰會把這變成你的恥辱？"爲奴與自主之防，羅馬法律與道德攸關，且羅馬人婚姻爲一夫一妻制，故擇偶於良，關係重大。中國尤以唐以後元清二朝之外，雖皇帝擇偶亦多罔顧良賤。《西崑酬唱集》中《宣曲二十二韻》組詩劉筠所作嘗諷之，其句曰："天機從此淺，國豔或非良"，暗刺宋眞宗無論劉后楊妃乃至所寵優伶丁香皆出身微賤事，適可與H詩比讀。羅馬人所歡縱爲已釋女奴(libertina，參觀I 33, 15)，仍難免遭人疵議，矧與在籍奴婢相好乎？【婢女】*ancillae*於意當補tuae，"你的"，下探行5–6可明，爲自家奴婢相戀，故尤恐遭人物議。參觀集中I 33, 13–15及《對》14, 15："gaude sorte tua : me libertina, nec uno / contenta, Phryne macerat,""爲你的好運慶幸吧；我則爲被解放的女奴（她不/滿足於一箇男人）、弗律涅所折磨。"然人爲情驅，不憚犯禁破戒，至如其能致人迷亂，正以其爲禁脔，亦古今人情之常也，故奧維德《情》II 7, 19 f.："di melius, quam me, si sit peccasse libido, / sordida contemptae sortis amica iuvet !""高於我的神明啊，若是情慾要犯錯，/就讓我命賤的齷齪女友討人喜吧！"其後8, 11–14似學H此篇，引希臘英雄故事自辯曰："Thessalus ancillae facie Briseidos arsit, / serva Mycenaeo Phobebas amata duci : / nec sum ego Tantalide maior, nec maior Achille ; / quod decuit reges, cur mihi turpe putem ?""帖撒利人爲布里塞的顏而慾火中燒，/女奴斐巴爲邁基涅首領所愛。/我不比坦塔洛之子偉大，也不如阿基琉；/如何列王體面的事，繫我獨以爲醜陋？"如其非得自H此詩，則二人或皆本希臘化時代艷情詩，《英華》V 18載魯芬(Rufinus)艷情箴銘體詩云：

Μᾶλλον τῶν σοβαρῶν τὰς δουλίδας ἐκλεγόμεσθα,
　　οἱ μὴ τοῖς σπατάλοις κλέμμασι τερπόμενοι.
ταῖς μὲν χρὼς ἀπόδωδε μύρου, σοβαρόν τε φρύαγμα,
　　καὶ μέχρι κινδύνου ἑσπομένη σύνοδος·
ταῖς δὲ χάρις καὶ χρὼς ἴδιος, καὶ λέκτρον ἑτοῖμον,
　　δώροις ἐκ σπατάλης οὐκ ἀλεγιζόμενον.
μιμοῦμαι Πύρρον τὸν Ἀχιλλέος, ὃς προέκρινεν
　　Ἑρμιόνης ἀλόχου τὴν λάτριν Ἀνδρομάχην.

　　寧選奴婢不選冷艷者，/我們不喜任性的偷情。/後者的皮膚散發香脂氣息，傲慢的任性，/伴隨有危險；/前者的美麗與皮膚是自來的，她的牀是備好的，/不會因任性而在乎禮物。/我模倣阿基琉之子匹羅，他寧選/安得羅馬基，他同牀共枕之妻赫耳米奧涅的婢女。

2.【洗蒂亞】*Xanthias*，虛構希臘人名，本希臘字ξανθός，黄(色)，應暗指其髮色，參觀I 5, 3–4及注。【弗基人】*Phoceus*，弗基(Phocis / Φωκίς)，位於希臘本土中部，南瀕哥林多灣，東接波俄提亞(Boeotia)，西北接多利亞，古希臘著名阿波羅聖所得爾菲(Delphi)在焉。【昔有】*prius*云云，屬論辯修辭法之**舉例法**(exempla / παράδειγμα)，崑提良V 11, 6云："id [exemplum] est rei gestae aut ut gestae utilis ad persuadendum id quod intenderis commemoratio," "例證係已成事跡或事跡利於說服者，易於人記憶"；其後X 1, 49盛讚荷馬善用舉例法，云後世作家用舉例法皆昉於此。NH辨曰，荷馬舉例輒必列三項始完足，H踵之此處亦舉三例，且所舉皆出自荷馬或荷馬史詩時代。按Lausberg（§§412–13)辨舉例分史例(das historische exemplum)與詩例(das poetische exemplum)，今以其說攷覈此篇，則H所舉皆詩例也。舉例法既昉於荷馬，本屬莊嚴風格，艷情詩歌用之實爲戲擬。引神明英雄爲先例，以爲今人平凡鄙瑣情事之援證，已見忒奧克利多8, 59：ὦ πάτερ ὦ Ζεῦ, οὐ μόνος ἠράσθην· καὶ τὺ γυναικοφίλας. "哦父宙斯，熱戀者非我一人；你也是箇好婦人的啊。"謂我之好色，乃傚倣大神宙斯也。又見《英華》V 123腓洛底摩(Philodemos)箴銘體頌月神詩(6)：καὶ γὰρ σὴν ψυχὴν ἔφλεγεν Ἐνδυμίων. "因爲恩篤米昂[希臘神話中牧人，爲月神(Selene)所歡]曾燃燒你的心。"

3–4. 詩中所舉首例爲【布里塞】*Briseis*，荷馬《伊利昂記》敍希臘人遠征特羅亞主將阿基琉之怒始末，致怒之由權輿在於女俘呂耳涅索(Lyrnessos)公主布里塞本應配阿基琉爲妾，竟遭阿伽門農奪愛。古時戰俘沒爲得勝者奴，故稱爲【女奴】*serva*。云其顏色如雪，則未見於荷馬，應係希臘化時代詩人增華，羅馬詩人因襲焉。普羅佩耳修II 9, 9–10："nec non exanimem amplectens Briseis Achillem / candida vesana verberat ora manu," "纏着不無生氣的阿基琉的白晳的/布里塞的吻也不用發瘋的手打"；奥維德《術》3, 189："pulla decent niveas : Briseida pulla decebant," "黦黑配雪白相宜；布里塞宜衣皂"，皆此例也。

4–5. 二行原文環動詞*movit*(打動)呈丫杈格(chiasmus)，其結構爲：主格主語(*Briseis*)及修飾詞(*niveo colore*)＋動詞(*movit*)＋賓格賓

語(*Achillem*)；賓格賓語(*Aiacem*)＋動詞(*movit*)＋主格主語及修飾詞(*forma...Tecmessae*)。中譯行5置動詞於句首，以倣原文修辭格。

4.【倨傲】*insolentem*，《伊利昂記》刻畫阿基琉性格暴烈驕傲，用於戰爭得勝者，已見I 16, 21，《對》16, 14(引文及翻譯已見同篇該行注)。今竟爲女奴【打動】*movit*，既可證布里塞曼妙動人，亦暗指阿基琉由此衝冠一怒，致血流漂杵。措辭雖尋常平淡，所言之事其實沉痛，舉重若輕，明爲開導友人，暗含反諷。

5.【忒拉蒙之子埃亞】*Telamone natum*，第二例也：即大埃亞(Aias)，《伊利昂記》中希臘英雄，條耳克(Teucer)同父(忒拉蒙，Telamon，撒拉米王)異母兄弟，已見I 8, 21及注。以父稱子，常見於荷馬，語風高古，亦因《伊》中另一埃亞，爲奧伊琉(Oileus)之子，詳見I 15, 19注，藉父名稱子以相區別。

6.【忒墨撒】*Tecmessa*，弗呂家王忒琉塔(Teleutas)之女，不見於荷馬。據索福克勒悲劇院本《埃亞》(*Aias*)，埃亞攻略弗呂家，獲賜此女，娶爲正妻，能與埃亞患難與共。

7–8.【阿特柔之子】*Atrides*，第三例也：即阿伽門農(Agamemnon)，【所掠童女】*virgine rapta*即卡桑德拉(Kassandra)，特羅亞王普里阿摩女，因貌美爲阿波羅授異能，能豫知未來。特羅亞城陷，爲阿伽門農所執，納爲妾，相隨返鄉後爲正室克呂泰涅斯特拉(Klytaimnestra)共姦夫埃吉斯托(Aigisthos)所害。埃斯庫洛悲劇《阿伽門農》(*Agamemnon*)未嘗言阿伽門農熱戀卡桑德拉；歐里庇得悲劇《特羅亞婦人》(*Troiades*)(255)始曰：ἔρως ἐτόξευσ’ αὐτὸν ἐνθέου κόρης. "對這爲神所據的少女的愛情[之箭]射中了他。"【凱旋】*triumpho*，實爲羅馬制度，非希臘人所習也。【中燒】*arsit*，H描狀愛情慣用語，已見I 13, 9及注。【中燒】於丫杈修辭格重言之【打動】*movit*以外，另爲第三項，然語義呈反比，一緩一急，一柔一烈，同時【所掠】*rapta*與【女俘】*captiva*以及【女奴】*serva*亦呈反比。蓋因阿伽門農掠卡桑德拉以歸在特羅亞城陷之後，即下章所詳敘者，其所爲及其因果遠較阿基琉、埃亞情事爲暴烈也。

9.【淪陷】*cecidere*，指荷馬《伊》卷二十、二十一所敘阿基琉屠特羅亞軍及其主將赫克托事。【番軍】*barbarae turmae*謂特羅亞人，荷馬不以特羅亞爲番邦，然H轉述其事卻屢以番邦稱之，《書》I 2, 6 f.：

"fabula, qua Paridis propter narratur amorem / Graecia barbariae lento conlisa duello," "故事說因巴黎的戀愛/希臘與番邦衝突生發一場持久戰"。【帖撒利的勝者】*Thessalo victore*，即阿基琉，阿基琉之父爲芈耳米東(Μυρμιδόνες / Myrmidones)王，芈耳米東部落世居帖撒利南部，故阿基琉有此稱。然據傳說，阿基琉死於特羅亞陷落前夕，死前並未得見特羅亞城陷，荷馬《伊利昂記》所敘特羅亞之戰至阿基琉擊斃赫克托即止。言【番軍淪陷於阿基琉】，若僅謂赫克托爲阿基琉所敗尚可，若謂特羅亞城淪陷，則誤。下三行既另敘赫克托死後特羅亞城滅事，則此處祇謂赫克托爲阿基琉所戮事甚明。

10.【赫克托】*Hector*特羅亞王普里阿摩長子，勇武過人，希臘人攻城，赫克托爲衛國之干城(參觀I 15, 33–34注)，希臘人之勍敵；荷馬《伊利昂記》刻畫其人性格高貴、風度彬彬，勇於擔當(參觀I 15, 13–15注引《伊》詩句)，與妻以愛待子以慈，後與阿基琉戰敗爲其所戮，故曰【被清除】*ademptus*。赫克托戰死事在《伊》卷二十。特羅亞人惟赫克托勇武可匹阿基琉，今既殞越，特羅亞城爲希臘人所陷則指日可待矣，故曰【方相讓別加城】*tradidit*。荷馬《伊》XXIV 243 f.：ῥήïτεροι γὰρ μᾶλλον Ἀχαιοῖσιν δὴ ἔσεσθε / κείνου τεθνηῶτος ἐναιρέμεν. "因爲對亞該亞人而言，那人[即赫克托]既已死，你們/被殲滅就更容易了。" H此處*ademptus Hector*語式應本荷馬獨立屬格式κείνου τεθνηῶτος. 參觀IV 9, 21 f.："ferox Hector," "暴烈的赫克托"。

11.【別加城】*Pergama*，特羅亞戍樓，赫克托戰敗故戍樓失守，戍樓失守則城陷。【精疲力竭】*fessis*，希臘人圍攻特羅亞曠日持久，荷馬《伊利昂記》所敘阿基琉戮赫克托時，戰事已長達十年之久。《伊》II 134 ff.：

ἐννέα δὴ βεβάασι Διὸς μεγάλου ἐνιαυτοί,
καὶ δὴ δοῦρα σέσηπε νεῶν καὶ σπάρτα λέλυνται·
αἱ δέ που ἡμέτεραί τ' ἄλοχοι καὶ νήπια τέκνα

ἧατ' ἐνὶ μεγάροις ποτιδέγμεναι· ἄμμι δὲ ἔργον
αὔτως ἀκράαντον οὗ εἵνεκα δεῦρ' ἱκόμεσθα.

　　大神宙斯之年已有九, /戰艦已朽、船索已懈, /我們的髮妻
與幼小的兒女/在家中盼接待我們: 我們/爲之而來此的功卻沒
有成。

　　稱希臘人久戰不克, 卡圖盧詩中亦嘗用fessi(精疲力竭)字, 64, 366
f.: "nam simul ac fessis dederit fors copiam Achivis / urbis Dardaniae
Neptunia solvere vincla," "因爲機運將財富交給精疲力竭的亞喀人、/
令之解脫達耳達人之城的涅普頓的桎梏"。維吉爾《埃》II 109亦云希
臘人因戰事久懸未決而精疲力竭: "longo fessi discedere bello," "因持
久的戰爭精疲力竭故而欲潰奔"。

　　12.【拔】原文*tolli*與中文拔字本義與引申義偶合, 皆自本義托
舉引申爲攻克。H詩用此字尚見集中III 4, 42 ff.: "ut inpios / Titanas
immanemque turbam / fulmine sustulerit caduco," 中譯酌情作: "以霹靂
攻陷不虔敬的提坦和怪異的軍團";《雜》I 7, 34: "qui reges consueris
tollere," "[衆神]你們常攻陷君王"。

　　13.【說不定】*nescias an*云云憑空杜撰此婢女出身高貴, 當爲調侃
無疑, 上接所舉荷馬英雄諸例, 嘲冼氏所戀不倫, 殆全無憐憫。【黃髮】
*flavae*已見I 5, 4及注。【腓利】*Phyllis*, 虛構希臘女子名, 倡優用希臘名,
參觀I 8, 2注。【有福的】*beati*指高貴富有, 如次章云忒墨薩本爲貴胄, 索
福克勒悲劇《埃亞》487 ff. 忒墨薩自白曰: ἐγὼ δ' ἐλευθέρου μὲν ἐξέφυν
πατρός, εἴπερ τινὸς σθένοντος ἐν πλούτῳ Φρυγῶν· νῦν δ' εἰμὶ δούλη.
"我爲自主的父親所生, /他在弗呂家人中以富有而強; /如今我身淪沒
爲奴。"

　　14.【女婿】*generum*, 冼蒂亞應尚未婚娶, 然其是否有意娶此婢爲
妻亦未可知, 逕稱之爲女婿實爲調侃。【增光添彩】*decorent*意謂此婢
身世脫本高貴如忒墨薩, 則冼蒂亞卒因此運發亦未可知。

　　15–16. 此女奴脫真如忒墨薩, 本係王族, 因國破而淪爲奴婢, 必

自歎身世，自哀家門不幸、神明不靈。此全爲詩人馳騁想象，如白日做夢，語含戲謔。Heinze：【所不得……必定】*nescias an ... certe ...* 皆爲揣測之詞。【哀哭】*maeret*，參觀《書》I 14, 6 ff.："me quamvis Lamiae pietas et cura moratur / fratrem maerentis, rapto de fratre dolentis / insolabiliter,""拉米埃哀哭其兄，慟悼被奪之兄不可撫慰，/其愷悌憂傷令我逗留"。

16. 【竈神】*Penatis*，羅馬人所奉鎭宅之神；其名或以爲源自 penus，家中貯食處，帝政初期已爲爐竈(focus)、家宅(domus)乃至父國(patria)之代稱(*RE* 19. 1: 423)，其有別於宅神Lar或Lares，已見I 12, 44注。此處兼指其爲護家與護國之神。言【不利】*iniquos*者，爲其未能保祐供其血食之家國免遭滅亡也。

17-21. 前章讚此女之種(γένος)，此章詠其德(ἀρεταί)。Heinze：據修辭家米南德(Menander Rhetor)誇讚新婦美貌爲希臘人婚禮習俗。

19. 【不貪財】*lucro aversam*，倡女貪財無度爲古羅馬喜劇與哀歌常用關節，例如普勞圖《兇神惡煞》(*Truculentus*)中妓女索要狎客錢財，必空其囊方休；普羅佩耳修III 13, 1則云："quaeritis, unde avidis nox sit pretiosa puellis, / et Venere exhaustae damna querantur opes,""你們想想，何處黑夜因貪婪的姑娘而昂貴，/爲愛掏空的財富悲歎其損失。"參觀《英華》V 29所錄卡利克忒(Kallikter)詩：ἀδὺ τὸ βινεῖν ἐστί· τίς οὐ λέγει; ἀλλ' ὅταν αἰτῇ χαλκόν, πικρότερον γίνεται ἐλλεβόρου. "交歡很甜美；誰說不是呢？可當索要/銅錢的時候，就比嚏根草还苦呢。"

19-20. 【令人羞恥】*pudenda*遙應行1【羞恥】*pudori*。

21-22. 修辭法與詩法所謂名籍(catalogue，詳見I 12, 32-46注)，臚列女子體貌之美。此法H得之於希臘化詩人，如《英華》V 132載腓洛底謨艷情箴銘詩：

> Ὦ ποδός, ὦ κνήμης, ὦ τῶν ἀπόλωλα δικαίως
> μηρῶν, ὦ γλουτῶν, ὦ κτενός, ὦ λαγόνων,
> ὦ ὤμοιν, ὦ μαστῶν, ὦ τοῦ ῥαδινοῖο τραχήλου,

ὦ χειρῶν, ὦ τῶν μαίνομαι ὀμματίων.
ὦ κατατεχνοτάτου κινήματος, ὦ περιάλλων
γλωττισμῶν, ὦ τῶν θῦ' ἐμὲ φωναρίων.

　　哦足啊, 哦脛啊, 哦我剛好爲之而死的/股啊, 哦臀啊, 哦屁股啊, 哦陰唇啊, 哦子宮啊, /哦肩膀啊, 哦乳房啊, 哦纖細的脖頸啊, /哦手臂啊, 哦我爲之瘋狂的双眸啊, /哦喬張做致的步態呦, 哦勝過他人的/激吻呦, 哦讓我情慾高漲的聲音呦。

22.【無邪】*integer*, 意譯, I 22, 1譯作 "全眞", 參觀該字注。此處義爲 "[未受惡念]所觸"。集中III 7, 22: "voces audit adhuc integer" 則譯作 "清白": "依舊清白的他聞此聲"。【免猜忌】*fuge suspicari*, 插入語, 據修辭家米南德, 希臘婚禮時美言新婦以塞中傷者之口, Heinze以爲此處戲做其套語, 中譯增賓詞我。

23.【匆匆】*trepidavit*, NH云H或用《英華》V 112腓洛底謨情詩語: ἐρρίφθω· πολιὴ γὰρ ἐπείγεται ἀντὶ μελαίνης / θρὶξ ἤδη, συνετῆς ἄγγελος ἡλικίης. "讓他折騰; 因爲白髮已匆忙壓迫/黑髮, 理智之年的信使。"【關閉】*claudere*, H之前未見指時間, 此處以閉門牖喻時間終結。

24.【被除】*lustrum*, 古羅馬督審(censor)每五歲料民, 完畢輒行被除祭禮, 故八度被除 = 四十載, 詩人自紀年已不惑, 以數謎爲歇後語, 令讀者計算, 應本《英華》XI 41載腓拉底謨(Philademos)會飲詩: ἑπτὰ τριηκόντεσσιν ἐπέρχονται λυκάβαντες, / ἤδη μοι βιότου σχιζόμεναι σελίδες· "七上加三十年/已從我生命的紙卷上撕掉"。H詩中自紀年歲非祇此一處, 《書》I 20, 26–28: "forte meum siquis te percontabitur aevum, / me quater undenos sciat inplevisse Decembris, / conlegam Lepidum quo duxit Lollius anno," "或若有人向你打聽我的年齡, /讓他知道我在第拾月[按即今十二月]已滿四輪十一年, /這一年洛留接受勒庇多爲同事。" 以被除繫年, 集中另見IV 1, 6: "circa lustra decem flectere mollibus / iam durum imperiis," "用温柔的強權馴服已

約十度/被除的倔強”。“十度被除”即五十年。據此計算本詩撰作時間，H生於前六十五年十二月初八，65－40＝25，詩中既稱年逾不惑，故應撰於前二十四年。

{評點}：

　　古羅馬人宴飲，習以調侃同飲者情事爲樂，且多見諸羅馬詩歌，卡圖盧第六首、普羅佩耳修I 9、H集中此前I 8與I 27皆爲此類調侃詩。H此篇深受希臘化時代希臘艷情箋銘詩浸染，捃撦腓洛底謨(Philodemos)等人章句(詳見以上箋注)，然能獨出心裁，以“竈神”、“被除”等字提醒羅馬風味，前三章以莊作諧，卒章自敘年齒，造境生動，箇性鮮明，洵爲佳什。

　　以主題言，男女情事乃至婚娶，門閥身份攸關，羅馬人不可不屬意。H此篇語調調侃，然精於世故如彼，雖謔浪笑敖，所言非盡爲調笑，不無用心也。《雜詩集》I 2詩人嘗詳辨相與各類身份女子之利害，要之：人不當與已婚女子有染，此外並無禁忌；然以便宜論，莫過釋女奴爲最佳(參觀Syndikus, p.358)。此篇中詩人於友人雖語含規箴，全篇腔調仍以挪揄調侃爲主：詩人臚列荷馬英雄故事，用以勸慰冼氏，所據典籍所隸故事隆重莊嚴，所諭之理則輕浮渺小，小題大做，貌莊實謔，爲滑稽之止境；行11–12離題敘特羅亞淪陷，尤顯勸人者並未鄭重其事，讀者一笑置之可也；卒章先以名籍手法摹寫腓利肢體誘人，再自敘年齒以爲避嫌，教冼氏不必猜忌，圓滑世故而不令人反感。

{傳承}：

　　法國詩人龍薩耳《讚歌集》第二卷中名篇(*Ode XXIII*)立意造語均倣H此作，惟以女僕(chamberiere)易女奴，以膺當日法國法律制度，茲錄其詩前三分之二：

> Si i'ayme depuis naguiere
> 　Une belle chamberiere,
> 　Hé, qui m'oseroit blasmer

De si bassement aimer ?

Non, l'amour n'est point vilaine,

  Que maint brave Capitaine,

  Maint Philosophe & maint Roy

  A trouvé digne de soy.

Hercule, dont l'honneur vole

  Au ciel, aima bien Iole,

  Qui prisonniere dontoit

  Celuy qui son maistre estoit.

Achille, l'effroy de Troye,

  De Briseïs fut la proye,

  Dont si bien il s'eschaufa

  Que serve elle en trionfa.

Aiax eut pour sa maistresse

  Sa prisonniere Tecmesse,

  Bien qu'il secouast au bras

  Un bouclier à sept rebras.

Agamemnon se vit prendre

  De sa captive Cassandre,

  Qui sentit plus d'aise au cœur

  D'estre veincu que venqueur.

Le petit Amour veut estre

  Tousiours des plus grands le maistre,

  Et iamais il n'a esté

  Compagnon de maiesté.

… …

    若我不久愛上/一箇美麗的侍女,/啊,誰敢斥我/所愛這般低賤?/ 不,此愛絕不比/許多勇敢的統帥爲劣,/比許多哲人和許多王宮/以爲配他們所愛的。/ 赫耳古勒的榮譽飛翔/在天,卻愛尤勒, /她雖被俘卻馴服了/撂倒她主人的那人。/ 阿基琉, 特羅亞的恐怖, /卻是布里塞的繳獲, /他爲之如此激動/以致於要用她來行凱旋式。/ 埃亞在乎他的女主, /他的女俘忒墨撒, /雖然他以胳臂搖動/七張皮的盾牌。/ 阿伽門農感覺自己爲/他的俘虜卡桑德拉所俘, /她感到被征服/比征服者更舒心。/ 小愛神總想/成爲最大的主人, /他從不是威權的僕從。

{比較}:

詩紀壽歲

　　中國詩人以詩自紀年歲, 頻繁詳盡殆無過白樂天。洪邁《容齋隨筆》五筆卷八•1《白蘇詩紀年歲》條(頁九一八–九二〇)臚列甚詳, 所舉白詩或直陳歲數, 或有若H此詩及其模範腓拉底謨詩, 作歇後語, 待讀者計算而後知。白集中屬此後類者如《松齋自題》: "非老亦非少, 年過三紀餘" (> 12 × 3 = 36歲), 《寒食夜》: "忽因時節驚年歲, 四十如今欠一年" (40 – 1 = 39歲), 《除夜寄微之》: "老校於君合先退, 明年半百又加三" (100 / 2 + 3 = 53歲), 《閑行》: "儻年七十猶強健, 尚得閑行十五春" (70 – 15 = 55歲), 《三月三十日作》: "半百過九年, 豔陽殘一日" (100 / 2 + 9 = 59歲), 《七年元日對酒五首之二》: "年開第七秩, 屈指幾多人? " (10 × 7 = 70歲), 《六十六》: "七十欠四歲, 此生那足論! "《與夢得沽酒閑飲且約後期》: "共把十千沽一斗, 相看七十欠三年" (70 – 3 = 67歲); 《春日閑居三首之三》: "又問年幾何, 七十行欠二" (68歲), 《喜入新年自詠　原注: 時年七十一》: "白鬚如雪五朝臣, 又入新正第七旬"; 《喜老自嘲》: "行開第八秩, 可謂盡天年", 可與H此篇末句參看。

五

女未成年毋急求
NON ESSE PROPERANDVM AD VIRGINIS OSCVLVM

此女尚幼，未可以情慾爲羈縻籠絡，未可加以重荷；伊體弱身細，未可承受情急欲乘之公牛粗魯衝撞。汝雖中意此犢，然伊尚祇可芻牧，情實未開，雖與公犢相處亦祇知嬉戲。生澀如葡萄未熟時，尚未可食，第俟其成年。

當其熟稔，伊將自尋其偶。人心有所歡，然情不爲所報；所歡反戀他人，然他人棄之如遺。情非讎也，不必冤冤相報。

{格律}:

阿爾凱式(Alcaium)。

{繫年}:

無攷。

{斠勘記}:

12. varius] varios *Manuel y Faria* 案所臆改遂令其配racemos而非autumnus矣.

13. sequetur Ξ (^{acc.λ' R}) sequitur Q Ψ 案前者將來時，後者現在時。| currit Ξ curret Ψ 案前者現在時，後者將來時。

14. 15. quos-annos] quot-annos或quod = annus *Bentley* 案Bentley塗乙賓格複數指示詞這些+名詞年爲賓格複數形容詞每+年或單數如

此+年，語氣爲之強烈，然似非詩人本願。

16. petet] petit Q （[acc. R]）異讀爲現代時。

19. renidet] renitet A*corr.* B*var.* a[1] λ' δ π[2] R　案異文義爲反射，乃教會拉丁文，訛也。

20. cnidiusuve B δ π R gnidiusve（-que λ）*cett.*

{箋注}：

1.【尚未】*nondum*居詩上二行二子句之首，亦是全篇首字，中譯做之，下尤探行10 ff.而生通解，合和【不久】（*iam*）排比，實爲全篇詩眼，統攝一篇主題。歷來注家皆引荷馬《伊》X 293敘述犧牲用母牛犢語：ἀδμήτην, ἣν οὔ πω ὑπὸ ζυγὸν ἤγαγεν ἀνήρ· "未馴化的[母牛犢]，人尚未置之於軛下的"，以爲H所本。H之*nondum*即荷馬οὔ πω也，後世有παρθένος ἀδμής, "未馴化之童女"之說，即因此生譬。NH曰，古羅馬女子年十二即可婚配，故詩中所論女子應甚幼小。以【軛】*iugum*譬男女交歡，爲古代豔情詩習語，集中已見I 33, 11："sub iuga aenea," "青銅的軛下"，詳見該注。卡圖盧68, 117 f.："sed tuus altus amor barathro fuit altior illo, / qui tamen indomitam ferre iugum docuit," "可你的深愛深於那深淵，/它於是教會那未被馴服的去承軛"；普勞圖《無賴》（*Curculio*）51–53（I, i）亦以承軛喻女子順從男子情慾："Palinurus iamne ea fert iugum？/ Phaedromvs tam a me pudica est quasi soror mea sit, nisi / si est osculando quippiam impudicior." "帕林奴　她現已承軛？斐德羅姆　因爲對我她貞潔如同我姊妹，除非/若她比親嘴兒更無恥。"【馴服】*subacta*雙關馴化牲畜與以性征服本喻二義。

2. 以二畜共軛譬喻男女相交，參觀I 33, 11 f.；H他處（I 35, 28）以之譬喻人分擔重負。【驪駕】譯*conparis*，原文本義爲相匹，參觀I 33, 10 ff.及注，此處指二畜共軛驅車或曳犁，中文【驪駕】取其譬喻義，用字出自《文選》卷二張衡《西京賦》："驪駕四鹿"。李善注曰："驪猶羅列、駢駕之也"。又見《漢書·平帝紀》（卷十二）："立輅併馬"。服虔注曰："併馬，驪駕也"（頁三五五）。又《後漢書·寇恂傳》（卷十六）："恂以輦車驪駕轉輸"。章懷太子注曰："併駕也"。（頁六二二）茲借用謂牛駕。【頸】*cervice*, NH：古時亦指女陰部位，合【軛】*iugum*字同爲性事雙關語。

3. 【仔肩】*munia*明指駕車或耕田等軛下牛馬所職，暗喻性事。參觀普羅佩耳修 II 22ᴀ, 23 f.：“saepe est experta puella / officium tota nocte valere meum,”“姑娘已常親身感受/能承受我整夜的盡職。”中譯用《周頌·敬之》語：“佛時仔肩，”鄭玄《箋》：“仔肩，任也。”

4. 【衝擊】*ruentis*既通指畜類發情躁動貌，然尤特寫特牛交歡時之衝力。動詞*ruo*多指畜生狂奔，《書》II 2, 75：“hac rabiosa fugit canis, hac lutulenta ruit sus,”“這隻狂犬逃竄，這頭霑泥淖的豕狂奔”。【承受……重量】*tolerare pondus*, 參觀亞里士多德《動物志》(*Historia animalium*) VI 21 (575ᵃ13 f.)：βοῦς δὲ πληροῖ μὲν ὁ ἄρρην ἐκ μιᾶς ὀχείας, βαίνει δὲ σφοδρῶς ὥστε συγκάμπτεσθαι τὴν βοῦν· “雄壯的牡牛一次交配即可致牝牛懷孕，其[交配時的]衝撞足以壓倒她。”老普利尼《博物志》X 174：“taurorum cervorumque feminae vim non tolerant ; ea de causa ingrediunur in coitu,”“牡牛牡鹿的衝力其牝畜不能承受，因此之故在交配中她們要向前行走。”

5. 【你】*tuae*所指未詳，詳後{評點}。【牝犢】*iuvencae*喻少女，西洋詩歌自古有之。荷馬體《得墨忒耳頌》(῞Υμνος εἰς Δημήτραν) 174–77：αἱ δ' ὥς τ' ἢ ἔλαφοι ἢ πόρτιες ἤαρος ὥρη / ἄλλοντ' ἂν λειμῶνα κορεσσάμεναι φρένα φορβῇ, / ὡς αἱ ἐπισχόμεναι ἑανῶν πτύχας ἱμεροέντων / ἤϊξαν κοίλην κατ' ἀμαξιτόν, “如同牝鹿或牝犢在春天/跳躍於草甸上心裹爲牧草充滿,/就這樣她們提着可愛衣裳的衣裾/疾步行於空空的車道上。”H詩此句以下至行9意謂牝犢尚未成年，惟知有口腹之慾，不解風情。學者胥以爲意象詩思皆本阿納克利昂情詩，今存殘篇(fr. 417)：

πῶλε Θρηκίη, τί δή με

　　λοξὸν ὄμμασι βλέπουσα

νηλέως φεύγεις, δοκεῖς δέ

　　μ' οὐδὲν εἰδέναι σοφόν;

ἴσθι τοι, καλῶς μέν ἄν τοι

　　τὸν χαλινὸν ἐμβάλοιμι,

ἡνίας δ' ἔχων στρέφοιμί

　　σ' ἀμφὶ τέρματα δρόμου·

νῦν δὲ λειμῶνάς τε βόσκεαι

　　κοῦφά τε σκιρτῶσα παίζεις,

δεξιὸν γὰρ ἱπποπείρην

　　οὐκ ἔχεις ἐπεμβάτην.

　　忒萊基女犢，爲何眼睛乜斜看我/卻又無情地逃跑？你覺
得我一點不懂智慧麼？/要知道，我會巧妙地給你戴上嚼子，/在
賽馬場的轉折場邊我掄着韁繩；/而你現在在草坪上喫草，輕
鬆跳躍如游戲，/因爲你沒有箇老練的馴馬師。

　　集中此外參觀III 11 9 f.："quae velut latis equa trima campis / ludit
exsultim," "她像寬闊操場上三歲母馬/般跳躍嬉戲"。

　　6. 夏日人畜河畔蔭下避暑爲集中常見意象，參觀I 17；河畔畜牧，
參觀III 29, 21–23："iam pastor umbras cum grege languido / rivomque
fessus quaerit et horridi /dumeta Silvani," "一會兒疲憊的牧人同虛弱的
/牧羣尋求蔭翳、溪流和蓬茸/林神的荊棘"。

　　6.7.【時而……時而】*nunc ... nunc ....*，參觀上行1–2及下10 ff.排
比。

　　6–7.【紓解……酷暑】*solantis aestum*，HN：雙關暑熱與情慾之
火。參觀卡圖盧2, 7 f.："sit solaciolum sui doloris, / credo ut, cum gravis
acquiescet ardor," "紓解她的煎熬吧，/我相信，那時壓抑她的激情
將平息下來"。以暑熱喻情慾，亦見維吉爾《牧》2, 6–8："o crudelis
Alexi, nihil mea carmina curas ? / nil nostri miserere ? mori me denique
coges ? / nunc etiam pecudes umbras et frigora captant," "哦殘忍的阿
萊西，我的歌你全不在乎？/我你全不憐憫？你竟要逼我去死。/就連牧
羣也要追尋陰翳和清涼"。用字殆同維吉爾《農》I 159："concussaque

famem in silvis solabere quercu," "林中以所搖橡樹紓解飢餓", 皆本希臘文παραμυθεῖσθαι, 以不及物爲及物動詞。英國詩人馬維爾(Andrew Marvell, 1621–1678年)牧歌名篇《刈草工達蒙》(*Damon the Mower*) 5–18曰:

Like her fair Eyes the day was fair;
But scorching like his am'rous Care.
Sharp like his Sythe his Sorrow was,
And wither'd like his Hopes the Grass.

　Oh what unusual Heats are here,
Which thus our Sun-burn'd Meadows fear!
The Grass-hopper its pipe gives o'er;
And hamstring'd Frogs can dance no more.
But in the brook the green Frog wades;
And Grass-hoppers seek out the shades.
Only the Snake, that kept within,
Now glitters in its second skin.

This heat the Sun could never raise,
Nor Dog-star so inflam'd the dayes.

　　就像她的眼睛一樣白日也明麗; /可也像他愛的煩惱一樣灼熱。/鋒利有如他的鐮刀是他的悲哀, /枯萎有如他的希望是此刈草。

　　哦這裏有何樣不尋常的暑熱, /讓我們太陽焦烤的草坪懼怕! 蟊斯棄了它的鳴管; /筋腿的青蛙不再跳躍。/可是往溪水裏青蛙蹚入; /蟊斯也尋找陰涼。/祇有一直穴藏的蛇, /身著第二層皮在閃爍。

這樣的暑熱太陽絕不能致, /犬星(詳見I 17, 17–18注)也
這般點不着白日。

8. 【歡躍向前】譯*praesgestientis*, 字頗生僻, 既含活躍、歡喜跳躍本義(gestire; Heinze: frohlocken),《藝》159以謂兒童: "gestit paribus conludere," "跳躍而與同齡人遊戲"; 又因前綴prae-含向前義, 此處寫牝犢牡犢天眞游戲貌, 參觀卡圖盧64, 145 f.: "quis dum aliquid cupiens animus praegestit apisci, / nil metuunt iurare, nihil promittere parcunt," "他[泛指男子]心裏欲求某事就前行取之, /不怕賭咒發誓, 不吝保證承諾。"

9. 【嬉戲】*ludere*承前以羔犢喻少女之譬, 另見III 11, 9 f., 引文已見上行5注; 又參觀III 15, 11 f.: "illam cogit amor Nothi / lascivae similem ludere capreae," "她爲對諾提的愛所/驅使, 就像放蕩的母羊般嬉戲"。**【生澀葡萄】***inmitis uvae*喻少女尚未及年, H祖希臘化時代豔情詩,《英華》V 124腓洛底謨(Philodemos)詩: οὔπω σοι καλύκων γυμνὸν θέρος, οὐδὲ μελαίνει / βότρυς ὁ παρθενίους πρωτοβολῶν χάριτας· / ἀλλ' ἤδη θοὰ τόξα νέοι θήγουσιν Ἔρωτες, "你的蓓蕾尚未爲夏日裸露, 葡萄/初綻處女的美麗也還未變黑; /可年輕的衆愛神已磨礪鋒利其飛簇。"希臘牧歌詩人忒奧克利多11, 21: [Γαλάτεια] μόσχῳ γαυροτέρα, φιαρωτέρα ὄμφακος ὠμᾶς. "[嘉拉忒婭]活躍如幼犢, 晶瑩如未成熟的野葡萄"。卡圖盧62, 49 f.: "ut vidua in nudo vitis quae nascitur arvo / numquam se extollit, numquam mitem educat uvam," "如室女生長於裸土的葡萄藤, /永不能高攀, 永不能生成熟的葡萄"。集中參觀III 11, 11 f.: "et adhuc protervo / cruda martio," "而且對放蕩的夫君/始終都生澀"; 又見《對》2, 17 f.: "vel cum decorum mitibus pomis caput / Autumnus agris extulit," "或當秋時野地裏舉起/成熟果實妝點的頭"。

10. 【很快】*iam*, HN: 南國少女成熟快如葡萄。

11. 【秋天】*autumnus*, Bentley以降英國學者如Wickham, Bailey, NH等等皆讀作擬人, 其實不必。詳酌原文, 【秋天】所領動詞

distinguet【分別】不必僅謂人，故未足據以秋天爲擬人。脫以此爲擬人，則凡爲譬語殆靡不爲擬人矣。原文名詞【秋天】*autumnus*及其形容詞【多彩】*varius*以跨步格(hyperbaton)分居行11、12正中，分別翼以同爲跨步格相隔佈置之形容詞【青紫色】*lividos*與所言【串串蔓蔓】*racemos*並及【殷紅】*purpureo*與所言之【色】*colore*，頗見匠心。【爲你】*tibi*，見上行5注並注後{評點}。

12.【青紫色】*lividos*，葡萄色呈青紫爲成熟，參觀普羅佩耳修IV 2, 12："prima mihi variat liventibus uva racemis,""第一顆葡萄爲我變化呈青紫色的串蔓"；猶文納利(Iuvenalis)2, 81："uvaque conspecta livorem ducit ab uva,""葡萄因爲葡萄所盯而生紫色。"

13.【她】Heinze：非指葡萄，亦非指牝犢，而謂少女。今按原文無代詞，語意蘊含於動詞*sequetur*【追趕】變位，其所指【拉拉格】*Lalage*讀者非讀至行16不得知。參觀薩福殘篇1, 21：καὶ γὰρ αἱ φεύγει, ταχέως διώξει·"因爲她若逃避，很快就會追趕"。【蠻橫】*ferox*，年歲可稱蠻橫爲其所向披靡，無人可擋，詩人或暗以奔馬爲譬，參觀奧維德《月》VI 772："fugiunt freno non remorante dies,""時日在脫韁奔逃"。

14–15. Heinze：忘年之戀中年長者視其昔日流年爲所失，年少者視己未來之歲爲所贏。此語易引人誤以爲二人年齡之差終可弭平，然其實十五歲少女與三十五歲男子年齡之差五年後更大。參觀《藝》175 f.："multa ferunt anni venientes commoda secum, / multa recedentes adimunt,""很多同將來的年歲與之俱來，/很多由退去的帶走"；又見普羅佩耳修IV 11, 95："quod mihi detractum est, vestros accedat ad annos,""自我減去的都加到你的年歲上。"

15–16.【額頭前衝】*proterva fronte*，詩意上蒙首章次章牝犢譬喻。

16.【拉拉格】*Lalage*，已見I 22, 10及注。讀者至此始確知詩中迄今所言牝犢爲譬喻。【配偶】*maritum*，即上行13中【你】*te*.

17.【伏洛】*Pholoe*，已見I 33, 7及注，【躲閃】*fugax*，I 33, 7與此處皆云此女拒人求歡。與革來利*Chloris*相提並稱，又見III 15, 7 f.："non, siquid Pholoen satis, / et te, Chlori, decet,""對伏洛足够得體的，/對你，

革來利, 卻不"。【惹你愛憐】原文*dilecta*爲動詞被動分詞, 讀者須自補
其行爲主使者, Porphyrio古注以爲主使者爲泛指a quocumque, 即"惹
無論何人愛憐", 學者(Heinze、NH等)今多非之, 以爲應讀a te, 即"惹
爾愛憐", 按今說爲是, 譯文從之。【你】見上行5注。稱情人用情最深,
參觀卡圖盧8, 5:"puella … amata nobis quantum amabitur nulla,""我
的姑娘……無人如她一樣爲我所愛。"

　　18.【革來利】*Chloris*, 虛構希臘人名, 應本其詞源χλωρός義,
言人顏色時謂清素乃至慘白, 故此處謂其肩膊之膚色如海上清輝。
Heinze引薩福殘篇96, 6–11:

> νῦν δὲ Λύδαισιν ἐμπρέπεται γυναί-
> κεσσιν ὣς ποτ' ἀελίω
> δύντος ἀ βροδοδάκτυλος †μήνα†
> πάντα περρέχοισ' ἄστρα· φάος δ' ἐπί-
> σχει θάλασσαν ἐπ' ἀλμύραν
> ἴσως καὶ πολυανθέμοις ἀρούραις·

　　如今在呂底亞女人中突/出如日落時玫瑰手指的月令羣星黯
淡。她的光一般輝耀於大海和多花卉的原野之上。

　　忒奧克利多《牧歌》2, 79: στήθεα δὲ στίβοντα πολὺ πλέον ἢ τὺ,
Σελάνα, "他們的胸閃爍一如你, 色拉那[月神]般渾圓", 亦爲以月狀
人之例。杜詩"清輝玉臂寒,"寫臂膊沐浴月光時應有之色, H此處喻
人膚色如沐月光, 一實寫月光, 一虛擬月色。人名譯法從文理本聖經。
　　20.【或者】後綴–*ve*所領居戈於意於句法本皆應與前舉二人並
論, 詩人云他人皆不若拉拉格美好, 所舉凡有三人: 伏洛、革來利、居
戈, 前二人女, 末則爲男。詩人謂前二人容貌風緻非拉拉格之匹甚明,
至第三人, 則未遽謂其不如拉拉格也。詳翫詩文, 實謂此人與之頗相
頡頏, 甚至竟過之, 故Heinze曰: 詩人至此頗溺於居戈之美, 而拉拉
格之妙尚待來日。NH以爲以句法言, 居戈非屬所列遜於拉拉格者, 應

爲革來利從句，以言革氏容顔。按其說多臆測而少確證（"perhaps"、
"oddity"、"seems worth considering"云云），乖謬且大可不必。詳審
詩人此處心路，當爲初欲列舉三人皆不足媲美拉拉格，舉前二女皆逐
言其遜色，然言至末者心忽有轉念，思及其色，竟不知孰優孰劣矣。發
言之初確信無疑，語中心思轉變，由確信一變而爲猶疑，可與莎士比
亞《哈姆萊特》中"To be or not to be"獨白相發明。哈姆萊特獨白初
云人死萬事皆休（"To die: to sleep; / No more"），以睡喻死，本欲以之
譬死去人生皆休意，然既言睡，忽思及睡時或夢（"To sleep: perchance
to dream: ay, there's the rub"），反不復堅持死爲萬事休止之初衷矣。
【尼多】*Cnidius*，尼多(Cnidus)供奉愛神阿芙羅狄忒，詳見I 30, 1注。
【居戈】*Gyges*，虛構希臘男子名，集中後再現於III 7, 5："constantis
iuvenem fide / Gygen？""是那位恆信的少年/居戈？"言居戈爲尼多人，
暗示其奉愛神也。

21.【少女的歌隊】*puellarum ... choro*暗指阿基琉幼年藏身敘羅
(Scyros)事，已見I 8, 14注。【編入】*insereres*原文有編織義，應自下文
頭髮意象得來。

22.【披散的髮】*solutis crinibus*暗示變童妝樣，參觀I 29, 8。【兩
可不定】*ambiguo*指性別尚不確定，見下注。

23.【模糊的區別】*discrimen obscurum*，模糊讀如動詞，居戈性別
因長髮披散、兒時臉頰稚嫩無第二性徵而不明顯。

24.【敏覺的來客】*sagacis ... hospites*即奧德修與丢墨得。荷馬之
外有傳說云阿基琉幼年男扮女妝，匿身於敘羅事已見I 8, 14及注。奧
德修與丢墨得後抵敘羅訪阿基琉，阿基琉雖男扮女妝，仍爲奧德修所
識。斯塔修《阿基琉記》(*Achilleis*)I 784 ff.敘其事，曰奧德修語敘羅王
其所來爲求一人日後於萬軍之中建功立業，衆女子聞之色變，唯一人悉
心聆聽，遂識其爲阿基琉(I 794)："aspicit intentum vigilique haec aure
trahentem，""渠觀一人傾心儆醒豎耳聆聽。"

{評點}：

H是作拮撦《英華》中希臘與希臘化時代數篇母題敷衍成篇，除箋

注所示外, 尤以V 111安提弗洛(Antiphilos)艷情箴言詩與本篇相近:

εἶπον ἐγὼ καὶ πρόσθεν, ὅτ᾽ ἦν ἔτι φίλτρα Τερείνης
  νήπια, 'συμφιλέξει πάντας ἀεξομένη.'
οἱ δ᾽ ἐγέλων τὸν μάντιν. ἴδ᾽, ὁ χρόνος ὅν ποτ᾽ ἐφώνουν,
  οὗτος· ... ...

　　我以前曾說過, 忒萊涅的媚態尚屬/幼稚, "她長大時將讓
所有人中燒。"/他們笑話這箇豫言。看哪, 我曾明言的時候/就
是此時:……

　　本詩承襲前人主題, 論家胥無異議; 詩發言所向者 "你"(行5注)
爲何人, 則衆說紛挐。古注僞題Acro者以爲未有定說, 或係詩人友人
或爲其本人, 無以確知; 近世學者如Kießling/Heinze、NH等多主即詩
人本人說; 惟Syndikus辨詩爲他人而賦, 曰H自詠情事, 輒謂欲脫情網
羈束, 詞氣多甚激切; 本詩語氣則甚平和, 自信比及拉拉格及年必屬己
有, 頗乖詩人自道情事之語調風格(p.361 f.)。
　　按詩中所愛少女拉拉格集中此前已見I 22, 彼處其爲詩人所歡斷
無疑問, 脫以此處所言爲他人情事, 所涉女子爲他人相好, 詩人何不爲
之另擇他名? Syndikus之說理似有不通, 仍應讀作本詩人情事爲宜。

{傳承}:

　　德萊頓(John Dryden)有歌(*Song*)一首, 詠少女西爾維婭年方
十五, 不解風情, 其旨意當本H此詩, 茲錄其首節:

Sylvia the fair, in the bloom of Fifteen
Felt an innocent warmth, as she lay on the green;
She had heard of a pleasure, and something she guest
By the towzing and tumbling and touching her Breast:
She saw the men eager, but was at a loss,

What they meant by their sighing and kissing so close;

By their praying and whining,

　And clasping and twining,

　And panting and wishing,

　And sighing and kissing,

　And sighing and kissing so close.

　　美人兒西爾維婭芳華十五，/仰臥芳甸感到有無邪熱潮；/
伊聞得有種快樂，自乳房/顛顫揉觸而猜知其情；/伊見男子都
殷勤，卻懵懂無知，/他們貼近嘆息親吻所爲爲何；/爲何祈求哀
鳴，/爲何擁抱扭動，/爲何喘息欲求，/爲何嘆息親吻/爲何嘆息
親吻這般貼近。

　　歌德《羅馬哀歌集》(*Römische Elegien*)第八首詩意、用譬(葡萄)乃
至辭藻(色彩)皆祖H是篇，然能變換H原詩視角，所抒情感親切，不落
古人窠臼，茲錄其全篇：

Wenn du mir sagst, du habest als Kind, Geliebte, den Menschen

　Nicht gefallen, und dich habe die Mutter verschmäht,

Bis du größer geworden und still dich entwickelt – ich glaub' es:

　Gerne denk' ich mir dich als ein besonderes Kind.

Fehlet Bildung und Farbe doch auch der Blüte des Weinstocks,

　Wenn die Beere, gereift, Menschen und Götter entzückt.

你對我說，還是孩子時，我的愛人，你不惹人

　喜歡，連你自己母親也曾蔑視你，

直到你長大了、你静静地發育了。——我信的：

　我願把你看作是箇特殊的孩子。

讓培育和色彩都缺吧，甚至連葡萄藤的花，

　祇要莓果成熟後令人神都迷醉。

{比較}:

豆蔻喻少女

杜牧之贈別少女(似應爲倡女)詩《贈別》以豆蔻爲譬，喻其年少，後世遂成熟典，蓋畜牧(iuvenca)與種植葡萄(uva)皆非中土所習(參觀段成式《酉陽雜俎》卷十八《廣動植之三·木篇》：“此物[葡萄]實出於大宛，張騫所致。”餘詳I 31, 2注)，取譬於近，固相宜也。然其不待幼女長成即與之相與，非如安納克利昂或H詩中必俟其成年而後始得之，亦甚明矣：

娉娉裊裊十三餘，豆蔻梢頭二月初。

春風十里揚州路，卷上珠簾總不如。

六

贈塞蒂繆託以收斂吾骨
AD SEPTIMIVM

　　塞蒂繆，你欲隨我遠行伊比利亞以及北非未經馴化蠻夷生番之地，然吾寧終老此生於提布耳城，視其爲吾之歸宿。倘命運不遂我願，則當別尋出產優質羊毛、古斯巴達人所建之塔倫頓。其地向我招邀，其地出產蜂蜜不輸希臘許美多，橄欖則堪與維那弗羅所產媲美；其地春長冬暖，周邊山坡所產葡萄酒不遜於法埃。塔倫頓城將邀你蒞臨我的葬禮，讓你淚灑我尚未冷卻的骨灰。

{格律}：

　　薩福體(Sapphicum)。

{繫年}：

　　約前24–23年前後。詳見後{評點}。

{斠勘記}：

　　1. et *om.* F π

　　7. modus *Ξ Ψ Pph.* σχA Γ domus *Peerlkamp*　案此爲臆改，詳下箋注。

　　18. brumas] umbras *codd. Servii*　案異文義爲蔭翳　│ amicus] amictus *Heinsius*　案異文義爲植被，如此則fertili Baccho失據，設若讀fertilis (詳下記)，仍令Baccho無着落。

19. fertili〕fertilis F λ' *Servius*　　案異讀殆爲主格單數, 以謂Aulon, 若前句依Heinsius本, 亦與相諧, 然Baccho孤立, 頗傷詞法之整飭。

20. minimum *Ξ Ψ Pph.* σχA Γ　　nimium B*var.* F δ　　異讀適爲minimum反義詞, 如此則曰Aulon不產葡萄, 有乖於實。

22. ibi〕ubi F δ 案異讀爲關係副詞, 如此則末章前後二句當合爲一複句, 有違句法, 當訛。

24. amici〕Horati *Pph.* 蓋爲注文竄入正文。

{箋注}:

1. 【塞蒂繆】*Septimius*, 名氏皆無攷, H《書》I 9係致提貝留 (Tiberius, 後繼至尊得踐帝祚, 參觀I 6, 5注)短札, 前20年提貝留將遠戍亞美尼亞, H致書舉薦某塞蒂繆, 應即此人。H稱其人"勇而孔嘉" ("fortem … bonumque," I 9, 13), "其頭腦與出身堪受尼祿[即提貝留, 其全名爲Tiberius Claudius Nero, 尼祿係其氏]提攜" ("dignum mente domoque legentis honesta Neronis," I 9, 4)。*RE* "*Septimius*" (2. Reihe, 2. Bd, 1560, "Septimius": 3))條評曰: "H能以此書示衆, 則此人厥後効命提貝留麾下能不誣H美言明矣。" Porphyrio古注謂: "羅馬騎士, 詩人戰友(commilito)", 然近代學者皆以爲其言不實: 蓋提貝留西曆前十四年繼位後, 塞氏得參預樞密, 而詩人此前已於前八年亡故, 故其年必甚少於H, 不應少時嘗與詩人同在行伍。【同我遠走】*aditure mecum*, Kießling: 自Pylades神話[按福基Phocis王子, 與阿伽門農之子俄勒斯忒Orestes情同手足]以降, 願與友人同行至天涯海角爲交誼之至誠至信語, H《對》1, 11嘗矢言追隨梅克納曰: "feremus et te vel Alpium iuga / inhospitalem et Caucasum / vel occidentis usque ad ultimum sinum / forti sequemur pectore." "我將助你, 並胸懷勇氣追隨你或到/阿爾卑山脈和不好客的高加索/或直到日沒最遠的海岬。" Heinze: 塞氏必曾語詩人願攜與遠走。【加迪】*Gadis* 已見II 2, 11及注, 義大利人希留 (Tiberius Catius Asconius Silius Italicus, 約西曆紀元28–約103年)《布匿記》(*Punica*)XVII 637有 "terrarum finis Gades," "地極加迪" 之說。【加迪】與下行3【坎大布】*Cantabrum*、【敘提】*Syrtis*原文若直譯實皆非逕言地名，而作“某地之人”，中文構詞循用粘合法，非分析法，譯文若一一稱各地之民，恐嫌狼犺不文，故改作直稱其地也。

2.【未馴化】*indoctum*，原文本指未受教訓，引申可謂馴化牲畜，此處暗喻生番如牲畜，尚未爲羅馬征服馴化。

3.【坎大布】*Cantabrum*，原文單數複指其地居民，坎大布人世居伊比利亞半島北部，瀕大西洋，其所臨海面稱坎大布灣。坎大布人桀驁好鬭以及前26年至尊親征戡亂，參觀II 11, 1及注。集中此外別見III 8, 21 f.：“servit Hispanae vetus hostis orae / Cantaber sera domitus catena，”“西班牙地域的宿敵坎大布/已爲奴，爲遲來的鎖鏈馴服”。然“遲來的鎖鏈”繼而爲坎大布人掙脫，直至前20/19年始復爲亞基帕降服，《書》I 12, 26 ff.：“Cantaber Agrippae, Claudi virtute Neronis / Armenius cecidit ; ius imperiumque Phraates / Caesaris accepit genibus minor ; aurea fruges / Italiae pleno defudit Copia cornu.”“坎大布爲亞基帕、亞美尼亞爲革老丢•尼祿之勇/所陷；弗老底屈膝接受/該撒的法統；金色的豐饒傾倒義大利的果實自盈滿之角。”【敍提】*Syrtis*已見I 22, 5及注。【毛利】*Maura*已見I 22, 2及注。

5.【阿耳戈定居者】*Argeo ... colono*，阿耳戈*Argos*，希臘城邦，本爲王國，始王印那古(Inachos)傳說已見II 3, 21注。後世王有安腓亞勞(Amphiaraos)，此處所謂【阿耳戈定居者】即指此王有子名卡提洛(Catillus)者。忒拜遭屠滅，卡提洛亡命意大利，營建提布耳城，詳見I 7, 13與I 18, 2及注，又可參觀III 16, 11：“concidit auguris / Argivi domus ob lucrum / demersa exitio，”“那阿耳戈人的巫祝之家乃/是由於淪亡而陷落、/因賄賂而傾圮”。Argeo名取希臘本字，不取流行於拉丁文之轉寫Argivi（然III 16, 11用此拉丁形態），以顯其古奧。H撰此詩前不久，學人沃羅(Varro)嘗詳攷意大利諸城起源，H當熟諳之，故詩中每每喜言意大利城邑之起源，例如下行11 f.以及I 28, 29寫塔倫頓，III 29, 8，《對》1, 29語及圖斯古倫(Tusculum)等等。提布耳城地近羅馬（相距不足二十公里），坎大布等地地處古代地極，極遠對極近，詩人喜惡去取判然。此行與行7譯文以【願】字排比，原文以虛擬語氣動詞*sit*（行6與7）排比。

6. 提布耳城地近羅馬，爲羅馬權貴聚居地，參觀III 29, 5 ff.詩人敦促梅克納撥冗暫離羅馬來鄉下赴宴："eripe te morae / ne semper udum Tibur et Aefulae / declive contempleris arvom et / Telegoni iuga parricidae,""休得拖延，你也/莫要總觀賞濕潤的提布耳/和埃弗拉鎮的坡田和/弒父的特勒戈諾的山脊。"

7.【倦於】*lasso*, 疲倦之因(海、軍旅等)用屬格、所言之因乃戰伐征役參觀維吉爾《埃》I 178："fessi rerum,""倦於磨難"；斯塔修《忒拜記》(*Thebais*)III 394 ff.："turbati extemplo comites et pallida coniunx / Tydea circum omnes fessum bellique viaeque / stipantur,""激動的戰友及其蒼白的妻登時/全都聚集在倦於征戰與征途的提丟/周圍。"【征役】*militiae*, H嘗爲參軍(tribunus militus)，詳後詩注。NH以爲，H受布魯圖拜爲參軍在青年遊學雅典時，距作此詩時已遠，如僅指此事而言一生戎馬長征，則頗悖情理。遂據《對歌集》第一與第九首推測其於梅克納剿龐培時嘗入其幕下，阿克襄海戰亦嘗親臨戰場，【征役】當指此。按其說雖全爲猜測之詞，然頗合情理；如僅有少時雅典服役事，實難有征役終點或歸宿之說。

8.【歸宿】*modus*, 遵古鈔本(*Ξ Ψ Pph.* σχΑΓ等)。*modus*本義爲量，轉義爲界，Porphyrio古注曰當訓爲盡頭。原文海、行路、征役皆爲屬格，或與modus連讀，則爲"海之盡頭"，然提布耳不瀕海，故十九世紀學者Peerlkamp以爲謬，議讀*modus*爲domus，"家"。以此，苟仍令三屬格名詞與domus連讀，則"海、路、征役之家"仍不成語；然如令屬格三名詞與與格分詞*lasso*【倦於……的我】連讀(詳上注)，言願提布耳爲吾盡頭或終點，且對前句【棲所】*sedes*，則不爲不通。然Heinze以爲*modus*義爲界，而非終點，指征行終於此界內，遂作終點解H此前羌無先例，強解作終點則嫌用字不當，故辯曰當遵Peerlkamp臆改爲domus，如此則對上文之棲所*sedes*；domus、sedes義近而有所不同，前者相對異邦異地而言，後者則爲休憩之所，二字可互文。按modus於義固有未安，然提布耳雖地近羅馬以及詩人別業，遂以爲其家園若深究似亦有未妥，故此處原文仍遵Klingner所采古本，作modus，中譯爲【歸宿】，以其有終止之處義，亦含家園義("歸")，故用以傳達原文旨意。

9.　【自那兒】*unde*，Numberger：無連詞反轉式（asyndeton adversativum），讀者須補以“然而”= sed inde。*unde*或inde謂背上章所言之地而行。【帕耳卡】*Parcae*，命運三女神已詳II 3，16及注。然此處僅謂命運，不作死解，否則詩人不得另卜居所矣。此行合之意謂：使命運不遂吾願（即終老於提布耳），吾則別尋塔倫頓。提布耳乃豪強聚居之地，若依常理非詩人所能居，故曰“若命運果不遂吾願”。【無情】*iniquae*，本義爲斜，轉義爲不公、敵對。I 2，47譯爲“厭惡”，即“罪孽之敵對於吾輩者”。

10.　【以革裹身】*pellitis*，瓦羅（Marcus Terentius Varro）《農事三書》(*Rerum rusticarum libri tres*)II 2. 18：“ovibus pellitis, quae propter lanae bonitatem, ut sunt Tarentinae et Atticae, pellibus integuntur, ne lana inquinetur, quo minus vel infici recte possit vel lavari ac putari.”“羊以革裹身者，爲其毛質優也，如塔倫頓與阿提卡人所爲，以革裹其身，以防羊毛受損，可由此少受玷汙或不必清洗。”【羊以爲甜】*dulce ... ovibus*，謂羊喜飲也。

11.　【加萊河】*Galaesi flumen*，發源於塔倫頓，塔倫頓以產質優羊毛著稱已見上注。【拉古法蘭多】*Laconi Phalantho*，拆爲拉古 + 法蘭多（人名）。拉古即Λακωνία = Lacedaemonia，即斯巴達。法蘭多本爲斯巴達奴隸首領，據斯特拉波《方輿志》VI 3，2，因謀反事發，卜神求籤，得神示命之背井離鄉，遠赴塔拉(Taras)以建殖民地，遂於前708年建塔倫頓城焉。故其【治下的鄉野】*regnata ... rura*指塔倫頓。參觀III 5，56：“Lacedaemonium Tarentum.”塔倫頓位於意大利之靴高跟内側頂角處，今作Taranto，爲Taranto省首府。參觀I 28，29.

12.　【治下的】*regnata*，參觀III 29，28 f.：“regnata Cyro Bactra,”“古列統治下的大夏”。【鄉野】*rura*，詩人卜居城市不果，故轉而展望鄉野。

13.　【地隅】*terrarum ... angulus*之【隅】(*angelus*)一如中文成語“偏安一隅”、“失之東隅”之隅，上承【鄉野】*rura*，發自城居之人之口，與提布耳相對，謂其邊鄙偏遠，然所含貶意不無反諷，因其爲詩人所愛、而非其所鄙棄也，參觀《書》I 14，23自嘲其薩賓山莊：“quod

angulus iste feret piper,""那一隅產胡椒",彼處詩人亦稱偏愛鄉野寧
靜,不愛都市喧囂。原文此行首*ille*與卒章行首*ille*排比,譯文以【那箇】
排比對應。

14.【許美多】山*Hymettos* / ῾Υμηττός,位於雅典城郊,其地多產
百里香(thymia),以百里香花蜜知名。此句中所道二處皆不若家鄉者,
一爲希臘(許美多山)一爲意大利(維那弗羅)。【蜂蜜】*mella*,塔倫頓
蜂蜜頗聞於世,瑪可羅庇烏(Macrobius Ambrosius Theodosius,五世紀
人)《撒屯節雜談》(*Saturnalia*)III 16, 12引法羅(Varro)曰:"ad victum
optima fert ager Campanus frumentum, Falernus vinum, Cassinas oleum,
Tusculanus ficum, mel Tarentinus, piscem Tiberis.""論食,坎帕之田所
產糧、法埃所產葡萄酒,卡西那所產油、圖斯坎所產無花果、塔倫頓所
產蜂蜜、提貝河所產魚皆最佳。"

15.【青果】*baca*,指橄欖,*baca*本義爲莓果,轉義爲橄欖,中文
橄欖俗稱青果,藉以對翻此拉丁字。【維那弗羅】*Venafrum*,意大利
南方沃爾圖諾河(Volturno)畔小鎮,以橄欖樹園著稱,沃羅《農事三
書》I 2, 6可證:"quod oleum [conferam] Venafro?""在維那弗羅我
要采摘何樣的橄欖?"【葱蘢】*viridis*指意大利南方橄欖樹終年常綠,
參觀《書》I 16, 11:"dicas adductum propius frondere Tarentum,""君
不謂塔倫頓爲葱蘢引近";I 7, 44 f.:"mihi iam non regia Roma, / sed
vacuum Tibur placet aut inbelle Tarentum,""如今非是羅馬的王宮,/而
是空曠的提布耳或和平的塔倫頓令我愜心。"

17.【猶庇特】*Iuppiter*本爲主天之神已見I 1, 25注,又參觀《對》
16, 56:"utrumque rege temperante caelitum,""天空之王節度兩者[按
指旱潦]"。【長春】*ver ... longum*, NH: 意大利春季短促,與【溫和的冬
至】*tepidas ... brumas*並舉,詩人以其地爲世外樂園也。

18.【巴庫】*Baccho*,葡萄酒神,人類種植葡萄之祖師,詳見II 19
酒神讚並行1注。【多產】*fertili*爲酒神附稱(epitheton),即指其主葡萄
種植收成。參觀提布盧I 7, 22:"fertilis aestiva Nilus abundet aqua?"
"多產的尼羅河暑期氾洪?"奧維德《變》V 642稱穀神多產:"dea
fertilis."

19.【友善】*amicus*，此處爲主動義，與I 26，1之被動義之*amicus*適爲相反。【奧龍阪】*Aulon*，字本希臘文，αὐλών，本義爲山坳，後多用作地名，此處指位於加拉布里亞(Calabria, 意大利之靴之趾部)近塔倫頓之山陂，Porphyrio古注曰與塔倫頓相對，生產葡萄酒。其處山陂面南背北，故宜植葡萄樹。馬耳提亞利(Martialis)XIII 125《詠塔倫頓》曰："nobilis et lanis et felix vitibus Aulon,""奧龍阪以羊毛著名又盛產葡萄"。

20.【法垯】已見I 20, 11注。斯塔修《林木集》II 2, 4 f.捃撍H此句曰："qua Bromio dilectus ager, collesque per altos / uritur et prelis non invidet uva Falernis,""那裏[按指意大利半島中下西側之Surrentum]土地爲布彌奧[按酒神別稱]喜愛，山丘/朝陽，所產葡萄不嫉妒法垯的酒榨。"

21.【那箇處所】*ille ... locus*，仍指塔倫頓，非謂奧龍山坳。【戍樓】*arces*，塔倫頓城戍樓(希臘人所謂acropolis，參觀I 2, 3注)，建於大海(il Mare Grande, 地中海中伊奧尼亞海一側海灣)與小海(il Mare Piccolo, 陸地一側由岬角所抱之潟湖)之間岬角之上。同詩人《雜》II 6, 16稱薩賓山莊爲戍樓堡壘："ubi me in montes et in arcem ex urbe removi,""我自城裏退居山中戍樓"。謂其【蒙福】*beatae*者，緣之前二章寫其地如仙境，非有神祐不得如此也。

22.【征調】*postulant*，藉戍樓生譬，語調詼諧，且上承詩首行【遠走】之約，下啟【所欠】*debita*。

23.【所欠】*debita*言儀禮祭祀等法事，參觀I 28, 32。【巫史】*vatis*，詩人自況，詳見I 31, 2注。古時人死以火焚屍，焚畢以葡萄酒或水潑灑灰燼，此處易酒水以淚，詩人之詞也。

{評點}：

　　此篇撰作於何時，學者所見有分歧。首章設想遠戍坎塔布，似應爲帝國西邊有事而發。據史載，前29、26、24年坎塔布凡三度叛亂，羅馬皆遣師戡平，其中26年至尊嘗親征，旋因罹疾不及畢其功即先返迴。說此詩者或據以爲詩必屬於前26年，復引隋東尼《傳》摘至尊致詩人書中語以爲佐證：“吾如何繫念汝，汝自吾二人之友塞蒂繆處亦可得而聞”（“tui qualem habeam memoriam, poteris ex Septimio quoque nostro audire”），且以爲《傳》既云至尊此前欲聘詩人掌祕書，故推斷至尊前26年親征伊比利亞半島前夕欲攜詩人隨軍同往，故詩中有遠赴坎塔布語。今按隋氏傳與所錄至尊致詩人書並無可據以確定詩人與塞蒂繆交往日期者，亦無可據以認定至尊欲聘詩人掌祕書適值其西征時，以此遽斷本詩首章必謂至尊欲攜詩人西征、詩人婉拒即在此時，證據恐彼此不相連屬。今日學者多據詩人《書》I 7, 44–45（“mihi iam non regia Roma, / sed vacuum Tibur placet aut inbelle Tarentum,”“如今我不喜王都羅馬, /而喜空閒的提布耳或不好戰的塔倫頓”）與《書》I 9（見上行1注），以爲當作於《讚歌集》前三卷問世(前23年)前不久，前書因亦有提布耳、塔倫頓爲終其天年之地語，後書爲詩人前20年舉薦塞蒂繆於日後繼至尊帝位之提貝留而作。詳翫詩人倦於播遷企望安逸之語，似應爲其年長心力皆有所倦怠時所發，合致提貝留書攷量，可推測此篇屬集中撰作日期較晚者(Syndikus, p.368)。按此說較前說爲善，姑據此推定屬集中最後寫就者。

　　此詩結構首尾銜接，以友情始，以友情終，章法嚴謹。掐頭去尾，二、三、四章皆詠贊意大利本土勝致，其中二章略言提布耳，如先行法(priamel，詳見I 1{評點})，旨在襯托其後所言塔倫頓之妙。然詩人筆下塔倫頓非爲寫實，描繪其地彷彿樂土。如此贊頌鄉野，學者以爲詩人所祖者有三：一爲希臘詩人贊頌城市與鄉野(ἐγκώμια πόλεων)，二爲意大利詩人作家贊頌意大利，三爲古詩中虛構黃金時代之修辭傳統(NH詩序)。其中後二者亦多見於詩人同代文章，維吉爾《農事詩》II 483–89云：

sin, has ne possim naturae accedere partis

frigidus obstiterit circum praecordia sanguis,

rura mihi et rigui placeant in vallibus amnes,

flumina amem silvasque inglorius. o ubi campi

Spercheosque et virginibus bacchata Lacaenis

Taygeta ! o qui me gelidis convallibus Haemi

sistat, et ingenti ramorum protegat umbra !

　　若我不克涉足自然的那些部分，/乃因我胸膺周邊的血冷
妨碍：/就讓鄉野和谿谷中充沛的溪流愜我心懷，/就讓我無榮
耀而喜爱河川森林。哦平原/和斯佩耳克鎮和拉孔處女歡慶的
/塔格塔！哦讓他置我於海茫/冰冷的山谷裏，就讓他以其柯枝
的巨大陰翳遮蔽我。

　　今按H與維吉爾此類山水寫照上可追溯至荷馬，《奧德修記》VII
112 ff. 阿爾基努(Alkinoos)花園段落(原文过長，兹不具引)文學史家胥
以爲古代詩歌摹繪自然風光之開山鼻祖；下則可見於古代晚期以降文藝
中一託題(Topik)，E.R. Curtius所謂"理想風景"(die Ideallandschaft, 第
十章, p. 189)者也。此爲中世紀至文藝復興時代重要文藝母題，其淵
源須於H、維吉爾、希臘牧歌詩人忒奧克利多乃至荷馬等處求之。

　　理想風景中世紀已還既固化爲託題(Topik)，H與維吉爾時代此類
自然摹繪是否已可以修辭術之託題視之，學者所見不一。H此篇中摹繪
塔倫頓筆墨，其中幾成爲寫實幾成爲循規蹈矩祖述古典，人各袠一說。
今細翫詩文，且以與希臘文章相敹量，可辨其不無規隨文學修辭傳統
處，然亦爲詩人熟諳之意大利田園風光寫照，未可僅以辭藻視之，非如
其後奧維德以降諸詩人幾全出於修辭，殊寡眞情也。

　　詩中所描摹之自然亦頗資攷究，蓋西洋古代詩歌描摹之自然皆爲
人或神仙居住之自然，未可與後世西方文藝(尤自浪漫派以降)所推崇
之未經人工渾然天成之自然溷同(Curtius："Wie bei Homer, so ist in
der ganzen antiken Dichtung Natur immer bewohnte Natur." p.194)。且
就古代"棲居之自然"而言，若僅爲人居而非關乎神仙，則此自然實爲
田園，缘其皆爲宜人之地(locus amoenus, Curtius譯作"der Lustort,"
pp.200 ff.)：草木茂盛可牧可憩，河流清澈人畜可飲，樹木葱蘢盛產橄
欖葡萄蜂蜜等莊稼，非若浪漫派必以高危廣袤蠻荒人跡罕見爲崇高爲
可貴也。

{傳承}：

今存荷爾德林拉丁詩歌翻譯草稿有H讚歌二首，其一即本篇。荷爾德林全集編者Friedrich Beißner推斷屬於1798年。是年爲荷爾德林詩法H調寄阿斯克萊匹亞德、阿爾凱、薩福諸律撰作讚歌(Oden)之始，應爲其研習摹仿羅馬詩宗信筆劄記無疑。譯文雖分行，然祇遵原文逐行逐句，未加潤色，亦不叶格律，詩人本非欲以之傳世流布。然荷爾德林既爲德語讚歌之巨擘，雖其臨摹草藁，亦饒足興味，學人讀者藉以窺豹可也。

Du, der mit mir zu den Gaden zu gehn bereit ist

　　Und zum Cantabrier hin,

　　　Der unser Joch zu tragen nicht weiß

　　　　Und zu den Syrten der Barbarei, wo immer gähren

　　　　　Die Maurischen Wasser.

Mein Septimius! wann mir nur einst Tibur (Tivoli)

　　Erbaut von Argivercolonien

　　　Die Ruhestätte meines Alters ist,

　　　　Das Ziel des Manns, den Meer und Straßen

　　　　　Müde gemacht und der Kriegsdienst.

Lassen mich dorthin nicht die neidischen Parzen,

　　So will ich suchen den Galesusstrom

　　　Den lieblichen mit den wolligen Schaafen

　　　　Und die Felder, vom Spartaner

　　　　　Phalantus beherrscht.

Vor allen Ländern lächelt jenes Ekchen

　　Der Erde mich an, wo der Honig nicht

　　　Dem Hymettos weicht, und die Beere sich mißt

Mit dem grünen Venafrum,

Wo lange Frühlinge, laue Winter
　Jupiter schenkt, und Aulon, geliebt
　　Vom fruchtbaren Bacchus, mit nichten Falerner
　　　Trauben beneidet.

Jene Pläze laden,
　Jene seeligen Lustgebäude dich ein;
　　Dort wirst du deines Dichters warme Asche
　　　Mit der Thräne, die er fordert, bestreun.

{比較}：

火葬與闍毗葬法

H詩卒章言火葬，按華夏葬俗自古爲土葬，掩屍骸於窀穸，現代攷古發掘證據自不待言，數典則有《墨子·節葬下》可資爲證。其載火葬爲西戎所習，"秦之西有儀渠之國者，其親戚死，聚柴薪而焚之，燻上，謂之登遐"，尤引人矚目。火葬後因釋氏東漸始興於中華，然中古時行火葬者似多爲番僧，華人雖僧尼亦鮮有行之者。僧祐《出三藏記集》卷十四第一《鳩摩羅什傳》記鳩摩羅什死後"依外國法，以火焚屍"，可爲火葬非中土習俗之旁證；又第五《求那跋摩傳》記求那跋摩死後，"即於南林戒壇前，依外國闍毗葬法……香薪爲積，白黑至者皆灌以香油，既而燔之，五色焰出"云云，亦足參稽。

《求那跋摩傳》所謂闍毗者，巴利語jhāpeti也，指焚屍兼集遺骨。然闍毗葬法並非古印度人專有，印歐語系各民族上古皆習此葬法。印歐語系詩歌最早載火葬事者，當數《梨俱吠陀》(ṛgveda)，其10，15，14云："爲火所焚與未爲火所焚者，於中天饗靈饌，爲自主之主，與之同登彼岸。隨喜穿戴身體。"(ye agnidagdhā ye anagnidagdhā madhye divaḥ svadhayā mādayante / tebhiḥ svarād asunītim etāṃ yathāvaśaṃ tanvaṃ kalpayasva)其後古印度史詩《羅摩衍那》(Rāmāyana)3，64，27–31云：

"羅什曼那！弄點柴火來！/我現在要把火升上；我將要焚化這大鷲，/爲了我它命喪身亡。……"(季羨林譯文)，4，24，14等皆有英雄死後焚屍以葬記述。西洋青銅時代繆基涅(Mykenai, 俗譯邁錫尼)文明用穴葬(Schachtgrab)，逮及荷馬時代則用火葬。荷馬《伊利昂記》XXIII 243–56敘帕特羅克洛(Patroklos)積木爲薪以火焚屍甚詳，最爲人熟知。北歐則有古英倫史詩《貝奧武爾夫》(*Beowulf*)3110–14敘火葬："Het ða gebeodan　byre Wihstanes, / hæle hildedior,　hæleða monegum, / boldagendra,　þæt hie bælwudu / feorran feredon,　folcagende / godum togenes, ""威斯當的後生施令，/果毅的酋長、英雄，衆人家園的/仰仗，要他們從遠處，/部民的首領們，帶來/火葬的柴薪"。參觀M.L. West, *Indo-European Poetry and Myth*, pp.496 f.

　　華籍僧人似多不從火葬，如法顯(慧皎《高僧傳》卷三《宋江陵辛寺釋法顯》)玄奘(慧立、彥悰《大慈恩寺三藏法師傳》等高僧圓寂後皆未聞受火葬。唐釋齊己《寄哭西川壇長廣濟大師》："千萬僧中寶，三朝帝寵身。還源未化火，舉國葬全真。"(《全唐詩》卷八三九，頁九四六四)亦可佐證。火葬既本非中國葬俗，故其詩歌未見囑親友蒞臨火葬並灑淚骨灰者。然以詩囑親友收己屍骨則有之。韓昌黎《左遷至藍關示姪孫湘》末聯："知汝遠來應有意，好收吾骨瘴江邊"，人所熟知。然以昌黎詩與H此詩比較，後者篇末雖設想己身終老異地他鄉，然毫無感傷(Syndikus：此讚歌起首合友情詩路數，原本應有悲情(pathetisch)……然此詩之悲情並不可當真。p.368)，其囑友人於己歿之日務必躬親火葬之地、灑淚骨灰，縱有"疲憊的我"休憩於"海和征役之路的盡頭"語於前，調格仍輕鬆不無詼諧；昌黎則先自我標榜"欲爲聖明除弊事，肯將衰朽惜殘年"，末尾以將來遠赴荒服爲己收葬於流所委諸姪孫，自傷自憐。要二詩皆做足姿態，一機智詼諧世故練達，不張揚自我而反令人覺其天性喜人；一則欲盡表己忠盡力渲染自我遭際之不公不幸，反令人覺其爲人造作矣。

七

喜迎龐培·法羅返國
AD POMPEIVM VARVM

你龐培嘗與我一同効命於布魯圖共和軍，遭腓力比兵敗身陷絕境，誰承想你今日能生還意大利！你我昔曾縱飲狂歡少年時，醇酒在手，華冠在頂。兵敗腓力比，我丟盔棄甲，布魯圖部將先是不可一世，而後一敗塗地；我得神明墨古利相祐得保首領於亂軍之中，你則爲戰爭波瀾捲攜，隨波逐流。

汝今既遇赦還鄉，請還所許猶庇特之筵，請頹然臥於吾園中月桂樹下，勿爲我節省爲汝所存之酒。酒可令汝忘記往日所罹艱難困苦，請隨意擦抹海螺所盛香膏，編織香芹桃金娘爲冠！舊友重逢，你我痛飲不當輸於忒拉基亞人。

{格律}：

阿爾凱體(Alcaium)。

{繫年}：

前30–29年，詳見{評點}。

{斠勘記}：

5. Pompei R B Pph.行15注　Pompi *Ξ* (acc. λ) σχ Γ　Pompili *Ψ*

7. coronatus *Ξ* ^(acc. λ' R) comptus *Ψ*　案後者義爲髮經梳理，如此則冗複。

14. aere *Ξ* $^{(\text{acc. }\lambda'\,R\,\pi\,2)}$ ab aere F δ π^1　　後者增介詞，與句中per並置殊顯累贅。

19–28. *om.* B

19. lauru *Ξ Ψ Servius* lauro ς　　案laurus變格屬u詞幹，奪格本應作lauru, 然亦可見lauro.

27. Edonis R^1 π^1 edoniis *cett.*　　二者皆複數奪格異體字。

{箋注}:

1. 【幾度】*saepe*，下行6重複言之，亟謂患難與共。【布魯圖】*Bruto*, 即Marcus Iunius Brutus，馬可・猶狃・布魯圖(前85年六月–前42年十月二十三)，父同名，爲龐培所害，母塞耳維利亞・該嫖尼(Servilia Caepionis)，小卡圖(Marcus Porcius Cato Uticensis, 詳見I 12，35及注)異父同母姊，後與該撒私通，人或信布魯圖寔乃該撒孽子。少時依附卡圖於居比路島，以放高利貸致富。有頃，得返羅馬，娶美人革老底氏(Claudia Pulchra)。交通良士黨人(Optimates)於長老院，良士黨人力主國政當屬長老院，抵抗克拉蘇、龐培、該撒三霸恃兵專權。前49年龐培與該撒決絕，內戰起，三霸中偉人龐培(Pompeius Magnus)爲良士黨人所親，布魯圖遂自効焉。前48年該撒大敗龐培於法薩洛(Pharsalus)，龐培兵敗奔埃及，布魯圖致書該撒言欲悔過自新，該撒宥之，不問。有頃，辟爲代平章(proconsul)領高盧牧。前45年，布魯圖出妻，再婚納卡圖女。當是時，該撒權傾朝野，布魯圖惑於長老院與該撒政敵煽動，密謀欲加害焉。前44年戰神月(三月)之望(Ides, 十五日也)夥同其黨人亂刃刺殺該撒於長老院。該撒既薨，長老院赦布魯圖等兇手免罪不問。然民怨沸騰，幾生變。布魯圖與黨人遂奔革哩底島自羅馬。前43年，該撒嗣子屋大維出爲平章，既而，布魯圖將十七羅馬軍團徇羅馬。屋大維聞訊，遂與盤踞高盧之安東尼媾和，合其兵共擊布魯圖於腓力比(Philippi)。前42年十月初三兩軍交鋒，屋大維軍先挫後勝，十月二十三大敗布魯圖於馬其頓腓力比城外。布魯圖自殺。【統帥】*duce*，原文合*Bruto*而爲獨立奪格(ablativus absolutus)，與下行*deducte*(呼格陽性單數過去分詞，【陷】)呈詞源形象格(figura etymologica)。

2.【共我】*mecum*，原文與行6【同你】*cum quo*、行9【同你】*tecum*呈變格排比(polyptoton)，重複而有變異，一問二答，行文搖曳多姿。【絕境】原文*ultimum tempus*直譯"最後時刻"，拉丁文*tempus*轉義專指危難之時，近漢語俗語所謂"最後關頭"或"危急時刻"，卡圖盧詩中(64, 169; 151)有tempus extremum、tempus supremum等語類似，西塞羅《訴費勒狀文集》(*Orationes in C. Verrem*)I 1, 1有"summo rei publicae tempore,""國家危急時刻"語，可參看。

3.【交還】*redonavit*，即俾其生還，既未殞命，亦未流竄異域，原文動詞係H生造。詩人發此疑問非實欲知其情，而爲喜出望外之驚嘆。一若維吉爾《埃》I 615 f. 狄多(Dido)忽遇埃涅阿而發驚歎語："quis te, nate dea, per tanta pericula casus / insequitur？""何樣傾覆追逐你這女神之子經歷如許險境？"或同書IX 18 f. 圖耳努(Turnus)覩彩虹女神而作驚歎語："Iri, decus caeli, quis te mihi nubibus actam / detulit in terras？""伊瑞，天空之彩，誰遣你自雲端下降至地上就我？"集中III 3, 33再現此字："Marti redonabo,""我將歸還[特羅亞女巫之後]馬耳斯"，Heinze辨其意義於此有別，蓋彼處誓將歸還之語既未應準，亦未彌補其所失也。【居林人】*Quiritem*，已見I 2, 46注，詩人當日此字含羅馬良民義，以區別於忤逆反叛者，故Kießling云："太平年之城民，非無家無籍之兵卒"。Quirites多用作複數，此處用作單數，上古以後所無，用作單數H時代爲梅克納首捌，見*GL* 5, p.588)，H詩中此外尚見《書》I 6, 7，其後奧維德偶一用之。

4.【父國】*patriis*，形容詞本名詞patria，秦言常譯作祖國，然其字本pater，父，漢語祖字雖指父系，然不專指父，中譯遵原文詞根義直譯爲父國，詳說已見《荷爾德林》評注卷，頁十七–二七。【義大利】*Italo*，譯名從文理本。

1–4. 原文以一渾圓句貫徹前二章，故近代編纂家皆置問號於二章末，中文析爲二問句，故置問號於每章之末。以問句表驚訝之情，見上注。

5.【龐培】*Pompeius*，古鈔本題本詩爲ad Pompeium Varum（諸本拼寫有所不同），如此題有據，則此人名應作Pompeius Varus，龐培·法羅。然其生平除本詩外餘事無攷。【首位】直譯原文*prime*，僞Acro注云："cuius amor ante omnes sit," "與其友愛過於他人。"Heinze則以爲非謂友情之深，而謂少年時同在雅典，與其相與在他人之前。【伙伴】*sodalium*，拉丁原文本義與H集中此字用法皆專指同筵共飮者，參觀I 37, 4, 此處當指二人少年時同在雅典相與之誼.

6.【幾度】*saepe*，見行1及注。【消磨】拉丁文*frango*與中文本義硏磨之磨引申義皆可以言時日：【永日】，原文*moratem diem*直譯爲"轉移遲緩之時日"，參觀I 1, 20。

7.【多摩羅跋香】原文*malobathron*爲希臘文μαλόβαθρον或μαλάβαθρον轉寫，希臘文本梵文tamāla pattra，義爲多摩羅葉，丟斯古利德(Pedanios Dioskourides, 西曆紀元約40–90年)《藥典》(*De materia medica*)I 11記人多誤認爲甘松葉所製，然其實產於印度沼澤中：μαλάβαθρον ἔνιοι ὑπολαμβάνουσιν εἶναι τῆς ἰνδικῆς νάρδου φύλλον, ... ἴδιον γάρ ἐστι γένος φυόμενον ἐν τοῖς ἰνδικοῖς τέλμασι. 普利尼《博物志》XII 129："dat et malobathrum Syria, arborem folio convoluto, colore aridi foli, ex quo premitur oleum ad unguenta, fertiliore eiusdem Aegypto. laudatius tamen ex India venit ; in paludibus ibi gigni tradunt lentis modo, odoratius croco, nigricans scabrumque, quodam salis gustu." "敘利亞亦產多摩羅跋樹，其葉捲曲，色如枯葉，可榨油，用爲香膏，埃及出產愈盛。然產自印度者更佳；據說其地皆生於沼澤，如小扁豆，氣味過於藏紅花，色黑且糙，味略鹹。"羅馬人以敘利亞爲東方，而視東方富庶，尤盛產羅馬人目爲奢侈之貨貨，參觀I 31, 12："Syra ... merce," "敘利亞貨貨"及注。多摩羅跋名物中文皆見於佛經，鳩摩羅什譯《妙法蓮華經》卷四《見寶塔品第十一》音譯作多摩羅跋："四面皆出多摩羅跋、栴檀之香，充徧世界。"此外參觀慧琳《一切經音義》卷十七"《大方等大集經》第四卷"："多摩羅跋香，此云藿葉香"；法雲《翻譯名義集》(卷八)三十四《衆香篇》"多阿摩羅跋陀羅"："多，此云性；阿摩羅，此云無垢；跋陀羅，此云賢。或云藿葉香，或云赤銅葉"。原字有異域風味，故中譯採佛經習用音譯，不以今名轉譯。然此名竟何所指，僅依漢文佛教文獻恐未可確說。西方詞典如*LSJ*或*OLD*

等皆以爲μαλόβαθρον拉丁學名爲cinnamomum tamala或albiflorum；
Monier-Williams《梵英字典》(*Sanskrit-English Dictionary*)辨tamāla
pattra所指有二：一爲xanthochymus pictorius；一爲laurus cassia. *LSJ/
OLD*之cinnamomum tamala或albiflorum中文學名柴桂，樹皮與樹葉
皆可製香，亦可入藥，本產於印度、尼泊爾及中國雲南等地；Monier-
Williams之xanthochymus爲金絲桃科藤黃屬植物，生於印度、東南亞，
稱pictorius者，以其可用爲顏料，其菓皮亦可作香料；而laurus cassia即
肉桂，歐羅巴古時常見，當非用此梵文貸詞所指。綜觀諸解，柴桂或藤
黃屬可製香料，且係異域特產，於詩意最相宜。慧琳等以爲藿香樹（非
中藥之草本藿香agastache rugosa），據稱學名爲cinnamomum nitidum，
與柴桂同屬樟科，然非同種，解近*LSJ*等說，然恐係以中國物種之相
近者附會。Kießling更別生枝節，謂印度人將其與teja-patram溷同。
按teja-patram或曰爲喜馬拉雅銀杉，Kießling辨爲teja-patram，肉桂，
laurus cassia，銀杉非香木，應非此處所指，以teja-patram爲肉桂，當謬，
Kießling之說未審；Heinze揣測或是Patschuli，廣藿香。柴桂、藿香樹、
廣藿香、藤黃諸說紛筝，仍難確切界說。

　　5–8. 酒、香、花環豫攝第五章以降酒宴情景。

　　9.【腓力比】*Philippi*，位於馬其頓東部，前356年馬其頓王腓力
二世(Philippos II)城焉，遂得名。前42年布魯圖與屋大維、安東尼所率
部伍戰於城西之野。餘見上行1注。集中他處言及此役，參觀III 4, 26：
"Philippis versa acies retro," "腓力比逆轉的前鋒"。【腓力比倉皇逃
竄】原文*Philippos et celerem fugam*用**簡言格**(**brachylogia**)，爲二賓語
本當有二動詞分領，今以同一動詞統領之，因語意甚明而省略字詞；若
直譯當作：腓力比與倉皇逃竄。

　　10.【親歷】原文*sensi*本義感覺（後世衍生法、英語中sense等字），
轉義可訓爲遭罹。以此語義籠統寬泛之動詞一筆帶過詩人所歷生死遭
遇，蓋緣詩人其後脫胎換骨、輸誠屋大維故也。【不光彩地】原文僅爲最
泛義之副詞：*non bene*，倘直譯可謂"不好地"，是自貶，然亦不欲詳言；
中譯略爲引申，先期所陳丟棄盾甲事。【盾……甲】原文祇有*parmula*，
圓盾，羅馬軍團重兵裝備長盾clipeus，圓盾小而輕。此字爲**暱稱詞**

(**deminutivum**)，其職能與構詞法皆彷彿漢語白話之兒化音詞(如"臺"之於"臺兒")，Heinze：用暱稱者，或爲有悔意也。決戰腓力比之前，布魯圖拜H爲參軍(tribunus militum)，交戰時詩人未必嘗躬親披甲執兵格鬬。敘己棄盾逃竄，詩人蹈襲希臘豎琴詩先例也，詳見後{評點}。

　　11.【銷毀】原文*fracta*與上行7 *fregi*爲同一動詞(不定式frangere)，中文以同源字合成詞【消磨】、【銷毀】譯之。詩人自貶不武，非此一處，《對》1, 16曰："inbellis ac firmus parum," "不習於戰且不够強壯"。Heinze云【賢德】*virtus*尤謂布魯圖。按苟依此解，則【銷毀】當非貶詞，詳翫前後文，蓋詩人自貶不武、反諷布魯圖軍將士一敗塗地意甚明；且今詩人雖早已洗心革面，然絕不至醜詆舊主，況且戰後安東尼與屋大維焚化布魯圖屍首以禮。阿庇安(Appianos Alexandreus, 西曆紀元約95–約165年)所著羅馬史中《內戰史》(*quinque libri bellorum civilium*)IV 135)記曰：καὶ Βροῦτον Ἀντώνιος ἀνευρὼν περιέβαλέ τε τῇ ἀρίστῃ φοινικίδι εὐθὺς καὶ καύσας τὰ λείψανα τῇ μητρὶ Σερουιλίᾳ ἔπεμψεν. "安東尼發見布魯圖之屍，遂以己最佳紫衣裹而焚之，致其骨灰於其母塞耳維利亞。"其名頗受紀念尊崇，詩人更無揶揄之理矣。Heinze當以*cum fracta virtus*爲介乎時間、原因、條件之從句(補est)，意謂布魯圖既沒，其軍遂瓦解。【賢德】譯*virtus*，字本vir(男子)，本義指男子勇敢果毅等品質，如中文雄本謂性別，後衍生雄偉英雄等義，後世英吉利人言人或事之品格曰manly、manliness，適爲其對翻耳，參觀伯克(Edmund Burke)《法蘭西革命反思》(*Reflections on the Revolution in France*)："I flatter myself that I love a manly, moral, regulated liberty …" (p.6)，其中manly = virtuous. 中譯用賢字，乃因上古時賢尤含武力優勝義。《詩‧大雅‧生民之什‧行葦》："敦弓既堅，四鍭既鈞。舍矢既均，序賓以賢。"射中多者爲賢。《國語‧晉語九第十五》："瑤之賢於人者五，……美鬢長大則賢，射御足力則賢，伎藝畢給則賢，巧文辯惠則賢，彊毅果敢則賢。"【賢德】此處當首指布魯圖。除前引阿庇安文，普魯塔克《布魯圖傳》53, 3，亦記布魯圖既沒，安東尼得其屍，解所服奢華紫袍裹之。布魯圖黨羽軍心渙散，除兵敗主帥自盡外，屋大維黨懷柔亦有功焉。西塞羅《致密友書信集》(*Epistulae* *ad familiares*）IV 7, 2於法薩里兵敗之後曰："victi sumus igitur aut, si vinci dignitas non potest, fracti certe et abiecti," "吾黨爲人所敗，抑或名節不可言敗，則當言爲人銷燬棄擲。"【猙獰的將士】譯*minaces*，原文以形容詞作複數名詞，其實指布魯圖麾下將士，譯文補【將士】以求明了。腓力比之役布魯圖軍於十月初三首戰屋大維告捷，然同時裨將卡修（Cassius）卻爲安東尼所敗，卡修自殺，故初戰雙方各有勝負。繼而兩軍相持不下，布魯圖所率共和黨諸軍給養得自海運，賴其所掌水師強盛，故海路供給線通行無阻，又因以水師阻擊三霸馳援之兵於海上得利，故得處優勢。屋大維所將諸軍給養不足，加以援兵被斷，故戰事宜速不宜緩。布魯圖本欲與敵相持以老其師，然其部下皆欲速戰，布魯圖爲其所挾，不獲己，遂於十月二十三與屋大維、安東尼軍對決。阿庇安《内戰史》（IV 131）記交戰時布魯圖軍爲屋大維所窘，然其麾下諸將拒不相援，且各懷貳心，遂致不救：οἱ δὲ ἀβουλότατα μὲν ἐς τὸ ἔργον ὁρμήσαντες, εὐψυχότατοι δὲ τὸ μέχρι πλείστου γενόμενοι, τότε, βλάπτοντος ἤδη τοῦ θεοῦ, τῷ στρατηγῷ σφῶν ἀπεκρίνατο ἀναξίως βουλεύεσθαι περὶ αὑτοῦ· αὐτοὶ γάρ, τῆς τύχης πολλάκις πεπειραμένοι, οὐκ ἀνατρέψειν τὴν ἔτι λοιπὴν διαλλαγῶν ἐλπίδα. "此輩不從其策而草率開戰，雖統觀尚可謂至勇，然此刻爲神所阻，卻自辱其名，謂其帥當自求多福，且云諸人既已屢試機運，今輸誠之望尚存，實不欲斷之云云"。故【猙獰】謂布魯圖將士戰前驕傲輕敵之態，與下行一敗塗地狀適爲反諷。

12. 【汙穢】*turpe*，僞Acro古注曰或因血汙土地或因敗兵稽首乞降。Peerlkamp主後說，Heinze附之。阿庇安史記稍後（IV 135）云，布魯圖軍既聞主將已死：πρέσβεις ἐς Καίσαρα καὶ Ἀντώνιον ἔπεμπον καὶ συγγνώμης, "遂遣使求該撒及安東尼寬貰。"以顏頰觸地乃東方禮俗，自卑至極以示受禮者之尊貴，本爲羅馬人所不齒，今以狀布魯圖麾下少爺兵前倨後恭，詩人鄙夷之情溢於言表。

13. 【可】*sed*，以此標誌法羅與詩人命運至此始分道揚鑣。【墨古利】*Mercurius*，H視爲其護祐神明，集中又見後II 17, 29，詳解則已見I 10注與｛評點｝。【迅捷的】*celer*爲史詩式附稱（epitheton），墨古利爲交通信使，故行走迅捷，亦因其有急智，故有此稱。行9【迅速】*celerem*原文同，二處互相發明，詩人謂當日亂軍之中得免，全仰其護祐神明之庇護也。

13. 【驚恐】*paventem*, NH：詩人自況其狀，既自貶己非將才，亦寫爲神提攜至空中時心生恐懼之情。集中他處數以此字謂幼麇膽怯易驚，例如I 2, 11及I 23, 2。

14. 【濃霧】*denso ... aere*，祖荷馬《伊》XX 443：τòν δ' ἐξήρπαξεν Ἀπόλλων / ῥεῖα μάλ' ὥς τε θεός, ἐκάλυψε δ' ἄρ' ἠέρι πολλῇ. "阿波羅卻攜他[赫克托]而去，/輕易惟神能之，藏之以多重霧氣。"神以迷霧遮掩所寵英雄於戰場，救其脫險，《伊》中慣見，參觀同書III 380 f., V 344 f., XI 751 f., XX 321 f. 等，行此神蹟之神爲愛神、爲阿波羅、爲波塞冬，然未聞有墨古利(希耳米)。

15–16. 以狹隘之峽中波濤翻滾喻內戰正酣，Kießling謂暗指海戰，尤因腓力比大敗後布魯圖殘黨多浮海亡命埃及，其間法羅投奔盤踞西西里之龐培(見下引丟氏文)；Heinze則以爲此處意象取自海難情景，遇險之人爲海浪沖至岸邊，方將脫險，忽有大浪襲來，爲之捲攜重入波濤之中。按和合二說始成善解，人之所以舟破落水乃因海戰失利可也。【挾返】原文*tulit*與上行【挾持】*sustulit*同源，形義皆近，中譯取【挾持】譯*sustulit*，取挾、脅二字同源(王力《同源字典》)，即持之自脅下也，拉丁字前綴sus-爲自下，摹畫墨古利以臂自詩人脅下持之而走如畫。【挾返】對翻*rursus tulit*。詩人後於《書》II 2, 47復用*tulit*自道曩時爲時局裏挾投身內戰曰："civilisque rudem [me] belli tulit aestus in arma," "內戰之火挾我這鄉野之夫操弄刀兵"。丟氏《羅馬史》XLVII 49記布魯圖部於腓力比之役後οἱ δὲ λοιποὶ τότε ἐπὶ τὴν θάλασσαν διέφυγον καὶ μετὰ τοῦτο τῷ Σέξτῳ προσέθεντο. "餘部則亡命海上，繼而投塞克斯都[·龐培]"。H兵敗鼠竄，並未與布魯圖餘部同奔西西里島以附龐培，其藏身何處不詳，然幸而無何遇屋大維大赦即返意大利，從此終生不豫政務。龐培·法羅當在丟氏所記亡命海上投奔龐培者之數。塞克斯都·龐培據西西里以拒屋大維，洎前37年邁西那海戰爲屋大維裨將亞基帕所敗，奔小亞細亞，被俘見害。

17.【故而】*ergo*，全篇轉捩點，承上返鄉與磨難二項而言。
Syndikus (p.375)：“以此一字輕輕帶過腓力比之役後龐培積年多少苦
澀”。【還】*redde*，還願之還 (ex voto)，龐培•法羅必曾向護祐神猶庇
特 (Iuppiter conservator / Iuppiter redux / Iuppiter Fortuna) 許願，如得
生還羅馬，定享神致謝；今得遂願，故設席饗神。依羅馬習俗，享神之
筵行於春。【猶父】*Iovi*，羅馬人或尊猶庇特如機運之神，見 I 34, 13
及注，且稱之爲救難之神，見 I 35, 29 及注，參觀《書》I 18, 111：“sed
satis est orare Iovem quae ponit et aufert,”“然禱告能與能奪之猶父則
足矣。”【筵席】*dapem*，古羅馬人祭猶庇特，無論爲公爲私，皆設饗宴，
稱爲 epulum Iovis，老卡圖《稼穡論》(*De agri cultura*) 132 記春耕之前：
“dapem hoc modo fieri oportet. Iovi dapali culignam vini quantam vis
polluceto,”“當設饗宴如下：於猶父饗宴獻酒，酒杯大小隨意。”

18–19.【久戍】*longa ... militia*，【久】者，實爲十三年，即前 42 至
31 年。【倒放】*depone*，身體疲倦故頹然而自放於草甸之上，盧克萊修 I
257 f. 嘗以此語摹畫牧牛飽食體肥，臥倒休息貌：“hinc fessae pecudes
pingui per pabula laeta / corpora deponunt,”“牛兒疲倦食喜人的草場
而肥/下放其軀體”。《世說新語•容止》記魏晉人言人醉後傾倒貌屢以
“頹然”、“頹唐”、“玉山將崩”言之：“山公曰：‘嵇書夜之爲人也，
巖巖若孤松之獨立；其醉也，傀俄若玉山之將崩’”，其爲譬喻誇張而
不堪深究，實不若盧克萊修、H 之 corpora 或 latus depone 之栩栩如生、言
辭精簡。【我的】*mea*，原文與譯文皆應重讀，對下行 *tibi*【給你】。【月
桂樹】*lauru*，月桂枝爲榮耀詩人，詩人羅馬產業有花園，植月桂、青
藤等樹木於其中，見 IV 11, 2 f.：“est in horto, / Phylli, nectendis apium
coronis,”“在花圃有香芹草，/菲利，用來編織花冠葉冕”；II 15, 9 f.：
“tum spissa ramis laurea fervidos / excludet ictus,”“那時枝椏茂密的月
桂樹將/阻擋熱切的擊打”。此處【我的】非指薩賓山莊。由下行 25 f. 亦
可知此酒宴非設於別人家中，殆爲詩人羅馬城中居所。此處詩人言自腓
力比一別，已已成就詩名。

20. 存儲佳釀以待游子歸來，可上溯至荷馬《奧》II 350 ff. 所敍奧
德修家婢女貯藏美酒以俟其主還鄉。然曰 parce cadis，“節省酒罈”于

理欠安，cadis依理應爲vino（酒）方妥。

21.【助人遺忘】*oblivioso*，語用阿爾凱殘篇346中語：οἶνον …
λαθικαδία，荷爾德林《太平休日》（*Friedensfeier*）之vergessen所本，
引文詳見篇末{傳承}。【馬西庫酒】*Massico*，已見I 1, 19注。以下詩人
設想與久別重逢之友會飲時情景，集中描寫會飲之作甚夥，參觀II 3,
9–16, 11, 14 ff.，又見III 14, 17 f.："i pete unguentum, puer, et coronas /
et cadum Marsi memorem duelli,"，"去羅致香膏，童子，及葉冠/和紀念
戰神之戰的酒罎來"。

22.【豆鍾】*ciboria*，飲酒器，據Porphyrio古注狀如所謂埃及豆
（colocasium, κύαμος Αἰγύπτιος）葉，埃及豆實爲巨蓮之一種，學名
Nelumpium speciosum，斯特拉波《方輿志》VII I 15記曰其葉可製豆鍾：
ὁ Αἰγύπτιος κύαμος ἐξ οὗ τὸ κιβώριον. 希臘化時代酒杯以倣其形狀
爲時尚。H所用拉丁字今存羅馬文學僅此一見。中文豆字《說文》訓作食
肉器，然此處祇取其埃及豆義。Kießling以爲詩人特言酒杯爲埃及豆鍾
或欲暗指龐培・法羅嘗依附安東尼於埃及；NH謂苟如此，於世故殊欠練
達（"tactless"），無異於揭其短矣，詩人必不爲此；Heinze則曰祇爲追憶
二人雅典歲月。今按NH之說似是而非，此詩全爲腓力比時同袍戰友而
賦，詩人於其中既不諱言己丟盔棄甲之窘態，又何必諱言其友嘗効命安
東尼於埃及？又按：詩人此處鋪張筵席所備精美食品豪奢器具，或可對比
於李長吉《將進酒》所誇筵席之盛："琉璃鍾，琥珀濃，小槽酒滴珍珠紅。
烹龍炮鳳玉脂泣，羅帷繡幕圍香風"云云；然H所列酒食雖精緻，卻不失
天然，兩千年之下，讀來彷彿仍可聞其清香、品味其滋潤；長吉詩中諸食
物色重味膩，且所食非芻豢而爲珍禽奇獸，果得親嚐，非直令人生膩作
嘔，亦必如《國語》單襄公所謂"厚味實腊毒"也，見《周語下第三》（1）。
長吉詩規模楚辭，而荊楚所在之沿江南國遠古不產牛羊等草食反芻偶蹄
目牲畜（見張弛：《龍山——二里頭：中國史前文化格局的改變與青銅時
代全球化的形成》，《文物》2017年第六期），故其人葷食不辨綱門，至今
不能與世界主流民族飲食相通，蓋因牛羊之外葷食多異味，故重調料，遂
致口味膩重。其於今日意大利烹飪之重食材風味天然新鮮，適如H詩與長
吉詩中所寫飲食風味之截然相反也。【螺】*conchis*，盛器，究竟係天然海

螺抑或倣海螺狀金屬器皿，已不可玫。

23.【誰照看……】 *quis ... curat*? 命僕語，參觀II 11, 18及注。與行25【誰】*quem*所指不同，詳下注。【潤濕】*udo*，僞託Acro古注："或爲令其顯葱綠，或因其本自水生。"香芹近水而生，參觀弐奧克利多《牧歌》13, 40–42: περὶ [κράνας] δὲ θρύα πολλὰ πεφύκει, / κυάνεόν τε χελιδόνιον χλωρόν τ' ἀδίαντον / καὶ θάλλοντα σέλινα καὶ εἰλιτενὴς ἄγρωστις. "[泉]周圍生了很多蘆葦，/還有玄色白薇、暗綠色的鐵線蕨，/還有茂盛的香芹與蔓延的狗牙草。"集中參觀I 7, 13.

24.【香芹】*apio*用以編織葉冠，已見I 36, 16注。

25.【誰】*quem*，謂筵席之主與客，非如行23謂僕役。【維奴】*Venus*，以維奴爲酒監緣當日羅馬宴飲以羊骨骰子博戲，所能得最佳之點數稱爲iactus Venerius，維奴骰，得之者爲贏家，得居筵席主位，稱爲regna vini（酒后），即此處所謂監酒令官，參觀I 4, 18。維奴骰之說源自希臘，僞托路謙（Lucianus）《情愛論》(*Amores*)16敘之甚詳。馬耳提亞利（Martialis）XIV 14: "cum steterit nullus vultu tibi talus eodem, / munera me dices magna dedisse tibi." "當骰子不以同一面朝你時，/你將謂我贈汝以大禮。"隋東尼《至尊傳》記至尊嗜賭，引其親筆書曰(71, 2): "quisque canem aut senionem miserat, in singulos talos singulos denarios in medium conferebat, quos tollebat universos, qui Venerem iecerat." "有誰發了狗或六點，便在中間交每骰十元，誰投維奴則得全數。"按拉丁文talus，骰子，本指羊等畜生踝骨，轉義指以骨所製骰子，恰似漢字骰屬骨部。

26.【縱飲……莫……清醒】*non ... sanius bacchabor*，參觀III 19, 18: "insanire iuvat," "喪心病狂令人喜"，亦言縱酒。 詩人集中他處(I 18)勸人飲酒有節，此處反之，尤顯詩人舊友重逢欣喜之極。【縱酒】原文*bacchabor*源自葡萄酒神名字，故亦可解爲爲酒神所激發。

27.【厄東人】*Edonis*，弐拉基一部落，弐拉基人以豪飲聞名已見I 27, 2注。"不要比厄東人清醒"意謂縱飲狂歡之豪邁盡興莫輸與弐拉基人。普羅佩耳修I 3, 5: "nec minus assiduis Edonis fessa choreis," "亦非不若因激烈舞蹈而力竭的厄東尼人，"恐非僅因過勞。

28.【發瘋】*furere*, H此外以此字自況僅見於《對》11, 6及集中I 16, 25, 皆指昔日因愛而癲狂乃至因失戀而憤怒。全詩末字爲*amico*【朋友】, 突顯一篇主題, 譯文因漢語語法規則所囿, 惜未克傚法。

{評點}：

　　詩爲喜迎友人返鄉而作, 所贈者係內戰初起時與詩人一同効命於布魯圖麾下時戰友。前44年布魯圖與其黨羽共謀刺殺該撒, 繼而奔希臘。當其時, 詩人游學於雅典, 少年氣盛, 心向共和黨人, 遂自効於布魯圖帳下, 拜參軍。H與龐培・法羅相遇在前44年之前於雅典學苑抑或內戰起後於布魯圖軍中, 已不可確知。然詩中既未道及二人嘗一同求學, 所言僅涉腓力比之役, 故推斷其相遇於布魯圖帳下而非更早爲妥。前42年屋大維共安東尼克布魯圖所將共和黨人諸軍於腓力比, 卡修與布魯圖兵敗, 先後自殺, 其部曲皆鼠竄; 詩人亦亡命, 無何, 自領屋大維赦令, 得返意大利; 龐培・法羅奔西西里, 附身塞克斯都・龐培, 或因二人同族(僅依姓氏臆測, 此外無徵)故。前36年塞克斯都兵敗遇害, 龐培・法羅輾轉依附已與屋大維反目、盤踞埃及之安東尼。前31年阿克襄海戰屋大維大勝安東尼, 翌年大赦天下, 學者推斷龐培・法羅當值此時遇赦, 得返意大利, 故此詩當作於30年, 至遲在29年。

　　詩詠喜迎親友, 西洋文學至早可上溯至荷馬《奧德修記》XVI 23以降敘豕牧歐邁俄(Eumaeus)喜迎尋父歸來之忒勒馬古(Telemachus)。然則H此篇卻非祖荷馬, 謀篇規模阿爾凱爲其胞兄流亡歸來所賦之詩, 其作今僅遺殘篇(fr. 350)：

ἦλθες ἐκ περάτων γᾶς ἐλεφαντίναν
λάβαν τὼ ξίφεος χρυσοδέταν ἔχων ...
... ... Βαβυλωνίοις συμμαχοῦντα τελέσαι
ἄεθλον μέγαν, ...

　　　　你從地極而來, 象牙/鑲金爲劍柄, /⋯⋯同巴比倫人一同作戰, 完成了/大功。

　　阿爾凱詩學者信爲羅馬詩歌喜迎詩類所昉。《讚歌集》中本篇以
外，I 36贈努米達(Numida)詩、III 14迎至尊自西班牙返羅馬詩亦屬
此列。H之前則有卡圖盧9迎Veranius詩、31迎Sirmio返鄉詩；之後有
奧維德《情愛集》(*Amores*)II 11、馬耳提亞利(Martialis)《箴銘詩集》
(*Epigrammata*) VIII 45、XI 36、斯塔修(Statius)《林木集》(*Silvae*)
III 2、猶文納利(Iuvenalis)《雜詩集》(*Saturae*)12等等。此類詩或依
修辭家米南德(Menander rhetor, L. Spengel編纂《希臘修辭家集》
Rhetores graeci 3, 377 ff.)分類法以希臘字epibaterion(慶臨)名之。
Syndikus(p.373)概括其要素如下：昔日之苦厄，重逢之喜出望外，神
助，詩人與所迎接者之交，向神還願，漂泊之勞累，慶祝筵席。今以此
繩之，H詩中規中矩，堪稱此類作品典範。然此詩規隨古人之處，非
止於全篇立意也。其中細節亦每每有來處。行10 ff.詩人自揭臨陣逃
竄丟盔棄甲事，雖爲紀實，然蹈襲阿耳基洛庫名篇(Archilochos, *AlG*,
p.213)，爲羅馬詩歌中名句：

　　　ἀσπίδι μὲν Σαΐων τις ἀγάλλεται, ἣν παρὰ θάμνῳ
　　　　ἔντος ἀμώμητον κάλλιπον οὐκ ἐθέλων.
　　　αὐτὸν δ' ἐξεφυγον θανάτον τέλος. ἀσπὶς ἐκείνη
　　　　ἐρρέτω· ἐξαῦτις κτήσομαι οὐ κακίω.

　　　某些塞厄人誇耀其盾，把它，這無可指摘的/武器，我萬般
不願丟棄在灌木叢旁;/我逃過一死。這盾/去它的吧! 我會再弄
一副不比它差的。

　　其後希羅多德《史記》V 95記詩人阿爾凱與雅典人戰，不勝，棄
甲奔逃，甲冑爲雅典人所獲，懸於雅典娜神廟: ἐν δὲ δὴ καὶ Ἀλκαῖος,
ὁ ποιητὴς συμβολῆς γενομένης καὶ νικώντων Ἀθηναίων αὐτὸς
μὲν φεύγων ἐκφεύγει, τὰ δέ οἱ ὅπλα ἴσχουσι Ἀθηναῖοι, καὶ σφεα
ἀνεκρέμασαν πρὸς τὸ Ἀθήναιον τὸ ἐν Σιγείῳ. "其間詩人阿爾凱交
戰，自得勝的雅典人逃跑，雅典人獲其甲冑，且懸掛之於斯格翁之雅典

娜神廟中。"詩人亦曾自曝其短，今有殘篇(fr. 428 (a))，當爲希羅多德
所記軼聞所本：

"Αλκαος σάος ἄροι ἐνθαδ᾽ οὐκυτὸν ἀληκτορὶν ἐς
Γλαυκώπιον ἶρον ὀνεκρέμασσαν "Αττικοι, κτλ.

　　阿爾凱全其身，而雅典人繳獲其甲冑懸掛於灰眼的女神
　　[雅典娜]神廟云云。

　　斯特拉波《方輿志》XIII 1, 38亦敍此事。棄盾情節之外，饗神宴飲
場景則更常見於希臘羅馬詩歌，集中亦非尟見。
　　向來說此詩者，多糾纏於棄甲一事，詩人自供醜態，頗令西方學者
困窘，或爲其百般曲護，然仍無以遮掩其無恥與自是（"Schamlosigkeit
und Selbstbewußtsein," Syndikus, p.378）。若僅以詩言之，Syndikus以爲
詩人不惜自貶如此，蓋爲慰友人之情耳。應酬之外，詩人腓力比一戰之
後一路通達，以詩聞名於世，深霑權貴如梅克納、至尊之恩渥，自信自
負之情溢於言表。
　　Syndikus之說甚允，然尚有可補充處。詩人不惜自貶如此，非僅爲
龐培・法羅故也；《讚歌集》發佈於世，詩人先呈至尊寓目。H與龐培・
法羅雖歸順有先後，然皆嘗附逆，今日至尊不計前嫌，恩寵有加，詩人
詩中自貶，亦是其練達世情處。至於至尊，H及早投誠，能賞識其才華，
待爲上賓，已顯其寬洪愛才之美；而龐培・法羅屢敗屢戰，不到山窮水
盡不降，至尊竟仍能寬貰之，其氣度絕非常人可比。H詩本爲歡迎友人
歸來而賦，卻成就一篇至尊讚歌。

{傳承}：
　　異鄉漂泊，身心俱疲，播遷經年，終得返鄉，後世西洋詩歌每反
古代喜迎詩之道而爲，不以在家迎迓游者身份發語，反以游子口吻
抒返鄉之情，近世尤常見於德意志浪漫派詩篇。荷爾德林數篇哀歌如
《遷徙者・第二稿》(*Der Wanderer*, 2. Fassung)《還鄉》(*Heimkunft*)

皆詠此主題；然亦有蹈襲喜迎詩格式者，其作如《太平休日》
(*Friedensfeier*)即爲此類詩之變種也，惟其所迎接者非詩人凡人親友，
而爲神明，其中以下諸行化自H是篇應無可置疑(13–19)：

Und dämmernden Auges denk' ich schon,

Vom ernsten Tagwerk lächelnd,

Ihn selbst zu sehn, den Fürsten des Fests.

Doch wenn du schon dein Ausland gern verläugnest,

Und als vom langen Heldenzuge müd,

Dein Auge senkst, vergessen, leichtbeschattet,

Und Freundesgestalt annimmst, du Allbekannter, ...

以昏瞢的眼我想我已，

因白天重大的工微笑着，

我看見他本人，那位節慶之君。

然而當你眞樂意斷絕你的外國，

彷彿因漫長的英雄征伐而疲倦，

你眼睛低垂，遺忘，罩着淺影，

化作朋友形象，你这盡人皆知的，……

{比較}：

臨陣棄甲

臨陣棄甲爲人不齒，中外無異。《左傳·宣公二年》(2.1)敘：“鄭公
子歸生命于楚伐宋，宋華元、樂呂御之。二月壬子，戰于大棘。宋師敗
績。囚華元。”華元旋逃歸。厥後“宋城，華元爲植，巡功。城者謳曰：
‘睅其目，皤其腹，棄甲而復。于思于思，棄甲復來。’使其驂乘謂之曰：
‘牛則有皮，犀兕尚多，棄甲則那？’役人曰：‘從其有皮，丹漆若何？’
華元曰：‘去之！夫其口衆我寡。’”杜預注曰：“棄甲謂亡師”。且《傳》
文此前一節敘華元臨陣爲御者懷私憾載以入鄭師，故見擒，非如H丟盔
棄甲臨陣脫逃者。然役人以棄甲代指亡師，仍可證人以棄甲爲大恥。華

元爲役人所譏而不爲所忤，杜注評曰：“《傳》言華元不吝其咎，寬而容衆。”其能如此，實因其棄甲亡師非畏葸偷生所致也。敗績喪師固爲可恥，然其或因主帥失策或因時乖運蹇，並非貪生怕死所致，故可不吝其咎。反觀H自狀醜態，其所不吝者則非衹咎過矣，故難爲之迴護。

八

贈巴里娜
AD BARINEN

　　縱使儂因發偽誓曾遭懲戒，牙齒變黑抑指甲生瘢，吾仍寧信儂之信誓旦旦。儂雖一壁廂賭誓，一壁廂背信違約，卻無妨光彩依舊，爲衆少情所聚鍾。儂信口以亡母屍骨、天上星宿、各路神明起誓，愛神維奴聞之不過莞爾一笑，伊之隨從丘比特則忙於備辦箭簇以射用情之人。後生輩及長將爲儂驅使，其諸多前任雖遭儂背叛拋棄，一度誓將去汝，卻仍聚廳於儂門前堂上。爲人母者怕儂誘惑其子，爲人父者吝財，懼其子爲儂傾家蕩產，新嫁娘則憂其新郎爲儂勾引夜不歸宿。

{格律}：

　　薩福體(Sapphicum)。

{繫年}：

　　無攷。

{斠勘記}：

　　1. peierati] perierati B R *Diomedes cod.* A M　案異文爲異體字。

　　2. barin(a)e B D Ψ σχA uarin(a)e A a B*var.* γ E M （即Ξ*var.* Q(*var.?*)）*Pph.* σχA σχΓ　詳下箋注。

　　23.24. retardet aura Ξ Ψ *Pph.* σχA Γ *Servius*　retardent ora *Usener* Usener臆改，謂留新婦之夫不歸者非此妖女之氣味，乃其脣吻，如此詩

意恐欠蘊藉。

{箋注}：

1. 【所起假誓】原文*iuris peierati* 戲擬拉丁成語ius iurandum，所起誓言，以假代眞，意在諷刺。

2. 【巴里娜】*Barine*，女子名，本義爲巴里(Barium，今意大利語Bari)女，巴里係城名，在意大利南部瀕亞底亞海，希臘殖民者所建，以希臘人殖民城名爲人名，仍合集中倡優蕩女用希臘人名慣例，詳見I 8, 1注，其人身份應爲釋奴。*Barine*，古鈔本屬Q系之E M a、屬Ξ之A B、Porphyrio古注之σχA σχΓ等皆作Varine。另有古鈔本(Ψ系)題此詩爲AD IVLLAM BARINEN者，以Iulla爲倡女名。IVLLAM當爲詩中首字VLLA【任何】竄入，手民誤與常見女子名IULIAM溷淆致訛。【因】，Heinze讀下行*dente*【齒】與*ungui*【指甲】爲器具奪格(Ablativ der Instrumentale)，且云形容詞【黑】*nigro*謂【齒】然實兼該其後【指甲】，修辭格所謂連帶格(σχῆμα ἀπὸ κοινοῦ)；NH主讀爲比量奪格(Ablativ des Maßes)，二者區別在於細微邏輯關係略異，前者如謂"因齒黑而醜"，後者如謂"其變醜唯關乎一齒變黑"，中譯採後說。

3. 【黑齒】*dente ... nigro*，牙齒朽敗爲倡優年老色衰之徵，參觀集中IV 13, 10 f.："refugit te, quia luridi / dentes, ... ,""他因汗黃的牙齒逃避你"；《對》8, 1–3："rogare longo putidam te saeculo, / ... / cum sit tibi dens ater ... ,""你問長壽而朽敗的你, /……/你齒已黑"。然此處意謂因發僞誓所致。原文【齒】字*dente*單數名詞，然非僅言一齒，實用爲集體名詞。【指甲】*ungui*，古希臘人以指甲有白瘢爲撒謊所致，僞託阿芙羅狄忒城人亞歷山大(Pseudo-Alexander Aphrodisiensis，三世紀)著亞里士多德解析《問題集卷》(*Prolematorum libri*)IV曰：(Hermann Usener編輯, p. 14) διὰ τί ἐν τοῖς ἐπὶ τῶν ποδῶν ὄνυξι τὰ λευκὰ σημεῖα οὐκ ἐγγίνεται ὥσπερ ἐπὶ τοῖς τῶν χειρῶν, ἃ καλοῦσιν οἱ μὲν ἐρασταύς, οἱ δὲ ψεύδη, "因人足趾甲以及手指甲生白瘢，情人稱其爲不忠之徵"。故【黑】*nigro*字當祇言齒，不謂指甲。Kießling謂【黑】兼該【齒】與【指甲】，所見未妥。黑齒指甲生瘢即首行所謂【懲罰】*poena*。

5.【信你】*crederem*, 即信你所發誓言, 故而詩人此篇即爲回答巴里娜之誓言而賦。

5–6. 意謂巴里娜賭誓云若發僞誓則其首領不保, 五世紀作家馬克羅庇烏(Macrobius)《撒屯節》(*Saturnalia*) III 2, 6論維吉爾《埃》V 235 ff.埃涅阿部曲起誓曰: "reus ... qui suscepto voto se numinibus obligat," "因誓言遭疑, 起誓者向神明繫其首"。以此言男女情事, 故爲小題大做誇張語。【繫】*obligasti*爲直譯, 義爲質, 即以首爲質。【背信】*perfidum*, 羅馬人以發僞誓(periurium)爲背信, 不指未能踐言而爽約。呂哥達摩(Lygdamus, 前43年前後詩人筆名, 其人身份至今無攷, 今存六首哀歌)哀歌6, 45–50: "nec vos aut capiant pendentia bracchia collo / aut fallat blanda sordida lingua fide ; / etsi perque suos fallax iuravit ocellos / Ionemque suam perque suam Venerem, / nulla fides inerit: periuria ridet amantum / Iuppiter et ventos inrita ferre iubet." "勿教她伸出的雙臂摟住你脖頸/或教她甜言蜜語的髒口以忠信騙你; /多詐的她雖憑雙目、憑她的猶諾、/憑她的維奴起誓, /其中毫無誠信: 情人們的背信爲猶庇特/所嘲笑, 爲他令風輕飄飄颳去。"

6.【繫】*obligasti*, 羅馬人慣言人爲誓言所縛如以索繫於神明,

7–8.【衆少】云云謂其廣爲年輕男子(*iuvenum*)所愛。【公共牽掛】*publica cura*, 藉當日政事用語道艷情事, 字面義如謂衆所關心之國事, 實則指巴里娜風情非凡乃至濫情。NH云, 語調調侃, 如謂巴氏可引發國家危難; 按如中文已成濫調之成語傾城傾國, 誇言其能危國, 一也, 然H全爲戲言。以【牽掛】*cura*謂所歡, 嘗一度尋常見於H時代詩歌, 維吉爾《牧》10, 22: "tua cura Lycoris," "你所牽掛之呂考里"; 普羅佩耳修II 25, 1: "pulcherrima cura," "最美之牽掛", II 34, 9 f.: "tune meam potuisti, perfide, curam / tangere ?" "你, 背信者, 可能碰觸我之/所牽掛者?" 奥維德《情》(*Amores*) I 3, 16: "tu mihi, siqua fides, cura perennis eris," "你, 如有信義可言, 將成爲我永久的牽掛" 等等。【亮相】原文*prodis*本義爲前行、前來, 此處摹繪其招搖過市、引無數男子矚目狀。阿普列(L. Apuleius Madaurensis, 約124–約170年)小說《變形記》(*Metamorphoses*) IV 29: "puellae supplicatur, et in humanis vultibus deae tantae numina placantur, et in matutino progressu virginis victimis et epulis Veneris absentis nomen propitiatur.""女娘爲人祈拜，如女神一般喜以人面現身，且此處女早晨出行時以犧牲饗宴以維奴之名拜之。"

9–12. 言巴里娜謊話連篇，視背信如兒戲，不懼陰曹地府，【母親被掩埋的骨灰】*matris cineres opertos*指此，羅馬人稱亡親爲di parentes，視之爲神明，亦不懼星辰鬼神。

9.【欺騙】*fallere*，羅馬人起誓套語云：si sciens fallo，若我明知而欺騙云云，例如李維《史記》II 45, 13："consulem Romanum miles semel in acie fefellit, deos numquam fallet，""兵卒或嘗欺騙羅馬平章，卻從不欺騙諸神"；維吉爾《埃》VI 324："di cuius iurare timent et fallere numen，""諸神亦懼起誓欺騙其神力。"亦可見羅馬人視誓言爲神聖。以亡親屍骨起誓，別見普羅佩耳修II 20, 15："ossa tibi iuro per matris et ossa parentis / (si fallo, cinis heu sit mihi uterque gravis !) / me tibi ad extremas mansurum, vita, tenebras，""我憑亡母之骨和亡父之骨起誓/（如我欺騙，就讓他們二人隨便一個的骨灰重壓我!）/我將與你一直到，生命啊，最後的黑暗"。NH謂倡優憑亡母骨灰起誓，爲其不知其父也，甚是。今人王安憶小說《長恨歌》絕不言女主人暗娼王琦瑤之父，其人後亦諱言所生女兒之父，其理同此。

10.【夜星】*noctis signa*，以星爲證起誓，當日羅馬詩歌此外可見維吉爾《埃》IV 519 f.："testatur moritura deos et conscia fati / sidera，""將死的她請諸神與知曉命運的星宿爲證"；IX 429埃涅阿部將Nisus起誓曰："caelum hoc et conscia sidera testor，""指上天與知曉的星宿爲證"。普羅佩耳修II 9, 41 f.："sidera sunt testes et matutina pruina / et furtim misero ianua aperta mihi，""星宿與晨霜和偷偷/爲我這可悲之人打開的門爲證"。曰巴里娜欺騙夜星，反推可知其昔嘗與所歡雙雙對夜星誓盟也。靜夜星宿見證情人幽會，H前已見卡圖盧7, 7："aut quam sidera multa, cum tacet nox, / furtivos hominum vident amores，""或是繁星在夜静之時，/看着人類偷摸的愛情"；H詩則見《對》15, 1–4："nox erat et caelo fulgebat Luna sereno / inter minora sidera, / cum tu, magnorum numen laesura deorum, / in verba iurabas mea,"　"入夜月輝耀於淨空/小星之中, /此時你, 行將違背衆神之威力者, /照我的話起誓"。【默默無語】*taciturna*與下行【冰冷】*gelida*分言星與死, 然一隱一顯, 皆陰森可怖, 言星斗無言者, 爲暗示神靈雖不言, 然實不可欺也, 與此章原文首字*expedit*【很容易】意呈反諷。

11. 【沒有冰冷死亡的神明】*gelida divos morte carentis*, 暗射誓言套語: per deos immortales, 憑不死的神明。

13–14. 維奴率不單行, 出則必以妖女爲伴, 已見I 4, 6, I 30, 6及注。【笑】*ridet*, 維奴善笑, 參觀I 2, 33: "Erycina ridens," "微笑的厄里女", 並其注。巴里娜發僞誓, 於天上地下其他神明皆爲可懲, 獨愛神一笑置之, 不以爲意, 因戀人之海誓山盟不足爲憑也。【單純】*simplices*, Heinze: 與人爲善而甜美。按曰妖女親和固爲詩人習語, 維吉爾《牧》3, 9稱其爲faciles, 然此處亦爲反襯巴里娜之不單純或善欺詐也

15–16. 原文諸形容詞與所謂名詞呈**錯位(katachresis)**格式, 【熾熱】*ardentis*依語法言愛神丘比特以射情人之箭簇, 依意則實指戀愛者內心中燒也;【帶血】*cruenta*依語法謂砥石, 然箭尚在磨礪未射時不當有血, 滴血者實爲戀人中箭之心也。愛神【殘暴】*ferus*, 參觀《英華》V 180墨萊格(Meleager)艷情箋銘體詩, 1 ff.: τί ξένον, εἰ βροτολοιγὸς Ἔρως τὰ πυρίπνοα τόξα βάλλει … Ἄρεως δ᾽ αἱματόφυρτα βέλη. "有何奇怪, 如果禍害人的愛神[按指阿芙羅狄忒之子丘比特]發射噴火的箭⋯⋯他喜歡阿瑞[按戰神]霑血的箭簇。"維吉爾《埃》IV 2寫狄多爲情煎熬則曰: "volnus alit venis, et caeco carpitur igni," "創口爲血脈所滋養, 又爲盲目的熱火補給。"

17–18. 【再者】*adde quod*, 語風近散文, 率用於論說, H常用於其《雜詩集》,《讚歌集》中僅此一見。此處詩人用以條舉巴里娜種種行狀。【長大】*crescit*於二行內累用, 說詩者或病之, 以爲當爲文本敗壞所致, 雖臆說無憑, 第存其說, 譯文仍遵傳世文本。

18. 【奴隸】*servitus*, 指愛之徒, 視愛爲奴役, 下行【棄其宅舍】*tectum ... relinquunt*, 仍暗用僕役家奴意象, 參觀I 33, 14及注, 屢見於羅馬情詩, 提布盧II 4, 1: "hic mihi servitium video dominamque paratam,""在此我看見奴役和整裝待發的女主";普羅佩耳修I 7, 7: "servire dolori","伺候哀愁"均抒此意。甘受娼妓支使實爲H所鄙, 參觀《書》I 2, 25："sub domina meretrice fuisset turpis et excors,""受 娼妓支使將會是件醜陋而愚蠢之事"。【不虔】*inpiae*, 爲其屢發僞誓, 不懼有神明報應也,見上第三章。

19.【前任們】*priores*, 即巴里娜此前諸所歡。巴氏薄倖輕佻,諸 男子爲其所棄或屢遭背叛,每每賭咒發誓："逝將去汝",然終未果行 者,爲情所羈也,暗承上行愛之奴隸意。摹寫衆情人麇集於所同好之 蕩女門前堂上之狀,參觀《英華》VI 1署名柏拉圖之獻銘體詩(1–2): ἡ σοβαρὸν γελάσασα καθ' Ἑλλάδος, ἥ ποτ' ἐραστῶν / ἑσμὸν ἐπὶ προθύροις Λαῖς ἔχουσα νέων, "我曾倨傲嘲笑希臘,我萊伊那時 年輕的情人/成羣擁擠在門前";普羅佩耳修II 6, 1–2語用此典："non ita complebant Ephyraeae Laidos aedis, / ad cuius iacuit Graecia tota fores,""他們不曾這般聚集於厄斐拉女子萊伊的居所,/全希臘匍匐於 她門前"。

21 ff. 此章以賓格【你】*te*三度排比,風格近乎神頌(參觀I 35, 9–12),其中前二分居行首,中譯倣之。此章意謂少年難拒巴氏萬種風 情,少年之母憂其子落入此尤物彀中而懼之如寇讎,其父慳吝翁懼其子 爲此尤物傾家蕩產,新婦而稱爲【處女】*virgines*者,言其夫君爲此女所 惑,雖新婚而不歸宿也。H並未逕直責罵此妓,而用【懼怕】*metuunt*道 出他人心目中此女聲名狼藉,詩法婉轉多姿。

23.【風】*aura*本義爲鼓帆之微風,此處言【滯留】*retardet*,暗以 航海爲喻當無可疑。微風鼓帆意象參觀西塞羅《代塞諦庭辯辭》(*Pro P. Sestio oratio*)101："quem neque periculi tempestas neque honoris aura potuit umquam de suo cursu aut spe aut metu demovere.""他危險的風 暴或榮耀的微風皆不得令其偏離航程,希望與恐懼亦不能。"然*aura* 亦有氣息氣味義,尤指獸類相誘求偶所散發之氣味,殆如《左傳》所 謂"風馬牛不相及"之風義,例如維吉爾《農》III 251 f.："nonne vides ut tota tremor pertemptet equorum / corpora, si tantum notas odor attulit auras？""君不見,戰慄襲擊馬匹的/身體,若這樣的氣味爲熟悉的微風

帶來？"言愛可爲呼吸吐納所引發，集中參觀IV 13, 19："quae spirabat amores，""那箇曾吐納愛情的"。此處二義雙關，用法一如普羅佩耳修 II 27, 15言願少女之風令死者還陽："si modo clamantis revocaverit aura puellae，""一旦叫喊的少女之風喚回"，其中*aura*亦兼該此二義。中文風字本義亦可如此雙關，故譯文亦當作雙關語讀。

{評點}：

　　詩寫某尤物倡女，大衆情人。希臘人有諺曰違背情誓不受神遣，希臘化時代詩人迦利馬庫《箴銘詩集》(*Epigrammata*)25, 3 f. 云：ἀλλὰ λέγουσιν ἀληθέα τοὺς ἐν ἔρωτι / ὅρκους μὴ δύνειν οὔατ' ἐς ἀθανάτων. "然而人所言者爲眞：戀愛中所發/誓言不入不死神明之耳"。提布盧I 4, 21 ff. 發明此意則更進一步曰：

> nec iurare time : veneris periuria venti
> 　inrita per terras et freta summa ferunt.
> gratia magna Iovi : vetuit Pater ipse valere,
> 　iurasset cupide quidquid ineptus amor ;

> 毋懼起誓：爲愛背誓無關緊要，
> 　一陣風將們吹過陸地與海面。
> 多謝猶父：父親自否認荒謬的
> 　愛爲慾望驅使所發誓言有效。

　　H此篇造端雖秉承此題，然能翻舊爲新，以男性情人口吻云明知巴里娜用情不專，多謊善僞，卻仍願爲情遷就，寥寥數筆，勾勒蕩女行徑，亟言其風情魅力，無人可拒。H此作實爲奧維德《情愛集》III 3嚆矢（見後{傳承}所附原文並翻譯），然以謀篇及所抒情感言則勝之。

　　當日羅馬情詩多有哀怨所歡不忠者，尤常見於哀歌，然H操觚情詩必不無病呻吟，總能跳出事外，言語之中透露一派豁達，佯言戀愛卻不爲情所役。Syndikus云(p.382)詩人之所以能爲此，非以廊柱派哲學所自標榜之自律所致，全爲精於世故者之練達瀟灑也，所言爲是。

　　全篇爲詩人白巴里娜語，開端二章申明全詩主旨，稱饒你背信違誓，我仍信你不疑。詩人語此若僅作泛言，人或信其語發於誠；然特舉黑齒瘢生指甲爲僞誓之懲罰，則語氣詼諧不莊，人知其爲調侃矣："我" 或仍爲巴里娜所惑，然亦深知其浮蕩不可倚恃，雖佯云 "我仍信你"，實則心口不一，所言非所謂，但以此與之盤桓調戲耳。餘篇皆爲舉例，以證首章所陳，三章詳論其以亡母之靈與神明起僞誓而不受懲，四章言愛神不以其背誓爲忤，五章以 "再者" adde quod 起，以論說語辭入詩，尤明三章已降爲舉證，彷彿庭辯辭。末二章云巴氏佻達無信，神明既不之懲，其於人則愈無所顧忌矣，恃其魅力周旋於衆男子間取捨自如專橫跋扈。

　　以句法論，首章以下每章皆各含三從句，每一波而必三折，每舉一類必析爲三例，章法十分整飭。

{傳承}：

　　奧維德《情愛集》卷三第三首鋪張女子發僞誓而不受懲處主題，全從H詩中牙齒指甲等美容說開去，變本加厲，添枝加葉，髮、頰、足、目一一道來，雖詳盡卻不知節度取捨，且全作譏諷反語，無論詩藝氣度，皆遠遜H之作。

Esse deos hic crede : fidem iurata fefellit,
　　et facies illi, quae fuit ante, manet !
quam longos habuit nondum periura capillos,
　　tam longos, postquam numina laesit, habet ;
candida candorem roseo suffusa rubore
　　ante fuit : niveo lucet in ore rubor ;
pes erat exiguus : pedis est artissima forma ;
　　longa decensque fuit : longa decensque manet ;
argutos habuit : radiant ut sidus ocelli,
　　per quos mentitast perfida saepe mihi.

scilicet aeterno falsum iurare puellis

　　di quoque concedunt, formaque numen habet.

perque suos illam nuper iurasse recordor

　　perque meos oculos : et doluere mei !

dicite, di, si vos inpune fefellerat illa,

　　alterius meriti cur ego damna tuli ?

at non invidiae vobis Cepheia virgost,

　　pro male formosa iussa parente mori ?

non satis est, quod vos habui sine pondere testis,

　　et mecum lusos ridet inulta deos ?

ut sua per nostram redimat periuria poenam,

　　victima deceptus decipientis ero ?

aut sine re nomen deus est frustraque timetur

　　et stulta populos credulitate movet,

aut, siquis deus est, teneras amat ille puellas

　　et nimium solas omnia posse iubet.

nobis fatifero Mavors accingitur ense,

　　nos petit invicta Palladis hasta manu,

nobis flexibiles curvantur Apollinis arcus,

　　in nos alta Iovis dextera fulmen habet ;

formosas superi metuunt offendere laesi

　　atque ultro, quae se non timuere, timent.

et quisquam pia tura focis inponere curat ?

　　certe plus animi debet inesse viris.

Iuppiter igne suo lucos iaculatur et arces

　　missaque periuras tela ferire vetat ;

tot meruere peti : Semele miserabilis arsit !

　　officiost illi poena reperta suo ;

at si venturo se subduxisset amanti,

　　non pater in Baccho matris haberet opus.

quid queror et toto facio convicia caelo ?

di quoque habent oculos, di quoque pectus habent !

si deus ipse forem, numen sine fraude liceret

femina mendaci falleret ore meum ;

ipse ego iurarem verum iurare puellas

et non de tetricis dicerer esse deus.

tu tamen illorum moderatius utere dono,

aut oculis certe parce, puella, meis !

　　就信這就是神吧，發誓的她騙得信任，/她的顏一如從前！/背誓的她的長髮/在傷天害理之後仍如其長。/白裏透紅的她依舊如從前/煥發光彩，雪白的臉頰泛着緋紅。/從前是纖足，現在足形依然最小巧。/從前高挑且勻稱，今依然高挑勻稱。/曾有倩目，雙眸今仍閃耀如星，/憑着它們善謊的她常常不忠於我。/因爲連永恆的神也允許/女孩謊誓，美貌也掌控了神明。/我記得她以她的和我的眼睛/起誓，可痛的卻是我的眼。/說吧，神明，若她欺騙你們卻得免，/爲何我要承擔他人應得的損失？/科非的處女爲你們所忌恨/豈非是因其母炫美而被逼死？/更有甚者，我有你們做無分量的證人，/她把我同受戲弄的諸神一併嘲笑而不受懲？/爲贖她的僞誓我們受罰，/我受騙，將成爲騙子的犧牲品？/要麼神有名無實，空受懼怕，/因愚蠢的迷信而驅動大衆；/要麼若是有神，那他一定愛柔嫩的少女，/命惟有她們無所不能。/戰神爲我們佩致人死命的劍；/帕拉的手以不可戰勝的矛瞄準我們；/阿波羅的彎弓朝我們拉彎；/猶父高舉的右手向我們發射霹靂；/美女天神受傷也怕冒犯，/而不怕他們的他們卻無端懼怕。/誰還在意在神龕中進上虔敬的香？/男人們絕對要更有勇氣。/猶庇特向聖林投擲天火，卻/拒不以箭、標與飛槍打擊背誓的女人；/有這麼多人該死，悲慘的塞墨勒卻燒死了，/她自尋她所得到的懲罰；/可她若當初躲避情人的要求，/父就不會做母親的工生巴庫了。/那我還爲何抱怨向上天疾呼？/神也有眼，神也有心，/若我自己是神，就讓女人以/說謊的口欺神無罪，/我自己會發誓她們所誓皆真，/我將不會被人稱作嚴厲之神。/而你請在使用他們的禮贈時節省些，/或是至少留下我的一雙眼。

九

贈革·法爾久·魯福勸毋長悲
AD VALGIVM RVFVM NE DIV DOLEAT

　　雨水不會一直連綿不輟，蠻荒喀士波之海不會有颶風翻卷不停，亞美尼亞亦非終年積雪，吾友法爾久！迦爾干山上橡林並不終年與朔風相搏、花楸樹葉亦並非一直爲其剝落；而你卻一直吟誦哀歌騷擾亡友彌士托，通宵達旦。荷馬英雄湼斯托何嘗年復一年悲泣其陣亡之子安提洛古？普里阿摩與赫卡貝亦不曾爲其遭戮幼子哀慟無休，其姊妹身爲弗呂家女子，雖以擅長哭喪著稱，竟亦能止哭。

　　故而你就停止哀號吧！不如讓我們都來歌詠至尊屋大維在西疆的最新戰功或東疆的嚴酷風光，歌詠在爲羅馬人征服之後，連幼發拉底河都變得和緩，塞種人祇在羅馬人爲其劃定的境內馳騁。

{格律}：

　　阿爾凱式(Alcaium)。

{繫年}：

　　前27年之後，見下行19注。

{斠勘記}：

　　7. querqueta $\varXi$ $^{(acc.\ R1\ \pi1)}$ $\mathfrak{BI}$ (?) σχA querceta $\varPsi$ Q　案係異體字。

　　11. decedunt $\varXi$ $^{(acc.\ \lambda'\ R)}$ σχ*Status* ///// cedunt δ^1 recedunt $\delta corr.$ cedunt F π D　案各讀義近。

22. tollere σχ*Statius*　案異讀言掀，不言捲。

{箋注}:

1.【雨水】*imbres,* 以雨譬淚(lacrimas)，拉丁文希臘文乃至中文皆非尠見，卡圖盧68, 56：“tristique imbre madere genae,”“讓悲哀的雨水濕了臉頰”，參觀*OLD* “imber” 3 a. 中文如白樂天《長恨歌》：“玉容寂寞淚闌干，梨花一枝春帶雨”。

2.【崎嶇的野地】*hispidos agros*諸家訓義不一，*agros*可謂田，亦可謂野；*hispidos*字H之前未見，本謂毛髮雜亂粗糙扎人貌，轉義謂荆棘、芟乂後野稗麥梗等蕪雜狀，如解*agros*爲田可取此義，然以前後文觀之，當言野地，Heinze云謂雨水沖刷平野生溝壑貌，*OLD* 2 b舉此處爲例，解作地不平，故譯作【崎嶇】。【崎嶇】對【不寧】*inaequales*，後者謂【颶風】*procellae*致海面動盪不寧，爲主動義形容詞，類似用法參觀I 12, 39: signi, “揚名的”，謂能使人揚名。寫地中海暴風驚動海水，參觀I 5, 6. Heinze謂【不寧的颶風】引人聯想飆風，時起時息，然此處又曰【一直翻卷……不消停】*vexant ... usque*，暗相抵消。

3.【喀士波海】*Caspium,* 漢語今稱裏海，原文本波斯語，經希臘文轉寫入拉丁文，本因喀士波部落得名，俄文等歐洲語言至今仍用此名：Каспийское море。原文暗含番邦種人之地義，與稍後【亞美尼亞】*Armeniis*皆爲羅馬人心目中僻遠苦寒之地，爲行20、23嚆矢。故中譯不用通行於今之裏海，而采音譯。

5.【法爾久】*Valgi,* 即C. Valgius Rufus, 革·法爾久·魯福，詩人密友，詩人新作發佈，期得詩友稱許，《雜》I 10, 81f.中嘗以其與屋大維、梅克納、維吉爾、波里歐(已見II 1, 14注)等並列：

Plotius et Varius, Maecenas Vergiliusque,

Valgius et probet haec Octavius optimus atque

Fuscus, et haec utinam Viscorum laudet uterque

... ...

願普洛修和法留，梅克納和維吉爾，/法爾久和優秀的屋
大維，還有/弗斯古讚許這些詩，哦但願兩位維斯古皆發讚
語……。

據崑提良(III 1, 18)，法爾久師從希臘學人阿波羅多羅(Apollodo-
ros)，撮其師修辭學要點以拉丁文轉述之。前12年攝替補平章(suffec-
tus)。爲學涉獵廣泛，修辭學之外作語法學語文學論，又據普利尼《博
物志》XXV 4，嘗撰草藥學，今皆不存；亦詩，今僅存隻言片語。以H此
詩覘之(行9)，詩作中哀歌當爲其所擅場者，然或亦嘗吟詠高尚題材。
【友善的】amice，拉丁文中此稱頗爲親密，以此可見二人交情之深密。
【惰滯】iners，即【積存終年】stat ... mensis per omnis.

6. 【終年】原文mensis per omnis直譯當作"經月"或"月月"，然義
如成語"一年四季"，中譯稍作變通，以合漢語終年積雪之說。終年積
冰之凝重不移反襯上章疾風暴雨之肆虐狂暴。原文【終年】於義亦可
謂厥後二子句之【掙扎】laborant與【被剝落】viduantur，蓋其地終年多
風也。【迦耳干】Garganus山位於意大利半島南部之阿普里亞，向東突
入亞底亞海爲海岬，易遭風暴，有原始橡樹與山毛櫸森林至今猶存，今
稱Foresta Umbra。參觀《書》II 1, 202："Garganum mugire putes nemus
aut mare Tuscum，" "你以爲是迦耳干林叢或圖斯坎海在呻吟"。【剝
落】viduantur，參觀I 10, 11："viduus pharetra，" "遭洗劫的箭箙"。

7. 【朔風】aquilonibus，已見I 3, 3注。原文可指主朔風之神，亦可
逕指所主之事，謂樹木與之相【掙扎】laborant，暗含擬人意，當視作
風神，參觀II 3, 9–11，彼處laborat譯作"辛勤"。

9. 【律調】modis，法爾久所吟詩歌，學者胥以爲應指哀歌elegi。
希臘羅馬哀歌專用偶行格(distichon)，題材多與弔唁或哀悼無與，希臘
人哀歌體詩或爲箴言哲理詩或寫艷情宴飲，羅馬哀歌則殆全詠艷情，
普羅佩耳修、提布盧等人哀歌皆然。艷情哀歌或有賦詩人所歡殂命，
生者爲之痛哭者；然縱其與死亡無涉，亦多寫情人爲情感傷哀婉，故稱
作【嗚咽】flebilibus，I 33, 2稱哀歌爲miserabilis，"淒慘"，亦由此理。
維吉爾《牧》10言詩人迦盧(Cornelius Gallus)、普羅佩耳修II 34, 89–90

曰詩人Calvus皆爲所歡殂亡賦詩。【煩擾】*urges*，字本義訓逼迫，轉義爲煩擾，意謂以哀聲逼迫死者令其不得安眠也。詩謂彌士托已故，然法爾久反複吟唱哀歌不輟，令死者不得安寢。羅馬人信親友哀嚎驚擾死人，多有墓碑銘文爲證，《拉丁碑銘詩集》(*CLE*)963有句(12)云："desiste lamenteis me exciere，""請停止以哀聲嚇我"；1198有句(11 f.)曰："manes parcite iam luctu sollicitare meos，""今請免以哀慟騷擾我的陰魂"。古人勸人節哀，亦多用此類言語寬慰生人。拉丁詩歌中言人求歡亦可用urgere字，集中已見I 5, 2，此處暗含雙關，隱射二人有斷袖之好。普羅佩耳修IV 11, 1用字謂哀哭驚擾死者，恰同此處："desine, Paulle, meum lacrimis urgere sepulchrum，""請克制，保祿，以淚煩擾我的窀穸"。

10.【彌士托】*Mysten*，此希臘人名於古有徵，然常爲奴隸或釋奴名，現存法爾久殘篇中未之見。H以希臘人名名倡優蕩婦等身份男女情人，詳見I 8, 1注。其名應本希臘字μύστης，入密教者，NH以爲暗示愛爲密教，戀愛者即爲入密教者，可備一說。【昏星】*Vespero*即中文所謂金星，依中國古代天文說金星現於黃昏時稱長庚星，現於黎明稱啟明星；此處原文本希臘文ἕσπερος，通ἑσπέρα，夕也，黃昏也，故常有昏暗義，如ἑσπερόμορφος，其所指如中文舊稱長庚星，然此名與原文詞源蘊意皆不同，而金星乃至太白星之稱非唯所指較原文爲寬，且有占星術或道家淵源，爲原文所無，故中譯皆不取焉，乃逕譯原文爲【昏星】。學者謂H已知長庚(昏星)與啟明實爲一星，雖仍襲昏星舊稱，然實乃兼該其晨昏二象，故云其黃昏時【升起】*surgente*，日出則逝：【逃避疾馳的太陽】*rapidum fugiente solem*。【流動】*rapidum*，維吉爾詩中多以言水流之急，然其本可以言星辰運行之速，維吉爾《農》IV 425謂犬星(天狼星)曰："iam rapidus torrens sitientes Sirius Indos / ardebat，""今流逝之犬星火烈熾灼身毒人"；同書I 92言日亦曰rapidus："tenues pluviae rapidive potentia solis，""細雨或流動的日頭之威"。《毛詩正義·豳風·七月》"七月流火"，寫星宿運行亦如水流，《傳》曰："火，大火也；流，下也"。然孔穎達《正義》、陳奐《詩毛氏傳疏》、馬瑞辰《毛詩傳箋通釋》於流字皆不置一詞，似未識流字之妙。

10–11.【昏星……時】如謂整日或時時刻刻，上對前行6【終年】
mensis ... omnis, 下啟行14【歲歲】*omnis ... annos*. H前輩詩人基納(C.
Helvius Cinna)詩殘篇(6 M)有句云："te matutinus flentem conspexit
Eous, et flentem paullo vidit post Hesperus idem,""晨曦女神看着你哭
泣，不久後黃昏看見同一人哭泣"。

12.【一曲曲情愛】原文僅爲*amores*, 係名詞amor愛之複數形態，
非云其歷歷情史，Numberger采Eduard Stemplinger(*Horatius. Für die
Schule ausgewählt, mit Einleitung u. Anmerkungen versehen*, Bamburg:
1927)說，解作Liebesklagen, 愛之哀怨(複數)，按：= 多篇哀歌；NH云
*amores*較amor爲感傷，且猜測法爾久詩集或題爲此。中譯以【一曲曲】
釋原文複數含義。【隱退】*decedunt*暗射此前星體意象，取譬於啟明星
消逝於晨曦。

13. 此行以下皆爲慰藉文所必有之舉例(exempla)，詩人引古喻今，
意在寬慰哭喪者。【老人】*senex*, 即荷馬史詩英雄涅斯托(Nestoros)，
皮洛(Pylos)王，爲希臘人尊爲睿智長者，有子名安提洛古(Antilochos)。
《伊利昂記》所敘希臘聯軍討伐特羅亞時涅斯托已逾耄耋之年。
【身歷三世】*ter aevo functus*, 荷馬《伊》I 250–52: τῷ δ' ἤδη δύο μὲν
γενεαὶ μερόπων ἀνθρώπων / ἐφθίαθ', οἵ οἱ πρόσθεν ἅμα τράφεν ἠδ'
ἐγένοντο / ἐν Πύλῳ ἠγαθέῃ, μετὰ δὲ τριτάτοισιν ἄνασσεν· "於他而
言兩代有死的人已/消逝，他們與他一道生養/於最神聖的匹洛，在第三
代中間他爲王"。

14.【歲歲】*omnis ... annos*, 上承行6【終年】*mensis per omnis*。
【安提洛古】*Antilochum*, 皮洛王涅斯托子，以年輕貌美勇毅善戰爲人
神所愛(《伊》XIII 454)，與阿基琉友善，阿基琉密友兼裨將帕特羅克洛
(Patrokles)代阿基琉出征爲特羅亞勇將赫克托(Hektor)所戮，希臘人
遣安提洛古之阿基琉寨中報喪(《伊》XVII 652 ff., 18, 1 ff.)。安提洛古
何以早夭未載於《伊利昂記》，然《奧德修記》III 111記涅斯托向奧德
修子忒勒馬古(Telemachos)追敘特羅亞遠征，言其子已亡焉。NH引荷
馬之後史詩《埃塞俄比亞記》(*Aethiopis*, 今佚)記載，曰特羅亞戰後爲
救父陣亡，死於埃塞俄比亞王墨姆農(Memnon)之手；又引士每拿人高

因圖(Kointos Smyrnaios)《荷馬後記》(*Posthomerica*)，敘阿基琉竟爲
其復仇，曰後世或傳其與阿基琉有斷袖之好，遂稱H此處影射法爾久
與彌士托之情。今按苟如其說，則涅斯托先於其子而亡，奚言涅斯托喪
子未過悲痛乎？H所取安提洛古事跡必自荷馬，爲鍛成其影射斷袖之好
說而棄荷馬、采後世野史，NH捨近求遠反坐穿鑿。

15.【特羅伊洛】*Troilos*，特羅亞王普里阿摩(Priamos)與其后赫卡
貝(Hekabe)所生幼子，後爲阿基琉所戮。特羅伊洛見於古代繪畫多爲
幼童相，詩歌亦多以爲少年夭亡之範例，維吉爾《埃》I 475："infelix
puer atque impar congressus Achilli，""不幸的男童步伐不及阿基琉"，
常見於慰唁夭亡詩歌，故H此處稱之爲【稚幼】*inpubem*。

16.【弗呂家的姊妹】*Phrygiae sorores*，指特洛伊洛之姊妹如波
呂薛那(Polyxena)、卡桑德拉(Kassandra)等人。特羅亞城地處弗呂家
(Phrygia)境內，故有此稱。弗呂家婦女自古以善發哀慟之聲著稱，詩人
謂雖善作悲聲之弗呂家女子今已止哭。特羅伊洛姊妹哭其兄弟，H或取
自當日戲劇院本。

17–18.【停止哀號】*desine querellarum*，原文倣希臘語法爲命
令式 + 屬格賓語，希臘文可謂λῆξον ὀδυρμῶν，集中III 27, 69 f.：
"abstineto … irarum calidaeque rixae，""請克制……發怒和火烈的
爭吵"，詞法亦同。拉丁句式與此相類者，可參觀III 17, 16："operum
solutis，""解除了勞作"，《雜》II 3, 27："morbi purgatum，""袪除了疾
病"，邏輯賓詞仍用屬格，然動詞皆爲分詞形式。【陰柔】*mollium*謂哀
歌，與上行9 *flebilibus modis*【嗚咽的律調】通，至尊朝殆成哀歌專屬
稱謂，對史詩之"雄健"，"forte epos"(《雜》I 10, 43)，參觀普羅佩耳修
I 7, 19："et frustra cupies mollem componere versum，""你欲撰陰柔的
詩句也將徒勞"。【歌詠】*cantemus*, 第一人稱複數意謂非僅規勸友人
爲此，己亦欲共其歌頌至尊武功也。其後直至篇末皆爲其賓語，然分別
爲四項：一)：繳獲；二)：尼法托山脈；三)瑪代河 + 動詞不定式*volvere*
【泛起】；四)戈洛尼人+不定式 *equitare*【縱馬】；中譯爲求明了析此四
項爲二組，以【以及】爲界，以前組皆爲直接名詞賓語，後組均爲不定式
詞組故也。

19. 【至尊凱撒】*Augusti ... Caesaris*, 長老院爲屋大維上號"至尊" (Imperator Caesar Divi filius Augustus)，事在前27年元月十六(詳見 I 2, 50注)，詩中此稱遂爲次其撰作日期内證之一。據普利尼《博物志》XXV 2，法爾久嘗作《草藥論》，欲呈諸至尊。【繳獲】*tropaea*, 本指勝者繳獲所殲之敵兵器輜重，積聚成堆或懸於拱門懸於樹枝者，轉喻指勝利。

20. 【和】*et*, 二代一分述格(hendiadys)，於義當爲"新近於尼法托山脈的繳獲"。【尼法托山脈】*Niphaten*在亞美尼亞南部(斯特拉波《方輿志》XI, 522)，底格里斯河發源於此。名本希臘文，尼法即νιφάς，雪也，羅馬人視東北方爲寒帶，天寒地(山)凍，故稱爲【僵硬的】*rigidum*。維吉爾《農》III 30："addam urbes Asiae domitas pulsumque Niphaten / fidentemque fuga Parthum versisque sagittis ; / et duo rapta manu diverso ex hoste tropaea / bisque triumphatas utroque ab litore gentes." "我應加上已馴服的亞細亞城市，受過制的尼法山脈/和信賴奔逃中反射弓箭的帕提人，/還有親手自遠方的敵人剝奪的繳獲，/遠至河兩岸受降行凱旋式的民族。"

21. 中文【瑪代河】*Medum flumen*, 指幼發拉底河，H以代指安息國，參觀維吉爾《農》I 509："hinc movet Euphrates, illinc Germania bellum," "這裏幼發拉底河、那裏日耳曼尼亞興起戰爭"；II 170-72："et te, maxime Caesar, / qui nunc extremis Asiae iam victor in oris / imbellem avertis Romanis arcibus Indum." "還有你，最偉大的凱撒，/你如今已然是亞細亞地極的得勝者，/正把不尚武的身毒人自羅馬人的營寨擊退"；IV 560 f.："Caesar dum magnus ad altum / fulminat Euphraten bello," "同時大凱撒以征戰射霹靂於幼發拉底河深處"；普羅佩耳修 II 10, 13-14："iam negat Euphrates equitem post terga tueri / Parthorum et Crassos se tenuisse dolet," "如今幼發拉底河拒望安息騎兵/之項背，爲曾羈留克拉蘇父子而痛心疾首"。維吉爾詩作於本詩之前，上引諸處言及羅馬遠征東疆者，當爲本詩中類似字句出處。前53年克拉蘇東征兵敗遇害，羅馬人旦夕未忘復讎雪恥，故當日詩人屢作是語。前20年，至尊嗣子、日後繼之踐祚羅馬帝位之提貝留(Tiberius)經營羅馬東疆，

與帕提王弗老底四世(Phraates IV, 已見I 26, 5注)媾和，帕提人返克拉
蘇兵敗時所繳獲羅馬軍旗，學者(Heinze等)辨以此爲界，詩人前後言及
安息國，措辭有別：屬於前者如此處稱之爲瑪代河，屬於後者如IV 14,
46則逕稱爲底格里河："rapidus Tigris,""湍流的底格里河"；屬於前者
如此詩僅示其爲羅馬東疆，屬於後者如《書》I 12, 27言之則驕傲之情
溢於言表："Phraates / Caesaris accepit genibus minor,""弗老底/屈膝
甘拜凱撒下風"。以河川代指世居其服之民，別見奧維德《月》(Fasti)
I 341："tura nec Euphrates, nec miserat India costum,""幼發拉底河不
惜沉香，身毒不惜木香"；其民爲羅馬人征服，則曰(同卷285 f.)："pax
erat, et vestri, Germanice, causa triumphi, / tradiderat famulas iam tibi
Rhenus aquas,""職汝之勝，征日耳曼者，方有太平，/萊茵河繳上臣服
的河水。"【匯入】additum，以河水爲譬言加入羅馬人所征服諸民。

　　22.【變小的漩渦】minores ... vertices，【變小】minores者，已被
降伏也，言山水亦如其居民同爲羅馬人征服，維吉爾《埃》VIII 725 f.
有句相同："hic Lelegas Carasque sagittiferosque Gelonos / finxerat；
Euphrates ibat iam mollior unids,""在這兒他爲勒勒加人卡拉人和執弓
箭的戈洛尼人/劃界：幼發拉底河如今流淌時波濤要柔和些"。【所劃
的】praescriptum，即羅馬人爲東疆諸番邦種人所劃定居地，逾之將視
作侵邊，必受懲治。

　　23.【戈洛尼人】Gelonos，塞種人部落，世居頓河上游，希羅多
德IV 108嘗敘及，稱本爲希臘種，所操語言半爲希臘半爲塞種語。
至尊《碑》5, 51記頓河之服塞種人嘗遣使至羅馬媾和："nostram
am(icitiam petierunt) per legat(os) B(a)starn(ae Scythae)que et
Sarmatarum q(ui sunt citra flu)men Tanaim (et) ultra reg(es),""巴斯
塔與塞種及撒馬特人特使嘗來求與我和好，其人乃塔奈河[按即頓河]
以裏與以外諸王。"集中另見II 20, 19並III 4, 35 f.："visam pharetratos
Gelonos et Scythicum inviolatus amnem,""方能訪挎箭箙的戈洛尼人
和塞人之川，刀槍不入。"維吉爾亦數道及，見上引《埃》VIII 725 f.，
《農》II 114 f.："aspice et extremis domitum cultoribus orbem / Eoasque
domos Arabum pictosque Gelonos,""請看爲極遠的農夫所征服的地

域, /阿剌伯人的旦方之家, 還有文身的戈洛尼人"; 《農》III 461則將戈
洛尼人與忒拉基人(Bisaltae, 忒拉基人部落)相提並論。

24. 【狹窄】*exiguis*, 因其疆域爲羅馬人所限故。【跑馬】*equitare*,
塞種人以遊牧爲生, 擅騎術, 參觀I 2, 51及注。

{評點}:

H此篇同I 33贈哀歌詩人提布盧詩, 皆甚病哀歌詩人感傷逾度不
知節制。詩人言此, 非祇是勸慰友人應景語, 寔乃其天性如此, 係其心
聲也。此前所撰《對歌集》第十一、第十五首即已以己之置身度外對
比於癡情者之切切悲感, 15, 23–24: "heu heu, translatos alio maerebis
amores, / ast ego vicissim risero," "噫嘻噫嘻, 你將爲移情他人的愛而
悲慟, /我這裏卻將失笑"。集中涉情事者, 無論本人失戀抑或寬慰友
人, 皆能豁達乃至嘲謔, 故其不喜盛行當時之艷情哀歌, 實在情理之
中。本詩有別於集中他篇勸慰友人失戀之作者, 在於其人傷痛非因所
歡移情別戀或用情不一, 而係因所愛者夭亡。故而是篇非惟勸說癡情
者應當節制, 更爲弔唁慰藉, 古代詩學中所謂consolatio是也。

詩啟端二章以物理譬人事, 謂雨有止時, 雪有消日, 人亦不當哀慟
無止期; 其後二章先逕陳所譬之情, 再援古爲例, 全合慰藉文規矩; 此
前詩人既已明友人所不當爲者, 末二章則喻其所應事者: 棄感傷婉約
哀歌轉而操觚大書至尊鎭邊服遠之武功。

H是篇行文雖搖曳多姿, 讀來卻並無費解處, 然若置於集中與I 6、
II 12等婉謝詩並覽, 人則不免訝怪詩人何以於彼拒作史詩爲至尊等權
貴歌功頌德、於此卻勸人棄艷情哀歌、轉賦羅馬帝國之霸業宏圖。按
二處看似矛盾, 實則並無齟齬。I 6{評點}已明言, H雖拒爲亞基帕撰作
史詩, 然並未遽云祇寫宴飲歡情; 不過陳言史詩非其所長, 而豎琴詩
未宜長篇敘事耳。此篇中詩人勸友人棄哀歌、作史詩, 一則非欲親自操
觚, 二則亦從未以征伐建功不能入詩, 貽斧斤於大匠, 何樂不爲?

法爾久曾否回應以及如何回應H此篇勸誡, 今存文獻無徵, 未可臆
料。然至尊朝哀歌詩人非惟受同行如H者如此諷喻, 更屢爲至尊及其部
曲敦促, 棄輕艷浮靡, 頌帝業洪猷, 普羅佩耳修II 10自致其志, 稱從此

揖別爲贈其所歡鈞提婭(Cynthia)所賦惻艷情詩，將譜羅馬軍旅戰歌，
今與H此篇並覽，未始不可當作哀歌詩人回應H之箴規視之也：

> Sed tempus lustrare aliis Helicona choreis,
>> et campum Haemonio iam dare tempus equo.
> iam libet et fortis memorare ad proelia turmas
>> et Romana mei dicere castra ducis.
> quod si deficiant vires, audacia certe
>> laus erit : in magnis et voluisse sat est.
> aetas prima canat Veneres, extrema tumultus :
>> bella canam, quando scripta puella mea est,
> nunc volo subducto gravior procedere vultu,
>> nunc aliam citharam me mea Musa docet.
> surge, anime, ex humili ; iam, carmina, sumite vires ;
>> Pierides, magni nunc erit oris opus.
> iam negat Euphrates equitem post terga tueri
>> Parthorum et Crassos et tenuisse dolet :
> India quin, Auguste, tuo dat colla triumpho,
>> et domus intactae te tremit Arabiae ;
> et si qua extremis tellus se subtrahit oris,
>> sentiat illa tuas postmodo capta manus !
> haec ego castra sequar ; vates tua castra canendo
>> magnus ero : servent hunc mihi fata diem !
> at caput in magnis ubi non est tangere signis,
>> ponitur haec imos ante corona pedes ;
> sic nos nunc, inopes laudis conscendere culmen,
>> pauperibus sacris vilia tura damus.
> nondum etiam Ascraeos norunt mea carmina fontis,
>> sed modo Permessi flumine lavit Amor.

可今以別樣的舞隊[按：即有別於以往伴唱感傷哀歌者，代之以尚武昂揚者]環赫利孔山已是其時，/將練武場給予海茫的駿馬。/今讓我們敘述英勇的軍旅進軍戰鬪，/講述吾國統帥的羅馬人的營寨。/即使力有不逮，勇氣則定然/受襃獎：有偉大的意願已足矣。/讓少年歌詠情愛，餘生詠唱倥偬：/我要歌唱戰爭，在我的姑娘已被抒寫之後。/如今我要昂首更沉重地前行，/如今我的摩薩教我別樣的豎琴。/起來，我的心靈，自底下起來；今日唱歌時要使足力量；/匹埃里底，將有大言之功。/今日幼發拉底河拒望安息騎兵的項背，/爲曾羈留克拉蘇父子而痛：/身毒何不，至尊哪，延頸就你的凱旋式，/未曾遭觸摸的阿剌伯的官殿因你戰栗；/若土地縮至地極，/其所持亦將感到你的雙手！/讓我跟隨你的營帳；我將以歌詠你的營帳/作你的巫史：願命運留我到那一天！/可那些大像的頭不可觸及，/這葉冠就被放在最下面的脚前；/吾輩如今無力以讚美登上那詩歌，/我們就把廉價的乳香供給貧兒的祭祀。/我的歌尚不認識阿斯克萊之泉，/而祇是愛神在別耳墨西河中沐浴。

{傳承}：

H此篇頗受後世詩人青睞，或譯或倣。法蘭西文藝復興時詩人墨蘭·的·聖熱萊(Melin de Saint-Gelais，約1491–1558年)妬賢嫉能，貶後輩詩人龍沙耳等昴星團社詩人(或譯七星詩社)於國君法王亨利二世之前以自高，遂生隙焉。繼而向龍沙耳致歉以釋舊嫌，後者賦詩(《讚歌集》卷四第二十五首)以應之。其篇發端以toujours ne，"並非總是"排比，云風雨冰雪皆有停歇消釋時，人亦不當積怒於心，不肯消解，取意全襲H此篇首章：

Tousiours ne tempeste enragée

　　Contre ses bords la mer Egée,

　　Et tousiours l'orage cruel

　　Des vents, comme un foudre ne gronde,

Elochant la voûte du monde

　　D'un soufflement continuel.

Tousiours l'hiver de neiges blanches

　　Des pins n'enfarine les branches,

　　Et du haut Apennin tousiours

　　La gresle le dos ne martelle,

　　Et tousiours la glace eternelle

　　Des fleuves ne bride le cours.

Tousiours ne durent orgueilleuses

　　Les Pyramides sourcilleuses

　　Contre la faulx du Temps veinqueur :

　　Aussi ne doit l'ire felonne,

　　Qui de son fiel nous empoisonne,

　　Durer tousiours dedans un cœur.

…　…

　　愛琴海並不一直/狂怒衝擊其海岸，/烈風並不像/咆哮的霹靂那樣/動搖世界的穹頂一直在不停地吹。/　冬天並不一直用/皚皚白雪灑白松枝，/冰雹并不一直/敲擊亞平寧之背，/河川也不一直/因永久的冰斷流。/　威嚴的金字塔/面對時間的長鐮，這征服者，/不會一直傲慢：/背誓的忿怒/其苦汁毒化了我們，/也不應一直存在我們心中。……

{比較}：

一、哭喪不宜久

　　《禮記·檀弓上》：“曾子曰：朋友之墓，有宿草而不哭焉。”鄭玄《注》曰：“宿草，謂陳根也。……於朋友，期可。”孔穎達《正義》疏鄭《注》曰：“宿草，陳根也。草經一年，陳，根陳也。朋友相爲哭一期，草根陳，乃不哭也。所以然者，朋友雖無親，而有同道之恩。言朋友期而猶哭者,非謂在家立哭位,以終期年。張敷云:'謂於一成之內,如聞朋友之喪,或經過朋友之墓及事故,須哭。如此則哭焉;若期之外,則不哭也。"《十三經》,頁二七六一。可知中國古時哭朋友之喪不應逾週年(耉)。其後陸機遙弔先其誕生近五十年之魏武帝,設客問暗援《禮記》以質疑其哀慟矯情過當,主客問答論悲慟長短之所宜,非特文采綺密,作者引以自辯之由亦頗足與H此詩及他篇言生死之詩比讀。《弔魏武帝文序》(《文選》卷六十)曰:

> 　　元康八年,機始以臺郎出補著作,遊乎祕閣,而見魏武帝遺令,愾然嘆息傷懷者久之。客曰:"夫始終者,萬物之大歸;死生者,性命之區域。是以臨喪殯而後悲,覩陳根而絕哭。今乃傷心百年之際,興哀無情之地,意者無乃知哀之可有,而未識情之可無乎?"
>
> 　　機答之曰:夫日蝕由乎交分,山崩起於朽壞,亦云數而已矣。然百姓怪焉者,豈不以資高明之質,而不免卑濁之累;居常安之勢,而終嬰傾離之患故乎?夫以迴天倒日之力,而不能振形骸之內;濟世夷難之智,而受困魏闕之下。已而格乎上下者,藏於區區之木;光于四表者,翳乎蕞爾之土。雄心摧於弱情,壯圖終於哀志,長筭屈於短日,遠跡頓於促路。嗚呼!豈特瞖史之異闕景,黔黎之怔顇岸乎?

二、慰唁詩

唐人賦詩慰唁友人喪所歡,知名殆無過溫庭筠《和友人傷歌姬》,以與H是篇相比較,頗可見二者優劣:

> 月缺花殘莫愴然,花須終發月終圓。
> 更能何事銷芳念?亦有穠華委逝川。
> 一曲《豔歌》留婉轉,九原春草妬嬋娟。
> 王孫莫學多情客,自古多情損少年。

　　溫詩以物理喻人事以慰友人痛失所歡，雖所采意象各異，造端與H詩差同。然與H詩上二章相比，溫詩取譬流於泛泛，音響流利難掩詞語意象陳濫，不若H詩譬喻意象皆具體詳盡。H詩首章以羅馬帝國邊疆景物(NH："Eastern geography," p.137)豫攝末二章所敍至尊徇師亞美尼亞瑪代等地，前後呼應，全篇讀來渾然一體，中間則婉轉恣肆，先引物理，再徵史例，最後筆鋒一轉，以時勢諷友人不當沉溺於兒女私情，勸其改弦更張，雖爲慰唁詩，然辭豐意廣。溫詩喻友人用情不可過深，以此意貫穿全篇，殊覺單薄。

✝

贈利基紐・穆勒納曉以中庸之道
AD LICINIVM MVRENAM,
OPTIMVM ESSE MEDIVM VITAE STATVM

利基紐，你若不因害怕風暴而取道極端，既不遠航到深海也不太貼近多礁的海岸，定能行得更正。遵循中庸之道者窮可免入齷齪，達可脫遭嫉恨。木秀於林，風必摧之，樓廈愈高，傾圮時便愈重，雷電霹靂唯最高峰是擊。人於境遇變換須有預備，無論身處逆境順境，須知境遇翻轉如四季交替，今日運塞，未必將來如此，阿波羅亦會剛柔相濟。艱危氣當益增，順風過強則宜收帆。

{格律}：

薩福體(Sapphicum)。

{繫年}：

推斷爲前23年後半年，詳見行1注。

{斠勘記}：

6. obsoleti（ops- A a λ' obps- B）Ξ $^{(\mathrm{acc.}\lambda'\,R2)}$ σχΑΓ obsoletis Ψ 案後者乃複數奪格，如此則以謂sordibus，贅且於義未安。

9. saepius] saevius *Isidorus Hispalensis?*（約560–636年） 案異讀義爲更猛烈，亦通。

18. cithara Ξ $^{(\mathrm{acc.}\lambda'\,R)}$ cithar(a)e Ψ 案係異體字。

{箋注}：

　　1.【利基紐】*Licini*，古鈔本(ψ)或題爲Ad Licinium Murenam, H時代同名者顯要莫過梅克納妻弟。梅克納妻名特倫夏(Terentia，參觀II 12, 14注)，然此利基紐並非其嫡親弟，因過繼與特倫夏父特倫修・法羅(A. Terentius Varro)而與其嫡女序爲姊弟。利基紐病瘻纍背，爲人褊燥生硬，蓋因其身殘使然，丢氏《羅馬史》XL 3載其於至尊素懷觖望，嘗出言不遜，當衆忤之；後因豫凱庇歐(Fannius Caepio)謀逆案，事敗亡命，中塗被戮。其人見於古籍名稱不一，丢氏作Licinius Murena，費留(Velleius Paterculus)《羅馬史提要》(*Historiae Romanae*)作L. Murena，斯特拉波作Terentius Varro，塞内加與塔西佗作Varro，隋東尼作Varro Murena。舊題逕以Licinius爲Licinius Murena是否有據，並無確證，其說出自古文法學家，或以爲係猜料之言。此篇以外，H《雜》I 5, 38云某Murena開筵享客於佛米埃(Formiae)，集中II 2, 5 ff.贊梅克納内兄普羅庫留(Procleius)待Scipio及Murena友于之情(見該注)，III 19所贈Murena，學者皆斷爲一人。又據斯特拉波(XIV 5, 4)，小亞細亞人雅典奈歐(Athenaeus)乃逍遙派哲人，依附利基紐，後者謀反事敗亡命與偕焉，尋一同受擒。本篇勸喻主旨爲逍遙派所倡中庸之道，學者以爲洵非偶然，蓋利氏雖與逍遙派哲人遊，然舉措頗乖其說，故詩人有此一番說教。又據今存首神廟平章年表(*Fasti consulares*，殘碑銘文輯錄《首神廟殘篇》(*Fragmenta quae dicuntur Capitolini*)暨《殘篇補編》(*Cetera quae supersunt fragmenta*)，見《拉丁碑銘總彙》(*CIL* 1, p.441)，前23年初，法羅・穆勒納(Varro Murena)辟平章，尋由皮叟(Calpurnius Piso)代爲攝政。穆氏緣何未終其任期即遭替換，今存文獻無徵。假設由謀反事敗遭黜，則與丢氏所記密謀事發於前二十二年不合，Syndikus云(p.397)苟如其然，現任平章謀反元首，事敗被劾，事關重大，史竟失載，於理欠通，所言甚是。或推斷其遜平章位非由密謀事發，事當在此前一年，似更合理。然《年表》所載平章Murena與梅克納内弟是否爲一人，終無定論；如非一人，則遜平章位與謀反事無與；如係一人，則如Syndikus所云，此詩斷無作於利基紐既已謀敗身亡之理，故應屬於其遜平章位之後、謀反之前，即前二十三年後半年某時。【更正直】*rectius*, 參觀《書》

I 6, 29: "vis recte vivere," "你欲正直生活"; 16, 17: "tu recte vivis, si curas esse quod audis," "你將正直生活，若你努力踐行你所聞者。"此處暗以航船爲譬，詳見下注。Heinze: 正直生活如謂εὐδαιμονεῖν，發達順利; "更"者非謂較今而言，而云若從此誠，則較不從爲有利。

2–4. 全自航海取譬，海船爲避颶風或遠入深海或貼岸而行，詩人謂取此二海道皆係取極端，不若行正道。集中以航海喻人生尚有 I 34, 3, III 2, 28 f.: "fragilemque mecum / solvat phaselon," "或共我解纜/易碎的扁舟"; 以及《書》II 2, 202: "non agimur tumidis velis Aquilone secundo," "我們不爲順向的朔風所脹滿的帆驅動"。此外參觀《英華》X 102洛琉・巴索(Lollios Bassos)箴銘詩，此人少於H，其作取譬全襲H此篇:

> μήτε με χείματι πόντος ἄγοι θρασύς, οὐδὲ γαλήνης
> 　ἀργῆς ἠσπασάμην τὴν πάλι νηνεμίην.
> αἱ μεσότητες ἄρισται· ὅπῃ δέ τε πρήξιες ἀνδρῶν,
> 　καὶ πάλι μέτρον ἐγὼ τἄρκιον ἠσπασάμην.
> τοῦτ' ἀγάπα, φίλε Λάμπι, κακὰς δ' ἔχθαιρε θυέλλας·
> 　εἰσὶ τινὲς πρηεῖς καὶ βιότου Ζέφυροι.

> 　願張狂的海莫將我帶入風暴，我也不要/歡迎返還的不驚靜海的安祥。/中庸方爲至善; 人類行事悉應如是，/而我要歡迎此可靠衡量。/喜愛它吧，親愛的; 蘭匹，憎惡邪惡的颶風吧; /生活也有溫和的煦風。

以貿然離陸、擅入深海爲譬，參觀西塞羅《圖斯坎辯論集》IV 42: "ipsaque sibi imbecillitas indulget in altumque provehitur imprudens," "自縱其軟弱，盲目航至深海。"《論演說家》(*De oratore*) III 145以喻演說偏離所論題目: "quo cum ingressus esses, repente te quasi quidam aestus ingeni tui procul a terra abripuit atque in altum a conspectu paene omnium abstraxit," "你向其而行時，汝之才情彷彿生

激浪捲挾汝遠離陸地直入深海，幾乎出於所有人視線之外。"

2. 【逼近】*urguendo*, 參觀II 2, 9及注。用字暗含縱膽冒險義，反對下行【壓迫】*premendo*.

3. 【颶風】*procellas*, 以風暴喻國事。【觳觫】*horrescis*, NH以爲暗含風吹糧田凌亂貌。

4. 【參差】*iniquum*, 希臘海岸多礁石。

5. 【中庸】*mediocritas*, 西洋哲人自亞里士多德以降皆以爲不偏不倚、不虧不盈爲修德之佳境，亞里士多德乃逍遙派祖師，其所著《尼古馬喀傳倫理學》1106a 27論中庸之道曰: λέγω δὲ τοῦ μὲν πράγματος μέσον τὸ ἴσον ἀπέχον ἀφ' ἑκατέρου τῶν ἄκρων, ὅπερ ἐστὶν ἕν καὶ τὸ αὐτὸ πᾶσιν, πρὸς ἡμᾶς δὲ ὅ μήτε πλεονάζει μήτε ἐλλείπει· "我所謂事物之中庸者(πράγματος μέσος), 即遠離兩極，於人人皆同，於己則不過多亦不過少"。西塞羅《論職任》(*De officiis*)I 89發明亞氏之說曰: "numquam enim iratus qui accedet ad poenam mediocritatem illam tenebit, quae est inter nimium et parum, quae placet Peripateticis," "蓋盛怒之人施罰，未有能秉持中庸之道者，如逍遙派所樂爲，在過與不及之間居中"。中庸之說非僅出自哲人之口，詩人亦多道之，赫西俄德《工與日》695: μέτρα φυλάσσεσθαι· καιρὸς δ' ἐπὶ πᾶσιν ἄριστος, "持物有度，萬事適度最佳"; 品達《匹》11, 52 f.: τῶν γὰρ ἀνὰ πόλιν εὑρίσκων τὰ μέσα μακροτέρῳ / {σὺν} ὄλβῳ τεθαλότα μέμφομ' αἶσαν τυραννίδων: "因爲我發見城邦中居中者興旺享福/更久，便歸咎於專政的命定"; 《英華》X 51帕拉達(Palladas)箴銘體詩申品達詩意曰: ἀλλά τις εἴην / μήτ' ἄγαν εὐδαίμων, μήτ' ἐλεεινὸς ἐγώ. / ἡ μεσότης γὰρ ἄριστον, ἐπεὶ τὰ μὲν ἄκρα πέφυκεν / κινδύνους ἐπάγειν, ἔσχατα δ' ὕβριν ἔχει. "然願我不過幸福，亦不過可憫，/因爲中庸最好，至高可致危，最低則罹辱。"中庸之道爲H詩中常談，本篇以外，尚有《雜》I 1, 106 f. "est modus in rebus, sunt certi denique fines, / quos ultra citraque nequit consistere rectum," "事物中有限度，最終存在確定的界限，/逾越或不及皆不能守正"; 《書》I 18, 9: "virtus est medium vitiorum et utrimque reductum," "賢德爲惡習之中庸，於兩邊皆有削減"。言【黄金的中庸】實

爲利鈍格(oxymoron)，乃以庸常爲至貴也。

6.【安全】*tutus*，Bentley主其應與定語從句中動詞*diligit*【致力於尋求】並讀，然未出注，蓋解詩句義謂"爲求安全而修行云云"，於義未安。近代學者多主從其後動詞*caret*【免遭】讀。Heinze辨之曰：*tutus*係*diligit*之果，非其因也。今按亦非其目的也，故Bentley句讀欠通，中譯從Heinze等。【黃金】*auream*，西語以黃金譬最佳最勝義，所從來遠矣，柏拉圖《律法》(*Nomoi*)I 645a: δ' εἶναι τὴν τοῦ λογισμοῦ ἀγωγὴν χρυσῆν καὶ ἱεράν，"此[即生活中成爲主導力之感受][人心中]算計之嚮導爲黃金爲神聖"。現代漢語貸詞如黃金分割律等造語義式皆同，此處喻中庸之道爲最佳，前引巴索(Bassos)詩逕譯爲αἱ μεσότητες ἄρισται 是也，見上行2–4注引文。集中參觀IV 2, 22 f.曰風姿閃耀金光："moresque aureos."世人皆求(*diligit*)黃金，詩人則誨人求中庸如求黃金。【弊屋】*obsolti ... tecti* 與【宮廈】*aula*爲兩極，意謂既不至受窮，亦不至豪富遭人嫉恨，*invidenda*，即【爲他人覬覦】。參觀塞內加《致盧基留書》14, 10："difficile enim temperamentum est, verendumque, ne in contemptu nos invidiae timor transferat ne dum calcare nolumus, videamur posse calcari." "蓋恰如其分實屬不易，當戒毋因懼怕他人妬忌而反落於受人鄙視，以免因不欲踐踏他人而被當做可被人踐踏。"集中參觀III 1, 45 f.: "cur invidendis postibus et novo sublime ritu moliar atrium ?" "我爲何要蓋有招人嫉妬的廊柱、式樣新穎的高深庭院？"

7.【清醒】*sobrius*，意謂不因得福而迷失理智，反之則如I 37, 11 f.: "fortunaque dulci ebria," "爲甘美的機運醒醉"。

9–12. "木秀於林，風必摧之；堆出於岸，流必湍之；行高於人，衆必非之"(《文選》卷五十三李康《運命論》)，古今中外皆以爲譬，喻人權高勢重富貴榮華則易遭險厄。滿招損，謙受益(《書‧大禹謨》)，此理中土泰西古人所共識，希羅多德《史記》VII 10 e 云: ὁρᾷς τὰ ὑπερέχοντα ζῷα ὡς κεραυνοῖ ὁ θεὸς οὐδὲ ἐᾷ φαντάζεσθαι, τὰ δὲ σμικρὰ οὐδέν μιν κνίζει· ὁρᾷς δὲ ὡς ἐς οἰκήματα τὰ μέγιστα αἰεὶ καὶ δένδρεα τὰ τοιαῦτα ἀποσκήπτει τὰ βέλεα· φιλέει γὰρ ὁ θεὸς τὰ ὑπερέχοντα πάντα κολούειν. "你看那些人上人，神如何忍受不了他們這樣炫

耀以雷電擊打他們，而渺小者惹不上他：你看他如何總是以霹靂投擲最高大的屋廈樹木：因爲神喜愛把超越於一切之上的壓低。”希羅多德之後，此說遂爲修辭家詩人常談，佚名悲劇殘篇（*Fragmenta adespota*）547云：οὐδ᾽ ἀσφαλὲς πᾶν ὕψος ἐν θνητῷ γένει· ... ἡ δὲ μεσότης ἐν πᾶσιν ἀσφαλεστέρα ... πρὸς γὰρ τὸ λαμπρὸν ὁ φθόνος βιάζεται· “人類中高於一切者並非不會崩壞；……在萬事中執中方更能不敗……惡意制約顯赫者”。H前盧克萊修《物性論》V [1131] f.：“invidia quoniam, ceu fulmine, summa vaporant / plerumque et quae sunt aliis magis edita cumque,” “因爲嫉妬如閃電焦灼很多/峰巔，以及無論哪些升高超過其他的。”維吉爾《農》III 37稱嫉妬爲不幸：“invidia infelix,” 蓋兼有主動與被動二義，然偏義在於能致人不幸也。H之後參觀奧維德《藥》（*Remedia amoris*）369 f.：“summa petit livor : perflant altissima venti ; / summa petunt dextra fulmina missa Iovis.”“峰杪招妬：風吹至高者；/峰杪招猶父之手所發霹靂。”

9.【更常】*saepius*，文藝復興時期學者Isidorus稱嘗見古本作saevius，更烈，Shackleton Bailey、West皆善此讀，以爲喬木強幹，不易爲風所動，如竟遭動搖，則其風必烈。其義雖善，然孤說無憑，故仍從古本。

10.【傾圮】*casu*【傾倒】*decidunt*，二字同源，皆本動詞cadere，前者爲其過去分詞形式，後者加前綴de-，故此處屬語源修辭格（figura etymologica），中譯以傾字組詞倣傚。

11.【電光】*fulgura*，即霹靂（fulmina）。

13–14. 參觀II 3, 1–2注引西塞羅《論職責》1, 90語，又參稽老塞內加《決疑錄》（*Suasoriae*）6, 24轉述波里歐（Asinius Pollio）論西塞羅語：“utinam moderatius secundas res et fortius adversas ferre potuisset ! namque utraeque cum evenerant ei, mutari eas non posse rebatur.”“要是他處順境能更節制，處逆境能更勇敢多好！因爲二者當其來也，人皆以爲不可更變。”

14.【運命的變換】*alteram sortem*，直譯：別樣的運命，即順境變厄運、逆境變順境，然二者偏義指厄運。

15.【失形的】直譯*informis*，意謂冬季草木凋零，或亦因白雪覆蓋，故萬物失色失形，字轉義爲醜陋，略如deformis，畸形、隱形，羅馬詩人以言寒冬肅殺，參觀小塞內加(L. Annaeus Seneca iunior)諷刺小說《神聖革老底葫蘆變》(*Apocolocyntosis*)2: "et deformis hiems gratos carpebat honores divitis autumni," "而隱形的冬季驅散富饒秋季的喜人榮耀"；猶文納利《雜事詩》4, 58 f.: "deformis hiems praedamque recentem servabat," "隱形的冬天保存新近的獵物"。【帶迴】*reducit*之*re-* "迴"謂四季更替周而復始。

16.【同樣會】*idem*云云，直譯當作: 他會將這同一箇[指冬天]帶走。

17.【驅散】*submovet*，原文常以謂執梃(lictor)以梃驅衆爲平章等官員蹕道，此處暗以爲喻。【並非】*non si* … 云云，承前四章泛論以啟本章所舉例證: 摩薩、阿波羅。

18–20. 阿波羅主音樂，豎琴以外，執弓亦是其法相，荷馬《阿波羅頌》(*hymnos eis Apollona*) 131: εἴη μοι κίθαρίς τε φίλη καὶ καμπύλα τόξα, "豎琴和彎弓爲我親愛"；薩福殘篇44, 33: Πάον' ὀνκαλέοντες ἑκάβολον εὐλύραν, "他們呼喚帕昂[即阿波羅]那箭無虛發的、擅長豎琴的"。

19.【摩薩】*Musam*，按諸印本或大寫爲詩神，或如Heinze作小寫逕指音樂或歌詩。以動詞*suscitat*【驚醒】謂*Musa*，實以其擬人也，故從Klingner原文大寫、中文音譯爲宜。然詩中實謂其職司，即音樂也，屬德指格(metonymia)子項以神之名謂其所主之事者，見Lausberg § 568, 1 b。H此語當本品達《涅》10, 22: ἀλλ' ὅμως εὔχορδον ἔγειρε λύραν, "驚醒張好的豎琴"。後世詩人如英格蘭人古雷(Thomas Gray)捃撦此語，所賦《詩之進程》自稱品達式讚歌(*The Progress of Poesy, A Pindaric Ode*)，啟端即曰: "Awake, Aeolian lyre, awake, / And give to rapture all thy trembling strings," "醒來，埃奧利豎琴，醒來，/把你所有顫動的絃交給狂喜"。言【驚醒】*suscitat*者，此前運交華蓋，或戎馬倥傯(即後半句阿波羅張弓意)，未遑得暇弄樂吟詩，今後或將時來運轉，故能【時時】*quandam*——依詞法形容詞修飾*Musam*，語意則如副詞

interdum——賦閒作樂也。

21. 卒章呼應首章，【仄境】*rebus angustis* 如言窘境，III 2, 1以謂貧困："angustam amice pauperiem pati," "安然忍受緊迫的貧困"。然原文*angustus*義本爲狹仄，故應上蒙篇首航海譬喻以足其意，曰航道逼仄也。【顯】*adpare*, 參觀塞內加《書》66, 36論善有主次，"其次者"："quaedam secunda [bona], quae non apparent nisi in rebus adversis, tamquam aequo animo pati morbum magnum, exilium." "非處逆境不得顯露，例如以平常心忍受沈疴、流放等。"彼得隆紐《撒堤記》61引俗諺曰："in angustiis amici apparent," "仄境顯交情"，調侃與情敵狹路相逢，以仄字雙關窘境與狹路也。

22.【明智】*sapienter*, 參觀《書》I 10, 44："laetus sorte tua vives sapienter," "喜樂於汝之命運，則會明智地生活"。

23.【收捲】*contrahes*云云呼應首章航海譬喻。收帆殆爲共和晚期拉丁成語，西塞羅《致阿提古書信集》(*Epistulae ad Atticum*) I 16, 2曰："contraxi vela perspiciens inopiam iudicum," "見士師未定，吾遂收帆"。

{評點}：

H是作勸人行事中庸，勿偏勿倚。全詩六章均分爲前後二部，前部勸利基紐恪守中庸之道，後部箴之以平常心善待運命變換，境塞既不氣餒，運通亦毋張揚。全篇以航海譬喻相始終，佈局謀篇雖可分爲兩部，詩意仍貫穿如一。

詩人屢申處世應循中庸之道，集中II 3全篇闡發此意，此說亦是同代詩人常談。然西洋詩歌近代以來貴天才、忌平庸，不以偏激爲病，故H標榜中庸之道，近代或遭貶損，然如Syndikus所申(p.391)，希臘羅馬古人非惟以中庸之道不偏不倚爲接人待物所奉之圭臬，亦以爲一切風雅文藝之止境，人罕可至，洵不易達，中庸非同平庸，故貴之如黃金。

{傳承}：

英國詩人何里克詩《鄉居贈兄》(*A Country life: To his Brother, M. Tho: Herrick*)篇末(129–140)闡發中庸之道，意應本此：

Nor art thou so close-handed, but can'st spend

(Counsell concurring with the end)

As well as spare: still conning o'r this Theame,

To shun the first, and last extreame.

Ordaining that thy small stock find no breach,

Or to exceed thy Thether's reach:

But to live round, and close, and wisely true

To thine owne selfe; and knowne to few.

Thus let thy Rurall Sanctuary be

Elizium to thy wife and thee;

There to disport your selves with golden measure:

For seldome use commends the pleasure.

　　你也並非一毛不拔, 而是可以花錢/(策謀與目的相合)/也可以省錢; 還在苦思這一題目, /既迴避前一、也迴避後一極端。/計劃好讓你的小股資產不破損, /也不要超出你繩索的所延; 而是周圓地生活, 又緊密, 明智地忠實於/你自己, 並爲幾人所知。/就這樣讓你的鄉間聖殿/成爲你和妻子的福地樂園: /在那裏遵守黃金的節度: /因爲少用才生快樂。

此詩有考珀(William Cowper)譯文:

Receive, dear friend, the truths I teach,

So shalt thou live beyond the reach

　　Of adverse Fortune's pow'r;

Not always tempt the distant deep,

Nor always timorously creep

　　Along the treach'rous shore.

He, that holds fast the golden mean,

And lives contentedly between
　The little and the great,
Feels not the wants that pinch the poor,
Nor plaques that haunt the rich man's door,
　　Imbitt'ring all his state.

The tallest pines feel most the pow'r
Of wintry blasts; the loftiest tow'r
　Comes heaviest to the ground;
The bolts, that spare the mountain's side,
His cloud-capt eminence divide,
　And spread the ruin round.

The well-inform'd philosopher
Rejoices with an wholesome fear,
　And hopes, in spite of pain;
If winter bellow from the north,
Soon the sweet spring comes dancing forth,
　And nature laughs again.

What if thine heav'n be overcast,
The dark appearance will not last;
　Expect a brighter sky;
The God that strings the silver bow
Awakes sometimes the muses too,
　And lays his arrows by.

If hindrances obstruct thy way,
Thy magnanimity display,
　And let thy strength be seen;

But oh! if Fortune fill thy sail

With more than a propitious gale,

    Take half thy canvass in.

接受我教誨的眞理吧，／那你就能生活於／舛逆的機運的淫威之外；／別總驗試深遠的海，／也別總沿着／兇險的海岸蜿蜒。／能執黃金的中庸之道者，／在多與少的中間／自滿自足地生活，／就不會感受貧窮的擠壓，／或感染光顧財主門扉的那種瘟疫，／毒化他的產業。／最高的松樹最能感覺／朔風的威力；最高的大廈／傾圮於地就最沉重；／霹靂饒過山側，／劈裂它雲霧籠罩的峰巔，／四處崩裂。多知的哲人／喜不忘憂，／痛不絕望；朔風呼嘯，／陽春就將雀躍而來，／自然將重新歡笑。／你天空若陰霾，／其晦暗將不久；／晴空將至；／張銀弓的神／有時也會叫醒詩神，／棄箭一旁。／你如遇阻礙，／請顯出你的胸懷，／展示你的力量；／可是，哦！若是機運以順風／脹滿了你的船帆，／就請半捲你的帆布。

考珀既翻譯其文，復賦一短章，貶斥H詩中所申之說，強辯基督教義遠勝異教世俗道德，以爲H勸人以中庸之道、明哲保身之誡，實爲庸人短見、懦夫遁詞，遠遜基督教所訓爲道殉身之大智大勇：

A REFLECTION ON THE FOREGOING ODE

And is this all? Can reason do no more

Than bid me shun the deep and dread the shore?

Sweet moralist! afloat on life's rough sea,

The Christian has an art unknown to thee:

He holds no parley with unmanly fears;

Where duty bids, he confidently steers,

Faces a thousand dangers at her call,

And, trusting in his God, surmounts them all.

　　此即爲全部? 理性除令我/避開深淵懼怕海岸更無他用? /甜言蜜語的道德家! 漂浮於生命的海上, /基督徒有一種藝術爲你所不知: /他不與沒有男子氣概的恐懼廢話; /義務所命, 其舟攸往, 充滿信心; /她所召喚處雖有千難萬險, /祇要信賴上帝,他就越過它們全部。

十一

贈希平人崑修喻人生幾何
AD QVINTIVM HIRPINVM

　　崑修，無須爲好戰坎塔布人及與汝相隔亞底亞海之塞種人憂心忡忡，亦不必爲生活所需而焦慮：吾輩一生所需有限。青春易逝紅顏易老，枯槁之老年行將驅散情愛與輕鬆睡眠。春華不常在，月亦不永圓，人生不滿百，何懷千歲憂？細推物理，胡不隨意臥於此高大懸鈴木下或彼松之下，趁年歲尚宜，頭戴玫瑰花冠、膏以東方甘松油，暢懷縱飲，以酒消愁？僮僕中倩誰取泉水爲我沖淡法棱葡萄烈酒？倩誰喚倡女呂德來侍筵？疾去疾去，延那梳斯巴達式簡樸髮髻之樂優攜牙琴前來侑酒！

{格律}：

　　阿爾凱式（Alcaium）。

{繫年}：

　　約前25年。

{斠勘記}：

　　1. et] aut γ卷本音律解

　　2. Quincti A R Quinctium R　Quinte B Quinti *cett. Pph.* σχΓ

　　3. obiecto] obiecta *Victorinus* 案所領名詞Hadria爲陽性，故陰性被動分詞objecta訛。

16. Assyria *Ξ Ψ Pph.* Assyrio B　案nardum爲中性名詞，專謂甘松油，nardus乃陰性名詞，謂其樹，詩人以樹代其所產之油膏，故Assyria不誤。

24. comam *Ψ* comae *Ξ* $^{(acc. λ'1)}$　comas a(?) Q R σχΓ　案第二爲屬格，第三爲複數賓格。

{箋注}：

1.【坎塔布人】*Cantaber*，坎塔布里亞(Cantabria)位於伊比利亞半島北邊，瀕大西洋岸(參觀II 6, 3注)，第二次布匿戰爭時，其地土著嘗豫焉，迦太基人引以爲援，自此常自鬻爲僱傭軍，羅馬帝政以來屢肇邊釁，前29、26/25、24年凡三度構亂，其中前26年亂起，至尊嘗親征，故詩人稱之曰【好戰】*bellicosus*，洵非詩家虛言。【塞種人】*Scythes*已見I 19, 10注，言其桀驁好戰爲羅馬人勍敵，集中屢見。

2.【希平人崑修】*Hirpinus Quinctius*，依羅馬人名常例應作Quinctius Hirpinus，其中*Hirpinus*古今注家胥以爲其氏(cognomen)。*Hirpinus*，古民族名Hirpini：希平人，以氏置於名前，爲其字義尚關乎所稱之人，非如他人之氏多僅爲區別族內支脈而已，故此處意譯，參觀II 2, 3及注。H詩中此外參觀《書》I 2, 1: "Maxime Lolli," "至偉勞留，"顛倒其名P. Lollius Maximus中姓Lollius與氏Maximus. 詩人此處特標其氏之本義者，希平人(Hirpini)世居撒母紐(Samnium)，其地位於意大利半島中部、羅馬以東，瀕臨亞底亞海，與達爾馬(Dalmatia，今阿爾巴尼亞)隔海相望。然達爾馬並非塞種人地，塞種人世居中亞，與撒母紐相隔何止亞底亞海！詩人殆欲以地處西疆之坎塔布人對東疆之塞種人，故不遑細究方輿詳情而泛言之。本篇之外，《書》I 16致某崑修，論者多信爲同一人，其人生平此外無攷。

2–3.【有……隔絕】*divisus* …，僅謂塞種人；坎塔布人在意大利以西，中有阿爾卑山與比利牛斯山相隔，不可言隔以意大利半島以東之亞底亞海，故所謂【隔絕】僅謂羅馬東疆。原文此語爲後置修飾語，與所修飾名詞*Scythes*【塞種人】中隔動詞*cogitet*【策劃】，中文爲求明瞭，置諸括號之中。

4–5.【寡求】*poscentis ... pauca*, 意近莊子所謂"鷦鷯巢於深林，不過一枝；鼴鼠飲河，不過滿腹。"謂人貫其一生(*aevum*)所需其實有限，故勿爲生活【用度】*usum*汲汲以求。塞內加《致盧基留書》15, 9 引廊柱派哲人語云："stulta vita ingrata est et trepida : tota in futurum fertur,""愚夫之生不知感恩唯有焦慮，一直奔嚮將來。"H《書》I, 16, 65 f.: "nam qui cupiet, metuet quoque ; porro / qui metuens vivet, liber mihi non erit umquam.""因爲貪求者亦多懼，吾以/生活於恐懼者永不得自由。"

5–6. 辭格用**無連詞釋因**(**asyndeton explicativum**)，以明前語之因，讀者應於【苗條的】之前補連詞nam等原因連詞，"因爲"。【苗條】*levis*, Kießling解作imberbis，無鬚，恐過泥，如Heinze駁正曰，應指男子少年時身輕體盈貌，膚質光滑貌。【青春】*iuventas*【容顏】*decor* 啟後及時行樂語。忒奧格尼(Theognis)《短長格詩集》1131 f.: ἀλλ' ἥβην ἐρατὴν ὀλοφύρομαι, ἥ μ' ἐπιλείπει, κλαίω δ' ἀργαλέον γῆρας ἐπερχόμενον. "可是可愛的青春我哀嘆，它在離我而去，我爲到來的老年而悲慟。"

6.【反向奔逃】*fugit retro*, 意謂去日不可追, Kießling：順向逃逸人或可追，反向則斷不可及。Heinze: 暗以戰場爲譬，青春敗北於老年，故而奔逃。

7–8. 歐里庇得殘篇23, 1: ἀλλ' ἢ τὸ γῆρας τὴν Κύπριν χαίρειν ἐᾷ, "可是老年禁示好情愛"。柏拉圖《城邦》329 a-b:

> πολλάκις γὰρ συνερχόμεθά τινες εἰς ταὐτὸν
> παραπλησίαν ἡλικίαν ἔχοντες, διασῴζοντες τὴν παλαιὰν
> παροιμίαν· οἱ οὖν πλεῖστοι ἡμῶν ὀλοφύρονται συνιόντες,
> τὰς ἐν τῇ νεότητι ἡδονὰς ποθοῦντες καὶ ἀναμιμνησκόμενοι
> περί τε τἀφροδίσια καὶ περὶ πότους τε καὶ εὐωχίας καὶ
> ἄλλ' ἄττα ἃ τῶν τοιούτων ἔχεται, καὶ ἀγανακτοῦσιν
> ὡς μεγάλων τινῶν ἀπεστερημένοι καὶ τότε μὲν εὖ
> ζῶντες, νῦν δὲ οὐδὲ ζῶντες. ἔνιοι δὲ καὶ τὰς τῶν οἰκείων

προπηλακίσεις τοῦ γήρως ὀδύρονται, καὶ ἐπὶ τούτῳ δὴ τὸ γῆρας ὑμνοῦσιν ὅσων κακῶν σφίσιν αἴτιον.

因爲常常我們年齡相同的來到一處，證明了那句舊格言：同類相聚。其實我們在一起時大多數人都唉聲嘆氣，渴望青年的樂趣，回憶跟愛情、旨酒和盛宴以及與之有關的事，苦惱於[他們生命中]最大的東西被剝奪了，他們昔日活得好，今日卻不堪爲生；抱怨家裏有些人對老年的羞辱，爲此他們數落了一通他們歸咎於老年的種種壞處。

8.【易入之眠】*facilem somnum*，年少時甫臥即眠，人老則多伏枕難寐。集中參觀III 21, 2–4.: "tu ... geris ... / seu rixam et insanos amores / seu facilem, pia testa, somnum," "你……帶來……/或是鬪毆和喪心的愛，/或是，仁義的罈，易入之眠"，謂酒也。此外參觀《藝》175 f.: "multa ferunt anni venientes commoda secum, / multa recedentes adimunt," "未來之年歲多攜與他福利，而倒退的年歲多所帶去"。

9.【春華】*floribus ... vernis*，NH: 地中海國家春季短暫，故尤以譬人生之美短暫易逝。僞託忒奧克利多23, 28–29: καὶ τὸ ῥόδον καλόν ἐστι, καὶ ὁ χρόνος αὐτὸ μαραίνει· καὶ τὸ ἴον καλόν ἐστιν ἐν εἴαρι, καὶ ταχὺ γηρᾷ· "玫瑰美麗，其時易萎；紫羅蘭美麗於春，又迅速到老年"。按中文以春譬人生少年時已是成語，例如青春青年皆然，幾使人忘其本爲譬喻也，然李太白《古詩五十九首之十一》: "春容捨我去，秋髮已衰改"中"春容"則又能化腐爲奇，構思頗近H此處【春華的榮光】*floribus ... honor vernis*。拉丁文iuventas並無春義，故詩歌中以春喻少年其爲譬喻往往較中文更醒目。羅馬詩歌中他例參觀奧維德《術》II 115–19: "nec violae semper nec ianthina lilia florent, / et riget amissa spina relicta rosa ; / et tibi iam venient cani, formose, capilli, / iam venient rugae, quae tibi corpus arent," "紫羅蘭與紫色百合並不永遠綻放，/玫瑰惟餘帶刺的莖梗；/你，美麗的，行將生出白髮，/你的身體行將生出褶皺"。集中又見II 3, 14及注。

10–11.【不以同一張臉】*neque uno ... voltu*, 即月有陰晴圓缺, 集中參觀IV 7, 13: "damna tamen celeres reparant caelestia lunae," "然而倏忽的月輪復原天上的損失。"盧克萊修《物性論》V 716述古人天文格致諸說時猜料月球自帶光芒: "varias splendoris reddere formas," "生光燦諸形狀"。奧維德《變》XV 196: "nec par aut eadem nocturnae forma Dianae / esse potest umquam semperque hodierna sequente, / si crescit, minor est, maior, si contrahit orbem." "夜間狄安娜的面龐也從不會/相同或相等, 而是永在變更今日之象, /若盈, 則明日變小, 若虧, 則增大。"言月象變換爲換臉, 後世詩人祖此, 斯賓塞(Edmund Spenser)《僊后》(*The Faerie Queene*)7, 7, 50: "Besides, her [Cynthia] face and countenance euery day / We changed see, and sundry forms partake, / Now hornd, now round, now bright, now brown and gray: / So that as changefull as the Moone men vse to say." "此外, 她[月神辛提婭]的臉和面容每天/我們都看到在改變, 還具備各種形式, /一會兒有角, 一會兒渾圓, 一會兒光亮, 一會兒暗黃: /於是人們常說多變如月"。【紅光】*rubens*, 寫月泛紅光, 羅馬人以爲風暴之兆也, 詩歌中屢見, 參觀維吉爾《農》I 431: "vento semper rubet aurea Phoebe," "斐畢[羅馬神話中月神]總因風而赬顏"; 瓦勒留(C. Valerius Flaccus)《阿耳戈航行記》(*Argonautica*)II 56: "puraque nec gravido surrexit Cynthia cornu, / nullus in ore rubor," "純潔之鈞提婭未聳其沉角, /口上亦無殷紅。"又以爲相當於人因羞憤等情而赬顏, 參觀H《雜》I 8, 34 f.: "videres / ... Lunamque rubentem," "你可見月呈羞赬"; 普羅佩耳修I 10, 8: "et mediis caelo Luna ruberet equis," "月在天上車駕中赬顏"; 斯塔修(P. Papinius Statius)《阿基琉記》(*Achilleis*)I 644: "et tenerae rubuerunt cornua Lunae," "月之柔角羞赬"。Heinze曰此處曰月【煥發紅光】並無實意, 然詳酌原文, 恐非無暗指風暴無常之意也。

11–12.【永恆的思慮】*aeternis ... consiliis*, 云云, 意近"人生不滿百, 常懷千歲憂"之千歲憂(《古詩十九首》之十五)。集中參觀I 11, 7: "spes longa," "長遠的期望"; IV 12, 27: "misce stultitiam consiliis brevem," "將短近的愚蠢與長策混合起來", "短近的愚蠢"反對"長

遠的期望", 然其爲人之不智, 一也。【思慮】*consiliis* 尤因下探行18
【饕餮的憂慮】*curas edacis* 而得達詁。【更短促】*minorem*, 謂較所期
之永恆爲更短也。

13.【胡不】*cur non* 以下爲勸誡, 詩人曰細推物理當須行樂, 今
且陳佈鮮花酒樽於清流畔松蔭下, 亟招優伶前來侑酒。羅馬詩歌中
樹蔭、水邊(行19)皆爲行樂圖中宜人之境(locus amoenus)中必有之
項, 樹蔭已見I 1, 20, II 3, 10及注, 又見《對》2, 23："libet iacere modo
sub antiqua ilice, / modo in tenaci gramine : / labuntur altis interim
ripis aquae, / queruntur in silvis aves / fontesque lymphis obstrepunt
manantibus," "就臥於那棵古橡樹下, /就在那細草中: /同時水流於高
岸之中, /鳥鳴於樹林之間, /泉有流水潺潺"。懸鈴木殆以其葉闊蔭蔽、
松樹殆以其清芬尤爲人鍾愛, 懸鈴木另見II 15, 4, 松樹另見II 3, 9, III
22, 5："imminens villae tua pinus esto," "讓懸在山莊上的松樹歸你";
水邊參觀I 1, 21, II 3, 11,《對》2, 25已見上引文。按中國古時行樂地
亦多在溪畔林下, 王羲之《蘭亭集序》(或疑其文爲後世僞託)："此地
有崇山峻嶺、茂林修竹, 又有清流激湍, 映帶左右。引以爲流觴曲水,
列坐其次"。杜甫《贈王二十四侍御契四十韻》："送終惟糞土, 結愛獨
荆榛。置酒高林下, 觀棋積水濱。區區甘累跰, 稍稍息勞筋。"仇兆鰲釋
曰："鏡埋糞土、臺長荆榛, 見死者不復生, 行樂當及時矣。"(《杜詩詳
注》卷十三, 頁一一二八)與H此篇思路尤近。【這般】*sic*, 明其酒宴乃
即興而設, 下探【趁其時尚可】*dum licet* 而足其率性而爲義。

14.【此】*hac*, Heinze謂當在崑修私園中而非詩人薩賓山莊, 蓋詩
卒章言地在羅馬城中甚明也。

14–15. 非謂以玫瑰香水灑髮, 而云頭戴玫瑰花環。玫瑰花環與香
膏爲筵席必備之物, 又見II 3, 14, II 7, 22, III 29, 3 ff.："cum flore …
rosarum et / pressa tuis balanus capillis / iamdudum apud me est," "連
同……玫瑰花和/給你秀髮壓榨的油橄果/我久已備好"。按中國古人宴
會行樂, 不聞有佩花冠敷灑香膏事, 惟謂"開瓊筵以坐花"耳(李白《春
夜宴諸從弟桃李園序》)。

15.【蒼髮】*canos* 上承行7【蒼老】*canitie*。參觀III 14, 25："lenit

albescens animos capillus,"　"花白的頭髮柔和了精神頭兒"，彼作與此篇屬就蓋先後不久，均言白髮，當作於詩人年逾不惑之後。《書》I 20作於此篇之後四年，詩人自稱 "praecanus,"　早生華髮(24)。Heinze：崑修略長於H，簪花本爲少年所爲，所謂 "自知白髮非春事" 也，今言二人簪花於蒼鬢，語含嘲謔。安納克里昂殘篇395寫詩人因生白髮而哀青春不再、懼大限之將臨，與H此篇雖皆詠人壽無何，然態度相反：

πολιοὶ μὲν ἡμὶν ἤδη
κρόταφοι κάρη τε λευκόν,
χαρίεσσα δ' οὐκέκ' ἤβη
πάρα, γηραλέοι δ' ὀδόντες,
γλυκεροῦ δ' οὐκέτι. πολλὸς
βιότου χρόνος λέλειπται·
διὰ ταῦτ' ἀνασταλύζω
θαμὰ Τάρταρον δεδοικώς·
Ἀΐδεω γάρ ἐστι δεινὸς
μυχός, ἀργαλῆ δ' ἐς αὐτὸν
κάτοδος· καὶ γὰρ ἑτοῖμον
καταβάντι μὴ ἀναβῆναι.

　　我雙鬢已皤然，/優美之青春已不再，齒已衰老。/生命的甜美時光已所剩無餘；/我爲此常因恐懼而哀歎。/因爲駭得的幽處可怖，通彼之降道/痛苦；因爲沉淪者定不得再起。

15–16.【趁……】*dum ...*，參觀II 3, 15 f. 人生幾何，行樂當及年少時。【薰染】*odorati*，詞形雖爲被動分詞，然用意一如主動式，略如IV 8, 33："ornatus viridi tempora pampino,"　"額頭裝飾以葡萄綠枝"；或《書》II 1, 110："fronde comas vincti,"　"以綠枝束髮"。

　　16.【膏】*uncti*，中文動詞讀去聲，義爲敷以香膏，中文用法常見於文理乃至合和本聖經，《賽》61：1："蓋耶和華膏我"，對應拉丁俗

本作 "quod unxerit Dominus me." 【亞述】*Assyria*，本指底格里斯河上游美索不達米亞北部帝國，始建於前二十五或二十四世紀，前605年爲巴比倫人與瑪代人所滅，中文名本文理本聖經《創世紀》2:14。然此處藉指敘利亞，以古稱代指，尤顯風格莊嚴。參觀呂格達摩(Lygdamus) VI 63 f.: "iam dudum Syrio madefactus tempora nardo debueram sertis implicuisse comas," "方以敘利亞甘松潤濕額頭，吾當以花環束起頭髮"。西洋古代常言敘利亞香油，指希臘文所謂νάρδος，拉丁文nardum乃其轉寫，此云甘松，忍冬科，其根可榨油，用以製香或入藥，今拉丁學名爲nardostachys jatamansi。甘松雖冠號敘利亞，然其產地實在更東，尼泊爾、錫金(暫爲印度兼併)、布丹、印度、中國之川、滇、藏皆其產地。丟斯古利德(Dioscorides)《藥典》(*De materia medica*) I 6, 1稱：νάρδου ἐστὶ δύο γένη· ἡ μὲν γάρ τις καλεῖται ἰνδική, ἡ δε συριακή· οὐχ ὅτι ἐν Συρίᾳ εὑρίσκεται, ἀλλ' ὅτι τοῦ ὄρους ἐν ᾧ γεννᾶται τὸ μὲν πρὸς Συρίαν τέτραπται, τὸ δε πρὸς Ἰνδούς. "甘松其類有二：一曰敘利亞，一曰印度；然非得自敘利亞，而係生於山中，分別轉輸至敘利亞、印度。"所言不盡屬實，蓋敘利亞實爲絲綢之路亞細亞末端販運至希臘世界之集散地，非其產地也。中國中古時已知甘松爲香料，沈約《宋書》卷六十九《范曄傳》(頁一八二九)記蔚宗嘗撰《和香方》，錄其序曰："甘松、蘇合、安息、鬱金、檽多、和羅之屬，並被珍於外國，無取於中土。"然沈約謂所舉中外諸香，爲比類朝士，非爲格物也。唐或宋人佚名(舊題洪芻)《香譜》亦錄此香，然以爲"生涼州"，則誤以商貿集散地爲產地矣。H此篇之外，別見《對》5, 59: "senem … adulterum … nardo perunctum," "膏以甘松的老淫棍"; 13, 8 f.: "nunc et Achaemenio / perfundi nardo iuvat," "今樂意灑遍亞契美[即亞述]甘松"。

17. 【歐奧】*Euhius*，本希臘文Εὔιος，葡萄酒神巴刻庫(Bacchus)別名，來自酒神信徒祭祀時呼號聲。【驅散】*dissipat*，參觀《英華》XI 55首帕拉達(Palladas)箴銘體會飲詩：δὸς πιέειν, ἵνα Βάκχος ἀποσκεδάσειε μερίμνας, / ἂψ ἀναθερμαίνων ψυχομένην κραδίην. "贈我以飲，好讓巴庫驅散憂愁，/讓我冰冷的心重新燠暖。"

18. 【饕餮】*edacis*，言憂可嚙心蝕骨，已見荷馬《伊》VI 202:

ὅν θυμὸν κατέδων. 卡圖盧66, 23云："quam penitus maestas exedit cura medullas！""憂慮嚙噬悲哀的骨髓何其深入！"【饕餮】、【縱飲】*potamus*字面互文，然語意相克。【童子】*puer*指侍應僮僕，參觀 II 3, 13; III 14, 17 f.："i pete unguentum, puer, et coronas / et cadum Marsi memorem dulli," "去羅致香膏，童子，與葉冠/和紀念戰神之戰的酒罈來"。安納克里昂殘篇396: φέρ' ὕδωρ φέρ' οἶνον ὦ παῖ φέρε <δ'> ἀνθεμόεντας ὑμῖν / στεφάνους ἔνεικον, ὡς δὴ πρὸς Ἔρωτα πυκταλίζω. "將水來，將酒來，哦小子，給我們將來編織的 /花冠，快來，好讓我爲愛出拳。"

19.【快些】*ocius*, 參觀《雜》II 7, 34："nemon oleum fert ocius？" "豈無人來快些將與我橄欖油？"

20.【法棱】*Falerni*, 產名酒，已詳注I 20, 11，另見I 27, 10, II 3, 8 及注。【熄滅】*restinguet*, 謂酒【烈】*ardentis*, 故須飲水以緩和其烈性。

21.【呂德】*Lyden*以希臘人名如呂底亞等名倡優，已見注I 8, 1，集中此名又見III 11, 7, III 28, 3。此名文獻有徵，爲希臘倡女名。

22.【皮肉倡】譯*scortum*, 原文義本獸皮(形容詞*scorteus*)，轉義爲娼妓，爲字粗鄙不文，故NH曰：非詩語、不浪漫；Heinze則云：詩人用語有意恬然冒犯(frech)。【僻狹處】*devium*, 此倡居處偏僻，示其必非自薦於風月場所之低賤妓女，應屬非請不來、擇客而事者，且下行【牙琴】亦可證其售價必不菲。NH云詩人此處有意黏合精粗雅俗，是。按以雅飾俗、以精糅粗，適爲書寓藝妓輩所行之實也。低賤妓女居住四通八達之窄巷，如舊上海長三之流聚居四馬路也，參觀卡圖盧58, 4 f.："nunc in quadriviis et angiportis / glubit magnanimi Remi nepotes." "今[累斯比婭]於四通八達之狹巷爲大勒慕的子孫擼皮。"

23.【牙琴】*eburna ... lyra*, 牙謂象牙，古希臘時豎琴多有以象牙製作者，雅典奈(Athenaeus)《席上智師》(*Deipnosophistae*) XV 695 c古注: εἴθε λύρα καλὴ γενοίμην ἐλεφαντίνη, "噫願我生而爲那象牙豎琴！"哈利卡耳納索人丟尼修(Dionysius Halicarna)《羅馬古事記》(*Antiquitates Romanae*)VII 72, 5記羅馬人馬戲雜耍時κιθαρισταὶ λύρας ἑπταχόρδους ἐλεφαντίνας ... κρέκοντες，"彈撥七絃牙琴"。

【拉凱納妝樣】*Lacaenae more*，拉凱納Lacaena即斯巴達，斯巴達人尚樸素，故其婦女髮髻樣式簡樸，普羅佩耳修III 14全篇詠贊斯巴達女子，其中論及其衣服髮式云(27–28)："nec Tyriae vestes errantia lumina fallunt, / est neque odoratae cura molesta comae,""不會有推羅的衣裳欺騙輕佻的目光，/也無對香髮煩人的梳理"。倡優蕩女束髮爲髻、淡妝素裹反更惑人，已見I 5, 4–5及注，集中此外參觀III 14, 21 f.："dic et argutae properet Neaerae / murreum nodo cohibere crinem,""並叫嗓音清越的涅埃拉快/把膏了油的頭髮束成髮髻"。Heinze: 原文*in comptum ... nodum*爲跨步格(hyperbaton)，猶如以字束髻也。Syndikus (p.403 f.) 謂【辮髻】*nodum*本爲簡妝，【趕快】*maturet*明其必無暇裕攷究梳理，今詩文既言其妝樣精緻，則未免自相矛盾，且稱字義含混，故疑文本有誤。按今存文本此處有無舛誤不明，如Syndikus所言不妄，亦祇能存疑而已。

{評點}：

　　詩贈某崑修，學者多信與《書》I 16所寄者爲同一人。其人生平雖今已無攷，然《書》I 16, 18稱其："iactamus iam pridem omnis te Roma beatum,""在羅馬我們全都說你是箇蒙福之人，"知其人世運亨通；以本篇覘之，復可知詩人與其友善交密。

　　詩含六章，均分爲上下二部：上部勸友人勿以邊事爲憂，闡發人生幾何、紅顏易老之通理，其風格也典雅；下部命友人即刻開宴爲歡，又吩咐僮僕陳設布列，召喚倡優，其風格也昵俚。全篇由凝重入輕鬆，首章言帝國東西邊疆態勢，隨即轉言哲理以箴友人，逮及促其設宴爲歡，列舉松木、玫瑰、清泉、香膏、旨酒，令人兩千年之下讀來仍覺芬芳滿口，如含咀香飴，卒章雖不惜用字俗白，仍無損全篇清雅可人。

{傳承}：

　　後世規模H此詩全篇者並無佳什，捃撦其中詞句或以之翻舊爲新者則頗多可觀。荷爾德林(Friedrich Hölderlin)《太平休日》

(*Friedensfeier*)寫基督臨筵，其中行37-39翻用H此篇鬢髮蒼白當開宴爲歡託題：

Und rathen muß ich, und wäre silbergrau

Die Loke, o ihr Freunde!

Für Kränze zu sorgen und Mahl, jezt ewigen Jünglingen ähnlich.

而我必謀計，即便卷髮

銀灰，哦你們這些朋友！

去爲枝冠和餚饌操忙，如今也如永遠的少年。

菲茨傑拉德(Edward FitzGerald, 1809-1883年)《魯拜集》(*The Rubáiyát of Omar Khayyám*)第十二首用H詩中樹下飲酒託題：

A Book of Verses underneath the Bough,

A Jug of Wine, a Loaf of Bread — and Thou

Beside me singing in the Wilderness —

Oh, Wilderness were Paradise enow!

樹枝下一本詩集，/一壺酒，一塊餅——和你/在我身邊吟於野地——/哦，野地便是樂園！

{比較}：

人生苦短

中國古代詩歌謂人生苦短當及時行樂之篇不可勝數，《古詩十九首之十五》勸人勿以百年之身懷千歲之慮，進而語人當及時行樂，與H此篇數語略合：

人生不滿百，常懷千歲憂。

畫短苦夜長，何不秉燭遊！

爲樂當及時，何能待來茲。

愚者愛惜費，但爲後世嗤。

僊人王子喬，難可與等期。

　　李白《古詩五十九首之二十三》一篇全從此篇《古詩》得來，言人生苦短，不如放縱自恣，其中"物苦不知足"句，與H詩中"也勿爲寡求的/此生用度焦慮怵惕"（*nec trepides in usum / poscentis aevi pauca*）句意頗近：

秋露白如玉，團團下庭綠。

我行忽見之，寒早悲歲促。

人生鳥過目，胡乃自結束。

景公一何愚，牛山淚相續。

物苦不知足，得隴又望蜀。

人心若波瀾，世路多屈曲。

三萬六千日，夜夜當秉燭。

十二

呈梅克納謝吟詠戰伐之邀
AD MAECENATEM

　　請勿命我以豎琴伴奏歌詠羅馬與彪悍努曼夏鏖戰或漢尼拔所興布匿戰爭，亦勿命我詠唱拉庇提人與酗酒肯陶打鬪、赫古勒與土地之子大戰神話；凱撒南征北戰、押俘囚於凱旋式遊街，當由你梅克納以散文記載。

　　詩神摩薩要我吟誦女主特倫夏(Terentia)，吟誦她雙眸炯炯忠於愛情。渠雖躋身少女舞隊以與祭狄安娜，然並不辱沒身份。

　　你寧擁有其秀髮，雖與小亞細亞沃土或阿剌伯寶藏亦不易換。

{格律}：

　　阿斯克勒庇阿第二式(Asclepiadum II)。

{繫年}：

　　當作於前26年。

{斟勘記}：

　　2. durum *Ξ Ψ ℬ*ⅼ σχA Γ dirum ς　　後者義爲恐怖。

　　4. aptari *Ψ* Q aptare A a B λ' *codd. Victorinus*各卷本　　異讀爲動詞不定式主動態，詳下箋注。

　　22. pinguis a *Ψ* Q σχA Γ pingues A B *Servius* σχ*Statius*　　案二者皆陰性複數賓格。

25. cum $\varXi^{(\text{acc.}\,\lambda'\text{R})}$ dum $\varPsi$　　案二者皆同時時間連詞。

28. occupet $\varXi$ $\varPsi$ *Pph.* occupat δ π　　前者爲虛擬式，後者爲直陳式。

{箋注}：

　　1.【你】原文蘊含於動詞變位，指梅克納。**【努曼夏】**_Numantia_城位於凱爾特人所據伊比利亞半島多羅河(拉：Durius; 葡：o Rio Douro; 西：el río Duero; 德：der Duero; 英：the Douro)上游。前二世紀曾數度與羅馬鏖戰，133年終爲斯基庇歐・埃米廉(Scipio Aemilianus)所平。據弗洛羅(Florus)《羅馬史概要》(_Epitome rerum Romanorum_)II 18, 15, 其民兇悍，有食人習俗，戰敗則骨肉相殘以自裁："itaque deplorato exitu in ultimam rabiem furoremque conversi, postremo Rhoecogene duce se, suos, patriam ferro veneno, subiecto igne undique peregerunt." "既已棄逃生之望，故而陷於極度瘋癲狂亂，爲其首羅埃古戈涅統領，其人皆置其妻孥以及父國於鋒鏑，或以毒鴆或付諸一炬。"頗類東夷二戰前之彪悍民風，故曰**【彪悍】**_ferae_，又反對下行3**【柔弱】**_mollibus._ 努曼夏滅國前與羅馬單次戰爭最久者長達十年(前143–133年)，或曰二十年(見斯特拉波III 4, 13)，故曰**【久戰】**_longa bella_。參觀IV 5, 27 f.："quis ferae / bellum curet Hiberiae ?" "誰擔心/野蠻的西伯牙之戰？" 前26–25年，至尊親征坎大布諸部，坎大布位於伊比利亞(西伯牙)半島北部，距努曼夏城一百五十餘公里，參觀II 6, 3注。又據斯特拉波III 4, 17, 坎大布人兵敗時亦如努曼夏人，家人彼此相戮以免爲敵生俘：καὶ γὰρ τέκνα μητέρες ἔκτειναν πρὶν ἁλῶναι κατὰ τὸν πόλεμον τὸν ἐν Κανταβροις, καὶ παιδίον δὲ δεδεμένων αἰχμαλώτων τῶν γονέων καὶ ἀδελφῶν ἔκτεινε πάντας κελεύσαντος τοῦ πατρὸς σιδήρου κυριεῦσαν, γυνὴ δὲ τοὺς συναλόντας. "乃因於坎大布戰時，爲母者殺其子女以免其被俘，幼兒可操兵器者受其父之命，殺死被俘受縛之父兄。"詩啟端即稱此，爲引古喻今也，係本詩繫年證據之一。

　　2.【漢尼拔】_Hannibal_, 約前247年生於迦太基，前183年歿於畢忒尼亞(Bithynia, 小亞細亞北邊瀕臨黑海與博斯普魯海峽)，古代名將，前218年率迦太基之師取道西伯牙半島攻略意大利，肇第二次布匿戰爭之釁。漢尼拔一路攻城拔寨，盤踞意大利半島大部長達十五年之久。比及平非洲斯基庇歐（P. Cornelius Scipio Africanus）直搗漢尼拔後方迦太基本土，於前202年十月十九大敗漢尼拔於北非之扎馬（Zama），始驅逐迦太基於意大利之外。以此，第二次布匿戰爭羅馬人完勝。漢尼拔戰後改革迦太基政府，後爲羅馬人所迫長流小亞細亞等異域。繼而受敘利亞安提奧古三十世等諸王所拜領兵抗擊羅馬，後兵敗服毒自殺。傳記詳見*RE* 7, 2: 2323–51, "Hannibal" 8)條。【布匿】*Poeno*即迦太基Karthago。漢尼拔爲古羅馬首位詩人恩紐（Ennius）史詩中主角。學者或以爲此處漢尼拔暗射至尊克克萊奧帕特拉於埃及事，蓋H屬綴此篇時，至尊克克萊奧帕特拉與安東尼於埃及尚未久也（前30年），故布匿戰爭可以藉指至尊平埃及之役，按如唐人邊塞詩中以漢代唐也。【兇頑】*durum*參觀IV 14, 50：“durae … Hiberae,”“兇頑的西伯牙”；III 6, 36（“Hannibalem dirum”）、IV 4, 42（“dirus … Afer”）則稱之爲dirus，“可怖的”，dirus、durus一音之轉，然所謂有別，前者言其震懾羅馬，後者側重其勍勁難以戰勝。

3.【西西里海】*Siculum mare*，代指第一次布匿戰爭，緣起於敘拉古王希羅二世（Hiero）挫敗盤踞墨西那（Messina）之海盜僱傭兵（Mamertines）。墨西那先引迦太基爲援，以禦敘拉古，比及迦太基人以水師馳援墨西那，敘拉古軍退卻，海盜不欲受制於迦太基，復求助於羅馬以相抗衡。羅馬遂與迦太基交戰。羅馬人善陸戰，海戰本非所習，迦太基人與羅馬人戰於西西里島上不利，遂恃其海軍之強欲殲羅馬人於海上。羅馬人亟造戰艦，兩月之間速成一百五十餘艘。前260年，羅馬二平章之首斯基庇歐（Gnaeus Cornelius Scipio）率舟艦十七艘急赴西西里，旋爲敵所誘，遭迦太基水師伏擊於西西里以北里帕拉島（Lipara），兵敗被擒。次平章兌流（Gaius Duilius）改造羅馬戰艦，裝以鴉橋（corvus），以利近戰時強登敵艦。同年再戰迦太基海軍，遇敵於西西里島西北之米萊（Mylae），大克漢密爾卡爾（Hamilcar，與漢尼拔之父非同一人）所率迦太基海軍，史稱米萊海戰。其後羅馬與迦太基互有勝負。前241年，平章卡塔盧（Gaius Lutatius Catulus）率羅馬海軍再克漢尼拔之父漢密爾卡爾・巴耳卡(Barca)所率迦太基海軍於西西里島以西愛加德羣島(Aegates insulae)，史稱愛加德海戰。參觀II 1, 35。以方輿論，或以爲【西西里海】所指第一次布匿戰爭之米萊海戰暗射前36年至尊克塞克斯都・龐培(Sextus Pompeius)海軍於西西里之瑙洛古(Naulochus)。屋大維裨將阿基帕率海軍與龐培戰於西西里，梅克納當嘗親預，H曾否臨戰不得而知。【染紫】*purpureum*，他處或譯作絳色，爲富貴色，此處謂血色，本荷馬《伊》XVII, 360 f.: αἵματι δε χθὼν / δεύετο πορφυρέῳ, "地爲血染紫"。中文言血色多云朱殷，然應指鮮血，非礙血之色也，且原文此處恐有意反諷紫爲富貴之色(暗承行中【柔軟】)，故用紫字。【柔軟】*mollibus*，言豎琴音調之不武，參觀I 6, 10及注，故宜乎吟詠情愛，不宜讚頌功伐。普羅佩耳修I 7, 19 f.: "et frustra cupies mollem componere versum, / nec tibi subiciet carmina serus Amor, "你將徒然欲賦柔軟的詩句, /來遲的愛神也不會把歌詩置於你面前。"

　　4.【調寄】譯*aptari*，原文本義有將此固定、置於彼、著、披等義，轉義爲調弄此以適彼，即此處語義，*OLD*引此爲例，見aptō 條5 a，意謂糅此類事跡以和豎琴音律，普羅佩耳修亦嘗用此字此義III 3, 35 f.: "haec carmina nervis aptat, ""她調寄歌曲於絲絃"。中譯取詞家慣語"調寄菩薩蠻"等詞律語。原文形態爲被動態不定式，實爲中態(Mediales)，Numberger引Wimmel: "以此有意語焉兩可，令讀者不知是梅克納不願親自操觚書此抑或不願詩人賦此"。【頌琴】*cithara*可伴史詩詠唱，亦可伴豎琴詩，此處顯然謂後者。近似語意參觀IV 9, 3 f.: "non ante vulgatas per artis / verba loquor socianda chordis, ""我以前所未聞的詩藝伴/絲絃所吟的詞句"。

　　5.【拉庇提人】*Lapithas*，已見I 18, 8及注。詩人婉謝貴人索詩之請，託辭殆必稱拉庇提人大戰肯陶事。詩歌以外，此神話亦多見形諸古代圖繪彫刻，例如奧林匹亞神廟山墙浮彫、雅典處女雅典娜神廟柱間浮彫等。

　　6.【木怪】*Hylaeus* / Ὑλαῖος，肯陶或人頭馬身怪物之一，已詳I 18, 8注，嘗夥同另一肯陶萊古(Rhaecos)欲强姦處女獵手亞特蘭忒

(Atlante)，爰是爲墨萊格(Melaeger)所戮，其希臘名本義爲林中野人，故意譯焉。木怪強姦未聞爲酗酒所致，然此處詩人與因【酗酒】*nimium mero*而欲強姦拉匹塔人王新婦之肯陶等視之。木怪與拉庇提人併提，維吉爾《農》II 455 ff.亦同："ille furentis / Centauros leto domuit, Rhoetumque Pholumque / et magno Hylaeum Lapithis cratere minantem,""他以死亡/馴服了狂暴的衆肯陶、萊托和弗洛，/以及以大碗威脅拉庇提人的木怪"，大碗謂酒器。可見當日溷淆木怪與拉匹塔二神話非止H一人。然據維吉爾其終爲忒修(Theseus)所戮，非墨萊格，則又有出入。又史載安東尼酗酒，木怪或爲暗射其人也歟。

6–7.【土地所生衆子】*Telluris iuvenes*，【土地】即希臘神話中蓋婭(Gaia / Γαîα)，名本爲普通名詞，義爲土地，H之*Tellus*係其拉丁文對翻，以普通名詞tellus擬人爲神名，中譯倣之，以楷體標其爲擬人。【土地】生子甚夥，統稱作戈岡(Γίγαντες / Gigantes)，爲蓋婭受天神(Uranus / Ουρανός)之血懷孕所生，其中著名者有Alcyoneos, Porphyrion, Encelados, Polybotes等，形諸古代繪畫浮彫者多爲蛇足，故亦有雙體之稱：bicorpores filii。蓋婭因衆提坦爲奧林波天神所羈囚而銜恨，鼓噪衆子反叛，與奧林波天神相鬥，即所謂戈岡之戰(Γιγαντομαχία / Gigantomachia)。因戈岡勢欲顚覆衆神，故下行9謂戈岡反叛爲【危厄】*periculum*。H此處云詠戈岡之戰爲史詩專屬，非豎琴詩所當爲，然集中III 4篇中敘述戈岡之戰頗詳。中文俗譯源自Gigantes之現代語giant等字爲"巨人"，其實不確，因其本非人類也。然古時已有戈岡一族爲凡胎、非不死天神、故實乃早期人類一說，且其體形鉅大，故稱之爲巨人似無不妥；而希臘文Γίγαντες詞源爲γηγενεîς，即"土地神蓋婭所生者"，譯作巨人於原文詞源無據。反觀H此處不逕稱其希臘名Γίγαντες，而析其名曰*Telluris iuvenes*，適爲其希臘名本義(γηγενεîς)耳，詳見*RE* sup. 3. 3: 660, "Giganten" III: Genealogisches。【赫古勒】*Hercules*爲希臘神話中英雄，諸神因讖語有云須賴有死凡人之力方可克衆戈岡，故延之相助，以戰衆戈岡。赫古勒受命於雅典娜，手戮Alcyones, Ephialtes, Leon, Peloreus, Porphyrion Theodamas等戈岡。古時亦有傳說謂肯陶木怪爲赫古勒所戮者，維吉爾

《埃》VIII 293 ff.云：“ 'tu nubigenas, invicte, bimembris / Hylaeeumque
Pholumque, manu, tu Cresia mactas / prodigia et vastum Nemeae sub rupe
leonem,”“你这雲中所生，不可戰勝的，手戮雙肢體的/木怪和弗洛，
你手戮革哩底島的/怪物和涅美亞巨巖下的獅子”。【衆子】iuvenes，
Heinze以爲原文未可等同於filii，衆子，而謂土地新生之團夥，按其說於
意與“衆子”雖側重有別，而所指實同，中譯仍作【衆子】以求明瞭。

8.【撒屯】Saturnus，羅馬本土最古之神，故曰【古】veteris，主生
殖、豐饒、農事、財富等，後以爲對應於希臘神話之克洛諾(Kronos)。
羅馬首神山(Capitolium)本名撒屯山(Saturnius Mons)，故此處等同
於衆戈岡所反之奧林波天神。【光耀】fulgens，如集中稍後III 3, 33：
“lucidas … sedes … deorum,”“衆神明亮的御座”，謂天神璀璨如星
宿也。【宮】domus，即神居。【戰慄於】原文contremuit爲及物動詞，
其簡省形態tremesco類似用法可見維吉爾《埃》III 648：“sonitumque
pedum vocemque tremesco,”“我戰慄於其足音與喊聲。”

9.【此危厄】之【此】譯原文unde，由此，指由土地所生諸子而生
之危難。原文用此副詞，不用介詞+代詞a quibus者，省文也。

9–12. Heinze: H雖推脫梅克納之請，然並未斷然拒絕，而以奉承
梅氏文采脫卸己任，說得大義凜然，不容抗辯。

9.【而是】原文詞尾連詞 -que實含轉折義，見Numberger。【最
好】melius，Syndikus、NH皆謂不作描述語“會寫得更好”解，而作規
勸語“更宜”解，按其說爲是，其實與現代西語vous feriez mieux de…，
you would better, Sie sollten besser等用法同。【散文】pedestribus形容
詞，本義爲關乎步行乃至步兵者，轉義爲希臘文πεζός之翻譯；該希臘
字本義亦同pedester，然轉義用指語言則謂無音樂伴奏者，徒文也，戲
文中則爲賓白也：πεζός λόγος，與詩歌相對，索福克勒殘篇(fr. 16)分
言散文與以琴伴奏之樂文：καὶ πεζὰ καὶ φορμικτά(TrGF 4, p.122)，
阿里斯多芬殘篇962有句曰：ἀλλὰ πεζῇ μοι φράσον(PCG 3.2, p.428)，
“可你用賓白告訴我”，參觀LSJ πεζός條II, 1 & 2. 又崑提良X 1, 81
云：“prosam orationem et quam pedestrem Graeci vocant,”“直白演說
希臘人稱之爲步行者”。所謂直白原文prosa亦寫作prorsa，爲現代歐洲

語文散文一字所本，本義爲直前，轉義爲今散文義，以步行喻之本係希臘說法。梅克納似未從詩人之諫撰作散文史記。中文散文對駢文等韻文，雖中西古代詩歌音律迥異（上古中國詩歌必押尾韻，句長多作四言五言，此外別無語言形式規範，西洋詩歌音律規則極嚴），此處H所謂差近中國散文一詞詞義，故作此譯。然原文此處暗含步兵義，呼應【征戰】proelia，中譯惜難兼該。H《雜》II 6, 17自稱其《雜詠詩》爲musa pedestris，散文詩，則謂其雜詠詩作格律單調所詠多爲凡俗之事，與豎琴詩相比，未足稱作詩也。

10. 【征戰】proelia，用於婉謝詩已見I 7, 17，彼處譯作"打鬭"。另見IV 15, 1："Phoebus volentem proelia me loqui / victas et urbis increpuit lyra，""斐玻以豎琴告誡意欲/吟詠征戰和所降城邑的我"。維吉爾婉謝詩《牧》6, 3："cum canerem reges et proelia, Cynthius aurem / vellit，""我方欲歌詠列王與征戰，均提之神[即愛神維奴]即提我耳"。

11. 【梅克納】Maecenas，詳見I 1, 1注。

11–12. 羅馬人征外敵得勝行凱旋式於羅馬逵衢，必以鐐銬繫所俘酋首牽引遊街，細狀已見I 12, 53注；又IV 2, 49 ff.寫凱旋式曰："teque, dum procedis, io Triumphe, / non semel dicemus, io Triumphe, / civitas omnis dabimusque divis / tura benignis，""那時你遊行歌唱'噫嘻凱旋'，/不止一遍我們將吟詠'噫嘻/凱旋'，我們全城還將給護祐/的諸神進香"；《對》7, 7 f.："[non ut] intactus aut Britannus ut descenderet / sacra catenatus via，""[不像]完全的不列顛人身披鐐銬/在神聖大街上走下"。此外普羅佩耳修II 1, 33："aut regum auratis circumdata colla catenis，""或環繞諸王脖頸鎖以鍍金的鐐銬"。

13. 以下二章盛讚【女主人】domina之美，詩法彷彿希臘洞房歌(epithalamion)，參觀忒奧克利多18, 35–37: οὐ μὰν οὐδὲ λύραν τις ἐπίσταται ὧδε κροτῆσαι / Ἄρτεμιν ἀείδοισα καὶ εὐρύστερνον Ἀθάναν / ὡς Ἑλένα, τᾶς πάντες ἐπ' ὄμμασιν ἵμεροι ἐντι. "實無人可以奏響豎琴以詠亞底米及闊胸之雅典娜，除去海倫，其目中皆是渴望。"然【女主人】dominae哀歌等艷情詩歌中常以指詩人所鍾情之女子，例如提布盧I 1, 46："et dominam tenero continuisse sinu,""擁我的女主於溫柔的懷中"。暗喻愛情爲奴役,男子傾心於女子不啻爲其牛馬走矣。此處則指其爲詩人恩主,詩人《書》I 7, 37以"吾王吾父"(rexque paterque)稱梅克納,故其妻則可爲其女主矣,然此處亦不無暗合情詩慣例之意。

14.【利金尼婭】*Licymnia*, 杜撰女子名, Kießling: 字本希臘文, λιγεῖς ὕμνοι, 義爲清音之歌, 即【甜美詠章】*dulcis ... cantus*, 贊其歌喉也, 然此人奚指, 學者所見不一。古注僞Acro曰: 或係梅克納妻, 或係詩人女友。Heinze曰, 前23年前三卷問世時梅克納已婚, 其妻即普羅庫留(Proculeius)女弟(抑其姊?)特倫夏(Terentia), 其人如非特倫夏而係其昔日女友, 詩人此時詠其人其事, 實匪夷所思。且行17–22言此女身份尊貴, 故必是梅妻無疑。古羅馬時女子能歌善琴皆爲良家閨秀, 詩人《雜》I 10, 90 f. 語二樂師云: "Demetri, teque, Tigelli, / discipularum inter iubeo plorare cathedras,""德謨忒, 還有你, 提戈盧, /吾命你去女學徒之座椅中間發哀聲吧。"NH則云: 若僅以詩中詞句覘之, 詩人稱之爲女主人, 復云彼此相愛之情, 且引詠贊此女爲由婉謝爲古史所載戰爭或神話所傳戈岡之戰作歌, 則其人身份當爲詩人所歡, 尤因稱所歡爲女主人係艷情哀歌慣例(見上注), 此名應如卡圖盧詩中Lesbia爲其所歡Clodia化名、提布盧之Delia爲Plania化名、普羅佩耳修之Cynthia爲Hostia化名等例, 係其所歡女子化名; 然古注僞Acro又云或係梅克納之妻特倫夏, 則不知何據。今按古羅馬詩人詩中以化名稱其所歡, 化名必與眞名叶律, 而Licymnia竟與Terentia叶律(二名皆有三音節, 中節皆爲長音, 末節皆爲-ia), 則古注所云似非妄言。然婉謝詩中詩人依例引爲託辭以拒權貴之請爲其歌功頌德者, 皆爲詩人私人情事, 如此則此女不當爲託請者梅克納之所愛, 而應係詩人所歡。然梅克納妻族姓Licinia, 與Licymnia相近, 而"女主人"既可謂詩人所歡(僞Acro所謂amica), 更可指詩人恩主之婦(patrona), 篇中稍後(行21–26)詩人反問梅克納似更可爲Licymnia爲梅妻之證。此外, NH以爲末三章寫Licymnia舞蹈、美髮、接吻等事, 如其確係梅妻, 詩人白於其夫面前, 似嫌輕佻不倫。今按NH云詩人於Licymnia不當評頭論足於其夫君面前, 恐屬今日社會交往禮規, 未必可以推及古人。古羅馬世風放佚, 梅克納與妻親暱不避旁人，特倫夏亦不乏緋聞，丟氏《羅馬史》54，19記當時傳聞云至尊嘗熱戀梅妻(ἵν᾽ ἐπειδὴ πολλὰ περὶ αὐτῶν ἐν τῇ Ῥώμῃ ἐλογοποιεῖτο, ἄνευ θροῦ τινὸς ἐν τῇ ἀλλοδημίᾳ αὐτῇ συνῇ·)，可見詩人盛讚梅妻艷稱，時人必未訝怪。Syndikus云(p.410注22)，若以此女爲倡女，詩人稱已婚之梅克納愛此倡之秀髮過於東方財寶，殊爲荒誕。今折衷諸說，古注以Licymnia爲梅妻說仍可從。

16.【彼此間的愛情】*bene mutuis ... amoribus*，參觀忒奧克利多18，50: μὲν δοίη ... Κύπρις δέ, θεὰ Κύπρις ἶσον ἔρασθαι / ἀλλάλων，"亦願居比路神，居比路之女神，令之彼此/相愛"。

17.【辱沒】*nec ... dedecuit*，直譯：未不合宜，謙言格(litotes)。暗示詩人聞人或以利金尼婭既爲人婦，仍躋身童女中手舞足蹈爲不妥，然古時賽神，華族名門婦女多與焉，Heinze云此時歌舞音樂本是婦女事，引撒盧士修《卡提里納謀逆記》(*De coniuratione Catilinae*)25記共和晚期羅馬醜聞纏身之名媛Sempronia曰："psallere, saltare, elegantius quam necesse est probae,""她能歌善舞，優雅過於良家所當有"。集中參觀III 6, 21: "motus doceri gaudet Ionicos / matura virgo,""成熟的處女樂於得人傳授/伊奧尼的舞姿"。斯塔修《林木集》III 5, 67美其妻曰："ingenium probitas artemque modestia vincit,""其端正勝過其才情，其端莊勝於其才藝。"

18.【蹈足】*ferre pedum*，【歌隊】*chori*載歌載舞時舞步貌。【竞相諧謔】*certare ioco*，撒盧士修書中(25, 2)Sempronia行狀又云："posse versus facere, iocum movere, sermone uti vel modesto vel molli vel procari,""能賦詩、劇談、善爲謙謹、柔軟或挑逗之辭"。NH料爲狄安娜賽神儀式，非率性而爲者。歌舞祭祀狄安娜，參觀普羅佩耳修II 28, 59 f.: "magno dimissa periclo, / munera Dianae debita redde choros,""爲大難所散，/重展歌隊吧，作爲所欠狄安娜的禮奠"。

19.【遊戲】*ludentem*指舞蹈。

20.【光耀】*nitidis*，指與祭童女華服艷妝貌。【童女們】*virginibus*，古希臘羅馬祭祀狄安娜(亞底米)，助祭歌舞隊多用童女童男，已見I 21，又見III 6, 21 f.: "motus doceri gaudet Ionicos / matura

virgo,"“成熟的處女樂於得人傳授/伊奧尼的舞步”；IV 6, 31寫詩人命
歌隊童男童女依律而歌曰：“virgnum primae puerique claris / patribus
orti,"“童女中最優的和生於顯赫/父輩的童男”。同代詩人見卡圖盧
34, 1–4：“Dianae sumus in fide / puellae et pueri integri ; / Dianam pueri
integri / puellaeque canamus."“我們忠於狄安娜，/我們純潔的童女和
童男；/我們純潔的童男/和童女詠唱狄安娜。”又見上注引普羅佩耳
修II 28詩。【伸手】dare bracchia, 童女相互援手團圓起舞貌。參觀斯
塔修(Statius)《林木集》(Silvae)III 5, 66：“candida seu molli diducit
bracchia motu,"“或是依柔軟的律動分開白臂”；奧維德《月》VI 329
f.：“pars bracchia nectit / et viridem celeri ter pede pulsat humum,"“一
些人聯手/快舞者們以足三蹈蔥綠的地面”；或斯塔修《阿基琉記》
I 319 f.：“hasne inter simulare choros et bracchia ludo / nectere, nate,
grave est？”“於她們之中傚倣舞隊，於遊戲中手臂/相連，豈不莊嚴？”
同卷稍後835 f.：“tunc praecipue manifestus Achilles / nec servare vices
nec bracchia iungere curat,"“那時突出的阿基琉/既不在意保持次序亦
不在意聯其手臂”。

21. 自此直至詩末對應洞房歌之新人祝福語(ὄλβριε γάμβρε)。
【阿契美尼】Achaemenes, 據傳說爲古波斯王，古列大帝(Cyrus)先
祖，古列所建波斯帝國即因其名稱作阿契美尼帝國(約前550–330
年)，參觀II 2, 17注。西洋目東方爲富有財寶其來尚矣，另見III 1, 44：
“Achaemenium costum”，“阿契美尼香料”；III 9, 4：“Persarum vigui
rege beatior,"“我蓬勃茁壯幸福賽過波斯王”；《對》13, 8：“nunc et
Achaemenio / perfundi nardo iuvat,"“如今宜乎灑以阿契美尼亞的
甘松”。稱人富有，古羅馬人慣言波斯，普勞圖喜劇院本《斯提古》
(Stichus)30 f. (ⅰ i, 24–25)：“neque ille sibi mereat Persarum / montis, qui
esse aurei perhibentur,"“願他別買波斯人的/山，據說它是金子做的”。
此處以阿契美尼代波斯，喻人富有，其揆一也。【你】tu, 梅克納。稱己
所歡貴過於國，雖與財富土地亦不相易，爲古代詩歌所慣見，薩福16,
17–20: τὰ]ς <κε> βολλοίμαν ἔρατόν τε βᾶμα / κἀμάρυχμα λάμπρον
ἴδην προσώπω / ἢ τὰ Λύδων ἄρματα †κανόπλοισι /　　μ]άχεντας.

"她可愛的步姿/和多變面龐的光彩我更願看到，/勝過呂底亞的車乘和全副武裝的/步兵"（譯文從Page, *Sappho and Alcaeus*文本，p.52）；卡圖盧45, 21–22："unam Septimius misellus Acmen / mavolt quam Syrias Britanniasque," "可憐的塞蒂繆寧要一个阿克墨/而不要敘利亞和不列顛"；普羅佩耳修I 8, 34–35："et quocumque modo maluit esse mea, / quam sibi dotatae regnum vetus Hippodamiae," "無論如何她寧願是我的，/也不要得贈希波達米亞的古國爲嫁妝"。

22. 【肥沃】*pinguis*，弗呂家乃至小亞細亞西北以土地肥沃物產富饒著稱，此處兼指其地土產珍寶等財富豐贍，參觀集中I 31, 3："opimae Sardiniae segetes"，"豐饒的撒丁島上上好的糧田"；III 16, 41："Mygdoniis …campis," "在米董尼亞的田野"；《書》I 3, 5："an pingues Asiae campi collesque morantur？" "抑或亞細亞肥沃的田地和丘陵在遲延？"卡圖盧46, 4 f.："linquantur Phrygii, Catulle, campi / Nicaeaeque ager uber aestuosae," "就把弗呂家的田野，卡圖盧，/和炎熱的尼凱埃的沃野留置於後吧"。拉丁文之pinguis同中文肥字，皆兼該肉丰脂厚與富饒多產二義。

23. 【米董尼亞】*Mygdonia*，位於今馬其頓境內，因傳說中【弗呂家】*Phrygia*王米董(Mygdon)得名，亦係另一弗呂家王米達(Midas)故鄉。據希臘神話，米達觸手所及，皆化爲金，故此處暗隸其事以稱其地之富，【弗呂家的米董尼亞】*Phrygiae Mygdonia*於修辭爲互換格(enallage)，即以王號指其所王之國弗呂家。不惜如此堆砌者，是爲烘托其財富之茂盛也。牧歌詩人茅士古(Moschos)2, 97f.已見以米董尼亞代指弗呂家之例：αὐλοῦ Μυγδονίου γλυκὺν ἦχον，"米董尼亞蘆笛的甜美之音"。餘見前注。

24. 【阿剌伯】*Arabum*，應指福地阿剌伯，已見I 29, 1注，兩處皆暗射前26–25年Aelius Gallus遠征阿剌伯事。另見III 24, 1 f.："intactis opulentior / thesauris Arabum et divitis Indiae," "比未觸探的阿剌伯/寶藏和印度的財富更加輝煌"。【充溢的】*plenas*摹狀財富堆積如山，參觀II 2, 23 f.及注。

25. 【傾斜】*detorquet*，謂其夫君索【吻】*oscula*，利金尼婭僅

微傾其頸以受之，以對吻之【火烈】*flagrantia*，非是後項之【拒絕】
negat，而爲顯其矜持，詩人摹繪如畫。參觀卡圖盧45, 10–12："at Acme
leviter caput reflectens / et dulcis pueri ebrios ocellos / illo purpureo ore
saviata," "可是阿克墨輕輕地轉頭，/她甜美少年迷醉的眼/她用玫瑰
色的嘴唇親吻"；普羅佩耳修III 8, 21 f.："in morso aequales videant
mea vulnera collo : / me doceat livor mecum habuisse meam," "就讓同
齡人們看見我被咬的脖頸上的傷痕：/讓那青紫告訴人我所歡者與我
相與。"

26. 【隨便的殘忍】*facili saevitia*，利鈍格(oxymoron)，【殘忍】謂
拒絕；【隨便】本當謂順從承受，今以言其【殘忍】者，寫其雖拒而猶挑
之也，勾勒其風情萬種之態。

27. 【索取者】原文*poscente*以動詞分詞爲名詞，然無性別確指，
NH讀作陰性，解爲索吻之少女("more than a girl who asks")，詩中並
無比較少女與人婦字句，無中生有某少女("a girl")，牽強附會，何荒
謬之甚歟！應從Heinze、Numberger等解爲指上行與其接吻者，即其夫
也。詩人非謂利氏愛其夫勝於夫之愛己也，而謂其矜持，不願與其夫
溫存時過於主動耳，雖偶爾亦可【主動出擊】。中文爲明了補【那】字。
【被人搶劫】*eripi*，指偷吻，對下行【主動出擊】*rapere*。

{評點}：

　　此爲集中I 6呈亞基帕之後另一婉謝詩(recusatio)。梅克納必嘗趣
詩人賦詩詠誦至尊武功或羅馬史跡，詩人以此詩札巧言拒之也。

　　婉謝詩之昉於迦利馬庫以及H之前羅馬詩人所作此類篇章，已詳
I 6{評點}。Syndikus(p.406，West轉述而未明其出處)條舉此詩與迦利
馬庫以還婉謝詩類相合之處，略爲：1)拒作戰爭(布匿戰爭)或神話史詩
(拉庇提人與肯陶神話，赫古勒，土地子戈岡之戰)；2)另薦高明(梅克
納本人)；3)自稱曾領神命，專賦風月(利金尼婭)。

　　學者常以此詩與普羅佩耳修II 1相提併論，或以爲係H捃撦普氏哀
歌而成。普氏II 1全文已見I 9{評點}附錄。細翫詩文，二篇立意乃至意
象洵多相似之處，行27–34與本詩行11–12尤相貼近，且普氏哀歌撰就

在先，H是篇後之，論者尠有異議。雖然，學者恐仍未可遽認H詩係倣普氏而作。Syndikus以爲(p.407 f.)H是篇所祖非祇普氏一首，進而猜料二詩或共祖某更早篇章，惟今已散佚，不可得知耳，可備一說。

十三

薩賓山莊有樹摧折幾爲壓斃因賦詩呪之
AD ARBOREM CVIVS CASV PAENE PERIERAT

　　凶日栽樹禍殃後昆、辱沒桑梓，其人必曾弒父殺主下毒鴆害，否則不會樹此夯貨於我薩賓莊園，俾其有朝一日壓向無辜業主。人夕惕若屬，仍難免咎。腓尼基水手視博斯普魯海峽爲畏途，一旦經過則以爲大吉，羅馬士兵懼帕提人施迴馬箭，帕提人怕敗於羅馬勁旅遭生俘鎖去游街，然大限來時無人得免。吾便險些見了冥后、見了閻王！險些得見希臘豎琴大詩人薩福阿爾凱於陰間！目觀前者伴豎琴以詠情歌，後者倚戈吟詠國事、流亡及戰爭之艱；險些得見冥界幽靈驚異於此，摩肩接踵豎耳聆聽如飲醇漿。若陰間百首惡犬亦爲歌所魘弛其警覺、復魗女神髮間虺蛇亦爲之鬆懈，又何足怪哉？雖普羅墨修坦塔洛等苦役犯一時亦忘其痛苦，陰間永在追獵野獸之獵戶亦不復記得所逐獅子與猞猁。

{格律}：

　　阿爾凱式(Alcaium)。

{繫年}：

　　屬集中撰作較早者，或次於前25年。

{斠勘記}：

　　1. ille *Ξ Ψ metr.* malo *Servius* 後者義爲惡，奪格陽性單數形容詞，

如此則於nefasto之外, 另加近義形容詞於die, 可謂駢枝矣, 故應訛。

5-II 16, 19. 闕 δ 補以z卷本補入。

5. parentis (-es B) *Ξ Ψ* patris *Priscianus* 異讀字義爲父, 與parentis 同義, 然有乖詩律, 訛也。

8. colcha *Ξ* ^(acc.λ R1) cochica F1R² z未明, 不含π

15. Poenus〕Thynus *Lachmann*; cf. *Pph.*: nauta Bithynus non idoneus, qui pro omnibus mercatoribus sit quasi exemplum, 言比提尼舟 子殆爲一切商賈之模範未妥　　餘詳下箋注。

23. discretas (descr- R²) *Ψ* discriptas *Ξ* descriptas Q ^(acc. R1 π1) *codd. Pph.* 詳下箋注。

38. laborem *Ξ Ψ Pph.* laborum *Ξvar.* (λ' Q(γ E M R²)) **𝔅𝔩** σχΑ Γ 案倣希臘文法, 異讀乃因不解而改竄所致, 詳下箋注。│sono〕somno F λ' z¹ 案異文義爲眠, 與詩意齟齬, Prometheus等不當於苦役受刑時 入眠。

{箋注}:

1. 【凶日】*nefasto ... die, nefasto*爲fas反義詞nefas(見下行9)之形 容詞式, nefas幷fas已見I 3, 25注, 彼處酌情譯作"反天條", 即上天所 禁之事, 此處用法意近本義, 即不宜、不利公幹。羅馬曆書凡不利公幹 之日(dies nefastus)皆標誌以N, 略近中國黃曆中凶日, 然所限較黃曆凶 日爲狹, 公務以外, 未必有妨私事。羅馬人另有忌日(dies religiosus), 常爲國恥紀念日或每月朔(Kalends)、望(Nones)、牛日或人日(Ides) 後一日, 當其時也, 百事不宜, 則與凶日義更近。戈流(Aulus Gellius) 《阿提卡夜譚》(*Noctes atticae*)IV 9, 5曰, 二者俗衆多混爲一談: " 'Religiosi' enim 'dies' dicuntur tristi omine infames inpeditique, in quibus et res divinas facere et rem quampiam novam exordiri temperandum est, quos multitudo imperitorum prave et perperam 'nefastos' appellat.""稱爲忌日者蓋因諸事不利且爲凶兆所礙, 故而 其日當禁祭祀, 亦不應開始新務; 俗衆稱之爲凶日。"斐氏都(Sextus Pompeius Festus, 紀元二世紀後葉)《字詮》(*De verborum significatione,*

p. 278）殘篇：“religiosus est non modo deorum sanctitatem magni aestimans, sed etiam officiosus adversus homines, dies autem religiosi, quibus, nisi quod necesse est, nefas habetur facere.”“忌諱非特爲估算神明之不可犯而言，亦不利於公事，忌日除非必要，否則諸事皆不宜行。”此處nefasto die泛指諸務不利之凶日一如religiosus dies，非衹不利公務也，故中譯爲此。以dies religiosus泛指行事有所忌諱之日，H之後參觀隋東尼《提貝留傳》53：“cum diem quoque natalem eius inter nefastos referendum suasisset,”“他［提貝留］竟提議［於長老院］表決將其［其妻亞基庇娜］生日定在忌日之列。”

2 f.【始作者】*primum*, 副詞（“首先”）意譯爲名詞，與【誰】*ille*同位。羅馬詩文多謂人剏始利生之事，例如西塞羅《職責論》（*De officiis*）I 75曰梭倫始剏戰神嵒大理院（Areopagites）：“consilio Sodonis ei, quo primum constituit Areopagitas”；盧克萊修《物性論》V 1014：“tum genus humanum primum mollescere coepit,”“彼時人類始柔”。H此處反其義而用之。【盜廟】直譯*sacrilega*，原文本義謂盜竊（legere）祭祀用聖器自神廟（sacra），按古人（希伯來人、希臘人、羅馬人）皆視盜竊神廟爲大過，然羅馬法猶士丁尼法典與蓋氏律法概要並無律條界定盜廟罪，詩人稱植此樹者之手嘗盜竊聖物，爲當時詈詞俗語也，非有法律專指，謂其瀆犯神明也，參觀維吉爾《埃》VII 595：“ipsi has sacrilego pendetis sanguine poenas,”“汝輩將親以盜廟之血贖此罪孽。”中國中古時有“盜大祀神御物”罪、“盜毀天尊佛像”罪等，見《唐律疏議箋解》，頁一三三九——一三四三，一三五九——一三六四。【手】*manu*, Heinze: H敘述不喜泛言，而多摹繪細節，不泛言人植樹，而必謂人手親植，參觀III 16, 43 f.：“bene est cui deus obtulit / parca, quod satis est, manu,”“有福的是神賜其手能/雖握寡而覺滿足者”；《對》3, 1 f., 引文見下行5注；《書》I 11, 22 f.：“tu quamcumque deus tibi fortunaverit horam / grata sume manu … ,”“神無論令你何時走運,/你皆要以感激之手受之……”；《藝》268 f.：“vos exemplaria Graeca / nocturna versate manu, versate diurna,”“汝輩夜裏以手披閱希臘典範，日裏也披閱。”集中亦有言足者，參觀I 4, 13; 35, 13.

3.【樹】原文*arbos*爲arbor異體字，單數，此處爲叶詩律，故用此異體字，亦見維吉爾《農》II 66，　IV 24，《埃》XII 210等。

4.【子孫】*nepotum*，今朝樹木，蔭被後人，蓋尤因歐洲常見園林樹木生長緩慢，俟樹苗長成爲蔭蔽，人世間已是二三代矣，非若中國常見之楊柳桃李之速生也(故其木質也劣)，然今不意摧折，幾壓斃植樹者後人，固非植者本意。詩人薩賓山莊係前年梅克納所賜，故植此株者當非詩人先祖，此爲詩人之辭耳，不必泥之。【鄉里】*pagus*爲鄉民區劃單位，H薩賓山莊所屬鄉(pagus)殆名曼得拉(Mandela)，參觀III 18, 11 f.：

"festus in pratis vacat otioso / cum bove pagus," "過節的鄉民共閒散的犗牛/在草坪上休假"；《書》I 18, 104 f.： "me quotiens reficit gelidus Digentia rivus, / quem Mandela bibit, rugosus frigore pagus," "我多少次受清涼的狄根夏溪療養，/它爲寒冷中瑟縮的曼得拉鄉所飲"。然此處爲泛指。【鄉里的恥辱】*opprobrium pagi*與前【子孫的災難】*nepotum perniciem*皆反習語而成說，人頌善舉常曰澤被子孫，稱賢人輒云鄉里之光，今則言曩時植此樹之舉殃及後昆，植樹之人辱沒鄉梓。

5. 參觀《對》3, 1： "parentis olim siquis impia manu / senile guttur fregerit, / edit cicutis alium nocentius." "誰若曾以不孝的手/扭斷了老父的喉，/就讓他喫比毒芹還毒的大蒜。"同爲呪辭。此外參觀《書》I 16, 37： "contendat laqueo collum pressisse paternum," "[若]他以繩索勒其父之頸"。【我相信】*crediderim*，拉丁文如現代西語常置credo("我相信")、opinor("我以爲")於句中，而非置之於所言者之首，以表語者態度，因其實爲附加於所語之義者，非其所語之主義，故語法學家稱之爲附置語(parenthetische Nebensätze，參觀Kühner/Stegmann, 2.1, § 194.9, pp.307 ff.)。

6.【主人】*hospitis*，以此覘之，則滅門兇手爲主人所速之客也，客居人家反戮其主，罪不可逭矣；古詩人恩紐悲劇院本殘篇行211： "numquam scripsistis qui parentem aut hospitem necasset quo quis cruciatu perbiteret," "汝輩從未立律條弑親或東道主之人當受何刑，"可見殺戮東道主罪同弑親。既殺所寄之主，依理主人之家所餘男女口丁斷無生理矣。【主人】*hospitis*對【尊親】*parentis*。

7.【堂奧】*penetralia*，宅中最深奧處，闔家供奉宅神（Penates）於此，執事保羅（Paulus Diaconus）輯《斐氏都<字詮>輯要》（*Epitome, in De verborum significatione*, p. 208）釋penetralia字："sunt penatium deorum sacraria,"今竟於護家宅神處行此殺戮，愈顯其罪行令人髮指。護宅神像參觀西塞羅《訴費勒庭辯辭集》（*Orationes in Verrem*）第二狀（*Actionis in C. Verrem secundae*）IV 48："iste continuo ut vidit, non dubitavit illud insigne penatium hospaliumque deorum ex hospitali mensa tollere,""吾繼續前文，此人見此，遂不疑其可竊此宅神暨待客神明之像於其東道主之餐桌之上。"【觸過】*tractavit*，參觀維吉爾《埃》VIII, 205 f.："ne quid inausum / aut intractatum scelerisve dolive fuisset,""沒有不靠邪惡或詭計試過和觸過的"；H《對》3, 7 f.："an malas / Canidia tractavit dapes？""抑或坎尼狄亞嘗手觸此邪惡筵席？"

8.【高勒吉】*Colcha*，即Κολχίς，古王國，在黑海（古稱本都海）東岸，古時視爲地極。古希臘神話記伊奧爾哥（Iolkos）王伯利亞（Pelias）爲覓金羊毛，遣猶子伊阿宋遠渡以致之，史稱阿耳戈之航，其行即終於此地。伊阿宋（Iason）遇高勒吉王埃厄忒（Aietes）女美狄亞（Medea），愛而娶之，生二子。伊阿宋携妻女返希臘自高勒吉，欲別娶哥林多王克勒昂（Kreon）女，美狄亞不忿，以毒汁浸衣冠各一襲，以遺克勒昂父女，鴆殺之，繼而手刃與伊阿宋所生二子。H詩中頗喜隸其事，參觀《對》3, 9 f.："ut Argonautas praeter omnis candidum / Medea mirata est ducem,""就像美狄亞驚異於那神采奕奕的首領勝過所有阿耳戈之航成員"；5, 24："flammis aduri Colchicis,""爲高勒吉之火所煎熬"；17, 35："cales venenis officina Colchicis？""你這作坊藉高勒吉的毒劑生熱？"

10.【木頭】*lignum*，稱生樹爲死木，蔑稱以洩憤。以呼格直呼樹木，暗擬神頌語式。

11.【活該】演繹原文*caducum*所含"注定"義，Koch: „zum Fallen geneigt oder bestimmt," 以顯原文所暗含與下行【不該着】*inmerentis*相對之意。讀者至此始聞詩人賭咒發誓所因何事。

11.【蠡】讀chuō，原文不云sero（栽種）、不言planto（樹藝），亦未再用此前*posuit*【栽種】、*produxit*【種植】等字, 而云*statuit*【蠹】者, 暗示此木非活樹, 實木樁也, 合其賓語【木頭】*lignum*以重申其意, 鄙視之矣。

12.【不該着】*inmerentis*, 詩人自申無辜遭難。

13–14.【人……不够】*quid ... in horas*, 箴言, 豎琴詩中嵌以箴言(gnome), 屢見於品達。詩中對行19–20箴言, 二句箴言前後翼三例於其間, 有論有證, 相互發明。【時時刻刻】*in horas*, 用法參觀《雜》II 7, 10: "ut mutaret in horas," "他時時變換";《藝》160: "mutatur in horas," "時時有變"。二處皆申瞬息萬變之意。【怵惕】*cautum est*, 漢譯用字參觀《尚書•冏命》: "怵惕惟厲, 中夜以興, 思免厥愆。"

14.【布匿】*Poenus*, 古本皆作此, 然古注Porphyrio以降學者多疑有訛: 布匿即迦太基, 在北非, 與黑海通地中海之博斯普魯海峽似風馬牛不相及。Heinze采Lachmann說, 塗乙*Poenus*作Thynus, "提那", 提那人世居博斯普魯海峽以東小亞細亞, 集中III 7, 3有 "Thyna merce beatum," "受提那的財貨所惠" 語。Syndikus、NH、West、Numberger等輩皆不以爲然, 以爲【布匿】代指腓尼基(Phoenicius), 布匿(迦太基)爲腓尼基殖民者所立, 腓尼基人以航海聞名古代, 故云。Syndikus舉普羅佩耳修IV 3, 51 "nam mihi quo Poenis ter purpura fulgerat ostris … ?" "因爲我以爲絳袍光耀三倍於布匿的血蝸[……]又復何用? " 爲旁證(p.416, 注17), 皆爲以布匿指腓尼基。NH以爲拉丁文學中無徵, 恐失察。參稽諸說, 中譯從傳世文本讀*Phoenus*, 譯作【布匿人】。

15.【博斯普海峽】*Bosphorum*, 今通作博斯普魯斯海峽, 爲本都海通地中海水道, 歐亞大陸分野, 其航道灣多流急, 古時水手視爲畏塗, 故謂其【觳觫】*perhorrescit*焉。一旦全身而渡博斯普魯斯海峽, 則可高枕無憂矣。【看不見的】*caeca*, 直譯: 盲目, 意謂命運不可逆測, 義同下行19 *improvisa*【不可預見】。此章意謂博斯普海峽素以險厄聞名, 故舟船經過, 舟工爲之觳觫; 一旦安全通過, 則以爲從此可高枕無憂矣, 此航之餘程無須擔心矣。豈不知命運(即死亡)無形卻無時不在, 安知其不在海峽之外、人皆以爲安全處待舟子顛覆乎?

16.【懼】原文*timet*屬動詞第二變位式, 依規則末音節元音e爲短音，然依本詩所用阿爾凱詩律，此音當長，讀作timēt，故學者多疑原文有訛。Lachmann塗乙原文，改作timetve，補置後析分連詞（Disjunktiv）-ve（"或"）於動詞後，如此，則元音e依短元音位於二輔音前變長之規當作長讀，而所增開音節結尾音-ve與後字字首元音a連讀，音節總數仍不變。改後則此句義爲"他既不畏懼盲目的命運也不畏懼［博斯普海峽］之外的也不畏懼任何來自他處的事"（neque caeca fata timet aut ultra aut aliunde）。NH辨早期拉丁文類似音節常作長音，又舉集中I 13, 6 "certa sede manet, umor et genas"之manet、II 6, 14 "angulus ridet, ubi non Hymetto"之ridet、III 16, 26 "quam si quidquid arat inpiger Apulus"之arat爲例，以爲類似，皆是短音長讀之例，曰遵古本可也。Heinze亦同此說，以爲不必增刪原文，即可讀作timēt。以語義論，現存文本與Lachmann修訂分歧繫於*ultra aliunde*是否分訓：若依古本則二詞語義相輔，且略相重複（Pleonasmus），即謂"此［或僅指博斯普海峽，或指穿海峽之航］外從他處來的［危險］"，泛指此外一切致命險厄；若依Lachmann（Shorey從其說），則二字分訓，解作"博斯普海峽以遠其海域來的［危險］"，其中*ultra*僅謂方位，即海峽，*aliunde*則統指疾病等其他危險。NH詳辨讀*ultra*作距離解并增補連詞不通，然其論理恐嫌蕪雜；Heinze詬病Lachmann所議修訂雖詞義精準然實爲學究語氣，非詩語也。今按HN、Heinze所說甚是，*ultra aliunde*當泛指海峽以外各類危厄，非衹謂地中海等海域也，中譯【他處】倣原文語意兩歧，然讀者當知其所指從寬。【命運】*fata*與下章行19–20【死之不可預見之力】*inprovisa leti vis*同解，兩處所用形容詞分別爲同義之*caesa*與*inprovisa*尤可爲證。此句謂水手衹知畏懼博斯普海峽，不知死之大限無所不在，當其來也，人不能預知。此例與下章二例并舉，以證行13–14箴言。謂命運不可預見（*inprovisa*），《英華》IX 111米提倫人阿耳基亞（Archios Mitylenaios）箴銘體詩曰：ὅσους αἰῶνα λιπόντας / ἀπροΐδης Κηρῶν λάτρις ἔμαρψε Μόρος，"那些離棄生命者，/不可預見的死之奴僕，命運抓住他們"。

　　17.【兵士】*miles*，指羅馬軍兵，Heinze：H、凱撒，凡稱miles皆指羅馬士兵，故無需特標其爲Romanus。【安息人】*Parthi*云云，指安息國(帕提)騎兵所擅之迴馬計，已見I 19, 11注。【矢和急遁】*saggitas et celerem fugam*, 二代一分述式(hendiadyoin)。帕提人善射，佯敗奔竄中反身迴射尤能震慴敵膽。此句與下句彷彿春秋筆法，暗含褒貶，帕提人爲羅馬人所畏惟當其兵敗逃竄之時，帕提人之所畏乃【意大利勁旅】*Italum robur*, 即I 2, 39 "Marsi peditis," "冒西人步兵"，暗示帕提人常敗，羅馬人常勝。今按帕提人【急遁】非皆爲敗北使然，亦常因欲藉以行迴馬計，此人所共知；詩人以其敗走對羅馬人得勝，固欲抑敵揚我，然其辭亦不無誇飾。

19. 【義大利的勁旅】*Italum robur*, 【勁旅】原文*robur*本義橡樹、橡木乃至用以囚繫俘虜之橡木椿、橡木籠，引申爲勁力(法、英文robuste / robust本此)乃至師之勍勁者。此處詞義學者持論兩歧：或解作囚戰俘之橡木籠(NH)，或解爲勁旅(Heinze, Numberger)。前者以爲【鎖鏈】*catenas*當對以橡木籠，後者則稱*Italum robur*係拉丁成語(參觀*OLD* "robur" 6)，義謂羅馬精兵，西塞羅《致親友書集》X 33, 1: "nam et robur et suboles militum interiit," "蓋我軍勁卒及其族類淪喪"；凱撒《內戰記》III 87, 4: "quod fuit roboris, duobus proeliis Dyrrachinis interiit," "因所存勁旅皆喪於狄拉金二戰役。"由此可見，既言【羅馬】*Italum*，則*robur*不當解作橡木籠(Heinze)。今按兼該本義與譬喻，爲詩語常式，其顯義當依拉丁成語，解爲勁旅，然當日讀者中必有能領首領會詩人雙關之妙者，知帕提人懼爲羅馬勁旅擊敗被俘，牽以鎖鏈、置諸囚籠也。漢字惜無兼該原文二義者，今采Heinze等說，依拉丁成語義翻譯爲【勁旅】。

20. 【萬民】*gentis*, 即前述布匿人、帕提人、義大利人；當死之來也，無論國別種族，莫不爲其所攎。

21. 以降爲招魂(νέκυια)。

21–22. 【我多麼近乎】*quam paene* … 云云如中文俗語所謂差一點兒見了閻王。H之後馬耳提亞利(Martialis)數倣此詩意語式，I 12, 6: "heu quam paene novum porticus ausa nefas !" "曾經多麼近乎嘗試走過那道門！" VI 58. 3 f.: "o quam paene tibi Stygias ego raptus ad undas / Elysiae vidi nubila fusca plagae !" "哦我多近乎被劫至斯第川的波濤

中/看見厄琉西之野的烏雲！"

21.【我】原文無代詞，第一人稱主語蘊含於動詞變位，然原文動詞 *vidimus* 第一人稱爲複數。第一人稱複數單指，爲西洋詩歌中常態，中譯改作單數，以遷就漢語習慣。【目觀】*vidimus*，原文自此下至行 23 皆爲其賓語，中譯爲求明了，行 24 首重言動詞，以明其後仍爲其賓語。【昏暗】*furvae*，爲其是冥界，參觀普羅佩耳修 IV 11, 5："te licet orantem fuscae deus audiat aulae," "幽暗廳堂的神明雖準聽你述說"。

22.【波塞賓娜國】*regna Proserpinae*，即冥間，波塞賓娜 Proserpina 爲羅馬神話司春女神，對希臘神話冥后珀塞豐湼 Persephone；穀神科瑞（Ceres）之女，冥王普盧同（Pluto）劫持入地府爲妻，遂爲冥后，別見《對》17, 2："regna per Propserpinae," "憑波塞賓娜之國"。【埃阿古】*Aeacus* / Αἰακός，古希臘神話英雄佩琉（Peleus / Πηλεύς）之父，愛琴納島（Aegina）國王，以公平敬虔聞名全希臘，以此常受召調停人間並及神界爭端。據柏拉圖，死後與米諾（Minos）、拉達曼忒（Rhadamanthos）併列爲判官。柏拉圖《高耳吉亞》523 e – 524 a 蘇格拉底轉述宙斯語云：

ἐγὼ .... ἐποιησάμην δικαστὰς ὑεῖς ἐμαυτοῦ, δύο μὲν ἐκ τῆς Ἀσίας, Μίνω τε καὶ Ῥαδάμανθυν, ἕνα δὲ ἐκ τῆς Εὐρώπης, Αἰακόν· οὗτοι οὖν ἐπειδὰν τελευτήσωσι, δικάσουσιν ἐν τῷ λειμῶνι, ἐν τῇ τριόδῳ ἐξ ἧς φέρετον τὼ ὁδώ, ἡ μὲν εἰς μακάρων νήσους, ἡ δ' εἰς Τάρταρον. καὶ τοὺς μὲν ἐκ τῆς Ἀσίας Ῥαδάμανθυς κρινεῖ, τοὺς δὲ ἐκ τῆς Εὐρώπης Αἰακός· Μίνῳ δὲ πρεσβεῖα δώσω ἐπιδιακρίνειν, ἐὰν ἀπορῆτόν τι τὼ ἑτέρω, ἵνα ὡς δικαιοτάτη ἡ κρίσις ἦ περὶ τῆς πορείας τοῖς ἀνθρώποις.

我命親兒來裁判，兩箇來自亞細亞，米諾和拉達曼忒，一箇來自歐羅巴，埃阿古。他們這幾人生命終結後，就在通往兩條路的三岔口的草地上裁判，一條通向福人島，一條通向轄靼魯。來自亞細亞的由拉達曼忒裁判，來自歐羅巴的由埃阿古裁

判，而米諾我則給了可行審核的特權，以備萬一其餘兩位疏忽
了，對人的歸宿的裁判會是至公的。

　　另見柏拉圖《蘇格拉底申辯辭》41 a亦同。此外參見《英華》XI
23希頓人安提帕特(Antipatros Sidonios)詩3–4: εἰς Ἅιδην μία πᾶσι
καταίβασις· εἰ δε ταχίων / ἡμετέρη, Μίνω θᾶσσον ἐποψόμεθα, "抵
達駭得所有人惟有一條降道；若我的/很快，我便先覩米諾"。H集中
別見IV 7, 21 f.: "cum semel occideris et de te splendida Minos fecerit
arbitria," "有朝一日你隕越，而且由米諾給你做出輝煌的裁判。"

　　23. 【敬虔者席位】*sedes ... piorum*, 參觀I 10, 17: "tu pias laetis
animas reponis," "你安置敬虔的靈魂於樂所"；此外亦可參稽II 6, 6。
西洋古代詩歌及文學哲學中之冥界想象演進脈絡有跡可循，死者入
陰間由賢愚不肖不辨到善惡分別安置。其中賢者所居之地稱厄琉西
(Elysium)，即此處所謂也，【席位】*sedes*指賢者幽靈休憩之所，希臘
人所謂εὐσεβέων χῶρος或δόμος，II 6, 6同字譯作"棲所"。哀歌詩人
提布盧(I 3, 58)想象死後: "ipsa Venus campos ducet in Elysios," "維
奴親自導引進入厄琉西。"詳見拙著《小批評集》之《幽冥之旅》篇，頁
九四及後。【分派】*discretas*, 對上行【審判】*iudicantem*, 人死幽靈受陰
間判官裁判，賢者得入福地，愚不肖者入韃靼魯，"分"謂分別，分別賢
愚不肖，使各得其所也，見上注引柏拉圖文。又見維吉爾《埃》VIII 667
ff.寫陰間惡人如奸雄卡提里納(L. Sergius Catilina)罰入韃靼魯，義人
如卡圖等得聚集他處。原文*discretas*古本Ψ暨 Ξ系分別作discriptas與
descriptas, 佈置，Porphyrio古注釋之曰: 與他處相分隔也。Heinze: 如
此則謂死人於陰間各有固定居所，而H時代尚不知有此說，詩文厥後摹
寫薩福阿爾凱幽魂混跡於遭譴羣氓之鬼魂中間，可見不當有定所。今
按若爲discriptas, 則幽靈處所攸在實已確定，自不待判官裁判矣。

　　24 ff. H設想親赴陰曹地府時，得會所師希臘詩人。柏拉圖《蘇格
拉底申辯辭》41 a記蘇格拉底自知不免，預言死後入冥間情景，云如
能死後得會奧耳甫、繆賽(Musaeus, 傳說中上古詩人)、赫西俄德、荷
馬，雖萬死不辭。普羅佩耳修II 28, 29 ff.語所愛曰，他日如早落黃泉:

"et tibi Maeonias omnis heroidas inter / primus erit nulla non tribuente locus," "梅奧尼[荷馬, 所詠]的所有女子中, /無人不依你將佔頭位", 略近。西塞羅《老卡圖論衰老》(*Cato maior de senectute*)83："neque vero eos solos convenire aveo, quos ipse cognovi, sed illos etiam, de quibus audivi et legi et ipse conscripsi," "我[死後]將不僅亟欲與我親識的他們相會, 而且也欲與我所聞、所讀和所寫的那些人相會"。古代之後詩人寫冥間會先代詩人, 傑出無過但丁《神曲•地獄篇》。提布盧詩中嘗敍因生前善待愛神, 死後受維奴引領入福地厄琉西, 親覩其情詩爲人載歌載舞於其地(I 3, 59)："hic choreae cantusque vigent"; 維吉爾《埃》VI, 645 ff. 寫埃涅阿遊歷冥府, 見奧耳甫彈豎琴於福人林(fortunatorum nemora);《英華》VII 25西蒙尼德(Simondes)爲阿納克里昂所撰墓誌銘詩曰：μολπῆς δ' οὐ λήγει μελιτερπέος, ἀλλ' ἔτ' ἐκεῖνον / βάρβιτον οὐδὲ θανὼν εὔνασεν εἰν' Ἀίδῃ, "他蜜甜的歌不停休, 雖死去/入駭得也不放手他那多絃琴"; 路謙(Lucianus)《信實傳奇》(*Alethe diegemata*)II 15敍作者得見荷馬、阿納克里昂、斯忒色古羅(Stesichoros)等史詩及豎琴詩人於厄琉西：ἐπὶ δὲ τῷ δείπνῳ μουσικῇ τε καὶ ᾠδαῖς σχολάζουσιν· ᾄδεται δὲ αὐτοῖς τὰ Ὁμήρου ἔπη μάλιστα· καὶ αὐτὸς δὲ πάρεστι καὶ συνευωχεῖται αὐτοῖς ὑπὲρ τὸν Ὀδυσσέα κατακείμεμος. οἱ μὲν οὖν χοροὶ ἐκ παίδων εἰσὶν καὶ παρθενων ἐξάρχουσι δὲ καὶ συνᾴδουσιν Εὔνομός τε ὁ Λοκρὸς καὶ Ἀρίων ὁ Λέσβιος καὶ Ἀνακρέων καὶ Στησίχορος· καὶ γὰρ τοῦτον παρ' αὐτοῖς ἐθεασαμην, ἤδη τῆς Ἑλένης αὐτῷ διηλλαγμένης. "席上他們以音樂歌曲消閒, 大多詩所詠爲荷馬史詩, 荷馬本人亦親在焉, 臥於奧德修之上與宴飲; 復有童男童女歌隊, 由洛克羅人歐諾默(Eunomos)、累士波島人阿里昂(Arion)、并安納克里昂(Anakreon)與斯忒色古羅(Stesichoros)所引領合唱; 後者吾親眼目覩與衆人在一起, 海倫已與之化敵爲友。"斯忒色古羅曾賦詩貶海倫, 見I 16 {評點}。

24. 【薩福】*Sappho*, 古希臘累士波島(Lesbos)豎琴女詩人。【埃奧利】*Aeoliis*, 指古希臘語埃奧利方言, 通行於小亞細亞西北部之埃奧利(Aeolis)，故名，幷延及希臘本土波俄提亞、帖撒利，外島累士波（薩福所出所居）等地。薩福、阿爾凱等希臘豎琴詩人皆用埃奧利方言賦詩，二人所用格律，詩學習稱埃奧利詩律，爲H移植於拉丁語詩歌，語在"緒論" § 3.1，參觀III 30, 13："princeps Aeolium carmen ad Italos / deduxisse modos," "[我]首箇把埃奧利的歌引入/義大利的律調。"依傳說首靭豎琴者忒耳潘得(Terpander)乃薩福同鄉，亦係累士波島人，故豎琴琴絃可以埃奧利稱之：Aeoliis fidibus。IV 3, 12："[Tibur aquae et nemorum comae] fingent Aeolio carmine nobilem," "[提布河水和樹冠]用埃奧利的歌將他塑造高貴"；IV 9, 11 f.："vivuntque conmissi calores / Aeoliae fidibus puellae," "埃奧利姑娘留給/絲絃的溫熱依然活着"。普羅佩耳修II 3, 19："et quantum, Aeolio cum temptat carmina plectro," "他這般以埃奧利琴撥嘗試歌詩"；奧維德《女書》(Heroides)第十五枚代薩福致法昂(Phaon)書曰(15, 200)："Lesbides, Aeolia nomina dicta lyra," "累斯波女子們啊，名字以埃奧利豎琴詠唱"；《英華》IX 184, 2佚名詩曰：Σαπφοῦς τ' Αἰολίδες χάριτες，"薩福，埃奧利之秀"。薩福詩專情，故多【哀怨】querentem；阿爾凱詩主戰，故含【艱辛】dura，一柔一剛，適成對比。

　　25.【哀怨】querentem，情詩多怨，現存薩福殘篇94係離別詩，寫一少女被迫離薩福而去，殊合此處所言：τεθνάκην δ' ἀδόλως θέλω· / ἄ με ψισδομένα κατελίμπανεν / πόλλα καὶ τόδ' ἔειπ. [/ ὤιμ' ὡς δεῖνα πεπ[όνθ]αμεν. "我眞願我已死，　/她涕淚漣漣離開我/說：/ '我們遭遇了多大的險厄!'" 【國民少女】puellis popularibus，即累士波本地少女。詩人何以特標薩福所詠少女爲其同胞，殊爲費解。Denys Page以爲今存薩福詩既稀且殘，H所指殆不可知矣，Sappho and Alcaeus, p.133注1。NH評曰："薩福所怨之女特稱累士波者，當非僅謂其地域也。"按NH暗指今日謂人累士波人，意指身爲女子而祇愛同性也；NH以今推古，所見淺陋。【和你】et.te，與薩福同爲動詞【目覩】vidimus賓語。

　　26.【阿爾凱】Alcaee，已見I 32, 5注。【舟】navis，阿爾凱以舟喻國之名篇(殘篇326與6)已見I 14{評點}，參觀D. Page, pp.179–97。故此

處舟字實有所指。【撥】*plectro*, 琴撥, 以偏帶全連解格(synecdoche), 指豎琴, 參觀II 1, 40; IV 2, 33 f.: "concines maiore poeta plectro / Caesarem," "詩人你以更大的琴撥將詠凱撒"。以此方之, 此處琴撥當特指阿爾凱, 而非多哀怨之薩福。【金】*aureo*, 參觀IV 3, 17 f.: "testudinis aureae / dulcem [...] strepitum," "金龜甲那甜美的/嘈嘈雜雜"。暗示阿爾凱於冥間殆侔神明。【艱辛】*dura*凡三言之, 語呈排比式, 以見艱辛之劇也, 與薩福情詩之婉約相對。

27.【亡命】*fugae*, 指流亡外邦, 參觀阿爾凱詩殘篇(fr. 130)行23–25: ἔγ [ωγ' ἀ]πὺ τούτων ἀπελήλαμαι φεύγων ἐσχατίαισ', ὡς δ' Ὀνυμακλέης ἔνθα [δ'] οἶος ἐοίκησα λυκαιμίαις [　　]ον [π]όλεμον· "我自此被驅逐, 逃到地極, 如俄惡馬克萊, 隻身棲身在荊棘叢中, [......] 戰爭。"古注此詩(*Lyr. gr. selecta*, fr. 114)記曰: κατὰ τὴν φυγὴν τὴν πρώτην ὅτ' ἐπὶ Μυρσίλον κατασκευασάμ[(εν)] οι ἐπιβουλὴν οἶ π(ερὶ) Ἀλκαῖον κ( ) φαν[.]ι, [.]ς δ(ε) π( ) φθάσα[ν]τες πρὶν ἢ δίκη[ν] ὑπο[σ]χεῖν ἔφ[υ]γον [εἰ]ς Πύρρ[α]ν. "當其初次亡命期間設計以圖繆耳斯洛……遭懲罰之前亡命匹洛"。

【困苦】*mala*, 原文係名詞, 爲形容詞【艱難】*dura*所領, 然形容詞再三申述而爲排比, 而所領名詞僅一現, 讀者於意當於其餘二處補名詞【困苦】, 參觀阿爾凱詩殘篇(fr.50): κὰτ τὰς πόλλα π[αθοίσας κεφάλας <κάκ>χεέ μοι μύρον / καὶ κὰτ τὼ πολ[ίω στήθεος, "往我遭遇多艱的頭上和灰毛茸茸的胸上/澆香膏吧"。

28.【戰爭】*belli*, 指與雅典人及僭主米耳西洛(Myrsilos)之戰, 參觀I 32, 5及注。【奏得更渾厚】*sonantem plenius*, 雖言【奏】*sonantem*, 實爲吟詠, 《對》17, 39 f.有 "lyra ... sonare," "豎琴……鳴奏"之說, 義亦同III 28, 11: "tu curva recines lyra / Latonam," "你伴圓形的豎琴復唱拉多"。【更渾厚】*plenius*者, 爲其所詠爲戰爭、亡命及國運也, 與薩福情詩之婉約多怨相比更凝重。*plenius*字以言聲音, 參觀西塞羅《布魯圖》(*Brutus*)289: "supsellia grandiorem et pleniorem vocem desiderant," "聽訟堂欲有更洪亮更渾厚之聲音。" Heinze: 薩福、阿爾凱伴以豎琴歌詠於厄琉西, 一如在陽世時, 固爲幽冥文學常態; 言其所歌爲生時所作，則全爲H獨刱。

29.【魂影】*umbrae*, 幽靈，爲其虛無縹緲，幷無實體，故稱【影】。
【驚異】*mirantur*, 學者皆以爲不作"鬼魂驚詫於此二人竟得在此吟
誦"解，而作"驚異於其吟誦之曼妙"解。【述說】*dicere*, 即吟詠。

30.【神聖緘默】*sacro … silentio*, 本指古希臘羅馬時行祭祀，預
者皆緘口以免出口犯忌，轉喻音樂曼妙聽者屏息，參觀I 12, 10注。集
中他處詩人自命身兼詩人巫史二任，喝令聽衆緘口，其意同此，見III 1,
1–4："odi profanum volgus et arceo. / favete linguis : carmina non prius
/ audita Musarum sacerdos / virginibus puerisque canto." "我憎惡外道
俗衆故而閉關。/仔細你的舌吧：前所未聞的/詠歌由我這摩薩司祭/朝
衆童男和童女吟唱。" 彌爾頓《樂園之失》V 557："Worthy of Sacred
silence to be heard," "[關於上天發生之事]配享神聖緘默的要聆聽"。

30–31.【摩肩相擠】*densum umeris*, 冥界幽靈聚集聆聽詩人歌
詠，摩肩接踵，間不容隙。言幽靈更喜聽阿爾凱而非薩福者，乃因前
者所言關乎百姓國民，後者則僅爲密友同好而吟也。冥府之主爲埃奧
利詩人音樂所動，關目眆於奧耳甫入陰曹救妻神話，奧耳甫乞冥王放
還亡妻，動之以歌，維吉爾、奧維德皆嘗詠誦。前者《農》IV, 469–72：
"ingressus, Manisque adiit regemque tremendum / nesciaque humanis
precibus mansuescere corda. / at cantu commotae Erebi de sedibus imis
/ umbrae ibant tenues simulacraque luce carentum," "他竟接近陰曹那
令人觳觫的王國，/他們的心不曉得爲人的祈求軟化。/自厄勒布最深
處爲歌聲所激動/影翳們和缺乏光的虛像們走來"；《埃》VI 119 f.：
"si potuit manis accersere coniugis Orpheus / Threicia fretus cithara
fidibusque canoris," "若奧耳甫能招妻魂，/信賴忒萊修頌琴與歌絃"；
奧維德《變》X 40 f. 記奧耳甫向冥王冥后且歌且敘，乞準亡妻還陽
云："talia dicentem nervosque ad verba moventem / exsangues flebant
animae," "伴奏他說這些話的音樂/令沒有血色的幻影們哭泣。" 然
Heinze以爲H襲用奧耳甫神話實有未妥，蓋奧耳甫入地尋妻衹此一行
也，詩人本人並薩福等輩入陰曹則一去不返，且諸詩人歌於厄琉西爲
福人棲所，不當有惡犬等怪獸在側聆聽。

32.【啜飲】*bibit*, 耳之於美聲如口之於甘露, 聆音如飲漿。【僭主】原文*tyrannos*複數, 米提倫(Mytilene)僭主墨蘭克羅(Melanchros)終爲庇塔古(Pittacus)共阿爾凱弟兄驅逐。

33.【驚奇】云云, 參觀III 11, 15 f.: "cessit immanis tibi blandienti / ianitor aulae," "廣袤之廳的司閽刻耳卜羅都避讓詔諛的你"。彼處H未直言奧耳甫, 然所指確然無疑; 本詩則非特逕稱其名, 且所敘愈詳, 或據此以爲本篇作於其後。【百首怪獸】*belua centiceps*, 即希臘神話所言冥間司閽惡犬刻耳卜羅(Cerberus), 有多頭, 然其數古書所言不一, 荷馬《伊》VIII 368古注曰: 赫西俄德《神宗》稱有五十, 案其篇行311 f.云: Κέρβερον ὠμηστήν, Ἀίδεω κύνα χαλκεόφωνον, πεντηκοντακέφαλον, ἀναιδέα τε κρατερόν τε· "刻耳卜羅唼生肉, 駭得之銅音犬, 有首五十, 無情而強悍"; 品達則稱其數爲百, 案殘篇(249 b): ἑκατογκεφάλας, Maehler序於品達《酒神頌》(*Dithyrambi*)第二首下, II, p. 77頁中及腳注。　又: 品達此外稱怪物提封(Typhon)爲百首, 見《奧》4, 8: ἑκατογκεφάλα Τυφῶνος, 幷《匹》8, 16: Τυφὼς Κίλιξ ἑκατόγκρανος。

34.【這些歌詩】*illis carminibus*, Porphyrio古注曰指阿爾凱詩作, NH從之, 蓋前章言幽魂更願聽阿爾凱所詠戰伐與逐僭主等事。【罔然】*stupens*本義指使恍惚若受催眠狀, 中譯取自成語罔然若醒(張衡《東京賦》)。【垂下黑耳】*demittit atras ... auris*, 警犬弛懈狀, 反之警覺則豎耳(auribus arrectis)矣。參觀II 19卒章所寫酒神巴刻庫入冥間, 令刻耳卜羅弛懈且欲取媚狀。維吉爾《農》IV, 481摹寫奧耳甫下降陰間救妻時, 以樂聲迷惑衆怪, 意象措辭與此處殆同: "quin ipsae stupuere domus atque intima Leti / Tartara caeruleosque implexae crinibus anguis / Eumenides, tenuitque inhians tria Cerberus ora, / atque Ixionii vento rota constitit orbis." "就連最深處的韃靼魯死亡的宮室, /和髮間盤踞着青蛇的好心女神們也/着了魔, 三口的刻耳卜羅杜口, /伊克匈之輪因風靜而止動。"H與維吉爾二詩孰先孰後, 學者所見不一, NH以爲當是H捃撦維吉爾, Heinze則以爲維吉爾詩在後, 未可確說。近代荷爾德林哀歌《餅與葡萄酒》(*Brod und Wein*)尾聯寫酒神入陰曹惡犬不驚, 境界意象全取自古人："Sanft träumet und schläft in Armen der Erde der Titan, / Selbst der neidische, selbst Cerberus trinket und schläft,""更柔和地夢着，提坦在地的懷裏入睡，/連那嫉妬的，連刻耳卜羅也醉眠。"其中末句selbst...（"連……"）句式活剝維吉爾賀拉斯之*quin* ...，當無可置疑。

35.【好心女神們】意譯*Eumenides*，即復讎諸女神Erinyes，此爲其別名，以好辭稱惡煞，爲趨吉避禍，庶幾可不致觸忤牛鬼蛇神。復讎女神法相以蛇虺爲髮始見於埃斯庫洛悲劇院本《祭奠人》(*Choephori*) 1048–50: ἆ ἆ / δμοιαὶ γυναῖκες, αἵδε Γοργόνων δίκην / φαιοχίτωνες καὶ πεπλεκτανημέναι / πυκνοῖς δράκουσιν·"啊，啊！高耳貢之黑袍女！蛇虺緊密糾結之女啊！"

36.【鬆弛】*recreantur*義爲休息養神，復讎女神示威施暴時其蛇虺之髮皆奮起，猙獰欲噬人，今因沉迷於阿爾凱聲歌而鬆弛，如惡犬之垂耳。此處詩文甚明，解說本不應有二，然NH欲獨出心裁，以爲當指蛇受音樂感激興起貌，謂唯此方可對前半句【罔然】。按recreo詞義爲休憩養神甚明，NH之說牽強穿鑿，Syndikus(pp.420–21，注40)駁論甚詳，可參看。

37.【普羅墨修】*Prometheus*，已見I 3, 27注。普羅墨修因盜火與人而受懲，被縛於巖上，有雕日日飛來剖其腹啄食其肝，創口翌日即合，然雕日日來啄不輟。據赫西俄德《神宗》616，普羅墨修受罰之地爲高加索，普羅佩耳修II 1, 69 f.祖此說："idem Caucasia solvet de rupe Promethei / bracchia et a medio pectore pellet avem,""同樣他将把普羅墨修的手自高加索的巖石間/解放，并従他胸前赶走那雕，"不聞罰入陰曹地府。然H集中此外II 18, 34–36皆敘普羅墨修受罰於奧耳古（陰曹），他處《對》17, 67亦如是說："optat quietem Pelopis infidi pater / egens benignae Tantalus semper dapis, / optat Prometheus obligatus aliti,""背信的匹洛的父親，永遠不得/美饌的坦塔洛希求安寧，/被縛爲食的普羅墨修也希求"。荷馬《奧》IX奧德修招魂於陰間見坦塔洛、西緒弗(Sisyphos)，然未見普羅墨修在焉。維吉爾《埃》VI幽冥之旅亦未曰嘗見普羅墨修於陰曹，故未知H所本。【伯洛之父】*Pelopis parens*,

即坦塔洛(Tantalus)，已見I 28, 7注。坦塔洛受罰集中別見II 18, 35；集外又見《對》17, 65，引文見上；《雜》I 1, 68："Tantalus a labris sitiens fugientia captat flumina，""坦塔洛因做苦役而口渴，掬河水而水退。"

38.【苦役】*laborem*，指普羅墨修與坦塔洛所受懲罰，稱酷刑爲苦役，於修辭格言爲謙語格(litotes)，輕言之也。原文賓格，做希臘文法於被動句中表所歷時間。古鈔本較劣者(λ', Q, σχΑΓ等)或作*laborum*，複數屬格。此處苦役語義衹在懲罰，非欲詳舉諸類懲罰花樣，故單數爲宜。詩能撫貧慰疾，《書》II 1, 131明言之："inopem solatur et aegrum.""可令貧者與病人得安慰。"

38-39.【着了……魔】意譯*dē-cĭpĭo*，原文本義攫獲，轉義爲捕獲乃至欺騙，其中欺騙非謂惡意欺詐以獲利，而謂憂愁痛苦中令移情別處以暫忘苦楚，其効如食阿芙蓉也，英文謂之beguile；德文betören (詞源本義"使受愚弄"，然遠不及英文字常用)，英文例如馬·阿諾德(Matthew Arnold, 1822-1888年)詩劇《恩培多克勒在埃特納火山口上》(*Empedocles on Etna*) ii, 84-86："Only the loved Hebe bears /The cup about, whose draughts beguile/ Pain and care，""唯可愛之青春/侍盞，所盛酒漿可緩/痛苦及憂愁"。此處云阿爾凱歌詩可令普羅墨修輩暫忘刑罰痛楚。集中類似語見I 32, 15。原文以動詞被動式領賓格賓詞，乃活剝希臘詞法，類似詞法亦見《藝》302 f.："o ego laevus, / qui purgor bilem sub verni temporis horam，""哦愚拙如我，春日之時清除怒氣"；《雜》II 7, 38："nasum nidore supinor，""因芬芳而仰鼻"。維吉爾偶亦爲之，《埃》I 713："expleri mentem nequit，""[狄多]心不能足"。彌爾頓《樂園之失》II 460闡發此意甚爲詳盡："if there be care or charm / To respite, or deceive, or slack the pain / Of this ill mansion.""若有手段或魔法能推遲、欺騙或緩解這所凶宅/裏的痛苦。"

39.【獵戶】*Orion*，已見I 28, 21-22注。古希臘神話所述獵人，孔武有力，死後升天爲獵戶星座，然據荷馬《奧》XI 572 f.，奧德修遊歷冥府嘗覩其獵於其中：τὸν δὲ μετ' Ὠρίωνα πελώριον εἰσενόησα / θῆρας ὁμοῦ εἰλεῦντα κατ' ἀσφοδελὸν λειμῶνα, / τοὺς αὐτὸς κατέπεφνεν ἐν οἰοπόλοισιν ὄρεσσι / χερσὶν ἔχων ῥόπαλον παγχάλκεον, αἰὲν ἀαγές. "我看到巨人獵戶在百合地裏/聚集他在山上獵殺的野獸,他手裏拿着永不破壞的青銅棒。"集中III 4, 70–72敘其如何斃命受懲: "notus et integrae / temptator Orion Dianae / virginea domitus sagitta," "著名的、曾引誘/貞潔狄安娜的奧里昂[即獵戶]/爲那位處女的箭簇殲滅。"共居亞(Gyas)、戈岡(Gigantes)同爲"vis consili expres mole ruit sua," "不聽告誡的蠻力因自身的龐大而亡"之證。

40.【驚擾】*agitare*, 即追獵。【猞猁】*lyncas*, 另見IV 6, 33: "deliae tutela deae, fugacis / lyncas et cervos cohibentis arcu," "用弓把逃逸的猞猁和麋鹿/攔阻的得洛女神[狄安娜]所看護的"。

{評點}:

詩人歷險而倖存,作詩以誌之:薩賓山莊有樹倒伏,事出不虞,詩人幾遭壓斃。集中言及此事者非僅此一篇,此外另有II 17, 27–29; III 4, 27; III 8, 6–8。然唯此篇專敘此事,餘皆語及而已。集中既一再言之,樹倒險遭擊斃之意外當非虛構。然則事雖實有,詩啓端詛咒詈罵,氣憤塡膺,以詩人一貫手法攷衆,應非詩人情急過激不能自已,寔乃喬張做致,欲聳人聽聞耳。

事既實有,然以入詩卻非無成例可循。《英華》IX 67(全文見後{傳承})存無名氏詩記某男童陳花環於繼母墓前,墓碑傾圮爲之擊中斃命,言繼母不淑,雖死不悛(全文見後{傳承})。H詩旨歸雖異,其動機仍爲遭物傾壓,與希臘無名氏詩其揆一也。傾壓斃命之爲詩歌動機,H之後尤因馬耳提亞利(Martialis)詩而愈明。馬氏曾多方傚做H此詩,其中XI 41(全文見後{傳承})寫一牧童爲樹壓斃,詩人怒發詈辭,尤近本詩上三章。由此可見詩人敘其所歷險境,非僅係寫實,亦是規隨詩歌程式與傳統也。

H豎琴詩行文尟見單線直截者,多呈一波三折,見其頭不知其尾藏於何處,構思常出人意表,此詩亦然。詩雖因樹倒而起,且有前規可循,然詩人擅長借題發揮。上三章詩人向樹詛咒,直欲植之者闔家遭難而後已;四章以人生多險、不遑怵惕之箴言啓語,稍稍脫離禍起之由;至六章引入招魂情節,詩人設想己入冥府,得見深所服膺之希臘豎

琴詩人，竟全然不復與事之肇端相關；比及篇末，詩以音樂安神撫痛
之魔力終篇，情調舒緩平和，直與開篇之憤怒激烈成反比。故以全篇覘
之，樹倒本爲實事，然於詩中反成虛筆，以藉此抒發詩人詩藝傳承與抱
負；冥界景象本屬虛妄，卻因詩人從中得招希臘詩人之詩魂申明己志反
成全篇旨歸所繫。一實一虛、一虛一實，合之則H之詩歌觀可得而知：蓋
誠如Syndikus所云(p.422)，詩非現實之反映，實爲其反理也；現實中危
險四伏，充滿艱難痛苦，人生變化莫測，不可理喻，唯音樂可使人忘憂
(*"decipitur"*)，唯音樂可予無理無序之世界以秩序與意義。

{傳承}：

　　《英華》IX 67佚名詩：

στήλην μητρυιῆς, μακρὰν λίθον, ἔστεφε κοῦρος,
　　ὡς βίον ἠλλάχθαι καὶ τρόπον οἰόμενος·
ἡ δὲ τάφῳ κλινθεῖσα κατέκτανε παῖδα πεσοῦσα.
　　φεύγετε μητρυιῆς καὶ τάφον οἱ πρόγονοι.

　　此童方欲置花環於繼母墓碑之上，碑爲長石，/以爲其由
生變死其性情亦變，/然此碑仆倒壓斃此童，/雖繼母之墓遺孤
亦須逃避兮。

馬耳提亞利詩(XI 41)錄於此：

indulget pecori nimium dum pastor Amyntas
　　et gaudet fama luxuriaque gregis,
cedentes oneri ramos silvamque fluentem
　　vicit, concussas ipse secutus opes.
triste nemus dirae vetuit superesse rapinae
　　damnavitque rogis noxia ligna pater.
pingues, Lygde, sues habeat vicinus Iollas :

te satis est nobis adnumerare pecus.

　　豬倌阿閔塔過於寵其豕牧、/自得於其畜羣之肥名, /他攀上伸展的樹, 柯枝不能承其重, /便隨其所振落之橡實而墜。/其父不欲肇此可怕之禍的可悲之樹再活, /遂以其木爲火葬積薪。/呂哥德, 任你芳鄰猶拉畜其肥豕: /你數你的牧羣便好。

詩有英國十七世纪詩人克拉肖(Richard Crashaw, 1613–1649年)譯文, 洵資翫味:

Shame of thy mother soyle! Ill-nurtur'd tree!

Sett to the mischeife of posteritie!

That hand, (what e're it were) that was thy nurse,

Was sacrilegious, (sure) or somewhat worse.

Black, as the day was dismall, in whose sight

Thy rising topp first staind the bashfull light.

That man (I thinke) wrested the feeble life

From his old father. that mans barbarous knife

Conspir'd with darknes 'gainst the strangers throate;

(Whereof the blushing walles tooke bloody note)

Huge high-floune poysons, eu'n of Colchos breed,

And whatsoe're wild sinnes black thoughts doe feed,

His hands haue padled in; his hands, that found

Thy traiterous root a dwelling in my ground.

Perfidious totterer! lodging for the staines

Of thy kind Master's well-deseruing braines.

Mans daintiest care, & caution cannot spy

The subtile point of his coy destiny,

W^{ch} way it threats. With feare the merchants mind

Is plough'd as deepe, as is the sea with wind,

(Rowz'd in an angry tempest) ; Oh the sea!

Oh! that's his feare; there flotes his destiny:

While from another (unseene) corner blowes

The storme of fate, to wch his life he owes.

By Parthians bow the soldjer lookes to die,

(Whose hands are fighting, while their feet doe flie.)

The Parthian starts at Rome's imperiall name,

Fledg'd with her Eagles wing; the very chaine

Of his captivity rings in his eares.

Thus, ô thus fondly doe wee pitch our feares

Farre distant from our fates. our fates, that mocke

Our giddy feares with an unlook't for shocke.

　　A little more, & I had surely seene

Thy greisly Majesty, Hell's blackest Queene;

And Æacus on his Tribunall too,

Sifting the soules of guilt; & you, (oh you!)

You euer=blushing meads, where doe the Blest

Farre from darke horrors home appeale to rest.

There amorous Sappho plaines upon her Lute

Her loues crosse fortune, that the sad dispute

Runnes murmuring on the strings. Alcæus there

In high-built numbers wakes his golden lyre,

To tell the world, how hard the matter went,

How hard by sea, by warre, by banishment.

There these braue soules deale to each wondring eare

Such words, soe precious, as they may not weare

Without religious silence; aboue all

Warres ratling tumults, or some tyrants fall.

The thronging clotted multitude doth feast.

What wonder? when the hundred-headed beast

Hangs his black lugges, stroakt with those heavenly lines;

The Furies curl'd snakes meet in gentle twines,

And stretch their cold limbes in a pleasing fire.

Prometheus selfe, & Pelops sterved Sire

Are cheated of their paines; Orion thinkes

Of Lions now noe more, or spotted Linx.

譯文雖恣肆徜徉，然頗忠實於原作，故無須另附中譯。

十四

贈波圖默論人生短促
AD POSTVMVM DE CELERITATE VITAE

　　波圖默，逝者如斯夫，饒你敬神恭謹，仍無計延緩衰老與死亡之
將至，哪怕你日日獻給冥王三百頭犧牲。冥王之國環以悲哀之水，你我
食五穀之凡人，終不免有朝一日擺渡於其上適彼陰間。我們脫身戰爭、
脫身海難而得保全首領，我們年年退居鄉間以避瘴癘之風來自炎方，
無非徒勞、無非徒勞。我們終將親覩嘆息河於冥土，親覩達瑙之女並
西緒弗受罰於其間；我們終將拋妻棄廬，你多植樹木於產業，然而除柏
木可用於喪葬，並無他木能隨你而去。你生前深藏祕鑰的旨酒，將由比
你更配享用你所聚斂財富的承嗣揮霍，你窖中所藏名貴醇酒貴於教宗
華筵所陳，卻被他傾盃豪飲從盃沿兒順嘴角滴下濡濕廳堂的地磚。

{格律}：

　　阿爾凱式(Alcaium)。

{繫年}：

　　無攷，學者或據詩中招魂段落推斷當作於維吉爾《農事詩》第四
首屬就之後，即前29年之後。論者慣以此篇與II 3《贈得流》(次於前
30年之後，見該篇{繫年})並舉，以風格情調攷覈，亦有以爲當次於其
後者。另有學者(詳見Numberger, p.378)編次爲初版詩集中最後所作之
列，即前26–23年，引詩中言老言死句，謂應爲詩人晚年語。按諸說各有
所長，晚年說似略勝。

{斠勘記}:

1. Eheu *Diomedes Servius Hieronymus in Amos* Heuheu *Hieronymus in Ezechiel* σχ*Persius* Heu *Diomedes codd.* B M 案前二異讀皆見於拉丁教父謝龍尼默(傑羅姆)舊約解。

5. trecenis λ z π ς tricenis Ξ Ψ 𝕭𝕴 案異讀爲異體字。

8. Geryonen] –em A λ' γ E ψ z 案異讀用拉丁賓格變位。

14. rauci Q Ψ σχA Γ raucis A a B π *ras.* 案異文爲複數奪格，如此則於fractis之上堆積形容詞以言fluctibus，訛也。

23. invisas cupressos] –am –um *Servius* 案*Servius*引文變複數爲單數，如此則柏樹僅有一株，謬，恐誤記。

27. superbo Ξ Ψ 𝕭𝕴 *Pph.* superbus ς –um ς –is *Lynford* 案異文單數主格，如此則非謂酒佳，而曰人倨傲矣。

{箋注}:

1.【悲夫】意譯感嘆詞*eheu*，Heinze: "爲一篇哀嘆定調"。【波圖默】*Postumus*，單稱之不足，故疊稱之，修辭格屬**重叠格(anadiplosis)**，詳見Lausberg § 619, 屬重複類(reduplicatio)，與悲夫合讀，殊顯詩人感慨之深。人名疊稱，拉丁詩歌鮮見，H詩中僅此一處，維吉爾僅於《牧》2, 69一見: "a Corydon Corydon," 然其實皆爲倣忒奧克利多11, 72: ὦ Κύκλωψ Κύκλωψ而爲也。波圖默是否實有其人抑爲詩人虛構，學者衆說不一: Heinze主虛構說，引馬耳提亞利(Martialis)詩II 23: "non dicam, licet usque me rogetis, / quis sit Postumus in meo libello," "我不要說，即便你問我，我書中波圖默是谁，"謂二人詩中波氏皆爲虛構，然專指有恆產、安定、已婚、電勉之人。NH駁曰，集中人物凡虛構者皆用希臘名，此人用羅馬名，殆應實有其人。普羅佩耳修III 12所贈者同名，詩中盛稱其妻Aelia Galla忠貞，似合本詩行21【喜人的妻子】。又據存世拉丁銘文(*ILS*, 914)，普羅佩耳修詩中波圖默或爲其親屬，曾任里保胥師(curule aedile)等職，亦合H詩中所言家貲富盈。Aelia Galla或係第二任埃及知事(praefectus)Aelius Gallus之女或女弟，Gallus又與至尊並梅克納爲姻婭，如此，H與普羅佩耳修既同蒙梅克納恩渥，與其親戚詩文往來，合乎情理。今按：NH所言可備一說，然證據之間聯繫薄弱，皆是懸猜之詞，並非定讞。虛構抑實有，存疑可也。

　　2.【敬虔】*pietas*，依義當補“你的”(*tua*)。下探次章(5–7)所言祭拜事而生解。

　　3.【逃逸】*fugaces*，參觀II 3, 12：“lympha fugax,”“逃逸的溪水”，水可逃逸，時光如水，則時光亦言逃逸，原文定語形容詞，中譯略如謂語動詞。【流逝】*labuntur*，亦兼有水流時逝二用，用於流水見《書》I 2, 42 f.：“at ille / labitur et labetur in omne volubilis aevum,”“它卻迴旋流淌並將萬世流淌。”

　　4.【不可馴服】*indomitae*，荷馬《伊》IX 158：'Άίδης τοι άμείλιχος ήδ' άδάμαστος，“駴得，不可撫慰也不可馴服”。不可馴服謂死非人力所能轉也。

　　3–4.【皺紋……耄耋之年……死亡】*rugis ... senectae ... morti*，遞增三聯式(tricolon crescendo)，篇中屢見，行8–10：【戈利昂和提提奧……凡是】*Geryonen Tityonque ... omnibus*；行13–16：【戰神……碎浪……凱風】*Marte ... fluctibus ... austrum*；18–20：【嘆息河……達瑙家族……西緒弗】*Cocytos ... Danai genus ... Sisyphus*；行21：【土地、室廬……妻子】*tellus et domus et ... uxor.*

　　6.【三百犧牲】*trecenis ... tauris,* 三百爲虛數，謂多也，同下行26：【百把鎖鑰】*centum clavibus*。古希臘人祭祀犧牲一次用百頭爲常例，希臘文有專稱：έκατόμβη。此處謂三百者，三倍之以示敬虔過人：τρισίν έκατόμβαις，故虛數非三百，寔乃三也。雖然，言三百爲詩人誇張之辭。【無淚的】*inlacrimabilem*，形容詞取義或主動或被動，此爲前者，謂冥王無慈悲，對希臘文之άδάκρυτος，然義同荷馬《伊》IX 158之'Άίδης άμείλιχος，“無情之駴得，”全句引文見前注；集中參觀II 3, 24：“nil miscerantis Orci,”“不慈悲的奧耳古”。被動義見IV 9, 26：“inlacrimabiles ... ignotique,”“無人哭泣……被人遺忘”。此二用法以後者爲常例，前者爲例外，構詞法同《雜》II 3, 181之intestabilis，“無人可爲其證”。

　　7.【普魯同】*Plutona*，希臘神話中冥間王，對羅馬人之奧耳古

(Orcus)，已見I 4, 17及注，彼處爲形容詞，意譯爲冥王的。用作名詞，H詩中僅此一例。本篇無論神話、措辭多用希臘而非羅馬，故詩人用此希臘名而不用拉丁名。【悲哀之洪】*tristi ... unda*，冥間界河，其說未見於荷馬，殆本維吉爾《農》IV 478 f.，引文見下行17–20注。

8.【戈利昂】*Geryon*，冥間怪物，生前盤踞伊比利亞半島之泰西，後爲赫古勒所戮。據赫西俄德《神宗》，有一軀三頭；埃斯庫洛《阿伽門農》(*Agamemnon*) 870 τρισώματος說有三軀，身體龐大，故曰【三重龐大】*ter amplum*，雖然，字*amplum*【龐大】極少以言人身。羅馬詩人胥采三軀說。

9.【提提奥】*Tityos*，宙斯與厄拉臘(Elara)所生，因欲強姦萊托(Leto)爲萊托兒女亞底米共阿波羅擊斃。死後身體張於韃靼魯——故亦可曰【三重龐大】*ter amplum*——，有雙鷲來啄其肝，翌日創口自合，然日復一日啄之不輟，所受懲罰類似普羅墨修所罹者，詳見前詩行37注。荷馬《奥》XI 576–81敘曰：

καὶ Τιτυὸν εἶδον, Γαίης ἐρικυδέος υἱόν,
κείμενον ἐν δαπέδῳ· ὁ δ' ἐπ' ἐννέα κεῖτο πέλεθρα,
γῦπε δέ μιν ἑκάτερθε παρημένω ἧπαρ ἔκειρον,
δέρτρον ἔσω δύνοντες· ὁ δ' οὐκ ἀπαμύνετο χερσί·
Λητὼ γὰρ ἕλκησε, Διὸς κυδρὴν παράκοιτιν,
Πυθώδ' ἐρχομένην διὰ καλλιχόρου Πανοπῆος.

　　我還看見提提奥，土地女神有名的兒子，/鋪展在地上：廣達九頃，/有二禿鷲分踞其兩側，啄裂其肝臟，/探喙於他腹膜之内，而他手不能攔阻；/因爲他施暴於萊托，宙斯神光奕奕的妻子，/當她穿過風景優美的潘諾佩朝匹索去時。

10.【食土地饋贈】*terrae munere vescimur*，饋贈*munere*即出產，如漢語俗諺所謂喫五穀雜糧，然語出有自，祖荷馬《伊》VI 142: εἰ δέ τίς ἐσσι βροτῶν, οἳ ἀρούρης καρπὸν ἔδουσιν, "可你若是食土地的果實

的必死的人中的一箇"；《奧》VIII 222亦同：ὅσσοι νῦν βροτοί εἰσιν
ἐπὶ χθονὶ σῖτον ἔδοντες，"所有在地上食穀的有死者們。"

11.【擺渡其上】原文*enaviganda*，此處指人死渡達彼岸，西塞羅
嘗用此生僻字以喻論辯時駁詰謬說以達眞理，《圖斯坎論辯集》IV 33：
"ex scrupulosis cotibus enagigavit oratio，" "演說駛出尖利礁石"；參
觀普羅佩耳修III 18, 22–24："sed cunctis ista terenda via est. / exoranda
canis tria sunt latrantia colla, / scandenda est torvi publica cumba
senis." "可所有人皆得踏那條道。/全都要乞求那條狂暴的三喉犬，/
全都要登上那蠻橫老兒的筏。"今按：詩中此字義近釋教語梵文波羅
密多(पारमिता / pāramitā)，即到彼岸，蓋印歐民族最古老神話之一也，
拉丁字*enaviganda*指死，與梵文pāramitā其揆一也，特未專指死後入福
地耳。

12.【王公】*reges*，參觀I 4, 14.

13–15.【空要】*frustra*排比，中譯倣之。疊言可怖之事參觀I 2, 1 f.
Heinze：【擺脫】*carebimus*言後果，行15【懼怕】*metuemus*陳其因。

14.【喧囂】【碎浪】原文*fractisque rauci*二字相連，寫意兼象聲，
尤以爆破音c迸出摹擬浪擊礁石聲，亞底亞海岸巖石破碎多礁。如此
擬聲首見於維吉爾《農》I 109 f.："illa cadens raucum per levia murmur
/saxa ciet," "它[洪水]落下，在光滑的巖石上撞擊出/喧囂的噪音"；
《埃》VI 327亦有 "rauca fluenta," "喧囂之流" 語。

13.【戰神】*Mars*，神名德指(metonymia)，指其所司，即戰爭。

16.【凱風】*austrum*，意大利暨南歐春秋季有強風吹自南方，起於
撒哈拉沙漠與阿剌伯，本爲乾熱氣流，至南歐變濕冷，因裹挾阿剌伯
與非洲沙塵，故人以爲能【傷身】*nocentem corporibus*。希臘人稱之爲
σίροκος，意大利文今仍作scirocco。希波克拉底(Hippocrates, 約前460-
約370年)《格言集》(*Aphorismi*) 3, 9云：ἐν φθινοπώρῳ ὀξύταται αἱ
νοῦσοι, καὶ θανατωδέσταται τοὐπίπαν, "秋時疾疴最重、最致命。"
古羅馬時富人逢秋即退居自羅馬城至鄉間別業以避之，H《雜》II 6,
18f.："nec mala me ambitio perdit nec plumbeus auster / autumnusque
gravis, Libitinae quaestus acerbae," "沒有不利的竞選也沒有如鉛的凱

風/和沉重的秋天(可憎的利比提那[羅馬神話中喪神]獲利)令我憂愁”；
《書》I 7, 1–9 敘詩人爲避暑乞假於梅克納，亦可爲此句下一注腳：

quinque dies tibi pollicitus me rure futurum
Sextilem totum mendax desideror. atque
si me vivere vis sanum recteque valentem,
quam mihi das aegro, dabis aegrotare timenti,
Maecenas, veniam, dum ficus prima calorque
dissignatorem decorat lictoribus atris,
dum pueris omnis pater et matercula pallet
officiosaque sedulitas et opella forensis
adducit febris et testamenta resignat.

五天是我應許你待在鄉下的，
整箇八月，我撒謊了，別有應酬。
若你願我生活健康無疾病，
就請給多病的我，未來也給怕
生病的我，梅克納，以寬容，無花果熟時
暑熱也打扮帶着黑色執梃的喪禮執事，
那時所有的父母都爲孩子懼怕，
殷勤的辛苦和市上的勞累
帶來熱病、啓封遺囑。

此外又見《書》I 16, 15–16：“hae latebrae dulces et, iam etiam, si credis, amoenae / incolumem tibi me praestant septembribus horis,” “這些甜美的隱居之地也很，若你相信，宜人，/在第七月[即今九月]間使我健全立於你面前”。漢譯各方風神名，已詳I 3注，此處譯作凱風祇取其南向義，與《詩經》凱風解說別無所似。傷身又見《雜》I 1 80：“condoluit temptatum frigore corpus,” “爲寒氣攻驗之身生痛”；《對》2, 58：“gravi malvae salubres corpori,” “於能健沉重之軀之錦葵”；

《書》I 2, 48："deduxit corpore febres,"　"能自體內袪熱"。

17–20. H摭拾維吉爾《農》IV 478–80所繪地獄圖："umbrae … quos circum limus niger et deformis harundo / Cocyti tardaque palus inamabilis unda / alligat et novies Styx interfusa coercet,"　"環繞這些幽魂有黑泥和醜陋的/蘆葦，還有凝重的沼澤和不可親愛的洪水/約束，又有九重交流的斯提川封閉"；又見其《埃》VI 323："Cocyti stagna alta vides Stygiamque paludem,"　"你看高居多深水和斯蒂克斯沼澤"。

18. 【嘆息河】*Cocytos*，可音譯爲高居多河，荷馬《奧》X 513 f.敘陰間地貌曰：ἔνθα μὲν εἰς Ἀχέροντα Πυριφλεγέθων τε ῥέουσι / Κώκυτός θ᾽, ὃς δὴ Στυγὸς ὕδατός ἐστιν ἀπορρώξ, "那裏朝阿基隆湖注入普里菲勒革桑河/和高居多河，它是斯蒂克斯水的支派。"自此以降西洋詩歌寫冥界皆稱其爲陰間水系之一。原文*Cocytos*係希臘文Κώκυτος轉寫，出自動詞κωκύω，"哀嘆"，因文中此水名本義與句中"看見"、"遲緩"、"黢黑"、"蜿蜒"等相呼應，故捨音譯，繹譯其本義以稱之。彌爾頓《樂園之失》II 579 f.言及此水特標其訓義曰："Cocytus, nam'd of lamentation loud / Heard on the ruful stream,"　"高居多河，因大聲的哀號得名，/在那愁恨的水面上可得而聞"。

19. 【達瑙家】*Danai genus*，指達瑙諸女；達瑙（Danaus），據傳說爲古埃及王阿契羅（Achiroe）子，生女五十人，復有孿生兄弟埃及（Aegyptus），生子五十人，遂令相嫁娶。達瑙不欲嫁女，遂攜以北奔希臘之阿耳戈（Argos），埃及率諸子隨踵而至，達瑙見事必不免，遂佯許嫁女，然暗囑諸女悉戮其夫於合巹之夕，除一女未從命外，餘皆遵父命弑其夫。達瑙諸女弑夫，故曰【聲名狼藉】*infame*，參觀III 11, 26 f.："scelus atque notas virginum poenas,"　"童女們的罪愆及其昭著的懲罰"。

20. 【西緒弗】*Sisyphus* / Σίσυφος，據希臘神話，帖撒利王埃奧洛（Aeolus / Αἴολος，後人以其名稱希臘人之一支及其所居地與所操方言，詳見前詩行24注）子，後自立爲厄福拉（Ephyra）王，以欺詐殺害行旅遭神譴，被罰推石上坡，近巔而未及時，石即滾下，如此往復無盡。西緒弗家世見荷馬《伊》VI 152–54：ἔστι πόλις Ἐφύρη μυχῷ Ἄργεος

ἱπποβότοιο, / ἔνθα δε Σίσυφος ἔσκεν, ὃ κέρδιστος γένετ' ἀνδρῶν,
/ Σίσυφος Αἰολίδης· "牧馬的阿耳該最深處有城名厄福拉, /其中有
西緒弗, 人中最詭詐者, /埃奧洛之子西緒弗"。在陰間受罰, 見《奧》XI
593–600：

καὶ μὴν Σίσυφον ἐσεῖδον κρατέρ' ἄλγε' ἔχοντα,
λᾶαν βαστάζοντα πελώριον ἀμφοτέρῃσιν.
ἦ τοι ὁ μὲν σκηριπτόμενος χερσίν τε ποσίν τε
λᾶαν ἄνω ὤθεσκε ποτὶ λόφον· ἀλλ' ὅτε μέλλοι
ἄκρον ὑπερβαλέειν, τότ' ἀποστρέψασκε κραταιΐς·
αὖτις ἔπειτα πέδονδε κυλίνδετο λᾶας ἀναιδής.
αὐτὰρ ὅ γ' ἂψ ὤσασκε τιταινόμενος, κατὰ δ' ἱρὼς
ἔρρεεν ἐκ μελέων, κονίη δ' ἐκ κρατὸς ὀρώρει.

我還看見西緒弗遭受酷刑,
他雙手推動沉重的巨石。
他憑雙手雙腳的支撐
向上朝山頂把那石頭推, 可當就要
滾到山巔的時候, 那時重物逆轉,
無情的石頭便重又滾下山來。
可他會重又努力推動, 滿身汗水,
從肢體滴下, 塵土從他頭下騰起。

【埃奧洛之子】*Aeolides*, 學荷馬以父稱子, 見上引《伊》VI 154.
以父名稱子(patronymia)爲史詩筆法, 已見I 6, 6注。【長役】*longi ...
laboris*, Heinze: 長謂永久無歇, 如III 11, 38："longus ... somnus," "長
眠"; IV 9, 27 f.: "longa nocte," "長夜", 皆言死也。

21–25. 此二章原文皆以動形詞(gerundivum)起始: *visendus*與
linquenda, 且皆各爲句中謂語, 呈排比, 中譯倣之。二句所言之事雖
相接連, 然一言陰間, 一說陽世, 相對而相輔, 結構謹嚴。原文此二動

形詞句皆略與格人稱代詞，即句中之邏輯主語，據上章第一人稱複數主語，於意應補nobis（"我們"），中譯循原文亦略而不書，讀者意會可也。

21.　【將拋棄……】linquenda …, 上反對行17【將看見】visendus, 皆爲動轉形容詞（gerundivum）。詩意參觀II 3, 17: "cedes coemptis saltibus et domo / villaque flavos quam Tiberis lavit," "你將退離所實的田莊、室廬/和爲提伯濁水沖刷的別業。"

22.　【喜人的】原文placens（placeo現代分詞形式）常見於羅馬情詩，謂令[人]喜愛，《書》I 14, 33: "quem scis inmunem Cinarae placuisse rapaci," "你知他不送禮而能討貪婪鬼齊那之喜"；提布盧II 5, 51 f.謂羅馬女祖以利亞爲戰神所歡曰: "Marti placitura sacerdos Ilia," "女祭司以利亞爲戰神所喜"；普羅佩耳修II 7, 19: "placeam tibi, Cynthia, solus," "唯我受你喜歡，鈞提婭"；奧維德《術》1, 42: "tu mihi sola places," "唯你令我喜歡"；《變》IV 228: "mihi, crede places," "相信我，你討我喜歡"。中譯"喜"字如歡喜，兼該本義與轉義，所補"人"字實謂波圖默，placens於意應補tibi（"爲你"）。NH: 言波圖默妻喜人，反襯前達瑙家諸女之可恨。【你栽的樹】harum … arborum, 蓋爲波圖默沿其產業地界所栽，以爲植援，而非爲觀賞，故其木當非珍貴。

23.　【柏樹】cupressos, 羅馬人以柏爲死喪用樹，故云【可憎】invisas。普利尼《博物志》XVI 141: "quaestuosissima in satus ratione silva ; vulgoque dotem filiae antiqui plantaria ea appellabant," "[柏樹]乃園圃中最能獲利之樹，古人稱其樹苗爲女兒嫁妝。"據維吉爾《埃》III 64（詩文見下）Servius古注，殯喪之家門前置柏枝，以免教宗誤入而不潔，故H《對》5, 18有 "cupressos funebris," "殯喪之柏"之說；又據《埃》VI 216 Servius古注，羅馬人火葬，以柏木累繞祭臺，以其燔時所生香氣可掩焚屍所生異味，維吉爾《埃》III 63敘爲怨鬼Polydorus舉喪云: "ergo instauramus Polydoro funus, et ingens/ aggeritur tumulo tellus ; stant Manibus arae / caeruleis maestae vittis atraque cupresso," "我們於是爲波利多羅行葬禮，以積大土丘爲墳，爲冥王

立了祭壇,/以青色帶爲喪,還有深色的柏樹"; VI 214 ff. 所敘爲下屬
Misenus行火葬愈詳愈明:"principio pinguem taedis et robore secto /
ingentem struxere pyram, cui frondibus atris / intexunt latera et feralis
ante cupressos / constituunt,""首先,他們以因油松而肥腴和劈開的橡
木/支起巨大的薪堆,再用黝黑的葉子編織在其側,在其前方置放喪
儀用的柏枝"奧維德《哀》III 13, 21 f.:"funeris ara mihi, ferali cincta
cupressu, / convenit,""葬禮的祭壇,繞以殯喪柏木,適合/我"。NH云
以此處意象覘之,柏似應樹於墓側。今按:柏樹既跟隨業主而去,未
始不應解作繞火葬積薪所陳柏枝,火葬焚薪,柏枝與燬,可謂隨死者
去也。中國古時詩中並言柏與死,則多謂樹之於墓側,《古詩十九首》
第三:"青青陵上柏,磊磊澗中石"。然周秦直至西漢王侯墓葬有黃腸
題湊之制,用柏木繞棺而累實,略通上述羅馬人喪禮習俗,參觀《漢
書》卷六十八《霍光傳》(頁二九四八):"光薨,上及皇太后親臨光喪。
[⋯⋯]賜金錢、繒絮,繡被百領,衣五十篋,璧珠璣玉衣,梓宮、便房、
黃腸題湊各一具,樅木外藏椁十五具。"蘇林注"黃腸題湊"曰:"以
柏木黃心致累棺外,故曰黃腸。木頭皆內向,故曰題湊。"實物則可見
1976–1987年陝西鳳翔發掘秦景公墓。如此則中國古人亦可曰柏隨人
去矣。

24.【期促】*brevem*,參觀I 4, 15; I 11, 6。此云波圖默雖坐擁室
廬產業,然人生期促,無非其產業之暫住過客而已,其命短於所植
柏樹,參觀I 36, 16 "breve lilium,""短命百合"; II 3, 13: "nimium
brevis flores … rosae,""玫瑰那太短促的花朵"等語。盧克萊修III 914:
"brevis hic est fructus homullis,""此果於小人兒忒短促"。中譯用詞略
取《易林·鼎之大壯》:"朝露白日,四馬過隙,歲短期促,時難再得",
頁一八五六。

25.【承嗣】詳見II 3, 19注;此外參觀III 24, 61 f.: "indignoque
pecuniam / heredi properet,""再讓銀錢由不肖的/承嗣迅速揮霍";
IV 7, 19 f.: "cuncta manus avidas fugient heredis, amico / quae dederis
animo,""你給你珍貴生命的一切,都將逃脫/承嗣的貪婪之手";《雜》
II 3, 122 f.: "filius aut etiam haec libertus ut ebibat heres, / dis inimice

senex, custodis？”“遭神棄的老兒，你守財是給你兒或者甚至家生子作承嗣/吞沒麼？”

26.【鑕鑰】*clavis*本義爲鑰匙，然此處兼稱鑕與鑰，故中譯補足之。【百把】*centum*爲虛數，侈言業主爲祕藏旨酒之處心積慮。【卡古酒】*Caecuba*, 已見I 20, 9注，另見I 37, 5及注。

27.【驕傲】*superbo*，因其身價名貴，以酒擬人，遂云酒自負傲人，參觀II 6, 14言地因產蜂蜜不讓許美多(*non Hymetto mella decedunt*)而挺出。【醇醴】*mero*, 葡萄酒之未兌水者，因其度高性烈，暗示酗酒豪飲，參觀I 9, 7; II 3, 13; II 11, 13. 旨酒名貴如許，竟爲不肖子孫如此糟踐，可謂暴殄天物，驟富暴發者往往如是。

28.【地磚】*pavimentum*, 古羅馬時富人宅邸地面多墁以大理石或碎石。【優勝】*potiore*, 無連詞(asyndeton)補加形容詞，於詞性及所謂等同於【驕傲的】*superbo*，於語氣彷彿言訖忽轉一念所補加者，Lausberg所謂asyndeton中adiunctio類也，見§ 709–710及§ 743，集中此外唯有I 18末行語式同此：“perlucidior vitro,”“比玻璃還要透明”。【優勝】非謂此酒品質高於教宗華筵所用酒，而謂人寧願如此揮霍前業主所藏之酒也。【教宗】*pontifex*, 古羅馬設教宗團(Collegium pontificum), 總攬國教諸務，主國家祭神卜等事，設大教宗(Pontifex maximus)一人領之。【筵席】*cenis*, 羅馬祭司享神飱筵以奢華著稱，已見I 37, 2注。此處不言舞覡之筵者，爲造語措辭多變故也，然羅馬讀者皆知所指乃“舞覡饗宴”也。

{評點}：

　　向來學者慣以此篇與II 3《致得流》並讀，二篇主題皆如中文成語所謂人生如白駒過隙，嘆其期促也。二詩所異者，致得流詩雖开篇警人終有一死、卒章刻畫入陰間擺渡圖，然詩之主幹中間三章勸人及時行樂，多方摹繪宜人風光場景，故全篇凝重與明快相抵制衡，不致通篇陰鬱晦暗；反觀本詩則幾全寫冥間慘象，末二章雖言及人生中可愛可樂之人之事，然皆自其喪失、自其不可長有言之，取意全然消極，並無II 3中間各章所含喜人意象點綴其間。讀者自篇中死亡慘象雖可推知人生當及時行樂，然竟其篇終並無一字明言。

詠人生苦短當及時行樂乃集中一大主題，除本詩與II 3外，尚有I 4, I 11, III 28, IV 7等篇。其中含陰間圖者有I 4, 16 f., II 3, 24與27 f., IV 7, 14 ff.等。此類主題於希臘豎琴詩人寔有所祖，阿爾凱殘篇38(采D. Page, *Sappho and Alcaeus*文本補文, p.300)殆爲此詩所本：

πῶνε [καὶ μέθυ' ὦ] Μελάνιππ' ἄμ' ἔμοι· τί [φαῖς]
†ὄταμε [....] δίνναεντ'† Ἀχέροντα μεγ[
ζάβαι[ς ἀ]ελίω κόθαρον φάος [ἄψερον
ὄψεσθ'; ἀλλ' ἄγι μὴ μεγάλων ἐπ[ιβάλλεο·
καὶ γὰρ Σίσυφος Αἰολίδαις βασίλευς [ἔφα
ἄνδρων πλεῖστα νοησάμενος [θανάτω κρέτην·
ἀλλὰ καὶ πολύιδρις ἔων ὑπὰ κᾶρι [δὶς
δίνναεντ' Ἀχέροντ' ἐπέραισε, μ[
α]ὔτω μόχθον ἔχην Κρονίδαις βα[σίλευς κάτω
μελαίνας χθόνος· ἀλλ' ἄγι μὴ τα[
..].

　　飲酒吧，飲醉，哦墨拉尼珀，跟我一起。你緣何以爲/一旦渡過沸騰的/阿喀隆河你就會看到/純淨之光？那就來吧，莫懷大志；/埃奧洛之子，西緒弗王，/那箇人中最聰明的人，說他臣服了死亡。/可是任他百般聰穎，兩度渡過/沸騰的阿喀隆河，/克羅諾之子，[冥]王卻……他在黑色的地下/苦役。那就來吧，莫……/

阿爾凱詩勸人及時行樂，亦引西緒弗故事，且兩度言及擺渡陰間水面。纍士波島兩大詩人H無不爛熟於心，此篇律用阿爾凱，與希臘詩人兩篇之間從格律到內容種種相似之處應非偶合，雖不若他處迳直迻譯前賢敷衍成篇(I 9之於殘篇338, Syndikus懸測此詩應有更近似模本，今已散佚不可攷)，然爲H挦撦前人以寫己意則無疑。

　　詩之主題於希臘詩人或有所祖，且爲集中常談，然誠如Syndikus所云(p.424)，此詩獨特之處在於詩人在此說生論死，非若他處僅爲勸慰友人，而置己身於事外者，而是沉痛親切，感同身受。詩中情感尤因全詩謀篇結構嚴整、詩思句法一氣呵成而能深入讀者心脾。是作開篇即以感嘆詞加疊呼人名緊張讀者情緒，行3–4 "皺紋"、"耄耋之年"與 "死亡"共其修飾語呈遞增三聯(tricolon crescendo)修辭語式。前三章原文與譯文皆爲一完整渾圓句，朗誦時如雄辯辭般波濤滾滾，一泄如注。其後續以兩大排比式，分別貫穿四章("我們空要")與五、六章(動形詞排比)。後半部亦多見三聯式結構，與渾圓句、排比等句式相錯綜： "戰神"、"亞底亞海"與"凱風"概括羅馬人三大事業，用筆極爲精煉；"嘆息河"、"達瑙家族"與"西緒弗"勾畫冥界景象，烘托陰間慘狀；"土地"、"室廬"與"妻子"臚列人世間使人留戀之人之物。篇末以羅馬現實生活與名物終結，遂令希臘神話與幻想結束於當下羅馬生活之現實。

十五

刺時人廣造華屋
DE PRAESENTIS TEMPRORIS LVXVRIA

富人竸相營造華屋，佔地日廣，奢賽東方君王，穡地因而日遭侵佔；富人興建別業，穿池掘地，所造人工湖泊廣袤勝過天然，園內不種莊稼，而植懸鈴木等景觀樹；不樹橄欖，而爲求芳香廣藝紫羅蘭、桃金娘等花卉。古時羅慕洛憑占卜神示決策，留下遺訓，卡圖艱苦樸素，曾立下規矩，皆禁止淫靡。曩時私產很少，然公產很大，私人府第不設柱廊，也不造專爲納涼的度夏別墅，那時律法明文規定禁止人輕賤茅屋泥牆作私宅，然而卻不吝貲費用新石料裝飾城市公房與神廟。

{格律}：

阿爾凱式(Alcaium)。

{繫年}：

Numberger推斷屬於30年前後，NH以爲當次於前28年。

{斠勘記}：

9–10. ictus *om.* B

12–20. *om.* B

{箋注}：

1. 以誇張之詞啟端，Heinze以爲可與赫西俄德《工與日》176 ff. 所述人類之鐵器叔世並讀，案其說略嫌牽強。【王宮般】*regiae*，羅馬自西曆紀元前509年起行共和制，共和制崇簡尚樸，慎於營造；帝政（前27年起）初期，羅馬國體雖已更始，共和亡、帝政興，然典章制度仍多循舊規，迥異於東方諸國以及後世絕對君主國之窮奢極欲。羅馬人行一夫一妻制，帝政初期並無皇宮內庭，亦無後宮太監制，稱羅馬權貴營造【廣廈】*moles*奢華堪比東方王宮，暗諷其有悖羅馬習俗傳統。【廣廈】參觀III 29, 10詩人描寫梅克納華屋曰："molem propinquam nubibus arduis," "與峻空的雲朵爲鄰的大廈"。H之前已有羅馬作家斥時人構屋務求奢華，有悖古風，法羅（Varro）《農事三書》（*Rerum rusticarum libri tres*）I 13, 6："Fundanius, Fructuosior, inquit, est certe fundus propter aedificia, si potius ad anticorum diligentiam quam ad horum luxuriam derigas aedificationem. illi enim faciebant ad fructum rationem, hi faciunt ad libidines indomitas." "'馮丹，靠近房屋的田地，'他說，'肯定更豐產，如果你造屋是依照古人的勤勉而不是他們[今人]的奢華的話。因爲古人營造是出於利用，今人則是爲了不受馴服的奢慾。'"以下【廣廈】、【水塘】、【懸鈴木】、【紫羅蘭】等富兒別業景緻皆反襯佃農田園中【小畹】、葡萄釀酒（【榆樹】）、【橄欖園】等。

2.【小畹】*pauca ... iugera*，羅馬以農耕興邦，今農田被佔，耕地縮減，僅餘小畝，所言恐不無詩人誇大之辭。【畹】譯*iugerum*，本義爲古羅馬土地丈量單位，= 240 × 120羅馬尺，約合2/3英畝 ≈ 4.5今中國畝，見*OLD*，"iūgerum"條，後亦可泛指成片農田。漢譯"畹"者：畹字本亦爲土地度量單位，或曰三十畝或曰十二畝爲一畹，見《楚辭·離騷》王逸注"九畹"。古畝小於今畝，此處原文複數，故與一畹所含土地面積略合。"畎畝"、"畦"等中文詩中常見詞語，恐較原文所指爲小。【鏵犁】*aratro*，羅馬以農耕立國，犁鏵爲其生存攸繫。【水塘】*stagna*，古今中外富人營造華屋，築室則必穿池。參觀潘岳《閑居賦》："爰定我居，築室穿池，長楊映沼，芳枳樹籬，游鱗瀺灂，菡萏敷披，竹木蓊藹，靈果參差。"（《文選》卷十六）

3.【盧里諾湖】*Lucrinus lacus*，潟湖，位於南意大利坎帕尼亞（Campania），與波佐里（Pozzuoli）海灣相隔惟一狹長海堤，地近古羅馬人度假勝地百藹(Baiae)。此湖今日面積因十六世紀火山爆發地貌改變而銳減。古羅馬時該湖以盛產牡蠣等水產著稱，H有詩稱道，《對》2, 49："non me Lucrina iuverint conchylia / magisve rhombus aut scari,""盧里諾湖的牡蠣沒有讓我享受，/或是多寶魚或鸚鵠魚更給我享受"。以此湖相比者，緣其當日爲公有產業，租賃於人，所獲皆輸於公。私產雖奢華，可誇有塞內加《爭論集》(Controversiae) V 5所謂"mentita nemora et navigabilium piscinarum freta,""假樹林與可航行之魚池假海"，然無益於國。

4. 【鰥居】*caelebs*，本謂男子無妻，轉義指喬木無葡萄藤生於其側攀附其上，見*OLD* "caelebs" 2)條。老普利尼《博物志》XVII 204云："iuxta suam arborem aut circa proximam caelibem,""附其樹於最近的鰥居樹上，"可證此說並非詩人辭藻，蓋當日農夫行話。反之，以葡萄樹而言，緣木攀附則曰嫁(marito)，《對》2, 9–10正用此義："adulta vitium propagine / altas maritat populos,""及笄的葡萄樹枝/嫁給高聳的楊樹"。今按中國古時葡萄種植不廣，故尠有以葡萄樹譬喻人事者，然有女蘿之說，《小雅‧頍弁》云："蔦與女蘿，施於松柏"，喻臣僚之於君主，與拉丁文意略近，參觀I 36, 20注。【懸鈴木】*platanus*，已見II 3, 10注。以懸鈴木爲景觀樹，妝點權貴園林，羅馬人得自東方於共和時代最後百年(約前一世紀)，小普利尼《書信集》I 3發故鄉之思曰："quid agit Comum, tuae meaque deliciae ? quid suburbanum amoenissimum ? quid illa porticus verna semper ? quid platanon opacissimus ?""科莫邑今如何？你我之所愛？其宜人城郊如何？其長春之柱廊如何？其遮天蔽日之懸鈴木？"懸鈴木非果木，與稼穡無與，故古有sterilis("絕育")之稱，崑提良VIII 3, 8："sterilem platanum tonsasque myrtos quam maritam ulmum et uberes oleas praeoptaverim ?""我應更喜絕育的懸鈴木和修剪的桃金娘而不是結婚的榆樹和多子的橄欖麼？"又見奧維德《胡桃樹》(*Nux*)："at postquam platanis sterilem praebentibus umbram / uberior quavis arbore venit honor,""可是一旦榮耀給了哪種更茂盛的樹，/即伸展絕育蔭翳的懸鈴木。"

5. 【蓋過】*evincet*，字由克敵本義轉喻克難破阻，至尊朝始見。

【榆樹叢】*ulmos*, 葡萄園植榆樹用作葡萄藤攀爬棚架，《書》I 16, 3言及薩賓山莊云：“*vitibus ulmo*,”“葡萄藤攀爬的榆樹”。此句言時人競尚奢華，植木唯求景觀，如懸鈴木之類，而棄果樹或果園所需之攀附木，如葡萄藤攀附所需之榆樹。

5–6. 【紫羅蘭】*violaria*, 多年生草本花卉，與長青灌木【桃金娘】*myrtus*同以芬芳受寵於園圃供人遊樂。【鼻孔的……豐盛】*copia narium*, 指草木中芬芳撲鼻者，特言鼻者，謂此類草木可愉悅鼻腔而不能實口腹也；曰*copia*（豐盛）意含諷刺，尤因此字本指莊稼豐收，今言鼻之豐盛，殊顯其虛無，不若口之豐盛爲實有也。【所有】*omnia*, 西塞羅《致親友書信集》VII 26, 2：“fungos, helvellas, herbas omnes ita condiunt, ut nihil possit esse suavius,”“蘑菇、菠菜、所有菜蔬皆這般醃製，以令其不甜。”

8. 【多產的】*fertilibus*, 對上【鰥居的】。【橄欖園】*olivetis*, 橄欖爲地中海沿岸人民主食之一，可餐亦可榨油，今斷之更植以花卉，是廢稼穡、行奢靡也。此園【前業主】*domino priori*種植橄欖樹爲守本業，新業主一變而改果園爲觀光享樂道場，是捨本逐末也。

9. 【月桂樹】*laurea*, 月桂枝繁葉茂，宜於遮蔭。老普利尼《博物志》XVII 88：“eaedem [umbrae] enormes cerasis, lauris,”“而櫻桃與月桂樹樹蔭巨大。”故可用於園林。詩中言月桂本多用爲競技比武與詩人賽詩獎賞，然此處用意消極，與懸鈴木、桃金娘等同歸於徒有其表卻無實用類草木，頗引入矚目。

10. 【熱切的擊打】*fervidos ... ictus*, 指日光射線強烈。

10–12. 句中多跨步格（hyperbaton），依Kießling, *auspiciis*（禽兆，奪格）與*Romuli praescriptum*（羅慕洛的訓誡，人名屬格＋主格名詞化被動分詞）合讀，*Catonis*（卡圖，人名屬格）與*veterum*（古人，複數屬格）合讀。今按：奪格名詞*auspiciis*須與動詞*praescriptum*（雖爲其名詞化分詞形態）合讀，其意始全，即：羅慕洛遵循禽兆神示行平章之職時所發訓誡。【羅慕洛】*Romuli*, 已見I 2注，名置於詩文正中，詩人有意而爲。

11. 【禽兆】*auspicium*, 羅馬人古時觀禽鳥占卜，已詳I 7, 27 *auspex*（太卜）注。羅慕洛時羅馬先民克勤克儉，H蓋暗射所謂羅慕洛之

廬(casa Romuli)，即羅慕洛故居茅屋，羅馬人歷世存之以垂誡後昆，
奧維德《月》III 184稱其以蘆葦麥秸所築："de canna straminibusque
domum." 【卡圖】*Catonis*，指老卡圖(Cato Maior)，已見I 12, 35注。
前184年舉爲督審(censor)，有《論稼穡》(*De agri cultura*)行世，今存
殘編。然非此處所指，而謂其爲人刻苦自制(abstinentia)。戈留(Aulus
Gellius)《阿提卡夜譚》XIII 24記曰："M. Cato, consularis et censorius,
publicis iam privatisque opulentis rebus villas suas inexcultas et rudes
nec tectorio quidem praelitas fuisse dicit ad annum usque aetatis suae
septuagesimum." "卡圖，官平章又爲督審，嘗言，公私皆富時，其別業
村野質樸，雖年及七旬曾未令圬墁。"羅馬人以廣廈華屋爲奢靡，參觀
瓦勒留(Valerius Maximus)《羅馬言行錄》(*Facta et dicta memorabilia*)
VIII 1 (damn), 7: "admodum severae notae et illud populi iudicium, cum
M. Aemilium Porcinam a L. Cassio accusatum crimine nimis sublime
extructae villae in Alsiensi agro gravi multa affecit." "馬·埃米留·波耳
基納爲盧·卡修所訟，訴其造別業於阿爾先之野崇高逾度，民之判決
同以嚴厲聞名。"普利尼《博物志》XVIII 32記某盧庫魯(Lucullus)營
造別業過大，"quo in genere censoria castigatio erat minus arare quam
verrere." "督審斥其耕耘之地不及灑掃之地，"謂居所大於田畝也。早
期羅馬人入則扶犁，出則操戈，故民俗尚果毅勤電撙節自制，惡怯懦懶
惰奢靡自縱。【薙髮】*intonsi*，已詳I 12, 41注。

　　12.【規矩】*norma*本義指土木將作所用正方形測量器，與中文矩
字本義轉義皆同，中文今多規矩合稱，此处中譯偏義取矩不取規，以喻
其方直。

　　13.【審估】*census*，卡圖曾官督審(censor)，其職司含料民、估
人產業價值以定賦稅等(見蒙森《羅馬憲法》2: 391)，故此處尤雙關
上行卡圖。【審估很小】言其不蓄私產。《書》I 7, 56言人產業不豐曰：
"tenui censu," 即以督審所估應課賦稅代指人之產業，於修辭學爲**誤
用格**(**catachresis**)，僞託西塞羅《與赫耳紐論修辭學書》(*Rhetorica ad
Herennium*)IV 33, 45曰："abusio est quae verbo simili et propinquo pro
certo et proprio abutitur," "誤用指用近似字代正確字"。

14.【公產】*commune*, 古羅馬時道路溝洫等為公產。【十尺】*decempedis*, 古羅馬尺, ≈3米。H時人斥世風日下, 參觀維萊(M. Velleius Paterculus)《羅馬史提要》(*Historiae Romanae*)II 10:

> prosequamur nota severitatem censorum Cassii Longini Caepionisque, qui abhinc annos centum quinquaginta tris Lepidum Aemilium augurem, quod sex milibus HS. aedes conduxisset, adesse iusserunt. at nunc si quis tanti habitet, vix ut senator agnoscitur : adeo natura a rectis in prava, a pravis in vitia, a vitiis in praecipitia pervenitur.

讓我們說說督審卡修·龍吉努和凱庇歐們的嚴肅, 他們一百五十三年前曾因租住六千塊的房宅召集太卜勒庇多·埃彌略出庭。如今誰若住這個價錢的地方, 怕都不能算作是箇元老。就這樣天性由正入邪, 由邪入惡, 由惡入深淵。

詩人法傚德謨斯蒂尼(Demosthenes, 前384–322年)《奧林多演說》(*Olynthiacae orationes*), 引文見後{評點}。參觀前注引老普利尼《博物志》XVIII 32論房屋規模應合田莊大小論。

15.【私人】*privatis*, 柱廊*porticus*本祇有神廟等公廈準設, 今私宅私立柱廊, 是為逾制, 無論其高長尺度, 皆已"規摹踰溢, 不度不臧"(張衡《東京賦》语)。

16.【大熊星座】*arcton*, 北斗、紫微垣所在, 代指北方, 已詳I 26, 3注。【捕捉】*excipiebat*, 謂捕捉北方之清涼, 故此豪屋僅為消夏別業, 非業主常居之宅也。老塞内加《爭論集》(*Controversiae*)V 5幻想有屋坐朝天空八方, 以致冬溫夏涼, 無論室外四季如何更替, 室內始終恆溫: "scilicet ut domus ad caelum omne conversae brumales aestus habeant, aestiva frigora, et non suis vicibus intra istorum penates agatur annus." 按中國古代帝王宮殿樓宇之營造, 必考星耀、圖景宿, 尤求位配紫薇宮垣, 然非為取其清涼, 而爲象其尊位, 乃因古人以爲紫微爲天帝所居也。王延壽《魯靈光殿賦》序曰："然其規矩制度，上應星宿，亦所以永安也。"賦文曰："乃立靈光之祕殿，配紫微而爲輔，承明堂於少陽，昭列顯於奎之分野。"又曰："規矩應天，上憲觜陬。"（《文選》卷十一賦己宮殿）又見張衡《西京賦》："惟帝王之神麗，懼尊卑之不殊。雖斯宇之既坦，心猶憑而未攄。思比象於紫微，恨阿房之不可廬"（《文選》卷二賦甲京都上）。

17.【律法】*leges*，羅馬無此律條，老普利尼《博物志》XXXVI 4："marmora invehi, maria huius rei causa transiri quae vetaret, lex nulla lata est，""尚無法律禁止進口大理石或爲致之而浮海。"然詩中上蒙行11–12【訓誡】*praescriptum*、【規矩】*norma*而生解也。

18.【泥土】*caespitem*，用以造茅屋。塞內加《致盧基留書信集》(*Epistulae morales ad Lucilium*)8, 5："domus munimentum sit adversus infesta corporis. hanc utrum caespes erexerit an varius lapis gentis alienae, nihil interest。""屋爲抵禦身體侵害之堡壘，無論以泥抑或外國石料建造，並無不同。"彼得羅紐《撒提記》135寫陋舍云："at paries circa palea satiatus inani fortuitoque luto，""而繞牆乃爲秕殻塡充、圬以爛泥。"魯提留•納瑪天奴(Rutilius Namatianus，五世紀)哀歌體長詩《還鄉記》(*De reditu suo*)I 555："exiguus regum victores caespes habebat, / et Cincinnatos iugera pauca dabant。""泥築仄居容得下征服列王者，/ 小畹生得出先賢卷髮崑脩。"集中參觀I 12, 43–44及注。又隋東尼《至尊傳》89記至尊事云："etiam libros totos et senatui recitavit et populo notos per edictum saepe fecit, ut orationes Q. Metelli 'de prole augenda' et Rutili 'de modo aedificorum,'""渠竟連卷長篇朗誦於長老院，屢敕令人民留意焉，所誦之籍如崑•墨忒洛[已見II 1, 1注]之《子孫蕃息論》、魯提留《營造規格論》等。"H此詩誠奢倡儉全合至尊旨意。

19.【公共貲費】*publico sumptu*，至尊及其裨將亞基帕皆嘗以私財修葺羅馬公宇。【新石料】*novo ... saxo*，NH:【新】謂新采。Heinze:非指大理石，據隋東尼《至尊傳》28，共和最後百年，羅馬人營造始知用大理石；然此處當指方石條(saxum quadratum)，既非此前私宅常用之磚亦非原石。西塞羅《論占卜》(*De divinatione*)II 99："num hoc in latere aut in caemento, ex quibus urbs effecta est, potuit valere？"" 其於此城用以建築之磚石間亦可靈驗歟？"丟氏《羅馬史》LVI 30載至尊垂危時遺言云: τὴν Ῥώμην γηίνην παραλαβὼν λιθίνην ὑμῖν καταλείπω."吾得羅馬時，[皆泥土圬墁]，今吾遺汝石城。"亦可爲證。丟氏謂至尊以石城喻羅馬國力今已固若金湯，然實指與譬喻兼有。

20.【城邑】*oppida*, 古時城堞壁壘多用石料以求堅固，城邑爲俗用，對神明所用之廟宇(aedes sacrae)。集中III 6專以羅馬凋弊急需修葺爲主題，二篇彼此呼應。

{評點}:

詩刺羅馬人奢靡之風。共和晚期帝國初期羅馬肇域式廓，奄有四方，珍石異木，雖有山海阻隔，生於重譯殊方，無不可羅致，於是人競造華屋園林，棄本業，尚淫逸，背祖德，耽蠻風。集中刺奢詩此外尚有II 18、III 6、III 24; 以引古人之艱苦樸素篳路藍縷斥時下之荒淫不肖論，亦近卷三前六首羅馬讚歌。

全篇以行10爲界可均分爲前後二部。前部斥羅馬人營造別業奢汰踰溢。Syndikus辨稱，羅馬人斥時人別業奢華非自此詩始，卡圖、撒盧士修(12, 3; 13, 1; 20, 11)乃至至尊本人(隋東尼《至尊傳》89，詳見Syndikus, p. 430注4)皆嘗語及。

後半借古諷今，以古人(羅慕洛、卡圖)之搏節刻苦、克己奉公，對比今日之驕奢淫逸。盛稱前輩厚公薄私之德乃古希臘演說慣用託題，本詩後半似本演說名家德謨斯蒂尼(Demosthenes)《奧林多演說》(*Olynthiacae orationes*)第三篇中段落(25–26):

ἐν δὲ τοῖς κατὰ τὴν πόλιν αὐτὴν θεάσασθ'
ὁποῖοι, ἔν τε τοῖς κοινοῖς κἀν τοῖς ἰδίοις. δημοσίᾳ μὲν
τοίνυν οἰκοδομήματα καὶ κάλλη τοιαῦτα καὶ τοσαῦτα
κατεσκεύασαν ἡμῖν ἱερῶν καὶ τῶν ἐν τούτοις ἀναθημάτων,
ὥστε μηδενὶ τῶν ἐπιγιγνομένων ὑπερβολὴν λελεῖφθαι·

ἰδίᾳ δ' οὕτω σώφρονες ἦσαν καὶ σφόδρ' ἐν τῷ τῆς
πολιτείας ἤθει μένοντες, ὥστε τὴν Ἀριστείδου καὶ τὴν
Μιλτιάδου καὶ τῶν τότε λαμπρῶν οἰκίαν εἴ τις ἄρ' οἶ-
δεν ὑμῶν ὁποία ποτ' ἐστίν, ὁρᾷ τῆς τοῦ γείτονος οὐδὲν
σεμνοτέραν οὖσαν· οὐ γὰρ εἰς περιουσίαν ἐπράττετ'
αὐτοῖς τὰ τῆς πόλεως, ἀλλὰ τὸ κοινὸν αὔξειν ἕκαστος
ᾤετο δεῖν. ἐκ δὲ τοῦ τὰ μὲν Ἑλληνικὰ πιστῶς, τὰ δὲ
πρὸς τοὺς θεοὺς εὐσεβῶς, τὰ δ' ἐν αὐτοῖς ἴσως διοικεῖν
μεγάλην εἰκότως ἐκτήσαντ' εὐδαιμονίαν.

在自己的城邦裏，在公共和私人庶務中，我思考這是怎樣
一些人。爲了人民他們爲我們營造了廣廈和美觀的東西：神廟和
讓我們愉悅的東西，讓後生者們無可超越。在私事中他們却非
常節制，其行爲謹守城邦之道，顯赫如亞里士蒂德和米爾蒂亞
德，他們的家，如果你們中有人認識他們，並不比其鄰居的雄
偉。因爲他們並不要爲自己聚斂，超過爲他們的城邦積聚，而
每人都以爲應增益公共財富。故而由於對希臘人誠信、對神明
虔敬、在他們自己之間也同樣經理公平，他們都獲得了極大的
幸福。

{傳承}：

農耕社會自給自足，貧富不致懸殊，然因貿易擴張、自然經濟荒
廢，財富聚斂、自耕農土地流失，富人巧取豪奪，大興土木於所掠農田
之上，農人失地淪爲貧民，西洋史上非惟古羅馬時曾遭此鉅變。(愛爾
蘭)英國詩人哥爾斯密(Oliver Goldsmith, 1728–1774年)生逢工業革命
初期、權貴圈地、農民失所，曾賦名篇《荒村》(*The Deserted Village*)爲
此時代鉅變立傳("But times are altered; trade's unfeeling train / Usurp
the land and dispossess the swain," 63–64; "可時代已變；貿易的無情
隊列/要僭取土地、褫奪農夫")，詩中不無捃摭H此篇剙意乃至章句處
(275–86)：

The man of wealth and pride

Takes up a space that many poor supplied;

Space for his lake, his park's extended bounds,

Space for his horses, equipage and hounds;

The robe that wraps his limbs in silken cloth

Has robbed the neighbouring field of half their growth;

His seat, where solitary sports are seen,

Indignant spurns the cottage from the green;

Around the world each needful product flies,

For all the luxuries the world supplies:

While thus the land, adorned for pleasure all,

In barren splendour feebly waits the fall.

　　富豪/要佔據曾養育很多窮人的地方；/來造他的湖，他苑圍的廣延地界，/來跑他的馬，馬車和獵犬；/包裹他身體的絲袍/搶去鄰近田地一半的莊稼；/他的居所有各種與世隔絕的玩樂，/輕蔑地從綠地上踢走農舍；/全世界每種所需的產物飛散，/都有奢侈品供給世界：/就這樣這土地，爲享樂而裝飾了，/在其不育的輝煌中虛弱地等着覆滅。

　　哥爾斯密詩中富豪穿池造湖，即H詩中所諷富人穿池闊於湖泊；所云耕地因闢爲遊樂場而"不育"（barren），即H詩中伐榆（葡萄）、橄欖樹等"多產的"果木代之以懸鈴木等僅供觀賞遮蔭之"鰥居"木也。

{比較}：

楚靈王爲章華之臺

　　見人營造臺榭華屋而引古喻今勸儉誡奢，中國上古時可參觀《國語·楚語上·第十七》：

　　［楚］靈王爲章華之臺，與伍舉升焉，曰："臺美夫！"對

曰：“吾聞國君服寵以爲美，安民以爲樂，聽德以爲聰，致
遠以爲明；不聞以其土木之崇高彤鏤爲美，而以金石匏竹之
昌大囂庶爲樂；不聞其以觀大、視侈、淫色以爲明，而以察
清濁爲聰也。先君莊王爲匏居之臺，高不過望國氛，大不過
容宴豆，木不妨守備，用不煩官府，民不廢時務，官不易朝
常。……先君以是除亂克敵，而無惡於諸侯。今君爲此臺也，
國民罷焉，財用盡焉，年穀敗焉，百官煩焉，……臣不知其美
也。夫美也者，上下、內外、大小、遠近皆無害焉，故曰美。
若周於目觀則美，縮於財用則匱，是聚民利以自封而瘠民也，
胡美之爲？夫國君者，將民之與處，民實瘠矣，君安得肥？且
夫私欲弘侈，則德義鮮少，德義不行，則邇者騷離，而遠者距
違。……故先王之爲臺榭也，榭不過講軍實，臺不過望氛祥，
故榭度大於大卒之居，臺度於臨觀之高。其所不奪穡地，其
爲不匱財用，其事不煩官業，其日不廢時務。瘠境之地，於
是乎爲之；城守之木，於是乎用之；官僚之暇，於是乎臨之；
四時之隙，於是乎成之。……若君謂此臺美而爲之正，楚其
殆矣！”

　　伍舉所言“私欲弘侈，則德義鮮少”、臺榭大小應以實用爲準、不
應“奪穡地”、所舉前人簡便利用能除亂克敵，皆與H詩義相通。所異
者，羅馬非絕對君主國，H所刺爲私人營造奢華過當，非君主以舉國之
力以逞一己之私也。

十六

贈龐培・格羅士弗曉以淡泊財富之志
AD POMPEIVM GROSPHVM

愛琴海上舟子一旦曾遇風暴，便杯弓蛇影，此後每逢烏雲藏月、天上導航之星隱蔽不見，便呼天搶地，惟願全身登陸；作戰兇猛的忒拉基人、善射的瑪代人用珍氈、華貴的絳衣和黃金也換不來平安與閒暇，因爲饒你富有如能擁波斯寶藏、權高至平章有執梃蹕道，亦無法驅散心中迷亂與憂慮。桌有祖傳銀鹽鉢者，必爲達生之人，不會患得患失，亦無齷齪慾望擾其睡眠。吾輩生日無多，何必意氣昂揚策劃長遠？何必以家鄉熱土易換異域他鄉？去國流亡者其誰非自我逃避？(略疑僞第六章)唯開心享受眼前，無爲未來遙遠不可知者而憂，笑對人生苦澀，畢竟無人得享醇嘏。阿基琉英勇超人，爲萬人景仰，壽卻不永；提同爲女神所愛，得賜不死，卻未得青春永駐。命運未賜與汝者或許賜我。汝坐擁西西里莊園，無數牛馬哞叫嘶鳴，衣絳"腰黃"；而我則有命運女神所賜薄田數畝及詩歌稟賦，令我可以蔑視惡意中傷我詩歌的外道俗人。

{格律}：

薩福體(Sapphicum)。

{繫年}：

Kießling據詩中言忒拉基人驍勇善戰，推料應屬於前27年後半年。是年七月初四，代平章馬克・克拉苏(M. Licinius M. f. M. n. Crassus)

因征忒拉基與戈泰人(Getae)得勝而獲行凱旋式於京(李維，CXXXIV-
CXXXV、丟氏《羅馬史》LI 23–26敘述征忒拉基之役)。學者多附此
說。又，前32年安息内亂(詳見I 26, 5注)，與詩中稱瑪代人亦合，然若據
以編次此作，恐嫌牽強。

{斠勘記}：

7.8. purpura⋮Venale $\mathit{\Psi}$(F z π R¹) E 案轉行依詩律當於venale字首
次音節之間。

13. paternum $\varXi$ (acc. λ R) paterno $\mathit{\Psi}$ 案後者與格，如此則衹可與關
係代詞cui同位，義乖無解，訛也。

15. aut] nec *Servius* 案nec … nec爲常語。

21–24. 此章疑爲衍文，詳下箋注。

31. forsan $\varXi$ (acc. λ R2) forset $\mathit{\Psi}$ 案參觀I 28, 31{斠勘記}。

34.35. hinni-⋮Tum apta D E R¹ 案異讀於詩律未合。

{箋注}：

1. 【閒適】*otium*，上二章再三言之，語呈排比，學者(Fraenkel,
p. 211f.)以爲倣卡圖盧51, 13 ff.："otium, Catulle, tibi molestumst：/
otio exsultas nimiumque gestis. / otium et reges prius et beatas / perdidit
urbes."　"閒適，卡圖盧，對你很麻煩：/閒適中你雀躍且過於歡快。/閒
適從前曾令君王和蒙福的城邦淪喪。"*otium*於義對希臘人之ἡσυχία
(平安、寧靜)與σχολή(閒暇)，其爲處世態度係伊壁鳩魯派所奉人生至
境，行1此字義偏前者，作波瀾不驚即寧靜(tranquillitas)解，H. Usener輯
《伊壁鳩魯鈎沉》(*Epicurea*)所收殘篇426(《倫理學》(*Epicuri Ethica*)
殘篇, p. 284)有ἦν᾽Επίκουρος ἡσυχίαν ἐπαινεῖ καὶ ἱερώνυμος，"伊
壁鳩魯盛讚寧靜"；及τὴν ᾽Επικούρου σχολὴν καὶ ῥαστώνην，"伊壁
鳩魯之閒適輕鬆"等語。西塞羅《圖斯坎辯論集》V 6, 16引伊壁鳩魯
曰："ut maris igitur tranquillitas intelligitur nulla ne minima quidem aura
fluctus commovente, sic animi quietus et placatus status cernitur, cum
perturbatio nulla est qua moveri queat."　"故而猶如海之寧靜意味無微風

驚動波瀾，心之平靜與滿足之態亦如此，當無擾亂可令其激動時。"伊壁鳩魯以風平浪靜（γαλήνη, γαληνίζειν, 殘篇425、429）喻心平氣和，係西塞羅乃至H此處設喻所本。Heinze曰H選otium字者，爲其可雙關風靜與心靜也。塞內加（L. Annaeus Seneca）《博物決疑錄》（*Naturales quaestiones*）I 2, 8有 "quies aeris et otium et tranquillitas," "空氣之止息、閒適與平靜" 之說。【受驚嚇者】*prensus*，原文爲被動分詞形態＝*deprensus*，謂浮海者遭遇海上風暴於不虞，喫驚受怕。維吉爾《農》IV 429 Servius古注謂其爲舟子言遭遇風暴時習語："verbum proprie nauticum cum tempestate occupantur."

2.【愛琴海】*Aegaeo*, Numberger: 特稱之者，蓋爲豫攝次章【忒拉基】*Thrace*也，忒拉基濱愛琴海。【眾神】原文*divos*置於首行首字【閒適】之後，再緊接動詞【乞求】*rogat*，兼統雙賓格賓語。中譯【眾神】字前增介詞【向】。

3.【定位的】*certa*，古時水手觀天文以導航，辰宿麗天，躔軌有恆，故可藉以定航向。提布盧I 9, 10："ducunt instabiles sidera certa rates," "定位之星宿導引顚簸之槎"。英國詩人丁尼生（Tennyson）《圓舞之歌》（*Choric Song*）中逕稱之爲 "舵手之星"（the pilot-stars）。

5.【忒拉基】*Thrace*，希臘西北邊民，野蠻善戰，參觀II 9, 23注。【作戰瘋狂】*bello furiosa*參觀馬耳提亞利（Martialis）VIII 53（55），2："innumero quotiens silva leone furit," "森林因無數獅子而瘋狂"。近世英國詩人古雷（Thomas Gray）《詩之進階》（*Progress of Poesie*）云："On Thracia's hills the Lord of War / Has curb'd the fury of his car," "在忒拉基山上戰神/剎住他戎車的瘋狂。"其說本此。

6.【裝飾箭箙】*pharetra decori*，羅馬東疆勍敵帕提人——即【瑪代人】*Medi*——騎兵佩箭箙非爲裝飾，詳見注II 13, 17，帕提人即瑪代人。

7.【革羅夫】*Grosphus*，學者據詩中稍後行33【西西里的牛羣】*Siculaeque vaccae*，皆辨與《書》I 12詩人舉薦之人名龐培·革羅夫（Pompeius Grosphus）者爲一人。詩人代其向爲至尊裨將亞基帕（Agrippa，詳見I 6注）經營西西里莊院之人伊丘（Iccius，詳I 29, 1注）

求職，囑之曰(22–23)："utere Pompeio Grospho et, si quid petet, ultro / defer : nil Grosphus nisi verum orabit et aequum,""請錄用龐培・革羅夫，凡他有求，即/允他，革羅夫所言將無不眞實且公平。"Porphyrio 古注云革羅夫爲羅馬騎士（"hac ode G. equitem romanum alloquitur siciliensem"）。NH以爲詩中行21–22【騎手的行伍】可爲此說印證；又據詩中所言及存世文獻中同名者事蹟，推斷革氏家族世居西西里島，以農牧爲業；詩中引伊壁鳩魯，革羅夫殆亦奉其說。【絳衣】*purpura*本義爲紫色或絳色，Heinze以爲絳色置於【珍翫】、【黃金】之間，且曰【購得】，當謂財富，不指權貴。然其字常引申轉指同色衣裳，故而或以爲專指祥袍之絳色鑲邊。案古羅馬共和暨帝政初期平章所衣常服祥袍鑲絳邊。古代先民多以絳紫爲貴，然羅馬人惡王政，絳紫色因多爲君王所服，羅馬人雖未全廢，然僅平章值行凱旋式等大禮時衣全絳祥袍，共和時期與帝政初期平章常服祥袍爲白色，僅鑲絳邊以示其職位，蒙森《羅馬憲法》I 391 ff. "Tracht der Magistrate" 敍之甚詳。詩中下行9始點出平章，代指尊貴，且彼處與【寶藏】並舉，亦非衹言權貴。此處絳色置於瑪代人句之後，次章更逕用波斯字【寶藏】*gazae*，故此處言絳色者，首當泛指東方君主之財富，其次可與行9相呼應也。

　　9–12. 本伊壁鳩魯箴言（《梵蒂岡藏伊壁鳩魯箴言錄》*Gnomologium Epicureum Vaticanum* 81, P. von der Mühll, p. 69）：οὐ λύει τὴν τῆς ψυχῆς ταραχὴν ... οὔτε πλοῦτος ὑπάρχων ὁ μέγιστος οὐδ' ἡ παρὰ τοῖς πολλοῖς τιμὴ καὶ περίβλεψις ... "代平章的鉅富……解不開心中的騷亂，此外衆人的尊崇與傾慕也不行"。盧克萊修《物性論》II 37–52 闡發此意，引文並譯文見下行21–24注。

　　9.【寶藏】原文*gaza*係波斯語貸詞，上承【瑪代人】，字義詳見I 29, 2及注。I 29詩贈至尊裨將亞基帕西西里莊園總管伊丘，此篇贈西西里田莊主，二篇皆用此字，應非偶合，於此處承上啟下，可謂一篇詩眼。【平章】*consularis*尤當上蒙【絳衣】得解。

　　10.【執梃】*lictor*，古羅馬時平章等官員步行於街，有執梃者行於前，以梃蹕道。【驅散】原文*submovet*專指執梃驅衆，李維《建城以來史記》III 48, 3："lictor, submove turbam,""執梃，驅散人羣吧。"詩人

繇此意象生發聯想，故承以【騷動】*tumultus*，以羣氓鼓譟喻内心騷亂
不平也，又爲前引伊壁鳩魯格言中 ταραχάς 字（"騷亂"）之對翻。NH云
亦可指首章所言海上風暴。【悲慘】*miseros*，形容詞含主動義，Heinze:
即可致汝悲慘也 = qui te miserum reddunt.

　　11.【鑲板】*lacqueata*，古羅馬時屋頂内鑲天花板（lacunar，見II
18, 2）惟富兒可爲，故代喻財富。本詩所本之盧克萊修卷二序篇有此
字，可知H此處所原（II 28）: "nec citharae reboant laqueata aurataque
templa," "亦無琴聲回盪在鑲天花板、鍍金的廟宇"。

　　12.【撲飛】*volantis*，參觀忒奧格尼（Theognis）《哀歌集》
（*Elegioi*）729 f: φροντίδες ἀνθρώπων ἔλαχον πτερὰ ποικίλ᾽ ἔχουσαι,
/ μυρόμεναι ψυχῆς εἴνεκα καὶ βιότον, "人之憂慮得自機運，有多彩
的翅膀，/爲生與命涕淚。"NH以爲取譬於蝙蝠，蝙蝠人所惡，且其撲
朔翻飛可繞樑。豪宅如是固無蝙蝠棲於内，然今有憂慮如陋室中樑間
蝙蝠上下翻飛。Heinze辨羅馬人之 *cura*【憂慮】含義遠較希臘人之
φροντίδες 爲豐，H所謂 *cura* 涵蓋一切眼前未來煩心之事。盧克萊修用
此字義亦同，II 48: "metus hominum curaeque sequaces," "人之恐懼與
相伴隨之憂慮"; III 116: "laetitiae motus et curas cordis inanis," "欣忭
之悸動與虛妄之心憂"等處。

　　13–14. *vivvitur ..., cui ...*，主語領定語從句，然後者於理實爲主
句之條件或前提，主句陳述若定語從句條件得滿足則主語可成之事，
此句法乃印歐語所慣有，尤多用於莊重宣言或訓示。III 16, 43 f.同此:
"bene est, cui deus obtulit / parca, quod satis est, manu," "有福的是
神賜其雙手/能把握那麼少的人。"西塞羅《法律論》（*De legibus*） II
19: "qui secus faxit, deus ipse vindex erit," "誰適爲此，神即親爲其護
祐。"全句詩意殆全同盧克萊修《物性論》V 1118 f.: "divitiae grandes
homini sunt vivere parce / aequo animo ; neque enim est unquam penuria
parvi," "以平和之心撙節生活者方爲/鉅富；因爲細小之物從無匱
乏。"集中又見III 16, 37–40: "inportuna tamen pauperies abest, / ... ...
/ contracto melius parva cupidine / vectigalia prrigam," "然而不消停的
貧困卻不存在，/⋯⋯/隨着慾望縮減，我會把微小的/收入抻得更多

更長"。

13. 【鹽鉢】*salinum*，古羅馬人用以盛鹽，非爲食用，而以備餐前撒鹽以享宅神(Lares)也，拉丁文稱此舉爲mola salsa，餐桌上供奉宅神，見I 12, 43–44注，故每戶必備，其狀如淺碗或盂，常與供盤(patella)並提，*RE* 2. R., 1, 2: 1904 f.。貧民所用多爲木製，此處言寒素之家，與貧民(即前注引III 16所謂"不消停的貧困")有別，有銀製鹽鉢爲傳家之寶，故有【閃耀】*splendet*之說。然若與屋頂鑲板之奢華之家相比則樸素無華，故其餐桌也寒傖：*tenui*，譯作【小】，非僅謂其尺寸也。銀鹽鉢爲【祖傳】*paternum*，暗示其家累世虔敬持家。瓦勒・馬西謨(Valerius Maximus)《羅馬傳世言行錄》(*Facta et dicta memorabilia*)IV 4, 3 "清貧"條有云："in C. vero Fabricii et Q. Aemilii Papi principum saeculi sui domibus argentum fuisse confitear oportet : uterque enim patellam deorum et salinum habuit," "法布里修與埃米留、當日人傑之家中確乎有銀，二人皆有供神之銀盤與鹽鉢。"法布里修已見I 12, 39及注，埃米留，前三世紀後葉人，前282年、278年凡兩度辟平章，與法布里修爲同寅。

14. 中譯【過好生活】應讀guò hao shēnghuo爲宜。讀guò hǎo shēnghuó或guò hǎo shēnghuo雖亦通，然文意與原文略差、音律則未叶。原文動詞用被動式，以明其所言在於生活而不在於何人有此生活。【簡約】*parvo*非同貧困，誠如III 16, 37所言："inportuna tamen pauperies abest," "不消停的貧困卻不存在"。清貧簡約乃精神勇猛精進之徵也，貧困則墮入骯髒邋遢之流，《書》II 2, 199所謂"pauperies inmunda domus," "家之齷齪的貧窮"。英國詩人何里克(Robert Herrick)《鄉居贈兄》(*A Country life: To his Brother, M. Tho: Herrick*)詩句(7–10)曰：

"By studying to know vertue; and to aime / More at her nature, then her name: / The last is but the least; the first doth tell / Wayes lesse to live, then to live well," "憑研習而知德行，瞄準/其本性，而非其名：/後者甚輕，前者則更多告人/以節儉生活之道，而非過好生活。"其意本H此句。

15. 【恐懼】*timor*與【情慾】*cupido*與伊壁鳩魯格言殘篇485

（《倫理學》殘篇）合（*Epicurea,* pp. 305 f.）：ἢ γὰρ διὰ φόβον τις κακοδαιμονεῖ ἢ δι᾽ ἀόριστον καὶ κενὴν ἐπιθυμίαν·“因爲人之不幸或由恐懼或由無邊而空洞的慾望。”無懼無慾釋前引盧克萊修詩中“平和之心”（aequo animo）。【慾望】*cupido*, H恆以之爲陽性名詞，蓋存其原有擬人男性神靈義，如普勞圖喜劇院本《安斐忒昂》（*Amphitryon*, 840（Ⅱ, ii 210））然：“pudicitiam, et pudorem et sedatum cupidinem,”“貞潔、羞恥與安定之慾望。”撒盧士修（Sallustius）、盧克萊修之後始多做近義詞libido用爲陰性名詞。曰【慾望】【汙濁】*sordidus*者，爲其順從貪慾而致汙染身心也，如《雜》Ⅱ 2, 53所言食海鷗者，其所食爲：“sordidus ... victus,”“汙濁之餐”。按人於葷類雜食不知取捨如鬣狗然，尤可致外形醜陋神態汙濁也。

16.【輕鬆睡眠】*levis somnos*, 參觀Ⅱ 11, 8.

17.【何以】*quid,* Numberger引他人議論謂作驚異、反詰解，今按寔爲反問，非實有疑也。此句合其後二反問句成三聯式（tricolon）。其第一聯殆本歐里庇得《酒神女徒》397–99：βραχὺς αἰών· ἐπὶ τούτῳ / δέ τις ἂν μεγάλα διώκων / τὰ παρόντ᾽ οὐχὶ φέροι. “生年短促；以此求大者必不克獲當前所有”。參觀《雜》Ⅱ 6, 97：“vive memor, quam sis aevi brevis,”“過活而牢記爾生年何其短促。”

18.【投擲】*iaculamur,* 暗以古希臘人競技比賽之投擲標槍運動喻人雄心勃勃，古今中西語言多以箭矢投射喻人立意作爲，以求成就，如target, Ziel, 鵠的、目標、目的等，理同於此。近時學者辨詩人以此暗射友人之名以相嘲戲，蓋Grosphus之希臘文轉寫γρόσφος義爲標槍也。集中參觀Ⅲ 12, 10–11：“per apertum fugientis agitato grege cervos iaculari,”“在曠地投擲受驚的獸羣中奔逃的牡鹿”；Ⅰ 2, 3：“sacras iaculatus arces,”“擊中那些神聖的戍樓”。

18–19.【何以⋯⋯日】*quid ... mutamus*？句式意象皆做維吉爾《農》Ⅱ 512：“atque alio patriam quaerunt sub sole iacentem,”“且在他處日下尋求平展之國。”

18.【易】*mutamus,* 於意應補“以己鄉”或“以父國”（patria），祇領賓格賓詞而無奪格名詞表示所相交換之物，造語雖罕見，然此處

文意明白無疑。【他鄉之日】*alio sole*直譯"異日"或"別日"，意謂他
處之日，以別於本土之日，非明日、來日之他日也。普天之下，雖殊方
異域，仍不妨共戴一日，此物理也；然人戀念鄉土，設想身處異域，
覺其與家鄉迥異非惟風土，即普照如日亦似不同，此人情也。此語
西方舊時人多援引以勸人勿離鄉遠遊。後世詩人蹈襲此意，參觀多
瑪生(J. Thompson)組詩《四季》(*The Seasons*)之《秋》(*Autumn*)1285
f.："Urged or by want or hardened avarice, / Find other lands beneath
another sun,""或爲困乏或爲鐵心的貪婪所驅，/到他日之下尋訪
他土"。

20. Heinze: 詩人意謂人逢挫敗，不反省己過，而推諉於境遇，
故欲遷徙異國他鄉以求運轉，然終難自逃。H此處殆踵盧克萊修III
1053–59而爲之增華："si possent homines, proinde ac sentire videntur
/ pondus inesse animo quod se gravitate fatiget, / e quibus id fiat causis
quoque noscere et unde / tanta mali tamquam moles in pectore constet,
/ haut ita vitam agerent, ut nunc plerumque videmus / quid sibi quisque
velit nescire et quaerere semper / commutare locum quasi onus deponere
possit.""若人爲此似亦可感覺，/心中沉重，因其壓迫而疲累，/亦可
知其致此之因以及胸中如山之憂從何而來，/則絕不欲生，一如吾等
今日所見者，/不知其所欲，恆求/遷居，彷彿如此可脫卸重負"；稍後
1068 f.："hoc se quisque modo fugit, at quem scilicet, ut fit, / effugere
haud potis est,""人皆曾欲自逃，然其實/絕不可能逃離之"。然盧克萊
修未言遄征異域、投擲異國他邦，其始見於H者，爲後者生逢至尊一
統寰宇(pax Augusta)、絕域變通途故也。H此外於《書》I 11, 24–27重
申此意曰："ut quocumque loco fueris, vixisse libenter / te dicas : nam
si ratio et prudentia curas, / non locus effusi late maris arbiter aufert, /
caelum, non animum, mutant, qui trans mare currunt.""無論何地你都
將快樂生活，/因爲你說是理智和審慎而非/主宰傾注的海水的地點驅
散得憂愁，/疾速越海者變換的是天空而非心境。"此外參觀《雜》II
7, 111："adde, quod idem / non horam tecum esse potes, non otia recte /
ponere, teque ipsum vitas fugitivus et erro,""再加上，你也同樣/跟自己

處不好，不能得當消磨/閒暇，你成了逃避你自己的亡命者，/時而在酒中尋求、時而在夢裏，哄騙憂慮”；《書》I 14, 13：“in culpa est animus, qui se non effugit umquam，”“不能片刻逃避自己的心智則爲有錯”；塞内加《心靜論》(*De tranquillitate animi*) II 13 f.：“inde peregrinationes suscipiuntur vagae et aliena litora pererrantur et modo mari se, modo terra experitur semper praesentibus infesta levitas. ... sed quid prodest, si non effugit? sequitur se ipse et urget gravissimus comes.”“故而人遄征以遠遊，浪跡異邦之岸，不滿於當前，其輕浮時而印證於海，時而於陸。……然苟非能逃逸，何所增益哉？其本人相隨逼迫一如至沉至重之旅伴。”後世詩人常捃撦H及塞内加文意語句，彌爾頓《樂園之失》IV 18–23：

> horror and doubt distract
>
> His troubl'd thoughts, and from the bottom stir
>
> The Hell within him, for within him Hell
>
> He brings, and round about him, nor from Hell
>
> One step no more then from himself can fly
>
> By change of place;

> 恐怖與懷疑分散
>
> 他苦悶的思想，他內部自深底
>
> 攪起了地獄，因爲他裏面隨身
>
> 帶着地獄，環繞他，從地獄裏一
>
> 如從他自己裏靠變更地方無
>
> 法令他飛離一步；

21–24. 此章與III 1, 37–40 辭義皆相似：“sed Timor et Minae / scandunt eodem, quo dominus, neque / decedit aerata triremi et / post equitem sedet atra Cura.”“懼怕與威脅，業主登上哪裏，/就也到哪裏，黑色的憂慮也/不離棄鑲銅的三排槳/船，又附着在業主的驥尾。”然彼

處aerata triremi當指商船，本詩【鑲銅的艇】*aeratas ... navis*顯係戰艦無疑。革羅夫、H此時皆不在行伍，更與海戰無與，詩人何以特言憂慮登艦，已屬費解；復言憂慮非如牡鹿望騎兵而逃，曰不若南風長驅橫掃烏雲之迅速以避騎兵，愈顯頭緒紛亂，引譬失據。故十九世紀中期以往(C. Prien)學者多以爲僞竄(Kießling, Heinze, Klingner, K. Büchner, Numberger等)。然今存古鈔本既皆載此文，若其果爲僞竄，則爲時甚早。按H詩中此外至少有五整行詩重複出現於不同篇章中，其中四處確定爲詩人自引前作(《雜》I 4, 92之於I 2, 27; II 1, 22之於I 8, 11; 《書》I 1, 56之於《雜》I 6, 74; 《讚》IV 1, 5之於I 19, 1等)，故詩人全集中若有兩處雷同，非可遽以斷定其爲僞竄也。且如以此章爲僞，則其上下二章語氣連屬突兀。然僞竄與否，學者辨此章係捃撦盧克萊修《物性論》II 34–62而成則皆無疑議：

> nec calidae citius decedunt corpore febres,
>
> textilibus si in picturis ostroque rubenti
>
> iacteris, quam si in plebeia veste cubandum est.
>
> quapropter quoniam nil nostro in corpore gazae
>
> proficiunt neque nobilitas nec gloria regni,
>
> quod superest, animo quoque nil prodesse putandum ;
>
> si non forte tuas legiones per loca campi
>
> fervere cum videas belli simulacra cientis,
>
> subsidiis magnis et †epicuri† constabilitas,
>
> ornatas armis †itastuas† pariterque animatas,
>
> fervere cum videas classem lateque vagari,
>
> his tibi tum rebus timefactae religiones
>
> effugiunt animo pavidae ; mortisque timores
>
> tum vacuum pectus linqunt curaque solutum.
>
> quod si ridicula haec ludibriaque esse videmus,
>
> re veraque metus hominum curaeque sequaces
>
> nec metuunt sonitus armorum nec fera tela

audacterque inter reges rerumque potentis

versantur neque fulgorem reverentur ab auro

nec clarum vestis splendorem purpureai,

quid dubitas quin omni' sit haec rationi' potestas ?

omnis cum in tenebris praesertim vita laboret.

nam veluti pueri trepidant atque omnia caecis

in tenebris metuunt, sic nos in luce timemus

interdum, nilo quae sunt metuenda magis quam

quae pueri in tenebris pavitant finguntque futura.

hunc igitur terrorem animi tenebrasque necessest

non radii solis neque lucida tela diei

discutiant, sed naturae species ratioque.

　　燥熱不會離開溫暖的身體更快，/如若你躺在印花的織物
或/紫紅的被褥上，/相比你臥於庶民的牀單上。/故而既然寶
藏、高貴、王國的榮耀/皆不能於我們的身有所裨益，/因此此
外也莫以爲會有益於心；/除非或許當你觀看自己的軍團/在操
場在震天動地的演習中狂熱，/各方爲殿軍與援兵襄助[案原文
epicuri無解，學者各以臆斷塗乙]，/觀看以兵器裝點和同樣精
神昂揚的駁船[案原文itastuas訛，學者各以臆斷塗乙]，/觀看
艦隊狂熱中遊弋/那時宗教爲之震懾/對死亡的怯懦恐懼就從
心中逃離；/那時就離棄了因解除憂慮而空虛的心胸。/因爲如
果我們視此爲訕笑與嘲弄，/那么實實在在，人的恐懼、隨其後
的憂慮，/便不懼兵器的鏗鏘和野蠻的標槍，/以及勇敢地躋身
於君王和/豪強中間，不會爲黃金的光彩所懾，/也不爲絳衣的華
彩所驚，/你豈不疑這皆是理智之力？/當其辛勞於黑暗的生活
中。/正如兒童觳觫，且懼怕/一切致盲的黑暗，吾輩也在光明中
也害怕/不比兒童在黑暗中爲之戰抖和所想象的/將來的東西更
可怕之事。/故而這恐懼、這心中的黑暗非是/日光和天光的射
線/所能驅散，而是自然之貌之道。

　　盧氏分舉陸(subsidium)海(stlattas)之師,以論王權、絳衣、軍旅等權貴威力皆不足以驅散如影隨形之恐懼憂慮("re veraque metus hominum curaeque sequaces"),所言與H此詩相似,如H詩此章爲僞竄,盧氏此段當爲造僞者模剽所本。然亦有學者(Fraenkel、Pöschl、Syndikus、NH、West)不以此章爲僞。Syndikus以爲詩人摭拾盧克萊修詩意而有所發揮,詩言憂慮隨人之速上承人意有不足遂背井離鄉思路;其雖亦覺以戰艦騎兵爲人離鄉之人遷徙之乘頗乖情理,然仍斷言"此非其疵病,而實爲強力詩歌"(p.445)。NH以爲詩思前後承接,並無齟齬;且云全詩結構呈二章一組凡五組,今勾去其一,則結構失衡。今按Syndikus所言頗近詭辯,NH所論亦恐嫌頓弱,論據論理皆不足服人。諸人雖稱此章與前後文並無齟齬,然其中意象詳審仍多有難解處:若詩人意謂憂慮如影隨形(盧氏之sequaces),則言其"登"艇、言其"離"騎兵而不云"跟隨"(如盧氏sequaces)或"依附"(如III 1 "post equitem sedet atra Cura")恐仍費解,且諸家皆未言以牡鹿、熏風爲譬與詩中他處何干,故翫味再四,仍覺此章有訛,遂從Klingner、Kießling、Heinze等本以[ ]括其文,以標誌其爲僞竄疑文。

　　21.【鑲銅】*aeratas*,指船艏以銅包覆,以利衝擊敵船,故多見於戰艦而非民船。

　　24.【滔風】*Euro*,譯名詳I 3, 3注。

　　25.【快活於當下】*laetus in praesens*,此處直接行20,詩意參觀前注引《書》I 11, 23 f.,集中則見I 11, 8, I 31, 17, III 8, 27 f.:"dona praesentis cape laetus horae : / linque severa,""就快活/抓住眼前時光的餽贈,/去除掉艱苦";III 29, 32 f.:"quod adest momento / conponere aequus,""記住要以平常心/處理將來臨的"。勸人及時行樂,勿爲遠慮所累,本係伊壁鳩魯所倡,H詩裏詩外皆屬老生常談,西塞羅《善惡界限論》(*De finibus bonorum et malorum*)I 62闡發伊壁鳩魯曰:"nam et praeterita grate meminit et praesentibus ita potitur, ut animadvertat quanta sint ea quamque iucunda, neque pendet ex futuris, sed expectat illa, fruitur praesentibus ... ,""因爲對過去的能欣悅回憶,對當下的能這樣把握,使得心思聚集於可令人欣喜的,不汲汲於未來,而是快活於當下的,同

時靜待未來……”。參觀盧克萊修III 957：“sed quia semper aves quod abest, praesentia temnis,”“可是因爲你總要不在的,蔑視眼前的”。

26.【淡笑】*lento … risu*, 其中形容詞*lentus*原義緩慢,亦可謂漠然,Bentley欲篡改爲leni, 輕微,頗乖詩意。Heinze謂此處暗以所飲爲譬,其說是也,故以笑調味,庶幾可沖淡漿水之苦澀也。運蹇命舛,詩人一笑置之,又見《書》II 1, 121：“detrimenta, fugas servorum, incendia ridet,”“毀壞、奴僕逃逸、火災,渠[詩人]皆微笑對之”。參觀前注引西塞羅同書稍前：“neque enim tempus est ullum, quo non plus voluptatum habeat quam dolorum,”“因爲無他時較痛苦時更有樂趣。”則非但笑對蹇運,且能以苦爲樂矣。

27–28.【無人……】*nihil est …*, 箴言,可參稽巴刻居利得(Bakchylides)《競技讚歌》5, 53–55：οὐ / γάρ τις ἐπιχθονίων πάντα γ' εὐδαίμων ἔφυ, “並非地上蒙福之人無所不能”。言無人得享至福爲古希臘人常談,歐里庇得殘篇662 N（佚劇《斯忒涅波婭》(*Stheneboia*)殘篇）曰：οὐκ ἔστιν ὅστις πάντ' ἀνὴρ εὐδαιμονεῖ· ἢ γὰρ πεφυκὼς ἐσθλὸς οὐκ ἔχει βίον, ἢ δυσγενὴς ὢν πλουσίαν ἀροῖ πλάκα. “無人能全都幸福：因爲或是出身高貴卻不能過活,或是出身低賤耕種富饒土地”。

29–30. 爲修辭術中舉例法(exempla)。所舉二例演繹前句箴言：阿基琉英武超羣,聲名顯赫,然其壽不永；提同雖得萬壽之福,然未能不衰,終致生不如死,故無人可享全福全祿。

29. 據古希臘傳說,阿基琉(Achilleus)死於希臘人克特羅亞城終戰之前,爲巴黎(Paris, 已詳I 15及注)捔殺。荷馬《伊》所敘雖未及其死,然屢屢預示其命定早亡：ὠκύμορος (I 417, XVIII 95, 458等)。NH謂【速死】*cita mors*之【速】*cita*雙關其疾步如飛及早殁,暗示縱其步捷如飛無人可及,仍不免爲死所趂。

30.【提同】*Tithonus*生於特羅亞城,爲晨曦女神Eos所歡,女神爲其乞長生於宙斯,然忘同時乞令其青春永駐。提同後年邁衰老,體弱至四肢不舉,然終不得死,故其所餘唯聲音而已。荷馬體《阿芙羅狄忒頌》218–38敘之甚詳。後有神話演繹此說,稱提同變身爲蟬：μακρῷ δε βίῳ δαπανηθέντος αὐτοῦ, μετέβαλεν αὐτὸν εἰς τέττιγα ἡ θεός, Hellanikos荷馬《伊》III 151古注。莎草紙占鈔本薩福佚詩殘篇58嘆衰老難禦，引提同爲證（原文不用Lobel et Page，而用Dirk Obbink, "Sappho Fragments 58–59," E. Greene/M. Skinner eds. *The New Sappho on Old Age*, chap. 2）: ἀγήραον ἄνθρωπον ἔοντ' οὐ δύνατον γένεσθαι. / καὶ γάρ π[ο]τα Τίθωνον ἔφαντο βροοδπαχυν''Αυων / ἔρῳ φ αθεισαν βάμεν' εἰς ἔσχατα γᾶς φέροισα[ν, / ἔοντα [κ]ἀλον καὶ νέον, ἀλλ' αὖτον ὔμως ἔμαρψε / χρόνῳ πόλιον γῆρας, ἔχ[ο]ντ' ἀθανάταν ἄκοιτιν. "生而爲人不能無老。/因人嘗以爲玫瑰色手臂之晨曦女神/以愛……攜提同行至地極，/美貌且年少，然而蒼鬢的老年/連他也攫獲了，雖有不死之妻。"古人多以提同代指老年，西塞羅《論老年》（*De senectute*）3: "hunc librum ad te de senectute misimus. omnem autem sermonem tribuimus non Tithono, ut Aristo Cius（parum enim esset auctoritatis in fabula），" "我寄給你這部書是論老年的。但是其中全部的論說我沒有像亞里士多那樣，安在提同身上"。

31–32. 革羅夫坐擁西西里莊園，故H有而其友所無者絕非產業。僞Acro古注以爲指詩人年壽，其說甚謬，H不以老年自矜，避之唯恐不及（參觀I 31, 19–20），且其年雖至死不可謂壽，不當以長壽自炫。Heinze解作詩才；NH則云指詩人寧靜之心及其如蟬之詠才。今按：原文主句謂語動詞*porriget*，【將會給予】，爲將來時，如謂詩人將得寧靜安樂之心，其說可通；如謂詩人將得賜詩才，其說恐乖。詩人如謂詩才，必不以未來式言之，更不當言【也許】*forsan*. Numberger注云，從句虛擬語氣動詞*negarit*（【拒絕】）與主句將來時動詞皆示詩人謙虛有禮，是。然集中詩人以才情自負，非止一處，雖梅克納、亞基帕等權貴當前，皆不諱言，斷無在無論風雅權勢皆不若梅克納等輩之人面前過謙如此之理。故詩人虛己，奉承對方曰其可得平安幸福，可也；自貶才情則不可。

31. 【時辰】*hora*, 參觀III 8, 27: "dona praesentis cape laetus, hora," "歡歡喜喜抓住眼前時辰的饋贈"。

33–35. 【你……朝你……你……】*te ... tibi ... te*, 變格排比

(polyptoton)，三申之以對卒章單稱之【我】*mihi*.

33.【百畜……牝牛】*greges centum Siculaeque ... vaccae*，【百】非實數，僅謂其夥。【畜……牝牛】*greges ... vaccae*，NH以爲二代一分述式(hendiadys，參觀II 9, 20; 13, 17及注)，＝百羣西西里牝牛。Heinze以爲【畜】字另有所指，謂羊，如此則分言牛羊，非二代一分述式矣，而呈交軛格(zeugma)。若單解作牛可參觀忒奧克利多《牧歌》16, 36–37：πολλοὶ δὲ Σκοπάδαισιν ἐλαυνόμενοι ποτὶ σακοὺς / μόσχοι σὺν κεραῇσιν ἐμυκήσαντο βόεσσι·"很多被趕向斯考帕德的牧圍，/牛犢和長角的樸牛低哞"。如分解作牛羊則見奧維德《變》I 513 f.："non hic armenta gregesque horridus observo，""吾非毛髮蓬鬆在此看牛羊。"牛羊說殆可以斯塔修《林木集》IV 5, 17 f.中用H此句爲旁證："non mille balant lanigeri greges, / nec vacca dulci mugit adultero，""非有千頭產毛的羊羣咩叫，/亦無牝牛向其相好低哞。"

34.【環繞】*circum*，於義轄句首*te*【你】(賓格)，然原文倒裝，以與行34之*tibi*【朝你】(與格)及行35 *te*【你】排比(中譯倣之)，且反對行37之*mihi*【我】(與格)。詩人分言你我，以明彼此之盡各也。此處倒裝與排比風格莊嚴，以示所言之重，且三度言你，僅一語道我，以示謙虛。

35.【牝馬】*equa*，希臘人以牝馬易馴，駕車坐騎較牡馬乃至閹馬爲良，古時以爲奇貨，Heinze舉品達《奧》6, 22爲例，然品達詩所言競技車乘所用牲口爲騾，ἡμίονος，非牝馬也，疑誤。羅馬詩人此外別見維吉爾《農》I 59："Eliadum palmas Epiros [mittit] equarum，""厄庇羅貢上厄里亞得勝的牝馬"。然羅馬人跑馬其實多用牡馬及閹馬，非牝馬。【阿非利】*Afro*，指羅馬沿地中海南岸之北非行省。北非以產【紫貝】*murice*著稱，據普利尼《博物志》IX 137，推羅(迦太基)重染絳紫尤爲人所貴。

36.【重染】*bis ... tinctae*，見普利尼同書稍後："dibapha tunc dicebatur quae bis tincta esset, veluti magnifico impendio, qualiter nunc omnes paene commodiores purpurae tinguuntur，""彼時染兩次者稱爲重染，視爲豪奢，而今幾所有優品絳紫皆如是染成矣。"H他作參觀《對》

12, 21：“muricibus Tyriis iteratae vellera lanae / cui properabantur ？”“以推羅紫貝再染的紡羊毛爲誰而備呢？”《書》II 2, 181：“vestis Gaetulo murice tinctas,”“蓋圖洛[詳見I 22, 15注]紫貝所染衣服，”；集中別見II 18, 8。據古注，革羅夫爵位騎士，依規其所衣袢袍得飾紫帶(angustus clavus)。

37.【薄田】*parva rura*，其中薄字原文*parva*直譯爲小，上承行13 *parvo*，彼處譯作小。中文薄田之薄本指貧瘠，常爲謙辭，此處亦爲自謙語，故取意譯以就中文成語。語抑本品達，前人引今存殘篇154，其舊讀(Otto Schroeder)爲：ἐμοὶ δ' ὀλιγον μὲν γᾶς δέδοται. “與我以小畹”；然Maehler本(《阿波羅頌》paeanes IV 52)讀爲ἐμοὶ δ' ὀλιγον δὲ δοται θάμνου，無地(γᾶς)字，恐與此詩無關。然同一殘篇其後(53)又云：οὐ πενθέων δ' ἔλαχον, <οὐ> στασίων, “願我不爲憂傷亦不爲爭鬪所據”，語式思路似以爲H此句後半所本。

38.【嘉墨娜】*Camena*，羅馬詩神，對希臘人之摩薩女神。此處特稱【希臘嘉墨奈】*Graiae ... Camenae*者，欲示H豎琴詩糅合希臘羅馬兩大傳統之抱負也，參觀III 30, 13，詩人自詡：“princeps Aeolium carmen ad Italos / deduxisse modos,”“首箇把埃奧洛的歌帶入/義大利的音調。”單呼嘉墨娜者，見《書》I 1, 1：“prima dicte mihi, summa dicende Camena,”“告訴我，爲最先和最後的嘉墨娜所述說者。”【細息】*spiritum ... tenuem*，非謂性命，而指詩神所賜靈感，參觀IV 3, 23 f.：“quod spiro et placeo, si placeo, tuum est,”“我呼吸且受喜愛，若受喜愛，皆職汝功。”按西語中譯爲靈者，原文皆本息(anima)或氣(spiritus)意，唐景教碑譯聖靈爲風，即本此原義也，後世改譯作靈字，失其本義矣，詳見《荷爾德林後期詩歌》評注卷，頁五四二。H談詩喜用tenuis細字，言其精工細製也，《藝》46 f.：“in verbis etiam tenuis cautusque serendis / hoc amet, hoc spernat promissi carminis auctor.”“應許之詩作者選用細微之字亦當謹愼，或愛此或棄彼”；《書》II 1, 225：“tenui deducta poemata filo,”“細線所紡之詩”。

39.【帕耳卡】*Parca*，羅馬命運女神統稱，已詳II 3, 16注。曰其【不撒謊】*non mendax*者，命運女神出言必信，另見《世》25：“vosque, veraces cecinisse Parcae," "汝等所詠眞實之帕耳卡諸神"。然此處實言其行必果也。Heinze: 詩人暗示田產等物無常，機運女神可隨與隨奪；詩才則恆有不移，故受轄於不可改易之命運女神。

40.【俗衆】*volgus*，H屢申輕世蔑俗之情，集中參觀II 19, 2；II 20, 4；III 1, 1: "odi profanum volgus et arceo," "我憎惡外道俗衆故而閉關。" 憤世嫉俗係從伊壁鳩魯教誨，參觀伊壁鳩魯殘篇489（《倫理學》殘篇，*Epicurea*, p. 307）: ἐφήμερον μὲν πᾶν τὸ τῶν πολλῶν ἀγαθόν ἐστι καὶ κακόν, σοφία δὲ οὐδαμῶς τύχῃ κοινωνεῖ. "俗衆之短暫之善是惡，智慧卻與機運無與。" 又殘篇187（《書信》殘篇（*Epicuri epistulae*）, p. 157）: οὐδέποτε ὠρέχθην τοῖς πολλοῖς ἀρέσκειν, "我從不曾試圖媚俗。" Numberger: H所謂俗衆非指普通民衆，實專指嫉妬其才情詆譭其詩作之人。

{評點}:

H素奉伊壁鳩魯說，本詩爲之張大，申其唯自足方可心靜之論，然並無說教詩僵硬空泛之病。詩所贈者身份已詳前注，H賦此篇以贈，其機緣蓋爲答格羅夫之問。格氏富可敵國，不解詩人何以能 "以簡約過好生活"，詩人遂爲之闡發伊壁鳩魯之說，稱命運賜我薄田數頃並移植希臘豎琴詩於拉丁語之詩才，吾賴之以糞土世俗之詆譭貶損，所需已足，夫復何求！

十七

贈梅克納論星命
AD MAECENATEM

　　你病魔纏身時痛苦呻吟，幾令我氣結窒息，你我所倚杖，你果先我而去，我又何能獨存？

　　你我生辰契合，護祐大神猶庇特（歲星）將你自害人星撒屯（鎮星）手中奪下，大病不死，我則賴墨古利（辰星）之子沃奴相救，未被倒樹壓斃。

　　爲此你我都應向神獻上所欠供奉：富貴如你許下特牛與廟宇；寒素如我便祇好屠宰一頭羔羊。

{格律}：

　　阿爾凱式（Alcaium）。

{繫年}：

　　梅克納何時重病於史無徵，故據此無以確定撰作日期。推斷屬於29年。

{斠勘記}：

　　1. cur] quid *Victorinus* 案異讀同義。| exanimas] exagitas *Victorinus* 案異讀義爲亂、擾，於義未通，訛也。

　　7–9. *om.* B

　　14. gigas Ξ Ψ 𝔅| σχΑ Γ *Priscianus* Gyas *Lambinus* Gyges *Muretus*

*III 4, 69*亦同　詳下箋注。

17. scorpios B F R scorpius *cett.* σχ*Persius*　　案前者爲希臘字形，主格單數。

19. natalis Ξ^(acc. λ R)　*Pph.* σχΑΓ loetalis *Ψ*　　案後者無解，字訛。

25. cum Ξ^(acc. λ R *ras.*)　*Pph.* σχΓ　tum R¹ π²　邊緣*lemma* σχΑΓ　te F δ π¹ cui *Lachmann*　　案cum爲時間連詞，tum爲時間副詞，cui爲關係代詞。

{箋注}：

　　1.【爲甚麼】*cur*, Heinze: 非有疑問，寔乃詰責也，I 8, 2句式同此，見其注。【窒息】*exanimas*，意謂因恐懼而屛息，anima本義爲息，加前綴ex-，去。與下行5 *animae*（譯作【靈魂】）同源，彼此呼應，中譯惜難傚法。

　　2.【友好】*amicum*句意謂令神與我皆不喜。

　　3-4.【崇彩】*grande decus*，參觀I 1, 2："et praesidium et dulce decus meum,""吾之干城、吾甜美之光彩"及注。【棟樑】*columen*，拉丁字本義高置之物或高立承重之物，多與columna"柱石"等義，以言屋宇指屋脊乃至屋樑，轉喻人，指衆人或國家等依托所仰之人，以棟樑爲譬，拉丁文與中文巧合，《國語・魯語下第五》："穆子曰：'我不難爲戮，養吾棟也。夫棟折而榱崩，吾懼壓焉。"韋昭《解》曰："武子，爭卿也，是爲國棟。"又《晉語一第七》亦曰："[士蒍]對曰：'夫大子，國之棟也。棟成乃制之，不亦危乎？"然現代歐洲語言多以柱（拉丁文爲columna，英：pillar, 法：pilier, 德：Säule / Stütze等）爲譬，不云棟或樑。參觀圖耳庇留（Sextus Turpilius，前二世紀後期）喜劇殘篇38《喜劇殘篇集成》(*com.* p. 141)："qui te tutamen fore sperarat familiae / domuique columen, nonne <tibi> sic diceret？""誰人仰仗你爲家外之護祐、屋內之棟樑，豈不把它告訴你麼？"李維VI 37, 10稱平章爲棟樑："consulatum superesse plebeiis; eam esse arcem libertatis, id columen,""平章之位在庶民之上；乃自由之戍樓，亦即其棟樑也。"I 1, 2詩人稱梅克納"干城"，又參觀《書》I 1, 103："rerum tutela mearum,""我的護祐"。【先行】*prius obire*即先我而去。詩人一語成讖,前8年十月(何日不詳)梅克納薨,未及一月,H亦歿。

5–6.【靈魂的一分】*meae partem animae*,參觀I 3, 8稱維吉爾爲"animae dimidium meae,""我靈魂的一半"。【早來的】原文*maturior*此處非謂不壽早夭,而謂較我(H)爲先。

5.【啊】*a*,拉丁文用感嘆詞a少於o,然其所表情感強於後者,集中此外僅有I 27, 18 "a miser,"原文中置於行中第一指度(dactylus)之後,亦頗尠見。參觀Fraenkel, p. 181注1。

6.【力】*vis*指命運之暴力,即死。此力之兇暴不可抗拒,盡蘊於動詞*rapit*【擄】。參觀II 13, 20.

7. 原文措辭極簡,中譯爲求明了增字意譯。【自珍】*carus*謂自珍其命,於意應補反身代詞mihi。羅馬人曰sibi carus意謂自珍自愛,西塞羅《論善惡之界》V 31有"non modo carum sibi quemque"語,即此意。

8–9. 自答行5–6之問。NH:【完整】*integer*承前【一分】;按【傾圮】*ruina*承前【棟樑】,以屋廈因樑壞榱崩傾圮爲譬。

9–10. 於意應於【我未發】*non ego ... dixi*句前補"因爲"(enim)。【發……誓】原文*dixi sacramentum*特指羅馬士兵入伍或戰前宣誓於長官,矢志生死相隨,羅馬角鬥士鬥前亦行此儀式。哈利卡耳納人丟尼修(Dionysios Halikarnaseus)《羅馬古事記》(*Antiquitates romane*) XI 43, 2: ὅ τε γὰρ ὅρκος ὁ στρατιωτικός, ὅν ἁπάντων μάλιστα ἐμπεδοῦσι Ῥωμαῖοι, τοῖς στρατιγοῖς ἀκολουθεῖν κελεύει πούς στρατευομένους, "乃因羅馬人視軍旅誓詞爲所發一切誓言之最,曰將官所指,衆所趨焉"。中國上古見《周禮・大司馬》:"羣吏聽誓於陳前,斬牲以左右徇陳曰:'不用命者,斬之!'"【同行】*ibimus*之重複,示宣誓者(詩人)情緒激切。Heinze臆度此語及其重複語式係倣古時入伍或戰前誓詞套語,參觀法羅《論拉丁語》(*De lingua latina*)V 87: "in re militari pr<a>etor dictus qui praeiret exercitui," "行伍之中,先導得名於其先行於部伍之首。"H《對》1全篇爲詩人誓詞,作於阿克襄海戰之際,詩人以之宣誓効命於梅克納,其中行23 f.云:"libenter hoc et omne militabitur / bellum, in tuae spem gratiae," "他樂意從役於此次和所有/

戰爭，期冀你的恩寵"。詩上三章意近《對》1, 5–6："quid nos, quibus te
vita si superstite, / iucunda, si contra, gravis？""我們[按複數單指，謂詩
人本人]如何，其生命，祇要你尚存，/便爲喜樂，否則沉重？"

11.【無論何時】*utcumque*，原文字義可爲無論如何，亦可謂無論
何時，H詩中皆用作後者。

12.【伙伴】原文*comites*雖爲複數，然實則單指，爲詩人自指，承前
半句士兵意象，中譯【伙伴】如《木蘭辭》中伙伴義，即相伴於行伍也。
詩中行10之前用單數第一人稱，至此變作複數，如此變換羅馬詩歌中
不乏同例，參觀提布盧II 4, 5："seu quid merui seu nil peccavimus,""或
是我活該或是我們沒錯兒"。【末路】*supremum ... iter*，【末】原文
*supremum*爲最高級，本義爲高，引申義爲生命之最終或終點，此外亦
可指上天神界，故中譯參酌原文與漢語以死爲登遐之說(陸雲有《登遐
頌》)，合譯如此。以死爲上路，中西古今皆有此說，NH引索福克勒《安
提戈涅》807 f.: ὁρᾶτ' μ', ὦ γᾶς πατρίας πολῖται, τὰν νεάταν ὁδὸν
στείχουσαν，"哦父國的邦民，請看我走上/末路"，*supremum iter*
(末路)之說，似祖此處τὰν νεάταν ὁδόν。《英華》VII 203載西米阿詩
(Simias)亦有此說：ᾤχεο γὰρ πυμάταν εἰς Ἀχέροντος ὁδόν。"因爲
你走在通往阿基隆的末路上。"

13.【基邁拉】*Chimaera*已見I 27, 24及注，語呈互換格(enallage)，
依義應爲基邁拉噴火的氣息。基邁拉吐火，集中又見IV 2, 15 f.：
"cecidit tremendae / flamma Chimaerae,""令嚇人的基邁拉/的火焰
淪落"。

14.【居阿】*Gyges*，古鈔本Ξ Ψ 𝔅l σχΑΓ皆作gigas，同III 4, 69，學
者多以爲訛(Keller/Holder、Ritter仍依古本)，或更訂爲Gyges (Bentley,
Heinze, Klingner, NH, Bailey)，或作Gyas(Lambin., Orelli, Kießling,
Plessis, Shorey-Laing, Wickham)。gigas應關戈岡(Gigantes)，並非專名。
然學者僉以爲此處應爲專名，對基邁拉；Gyas見赫西俄德《神宗》147–
49: ἄλλοι δ' αὖ Γαίης τε καὶ Οὐρανοῦ ἐξεγένοντο / τρεῖς παῖδες
μεγάλοι τε καὶ ὄβριμοι, οὐκ ὀνομαστοί, / Κόττος τε Βριάρεώς τε
Γύης θ', ὑπερήφανα τέκνα。"地與天還生了/三子，高大有力不可名狀，

/高多、布里阿若、居阿，倨傲的孩子。"Gyges寫法則多見於羅馬詩歌，如奧維德《情》II 1, 12, "centimanumque Gyen"（白手居阿）；然亦有用Gyas者，《哀》IV 7, 18 "centimantumque Gyan,"他人可見塞內加悲劇院本《厄它山上赫古勒》(*Hercules Oetaeus*)167："tumidus Gyas"等。Gyas抑或Gyges，於義殆無差別，皆爲百臂巨怪，中譯采Gyas，作居阿。居阿(Γύης)與Κόττος 及Βριάρεως同爲天地之子，皆有百臂，且各生多頭，其數爲半百，孔武有力，蠻橫兇頑。據赫西俄德，諸神與提坦大戰，居阿爲諸神之援軍。一說居阿與諸神爲敵，寖假而混同於戈岡，故提坦之戰後遭嚴懲。迦利馬庫《提洛頌》141 ff.敘布里阿若後爲埃特納火山鎮壓：ὡς δ', ὁπότ' Αἰτναίου. ὄρεος πυρὶ τυφομένοιο / σείονται μυχὰ πάντα, κατουδαίοιο γίγαντος / εἰς ἑτέρην Βριαρῆς ἐπωμίδα κινυμένοιο，"彼時爲埃特納山之火灼燒，地下最深處隨戈岡而震，布里阿若易肩而荷"。H當從此說，故曰【重又起來】*resurgat*，居阿或布里阿若受罰鎮壓於地下深處，若起身則必致地震。

15.【撕碎】*divellet*於義應謂居阿，爲其有百手也，然語用交軛修辭格(zeugma)，故亦爲基邁拉所領。【若這般……】原文*sic placitum*語式已見I 33, 10，參觀彼行注。

16.【正義】*Iustitia*, 抽象概念名詞擬人，原文語法性別屬陰，與其後命運女神帕耳卡姊妹皆爲女性神明。拉丁文*Iustitia*對希臘文之Δίκη，帕耳卡*Parcae*對Μοίραι。據赫西俄德《神宗》901–906，宙斯娶忒彌(Themis)生 "辰"(Ὧραι)、"序"(Εὐνουμίη)、"義"(Δίκη)、"和"(Εἰρήνη)、命運三姊妹(Μοίραι, 即：Κλωθώ, Λάχεσις, Ἄτροπος)。故此處二者相提並論。帕耳卡可視爲死之別稱，故上承上二章；義關乎信，西塞羅《論職任》I 23云："fundamentum autem est iustitiae fides, id est dictorum conventorumque constantia et veritas," "信乃義之基，即承諾與合約之敍靠與眞實。"故上承第三章誓詞。帕耳卡司人命運，故下啓餘篇生辰星象說。此處言 "義"已暗伏 "辰"之意象，逮下行17–19明言生辰，讀者始知其來有自矣。

17.【天秤】*Libra*, 西方星命學十二屬相之第七相，天蝎*Scorpios*

爲第八相，古時常以天秤爲天蝎之螯或前肢，故此處二者並稱。天秤象十月下旬至十一月星運、天蝎象十一月下旬至十二月星運，主兵，故其主神爲戰神（Mars）。置諸中國舊時星圖之二十八宿，天秤位在氐、房，《大方等大集經》卷四十一："次復置氐爲第七宿，屬於火天，姓些吉利多耶尼，氐有二星如脚跡"；天蝎位在心、尾，《大方等大集經》卷四十一："次父置尾爲第三宿，屬獵師天，姓迦遮耶尼，尾有七星如蝎尾"。【相覰】譯*adspicit*，原文此處雖祇謂詩人出生時，有此等諸星照曜，然暗射該字相天占星之候望義。中譯【相】讀去聲，合horae（"辰"）與 "相覰" 則得希臘文之ὡρόσκοπος（今語horoscope（生辰相譜）所本）字。按：H生於十二月初八，應屬射手座（Sagittarius，中文俗譯人馬座）。西方星命學興於西曆紀元前500年以前巴比倫，前四世紀西漸傳入希臘羅馬。集中他處H已明言不信 "巴比倫數術"（Babylonios … numeros）（I 11, 3），然梅克納深佞此道，故詩人爲之詳論。

    18–19. 原文語義晦澀，非待詮釋，不可得而明。其中【可怕的那一分】*formidolosus pars*爲所列諸星座之同位語，非僅言天蝎也。【遠更強大】*violentior*於語法與*formidolosus*【可怕的】同領*pars*【一分】，然於義實爲所舉三星座之謂語，意謂較其餘九星相，此三者關乎詩人命運更深刻也，故其形態爲比較級。言【可怕】者，尤指關乎死亡，以天蝎星相而言，或以爲指其毒螯。言【無論……抑或……】者，謂詩人不知其所屬星相，故亦不知何星何相主宰其死亡也。依星命學，人出生時適值主宰星座可決定其性命，然星宿運行於天，人生中日後星座變化或可沖或可剋此主宰星座之影響，故人之性命雖繫乎生辰星相，然仍僅爲其一生運道因由之一分（*pars*），非其全體也。又，【一分】原文*pars*同上行5–6之【分】*partem*相呼應。

    20. 【摩羯】*Capricornus*，十二屬相之第十相，象十二月下旬至一月星運，主水，方位屬泰西與極西北，故曰【司掌夕域】，曼尼留（M. Manilius，生卒不詳，約公元前後）《星曆記》（*Astronomica*）IV 791–96曰："tu, Capricorne, regis quidquid sub sole cadente / est positum gelidamque Helicen quod tangit ab illo, / Hispanas gentes et quot fert Gallia dives ; /teque feris dignam tantum, Germania, matrem / asserit ambiguum sidus terraeque marisque / aestibus assiduis pontum terrasque sequentem."“你，摩羯，凡位於落日之下者皆爲你/統治，以及由此所延及之寒冷極地，/西班牙人，高盧所產財富；/還有你，哺育野獸之母，日耳曼尼亞，/於陸抑或於海爲兩可，/因你升降之中兼隨海陸。”以中國二十八宿言之，位在斗、牛。《大方等大集經》卷四十一：“次復置斗爲第五宿，屬於天火，姓摸伽邏尼。斗有四星如人拓地。[⋯⋯]次復置牛爲第六宿，屬於梵天，姓梵嵐摩，其有三星如牛頭。”普羅佩耳修IV 1, 85–86：“quid moveant Pisces animosaque signa Leonis, / lotus et Hesperia quid Capricornus aqua,"“雙魚和獅子的活潑星相所引發者，/還有沐浴於夕域水中的摩羯。”原文【夕域】*Hesperiae*與【洪濤】*undae*二字拆分，呈跨步格(hyperbaton)，名詞【摩羯】居其間，以字詞佈位暗表摩羯處西方水中。*Hesperia*譯作夕域，詳見《荷爾德林後期詩歌》評注卷，頁二九一及後。【君主】*tyrannus*，星命學常假物取譬，以象諸星相之關係，假君王以譬星相，中國古代星占學亦然，如《開元占經》卷六十·心宿五：“石氏曰：心三星，帝座，大星者天子也，”云云。又如中醫之藥分君臣。以上臚列三星相語式呈遞增三聯式(tricolon crescendo)。原文*tyrannus*本希臘文，應取其希臘文本義τύραννος，即君王，不特標其踐位不合法統，所謂僭主者。

21.【我們的星座】*nostrum ... astrum*梅克納生辰爲阿芙羅月(四月)二十九日，屬牛(Taurus)，H生辰在第十月(今十二月)八日，屬射手，故二人星座相契非謂同屬。曼尼留《星曆記》II 608 f. 謂不同星座之間或相和諧，“quae iungant animos et amica sorte ferantur,”即H此處所謂也。Heinze: H所謂二人相契，非指二人天性，而指二人命運，詩後文可證。H後波耳修(Persius)《雜詩集》5, 45–51捃撦此處詞句詩意：

> non equidem hoc dubites, amborum foedere certo
> consentire dies et ab uno sidere duci.
> nostra vel aequali suspendit tempora Libra
> Parca tenax veri, seu nata fidelibus hora
> dividit in Geminos concordia fata duorum

Saturnumque gravem nostro Iove frangimus una,

nescio quod certe est quod me tibi temperat astrum.

你不可疑此，吾二人生日合乎

確然之盟，爲同一顆星所引導。

因帕耳卡緊貼眞理而令你我

之壽懸於平秤，抑或生辰守貞

均分二人同心的命運於雙子，

還是我們憑猶父擊碎嚴酷的

撒屯：我不確知何星將你我鍛接。

22.【猶父】*Iovis*，明指主神猶庇特（Iuppiter），然亦暗扣同名行星、中文所謂木星或歲星者。猶庇特向有祐人利人之稱，NH引西塞羅《論共和》（*de republica*）VI 17中敘述行星段落云："deinde [i.e. post Saturniam] est hominum generi prosperus et salutaris ille fulgor, qui dicitur Iovis，""之後［指土星或曰鎮星撒屯］有於人類有益、其光曜令人健康者，人稱猶父歲星"。故此處稱其爲【保祐神】*tutela*。曼尼留II 434–38詳論星相與諸神關係曰："noscere tutelas adiectaque numina signis / et quae cuique deo rerum natura dicavit, / cum divina dedit magnis virtutibus ora, / condidit et varias sacro sub nomine vires，""需知護祐者與附於星相之神明，/以及物性分派其所屬神明，/當渠賦予神聖面孔於大德/立威力於聖名之下時。"【光曜】*refulgens*兼該神之光彩與星之光芒，中譯取曜字，不書常見之耀字者，爲中國古時合稱日月與金木水火土五大行星爲七曜也。

23.【撒屯】*Saturnus*，本是神名，羅馬人以此稱五大行星之土星（中國舊稱鎮星、地侯），爲此處顯義所指，然亦暗指此神。羅馬人俗見以撒屯星可妨人（中國古代則反之，以爲吉），見於詩歌者，此外參觀普羅佩耳修IV 1, 84："grave Saturni sidus in omne caput，""撒屯星帶給所有人兇險"；弗耳米古（Iulius Firmicus Maternus, 四世紀前半葉）《格物致知》（*Mathēsis*）II 13, 6："unum tamen sciendum est quod, licet benivola sit Iovis stella, tamen contra inpugnationem Martis et Saturni, si eam violenti radiatione constringant, resistere sola non possit," "須知，猶父之星雖或友善，若戰神[火星]與撒屯以強曜拘之，猶父之星以一靡可敵二者之強攻"。洎共和晚期及帝政初期，羅馬人以羅馬本土神明對應希臘諸神，撒屯對克羅諾(Kronos)。依希臘神話，克羅諾爲天地之子，後悖父反叛，竟強去其勢，故可曰不孝(inpius)，此處轉譯爲【悖逆】inpio。又據神話，克羅諾暴戾恣睢，竟自食其子女，第六子宙斯及長遂率其弟兄姊妹叛父，向稱提坦大戰(titanmachia)，克羅諾竟遭廢黜。故此句言猶父自撒屯手中搶奪梅克納，暗隸提坦大戰事。

24–25. 古希臘神話中死神爲生翼少年，【命運】*Fati*此處＝死神。參觀《雜》II 1, 58："seu me ... Mors atris circumvolat alis," "死亡舒展黑翅環我而飛"。【飛翮】原文*volucris*學者多讀作賓格複數，配*alas*，唯NH讀作屬格單數，配*Fati*。譯文取前讀。若作後讀，當譯爲飛行的命運之翅。然如Heinze所言，如先有"飛行的命運"，再言"以雙翅"，則後語殆爲枝指矣。瓦勒留·弗拉古(C. Valerius Flaccus)《阿耳戈航行記》VII 398："atque hinc se profugam volucris Thaumantias alis sustulit," "奇觀之女由此疾搖翅翼而逃"。

24. 【奪下】*eripuit*對上行6【所擄】*rapit*。二字詞義相近，然用意適反，前言奪命，後言自奪命之死神手中劫回。【延遲】*tardavit*，人必有一死，是爲其命(fatum)也，然死雖終不可逭，其來早與來遲決定人之壽夭，維吉爾《埃》IV 610 Servius古注解該字曰："et bene 'tardavit' quia necessitas fati impediri potest, non penitus eludi." "曰延遲者，乃因命運之不可止性可受阻，然究竟不可逃逭也。"

25–26. 詳見I 20, 3–4及注。以【那時】*cum*巧妙引入恭維梅克納語，雖爲諛辭而不致引人反感。【三鼓】*ter crepuit sonum*指鼓掌，【三】*ter*應爲實指，非虛數，古羅馬習俗鼓呼必三徧，參稽普羅佩耳修III 10, 4："Camenae ... manibus faustos ter crepuere sonos," "詩神以手三鼓讚許之聲"。梅克納病癒後臨劇院觀劇，受觀衆拊掌慶賀，集中別見I 20，尤當參觀3–4注。

26–28. 本事已見II 13全篇及箋注評點。主句語法爲逾完成時直陳式*sustulerat*【幾被擊中】，從句則爲虛擬式　*levasset*【減輕】，主句用直陳式以示人皆以爲其難不免，類似語式集中又見III 16, 1–7："munierant satis ... si non ... risissent,"足以提防……，倘若……不曾嘲弄……"。【我】*me*對上行22【你】*te*。詩人云梅克納與己頃幾皆不免，一罹重症，一遭橫禍，然竟賴神祐得存。【頭腦】*cerebrum*，本義爲腦，Syndikus (p.458，注27)：非詩歌用詞，然用於此處非無表現力。

　　29.【沃奴】*Faunus*，牧神，已見I 17, 1及注，此處 = 希臘牧神潘 (Pan)。牧神潘攸出，古說不一，然多以爲其父爲希耳米 (Hermes)。希耳米羅馬人視同墨古利，【墨古利】*Mercurialium*爲交通信使商賈巧詐之神，發明豎琴（"拱形琴之父" lyrae parentem)，已見I 10及箋注評點；其爲H保護神，又見II 7, 13 f. 然此詩既言星命，故詩中稱此神名較集中前二處蘊意更深，斐修·瓦倫 (Vettius Valens, 120–約175年)《星命學集英》(*Anthologia*)I 1, p. 4: <ὁ> δὲ τοῦ Ἑρμοῦ σημαίνει ... γράμματα, ... ἐστὶ δὲ ... κύριος ... <τέχνης> ποιητής· κυρίως δε ποιεῖ, ... ῥήτορας, φιλοσόφους, ἀρχιτέκτονας, μουσικούς .... "希耳米星座象文字……，擅……詩藝；生……演說家、哲學家、營造師、樂師……"。羅馬人以墨古利稱五大行星之辰星（水星），故詩人自稱【墨古利人】*viri Mercuriales*，非僅謂蒙其護祐，亦言其性命屬水星也，彷彿人自謂屬室女座或摩羯座等十二星座。詩人稱樹倒僥倖不死，全賴墨古利之子牧神沃奴援手，致倒樹之壓力減輕，未爲所害。《雜》II 3, 25 f.："unde frequentia Mercuriale / inposuere mihi cognomen compita," "故而逵衢之衆贈我綽號'墨古利人'"。此外羅馬時有墨古利社 (collegium Mercurialium)，西塞羅《與兄書》(*Epistulae ad Quintum fratrem*)II 5, 2嘗言及某人遭首神廟社與墨古利社所棄："Capitolini et Mercuriales de collegio eiecerunt," 沃奴祐其免遭橫禍，可見I 17薩賓別業詩所言"衆神護祐着我"di me tuentur不虛。

　　31.【還】*reddere*祭神爲還所欠神之禮貢，已見II 7, 17。此處謂梅克納與己皆僥倖不死，託神護祐，故欠神供奉。中文以禮佛爲還願，義近。【犧牲】*victimas*如漢譯二字本義，用以祭祀之特牛，故與下行【卑微的羔羊】*humilem agnam*對文。參觀IV 2, 53 f.："te decem tauri todidemque vaccae, / me tener solvet vitulus,"“把你用十特和等數的牝牛, /把我用嫩犢解脫。”梅克納鉅富, 且其護祐神明爲衆神之主猶庇特, 故其祭神也豐贍, 以牛爲牲, 又造廟營殿(【神龕】aedes)。NH云, 以一人之力, 營造猶庇特神廟, 可謂逾制, 故當讀爲詩人誇張調戲梅克納語, 非可據以爲實也。

32.【我們】nos複數單指, 詩人自謂, 非合稱二人也。詩人貧寒, 且其保護神明爲村野位卑之牧神, 故其祭禮也菲薄, 盡心盡力而已。

{評點}:

　　梅克納羸弱多病, 非唯可徵於H集中此篇與I 20等作, 羅馬文獻亦多言之。老普利尼《博物志》(*Naturalis historia* VII 172)稱其被痼疾疢症(perpetua febris); 塞內加《致盧基留書信集》(*Epistulae morales ad Lucilium*)第一〇一枚稱其曾發毒誓, 如疾得瘳, 不惜齒豁肢殘, 足見其疾病纏身備受煎熬之苦。本詩應即作於詩人恩主某次病愈復出、現身劇院、受民衆歡呼之後。然梅克納體雖稍復, 仍恐痼疾隨時復發, 故常鬱鬱, 恆懷謝世之念(行1)。H此篇既爲賀其病除以致謝神明(soteria), 亦以相勸慰(consolatio)也。

　　既爲勸慰, 故全篇始終並提分論主客二人。詩人先信誓不肯獨存之志(一至三章), 再退而(四章)反稱因己誠信若是, 必不致爲冥間所收。詩人欲讀者由此推斷, 同理可知梅克納亦必無性命之憂也。自五章起直至卒章前半, 詩人侈談梅克納所佞之星命學, 聲稱二人星座之相契, 可謂神奇, 且分舉二人遭難幾死事爲例, 稱分別爲神所祐, 故得倖免, 以此證二人星座之契合。詩末由神祐引出謝神還願事作結, 分言梅克納所欠大神猶庇特之厚酬與己所能置辦答謝牧神之薄祭, 所語得體而不無詼諧, 想必梅克納當日讀至此語, 必當莞爾微笑。

{傳承}:

　　H是篇抑未許爲集中最佳, 然仍屬上乘。後世詩人尠有倣作, 則甚可怪哉。此作令人矚目處, 在於以生辰相譜或星命學(horoscope)入詩。然詩人引用星命學, 非爲敷布其說, 而爲張詩中慰藉主旨, 讀者視其如隸事可也。

　　以星命學入詩，羅馬詩歌中無獨有偶。普羅佩耳修IV 1, 71 ff. 爲星命學家Horos獨白，所涉生辰相譜性命之學較H此篇更深更廣，然亦係藉術士之口道詩人之志，非如後世曼尼留(Manilius)史詩體《星記》(*Astronomica*)全篇鋪陳古代星命學，純爲說教詩，亞里士多德所謂合律之論文也。故曼氏之鴻制雖鋪張星命學識更全更詳，終非H與普羅佩耳修之作可比。

　　古代晚期以後，雖基督教西漸，星命學說仍賡傳不絕，且屢雜以基督教教義，頗可矚目。但丁《神曲・地獄篇》XV 55布魯内圖・拉丁尼(Brunetto Latini)曉諭但丁曰：“Se tu segui tua stella, / non puoi fallire a glorïoso porto, / … / e s’io non fossi sì per tempo morto, / veggendo il cielo a te così benigno / dato t’avrei a l’opera conforto.”“你若是跟隨你的星，/就不會到不了榮耀的港口，/……/而我倘若沒死那么早，/看到上天如此惠顧你，/我會鼓勵你。”學者或解“你的星”(tua stella)爲但丁生辰星座雙子座(Gemini)。《天堂篇》XXII 112–23但丁自說其生辰星相愈爲詳徹：

> O glorïose stelle, o lume pregno
> 　di gran virtù, dal quale io riconosco
> tutto, qual che si sia, il mio ingegno,
> con voi nasceva e s’ascondeva vosco
> quelli ch’è padre d’ogne mortal vita,
> quand’ io senti’ di prima l’aere tosco ;
> e poi, quando mi fu grazia largita
> 　d’entrar ne l’alta rota che vi gira,
> 　la vostra regïon mi fu sortita.
> A voi divotamente ora sospira
> 　l’anima mia, per acquistar virtute
> 　al passo forte che a sé la tira.

哦光曜之星，哦孕育着大能的/光，我自其中得識/我全部的才情，不論其爲何，/同你出生和隱藏的他/是所有有死的生命之父，/當我初感托斯坎空氣時；/而後，當恩典賜予我/以進入承擔旋轉的高輪時，/你的區域分給了我。向你我敬虔的靈魂/投入地嘆息，以獲得能力/來穿過它接近的艱難通道。

其中"分給"(sortita)但丁的"區域"(regïon)即是其生辰星相雙子座。其語甚明，人皆無疑議焉。

{比較}：

詩言星辰屬相

中國詩人言人誕生時所值星相，初見於《詩‧小雅‧節南山之什‧小弁》："天之生我，我辰安在？"毛《傳》曰："辰，時也。"鄭玄《箋》曰："此言我生所值之辰安所在乎？謂六物之吉凶。"六物，孔穎達《正義》引《左傳‧昭公七年》曰："晉侯謂伯瑕曰：'何謂六物？'對曰：'歲時日月星辰，是謂也。'服虔以爲，歲星之神也，左行於地，十二歲而一周；時，四時也；日，十日也；月，十二月也；星，二十八宿也；辰，十二辰也，是爲六物也。"以鄭玄箋文覘之，至晚漢末應已有人之窮通繫乎生時所值之星辰說；而其解《詩》如不謬，並進而由此可推斷上古時已有此說矣。惜未詳其說細節，不知六物是否及如何對應十二宮。屈原生在詩人之後，《離騷》云："攝提貞於孟陬兮，惟庚寅吾亦降"，所言似未涉西亞乃至西洋之星命學，且祇記其生辰所值星躔，未明言其一生命運皆其所定，不知與《小弁》中所言有無關聯。逮及唐代，韓昌黎《三星行》自述生辰星相，始明言生辰所值星躔與命運窮通相關。然其詞句糅合《小雅‧大東》與紫微斗數說，初覽之下似不見西方星命學說痕跡：

我生之辰，月宿南斗。牛奮其角，箕張其口。
牛不見服箱，斗不挹酒漿。箕獨有神靈，無時停簸揚。
無善名已聞，無惡聲已讙。聲名相乘除，得少失有餘。
三星各在天，什伍東西陳。嗟汝牛與斗，汝獨不能神。

　　北宋蘇軾《東坡志林》卷一《命分》言及昌黎此篇則曰："退之詩云:'我生之辰,月宿直[如字]斗。'乃知退之磨蝎爲身宮,而僕乃以磨蝎爲命,平生多得謗譽,殆是同病也。"則以斗牛等於摩羯(見上行20注),明言昌黎詩中所說實依據西方星座說。且其此節題爲命分,又與H此篇行18 f. formidolosus ... pars natalis horae,"我生辰中那可怕的一分"以及但丁之sortita說相合。東坡復有《謝惠生日詩啟二首》,其中之一亦言及星命說,且粘合屈原生辰與西方星命二說爲一,其詞曰:"攝提正於孟陬,已光初度;月宿直於南斗,更借虛名。"見《蘇軾文集》卷四十六,頁一三四二。如上所言,屈子生辰句與西方星命說有無關聯,恐難確知;然東坡評昌黎詩語似頗不謬,如此,則可曰昌黎、東坡皆已知曉西方星命說。然二人何從而知之? 清梅文鼎《歷算全書》卷六《歷算答問》嘗欲答此問:"至若十二生肖及演禽之法,別有本末,與歷家無涉,亦無與於星占[……]。以星推命,不知始於何時,然呂才之闢祿命,祇及干支。至韓潮州始有"我生之時,月宿南斗"之說,由是徵之,亦在久執以後耳。"竟未能發見其本源。晚清文廷式《純常子枝語》卷二十攷鏡星命說源流甚詳,以西晉竺法護譯《舍頭諫太子二十八宿經》爲漢文獻中以星推命之始,曰"世所傳十二屬雖本星象,亦出釋家",且引梅文鼎涉韓昌黎詩語,解其"不知始於何時"之惑。《佛光大辭典》"占星術"條攷辨愈詳,曰印度之二十八宿說傳自西方。《頭舍諫太子二十八宿經》三國時已有竺律炎、支謙合譯本,本Śārdūlakarṇāvadāna。按此條所言似仍未爲完備。據《開元釋教錄》,東漢時安息國人安世高曾譯《摩鄧女經》,此經亦作《摩登伽經》(Mātaṅga-sūtra),內容與《頭舍諫太子二十八宿經》近似,其中《說星圖品第五》述占星說。安世高到中夏在東漢桓帝建和之初(《出三藏記集·安世高傳》),如此則H身後方百餘年印度暨西方星命說即已傳至中土矣,故上引鄭康成《詩箋》未必不曾借鑑其說也。釋典此外言星命者尚有《大方等大集經》卷二十、卷四十一;《佛母大孔雀明王經》卷下;《大智度論》卷八;《大日經疏》卷四等等。文廷式辨昌黎星命之說本釋典,是也。

十八

示貪婪無饜之徒
AD AVARVM

　　吾家無鑲金飾牙頂板可資炫耀，亦無名貴舶來大理石所砌屋楣立柱，吾非遠房甥侄得獲遺產一夜暴富，亦無女附庸紡績斯巴達色料所染富貴絳袍。

　　誠信方爲標識我天賦寶藏之礦脈，故而富人紛至沓來，登門求訪；而吾既不向神額外索取，貪得無饜，招神慍怒，亦不干謁達官貴人，要求厚禮。有梅克納所贈一處薩賓山莊已知足矣。

　　日月穿梭，而汝輩卻營造不休，定製大理石薄板材以爲護壁板，死到臨頭，仍衹顧砌屋，全不思營造墳塋。汝輩嫌休假勝地百瓊所置別業狹小，遂圍海造地；汝輩欺鄰霸地，挪移地界石碑，巧取豪奪附庸田產，致其流離失所。

　　然冥王式廓待汝等富人移居；土地不偏不倚，既是富人也是貧兒之窀穸，人皆不免爲其接納。擺渡陰陽界河之艄公不會爲金錢打動，無論聰明如普羅墨修傲慢如坦塔洛，皆囚禁其中。無論祈求與否，他都傾聽貧兒，於完其一生勞役之後，入其懷抱終得解脫。

{格律}：

　　闕音短長律(iambi catalectici，短行，三音步半)與闕音長短短律(troichaei catalectici長行，三音步+二音節)交替，詩律學稱爲hipponacteum distichon，希波納(Hipponax，前六世紀古希臘詩人)偶行律，用此律者集中僅此一首。

{繫年}：

此詩格律近《對歌集》所用短長格，又因詩中第一人稱語式突出，迴異於集中更晚所作詩人每每自隱身份者，故學者胥次爲集中所作較早者，然究竟作於何年已難確知。

{斠勘記}：

2. renidet] renitet B¹ R　案參觀II 5, 19{斠勘記}

8. client(a)e A B R² π² 邊緣 *Charisius* clientiae a Q R¹ clientes Ψ（或 *ras.* δ）D　案諸讀實可歸於 cliens 性別，cliens 爲男，clienta 爲女，cliente 乃陽性單數奪格，未合句中動詞；clientes 爲陽性複數主格，與 honestae 性別相扞格；餘者字訛，故除 clientae 外，皆誤。

22–29. *om.* B

25. limites] limitem δ π　案詩文泛指地界，當爲複數，異讀爲單數，誤。

30. fine Ξ Ψ σχΓ *Servius?* sede ς *Servii cod.* M σχ*Cruq.*　案前文言地界，茲轉而言冥府，仍當以界域爲譬，故後者用處所，誤。

31. aula *om. Servius*

36. revexit Ξ^(acc. λ R1)　revi(n)xit Ψ^(acc. R2) γ　案詩句言舟載，故後讀曰縛爲謬。

{箋注}：

1–5. 摹畫羅馬營造之庭院(atrium)，III 1, 45 f. 寫庭院愈詳："cur invidendis postibus et novo / sublime ritu moliar atrium？""我爲何要蓋有招人嫉恨的/廊柱、式樣新穎的高深庭院？"古羅馬人視庭院如中國古時之門戶，庭院富麗則示屋主富貴榮華。數行皆以形容詞配名詞：金製藻井鑲板、許多美屋楣等等。

2.【藻井鑲板】*lacunar*，參觀II 16, 11。藻井鑲板之極奢華者飾以金葉牙彫。西塞羅《廊柱派哲學悖論》(*Paradoxa stoicorum ad M. Brutum*) 13云："qui marmoreis tectis ebore et auro fulgentibus, qui signis, qui tabulis, qui caelato auro et argento, qui Corinthiis operibus abundant,"“其人富有因象牙與黃金而光燦之大理石天花板、富有彫像、富有畫壁板、富有金銀浮彫、富有哥林多物產”。普羅佩耳修III 2, 11–14意象詩意一如H此處: “quod non Taenariis domus est mihi fulta columnis, / nec camera auratas inter eburna trabes, / nec mea Phaeacas aequant pomaria silvas, / non operosa rigat Marcius antra liquor,"“並非我家有泰納里的石柱托舉, /鑲金的楣間也無象牙的穹頂, /我的果園不比斐亞古的森林, /沒有馬耳丘泉水導入費力开鑿的洞穴。”廊柱派禁慾哲人慕索紐(C. Musonius Rufus, 西曆紀元一世紀)《論遮風擋雨之處》(*Ek tou peri skepes*)嘗詰難羅馬人奢靡之風曰(*Reliquae*, p.108): τί δ' αἱ περίστυλοι αὐλαί; τί δ' αἱ ποικίλαι χρίσεις; τί δ' αἱ χρυσόροφοι στέγαι; τί δ' αἱ πολυτέλειαι τῶν λίθων, τῶν μὲν χαμαὶ συνηρμοσμένων, τῶν δ' εἰς τοίχους ἐγκειμένων, ἐνίων καὶ πάνυ πόρρωθεν ἠγμένων [λίθων] καὶ δι' ἀναλωμάτων πλείστων; “庭院何必有柱廊? 圬墁何必多彩? 頂板何必鍍金? 何必奢靡鋪地磚貼壁板非用舶自異域、花費最鉅之石料? ”

　　3.【許美多】*Hymettiae*, 阿提卡境內Hymettus山已見II 6, 14及注。其地產青色大理石。普利尼《博物志》XXXVI 3記曰: “iam L. Crassum oratorem [cos. 95 v.C.] illum, qui primus peregrini marmoris columnas habuit in eodem Palatio, Hymettias tamen nec plures sex aut longiores duodenum pedum, M. Brutus in iurgiis ob id Venerem Palatinam appellaverat."“克拉蘇爲演說者[指出爲平章]時[按前95年], 首用外國大理石於同一處王宮山上, 然許美多大理石柱不過六箇, 其高不過十二尺, 馬•布魯圖爭吵時爲此稱其爲王宮山的維奴。”【屋楣】*trabes*本爲木質屋脊之橫梁, 此處既稱其爲小亞細亞所產大理石所製, 應如NH之說, 指西洋古典建築排柱之上所荷大理石橫楣, 建築學所謂Architrav或architrave(trabes爲其詞源)者, 可譯作主楣。中國舊式營造以木結構爲主, 故楣字屬木部, 石部無對應字。Heinze: 青色大理石屋楣置於漢白玉石柱之上, 且有象牙與黃金葉飾, 色彩琳琅焜耀。

　　4–5.【阿非利的深處】*ultima ... Africa*, 北非今突尼斯西北古時有采石場Simitthus, 聞名古代世界。【鑿下】*recisas*, 指采石取整巖, 石工須在所欲取巖塊與巖牀之間謹愼开鑿，以免巖塊崩裂，上引慕索紐 ἐνίων καὶ πάνυ πόρρωθεν ἠγμένων [λίθων] καὶ δι' ἀναλωμάτων πλείστων之謂也。上海市外灘12号乃匯豐銀行(HSBC)原址，英國人建成於1923年，爲古典式西洋建築，昔有蘇伊士以東最豪奢之廈之稱，內有整塊大理石所鑿立柱數箇，石料均采自意大利，H此處所言羅馬人營造極盡奢華，今人覘匯豐銀行舊廈，庶幾可想象其彷彿。【立柱】*columnas*，H詩中常以爲奢華之徵象，另見II 15, 16及注；《書》I 10, 22："nempe inter varias nutritur silva columnas,""無疑在多彩的立柱中間養育着樹林"。

　　5–6.【未聞的承嗣】*ignotus heres*，親戚失散多年，主人臨終託後事之際卻不期而至，羅馬新喜劇慣用爲關節。此處亦暗指別加摩(Pergamum)王亞他洛(下注)遺囑立羅馬爲承嗣，贈其王國與全體羅馬人民故事。【霸佔】譯文突出原文*occupavi*之據他人之物爲己有義。Heinze曰，亞他洛遺贈於H乃及羅馬公眾爲橫財，【無聞的承嗣】以及【霸佔】皆暗射其事。

　　6.【亞他洛】*Attalus*，已見I 1, 12及注。史家或以前133年亞他洛遺贈其王國與羅馬人爲羅馬由儉入奢之始。普利尼《博物志》VIII 196記曰，羅馬人稱金絲繡幕爲亞他洛繡(aulaea Attalica)："aurum intexere in eadem Asia invenit Attalus rex, unde nomen Attalicis,""金絲繡爲同在亞細亞之亞他洛王所發明，故而其名曰亞他洛繡幕。"可佐證羅馬人視亞他洛爲奢侈之別稱也。普羅佩耳修 II 32, 11–12："scilicet umbrosis sordet Pompeia columnis / porticus, aulaeis nobilis Attalicis,""龐培城內的廊柱爲遮蔭的立柱弄得/蕪穢，因亞他洛的繡幕而顯高貴"；此外當日又有亞他洛牀榻(torus Attalicus)，亦見普羅佩耳修哀歌，II 13, 22："nec sit in Attalico mors mea nixa toro,""也勿要我的死亡蜷縮於亞他洛牀榻上"。

　　8.【女附庸】*clienta*，cliens與clienta者，附庸於權貴爲生者也，與中國戰國時代之門客相彷彿，然其權益羅馬法有明文保護(見下行25注)，且以下文(25)覘之，其人雖附庸權貴，卻並非全無產業仰仗嗟來之食爲生者。中譯字本《詩·魯頌·閟宮》："乃命魯公，俾侯於東，

錫之山川，土田附庸。"謂君主所封建之輔藩也，故《孟子・萬章下》
曰："天子之制，地方千里；公侯皆方百里；伯七十里；子、男五十里，
凡四等；不能五十里，不達於天子，附於諸侯，曰附庸。"《十三經》，
頁五九六三。《文選》卷一一王延壽《魯靈光殿賦》曰："宅附庸而開
宇。"《六臣注》劉良注曰："附庸者，言其庸稅貢賦附於大國。"附庸拉
丁原文詞源爲inclino，義爲傾身依附，如蔓藤依附於喬木然，亦因其自
有產業，非雞鳴狗盜之徒，故不用門客等詞譯之。【拉古】*Laconia*即斯
巴達，已見II 6, 11及注。以出產絳色染料著稱於古代，參觀普利尼《博
物志》IX 127："Tyri praecipuus hic Asiae, Meninge Africae et Gaetulo
litore oceani, in Laconica Europae,""亞細亞上佳紫貝[按古時用作紫
絳色染料]爲推羅產，阿非利加者墨寧克與蓋圖洛汪洋岸邊產，歐羅巴
爲拉古產。"拉古之外H詩中亦屢舉其他絳色，舉亞細亞者有《雜》II
4, 84謂："Tyrias … vestis,""推羅衣裳"；《對》12, 21曰："muricibus
Tyriis,""推羅紫貝"；《書》I 10, 26有："Sidonio … ostro,""西頓紫
螺"；舉歐羅巴者集中IV 13, 13曰："Coae … purpurae,""科斯島絳
綢"；舉非洲產者集中則見II 16, 35 f.："te bis Afro / murice tinctae
vestiunt lanae,""你，阿非利/紫貝重染的/羊毛衣裹"；集外又見《書》
II 2, 181："vestis Gaetulo murice tinctas,""蓋圖洛紫貝所染衣裳"；II
1, 207："lana Tarentino violas imitata veneno,""以塔倫頓染料所染毛
料做紫色"則言塔倫頓。【絳衣】*purpuras*，已見注II 16, 35注。【紡績】
trahere，原本義爲引、牽、曳，其所指或容歧解(NH所言甚詳)，或謂
曳絳衣之長裾，或謂紡線時以手指引線，或謂織布時以手指自紡錘引
線。古今學者多以爲非指曳裾，應指紡線(Heinze)或織布(NH)。法羅
(M. Terentius Varro)《墨尼波雜文》殘篇(*Saturarum Menippearum libri
CL*)190 "manibus trahere lanam" 語解作紡羊毛。按Heinze與NH二說，
前者似是，然中譯泛言【紡績】，不必過泥其細節。豪奢之家，雖奴僕
亦衣錦曳羅，北齊文宣帝曾下詔斥之："頃者風俗流宕，浮競日滋，……
又奴僕帶金玉，婢妾衣羅綺。始以刓初爲奇，後以過前爲麗。上下貴賤，
無復等差。"《全北齊文・卷一・文宣帝：正風俗詔》。

9. 【誠信】*fides*既指品德，亦專謂借貸信用，拉丁語有成語曰

res fidesque，產業與誠信，屢見於普勞圖喜劇院本，《古爾古略》
(*Curculio*) IV ii, 18，《凶神惡煞》(*Truculentus*) I i, 24等處，此處H先舉
產業，稱己所不具，再自詡待人有信，故此處於意應補"我的"(mihi)。
以此Heinze辯詩人自許誠信，非自炫也，蓋誠信有賴他人心許口頌，
非可自我標榜者也，參觀《書》I 6, 36 f：“scilicet uxorem cum dote
fidemque et amicos / et genus et formam regina Pecunia donat,”"帶嫁妝
之妻、誠信與朋友、/身世與美貌皆爲錢女王所賜"。誠信對財富，別見
《書》I 1, 57–60："est animus tibi, sunt mores, est lingua fidesque, / sed
quadringentis sex septem milia desunt : / plebs eris. at pueri ludentes 'rex
eris' aiunt, / 'si recte facies.'""你若有理智、有風儀、有口才還有誠信，
/可離四十萬還缺六七千；你會是箇庶民，而戲耍的兒童卻會說：'你若
行得正，便是王。'"【稟賦】*ingenium*，本義指人天性氣質，後尤指才
情，*OLD*, "ingenium" 5，此處兼該此廣狹二義，既言詩人秉性，亦標
其詩才。

　　　10.【豐厚泉脈】*benigna vena*，Heinze解爲以泉脈喻人才情，厥
後可見奧維德《哀》III 14, 33："ingenium fregere meum mala, cuius et
ante / fons infecundus parvaque vena fuit,""吾之稟賦已遭所遘之難毀
壞，其泉此前本已/不能孳乳且細小。"奧氏以之自謙才情細小。NH以
爲【豐厚】*benigna*緊扣全詩財富主題，又暗射恩主饋贈事；【泉脈】
vena，本義指礦脈，亦可指泉脈。此處暗含金銀寶石奢華品等意象。
然合詩藝才情與紋脈於一，又見《藝》408–10："natura fieret laudabile
carmen an arte, / quaesitum est : ego nec studium sine divite vena / nec
rude quid prosit video ingenium,""是天性抑或藝術生成可稱讚的詩
歌，/或有疑問。我看僅靠鑽研而無豐富的紋脈/或僅靠質樸的稟賦皆
不行。"案以泉喻文思才情之涓涓不絕爲是，以爲紋理則引譬不倫，且
奧維德句亦爲羅馬人解作泉脈之證。【求訪我】*me petit*，詩人詩中屢以
出身貧寒而能致顯赫爲傲，參觀《書》I 20, 20 f.："me libertino natum
patre et in tenui re / maiores pinnas nido extendisse loqueris,""汝將言吾
雖釋奴之父所生，且賞財薄瘠，/然翅展寬廣過於窠穴"。

　　　11.【貧寒之士】原文*pauper*與詩末行同，詩人數以自況身世，參

觀II 20, 5 f.: "ego pauperum sanguis parentum," "我這貧寒父母的血胤"。然H顯非所謂普羅(proletarius)，雖家世寒素，然有教養，有才情，故富豪權貴不憚降尊紆貴登門求訪。其不當譯作貧兒，明矣。文章憎命達，詩人素貧，《書》II 2, 49–52: "unde simul primum me dimisere Philippi, / decisis humilem pinnis inopemque paterni / et laris et fundi paupertas inpulit audax / ut versus facerem," "自那裏是腓力比[戰敗]方纔將我遣散，/翅膀遭剪，匍匐於地的我沒有了/父親的的宅神與產業，/放肆的貧困/驅我賦詩。"

12–13.【干犯】*lacesso*，義同下行【索取】*flagito*，詩人意謂己雖乏產，然素秉信義與才情，受神恩惠已頗不淺，故不欲求神索得無魘，招神反感。羅馬人誡人祈神恩賜，不當無魘，參觀馬爾提亞利(Martialis)IV 77, 1–2: "numquam divitias deos rogavi / contentus modicis meoque laetus," "我從不向神祈求財富，/滿足於有限的，我爲我所有的而快活"。【權貴友人】*potentem amicum*，暗指梅克納，尤因下行言及梅氏所饋薩賓山莊，參觀《書》I 18, 86: "dulcis inexpertis cultura potentis amici," "未經世之人以爲交接權貴很甜美"。

14.【有……薩賓】*unicis Sabinis*，原文複數奪格陳原因，中譯略圓轉。複數者，其義爲單數，以複數表單數意，緣名本部落人種，以之代指土地，故此處雖云【唯一一處】*unicis*，然不妨其用複數也，複數H前已見小普利尼《書札集》V 6, 1: "Tuscos meos," "我圖斯坎產業，"其IX 40, 1言Laurentinum用單數者，適爲複數本以指人種部落之證。歷代雖有學者以爲此處複數未安，直至逕爲塗乙，然皆無斠勘根據，詳見NH注。全句義可參觀《對》1, 31–32: "satis superque me benignitas tua / ditavit," "你的豐厚饋贈令我/足夠富贍"。

15. 言時光荏苒曰新日驅迫舊日，中西皆然，H詩此外見《對》17, 25: "urget diem nox et dies noctem," "夜以迫日，日以迫夜"。塞內加《盧基留書》24, 26所言愈詳: "diem nox premit, dies noctem, aestas in autumnum desinit, autumno hiemps instat, quae vere conpescitur ; omnia sic transeunt ut revertantur." "日爲夜迫，夜爲日迫，夏終於秋，秋威逼冬，冬復爲春所限；萬事如此這般經過，以爲重返。"荷爾德林

哀歌《美儂哀悼丟提瑪》(*Menons Klage um Diotima*)37："Wohl gehn Frühlinge fort, ein Jahr verdränget das andre," "春天確實已經過去，一年推迫又一年，"擷拾古典。中文語例見《易‧繫辭》："日往則月來，月往則日來；日月相推，而明生焉；寒往則暑來，暑往則寒來，寒暑相推而歲成焉。"(《十三經》，頁一八三)中古詩文參觀敦煌歌詞《皇帝感》(Stein 0289, 5780; Pelliot 3910) "宇宙洪荒不可測，節氣相推秋復春。四時迴轉如流電，燕去鴻來愁煞人。"(任半塘《敦煌歌詞總編》中冊，頁七四四)。與本詩此語相近者，集中又可參觀IV 7, 9："frigora mitescunt Zephyris, ver proterit aestas, / interitura, simul / pomifer autumnus fruges effuderit, et mox / bruma recurrit iners," "寒冷爲澤風和緩，春天爲將消泯的/暑熱踐踏，同時/果實累累的秋天把年成拋灑，旋即/懶惰的冬至將返。"對比人生多慾與時光短促又可參觀II 11, 9–12, II 16, 17–18等處。

16.【月】*luna*，如NH所云，此處兼指明月與月份，案猶流曆乃陽曆而非陰曆，月之躔次不盡合歲月之計算。

17.【你】*tu*，原文用第二人稱代詞意在突出，此前詩人以第一人稱自表，自此轉爲第二人稱向所諷者直陳。

18.【臨自己的喪葬前】*sub ipsum funus*，謂不知死到臨頭，暗示其短壽。介詞*sub*言時間，Bo："paulo ante,"其前不久。Heinze：非謂年邁，而泛云人生短促。【切削】*secanda*，切削【大理石】*marmora*爲薄板，以爲壁板，凱撒時始流行於羅馬。參觀普利尼《博物志》XXXVI 47："secandi in crustas nescio an Cariae fuerit inventum," "吾不知切削爲壁板是否係卡利亞之發明"。大理石承上行3–5.

20–21.【百瓊】*Baiae*，位於拿波里灣海濱，今名Baia，多溫泉，爲古羅馬人度假勝地，斯特拉波《方輿志》V 4, 5 (244) 敘曰：ἐν ᾗ [sc. ἠιών] αἱ Βαῖαι καὶ τὰ θερμὰ ὕδατα τὰ καὶ πρὸς τρυφὴν καὶ πρὸς θεραπείαν νόσων ἐπιτήδεια. "其[指此前所敘Cumae城所瀕海灣]中有百瓊與溫泉，既適於享樂，亦適於療疾"。既爲享樂之所，故權貴富豪名流多在此營造海濱別業，羅馬文學文獻尋常可見，一時殆爲奢侈放佚享樂之別名。H詩此外又參觀III 4, 24："liquidae placuere

Baiae,"　"清澈的百璦令我歡喜";《書》I 1, 83:"nullus in orbe sinus Bais praelucet amoenis,"　"世上海灣絢麗無過宜人的百璦"。他人可見西塞羅《凱里歐庭辯詞》(*pro M. Caelio oratio*)35:"accusatores quidem libidines, amores, adulteria, Baias, actas, convivia, comissationes, cantus, symphonias, naviga iactant."　"控方肯定要張揚他的淫慾、情愛、姦情、百璦[度假]、海灘[晚會]、宴飲、酗酒、唱曲、舞會、游艇等事"。【驅退】*submovere*已見II 16, 10及注,此處謂圍海造地以營造別業。【喧譁】*obstrepentis*暗以羣氓鼓譟譬喻潮音,言富人橫行霸道如執梃之驅散羣氓般欲驅退海潮。【海濱】*litora*指海濱之海水。古羅馬人填海營造別墅,集中另見III 1, 33–36:"contracta pisces aequora sentient / iactis in altum mobibus: huc frequens / caementa demittit redemptor / cum famulis dominusque terrae / fastidiosus,"　"魚兒在土石填充到深處時/感到海面縮減:往那裏包工/忙着夥同奴僕把石料/傾倒,且其業主討厭陸地";《書》I 1, 84緊接上引百璦句後云:"si dixit dives, lacus et mare sentit amorem / festinantis eri,"　"富豪這般說,湖海皆感到主人急迫的愛慾"。

21.【覺得】原文所無。富人既不以天然海濱土地足以營別墅於其上,立意圍海造地,海中奪地以擴其產業,則皆因心有不足,中譯斟酌詩意增補【覺得】以求明瞭。

23.【再何況】原文*quid quod*實爲散文承轉連詞,集中以類似連詞入詩,非止一處,參觀《對》8,, 15:"quid quod libelli Stoici inter Sericos / iacere pulvillos amant,"　"再何況廊柱派書籍喜愛陳於絲國臥墊上"。此前言豪強索地於海,厥後寫其奪土於鄰。【一直】*usque*,從Bo(Heinze亦同)解作時間義("semper"),不從NH解爲空間義。

23–24. 人多覬覦鄰家產業,參觀《雜》II 6, 8–9:"o si angulus ille / proximus accedat, qui nunc denormat agellum,"　"哦惟願那箇如今讓我的小畹不規則的緊鄰的一角歸我!"《書》II 2, 177–79:"quidve Calabris / saltibus adiecti Lucani, si metit Orcus / grandia cum parvis, non exorabilis auro?"　"或者擴張/與卡拉布接壤的盧坎森林牧場何用,若是不論/大小,皆爲金不可動的奧耳古收割?"集中參觀II 2, 10 f. 與III

16, 39–42：“contracto melius parva cupidine / vectigalia porrigam, / quam si Mygdoniis regnum Alyattei / campis continuem,”“我會把微小的/收入抻得更長更多，/比起倘若我把亞呂特的王國/安在彌多尼的沃野。”

【界碑】*terminos*，羅馬人奉地界爲神明(numen)，見*OLD* “terminus” 1 b條，斐士都(S. Pompeius Festus)《字詮》(*De verborum significatione*, p. 368)釋termino sacra faciebant “爲地界修廟”條曰：“quod in eius tutela fines agrorum esse putabant. denique Numa Pompilius atatuit, cum, qui terminum exarasset, et ipsum et boves sacros esse.”“乃因人以爲地界受其庇護。厥後努瑪・龐皮略立之，如人掘發地界，其本人及牛皆棄身[案即視同犯罪而受懲]。”Heinze、Syndikus(p.463，注18)皆曰，此處非謂業主非法挪移界碑以豪奪鄰人產業，而指興訟鍛鍊冤獄、巧藉律條而攘之也。NH引猶流土地法(lex Iulia Agraria)條文，禁人明知故犯，設計偷移地界碑："quique termini hac lege statuti erunt, ne quis eorum quem eicito neve loco moveto sciens dolo malo."“律條所立之地界碑石，無人得惡意明知故犯推倒或挪移。”按文見C.F. Lachmann 輯《古縣師總彙》(*Gromatici veteres*)1, p.263. NH復引聖經舊約《箴》22: 28：“鄰里之界址，前人所定，毋行遷徙”；23: 10：“鄰里界址，前人所定，毋行遷徙，孤子田畝，毋行侵奪。”然皆失其解。經界不正可致亂，中國古籍參觀《孟子・滕文公上》：“孟子曰：……夫仁政必自經界始。經界不正，井地不鈞，穀祿不平。是故暴君汙吏必慢其經界。經界既正，分田制祿可坐而定也。”孫奭疏曰：“經亦界也。”《十三經》，頁五八七七。

25. 【附庸】*clientium*，如上行8仍爲名詞，參觀上注。羅馬十二銅表法(Lex XII tabularum)嚴禁恩主欺凌附庸："patronus si clienti fraudem fecerit, sacer esto,"“若恩主欺凌附庸，則受神譴。”H產業不廣，並無附庸。富豪兼併土地，參觀II 2, 10–12. 今違法欺凌附庸，非有上行9所謂誠信者也。【跨過】*salis*，Heinze: 寫貪人產業者錙銖必攘與盛氣凌人如畫。當日多有豪強欺凌弱鄰，參觀撒盧士特《猶古塔戰記》(*Bellum Iugurthinum*)41, 8："interea parentes aut parvi liberi militum, uti quisque potentiori confinis erat, sedibus pellebantur."“同時軍士們的父母幼子，

若與豪強接鄰，則被驅趕失所。"中國類似古例可見《國語‧晉語八第十四》"范宣子與和大夫爭田"。雖宣子採訾祏之諫，竟"益和田而與之和"，其本欲以上凌下、以強奪弱則頗同。

26–28. 描繪失地喪家農夫如畫。【邋遢】*sordidos*常以形容村野，如馬耳提亞利I 49, 27 f.："vicina in ipsum silva descendet focum / infante cinctum sordido,""他自鄰近的树林下來到邋遢的/嬰兒圍繞的爐竈。"

27. 【神明偶像】*deos*，神指宅神Penates，參觀II 4, 15。護宅神像，雖家破人亡，必以相攜，維吉爾《埃》卷二敘特羅亞城陷，埃涅阿一家扶老攜幼手捧宅神像逃難，行717曰："tu, genitor, cape sacra manu patriosque Penatis,""你，父親，手拿起聖物和祖傳宅神"。

29. 【廳堂】*aula*，承上行1–5與17–19營造豪屋意象。冥府廳堂(νεκύων αὐλή)即II 13, 21及《對》17, 2所謂regna Proserpinae，"波塞賓娜國"，III 11, 15 f.所謂"immanis ... aulae,""廣袤之廳"。Servius維吉爾注(VI 152)嘗引此句，然aula作sedes，字義詳II 13, 23譯文及注。詳審前後詩文，詩人以廳堂設譬，不當言席位，應是引者誤記。

30 f. 【劃界的】*fine destinata*，承前(24 ff.)挪移界碑意象，意在反諷：人間地界或可由爾仗勢挪移，陰間式廓你卻無計逾越。譯文從Heinze解，讀*destinata*（"所劃定的"）爲主格陰性被動分詞，以言*aula*【廳堂】，*fine*【界】爲與之相伴之工具奪格。參觀西塞羅《米羅庭辯辭》(*Pro T. Annio Milone oratio*)101："mortem naturae finem esse, non poenam,""死乃自然之疆界，非其處罰也。"

31. 【更確然無疑】*certior*，語含雙關，一諷富兒雖營造別業，然其生前能得入住與否實未可知，而其將永居冥府，則確然無疑；一諷其田產地界之確定，不若冥間邊界也。謂人皆有一死也，殊塗同歸，大限不免。然certus亦可謂人之住所固定不移，如《書》I 7, 58有"lare certo,""固定的宅神"之說，故詩文既謂死之不免，亦暗指陰間方爲人之固定永久居處。

32. 【逾界】*ultra*，承上行17 ff.

32–33. 謂人無論貧富貴賤，死後皆入黃泉，故承上下啟奧耳古意象。詩人想象地府狀如豪門，然其司閽（【僕役】）來者不拒，無不接納，非如人間豪門前家丁喝叱驅趕貧兒乞丐者，【敞開】*recluditur*全自宅院門扉設譬。參觀品達《湼》7, 19–20如採Wieseler句讀詩義：ἀφνεὸς πενιχρός τε θανάτου πέρας / ἄμα νέονται. "富兒與貧者同適/死之封疆"。Snell/Maehler所讀有異，見其本正文及校記。【公平】*aequa*參觀I 4, 13. 人無賢愚不肖貧富貴賤，皆不免一死，此外集中見II 3, 21 f., II 14, 11 f., III 1, 14 f.: "aequa lege Necessitas / sortitur insignis et imos, / omne capax movet urna nomen." "必然卻把公平的律法/給高低貴賤隨意分配，/闊膛的瓶搖着所有人名。"後世詩人參觀斯賓塞《僊后》II 1, 59: "Palmer (quoth he) death is an equall doome / To good and bad, the common Inne of rest," "帕爾默(他說)死對好人壞人均是/平等的大限，是共同的休憩之館"。NH主"財主"(erum)與下句連讀，以爲上句既有"富人"(divitem)，"財主"遂成贅詞；又云上句主語實爲奧耳古，故主賓不協，其論謬甚。今按，NH既讀奧耳古爲地方(見下注)，言此產業待其業主，如何主賓不協？可見其論理之躊駁。

34.【王子】*regumque pueris*, 不言王，而特標其幼子，爲富貴如王公，呵護其子女尤遠甚於庶民貧兒也，雖然，亦難免死，中譯貧兒之兒與王子之子互文生義。【奧耳古】*Orci*, 本指冥間，此處擬人，如謂冥王，故以下二句皆以其爲人格主語，譯作【他】。NH稱兼指冥府與冥王，按蓋如謂賈家可兼指其家主與府第也。【僕役】*satelles*, 學者多以爲指擺渡陰陽界河之艄公卡隆(Charon)，尤因動詞*revexit*, 譯作【載還】，含載義；唯NH、Bailey等英國學者以爲指墨古利，其說謬，詳下行36注。死魂靈須擺渡陰陽界河，參觀II 14, 11及注。

35.【不爲……所動】參觀上行23–24引《書》II 2, 178 f.句。言fatum（命運 = 死）、冥王等不爲人祈求所動，拉丁文有形容詞曰inexorabilis，即謂此，西塞羅《圖斯坎辯論集》(*Tusculanae disputationes*)I 10: "inexorabiles iudices, Minos et Rhadamanthus," "不能打動的判官，米諾與拉達曼圖"；維吉爾《農》II 491: "inexorabile fatum," "不可打動的命運"，等。今云卡隆不納黃金賄賂，全合一篇諷刺財富主旨。

36.【拘禁】*coercet*，視冥界爲囹圄，參觀維吉爾《埃》VI 439："novies Styx interfusa coercet,""交流九曲的斯提克斯河拘禁"。【載還】*revexit*，原文各本均無異，唯NH標新立異，辯稱應改爲revinxit，義爲羈縛、反剪，且以其上讀satelles（僕役）爲墨古利爲據，以爲若讀satelles爲卡隆，則*revexit*通，然既讀爲墨古利，云舟載以返還則不通。今按，NH論證踳駁矯情，輕擅塗乙原文，以前一險論引爲下一險論之援據，以假設臆斷循環互證，進而以所循環互證之懸猜爲實有，何其悖謬也！【他】與下行39【他】原文*hic ... hic*排比，常見於祭神頌神詩歌。此處指奧耳古，參觀I 4, 13。NH爲圓其說，辯稱指僕役，不可從。

37.【普羅墨修】*Promethea*，參觀I 3, 27、I 16, 13與II 13, 37及各注。梅克納嘗撰悲劇院本《普羅墨修》，今佚，或以爲H此處戲指焉。言普羅墨修爲還陽以金賂卡隆，古籍中僅此一見。

38.【坦塔洛】*Tantalus*因傲慢而遭懲罰，已見II 13, 37，其【氏族】*genus*指後代如伯洛（Pelops），阿特柔（Atreus）、阿伽門農等，其悲慘命運多用爲古希臘悲劇關目，參觀I 6, 8及注。Heinze: 所以舉坦塔洛、伯洛者，爲其皆鉅富也，呼應一篇主題。【招】*vocatus*指祈禱時呼喚神明，參觀維吉爾《農》IV 6–7: "si quem / numina laeva sinunt auditque vocatus Apollo," "若喜樂的神明允準，所招呼的阿波羅聆聽"。【無論……】*vocatus atque non vocatus*，蓋爲古代成語，參觀修昔底德《匹洛島戰史》I 118: καὶ αὐτὸς ἔφη ξυλλήψεσθαι καὶ παρακαλούμενος καὶ ἄκλητος, "他[阿波羅]諭曰其將來格，無論受招或不受召喚"。隋達《詞典》(*Suidae Lexicon*)有ἄκλητος 條(p.53)，釋修昔底德此語，明其爲古代套語。Heinze: *audit*【傾聽】與*non vocatus*【不受招】爲利鈍格(oxymoron)。

40.【貧兒】*pauperem*見上行11注。死爲貧民之解脫，伊索寓言90《老人與死》(*Geron kai Thanatos*)曰: διὰ δὲ τὸν κόπον τῆς ὁδοῦ ἀποθέμενος τὸ φορτίον τὸν Θάνατον ἐπεκαλεῖτο. "因惱怒路塗遂釋其仔肩而喚死神。"盧克萊修敘史前人類爲猛獸所啖食，其所遭痛楚恐怖生不如死(V 996): "horriferis accibant vocibus Orcum," "以恐怖之聲呼喚奧耳古"。參觀蘇格蘭詩人彭斯(Robert Burns)《人生來

要哀悼》（*Man was made to mourn*）："O Death, the poor man's dearest friend,'" "哦死啊，窮人之友"。唐王梵志《可笑世間人》詩意亦相倣："可笑世間人，癡多黠者少。不愁死路長，貪著苦煩惱。夜眠遊鬼界，天曉歸人道。忽起相羅拽，啾唧索租調。貧苦無處得，相接被鞭拷。生時有苦痛，不如早死好。"（卷一，頁二一）《詩‧小雅‧魚藻之什‧苕之華》："知我如此，不如無生。"言憂閔痛不欲生，亦可比讀。【完工】*functum*，按言人命盡頭爲完其一生之工，應本荷馬《奧》XXIV 14：καμόντων，動詞κάμνω（工）之完成時分詞，皆謂死人。【解脫】*levare* 對上行36【拘禁】*coercet*，【勞役】原文*laboribus*爲動詞*coercet*與 *levare*同領，譯文分別以【工】與【勞役】分屬二動詞。

{評點}：

　　H是篇起首以否定句式臚列豪屋之奢華，句法乃至篇中意象皆捃撦巴刻居利得詩（Bakchilydes）《讚歌集》（*Egkomia*）殘篇21，格律亦襲之：

　　　ού βοῶν πάρεστι σώματ', οὔτε χρυσός,
　　　　οὔτε πορφύρεοι τάπητες,
　　　　ἀλλὰ θυμὸς εὐμενής,
　　　Μοῦσά τε γλυκεῖα, καὶ Βοιωτίοισιν
　　　　ἐν σκύφοισιν οἶνος ἡδύς.

　　　　無牛肉，亦無黄金，/無絳色氍毹，/唯有安適的心靈，/甜美的摩薩，還有波俄提亞的/杯中的佳釀。

　　雖然，H詩無論立意情懷皆屬羅馬而非希臘，與其希臘範本鮮有關涉，可謂能翻古爲新者也。巴刻居利得詩爲祈請宙斯雙子（Dioscuri）而作，以設饗簡陋自謙，冀神明不之嫌；H詩則一變而爲刺奢倡簡之說教篇，體近流行於希臘化時代之消遣詩（diatribae），詩意則紹繼盧克萊修《物性論》卷二論人生貴率眞自然、奢華無益榮衛段落與維吉爾《農事詩》第二首讚頌樸野鄉趣詩句。盧克萊修段落略爲如下(20-31)：

ergo corpoream ad naturam pauca videmus

esse opus omnino, quae demant cumque dolorem,

delicias quoque uti multas substernere possint.

gratius interdum neque natura ipsa requirit,

si non aurea sunt iuvenum simulacra per aedes

lampadas ignifeas manibus retinentia dextris,

lumnia nocturnis epulis ut suppeditentur,

nec domus argento fulget auroque renidet

nec citharae reboant laqueata aurataque templa,

cum tamen inter se prostrati in gramine molli

propter aquae rivum sub ramis arboris altae

non magnis opibus iucunde corpora curant …

　　故而我們看軀體之生通共/所需很少，祇要能驅除痛苦便
可，/也要滿足不少樂趣。/而時時更高興的是(此非天性所求)/
倘若有住處有金孩童造像，/其右手執燃火的燈，/以令晚間宴
會上有足夠的光明，/家中沒有白銀閃爍或黃金耀眼，/沒有多絃
琴迴盪或鍍金的天花板，/那時而是匍匐於柔草之上，/在河水
畔，在高大樹木的枝下，/無須很大的外力便可養生健體……
　　(原文斜體、譯文下加着重號二行句式與H詩雷同)

維吉爾詩句略云(II 461-68)：

si non ingentem foribus domus alta superbis

mane salutantum totis vomit aedibus undam,

nec varios inhiant pulchra testudine postis

inlusasque auro vestis Ephyreiaque aera,

alba neque Assyrio fucatur lana veneno,

nec casia liquidi corrumpitur usus olivi ;

at secura quies et nescia fallere vita,

dives opum variarum, at latis otia fundis,

... ...

　　倘無有高傲的大門的高樓大廈/凌晨自所有廳堂中吐出龐
大的問安者的洪流，/也無讓人驚奇的各色美麗的玳瑁彩柱，
/以及金絲交錯的衣袍，厄斐勒的青銅，/也沒有亞述的藥所染
的羊毛，/也沒讓液態的橄欖的使用爲肉桂玷汙；/而是有不受
擾的恬靜和不知欺騙的生活，/因多樣的財產而富有，有廣地的
閒暇。

　　刺奢勸樸，H嘗反復詠歎，此篇以外集中尚有I 31, II 16, III 1, III
16, III 24, III 29諸篇，足見此篇雖句法規模巴刻居利得、主題沿襲盧
克萊修、維吉爾，然非練筆習作，而係詩人有感而發者。羅馬共和晚期
帝政初期世風漸入奢靡，當日文人多發刺世之言，勸人返璞歸眞，H此
篇與集中餘篇此類詩作皆由此而發，諷世刺俗，冀有裨於世道人心。
　　此詩章法以行15爲界分爲上下二部，上部用第一人稱，自述詩人
不奢不貪；下部用第二人稱，勸世人勿貪心不足，其中下部自行29起至
詩末訴諸死之大限，稱人無論貧富貴賤皆有一死，以明貪婪窮奢爲虛
妄之理。然詳翫 “死爲貧兒解脫” 之末句，讀者或可據以反詰詩中所
陳之理：貧兒生不如死，因其生時貧苦不堪也；富兒戀生忘死，因其生
趣無窮也；死之於貧富賢愚不肖固同，然貧者富人其生既苦樂不均如
是，若分別總和其生死，富兒仍遠盈於貧者，不因二者皆有一死而得平
齊也。

{傳承}：

　　英國詩人克萊肖(Richard Crashaw)《教堂白描並及生命的處
境》(*Description of a Religious House and Condition of Life (Out of
Barclay)*)起首模倣H此作篇首與前引維吉爾《農事詩》段落：

No roofes of gold o're riotous tables shining

Whole dayes & suns devour'd with endlesse dining;

No sailes of tyrian sylk proud pavements sweeping;

Nor ivory couches costlyer slumbers keeping;

False lights of flairing gemmes; tumultuous joyes;

Halls full of flattering men & frisking boyes;

Whate're false showes of short & slippery good

Mix the mad sons of men in mutuall blood.

　　無金屋頂在光亮的喧鬧餐桌上面，/整日日日耗噬在無盡的肴饌裏；/無推羅的絲驕傲地掃地磚；/無象牙榻承載更精緻的睡眠；/無寶石的假光，喧鬧的快活；/無擠滿奉承之人和活躍男童的廳堂；/沒有無論哪樣奇缺與光滑的貲貨/以共有的血混合塵俗的人子們。

　　詩人刺人類窮奢極欲必獵象以取其齒或生獲酷虐之以供人娛樂，十八世紀英國詩人多瑪生組詩《四季》(The Seasons)之《夏》(Summer)所言甚佳(719–32)，且其全以象爲主，自象眼視人，頗見心裁，雖今日讀之亦未覺其所論過時陳腐：

Or mid the central depth of blackening woods,

High-raised in solemn theatre around,

Leans the huge elephant — wisest of brutes!

Oh, truly wise! with gentle might endowed,

Though powerful not destructive! Here he sees

Revolving ages sweep the changeful earth,

And empires rise and fall; regardless he

Of what the never-resting race of men

Project: thrice happy, could he 'scape their guile

Who mine, from cruel avarice, his steps,

Or with his towery grandeur swell their state,

The pride of kings! or else his strength pervert,

And bid him rage amid the mortal fray,

Astonished at the madness of mankind.

抑或於發黑的樹林中心深處,

君臨於周邊莊嚴的場地之上,

有巨象,那最智慧之畜生,敬靠,

哦,眞正智慧! 賦有溫和的膂力,

強大卻並不去毀壞! 他在此看

世代輪轉掃蕩變化不定的大地,

靜觀帝國興盛復又衰落;對永不

停息的人類之所爲他雖視卻並

不介懷:他三重蒙福! 若能不陷

於人類憑詭詐爲貪慾而設的陷阱,

或以他高聳的華麗擴張產業,

爲王公的驕傲! 或暴虐他的力量,

令他在致命的捶擊之下發狂,

爲人類的瘋狂震驚不已。

{比較}:

貧富貴賤殊途同歸

中國古代詩人詠安貧乐道之作難以計數,然言富貴貧賤皆殊塗同歸於死之大限者,則非釋氏詩人莫屬。唐王梵志遺詩中《大有愚癡君》屬意與H此篇最似:

大有愚癡君,獨身無兒子。

廣貪多覓財,養奴多養婢。

伺命門前喚,不容別鄰里。

死得四片板,一條黄衾被。

錢財奴婢用，任將別經紀。
有錢不解用，空手入都市。

　　雖然，梵志詩中所寫富兒不過如鄉里守財奴耳，鄙陋可哂，至多祇知廣置奴婢，其如H之聚元龜象齒、大賂南金以營造豪宅廣廈者何？寒山有詩《努膊覓錢財》，所言相近，然其文甚簡，不堪方比。中國古詩諷刺奢華之作亦有極盡描摹豪奢之能事者，如李商隱《詠史》：

歷覽前賢國與家，成由勤儉敗由奢。
何須琥珀方爲枕，豈得珍珠始是車。
運去不逢青海馬，力窮難拔蜀山蛇。
幾人曾豫南薰曲，終古蒼梧哭翠華。

　　然雖其詩亦以死結束全篇，立意卻在於國家興亡，逕是儒家情懷，與H此詩乃至王梵志詩論人無貧富皆不免生死大限之旨則迥異矣。

十九

葡萄酒神頌
AD BACCHVM

　　我親眼得見酒神在巖間教授歌詩給妊女和半人半羊的怪物撒踵。
方纔觀神的驚恐令我心驚悚，也令我因充滿了酒神而迷醉、欣喜。請於
我無害，執茴香桿法杖如刀兵的酒神！我歌詠酒神女徒們的葡萄酒泉、
流淌醍醐的河流、樹洞裏滴淌蜂蜜，皆爲天經地義；我歌詠酒神之妻被
授金冠、不拜酒神的忒拜王彭修家敗身裂、侵擾酒神女徒者呂古戈失明
早亡，皆爲天經地義。巴刻庫，江河隨你調遣而改道，你以虺蛇爲髮髻
約束女徒們披散之髮卻於她們無傷害。土地之子衆戈岡反叛上天諸神，
欲要沿陡壁攀登上天宙斯的神城時，被你放獅子將他們驅散。雖然人
說你更適合舞蹈賽神戲會之事，打仗則不甚中用，可你既曾置身於太平也
曾置身於戰爭之中。你現身於冥間，那裏司閽的惡犬卻不傷你，而是搖尾
輕摩裝飾金角的你以獻媚，又用他有三隻舌頭的嘴觸碰你的腳踝。

{格律}：

　　阿爾凱式(Alcaium)。

{繫年}：

　　推斷爲前23年。

{斠勘記}：

　　16. exitium] exitum A a B E R[1]　　案異讀字爲動詞被動分詞所轉名

詞，義爲離或終，鮮指死亡，當爲exitium之訛。

24. horribili *Ξ Ψ Pph.* horribilis *Bochart* horribilem *Trendelenburg*
詳下箋注。

【箋注】：

1.【巴庫】*Bacchus* / Βάκχος，書中亦譯作巴刻庫，希臘神話
中葡萄酒神，司葡萄種植、釀酒、瘋癲等，本名丟尼索(Dionysos)，
然祇以別名巴庫見稱於羅馬人。此二名稱之外另有多種祭祀別號，
如布隆邈(Bromios)、呂埃(Lyaeus)等不一而足，詳見*RE* 10. 1026
ff. "Dionysos", III. Cultnamen des Dionysos。原文置此賓格神名於全
詩之首，依語法爲*vidi*【我目覩】之賓語，倒裝以醒目點出一篇主題，中
譯倣原文語序亦置之於句首。【巖間】*rupibus*，阿納克里昂《丟尼索
頌》殘篇(fr. 357): ἐπιστρέφεαι δ᾽ ὑψηλὰς ὀρέων κορυφάς· "你徜
徉於高峯"；索福克勒《俄狄浦王》1105: εἴθ᾽ ὁ Βακχεῖος θεὸς ναίων
ἐπ᾽ ἄκρων ὀρέων, "還有住在山巔的神巴庫"，皆云酒神居山間。酒
神顯靈常在山中，人慶祝酒神輒在海芒(Haimos)、帕耳納索或基忒
隆(Kithairon)等山地。【我目覩】*vidi*, 神顯現，於覩之者則爲異像，
以此則全篇乃詩人所錄覩神異像。自此迄章末爲一句，行2係插入語
(見下注)遊離於全句之外。迦利馬庫《阿波羅頌》(*Eis Apollona*)9 f,:
ὡπόλλων οὐ παντὶ φαείνεται, ἀλλ᾽ ὅτις ἐσθλός· ὅς μιν ἴδῃ, μέγας
οὗτος, ὃς οὐκ ἴδε, λιτὸς ἐκεῖνος. "阿波羅並不顯現於所有人，而祇
現於善者；覩之者偉大，未能覩之者鄙陋。"維吉爾《牧》10, 26: "Pan
deus Arcadiae venit, quem vidimus ipsi," "阿耳卡狄之神潘來格，我們
親覩"。

2.【教授】*docentem*，古希臘瓶畫多有摹繪牧神潘(參觀注I 4, 11,
I 17, 2注)、樂人奧耳甫(參觀I 12, 7–12注)等樂師奏樂，他人環聚聆聽
場景，然傳世神話未聞有酒神操琴奏樂之說。Heinze: 巴庫此處現身爲
樂神，然其非如阿波羅等可親操樂器奏樂者，詩人由之而得靈感，故曰
【教授】。又參觀IV 6, 41–44: "ego … reddidi carmen docilis modorum /
vatis Horati," "我，得巫覡/賀拉斯傳授律呂。"【指望後人】*credite*

posteri, 插入語，中文標以波折號。詩人意謂時人不信其嘗親覩酒神，故寄知音於後昆，信後人必將知其所言不妄也。《對》9, 11敘羅慕洛故事，懼後人不之信則曰："posteri negabitis，""後昆將不之識"。【指望】*credite*若直譯可作信託。於鋪陳之語句中強以第二人稱命令式插入，不惜一時中斷主句，據NH應傚倣希臘化時代大詩人迦利馬庫；*RE* Suppl. 13: 246曰："迦氏詩多不僅爲讀者而寫，且爲聽衆而賦"。H之前或同代羅馬詩人亦多有傚法者，普羅佩耳修IV 8, 6句中突入："tale iter omne cave！""當心所言這樣的路！"可證羅馬詩人熟師此技。得覩酒神或受酒神靈感而不能取信於時人，後世詩人吟詠參觀荷爾德林《餅與葡萄酒》(*Brod und Wein*)47 f.："Drum! Und spotten des Spotts mag gern frohlokkender Wahnsinn, / Wenn er in heiliger Nacht plözlich die Sänger ergreift.""因此啊！歡呼的癲狂樂意譏誚那譏誚，/若它猝然在聖夜裏抓住了歌手。"言詩人所言遭人譏誚，然詩人自信其所言不虛，故能譏誚他人之譏誚也。亦有憂時人傳誦而後人不信者，H《對》9, 11言及安東尼與克萊奧帕特拉事云："Romanus eheu — posteri negabitis — / emancipatus feminae，""那羅馬人，嗚呼，你們後人將不會相信，/交給了一個婦人"。

　　3.【妊女】已見I 4, 6注。

　　4.【撒琪羅】*Satyrus*，已見I 1, 31注，【羝足】*capripes*謂其人首羊足。盧克萊修IV 580："haec loca capripedes Satyros Nymphasque tenere / finitimi fingunt et Faunos esse locuntur，""此地可見羝足的撒琪羅，接鄰者們以爲有/妊女，還說有沃奴"。據希臘神話撒琪羅有馬耳馬尾，未聞其爲羊形；有羝足者，牧神潘也，參觀《英華》VI 315尼哥底母(Nikodemos)詩：τὸν τραγόπουν ἐμὲ Πᾶνα, φίλον Βρομίοιο καὶ υἱὸν Ἀρκάδος, ἀντ' ἀλκᾶς ἔγραφεν Ὠφελίων. "奧斐利昂畫我爲羝足潘、酒神之友，亞底米之子，以報答我援手相助。"酒神現身常以瘋女(μαινάδες)與撒琪羅相隨。【豎起的尖耳】*auris ... acutas*，摹畫專心聆聽神態如畫。Heinze: 描摹細緻入微，欲令人信其所覩異像非妄也。*acutas*本義爲尖，指撒琪羅羊耳形狀。中文言人耳尖則指人聽覺敏銳，未必有專心義，故中譯分言豎起與尖二義以免讀者誤解。

5.【歐奧】*euhoe*，本希臘文 εὐοῖ，酒神信徒祝神時皆作此呼，故逕爲音譯，而不以中文既有感嘆詞迻譯。【剛纔的恐懼】*recenti ... metu*，神靈顯現，威力非凡，凡俗覩之，必驚恐戰栗。詩人頃時既親覿酒神，此刻驚魂未定，故大呼祝酒神口號，曰【心悸動】、曰神【迷亂】、曰心【喜樂】。【剛纔】*recenti* 指首章所敘目覩顯神之時。此行【心】*mens* 與下行【胸】*pector* 於意應補 mihi（我的）。

6.【充滿】*pleno*，人爲神靈充滿，希臘人稱之爲 ἐνθουσιασμός，充神，柏拉圖《蒂邁歐》71e 曰：ἱκανὸν δὲ σημεῖον ὡς μαντικὴν ἀφροσύνη θεὸς ἀνθρωπίνη δέδωκεν· οὐδεὶς γὰρ ἔννους ἐφάπτεται μαντικῆς ἐνθέου καὶ ἀληθοῦς, ἀλλ' ἢ καθ' ὕπνον τὴν τῆς φρονήσεως πεδηθεὶς δύναμιν ἢ διὰ νόσον, ἢ διά τινα ἐνθουσιασμὸν παραλλάξας. "神以靈識補人之愚昧，其恰當之標志爲：無人處於理智之中時可獲來自神的眞正的靈識，衹有在其思攷能力爲睡眠、疾病或因某種充神狀態而改變時方可。"人爲神充滿則殆同癲狂，一如柏拉圖《斐得羅》244a–245a 所舉巫師傳達神諭、詩人賦詩時情狀。此處所言充（酒）神狀態明指因葡萄酒而醒醉，暗指詩人得神靈感應。參觀 III 25, 1–3："quo me, Bacche, rapis tui / plenum？" "巴庫，你劫滿是你的/我何之？"集中寫神靈附體又見 I 18, 13。維吉爾《埃》VI 46 ff. 寫女巫西畢拉神靈附體（"plena deo"）亦可參看。英國詩人何里克（Robert Herrick）《祝巴庫，一首短頌》（*To* Bacchus, *a Canticle*）捃撦其句云："Whither dost thou whorry me, / *Bacchus*, being full of thee？" "你攜我何之，/巴庫，你充滿了我"。荷爾德林《餅與葡萄酒》77 f.："es füllen das Herz ihm / Ihre Freuden," "他們的喜樂/充實他的心"；85："Tief die verschwiegene Brust mit freier Genüge gefüllet," "緘默的胸中深處爲自主的充足充滿"。【迷亂】*turbidum*，人爲神充滿，則理智淪喪、行徑不復如平日，即希臘文 ἔκστασις（出離其常態）之所謂也，亦即柏拉圖所言 μανία，瘋癲。【巴庫】此處與行1字同義異，其實爲神名德指（metonymia），即以神名稱其所司，即葡萄酒。

7.【喜樂】*laetatur*，酒神素有喜樂之神之稱。【寬貸】*parce*，爲神靈充滿以致瘋癲固是酒神徒衆之所願，然神力威烈，非常人可承受，故向神求饒，以免爲神力斃殺。*Parce*義近口語 "饒命！"，然若如以此譯，則殊嫌過俚，原文爲祭儀用語，不應以諢詞俚語對之。荷爾德林《餅與葡萄酒》所謂schonen義即謂此。H集中I 18, 13："saeva tene cum Berecyntio cornu tympana," "停歇貝勒鈞角伴奏的激烈鼓聲！" 所言同此。【利倍耳】*Liber*爲酒神羅馬名稱，已見I 12, 22注。

8. 【茴香杖】*thyrsus*，據希臘神話爲酒神與酒神信徒所執，其物以大茴香（拉丁學名ferula communis）桿爲杖身，纏以常青藤，上冠以松塔。酒神與其信徒亦以之爲武器，歐里庇得《酒神女徒》25有κισσινὸν βέλος，"常青藤梭鏢" 之說，即指此。普羅佩耳修II 30 b, 38稱之爲 "docta cuspide," "博學之矛"，亦足參觀。酒神祭場景集中可於I 18, 11–14得窺一瞥。此處語式爲動名詞呼格作所呼酒神名之同位語，領原因奪格，已見I 12, 23："nec te, metuende certa / Phoebe sagitta," "還有你，因箭準令人/懼怕的斐玻。"

9. 【忒亞女】*Thyiadas*，本指參預帕耳納索山上酒神祭（ὄργια）之德爾菲及阿提卡婦女，此處泛指行酒神祭時癲狂之女，即前注所謂瘋女（μαινάδες）。【耐久】*pervicacis*，意謂酒神祭女徒迷亂沈醉，喧譟癲舞通宵達旦而不知疲倦，體力超人，如有神附體。

10–12. 參觀歐里庇得《酒神女徒》142–43：ῥεῖ δὲ γάλακτι πέδον, ῥεῖ δ' οἴνῳ, ῥεῖ δὲ μελισσᾶν / νέκταρι, "原野流淌醍醐，流淌葡萄酒，流淌蜂蜜的琼漿"；其後706–711：ἄλλη δὲ νάρθηκ' ἐς πέδον καθῆκε γῆς, / καὶ τῇδε κρήνην ἐξανῆκ'οἴνου θεός· / ὅσαις δὲ λευκοῦ πώματος πόθος παρῆν, / ἄκροισι δακτύλοισι διαμῶσαι χθόνα / γάλακτος ἐσμοὺς εἶχον· ἐκ δὲ κισσίνων / θύρσων γλυκεῖαι μέλιτος ἔσταζον ῥοαί. "另有一女以大茴香桿擊地，/神送來葡萄酒之泉；/而那些渴望白色漿飲的，/用手指尖挖地，/得醍醐之流；自常青藤的/法杖滴淌甜美的蜂蜜之溪。" 黃金時代人無須力田，酒泉、奶溪、滴蜜等皆天然而生，供人隨意唊飲。詩人別見《對》16, 41–48：

> nos manet Oceanus circumvagus : arva beata
> 　　petamus, arva divites et insulas,

reddit ubi cererem tellus inarata quotannis

　　et inputata floret usque vinea,

germinat et numquam fallentis termes olivae

　　suamque pulla ficus ornat arborem,

mella cava manant ex ilice, montibus altis

　　levis crepante lympha desilit pede.

環繞的浩瀚汪洋等待我們：我們

　　尋求蒙福的田，富饒的島，

那裏土地不耕便年年產出收成

　　葡萄藤不修卻始終綻放，

從不誤人的橄欖枝椏萌芽生長，

　　而黑無花果點綴其樹梢，

蜜自空心的橡樹幹裏淌出，自高

　　山步履潺潺地躍下細泉。

此外見維吉爾《牧》4, 30："durae quercus sudabunt roscida mella,""粗壯的橡樹汗出露珠般的蜂蜜"；而《農》I 131–32寫黃金時代終結，則："mellaque decussit foliis ignemque removit / et passim rivis currentia vina repressit,""葉間的蜂蜜被搖落，火被移開，/而流淌葡萄酒的河到處被壅塞。"此外見提布盧I 3, 45–46："ipsae mella dabant quercus, ultroque ferebant / obvia securis ubera lactis oves,""橡樹都供給蜂蜜，更有乳房/脹奶的羊供給無憂的人們"；奧維德《變》I 111–12："flumina iam lactis, iam fluminia nectaris ibant, / flavaque de viridi stillabant ilice mella,""時而醍醐之流、時而瓊漿之流滾淌，/自蔥綠的橡樹滴下黃色的蜂蜜。"

　　10. 【富饒】*uberes*，原文爲形容詞，然本名詞uber，乳頭，故用於此處兼顧用意與本義。

　　11. 【祖述】*iterare*，原文係拉丁古字，其義則同dicere, narrare, 講述，皆爲*cantare*【歌詠】之謙稱。蓋留《阿提卡夜譚》V 18, 9引羅馬史

家亞塞留(Sempronius Asellio, 約前158–91後)論繫年(annales)之異於
史著(historiae)曰："scribere autem bellum initum quo consule et quo
confectum sit et quis triumphans introierit ex eo, <et eo> libro, quae in
bello gesta sint, non praedicare aut, interea quid senatus decreverit aut
quae lex rogatiove lata sit, neque quibus consiliis ea gesta sint, iterare : id
fabulas pueris est narrare, non historias scribere."　"而書興戰於何屆平
章之年、何人所將、何人由此得行凱旋式，而於其書中不言戰時有何露
布、期間長老院有何決議或有何法律或條陳得行，亦不述此戰憑何樣
謀略而成：此乃向兒童講故事，非書寫史著也。"酒神神話迭代傳誦，
故中譯傚原文取文言曰祖述。

　　12.【合乎天條】*fas*，詳見I 3, 26 其反義詞nefas注，集中他處字義
尤以I 18, 11 f.爲最近："nefas … non ego te, candide, Bassareu, invitum
quatiam … ,"　"……合乎天條與否。我，白皙的巴薩羅，不會違你意願
搖晃你……"

　　13.【歌詠】*cantare*，原文上章與此章呈排比，分別於章首疊言
fas，然其所領動詞不定式*cantare*僅見於上章，下章則依共軛修辭格
(zeugma)省文，不必重複。中文非屈折語，難用共軛格，故不克傚法原
文，譯文凡兩度語動詞【歌詠】以明之。又因中譯置*fas*（"合乎天條"）
於句末，顚倒句中詞序，遂以【歌詠】引領上下二章，代*fas*爲排比式。

【福妻】*beatae coniugis*，指阿里阿德涅(Ariadne)，據希臘神話，阿里
阿德涅遭忒修(Theseus)遺棄於納索島(Naxos)，酒神遇而娶爲妻。愛
神阿芙羅狄忒與霍拉女神(Horae)貺以金冠——即【彩】*honorem*字所
指——爲婚賀。阿里阿德涅因而脫凡成神，故云【位列星宿間】
additum stellis。原文*honor*此處專指標誌榮耀之物，即金冠，非謂抽象
之榮耀，故作此譯，參觀I 17, 16及注。近世英國浪漫派詩人亨特(Leigh
Hunt)有長詩《巴庫與阿里阿德涅》(*Bacchus and Ariadne*)，鋪陳其事；
尼采《丟尼索神頌集》(*Dionysos-Dithramben*)第七首題爲《阿里阿德
涅怨》(*Klage der Ariadne*)，其中阿里阿德涅先向空怨艾，終致酒神丟
尼索現身，且答曰："Sei klug, Ariadne! ... / Du hast kleine Ohren, du hast
meine Ohren: / steck ein kluges Wort hinein! — / Muss man sich nicht erst

hassen, wenn man sich lieben soll? … / Ich bin dein Labyrinth …" "變聰明吧，阿里阿德湼! ……/你有小耳，你有我耳:/放入一句聰明話! ——/人自愛時豈不要先自恨? ……/我就是你的迷宮……"

14 f.【彭修】*Pentheus* / Πενθεύς，忒拜王。歐里庇得《酒神女徒》述忒拜老王卡得摩(Kadmos)年邁遜位於其孫彭修，彭修禁人拜丟尼索，致遭神譴，其母共二姨母失心瘋癲蹈海身亡，其本人則因偸窺酒神女徒祕儀，爲瘋癲女徒手扯裂肢解。據西西里人丟多羅(Diodorus Siculus)《典籍》IV 3, 4，古人視之爲瀆神者之最：[Διόνυσος] κολάσαι δ' αὐτὸν πολλοὺς μὲν καὶ ἄλλους κατὰ πᾶσαν τὴν οἰκουμένην τοὺς δοκοῦντας ἀσεβεῖν, ἐπιφανεστάτους δὲ Πενθέα καὶ Λυκοῦργον，"[丟尼索]也懲罰了所有有人居住之處人所公認瀆神之人，最著名者爲彭修與呂古戈。"【解體的屋頂】*tecta … disecta*，參觀歐里庇得《酒神女徒》587–88：τάχα τὰ Πενθέως μέλαθρα διατι–/ νάξεται πεσήμασιν. "不日彭修的屋樑就要/爲傾圮震塌"；稍後632 f.: πρὸς δὲ τοῖσδ' αὐτῷ τάδ' ἄλλα Βάκχιος λυμαίνεται · / δώματ' ἔρρηξεν χαμᾶζε· "在此之上巴庫還又一次泄憤:/他震塌了他的房子"。【解體】*disecta*亦暗射彭修終遭肢解之禍。【不輕】*non leni*，謙語格(litotes)，即重也。

16.【呂古戈】*Lycurgus* / Λυκόογος，荷馬《伊》VI 130–42記丟墨得(Diomedes)敘述呂古戈嘗驅散酒神丟尼索及其女徒於恧撒山(Nysa)，激怒諸神，宙斯先致其失明，終斃其命。H同代人希金(C. Iulius Hyginus)《集異錄》(*Fabulae*)132呂古戈條曰其干酒神震怒，先致其喪心病狂手戮妻孥，再躍身懸崖，投畀兇豹，甚至誤認己足爲葡萄枝而斲斷之："qui insania ab Libero obiecta uxorem suam et filium interfecit, ipsumque Lycurgum Liber pantheris obiecit in Rhodope, qui mons est Thraciae, cuius imperium habuit. hic traditur unum pedem sibi pro vitibus excidisse."

17 ff. 第五章至卒章各以【你】排比啓端，分言酒神所行神功於人間(17–20)、天上(21–24)與地下(29–32)。其中五章言人間復可析爲海、河、陸三項，參觀I 34, 9；神頌用排比，別見I 10, 5。

17.【轉移】原文*flectis*本義爲彎曲，以言河川如云改道。原文以之兼該前半句中賓語*amnis*【河川】與後半句賓語*mare*【海】，河可改道，言海彎曲或改道於義則實有未安。詩人意謂酒神法力可排江倒海。參觀IV 1, 6 f. 言皇權："circa lustra decem flectere mollibus iam durum imperiis,"，"用溫柔的強權彎折已約十度被除的倔強"。【河川】尤指敘利亞奧隆特河(Orontes)與印度吷陁河(Hydaspes，詳見I 22, 7及注)。據神話傳說酒神嘗遠遊至印度，沿途以茴香桿杖擊奧隆特河爲道，又以之燒乾吷陁河水，以令其所禦車乘暢通無阻，瑙諾(Nonnos，古代晚期四世紀末五世紀初埃及式拜城人)《丟尼索記》(*Dionysiaca*)敘述丟尼索遠遊印度及凱旋甚詳(XIII 123 ff.)。【蠻邦】*barbarum*，尤指東方如敘利亞印度等地。歐里庇得《酒神女徒》13–19: λιπὼν δὲ Λυδῶν τοὺς πολυχρύσους γύας / Φρυγῶν τε, Περσῶν θ᾽ ἡλιοβλήτους πλάκας / Βάκτριά τε τείχη τήν τε δύσχιμον χθόνα / Μήδων ἐπελθὼν Ἀραβίαν τ᾽ εὐδαίμονα / Ἀσίαν τε πᾶσαν, ἣ παρ᾽ ἁλμυρὰν ἅλα / κεῖται μιγάσιν Ἕλλησι βαρβάροις θ᾽ ὁμοῦ / πλήρεις ἔχουσα καλλιπυργώτους πόλεις, "離開了呂底亞人和弗呂家人/多產黃金的土地，波斯太陽熾曬的上原，/和大夏的城堞，來到瑪代/可怕的土地和蒙福的/阿刺伯，以及位於鹹澀大海一邊整箇的/亞細亞，那裏有美麗樓宇的城市/充斥混雜在一起的希臘人和夷狄"。塞內加悲劇院本《赫耳古勒瘋狂》(*Hercules furens*)903: "adsit Lycurgi domitor et rubris maris,"，"制服呂古戈者蒞臨紅海"，紅海實指印度洋，其說亦本瑙諾。參觀荷爾德林讚歌《詩人的職任》(*Dictherberuf*)首章(全詩見下{傳承}): "Des Ganges Ufer hörten des Freudengotts / Triumph, als allerobernd vom Indus her / Der junge Bacchus kam, mit heilgem / Weine vom Schlafe die Völker wekend." "自恆河岸邊聽到那喜樂神的/凱旋，當征服一切的年輕巴庫/自印度河歸來，一路用神聖/葡萄酒喚醒沈睡的萬民。"

18.【雙峯】*separatis ... iugis*，NH以爲指帕耳納索山著名雙峯，酒神常出沒焉。帕耳納索山不在式拉基，似不應與比斯東(見下注)並舉，然NH以爲羅馬詩人未必過泥希臘輿地細節，可備一說。

19–20.【比斯東婦人】*Bistonidum*，比斯東人(Βίστονες)係忒拉基(Thrace, I 25, 11注)西南部落，忒拉基盛行酒神崇拜，故常以比斯東婦人代稱酒神女徒。古代詩歌繪畫中常見祭祀酒神之瘋女作披頭散髮狀。普羅佩耳修I 3, 5稱之爲厄東人(Edoni)，奧維德《變》VI 587則稱爲斯東人(Sithoniae)，詩人以異國地名入詩者，以之爲辭藻也，未可泥之。

【虺蛇結】*nodo ... viperino*，合讀爲一詞，即以蛇(vipera)爲束髮之結(nodus)。參觀歐里庇得《酒神女徒》695–98: καὶ πρῶτα μὲν καθεῖσαν εἰς ὤμους κόμας νεβρίδας τ’ ἀνεστείλανθ’ ὅσαισιν ἀμμάτων σύνδεσμ’ ἐλέλυτο, καὶ καταστίκτους δορὰς ὄφεσι κατεζώσαντο λιχμῶσιν γένυν. “她們先披散其髮於雙肩，/紮緊鹿皮，剛解散多少便紮緊多少，以口吐信子的蛇結束其文皮”；另見稍後833，丟尼索囑其女徒著裝曰: πέπλοι ποδήρεις· ἐπὶ κάρα δ’ ἔσται μίτρα，“布袍垂到腳，頭上戴髮箍”；又見101f.: στεφάνωσέν τε δρακόντων / στεφάνοις，“他戴虺蛇之/冠”。Heinze: 以蛇束髮可令酒神女徒自覺匹埒神明；寫女徒酗酒酩醉而覺酒神附體如畫。

20.【無傷】*sine fraude*，見《世》41–43.: “cui per ardentem sine fraude Troiam /castus Aeneas patriae superstes / liberum munivit iter,” “朝它［埃特魯斯坎海岸］未遭玷汙的/埃涅阿，亡國而得存，無傷，/修築了通達的路”。

21.【戈岡】*Gigantum*，土地所生衆子與奧林波天神之戰，詳見II 12, 6–7注。此外參觀奧維德《變》I 152 f.: “affectasse ferunt regnum caeleste Gigantas / altaque congestos struxisse ad sidera montes,” “戈岡們力圖夠着天上的王國，/山上堆山直達高遠的星星。”

22.【汝父】*parens*即宙斯，塞墨勒與宙斯相交有孕，後因覩宙斯眞容而遭其霹靂擊斃，宙斯搶救其腹中嬰孩，置於己股中，後滿月誕生，即酒神丟尼索。*parens*謂父或謂母均可，宙斯既爲酒神父，然因以股育兒，可謂身兼其母，原文以此兩可之詞稱宙斯，頗見其詩思縝密。

23.【羅圖】*Rhoetum*，以爲衆戈岡之一古典時期羅馬詩歌僅見於H，此處之外集中又見III 4, 55: “quid Rhoetus evolsisique truncis ... ,” “羅圖狂妄的將樹幹拔起來”。H以外維吉爾《農》II 456

等羅馬詩人皆以爲怪物肯陶(Centauri)之一，不聞爲戈岡。學者或以爲詩人殆因混淆二者而致誤，或以爲以*Rhoetus*爲戈岡神話今已失傳。其名或以爲本非無義，殆本希臘文ροικός，義爲羅圈腿。

24.【令人恐懼】譯文從古鈔本主流 *Ξ Ψ σχPph.* 及遵古本之 Kießling/Heinze, Klingner諸本，讀作奪格*horribili*，屬奪格名詞*mala* 【頜頦】。學者或臆改爲主格horribilis（Bochart, Bentley, NH等，Numberger從之），或作賓格horribilem（Trendelenburg, Vollmer）。如讀主格則解作："你令人恐懼，用頜頦驅退羅圖" 或 "你頜頦令人恐懼，驅退羅圖"；如作賓格則爲："你驅退因有頜頦而令人恐懼的羅圖"。按丟尼索變化爲獅於古無徵，古代繪畫酒神法相常見其御獅豹等猛獸所駕車乘，唯瑙諾《丟尼索記》I 13–18記敘戈岡之戰時酒神曾變化爲蛇，又讚其變化爲獅爲豹。瑙諾雖後於H數百年，然其詩既有此說，學者或據以推斷，H之說必有所本。然*RE* "Dionysos" 詞條（*RE* 10: 1038–39）則以爲此說不可持。以獅子所指覘之，以上三說中Klingner及Bochart讀法皆解爲丟尼索化身爲獅而戰，唯Trendelenburg讀法以獅之爪牙指丟尼索所戰之戈岡。NH辨Trendelenburg讀法與動詞retorsisti不合，動賓不配，則戈岡爲獅說亦有未安。諸說既皆未能完善，故中譯仍依傳世文本，從Klingner讀奪格。

25 ff. 酒神允文允武，此章兼頌其文才。

26.【團舞】*choreis*，參觀歐里庇得《酒神女徒》378–81: ὃς τάδ' ἔχει, / θιασεύειν τε χοροῖς / μετά τ' αὐλοῦ γελάσαι / ἀποπαῦσαί τε μερίμνας, "他具有如此諸般，/入列團舞，/和笛而樂，/終止憂慮。"

27.【被視爲】*ferebaris*, Heinze: 暗示其今展示武功，令敵友皆詫異。【中用】原文*idoneus*非詩歌辭藻，屬散文詞語。

28.【一般】譯*idem*，謂無別，非今日俗語之普通義。參觀普魯塔克《德謨特里傳》（*Demetrius*）2, 3: ᾗ καὶ μάλιστα τῶν θεῶν ἐζήλου τὸν Διόνυσον, ὡς πολέμῳ τε χρῆσθαι δεινότατον, εἰρήνην τε αὖθις ἐκ πολέμου τρέψαι πρὸς εὐφροσύνην καὶ χάριν ἐμμελέστατον. "衆神裏他[德謨特里]最愛傚做丟尼索，因爲他戰時有最恐怖之稱，戰後又能將和平變爲最和諧的歡樂。"【居間於】*medius*，原文置此字於行中

【太平】*pacis*與【戰爭】*belli*之間，中譯惜不克傚法。Heinze辨其義近撒盧士修《庶民參政馬主‧利金紐向庶民演說詞》(*Oratio Macri Licinii tribuni plebis ad plebem*)8：“ex factione media consul,”“此派之中所選平章”，意謂其爲其所屬黨派之核心。

29.【刻耳卜羅】*Cerberus*，已詳II 13, 24注，又參觀III 11, 15–20：“cessit immanis tibi blandienti / ianitor aulae ; / Cerberus, quamvis furiale centum / muniant angues caput eius atque / spiritus taeter saniesque manet / ore trilingui,”“廣袤之殿的司閽刻耳卜羅都避讓奉承的你，/雖然有百條蛇虺能捍衛她們復讎的頭顱，又有惡臭的氣息和毒腐的汁液流淌出其三舌之口。”自此至末行寫酒神下陰間救亡母塞墨勒事。據西西里人丟多羅(Diodorus Siculus)《典籍》IV 25, 4記載，丟尼索遠征印度歸來，入陰間救母。母獲救升天成神，改號爲忒奧涅(Θυώνη)：καὶ γὰρ ἐκεῖνον μυθολογοῦσιν ἀναγαγεῖν τὴν μητέρα Σεμέλην ἐξ ᾅδου, καὶ μεταδόντα τῆς ἀθανασίας Θυώνην μετονομάσαι.

30. 惡犬以尾摩酒神，參觀II 13, 34及注，又見前注引III 11, 15 ff.【金角】*aureo cornu*，酒神常作公牛形，以象其強盛活力與生殖力，尤流行於埃利(Elis)，見 *RE* 10: 1041。歐里庇得《酒神女徒》1017–18歌隊合唱頌酒神曰：φάνηθι ταῦρος ἢ πολύκρανος ἰδεῖν / δράκων ἢ πυριφλέγων ὁρᾶσθαι λέων，“你現身爲公牛或多頭的龍蛇/爲人看見，或火烈的雄獅供人觀覷”。《英華》IX 524係酒神頌，行22稱丟尼索：χρυσόκερων，“生金角的”。祭祀用犧牲，其角常鍍金以爲裝飾。羅馬詩人寫酒神慣用此生金角法相，參觀稍下{評點}引奧維德《情》III 15, 17句：“corniger Lyaeus”；此外亦見其《術》(*Ars amatoria*)I 232：“purpureus Bacchi cornua pressit Amor,”“生紫翼的愛摩擦巴庫的角”；II 380：“ut Aonii cornibus icta dei,”“猶如爲阿奧尼神[按指巴庫]的角擊中”；III 348：“insignis cornu Bacche novemque deae !”“因生角而標緻的巴庫和九位女神們！”Heinze: 以角爲飲器，未見於羅馬詩歌，故非此處詩意。【妝點】譯*decorum*，原文本decor, decus，皆有陰柔之美義，酒神法相或爲柔美少年，後世米迦朗基羅(Michaelangelo)所造酒神雕像貌爲美少年，頗有陰柔之美，故中譯爲此。

31.【吐三舌的嘴】*trilingui ore*, 據神話, 惡犬刻耳卜羅一身三首 (其數諸說有異, 參觀II 13, 24 "belua centiceps" 及注), 故而有三口。然原文*ore*【口】及所屬形容詞*trilingui*【三舌】爲單數, 依字面當解作一口三舌而非三口各有一舌, 然此爲詩家省言, 義同trium orum linguis。又參觀前注引III 11, 20.

32.【倒行】*recedentis*, 指酒神自陰間攜母還陽時步態。末二行描摹猛犬服帖取寵狀態如畫。參觀荷爾德林哀歌《餅與葡萄酒》篇末 (160)寫酒神/基督("那敘利亞人", der Syrier)下臨冥府情景: "Selbst der neidische, selbst Cerberus trinket und schläft." "連那嫉妬的, 連刻耳卜羅也醉眠。"

{評點}:

酒神頌係古希臘詩歌體類, 本爲酒神祭儀所用聲樂, 衆男子或男童環立, 伴以笛樂合詠頌詞, 且載歌載舞, 稱作dithyrambos。因所頌者司酒, 故其情調風格喜樂狂躁激烈, 一如醉態, 與他神頌歌判然有別。當日古希臘酒神頌屬dithyrambos體格者爲數必甚夥, 然今多不存。傳世古代酒神頌首推荷馬體《丟尼索頌》(《荷馬體頌歌》第七首), 然其體格用指度六音步, 不合dithyrambos, 從中難窺其如何爲載歌載舞衆聲合詠之聲詩; 品達與巴刻居利得所製酒神頌確係dithyrambos, 然僅遺殘篇。又依亞里士多德之說, dithyrambos既爲古希臘悲劇雛形之一 (《詩學》1149 a), 其中歌隊合唱尤具古酒神頌體格。今存古希臘悲劇, 唯索福克勒《安提戈涅》中歌隊合唱酒神頌(1115 ff.)與歐里庇得《酒神女徒》中歌隊合唱最肖dithyrambos。

H此篇體格未法dithyrambos, 非唯無音樂舞蹈, 亦無歌舞合唱格律或歌詠者彼此呼應之結構安排; 全篇爲詩人一人之言, 唯發言者情緒氣勢略倣dithyramboi之風耳。詩人既以阿爾凱體賦酒神頌, 而不採悲劇合唱、品達等酒神頌所用體例乃至荷馬體指度六音步律(daktylische Hexameter), 則其倣法荷馬、歐里庇得等古希臘酒神頌處當止於隸事, 不涉詩體。以隸事論, 亦未見詩人獨出心裁, 唯當擷拾前人酒神神話中廣爲人知者入詩, 不必有所發明。雖其中或有傳說他處無徵(見上行24

注），恐係因失傳所致，非是詩人別有獨刓也。稽以現存文獻，H此篇隸事似多取自歐里庇得《酒神女徒》，然未可據此視其爲詩人唯一範本，蓋詩中捃摭希臘化時代酒神神話亦復不少。

　　詩中禮拜酒神，以爲其法力與詩神摩薩相彷，能賜詩人以靈感，其說應祖荷馬《丢尼索頌》（58 f.）：χαῖρε, τέκος Σεμέλης εὐώπιδος· οὐδέ πη ἔστι / σεῖό γε ληθόμενον γλυκερὴν κοσμῆσαι ἀοιδήν. “萬安，美眸的塞墨勒之子：哪裏都無人/忘記你卻能撰作甜美的詩歌”。柏拉圖《伊昂篇》（*Ion* 344 a）祖述之，謂豎琴詩人賦詩其心須深陷酒神所致癲迷狀態（βακχεύουσι）方可成功。希臘化時代大師迦利馬庫屢將酒神及阿波羅與諸摩薩女神併列爲詩神，散見於其《箴銘集》9–10。可見此說爲希臘人常談。羅馬詩人踵事，亦屢言酒神爲詩神，H之前盧克萊修 I 922云：“sed acri percussit thyrso laudis spes magna meum cor,” “可是對讚美的大渴望用尖利的茴香杖激動着我的心。”盧氏之後與H同代者可參觀普羅佩耳修II 30 в, 37–40：

> hic ubi te prima statuent in parte choreae,
> 　et medius docta cuspide Bacchus erit,
> tum capiti sacros patiar pendere corymbos :
> 　nam sine te nostrum non valet ingenium.

> 在這裏歌舞隊將立你爲其領舞，
> 　將有執博學之矛的巴庫在中間，
> 那時我就讓长青葉冠垂於髮間：
> 　因爲沒有你我則毫無才情施行。

稍後又見奧維德《情》（*Amores* III 15, 17）：

> corniger increpuit thyrso graviore Lyaeus :
> 　pulsandast magnis area amior equis.
> inbelles elegi, genialis Musa, valete,

post mea mansurum fata superstes opus !

长角的吕埃[酒神别名]以更沈重的茴香杖鼓噪：
　　在更大的賽場驅策更高大的駿馬。
不武的哀歌啊，愉人的詩神，向你道别，
　　以後將永遠留存的作品會比我的命更久長。

　　H此詩全篇以四二章(2×4)結構成組(Strophendyade)，首組(一、二章)寫詩人親覩酒神教授妊女與撒琪羅詠唱歌詩，次組二章(三、四章)互爲排比(原文各章以fas始，譯文以"歌詠")，既自申讚頌酒神爲敬虔之舉，復分言敬拜觸忤酒神必致福祿禍殃。第三組二章(五、六章)皆以"你"(tu)引啟，亦作排比式，述酒神法力宏大並稱道其於戈岡之戰英武無畏。末組前章接上組繼續頌神法力，卒章引入丟尼索下冥間救母事，以陰間結束全篇，一如I 10墨古利頌以神引領亡魂事結束全篇者。

　　以詩風觀之，H爲文素以理智機敏有餘，激情狂熱不足見稱，誠如Syndikus評語云(p.466)，若以尼采詩分酒神日神說繩之，則H詩歌當屬日神阿波羅。然荷馬以來詩人受神靈感應、爲神充滿以致遊離於理性常態之外說(ekstasis)，H亦非全然無與。集中此外III 4, 5–6："an me ludit amabilis / insania ?""抑或我那可愛的/癲狂我詎？"所謂癲狂(insania)，即柏拉圖等所謂μανία(見上行6注)，可見詩人亦非不認同荷馬柏拉圖等靈感說。雖其親覩酒神現身之經歷須"信託後人"辨其爲眞，詩中此外卻並無他處常見之調侃與反諷。德謨克利特(Demokritos)主詩賴神賜天才、苦吟無益說(殘篇21：Ὅμερος φύσεως λαχὼν θεαζούσης, Diels-Kranz, ɪɪ, 68 ʙ 17, 18, 21)，H《詩藝》嘗譏之(296 ff. "credit et excludit sanos Helicone poetas / Democritus, …")，以爲其詩賴藝(ars)精說張本。今以此詩與集中另一首酒神頌III 25并讀，則實可爲《詩藝》所論天生才情(natura)與詩藝苦功(ars, studium)相輔相成說(408–411)進一解。III 25卒章詩人認酒神精神爲詩歌根本，所言尤爲精切：

nil parvum aut humili modo,

　　nil mortale loquar. dulce periculum est,

o Lenaee, sequi deum

　　cingentem viridi tempora pampino.

瑣屑或格調低下的、

　　有死的事物我都將不言，追隨，

哦勒奈，額頭纏繞着

　　葡萄綠藤的神是甜蜜的冒險。

{傳承}：

　　西洋後世詩人所製酒神頌歌不乏名篇。古代以降異教遭基督教摒棄，古典人文隳崩，洎文藝復興詩人始重得廣以古代異教神話入詩。近代詩人筆下，酒神殆數最常爲人詠誦者。茲自近世西洋詩歌酒神詠歌中略擷數章，以示此詩體格精神傳承不絕，亦可從中窺見其演變軌跡也。

　　浪漫派時代之前，近代西洋酒神頌歌可於二首英國名作中窺其風貌：十六世紀詩人弗萊徹(John Fletcher, 1579–1625年)短篇《大神呂奧青春永駐》(*God Lyæus Ever Young*)與十八世紀詩人德萊頓名篇《亞歷山大之筵》(*Alexander's Feast; Or the Power of Musique. An Ode, In Honour of St. Cecilia's Day*)第三節最足研翫。

　　弗萊徹詩曰：

God Lyæus ever young,

Ever honour'd, ever sung,

Stain'd with blood of lusty grapes,

In a thousand lusty shapes

Dance upon the mazer's brim,

In the crimson liquor swim;

From the plenteous hand divine

Let a river run with wine:

God of youth, let this day here

Enter neither care nor fear.

大神呂奧青春永駐，

永受尊崇永受歌頌，

玷以鮮豔葡萄之血，

化作鮮豔形狀百度，

木碗邊沿兒上面舞蹈，

緋紅酒液之中泅泳；

自他那隻豐盛神手，

就讓河裏旨酒流注：

青春之神，就令此日

再無憂慮再無恐怖！

德萊頓《亞歷山大之筵》第三節：

III

The Praise of *Bacchus* then the sweet Musician sung;

　Of *Bacchus* ever Fair, and ever Young;

　　The jolly God in Triumph comes;

　　Sound the Trumpets; beat the Drums:

　　　Flush'd with a purple Grace

　　　He shews his honest Face:

Now give the Hautboys breath; He comes, He comes.

　Bacchus ever Fair and Young

　　Drinking Joys did first ordain;

　Bacchus Blessings are a Treasure;

　Drinking is the Soldiers Pleasure;

　　　Rich the Treasure;

　　　Sweet the Pleasure;

Sweet is Pleasure after Pain.

CHORUS

Bacchus *Blessings are a Treasure;*
Drinking is the Soldier's Pleasure;
　Rich the Treasure,
　Sweet the Pleasure,
　Sweet is Pleasure after Pain.

三

巴庫的讚美有甜美的樂師歌詠，
　唱巴庫青春永駐俊美終永；
　　喜樂之神得勝凱旋
　　鼓角鳴鳴，伐鼓淵淵：
　　　爲他紫色都雅充盈，
　　　故而面露誠悫之情，
就請吹起雙管蘆笛；他將到來，他將到來。
　　巴庫青春永駐俊美終永，
　　　首先敕立啜飲的歡喜：
　　巴庫的祝福是箇寶藏；
　　飲酒方是士兵的歡暢；
　　　富饒的寶藏，
　　　甜美的歡暢；
　　　甜美是痛定之後的歡暢。

舞隊合唱

　巴庫的祝福是箇寶藏；

　　　　飲酒方是士兵的歡暢；

　　　　富饒的寶藏，

　　　　甜美的歡暢；

　　　　甜美是痛定之後的歡暢。

　　弗萊徹詩節奏意象皆合酒神頌喜樂癲狂程式，然其體格則未合希臘酒神古頌法度。德萊頓詩分領唱與舞隊合唱二部，彼此呼應，非特關合酒神頌應有之題，即體格亦肖古人，無訝其爲英語詩中名篇也。然若以此二篇方於H之作，則見H此篇於酒神惠賜靈感神話未必全無心得，其歌頌酒神未必僅爲運筆設辭而全然不信其眞實靈驗。反觀弗萊徹與德萊頓詩，則幾全爲詩人爲題設辭之作，雖音律修辭皆足可觀，終未可以立誠求之。

　　近代酒神頌迨浪漫派時代始不復止是詩人逞才炫技之作。德意志浪漫派所賦酒神頌先有席勒所撰Dithyrambe一首，由舒伯特度曲，曾一度膾炙人口：

Nimmer, das glaubt mir, erscheinen die Götter,

Nimmer allein,

Kaum daß ich Bacchus, den lustigen, habe,

Kommt auch schon Amor, der lächelnde Knabe,

Phöbus der Herrliche findet sich ein,

　　Sie nahen, sie kommen, die Himmlischen alle,

　　Mit Göttern erfüllt sich die irdische Halle.

Sagt, wie bewirt ich, der Erdegeborne,

Himmlischen Chor?

Schenket mir euer unsterbliches Leben,

Götter! Was kann euch der Sterbliche geben?

Hebet zu eurem Olymp mich empor!

　　Die Freude, sie wohnt nur in Jupiters Saale,

O füllet mit Nektar, o reich mir die Schale!

Reich ihm die Schale! O schenke dem Dichter,

Hebe, nur ein; schenke nur ein!

Netz ihm die Augen mit himmlischen Taue,

Daß er den Styx, den verhaßten, nicht schaue,

Einer der Unsern sich dünke zu sein.

　　Sie rauschet, sie perlet, die himmlische Quelle,

　　Der Busen wird ruhig, das Auge wird helle.

諸神從不，我相信，諸神從不
單獨顯現，
我一見巴庫那歡喜之神，
就也有微笑的男童愛神，
斐玻那雄偉的也在中間，
　　他們近了，他們來了，所有天神，
　　地上的廳堂充斥着天神。

說吧，我這地上所生的如何款待
上天的歌舞班團？
賜予我你們不死的生命，
諸神！有死者有甚麼能給你們奉敬？
將我舉起到你們的奧林波山巒！
　　喜樂啊，她衹在猶庇特的殿裏居住，
　　哦斟滿瓊漿，哦遞給我這酒碗！

遞給他酒碗！哦賜予詩人
舉起來，斟上，
用上天的露水網住他的兩眼，
好讓他看不到那可憎的斯提克斯河川，

　　讓他自以爲是我們中的一箇。

　　潺湲、飛濺，上天的清泉，

　　胸膛平息，眼睛有神。

　　席勒詩中詩人與諸神對詠，諸神所詠雖未明題爲合唱，然其式甚明，其遵循古希臘悲劇歌舞隊合唱形式一如德萊頓詩。

　　席勒雖開浪漫派酒神頌之先河，然此派所作最佳者當數荷爾德林其後所撰數首长詩：讚歌《詩人的職分》(*Dichterberuf*)、哀歌《餅與葡萄酒》(*Brod und Wein*)、品達體頌歌《猶如在節日裏……》(*Wie wenn am Feiertage ...*)所標體格雖殊，然其實皆爲酒神頌歌(《詩人的職分》兼頌阿波羅，即次章所謂 "des Tages Engel"，"白日的使者")，其立意構思、音律修辭，非唯可稱爲德語酒神頌歌之魁楚，亦洵爲西洋近代酒神頌詩之大成也。《餅與葡萄酒》、《猶如在節日裏……》已見拙譯《荷爾德林後期詩歌集》所載詩體譯文，讚歌《詩人的職分》公認爲鉅制，比之於偶行體名篇《餅與葡萄酒》殆有過之而無不及，今爲全文譯出，鈔錄於下。此詩博大精深，未宜在此詳箋通解，然與H詩並讀，足可得見德意志哲匠能秉承發明羅馬文宗之文心也。

　　Des Ganges Ufer hörten des Freudengotts

　　　Triumph, als alleroberned vom Indus her

　　　　Der junge Bacchus kam, mit heilgem

　　　　　Weine vom Schlafe die Völker wekend.

　　Und du, des Tages Engel! erwekst sie nicht,

　　　Die jezt noch schlafen? gieb die Geseze, gieb

　　　　Uns Leben, siege, Meister, du nur

　　　　　Hast der Eroberung Recht, wie Bacchus.

　　Nicht, was wohl sonst des Menschen Geschik und Sorg'

　　　Im Haus und unter offenem Himmel ist,

Wenn edler, denn das Wild, der Mann sich
Wehret und nährt! denn es gilt ein anders,

Zu Sorg' und Dienst den Dichtenden anvertraut!
Der Höchste, der ists, dem wir geeignet sind,
Daß näher, immerneu besungen
Ihn die befreundete Brust vernehme.

Und dennoch, o ihr Himmlischen all und all
Ihr Quellen und ihr Ufer und Hain' und Höhn,
Wo wunderbar zuerst, als du die
Loken ergriffen, und unvergeßlich

Der unverhoffte Genius über uns
Der schöpferische, göttliche kam, daß stumm
Der Sinn uns ward und, wie vom
Strahle gerührt das Gebein erbebte,

Ihr ruhelosen Thaten in weiter Welt!
Ihr Schiksaalstag', ihr reißenden, wenn der Gott
Stillsinnend lenkt, wohin zorntrunken
Ihn die gigantischen Rosse bringen,

Euch sollten wir verschweigen, und wenn in uns
Vom stetigstillen Jahre der Wohllaut tönt,
So sollt' es klingen, gleich als hätte
Muthig und müßig ein Kind des Meisters

Geweihte, reine Saiten im Scherz gerührt?
Und darum hast du, Dichter! des Orients

Propheten und den Griechensang und
　　Neulich die Donner gehört, damit du

Den Geist zu Diensten brauchst und die Gegenwart
　　Des Guten übereilest, in Spott, und den Albernen
　　　Verläugnest, herzlos, und zum Spiele
　　　　Feil, wie gefangenes Wild, ihn treibest?

Bis aufgereizt vom Stachel im Grimme der
　　Des Ursprungs sich erinnert und ruft, daß selbst
　　　Der Meister kommt, dann unter heißen
　　　　Todesgeschossen entseelt dich lässet.

Zu lang ist alles Göttliche dienstbar schon
　　Und alle Himmelskräfte verscherzt, verbraucht
　　　Die Gütigen, zur Lust, danklos, ein
　　　　Schlaues Geschlecht und zu kennen wähnt es,

Wenn ihnen der Erhabne den Acker baut,
　　Das Tagslicht und den Donnerer, und es späht
　　　Das Sehrohr wohl sie all und zählt und
　　　　Nennet mit Nahmen des Himmels Sterne.

Der Vater aber deket mit heilger Nacht,
　　Damit wir bleiben mögen, die Augen zu.
　　　Nicht liebt er Wildes! Doch es zwinget
　　　　Nimmer die weite Gewalt den Himmel.

Noch ists auch gut, zu weise zu seyn. Ihn kennt
　　Der Dank. Doch nicht behält er es leicht allein,

Und gern gesellt, damit verstehn sie

Helfen, zu anderen sich ein Dichter.

Furchtlos bleibt aber, so er es muß, der Mann

Einsam vor Gott, es schüzet die Einfalt ihn,

Und keiner Waffen brauchts und keiner

Listen, so lange, bis Gottes Fehl hilft.

自恆河岸邊聽到那喜樂神的

凱旋，當征服一切的年輕巴庫

　　自印度河歸來，一路用神聖

　　　葡萄酒喚醒沈睡的萬民。

而你，白日的使者！難道不叫醒

現還熟睡的他們？賜我們律法！

　　賜予生命！去戰勝！師傅！唯你有

　　　征略的法權，一如巴庫。

非是人的運命與憂慮在家裏

和在光天下此外所是的樣子，

　　當，比野獸更高尚，人類自行

　　　勞作、自給；而是還有一項，

就是適合我們的那箇至高者

委託賦詩的人去勞煩去操辦，

　　好讓常新的、更眞切地詠讚

　　　的他自親切的胸中震響。

可是，哦你們天上的所有、所有

你們涌泉、河濱、聖林和高岡，在

　　　　　那兒當初次奇異中你揪人的
　　　　　　　髮卷時，令人難忘地，有箇

　　不期而至的精靈，那箇靭造的、
　　屬神的，來到我們頭上，令我們
　　　　　感官都失靈，並且就如同爲
　　　　　　　閃電擊中一般股栗起來，

　　你們在更大的世界裏的武功！
　　你們命運之日，你們疾馳的，當
　　　　　神在沈思中引導時，戈岡的
　　　　　　　駿馬在狂怒中載他何之，

　　我們都將祕而不宣，當總沈默
　　的年歲在我們身上發出美聲，
　　　　　它難道便應該作響，彷彿是
　　　　　　　孩童在無聊中頑皮撥動

　　他師傅那祭神用的清純琴絃？
　　因而你啊，詩人！旦方的先知們、
　　　　　希臘的歌詠還有霹靂之聲
　　　　　　　近來你都曾傾聽，好讓你

　　能利用那箇靈，在譏笑中催促
　　那位善者的親臨，且還無心地
　　　　　拒斥那箇愚拙的，爲了玩耍
　　　　　　　把他出售如擒獲的野物。

　　直到爲荊棘刺激在憤怒中纔
　　記起那箇本源，纔呼喊，於是連

師傅也來了，那時在熾熱的
　　致命射擊中讓你魂消。

所有屬神的受奴役已然太久，
所有天的力能受嘲弄、仁慈被
　　隨意耗費而不知感恩，一箇
　　　　狡猾的種族，幻想認得它，

當那箇崇高者爲他們耕田時，
那日光、那擊霹靂者，而望遠镜
　　能清楚地窺見這一切，計數
　　　　並且命名天上的星星。

可是父卻拿黑夜覆蓋起它們，
好讓我們能夠閉着眼睛苟存。
　　他並不愛野蠻！然而廣袤的
　　　　暴力不再強迫得了上天。

有智慧也並非好事。他爲感恩
認得。可是他卻不獨自佔有它，
　　而是寧願結伴，以便他們懂
　　　　得幫助，讓詩人自我改變。

可他無所畏懼，他當如此，獨自
在神面前，他的單純保祐着他，
　　既無須兵器也無須用詭计，
　　　　直到神的缺失扶助了他。

二十

呈梅克納：詩人變化有鴻鵠
AD MAECENATEM. SE IMMORTALEM FVTVRVM
CARMINVM BENEFICIO
ET IN CIGNVM CONVERTENDVM AIT

奮擊衝天翅，翱翔上太清，無論衡華賤，免累世情攖；名著達荒
裔，詩傳徧鄙珉；何勞封壟墓，變化謝哀榮。

（五律擬賀拉斯詩意）

{格律}：

阿爾凱式(Alcaium)。

{繫年}：

學者推斷與前篇作於同時，應在前23年前不久。

{斠勘記}：

3. terris $\varXi$ $^{(acc.\ \lambda'\ R)}$　　terra $\varPsi$　前者讀複數奪格；後者讀單數奪格。terra字如泛指人世、塵世當爲複數，單數多指某地某國或土壤，故讀複數爲宜。

6. vocas $\varXi$ $\varPsi$ Pph.　　vocant Bentley　案前者爲單數第二人稱，後者爲複數第三人稱。此處詩人直向梅克納發言，Bentley臆改傳世文本頗謬。

13. notior A a B γ D R λ' ocior $\varPsi$ $^{(acc.\ EM)}$　　案前者義爲更著名，後

者爲更迅，詩人此處謂文名之顯赫，至於成名之疾遲，非其意所在焉。

{箋注}：

1. 【不尋常】*non usitata*、【不薄弱】*nec tenui*皆爲謙語格（litotes）。不尋常，爲其人而變化爲禽，羽翼非如尋常禽鳥爲天生者；不薄弱，謂其爲聲名之翼，必豐滿強勁也。

2. 【太清】*aethera*，古人氣象學以αἰθήρ在ἀήρ（空氣）之上，係更高更清之氣層，希臘神話或以其擬人，阿里斯多芬名劇《雲》（569 f.）稱之爲雲之父，參觀*RE* 1. 1: "Aither," 1093–94。Heinze引古希臘墓誌銘（*CIA* I 442），云古人以爲靈魂脫體則遨遊太清：Ἐυρυμάχου ψυχὴν καὶ ὑπερφιάλους διανοίας αἰθὴρ ὑγρὸς ἔχει. "濕潤的太清擁有歐魯馬各的靈魂和高傲的思想。"然H此處不云人死屍解靈魂飛昇，乃謂身與魂魄一體變異。*aethera*譯作太清者，拙著《荷爾德林後期詩歌》注《餅與葡萄酒》65 "Vater Aether!" 首倡以"太清"譯aethera，引《抱朴子·雜應》以證其所指近似，既同指高空之清氣，亦皆以爲超凡脫俗之境界（《荷爾德林後期詩歌》評注卷：頁二七三）。中國詩人言太清屬神界，參觀李白《古風五十九首》其二："蟾蜍薄太清，蝕此瑤臺月，"言月宮在太清之上；寫騎鶴翱翔於太清，參觀其七："客有鶴上來[或作：五鶴西北來]，飛飛凌太清"；寫人輕舉成仙，又見晉郭璞《遊仙詩》殘句："吐納致眞和，一朝忽然蛻，飄然凌太清，眇爾景長滅。"《全晉詩》卷十一，頁八六七。

3. 【複形】*biformis*，Porphyrio古注謂指詩人豎琴詩與六音步詩兼作，謬甚。以詩中所言，應指亦禽（ales）亦人（vates）。拉丁詩人多以*biformis*稱畸形怪物，如奧維德《變》II 664以之稱半人半馬之肯陶，維吉爾《埃》VI 25稱半人半牛之米諾陶等，尤可以佐證。Heinze以爲曰複形，重在複性（διφυής）而非複形（δίμορφος）。Syndikus亦以爲非謂兼有二形，而謂詩人於塵世生命之外尚另有一存在也（"die zweite Existenz des Dichters," p.479）。今按：複形即複性，本未可割裂，然H刻畫重在複形，複性或第二存在則須讀者心會，參觀下行9–12注。以複形而言，H想象己身由人變禽，變化未竟之前，半爲人形半作鳥狀。參觀III 2,

21–24: "virtus recludens inmeritis mori / caelum negata temptat iter via / coetusque volgaris et udam / spernit humum fugiente pinna." "雄武之德爲不應死的人們/開辟了天空，它探索於禁塗，/憑依着翱翔的羽翼它/蔑視羣氓的集會和低窪。" "低窪"對本詩中"地上"，"羣氓的集會"對"市廛"。【巫史】*vates*，已見I 1, 35及注.

3–4.【淹留】云云，NH：此語古時常以言神明下降人間，不久淹留，或聖賢離世升天。

4.【妬忌】*invidia*，Heinze：市廛乃妬忌孳生之處。參觀IV 3, 16："et iam dente minus mordeor invido," "令嫉妬的牙齒咬我得我輕些。"Heinze：H初受知於梅克納時，人或妬其得寵於權貴，詩人當日亦不諱言爲梅克納食客，《雜》I 6, 47："nunc, quia sim tibi, Maecenas, convictor," "如今，因我是你梅克納的食客"；詩人言妬忌，則謂其詩名未獲當日讀者評家許可，集中II 16, 37–40透露箇中消息曰："mihi parva rura et / spiritum Graiae tenuem Camenae / Parca non mendax dedit et maglinum / spernere volgus," "我啊，薄田和希臘/嘉墨娜的微息由不撒謊的/帕耳卡交與，准我輕蔑居心/不良的俗衆"；《書》I 19, 35 f. 所言愈明："scire velis, mea cur ingratus opuscula lector / laudet ametque domi, premat extra limen iniquus," "你欲明曉何以背恩讀者家中讚賞/喜愛我的小書，於檻外卻讎恨貶抑"；故而寄託知音於來世，詩人同代讀者如何不知欣賞此豎琴詩集，語在"緒論"§4.4；。又按，H既不見賞於時人，遂屢斥當日讀者爲羣氓，參觀上注引III 2, 21 ff.並III 1, 1–4："odi profanum volgus et arceo. / favete linguis : carmina non prius / audita Musarum sacerdos / virginibus puerisque canto." "我憎惡外道俗衆故而閉關，仔細你的舌吧：前所未聞的/詠歌由我這摩薩司祭/朝衆童男和衆童女吟唱。"【比妬忌爲大】*invidia maior*，Heinze：彷彿詩人他處屢稱遠離羅馬喧囂、寄身鄉野山水之間可躲避謠諑中傷，《書》I 14, 37 f.："non istic obliquo ocula mea commoda quisquam / limat, non odio obscuro morsusque venenat," "那裏無人以睥睨汙衊我之處境，無人懷陰毒噬我以牙口"；唯一旦戾飛於天，其遠害棄俗，則遠勝隱居山野矣。《書》II 1, 10–12曰俊傑生前皆招庸人嫉恨，唯一死可緘物議：

"diram qui contudit hydram / notaque fatali portenta labore subegit, / comperit invidiam supremo fine domari." "命裏注定力斬/惡蛇降伏所傳怪物者, /得知妬忌可馴唯當其命終。"詩人同代詩人參觀普羅佩耳修III 1, 21 f.: "mihi quod vivo detraxerit invida turba, / post obitum duplici fenore reddet Honos," "妬忌之衆自我此生所攘者, /死後吾榮耀將倍息返還"；奧維德《情》I 15, 39: "pascitur in vivis livor, post fata quiescit," "怨毒努牧生者, 死後則息。"然H有幸生前得見妬聲漸稀, IV 3, 16: "et iam dente minus mordeor invido," "今嫉妬的牙齒咬得我輕些。"詩人此前因受貴人寵幸早已慣見世俗妬情消長,《雜》I 6, 47 (引文見"緒論"§ 1.6), II 1, 74–78: "quidquid sum ego, ... tamen me cum magnis vixisse invita fatebitur usque invidia," "我無論爲何, 然妬忌雖非情願, 亦得承認我與貴人交遊"。《讚》VI 3及此處所言則全因其詩藝傑出也, 且詩人自信後世必有知音。

5. 【市廛】轉譯*urbes*, 泛指鬧市, 人多口雜, 故難免爲他人妬忌, 遭人蜚短流長。H詩中慣申愛好林泉、欲逃紅塵之志, 參觀上注引《書》I 14, 37 f.; 又見《雜》II 6, 16: "ergo ubi me in montes et in arcem ex urbe removi," "故而我遠離了市廛來到山中我的堡壘裏"。

5–6. H從不諱言其出身微賤(詳見隋東尼本傳及"緒論"§ 1.4), 每自道出身寒門語言坦蕩, 非特不自卑賤, 反以能恃才躍起於寒門而自豪, 人咸以此推服, 參觀III 30, 12: "dicar … ex humili potens," "我將被稱道: ……他出身低微卻強力";《書》I 20, 20: "me libertino natum patre et in tenui re / maiores pinnas nido extendisse loqueris," "你說我係釋奴之父所生, 家境貧寒/自巢中伸展更大的翅膀"；集中又見II 18, 10.

6. 【呼喚】*vocas*, 原文動詞vocare多領雙賓語, 如謂"稱某爲某", 今僅有單賓語關係代詞*quem*, 遂致解說紛挐。古注僞Acro此句讀爲quem vocas dilecte, Maecenas, "你稱呼我爲親愛的, 梅克納,"然*dilecte* "親愛的"爲呼格, 祇能與*Maecenas*連讀, 讀作*vacas*賓語, 語法欠通。Bentley主與pauperum sanguis parentum並讀, 解作"你稱呼我爲貧寒父母的血胤", 於句法亦未許爲安。Heinze解作親友(梅克納)呼喚垂死之人, 引羅馬詩人數用vocare爲易簀之際臨終之人受親友召喚，維吉爾《埃》IV 674："morientem nomine clamat,""她[狄多之妹安娜]大聲叫喊垂死者名字"；普羅佩耳修IV 7, 23 f. 所詠情人鈞提婭哀嘆："mihi non oculos quisquam inclamavit euntis: / unum impetrassem te revocante diem,""無人朝行將逝去的我的雙眼叫喊，因你叫我，我遂得一日"；斯塔修《林木集》II 1, 151："solum meminit solumque vocantem exaudit,""他唯記得他一人，唯聆聽召喚着的他一人。"NH、Syndikus（p.479注26）、Numberger等皆解作招邀以就宴飲，若僅依vocare詞義用法按之，其說似是。然詩人既行將棄世，自敘羽化之時忽以現在時動詞言受恩主招邀，恐嫌詭異，且於詩中上下文毫無關聯。縱觀諸說，當以Heinze爲是。

7–8. 詩人預言己將名彪千古。參觀III 30, 6 f.："non omnis moriar multaque pars mei / vitabit Libitinam.""我將並非全部死去，我的大部/將逃脫無常。"歸於無常者肉身也，所存留之大部者詩名也。

8.【斯提川】*Stygia*，已見I 34, 10注。【所囿】*cohibebor*，死人拘囿於墳塋之中，參觀I 28, 1–2："te maris et terrae numeroque carentis harenae / mensorem cohibent,""你這海洋與陸地的度量者，爲乏數/可數的沙粒拘囿了"；又參觀II 14, 7–9："qui ter amplum / Geryonen Tityonque tristi / conspescit unda,""他以悲哀之洪/囚禁三重龐大的戈利昂/和提提昂"。Kießling：爲墳墓所囚反對上翱翔太清。

9–12. 摹畫詩人遽變爲禽類，脛股肌膚變化爲禽鳥脛爪糙皮，上肢上身孳生羽毛，人如欲覯其狀，恐唯今日定格攝影可寫其眞也。西洋近代（尤自十八世紀以降）評家多斥此類描寫爲"惡趣"（Tyrrell, *Latin Poetry*）、"可厭"、"可笑"（Fraenkel, p.301, 此外參觀Syndikus p.480注30, Peerlkamp, "rei ipsius repraesentatio abhorret ab hoc carmine,"）。自古詩言詩人變化爲鴻鵠爲夜鶯等，皆指靈魂託於異體（Seelenwanderung），差似李商隱所謂"望帝春心託杜鵑"。H及其後奧維德深受希臘化時代薰習，始以變化爲身體變異，且刻畫務求毫髮畢現。奧維德《變形記》寫神話傳說中人類變化爲異物，摹寫細節之古怪陸離驚心駭目洵有過於H此詩而無不及者（Fraenkel, p.301），例如其中II 373–76："cum vox est tenuata viro canaeque capillos / dissimulant plumae, collumque a pectore longe / porrigitur digitosque ligat iunctura rubentes, / penna latus velat, tenet os sine acumine rostrum.""那時人聲變細，白羽掩蓋白髮，頸伸長自胸，結節綁緊彤紅的五指，兩脅爲絨毛覆蓋，口則含無尖之喙。"同卷496 ff. 亦類似。今按詠人而生翅，肌膚緣此而粗糙，古希臘品達已先發嚆矢，《匹》4, 182 f.敘朔風之神鮑里亞之二子有翅翼生於背曰: ἄνδρας πτεροῖσιν νῶτα πεφρίκοντας ἄμφω πορφυρέοις. "二人脊背皆有隆起的翅翼起伏"。然Fraenkel以爲H此處較奧維德更爲可厭可笑，緣其爲自畫像，非摹寫神話傳說也，人覽此則不禁想象身材短肥之詩人肌膚萎褪、羽毛孳生，尠有不欲作嘔者(同上)。Fraenkel於此雖未思及品達，然同理可推及也。至尊朝後羅馬文學每下愈況，此類"惡趣"尤肆虐於羅馬帝國晚期文壇。近代趣味漸精，品味益臻雅正，文學史家如奧爾巴赫(Erich Auerbach)遂目羅馬文學中類似細節描繪爲幽洞驚悚(grotesque)、爲感覺刺激(sinnlich)、使人驚悸(schaurig)、爲記錄生理徵象(kreatürlich)、爲魔幻(magisch)(*Mimesis*, Kap. 3)矣。今以H詩中此章覘之，可知雖輕重有差，奧氏所舉風格弊病雖至尊時代雅正詩歌亦未能免。蓋後世視爲惡趣者，實乃羅馬文化習俗之常。如中國詩人動輒言斷腸，因習以爲常，致不覺其齷齪也。又，【糙皮……褪萎】*residunt ... asperae pelles*，或謂詩人亦以暗指己年齒漸長，皮肉鬆弛。反比(antithesis)其下"光滑的羽毛"。"糙皮"於意略如修辭學中**豫構格**(**anticipatio**, πρόληψις, Lausberg § 855)，皮"糙"依理應爲變化後始然，即細膩之膚變糙，然詩句則謂糙皮褪萎，豫構其果也。

　　10–11. 【白色的飛禽】*album ... alitem*，謂鴻鵠。參觀I 6, 2："Maeonii carminis ales,""梅奧尼人的歌禽"。

　　13. 【代達洛】*Daedaleus*及其子【伊卡羅】*Icarus*，已見I 1, 15與I 3, 34注。【更知名】*notior*，伊卡羅雖拔地飛天，終不久長，因以蠟粘翅，日曬蠟融而折翅墜海，H稱己羽化飛天則將天長地久，較伊卡羅更爲人稱道。

　　14. 【博斯弗】*Bosphorus*，即今博斯普魯斯海峽。謂其【悲號】*gementis*者，古人以爲*Bosphorus* = Bos-phorus，義爲朴牛之悲號。解

析詞源以連綴成語，詩家慣技也，修辭法稱**annominatio**。【囀鳴的飛禽】*canorus ales*，鴻鵠自古人以爲善歌，尤以臨終前所歌爲最妙。見下{評點}引柏拉圖《斐東》文。

15.【敘提】*Syrtis*，位於北非迦太基與居勒涅(Cyrene)之間海岸，爲二沙磧，故或有西語譯者逕意譯爲沙磧者，常以代指地中海世界之南極，已見I 22, 5及II 6, 3注。參觀維吉爾《埃》V 51: "hunc ego Gaetulis agerem si Syrtibus exsul," "設若我流放於蓋圖洛的敘提"。

16.【蓋圖洛】*Gaetulia*，已見I 23, 10注，原文此處爲其衍生形容詞。【朔外】*Hyperboreos*，βορέας爲朔方，作朔風解，已見I 3, 3注。朔北之外(ὑπέρ)，謂極北，οἱ Ὑπερβόρεοι。荷馬體《丢尼索頌》(*hymni Homerici* VII 29)分舉埃及與朔北爲南北兩極: ἢ Αἴγυπτον ἀφίξεται ἢ ὅ γε Κύπρον / ἢ ἐς Ὑπερβορέους ἢ ἑκαστέρω, "他將抵達埃及或至少居比路/或遠至朔外。"品達《地》6, 23亦分言尼羅河、朔外爲南北兩極: καὶ πέραν Νείλοιο παγᾶν καὶ δι' Ὑπερβορέους· "尼羅河以外和過朔北而上"；《匹》10, 29–30則謂珀耳修: ναυσὶ δ' οὔτε πεζὸς ἰών <κεν> εὕροις / ἐς Ὑπερβορέων ἀγῶνα θαυματὰν ὁδόν, "你若乘船或步行去都找不到/通往朔外人聚集地的神奇道路"，品達暗示珀耳修須乘詩禽如鴻鵠者之翼，方可抵達凡人未至之地，用意與H此詩差似。阿爾凱殘篇307 1 (*c*) (詩僅存一行，餘爲他人轉述)敘阿波羅居朔外一載，遣鴻鵠遞所製音樂於其往日聖地德爾菲: ἐπειδὴ καιρὸν ἐνόμιζε καὶ τοὺς Δελφικοὺς ἠχῆσαι τρίποδας, αὖθις κελεύει τοῖς κύκνοις ἐξ Ὑπερβορέων ἀφίπτασθαι. 朔外對蓋圖洛沙磧，意謂鴻鵠高翔，極目瞭望，可目窮天南地北。

17–20. Heinze引二世紀希臘演說家亞里士蒂德(Aristides)評豎琴詩人阿爾克曼(Alkman, fr. 148)語: καλλωπιζόμενος παρ' ὅσοις εὐδοκιμεῖ, τοσαῦτα καὶ τοιαῦτα ἔθνη καταλέγει ὥστ' ἔτι νῦν τοὺς ἀθλίους γραμματιστὰς ζητεῖν οὗ γῆς ταῦτ' εἶναι. "在他處，爲自炫，[阿爾克曼]臚列其聲名所達諸民族，可憐語文學者至今仍索尋其所處何地"。亞里士蒂德所評阿爾克曼詩今佚。H預言，羅馬帝國邊鄙之種人部落今雖不文，日後必將被羅馬風化，漸識風雅，習誦己作。今按：誠哉斯言不虛！H身後羅馬帝國邊鄙番邦兩千年來靡有不習誦其詩者。H之後奧維德亦發此願，《哀》(*Tristia*)IV 10, 128："in toto plurimus orbe legor,""在全球我最爲人誦讀"；馬耳提亞利 (Martialis)《箴銘體詩集》VIII 61, 5："spargor per omnes Roma quas tenet gentes,""我散佈徧及所有羅馬所控民族"；同書X 9, 3–4："notus gentibus ille Martialis / et notus populis,""此馬耳提亞利爲萬民所知/也爲百姓所曉"。分言著名於羅馬與知名於帝國乃至全球，參觀塔西佗《論修辭學對話》(*Dialogus de oratioribus*)5："vel ad urbis famam pulchrius vel ad totius imperii atque omnium gentium notitiam inlustrius excogitari potest,""或獲美名於都城，或於皇權之所行直至能知名顯赫於萬民中間。"【我……我……】原文排比賓格代詞*me*，以表彰詩人自許之高，譯文踵事焉。

　　17.【高勒吉】*Colchus*，今高加索，已見II 13, 8注，西洋古代常代指泰東之地。【冒西營】*Marsae*，已見I 2, 39注。

　　18.【達西人】*Dacus*，已見I 35, 9注。

　　19.【戈洛人】*Gelonus*，已見II 9, 23注，彼處譯作戈洛尼。因其爲帕提人部落，以代指極東之地。【西比(人)】*Hiber*，伊(西)比利亞半島(Hiberia)居民，即西班牙(Hispania)與高盧(Gallia)人。

　　20.【宿儒】意譯*peritus*，本義爲形容詞諳練，譯文互換*peritus Hiber*二字詞性爲形容詞(西比)＋名詞(宿儒)。【羅訥河】*Rhodanus*，今稱le Rhône，發源於瑞士，流經法蘭西西南入地中海。【飲……者】*potor*原文倣希臘文–πότης，希臘詩人言某地居民輒曰：飲其地河水者，荷馬《伊》II 825：πίνοντες ὕδωρ μέλαν Αἰσήποιο Τρῶες, "飲埃苏波河黑水之特羅亞人"；維吉爾《牧》I 63："aut Ararim Parthus bibet aut Germania Tigrim,""帕提人飲阿拉耳河，日耳曼尼亞飲底格里河"。

　　21.【殯歌】*neniae*已見II 1, 38及注。第二卷首末二篇皆含此字，應非巧合，必是詩人匠心安排，令全卷首尾銜接，結構緊密也。【空虛的葬禮】*inani funere*，若循詩人身體變化爲飛禽思路，則應指葬而無屍，詩人想象其肉身已羽化登仙，故雖物故而無遺屍，其冢爲空冢（κενοτάφιον）也。如此則差似中國道家所謂屍解，葛洪《抱朴子內篇》卷二《論仙》引《漢禁中起居注》：“數日，而[李]少君稱病死。久之，帝令人發其棺，無屍，唯衣冠在焉。按《仙經》云：‘[......]下士死後蛻，謂之屍解仙。’今少君必屍解者也。”（頁十九——二十）又參觀《太平廣記》卷七載《神仙傳・王遠》：“遠忽語陳躭曰：‘吾期運當去，不得久停。明日日中當發。’至時，遠死，躭知其仙去，不敢下着地，但悲啼歎息曰：‘先生捨我，我將何怙！’具棺器，燒香，就牀衣裝之。至三日夜，忽失其屍，衣冠不解，如虵蛻耳。”然學者多以爲未必或未全指無屍之空冢，Heinze：指身雖在其中，然眞我不在焉。又引僞託柏拉圖之《亞克西奧古》（Axiochos）：τὸ ὑπολειφθὲν σῶμα ... οὐκ ἔστιν ὁ ἄνθρωπος. “所遺之體非其人也”。西塞羅《論國政》VI 26闡發柏拉圖靈魂不死說曰：“tu vero enitere et sic habeto, non esse te mortelem, sed corpus hoc ; nec enim tu is es, quem forma ista declarat, sed mens cuiusque is est quisque, non ea figura, quae digito demonstrari potest.”“努力，確定你非有死的你，其祇是身體；故而你非是外形所宣者，精神纔是其人，而非可以指所示者。”

23.【請節制】*conpesce*單數第二人稱命令式向梅克納發語，H未婚娶，不聞有子女，梅克納應是其至親，故詩人想象其爲己領喪主殯。【嚎喪】*clamorem*學者咸以爲特指conclamatio，據維吉爾《埃》VI 218行古注（Servius），羅馬人臨喪，火葬之前送殯人例皆齊聲嚎喪（“post ultinam conclamationem comburebantur.”）參觀普羅佩耳修I 17, 23：“illa meum extremo clamasset pulvere nomen,”“她在最後一抔土時嚎我的名字”（pulvere遵F.A. Paley讀時間奪格）；II 13, 27–28：“tu vero nudum pectus lacerata sequeris, / nec fueris nomen lassa vocare meum,”“你眞邊撕裸露的胸懷邊跟隨，/呼喊我的名也不疲倦”。瓦勒留（C. Valerius Flaccus）《阿耳戈航行記》（Argonauticon）III 349 f.：“iecere supremo tum clamore faces,”“伴一聲喊他們投擲出火炬，”按謂點燃火葬之積薪。

24.【多餘的榮譽】*supervacuos honores*，與上行21參讀。詩人自信將因其詩歌名垂千古，故不待常人之塋冢墓碑以爲紀念也。參觀便・

約生(Ben Jonson)名篇《紀念莎士比亞》(*To the Memory of My Beloved,
The Author, Mr. William Shakespeare, And What He Hath Left Us*)22
f.：“Thou art a monument without a tomb, / And art alive still while thy
book doth live,” “你是座紀念碑而無塋冢, /你的書活着你就活着”。

{評點}：

一、禽鳥以譬詩人

詩人以禽鳥自況，H之前，屢見於希臘與希臘化詩歌文章，著稱者
如品達《奧》2, 88 f. 云: κόρακες ὣς ἄκραντα γαρύετον Διὸς πρὸς
ὄρνιχα θεῖον, “如烏鴉徒然歌唱於宙斯的神禽之前”。句中宙斯神禽
奚指，古人以爲謂雕，乃詩人自譬，今日學者或以爲譬喻競技得勝者，
而非詩人自指。同爲競技讚歌詩人，巴刻居利得(Bakchylides)《競技讚
歌》(V 16–30)自比爲宙斯神雕，所語愈詳:

> βαθὺν
> δ' αἰθέρα ξουθαῖσι τάμνων
> ὑψοῦ πτερύγεσσι ταχεί-
> αις αἰετὸς εὐρυάνακτος ἄγγελος
> Ζηνὸς ἐρισφαράγου
> θαρσεῖ κρατειρᾷ πίσυνος
> ἰσχύι, πτάσσοντι δ' ὄρνι-
> χες λιγύφθογγοι φόβῳ·
> οὔ νιν κορυφαὶ μεγάλας ἴσχουσι γαίας,
> οὐδ' ἁλὸς ἀκαμάτας
> δυσπαίπαλα κύματα· νω-
> μᾶι δ' ἐν ἀτρύτῳ χάει
> λεπτότριχα σὺν ζεφύρου πνοι-
> αῖσιν ἔθειραν ἀρίγνω-
> τος {μετ'} ἀνθρώποις ἰδεῖν·

　　　而穿透

　　　高深的太清頡頏的

金翅高舉，

　　　那隻雕，式廓廣袤的

巨響的宙斯的信使，

　　　憑勇氣自信

己力，嘈雜的羣鳥

　　　因恐懼而害怕；

大地之首制他不住，

　　　不知疲倦的海洋

那兇暴的洶涌也不行；在

　　　倦人的混沌中他

藉西風的呼嘯

　　　伸展其纖細的羽毛，人

　　　看去可輕易識別。

　　厥後有《英華》VII 414所錄諾西斯(Nossis)自撰墓誌銘，詩人
自稱: Μουσάων ὀλίγη τις ἀηδονίς, "摩薩的小夜鶯"，以夜鶯善
鳴也。雕或夜鶯之外，言詩人變化爲鴻鵠，亦屢見於古希臘人筆下，
例如阿爾克曼殘篇118(見上注引文)與歐里庇得殘篇911: χρύσεαι
δή μοι πτέρυγες περὶ νώτῳ / καὶ τὰ σειρήνων πτερόεντα πέδιλα
[ἁρμόζεται], / βάσομαι τ᾽ εἰς αἰθέριον πόλον ἀρθεὶς / Ζυνὶ
προσμείξων, "我金翅在背，/還足登塞壬們生翼的靸屨；/我將行
至太清之中與高舉的/宙斯相接"，以鴻鵠設譬也；柏拉圖《城邦》X
620 a所道則愈詳而明: ἰδεῖν μὲν γὰρ ψυχὴν ἔφη τήν ποτε Ὀρφέως
γενομένην κύκνου βίον αἱρουμένην, ... ἰδεῖν δὲ καὶ κύκνου
μεταβάλλοντα εἰς ἀνθρωπίνου βίου αἵρεσιν, καὶ ἄλλα ζῷα μουσικὰ
ὡσαύτως. "他說他看到奧耳甫的靈魂託生於鴻鵠，[……]；他看到泰
繆羅的託生於夜鶯；他看到鴻鵠變化爲人生的選擇，同樣其他的擅音
樂的生物。"以鴻鵠喻詩人，尤因古人以爲鴻鵠善歌，其臨終所歌之曲

尤爲美妙故也，柏拉圖《斐董》(*Phaidon* 84 e-85 b)所語甚詳：

καί, ὡς ἔοικε, τῶν κύκνων δοκῶ φαυλότερος ὑμῖν εἶ
ναι τὴν μαντικήν, οἳ ἐπειδὰν αἴσθωνται ὅτι δεῖ αὐτοὺς
ἀποθανεῖν, ᾄδοντες καὶ ἐν τῷ πρόσθεν χρόνῳ, τότε δὴ
πλεῖστα καὶ κάλλιστα ᾄδουσι, γεγηθότες ὅτι μέλλουσι
παρὰ τὸν θεὸν ἀπιέναι οὗπέρ εἰσι θεράποντες. ... ἀλλ᾽
ἅτε οἶμαι τοῦ Ἀπόλλωνος ὄντες, μαντικοί τέ εἰσι καὶ
προειδότες τὰ ἐν Ἅιδου ἀγαθὰ ᾄδουσι καὶ τέρπονται
ἐκείνην τὴν ἡμέραν διαφερόντως ἢ ἐν τῷ ἔμπροσθεν
χρόνῳ. ἐγὼ δὲ καὶ αὐτος ἡγοῦμαι ὁμόδουλός τε εἶναι
τῶν κύκνων καὶ ἱερὸς τοῦ αὐτοῦ θεοῦ, καὶ οὐ χεῖρον
ἐκείνων τὴν μαντικὴν ἔχειν παρὰ τοῦ δεσπότου, οὐδὲ
δυσθυμότερον αὐτῶν τοῦ βίου ἀπαλλάττεσθαι.

　　你們似乎覺得我不如預言中的鴻鵠，他們之前也唱，但是
其知將死時，唱得最美妙，彷彿歡慶他們行將離去，去加入他們
要服侍的神。[......]我要放言說他們是屬於阿波羅的，是先知
的，知曉未來，並歌唱下界的福，在那一日超乎以往歌唱和歡
慶。我既自認爲同鴻鵠一樣現身服事神，並且從我的主那裏接
受了不次於他們的先知的稟賦，離棄生命，我並不比他們來得
沮喪。

前例既衆，H此篇刓意卻應取法於哀歌體箴言詩人忒奧戈尼
(Theognis，前六世紀，《237 ff.)而非品達或柏拉圖：

σοὶ μὲν ἐγὼ πτέρ᾽ ἔδωκα, σὺν οἷς᾽ ἐπ᾽ ἀπείρονα πόντον
　　πωτήσει, καὶ γῆν πᾶσαν ἀειρόμενος
ῥηϊδίως· θοίνῃς δὲ καὶ εἰλαπίνῃσι παρέσσῃ
　　ἐν πάσαις πολλῶν κείμενος ἐν στόμασιν,

καί σε σὺν αὐλίσκοισι λιγυφθόγγοις νέοι ἄνδρες
　　εὐκόσμως ἐρατοὶ καλά τε καὶ λιγέα
ᾄσονται. καὶ ὅταν δνοφερῆς ὑπὸ κεύθεσι γαίης
　　βῆς πολυκωκύτους εἰς ᾽Αίδαο δόμους,
οὐδέποτ᾽ οὐδὲ θανὼν ἀπολεῖς κλέος, ἀλλὰ μελήσεις
　　ἄφθιτον ἀνθρώποις᾽ αἰὲν ἔχων ὄνομα,
Κύρνε, καθ᾽ Ἑλλάδα γῆν στρωφώμενος ἠδ᾽ ἀνὰ νήσους
　　ἰχθυόεντα περῶν πόντον ἐπ᾽ ἀτρύγετον,
οὐχ ἵππων νώτοισιν ἐφήμενος· ἀλλά σε πέμψει
　　ἀγλαὰ Μουσάων δῶρα ἰοστεφάνων.
πᾶσι δ᾽, ὅσοισι μέμηλε, καὶ ἐσσομένοισιν ἀοιδή
　　ἔσσῃ ὁμῶς ὄφρ᾽ ἂν γῆ τε καὶ ἠέλιος.

　　我給你翅膀，你將在無盡的海上/飛翔，能輕易/高舉；食
與華筵你將相伴，/臥於衆口中間，/可愛的年輕人將伴以清澈
笛音/將得體詠唱/你，美妙而清澈。當你走在昏暗的/地道，進
入多悲的陰曹，/你雖死，你的聲名將永不淪亡，而是將受人紀
念，/在人間永享不朽的名聲，/居耳湼，在希臘本土和島嶼間流
轉，/穿過多魚的不可收獲的海，/不騎在馬背上，而是派送/紫
冠的摩薩光彩的禮物/給所有在意的人們，而且作爲詩歌/你將
永存，祇要地與日猶存。

　　集中 H 以鴻鵠喻詩人非止此一處，實爲慣譬也，I 6, 1–2 曰：
"scriberis Vario fortis et hostium / victor, Maeonii carminis alite," "你
會爲法留，梅奧尼人的歌禽，/書爲勇將書爲萬軍的得勝者。" 其中 "梅
奧尼人的歌禽" 喻荷馬；IV 2, 25 則曰："multa Dircaeum levat aura
cycnum, / tendit, Antoni, quotiens in altos / nubium tractus," "積厚的風
托舉狄耳刻鴻鵠，/它伸展，安東尼，多少次到雲/間高軌中。" 其中狄耳
刻鴻鵠喻品達。
　　詩末禁立墓碑，學者以爲刱意來自羅馬詩歌之父恩紐(Ennius)：

"nemo me dacrumis decoret neque funera flectu faxit. cur ? volito vivus
per ora virum." "令無人以哭妝點我，亦莫以泣行殯禮，何故？吾將
生而飛翔於衆人之口之上。" 原作已佚，賴西塞羅《圖斯坎論辯集》
(*Tusculanae Disputationes*) I 117得存。

二、結構

此篇章法呈二章一段式，首二高調向梅克納宣佈己將不死，而將
變化爲飛禽，高翥而入太清神境，稱己將跳出俗人嫉賢妬能界外、超
越其卑微出身；次二摹寫變形過程與變化之後舉翮高飛時所見羅馬帝
國肇域全景；末二前章預言己之詩歌將徧傳天下，卒章呼應全詩首二
章，言其爲人紀念弗賴墓碑塋冢，其意全同詩集初編末篇(III 30)啓端
所言：

exegi monumentum aere perennius
regalique situ pyramidum altius,

我成就了這紀念碑，萬年永在
勝過青銅，高於金字塔的王陵。

三、爭議

H是篇學者歷來褒貶不一，如上箋注所詳敍，三章摹寫詩人變化
爲鴻鵠，不言靈魂他寄而專描繪身體變化之生理細節，爲爭議所集。
Fraenkel等力詆，以爲趣味低下；NH、Syndikus等爲之回護申辯，其論
據皆爲此類描寫爲當日羅馬詩歌所慣見，不當以後世標準苛求古人。
今按，以刻畫鴻鵠變形爲惡趣，措辭許顯陳腐，若以其爲怪僻，非高風
格所應有，方爲公論。怪僻風格獨立未爲不可，然糅入高尚風格(奧爾
巴赫所謂Stilmischung)則不倫不類。今人推重卡夫卡(Franz Kafka)《變
形記》等怪僻之作，然若以卡夫卡風格入《战争與和平》，則必敗人興
趣。H是篇取意甚高，然詩中雜以此類古怪意象，特顯格調溷雜，適爲
自黜其志也。

{傳承}：

　　H是篇近世或遭人詆黜，然文藝復興時卻頗爲詩人青睞，慕之者或祖述詩中詩人變爲鴻鵠神話，或捃撦其中字詞意象，以自我張本或讚揄詩友。法蘭西詩人龍沙耳(Pierre Ronsard)讚歌《自加斯孔涅省返程遠眺巴黎》(*A son Retour de Gascongne, voyant de loin Paris*)末尾引據H詩中意象以代己言：

> Ainsi qu' Horace en Cygne transmué
> I'ay fait un vol qui de mort me delivre.
> Car si le iour voit mon œuvre entrepris,
> L'Espagne docte, et l'Italie apprise,
> Celuy qui boit le Rhin, et la Tamise,
> Vouldra m'apprendre ainsi que ie appris,
> Et mon labeur aura loüange, et pris :
> Sus, Vendomois (petit pays) sus donques
> Esioüy-toy, si tu t'éjoüys oncques,
> Ie voy-ton Nom fameux par mes escris.

> 　　就如同賀拉斯變化爲鴻鵠，/我也飛起把我從死亡解脱。/因爲若是日頭可見我的菲薄之作，/博學的西班牙和有教養的義大利，/那些飲萊茵河與泰晤士河水的人，/願意理解我一如我的理解，/我的辛勞將是酬勞與獎賞：/快，萬多姆(蕞爾之國)，就趕快，/讓我看到你的名字出現在我的書中。

　　稍後英吉利詩人便·約生(Ben Jonson)名什《紀念莎士比亞》(71–80)篇末祖述詩人鴻鵠之譬，英語詩歌中最足稱道：

> Sweet swan of Avon! What a sight it were
> 　To see thee in our waters yet appear,
> And make those flights upon the banks of Thames

That so did Eliza, and our James!

But stay, I see thee in the hemisphere

　Advanced, and made a constellation there!

Shine forth, thou star of poets, and with rage

　Or influence chide or cheer the drooping stage;

Which, since thy flight from hence, hath mourned like night,

　And despairs day, but for thy volume's light.

亞翁之溪甜美的鴻鵠! 看你亮相

　　我國河流湖澤是何等景象!

看你在泰晤士河畔邊振翅衝天

　　伊利沙與我雅各也曾降觀!

可是停下, 我看到你上升且進入

　　渾天, 變作星宿高懸在那邊!

輝耀着, 你這詩人之星, 以激憤以

　　流光將敗落劇場斥責激勵;

它自你飛升, 就如黑夜般服喪,

　　除你書卷之光, 對白日絕望。

　　十八世紀英國詩人古雷(Thomas Gray)倣品達所作《詩之演進》(*The Progress of Poesy. A Pindaric Ode*)篇末(113–23)與古爲徒, 用古人以雕譬詩人意象, 自注曰典出品達, 然以其詩文覘之, 其擷取H詩意未必少於品達也:

　　　　　　ho' he inherit

Nor the pride nor ample pinion,

That the Theban Eagle bear

Sailing with supreme dominion

Thro' the azure deep of air:

Yet oft before his infant eyes would run

Such forms, as glitter in the Muse's ray

With orient hues, unborrow'd of the Sun:

Yet shall he mount, and keep his distant way

Beyond the limits of a vulgar fate,

Beneath the Good how far — but far above the Great.

　　他雖未紹繼/他的驕傲，也未有忒拜之雕/所生的闊翼/以至高的權柄來航行/穿透蔚藍的深空：/然而常在他嬰孩的眼前跳動/這樣的形象，如摩薩之光中閃爍的那樣，/有日出的光輝，卻又非來自太陽：但是他將高升，再長遠前行/直至飛出凡俗命運的界疆，/在善者之下有多遠——可是卻遠在巨人之上。

浪漫派詩人海因里希·封·克萊斯勒(Heinrich von Kleist)名劇《洪堡方伯弗里德里希》(*Prinz Friedrich von Homburg*)寫主人公欲超凡脫俗，暗隸H詩典，稱願生雙翅一舉而入不死之神境，且摹繪其漸入高空太清神界、塵世漸行漸遠直至消失之貌：

Du strahlst mir, durch die Binde meiner Augen,

Mit Glanz der tausendfachen Sonne zu!

Es wachsen Flügel mir an beiden Schultern,

Durch stille Ätheräume schwingt mein Geist;

Und wie ein Schiff, vom Hauch des Winds entführt,

Die muntre Hafenstadt versinken sieht,

So geht mir dämmernd alles Leben unter:

Jetzt unterscheid ich Farben noch und Formen,

Und jetzt liegt Nebel alles unter mir.

　　你照射着我，透過蒙着我眼睛的紗布，/有一千倍的太陽那麼光耀！我的雙肩生出翅膀，/穿過寂靜的太清我的靈頡頏而飛；/又如一隻舟，爲風所牽引，/遠眺忙碌的港口沉沒，/在我看

來所有的生命也這樣在朦朧中沉淪：/此時我尚能分別顏色與
形狀，/此時迷霧皆在我以下。

荷爾德林《生命的中半》上章不寫鴻鵠翱翔，而攝其浟水於湖上
之狀，然爲詩人自譬仍同古人：

Mit gelben Birnen hänget

Und voll mit wilden Rosen

Das Land in den See,

Ihr holden Schwäne,

Und trunken von Küssen

Tunkt ihr das Haupt

Ins heilignüchterne Wasser.

同累累黃梨一起

又徧佈着野薔薇，

陸地懸入湖，

你們淑天鵝，

還因吻而沉醉

你們把頭

浸入神聖清醒的水。

{比較}：

以飛禽喻詩人

以鴻鵠喻詩人，中國古時所未聞。用《莊子·逍遙遊》以鯤鵬相比
者則有之。杜甫晚年所作《泊岳陽城下》以鯤鵬自況，詩人一人而秉二
形，首聯全自鯤鵬眼中寫出，至尾聯方點出變化爲鯤鵬，氣勢恢宏而筆
致又能蘊藉。H既以變化鴻鵠之什爲其第二卷跋詩，少陵此作寫於其死
前不久，用以爲其全集跋詩，實亦未爲不可：

江國踰千里，山城僅(讀作"近"者未解詩意)百層。

岸風翻夕浪，舟雪灑寒燈。

留滯才難盡，艱危氣益增。

圖南未可料，變化有鯤鵬。

《讚歌集》卷一卷二

（拉丁语原文对照譯文）

Q. Horatii Flacci Carminum librii I et II
edidit et in linguam Sinicam transtulit Liu Haomingius

崑·賀拉斯·弗拉古　　原著

劉皓明
斠訂原文並翻譯

CARMINVM
LIBER PRIMVS

I

Maecenas, atavis edite regibus,
o et praesidium et dulce decus meum :
sunt quos curriculo pulverem Olympicum
collegisse iuvat metaque fervidis
evitata rotis palmaque nobilis   5
terrarum dominos evehit ad deos ;
hunc, si mobilium turba Quiritium
certat tergeminis tollere honoribus ;
illum, si proprio condidit horreo
quidquid de Libycis verritur areis.   10
gaudentem patrios findere sarculo
agros Attalicis condicionibus
numquam demoveas, ut trabe Cypria
Myrtoum pavidus nauta secet mare ;
luctantem Icariis fluctibus Africum   15
mercator metuens otium et oppidi
laudat rura sui : mox reficit rates
quassas indocilis pauperiem pati.
est qui nec veteris pocula Massici
nec partem solido demere de die   20

讚歌集卷第一

一

梅克納，世代爲王的祖考所出！
哦吾之干城，吾之甘美的光彩：
或熱衷於賽車揚起奧林匹亞
的塵埃，其滾燙車輪所規避的
場柱和所獲榮耀的棕櫚枝載　　　　　5
之直達眾神那些萬邦的主宰；
此人樂意爲居勒善變的羣氓
競相以三通共生的尊榮推舉；
彼人則歡喜將利比亞的場上
掃起的麥穀囤於屬己的廠倉；　　　　10
陶然於以銚鉏耕耘祖田之人，
雖以亞他洛條款也趕他不走，
使其做膽怯的水手乘居比路
的木舟割破墨耳托灣的滄海；
祇因怕與伊卡羅波濤搏擊的　　　　　15
阿非利風，商賈纔稱讚賦閒和
鎮郊的田野：可旋即便又重整
損毀的浮槎，學不來忍受貧窮；
有人既不推辭馬西古陳釀的
盃盞也不拒絕自整日中擷取　　　　　20

spernit, nunc viridi membra sub arbuto
stratus, nunc ad aquae lene caput sacrae ;
multos castra iuvant et lituo tubae
permixtus sonitus bellaque matribus
detestata ; manet sub Iove frigido   25
venator tenerae coniugis inmemor,
seu visa est catulis cerva fidelibus,
seu rupit teretes Marsus aper plagas.
me doctarum hederae praemia frontium
dis miscent superis, me gelidum nemus   30
Nympharumque leves cum Satyris chori
secernunt populo, si neque tibias
Euterpe cohibet nec Polyhymnia
Lesboum refugit tendere barbiton.
quodsi me lyricis vatibus inseres,   35
sublimi feriam sidera vertice.

II

Iam satis terris nivis atque dirae
grandinis misit pater et rubente
dextera sacras iaculatus arcis
   terruit urbem,

terruit gentis, grave ne rediret   5
saeculum Pyrrhae nova monstra questae,
omne cum Proteus pecus egit altos
   visere montis

piscium et summa genus haesit ulmo,

片刻，時而在綠藤地莓下時而
近聖水涓涓的源頭舒展四體；
或喜好營盤、混和彎號的直號
嗚咽、喜好爲人母者所厭惡的
戰爭；凜冽的老天爺下做獵人　　　　　　25
去伏守，不復思念嬌嫩的妻室，
抑因忠誠的犬兒發見了鹿兒，
抑因冒西兒掙脫密結的攔網。
我，有學的額頭常青藤作獎賞
使我混迹天神，我，清涼的聖林　　　　30
和妊女與薩堤的輕快團舞將
我分離於人衆，倘若優特佩勿
禁奏蘆笛、波利許美尼婭亦不
反對張緊累士波島的多絃琴。
汝若將我納入弄豎琴的巫史，　　　　　35
吾高揚的顱頂便能觸及繁星！

二

已然夠了，朝大地天父降下
恐怖的雪與雹，他彤赤的右
手還擊中這些神聖的戍樓，
　　嚇壞此城也

嚇壞萬國，怕庇拉一度哀怨　　　　　　5
異兆的沉重世紀將要重返，
那時普羅透驅趕所有畜羣
　　曾光顧高丘，

鱗族則附著於楡樹的冠杪，

nota quae sedes fuerat columbis, 10

et superiecto pavidae natarunt

   aequore dammae.

vidimus flavom Tiberim retortis

litore Etrusco violenter undis

ire deiectum monumenta regis 15

   templaque Vestae,

Iliae dum se nimium querenti

iactat ultorem, vagus et sinistra

labitur ripa Iove non probante u-

   xorius amnis. 20

audiet civis acuisse ferrum,

quo graves Persae melius perirent,

audiet pugnas vitio parentum

   rara iuventus.

quem vocet divum populus ruentis 25

imperi rebus ? prece qua fatigent

virgines sanctae minus audientem

   carmina Vestam ?

cui dabit partis scelus expiandi

Iuppiter ? tandem venias precamur 30

nube candentis umeros amictus

   augur Apollo ;

sive tu mavis, Erycina ridens,

而這卻是鵁鶄的尋常棲處，　　　　　　　　　10
還有膽怯的麋鹿在氾濫的
　　大水裏游泳。

我們見到黃濁提貝河之濤
猛烈迴沖埃特魯士坎堤岸，
勢來淹沒王政紀念堂連同　　　　　　　　　15
　　維絲塔神廟，

衹因他自我澎漲要爲深怨
的伊利婭復讎，溺於內愛的
河便不經猶父準許，蔓延沖
　　刷過河左岸。　　　　　　　　　　　　20

因父輩之孽而子遺的少年
將聽到國民已砥礪更宜用
來滅亡勃敵波斯的鐵兵器，
　　將聽到戰爭。

哪位神人民要召喚來起救　　　　　　　　　25
傾覆的國是？用何等祈禱聖
童女們去叨擾少聽頌讚的
　　維絲塔女神？

誰猶庇特將給予禊除罪愆
的大任？最終我們祈求恩賜，　　　　　　30
白晳的臂膀籠罩於雲中的
　　卜神阿波羅！

抑或你寧要謔浪和丘比特

quam Iocus circum volat et Cupido ;

sive neglectum genus et nepotes　　　　　　　　　35

　　respicis auctor,

heu nimis longo satiate ludo,

quem iuvat clamor galeaeque leves

acer et Marsi peditis cruentum

　　voltus in hostem ;　　　　　　　　　　　　40

sive mutata invenem figura

ales in terris imitaris almae

filius Maiae patiens vocari

　　Caesaris ultor,

serus in caelum redeas diuque　　　　　　　　45

laetus intersis populo Quirini,

neve te nostris vitiis iniquum

　　ocior aura

tollat ; hic magnos potius triumphos,

hic ames dici pater atque princeps,　　　　　　50

neu sinas Medos equitare inultos

　　te duce, Caesar.

III

Sic te diva potens Cypri,

　　sic fratres Helenae, lucida sidera,

ventorumque regat pater

　　obstrictis aliis praeter Iapyga,

繞你而飛的愛笑的厄里神！
或爲始祖，迴睠所曠已久的　　　　　　　　35
　　氏族和雲孫，

噫，到你厭倦了太過漫長的
博戲，喜好殺聲和亮介胄、示
血汙之敵以厲色的冒西人
　　步兵的神明！　　　　　　　　　　　40

抑或你，變化形貌在下土扮
爲少年！哺育的瑪姬插翅的
兒子！任人們把你稱作報復
　　凱撒血讎者：

請你延遲返迴天上，以長久　　　　　　　　45
躋身於居林人民中間爲樂，
以免因厭惡我們的罪孽而
　　爲清風過早

舉起；更願你在此行大凱旋
式，在此喜被喚作父和元首，　　　　　　　50
庶免瑪代人馳騁不受懲罰，有
　　你統帥，凱撒！

三

維居比路大能女神，
　　維海倫之弟兒、燄亮的星火和
風颷之父，雙翅反剪
　　束縛，除雅比加風之外，引導你，

navis, quae tibi creditum   5
　debes Vergilium finibus Atticis :
reddas incolumem precor
　et serves animae dimidium meae.

illi robur et aes triplex
　circa pectus erat, qui fragilem truci   10
conmisit pelago ratem
　primus, nec timuit praecipitem Africum

decertantem Aquilonibus
　nec tristis Hyadas nec rabiem Noti,
quo non arbiter Hadriae   15
　maior, tollere seu ponere volt freta.

quem Mortis timuit gradum
　qui siccis oculis monstra natantia,
qui vidit mare turbidum et
　infamis scopulos Acroceraunia ?   20

nequiquam deus abscidit
　prudens Oceano dissociabili
terras, si tamen inpiae
　non tangenda rates transiliunt vada.

audax omnia perpeti   25
　gens humana ruit per vetitum nefas,
audax Iapeti genus
　ignem fraude mala gentibus intulit.

舟！你該阿提卡境界　　　　　　　　　　5
　　已信託给你的維吉爾；我祈求，
你退還他完好無損，
　　并看管好我靈魂的這另一半！

誰有硬木和三層銅
　　護胸，方纔最先把易碎的浮槎　　　　10
交付給兇暴的大海，
　　他既不懼與朔風相搏相鬪的

強勁阿非利加風也
　　不懼雨師的陰鬱和凱風狂暴，
亞底亞海的判官再　　　　　　　　　　15
　　無大過它的，能隨意卷舒滄海。

他何懼死亡的腳步，
　　若他乾眼打量過游弋的怪獸，
洶涌的海面和那片
　　惡名遠播的海岬，那霹靂高崖？　　　20

有預見的神把大地
　　從離羣的汪洋分開也是徒勞，
若有不虔敬的浮槎
　　卻逾越了那不可觸摸的浩海。

狂妄，一切都敢忍受，　　　　　　　　25
　　人類寧反天條跌撞經歷禁事：
狂妄的伊阿匹多之
　　嗣用不幸的詭計傳授火給衆生；

post ignem aetheria domo
 subductum macies et nova febrium   30
terris incubuit cohors,
 semotique prius tarda Necessitas

leti corripuit gradum.
 expertus vacuum Daedalus aera
pinnis non homini datis ;   35
 perrupit Acheronta Herculeus labor.

nil mortalibus ardui est :
 caelum ipsum petimus stultitia neque
per nostrum patimur scelus
 iracunda Iovem ponere fulmina.   40

IV

Solvitur acris hiems grata vice veris et Favoni
 trahuntque siccas machinae carinas,
ac neque iam stabulis gaudet pecus aut arator igni,
 nec prata canis albicant pruinis.

iam Cytherea choros ducit Venus imminente luna,   5
 iunctaeque Nymphis Gratiae decentes
alterno terram quatiunt pede, dum gravis Cyclopum
 Volcanus ardens visit officinas.

nunc decet aut viridi nitidum caput impedire myrto
 aut flore, terrae quem ferunt solutae ;   10
nunc et in umbrosis Fauno decet immolare lucis,

在火被竊自太清的
　　殿裏以後，虛耗症和成帥團的　　　　　　30
疚疾便蟄伏於地上，
　　曾遙遠的死亡其遲緩的不可

迴避性便加快腳步。
　　代達洛憑藉未賜予人的飛翼
探試了空虛的空氣；　　　　　　　　　　　35
　　赫古勒的苦工強渡亞基隆河。

於有死者並無難事；
　　我們出於己愚而要求登天，而
由于我們的罪孽忍
　　不得讓猶父放下忿怒的霹靂。　　　　　40

四

解釋嚴冬有春與煦風帶來的喜變，
　　機械拖起乾燥的船龍骨，
牲畜已不再戀圈、耕夫也不再向火，
　　草坪也不再爲皤霜染白。

此时斜月之下居色拉的維奴領舞，　　　　　5
　　曼妙的愷麗女神们攜手
妊女以替步蹈地，同時符離坎灼熱
　　中探視獨目漢的重作坊。

此時閃亮的頭上當纏翠色桃金娘
　　或解放的大地生的花卉；　　　　　　　10
此時蔭蔽的樹叢中也當羞祭沃奴，

seu poscat agna sive malit haedo.

pallida Mors aequo pulsat pede pauperum tabernas
　　regumque turris. o beate Sesti,
vitae summa brevis spem nos vetat inchoare longam ;　　　　　　　15
　　iam te premet nox fabulaeque Manes

et domus exilis Plutonia ; quo simul mearis,
　　nec regna vini sortiere talis
nec tenerum Lycidan mirabere, quo calet iuventus
　　nunc omnis et mox virgines tepebunt.　　　　　　　　　　20

V

Quis multa gracilis te puer in rosa
perfusus liquidis urget odoribus
　　grato, Pyrrha, sub antro ?
　　　　cui flavam religas comam

simplex munditiis ? heu quotiens fidem　　　　　　　　　　5
mutatosque deos flebit et aspera
　　nigris aequora ventis
　　　　emirabitur insolens,

qui nunc te fruitur credulus aurea,
qui semper vacuam, semper amabilem　　　　　　　　　　10
　　sperat, nescius aurae
　　　　fallacis. miseri, quibus

intemptata nites : me tabula sacer

或索求羔羮或更喜羝羜。

失色的死以一般足力撞擊貧兒陋舍
　　和王公樓廈。哦福人塞諦！
生的短和禁我們啟動長遠的希望：　　　　　　15
　　夜將壓迫你，暨冥靈傳說

和冥王荒殿：那兒你一旦前往，便不得
　　擲闔行酒令，也不得嘆賞
柔嫩的呂吉達，爲他此時青年全都
　　灼熱，不日閨女们將升溫。　　　　　　20

五

誰是那俊秀的，將你玫瑰花中，
那箇灑徧香水的男孩兒，推壓於
　　歡娛的洞穴，畢拉？
　　　　爲誰你束起黃頭髮，

由雅潔得樸素嗎？呀，多經常他　　　　　　5
怨你失信怨衆神多變，被黑風
　　颳得洶涌的水面
　　　　令不習慣的他驚訝。

他此時享有你，信你便是黃金，
他願你永遠空閒永遠都鍾情，　　　　　　10
　　豈不知這和風能
　　　　騙人。對未曾嘗試你

的可憐人，你光彩奕奕；而我呀，

votiva paries indicat uvida
　suspendisse potenti　　　　　　　　　　　　　　　15
　　vestimenta maris deo.

VI

Scriberis Vario fortis et hostium
victor Maeonii carminis alite,
quam rem cumque ferox navibus aut equis
　miles te duce gesserit.

nos, Agrippa, neque haec dicere nec gravem　　　　5
Pelidae stomachum cedere nescii
nec cursus duplicis per mare Ulixei
　nec saevam Pelopis domum

conamur, tenues grandia, dum pudor
inbellisque lyrae Musa potens vetat　　　　　　　　10
laudes egregii Caesaris et tuas
　culpa deterere ingeni.

quis Martem tunica tectum adamantina
digne scripserit aut pulvere Troico
nigrum Merionen aut ope Palladis　　　　　　　　15
　Tydiden superis parem ?

nos convivia, nos proelia virginum
sectis in iuvenes unguibus acrium
cantamus, vacui sive quid urimur,
　non praeter solitum leves.　　　　　　　　　　20

聖壁上的許願牌已說明向着
　大能的海神我已　　　　　　　　　15
　　掛起水淋淋的衣裳。

六

你會爲法留，梅奧尼人的歌禽，
書爲勇將書爲萬軍的得勝者，
有你統帥，艦上馬上兇猛之師
　　將成就任何功業：

我們，亞基帕！非汝功亦非那位　　　5
不知退讓的佩琉之子的脾氣，
或兩面奧德修的海上航程，或
　　伯洛野蠻的家族，

要致力歌詠：細不干巨，緣廉恥
和不武豎琴的大能摩薩，受制　　　10
於稟賦，禁止人損削對卓犖的
　　凱撒和你的頌揚。

有誰配描寫身著剛甲的戰神
或者爲特羅亞的灰燼染黑的
墨里奧或是仰仗帕拉與天神　　　15
　　相伴的提丟之子？

我們把宴飲、我們把指甲剪磨
尖利的閨女們與少年的打鬪
歌詠，空閒時抑或若有所中燒，
　　皆不異常地輕浮。　　　　　　20

VII

Laudabunt alii claram Rhodon aut Mytilenen
　　aut Epheson bimarisve Corinthi
moenia vel Baccho Thebas vel Apolline Delphos
　　insignis aut Thessala Tempe ;

sunt quibus unum opus est intactae Palladis urbem　　　　　　5
　　carmine perpetuo celebrare et
undique decerptam fronti praeponere olivam ;
　　plurimus in Iunonis honorem

aptum dicet equis Argos ditisque Mycenas :
　　me nec tam patiens Lacedaemon　　　　　　　　　　　10
nec tam Larisae percussit campus opimae
　　quam domus Albuneae resonantis

et praeceps Anio ac Tiburni lucus et uda
　　mobilibus pomaria rivis.
albus ut obscuro deterget nubila caelo　　　　　　　　　　15
　　saepe Notus neque parturit imbris

perpetuos, sic tu sapiens finire memento
　　tristitiam vitaeque labores
molli, Plance, mero, seu te fulgentia signis
　　castra tenent seu densa tenebit　　　　　　　　　　　20

Tiburis umbra tui. Teucer Salamina patremque
　　cum fugeret, tamen uda Lyaeo
tempora populea fertur vinxisse corona

七

他人或讚美昭明的羅得島、米提倫、
　　以弗所, 或濱雙海的哥林多
城堞、因巴庫著稱的忒拜、因阿波羅
　　的得耳斐或帖撒利的滕丕;

有人其唯一所作是以連綿的頌歌　　　　　　5
　　多讚未遭觸摩的帕拉之城,
幷將四處採擷的橄欖枝戴在額頭;
　　更多人爲猶諾的榮耀詠敘

宜牧馬的阿耳高和富贍的墨基涅:
　　於我無論隱忍的刺基代蒙　　　　　　10
抑或肥沃的拉利撒平原的震撼都
　　不敵有迴音的阿爾布內的

室廬、澗落的亞尼奧與提布諾聖林
　　和激流的河所潤濕的果園。
如清亮凱風常常一洗陰天裏的雲　　　　　　15
　　霾令它不得持續不斷造雨,

似這般睿智的你記得要將悲傷和
　　生活的種種辛勞用柔和的
醴釀來局囿, 普蘭古! 不論旌旗炫耀
　　的營寨留住你抑或你將爲　　　　　　20

汝鄉提布耳密蔭羈留。條克耳逃亡
　　撒拉米和父親時, 有傳說云
他用樺冠匝起浸以呂埃歐的額頭,

sic tristis adfatus amicos :

'quo nos cumque feret melior fortuna parente,　　　　　　　25
　　ibimus, o socii comitesque,
nil desperandum Teucro duce et auspice Teucro.
　　certus enim promisit Apollo

ambiguam tellure nova Salamina futuram.
　　o fortes peioraque passi　　　　　　　　　　　　　30
mecum saepe viri, nunc vino pellite curas :
　　cras ingens iterabimus aequor.'

VIII

Lydia, dic, per omnis
　　te deos oro, Sybarin cur properes amando
perdere, cur apricum
　　oderit Campum patiens pulveris atque solis,
cur neque militaris　　　　　　　　　　　　　　　　5
　　inter aequalis equitat, Gallica nec lupatis
temperet ora frenis ?
　　cur timet flavum Tiberim tangere ? cur olivum
sanguine viperino
　　cautius vitat neque iam livida gestat armis　　　　　10
bracchia, saepe disco,
　　saepe trans finem iaculo nobilis expedito ?
quid latet, ut marinae
　　filium dicunt Thetidis sub lacrimosa Troiae
funera, ne virilis　　　　　　　　　　　　　　　　15
　　cultus in caedem et Lycias proriperet catervas ?

哀愁地對朋友如此這般說:

"無論慈於父的命運載我們至何方,　　　　　　　　25
　　讓我們去, 哦盟友們同伴們!
有條克耳爲帥又爲太卜就勿絕望;
　　因爲準驗的阿波羅應許了

未來另有箇撒拉米島在新地再造。
　　哦過去常與我共度患難的　　　　　　　　30
堅強的男兒們! 現在就請以酒驅愁:
　　明日我們又得要重蹈滄海。"

八

呂底亞, 說吧! 憑着
　　萬神我求你, 何以你急着用愛來讓敍
巴黎淪亡? 何以他
　　昔日受得泥土, 今卻厭惡日照的操場?
何以他不同行伍　　　　　　　　5
　　中的夥伴演習騎術, 也不用狼牙銜鐵
勒高盧駿馬之口?
　　何以他怕霑提貝河濁水? 何以他逃避
橄欖油小心甚於
　　血毒的蛇? 何以他不揮舞被兵器磕青　　　　　　　　10
的胳臂, 它因拋擲
　　鐵餅、因標槍脫手後經常過界而著名?
他爲何躲藏, 一如
　　人說海居的忒提之子在特羅亞令人
揮淚的屠滅前, 不　　　　　　　　15
　　著男裝免得被投畀殺戮和呂伽軍中?

IX

Vides ut alta stet nive candidum

Soracte nec iam sustineant onus

　　silvae laborantes geluque

　　　　flumina constiterint acuto.

dissolve frigus ligna super foco　　　　　　　　　　　　　　　5

large reponens atque benignius

　　deprome quadrimum Sabina,

　　　　o Thaliarche, merum diota.

permitte divis cetera, qui simul

stravere ventos aequore fervido　　　　　　　　　　　　　　10

　　deproeliantis, nec cupressi

　　　　nec veteres agitantur orni.

quid sit futurum cras, fuge quaerere, et

quem Fors dierum cumque dabit, lucro

　　adpone, nec dulcis amores　　　　　　　　　　　　　　15

　　　　sperne puer neque tu choreas,

donec virenti canities abest

morosa. nunc et campus et areae

　　lenesque sub noctem susurri

　　　　conposita repetantur hora,　　　　　　　　　　　20

nunc et latentis proditor intumo

gratus puellae risus ab angulo

　　pignusque dereptum lacertis

九

你看那蘇拉德山厚積白雪
皚皚挺立，掙扎的森林也再
　　承受不了重荷，川流也
　　　　因刺骨的凜冽斷流了。

要化解嚴寒，就往爐上多續　　　　　　　　　5
柴火，還有，從雙柄的薩賓罈
　　中舀出經四冬的醇釀，
　　　　哦塔利亞孔！要更大度！

把餘事都託付神明，他們一
在沸騰的滄海上把爭鬥的　　　　　　　　　10
　　風舒展，無論垂絲柏還
　　　　是老花楸便都不再驚擾。

忍住別問明天會怎樣；運命
能給與哪天，都要劃作贏利；
　　正年少的你呀，也莫要　　　　　　　　15
　　　　不屑甜美的愛情或舞蹈，

趁惱人的蒼鬒尚遠離華年
之際，此時操場和廣場以及
　　夜下在所約定的時辰，
　　　　輕柔呢喃將被來迴尋覓，　　　　　20

此時也找暴露了藏於幽深
角落裏姑娘的巧笑聲以及
　　從并不固執的胳臂或

aut digito male pertinaci.

X

Mercuri, facunde nepos Atlantis,
qui feros cultus hominum recentum
voce formasti catus et decorae
　　more palaestrae,

te canam, magni Iovis et deorum　　　　　　　　　　　　　5
nuntium curvaeque lyrae parentem,
callidum quidquid placuit iocoso
　　condere furto.

te, boves olim nisi reddidisses
per dolum amotas, puerum minaci　　　　　　　　　　　　10
voce dum terret, viduus pharetra
　　risit Apollo.

quin et Atridas duce te superbos
Ilio dives Priamus relicto
Thessalosque ignis et iniqua Troiae　　　　　　　　　　　15
　　castra fefellit.

tu pias laetis animas reponis
sedibus virgaque levem coerces
aurea turbam, superis deorum
　　gratus et imis.　　　　　　　　　　　　　　　　　　20

手指上搶奪下來的信物。

十

墨古利! 亞特拉巧言的外孫!
你用語音和俊美的角抵場
制度, 點獪的你, 塑造了初民
　野蠻的習俗,

你我要歌詠, 大猶父與眾神　　　　　　　　5
的執訊、拱形琴之父, 狡點的
你憑藉詼諧的賊盜凡甚麼
　都喜歡藏匿。

朝你, 除非歸還從前用詭計
偷牽的牛, 邊以威脅聲恐嚇　　　　　　　10
你這嬰兒, 箭箙遭你洗劫的
　阿波羅邊笑。

是你領財主普里阿摩離開
伊利昂騙過高傲阿特柔氏、
帖撒利人營火和與特羅亞　　　　　　　　15
　爲敵的寨堡。

你安眞虔敬的靈魂於樂所,
幷用金杖驅趕輕盈的羣氓,
爲至高的眾神也爲最底下
　的神所喜悅。　　　　　　　　　　　　20

XI

Tu ne quaesieris, scrire nefas, quem mihi, quem tibi

finem di dederint, Leuconoe, nec Babylonios

temptaris numeros. ut melius, quidquid erit, pati.

seu pluris hiemes seu tribuit Iuppiter ultimam,

quae nunc oppositis debilitat pumicibus mare　　　　　　　　5

Tyrrhenum : sapias, vina liques, et spatio brevi

spem longam reseces. dum loquimur, fugerit invida

aetas : carpe diem quam minimum credula postero.

XII

Quem virum aut heroa lyra vel acri

tibia sumis celebrare, Clio ?

quem deum ? cuius recinet iocosa

　　nomen imago

aut in umbrosis Heliconis oris　　　　　　　　　　　　　5

aut super Pindo gelidove in Haemo ?

unde vocalem temere insecutae

　　Orphea silvae,

arte materna rapidos morantem

fluminum lapsus celerisque ventos,　　　　　　　　　　10

blandum et auritas fidibus canoris

　　ducere quercus.

quid prius dicam solitis parentis

laudibus, qui res hominum ac deorum,

十一

你莫要討問(這不合知道)給你給我神
指定何樣的界限，留戈諾厄，也莫試驗
巴比倫術數。多好無論來甚麼都任之。
不管猶父分賜給更多幾冬抑或末季，
它此時向對峙的多孔礁正把提倫海　　　　　　5
消磨。要明智，釃酒來，在短狹的間隙裏
剪掉長遠的期望。我們講話時，敵對的
年華就將飛逝。採盡天光，少去企望來日。

十二

何人抑何英雄你擅以豎琴
或尖銳的蘆笛多讚，革利歐？
何位神明？戲謔的迴音將令
　　　他名聲迴盪

於多林蔭的赫利孔疆域或　　　　　　　　5
於品都山上和冰凍的海芒，
樹林自那裏狂熱地追隨美
　　　聲的奧耳甫，

他憑藉母傳的技藝能延緩
急落的湍流和迅疾的風颷，　　　　　　　　10
用樂曲的絲絃以魅惑引誘
　　　生耳的橡樹。

甚麼我要在慣常的父之頌
以先吟詠？人間事和神間事、

qui mare ac terras variisque mundum　　　　　　　　15
　　temperat horis ?

unde nil maius generatur ipso
nec viget quidquam simile aut secundum.
proximos illi tamen occupavit
　　Pallas honores　　　　　　　　　　　　　　　20

proeliis audax. neque te silebo,
Liber et saevis inimica virgo
beluis, nec te, metuende certa
　　Phoebe sagitta.

dicam et Alciden puerosque Ledae,　　　　　　　　25
hunc equis, illum superare pugnis
nobilem ; quorum simul alba nautis
　　stella refulsit,

defluit saxis agitatus umor,
concidunt venti fugiuntque nubes　　　　　　　　30
et minax, quod sic voluere, ponto
　　unda recumbit.

Romulum post hos prius an quietum
Pompili regnum memorem an superbos
Tarquini fasces dubito an Catonis　　　　　　　　35
　　nobile letum.

Regulum et Scauros animaeque magnae
prodigum Paulum superante Poeno

海洋、陸地和天宇他全都以　　　　　　　　15
　　各時節節度：

出自他的無一生得大過他，
也無任何相類或是僅次者
孳生。然而離他最近的榮耀
　　爲勇於戰的　　　　　　　　　　　　20

帕拉據有；於你我也不緘口，
利倍耳！還有與獸和怪爲敵
的處女，還有你！因箭準令人
　　懼怕的斐玻！

我還詠阿勒凱之孫和萊達　　　　　　　　25
的雙子，一憑馬術一憑拳擊
優勝而顯赫；他們的白亮星
　　一照耀水手，

激盪的濕潤便沿礁石淌下，
風就消停雲就散逸，危聳的　　　　　　　30
浪濤，因爲他們樂意這樣，便
　　消歇在海裏。

他們之後是先記羅慕洛或
龐皮略的清政抑是塔耳崑
傲慢的權杖？我猶疑，或卡圖　　　　　　35
　　昭著的暴亡？

雷古洛、斯考羅、降布匿人時
不吝捐其浩氣的保祿再加

gratus insigni referam camena
　　Fabriciumque.　　　　　　　　　　　　　　　　　40

hunc et incomptis Curium capillis
utilem bello tulit et Camillum
saeva paupertas et avitus apto
　　cum lare fundus.

crescit occulto velut arbor aevo　　　　　　　　　　45
fama Marcelli : micat inter omnis
Iulium sidus velut inter ignis
　　luna minores.

gentis humanae pater atque custos,
orte Saturno, tibi cura magni　　　　　　　　　　　50
Caesaris fatis data : tu secundo
　　Caesare regnes.

ille seu Parthos Latio imminentis
egerit iusto domitos triumpho
sive subiectos orientis orae　　　　　　　　　　　55
　　Seras et Indos,

te minor latum reget aequos orbem :
tu gravi curru quaties Olympum,
tu parum castis inimica mittes
　　fulmina lucis.　　　　　　　　　　　　　　　　　60

法布里修，我以感激藉揚名
　　的詩歌詠敘；　　　　　　　　　　40

他和得用於戰鬪、不理髮的
庫列以及卡彌洛，爲嚴酷的
貧困連同供奉相宜宅神的
　　祖業所鞠育。

隨隱蔽的年華增長如樹，是　　　　　45
馬耳策盧的聲名：猶流之星
閃爍於人間，如月躋身更小
　　的繁星中間。

人類之父和看護者啊、薩屯
所生！命運託付了你對偉大　　　　50
凱撒的關照：惟願你以凱撒
　　爲輔次統御！

他或將驅趕威脅拉丁國、爲
正義的凱旋所降的帕提人，
或旭日之邊下面的絲國人　　　　　55
　　和身毒國人；

次於你，他將均秉式廓全地；
你將以輅車震撼奧林波山，
你將朝不夠潔淨的聖林擲
　　敵對的霹靂！　　　　　　　　　　60

XIII

Cum tu, Lydia, Telephi
　　cervicem roseam, cerea Telephi
laudas bracchia, vae, meum
　　fervens difficili bile tumet iecur.

tum nec mens mihi nec color　　　　　　　　　　　　5
　　certa sede manet, umor et in genas
furtim labitur, arguens,
　　quam lentis penitus macerer ignibus.

uror, seu tibi candidos
　　turparunt umeros immodicae mero　　　　　　　10
rixae, sive puer furens
　　inpressit memorem dente labris notam.

non, si me satis audias,
　　speres perpetuum dulcia barbare
laedentem oscula, quae Venus　　　　　　　　　　15
　　quintas parte sui nectaris imbuit.

felices ter et amplius
　　quos inrupta tenet copula nec malis
divolsus querimoniis
　　suprema citius solvet amor die.　　　　　　　　20

XIV

O navis, referent in mare te novi

十三

在你，<u>呂底亞</u>！誇<u>提里弗</u>
   玫瑰色的頸、<u>提里弗</u>蠟色的
臂時，呀，我受煎熬的肝
   便因難以抑制的肝汁膨脹。

於是我的心和顏色都　　　　　　　　　　5
   不安於穩定的處所，淚液也
偷偷淌到兩頰，泄露了
   文火把我浸染得有多深刻。

我中燒着，或因爲酗酒
   失控的打鬭將你白臂毀形、　　　　　10
或因瘋狂時少年的齒
   在你吻上印下留念的記號。

莫——你若肯多聽我——期望
   粗野弄傷香甜脣吻的人能
久長，<u>維奴</u>把它用五分　　　　　　　15
   之一度自家的仙漿來潤濕。

蒙三重和更多福的是
   那些爲未斷的索鍊所繫者，
他們的愛不會在末日
   前因惡毒的勃谿撕碎解散。　　　　　20

十四

哦舟啊！新濤會將你沖回大海。

fluctus. o quid agis ? fortiter occupa
portum. nonne vides, ut
nudum remigio latus

et malus celeri saucius Africo 5
antemnaeque gemant ac sine funibus
vix durare carinae
possint imperiosius

aequor ? non tibi sunt integra lintea,
non di, quos iterum pressa voces malo. 10
quamvis Pontica pinus,
silvae filia nobilis,

iactes et genus et nomen inutile :
nil pictis timidus navita puppibus
fidit. tu nisi ventis 15
debes ludibrium, cave.

nuper sollicitum quae mihi taedium,
nunc desiderium curaque non levis,
interfusa nitentis
vites aequora Cycladas. 20

XV

Pastor cum traheret per freta navibus
Idaeis Helenen perfidus hospitam,
ingrato celeris obruit otio
ventos ut caneret fera

哦你欲奚爲? 盡力搶佔港口吧!
　你難道看不到船
　　舷因失排槳而裸露、

被阿非利加疾風損傷的桅和　　　　　　5
桁在呻吟麼, 況且沒有了纏索,
　船身難能挺得過
　　更專橫霸道的滄海?

你呀, 身上布帆不全; 神呀, 厄難
再次逼迫時你呼他們也沒了。　　　　10
　任你, 本都的香柏、
　　你这華貴林木之女,

吹噓你那無用的種和姓, 膽怯
的水手們都不會信賴畫艉。你,
　除非你該着成爲　　　　　　　　15
　　風暴的玩物, 須當心:

近來她成了令我躁動的煩勞,
如今是渴望和不輕的憂慮, 就
　避開洋溢在光耀
　　環形羣島間的滄海!　　　　　　20

十五

當背信牧倌將東道女主海倫
以伊達艇拖過蒼海, 用不領情
的消停鎮住疾風, 好讓涅律
　吟詠起那些狂野的

Nereus fata. 'mala ducis avi domum　　　　　　　　　　5
quam multo repetet Graecia milite
coniurata tuas rumpere nuptias
　　et regnum Priami vetus.

heu heu, quantus equis, quantus adest viris
sudor ! quanta moves funera Dardanae　　　　　　　10
genti ! iam galeam Pallas et aegida
　　currusque et rabiem parat.

nequiquam Veneris praesidio ferox
pectes caesariem grataque feminis
inbelli cithara carmina divides,　　　　　　　　　　15
　　nequiquam thalamo gravis

hastas et calami spicula Cnosii
vitabis strepitumque et celerem sequi
Aiacem : tamen, heu serus ! adulteros
　　crines pulvere collines.　　　　　　　　　　　20

non Laertiaden, exitium tuae
genti, non Pylium Nestora respicis ?
urgent inpavidi te Salaminius
　　Teucer, te Sthenelus sciens

pugnae, sive opus est imperitare equis,　　　　　　25
non auriga piger. Merionen quoque
nosces. ecce furit te reperire atrox
　　Tydides melior patre :

運道："冒凶險禽兆, 你引入家裏　　　　　　5
希臘將要發大軍追討的婦人,
　她歃盟誓要毁壞你的婚禮和
　　老普里阿摩的王國。

嗚呼, 嗚呼, 馬涮如許、人涮如許
汗水! 你要引出達耳但人如許　　　　　　10
多的喪葬! 帕拉今已經備好胄
　　與胸甲、戎車與瘋狂。

枉然以維奴爲干城而高揚的
你將梳理秀髮, 爲取悅婦人們
將伴着不武的頌琴切分歌詩;　　　　　　15
　　枉然將在洞房躲避

沉重的標槍和革諾的蘆桿箭,
躲避那喧囂和迅捷於追逐的
阿亞斯; 然而, 嗚呼何遲, 姦夫! 你
　　頭髮將爲埃土玷汗。　　　　　　　20

難道萊厄提之子, 你滅族之禍,
難道庇洛的矗斯托, 你不迴顧?
緊逼你的是無畏的撒拉米的
　　條克耳、通曉戰爭的

斯色内洛, 御馬也是他的長項,　　　　　　25
不賴的司駕。梅里奧你也將要
見識。看哪, 提丢之子, 勝過其父,
　　瘋狂的他正搜尋你:

quem tu, cervus uti vallis in altera
visum parte lupum graminis inmemor,   30
sublimi fugies mollis anhelitu,
    non hoc pollicitus tuae.

iracunda diem proferet Ilio
matronisque Phrygum classis Achillei :
post certas hiemes uret Achaicus   35
    ignis Iliacas domos.'

XVI

O matre pulcra filia pulcrior,
quem criminosis cumque voles modum
    pones iambis, sive flamma
        sive mari libet Hadriano.

non Dindymene, non adytis quatit   5
mentem sacerdotum incola Pythius,
    non Liber aeque, non acuta
        sic geminant Corybantes aera,

tristes ut irae, quas neque Noricus
deterret ensis nec mare naufragum   10
    nec saevos ignis nec tremendo
        Iuppiter ipse ruens tumultu.

fertur Prometheus addere principi
limo coactus particulam undique
    desectam et insani leonis   15

你, 就彷彿柔弱的牡鹿逃離所
覩之狼, 於是記不得嫩草, 氣喘　　　　　　　　　　30
　　咻咻到谷中他處: 這你可不曾
　　　應許給你的那個她!

阿基琉忿怒之師將爲伊利昂
和弗呂家的婦人延遲那一日;
亞該亞之火在如數冬天後將　　　　　　　　　　　35
　　焚燬伊利昂的屋廈。"

十六

哦比美麗母親更美的女兒!
你願立何樣終界給誹謗的
　　短長格, 請便, 任你付之
　　　一炬或投畀亞底亞滄海。

非丁狄蒙神女、非匹透禁地　　　　　　　　　　5
的居民、非利倍耳、非高律拔
　　巫師合擊尖聲銅鐃時
　　　對心靈的震撼, 能比得了

陰沉的忿怒; 連諾利科劍也
嚇她們不倒, 沉舟楫的海或　　　　　　　　　　10
　　野火或猶庇特親自以
　　　瘆人的騷動驟降也不行。

據說普羅墨修被迫從萬物
中拿一塊加給原初的泥團,
　　並把切下來的狂獅的　　　　　　　　　　　15

vim stomacho adposuisse nostro.

irae Thyesten exitio gravi
stravere et altis urbibus ultimae
  stetere causae, cur perirent
    funditus inprimeretque muris   20

hostile aratrum exercitus insolens.
conpesce mentem : me quoque pectoris
  temptavit in dulci iuventa
    fervor et in celeres iambos

misit furentem : nunc ego mitibus   25
mutare quaero tristia, dum mihi
  fias recantatis amica
    opprobriis animumque reddas.

XVII

Velox amoenum saepe Lucretilem
mutat Lycaeo Faunus et igneam
  defendit aestatem capellis
    usque meis pluviosque ventos.

inpune tutum per nemus arbutos   5
quaerunt latentis et thyma deviae
  olentis uxores mariti
    nec viridis metuunt colubras

nec Martialis haediliae lupos,

　　兇暴添置到我們的胸臆。

忿怒以沉重的毀滅放倒了
忒厄斯特, 於高聳城闕乃爲
　　終極因由: 何以它們由
　　　根基隕越、倨傲的團練遂　　　　　　20

把敵人的犁壓進斷壁殘垣。
控制心緒吧: 我在甜美少年
　　時也曾爲胸中的狂熱
　　　所侵, 喪心病狂, 我耽迷於

疾促的短長格: 如今我謀求　　　　　　25
以柔語兌換嚴詞, 衹要你在
　　我收回侮辭後予我以
　　　善言, 並返還給我你的心。

十七

疾步的沃奴常以呂皋換取
宜人的盧魁提勒, 并且一再
　　爲我的牧羣抵擋夏日
　　　炎炎的暑熱和帶雨的風。

遠害走遍安全的樹林, 腥臊　　　　　　5
夫君散漫的妻妾尋覓隱蔽
　　其中的藤地莓和香草,
　　　羔羜既不懼怕淡綠色的

蝰蛇也不怕屬於戰神的狼,

utcumque dulci, Tyndari, fistula　　　　　　　　　　10
　　valles et Usticae cubantis
　　　　levia personuere saxa.

di me tuentur, dis pietas mea
et musa cordi est. hic tibi copia
　　manabit ad plenum benigno　　　　　　　　　　15
　　　　ruris honorum opulenta cornu.

hic in reducta valle caniculae
vitabis aestus et fide Teia
　, dices laborantis in uno
　　　　Penelopen vitreamque Circen.　　　　　　　20

hic innocentis pocula Lesbii
duces sub umbra, nec Semeleius
　　cum Marte confundet Thyoneus
　　　　proelia, nec metues protervum

suspecta Cyrum, ne male dispari　　　　　　　　　25
incontinentis iniciat manus
　et scindat haerentem coronam
　　　　crinibus inmeritamque vestem.

XVIII

Nullam, Vare, sacra vite prius severis arborem
circa mite solum Tiburis et moenia Catili.
siccis omnia nam dura deus proposuit neque
mordaces aliter diffugiunt sollicitudines.

每當, 廷達里, 甜美的龠管聲   10
　迴盪在谿谷和烏提卡
　　坡坂那些光滑的巖石上。

衆神護祐着我。我的虔敬和
音樂讓衆神愜心。這兒也爲你
　自富贍的角將要流淌   15
　　鄉野榮華的豐饒直到滿。

在這兒谿谷的幽陬你將逃避
狼星的酷暑、在忒俄的絃上
　詠佩涅洛佩同琉璃樣
　　基耳克共事同一位夫君。   20

在這兒你將引無害的累士波
酒盞於樹蔭下, 塞墨勒、提昂
　之子將不會與馬耳斯
　　混戰, 即便遭受猜疑你也

不用害怕褊急的古列用不   25
受控的手掄向難爲其匹的
　你、怕他會撕碎粘着頭
　　髮的葉冠和蒙冤的衣裳。

十八

栽神聖葡萄株之前, 法羅! 莫植別的樹
於提布耳柔和的土壤、於卡提洛城邊。
因爲乾燥者們神令其萬事維艱, 齧齕
人心的煩憂此外也別無辦法能驅散。

quis post vina gravem militiam aut pauperiem crepat ? 　　　　5

quis non te potius, Bacche pater, teque, decens Venus ?

ac ne quis modici transiliat munera Liberi,

Centaurea monet cum Lapithis rixa super mero

debellata, monet Sithoniis non levis Euhius,

cum fas atque nefas exiguo fine libidinum 　　　　　　　　10

discernunt avidi. non ego te, candide Bassareu,

invitum quatiam nec variis obsita frondibus

sub divum rapiam. saeva tene cum Berecyntio

cornu tympana, quae subsequitur caecus amor sui

et tollens vacuum plus nimio gloria verticem 　　　　　　　15

arcanique fides prodiga, perlucidior vitro.

XIX

Mater saeva Cupidinum

　　Thebanaeque iubet me Semelae puer

et lasciva Licentia

　　finitis animum reddere amoribus.

urit me Glycerae nitor 　　　　　　　　　　　　　　　5

　　splendentis Pario marmore purius,

urit grata protervitas

　　et voltus nimium lubricus adspici.

in me tota ruens Venus

　　Cyprum deseruit, nec patitur Scythas 　　　　　　　10

et versis animosum equis

　　Parthum dicere nec quae nihil attinent.

酒後誰喋喋絮叨沉重的征役和貧困?　　　　　　　5
誰不更願講你, 父巴庫, 和你, 可人維奴?
但教人莫逾越有節的利倍耳的恩賜,
肯陶與拉庇提人酒席上鬮毆到底當
爲戒, 不輕浮的歐奧立斯東尼人爲戒,
當貪享情慾者僅憑細微的界限區分　　　　　　　10
合乎天條與否。我, 白晢的巴薩羅! 不會違
你意願搖晃你, 也不會在天光下搶奪
雜枝繁葉包藏的聖物。停下貝勒鈎角
伴奏的激烈鼓聲! 隨從它的有盲目的
自戀、過高昂揚着空洞顱頂的虛榮和　　　　　　15
揮霍隱私的信任, 它比玻璃還要透明。

十九

丘比特殘暴的母親和
　　忒拜的女人塞墨勒的小子,
連同那位淫蕩的放佚,
　　命我的心靈重返終結的愛。

戈呂基拉的光耀令我　　　　　　　　　　　5
　　中燒, 神采熠熠她比巴羅的
漢白玉更純, 中燒還因
　　迷人的迎合、靚來光滑的臉。

維奴全身俯衝我, 當她
　　離卻居比路, 不許說塞種人　　　　　　　10
和因迴馬計而膽壯的
　　帕提人, 也不許講無關的事。

hic vivum mihi caespitem, hic
  verbenas, pueri, ponite turaque
bimi cum patera meri :   15
  mactata veniet lenior hostia.

XX

Vile potabis modicis Sabinum
cantharis, Graeca quod ego ipse testa
conditum levi, datus in theatro
  cum tibi plausus,

clare Maecenas eques, ut paterni   5
fluminis ripae simul et iocosa
redderet laudes tibi Vaticani
  montis imago.

Caecubum et prelo domitam Caleno
tu bibes uvam : mea nec Falernae   10
temperant vites neque Formiani
  pocula colles.

XXI

Dianam tenerae dicite virgines,
intonsum, pueri, dicite Cynthium,
  Latonamque supremo
    dilectam penitus Iovi.

vos laetam fluviis et nemorum coma,   5

這兒爲我陳放鮮壤, 這裏
　　陳放芳柯, 小子們, 再放上香,
共盛隔年醇釀的杯盞: 15
　　犧牲既獻, 她會來得輕柔些。

二十

薄賤的薩賓酒你將以簡陋
的樽痛飲, 緣我親將陳釀封
於希臘缶中, 那時掌聲爲你
　　在劇院響起,

顯赫的騎士梅克納! 彷彿你 5
祖業之川的兩岸共梵蒂岡
山丘的戲謔迴音在還給你
　　對你的讚美。

凱古釀和卡里酒醉馴化的
葡萄你將盡飲: 而我的杯盞 10
法崚的葡萄樹和弗彌亞坡
　　都不會羼和。

二十一

狄安娜, 柔美的童女們請詠誦!
童男們! 請詠誦散髮的鈞突神
　　和至高的神猶父
　　　所深深寵愛的拉多!

汝等揄揚喜河川和樹木之髮 5

quaecumque aut gelido prominet Algido
　nigris aut Erymanthi
　　silvis aut viridis Cragi,

vos Tempe totidem tollite laudibus
natalemque, mares, Delon Apollinis,　　　　　　10
　insignemque pharetra
　　fraternaque umerum lyra.

hic bellum lacrimosum, hic miseram famem
pestemque a populo et principe Caesare in
　Persas atque Britannos　　　　　　　　　15
　　vestra motus aget prece.

XXII

Integer vitae scelerisque purus
non eget Mauris iaculis neque arcu
nec venenatis gravida sagittis,
　Fusce, pharetra,

sive per Syrtis iter aestuosas　　　　　　　5
sive facturus per inhospitalem
Caucasum vel quae loca fabulosus
　lambit Hydaspes.

namque me silva lupus in Sabina,
dum meam canto Lalagen et ultra　　　　　　10
terminum curis vagor expeditis,
　fugit inermem,

的她, 無論它們垂掩着冰凍的
　　阿基多、厄里曼忒
　　　黑林或葱綠革拉契;

汝等多以讚譽之辭揄揚滕丕,
男聲部! 和阿波羅的生地提洛、　　　　　　　10
　　因挎箭箭和兄弟
　　　的琴顯標緻的肩膀。

其將催淚的戰爭、其將悲慘的
饑饉和瘟疫, 職汝禱祝之功, 自
　　斯民與元首凱撒　　　　　　　　　　　15
　　　驅入波斯與不列顛!

二十二

全眞於生活遠罪孽而純潔,
他便無需毛利的弓與標槍,
也不要箭箭因荷浸毒的箭
　　　　而沉重, 伏蘇!

不管他將在敍提的酷暑中　　　　　　　　　5
旅行抑或穿過沒有客舍的
高加索或多傳說的吠陁河
　　　沖刷的地方。

有次在薩賓的森林中, 當我
無憂無慮邊唱我的拉拉格　　　　　　　　10
邊漫行至業界碑時, 狼逃避
　　　未操戈的我。

quale portentum neque militaris
Daunias latis alit aesculetis
nec Iubae tellus generat, leonum　　　　　　　　15
　　arida nutrix.

pone me pigris ubi nulla campis
arbor aestiva recreatur aura,
quod latus mundi nebulae malusque
　　Iupitter urget ;　　　　　　　　　　20

pone sub curru nimium propinqui
solis in terra domibus negata :
dulce ridentem Lalagen amabo,
　　ducle loquentem.

XXIII

Vitas inuleo me similis, Chloe,
quaerenti pavidam montibus aviis
　　matrem non sine vano
　　　　aurarum et siluae metu.

nam seu mobilibus veris inhorruit　　　　　　　5
adventus foliis, seu virides rubum
　　dimovere lacertae,
　　　　et corde et genibus tremit.

atqui non ego te tigris ut aspera
Gaetulusve leo frangere persequor :　　　　　10
　　tandem desine matrem

這樣的奇物尚武的道努國
以廣袤的橡林養不出，猶巴
的土地，獅子們的乾燥乳母，　　　　　　15
　　　　也生育不了。

置我於夏日的氣息也復甦
不了的沉惰的原野中，因有
多雲的天宇之脅和惡劣的
　　　　猶庇特壓迫；　　　　　　　　　20

置我於太近的太陽之乘下，
在禁建房舍的土地上：我也
仍將愛甜美微笑的拉拉格，
　　　　甜美地聒噪。

二十三

你逃避我，如麂鹿一般，革来氏！
在無路徑的山中尋覓膽怯的
　　母親，不無對微風
　　　　和林木虛有的恐懼。

因爲要麼是春的到來在易驚　　　　　　5
的樹葉中顫動，要麼是青色的
　　蜥蜴撥動荆榛，令
　　　　其心與膝頭皆戰慄。

而我對你非如虎或蓋圖里亞
兇猛的獅子，要逐來撕裂嚼碎；　　　　10
　　就別再跟着母親，

tempestiva sequi viro.

XXIV

Quis desiderio sit pudor aut modus
tam cari capitis ? praecipe lugubris
cantus, Melpomene, cui liquidam pater
    vocem cum cithara dedit.

ergo Quintilium perpetuus sopor   5
urget ? cui Pudor et Iustitiae soror
incorrupta Fides nudaque Veritas
    quando ullum inveniet parem ?

multis ille bonis flebilis occidit,
nulli flebilior quam tibi, Vergili.   10
tu frustra pius, heu, non ita creditum
    poscis Quintilium deos.

quid ? si Threicio blandius Orpheo
auditam moderere arboribus fidem,
num vanae redeat sanguis imagini,   15
    quam virga semel horrida

non lenis precibus fata recludere,
nigro conpulerit Mercurius gregi ?
durum : sed levius fit patientia
    quidquid corrigere est nefas.   20

配男子你已迫其時。

二十四

對摯愛厥首之所思有何羞慚
又有何疆界? 教我以慟悼之歌,
墨波密涅! 因爲父給了你伴以
　　頌琴的清澈嗓音。

那麼崑提流便將永爲長眠所　　　　　　　　5
鎮壓? 羞慚與公義之姊、不敗壞
的信實, 以及赤裸的眞理, 何時
　　會發見他的匹儕?

於衆吉士他的隕歿可哭可泣,
可無人比你, 維吉爾, 哭得更痛。　　　　10
虔悌的你枉求衆神, 嗚呼, 莫把
　　崑提流這般託管。

何益? 縱然把林木聆聽過的絃
調得比忒萊基的奧耳甫更甜,
豈會有血色能迴歸虛像, 一旦　　　　　15
　　以他可怖的節杖,

不易爲祈禱所動開啟命運的
墨古利把它驅入黑色的畜羣?
艱辛: 可是隱忍能令天條禁改
　　之事容易捱些箇。　　　　　　　　20

XXV

Parcius iunctas quatiunt fenestras
iactibus crebris iuvenes protervi,
nec tibi somnos adimunt, amatque
　　ianua limen,

quae prius multum facilis movebat　　　　　　　　5
cardines. audis minus et minus iam :
'me tuo longas pereunte noctes,
　　Lydia, dormis ? '

in vicem moechos anus arrogantis
flebis in solo levis angiportu　　　　　　　　　　10
Thracio bacchante magis sub inter-
　　lunia vento,

cum tibi flagrans amor et libido,
quae solet matres furiare equorum,
saeviet circa iecur ulcerosum,　　　　　　　　　15
　　non sine questu,

laeta quod pubes hedera virenti
gaudeat pulla magis atque myrto,
aridas frondes hiemis sodali
　　dedicet Euro.　　　　　　　　　　　　　　20

XXVI

Musis amicus tristitiam et metus

二十五

衝動少年們以頻繁的投擲
震動閉合的窗牖稍稍減歇，
他們不再剝奪你的夢，門扉
　　　也親愛門限，

從前它轉動門軸卻容易得　　　　　　　　5
多。你如今越來越少聽得到：
"屬你的我長夜消沉，可你卻，
　　　呂底亞，酣睡？"

輪到輕賤的老嫗爲淫棍的
倨傲在孤單的狹巷悲泣，在　　　　　　10
朔夜裏，醉酒般喧鬧異常的
　　　忒萊基風中，

那時你灼燒的情愛和淫慾
（這慣常令馬羣之母瘋狂的）
迴繞潰瘍的肝臟徧躁起來，　　　　　　15
　　　不無哀怨聲，

因爲喜慶的青年都更歡喜
嫩翠的常青藤而非黝暗的
桃金娘，枯枝他們則獻給冬
　　　之伴侶朝風。　　　　　　　　　20

二十六

與衆摩薩親善，就讓我交出

tradam protervis in mare Creticum

portare ventis, quis sub Arcto

rex gelidae metuatur orae,

quid Tiridaten terreat, unice   5

securus. o quae fontibus integris

gaudes, apricos necte flores,

necte meo Lamiae coronam,

Piplei dulcis. nil sine te mei

prosunt honores : hunc fidibus novis,   10

hunc Lesbio sacrare plectro

teque tuasque decet sorores.

XXVII

Natis in usum laetitae scyphis

pugnare Thracum est : tollite barbarum

morem verecundumque Bacchum

sanguineis prohibete rixis.

vino et lucernis Medus acinaces   5

immane quantum discrepat : inpium

lenite clamorem, sodales,

et cubito remanete presso.

voltis severi me quoque sumere

partem Falerni ? dicat Opuntiae   10

frater Megyllae, quo beatus

volnere, qua pereat sagitta.

悲哀和恐懼, 任由暴烈的風
　載入苹喱底海: 大熊座
　　下寒帶的哪位王被人怕、

甚麼能嚇倒梯里達底, 全然　　　　　　5
不在乎。哦喜愛鮮潔泉水的
　你! 編束起暄耀的花朵,
　　爲我的拉米亞編束花環,

柔美的匹卜雷居民! 沒有你,
我的誇讚徒勞無益: 他, 你和　　　　　10
　姊妹合當用新絃、他, 你
　　合當用累士波琴撥供奉!

二十七

操天生用來爲歡的罍鬭毆
是忒萊基習俗; 革除蠻風吧!
　並請捍衛審慎的巴庫
　　免於血淋淋的紛爭號哫!

瑪代的短匕首同酒與油燈　　　　　　5
何其不諧: 請放低不虔敬的
　叫喊聲, 伙伴們! 請諸位
　　支在受枕壓的肘上勿動!

你們要我也取一盃乾澀的
法崚酒? 那就讓歐波的女子　　　　　10
　墨吉拉她兄弟說, 他因
　　何傷得福、又因何箭消沉。

cessat voluntas ? non alia bibam

mercede. quae te cumque domat Venus,

   non erubescendis adurit   15

     ignibus, ingenuoque semper

amore peccas. quidquid habes, age

depone tutis auribus. a miser,

   quanta laborabas Charybdi,

     digne, puer, meliore flamma.   20

quae saga, quis te solvere Thessalis

magus venenis, quis poterit deus ?

   vix inligatum te triformi

     Pegasus expediet Chimaera.

XXVIII

Te maris et terrae numeroque carentis harenae

   mensorem cohibent, Archyta,

pulveris exigui prope litus parva Matinum

   munera, nec quicquam tibi prodest

aerias temptasse domos animoque rotundum   5

   percurrisse polum morituro.

occidit et Pelopis genitor, conviva deorum,

   Tithonusque remotus in auras

et Iovis arcanis Minos admissus, habentque

Tartara Panthoiden iterum Orco   10

demissum, quamvis clipeo Troiana refixo

   tempora testatus nihil ultra

nervos atque cutem morti concesserat atrae,

無意爲此? 給我別的囘報我
可不喝。不管哪箇維奴降服
　　你, 中燒的火皆不令人　　　　　　　　　15
　　　　赧顏, 你總爲良家體面的

愛情犯錯。任你有甚麼, 來, 都
存入牢靠的耳朵。啊, 小氣鬼,
　　爲卡瑞卜狄這樣辛勞,
　　　　你配享更好的火苗, 少年!　　　　　　20

哪箇巫婆、哪箇帖撒利術士
能解你脫離毒蠱, 哪位神能?
　　珀加索都尠能讓纏住
　　　　的你掙脫三形的基邁拉。

二十八

你這海洋與陸地的度量者, 爲乏數
　　可數的沙粒拘囿了, 亞居達!
瑪丁諾海岸附近纖土所搏的些小
　　祭奠, 無論憑探測虛空中的
穹廬或神遊圓轉的天極有何所得,　　　　　5
　　皆於你, 這必有一死的, 無用。
連伯洛之父亦殂, 雖曾與衆神會飲,
　　還有被撤退至雲間的提同,
猶父的奧秘所曾接納的米諾, 以及
　　韃靼魯所擁有的再次沉淪　　　　　　10
奧耳古的潘陀伊之子, ——他雖因摘下
　　圓盾得證特羅亞時代, 筋皮
以外却無一度與黑色的死亡, 依你

iudice te non sordidus auctor

naturae verique. sed omnis una manet nox   15

 et calcanda semel via leti.

dant alios Furiae torvo spectacula Marti,

 exitio est avidum mare nautis :

mixta senum ac iuvenum densentur funera, nullum

 saeva caput Proserpina fugit.   20

me quoque devexi rapidus comes Orionis

 Illyricis Notus obruit undis.

at tu, nauta, vagae ne parce malignus harenae

ossibus et capiti inhumato

particulam dare : sic, quodcumque minabitur Eurus   25

 fluctibus Hesperiis, Venusinae

plectantur silvae te sospite, multaque merces

 unde potest tibi defluat aequo

ab Iove Neptunoque sacri custode Tarenti.

 neglegis inmeritis nocituram   30

postmodo te natis fraudem conmittere ? fors et

 debita iura vicesque superbae

te maneant ipsum : precibus non linquar inultis,

 teque piacula nulla resolvent.

quamquam festinas, non est mora longa : licebit   35

 iniecto ter pulvere curras.

XXIX

Icci, beatis nunc Arabum invides

gazis et acrem militiam paras

 non ante devictis Sabaeae

  regibus horribilique Medo

所見，是物性與眞理的不劣
權威。然而所有人都不免同一黑夜，　　　15
　　所有人都必踏上滅亡之路。
復讎女把有人交給兇殘的戰神作
　　戲觀；饕餮的海是海客之災：
老與少的殯儀混雜闐塞，無一頭顱
　　逃脫得野蠻的普羅塞嬪娜。　　　20
還有我，爲闌干獵戶座的狂烈儔侶
　　凱風溺斃於伊利里亞濤中。
可你啊，海客！莫慳吝拒給未瘞的骨
　　與頭顱一粒流沙：唯任東風
百般威脅夕域的浪潮，任憑維奴夏　　　25
　　林木受摧殘，你都安然無虞；
也願豐厚的傭金自所能者處向你
　　由恩慈的猶父和涅普頓，——那
受人供奉的塔倫頓城的護衛，——流淌。
　　你不在意造下箇日後將會　　　30
殃及你無辜子女的禍殃？許是就有
　　負欠的公義和倨傲的報應
在等着你本人：我不會遭棄、致詛咒
　　不得果報；無襪儀解脫得你。
你雖趕路，可耽擱不會長久；將會放　　　35
　　你在三次揚撒埃土後疾馳。

二十九

伊丘，你今亦覯覲阿剌伯的
蒙福秘藏，還豫備艱苦戍役，
　　要將從前未曾征服的
　　　示巴諸王和恐怖瑪代人

nectis catenas ? quae tibi virginum   5
sponso necato barbara serviet,
   puer quis ex aula capillis
     ad cyathum statuetur unctis

doctus sagittas tendere Sericas
arcu paterno ? quis neget arduis   10
   pronos relabi posse rivos
     montibus et Tiberim reverti,

cum tu coemptos undique nobilis
libros Panaeti Socraticam et domum
mutare loricis Hiberis,   15
   pollicitus meliora, tendis ?

XXX

O Venus regina Cnidi Paphique,
sperne dilectam Cypron et vocantis
ture te multo Glycerae decoram
   transfer in aedem.

fervidus tecum puer et solutis   5
Gratiae zonis properentque Nymphae
et parum comis sine te Iuventas
   Mercuriusque.

XXXI

Quid dedicatum poscit Apollinem

投畀鎖鏈？許配的夫婿見殺，　　　　　　　　　5
閨女中間哪箇蠻娃伺候你？
　　哪箇出自宮室的膏髮
　　　變童將被置於酒酌之側，——

他曾受教習以父傳之弓張
絲國之矢？誰能否認傾瀉的　　　　　　　　　10
　　川流能倒淌到峻嶺上、
　　　就連提貝河也可能逆行，

當你執意把在四處購得的
潘內修的名著和蘇格拉底
　　家法易以伊貝利亞的　　　　　　　　　　15
　　　鎧甲，因有更好的許給你？

三十

哦，維奴！尼都和帕弗的女王！
離棄可愛的居比路吧！遷入
多用香火喚你的戈呂基拉
　　那所俏堂吧！

熱切的少年和解帶的愷麗　　　　　　　　　　5
與妊女們會同你連忙起來；
闋了你，猶文塔和墨古利難
　　能和藹可親。

三十一

巫史向受祭的阿波羅何所

vates ? quid orat de patera novum
　　fundens liquorem ? non opimae
　　　　Sardiniae segetes feracis,

non aestuosae grata Calabriae　　　　　　　　　　　5
armenta, non aurum aut ebur Indicum,
　　non rura quae Liris quieta
　　　　mordet aqua taciturnus amnis.

premant Calenam falce quibus dedit
Fortuna vitem, dives et aureis　　　　　　　　　　10
　　mercator exsiccet culillis
　　　　vina Syra reparata merce,

dis carus ipsis, quippe ter et quater
anno revisens aequor Atlanticum
　　inpune. me pascunt olivae,　　　　　　　　　　15
　　　　me cichorea levesque malvae.

frui paratis et valido mihi,
Latoe, dones et, precor integra
　　cum mente, nec turpem senectam
　　　　degere nec cithara carentem.　　　　　　　　20

XXXII

Poscimus, si quid vacui sub umbra
lusimus tecum, quod et hunc in annum
vivat et pluris, age dic Latinum,
　　barbite, carmen,

乞求？自海碗裏酵出新罃時
　　何所禱告？不是豐饒的
　　　　撒丁島上那上好的糧田，

不是炎熱卡拉布亞喜人的　　　　　　　　5
牧羣，不是印度的黃金、牙彫，
　　不是利耳一河止水所
　　　　切割的田園，這緘口的河。

爲機運惠顧者盡可用鉗剪
推理卡勒葡萄藤，富商盡可　　　　　　　10
　　一乾金樽所盛敍利亞
　　　　貲貨所易換的葡萄美酒，

爲衆神所寵愛，既然能一年
三四次頻造亞特拉的洋面
　　而安全：我則飫餐橄欖，　　　　　　15
　　　　我飫餐菊苣和柔嫩錦葵。

就讓我健康享用我已有的，
拉多子！我還祈求，有健全的
　　心智，莫讓我過醜陋的
　　　　老年，也莫讓我闕了頌琴！　　　20

三十二

我們請求，若嘗蔭下空閒伴
你奏弄，奏弄箇能傳徧今年
及至百年的，來，多絃琴！就唱
　　首拉丁的歌！

Lesbio primum modulate civi,　　　　　　　　　　5
qui ferox bello tamen inter arma,
sive iactatam religarat udo
　litore navim,

Liberum et Musas Veneremque et illi
semper haerentem puerum canebat　　　　　　　10
et Lycum nigris oculis nigroque
　　crine decorum.

o decus Phoebi et dapibus supremi
grata testudo Iovis, o laborum
dulce lenimen, mihi cumque salve　　　　　　　15
　　rite vocanti !

XXXIII

Albi, ne doleas plus nimio memor
inmitis Glycerae, neu miserabilis
decantes elegos, cur tibi iunior
　　laesa praeniteat fide.

insignem tenui fronte Lycorida　　　　　　　　5
Cyri torret amor, Cyrus in asperam
declinat Pholoen ; sed prius Apulis
　　iungentur capreae lupis

quam turpi Pholoe peccet adultero.
sic visum Veneri, cui placet inparis　　　　　　10
formas atque animos sub iuga aenea

你! <u>累土波島</u>民最先調弄的!　　　　　　5
他雖兇猛於戰, 然而在干戈
間隙或先繫顛簸的艦艇於
　　霑濕的岸邊,

再把<u>利倍耳</u>, <u>摩薩</u>、<u>維奴</u>, 還有
那箇常依附她的男童歌詠,　　　　　　10
還歌詠那生有烏睛烏髮的
　　俊俏的<u>呂古</u>。

哦<u>斐玻</u>的光彩! 高處的筵上
<u>猶父</u>娛人的龜甲! 哦, 能醫治
辛勞的飴丹! 萬安總道自我,　　　　　15
　　依禮呼喚者!

三十三

<u>阿爾比</u>! 切莫太過悲傷, 思念着
生澀的<u>戈呂基拉</u>, 別來迴吟唱
淒慘哀歌: 爲何忠信受創, 他少
　　於你卻更光鮮過人。

因額窄而顯標緻的<u>呂高麗</u>爲　　　　　5
愛戀<u>古魯</u>而焦灼, <u>古魯</u>卻轉向
生硬的<u>福洛</u>; 可是麀麠寧肯與
　　<u>阿普里亞</u>的狼配合,

<u>福洛</u>也不跟這醜陋姦夫苟且。
<u>維奴</u>樂見這般, 她喜以殘酷的　　　　10
促狹把不匹配的外形與内心

saevo mittere cum ioco.

ipsum me melior cum peteret Venus,
grata detinuit compede Myrtale
libertina, fretis acrior Hadriae　　　　　　　　15
　curvantis Calabros sinus.

XXXIV

Parcus deorum cultor et infrequens,
insanientis dum sapientiae
　　consultus erro, nunc retrorsum
　　　　vela dare atque iterare cursus

cogor relictos. namque Diespiter　　　　　　　5
igni corusco nubila dividens
　　plerumque, per purum tonantis
　　　　egit equos volucremque currum,

quo bruta tellus et vaga flumina,
quo Styx et invisi horrida Taenari　　　　　　10
　　sedes Atlanteusque finis
　　　　concutitur. valet ima summis

mutare et insignem attenuat deus
obscura promens : hinc apicem rapax
　　Fortuna cum stridore acuto　　　　　　　15
　　　　sustulit, hic posuisse gaudet.

置放於青銅的軛下。

我自己，雖爲更好的維奴所求，
卻樂於爲鮮放的女奴墨塔勒
以腳鏈拘束，她兇比亞底亞海，　　　　　　15
　　卡拉布那彎曲之灣。

三十四

供奉衆神既小氣又不經常，
曾是喪心病狂知識的業師，
　　我迷失了，而如今被迫
　　　　張帆逆航，重蹈已廢棄的

行程。乃是因爲丢庇特往常　　　　　　　　5
以閃爍的火分裂雲層，而今
　　卻駕馭着霹靂的駿驪
　　　　和飛馳的車乘穿越淨空，

他能把沉陸和遊走的河流、
他把斯提川和可憎泰納羅　　　　　　　　10
　　的可怖之處與亞特拉
　　　　地極都震動。有威力的是

神，能變換最低爲至高，貶抑
顯赫，顯露幽隱；自此猛鷙的
　　機運伴一聲尖叫抓起　　　　　　　　15
　　　　弁冕，再歡喜地置於彼處。

XXXV

O diva, gratum quae regis Antium,
praesens vel imo tollere de gradu
   mortale corpus vel superbos
     vertere funeribus triumphos :

te pauper ambit sollicita prece   5
ruris colonus, te dominam aequoris
   quicumque Bithyna lacessit
     Carpathium pelagus carina ;

te Dacus asper, te profugi Scythae
urbesque gentesque et Latium ferox   10
   regumque matres barbarorum et
     purpurei metuunt tyranni,

iniurioso ne pede proruas
stantem columnam neu populus frequens
ad arma, cessantis ad arma   15
     concitet imperiumque frangat.

te semper anteit saeva Necessitas,
clavos trabalis et cuneos manu
   gestans aena nec severus
     uncus abest liquidumque plumbum ;   20

te Spes et albo rara Fides colit
velata panno nec comitem abnegat
   utcumque mutata potentis

三十五

哦女神! 蒞臨你治下喜人的
安道! 或是從最低層托舉起
　　有死的軀體或將榮耀
　　　　人的凱旋式轉變爲出殯:

你! 貧兒、佃農以焦躁的祈願　　　　　　5
說求; 你! 滄海與田畈的女主!
　　求你者有航比提尼之
　　　　艦招惹加帕提亞海的人;

你! 粗莽的達古人, 你! 流竄的
塞種人、城邦與種人、兇暴的　　　　　　10
　　拉丁國、蠻王的母后, 就
　　　　連衣紫的僭主們都懼怕,

怕你那蠻橫的腳踢倒摧毁
屹立的石柱, 怕烏合麕集的
　　民衆鼓動退縮者"拿起　　　　　　　15
　　　　武器! 拿起武器!"摧毁政權。

你之前常先行蠻橫的必然,
她銅手裏拿着楔樑柱的釘
　　與鎪鎊, 還有那瘆人的
　　　　鉗鋏、熔化的鉛液也不闕。　　　20

你! 希望和纏以絺素的罕見
信義事奉, 她們不拒絕作伴,
　　每當不親善的你更換

　　　veste domos inimica linquis,

at volgus infidum et meretrix retro　　　　　　　　　　　25
periura cedit, diffugiunt cadis
　　　cum faece siccatis amici
　　　　ferre iugum pariter dolosi :

serves iturum Caesarem in ultimos
orbis Britannos et iuvenum recens　　　　　　　　　　　30
　　　examen Eois timendum
　　　　partibus Oceanoque rubro.

heu heu, cicatricum et sceleris pudet
fratrumque. quid nos dura refugimus
　　　aetas ? quid intactum nefasti　　　　　　　　　　　35
　　　　liquimus ? unde manum iuventus

metu deorum continuit ? quibus
pepercit aris ? o utinam nova
　　　incude diffingas retusum in
　　　　Massagetas Arabasque ferrum !　　　　　　　　　40

XXXVI

Et ture et fidibus iuvat
　　　placare et vituli sanguine debito
custodes Numidae deos,
　　　qui nunc Hesperia sospes ab ultima

caris multa sodalibus,　　　　　　　　　　　　　　　　　5

罩衣之後離棄豪強大户。

然而無信的羣氓和背誓的   25
婦人迴避，喝乾朋友的酒罈
　連同酒糟之後便四散，
　　奸滑之徒不會分擔轅軛。

保全將遠征地極<u>不列顛</u>的
<u>凱撒</u>吧！以及新生少年們的   30
　羣夥！他們將要為<u>日域</u>
　　和殷<u>紅</u>色的<u>大洋</u>所畏懼。

於乎悠哉！弟兄之間罪孽的
傷痕令人羞恥。我們這堅礦
　世代會何所避諱？哪種   35
　　禁事我們不曾染指？少年

哪裏嘗因畏神而縮手？哪些
神壇得以倖免？哦，惟願你會
　在新砧上重鍛<u>馬薩革</u>
　　和<u>阿剌伯</u>已被鏽鈍的鐵！   40

三十六

既用香火又用琴絃
　和所許的犢血取悅<u>奴米達</u>的
護祐神明令人欣喜；
　他現安然無恙自地處地極的
<u>夕域</u>分許多親吻給   5

nulli plura tamen dividet oscula

quam dulci Lamiae, memor

　　actae non alio rege puertiae

mutataeque simul togae.

　　Cressa ne careat pulcra dies nota, 　　　　　　　10

neu promptae modus amphorae

　　neu morem in Salium sit requies pedum,

neu multi Damalis meri

　　Bassum Threicia vincat amystide,

neu desint epulis rosae 　　　　　　　　　　　　　15

　　neu vivax apium neu breve lilium.

omnes in Damalin putris

　　deponent oculos, nec Damalis novo

divelletur adultero

　　lascivis hederis ambitiosior. 　　　　　　　　　20

XXXVII

Nunc est bibendum, nunc pede libero

pulsanda tellus, nunc Saliaribus

　　ornare pulvinar deorum

　　　　tempus erat dapibus, sodales.

antehac nefas depromere Caecubum 　　　　　　　5

cellis avitis, dum Capitolio

　　regina dementis ruinas

　　　　funus et imperio parabat

　　所珍愛的伙伴, 但無人分得多
於拉米亞, 因記得
　　度過的童年, 除了他無人稱王,
和同時更換的祥袍。
　　莫讓麗日晴天闕了白堊標記,　　　　　　　10
莫停遞上的雙柄觴,
　　莫令舞覡樣式的踢踏步停歇,
莫讓善飲的達瑪利
　　以忒拉基式的乾盃贏了巴蘇,
莫讓餚饌闕了玫瑰,　　　　　　　　　　　15
　　也莫闕了活香芹或短命百合。
人人慵懶的眼睛都
　　盯着達瑪利, 達瑪利卻並不會
被新狎客撕裂扯碎,
　　她比糾纏的常春藤抱得更緊。　　　　　　20

三十七

今日須縱酒, 今日須任解放
的腳蹈地, 今日須在舞覡的
　　饗宴上配置好諸神的
　　　席榻, 適當其時分, 伙伴們!

先此汲引祖窖所藏卡古酒　　　　　　　　5
則犯天條, 祇要女王與喪亂
　　還在給首神廟和政權
　　　預備着喪心病狂的傾圮,

contaminato cum grege turpium

morbo virorum, quidlibet inpotens　　　　　　　　　　10

　　sperare fortunaque dulci

　　　　ebria. sed minuit furorem

vix una sospes navis ab ignibus

mentemque lymphatam Mareotico

　　redegit in veros timores　　　　　　　　　　　15

　　　　Caesar ab Italia volantem

remis adurgens, accipiter velut

mollis columbas aut leporem citus

　　venator in campis nivalis

　　　　Haemoniae, daret ut catenis　　　　　　　20

fatale monstrum : quae generosius

perire quaerens nec muliebriter

　　expavit ensem nec latentis

　　　　classe cita reparavit oras,

ausa et iacentem visere regiam　　　　　　　　　25

voltu sereno, fortis et asperas

　　tractare serpentes, ut atrum

　　　　corpore conbiberet venenum,

deliberata morte ferocior :

saevis Liburnis scilicet invidens　　　　　　　　30

　　privata deduci superbo

　　　　non humilis mulier triumpho.

連同因疾腌臢的男子們那
遭玷汙的畜羣, 任甚麼全都　　　　　　　　10
　希求無度, 還爲甘美的
　　機運醒醉: 可這瘋狂終因

幾無一艦倖免於火而減退,
飲馬里亞酒而癲迷的心智
　也被逼迫陷入實有的　　　　　　　　　15
　　恐懼: 凱撒自義大利鼓櫂

飛來追亡逐北, 如鷹隼追逐
柔順的白鴿, 又好似疾速的
　獵手在海茫的雪原裏
　　趁野兔, 以將這災厄異物　　　　　　　20

投畀鎖鏈; 而她卻更高貴地
自取滅亡: 既不婦人般見刃
　失色也不要以速駛的
　　艦隊易換可藏身的涯岸,

她還敢於正視匍匐的王宮　　　　　　　　25
面無動容, 並且勇敢地操起
　嶙峋的虺蛇, 好用身體
　　盡飲它烏黑的毒汁; 她因

這精心決斷的死變得更兇,
這不卑微的婦人想必憎見　　　　　　　　30
　被褫後載以殘忍利伯
　　艇牽引至侮慢的凱旋式。

XXXVIII

Persicos odi, puer, adparatus,

displicent nexae philyra coronae,

mitte sectari, rosa quo locorum

　　sera moretur.

simplici myrto nihil adlabores　　　　　　　　　　5

sedulus curo : neque te ministrum

dedecet myrtus neque me sub arta

　　vite bibentem.

三十八

波斯的飾物，小子啊！我憎惡；
以椴結束的花冠並不喜人：
莫要四處追索遲綻的玫瑰
　　滯留的地方。

除樸素桃金娘你何所操忙　　　　　　5
我不在意：桃金娘不辱沒你，
侍從，也不辱沒葡萄繁枝下
　　暢飲着的我。

CARMINVM
LIBER ALTER

I

Motum ex Metello consule civicum
bellique causas et vitia et modos
    ludumque Fortunae gravisque
        principum amicitias et arma

nondum expiatis uncta cruoribus,   5
periculosae plenum opus aleae,
    tractas et incedis per ignis
        suppositos cineri doloso.

paulum severae musa tragoediae
desit theatris : mox ubi publicas   10
    res ordinaris, grande munus
        Cecropio repetes coturno,

insigne maestis praesidium reis
et consulenti, Pollio, curiae,
    cui laurus aeternos honores   15
        Delmatico peperit triumpho.

讚歌集卷第二

一

肇於墨忒洛平章年的民變、
戰爭之由、罪孽和委曲以及
　　機運的博弈與元首們
　　　沉重的友誼、加上被尚未

襄解的凝血所汙衊的刀兵，　　　　　　　　　　　5
（充斥着危機的擲骰的著作），
　　你都編摩，如同行在爲
　　　騙人的灰燼掩蓋的火上。

莊嚴悲劇的詩詠雖已稍稍
退出劇場：就在編列國事的　　　　　　　　　　10
　　同時著刻科羅的革靴
　　　你將要重啟宏偉的使役；

於哀慟苦主、於平章國是是
聚議堂的傑出干城，波里歐！
　　月桂爲你在達爾馬的　　　　　　　　　　　15
　　　凱旋式綻開常青的彩飾。

iam nunc minaci murmure cornuum

perstringis auris, iam litui strepunt,

　　iam fulgor armorum fugacis

　　　　terret equos equitumque voltus.　　　　　　　　20

audire magnos iam videor duces

non indecoro pulvere sordidos

　　et cuncta terrarum subacta

　　　　praeter atrocem animum Catonis.

Iuno et deorum quisquis amicior　　　　　　　　　　25

Afris inulta cesserat inpotens

　　tellure, victorum nepotes

　　　　rettulit inferias Iugurthae.

quis non Latino sanguine pinguior

campus sepulcris inpia proelia　　　　　　　　　　　30

　　testatur auditumque Medis

　　　　Hesperiae sonitum ruinae ?

qui gurges aut quae flumina lugubris

ignara belli ? quod mare Dauniae

　　non decoloravere caedes ?　　　　　　　　　　　35

　　　　quae caret ora cruore nostro ?

sed ne relictis, Musa, procax iocis

Ceae retractes munera neniae ;

　　mecum Dionaeo sub antro

　　　　quaere modos leviore plectro.　　　　　　　40

就在此時，號角嚇人的喧鳴
震耳欲聾，此時彎號在吹響，
　　此時甲胄的輝煌震懾
　　　　辟易的馬和騎兵的容顏。　　　　　　20

我此刻彷彿聽見爲並非不
光彩之土垢汙的大首領們，
　　及其已經征服的全地，
　　　　祇除卡圖那顆倔強的心。

猶諾和衆神中更親阿非利　　　　　　　25
的雖無能，自未復讎的土地
　　撤出，卻終將得勝者的
　　　　子孫獻作猶古塔的人殉。

哪箇拉丁之血所沃的疆場
不是以墳塋見證着非虔的　　　　　　　30
　　戰鬭和瑪代人聽到的
　　　　夕域傾圮時所出的轟響？

哪道深淵抑哪條河流不識
喪憫的戰爭？哪片道諾之海
　　不曾爲屠戮變色？哪處　　　　　　　35
　　　　海岸沒有霑我們的纖血？

可是別丟棄了詼諧，任性的
摩薩！去重舉基俄殯歌之奠；
　　請共我在丟涅之洞以
　　　　輕柔些的琴撥尋覓律節。　　　　　40

II

Nullus argento color est avaris
abdito terris, inimice lamnae
Crispe Sallusti, nisi temperato
    splendeat usu.

vivet extento Proculeius aevo,   5
notus in fratres animi paterni ;
illum aget pinna metuente solvi
    Fama superstes.

latius regnes avidum domando
spiritum quam si Libyam remotis   10
Gadibus iungas et uterque Poenus
    serviat uni :

crescit indulgens sibi dirus hydrops
nec sitim pellit, nisi causa morbi
fugerit venis et aquosus albo   15
    corpore languor.

redditum Cyri solio Prahaten
dissidens plebi numero beatorum
eximit Virtus populumque falsis
    dedocet uti   20

vocibus, regnum et diadema tutum
diferens uni propriamque laurum,
quisquis ingentis oculo inretorto

二

藏匿於貪婪土地中的白鑭
無色，不親愛箔條的<u>卷髮人
撒盧士修</u>！除非撙節的使用
　　使得它光燦。

<u>普羅庫留</u>之命會延年益壽，　　　　　　5
知曉待弟如父的胸襟心懷；
他爲長存的聲名托舉於怕
　　垂落的翅上。

馴服了貪婪之氣你能主宰
更廣，廣於若你將<u>利比亞</u>與　　　　　10
遙遠的<u>加迪</u>並駕、使兩<u>布匿</u>
　　均侍奉一人。

嚇人的水腫因自我寬縱而
增生，卻不能止渴，除非病因
脫離血脈、積水的虛弱離開　　　　　15
　　慘白的身體。

復辟了<u>古列</u>御座的<u>弗老底</u>，
與庶民相左的賢德將他自
蒙福者之數中除名，它還教
　　民衆放棄用　　　　　　　　　　　　20

僞言，把王國和安穩的王冕
以及長久的月桂奉送一人；
祇要他看見龐然的珍寶堆

spectat acervos.

III

Aequam memento rebus in arduis
servare mentem, non secus in bonis
　　ab insolenti temperatam
　　　　laetitia, moriture Delli,

seu maestus omni tempore vixeris,　　　　　　　　　　5
seu te in remoto gramine per dies
　　festos reclinatum bearis
　　　　interiore nota Falerni.

quo pinus ingens albaque populus
umbram hospitalem consociare amant　　　　　　　　10
　　ramis ? quid obliquo laborat
　　　　lympha fugax trepidare rivo ?

huc vina et unguenta et nimium brevis
flores amoenae ferre iube rosae,
　　dum res et aetas et sororum　　　　　　　　　　15
　　　　fila trium patiuntur atra.

cedes coemptis saltibus et domo
villaque flavos quam Tiberis lavit,
　　cedes et exstructis in altum
　　　　divitiis potietur heres.　　　　　　　　　　20

divesne prisco natus ab Inacho

時目不斜睄。

三

你要記得在艱難時世當中
保存平和之心，在順境裏也
　　仍要有抑制異常喜悅
　　　　的心態，必有一死的<u>得流</u>！

要麼你悲哀度過所有時光，　　　　　　　　　　5
要麼你便每逢節日側身臥
　　於退隱的草坪上享用
　　　　幽室裏標誌<u>法崚</u>的旨酒。

何以那株鉅松和白楊皆喜
以枝椏連理那好客的陰翳？　　　　　　　　　　10
　　緣何那條攲斜的河裏
　　　　逃逸的溪水在辛勤激盪？

快命人進上膏油、葡萄酒和
　　可人玫瑰那太短促的花朵，
　　直到物華與年華都要　　　　　　　　　　　15
　　　　屈服於那三姊妹的烏線。

你將退離所實的田莊、室廬
和爲<u>提貝</u>濁水沖刷的別業，
　　你將退離，而你的承嗣
　　　　將坐擁堆積如山的財富。　　　　　　　20

你是出身於古代<u>印那古</u>的

nil interest an pauper et infima
  de gente sub divo moreris,
    victima nil miserantis Orci :

omnes eodem cogimur, omnium   25
versatur urna serius ocius
  sors exitura et nos in aeternum
    exilium inpositura cumbae.

IV

Ne sit ancillae tibi amor pudori,
Xanthia Phoceu : prius insolentem
serva Briseis niveo colore
  movit Achillem,

movit Aiacem Telamone natum   5
forma captivae dominum Tecmessae,
arsit Atrides medio in triumpho
  virgine rapta,

barbarae postquam cecidere turmae
Thessalo victore et ademptus Hector   10
tradidit fessis leviora tolli
  Pergama Grais.

nescias an te generum beati
Phyllidis flavae decorent parentes ;
regium certe genus et penatis   15
  maeret iniquos.

富人還是最低種姓的貧兒
　勾留於天下都無所謂：
　　不慈悲的<u>奧耳古</u>的犧牲！

我们全被<u>驅</u>至同一地，所有　　　　　　25
人的運道在甕中搖，它或遲
　或早會出來，將被寘於
　　筏上好進入永久的流放。

四

爲你莫以对婢女的愛爲恥，
<u>弗基</u>人<u>洗蒂亞</u>啊：昔有女奴
<u>布里塞</u>雪樣的顏色打動過
　倨傲<u>阿基琉</u>；

打動<u>忒拉蒙</u>之子主子<u>埃亞</u>　　　　　　5
的曾有女俘<u>忒墨薩</u>的美貌；
<u>阿特柔</u>之子凱旋時曾爲所
　掠童女中燒，

番軍淪陷於<u>帖撒利</u>的勝者
之後，<u>赫克托</u>被清除，方相讓　　　　　10
<u>別加城</u>，更易爲精疲力竭的
　希臘人所拔。

說不定黄髮<u>腓利</u>有福的雙
親會給你這女婿增光添彩：
她必定要哀哭她的王族和　　　　　　　15
　不利的竈神。

crede non illam tibi de scelesta

plebe dilectam neque sic fidelem,

sic lucro aversam potuisse nasci

 matre pudenda.   20

bracchia et voltum teretesque suras

integer laudo — fuge suspicari —

cuius octavum trepidavit aetas

 claudere lustrum.

V

Nondum subacta ferre iugum valet

cervice, nondum munia conparis

 aequare nec tauri ruentis

  in venerem tolerare pondus ;

circa virentis est animus tuae   5

campos iuvencae, nunc fluviis gravem

 solantis aestum, nunc in udo

  ludere cum vitulis salicto

praegestientis. tolle cupidinem

inmitis uvae : iam tibi lividos   10

 distinguet autumnus racemos

  purpureo varius colore.

iam te sequetur : currit enim ferox

aetas et illi quos tibi dempserit

 adponet annos ; iam proterva   15

別信你所鍾情的她會來自
無賴庶族，也別信這等忠貞
　　又不貪財的她會產自令人
　　　　羞恥的母親。　　　　　　　　　　20

她的手臂、面顏和圓潤的脛
我無邪地讚許：請免除猜忌，
　　本人的年歲匆匆行將關閉
　　　　第八度祓除。

五

尚未可將軛加諸所馴服的
頸上，尚未可均分驪駕者的
　　仔肩，也未可在交歡中
　　　　承受衝擊的牡牛的重量。

你的牝犢心繫茁壯的原野，　　　　　　　5
時而在河水中紓解沉悶的
　　酷暑，時而在濕潤的柳
　　　　林裏歡躍向前同牡犢們

嬉戲。消除對那生澀葡萄的
情慾吧：很快殷紅色的多彩　　　　　　　10
　　秋天將要爲你分別出
　　　　那些青紫色的串串蔓蔓。

不久她將追趕你(因蠻橫的
年歲奔走並將減你的年華
　　加給她)，不久額頭前衝，　　　　　　15

fronte petet Lalage maritum,

dilecta, quantum non Pholoe fugax,
non Chloris albo sic umero nitens
    ut pura nocturno renidet
        luna mari Cnidiusve Gyges,   20

quem si puellarum insereres choro,
mire sagacis falleret hospites
    discrimen obscurum solutis
        crinibus ambiguoque voltu.

VI

Septimi, Gadis aditure mecum et
Cantabrum indoctum iuga ferre nostra et
barbaras Syrtis, ubi Maura semper
    aestuat unda :

Tibur Argeo positum colono   5
sit meae sedes utinam senectae,
sit modus lasso maris et viarum
    militiaeque.

unde si Parcae prohibent iniquae,
dulce pellitis ovibus Galaesi   10
flumen et regnata petam Laconi
    rura Phalantho.

ille terrarum mihi praeter ominis

　　　　拉拉格就將要尋覓配偶。

躲閃的伏洛沒她這般惹你
愛憐，革来利白臂猶如清月
　　輝灑於黍夜的海上，也
　　　　不及她，或者尼多的居戈──　　　20

把他你若編入少女的歌隊，
其披散的髮和兩可不定的
　　臉頰模糊的區別就能
　　　　神奇地騙過敏覺的來客。

六

塞蒂繆！你要同我遠走加迪，
到未馴化承受吾國之軛的
　　坎大布和蠻夷敘提，那兒毛利
　　　　的浪濤長滾：

惟願阿耳戈定居者所置的　　　　　　　　　5
提布耳成爲我終老的棲所，
　　願其成爲倦於海、路和征役
　　　　的我的歸宿。

自那兒，倘若帕耳卡無情阻攔，
我就尋以革裹身的羊以爲　　　　　　　　10
　　甜的加萊河和拉古法蘭多
　　　　治下的鄉野。

那箇地隅勝於所有地方朝

angulus ridet, ubi non Hymetto

mella decedunt viridique certat　　　　　　　　　　　　15

　　baca Venafro,

ver ubi longum tepidasque praebet

Iuppiter brumas et amicus Aulon

fertili Baccho minimum Falernis

　　invidet uvis.　　　　　　　　　　　　　　　　20

ille te mecum locus et beatae

postulant arces : ibi tu calentem

debita sparges lacrima favillam

　　vatis amici.

VII

O saepe mecum tempus in ultimum

deducte Bruto militiae duce,

　　quis te redonavit Quiritem

　　　　dis patriis Italoque caelo,

Pompei, meorum prime sodalium,　　　　　　　　　5

cum quo morantem saepe diem mero

　　fregi coronatus nitentis

　　　　malobathro Syrio capillos ?

tecum Philippos et celerem fugam

sensi relicta non bene parmula,　　　　　　　　　10

　　cum fracta virtus et minaces

　　　　turpe solum tetigere mento :

我微笑，那兒蜂蜜不讓許美多，

而青果則可與葱蘢的維那

　　弗羅鎭爭鋒；　　　　　　　　　　　　15

那裏猶庇特賜予了長春和

溫和的冬至，與多產的巴庫

友善的奧龍阪也極少嫉妬

　　法垓的葡萄；　　　　　　　　　　　　20

那箇居處及其蒙福的戍樓

征調你造訪我：那裏你將以

所欠的淚拋灑你友巫覡那

　　尚溫的骨灰。

<h1 style="text-align:center">七</h1>

哦幾度共我於布魯圖統帥

的軍中身陷絕境的人兒啊！

　　誰交還你这居林人給

　　　神祇、父國和義大利天空？

龐培！我衆多伙伴中的首位！　　　　　　5

同你我幾度以酒消磨永日，

　　搽敘利亞多摩羅跋香

　　　而光亮的髮上戴着花環；

同你一道，腓力比倉皇逃竄

嘗親歷，不光彩地棄盾拋甲，　　　　　　10

　　賢德銷毀，猙獰的將士

　　　腮頰把汙穢的地面接觸；

sed me per hostis Mercurius celer

denso paventem sustulit aere,

　　te rursus in bellum resorbens　　　　　　　　　　　15

　　　　unda fretis tulit aestuosis.

ergo obligatam redde Iovi dapem

longaque fessum militia latus

　　depone sub lauru mea nec

　　　　parce cadis tibi destinatis.　　　　　　　　　　20

oblivioso levia Massico

ciboria exple, funde capacibus

　　unguenta de conchis. quis udo

　　　　deproperare apio coronas

curatve myrto ? quem Venus arbitrum　　　　　　　　25

dicet bibendi ? non ego sanius

　　bacchabor Edonis : recepto

　　　　dulce mihi furere est amico.

VIII

Vlla si iuris tibi peierati

poena, Barine, nocuisset umquam,

dente si nigro fieres vel uno

　　turpior ungui,

crederem : sed tu simul obligasti　　　　　　　　　　5

perfidum votis caput, enitescis

pulchrior multo iuvenumque prodis

可迅捷的墨古利將驚恐的
我裹以濃雾挾持穿過萬軍，
　　你卻爲浪濤挾返鼎沸　　　　　　　　　15
　　　　的海峽重又吞入戰爭裹。

故而請還應許猶父的筵席，
請把你因久戍疲倦的肢體
　　放倒在我的月桂樹下，
　　　　勿要節省給你存的酒罎。　　　　　20

把助人遺忘的馬西庫酒斟
滿豆鍾，自闊容的螺中傾注
　　香膏。誰照看以潤濕的
　　　　香芹或者用桃金娘枝來

趕制花環？誰將被維奴宣爲　　　　　　　25
監酒的令官？縱飲我莫要比
　　厄東人清醒：對於我，讓
　　　　復得的朋友發瘋纔甜美。

八

任何所起假誓的懲罰若曾
傷害過你，巴里娜！你若曾經
因僅一枚黑齒或一片指甲
　　而變得醜陋，

我仍信你：可在你把背信的　　　　　　　5
頭顱繫於誓言時，你卻愈發
光彩美麗，作爲衆少的公共

publica cura.

expedit matris cineres opertos
fallere et toto taciturna noctis   10
signa cum caelo gelidaque divos
    morte carentis.

ridet hoc, inquam, Venus ipsa, rident
simplices Nymphae ferus et Cupido
semper ardentis acuens sagittas   15
    cote cruenta.

adde quod pubes tibi crescit omnis,
servitus crescit nova nec priores
inpiae tectum dominae relinquunt
    saepe minati.   20

te suis matres metuunt iuvencis,
te senes parci miseraeque nuper
virgines nuptae, tua ne retardet
    aura maritos.

IX

Non semper imbres nubibus hispidos
manant in agros aut mare Caspium
    vexant inaequales procellae
        usque nec Armeniis in oris,

amice Valgi, stat glacies iners   5

牽掛而亮相。

欺騙你母親已掩埋的骨灰、
全天空上默默無語的夜星、　　　　　　　　　　10
以及那些沒有冰冷死亡的
　　　神明很容易。

她，我是說維奴她，一笑置之，
單純的妶女們也笑，殘暴的
丘比特總磨礪熾熱箭簇於　　　　　　　　　　　15
　　　帶血的砥石。

再者所有後生都爲你長大，
新的奴隸長大，不虔女主的
前任們雖常威脅，卻並未棄
　　　其宅舍而去。　　　　　　　　　　　　　20

你，母親們因其少子們懼怕，
你，慳吝翁們和悲慘的新婚
處女懼怕，怕你的風滯留了
　　　她們的新郎。

九

雨水並不永久從雲裏滴入
崎嶇的野地或不寧的颶風
　　　一直翻卷喀士波海不
　　　　　消停；在亞美尼亞疆域內，

友善的法爾久！也非有惰滯　　　　　　　　　　5

mensis per omnis aut Aquilonibus
  querqueta Gargani laborant
    et foliis viduantur orni :

tu semper urges flebilibus modis
Mysten ademptum nec tibi vespero   10
  surgente decedunt amores
    nec rapidum fugiente solem.

at non ter aevo functus amabilem
ploravit omnis Antilochum senex
  annos nec inpubem parentes   15
    Troilon aut Phrygiae sorores

flevere semper. desine mollium
tandem querellarum et potius nova
  cantemus Augusti tropaea
    Caesaris et rigidum Niphaten,   20

Medumque flumen gentibus additum
victis minores volvere vertices
  intraque praescriptum Gelonos
    exiguis equitare campis.

X

Rectius vives, Licini, neque altum
semper urgendo neque, dum procellas
cautus horrescis, nimium premendo
  litus iniquum.

　　的冰積存終年, 或有迦耳干
　　　的橡林與朔風相掙扎、
　　　　花楸樹林被剝落了葉子:

　　你卻總以嗚咽之調煩擾被
　　　奪走的彌土托, 昏星昇起或　　　　　　　　10
　　　　在逃避流動的太陽時,
　　　　　你一曲曲情愛都不退隱;

　　可那身歷三世的老人並未
　　　歲歲哭他可愛的安提洛古,
　　　　稚幼特羅伊洛的父母　　　　　　　　　15
　　　　　或弗呂家的姊妹亦未曾

　　永久悲泣。那就停止陰柔的
　　　哀號吧! 不如讓我們來歌詠
　　　　至尊凱撒新近的繳獲
　　　　　和那僵硬的尼法托山脈,　　　　　　20

　　以及匯入所降諸民的瑪代
　　　河泛起變小的漩渦、在所劃
　　　　的界內戈洛尼人如何
　　　　　在狹窄的野地裏頭縱馬。

十

　　你將會活得更正直, 利基紐!
　　若你既不總逼近深海, 也不
　　因防範颶風而縠觫, 太迫近
　　　參差的海岸。

auream quisquis mediocritatem   5
diligit, tutus caret obsoleti
sordibus tecti, caret invidenda
    sobrius aula.

saepius ventis agitatur ingens
pinus et celsae graviore casu   10
decidunt turres feriuntque summos
    fulgura montis

sperat infestis, metuit secundis
alteram sortem bene praeparatum
pectus : informis hiemes reducit   15
    Iuppiter, idem

submovet ; non, si male nunc, et olim
sic erit : quondam cithara tacentem
suscitat Musam neque semper arcum
    tendit Apollo.   20

rebus angustis animosus atque
fortis adpare, sapienter idem
contrahes vento nimium secundo
    turgida vela.

XI

Quid bellicosus Cantaber et Scythes,
Hirpine Quincti, cogitet Hadria
    divisus obiecto, remittas

誰致力於尋求黃金的中庸，　　　　　　　　　　5
就能安全免遭敝屋的齷齪，
就能清醒免遭自己的宮廈
　　爲他人覬覦。

巨松方更常爲風騷動，樓宇
高標聳立，傾圮時則傾倒得　　　　　　　　　10
更爲沉重，爲電光擊中的都
　　是最高的山。

有備的胸懷在險境中展望、
在順境中憂懼運命的變換：
失形的冬天猶庇特會帶迴，　　　　　　　　　15
　　同樣會將它

驅散；並非是倘若此時運厄，
日後亦然：時時以頌琴驚醒
沉默的摩薩，阿波羅也並非
　　一直在張弓。　　　　　　　　　　　　　20

仄境之中要顯出精氣神和
膽量：同樣，明智的是你如果
收捲爲過於強健的順風所
　　漲滿的船帆。

十一

好戰的坎塔布人和塞種人，
希平人崑修！(中有亞底亞海
　　橫亘隔絕)，策劃甚麼，你

quaerere nec trepides in usum

poscentis aevi pauca. fugit retro   5
levis iuventas et decor, arida
 pellente lascivos amores
  canitie facilemque somnum ;

non semper idem floribus est honor
vernis neque uno luna rubens nitet   10
  voltu : quid aeternis minorem
   consiliis animum fatigas ?

cur non sub alta vel platano vel hac
pinu iacentes sic temere et rosa
  canos odorati capillos,   15
   dum licet, Assyriaque nardo

potamus uncti ? dissipat Euhius
curas edacis. quis puer ocius
  restinguet ardentis Falerni
   pocula praetereunte lympha ?   20

quis devium scortum eliciet domo
Lyden ? eburna dic age cum lyra
  maturet, in comptum Lacaenae
   more comam religata nodum.

XII

Nolis longa ferae bella Numantiae

　　暫緩探尋，也勿爲寡求的

此生用度焦躁怵惕：苗條的　　　　　　　　　　5
青春和容顏反向奔逃，同時
　　乾枯的蒼老驅散尋歡
　　　作樂的情愛和易入之眠。

春華的榮光也並非永遠都
同樣，月亮也不以同一張臉　　　　　　　　　　10
　　煥發紅光：何必以永恆
　　　的思慮勞煩更短促的心？

胡不這般隨意臥于高大的
懸鈴木下或在此松之下以
　　玫瑰熏染蒼髮，趁其時　　　　　　　　　　15
　　　尚可，讓膏以亞述甘松的

我们權且縱飲？讓歐奧驅散
饕餮的憂慮。哪箇童子將要
　　快些用流經的泉水來
　　　熄滅法棱的葡萄烈酒杯？　　　　　　　　20

哪箇要從家裏誘出呂德那
狹僻處的皮肉倡？去請！讓她
　　攜牙琴，趕快！依拉凱納
　　　妝樣她已將頭髮束爲辮髻。

　　　　　　　　十二

你不會把彪悍努曼夏的久戰、

nec durum Hannibalem nec Siculum mare

Poeno purpureum sanguine mollibus

　　aptari citharae modis

nec saevos Lapithas et nimium mero　　　　　　　　　5

Hylaeum domitosque Herculea manu

Telluris iuvenes, unde periculum

　　fulgens contremuit domus

Saturni veteris, tuque pedestribus

dices historiis proelia Caesaris,　　　　　　　　　10

Maecenas, melius ductaque per vias

　　regum colla minacium.

me dulcis dominae Musa Licymniae

cantus, me voluit dicere lucidum

fulgentis oculos et bene mutuis　　　　　　　　　15

　　fidum pectus amoribus ;

quam nec ferre pedem dedecuit choris

nec certare ioco nec dare bracchia

ludentem nitidis virginibus sacro

　　Dianae celebris die.　　　　　　　　　　　　20

num tu quae tenuit dives Achaemenes

aut pinguis Phrygiae Mygdonias opes

permutare velis crine Licymniae

　　plenas aut Arabum domos,

cum flagrantia detorquet ad oscula　　　　　　　　25

或是把兇頑漢尼拔或布匿的
鮮血染紫的西西里海以柔軟
　　的節律調寄於頌琴,

也不會吟詠粗野的拉庇提人　　　　　　　5
和酗酒的木怪、爲赫古勒之手
降服的土地所生衆子,——光耀的
　　古撒屯之宮戰栗於

此危厄——: 而是最好以散文的
史記來述說凱撒的歷歷征戰,　　　　　　10
梅克納! 以及猙獰的萬王延頸
　　被牽引遊行於遠衢。

而我, 摩薩則欲令吟誦女主人
利金尼婭的甜美詠章, 好好誦
她神采奕奕的双眸和忠貞於　　　　　　15
　　彼此間愛情的胸膛;

這並不辱沒她, 若她在舞隊中
蹈足或竞相諧謔或在狄安娜
節慶的的聖日裏遊戲當中向
　　光耀的童女們伸手。　　　　　　　　20

擁有豐贍的阿契美尼的你豈
願以利金尼婭的秀髮易肥沃
弗呂家的米董尼亞的財富或
　　阿剌伯充溢的宮室,

當她傾斜脖頸給火烈的吻或　　　　　　25

cervicem aut facili saevitia negat

quae poscente magis gaudeat eripi,

    interdum rapere occupet ?

XIII

Ille et nefasto te posuit die,

quicumque primum, et sacrilega manu

    produxit, arbos, in nepotum

        perniciem opprobriumque pagi ;

illum et parentis crediderim sui   5

fregisse cervicem et penetralia

    sparsisse nocturno cruore

        hospitis ; ille venena Colcha

et quidquid usquam concipitur nefas

tractavit, agro qui statuit meo   10

    te, triste lignum, te caducum

        in domini caput inmerentis.

quid quisque vitet, numquam homini satis

cautum est in horas. navita Bosphorum

    Poenus perhorrescit neque ultra   15

        caeca timet aliunde fata,

miles sagittas et celerem fugam

Parthi, catenas Parthus et Italum

    robur : sed inprovisa leti

        vis rapuit rapietque gentis.   20

以隨便的殘忍拒絕時？——她比那
索取者更享受被人搶劫，偶爾
　　也爲搶先主動出擊。

十三

誰在某箇凶日裏栽種了你，
隨便誰是始作者，用盜廟的
　　手植下你，樹啊！都成了
　　　子孫的災難、鄉里的恥辱，

我相信他定曾扭斷生父的　　　　　　　　　5
脖頸，曾把主人貪夜的衊血
　　濺灑在堂奧；曾手觸過
　　　高勒吉毒劑和隨便哪樣

能想得出的犯禁之物的人，
是他把你，你這可悲的木頭！　　　　　　10
　　蠢在我地裏，讓你活該
　　　倒在不該着的業主頭上。

人要躲避的事，他時時刻刻
都怵惕不夠；布匿水手觳觫
　　於博斯普海峽，此外幷　　　　　　　　15
　　　不懼他處看不見的命運，

兵士怕安息人的箭和急遁，
安息人怕鎖鏈和義大利的
　　勁旅；然死之不可預見
　　　之力昔曾幷將劫擄萬民。　　　　　　20

quam paene furvae regna Proserpinae

et iudicantem vidimus Aeacum

　　sedesque discretas piorum et

　　　　Aeoliis fidibus querentem

Sappho puellis de popularibus,　　　　　　　　　　25

et te sonantem plenius aureo,

　　Alcaee, plectro dura navis,

　　　　dura fugae mala, dura belli.

utrumque sacro digna silentio

mirantur umbrae dicere, sed magis　　　　　　　　30

　　pugnas et exactos tyrannos

　　　　densum umeris bibit aure volgus.

quid mirum, ubi illis carminibus stupens

demittit atras belua centiceps

　　auris et intorti capillis　　　　　　　　　　　35

　　　　Eumenidum recreantur angues ?

quin et Prometheus et Pelopis parens

dulci laborem decipitur sono

　　nec curat Orion leones

　　　　aut timidos agitare lyncas.　　　　　　　40

XIV

Eheu fugaces, Postume, Postume,

labuntur anni nec pietas moram

　　rugis et instanti senectae

我多麼險些目覩了幽暗的
波塞嬪娜國、埃阿古審判、和
　　給敬虔者分派的席位!
　　　　險些目覩薩福在埃奧利

絃上哀怨其國民少女, 和你,　　　　　　　　25
阿爾凱! 以金撥將舟的艱難、
　　將亡命的艱難困苦和
　　　　戰爭的艱難奏得更渾厚。

眾魂影驚異於此二人述說
應享神聖緘默之事, 可摩肩　　　　　　　　30
　　相擠的影羣, 耳朵更願
　　　　啜飲戰伐和僭主遭驅逐。

何必驚奇, 當那百首怪獸因
這些歌詩罔然垂下黑耳, 而
　　糾結於好心的女神們　　　　　　　　35
　　　　髮髻間的虺蛇居然鬆弛?

連普羅墨修和伯洛之父也
在苦役中着了他甜美之聲
　　的魔, 獵戶也不上心
　　　　驚擾獅子或怯懦的猞猁。　　　　　40

十四

悲夫, 年華啊, 波圖默! 波圖默!
逃逸流逝, 敬虔并不會延緩
　　皺紋、臨近的耄耋之年

adferet indomitaeque morti,

non si trecenis quotquot eunt dies,   5
amice, places inlacrimabilem
   Plutona tauris, qui ter amplum
     Geryonen Tityonque tristi

conpescit unda, scilicet omnibus,
quicumque terrae munere vescimur,   10
   enaviganda, sive reges
     sive inopes erimus coloni.

frustra cruento Marte carebimus
fractisque rauci fluctibus Hadriae,
   frustra per autumnos nocentem   15
     corporibus metuemus Austrum :

visendus ater flumine languido
Cocytos errans et Danai genus
   infame damnatusque longi
     Sisyphus Aeolides laboris,   20

linquenda tellus et domus et placens
uxor, neque harum quas colis arborum
   te praeter invisas cupressos
     ulla brevem dominum sequetur.

absumet heres Caecuba dignior   25
servata centum clavibus et mero
   tinguet pavimentum superbo,

　　和不可馴服的死亡到來：

不，縱使過去的每天你，朋友！　　　　　　　　　　5
都用三百犧牲取悅無淚的
　　普魯同，（他以悲哀之洪
　　　　囚禁三重龐大的戈利昂

和提提奧），要知道我們任誰
凡是食土地饋贈的，都將要　　　　　　　　　　　10
　　擺渡其上，無論我們是
　　　　王公抑或是乏產的農夫。

我們空要擺脫血汗的戰神
和喧囂的亞底亞海的碎浪，
　　我們空要懼怕那年年　　　　　　　　　　　　15
　　　　秋天吹拂的傷身的凱風：

將看見水流遲緩的嘆息河
駿黑，蜿蜒，還有聲名狼藉的
　　達瑙家族和埃奧洛之
　　　　子西緒弗遭譴罰做長役。　　　　　　　20

將拋棄土地、室廬和喜人的
妻子，你栽的樹，除了可憎的
　　柏樹以外不會有別的
　　　　要跟隨你這期促的主人。

更配享有的承嗣將揮霍用　　　　　　　　　　　25
百把鏁鑰秘藏的卡古酒，他
　　將以驕傲的醇醴濡濕

pontificum potiore cenis.

XV

Iam pauca aratro iugera regiae

moles relinquent, undique latius

　　extenta visentur Lucrino

　　　stagna lacu platanusque caelebs

evincet ulmos. tum violaria et　　　　　　　　　　　　　5

myrtus et omnis copia narium

　　spargent olivetis odorem

　　　fertilibus domino priori,

tum spissa ramis laurea fervidos

excludet ictus. non ita Romuli　　　　　　　　　　　　10

　　praescriptum et intonsi Catonis

　　　auspiciis veterumque norma :

privatus illis census erat brevis,

commune magnum ; nulla decempedis

　　metata privatis opacam　　　　　　　　　　　　　　15

　　　porticus excipiebat arcton

nec fortuitum spernere caespitem

leges sinebant, oppida publico

　　sumptu iubentes et deorum

　　　templa novo decorare saxo.　　　　　　　　　　20

地磚, 優勝過於教宗筵席。

十五

很快王宮般的廣廈將祇留
小畹給鏵犁, 水塘的廣袤將
　　處處覘來比<u>盧里諾湖</u>
　　　　更敞闊, 鰾居的懸鈴木將

蓋過榆樹叢; 到時紫羅蘭圃、　　　　　　　　　　5
桃金娘與鼻孔的所有豐盛
　　將把芬芳灑滿前業主
　　　　據有時曾多產的橄欖園,

到時枝椏茂密的月桂樹將
阻擋熱切的擊打。──<u>羅慕洛遵</u>　　　　　　　10
　　禽兆的訓誡、<u>薙髮卡圖</u>
　　　　與古人的規矩並非如是:

他們的私人財產審估很小,
公產則大, 沒有度量達十尺
　　的私人柱廊去捕捉多　　　　　　　　　　　15
　　　　蔭而晦暗的<u>大熊星座</u>,

律法那時也不許輕蔑隨便
可得的泥土, 卻命令以
　　公共貲費和新石料來
　　　　妝點城邑與眾神的廟宇。　　　　　　20

XVI

Otium divos rogat in patenti
prensus Aegaeo, simul atra nubes
condidit lunam neque certa fulgent
   sidera nautis,

otium bello furiosa Thrace, 5
otium Medi pharetra decori,
Grosphe, non gemmis neque purpura ve-
   nale nec auro.

non enim gazae neque consularis
submovet lictor miseros tumultus 10
mentis et curas laqueata circum
   tecta volantis.

vivitur parvo bene, cui paternum
splendet in mensa tenui salinum
nec levis somnos timor aut cupido 15
   sordidus aufert.

quid brevi fortes iaculamur aevo
multa ? quid terras alio calentis
sole mutamus ? patriae quis exsul
   se quoque fugit ? 20

[scandit aeratas vitiosa navis
Cura nec turmas equitum relinquit,
ocior cervis et agente nimbos

十六

閒適爲受驚之人在敞開的
愛琴海向衆神乞求，一有烏
雲藏月、一沒了定位的辰宿
　　照耀水手們；

閒適爲作戰瘋狂的忒拉基、　　　　　　　5
閒適爲裝飾箭箭的瑪代人，
革羅夫！不可能以珍玩、絳衣
　　或黄金購得：

因爲并沒有寶藏或平章的
執梃驅散得内心裏的悲慘　　　　　　　10
騷動和環繞着鑲板的屋頂
　　撲飛的憂慮。

誰的小餐桌上有祖傳鹽鉢
燦爛，就善以簡約過好生活，
就無恐懼和汙濁的慾望剝　　　　　　　15
　　奪輕鬆睡眠。

何以我們生年短促卻昂然
多所投擲？何以易他鄉之日
所炙之土？去國流亡者孰
　　非自我逃避？　　　　　　　　　　20

[致病的憂慮登上鑲銅的艇，
不離騎兵旅，迅疾過於牡鹿，
也過於驅趕積雨陰霾來自

ocior Euro.]

laetus in praesens animus quod ultra est   25
oderit curare et amara lento
temperet risu : nihil est ab omni
    parte beatum.

abstulit clarum cita mors Achillem,
longa Tithonum minuit senectus :   30
et mihi forsan, tibi quod negarit,
    porriget hora.

te greges centum Siculaeque circum-
mugiunt vaccae, tibi tollit hinnitum
apta quadrigis equa, te bis Afro   35
    murice tinctae

vestiunt lanae : mihi parva rura et
spiritum Graiae tenuem Camenae
Parca non mendax dedit et malignum
    spernere volgus.   40

XVII

Cur me querelis exanimas tuis ?
nec dis amicum est nec mihi te prius
    obire, Maecenas, mearum
        grande decus columenque rerum.

a, te meae si partem animae rapit   5

東南的滔風。]

就讓快活於當下的心厭惡　　　　　　　　　25
爲未來遙遠的事擔憂，就請
以淡笑調劑苦澀：無人所有
　　方面都蒙福。

顯赫的阿基琉爲速死帶走，
提圖衰萎於他漫長的老年，　　　　　　　30
而時辰拒絕交與你的也許
　　將會給予我。

你，百畜和西西里的牝牛
環繞低哞，朝你，四駢駕的
牝馬昂首嘶叫，你，阿非利　　　　　　　35
　　紫貝重染的

羊毛衣裏：我啊，薄田和希臘
嘉墨娜的細息由不撒謊的
帕耳卡交與，準我輕蔑居心
　　不良的俗衆。　　　　　　　　　　　40

十七

爲甚麼你的呻吟令我窒息？
於衆神於我皆非友好，若你，
　　梅克納！我的崇彩和我
　　　　萬事的棟樑，果先行而逝。

啊，你！我靈魂的一分！若遭早　　　　　5

maturior vis, quid moror altera,
　　nec carus aeque nec superstes
　　　　integer ? ille dies utramque

ducet ruinam. non ego perfidum
dixi sacramentum : ibimus, ibimus,　　　　　　　　　　10
　　utcumque praecedes, supremum
　　　　carpere iter comites parati.

me nec Chimaerae spiritus igneae
nec si resurgat centimanus Gyges
　　divellet umquam : sic potenti　　　　　　　　　　　15
　　　　Iustitiae placitumque Parcis.

seu Libra seu me Scorpios adspicit
formidolosus pars violentior
　　natalis horae seu tyrannus
　　　　Hesperiae Capricornus undae,　　　　　　　　20

utrumque nostrum incredibili modo
consentit astrum : te Iovis inpio
　　tutela Saturno refulgens
　　　　eripuit volucrisque Fati

tardavit alas, cum populus frequens　　　　　　　　25
laetum theatris ter crepuit sonum :
　　me truncus inlapsus cerebro
　　　　sustulerat, nisi Faunus ictum

dextra levasset, Mercurialium

來的力所攄，另一分又何存？
　　我不會自珍一如從前，
　　　　也不會完整存活。那一日

將引起你我的傾圮。我未發
背信之誓：我們將同行、同行，　　　　　　　　　10
　　無論你何時導夫先路，
　　　　伙伴都預備好登邅末塗。

我啊，噴火的基邁拉的氣息
或百手的居阿若又站起都
　　永不會撕碎，若這般可　　　　　　　　　　　15
　　　　取悅大能正義和帕耳卡。

無論天秤還是天蝎相覷我，——
我的生辰中那可怕的一分
　　遠更強大，——抑或是司掌
　　　　夕域洪濤的那君主摩羯：　　　　　　　20

我們的星座彼此相契之度
人難置信；你，爲光曜的保祐
　　神猶父从悖逆的撒屯
　　　　那裏奪下，延遲了命運的

飛翮，那時聚集的民衆們在　　　　　　　　　　25
戲院三鼓歡快的噪響；我則
　　幾被傾倒的樹幹擊中
　　　　頭腦而毙命，倘若不是有

沃奴，墨古利人的護衛神靈，

custos virorum. reddere victimas   30
    aedemque votivam memento :
        nos humilem feriemus agnam.

XVIII

Non ebur neque aureum
    mea renidet in domo lacunar,
non trabes Hymettiae
    premunt columnas ultima recisas
Africa neque Attali   5
    ignotus heres regiam occupavi
nec Laconicas mihi
    trahunt honestae purpuras clientae.
at fides et ingeni
    benigna vena est pauperemque dives   10
me petit : nihil supra
    deos lacesso nec potentem amicum
largiora flagito,
    satis beatus unicis Sabinis.
truditur dies die   15
    novaeque pergunt interire lunae :
tu secanda marmora
    locas sub ipsum funus et sepulcri
inmemor struis domos
    marisque Bais obstrepentis urges   20
submovere litora,
    parum locuples continente ripa :
quid quod usque proximos
    revellis agri terminos et ultra

把那撞擊巧妙地減輕。別忘　　　　　　　　30
　　還犧牲和許下的神龕；
　　　　我們則宰隻低微的羔羊。

十八

無象牙也無金製
　　藻井鑲板在我家裏頭焜耀，
無許美多的屋楣
　　倚壓自阿非利的深處鑿下
的立柱，也無未聞　　　　　　　　　　　5
　　的承嗣霸佔亞他洛的王國，
我也無有體面的
　　女附庸們紡績拉古的絳衣。
誠信纔是稟賦的
　　豐厚泉脈，富人將求訪我這　　　　　10
貧寒之士：對上界
　　眾神我無所干犯，也不向權
貴友人索取厚禮，
　　有唯一一處薩賓得福足矣。
日與日交相驅迫，　　　　　　　　　　15
　　新月也一次次急匇匇淪蝕：
你催人把大理石
　　臨自己的喪葬前切削，砌
屋廈全忘了塋室，
　　在百璦你要強行驅退喧譁　　　　　20
鼓譟的海濱，覺得
　　受水邊所圍還不足夠殷饒；
再何況還總刨起
　　緊鄰的田疇界碑，又貪婪地

limites clientium　　　　　　　　　　　　　　25

　　salis avarus ? pellitur paternos

in sinu ferens deos

　　et uxor et vir sordidosque natos.

nulla certior tamen

　　rapacis Orci fine destinata　　　　　　　30

aula divitem manet

　　erum. quid ultra tendis ? aequa tellus

pauperi recluditur

　　regumque pueris, nec satelles Orci

callidum Promethea　　　　　　　　　　35

　　revexit auro captus. hic superbum

Tantalum atque Tantali

　　genus coercet, hic levare functum

pauperem laboribus

　　vocatus atque non vocatus audit.　　　　40

XIX

Bacchum in remotis carmina rupibus

vidi docentem, credite posteri,

　　Nymphasque discentis et auris

　　　　capripedum Satyrorum acutas.

euhoe, recenti mens trepidat metu　　　　　5

plenoque Bacchi pectore turbidum

　　laetatur, euhoe, parce Liber,

　　　　parce gravi metuende thyrso.

fas pervicacis est mihi Thyiadas

跨過附庸莊業的　　　　　　　　　　25
　　壟畦？他夫妻二人懷揣祖傳
神明偶像同他們
　　遍遍的小兒女被強行驅逐。
然而沒有廳堂等
　　候財主比貪戾的奧耳古劃　　　　30
界的更確然無疑。
　　爲何你要擴張逾界？公平的
土地既向貧兒也
　　向王子敞開，奧耳古的僕役
不會爲黃金所動　　　　　　　　　　35
　　載還慧黠的普羅墨修；他拘
禁傲慢的坦塔洛
　　和坦塔洛氏族，無論受招或
不受招他都聆聽
　　完工的貧兒，好解脫其勞役。　　40

十九

巴庫在遙遠的巖間，我目覩
他教授歌詩——就指望後人吧！——
　　給好學的妖女和羝足
　　　　的薩堤羅們豎起的尖耳；

歐奧！剛纏的恐懼令心悸動，　　　　5
胸中充滿了巴庫，在迷亂中
　　喜樂。歐奧！寬貰！利倍爾，
　　　　因持重茴香杖令人畏懼。

歌詠耐久的忒亞女的葡萄

vinique fontem lactis et uberes　　　　　　　　　10
　　cantare rivos atque truncis
　　　　lapsa cavis iterare mella,

fas et beatae coniugis additum
stellis honorem tectaque Penthei
　　disiecta non leni ruina　　　　　　　　　　15
　　　　Thracis et exitium Lycurgi.

tu flectis amnis, tu mare barbarum,
tu separatis uvidus in iugis
　　nodo coerces viperino
　　　　Bistonidum sine fraude crinis.　　　　　20

tu, cum parentis regna per arduum
cohors gigantum scanderet inpia,
　　Rhoetum retorsisti leonis
　　　　unguibus horribilique mala ;

quamquam choreis aptior et iocis　　　　　　　25
ludoque dictus non sat idoneus
　　pugnae ferebaris ; sed idem
　　　　pacis eras mediusque belli.

te vidit insons Cerberus aureo
cornu decorum leniter atterens　　　　　　　　30
　　caudam et recedentis trilingui
　　　　ore pedes tetigitque crura.

酒泉、歌詠流淌醍醐的富饒

　溪流、祖述樹洞裏滴出

　　的蜂蜜，於我爲合乎天條；　　　　　　　10

歌詠位列星宿的他福妻的

光彩、彭脩因不輕的傾圮而

解體的屋頂、忒拉基人　　　　　　　　　15

　　呂古戈的終結，合乎天條。

你轉移河川，轉移蠻邦之海，

你醺醉時在遠隔的雙峯以

　虺蛇結束起比斯東之

　　女的髮鬠卻於她們無傷。　　　　　　　20

你，當戈岡的羣黟悖逆不孝

沿陟壁攀登汝父的王城時，

　羅圖被你用獅子爪甲

　　和令人恐懼的頜頰驅退；

雖然你據稱更宜於喜樂的　　　　　　　　25

團舞和賽戲，於戰鬭你則被

　視爲不夠中用；但你曾

　　一般居間於太平和戰爭。

你，刻耳卜羅注視而不傷，用

牠的尾輕輕摩蹭妝點金角　　　　　　　　30

　的你，又用吐三舌的嘴

　　觸碰你倒行的足與脛踝。

XX

Non usitata nec tenui ferar
pinna biformis per liquidum aethera
　　vates neque in terris morabor
　　　　longius invidiaque maior

urbis relinquam. non ego, pauperum　　　　　　　　　　5
sanguis parentum, non ego, quem vocas,
　　dilecte Maecenas, obibo
　　　　nec Stygia cohibebor unda.

iam iam residunt cruribus asperae
pelles et album mutor in alitem　　　　　　　　　　　10
　　superne nascunturque leves
　　　　per digitos umerosque plumae.

iam Daedaleo notior Icaro
visam gementis litora Bosphori
　　Syrtisque Gaetulas canorus　　　　　　　　　　　15
　　　　ales Hyperboreosque campos ;

me Colchus et qui dissimulat metum
Marsae cohortis Dacus et ultimi
　　noscent Geloni, me peritus
　　　　discet Hiber Rhodanique potor.　　　　　　　20

absint inani funere neniae
luctusque turpes et querimoniae ;
　　conpesce clamorem ac sepulcri
　　　　mitte supervacuos honores.

二十

我爲既不尋常亦不薄弱的
羽翼荷載翺翔晶瑩的太清，
　　作複形巫史，不在地上
　　　　淹留，且讓我比妬忌爲大，

退棄市廛。我這貧寒父母的　　　　　　　　　　5
血胤，我，你所呼喚的，親愛的
　　梅克納! 將不會殞沒，也
　　　　不會爲斯提川洪流所圍。

就在此時脛股上的糙皮已
褪萎，我上身變化爲白色的　　　　　　　　　　10
　　飛禽，還有手指和雙臂
　　　　上面也生出光滑的羽毛。

比代達洛子伊卡羅更知名，
我，囀鳴的飛禽，俯瞰博斯普
　　悲號的堤岸、蓋圖洛人　　　　　　　　　　15
　　　　的敍提以及朔外的原野。

我，高勒吉人、把對冒西營的
恐懼藏起的達西人、極遠的
　　戈洛人將習知; 我，西比
　　　　的宿儒、飲羅訥河者能解。　　　　　　20

殯歌不要伴我空虛的葬禮，
也不要難聽的慟哭哀怨聲;
　　請節制嚎喪並請取消
　　　　立塋冢這樣多餘的榮譽。

E SVETONI VITA HORATI

Q. Horatius Flaccus Venusinus, patre, ut ipse tradit, libertino   **1***
et exactionum coactore, ut vero creditum est, salsamentario, cum
illi quidam in altercatione exprobrasset 'quotiens ego vidi patrem
tuum bracchio se emungentem',   5

   bello Philippensi excitus a M. Bruto imperatore tribunus
militum meruit ; victisque partibus venia inpetrata scriptum
quaestorium conparavit.

   ac primo Maecenati, mox Augusto insinuatus non mediocrem
in amborum amicitia locum tenuit.   10

   Maecenas quantopere eum dilexerit satis testatur illo
epigrammate :

   ni te visceribus meis, Horati,

   plus iam diligo, tu tuum sodalem

   † nimio videas strigosiorem,   15

sed multo magis extremis iudiciis tali ad Augustum elogio : *Horati*   **2***
Flacci ut mei esto memor.

   Augustus epistularum quoque ei officium obtulit, <ut> hoc
ad Maecenatem scripto significat : *ante ipse sufficiebam scribendis*
epistulis amicorum : nunc occupatissimus et infirmus Horatium   5
nostrum a te cupio abducere. veniet ergo ab ista parasitica mensa
ad hanc regiam et nos in epistulis scribendis adiuvabit. ac ne

賀拉斯傳

隋東尼　作

1*　　　崑·賀拉斯·弗拉古，維奴夏人，據其自述，父爲釋放奴隸，
專以拍賣斂錢爲業，人則信其實在醃魚行業，因人或嘗於口角時
5　詈之曰："我屢屢目睹你父舉臂拭涕"。

　　　腓力比之戰，受統帥馬·布魯圖蠱惑，拜參軍；繼而其黨敗
績，遇赦得辟度支書記。

10　　　先受梅克納、旋爲至尊所納，於二人友情獲寵逾常。

　　　受梅克納鍾愛之深，其所作箴銘詩足以爲證：

　　　你，賀拉斯，若我如今不再

　　　滿腔熱忱鍾愛，你將見你

15　　　夥伴我將變得瘦骨嶙峋，

2*　　　然而更堪爲證者係其遺囑中致至尊條款，其文曰："念賀拉
斯·弗拉古如念我"。

　　　至尊嘗欲辟爲秉筆祕書，如其致梅克納書中所云："嚮者朋
5　友間書札往來我皆躬親操觚，今我冗務纏身，又加體弱，故欲引
你我之友賀拉斯自你處，如此其將自寄生於你之席移抵本王之

recusanti quidem aut succensuit quicquam aut amicitiam suam
ingerere desiit. exstant epistulae, e quibus argumenti gratia pauca   10
subieci : *sume tibi aliquid iuris apud me, tamquam si convictor*
mihi fueris ; recte enim et non temere feceris, quoniam id usus
mihi tecum esse volui, si per valetudinem tuam fieri possit. et
rursus *: tui qualem habeam memoriam, poteris ex Septimio quoque*
nostro audire ; nam incidit ut illo coram fieret a me tui mentio.   15
neque enim si tu superbus amicitiam nostram sprevisti, ideo nos
quoque ἀνθυπερηφανοῦμεν. praeterea saepe eum inter alios iocos
'purissimum pene<m>' et 'homuncionem lepidissimum' appellat
unaque et altera liberalitate locupletavit. scripta quidem eius usque   20
adeo probavit mansuraque perpetua opinatus est, ut non modo
saeculare carmen conponendum iniunxerit, sed et Vindelicam
victoriam Tiberii Drusique privignorum suorum, eumque coegerit
propter hoc tribus carminum libris ex longo intervallo quartum
addere, post sermones vero quosdam lectos nullam sui mentionem   25
habitam ita sit questus : *irasci me tibi scito, quod non in plerisque*
eiusmodi scriptis mecum potissimum loquaris. an vereris ne apud
posteros infame tibi sit, quod videaris familiaris nobis esse ?   3*
expressitque eclogam ad se, cuius initium est :

> *cum tot sustineas et tanta negotia solus,*
> *res Italas armis tuteris, moribus ornes,*
> *legibus emendes, in publica commoda peccem,*   5
> *si longo sermone morer tua tempora, Caesar.*

habitu corporis fuit brevis atque obesus, qualis et a semet ipso
in saturis describitur et ab Augusto hac epistula : *pertulit ad me*
Onysius libellum tuum, quem ego ut accusantem quantuluscumque   10
est boni consulo. vereri autem mihi videris ne maiores libelli

10　席，助我作書草札。"雖爲所拒，卻毫無慍怒，亦未與絕情。今存
其書若干，茲附於此以爲佐證："自我處你儘可依理取用，一若你
已久爲我席上客，蓋爲你凡事得體而不魯莽故也，與你相與如此

15　我所願也，第汝身強體健可堪爲用。"再則："你我所惦念，我你
可自你我之友塞蒂繆處得聞，因我方與語道及你。若你倨傲且
蔑視你我友情，我仍不欲ἀνθυπερηφανοῦμεν(以倨傲相報)."慣

20　以種種諢號相稱呼，如"至純小頭"、"至雅侏儒"等等，屢屢大
方出手贍濟之。其寫作至此皆受其褒讚，信將流傳百世，故而非
特命其撰寫世紀賽會頌歌，復命詠養子提貝留暨得魯修文德里

25　大捷，且爲此於三卷讚歌書成已久之後趣其再添第四卷。既覽
其匯談詩集，見其中未道及己，遂怨之曰："你當知我慍怒於你，
3*　因你此等文中未有專與我相談者。豈因你怕後人視你與我熟絡
而於你聲譽有損乎？"強令其選集致己，其開篇曰：

　　　　當你一人獨自撐起如許多冗務，
　　　　以刀兵捍衛、以風俗裝點義大利國家，
5　　　　以法懲戒，那就是對公益的犯罪，
　　　　如果我以長篇雜談耽擱你的時間，該撒。

　　　其人體材短肥，一如所作雜詩中所自況者。至尊作札云：
10　"奧尼修攜你小書與我，書雖自貶云薄弱如許，我受之如佳物。

tui sint quam ipse es. sed tibi statura deest, corpusculum non deest. itaque licebit in sextariolo scribas, quo circuitus voluminis tui sit ὀγκωδέστατος, sicut est ventriculi tui.

ad res venereas intemperantior traditur ; nam specula to<to>   15
cubiculo [scorta] dicitur habuisse disposita, ut quocumque
respexisset <s>ibi [ei] imago coitus referretur.

vixit plurimum in secessu ruris sui Sabini aut Tiburtini
domusque ostenditur circa Tiburni luculum.

    ● ● ● ● ● ● ● ● ● ● ● ● ●

venerunt in manus meas et elegi sub titulo eius et epistula   20
prosa oratione quasi commendantis se Maecenati, sed utraque falsa
puto ; nam elegi volgares, epistula etiam obscura, quo vitio minime
tenebatur.

natus est VI idus decembris L. Cotta et L. Torquato   4*
consulibus, decessit V kal. decembris C. Mar<c>io Censorino
et C. Asinio Gallo consulibus post nonum et quinquagesimum
<diem quam Maecenas obierat aetatis agens septimum et
quinquagesimum> annum herede Augusto palam nuncupato, cum   5
urgente vi valetudinis non sufficeret ad obsignandas testamenti
tabulas. humatus et conditus est extremis Esquiliis iuxta
Maecenatis tumulum.

然依我所見你怕並無大於此冊者。你雖短於身高，卻不闕體寬。如此你便可書於六分杯上，你詩卷將較你肚囊 ὀγκωδέστατος（更圓）."

15　　其人於情慾之事據傳無節制；因據稱其置鏡於臥室以御[妓]，以便自觀交媾鏡像。

常退隱於其薩賓莊園或提布耳別業，人於提布耳樹林周邊指點可識。

　　　• • • • • • • • • • • •

20　　傳至我手中者其名下有哀歌數首、散文書札一枚，爲其自薦於梅克納說辭，然我以爲皆僞；蓋因哀歌庸劣，書信晦澀，此等疵病其作中極爲罕見。

4*　　生於盧•哥達與盧•陶夸多平章年第拾月望日倒數六日，歿於蓋•馬耳修•肯索林與蓋•阿辛紐•蓋洛平章年第拾月朔日前五

5　日，後於<梅克納去世>五十九日<歿，享年五十七>歲。時身遭病襲無力封緘遺囑寫版，遂公證至尊爲承嗣。與梅克納合葬於厄斯奎里坂側。

{说明}：

　　H詩集中世紀若干鈔本含箋注者，多冠以詩人小傳一篇。《書信集》II 1 Porphyrio古注小序摘引此傳中文字，由此可證其古。傳文古本雖未題作者，Porphyrio《書》II 1小序稱出自平和人蓋·隋東尼(C. Suetonius Tranquillus，約75–150年)，學者胥無異議，按當出自其鉅製《賢才列傳》(*De viris illustribus*)中《詩人列傳》(*De poetis*)。隋東尼原著今殘缺不全，其中《羅馬十二帝本紀》保存最完整、最廣爲人知，此外尚存詩人列傳若干、語文學家列傳若干等。此傳今存文本亦非完帙，古時恐遭詩集編者刪剪，然所闕未多。

　　哈德里安(Hadrianus)朝(117–138年)隋東尼辟秉筆祕書，故能遊乎祕閣，披覽至尊遺書。此傳當係纂編至尊書信並連綴詩人集中自敘身世與交遊詩句而成。體例則遵循希臘化時代以還傳記常規。

　　譯文邊碼據Klingner詩人詩集所載原文，其中黑體阿剌伯數字加星號(例如**1***)爲原書頁碼，之下白體阿剌伯數碼(例如15)爲原書中每頁行碼。箋注次序即依此頁碼行碼。

{箋注}：

1*

　　1–5. 【拍賣斂錢爲業】*exactionum coactor*，coactor係拍賣捐客，爲買家與賣家間中人，買賣雙方錢財交易須經其手始可成交，故亦稱coactor argentarius，銀錢捐客。【人則信】*ut vero creditum est*，區別於上行【據其自述】*ut ipse tradit*，示此說爲傳聞。販魚業低微利薄，以此爲生恐難支付其子高昂學費，當係詩人中傷者誹謗之詞。

　　5–10.【腓力比之戰】*bellum Philippense*、【馬·布魯圖】*M. Brutus*、【參軍】*tribunus militum*，語在"緒論"§ 1.5。【度支書記】*scriptus quaestorius*，隸屬於國庫(aerarium)，官府在首神廟山腳下撒屯廟內。然職責實如記室，即今所謂國家檔案館，專司謄鈔長老院決議、鈔寫草擬文書等事。【先受……旋爲……】語在"緒論"§ 1.5引《雜》I 6, 54 ff.詩文。

　　10–15. 引詩末行：鈔本有異文，原文*nimio*或作Ninnio，如從此讀，則該句義爲：我將較尼紐更嶙峋。

15–20.【條款】梅克納指至尊承嗣其遺產，特囑其代爲顧恤詩人。

2*

1–5.【秉筆祕書】*epistularum officium*, 隋東尼所記有誤。隋東尼本人嘗官此職，然至尊時尚無此官。至尊當欲延詩人入其幕府佐其草札，非有官職。雖然，其威望地位恐過於後世秉筆祕書。詩人能不爲之所誘，至尊雖遭拒仍能寬宏爲懷，皆堪揄揚。

5–10.【寄生】*parasitica*、【本王】*regia*皆戲語，未可據以論至尊爲人倨傲或輕蔑詩人。

19–15.【塞蒂繆】*Septimius*, 身份未詳，或以爲同集中II 6同名所贈者，參觀該詩注。

15–20.【小頭】原文*penis*即男根，以爲諢號昵稱。【侏儒】*homuncio*, 見後文【其人體材短肥】。至尊慣以諢號稱呼所愛者，今存致孫書稱其孫“最喜人之驢駒”(meus asellus iucundissimus), 載蓋留(Aulus Gellius)《阿提卡夜譚》(*Noctes Atticae*)XV 7, 3.【提貝留】本名Tiberius Claudius Nero, 生於前43年，卒於西曆紀元37年。前39年，其母離婚後再婚嫁至尊，故爲至尊繼子。至尊死後於紀元14年直至沒世爲羅馬皇帝。前15–13年，共其弟【得魯修】(Nero Claudius Drusus)遠征北疆多瑙河之服，降日耳曼種萊提人(Raeti)及其北鄰凱爾特種文德里人(Vindelici), 即【文德里大捷】所指。H受命所賦者在集中卷四，IV 4及IV 14, 以此且因卷四他篇可證，H續寫《讚歌集》第四卷，非祇緣爲提貝留等輩慶捷也。

20–25.【三卷讚歌】*tribus carminum libris*, 《讚歌集》初編前三卷於前23年後半年面世，【第四卷】*quartum*, 前13年後半年問世。【匯談詩集】*sermones*，後世別稱詩人《雜詩集》爲《匯談詩集》，然此處指其《書信集》。【未道及己】H《書信集》大部係致詩人多位友人，至尊本不在其列。【選集】*ecloga*, 《書信集》卷二，所引詩爲卷中首篇。

3*

5–10.【短】*brevis*,《雜》II 3, 308 f.,：“ab imo / ad summum totus moduli bipedalis,”“自底/至頂總計兩尺”；《書》I 20, 24：“corporis exigui”,“身材短小”。【肥】*obesus*,《書》I 4, 14 f.：“me pinguem et nitidum bene curata cute vises, / cum ridere voles, Epicuri de grege porcum.”“你想一笑時就來看我,肥胖、皮膚/光澤,伊壁鳩魯畜羣中一頭豬。”【雜詩】*saturae*, 非特指《雜詩集》,而實兼稱《雜詩集》與《書信集》。【奧尼修】*Onysius*, 詩人所蓄奴僕。【小書】*libellus*, 未詳爲詩人何書。

10–15.【六分杯】*sextariolus*, 酒杯一種,體矮膛闊。古時莎草紙唯埃及可產,價昂。古人亦見有書於瓦片者。至尊所言雖爲調笑,然並非全無實據。【其人……鏡像】隋東尼遵希臘化時代傳記通例,於傳末描狀傳主體貌直至隱私細節。近代作家學者於此文多感不安,萊辛特爲此撰長文《贖救賀拉斯》(*Die Rettungen des Horaz*), 駁後世道德指摘詩人之妄,且斥此段文字爲中傷者所增。《傳》文此處以及此前述H父拭涕傳聞字句文本是否爲後人竄入,詳見Wilhelm von Christ, *Horatiana*, pp.67 f.

15–20.【薩賓莊園】*rus Sabinum*, 詳見注；【提布耳別業】*rus Tiburtinum*, 詳見注。【指點】*ostenditur*, 謂隋東尼時代遊人至此,導遊者爲之指點詩人故居舊址。“指點”如言“最是楚宮俱泯滅,舟人指點到今疑”,唯隋東尼距詩人未遠,其屋尚在,遊客無須生疑也。

4*

1–5.【盧·哥達與盧·陶夸多平章年】*L. Cotta et L. Torquato consulibus*, 即西曆紀元前65年。【第十月望前六日】*VI idus decembris*, 依現代曆法計爲十二月八日。【蓋·馬耳修·肯索林與蓋·阿辛紐·蓋洛平章年】*C. Mar‹c›io Censorino et C. Asinio Gallo consulibus*, 即西曆紀元前8年。【第十月朔前五日】*V kal. decembris*, 依現代曆法計爲十一月二十七日。

引用文獻目錄及提要

本目錄除"工具書"一項外僅列書中引用文獻

常用希臘羅馬經典中文簡稱

《哀》=奧維德《哀怨集》= *Tristia*

《埃》=維吉爾《埃涅阿記》= *Aeneidos*

《奧》=1.荷馬《奧德修記》= *Odysseia*；2.品達《奧林波競技讚歌》= *Olympionikais*

《變》=奧維德《變形記》= *Metamorphoses*

《地》=品達《地峽競技讚歌》=*Isthmionikais*

《對》=賀拉斯《對歌集》= *Epodon*

《工》=赫西俄德《工與日》= *Erga kai hemerai*

《海》=奧維德《本都海書》= *Ex Ponto libri quattuor*

《紀》=賀拉斯《世紀讚歌》= *Carmen saeculare*

《牧》=維吉爾《牧歌》= *Bucolica*

《涅》=品達《涅米亞競技讚歌》= *Nemeonikais*

《農》=維吉爾《農事詩》= *Georgicon*

《女書》=奧維德《女書集》= *Heroides*

《匹》=品達《匹透競技讚歌》= *Pythionikais*

《情》=奧維德《情愛集》= *Amores*

《書》=賀拉斯《書信集》= *Epistulae*

《術》=奧維德《愛術》= *Ars amatoria*

《藥》=奧維德《愛之解藥》= *Remedia amoris*

《伊》=荷馬《伊利昂記》= *Iliados*

《藝》=賀拉斯《詩藝》= *Ars poetica*

《英華》= 《希臘短詩英華》= *AP* = *Anthologia Palatina*

《月》=奧維德《月令》= *Fasti*

《雜》=賀拉斯《雜詩集》= *Saturae*

《讚》＝賀拉斯《讚歌集》＝ *Carmina*

西文書名及叢書名縮寫及代稱

AlG = Anthologia lyrica Graeca. ed. E. Diehl.《希臘豎琴詩擷英》

AP = Anthologia Palatina = Anthologia graeca《希臘短詩英華》=《英華》

BO = Scriptorum classicorum bibliotheca oxoniensis 牛津古典作家叢書

BT = Bibliotheca teubneriana scriptorum graecorum et romanorum 條布拿希臘羅馬作家叢書

CIL = Corpus Inscriptionum Latinarum《拉丁碑銘總彙》

CIA = Corpus Inscriptionum Atticarum《阿提卡碑銘總彙》

Class. J. = The Classical Journal. The Classical Association of the Middle West and South.《古典學期刊》

CLE = Carmina Latina epigraphica《拉丁碑銘詩集》

GL = Grammatici Latini《全拉丁文法學家集成》

com. = comicorum fragmenta praeter Plautum et syri quae feruntur sententias fragmenta.《普勞圖之外羅馬喜劇殘篇輯佚》. i.e. vol. 2 ex: *Scaenicae romanorum poesis fragmenta tertiis curis*

CR = The Classical Review. n.s. = New Series. Cambridge U.P.《古典學評論》期刊

ILS = Inscriptiones latinae selectae《拉丁碑銘選》

LSJ = Greek-English Lexicon《希臘文英文大辭典》

NH = R.G.M. Nisbet and Margaret Hubbard 二氏所著H《讚》卷一、二箋注

OLD = Oxford Latin Dictionary《牛津拉丁文大辭典》

PCG = Poetae comci graeci《希臘喜劇詩人鉤沉》

RE = Paulys Realencyklopädie der classischen Altertumswissenschaft《保呂氏西洋古典學大全》

TrGF = Tragicorum graecorum fragmenta《希臘悲劇輯佚》

1. 賀拉斯作品鈔本與版本：

a. 中古鈔本

已詳 "緒論" §2.1 "中古手鈔卷本"

b. 版本

十六世紀初以降版本列表已見 "緒論" §2.2 "近代版本"

2. 箋注(其中或含翻譯)

近世歐洲俗語箋注目錄已詳"緒論" §2.2

3. 賀拉斯研究與批評

Bick, Josef. *Horazkritik seit 1880*. Teubner: 1906.

Brink, C.O. *Horace on Poetry: Prolegomena to the Literary Epistles*. Cambridge U.P., 1963. 乃其注釋H論詩學諸篇詩作導論,見"緒論" §2.2條目。

Büchner, Karl. *Die römische Lyrik*. Stuttgart: Philipp Reclam jun., 1976. 含I 14, III 24, II 18, I 34, I 22, I 32, I 31, II 13, III 4, III 1–6羅馬讚歌, II 7, III 21, III 29, IV 2 詮釋。

——. *Studien zur römischen Literatur*, Bd. III. *Horaz*. Wiesbaden: Franz Steiner, 1962.

Christ, Wihelm von. *Horatiana*. In: *Sitzungsberichte der philosophisch-philologischen und der historischen Classe der k.b. Akademie der Wissenschaften zu München*. 1893, Heft I. 57–152.

*Fraenkel, Eduard. *Horace*. Oxford: Oxford U.P., 1957. 余曾紹介作者及此書於拙文《從夕國到旦方》,《小批評集》,頁一八三─一九〇。

*Heinze, Richard. *Die lyrische Verse des Horaz*. Amsterdam: Hakkert, 1959. 重印 1918年Teubner版。

Hertz, Martin. *Analecta ad Carminum Horatianorum historiam, II*. Breslau: 1878.

Heynemann, Sigismund Sussmann. *Analecta Horatiana*. hrsg. Gustav Krüger. Gotha: 1905.

*Keller, Otto. *Epilegomena zu Horaz*. 1. Teil. Leipzig: Teubner, 1879.

Kießling, Adolf. *Horatius*. In: A. Kießling und Ulrich von Wilamowitz-Moellendorff hrsg. *Philologische Untersuchungen* 2 (1881) *Zu Augusteischen Dichtern*

Lachmann, Karl. *Kleinere Schriften zur classischen Philologie*. Vol. II. Hrsg. von J. Vahlen. VI „Zu Horatius." Berlin: Reimer, 1867. pp. 76–100.

Manitius, M. *Analekten zur Geschichte des Horaz in Mittelalter bis 1300*. Göttingen: Dieterich, 1893.

*Pasquali, Giorgio. *Orazio Lirico: Studi*. Firenze: Felice le Monnier, 1920.

Pöschl, Viktor. *Horazische Lyrik. Interpretation*. Heidelberg: Carl Winter, 1970. 含I 5, 9, 35, 37; II 16; III 1, 25, 28, 29, 30諸篇解釋。

*Stemplinger, Eduard. *Horaz im Urteil der Jahrhunderte*. Leipzig: Dieterich, 1921.

——. *Das Fortleben der horazischen Lyrik seit der Renaissance*. Leipzig: Teubner,

1906. H《讚》後世傳承研究，迄今以此書爲最詳盡。全書分綜、分篇集錄二部，後者依《讚》、《對》篇什次序，逐一臚列文藝復興以降，意、法、英、德諸語詩人規模、捃撦與翻譯H詩句詩篇篇名，其中德語最詳，法語次之，英語遺漏甚多，意語最少。

*Syndikus, Hans Peter. *Die Lyrik des Horaz. Eine Interpretation der Oden.* 2 Bde. 3. völlig neu bearbeitete Aufl. Darmstadt: Wissenschaftliche Buchgesellschaft, 2001.

*Vollmer, Friedrich. *Überlieferungsgeschichte des Horaz.* In: *Philologus. Zeitschrift für das classische Altertum.* hrsg. Otto Crusius. Supplementband X. Leipzig: 1907. pp. 259–322.

Williams, Gordon. *Tradition and Originality in Roman Poetry.* Oxford: Oxford U.P., 1968.

4. 工具書

Bo, Dominicus. *Lexicon Horatianum.*《H詩歌辭典》. 2 voll. Lexika Indizes Konkordanzen zur klassischen Philologie I. 1–2. Hildesheim: Olms, 1965–1966. 引得類, 拉丁文釋義。

Crusius, Friedrich. *Römische Metrik: eine Einführung.*《羅馬詩律學導論》. neu bearb. von Hans Rubenbauer. Hildesheim/Zürich/NY: Olms, 1989.

Gildersleeve, B.L. & Lodge, G. *Latin Grammar.*《拉丁語法》. Wauconda, IL: Bolchazy-Carducci, 1989.

Glare P.G.W. ed. *Oxford Latin Dictionary.*《牛津拉丁文大辭典》. Oxford: Clarendon, 1982. = *OLD*

Gleditsch, Hugo. *Metrik der Griechen und Römer. Handbuch der klassischen Altertumswissenschaft in systematischen Darstellung mit besonderer Rücksicht auf Geschichte und Methodik der einzelnen Disziplinen.*《希臘羅馬詩律學》. hrsg. Iwan von Müller. 2. Bd., 3. Abteilung. 3. Aufl. München: Beck, 1901. pp.63–328.

Halporn, James W., Ostwald, Martin, and Rosenmeyer, Thomas G. *The Meters of Greek and Latin Poetry.*《希臘拉丁詩歌格律》. rev. ed. Indianapolis/Cambridge: Hackett, 1994.

Hall, F.W. *A companion to classical texts.*《古代文本必知》. Oxford: Clarendon, 1913.

Koch, G. A. *Vollständiges Wörterbuch zu den Gedichte des Q. Horatius Flaccus.*《H詩歌詞典》. 2. Aufl. Hannover: Hahn'sche Buchhandlung, 1879. 引得類, 德文釋義。

Kühner, Raphael & Stegmann, Carl. *Ausführliche Grammatik der lateinischen Sprache.*《拉丁語法詳論》. 2 Bde. Darmstadt: Wissenschaftliche Buchgesellshaft, 1971.

Lausberg, Heinrich. *Handbuch der literarischen Rhetorik. Eine Grundlegung der Literaturwissenschaft.*《文學修辭學手冊》. 4. Aufl. Stuttgart: Franz Steiner, 2008.

Lesky, Albin. *Geschichte der griechischen Literatur.*《希臘文學史》. 2., neu bearbeitete und erweiterte Aufl. Bern: Francke, 1963.

Liddell, Henry George and Scott, Robert. *Greek-English Lexicon.*《希臘文英文大辭典》. *With a revised supplement.* Rev. and aug. by Sir. Henry Stuart Jones. Oxford: Clarendon, 1996. = *LSJ*

Mochizuki, Shinkō望月信亨.《佛教大辭典》*Bukkyō Daijiten Hakkōjo.* 十冊. 東京：佛教大辭典発行所, 1931–36(昭和6–38)。台湾編譯版：《佛光大辭典》.

Monier-Williams, Monier. *A Sanskrit-English Dictionary.*《梵文英文辭典》. Oxford: Clarendon, 2006.

Pauly, August Friedrich von. hrsg. *Paulys Real-Encyclopädie der classischen Altertumswissenschaft*《保呂氏西洋古典學大全》. Neue Bearbeitung begonnen von G. Wissowa. München: A. Druckmüller, 1914–1972. = *RE*

Schanz, Martin. *Geschichte der römischen Litteratur bis zum Gesetzgebungswerk des Kaisers Justinian.*《羅馬文學史至猶士丁尼立法時代》. 4 Teile. 3. ganz umgearbeitete und stark vermehrte Aufl. *Handbuch der klassischen Altertumswissenschaft.* Hrsg. von Iwan von Müller. 8. Bd. München: Beck, 1998–1920. Beck社重修古典學手冊叢書, 拉丁文學史2002年第一卷問世後迄今尚未見涵蓋H時代卷本出版。英語學界迄今未有可相埒者。

Schweikle, Günther und Irmgard. hrsg. *Metzler Literatur Lexikon. Begriffe und Definitionen.*《Metzler文學辭典》. 2., überarbeitete Aufl. Stuttgart: J. B. Metzler, 1990.

Schwyzer, Eduard. *Griechische Grammatik.*《希臘文文法》. 4 Bde. Handbuch der Altertumswissenschaft 2, 1. 6. unveränd. Aufl. München: Beck, 1990.

Smyth, Herbert Weir. *Greek Grammar.*《希臘文文法》. rev. Gordon M. Messing. Harvard U.P., 1956.

Snell, Bruno. *Griechische Metrik.*《希臘詩律學》. 4. Aufl., Studienhefte zur Altertumswissenschaft 1. Hrsg. von B. Snell und Hartmut Erbse. Göttingen: Vandenhoeck & Ruprecht, 1997.

Suidae lexicon.《隋達辭典》. ed. Immanuel Bekker. Berlin: Reimer, 1854.

Thesaurus linguae latinae.《拉丁詞源辭典》. Leipzig: Teubner, 1900–. 未竟。迄今刊至卷十。

5. 古今總集與彙編

Anthologia Graeca.《希臘短詩英華》 (*Anthologia Palatina* cum *Anthologia*

Planudea). ed. Hermann Beckby. 6 Bde. 2. Aufl. Berlin: W. de Gruyter, 2014. = *AP* =《英華》。合和十七世紀發現於海德堡（Heidelberg）王宮藏書樓（Bibliotheca Palatina）卷本與傳世Maximus Planudes所纂本，後者所含而前者所無篇什合和後編爲末卷。

——. *The Greek Anthology*. with an Eng. trans. by W.R. Paton. 5 vols. Loeb: 1916–1918.

Anthologia latina sive poesis Latinae supplementum.《拉丁短詩擷英》. edd. A. Riese, F. Bücheler, E. Lommatzsch. Leipzig: 1868–1926.

Anthologia lyrica Graeca.《希臘豎琴詩擷英》. ed. Ernst Diehl. 3 voll. TB: 1936. = *AlG*

Bucolici graeci.《希臘田園詩集》. ed. A.S.F. Gow. BO: 1958. 含Theokritus, Moschus, Bion.

Carmina latina epigraphica.《拉丁碑銘詩集》. ed. Franciscus Buecheler. 2 voll. BT: 1895–1897. = *CLE*

Corpus Inscriptionum atticarum.《阿提卡碑銘總彙》. edd. Adolf Kirchhoff et al. 3 voll. Berlin: Reimer, 1873–1897.

Corpus Inscriptionum Latinarum.《拉丁碑銘總彙》. edd. F.W. Ritschl et al. 17 voll. Berlin: 1862–2012. = *CIL*

Die Fragmente des Vorsokratiker, griechisch und deutsch.《蘇格拉底前殘篇鉤沉》. edd. Walther Kranz/Hermann Diels. 3 Bde. Berlin: Weidmann, 1951.

Doxographi graeci.《希臘思想記事》. ed. Hermann Diels. Berlin: Reimer, 1879.

Epigrammata graeca ex lapidibus conlecta.《希臘碑文集成》. ed. Georg Kaibel = *Epigr.Gr.*

Grammatici latini.《全拉丁文法學家集成》. ed. Heinrich Keil. 7 voll. Leipzig: Teubner, 1856–1880. = *G.L.* 二世紀至七世紀拉丁文法手冊集成。蘇黎世大學（Universität Zürich）有在線重訂項目: http://www.mlat.uzh.ch/MLS/xanfang.php?corpus=13&lang=0

Gromatici veteres.《古縣師總彙》. ed. C.F. Lachmann. Berlin: Reimer, 1848–1852.《周禮》:"縣師，掌邦國都鄙稍甸郊里之地域而辨其夫家人民田萊之數，……，凡造都邑，量其地。"（《十三經》頁一五六七。借用以對翻羅馬量地之師gromatici。

Inscriptiones latinae selectae.《拉丁碑銘選》. ed. Hermann Dessau. 3 voll. Berlin: Weidmann, 1892–1916. *CIL*選輯。

Lyrica graeca selecta.《希臘豎琴詩選》. ed. D.L. Page. BO: 1968. 別裁*Poetarum lesbiorum fragmenta* 與*Poetae melici graeci*二集而成。

Poetae comici Graeci.《希臘喜劇詩人鉤沉》. 8 voll. edd. Rudolf Kassel et Colin Austin. Berlin/NY: de Gruyter, 1983–2001. = *PCG* Aristophanes與Menander莎

草紙文本待出，取代十九世紀以來德國先賢所纂諸種全希臘喜劇佚文彙編：
Fragmenta comicorum graecorum. ed. August Meinecke, 1839–1857; *Comicorum Atticorum fragmenta.* ed. Theodor Kock. 1880–1888; *Poetarum comicorum Graecorum fragmenta.* ed. Georg Kaibel. 1899.

Poetae latini minores.《拉丁次要詩人總彙》. ed. Emil Baehrens. 6 voll. BT: 1879–1886. post Baehrens. ed. Friedrich Vollmer. voll. 1–2. BT: 1910–1923. Vollmer生前未克完全修訂Baehrens舊版。

Poetae melici graeci.《希臘歌詩輯佚》. ed. D.L. Page. Oxford: Clarendon, 1962. 案 melici即豎琴詩. 含薩福、阿爾凱以外古希臘豎琴詩人。

Poetarum Lesbiorum fragmenta.《累士波島詩人輯佚》. edd. Edgar Lobel et Denys Page. Oxford: Clarendon, 1955. 案即薩福(Sappho)與阿爾凱(Alkaios)。

Rhetores graeci.《希臘修辭家總彙》. ed. Leonhard von Spengel. 3 voll. BT: 1853–1856.

Scaenicae romanorum poesis fragmenta tertiis curis.《羅馬戲曲殘篇輯佚》. ed. Otto Ribbeck. vol. 1: *tragicorum romanorum fragmenta*; vol. 2: *comocorum fragmenta praeter Plautum et syri quae feruntur sententias fragmenta.* = *com.* Teubner: 1897–1898. 卷一悲劇，卷二喜劇。

Stobaeus, Ioannes. *Anthologium.*《希臘文章擷英》. 5 voll. edd. Curtius Wachsmuth et Otto Hense. Berlin: Weidmann, 1884–1912. 五世紀希臘類書。所選作者達數百人。

Tragicorum graecorum fragmenta.《希臘悲劇輯佚》. edd. Richard Kannicht, Bruno Snell et Stefan Radt. Göttingen: Vandenhoeck & Ruprecht, 1971–2004. 取代 August Nauck 十九世紀輯本(Teubner, 1889).

6. 古今別集及他類著作(含箋注)

Aeschylos. 埃斯庫洛. *Septem quae supersunt tragoedias*《七齣悲劇》. ed. Denys Page. BO: 1986.

Aisopos. *Aisopeion mython synagoge.*《伊索寓言選》. ed. Carl Halm. TB: 1872.

Pseudo-Alexander Aphrodisiensis. 偽亞歷山大. *Alexandri Aphrodisiensis quae feruntur Problematorum libri 3 et 4.*《問題集卷》. ed. Hermann Usener. A. Kießling ed. *Jahresbericht über das königl. Joachimsthalsche Gymnasium.* Berlin: die königl. Akademie der Wissenschaften, 1859.

Anthology of Latin Poetry.《拉丁詩歌選》. ed. Robert Yelverton Tyrrell. London: Macmillan, 1901.

Appianus Alexandreus. 阿庇安. *Historia romana.*《羅馬史》. edd. Ludwig Mendelssohn et Paul Viereck. ed. altera. BT: 1986.

L. Apuleius Madaurensis. 阿普列. *Apulei Platonici Madaurensis opera quae supersunt.*《存世文集》. ed. R.W.O. Helm. BT: 1968.

Aratos. 亞拉托. *Phaenomena.*《天象論》. ed. Ernst Maass. Berlin: Weidmann, 1893.

Aristoteles. 亞里士多德. *Opera.*《全集》. ed. Immanuel Bekker. 5 voll. Berlin: Reimer, 1831–1870.

——. *Aristotle's Theory of Poetry and Fine Art,* with a critical text and translation of the *Poetics.* S.H. Butcher. NY: Dover, 1951.

Arnold, Matthew. 阿諾德. *Poetical Works.*《詩集》. London: Macmillan, 1893.

Augustus. 至尊. *Res gestae Divi Augusti.*《至尊功勳碑》. Ex monumentis ancryrano et apolloniensi iterum edidit Th. Mommsen. Berlin: Weidmann, 1883.

——. *Res gestae Divi Augusti.* With an intro. and commen. by P.A. Brunt and J.M. Moore. Oxford U.P., 1967.

Bacchylides. 巴刻居利得. *Carmina cum fragmentis.*《詩集含殘篇》. post B. Snell, ed. H. Maehler. BT: 1992.

Biblia sacra. Juxta Vulgatam Clementinam. Eds. Professores facultatis theologicae Parisiensis et Seminarii Sancti Sulpitii. Rome/Tornaci/Paris: 1947. 聖經拉丁文譯本。簡稱: 俗語本。

Boileau Despréaux, Nicholas. 布瓦洛. *Œuvre.*《文集》. ed. G. Mongrédien. Paris: Gaernier, 1961.

Bridges, Robert. 布里奇斯. *Poetical Works.*《詩集》. Oxford U.P., 1914.

Burke, Edmund. 柏克. *Reflections on the French Revolution.*《法國革命沉思錄》. Everyman's Library. 1910.

Byron, George Gordon. 拜倫. *Poetical Works.*《詩集》. ed. Frederick Page. Oxford U.P., 1970.

Callimachos. 迦利馬庫. *Callimachus.*《詩集》. ed. R. Pfeiffer. 2 voll. Oxford: Clarendon, 1949. vol. 1: *Fragmenta*; vol. 2: *Hymni et epigrammata.*

M. Porcus Cato. 卡圖. *M. Porci Catonis de agri cultura liber M. Terrenti Varronis Rerum rusticarum libri tres.*《爲農論》. ed. Henrich Keil. 3 voll. TB: 1884–1897.

Aulus Cornelius Celsus. 克爾蘇. *De medicina.*《醫療論》. with trans. W.G. Spencer. 3 vols. Loeb: 1935–1938.

Chaucer, Geoffrey. 喬叟. *The Complete Works.*《全集》. ed. Walter W. Skeat. Oxford U.P., 1933.

Marcus Tullius Cicero. 西塞羅. *Scripta quae manserunt omnia.*《存世全集》. edd. C.F.W. Müller et Reinhold Klotz. 11 voll. BT: 1889–1898.

Coleridge, Samuel Taylor. 柯勒律治. *The Poetical Works.*《詩集》. ed. Ernest Hartley Coleridge. Oxford U.P., 1912.

Collins, William. 見下 Gray.

Lucius Iunius Moderatus Columella. 哥倫美拉. *De re rustica*.《爲農論》. ed. R.H. Rodgers. BO: 2010.

Couvreur, Séraphin顧賽芬. *Cheu king: texte chinois avec une double traduction en français et en Latin*, une introduction et un vocabulaire par S. Couvreur. Ho kien fou 河間府: Imprimerie de la Mission catholique, 1896.《詩經》拉丁文法文譯本。

Cowley, Abraham. 考萊. *Poetry & Prose*.《詩與散文集》. ed. L.C. Martin. Oxford: Clarendon, 1949.

Cowper, William. 考珀. *The Complete Poetical Works*.《詩全集》. ed. H.S. Milford. Oxford U.P., 1913.

Crashaw, Richard. 克拉肖. *The Poems*.《詩集》. ed. L.C. Martin. 2nd. ed. Oxford: Clarendon, 1957.

Cassius Dio Cocceianus. 丟氏. *Historiarum romanarum quae supersunt*.《羅馬史遺書》. 3 voll. ed. Ursulus Philippus (U. Boissevain). Berlin: Weidmann, 1895–1931.

Demosthenes. 德謨斯蒂尼. *Orationes*.《演說集》. ed. Karl Fuhr. 3 voll. BT: 1914.

Dionysius Halicarnasensis. 丟尼修. *Antiquitatum romanarum quae supersunt*.《羅馬古事記遺書》. 4 voll. ed. Carolus Jacoby. BT: 1885–1905.

——. *Opuscula*.《短著集》. 2 voll. edd. Hermann Usener et Ludwig Radermacher. BT: 1899–1929.

Pedanius Dioscorides. 匹丹紐. *De materia medica*《藥典》. ed. Curtius Sprengel. in: *Medicorum graecorum opera quae exstant*《希臘醫書彙編》, voll. 25–26. ed. Carl Gottlob Kühn. Leipzig: 1821–1833.

Dryden, John. 德萊頓. *The Works of John Dryden*《全集》. ed. Sir Walter Scott, Bart. rev. George Saintsbury. 18 vols. Edinburgh: William Paterson, 1889.

Eliot, Thomas Stearns. 艾略特. *Collected Poems 1909–1962*.《詩集》. London: Faber and Faber, 1963.

Elizabethan Plays.《伊麗莎白朝戲曲集》. ed. Hazelton Spencer. Boston: Little Brown, 1933.

Epicurus. 伊壁鳩魯. *Epistulae tres et ratae sententiae a Laertio Diogene servatae in usum scholarum. Accedit gnomologium Epicureum vaticanum*.《書札三枚》. ed. Peter von der Mühll. BT: 1922.

——. *Epicurea*.《伊壁鳩魯鈎沉》. ed. Hermann Usener. Leipzig, Teubner, 1887.

Epictetus. 伊壁克忒托. *Dissertationes ab Arriano digestae*.《伊氏論語》. ed. Heinrich. BT: 1894.

Euripides. 歐里庇得. *Fabulae*.《傳奇》. ed. James Diggle. 3 voll. BO: 1984–1994.

Sextus Pompeius Festus. 斐士都. *De verborum significatione quae supersunt. cum Pauli Epitome*.《字詮》含保羅《輯要》. ed. Karl Otfried Müller. Leipzig: 1880.

Iulius Firmicus Maternus. 弗耳米古. *Matheseos libri VIII.*《格物致知》. edd. W. Kroll et F. Skutsch et K. Ziegler. 2 voll. BT: 1897–1913.

Fleming, Paul. 弗萊明. *Gedichte.*《詩集》. hrsg. Julius Tittmann. Leipzig: Brockhaus, 1870.

L. Annaeus Florus. 弗洛羅. *Epitome rerum Romanorum.*《羅馬史概要》. Loeb: 1929.

Sextus Iulius Frontinus. 弗隆提諾. *Strategematon libri quattuor.*《伐謀編》. ed. Gotthold Gundermann. BT: 1888.

Gaius. 該氏. *Gai Institutiones or Institutes of Roman Law.*《該氏羅馬法講義》. Trans. and commt. Edward Poste. 4th edn. Rev. and enlarged by E. A. Whittuck. with a historical introd. by A. H. J. Greenidge. London: Oxford U.P., 1904.

Aulus Gellius. 戈留. *Noctium atticarum libri XX.*《阿提卡夜譚》. post Martin Hertz ed. Carl Hosius. TB: 1903.

Geldner, Karl Friedrich. *Der Rig-Veda, aus dem Sanskrit ins Deutsche übers. u. mit einem laufenden Kommentar versehen.*《梨俱吠陀》德文全本譯注. Harvard Oriental Series vols. 33–36. Cambridge, MA: Harvard U.P., 1951.

Gleim, Johann Wilhelm Ludwig. 格萊姆. *Sämtliche Werke.*《全集》. 8 Bde. Halberstadt: 1811–1841.

Goethe, Johann Wolfgang von. 歌德. *Werke.*《作品集》. hrsg. Erich Trunz. 14 Bde. München: Beck, 1998.

Goldsmith, Oliver. 哥爾斯密. *The Complete Poetical Works.*《詩全集》. ed. Austin Dobson. Oxford U.P., 1927.

Gray, Thomas and Collins, William. 古雷與柯林斯. *The Poetical Works of Gray and Collins.*《詩合集》. ed. A.L. Poole. London/NY: Oxford U.P., 1917.

Günther, Johann Christian. 均特. *Sämtliche Werke.*《全集》. hrsg. Wilhelm Krämer. 6 Bde. Leipzig: Hiersemann, 1930.

Hagedorn, Friedrich von. 哈格道恩. *Oden und Lieder.*《讚歌與歌曲集》. Berliner Ausgabe, 2013.

Herrick, Robert. 何里克. *The Poems.*《詩集》. ed. L.C. Martin. Oxford U.P., 1965.

Herodotus. 希羅多德. *Herodoti historiarum libri IX.*《史記》. ed. Rudolf Dietsch. 2 voll. BT: 1899.

Hesiodus. 赫西俄德. *Carmina.*《詩集》. ed. Aloisius Rzach. BT: 1958.

Hippocrates. 希波克拉底. *Hippocratis opera quae feruntur omnia.*《遺書全集》. ed. Hugo Kühlwein. 2 voll. BT: 1894.

Hölderlin, Friedrich. 荷爾德林. *Sämtliche Werke.*《全集》. hrsg. Fr. Beißner. 15 Bde. Stuttgart: 1943–1985.

Hölty, Ludwig Heinrich Christoph. 荷爾替. *Gedichte.*《詩集》. hrsg. Karl Halm. Leipzig: Brockhaus, 1870.

Homeros. 荷馬. *Homeri opera*《全集》. edd. David B. Munro et Thomas W. Allen. 5 tomi. BO: 1920.《伊里昂記》=《伊》/*Il.*;《奧德修記》=《奧》/*Od.*; 荷馬體頌歌 =*h. Hom.*

Hopkins, Gerald Manley. 霍普金斯. *Poems of Gerard Manley Hopkins.*《詩集》. 3rd. ed. W.H. Gardner. NY/London: Oxford U.P., 1948.

Housman, A.E. 霍斯曼. *Last Poems.*《晚年詩》. NY: Holt, 1922.

Hunt, Leigh. 亨特. *Poetical Works.*《詩全集》. ed. H.S. Milford. Oxford U.P., 1923.

Isidorus Hispalensis. 伊希多羅. *Etymologiarum sive originum libri xx.*《事本字源》. ed. W.M. Lindsay. BO: 1911.

Decimus Iunius Iuvenalis. 猶文納利. *Saturae.* 見Clausen.

Johnson, Samuel. 約翰生. *The Lives of the Poets.*《詩人列傳》. *The Yale Edition of the Works of Samuel Johnson,* vols. xxi-xxiii. ed. John H. Middendorf. New Haven/London: Yale U.P., 2010.

——. *Works of the English poets; with prefaces, biographical and critical by Samuel Johnson.*《英國詩人集》. 58 vols. London: 1779–1780.

Jonson, Ben. 瓊生. *Poems.*《詩集》. ed. Ian Donaldson. Oxford U.P., 1975.

Kleist, Ewald Christian von. 厄瓦爾特·克萊斯特. *Werke.*《文集》. hrsg. August Sauer. 3 Bde. Bern: Lang, 1968.

Kleist, Heinrich von. 海因里希·克萊斯特. *Sämtliche Werke und Briefe.*《詩與書信集》. hrsg. Helmut Sembdner. München: Hanser, 1965.

Klopstock, Friedrich Gottlieb. 克洛普施托克. *Werke.*《全集》. hrsg. von Adolf Beck et al. NY: de Gruyter, 1979-. 未竟，已刊至卷七。

Legge, James理雅各. *The Chinese Classics.* With a translation, critical and exegetical notes, prolegomena, and copious indexes. Vol. IV: *The She king.* 2nd ed. 台北：南天書局(SMC), 1991.

Lessing, Gotthold Ephraim. 萊辛. *Werke und Briefe.*《著作書信集》. hrsg. Wilfried Barner. 12 Bde. Berlin: Deutscher Klassiker, 2003.

Livius. 李維. *Ab Urbe condita.*《建城以來史記》. 6 voll. libri i-xl. edd. R.S. Conway, C.F. Walters et al. BO: 1914.

——. erklärt v. W. Weissenborn. Berlin: Weidmann 1866–1877.

Longfellow, Henry Wadsworth. 郎費洛. *The Poetical Works.*《詩集》. Boston: Houghton, Mifflin & Co., 1883.

Lucianus. 路謙. *Opera.*《全集》. ed. M.D. Macleod. 3 voll. BO: 1972.

Macauly, Thomas Babington. 麥考萊. *History of England.*《英格蘭史》. 3 vols. Everyman's Library: 1906.

Macrobius Ambrosius Theodosius. 瑪可羅庇烏. *Saturnalia.*《撒屯節雜談》. ed. R.A. Kaster. BO: 2011.

Marcus Manilius. 曼尼留. *Astronomica*. 《星曆紀》. hrsg. Theodor Breiter. Text und Kommentar. Leipzig: 1908.

M. Valerius Martialis. 馬耳提亞利. *Epigrammata*. 《箴銘詩集》. ed. W.M. Lindsay. ed. altera. BO: 1929.

Marvell, Andrew. 馬維爾. *The Poems and Letters*. 《詩與書信集》. ed. H.M. Margoliouth. 3rd. ed. 2 vols. Oxford: Clarendon, 1971.

Valerius Maximus. 馬希姆. *Facta et dicta memorabilia*. 《羅馬傳世言行錄》. ed. Karl Kempf. BT: 1982.

Milton, John. 彌爾頓. *Works*. 《全集》. ed. Frank Allen Patterson. 18 vols. NY: Columbia U.P., 1931–1938.

Mohl, Julius / Lacharme, Alexandre de. *Confucii chi-king, sive liber carminum*. 《詩經》拉丁文譯本. Stuttgart: Cotta, 1830.

Mörike, Eduard. 莫里克. *Werke*. 《文集》. hrsg. Karl Fisher. 6 Bde. München: Callway, 1906–1908.

Gaius Musonius Rufus. 穆索紐. *Reliquae*. 《遺著》. ed. Otto Hense. BT: 1905.

Cornelius Nepos. 涅波. *Excellentium imperatorum vitae*. 《名將列傳》. ed. Karl von Halm. BT: 1873.

Nietzsche, Friedrich. 尼采. *Götzen-Dämmerung*. 《偶像之黃昏》. *Sämtliche Werke*. Kritische Studienausgabe in 15 Bänden. Hrsg. von Giorgio Colli und Mazzino Montinari. 2. durchgesehene Aufl. Berlin: de Gruyter, 1988. pp.55–161.

Ovidius Naso, P. 奧維德. *Metamorphoses* 《變形記》. ed. W.S. Anderson. BT: 2001.

——. *Amores, Epistulae, Medicamina faciei femineae, Ars amatoria, Remedia amoris*. 《情愛集》等. ed. R. Ehwald. BT: 1916.

——. *Tristium libri quinque, ex Ponto libri quattuor, Halieutica fragmenta*. 《哀怨集》等. ed. S.G. Owen. BO: 1915.

——. *Fasti* 《月令》. With an Eng. trans. by Sir James George Frazer. Loeb, 1989.

Panaetius. 潘內修. *Panaetii Rhodii fragmenta*. 《遺書鈎沉》. ed. P.M. van Straaten. 3. ed. Leiden: Brill, 1962.

Pausanias. 保桑尼亞. *Graeciae descriptio*. 《希臘志》. ed. Friedrich Spiro. 3 voll. BT: 1903.

A. Persius Flaccus. 波耳修. *A. Persi Flacci et D. Iuni Iuvenialis Saturae*. 《雜事詩合集》. ed. W.V. Clausen, W.V. BO: 1991.

Petrarca, Francesco. 彼特拉克. *Le rime*. 《詩集》. Firenze: G.C. Sansoni, 1937.

Petronius. 彼得羅紐. *Saturae et liber priapeorum*. 《雜事詩集·陽物歌集》. ed. Franciscus Bücheler. Berlin: Weidmann, 1904.

Philostratus, Flavius. 腓洛斯特拉脫. *Opera*. 《全集》. ed. C.L. Kayser. 2 voll. BT: 1870–1871.

Pindaros. 品達. *Pindari carmina cum fragmentis*《品達讚歌及殘篇》. post Bruno
Snell ed. H. Maehler. 2 voll. 8. Auf. BT: 1987–1989.

——. *Carmina.* ed. Otto Schroeder. BT: 1908.

Platon. 柏拉圖. *Opera.*《全集》. ed. John Burnet. 5 voll. BO: 1899–1910.

T. Maccus Plautus. 普勞圖. *Comoediae.*《喜劇院本》. 2 voll. ed. W.M. Lindsay. BO:
1905.

Gaius Plinius Caecilius Secundus. 小普利尼. *Epistularum libri decem.*《書信集》.
ed. R.A.B. Mynors. BO: 1963.

Gaius Plinius Secundus. 老普利尼. *Naturalis historiae libri XXXVII.* 《博物志》. post
L. Jan ed. K. Mayhoff. 6 voll. BT: 1906–1909.

Plutarchos. 普魯塔克. *Vitae parallelae.*《比列希臘羅馬羣英譜》. edd. Claes
Lindskog et Konrat Ziegler. 5 voll. BT: 1959.

——. *Moralia.*《習俗志》. ed. Gregory N. Bernardakis. 7 voll. BT. 1888–1896.

Pound, Ezra. 龐德. *Selected Poems.*《詩選》. NY: New Directions, 1957.

Sextus Aurelius Propertius. 普羅佩耳修. *Carmina.*《詩集》. ed. E.A. Barber. ed.
altera. BO, 1960.

——. *The Elegies of Propertius with English Notes by F.A. Paley.* 2nd ed. London:
1872.

M. Fabius Quintilianus. 崑提良. *Institutionis oratoriae libri duodecim.*《演說術原
理》. ed. M. Winterbottom. 2 voll. BO: 1970.

Racine, Jean-Baptiste. 拉辛. *Théâtre complet.*《戲劇全集》. ed. Maurice Rat. Paris:
Garnier, 1960.

Rāmāyana.《羅摩衍那》. 梵文原本：德永宗雄(Tokunaga Muneo)/John D. Smith:
http://www.sacred-texts.com/hin/rys/index.htm. English trans. Ralph T.H. Griffith.
London: 1870–1874. 中譯本：季羨林譯，人文：1980–1984.

Rilke, Rainer Maria. 里爾克. *Sämtliche Werke.*《作品集》. Bd. 1. Frankfurt a.M.:
Insel, 1955.

Ronsard, Pierre. 龍沙耳. *Œuvres de P. de Ronsard, Gentilhomme Vandomois.*《全集》.
Avec une Notice biographique et des Notes. ed. Ch. Marty-Laveaux. Paris : 1889.

Rutilius Claudius Namatianus. 魯提留・革・納瑪天奴. *De reditu suo.*《還鄉記》. ed.
Lucian Müller. BT: 1870.

Gaius Sallustius Crispus. 撒盧士修. *Catilina. Iugurtha. historiarum fragmenta
selecta ; appendix Sallustiana.*《卡提里納謀逆記》等. ed. L.D. Reynolds. BO :
1991.

Schiller, Friedrich. 席勒. *Schillers Werke.*《全集》. Nationalausgabe. hrsg. von Julius
Petersen, Friedrich Beissner et al. 41 Bde. Weimar : Böhlaus Nachfolger, 1983–
2006.

Scott, Walter. 司各特. *Poetical Works*.《詩集》. ed. J. Logie Robertson. Oxford U.P., 1904.

Annaeus Seneca maior. 老塞內加. *L. Annaei Senecae patris scripta quae manserunt*. 《存世文集》. ed. H.J. Müller. TB: 1887.

L. Annaeus Seneca. 塞內加. *Opera quae supersunt*.《遺書全集》. edd. Emil Hermes et Carl Hosius et Otto Hense. 3 voll. BT : 1905–1914.

Shakespeare, William. 莎士比亞. *The Arden Shakespeare*. 2nd. series. eds. Una Ellis-Fermor et al. London : Methuen, 1964–1982.

Shelley, Percy Bysshe. 雪萊. *The Complete Poetical Works*.《詩全集》. ed. Thomas Hutchinson. Oxford U.P., 1932.

Asconius Silius Italicus. 希留. *Punica*.《布匿記》. ed. Ludwig Bauer. 2 voll. BT : 1890–1892.

Sophocles. 索福克勒. *Fabulae*.《傳奇》. ed. Hugh Lloyd-Jones et N.G. Wilson. BO : 1990.

——. *Plays and fragments*. 5 vols. Cambridge U.P., 1907–1914.

Spenser, Edmund. 斯賓塞. *Poetical Works*.《詩集》. eds. J.C. Smith and E. de Selincourt. Oxford U.P., 1916.

Publius Papinius Statius. 斯塔修. *Achelleis*.《阿基琉記》. ed. Aldo Marastoni. BT: 1974.

——. *Thebais*.《忒拜記》. ed. Alfred Klotz. BT: 1973.

——. *Silvae*.《林木集》. ed. John S. Phillimore. BO: 1918.

Strabo. 斯特拉波. *Strabonis geographica*.《方輿志》. ed. August Meinecke. 3 voll. BT: 1852–1853.

C. Suetonius Tranquillius隋東尼. *De vita caesarum*.《羅馬皇帝本紀》. ed. Maximilianus Ihm. BT: 1908.

——. *Quae supersunt omnia*.《遺著》. ed. Carolus Ludovicus Roth. BT: 1898.

Publius Cornelius Tacitus. 塔西佗. *P. Cornelii Taciti libri qui supersunt*.《存世全集》. ed. Henricus Heubner. 2 voll. BT: 1978.

Teles. 忒勒. *Teletis reliquiae*.《忒勒遺書》. ed. Otto Hense. 2 ed. Teubner: 1909.

Tennyson, Alfred. 丁尼生. *Poems of Tennyson 1830–1870*.《詩集》. Oxford U.P., 1912.

Theokritos. 忒奧克里托. *Theocriti carmina et pseudepigrapha*. In: *Bvcolici Graeci* 《希臘田园詩集》. Ed. A.S.F. Gow. BO. 1969. pp.1–129.

——. *Theocritus*. ed. with a trans. and comment. A.S.F. Gow. 2 vols. Cambridge: U.P., 1952.

Theophrastos Eresius. 忒奧弗拉斯托. *Opera quae supersunt omnia*.《存世全集》含 *Historia plantarum*《植物志》. ed. Friedrich Wimmer. Breslau, 1842.

Thomson, James. 多瑪生. *The Complete Poetical Works*.《詩全集》. ed. J. Logie
　　Robertson. Oxford U.P., 1908.

Thucydides. 修昔底德. *De bello peloponnesiaco, libri octo*.《匹洛島戰史》. ed.
　　Friedrich Poppo. 4 voll. BT: 1875.

M. Terentius Varro法羅. *Rerum rusticarum libri tres*.《農事三書》. Post H. Keil
　　iterum ed. Georg Goetz. BT: 1912.

——. *De lingua Latina quae supersunt*.《論拉丁語遺書》. edd. Georg Goetz et
　　Friedrich Schoell. Leipzig: Teuber, 1910.

——. *In M. Terentii Varronis Saturarum Menippearum reliquias coniectanea*.《墨尼
　　波雜文輯佚》. ed. Johannes Vahlen. Leipzig: Teuber, 1863.

C. Valerius Flaccus. 瓦勒留. *Argonauticon libri octo*.《阿耳戈航行記》. ed. Emil
　　Baehrens. BT: 1875.

Vergilius Maro, P. 維吉爾. *Opera*.《全集》. ed. R.A.B. Mynors. BO: 1969.

Vettus Valens. 瓦倫. *Anthologiarum libri*.《星命學集英》. ed. Wilhelm Kroll. Berlin:
　　Weidmann, 1908.

Wordsworth, William. 華茲華斯. *Poetical Works*.《詩集》. ed. Thomas Hutchinson.
　　rev. Ernest de Selincourt. Oxford U.P., 1936.

Xenophon. 色諾芬. *Opera omnia*.《全集》. ed. E.C. Marchant. 3 voll. BO: 1985.

Young, Edward. 楊. *The Complete Poetical Works*.《詩全集》. Edinburgh: Gall &
　　Inglis.

7. 其他研究專著

Auerbach, Erich. *Mimesis: dargestellte Wirklichkeit in der abendländischen Literatur.*
　　Bern: Francke, 1959.

Boylan, Patrick. *Thoth, the Hermes of Egypt. A Study of Some Aspects of Theological
　　Thought in Ancient Egypt*. London: Oxford U.P., 1922.

Bundy, Elroy L. *Studia Pindarica*. UC Berkeley P., 1962.

Burkert, Walter. *Griechische Religion. Der archaischen und klassischen Epoche*. Die
　　Religion der Menschheit 15. Hrsg. v. Christel Matthias Schröder. Stuttgart: W.
　　Kohlhammer, 1977.

Curtius, Ernst Robert. *Europäische Literatur und lateinisches Mittelalter*. Bern:
　　Francke, 1948.

Fuhrmann, Manfred. *Die Dichtungstheorie der Antike*. München: Artemis & Winkler,
　　2003.

Gibbon, Edward. *The Decline and Fall of the Roman Empire*. 2 vols. NY: Modern
　　Library, 1931(?).

Housman, A.E. *The Classical Papers of A.E. Housman*. eds. J. Diggle and F.R.D. Goodyear. Cambridge U.P., 1972.

Lowes, John Livingston. *The Road to Xanadu. A Study in the Ways of the Imagination*. Boston/N.Y.: Mifflin, 1927.

Löfstedt, Einar. *Syntactica: Studien und Beiträge zur historischen Syntax des Lateins*. 2 Bde. Lund: 1928–1933.

Mommsen, Theodor. *Römische Geschichte*. 3 Bde. 2. Aufl. Berlin: Weidmann, 1856.

——. *Römisches Staatsrecht*. 3. Aufl. Handbuch der römischen Alterthümer. hrsg. Joachim Marquardt und Theodor Mommsen. Leipzig: von S. Hirzel, 1887.

Needham, Joseph. *Science and Civilisation in China*. 5 vols. Cambridge U.P., 1954–. 未竟。

Norden, Eduard. *Die antike Kunstprosa. Vom VI. Jahrhundert v. Chr. Bis in die Zeit der Renaissance*. 2 Bde. Leipzig: Teubner, 1898.

——. *Agnostos Theos. Untersuchungen zur Formengeschichte religiöser Rede*. Leipzig/Berlin: Teubner, 1913.

Owen, Stephen. *Readings in Chinese Literary Thought*. Council on E. Asian Studies, Harvard, 1992.

Page, Denys. *Sappho and Alcaeus. An Introduction to the Study of Ancient Lesbian Poetry*. Oxford: Clarendon, 1955.

Pfeiffer, Rudolf. *Ausgewählte Schriften*. München: Beck, 1960.

Reinhardt, Karl. *Vermächtnis der Antike: gesammelte Essays zur Philosophie und Geschichtsschreibung*. Göttingen: Vandenhoeck & Ruprecht, 1960.

Saussy, Haun. *The Problem of a Chinese Aesthetic*. Stanford U.P., 1993.

Timpanaro, Sebastiano. *The Genesis of Lachmann's Method*. ed. & trans. Glenn W. Most. Chicago: U. of Chicago P., 2005.

Wackernagel, Jakob. *Vorlesungen über Syntax: mit besonderer Berücksichtigung von Griechisch, Lateinisch und Deutsch*. 2 Bde. Cambridge, Eng.: Cambridge U.P., 2009 (1920–24).

Watkins, Calvert. *How to Kill a Dragon. Aspects of Indo-European Poetics*. Oxford: Oxford U.P., 1995.

West, M.L. *Indo-European Poetry and Myth*. Oxford/NY: Oxford U.P., 2007.

Wilamowitz-Moellendorff, Ulrich von. *Sappho und Simonides: Untersuchungen über griechische Lyriker*. Berlin: Weidmann, 1913.

8. 中文文獻

二十四史。顧頡剛等點校。中華: 1959–1977。

《冊府元龜》。王欽若等撰。　影印本。十二冊。中華：1960。

陳奐.《詩毛氏傳疏》。全二冊。上海：商務印書館：1933。

陳衍.《石遺室詩話》。人文：2004。

陳垣.《校勘學釋例》。胡適序。中華：2016。

崔寔.《四民月令校注》。石聲漢注。第二版。中華：2013。

《大般涅槃經》。曇無讖譯。《大正藏》，第十二冊。

《大方等大集經》。曇無讖譯。《大正藏》，第十三冊。

《大正新修大藏經》。高楠順次郎等編纂。一百冊。東京：一切經刊行會，1922–1934。

杜甫.見　仇兆鰲。

法雲.《翻譯名義集》。《大正藏》，第五十四冊。

馮夢龍.《醒世恆言》。中華：2009。

高承.《事物紀原》。李果訂。金圓、許沛藻點校。中華：1989。

高亨.《詩經今注》。第二版。上古：2009。

高啓.《高青丘集》。金檀輯注。二冊。上古：2013。

葛洪.《抱朴子內篇校釋》。王明撰。中華：1985。

顧炎武.《日知錄集釋》。黃汝成著。三冊。上古：2006。

——.《顧亭林詩文集》。第二版。中華：1983。

管仲.《管子校注》。黎翔鳳注。三冊。中華：2009。

《國語集解》。徐元誥集解。北京：中華：2002。

韓高年.《禮俗儀式與先秦詩歌演變》。中華：2006。

韓愈.《韓昌黎詩繫年集釋》。錢仲聯集釋。二冊。上古：1984。

洪邁.《容齋隨筆》。二冊。中華：2005。

胡承珙.《毛詩後箋》。安徽古籍，1999。

《淮南鴻烈集解》。劉文典集解。二冊。中華：1997。

黃本驥.《歷代職官表》。上古：2005。

黃遵憲.《人境廬詩草箋注》。錢仲聯注。二冊。上古：1981。

慧皎.《高僧傳》。《大正藏》，第五十冊。單本：中華：1992。

慧立.《大慈恩寺三藏法師傳》，《大正藏》，第五十冊。單本：中華：2000。

慧琳.《一切經音義》。《大正藏》，第五十四冊。

焦循.《春秋左傳補疏》。上古：2016。

焦延壽.《易林彙校集注》。徐傳武/胡眞集注。上古：2012。

李白.《李太白全集》。王琦注。三冊。中華：1977。

李商隱.《李商隱詩歌集解》。劉學鍇、余恕誠集解。五冊。中華：1998。

利瑪竇. Matteo Ricci.《利瑪竇中文著譯集》。朱維錚等編輯。上海：復旦，2001。

《列子集釋》。楊伯峻集釋。中華：1997。

劉瑾.《詩傳通釋》。北京師大，2013。

劉義慶.《世說新語校箋》.徐震堮箋。二冊。中華：1984。

劉向.《說苑》.向宗魯注。中華：2009。

劉勰.《文心雕龍義證》.詹鍈著。三冊。上古：1989。

劉知幾.《史通通釋》.浦起龍著。上古：2009。

柳永.《樂章集》.中華：1994。

陸雲.《陸士龍文集校注》.劉運好校注。二冊。南京：鳳凰，2010。

呂不韋等.《呂氏春秋集釋》.許維遹集釋。中華：2009。

馬瑞辰.《毛詩傳箋通釋》.三冊。中華：1989。

毛晉.《六十種曲》.十二冊。中華：1982。

梅堯臣.《梅堯臣集編年校注》.夏敬觀、朱東潤注。三冊。上古：2006。

梅文鼎.《歷算全書》.文淵閣四庫全書版。子部六。

《妙法蓮花經》.鳩摩羅什譯。《大正藏》，第九冊。

《墨子校注》.吳毓江注。二冊。中華：1993。

倪其心.《校勘學大綱》.北大：1987。

錢鍾書.《談藝錄》.中華：1984。

——.《管錐編》.四冊。中華：1979。

——.《宋詩選注》.人民文學：1958。

仇兆鰲.《杜詩詳注》.五冊。中華：1979。

瞿曇悉達.《開元占經》.文淵閣四庫本。子部七。

《全上古三代秦漢三國六朝文》.嚴可均輯。四冊。中華：1958。

《全唐詩》.彭定求等編纂。二十五冊。中華：1960。

任半塘.《敦煌歌詞總編》.三冊。上古：2006。

阮元.主編.《十三經注疏》.影印清嘉慶刊本。全六冊。中華：2009。

——.《揅經室集》.二冊。中華，1993。

桑弘羊.《鹽鐵論校注》.王利器注。二冊。中華：1992。

沈德潛.《說詩晬語》.王宏林注。人文：2013。

史游.《急就篇校理》.張傳官校。中華：2017。

釋僧祐.《出三藏記集》.中華：1995。

司馬光.《資治通鑑》.十冊。中華：1956。

蘇軾.《蘇軾文集》.六冊。中華：1986。

——.《東坡志林》.中華：1981。

《太平廣記》.李昉等編纂。文淵閣四庫本。

《太平御覽》.影印本。四冊。中華：1960。

王梵志.《王梵志詩校注》.項楚注。增訂本。二冊。上古：2010。

王力.《同源字典》.北京：商務：1982。

王溥.《唐會要》.三冊。中華：1955。

王士禎.《池北偶談》.二冊。中華：1982。

——.《帶經堂詩話》。二冊。人文：1963。

王守仁.《王文成公全書》。四冊。中華：2015。

王維.《王右丞集箋注》。趙殿成箋注。新一版。上古：1984。

王先謙.《詩三家義集疏》。二冊。中華：1987。

《先秦漢魏晉南北朝詩》。逯欽立編纂。三冊。中華：1983。

文廷式.《純常子枝語》。續修四庫全書版。

蕭統.《文選》。李善注。影印胡克家覆宋尤袤本。三冊。中華：1977。

——.《日本足利學校藏宋刊明州本六臣注》。影印。人文：2008。

《新舊約聖書》。文理串珠本。上海：英國聖公會，1920。

許慎.《說文解字注》。段玉裁注。影印。上古：1981。

玄奘.《大唐西域記》。季羨林等校注。二冊。中華：2000。

晏嬰.《晏子春秋集釋》。吳則虞集釋。中華：1962。

顏之推.《顏氏家訓集解》。王利器集解。增補本。中華：1993。

楊伯峻.《春秋左傳注》。四冊。第二版。中華：1990。

楊憶等.《西崑酬唱集注》。王仲犖集注。中華：2007。

《逸周書彙校集注》。黃懷信等集注。上古：2007。

俞樾。《九九消夏錄》。北京：中華，1995。

元好問.《杜甫戲爲六絕句集解・元好問論詩三十首小箋》。郭紹虞箋。人文：
    1978。

袁枚.《小倉山房詩文集》。四冊。上古：1988。

《戰國策箋證》。范祥雍箋證。二冊。上古：2006。

章炳麟.《訄書詳注》。徐復注。上古：2000。

章學誠.《文史通義校注》。葉瑛注。二冊。中華：1985。含《校讎通義》。

長孫无忌等.《唐律疏議箋解》。劉俊文箋解。中華：1996。

趙翼.《陔餘叢考》。第二版。三冊。中華：2003。

——.《甌北集》。二冊。上古：1997。

鄭樵.《通志》。影印。三冊。中華：1987。

智昇.《開元釋教錄》。《大藏經》，第五十五冊。

鍾嶸.《詩品集注》。曹旭注。增訂本。二冊。上古：2011。

朱彬.《禮記訓纂》。中華：1996。

朱熹.《詩集傳》。上古，1980。

——.《楚辭集注》。上古，2016。

《莊子集解》。王先謙撰。中華：1987。

術語索引

表中所用簡稱縮寫及字符體例：

《傳》：＝隋東尼《賀拉斯傳》；"緒論"出處祇提供節號；斜體羅馬加阿拉伯數字指詩文出處；正體則指出處在箋注；其後有c.指出處在 {評點}；黑體則指該出處提供名詞定義或詳解

一、職 官

ab epistulis 祕書："緒論"§1.7

a bybliothecis 祕府："緒論"§1.7

aedile 胥師：aedile本aedis, 居、廬, **I 1, 8**

aerarium 府庫：《傳》1.5–10；"緒論"§1.6注12

a studiis 記室："緒論"§1.7

augur太卜：I 12, 46

Augustus 至尊：**I 2, 50**

auspex 卜師：*I 7, 27*

censor 督審：II 4, 24

Collegium ponficium 教宗團：II 14, 28

consul 平章：Consules sind die Zusammenseienden, wie exsules die Ausseienden, insula das Inseiende. Mommsen, *Röm. Gesch.* 1, 229 Am.*, 2. 1, 80 ff. ; I 1, 8 ann. **II 1, 13**

consul suffectus 替補平章：**I 4, 14**；I 18, 1

curule aedile 里保胥師：**I 1, 8**; curia, Mommsen, S. 65: 十户 (Häuser)爲一里(gens), 十里爲一保(curia, Pflegschaft), 十保爲一區Gemeinde, aedilis<=aedes, 譯作"胥師", 借用《周禮·地官司徒第二》："胥師各掌其次[指質人和廛人之外]"之政令, 而平其貨賄, 憲刑禁焉。察其詐僞飾行慝者, 而誅罰之。聽其小治小訟而斷

二、語法修辞詩學术語譯名

A. 拉丁文及現代俗語術語

B. 希臘文術語

图书在版编目(CIP)数据

贺拉斯《赞歌集》会笺义证 / (古罗马)贺拉斯原著；
刘皓明注疏、翻译. --上海：华东师范大学出版社，
2019

ISBN 978-7-5675-9834-8

I.①贺… II.①贺… ②刘… III.①古典诗歌－诗
集－古罗马 IV.①I546.22

中国版本图书馆CIP数据核字(2019)第243014号

华东师范大学出版社六点分社

企划人 倪为国

贺拉斯《赞歌集》会笺义证

原 著 者	[古罗马]贺拉斯
注 疏 者	刘皓明
翻 译 者	刘皓明
责任编辑	倪为国　彭文曼
责任校对	王　旭
封面设计	刘怡霖

出版发行　华东师范大学出版社
社　　址　上海市中山北路3663号　　邮编　200062
网　　址　www.ecnupress.com.cn
电　　话　021-60821666　　　　行政传真　021-62572105
客服电话　021-62865537　　　　门市(邮购)电话　021-62869887
地　　址　上海市中山北路3663号华东师范大学校内先锋路口
网　　店　http://hdsdcbs.tmall.com

印 刷 者　上海盛隆印务有限公司
开　　本　700×1000　1/16
印　　张　68.25
字　　数　950千字
版　　次　2021年3月第1版
印　　次　2021年3月第1次
书　　号　ISBN 978-7-5675-9834-8
定　　价　298.00元

出 版 人　王　焰

（如发现本版图书有印订质量问题,请寄回本社客服中心调换或电话021-62865537联系）